Winterglitzern in Cornwall

Jane

Ein verschneites Weihnachtsfest

Seite 3

Jane Linfoot

Weihnachten im kleinen Brautladen am Strand

Seite 439

Genehmigte Sonderausgabe 2023

Copyright © 2019 by Jane Linfoot
Originaltitel: »A Cosy Christmas in Cornwall«
erschienen bei: HarperImpulse,
an imprint of HarperCollins Publishers, UK
Copyright © 2020 für die deutschsprachige Ausgabe
by HarperCollins in der
Verlagsgruppe HarperCollins Deutschland GmbH, Hamburg

Copyright © 2017 by Jane Linfoot
Originaltitel: »Christmas Promises at the little Wedding Shop«
erschienen bei: HarperImpulse,
an imprint of HarperCollins Publishers, UK
Copyright © 2019 für die deutschsprachige Ausgabe
by MIRA Taschenbuch in der
Verlagsgruppe HarperCollins Deutschland GmbH, Hamburg

All titles published by arrangement with
HarperCollins Publishers Ltd., London

Umschlaggestaltung: Deborah Kuschel,
Verlagsgruppe HarperCollins Deutschland GmbH
Umschlagabbildung: DutchScenery, Oleh Svetiukha, vkulieva,
marc chesneau / Getty Images
Satz: GGP Media GmbH, Pößneck
Druck und Bindung: GGP Media GmbH, Pößneck
Printed in Germany

ISBN 978-3-365-00631-3

Jane Linfoot

Ein verschneites Weihnachtsfest in Cornwall

Roman

Aus dem Englischen von
Carina Obster

1. Kapitel

Seid fröhlich!

»Könnte es ein besseres Geschenk geben für eine Frau, die schon alles hat?«

Ich strahle zu Merwyn auf dem Beifahrersitz rüber. Als ich die Worte *Cockle Shell Castle* lese, die in den imposanten Torbogen eingraviert sind, bin ich so aufgeregt, dass ich Schwierigkeiten habe zu atmen. Vorsichtig lenke ich mein Auto durch das Tor und auf die gewundene Zufahrtsstraße. Als wir um eine Kurve biegen und die vom Mondlicht angestrahlten fahlen Mauern und burgartigen Türmchen in Sicht kommen, entfährt mir ein Seufzen. Ich habe meine Erwartung die letzten sechs Stunden, seitdem wir London verlassen haben, in Zaum gehalten, doch jetzt, da wir hier sind, habe ich einen riesigen Schmetterlingsschwarm im Bauch. Schon auf den Bildern hat das Schloss wunderschön ausgesehen, doch in natura, über den Lichtern des Armaturenbretts, hat es etwas regelrecht Verwunschenes. Als ich das Auto neben einigen großen würfelförmigen Übertöpfen parke und zum Gebäude hochsehe, erlebe ich einen dieser seltenen Momente, in denen man sich wie in einem Märchen fühlt.

»Weihnachten in einem Schloss in Cornwall am Meer ist einfach das perfekte Geschenk! Es ist, als würden einen diese schmalen Sprossenfenster richtig hereinlocken. Wir haben solches Glück, hier sein zu können.«

Nach so langer Zeit in seinem Reisegeschirr sagt mir Merwyns Seitenblick, dass er weniger enthusiastisch ist als ich.

Er mag oft mehr wie ein schmutziger brauner Wischmopp als ein Hund aussehen, doch mit seiner »Wuschelige Weihnachten!«-Krawatte ist er einfach unglaublich süß, und er war eine überraschend angenehme Reisebegleitung. Er hat nicht einmal gegrummelt, als ich ununterbrochen Weihnachtslieder gehört und zu *I Wish it could be Christmas Every Day* mitgesungen habe – was definitiv mein Motto wäre, wenn ich eins hätte. George, mein Exfreund, hätte es nie zugelassen, dass ich ununterbrochen Pirate FM höre; manchmal ist es gut, Vergleiche mit der Vergangenheit anzustellen und festzustellen, dass man jetzt besser dran ist.

»Los komm, Zeit, deine Beinchen ein wenig zu strecken. Wir müssen hintenrum, um den Schlüssel abzuholen.« Ich schlüpfe in meinen Mantel und ziehe meine Wollmütze weiter in die Stirn, hake Merwyns Leine ein und lasse ihn über mich drüber wuseln, als ich die Autotür öffne. Dann nehme ich den Papierstoß mit den Anweisungen und folge meinem davonhüpfenden Hund.

Wir gehen an einem eisenbeschlagenen Eingangsportal vorbei, das groß genug ist, dass ein Riese hindurchpassen würde. Ich habe das Gefühl, ich sollte mich zwicken, um sicherzugehen, dass ich nicht träume. In diesem Moment fährt ein eisiger Windstoß unter meinen Kunstfellmantel und dringt durch meinen grob gestrickten schottischen Pullover – da weiß ich: Alles, was so kalt ist, muss einfach real sein.

Nur für den Fall, dass sich jemand fragt, wer die Frau ist, die alles hat – ich bin es definitiv nicht. *Gott, nein!* Es ist die ältere, erfolgreichere und ziemlich ambitionierte Schwester meiner besten Freundin Fliss, Liberty Johnstone-Cody. Libby ist eine dieser unglaublichen multitaskenden Business-Super-Mums, die vor einem Jahrzehnt mit einem Baby, einem Kleinkind und einer Idee für eine Babytrage angefangen hat und seitdem dabei ist, die Welt zu erobern.

Um das schon mal vorab klarzustellen: Während Libby super darin ist, Geld anzuhäufen und jede Gelegenheit zu nutzen, die sich ihr bietet, bin ich eher ein blindes Huhn, das ab und zu mal ein Korn findet. Ich hatte es immerhin geschafft, mir einen festen Freund zuzulegen, doch auch das hat nicht dauerhaft geklappt. Einmal hätte ich beinahe eine sehr kleine Wohnung gekauft, habe es aber doch nicht durchgezogen. Letztes Jahr um dieselbe Zeit habe ich etwas Furchtbares erlebt, das mir nur sehr schwer aus dem Kopf geht. Jedenfalls strenge ich mich jetzt wirklich an, es besser zu machen.

Ich habe einen Job, den ich mal sehr gemocht habe, ich bin Gestalterin für visuelles Marketing bei Daniels, einem familiengeführten Kaufhaus direkt hinter der Regent Street in London. Meine Mum nennt mich Schaufensterdekorateurin, doch in Wahrheit bin ich auch für den Entwurf und den Bau von Schaufensterauslagen verantwortlich. Aber so wie alles andere läuft auch das in letzter Zeit ein wenig schief, weil Fliss, meine beste Freundin, die im selben Team arbeitet, zweimal kurz nacheinander in Mutterschutz gegangen ist. Das erste Mal war geplant, das zweite war eine Katastrophe, weil es einfach zu schnell passiert ist.

Aber so ist das Leben für Fliss und mich; uns passieren so viele verdammte Missgeschicke, dass wir meistens einfach nur die Zähne zusammenbeißen und auf der Katastrophenwelle reiten. Wohingegen die vom Glück gesegnete Libby einen Rückschlag nicht einmal dann erkennen würde, wenn er ihr eine Ohrfeige verpassen würde, weil sie einfach keine Negativität zulässt.

Libby hat sich innerhalb von sechs Sekunden, nachdem das Angebot auf Facebook-Marketplace aufgepoppt war, dazu entschieden, das Schloss in Cornwall für zwei Wochen zu mieten. Sie hat die Miete selbst bezahlt, denn so ist sie, und danach hat sie ihren Mann Nathan dazu gebracht, das Geld dafür hinzulegen. Doch das nimmt dem Ganzen nur ein wenig die Romantik. Manchmal müssen wir Frauen etwas für uns selbst tun, da ist nichts falsch dran. Nüchtern betrachtet ist Nathan ein äußerst erfolgreicher Banker, der selten früh genug nach Hause kommt, um seine Kinder noch zu sehen. Er hat also auch keine Zeit, sich auf Facebook rumzutreiben. Sich sein Geschenk selbst zu kaufen, bedeutet, die zwei Sekunden Begeisterung zu opfern, die man erlebt, wenn man es auspackt. Doch die gute Seite ist, dass man genau das bekommt, was man will, und dass man nie enttäuscht ist. Und das Beste daran: Man hat die Kontrolle. Für Libby ist Kontrolle das Allerwichtigste.

Das ist noch der andere Aspekt, wenn man so eine mega Powerfrau ist, die sich um vier Kinder und ein florierendes Unternehmen kümmert, mit einer Geschwindigkeit von 1 000 000 Kilometern pro Stunde durchs Leben rast und nebenbei auch noch mit Obst jongliert: In der heutigen Zeit ist es nicht genug, so jemand zu *sein* – man muss es der Welt auch *zeigen*. Wenn es keine Social-Media-Posts gibt, ist es egal, was man tut, es könnte genauso gut nie stattgefunden haben.

Die zwei Weihnachtswochen in einem Schloss zu verbringen, wird für Libby also vollkommen für die Katz sein, wenn sie nicht alle darüber informiert; sie muss unbedingt Fotos davon auf Instagram hochladen. Und nicht nur das: Jedes einzelne Foto muss großartiger aussehen als alles andere, was gepostet wird. Überhaupt kein Druck also. Und hier komme ich ins Spiel: Ich bin hier, um Libbys Weihnachten im Hochglanz erstrahlen zu lassen und ihre Posts genialer aussehen zu lassen als alle anderen.

Vor ein paar Jahren wäre Fliss die naheliegende Wahl für diesen Job gewesen. Doch sie ist im Moment durch schlaflose Nächte und maulende Kleinkinder außer Gefecht gesetzt. Außerdem – sie wird mir wohl nicht böse sein, wenn ich das ausplaudere – klappt Multitasking bei ihr einfach nicht. Sie hat es in den letzten drei Jahren kaum mal geschafft, aus ihrem Schlafanzug rauszukommen. Deshalb hat sich Libby an mich gewandt.

Als sie vor einem Monat wie eine Sturmtrupplerin ins Daniels reinmarschiert kam und mich darum bat, ihr Schlossweihnachten zu gestalten, wild mit den Armen herumrudernd und mit Begriffen wie »prächtig« und »luxuriös« um sich werfend, war ich schneller in der Personalabteilung, um um Urlaub zu bitten, als man »Schaufenster« sagen kann.

Damit ihr einen kleinen Eindruck bekommt: Fliss und Libby sind beide winzig, hübsch und – je nach Woche – unterschiedlich blondiert. Groß und schlaksig, wie ich bin, fühle ich mich neben ihnen immer wie der freundliche Riese aus Roald Dahls Kinderbuch. Und seit ich vor recht genau einem Jahr einen Autounfall hatte und nun deutliche Schnittwunden im Gesicht habe, ist es noch schlimmer. Danach musste ich meinen süßen dunklen Kurzhaarschnitt zu einem welligen Bob auswachsen lassen, der ständig Zuwendung braucht und mir irgendwie nicht wirklich steht. Das Ganze wird dann je nach Wetterlage von einem entsprechenden Hut oder einer Mütze gekrönt. Es ist nicht so, dass ich den Unfall verharmlosen will – wie könnte ich, wenn der Mann, der das Auto gefahren hat, dabei umgekommen ist –, doch die einzige Möglichkeit, damit umzugehen, ist für mich, mich in die Arbeit zu stürzen. Das Angebot, an Weihnachten zu arbeiten, war für mich also quasi lebensrettend.

Da ich immer noch 24 Urlaubstage habe, die ich vor März nehmen muss, konnte mir die Personalabteilung meine Bitte kaum abschlagen. Libby hat mir außerdem einen Riesenbatzen Geld versprochen, aber ehrlich gesagt hätte ich es auch umsonst gemacht. Nichts gegen meine Eltern – ich bin ihnen sehr dankbar dafür, wie sie mir letztes Jahr zu Hilfe gekommen sind –, aber noch ein weiteres Weihnachten in Yorkshire mit ihnen und meinen Großmüttern, und alle besorgt um mich, das hätte ich einfach nicht ertragen. Jetzt, wo Libby mir die Chance gegeben hat, alles für ihre kornische Schlossfeier zu dekorieren, hoffe ich, sie wird so viele Forderungen stellen, dass ich gar keine Zeit haben werde, daran zu denken, wie schrecklich der letzte Dezember war.

Das Gute ist, dass Weihnachten zu meinen absoluten Fachgebieten zählt. Im Einzelhandel plant man immer während der aktuellen Weihnachtszeit schon für die nächste. Hinter den Kulissen in Daniels ist es also die meiste Zeit des Jahres Weihnachten.

Gerissen, wie sie ist, hat Libby darauf bestanden, das Schloss schon ein paar Tage vor dem eigentlichen Mietbeginn zu beziehen, was ehrlich gesagt wahrscheinlich gar nicht so schwer einzufädeln war. Wir wissen alle, dass im Dezember Ferienwohnungen nur gering ausgelastet sind – die Leute sind zu beschäftigt mit Partys und Reisevorbereitungen. So bin ich also schon ein paar Tage früher als der Rest der Truppe gekommen, um verschiedene Lieferungen in Empfang zu nehmen.

Merwyn und ich gehen um das Schloss herum. Der Mond leuchtet wie ein Scheinwerfer durch die kahlen Zweige der Bäume; die Zinnen oben auf den Turmmauern heben sich bleich gegen den sternenübersäten schwarzen Nachthimmel ab.

Die Person, die ich suche, heißt – ich werfe einen Blick auf die Papiere in meiner Hand – Bill. Nicht, dass ich etwas gegen ältere Menschen habe, aber sind nicht die meisten Schlossverwalter so alt und klapprig wie die Gebäude selbst? Ich bereite mich mental darauf vor, jeden Moment über einen gebückten weißhaarigen und runzligen Greis zu stolpern. Aber vielleicht habe ich auch einfach nur zu viele Disney-Filme gesehen.

Ich weiß, dass Merwyn der Spaziergang guttut und Schlossgelände meistens riesig sind, doch nach einem ganzen Tag im

Auto war ich nicht darauf vorbereitet, dass *so viele* Meter zwischen der Vorder- und der Hintertür liegen. Bei dem Reihenhaus, in dem ich aufgewachsen bin, lag die Eingangstür an der Seite und die Hintertür nur ein paar Meter davon entfernt um die Ecke. Mein Dad hat immer gewitzelt, dass er beide Türen zugleich aufmachen könne, wenn er sich an einer entsprechend günstigen Stelle positionieren würde. Aber natürlich müssen die zehn prächtigen Schlafzimmer für insgesamt 25 Gäste, mit denen das Schloss sich rühmt, ja irgendwo Platz finden.

Wir setzen unseren Weg fort. Der Mond taucht den Rasen in sein fahles graues Licht und die Büsche werfen lange Schatten – ich glaube nicht, dass ich jemals zuvor schon Mondschatten gesehen habe. Über dem Geräusch von Merwyns Schnüffeln und dem Wind, der am Haus zerrt, höre ich ein paar Klänge Musik. Schon komisch, wie wenig man hören muss, um einen Song zu identifizieren. Es dauert ungefähr eine Sekunde, bis ich rausgefunden habe, dass es dieses Lied ist, in dem sie immer wieder »Fröhliche Weihnachten« auf Spanisch singen und den Refrain dann mit »bottom of your h-e-a-r-t« beschließen.

Für meinen Ex George war es das nervigste Weihnachtslied aller Zeiten. Nachdem ich fünf Jahre mit ihm verbracht hatte, war ich irgendwann der gleichen Meinung. So wie ihr wahrscheinlich auch. Es ist sicher nicht die Art von Song, die jemand wie Bill hört. Er steht wohl eher auf Frank Sinatra. Oder *Santa Baby* von Eartha Kitt. Ich hoffe nur, dass dieser Bill, nachdem wir es jetzt schon so weit geschafft haben, nicht ausgegangen ist. Wir gehen weiter die Hauswand entlang, und je näher wir ihrem Ende kommen, desto lauter wird die Musik. Ich spüre meinen Ärger wie kleine Nadeln im Nacken.

Dann biegen wir um die Ecke, und mir fällt die Kinnlade runter. Vor mir erstreckt sich ein breiter Innenhof mit wunderschönem Kopfsteinpflaster, angestrahlt von der Art weichem, aber trotzdem hellem Licht, das nur von teuren Designerleuchten kommen kann. Am Rand stehen aus Stein gehauene Bänke und Laubengänge, und in der Mitte befindet sich der größte Whirlpool, den ich je gesehen habe. In einer Ecke davon, hinter den Dampfwolken, faulenzt ein Mann, seine muskulösen Arme auf den Rand des Pools gelegt. Sogar durch den Dampf hindurch, der alles weichzeichnet, kann ich ausmachen, dass er keine einzige Falte im Gesicht hat.

Boah. Oder auf den zweiten Blick vielleicht eher: B-O-A-H.

Gott sei Dank sind diese für mich total untypischen Gedanken nicht aus meinem Mund gekommen. Obwohl ich in einem teuren Laden arbeite, begegnen mir nicht jeden Tag so hübsche dunkle Augen, zerzauste Haare, sexy Stoppeln und markante Wangenknochen. Jetzt, da ich das alles so direkt vor Augen habe, könnten meine Alarmglocken nicht lauter schrillen. Es ist großartig, ein paar Sekunden lang rohe Kraft und Schönheit zu sehen, so, wie man einen Tiger von einem Platz hinter einer Absperrmauer, mit ein oder zwei Gräben und einem dicken Sicherheitsglas dazwischen gern beobachtet. Aber man würde ihm niemals von Angesicht zu Angesicht in der Wildnis begegnen wollen.

Der Mann wirft den Kopf zurück und wischt sich das Wasser aus den Augen. Dann legt sich seine Stirn in verwirrte Falten. »Hi, kann ich dir helfen?«

Mein Mund steht immer noch offen. »Ich bezweifle es sehr, außer du kannst mir sagen, wo Bill ist.«

Seine Stirn glättet sich, und der harte Ausdruck in seinen Augen wird sanfter. »Heute muss dein Glückstag sein. Ich bin Bill.«

Als sein leises Lachen an meine Ohren dringt und sich unsere Blicke treffen, setzt mein Herz aus, denn das hier ist nicht irgendein Typ, der da in den Wellen herumplanscht – ich kenne ihn.

Oh Scheiße.

Ich schlucke hart und klappe gerade noch rechtzeitig den Mund zu, bevor mein herumflatternder Magen heraushüpfen und auf dem Steinpflaster Rad schlagen kann. Sein Haar mag länger sein und sein Gesicht verbrauchter, und anfangs war ich verwirrt, weil ich ihn noch nie nackt gesehen habe. Auf der Liste mit all den Typen auf der Welt, die ich am liebsten nie mehr sehen würde, steht er ganz oben. Das ist eine lange Geschichte, und ich hätte nie erwartet, mich noch einmal mit ihr auseinandersetzen zu müssen …

Chamonix, Januar 2013. Das einzige Mal, dass ich mit George Skifahren war; wir, seine Freunde und Freunde von Freunden teilten uns eine Skihütte. Genau genommen tat ich, statt Ski zu fahren, alles, um es zu vermeiden: Ich gab einen Haufen Geld aus (was ich mir eigentlich nicht leisten konnte), fuhr immer wieder Lift und probierte in jedem einzelnen Café die heiße Schokolade. Die meiste Zeit aber saß ich vor dem Kaminfeuer und las, während der Rest der Gruppe draußen auf den Pisten die Art von Kunststücken vollführte, die bei mir die Frage aufwarfen, wieso sie nicht im Olympischen Skiteam waren.

George und ich wohnten bereits seit ein paar Monaten zusammen, und er fing gerade damit an, die Art von Arschlochverhalten zu zeigen, die er bis dahin unterdrückt hatte. Das Ganze hatte dann noch eine schlimmere Wendung genommen, als ich, nachdem ich einen frühen Flug genommen hatte, an die Tür der Hütte klopfte und sie von diesem Adonis in Socken namens Will geöffnet wurde … der Typ im Whirlpool hier. Arrghh … der, na ja … Kennt ihr dieses Gefühl, wenn eure Eingeweide dabei sind, euren Körper zu verlassen, weil ihr jemanden so unglaublich toll findet?

Wir hatten eine wundervolle Zeit, als wir zusammen Feuer gemacht haben, bevor der Rest der Truppe kam. Stellt euch gemütliche und romantisch karierte Wollsofas, mit Schaffell bedeckte Böden, mit Kiefernholz verkleidete Wände und eine Aussicht auf entfernte schneebedeckte Berge vor und multipliziert das mit hundert – dann bekommt ihr eine Vorstellung davon, wie herrlich es war.

Doch wie gesagt war ich damals mit George zusammen, und ich hasse Leute, die betrügen. Also musste ich diese völlig unangebrachte Anziehungskraft verbergen. Mein Unterbewusstsein hingegen war da offensichtlich anderer Ansicht. Die ganzen zehn Tage lang erwischte ich mich immer wieder dabei, wie ich meinen Rücken durchdrückte und meinen Körper zeigen ließ, dass ich »frei und verfügbar« sei, während ich eigentlich nichts dergleichen im Sinn hatte. Diese superdünnen Oberteile aus Merinowolle trugen zudem kaum dazu bei, meine ziemlich große Oberweite zu verbergen. Ich habe dem armen Will praktisch die ganze Zeit über meine Nippel ins Gesicht gedrückt.

Und dann unsere Lachanfälle ... Das war die andere unglückselige Sache: Wir haben uns über die Witze des jeweils anderen, die sonst keiner kapiert hat, regelrecht ausgeschüttet.

Doch jetzt, da ich ihn nach all den Jahren vor mir im Whirlpool sitzen sehe, wird mir klar, dass er sich so weit von seiner Vergangenheit distanziert hat, dass er sogar seinen Namen in »Bill« geändert hat. Es war ja nicht so, dass wir uns gut gekannt hätten, wir waren einfach nur zufällig für eine kurze Zeit Hüttenmitbewohner. Wenn man bedenkt, dass ich mit meinem neuen Haarschnitt und dem, was er verbergen soll, so anders – und so viel hässlicher – aussehe, wir damals sehr viel getrunken haben, er ziemlich sicher die gleiche Alkoholamnesie hat wie ich und er mich nicht einmal damals auf dem Radar hatte, nehme ich an, dass er keine Ahnung hat, wer ich bin.

Alles, was ich tun muss, ist, mein Herz so weit zu beruhigen, dass es nicht mehr so laut schlägt wie zwei gegeneinanderprallende Skier, dann sind wir wieder da, wo wir angefangen haben – bei meinem unangebrachten Staunen angesichts einiger gebräunter Brustmuskeln. Und von da aus werden wir irgendwie weitermachen.

Ich räuspere mich und versuche verzweifelt, meinen Stolz wiederzufinden, damit wir das Gespräch auf einer etwas sachlicheren Ebene fortführen können. »Also, ich stell mich dir mal ordentlich vor, Bill, ich bin ...«

Bill hebt die Hand und schneidet mir das Wort ab. Die Fältchen in seinen Augenwinkeln kommen mir unerträglich bekannt vor. »Halt, halt, du musst dich mir nicht vorstellen, es kann schließlich nur eine Ivy Starforth geben.« Seine Lippen kräuseln sich. »Du erinnerst dich doch an mich? Ich bin Will Markham, wir haben uns in Chamonix getroffen.«

Ich halte eine Sekunde lang inne, um meinen Magen auf den Boden fallen und wieder zurück zu seinem Platz gleiten zu lassen. Dann versuche ich, den Schaden einzudämmen. »Ja, aber du verwirrst mich – in meinem Gedächtnis gibt es nur einen trockenen Banker namens Will, der viel mehr anhat. Und vor mir befindet sich ein sehr nasser Bill im Innenhof eines Schlosses. Was hat das zu bedeuten?«

»So haben mich die Leute zu nennen begonnen, als ich nach Cornwall gezogen bin.« Er schnieft. »Ist dein Mann auch dabei?«

Ich habe Mühe, ihm zu folgen. »Bitte?« Wenn er mich vorher nicht bei meinem richtigen Namen genannt hätte, würde ich denken, dass er die falsche Person meint.

Er runzelt die Stirn. »Du hast doch einen?«

Es ist eine Erleichterung, dass wir so weit von der Realität weg sind. Wie sehr er auch vor all den Jahren meine Libido angefacht hat, ich rede hier gerade mit einem Banker. Dieses Exemplar hier ist so arrogant, dass es annimmt, meinen Familienstand besser zu kennen als ich selbst. Ich hoffe, dass Merwyn das mitbekommt, damit ich mich später mit ihm darüber unterhalten kann, denn ich kann kaum glauben, dass das gerade passiert.

»Soweit ich mich erinnern kann, habe ich keinen Mann.«

»Und wie weit kannst du dich zurückerinnern?«

»Bis zurück in meine Kindheit.«

Eine von Bills Augenbrauen schießt in die Höhe. »Na, wie super ist das denn? Ich gratuliere dir von tiefstem Herzen dazu, nicht verheiratet zu sein, Ivy Starforth.«

Für den Moment lasse ich mal beiseite, wie surreal die ganze Situation ist. Er schien völlig überzeugt zu sein, dass ich einen Mann habe. Was mich angeht: Ich bin nicht stolz auf den Nachmittag, den wir allein in der Hütte verbracht haben. Tatsächlich hatte ich ihn in irgendeinem Aktenschrank in meinem Erinnerungsarchiv weggesperrt, auf dem in großen Buchstaben steht, dass ich ihn nie wieder öffnen soll. Nicht, dass irgendetwas Furchtbares passiert wäre. Zumindest nicht im wirklichen Leben. In meinem Kopf dagegen schon ein paarmal – vielleicht ein paar tausend Mal –, denn nach dem Urlaub war es echt gut, ihn im Bedarfsfall als Vorlage für meinen Traummann vor Augen zu haben. Aber das ist genau der Sinn solcher Träume, die außer Reichweite sind: Man verwendet sie, um durch harte Zeiten zu kommen, in dem sicheren Wissen, dass sie nicht real sind und auch nie real sein werden. Und man erwartet sicher nicht, im entlegenen Cornwall frontal mit ihnen zusammenzustoßen.

Aber zurück zu dem, was in Chamonix passiert ist. George bekam noch einen Last-Minute-Auftrag rein und musste seinen Flug umbuchen. Während also alle anderen bis zum Abend arbeiteten, waren Will und ich die einzigen, die schon eher angekommen waren. Also haben wir miteinander geplaudert, während wir darauf warteten, dass die anderen eintrafen. Mehr war da nicht.

Aber irgendwie war er so entspannt und nett – nicht zu vergessen heiß –, dass ich mir auf einmal inständig wünschte, mit ihm zusammen zu sein statt mit dem Mann, der im Augenblick in einer FlyBe-Maschine saß, auf dem Weg zu einem spektakulären Winterurlaub, zu dem er mich überredet hatte. Und den ich, wie üblich mit George, am Ende nicht sehr genoss.

Weder davor noch danach habe ich mich je wieder für ein paar Stunden in einer Fantasie häuslicher Zweisamkeit verloren. Ich habe diesen Ausrutscher immer auf die Urlaubsstimmung und die großen Mengen Glühwein geschoben. Heute hätte es sicher nicht noch mal zwischen uns gefunkt. Ganz im Gegenteil. Unbewusst habe ich sofort gespürt, wie arrogant Will ist, und das, obwohl er sich praktisch komplett im Wasser befindet. Was nur zeigt, wie wenig man sich auf einen ersten Eindruck, der bereits sieben Jahre zurückliegt, verlassen kann. Und dass ein paar getäfelte Wände und die Wärme brennender Holzscheite das Urteilsvermögen so sehr vernebeln können, dass man sich noch Jahre später wegen mentaler Untreue schuldig fühlt. Normalerweise bin ich nämlich nicht die Art Mensch – echt. Ich schwärme selten für jemanden. Ich halte mir zugute, loyal, treu, charakterfest und ehrlich zu sein – weshalb ich an jenem Abend so angewidert von mir war und mich so für mich selbst geschämt habe.

Bill verengt die Augen noch mehr. Seine Stimme wird sanfter. »Es ist unglaublich, dich wiederzusehen, Ivy. Warum meldest du dich jetzt erst?«

Ich schaffe es, das warme Braun seiner Augen zu ignorieren. »Ich bin nicht zu meinem privaten Vergnügen hier, Will – ich meine Bill –, oder wer immer du auch bist.« Hoffentlich zeigt ihm das, wie wenig ich seit 2013 an ihn gedacht habe. Fliss kennt ihn nicht mal – und ich erzähle ihr alle meine Geheimnisse. Falls er oder irgendjemand sonst jemals die Wahrheit rausfände, würde ich vor Scham sterben. »Das ist totaler Zufall, einer dieser Momente, in denen man wieder mal merkt, wie klein die Welt ist ...« Ich könnte mir in den Hintern beißen dafür, wie abgedroschen das klingt. »Ich bin hier wegen der Weihnachtsvermietung.«

Seine Augenbrauen schießen nach oben. »Scheiße. Okay. Echt? Das kann nicht sein, du bist einen Tag zu früh dran!«

Er hat diese Art, die einem suggeriert, dass niemand ihm je widerspricht, also zwinge ich mich dazu, standhaft zu bleiben. »Mrs. Johnstone-Cody hat alles arrangiert. Und sie macht nie Fehler. Es war ausgemacht, dass wir heute ankommen.« Ich mein ja nur. Nach mehr als 350 Meilen Fahrt würde ich ungern zurückfahren und morgen wiederkommen. Auch schöne Menschen machen mal einen Fehler, er muss hier falschliegen.

Ein verwirrter Ausdruck erscheint auf seinem Gesicht, dann ist er wieder verschwunden. »Na ja, egal, welcher Tag heute ist, es ist jedenfalls toll, dich zu sehen, Ivy.« Das ist die Sache mit attraktiven Leuten – sie machen einen Fehler und gehen dann nahtlos zum Tagesgeschäft über, so als wäre nichts passiert. Plötzlich bewegt sich seine Hand auf mich zu. Ich starre sie eine Sekunde lang voller Entsetzen an und komme dann nah genug, dass ich die Spitze eines der triefenden Finger streife.

»Nun, da du schon hier bist – wie wär's, wenn du auch kurz reinhüpfst?«

Ich kann nicht glauben, was ich da höre. Schlösser, Whirlpools, appetitliche Männer, die die absurdesten Vorschläge machen ... Es fühlt sich an, als wäre ich in einer Episode von *Made in Chelsea* gelandet. »Auf keinen Fall. Aber danke für das Angebot.« Ich bin immer für Spaß zu haben, aber sogar ich ziehe eine Grenze, wenn es darum geht, mit jemandem in einen Whirlpool zu steigen, von dem ich mal kaum die Finger lassen konnte. Besonders, wenn er immer noch so unglaublich heiß ist ...

»Hm, dein Pech. Es ist superwarm, und das Blubbern fängt grade erst richtig an.« Er taucht kurz unter und kommt dann wieder hoch. Seine muskulösen Schultern sind gebräunt und schimmern im Licht, sein Blick ist sanft, aber intensiv. Soweit ich an seinem einen halb geschlossenen Auge erkennen kann, macht er sich über mich lustig.

Ich komme aus dem Norden, meine Eltern hatten nur einen sehr beschränkten Horizont. Erst mit Mitte zwanzig habe ich mich nach London aufgemacht, also bin ich es gewohnt, die Leute mit meiner sozialen Ungeschliffenheit und der Tatsache, dass ich »bugger« statt »bogger« sage, zum Lachen zu bringen. Wenn ich so drüber nachdenke, war das – ich, die Witzfigur aus dem Norden – wahrscheinlich der Grund, wieso in Chamonix so viel gelacht worden war. Auch wenn ich mich daran gewöhnt habe, dass die angesagten Leute sich über mich lustig machen, bedeutet das nicht, dass es mir gefällt. Wenn Bill wie die anderen aus Georges Bekanntenkreis ist, ist er einer dieser privilegierten Typen, die mit Champagner gestillt wurden und davon ausgehen, dass der Rest der Menschheit das auch wurde. Die Art Mensch, die nicht einmal weiß, was eine Hintertür ist, geschweige denn, wie man sie benutzt. Seine Wangenknochen verraten ihn. Und sein Akzent. Ich weiß, dass es falsch ist, Vorurteile zu haben, und noch falscher, Leute abzuschreiben, ohne sie richtig zu kennen. Doch nachdem George mich auf diese schreckliche Art sitzengelassen hat, kann ich keinem Kerl mit geschliffenen Vokalen mehr vertrauen.

»Das glaube ich dir gern.« Ich brauche eine Sekunde, um das Thema zu wechseln. »Was ist mit der Musik?«

Feliz Navidad? Es ist so viel subtiler als die üblichen Weihnachtslieder.« Obwohl er das Gesicht verzieht, sieht er immer noch perfekt aus. »Ich hörs in Dauerschleife, um in weihnachtliche Stimmung zu kommen.«

So kann man es auch sehen. George betrachtete Wiederholungen als faul, als fehlende musikalische Kreativität. Aber es wäre ja auch schlecht, wenn wir alle dasselbe gut finden würden. George ist privilegiert aufgewachsen, doch als er die Dreißig erreichte, machte er eine schwere Zeit durch – wo ich ihm gerade recht kam. Als Überbrückungshilfe. Als Sprungbrett. Als Fußmatte, auf die er treten konnte, um an bessere Orte zu gelangen. Die Zeit mit George hat mich gelehrt, dass normale Leute Abstand zu reichen Leuten halten sollten. In der Minute, in der es ihm wieder besser ging, hat er mich für eine Frau verlassen, die besser in sein neues, wohlhabendes Leben passte. Für mich ging danach alles den Bach runter. So sehr, dass es in einem Unfall geendet ist.

Jetzt verwende ich all meine Energie darauf, auf einer besseren Welle zu reiten, und glaubt mir, Typen spielen da überhaupt keine Rolle. Besonders nicht solche, die sprechen, als hätten sie eine Pflaume verschluckt und die in Innenhöfen kornischer Schlösser in Wirlpools herumplanschen, obwohl sie ganz genau wissen, dass sie eigentlich sofort rausspringen und sich um ihre Gäste kümmern sollten.

Aber denkt jetzt nicht, dass ich ganz Südengland abgeschrieben hätte. Fliss zu treffen und in ihre sehr südenglische Familie aufgenommen zu werden, hat mein nordenglisches Herz geöffnet, und dafür werde ich immer dankbar sein. Fliss ist nicht nur meine beste Freundin, sie war auch meine Partygenossin und meine Zimmernachbarin an der Uni. Sie war meine Übersetzerin, wenn es um soziale Dinge ging, und sie war an meiner Seite, als ich die beängstigende Welt des studentischen London erkundete. Später hat sie mir dann meinen Job bei Daniels verschafft.

Um über schönere Dinge zu reden: Man braucht nur einmal das W-Wort zu sagen, da schaue ich schon hoch und begutachte den Laubengang. Okay, ich gebs zu, ich kann einfach nicht anders, es ist mein Beruf. Auch wenn der Außenbereich schon jetzt wahnsinnig schön und gepflegt ist, in meinem Kopf stehe ich bereits auf einer Leiter und schmücke ihn mit Lichterketten. Rosa- und türkisfarbene Lichter, die von dem Gerüst der Pergola hängen und sich im Wind bewegen, würden fantastisch aussehen.

»Du hast es noch nicht geschafft, dich um die Deko für hier draußen zu kümmern?« Ich spreche das Offensichtliche aus und erwarte, dass er sagt, dass er das als Letztes erledigen wird, und mir vielleicht mitteilt, was er geplant hat.

»Deko?«

Ich registriere seinen ausdruckslosen Blick, und plötzlich fallen mir zwei Dinge ins Auge.

Erstens: Obwohl Merwyn neben mir steht und Bill noch eindringlicher anstarrt, als ich es tue, habe ich seine Leine gar nicht mehr in der Hand. Wie ist das nur passiert? Und zweitens: Seitdem ich näher gekommen bin und das elektrisierende Prickeln seiner Berührung tapfer ertragen habe, habe ich mit meinen »Russell and Bromley«-Chelsea Boots (ein verfrühtes Weihnachtsgeschenk an mich selbst, auf eBay erstanden) die ganze Zeit auf einem Handtuch rumgetreten. Nur dass ich jetzt erst merke, dass es nicht nur ein Handtuch ist. Obenauf liegen auch noch Boxershorts.

»Okaaaay.« Meine Stimme ist ganz schrill geworden. Während die Worte *nackter, heißer, reicher Mann meiner Träume in einem Whirlpool* durch mein Gehirn schießen, fange ich unter meinem schottischen Pulli plötzlich an zu schwitzen. Ich schaue die Boxershorts an und dann Bill; Merwyn folgt meinem Blick. Über den Rand des Whirlpools hinweg kann ich sehen, dass Bill dasselbe tut. Manchmal bleibt einem nichts anderes übrig, als das Rauschen des Blutes in den Ohren zu ignorieren und es einfach auszusprechen. Also hole ich tief Luft und drücke den Start-Knopf. »Du hast da drin gar keine Klamotten an, stimmt's, Bill?«

In Bills Grinsen ist keine Spur von Reue. Keine Überraschung für mich. »Gut geraten, Ivy, ich sitze hier tatsächlich im Adamskostüm, danke, dass du das so offen aussprichst.« Dass er es zugibt, ist leider noch entwaffnender als seine übliche arrogante Art. »Zu meiner Verteidigung: Was auch immer Mrs. Johnstone-Cody gesagt hat, ich habe heute noch keine Gäste erwartet.«

Ich schniefe. »Das glaube ich dir aufs Wort.« Schön für ihn, dass er jetzt wieder so superzufrieden mit sich ist.

»Gut.« Netter Versuch, wir wissen beide, dass es absolut nicht gut ist. »Also, wenn du mir mein Handtuch und meine – ähm – Shorts reichen würdest, dann können wir zu deiner Willkommenstour vorspulen.«

Es ist eine Erleichterung, dass wir endlich so weit gekommen sind, dass er mich rumführen wird. »Wie reizend, mach ich sofort.«

Merwyn wirft mir einen seiner Blicke zu, die sagen sollen »Ich glaube kein Wort, und das solltest du auch nicht«, aber ich werde ihn nicht dafür ausschimpfen, dass er so frech ist, denn Merwyn und ich müssen hier eine gemeinsame Front bilden. Ich stecke mit meinen Schmetterlingen im Bauch, die vollkommen fehl am Platz, komplett unangebracht und verdammt beängstigend sind, schon genug in der Scheiße, da brauche ich nicht auch noch einen Streit mit meinem Hund.

Während ich mich zum Handtuch hinunterbücke, schätze ich in Gedanken dessen Größe ein und überlege, wie viel es an einer Schaufensterpuppe verdecken würde, wenn es in einem Schaufenster von Daniels ausgestellt wäre. Dann übertrage ich das Ganze auf den Körper, den ich viele Jahre in Gedanken immer wieder ausgezogen habe, und die Antwort lautet: bei Weitem nicht genug. Und dann sind da noch die – ähm – Boxershorts. Nachdem ich jahrelang Georges Unterwäsche vom Boden aufgehoben habe, habe ich darin viel Übung. Als ich meine Hand danach ausstrecke, kommen mir die blassblauen Karos darauf plötzlich genauso kostbar wie Bill selbst vor. Der Gedanke, dass sie tatsächlich ihm gehören, lässt mich lange genug erstarren, dass ich in meinem Kopf ein stummes Oh-mein-Gott hauche.

Im nächsten Moment bereue ich dieses Oh-mein-Gott bereits, denn Merwyn bekommt mein Zögern sofort mit. Er betrachtet das winzige Zeitfenster als Herausforderung – und nimmt sie an. Mit einem Satz schnappt er sich die Shorts, dreht sich um und rennt durch den Innenhof davon. Er macht noch zwei vergnügte Sprünge und schüttelt die Shorts wie wild umher, dann saust er in Richtung Schatten, das Handtuch und die Leine ebenfalls hinter sich herziehend.

Ich renne bis zur Ecke des Innenhofs, wo ich ihn zwischen den Büschen verschwinden sehe. Es hat keinen Sinn, ihm zu folgen, da Merwyn denken wird, dass es ein Spiel ist. Je mehr ich ihn jage, desto schneller wird er laufen.

»Tja, also das habe ich nicht kommen sehen.« Bill schüttelt den Kopf; ich habe keine Ahnung, ob er es ironisch meint oder nicht. Meiner Erfahrung nach braucht es mehr als ein Paar verschwundene Boxershorts, um so coole Typen wie ihn aus der Fassung zu bringen, selbst wenn die Shorts mit 100 Kilometer pro Stunde in die Nacht verschwinden.

»Wenn du ein Handtuch von anständiger Größe gehabt hättest, wäre das nicht passiert; das wäre zu schwer für ihn gewesen.« Ich mein ja nur. Damit er es für die Zukunft weiß.

Doch ich kann nur mir die Schuld geben. Merwyn ist mein Hund, ich bin also verantwortlich. Na gut, in Wahrheit ist er gar nicht meiner, aber ich habe jetzt keine Zeit, das auszuführen. »Gib ihm eine Minute, er wird gleich wieder zurück sein.« Davon gehe ich zumindest aus. Was Merwyn am meisten hasst, ist, ignoriert zu werden, also kommt er hoffentlich jeden Moment zurück, um nachzusehen, wieso ich nicht mit ihm spiele.

Bill hat eine Augenbraue hochgezogen. »Die Zeit vergeht wie im Flug, wenn man in einem Whirlpool chillt – willst du nicht kurz reinkommen, während wir warten?« Das ist genau das, was ich mit cool gemeint hab – durch nichts aus der Ruhe zu bringen, die Bedenken der restlichen Welt einfach ignorierend und nur auf seine eigenen hedonistischen Prioritäten fixiert. »Zum zweiten und zum letzten Mal, ich komme nicht rein. Aber danke für das Angebot.«

»Botschaft verstanden, laut und deutlich. In diesem Fall werde ich die Zeit dazu nutzen, dir vorzuschlagen, dass du dir für heute Nacht ein Zimmer in diesem Teil des Hauses suchst, dann werde ich dir den Rest morgen früh zeigen.«

»Okay.« Es hat keinen Sinn, ihm zu widersprechen. Außerdem hat er es ein »Haus« genannt, kein »Schloss«, aber darauf werde ich jetzt nicht herumreiten. Es zeigt mir nur wieder, dass er an Häuser gewöhnt ist, die so riesig wie Downton Abbey sind.

»Es ist etwas zu essen da, falls du hungrig bist, Wein, falls du dich entspannen willst, und wenn du dir komplett die Kante geben willst, kannst du auch die Ginfässer anzapfen.«

Also echt, als hätte ich die roten Flaggen nicht bereits gesehen – man kann niemandem trauen, der einem so viel anbietet. »Für ein Mädchen für alles strengst du dich wirklich an.«

Er sieht mich mit zusammengekniffenen Augen an. »Lass uns hoffen, dass du das im neuen Jahr auch noch denkst, wenn du deine Rezension schreibst.«

»Eigentlich habe ich mir selbst etwas zum Abendessen mitgebracht.« Könnte ein paar Tage dauern, bis sich meine Innereien nicht mehr jedes Mal in heißen Sirup verwandeln, wenn er mich ansieht. Hoffentlich habe ich mich, bis die anderen am Wochenende ankommen, bereits so daran gewöhnt, dass sein Charme dann an mir abprallt.

»Freut mich zu hören.«

Ich war mir noch nie so unsicher, ob jemand es ernst meint oder nur einen Scherz macht. »Ihr habt doch eine Mikrowelle?« Beim Gedanken an mein Käsemakkaroni-Fertiggericht läuft mir das Wasser im Mund zusammen; ich bin so froh, dass ich die extragroße Portion gekauft hab.

»Das wäre nicht sehr authentisch.« Sein skeptisches Stirnrunzeln ist wieder da.

Ich muss das einfach kommentieren. »Sagte er, während er im ultramodernen Whirlpool saß.«

»Keine Sorge, Ivy-Sternchen, ich bin sicher, dass der AGA-Herd das auch hinkriegen wird.«

Ivy-Sternchen, so nennt mich Fliss immer. Der Spitzname kommt von unserem allerersten Boss, den wir bei Daniels hatten – er bellte immer ›Ivy Starforth, was für ein Stern‹, wenn ich eine gute Idee hatte. George hat den Namen wohl mal erwähnt, doch die Tatsache, dass Bill sich nach sieben Jahren noch daran erinnert, lässt mich zusammenzucken. Ich stehe da, kratze mich innerlich am Kopf und versuche verzweifelt, meinen flauen Magen zu beruhigen, als ich plötzlich das Geräusch von Pfoten auf dem Kies vernehme.

»Merwyn!« Ich bereite mich darauf vor, mich mit einem »Willkommen Zurück«-Bodyslam auf ihn zu stürzen. Während ich mich hinhocke und versuche, seiner Zunge auszuweichen, landen wir plötzlich auf dem Boden, aber wenigstens kann ich ihn nun am Halsband festhalten. Ich raffe mich wieder auf und bin stolz darauf, recht behalten zu haben. »Schau, ich hab dir ja gesagt, dass er wiederkommt.«

»Mit Schlamm bedeckt und ohne meine Boxershorts und mein Handtuch, wie ich hinzufügen darf.« Bill schüttelt den Kopf. »Weißt du, wie viel Calvin Kleins kosten? Ich kann es mir nicht leisten, sie von Hunden verbuddeln zu lassen.«

»Zufälligerweise weiß ich das auf den Cent genau. Ich weiß auch, dass Calvin Klein keine Boxershorts mit diesem Karomuster herstellt und sie auch niemals hergestellt hat, soweit ich mich erinnern kann.« Es hat Vorteile, das gesamte Sortiment an Männerunterwäsche auswendig zu kennen. Natürlich rein geschäftlich. Was Merwyn angeht, so ist sein süßes braunes pelziges Gesicht von der Schnauze bis hinter die Ohren mit Dreckklümpchen verklebt. Genauso wie seine Pfoten und Füße. Er hat bestimmt rumgebuddelt. Ich hab ihn noch nie so dreckig gesehen, aber ich werde jetzt keinen Aufstand deswegen machen. Er wird dieses Mal ohne Schimpftirade davonkommen. »Da hat wohl jemand ein Bad nötig.«

Bill grunzt. »Lass uns hoffen, dass er nicht so wasserscheu ist wie du.«

Es war ein sehr langer Tag, und ich erhole mich immer noch von dem Schock, Bill/Will hier begegnet zu sein. Auch eine Frau kann nur begrenzt viel aushalten. Um ehrlich zu sein war ich nicht hundertprozentig sicher, ob Merwyn zurückkommen würde. Nun, da er es getan hat, will ich ihn nur noch sauber machen und mich dann in einen gemütlichen Sessel fallen lassen. Vorzugsweise in einem Zimmer, das sich so weit weg von Bill wie möglich befindet. Was Begegnungen mit der Vergangenheit angeht, ist diese hier so heftig wie der Ausbruch jenes isländischen Vulkans, der wegen seines Staubs in der Atmosphäre den weltweiten Flugverkehr zum Erliegen gebracht hat. Die Nachbeben könnten wochenlang dauern.

»Sollten wir nicht langsam reingehen?« Ich kneife die Augen zu, schlüpfe aus meinem Mantel und strecke ihn in Bills Richtung. Jemand muss hier mal Bewegung reinbringen.

»Steig aus dem Pool und verdeck alles Wichtige damit. Sag mir Bescheid, sobald du bedeckt bist, dann folge ich dir hinein.«

Ich schwöre, ich habe nicht vorhergesehen, dass dieses Angebot darin resultiert, dass ich Bills muskulöse Pobacken zu Gesicht bekomme. Oder wie verstörend ich es finde, wie der marineblaue Pelzbesatz meines Mantels gegen seine Schenkel klatscht, während er läuft. Oder dass ich mir wegen der Wasserflecken auf dem Futter Sorgen mache. Aber manchmal muss man Dinge in die Hand nehmen und mit den Konsequenzen leben.

Wir gelangen an eine erfrischend normal große und breite Hintertür. Bill streckt die Hand hinauf zu einer kleinen steinernen Nische, woraufhin die Musik erstirbt. Doch anstelle der Stille, die ich hier, wo sich Fuchs und Hase gute Nacht sagen, erwartet hätte, vernehme ich ein seltsames Geräusch – eine Art wiederholtes Rumpeln, wie bei einem Sturm, nur lauter.

»Du meine Güte, was ist denn das für ein Geräusch?«

Bill schaut mich durchdringend an, was mir sehr unangenehm ist. »Das sind die Wellen, die an den Strand rollen. Damit musst du rechnen, wenn du in einem Schloss in der Nähe des Meeres übernachtest.« Er lacht, was mir irgendwie noch unangenehmer ist. »Willkommen in Cornwall, Ivy Starforth. Ich hoffe, du wirst dich nicht darüber beschweren, denn dieses Geräusch können wir leider nicht abstellen.«

Als ich sein tiefes, polterndes Lachen höre und das Licht in seinen dunkelbraunen Augen tanzen sehe, habe ich auf einmal das seltsame Gefühl, dass uns allen große Herausforderungen bevorstehen.

Sogar Libby.

2. Kapitel

Fröhlich und heiter (nicht wirklich)

Donnerstag, 12. Dezember

Nachdem ich Merwyn gebadet habe, schreibe ich Fliss, bevor mein Handyakku leer ist, noch eine SMS: *Bin gut angekommen, kuschle mich gerade ins Bett und lausche dem Meeresrauschen, bald mehr xx*

Etwas knapp, aber damit scheint mir alles so weit abgedeckt, bis es hell genug ist, damit ich mir ein Bild von allem machen kann. Da wir selbst unsere schlimmsten Erlebnisse miteinander teilen, wird sie unbedingt auch jeden Schlossverwalter-Horror hören wollen. Aber ich werde mir das alles aufsparen, bis ich besser verstehe, was hier vor sich geht.

Dann steige ich hinauf in mein winziges Zimmer, über eine noch winzigere Treppe in der Küche. Als ich ins Bett schlüpfe, fällt mir kaum auf, dass es hier weniger wie eine Festung, sondern eher wie eine Kiefernhütte aus den Siebzigern aussieht. Na gut, eigentlich fällt es mir doch auf, denn so bin ich nun mal; aber da habe ich bereits aufgehört, mich darum zu kümmern, und außerdem bin ich in der Wohnung des Verwalters sowieso nur kurzzeitig untergebracht. Ich gebe zu, dass ich, während ich einschlafe, darüber nachdenke, wie Will-Schrägstrich-Bill hier gelandet ist. Als ich zehn gemütliche Stunden später aufwache, ist mir klar: Selbst wenn mir heute ein »Prinzessin auf der Erbse«-Himmelbett angeboten wird, werde ich auf diese herrliche Matratze hier nicht verzichten wollen.

Nachdem Merwyn und ich unsere Morgenrunde auf dem Schlossgelände gedreht haben, ist das Wasser im Kessel auf dem AGA-Herd heiß, und ich fülle meinen wiederverwendbaren Kaffeebecher. Ein paar Cranberry-Macadamianuss-Riegel später bin ich wach genug, um auf einem Hocker am Küchentresen zu sitzen, ohne runterzufallen. Ich checke gerade mein Handy, als Bill reinkommt.

»Morgen, Ivy, wie steht's?« Er ist größer und kräftiger, als ich ihn in Erinnerung hatte. Seine Schultern beulen die Barbourjacke aus, seine Jeans spannen sich über seinen Schenkeln. »Du weißt schon, dass du deine Mütze aufhast?«

Ich hatte zehn Stunden Zeit, um meine Verteidigung aufzubauen, und so schaffe ich es, mich hinter verlegenem Grummeln zu verstecken.

Die Mütze … hm … Seitdem ich diese Verletzung im Gesicht habe, trage ich je nach Saison verschiedene Varianten davon, selbst bei der Arbeit. Meine Haare habe ich zu einem eher dilettantischen Bob mit Seitenscheitel wachsen lassen, aber ich brauche immer noch eine Mütze, um meine nach vorne gekämmten Fransen zu positionieren und die lange, gezackte Narbe zu verbergen, die sich von der Mitte meiner Stirn hinunter zum Ansatz meines rechten Ohrs zieht. Ich versuche, nicht daran zu denken oder den Leuten zu erzählen, wie sie entstanden ist. Doch als ich für den Bruchteil einer Sekunde meine Augen schließe, um die Bilder, die durch mein Gehirn schießen, wegzublinzeln, beginnt sich in meinem Kopf alles so schnell zu drehen, dass ich mich an der Arbeitsfläche festhalten muss. Nach ungefähr einem Jahr habe ich die Flashbacks einigermaßen unter Kontrolle. Aber wenn sie passieren – so wie jetzt –, kann ich nichts tun, als sie über mich ergehen zu lassen.

Plötzlich sitze ich wieder im Auto und rase rückwärts durch die Dunkelheit den Hang hinunter. Indem ich mich fest an die

Granitplatte der Kücheninsel klammere und meinen Nacken gerade halte, kann ich die Bilder, die in meinem Gehirn rotieren, vielleicht rechtzeitig anhalten, bevor der Teil kommt, wo es sich anfühlt, als würden wir wie in einer Waschmaschine umhergewirbelt ... der Teil, als der Ast durch die Windschutzscheibe kracht ... bevor das Glas zerspringt und in einem Diamantenschauer auf uns runterregnet. Bevor ich meinen Arm in die Dunkelheit strecke und Michaels warme Schulter fühle, die gegen das Lenkrad gedrückt ist. Ihn frage, ob alles okay ist. Mir das Hirn zermartere, wie ich jemanden, den ich erst seit ein paar Stunden kenne, dazu bringen kann, aufzuwachen und mit mir zu sprechen. Ich bemerke, dass ich mich nicht bewegen, nur die Songs im Radio mitzählen kann, denn selbst nachdem das Auto sich immer und immer wieder überschlagen hat, läuft im Radio weiter die Morningshow. Wieder und wieder bitte ich ihn, doch aufzuwachen, aber er antwortet nicht. Zu dem Zeitpunkt weiß ich noch nicht, dass er niemals wieder antworten oder aufwachen wird. Weil sein Genick gebrochen und er bereits tot ist.

»Ivy, alles okay?« Bills Stimme dringt durch die Dunkelheit in meinem Kopf. »Ich hab dich was wegen deiner Mütze gefragt. Du weißt schon, dass du vergessen hast, sie abzunehmen?«

Ich ignoriere das mit der Mütze und zwinge mich zurück ins Hier und Jetzt in die Küche. »Nachricht konnte nicht gesendet werden.« Jetzt erinnere ich mich, was ich gerade sagen wollte. »Es ist nicht der beste Start in den Morgen, aber ich werds überleben.«

Was den Unfall betrifft: ein Nachhauseweg von einer frühen Weihnachtsparty, der nie so hätte enden sollen. Nach einem Jahr kann ich noch immer nicht erklären, wieso ich überlebt habe und Michael gestorben ist. Die einzige Möglichkeit, um weiterzuleben, ist, nicht jede wache Minute daran zu denken. Und der einzige Weg, wie ich das schaffen kann, ist, rund um die Uhr zu arbeiten und etwas für andere Leute, statt für mich selbst zu tun. Wenn ich all meine Energie darauf verwende, Fliss, Libby und ihren Familien ein wunderschönes Weihnachten zu bereiten, wird es mich für ein paar Tage die schrecklichen Fehler vergessen lassen, die ich an jenem Abend begangen habe.

Bill bläst Luft aus den Backen. »Dass Nachrichten nicht rausgehen, ist typisch für Cornwall. Keine Sorge, wenn du wieder nach Hause fährst, wirst du dich daran gewöhnt haben.«

»Du meinst, man hat hier keinen Empfang?« Ich kann nicht glauben, was ich da höre, auch wenn es wenig überraschend für mich ist, dass er das Problem einfach mit einem Achselzucken abtut, weil es nicht seins ist. Es ist gut, dass ich den Smalltalk übersprungen habe, wir haben keine Zeit zu verlieren. Erleichtert stelle ich fest, dass ich mich aus meinem persönlichen schwarzen Loch wieder herausgeholt habe und zurück bei den banalen Alltagssorgen bin, die andere Leute umtreiben.

»Es ist eher so, dass der Empfang kommt und geht, man muss die Hotspots finden. Auf der Spitze des Südturms klappt es normalerweise am besten.« Und abermals: Das Ganze macht ihm viel weniger zu schaffen, als es eigentlich sollte.

Ich schnaube. So leicht lasse ich ihn nicht vom Haken, denn ich bin wirklich empört, auch wegen der anderen Gäste. »Jetzt verstehe ich, wieso ihr zur Hauptsaison noch was frei hattet. Wie hält man es hier denn aus?«

Er zieht wieder eine seiner selbstgefälligen Grimassen. »Ich finde, dass die Größe und das Aussehen der Küche die mangelnde Kommunikationstechnologie mehr als wettmachen.«

Was mich daran erinnert: Ich war so mit unbedeutenden Ablenkungen beschäftigt, dass ich ganz vergessen habe zu erwähnen, wie wundervoll der Blick aus meinem Schlafzimmerfenster ist. Als ich aufgewacht bin, schaute ich auf die Rasenfläche hinter dem Schloss, die in einen langen Sandstrand übergeht und auf das blassblaue Wasser dahinter, auf dem die Sonne glitzert ... Durch die weit geöffneten Küchentüren hat man einen ähnlichen Ausblick, hinaus auf den breiten Bogen der Bucht und eine entfernte Ansammlung von Häusern – dort habe ich wohl gestern die Lichter gesehen.

Um zu verhindern, dass ich an ihm vorbeimuss, gehe ich einmal um die Kücheninsel herum und bleibe dort stehen, wo man eine noch bessere Aussicht hat. »Ist das da die nächstgelegene Stadt?«

Bills Lippen verziehen sich zu einem Lächeln. Aus irgendeinem bescheuerten Grund muss ich an diese Parfumwerbung denken, in der ein Typ durch einen Raum geht und alle Frauen nacheinander umfallen und Orgasmen haben. Nicht der idealste Gedanke, den ich im Kopf haben kann, als ich seine Stimme wieder höre.

»Das Dorf St. Aidan ist auf der anderen Seite der Bucht. Und um die typischen Fragen einer Besucherin aus London gleich vorab zu beantworten: Man muss nur fünfzehn Minuten den Strand entlanggehen und findet dort ein ausreichendes Angebot an Bars, Fish-and-Chips- und Surf-Läden, und alles malerischer, als man zu träumen gewagt hätte. Eine Megadosis malerischer Landschaft.«

Ich ignoriere die Stichelei über die »Besucherin aus London« und grinse hinunter zu Merwyn, der sich an die Beine meines Stuhls schmiegt. »Na schau, da haben wir schon eine Aktivität für den Nachmittag.« Merwyn steht voll hinter mir.

Was Bills Küche anbelangt: Es gibt zwar keine Mikrowelle, dafür aber zwei Dualit-Toaster mit jeweils vier Schlitzen, einen riesigen AGA-Herd, eine Kücheninsel und einen langen Esstisch sowie ein paar voluminöse Sofas aus altem Leder. Nicht zu vergessen eine hohe abgeschrägte Decke mit dicken Holzbalken. Bill hat recht – wenn ich Hausmädchen wäre und hier wohnte, würde ich sicher nie kündigen, selbst wenn mein zweites Zuhause Downton Abbey wäre. Aber wann immer ich mir sein Haus vorgestellt habe – und wenn ich ehrlich bin, habe ich das hin und wieder getan –, hat es niemals so ausgesehen. Es ist alles einfach viel zu unpersönlich. Ich suche die Wände und Regale nach Hinweisen ab, die mir etwas über sein Leben verraten, doch das Einzige, das ich herausfinde, ist, dass er Toast mögen muss.

»Also, falls du bereit bist, könnte ich dich jetzt ein bisschen herumführen?« Nun, da er nicht mehr hinter Dampfwolken verborgen ist, sehe ich, dass seine Stoppeln schon beinahe in einen Bart übergehen. Sein braunes Haar ist genauso wellig und zerzaust wie letzte Nacht. Als er meinen Blick auffängt, wird mir plötzlich so heiß, dass ich wünschte, ich hätte meinen eisbärweißen flauschigen Rollkragenpulli erst später angezogen.

»Super Idee, ich dachte schon, du würdest nie fragen.« Ich rutsche vom Stuhl, lese Merwyn, seine Leine und meinen Mantel auf, ziehe die Mütze weiter runter und werfe einen Blick auf mein Handy. Es ist schon nach zehn. »Schön zu sehen, dass Landbewohner nach einer durchzechten Nacht wirklich erst am späten Morgen mit der Arbeit beginnen.«

Bill schüttelt den Kopf und geht durch den Korridor in Richtung Hintertür. »Das sagt die Richtige. Ein paar von uns sind schon seit fünf auf, um Gin abzufüllen und zu verschicken.«

»Jaja, und ich bin der König von Cornwall.« Ich muss da was richtigstellen. »Es tut mir ja leid, dass ich deinen Klischeevorstellungen nicht entspreche, aber nicht alle Londoner sind besessen von Designer-Gin.« Unser Dekoratorenteam bei Daniels hat sich vier Jahre hintereinander dafür entschieden, unsere Weihnachtsparty in einer Après-Ski-Location zu veranstalten – Gin-Verkostungsbars waren noch nicht mal im Gespräch. Wir können alle persönlich bezeugen, wie schlimm ein Glühwein-Kater ist, doch wir feiern immer wieder da, weil die Erinnerung daran so warm und heimelig ist.

Bill schwingt einen Schlüsselbund hin und her, während wir durch den Innenhof und um das Schloss herumgehen. Er sagt über die Schulter zu mir: »Die meisten Leute ziehen es vor, für den bestmöglichen Auftritt durch die Vordertür reinzukommen. Ich denke mal, es wird dir nichts ausmachen, dieses Klischee zu erfüllen?«

Ich hätte gern eine ähnlich schnippische Antwort parat, doch als ich ihn einhole, schwingt die gigantische Vordertür bereits auf.

»Hereinspaziert und willkommen.« Zum Glück für uns beide hat er in den Tour-Guide-Modus umgeschaltet. »Die Gäste lassen die Eingangstür normalerweise unverschlossen und benutzen den Key Code an der Tür der Eingangshalle.«

Er hält die Tür für mich auf. Ich mache einen großen Sprung, um so schnell wie möglich an ihm vorbeizukommen und gelange in eine riesige Halle mit unebenem steinernem Boden und einer Treppe, die so groß und klotzig ist, dass es scheint, als wäre sie aus ganzen Baumstämmen hergestellt worden. Einen kurzen Moment lang bin ich überrascht, dass der gigantische Weihnachtsbaum noch nicht hier ist, aber wir sind ja einen Tag früher dran als erwartet, also denke ich an etwas anderes. Zum Beispiel daran, dass ich mir in einem so großen Anwesen wie diesem die Größe der Kronleuchter gar nicht auszumalen vermag. Ich schaue nach oben, doch anstelle einer Kaskade aus funkelndem Kristall hängen da nur einige riesige nackte Glühbirnen mit glühenden gelben Drähten mit einem Gewirr aus Kabeln darüber.

»Wie ich sehe, sind die Leuchtkörper eher trendig als traditionell.« Trotz des Schocks, dass alles so anders ist als das Bild, das ich im Kopf hatte, versuche ich, es mit Libbys Augen zu sehen – und scheitere. Es ist alles so viel rustikaler, als ich erwartet hatte. Zum Beispiel hätte ich nicht gedacht, dass die Innenwände aus dem gleichen Stein sein könnten wie die Außenwände.

Bill nickt. »Die Elektriker haben überall im Schloss Lösungen gefunden, die umweltfreundlich und energiesparend sind.« Zumindest lenkt mich der Schock von den Schatten rund um seine Kieferpartie und von den Frauen in der Parfumwerbung ab. Was auch immer es war, worauf ich in Chamonix so reagiert habe – er hat es nicht verloren, leider. Es fühlt sich nicht wie der richtige Moment an, zu fragen, wo die luxuriösen Tapeten sind. Zumindest ein wenig Putz wäre gut gewesen. Verzweifelt drücke ich mir selbst gedanklich die Daumen in der Hoffnung auf ein »gemütlicheres« Feeling im nächsten Raum.

»Komm weiter und sieh dir die Chill-out-Bereiche an ...«

Als ich mich umdrehe und die Rückseite von Bills Barbour-Jacke in mein Blickfeld kommt, bemerke ich ganz nebenbei, wie falsch sich das anhört, also versuche ich verzweifelt, mich an die Bilder zu erinnern, die Libby mir gemailt hatte. Im Moment kann ich mich nur an die wundervollen Außenaufnahmen erinnern und an Nahaufnahmen von Kissen, Kissenquasten, Kerzenhaltern und Ecken von Bilderrahmen. Dann tritt Bill zur Seite und gibt den Blick frei auf gefühlte Quadratkilometer Steinböden und Felssteinwände. Und dann ist da noch eine Art Galerie mit einigen kantigen Ledersofas, ein paar Couchtischen, einer eckigen Mauernische und einem recht hübschen Sideboard – falls man geschweißten Stahl mag. Und alles so reduziert und glatt, dass man keinerlei Spuren findet, die einem etwas über den Typen selbst verraten könnten.

Ich folge ihm zu einer weiteren Galerie. Dann dreht er sich um und sagt: »Okay, du hast die Wahl – wenn wir in den ersten Stock hochgehen, zeige ich dir die Schlafzimmer.«

Mir die Schlafzimmer mit dem Model der Parfumwerbung des Jahres anzusehen – dem Körper, der all die Jahre Gegenstand meiner geheimen Träume war –, ist der Teil, bei dem mir richtig mulmig wird. Ehrlich gesagt hatte ich gehofft, dass ich es noch ein bisschen hinausschieben könnte, außerdem gibt es noch eine drängendere Sorge. »Und die restlichen Empfangsräume?«

Er lächelt. »Dass die Leute sich aber auch immer durch den Schein täuschen lassen. Die reine Wohnfläche eines Schlosses ist nicht so groß. Aber das heißt auch, dass wir die Heizung ordentlich aufdrehen und den Durchzug gering halten können.«

Diese winzige gute Nachricht bezüglich der Innentemperaturen hält mein Herz nicht davon ab, mir weiter in die Hose zu rutschen.

»Was?«

»Cockle Shell Castle ist als reiner Zierbau errichtet worden. Es sieht von außen beeindruckend aus, aber es ist nicht dafür gemacht, Unmengen von Leuten zu beherbergen.«

Oder womöglich nicht einmal große Weihnachtspartys aus London? »Zeig es mir einfach.« Und wo zur Hölle befinden sich eigentlich die Bibliothek und das Esszimmer? Ich kann nur hoffen, dass die ebenfalls oben sind.

Als er die Türen zu den vier Schlafzimmern im ersten Stock öffnet, ist der Schock darüber, dass sie genauso leer sind wie die Räume unten, schon nicht mehr ganz so groß – einfache Betten, Duschbäder, das war's. Das Ganze stilvoll zu nennen würde zu weit gehen, und irgendwie hab ich auch keine Lust mehr, Kommentare abzugeben. Als wir schließlich vom zweiten Stock runtersteigen, der genauso aussieht wie der erste, nur mit niedrigeren Decken, beginnt es in meinem Hirn zu rattern. Die Anzahl der Schlafzimmer stimmt, wenn ich die in unserem Teil des Gebäudes mitrechne, doch der Rest könnte verkehrter nicht sein. Libby hat auf ein Anwesen gehofft, das voller Gelegenheiten für Schnappschüsse für zwei Wochen ist. Und – was noch wichtiger ist – ich auch. Selbst wenn man den nahen Hügel mit einrechnet – wenn wir Fotos vor den Felssteinwänden und den Sprossenfenstern gemacht haben, war's das wohl.

Und jetzt starrt Bill mich auch noch an. »Du bist ja so still?« Es ist eine Frage, keine Feststellung.

Um ehrlich zu sein bin ich erstaunt, dass es ihm aufgefallen ist. »Für eine Weihnachtslocation sieht es hier aber nicht gerade festlich aus.« Ich versuche es noch mal. »Es ist alles sehr schlicht und kahl.«

»Stimmt.«

»Ich meine, du bist dir schon darüber im Klaren, wie viel sie dafür bezahlt?« Es ist ein offenes Geheimnis – alle anderen wissen es auch. Ich weiß, dass Libby denkt, dass es ein Schnäppchen ist, aber für Normalsterbliche wie Fliss und mich ist es ein so großer Betrag, dass uns beinahe die Augen aus dem Kopf gefallen sind. Als Fliss sich für ihre Hypothek krummgelegt hat, hat sie nicht mit eingerechnet, dass sie bald zwei Babys bekommen würde, und ich bin genauso pleite. Nur um George zu gefallen, habe ich einen Staffelmietvertrag für eine Wohnung unterschrieben, die sich in einer viel nobleren Gegend befindet, als ich mir eigentlich leisten kann. Echt so dumm von mir.

Bill kommt jetzt voll arrogant rüber, ein sicheres Zeichen dafür, dass er in der Defensive ist. »Natürlich weiß ich das, ich habe die Buchung entgegengenommen.«

Ich muss noch deutlicher werden. »Also Minimalismus war ja mal in, aber in London ist man durch diese ›leere‹ Phase schon durch, dort regiert jetzt der Maximalismus. Für dieses Geld haben wir ... überall mehr Zeug erwartet.«

»Ach wirklich.« Dieses Mal ist es eine Feststellung, keine Frage. »Welchen Einrichtungsstil du auch immer gerade bevorzugst, wir bieten hier eine Unterkunft für Junggesellenabschiede an, und die Leute sind normalerweise happy mit allem – keine Nachbarn, die sich ärgern könnten, viel Platz zum Partymachen, nicht viel, das kaputtgehen kann. Und dann gibt's da noch den Gin. Ich weiß ja nicht, wie du zu Gin stehst, aber der wird eigentlich nie verschmäht. Das Schloss ist perfekt für solche Gäste – von den Schlafzimmern oben bis hinunter zum Boden in der Küche. Wo – um ehrlich zu sein – am Ende auch die meisten landen.«

Ich übergehe die Tatsache, dass er schon wieder über Gin spricht, und bereite mich mental darauf vor, ihm die Neuigkeit beizubringen. »Wir haben eine Weihnachtsfeier in luxuriöser Umgebung gebucht. Alles, bis hinauf zum Dach, sollte festlich geschmückt sein.« Was auch immer er jetzt sagen wird – ich habe die entsprechenden Bilder im Netz gesehen.

Er atmet lange aus. »Heiliger Strohsack. Jemand namens Nathan hat bei mir gebucht, aber er hat in seiner Nachricht nicht um besondere Dekoration gebeten.«

Das kann ich nicht unkommentiert stehen lassen. »Also hast du einfach diesen gigantischen Geldbetrag eingeheimst und bist untergetaucht?«

»Nicht ganz.« Er tritt von einem Fuß auf den anderen – ich scheine einen Nerv getroffen zu haben.

Es gibt eine Sache, die mich immer noch verwirrt. »Wo zur Hölle ist die Tapete?« Sie war definitiv auf den Bildern zu sehen, die Libby auf unsere geheime Pinterest-Seite hochgeladen hat – ich habe sie stundenlang durchgescrollt … Natürlich! Wie konnte ich nur so begriffsstutzig sein? Ich hole mein Handy raus, um sie durchzusehen, dann stöhne ich. »Wo ist denn dieser Hotspot, von dem du gesprochen hast? Und dann bräuchte ich noch das WLAN-Passwort, bitte.«

»Du kapierst es nicht, oder, Ivy?«

Mein Magen macht einen kleinen Satz, als er sich zu mir

dreht, doch ich ignoriere es, weil ich innerlich wegen Libby koche. »Was kapiere ich nicht?«

Ich schwöre, dass das gerade ein gereiztes Kopfschütteln war, dabei ist Bill dafür eigentlich zu teilnahmslos. »Das ganze Schloss ist eine internetfreie Zone, das ist eines seiner größten Alleinstellungsmerkmale.«

Heilige Scheiße. »Es gibt also nirgends WLAN?«

»Gäste schätzen die Freiheit, die ihnen eine Zwangspause vom Internet gibt. Bei so dicken Wänden wäre WLAN sowieso nicht praktikabel.«

Ich versuche, das alles zu verstehen. »Da muss eine Verwechslung passiert sein. Es gibt nicht noch andere Cockle Shell Castles, oder?«

Bills Augen glänzen hart. »Ich dachte, du hättest gesagt, Mrs. Johnstone-Cody mache keine Fehler?«

»Aber wenn doch …?«

Er seufzt. »Es gibt ein ›Cockle Shell Hideaway‹ weiter die Küste rauf, bei Port Isaac, ein kleines Juwel. Herausgeputzt bis in den hintersten Winkel. Aber das ist so anders als das Schloss hier, man würde die beiden wohl kaum verwechseln.«

Möchte man meinen. Aber ich stelle mir gerade vor, wie Libby ihren Zwei-Sekunden-Check macht, bevor sie die Buchung bestätigt und gleich auf die ersten paar hübschen Bilder anspringt, die sie sieht. Wenn die Worte »Cockle Shell« und »Cornwall« schon Google Images verwirren, dann besteht wohl keine Hoffnung für Libby. Sie war berauscht von dem Deal, den sie gemacht hat, und hatte wahrscheinlich parallel dazu noch zehn weitere Sachen am Laufen. Vielleicht – wenn sie weniger im Multitasking-Modus unterwegs gewesen wäre – hätte sie nicht so falsche Schlüsse gezogen.

»Tja, jetzt sind wir hier. Das hier hat Mrs. Nathan Johnstone-Cody gebucht.« Na gut, immerhin ist der Whirlpool luxuriös und die Umgebung spektakulär. Auch wenn das Innere es weniger ist, kann ich genauso gut positiv denken. Ein Weihnachtsessen draußen auf dem Rasen vor dem Schloss – das könnte hinhauen. Zumindest könnten wir so (selbst wenn der Truthahn kalt wäre) ein paar super Aufnahmen vor der Schlossmauer machen. Was mich daran erinnert ...

»Wir haben die Küche noch gar nicht besichtigt.« Ich baue mich erwartungsvoll vor Bill auf. Merwyn tut es mir gleich. Für einen so kleinen Hund hat er ein bemerkenswert großes Vokabular. Zugegebenermaßen stammen die meisten Worte aus dem Bereich Essen.

»Wir haben die Küche schon gesehen.« Bill lacht genau zwei Sekunden lang. Als ich nicht mit einstimme, weicht sein Lächeln wieder einem verwirrten Ausdruck.

Ich weiß, dass er unrecht hat. »Nein, haben wir definitiv nicht.«

Sein Gesicht verzieht sich zu einem Grinsen, als er es noch mal versucht. »Und wo hast du deiner Meinung nach dann gefrühstückt?«

Oh mein Gott! »Aber das kann nicht die Küche sein! Du meintest, es sei *deine* Küche. Wo ist die richtige Küche?«

Jetzt starrt er mich regelrecht an. »Es gibt definitiv nur die eine Küche. Die Gäste bei Junggesellenabschieden essen nicht oft zu Hause, aber wenn sie es tun, dann auf jeden Fall dort.«

»Du verarschst mich, oder?«

Er starrt mich an, als wäre ich diejenige, die hier begriffsstutzig ist. »Überleg doch mal. Ich hätte doch sonst kaum all die Stühle um den Tisch herumstehen, oder?«

»A-a-aber ...« Ich bin so schockiert, dass ich Probleme habe durchzuatmen. Ich weiß, dass das nicht wirklich mein Fehler ist, doch ich häng jetzt mit drin, ich bin hier. Und was noch viel schlimmer ist: Ich bin diejenige, die es Fliss und Libby beibringen muss. Und es dann, so gut, wie ich kann, in Ordnung bringen muss, damit zwanzig Leute zumindest ein annähernd schönes Weihnachten feiern können. Plötzlich wird mir etwas noch Schlimmeres klar und sorgt dafür, dass ich meine Stimme wiederfinde.

»Das heißt, du wirst also auch die ganze Zeit im Schloss sein? Dein Porridge kochen, auf den Sofas liegen, leicht bekleidet in den Whirlpool springen. Das hier ist gar keine exklusive Mietunterkunft, stimmt's?«

Er bläst Luft aus den Backen. »Es ist mehr ein AirBnB als ein Ferienhaus. Ich bin gern hier, um sicherzustellen, dass die Dinge nicht aus dem Ruder laufen. Aber vor allem bin ich hier, damit ich Probleme gleich lösen kann, wenn welche auftauchen.«

»Probleme ...?« Das Wort hängt zwischen uns.

Bill zuckt die Schultern. »Ein altes Gebäude ist wie ein altes Auto – voller Charakter und Eigenheiten. Es können Jahre vergehen, ohne dass ein Problem auftaucht. Oder eben auch nicht. Und dann bin ich hier.«

Oh verdammt. »Also hat Libby nicht nur ein Schloss gemietet, das nur unwesentlich komfortabler ist als ein mehrstöckiges Parkhaus – jetzt ist es auch noch ein Parkhaus, dessen Schranken häufig klemmen!« Plötzlich scheinen die fehlenden Möbel und Weihnachtsdekorationen unser geringstes Problem zu sein.

Bill bleibt gelassen. »Wenn du Gin brauchst, um wieder auf die Beine zu kommen, sag Bescheid.«

Ich weiß, dass ich nicht ausflippen sollte, und normalerweise habe ich mich auch gut unter Kontrolle, doch jetzt kann ich einfach nicht anders.

»Ich brauche Lichterketten und Kiefernzweige und Himmelbetten und Kerzen. Sogar Santa auf seinem verdammten Schlitten käme mir jetzt wirklich gelegen. Aber zum allerletzten Mal: Ich will deinen verdammten Gin nicht!« Der Satz kommt ziemlich laut raus, hallt an den Schlosswänden wider, prallt am Boden und an der Decke ab. Dann sammle ich mich. Als ich abermals anfange zu sprechen, ist meine Stimme wieder ruhig. »Trotzdem danke. Aber es ist niemandem geholfen, wenn ich mich unter den Tisch trinke. Merwyn und ich machen jetzt einen Spaziergang. Wenn es sonst nichts mehr von deiner Seite aus gibt, reden wir weiter darüber, sobald wir zurück sind.«

Endlich kann sich Merwyn mal wie ein kleiner Star fühlen. Ich ziehe an seiner Leine, und schon stolziert er im Gleichschritt mit mir hinaus in die Halle. Ich habe keine Ahnung warum, aber ich heule fast. Ich halte einen Moment inne, um sicherzugehen, dass meine Mütze vorn bis über die Augenbrauen runtergezogen ist, damit sie mir nicht – schreckliche Vorstellung – vom Kopf geweht wird, da höre ich Bills Husten.

»Da wäre noch eine Sache …«

Das kann nicht sein. »Und die wäre …?«

»Hunde sind hier nicht erlaubt.«

Von all den Hämmern, die er bisher so gebracht hat, ist dieser für mich der schlimmste. Ich halte inne, um Merwyn mit einem Augenrollen anzusehen und *Du verdammtes Arschloch* zu murmeln. Was auch immer ich über *Made in Chelsea*-Typen gesagt habe, das hier habe ich nicht erwartet. Offensichtlich ist es zu viel verlangt, dass er, weil er mich kennt, eine Ausnahme macht. Aber wenn er Streit will, kann er den gern haben.

Wir stiefeln weiter nach draußen, wo der salzige Meereswind auf meinen Wangen brennt. Die riesige Schlosstür schlägt hinter mir zu. Ein paar Sekunden später sind wir am Strand.

3. Kapitel

Kling, Glöckchen, klingelingeling …
(oder auch nicht)

»Alles okay?«

Merwyn und ich sehen Bill erst wieder, nachdem der Meereswind uns nach St. Aidan und zurückgeblasen hat. Dank einer ausgiebigen Snackpause im Dorf und der Art von Planung, die man nur machen kann, während man halb rennt und halb durch den Sand stolpert, können wir es uns jetzt in der Küche gemütlich machen und sind gefasster als zuvor. Statt also laut zu schreien *Es gibt weder Möbel noch Gemütlichkeit noch Internet noch Deko oder Hunde, wie zur Hölle soll da irgendwas okay sein?* schniefe ich nur und bleibe stumm.

Es war ein belebender Spaziergang, bei dem der Wind unsere Gesichter gepeitscht hat, und ich muss zugeben, dass es viel gemütlicher ist, vom Sofa aus und mit einer schaumigen heißen Schokolade in der Hand zuzusehen, wie das kobaltblaue Meer sich auf dem Weg Richtung Strand in weißen Schaum auflöst. Oder, in Merwyns Fall: vom gebohnerten Holzboden aus, auf seiner Weihnachtsdecke mit den Bommeln an den Seiten.

Bill hat seine Barbour-Jacke ausgezogen, lehnt mit der Schulter, die in einem Jeanshemd steckt, an der Wand und betrachtet uns. »Du schienst ein wenig hysterisch vorhin, das ist alles.«

Hysterisch?! Das ist so typisch Mann, einer Frau vorzuhalten, sie sei unvernünftig, derweil er derjenige ist, der komplett für ihre Panik verantwortlich ist. Ich versuche, lässig zu klingen, denn es wird hier nur einen Gewinner geben. »St. Aidan ist wirklich hübsch, danke für den Tipp.«

Nicht dass es Bills Verdienst wäre, aber dort gibt es wirklich sehr süße weiß gestrichene Cottages mit grauen Schieferdächern, kleine gepflasterte Gässchen, die sich zwischen den Häusern die Hänge hochwinden, Postkartenansichten vom glitzernden Meer und den in bunten Farben getünchten Booten, die im Hafen schaukeln.

»Es war auch sehr weihnachtlich.« Wir haben sogar einen Wagen mit einem Pony vorne dran gesehen, in dem der Weihnachtsmann und ein Elf saßen; seine Glöckchen bimmelten, als sie um die Bucht sausten. Alle Schaufenster waren mit Weihnachtsdeko geschmückt, und wir haben einen Brautladen gefunden mit schneeweißen Spitzenkleidern, Zweigen mit bereiftem Efeu und atemberaubenden blinkenden Eiskristall-Lichterketten. Nicht dass ich jemals einen solchen Laden betreten werde, aber er war so schön, dass ich nicht anders konnte, als bei seinem Anblick zu seufzen.

Bill müsste eigentlich wissen, dass rund um die Bucht und den Weg hinauf nach St. Aidan alle paar Meter ein Weihnachtsbaum aufgestellt ist. Trotz seiner »hübsch geschmückten« Weihnachtsunterkunft hat er sich aus irgendeinem Grund nicht bemüßigt gefühlt, diesem festlichen Vorbild zu folgen.

Er legt den Kopf schief. »Bist du irgendwo eingekehrt?«

»Wir haben ins Hungry Shark reingeschaut. Es ist hundefreundlich und hat auch noch gratis WLAN.« Ich sehe ihn spitz an. »Ich mein ja nur. Man findet beides nur eine Meile die Küste runter.« Ich habe auch rausgefunden, dass sie unglaublich leckere Mince Pies machen und gleich zwei davon gegessen, aber wenn man bedenkt, wen ich hier vor mir habe, und was er versäumt hat zu erledigen – nicht zu vergessen seine »Null Bock«-Attitüde –, behalte ich diesen Tipp für mich.

Er nickt. »Der heiße Apfelpunsch da ist gut, den solltest du nächstes Mal probieren.« Wenn er seine Augen verengt, werden sie ein wenig dunkler. »Ich kann dir nicht versprechen, dass er auch nur halb so gut schmeckt wie der Glühwein, den wir in Chamonix getrunken haben, aber ich schätze mal eh, dass da magischer Sternenstaub drin war.«

Ich muss mich gar nicht groß anstrengen, um diese berauschende Mischung aus warmem Zimt, Cointreau und Mandarine wieder auf der Zunge zu spüren, doch das würde ich ihm nie verraten. Ich sage ihm auch lieber nicht, dass es mir angenehm wäre, wenn er keine Dinge erwähnen würde, die schon so lange her sind. Ich dachte, Frauen wären diejenigen, die jedes kleine Detail ferner Erinnerungen genau im Kopf hätten. Es ist schon ein ziemlicher Schock, wenn plötzlich ein Mann mit so etwas daherkommt. »Wahrscheinlich liegt es eher an der Skibrille mit den rosaroten Gläsern, die du damals getragen hast, dass der Glühwein so gut geschmeckt hat.«

Er lacht leise. »Soweit ich mich erinnern kann, hattest du aber auch so eine auf.«

»Nee, meine war definitiv eine stinknormale Ray Ban.« Mist, ich muss das Gespräch unbedingt in ein anderes Fahrwasser bringen. Und ich werde ihm nicht erzählen, dass ich damals zwei Gläser von diesem Glühwein getrunken habe. Wer weiß, wie er das gedanklich weiterspinnen würde.

Ich habe versucht, meinen Mut zusammenzunehmen und Fliss eine »Houston, wir haben ein Problem«-SMS zu schicken. Ich hatte geplant, sie loszuschicken, sobald ich Empfang hätte, und ein paar Minuten später anzurufen. Wenn es nur eine kleine schlechte Nachricht gewesen wäre, hätte ich es getan. Doch nach allem, was ich heute Morgen rausgefunden habe, fühlt es sich an, als müsste ich Fliss unter einem ganzen Berg an Katastrophen begraben – und das gerade jetzt, wo sie sowieso schon so viel um die Ohren hat. Nicht nur, dass sie zwei Kleinkinder hat, um die sie sich kümmern muss, auch ihr Mann Rob bereitet ihr in letzter Zeit Sorgen.

Fliss und Rob sind eins meiner Lieblingspaare, einfach weil sie zusammen so viel mehr Sinn ergeben als allein. Angefangen von ihrem ersten Treffen in einem Schrank, als sie auf einer Party Verstecken gespielt haben, über den Heiratsantrag unterm Eiffelturm, ihre riesige und wundervolle Bauernhochzeit auf einer Wiese, bis hin zu Oscars Geburt, den sie und Rob allein im Badezimmer auf die Welt geholt haben, nachdem das Krankenhaus sie nach Hause geschickt hatte – sie waren einfach immer füreinander da. Meiner Meinung nach ist es sehr selten, dass sich zwei Menschen auf die Dauer so gernhaben, aber die beiden haben es wirklich drauf. Während der Liebesrausch bei allen anderen nach ein paar Monaten verflogen ist, sind die beiden seit acht Jahren bis über beide Ohren ineinander verliebt. Oder zumindest waren sie es bis jetzt. Rob ist durch und durch verlässlich, immer für Fliss da und gleichzeitig so entspannt – für einen Mann scheint er zu gut, um wahr zu sein. Aber Fliss hat auch nichts Schlechteres verdient.

George hingegen kam oft unglaublich spät nach Hause, hat vage Antworten gegeben und ist auf Facebook an Orten aufgetaucht, von denen ich nicht einmal wusste, dass er sie kennt. Irgendwann hat mich gar nichts mehr überrascht. Aber Rob war immer so beständig, dass Fliss es sogar merken würde, wenn sein Herz mal einen Schlag aussetzte. Es ist nicht so, dass sie klammern würde oder besitzergreifend wäre – das ist sie wirklich nicht. Sie sind einfach so aufeinander eingestimmt, dass sie die kleinste Abweichung sofort mitkriegt. Und in letzter Zeit gab es da so einige. Jede Unregelmäßigkeit für sich genommen hätte ich wieder vergessen, aber es gab so viele, dass sie meine Alarmglocken zum Läuten gebracht haben. Und obwohl nichts passiert ist, was so extrem gewesen wäre, dass es rechtfertigen würde, ihn darauf anzusprechen, sind es sicher genug Vorfälle, um sie vor Sorge verrückt werden zu lassen. Und sich dafür in den Hintern zu treten, dass sie all die Schwangerschaftspfunde nicht losgeworden ist, sich seit drei Jahren nicht mehr richtig angezogen hat und Sex vollkommen aus ihrem Bewusstsein verschwunden ist. Und dass sie all die Dinge getan hat, die man so macht, wenn jemand einen genug liebt, dass er oder sie sich überhaupt nicht um all das schert.

Also, ich gebs zu: Ich habe gekniffen und muss mir das jetzt noch mal durch den Kopf gehen lassen. Bevor ich Fliss die schlechten Nachrichten überbringe, will ich schauen, ob ich die Situation irgendwie verbessern kann.

»Also, was hast du vorher bezüglich Merwyn gesagt?«

Das scheint mir ein guter Ausgangspunkt für das Gespräch zu sein. Wenn das Leben dir Mauern vor die Nase setzt, kannst du dich entweder umdrehen oder du kannst sie einreißen und vorwärtsmarschieren. Ich bin der Typ »Einreißen-und-marschieren«. Es ist nicht immer einfach, aber das ist das Ergebnis, das ich hier anstrebe. Und Mister Arrogant sollte sich besser im Klaren darüber sein, dass ich meinen Vorschlaghammer bereithalte. Damals in Chamonix mag ich vielleicht sanft und naiv gewesen sein, aber seitdem ist viel Wasser den Bach runtergeflossen.

Ich mache das Ganze mit Absicht persönlich, indem ich Merwyn beim Namen nenne. Ich stupse den Hund mit einer Zehe an und stelle so sicher, dass er sieht, wie ich ein Stück Hundeschokolade aus meiner Jeanstasche ziehe. Von der Idee, ihm sein zum Dahinschmelzen süßes Weihnachtsmannoutfit anzuziehen und Bill damit emotional zu erpressen, habe ich dann doch Abstand genommen. Aber er ist jetzt gerade, als er sich aufsetzt, mich mit seinen seelenvollen braunen Augen anblinzelt und Pfötchen gibt, genauso unwiderstehlich.

Doch Bill schaut nicht einmal in unsere Richtung. »Gut erzogene Hunde sind nur bei vorheriger Vereinbarung erlaubt. Merwyn steht nicht auf der Gästeliste.«

Verdammt. Wenn ich das vorher gewusst hätte, hätte ich anrufen oder ihn verstecken können – okay, das hätte ich eh nicht geschafft. Ich kann genauso gut ehrlich sein. »Er war von Anfang an eingeladen, aber er konnte erst in letzter Minute zusagen.«

Bill blinzelt uns jetzt an. »Weiter.«

Das Ganze hier kostet mich doppelte Anstrengung, erstens weil ich mich nicht von der Aussicht ablenken lassen darf, und zweitens, weil ich versuchen muss, die Fassung zu wahren, egal wie bescheuert er ist. »Er gehört meiner Nachbarin Tatiana, sie ist Fotomodel. Ich bin seine Ersatzmami, wenn sie beruflich ins Ausland muss.« Ich merke schon, dass das nicht wirklich bei ihm ankommt. »Wir teilen ihn uns sozusagen.«

Bill runzelt die Stirn. »Ich kapier immer noch nicht.«

»Tatiana hat ganz spontan noch einen Auftrag bekommen und ist nach Prag geflogen. Sie hatte sonst niemanden, der auf ihn aufgepasst hätte, deshalb ist er mit mir mitgekommen.« Ich versorge ihn mit sämtlichen Details, damit er es endlich versteht. »Merwyn hat mich angebettelt … Er hatte sein Weihnachtsmannoutfit an … Da konnte ich nicht Nein sagen.« Aus dem Grund weiß ich ja auch, wie effektiv dieses Kostüm ist.

Bill hebt die Augenbrauen. »Das war also nicht wieder eines von Mrs. Johnstone-Codys Versehen?« Er ist so was von herablassend.

»Nein, für Merwyn bin ganz allein ich verantwortlich.« Merwyns Augen fallen ihm immer noch fast aus dem Kopf, während er das Schokoladenplätzchen anstarrt, doch ich habe nicht damit gerechnet, dass er so viel sabbert. Ich werde mich jetzt schnell bücken müssen, bevor er den ganzen teuer aussehenden Boden vollsabbert. »Es tut mir leid, ich hatte angenommen, dass Hunde willkommen seien. Das sind sie mittlerweile in den schicksten Unterkünften.«

Einschmeicheln funktioniert nicht, also versuche ich's auf andere Weise. »Es ist ein so großes Schloss, und er ist nur ein so kleiner Hund.« Fast füge ich hinzu *du wirst es überleben*, aber ich schaffe es, mich zurückzuhalten. Stattdessen ziehe ich ein Tuch aus meiner Tasche und versuche, die Sabberpfütze auf dem Boden wegzuwischen, bevor Bill sie bemerkt.

Doch ehe ich mich's versehe, steht Bill vor uns, reicht mir die Küchenrolle und sieht mich mit zusammengekniffenen Augen an. Es ist ehrlich gesagt mehr eine eingehende Prüfung als ein Blick.

»Also hast du den Koboldhaarschnitt, den du in Chamonix hattest, abgelegt?«

Mist, ich hatte gehofft, dass er Merwyn ein »Okay« gibt, bevor wir uns über etwas anderes unterhalten. Ich will über Merwyns freie Eintrittskarte zum Weihnachtsschloss sprechen, nicht über irgendwelche verdammten Frisuren.

Bills sieht mich so durchdringend an, als wollte er mein Inneres nach außen kehren. »Damit hast du ausgesehen wie Audrey Hepburn in ihrer Koboldzeit. Damals hast du auch seltener deine Mütze getragen.« Er blinzelt mich an. »Wenn ich so darüber nachdenke, trägst du sie schon die ganze Zeit, seitdem ihr angekommen seid. Ist dir kalt?«

Wie beharrlich er auch sein mag, ich werde nichts verraten. »Alles gut. Wenn ich längere Haare habe, habe ich auch mehr Bad-Hair-Days, die ich verbergen muss.« Selbst wenn er mich da kalt erwischt hat, bin ich so zufrieden mit meiner Antwort, dass ich gleich noch ein bisschen nachlege. »Du weißt schon, diese feuchte Meeresluft und das Salz, das ist ein Albtraum für Bobfrisuren.«

»Du siehst immer noch wie Audrey aus, selbst mit dieser Wollmütze mit dem riesigen Pelz-Bommel.«

Mir entfährt ein dumpfer, ironischer Lacher. »Was für ein bescheuerter Vergleich. Wie warst du überhaupt in der Lage, Ski zu fahren, wenn du offensichtlich so blind bist?« Ich kann gar nicht sagen, wie sehr ich mich nach meinem hübschen Kurzhaarschnitt sehne. Oder wie verzweifelt ich versuche, meine längeren Haare zu bändigen. Nun, da er sie erwähnt hat, stopfe ich die Fransen meines Bobs unter meine Mütze, um sicherzustellen, dass sie die Seite meines Gesichts gut abdecken. »Aber du hast recht, ich lasse mein Haar seit ungefähr einem Jahr wachsen.«

In seinen Augenwinkeln bilden sich kleine Fältchen. »Es steht dir beides wirklich gut. Meiner Meinung nach wird dunkelbraunes Haar sehr unterschätzt.« Sein Gesicht verzieht sich zu einem Grinsen, während er die Hand ausstreckt und spielerisch an der Strähne hinter meinem Ohr zieht. »Und länger ist immer besser, weil man dann leichter dran ziehen kann.«

»Hör auf damit!« Ich taumele zur Seite.

»Was?« Er lacht leise. »Es war nur ein kleines Ziepen, kein Grund, gleich bis nach St. Aidan zu springen.«

Denkt er. Gemessen an den Schaudern, die über meine Kopfhaut und meine Wirbelsäule jagen, ist St. Aidan wahrscheinlich noch fünf Meilen zu nah. Und nur, weil er etwas Nettes sagt, macht ihn das nicht weniger arrogant. Tatsächlich untermauert das in diesem Fall lediglich die Tatsache, wie gut er lügen kann. In all unseren gemeinsamen Jahren hat George kein einziges Mal Audrey Hepburn erwähnt. Jetzt, da ich mein Zittern unter Kontrolle habe, muss ich den Spieß umdrehen.

»Du hast dich auch ein bisschen verändert.«

Er grinst und fährt sich durch die zerzausten Locken. »Will und seinem kurz geschnittenem Haar Lebewohl zu sagen bedeutet, dass ich jetzt viel seltener zum Friseur muss.« Er verengt die Augen zu Schlitzen. »Und es gibt auch viel zum Ziehen, du kannst es gerne jederzeit probieren.«

Ich schaue kopfschüttelnd zu Merwyn runter, um zu verbergen, dass ich sogar irgendwie in Versuchung gerate. Stattdessen schnaube ich. »Das werde ich definitiv nicht tun.« Und damit ist dem Ganzen hoffentlich ein Ende gesetzt.

Nachdem wir nach Hause zurückgekehrt waren, haben wir die Leute aus dem Urlaub nie mehr wiedergetroffen. Ich bin später zu der Überzeugung gelangt, dass George sich irgendwie in die Berghütte hineingemogelt haben muss – genauso wie er sich in alles andere hineingemogelt hat. Aber wenn Bill schon darauf besteht, dass wir die Vergangenheit wieder aufwühlen, kann ich genauso gut fragen, was aus dieser superattraktiven Anwältin geworden ist, die sich den ganzen Urlaub vor ihm in den Schnee geworfen hat. »Warst du damals nicht mit dieser Frau …«

Er verdreht die Augen, als ich innehalte. »Du meinst Gemma. Wir waren eigentlich gar nicht zusammen, ich hab eher verzweifelt versucht, ihr aus dem Weg zu gehen.«

»Oh mein Gott, genau, Gemma K-K-K-« Ausnahmsweise schaffe ich es mal, den Mund zu halten, bevor noch was Schlimmeres rauskommt. Wenn ich ihren vollen Namen »Gemma Kuhgesicht« ausgeplappert hätte, wäre Merwyn vielleicht für immer aus dem Schloss verbannt worden. Man muss dazusagen, dass wir ihr diesen gemeinen Namen nicht ohne Grund verpasst haben. Im Nachhinein betrachtet war es wahrscheinlich eine Beleidigung für Kühe. Aber sie – die Mitbewohnerin aus der Hölle – hat uns elf andere wirklich an den Rand des Wahnsinns getrieben: Sie hat das ganze heiße Wasser verbraucht, hat sich immer die beste Dusche ausgesucht, die Sauna ständig mit Beschlag belegt, den Kuchen anderer Bewohner aus dem Kühlschrank gestohlen, den ganzen Wein gesoffen, die letzte Milchtüte verbraucht, gemeine Kommentare darüber abgegeben, wie die Hintern und Schenkel der anderen in Skihosen aussehen und über deren Partykleider, Karrieren und Sexspielzeuge gelästert.

Ich fange mich genug, um weiterreden zu können. »Gemma war die Superhübsche.« Wahrscheinlich ist es nur menschlich, dass man sich an die schlimmsten Sachen erinnert. Zum Beispiel, dass sie oben auf der Piste mal so getan hat, als hätte sie sich den Knöchel gebrochen, sodass Bill sie ins Krankenhaus bringen musste. Und dann noch einmal, indem sie so tat, als wäre sie die Treppe runtergefallen. »Ein Glück, dass du ihr entronnen bist. Die war ein hartes Stück Arbeit.«

Er verzieht das Gesicht. »Na ja, am Ende hat sie mich doch rumgekriegt, und wir sind miteinander ausgegangen.«

Ich lächle. »Haha, beinahe hätte ich dir geglaubt.« Und dann sehe ich, dass er nicht lacht. »Scheiße, ihr seid wirklich zusammengekommen, stimmt's?« Ich habe keine Ahnung, warum ich mich fühle, als hätte man mir einen Pfahl durch die Brust gerammt. Ich meine, natürlich hatte er eine Freundin, und natürlich hätte ich nie eine Chance bei ihm gehabt. Doch selbst wenn Gemma superattraktiv war und einen Spitzenjob hatte, bin ich erschüttert, denn für jemand so Warmherzigen wie Bill war sie viel zu berechnend und unverfroren. Aber wie meine Mum und meine Großmutter immer sagen: Wenn eine Frau einen Mann haben will und entschlossen genug ist, kriegt sie ihn normalerweise auch.

»Wir sind kurz nach Chamonix zusammengekommen. Gemma hat es hier nicht so gut gefallen, aber zum Glück haben wir unser Haus in London behalten. Sie arbeitet jetzt dort.«

»Also habt ihr immer noch Kontakt?« Warum zum Geier frage ich das denn? Ist doch offensichtlich.

Er lacht dumpf. »Es gibt wenig Tage, an denen ich nicht von ihr höre, ja.«

Kann man sich eigentlich gleichzeitig in den Hintern beißen und innerlich sterben? Das tue ich nämlich gerade.

»Es tut mir sooo leid.« Das reicht nicht mal ansatzweise. »So, so, so leid.« Und ich verabschiede mich von der Möglichkeit, dass Merwyn doch noch Gnade zuteilwerden könnte.

Bill starrt mich immer noch an, als wäre ich ein Museumsstück. »Jetzt bin ich dran mit fragen. Also wenn du und George nicht verheiratet seid, müsst ihr mittlerweile echt schon sehr lang verlobt sein. Oder wart ihr verheiratet und habt euch scheiden lassen? Er war doch dein Verlobter, oder nicht?«

Da muss ich ihn aufklären. »Es gab weder eine Hochzeit noch eine Verlobung.«

»Wirklich?« Er verzieht das Gesicht, so als würde er mir nicht glauben. Dann blinzelt er und redet weiter. »Sorry, mein Fehler.« Danach zu urteilen, wie er die Stirn in Falten legt, verwechselt er mich definitiv mit jemandem. Und Leute wie er geben normalerweise nie zu, dass sie falschlagen. Irgendwas ist hier seltsam. »Und wo ist George jetzt?«

Das sollte ich eigentlich wissen. »New York ...«

»Und du fliegst an Neujahr zu ihm, sobald du hier fertig bist?« Bill gibt zwar nicht viel von sich selbst preis, aber er ist auf jeden Fall gut darin, sich eine Geschichte über mein Leben zusammenzubasteln.

Ich schüttele den Kopf und zermartere mir das Hirn. »... könnte auch Los Angeles sein.«

Bill rümpft die Nase. »Dann nehme ich an, dass es keine Fernbeziehung ist?« Er schmunzelt – wahrscheinlich macht er sich auch über meine fehlenden geografischen Kenntnisse lustig.

»Nein, George und ich sind Geschichte.« Zumindest hat ihn das jetzt von meinem Fauxpas von vorhin abgelenkt.

»Gut.« Eine Sekunde lang strahlt Bill mich an, dann zieht

er eine Grimasse. »Wobei – für dich ist es wahrscheinlich nicht so gut.«

»Deshalb ist es immer besser, über die Zukunft zu reden als über die Vergangenheit.« Ich hoffe, dass ihn das davon abhält, weiter über Skihütten zu reden, sodass ich zu meinem aktuellen, dringenden Problem zurückkehren kann. »Gibt es irgendeinen guten Grund dafür, wieso Hunde im Schloss nicht erlaubt sind?« Wenn ich mit meinen großen, tollpatschigen Füßen nicht so ins Fettnäpfchen getreten wäre, hätte ich mir Bills und meine gemeinsame Geschichte zunutze machen können. Aber so hab ich sie eher in einen Nachteil für mich verwandelt.

Bill zwinkert, als müsste er sich zwingen, in die Gegenwart zurückzukehren. »Es ist ein Versicherungsproblem. Das Gebäude ist sehr alt, wir können hier keine wild umherlaufenden Hunde dulden.«

Ich denke, wir wissen beide, dass das Schwachsinn ist. »Du hast also nichts dagegen, das Schloss von Partyleuten verwüsten zu lassen, aber ein winziger Hund, der keiner Fliege, geschweige denn einem Gebäude, etwas zuleide tun kann, ist nicht erlaubt?« Meine Stimme ist vor Entrüstung ganz schrill geworden. Jetzt ist Bill derjenige, der ein wenig peinlich berührt dreinschaut. Ich werde diesen Moment der Schwäche nicht ungenutzt vorüberziehen lassen.

»Dutzende scheißbesoffene junge Männer oder ein kleiner Hund? Also ich weiß, an wen ich lieber vermieten würde.« Ich bin kurz davor, meine Trumpfkarte auszuspielen. »Merwyn trinkt auch nicht. Er ist komplett abstinent.«

Bill zuckt zusammen. »Apropos scheißbesoffen – da wäre ja auch noch das Problem mit den Häufchen.«

Mist, und ich bin auch noch diejenige, die dieses Wort als Erste ausgesprochen hat. Aber wir haben vorgesorgt. »Merwyn und ich sind mit Sandwichtüten ausgestattet, wir fangen das

Häufchen auf, bevor es auf den Boden fällt. Immer. Und wenn's mal breiig wird, haben wir Feuchttücher dabei.«

Bill hält die Hand hoch. »Hör auf! Das sind viel zu viele Details für Nicht-Hundeliebhaber.« Und das ist zusammengefasst das ganze Problem.

Zumindest wissen wir es jetzt. Er ist arrogant und dazu noch ein Hundehasser. Wie konnte ich mich nur so in ihm täuschen? Obwohl er ohnehin schon extrem niedrig im Kurs bei mir stand, ist er in meiner Achtung noch mal ein ganzes Stück gesunken. Merwyn ist so knuffig, wie er nur sein kann, bewegt seine Pfote hin und her und zittert noch immer vor Vorfreude auf die Schokolade – doch Bill bemerkt das gar nicht. Daher muss ich es irgendwie anders versuchen.

Ich habe noch eine letzte Geheimwaffe, also räuspere ich mich. »Hunde hin oder her, du hast eine hochpreisige Urlaubsunterkunft an jemanden vermietet, der das volle Programm erwartet. Ich würde nicht gerne in deinen Schuhen stecken, wenn Libby auftaucht und das Schloss so leer vorfindet. Du wirst meine Hilfe brauchen. An deiner Stelle würde ich mit meiner Anti-Hunde-Einstellung mal ein bisschen hinterm Berg halten.«

Bill blinzelt mich an. »Wie bitte?«

Es überrascht mich immer wieder, wenn jemand denkt, dass Leute, die es sich leisten können, zu viel für etwas zu bezahlen, für ihr Geld keinen entsprechenden Gegenwert erwarten. Meiner Erfahrung bei Daniels nach zu urteilen sind die Kunden mit den dicksten Portemonnaies üblicherweise auch die wählerischsten. Außerdem können sie es sich auch leisten, nachbessern zu lassen, wenn die Sache in die Hose geht. Ich bin nur überrascht, dass Bill, der ja »einer von ihnen« ist, davon anscheinend nichts weiß.

Ich werde es ihm klarmachen müssen. »Ich muss dich vorwarnen, Mrs. Johnstone-Cody ist nicht einer von deinen leicht zufriedenzustellenden, sich um nichts einen Dreck scherenden Junggesellen. Wenn sie sieht, wie wenig Platz, Luxus, Privatsphäre, Weihnachtsschmuck und Himmelbetten hier vorhanden sind, wird sie alles andere als begeistert sein.« Ich halte kurz inne, um das sacken zu lassen. »Und das ist noch untertrieben. Libbys Wutausbrüche sind legendär, und sie ist ganz und gar nicht zimperlich. Wenn die explodiert, könnte das ganze Dach wegfliegen – und dann ist nicht nur dein Schloss ruiniert, sondern auch das Business, das du hier betreibst.«

Ich muss zugeben, dass ich das meiste, was ich über Libby weiß, aus zweiter Hand von Fliss erfahren habe. Sie ist ein paar Jahre älter als wir, und als wir in der Unizeit Fliss' Mum besucht haben, war Libby schon in die Welt hinausgezogen, um ihr faszinierendes Leben auf der Überholspur zu führen. Doch Fliss' Geschichten über Libbys neueste Großtaten schockieren und beeindrucken mich seit Jahren in gleichem Maße.

Bill seufzt. »Wenn man größer ist als eins fünfzig, sind antike Himmelbetten echt eine Katastrophe. Und wie sehr Mrs. JC auch mit dem Fuß aufstampft, ich kann das Schloss nicht größer machen – es ist eben so, wie es ist, Ende der Geschichte.« Der Art nach zu urteilen, wie er seine Entschuldigungen raushaut, mit diesem sarkastischen Unterton, hat er keine Ahnung, was für ein Shitstorm da auf ihn zukommen wird.

»Aber es gibt doch ein paar Dinge, die du arrangieren könntest?« Falls ich jetzt mehr Druck ausübe, dann nur, um Merwyns Weihnachten zu retten.

Er kontert sofort. »Wenn Mrs. JC ernsthaft ihr eigenes Holz mitbringen und ihr temperamentvolles Feuer brennen lassen will, dann wünsche ich ihr viel Glück dabei. Ich mache mich gerne unsichtbar.« Sein Blick verhärtet sich. »Aber falls ich aus meiner eigenen Küche vertrieben werde, kann sie das mit dem Internet vergessen.«

Mein Mund klappt auf. »Aber du meintest doch, hier gebe es keins?«

»Gibt's auch nicht. Nicht in den öffentlichen Räumen.«

Ach du meine Güte. Anscheinend muss ich vor ihm auf die Knie fallen und betteln, um mein Ziel zu erreichen. Ich nutze nie meinen weiblichen Charme, um zu bekommen, was ich will, und ich würde niemals mit einem Kerl wie Will flirten. Ich meine Bill. Außer natürlich in meiner Fantasie. Oder als ich damals, in diesem Merinowollpullover, auf einmal mit ganz leiser und kehliger Stimme mit ihm gesprochen habe. Aber ich schwöre, das war nicht geplant. Nur dieses eine Mal, für etwas so Wichtiges, versuche ich verzweifelt, meine innere Audrey rauszulassen.

»Ich muss Bilder auf Instagram hochladen, sonst wird niemand etwas vom Johnstone-Cody-Weihnachtsfest mitkriegen. Es liegt in meiner Verantwortung, fantastische Fotos zu liefern – dafür werde ich bezahlt. Ohne Internet bin ich geliefert, dann könnte ich genauso gut gar nicht hier sein. Ich weiß, es ist ein Luxusproblem, aber ich brauche diesen Auftrag.«

Ich kann sehen, dass sein Widerstand ein wenig schwächer wird. Dann sagt er: »In meinem Zimmer gibt es zehn MB.«

»Wie bitte?« Ich hab keine Ahnung, wovon er spricht.

»Zehn Megabytes pro Sekunde – die Geschwindigkeit des Internets. Und da drin gibt's auch Empfang.«

»Was!?« Als er mich eingeladen hat, mit in den Whirlpool zu steigen, habe ich sofort Nein gesagt. Würde er mich hingegen in sein Schlafzimmer einladen, um das Internet zu benutzen – egal, wie wenig Klamotten er auch immer anhätte –, ich würde meine Augen schließen und reingehen, auch wenn ich mich dafür verachten würde. Im Moment aber belasse ich es bei einem flehenden Blick. »Also, kann ich mich da einloggen oder nicht?« Mir ist bewusst, dass mein flehender Blick ein wenig stechend ist. »Ab und zu? Nach vorheriger Abmachung? Wenn du gerade nicht drin bist?« Ich setze alles auf eine Karte. »Ich rette dir hier den Hintern mit meinen Insiderinformationen, vergiss das nicht.«

Er schüttelt den Kopf. »Sicher. Ist gut. Aber erzähls niemand anderem.«

Da bin ich ganz einverstanden. »Besonders nicht den Kindern, sonst sind die da rund um die Uhr drin.« Es war nur so ein Nebengedanke, aber ich bin froh, dass ich ihn ausgesprochen habe – wenn auch nur, um mich an dem Entsetzen zu ergötzen, das sich auf seinem Gesicht ausbreitet. »Es sind Kinder dabei?«

»Nur neun.«

Seine Stimme wird schrill. »Aber wir vermieten nur an Erwachsene, nichts in diesem Schloss ist kinderfreundlich.«

Ich zucke die Schultern und versuche, weniger schockiert auszusehen als ich bin. »Ein weiterer Paragraf des Kleingedruckten, den du dir hättest durchlesen sollen, bevor du dir die Kohle unter den Nagel gerissen hast. Jetzt ist es zu spät, sie kommen, und du wirst entsprechend aufrüsten müssen.« Ein Hunde- und ein Kinderhasser – ich kann mir nicht vorstellen, wie das jemals hinhauen soll. Kein Wunder, dass das Schloss so leer ist und keinerlei emotionale Wärme ausstrahlt. Was auch immer ich mir damals für ein Bild von ihm gemacht habe – es war vollkommen falsch. Der Typ besitzt offensichtlich keinerlei Empathie.

Doch gleichzeitig habe ich zwei unerwartete Schritte nach vorne getan. Bill muss sich eigentlich gar nicht verstecken, denn wie viele von Libbys Freunden haben auch ihren persönlichen Holzlieferanten? Ich frage mich, ob Bill bereit wäre, sich ein wenig herauszuputzen, damit wir ihn auf einigen der Fotos als Butler präsentieren können.

Jetzt, da ich das Gefühl habe, am längeren Hebel zu sitzen, halte ich mich nicht mehr zurück. »Also, was ist mit der Deko?«

Dieses Mal seufzt er noch lauter. »Ich bin hetero, ich tue mich ja schon schwer damit, einen Cocktail zu garnieren. Was die Dekoration eines Schlosses angeht – da habe ich nicht die leiseste Ahnung, was ich tun oder wo ich Lametta aufhängen soll.« Was beweist, dass er zumindest ein Wort kennt, das mit Weihnachtsschmuck zusammenhängt – so ahnungslos, wie er tut, kann er also nicht sein.

»In den Enid-Blyton-Büchern sind die Dachböden in den Häusern am Meer immer voller ausrangierter Sachen.« Je mehr ich darüber nachdenke, desto mehr scheint mir das zu solchen Anwesen einfach dazuzugehören. Und wenn wir schon mit so einem arroganten Arsch wie Bill hier festsitzen, der bis jetzt nur Mist baut, können wir genauso gut das meiste aus dem Zeug rausholen, das wir finden. »Gibt's hier keinen Dachboden, den wir plündern könnten?«

»Du weißt doch, dass sich im Obergeschoss nur Schlafzimmer befinden.« Das war's. Er atmet tief ein und zieht die Nase kraus. »Wir haben mal ein bisschen alten Plunder im Schloss gefunden – der ist jetzt drüben in der Remise. Aber ich sag's dir gleich, davon ist nichts mehr zu gebrauchen.«

Ich richte mich auf. »Du wärst überrascht, aus wie vielen Dingen man noch was machen kann, wenn es hart auf hart kommt. Außerdem würden Weihnachtsbäume schon mal einen Riesenunterschied machen. Es ist mein Job, Dinge schön aussehen zu lassen. Wenn du deinen inneren Geizhals unter Kontrolle halten würdest, könnten wir das sicher irgendwie hinkriegen. Glaub mir, alles, was Libby davon abhält, einen Nervenzusammenbruch zu bekommen, wird den Aufwand mehr als wert sein. Sie und die Kinder kommen am Sonntagabend an. Wenn wir uns bis dahin den Arsch aufreißen, können wir das Weihnachtsfest retten.«

Bill rollt mit den Augen und zuckt bei der Erwähnung der Kinder noch mal zusammen. »Worauf wartest du dann noch?«

Zeit, meine ganz eigene Bombe platzen zu lassen. »Ich kann nur bleiben, wenn Merwyn auch bleiben darf.«

»Warum hab ich bloß damit angefangen?«, knurrt Bill durch zusammengebissene Zähne hindurch. »Du musst ihn aber von der Brennerei fernhalten. Und die Kinder auch.«

»Natürlich. Merwyn hasst Brennereien sowieso.« Ich werde bestimmt nicht zugeben, dass ich schon wieder keine Ahnung hab, wovon er spricht. Welche Brennerei?

Bill sieht aus, als ob jede Sekunde Rauch aus seinen Nasenlöchern und Ohren kommen könnte. »Okay.« Es ist offensichtlich alles andere als okay für ihn, aber die Suppe hat er sich selbst eingebrockt, und jetzt muss er sie auch auslöffeln, oder wie auch immer das Sprichwort geht. »Ich bin nicht gerade glücklich damit, aber du hast mich in der Hand – Merwyn kann bleiben.«

Und endlich, ein Ergebnis! »Hast du das gehört, Merwyn, du hast deine Einladungskarte fürs Weihnachtsfest im Schloss bekommen!« Ich lasse ihn sich seinen Schokoladenkeks schnappen, und er ist so begeistert, dass er aufs Sofa springt, auf mein Knie klettert und mich mit schlapprigen Hundeküssen bedeckt.

Bills Gesicht verzieht sich vor Widerwillen. »Noch zwei Bedingungen – keine Hunde auf den Sofas und definitiv keine Hunde auf den Betten.«

Nicht, dass wir nicht respektvoll sein werden, doch Merwyn und ich wissen beide, dass Bill nicht in der Position ist, Regeln aufzustellen. Je schneller er sich dessen bewusst wird, desto besser werden wir alle miteinander klarkommen.

Was mich angeht: Irgendwie bin ich diesem Katastrophenzug, der mit hundert Sachen die Stunde auf mich zugerast ist, gerade noch ausgewichen. Es geht mir dabei nicht um mich, vielmehr möchte ich, dass es für Fliss, Libby und alle, die herkommen, perfekt ist. Das hinzubekommen ist eine riesige

Herausforderung. Und es wird furchtbar sein, Bill währenddessen ständig um mich zu haben. Doch in diesem Moment – mit drei Tagen, die noch vor mir liegen, einem leeren Schloss und dem Blankoscheck, es nach meinem Belieben mit Weihnachtlichem zu füllen – könnte ich nicht fokussierter sein.

Ich pfeife nach Merwyn und strahle zu Bill rüber. »Also, wo ist denn diese Remise?«

4. Kapitel

Hallo, kalte Tage

Merwyn und ich folgen Bill, der an der Vorderseite des Schlosses entlanggeht. Mein Handy klingelt, und ich bin so überrascht, dass ich es beinahe fallen lasse. Als ich sehe, wer anruft, wünschte ich, ich hätte es getan.

»Libby! Schön dich zu hören, wie kann ich …?« Bill kommt vor mir zum Stehen.

Libby schneidet mir das Wort ab. »Es sind Pakete unterwegs!« Ihre dröhnende Stimme ist laut genug, dass der Wind sie den ganzen Weg von London hertragen könnte – sie braucht gar kein Netz. »Ich hab den ganzen Morgen versucht, dich zu erreichen, hattest du dein Handy ausgeschaltet?«

»Das sind ja tolle Nachrichten mit den Paketen. Der Empfang ist hier nicht so toll, das ist alles.« Mein Pech, dass ich gerade jetzt einen Hotspot erwischen musste. Wenn sie mich übers Schloss ausfragt, habe ich keine Ahnung, was ich sagen soll.

»Na, wie ist das Schloss so?«

Mein Magen macht einen Satz. »Praktisch direkt am Strand – hörst du die Wellen?« Ich halte das Handy hoch in die Luft.

Sie schreit über die Meeresbrandung: »Wie ist es drinnen – ist es schön?«

Bill, der schon einige Meter voraus ist, dreht sich um und hebt erwartungsvoll eine Augenbraue.

Was soll ich sagen? Die Wahrheit wird sie nicht hören wollen, und lügen will ich nicht, also gibt's nur eine Möglichkeit.

»Du bist ganz schlecht zu verstehen ... sorry ... Ich hör dich nicht mehr ...« Ich drücke den roten Kreis auf dem Bildschirm und schalte dann das Handy ganz aus.

Bill runzelt ungläubig die Stirn. »Da hast du schon mal Empfang und dann beendest du den Anruf – was soll das denn?«

Ich würde es Überlebenstaktik nennen. »Ich werde mit ihr reden, sobald ich weiß, was es hier für Sachen gibt, mit denen wir arbeiten können.«

Er zieht eine Grimasse. »Erwarte nicht zu viel.«

Bevor wir endlich den Weg durch das Gebüsch neben dem Schloss betreten, werden wir noch zweimal von Lieferanten mit Klemmbrettern und Papierwust aufgehalten, deren Päckchen wir zu dem Stapel in der Eingangshalle des Schlosses dazustellen.

Als wir endlich wegkommen, springt Merwyn neben mir her und wedelt mit dem Schwanz wie mit einer Fahne. So als hätte er beschlossen, dass er – jetzt, da er offiziell auf der Gästeliste steht – genauso gut so tun kann, als gehörte ihm das Schloss. Ich ziehe die Mütze noch weiter runter, um mich gegen die eisigen Windstöße zu schützen. Dann sehe ich neben ein paar anderen Gebäuden endlich die Remise durch das Dickicht. Sie ist lang, niedrig und hat ein dunkles, mit weißem Puder überzogenes Schieferdach. Vor dem verblassenden Himmel und mit der Spätnachmittagssonne im Hintergrund, die sich auf dem silbern schimmernden Meer spiegelt, sieht sie recht eindrucksvoll aus. Als Bill die breite Tür aufschiebt, grummelt er immer noch vor sich hin.

In Chamonix war Will immer gut gelaunt, und so ist er in meiner Vorstellung auch geblieben. Ich bin betroffen, wie mürrisch ihn die an ihm vorübergegangenen Jahre gemacht haben.

Er knipst das Licht an und seufzt. »Also los, tob dich aus.«

Vor meinen Augen befindet sich ein ausgedehnter Raum,

der vom matten Licht einiger Neonröhren erhellt wird; oben wird das Ganze von einem spitzen Giebel mit Dachsparren abgeschlossen. Die Regale an den Wänden sind voller Schachteln und Planen. »Na dann zeig mir mal, was sich unter den Abdeckungen befindet.«

Er schnaubt, als er das Ende einer der Planen hochhebt. »Ein paar Möbel, allgemeiner Plunder – das wird einen anspruchsvollen Kunden wohl kaum zufriedenstellen, oder?« Seine Augen blitzen auf. »Und es gibt hier definitiv auch keine Kindersachen.«

Ich stürze mich auf einen alten Ledersessel. »Wie viele von denen hast du?« Ich halte die Luft an und hoffe, dass es mindestens vier gibt, sodass man jeweils zwei auf einer Seite einer der Kamine platzieren oder aus einer der Turmnischen eine gemütliche Ecke machen kann.

Bill runzelt die Stirn. »Von denen hab ich einige, aber die passen alle nicht zusammen und sind abgewetzt.« Er sagt das, als wäre das etwas Schlechtes.

»Das ist nicht abgewetzt, das ist Shabby Chic.« Ich beuge mich vor und atme den intensiven Wachsgeruch des Leders ein. »Und das Beste ist: Libby wird sie lieben.«

»Einige sind mit Samt und nicht mit Leder bezogen.«

Ich versuche, nicht in einen Dekorationsrausch zu geraten. »Und was ist in den Schachteln?«

Bill nimmt ein paar davon aus dem Regal und öffnet sie. »Nicht zusammenpassendes Geschirr und alte Gläser, die Art von Krempel, die keiner brauchen kann.«

Ich sehe hinunter auf eine wunderschöne Auswahl an Tellern und Schüsseln, doch jetzt, da ich weiß, dass die Sachen sich hier befinden, brauche ich mich gar nicht mehr mit ihm zu streiten. »Und du bist sicher, dass es in Ordnung ist, wenn wir das Zeug hier benutzen?« Ich registriere sein Nicken und kann mein Glück kaum fassen.

Weiter hinten in den Regalen finden wir Kronleuchter mit Kerzen, eine Menge Pflanzenkübel, Windlichter, altertümliche Küchenutensilien, alte Badewannen und Emaillekrüge. An den Wänden hängen Hunderte Fotos und Bilder in Bilderrahmen, daneben lehnen Trittleitern und dazwischen stapeln sich unendlich viele Kartons voller Bücher. Ich schätze mal, dass das alles mehr als genug Deko sein wird, doch ich werde Bill noch nicht erlösen. »Das Zeug hier wird dir nur teilweise den Hintern retten – wo ist der Rest?«

»Du brauchst noch mehr?«

Okay, ich bin gemein, aber ich genieße es wirklich, ihn so entsetzt aufschreien zu hören. »Selbst wenn wir von den Bäumen auf dem Schlossgelände Zweige abschneiden, brauchen wir immer noch Weihnachtsbäume, Kerzen und eine Million Teelichter.«

Er stöhnt auf. »Die Anzeige auf Facebook war eine Verzweiflungstat – ich hätte nie gedacht, dass tatsächlich jemand anbeißen würde.«

Ich bin nicht an Einzelheiten interessiert – er hat sich das Ganze eingebrockt, jetzt muss er da auch durch. »Tja, wir betreiben jetzt Schadensbegrenzung. Hast du ein Budget?«

Seine Stimme klingt trocken. »Nicht wirklich.« Er schluckt.

Ich suche in seinem Gesicht nach Anhaltspunkten. »Nicht wirklich, weil du nicht darüber nachgedacht hast, oder nicht wirklich, weil kein Geld da ist?« Er sieht gar nicht aus, als würde er etwas verbergen wollen, sondern einfach nur …

»Also ich kann ungefähr hundert Euro beisteuern.«

»Oh mein Gott, Bill«, sage ich mit schriller Stimme.

»Und ich hab einen Kumpel mit ner Weihnachtsbaumplantage, der würde uns vielleicht ein paar krumme Bäume umsonst geben. Oder einen Rabatt«, fügt er hinzu, als er meinen entsetzten Gesichtsausdruck sieht.

Er hat Libbys Geld genommen, ohne vorzuhaben, sich dafür irgendwie ins Zeug zu legen. Damit kommt er nicht durch. Aber die Sache hat auch etwas Positives: Seine versehentliche Anzeige hat mir die Möglichkeit gegeben, das Weihnachtsfest für alle wunderschön zu machen. Wie Fliss weiß, habe ich diese Gelegenheit hier sofort ergriffen, um zu beweisen, dass nicht alles, was ich anfange, schlecht endet. Der Unfall ist am Ende eines schrecklichen Jahres passiert, das damit begonnen hatte, dass George mich verließ. Der ganze letzte Dezember verschwimmt in einem Wirbel von Bildern: Krankenhäuser, Polizeibefragungen, Michaels Beerdigung und Besuche der Unfallstelle. Nachdem so viele Dinge schiefgelaufen sind, habe ich das Gefühl bekommen, dass es alles an mir liegt. Teil eines schönen Weihnachtsfestes zu sein – wenn auch nur als Außenstehende – könnte mir wieder Hoffnung geben, dass ich nicht dazu verurteilt bin, alles, was ich sehe und anfasse, kaputt zu machen. Aber das ist sicher das Letzte, das ich jemals irgendjemandem erzählen würde. Besonders nicht Bill.

»Zum Glück für dich kenne ich die besten Shops für Lichterketten und deren Rabattcodes. Wir sollten uns gleich dahinterklemmen.«

Er zuckt zusammen. »Wie – jetzt?«

Was bedeutet, dass ich mich gleich auch noch in sein Schlafzimmer einladen muss. Da bleibt mir wohl nichts anderes übrig, als die Zähne zusammenzubeißen und so zu tun, als sähe er aus wie Quasimodo.

5. Kapitel

Ein denkwürdiger Dezember

Als ich am Freitagmorgen davon aufwache, dass jemand an meine Schlafzimmertür hämmert, ist es draußen noch nicht einmal hell genug, um das Meer zu sehen.

»Wenn du mitkommen willst, um Bäume auszusuchen – ich fahr in fünf Minuten.«

»Ich liebe dich auch, Bill.« Tue ich nicht. Überhaupt nicht.

Trotz meines Stöhnens und Merwyns Gähnen und böser Blicke schaffen wir es, uns unsere Klamotten überzuziehen und in der Dunkelheit benommen über den Schlossrasen zu stolpern. Als Bills ramponierter Pick-up bei der Eingangstür anhält, stehen wir, den Wind im Rücken und einen Kaffee in der Hand, da, und sehen zu, wie die Dämmerung leuchtende rosa Streifen quer über den grauen Himmel malt.

Bill stößt die Tür auf. »Wir fahren mit dem Landy, spring rein.«

Ich hebe Merwyn hinauf in die Fahrerkabine und hieve mich neben ihn. »So, was hören wir uns an? Abgesehen vom Scheppern von Metall, meine ich.«

Bill passiert das Eingangstor und biegt auf die Straße ab. »Pirate FMs finstere Weihnachtslied-Geisterstunde. Es ist eine ziemliche Herausforderung, sich diese schrecklichen Songs anzuhören, die es nicht an die Spitze der Charts geschafft haben. In vierzig Minuten sind wir da.«

Meine Augen sind noch kaum geöffnet. Ich lehne mich zurück und lausche den Klängen irgendeiner Band, die über

Hündchen zu Weihnachten singt. Es ist magisch mitanzusehen, wie die Wellen wieder und wieder an den Strand rollen, während aus der Morgendämmerung langsam der neue Tag wird.

Bill hat mir nach meinem Abendessen gestern, das aus im AGA-Herd gebackenen Kartoffeln bestand, sein Zimmer und das WLAN gezeigt. Es ist im Erdgeschoss, versteckt neben der Treppe, die hinauf in mein Zimmer führt, und so leer und kahl wie der Rest des Schlosses. Falls ich gehofft hatte, dadurch einen Einblick in seine wahre Persönlichkeit zu erhalten, bin ich enttäuscht worden. Ich kann vollkommen verstehen, wieso er den Rest des Schlosses so schmucklos hält – die Leute bei den Junggesellenabschieden sollen schließlich nichts kaputt machen, wenn sie hinfallen. Aber man sollte doch denken, dass es zumindest in seinem Zimmer etwas – irgendetwas – Individuelleres gäbe. Klar, nicht jeder will so wie Fliss und ich die Wände mit sämtlichen betrunkenen Momenten unserer Jugend zupflastern, um sich an die lustigen Zeiten zu erinnern, daran, wie verrückt und lebendig man war. Aber in Bills Zimmer gibt es überhaupt keine Fotos oder persönlichen Gegenstände – nicht einmal auf seinem Nachttisch. Keine Geburtstagskarten, keine einzige Postkarte oder einen Erinnerungsgegenstand, der darauf hindeuten würde, dass er ein Privatleben oder überhaupt eine Vergangenheit hat. Nichts. Als seien seine Geschichte und seine Vergangenheit komplett ausradiert worden. Ich habe nicht mal ein Taschenbuch oder ein Bild an der Wand gesehen. So als hätte irgendjemand sorgfältig alle Spuren seiner Vergangenheit beseitigt.

Ich bin nicht etwa neugierig, und ich verurteile ihn auch nicht. Ich bin nur wirklich verwirrt, dass jemand, den ich als offenen, lustigen und ausgeglichenen Menschen in Erinnerung habe, so ein steriles Leben führt. In Chamonix habe ich einen Blick auf seinen Koffer werfen können. Er war voller Mist, so wie meiner auch, genauso sein Zimmer. Es ist also nicht so, als wäre er schon immer ein pedantischer, ordentlicher Minimalist gewesen, der ein komplett reduziertes Leben führt. Selbst wenn er denkt, er sei besser als die anderen – das hier hat er nicht verdient. Es muss irgendeine logische Erklärung für diese Leere geben, etwas Plausibleres, als dass das Schloss gerade umgebaut wird.

Aber was auch immer die Erklärung sein mag, er hat gestern kein Wort dazu gesagt. Er hat immer mal wieder reingeschaut, mich aber die meiste Zeit mit meinem Laptop allein gelassen. Ich saß auf der Kante seines Kingsize-Bettes, das so hoch ist, dass gerade mal mein großer Zeh den Boden berührt hat. Natürlich hat Merwyn darauf bestanden, auch mitzukommen, also haben wir seinen Teppich mit dem Baum drauf ins Zimmer gelegt. Er musste versprechen, dass er nicht versuchen würde, sein Gesicht am makellosen hellgrauen Bettbezug abzuwischen.

Als ich das Passwort eingab, ploppten sofort hundert Mails und SMS von Libby auf, alle Zustellbenachrichtigungen. Ich schickte eine Facebook-Nachricht an Fliss und Libby raus, um sie darauf aufmerksam zu machen, dass die Inneneinrichtung, von der wir auf den Bildern im Internet ganz entzückt waren, in der Form nicht existiert und wir es hier eher mit kahlen Wänden als mit Rüschenvorhängen zu tun haben. Ein paar Minuten danach rief ich Fliss an, in der Gewissheit, dass ihre Kinder um halb neun schon schlafen würden. Leider war das nicht der Fall.

Ich liebe Oscar und Harriet abgöttisch, doch sie sind leider die Sorte Babys, die ununterbrochen Milch wollen, richtig laut plärren und niemals die Augen schließen. Die Theorie, dass das zweite Baby einfacher ist, hat sich bei Fliss nicht bewahrheitet, deshalb ist sie nach der zweiten Geburt beinahe durchgedreht. Oscar war bestimmt schon drei, als ich ihn das erste

Mal richtig ausgeknockt gesehen hab – und das lag nur daran, dass er Windpocken hatte und vollgepumpt mit Paracetamol war (was – falls ihr es nicht wisst – mithilfe einer speziellen Spritze in den Mund eines Kleinkindes gespritzt wird, also das Baby-Äquivalent eines Beruhigungspfeils ist).

Fliss schwört, dass das Einzige, was ihr geholfen hat, die Apps mit Ratschlägen und beruhigender Musik auf ihrem Handy waren, das sie mit der Nase bedient hat, während sie ihre beiden Babys im Arm hielt.

Wenn Fliss es schafft, ihr Handy mit der Nase anzustupsen, wenn ich sie anrufe, hat sie nur ungefähr fünf Sekunden Zeit zu sprechen. Daher redete ich, als sie tatsächlich abhob, nicht um den heißen Brei herum.

Anders als ihre Babys klingt sie immer superschläfrig. »... Ivy ... super ... füttere grade Harriet ...« Nichts Neues.

Ich haute ein paar Adjektive raus: »... elegant ... steinig ... reduziert ... klein, aber gemütlich ...«, und fügte als Nachsatz noch »Personal« hinzu. Schließlich platzte ich heraus: »Ich kümmere mich jetzt komplett allein um die Deko.« Verdammt, da habe ich mich selbst zur Schlachtbank geführt.

Ich konnte – über die Schlaggeräusche von Harriet und Oscar hinweg (entweder eine Trommel oder die Verandatür) – förmlich hören, wie Fliss nachdachte. »Was meinst du mit ... reduziert?«

Noch mal verdammt. »Keine Sorge, wenn du ankommst, wird es komplett geschmückt sein.«

»Supi. Bis Sonntag dann ...« Dann ein Geklapper – das Handy war auf den Boden gefallen. Fliss ermahnte Oscar, dass er seinen Mangojoghurt nicht vom Fernsehbildschirm lecken solle, dann wurde die Verbindung getrennt.

Ich muss zugeben: Gespräche wie diese lassen mich die supersüßen Babyklamotten im Daniels in einem ganz anderen Licht betrachten – da husche ich doch lieber zur Haustierecke rüber. Fünf Sekunden von Fliss' Leben mitzubekommen ist genug, um mich daran zu erinnern, dass es viel sicherer ist, über schottengemusterten Samtmänteln und mit Strass besetzten Hundehalsbändern zu sabbern. Selbst wenn die zehnmal mehr kosten als die Kinder, sind sie noch billig, wenn man bedenkt, wovor sie einen bewahren.

Danach stürzte ich mich in die Aufgabe, für das Schloss einzukaufen. Als Bill wieder reinschneite, quollen meine Online-Warenkörbe fast über. Ich gab mein Lieblingsweihnachtsmantra zum Besten (»Man kann nie zu viele Kerzen oder Schleifen haben«), dann nannte ich ein paar Kinderartikel, nur um ihn noch mal zusammenzucken zu sehen: »... oder Kaminschirme oder Hochstühle«.

Anscheinend hatte es funktioniert, denn er verzog beim Anblick des Gesamtbetrags nur kurz das Gesicht, bezahlte dann per PayPal und verschwand wieder. Ich hatte meine am stärksten duftende Zimtkerze mitgenommen, da ich mir darüber Sorgen gemacht hatte, wie ich seinen Duft aushalten würde, wenn wir beide gemeinsam über den Laptop gebeugt dasitzen würden. Doch da sich das als komplettes Wunschdenken auf meiner Seite herausgestellt hatte, musste ich sie gar nicht anzünden.

Doch an diesem Morgen, obwohl es vorne im Landy nach einer Mischung aus Staub, Öl und Wachs riecht, nehme ich da mehr wahr. Der Männergeruch, der mir in die Nase steigt, ist so wohlriechend, dass ich mir bereits Ausreden überlege, damit er mich in sein Badezimmer lässt und ich herausfinden kann, welches Aftershave er benutzt. Ich schaue auf seine Hände, die den Wagen die kurvenreichen Landstraßen entlangnavigieren, an Feldern und Hecken entlang, die im kalten Morgenlicht monochrom aussehen. Ich weiß, eigentlich mache ich grade eine längere Dating-Pause, und die Frauen in der Herrenduftabteilung bei Daniels haben es super drauf, mit den

Düften herumzusprühen. Doch wann immer ich draußen in der freien Wildbahn einen neuen Duft erschnuppere, schreibe ich ihn gern in mein Notizbuch, um ihn mir für die Zukunft merken zu können. Ein Freund hat in nächster Zukunft definitiv keine Priorität. Aber in dem unwahrscheinlichen Fall, dass ich mir doch einen zulege, irgendwann, Jahrzehnte später, dann lass ihn bitte, bitte so riechen wie es hier in diesem Landy riecht – Ende der Nachricht an meine Glücksfee. Und der schnellste Weg, das zu erreichen, ist herauszufinden, wie Bills Aftershave-Flasche aussieht.

Ich werde wohl auf den Hundekekstrick zurückgreifen müssen – einen davon in Bills Badezimmer werfen, Merwyn reinlaufen lassen und dann hinter ihm her hechten, um ihn wieder rauszuziehen. Ich bin gerade dabei, die Einzelheiten dieses Plans auszuarbeiten, als Bill auf einmal bremst und zu mir herübersieht. »Wir sind da, du wachst besser auf.«

Mist. Ich mache einen auf lässig und ermahne mich selbst, nicht zu tief einzuatmen. »Ich dachte nur gerade an wohlriechende Aromen.«

»So wie Fichtennadeln?« Wir passieren ein grob zurechtgezimmertes Schild mit einem darauf gesprühten Umriss eines Weihnachtsbaums und einem Pfeil darunter. Dies und die holprige Straße, die schließlich in einen Parkplatz voller Schlaglöcher mündet, lassen vermuten, dass sein Kumpel genauso abgebrannt ist wie Bill selbst. Merwyn streckt neugierig den Kopf hoch, als wir anhalten. Als ich die Tür öffne und er die Pfützen draußen sieht, schaut er zweifelnd drein.

»Na los, Merwyn.« Ich rufe Bill zu, der hinter dem Pick-up steht: »Er macht sich nicht gern die Pfoten schmutzig.«

Bills Augenbrauen schießen in die Höhe. »Außer, wenn er meine Boxershorts vergräbt – dann kümmert ihn das anscheinend überhaupt nicht.«

»Soll ich dir neue bestellen?« Ich hab keine Ahnung, wieso

ich ihm das anbiete. So wie Bill sie hat herumliegen lassen, hat er ja geradezu darum gebettelt, dass jemand damit davonläuft.

»Schon gut, das waren ohnehin nicht meine besten.«

»Okay, so genau wollte ich es eigentlich gar nicht wissen.« Während ich mir die Ohren zuhalte, beschließt Merwyn, dass er uns jetzt doch begleiten will und springt auf meinen Arm.

So wie Bill sich die Hände reibt und mit langen Schritten den Parkplatz durchmisst, will er das Ganze entweder schnell hinter sich bringen oder die Führung übernehmen. Oder beides. »Also, möchtest du eher eine Rotfichte oder eine Nordmanntanne? Oder etwas Exotischeres? Man muss vor allem auf den Nadelfall achten, das weißt du, oder?«

Während Merwyn und ich den Pfützen ausweichen, drängt sich mir eine Frage auf. »Seit wann bist du denn der Experte hier?«

Sein Selbstbewusstsein bekommt nicht den geringsten Riss. »Seit ich angerufen und das Ganze arrangiert habe. Die kleineren nehmen wir direkt mit, ich zahle dann, wenn sie den großen für die Eingangshalle liefern. Also, wie viele willst du noch zusätzlich? Einen? Zwei?«

Ich hoffe, dass er Witze macht. »Wenn du den großen bereits organisiert hast, brauchen wir noch einen mittleren für die Küche, zwei weitere für die Chill-out-Bereiche, ein paar für die Turmzimmer und dann noch zehn für die Schlafzimmer.«

»Echt? So viele?« Bills entsetzter Gesichtsausdruck passt zu seinem Krächzen.

»Damit schaffen wir am schnellsten eine festliche Atmosphäre.« Ich bin direkt. »Außer du hast eine bessere Idee?«

Wie erwartet hat er darauf nichts zu erwidern. »Du willst bestimmt die edle Sorte?«

Dieses Mal habe ich das winzige Budget und den größeren Kontext im Blick. »Baum ist Baum. Lass uns so viele wie möglich von der günstigsten Sorte kaufen.« Wenn sie frisch geschnitten sind, werden selbst die normalen noch bis zum Zweiten Weihnachtsfeiertag halten. »Außer du willst, dass sie auch noch für deine Neujahrsvermietung frisch sind?«

»Gott, nein.« Er stiefelt weiter über den Parkplatz, bis zu dem Zaun, an dem die Bäume lehnen.

»Dann haben wir schon mehr Geld für die restliche Deko übrig.«

»Was, das war noch immer nicht alles?« Er schüttelt gereizt den Kopf. »Dann beeil dich mal und such die Bäume zusammen, ich hab nicht den ganzen Tag Zeit.« Er hebt zwei an den Spitzen hoch und dreht sich um.

»Nicht so schnell.« Er sieht mich verständnislos an. »Du kannst nicht einfach irgendeinen nehmen, die sind nicht alle gleich.«

»Aber du hast doch gerade gesagt, Baum ist Baum.«

Ich genieße es, ihn zu belehren. »Wir müssen die hübschesten auswählen. Lass uns mit den kleineren für die Schlafzimmer anfangen. Halt sie einen nach dem anderen hoch, dreh sie einmal herum, und ich entscheide dann.« Ich muss zugeben, dass ich Spaß daran habe, wie sehr er das Ganze hasst.

Irgendwann habe ich sorgfältig sechzehn Bäume ausgewählt, die nun auf einem riesigen Haufen übereinanderliegen. Bill sieht aus, als hätte er seinen Lebenswillen schon vor langer Zeit verloren, doch ich bin im siebten Himmel, weil sich Weihnachten plötzlich so nah anfühlt. Ich wickle mir Merwyns Leine ums Handgelenk und nehme so viele Weihnachtsbäume hoch wie ich nur kann – was, wie sich herausstellt, drei sind.

Bill starrt mich an. »Aber du musst nicht …«

»Bei der Arbeit schleppe ich die ganze Zeit Sachen herum, das passt schon.« Ich wende sicher keine Technik an, die den Vorschriften über die Handhabung von Lasten entsprechen würde, aber hey, ich bin in Cornwall, es sind Weihnachtsferien und Regeln sind dazu da, gebrochen zu werden. Es ist immer super, Männer zu schockieren, die denken, dass Frauen nichts Schwereres als einen Lippenstift heben können, und ich bin ziemlich zufrieden mit mir. Auf halber Strecke zum Parkplatz höre ich Bill hinter mir herrufen.

»Iiiiiivyyyy ...«

Mein Mund ist voller Fichtennadeln. »Was denn?«

»Du gehst in die falsche Richtung.«

Die Zweige versperren mir die Sicht, doch ich drehe mich trotzdem um. »Was meinst du mit ›falsche Richtung‹?« Natürlich gehe ich in die richtige Richtung, als ich vor drei Sekunden geschaut habe, stand der Landy noch am selben Platz hundert Meter vor mir.

Ich bin nicht die Einzige, die verwirrt ist. Unter den Zweigen läuft Merwyn an seiner verlängerten Leine hin und her und in immer wilderen Kreisen um mich herum. Ich versuche, einen Schritt vorwärts zu tun, doch mein Fuß bewegt sich nicht, weil Merwyns Leine sich um meine Fußgelenke gewickelt hat. »Was zum Teufel ...?«

Ich wanke und taumele. Es ist einer dieser Momente, in denen man schon vorher spürt, dass man hinfallen wird, und es nichts gibt, was man tun kann, außer sich nach vorn zu neigen und den Bäumen nach unten zu folgen.

»Aaaaaaahhhh ...!!!«

Im nächsten Moment stecken Fichtennadeln in meiner Nase, mein Körper windet sich auf einem federnden Fichtenbett, und meine Beine ragen hinter mir in die Luft. Ich vermute, dass sie wild strampeln. Merwyn steht neben meinen Knöcheln, immer noch angebunden, und bellt wie ein Verrückter.

»Bill! Hilfe!!« Ich schreie und versuche zu strampeln, doch ich bekomme meine Füße nicht frei.

Hinter mir höre ich leises Lachen. »Bleib genau so, ich will ein paar Fotos machen.«

Was? »Vergiss die verdammten Fotos, komm her und hilf mir!« Ich spucke ein paar Nadeln aus, befreie meine Mütze von den Nadeln, an denen sie hängt und ziehe sie mir so weit wie möglich ins Gesicht. Dann rolle ich mich zur Seite, runter von den Bäumen. Wenn das eiskalte Wasser, das durch die Hose an meinen Po dringt, mich nicht abkühlen würde, wäre ich kurz davor zu explodieren.

Bill lacht so sehr, dass er mehr auf mich zustolpert als -geht. »Das, auf dem du in der Pfütze neben den Bäumen sitzt, ist das beste.« Er schiebt das Handy in die Hosentasche und streckt die Hand aus. »Was ist los?« Er versucht, unschuldig zu wirken.

»Na, du machst Fotos, anstatt mir zu helfen, das ist los.« Ernsthaft, wenn er nicht bald mit diesem Gelächter aufhört, ziehe ich ihm mit der Nordmanntanne eins über.

»Du bist doch diejenige, die Bilder auf Instagram hochladen will. Diese Fotoserie ist pures Gold.«

Ich verzweifle noch daran, wie wenig Ahnung er von der Sache hat. »Das ist überhaupt nicht das, was Libby sich vorstellt.«

Er hilft mir hoch und lacht immer noch, während er dabei zusieht, wie ich den steifen, durchgeweichten Jeansstoff an meinen Beinen runterziehe.

»Sag nicht, dass deine Boxershorts auch schmutzig sind – soll ich dir neue bestellen?«

Ich atme tief durch und lege ein Maximum an Verachtung in meinen Blick. »Bist du jetzt fertig?«

Die Art, wie seine Augenbrauen nach oben schießen, ist wirklich nervtötend. »Da wäre noch eine Sache …«

»Was?« Ich schreie fast.

»Eigentlich zwei.«

Ich verdrehe die Augen.

Seine Lippen zucken. »Wenn das ein Vorgeschmack darauf

ist, wie die restlichen Weihnachtsferien verlaufen werden, mach gerne so weiter.«

»Ist es nicht. Überhaupt nicht. Ich garantiere dir, dass der Rest so perfekt laufen wird, dass es richtiggehend langweilig ist. Noch was?«, knurre ich mit zusammengebissenen Zähnen.

Er neigt den Kopf, auf seinen Wangen erscheinen Grübchen. »Da hinten stehen Handwagen ... um die Bäume zu transportieren.« In seinen Augen blitzt der Schalk auf. »Und eine Maschine, die die Bäume mit einem Netz umwickelt. Dann lassen sie sich besser tragen und passen auch auf den Pick-up.«

»Besserwisser.« Ich könnte mich in den Hintern beißen für alles, was passiert ist. Aber hauptsächlich dafür, was die Grübchen in seinen Wangen mit meinem Magen veranstalten. Normalerweise kommandiere ich keine Leute herum, aber er scheint vergessen zu haben, wer hier in Wahrheit in der Scheiße steckt. »Worauf wartest du noch? Hol einen Handwagen.«

6. Kapitel

Im Zweifel einfach mit Glitzer bestreuen

»Ich dachte, an Weihnachten soll es um die Menschen gehen?«

Das ist Bill, der hier spricht, später am Freitag. Richtig, ich rede wieder mit ihm nach dem Weihnachtsbaum-Fiasko, aber nur, weil ich muss, wenn ich dieses Fest auf die Beine stellen will.

Zum Glück habe ich neben der riesigen Speisekammer eine gut ausgestattete Waschküche entdeckt. Während meine triefnassen Klamotten gewaschen und getrocknet wurden, habe ich eine gestreifte blaue Schürze, einen Schneebesen und eine Pfanne gefunden. Nachdem ich einen Stapel Pancakes mit warmem Ahornsirup verschlungen hatte, war ich wieder im Spiel, nur diesmal mit einer ganz neuen Strategie: In Zukunft werde ich mir vom Schlosspersonal nichts mehr gefallen lassen.

Die Eingangshalle ist jetzt voller mit Netzen umwickelter Bäume. Im Moment sind wir in der Remise und stehen vor dem Haufen Möbel, den ich während der letzten paar Stunden fürs Schloss zusammengestellt habe. Solange ich Bill sehr entschieden in seine Schranken weise (und aus meinem Kopf verbanne), werde ich das hier schon irgendwie durchziehen.

Ich sehe aus dem Ledersessel, in dem ich gerade Probe sitze, zu ihm hoch. »Natürlich geht es um die Menschen – alle Menschen, die hier sitzen, werden es superbequem haben.«

Er sieht mich gereizt an. »Aber was zählt, sind doch die Menschen selbst, nicht das Drumherum.«

Diese Gelegenheit, ihm Kontra zu geben, kann ich nicht ungenutzt vorbeiziehen lassen. »Wieso verbringst du dann dein Weihnachten bei der Arbeit, mit irgendwelchen Fremden?«

Seine angefressene Miene verdüstert sich noch. »Weihnachten kann ich dieses Jahr eh abschreiben, ist mir egal.«

Natürlich, wir haben sein Weihnachten ruiniert, indem wir Forderungen gestellt haben und neun Kinder anstelle eines Kleinbusses voller junger Männer im Anmarsch sind. Wieso habe ich das nicht schon früher kapiert? Nachdem ich letztes Mal mit der Tür ins Haus gefallen bin, taste ich mich jetzt lieber langsam vor. »Also wird Gemma nicht herkommen?« Wenn man bedenkt, was für ein schwieriger Fall sie damals war, hoffe ich verzweifelt, dass er Nein sagt – damit täte er allen einen Gefallen.

»Gemma ist im Winterurlaub.«

Ich schätze, dass es keinen Sinn hat, wenn beide im Schloss bleiben müssen, um sich um irgendwelche gähnend langweiligen Gäste zu kümmern. Dass wir sein Weihnachten verdorben haben, erklärt wahrscheinlich seine Stimmung, doch immer noch ist er derjenige, der den Auftrag angenommen hat.

»Allerdings wird mein Dad da sein.« Seine Lippen zucken schon wieder. »Falls ich ihn aus dem Turm lasse.«

Mein Mund klappt auf. »Du hältst deinen Dad in einem …?« Dann sehe ich das Funkeln in seinen Augen – natürlich tut er das nicht. Ich könnte mich selbst dafür ohrfeigen, dass ich so leichtgläubig bin. Das muss seine Art sein, mir schonend die Anwesenheit eines weiteren Gastes beizubringen. Wird langsam ziemlich voll im Schloss. »Noch jemand, mit dem wir den Toaster teilen müssen?« Mist, jetzt sage ich schon wieder so was Dummes.

»Nein, da liegst du ausnahmsweise falsch. Er frühstückt normalerweise im Wohnmobil hinter der Remise.«

»Er macht Camping? Im Winter? Auf dem Schlossgelände?!«

Dieser Ort hier wird immer seltsamer. Ich meine, warum zur Hölle ist er nicht in Downton Abbey oder wie auch immer ihr Herrensitz genannt wird? An dieser Sehnsucht nach dem einfachen Leben ist nur ein gewisser Duke of Sandringham schuld, der aus seinem Palast getürmt und sich in ein Cottage daneben eingemietet hat. Lasst es euch gesagt sein, denn ich hab mal mit George ein winziges möbliertes Zimmer geteilt: Nach ein paar Tagen ist es schon viel weniger aufregend, in einem Bett aufzuwachen, von dem aus man den Wasserkocher auf der Küchenzeile bedienen kann.

Bill versichert mir: »Es ist warm und bequem in seinem Wohnmobil. Er hilft hier ein wenig aus.«

»Tja, hört sich so an, als wäre das für uns alle eine super Sache.« Ist es nicht. Es ist nur wieder eine weitere Verschrobenheit, die ich vor Libby geheim halten muss.

Bill weist mit dem Kinn auf den Haufen mit Möbeln und Kartons, die ich bei der Tür abgestellt habe. »Ich werd ihm sagen, dass er das alles gleich morgen früh ins Schloss rübertragen soll.«

»Klingt nach einem guten Plan.« Wenn es jemand anderes als Bill wäre, würde ich mich für meine gemeinen Gedanken schuldig fühlen, aber wer weiß, was noch alles passiert.

Ich hab eine SMS von Fliss gekriegt, als ich vorhin unter Bills Dusche stand (natürlich habe ich so eine Gelegenheit nicht ungenutzt vorüberziehen lassen; zu sagen, dass ich nicht den Schlamm vom Parkplatz nach oben tragen wolle, war die perfekte Ausrede, um Zugang zu Bills Badezimmer zu bekommen). Leider habe ich aber noch immer keine Ahnung, wonach er riecht. Der Rest seiner Wohnung mag zwar spartanisch eingerichtet sein, doch sein Männerparfum-Regal ist brechend voll. Wenn ich mich da durchgeschnuppert hätte, hätte ich am Ende die totale Geruchsverwirrung gehabt. Und die hab ich nicht gerade erfunden, die gibt's wirklich. Die Mädchen in der

Parfumabteilung bei Daniels reden ständig darüber. So habe ich traurigerweise immer noch keinen heißen Tipp für mein Notizbuch.

Laut Fliss' SMS ist Libby so von der Idee eines eigenen Mädchens für alles begeistert, dass es gut möglich ist, dass dies das Fehlen eines Hochflorteppichs kompensieren wird. Und wenn Bills Dad die Körbe mit Holz schleppt, wird es noch mal so schön für sie sein. Besonders wenn ihr gemeinsamer Genpool bedeutet, dass er ebenso dekorativ ist wie Bill.

Was die Bilder mit einem Butler angeht – ich weiß, darauf ist sie ganz versessen –, könnte ein etwas reiferes Exemplar sogar noch besser wirken. Ich kann in dieser Hinsicht ja mal vorfühlen. »Wie steht dein Dad eigentlich zu Verkleidungen?«

Die Wolke, die über Bills Gesicht zieht, zeigt unmissverständlich, dass diese Idee einen Daumen nach unten bekommt. »Sorry, aber in St. Aidan ist nur Platz für einen Weihnachtsmann. Gary, der die Kutsche mit den Glöckchen fährt, mag keine Nachahmer.«

Etwas schräg, aber okay, der Weihnachtsmann ist eh weit entfernt von dem, was ich will. »Wir wollen auf keinen Fall irgendwelche Einheimischen verärgern.« Da er es nicht komplett ablehnt, ist es noch einen Vorstoß wert. »Wenn rote Mäntel außer Frage stehen, wäre dann ein Abendanzug okay?«

Seine Stimme wird lauter. »Wenn du meinen Dad kennen würdest, würdest du diese Frage nicht stellen. Freigeister ziehen sich nicht nach Vorschrift an, für ihn zählen nur wilde Herzen und die Freiheit der Straße. Eng mich nicht ein, versuch nicht, mich zu verändern und so.« Er bläst Luft aus den Backen. »Wenn du einen Typen im Smoking willst, wirst du mich bezirzen müssen.«

Ich versuche zu ignorieren, dass sich meine Zehen gerade in heißen Sirup verwandelt haben. »Das werde ich in absehbarer Zeit sicher nicht tun.«

»Gut, dann lass uns diesen Kram hier begutachten.« Er sieht den Möbelhaufen finster an. »Ich kann einfach nicht begreifen, wie Mengen von überflüssigem Dekor dafür sorgen sollen, dass die Leute Spaß haben.«

Was mal wieder zeigt, wie falsch erste Eindrücke sein können. Damals, am Kamin in der Hütte, war er so ein fröhlicher Typ, es gab überhaupt keinen Hinweis darauf, dass er mal so mürrisch werden würde. Dass ich nicht bekommen habe, was ich mir im Geheimen damals sehnlichst gewünscht habe, hat mir eine Menge Ärger erspart. Da ich ihn all die Jahre in meinem Kopf für mich hatte, habe ich ihn vielleicht verändert, ihn mir zu jemand ganz anderem zurechtgebastelt. Klar, dass das passieren würde. Das ist das Gefährliche an Fantasien: Wenn man sie nicht unter Kontrolle hält, entfernen sie sich ziemlich weit von ihren realen Gegenstücken. Und sie widersprechen einem auch nicht. Wahrscheinlich ist das der Grund, wieso man nicht zu viele haben sollte.

Allerdings muss ich seine allumfassende Bemerkung richtigstellen. »Wenn man eine magische Umgebung schafft, macht es solchen Leuten noch viel mehr Spaß.«

»Tut mir leid, mir war nicht bewusst, dass da so viel Zauberei mit im Spiel ist.« Da ist wieder dieser höhnische Unterton und – oh Mann – er schüttelt schon wieder den Kopf. Und da dachte ich, es könnte nicht schlimmer werden, als er sich als Kinder- und Hundehasser entpuppte.

Ich muss mich für #TeamWeihnachten einsetzen. »Wir schaffen Erinnerungen, die ein Leben lang im Gedächtnis bleiben, so was lässt sich nicht in Gold aufwiegen.« Ich stehe auf, kitzle Merwyn, um Bill daran zu erinnern, dass wir hier zwei gegen einen sind, und beginne, nach Behältnissen zu suchen, in die man die Bäume reinstellen kann. »Ein Schloss und ein Strand sind schon sehr super, aber denk dir dazu noch Kerzenlicht und Fichtennadeln, Cranberry-Cocktails in matten

Gläsern, warme Zimtkekse und Lebkuchenhäuschen und im Hintergrund das leise Klingeln der Glöckchen am Weihnachtsschlitten ... So wird das unvergesslich.« Meine Augen strahlen wahrscheinlich zu sehr, als ich mir die Geschenke unterm Baum und die frostigen Morgen vorstelle, wahrscheinlich gebe ich zu viel von mir preis, doch das ist mir egal.

Bill atmet hörbar aus. Er klingt angewidert. »Du fällst wirklich auf diese ganze Masche mit den ›Socken, die überm Kamin hängen‹ rein, oder?«

Mein Protestschrei ist lauter als geplant. »Und ich bin vollkommen glücklich damit. Manche Menschen leben für den Sommer, mein Monat ist eben der Dezember.« Oder er war es zumindest. Auf einmal erregt etwas hinter der Ansammlung an Möbeln meine Aufmerksamkeit. »Ist es das, was ich denke, dass es ist?«

»Gute alte Schlitten? Genau solche, wie wir sie auch in den Bergen hatten.«

Ich ignoriere seinen letzten Satz, da ich vor Aufregung nach Luft ringe. »Ihr habt echt so viel Schnee hier?«

Er sieht mich durchdringend an. »Woher das plötzliche Interesse? Soweit ich mich an Chamonix erinnere, ziehst du es vor, drinnen zu bleiben.«

Schon wieder verfluche ich im Stillen sein Gedächtnis. »Ich hatte unglaubliche Angst vor den Skipisten, sogar der Idiotenhügel war zu steil für mich. Doch in jeder anderen Situation finde ich Schnee einfach himmlisch.«

Er sieht mir in die Augen. »Das erklärt nun endlich, wieso du dich auf die heiße Schokolade und nicht auf die schwarze Piste gestürzt hast. Warum hast du nichts gesagt? Ich hätte dir geholfen.«

Ich kann genauso gut ehrlich zu ihm sein, auch wenn ich es damals nicht war. »Ich war seinerzeit eh schon komplett überfordert. Da hätte ich lieber den Kopf in einer Schneewehe vergraben als zuzugeben, dass ich nicht Ski fahren kann.«

Er zuckt die Achseln. »Ich bin jeden Tag ein bisschen früher zurück in die Hütte gekommen, damit du nicht so allein bist.«

Ich bin nicht sicher, ob es derselbe Urlaub ist, von dem wir reden. »Ich dachte, du wärst so früh zurückgekommen, damit du die Sauna mit Beschlag belegen kannst?«

Er neigt den Kopf. »Das war Gemma, nicht ich. Wenn sie sich nicht gerade vor mir in den Schnee hat fallen lassen, hat sie sich hinten an mein Snowboard drangeklebt, deshalb sind wir immer zusammen bei der Hütte angekommen. Aber eigentlich bin ich deinetwegen dir früher da gewesen.«

Ich blinzle. »Wie bitte?«

»Wenn ich mich recht erinnere, mochte ich besonders deine Pullis.«

Ich reiße die Augen auf und schreie: »Was?!«

»Die waren wirklich hübsch. Alle anderen trugen ständig ihre Skijacken, nur du hattest immer nur deine unterste Klamottenschicht an.«

»Oh Mann, Bill«, quieke ich schockiert. Als ich das Blitzen in seinen Augen sehe, trifft mich die Erkenntnis: Er verarscht mich gerade total.

»Es hat mir auch gefallen, wie du mich zum Lachen gebracht hast.«

Ich stöhne. »Bitte sag mir, dass das ein Witz sein soll.«

»Na klar. Eigentlich wollte ich doch nur in die Sauna. Deshalb habe ich immer vorm Kamin rumgehangen und dir meine besten Witze erzählt. Obwohl die nicht sehr gut gewesen sein können, wenn du dich gar nicht mehr dran erinnerst.«

Ich spüre, wie sich meine Lippen kräuseln und versuche, sie daran zu hindern. »Was ist der Unterschied zwischen einem Schneemann und einer Schneefrau?« So ein Mist, jetzt ermutige ich ihn auch noch.

»Der Schneemann hat Schneebälle.« Er lacht wieder sein

tiefes Lachen. »Irgendwie hab ich das Gefühl, dass du noch viel mehr weißt, als du zugibst, Ivy Starforth.«

Oh nein, jetzt verwirrt er mich wieder total. Ich hab keine Ahnung, was er meint. Um mir meine geistige Gesundheit zu bewahren, führe ich das Gespräch deshalb zu dem Thema zurück, bei dem wir aufgehört haben. »Wenn du uns ein Weihnachten mit Schnee bescheren würdest, wärst du bei Libby auf jeden Fall aus dem Schneider.«

Jetzt schaut er mich wieder auf dieselbe ruhige Art an wie vorhin. »Ich spreche mal mit Tomasz Schafernaker und sehe, was ich tun kann.«

»Wer zum Teufel ist …?«

»Ein Meteorologe.« Er neigt den Kopf und sieht wieder mit diesen zu Schlitzen verengten Augen auf mich herab. »Der Wetterfrosch von der BBC.«

Für einen Moment vergesse ich mal, wie verdammt herablassend er ist – es gibt jetzt viel wichtigere Dinge zu klären. »Gibt es wirklich die Chance, dass es schneien könnte?«

Er zuckt die Achseln. »Das gab's schon mal.«

»Dann nehmen wir mal alle Schlitten mit.« Ich mag Schnee so gern, ich darf gar nicht daran denken, also versuche ich, mich schnell wieder auf etwas anderes zu konzentrieren. In einer Welt, die sich für mich seit einiger Zeit anfühlt, als könnte man sich auf nichts verlassen, ist Weihnachten das Einzige, woran ich mich noch festhalten kann. Ich weiß genau, wie man ein gelungenes Weihnachtsfest hinbekommt. Andere Dinge in meinem Leben geraten zunehmend außer Kontrolle und manchmal stürzt alles auf mich ein, doch solange ich noch genug Lametta und Beeren habe, sollte ich es schaffen, Weihnachten zu einem Fest zu machen, das alle Herzen höherschlagen lässt.

»Es ist eine einfache Gleichung – je mehr Glitzer man verstreut, desto mehr Freude bekommt man zurück. Nenn mir irgendetwas anderes, das sich mit solcher Sicherheit auszahlt.«

Er schiebt ein paar Eimer aus Zink in meine Richtung. »An diesem einen Tag hängt eh schon schrecklich viel. Es ist nicht gesund, so von Perfektion besessen zu sein.«

Darauf habe ich eine Antwort parat. »Außer wenn es um Gin geht.« Es ist ein Schuss ins Blaue, doch da er ständig davon redet, gehe ich davon aus, dass ich einen Treffer gelandet habe.

»Bei Gin ist das was anderes.« Es ist, als wäre er auf einmal aufgewacht. »Wer Gin macht, muss nach dem Nonplusultra streben, ansonsten hat es keinen Sinn. Das ist zumindest meine Meinung.«

Ich zucke mit den Schultern. »Du bist also von Gin besessen und ich von Weihnachten.«

Da ist plötzlich ein Leuchten in seinen Augen, das ich dort vorher noch nie gesehen habe. »Jetzt, wo du's erwähnt hast – ich könnte dir die Brennerei zeigen, sie ist gleich nebenan.« Er ist so begeistert, dass er sich schon in Bewegung gesetzt hat. »Keine Sorge, ich gebe dir die Kurzversion der Tour.«

»Warum eigentlich nicht?« Irgendwann muss es ja wohl mal sein. Ich versuche zu verhindern, dass meine Augen glasig werden, während ich ihm hinaus ins verblassende Tageslicht folge. #Ich würde jetzt lieber schlafen.

7. Kapitel

Lasst den Spaß beGINnen!

Ich folge Bill, der an der Remise entlangeilt und schließlich eine breite Glastür aufstößt. Der schwach erleuchtete Raum dahinter ist so groß wie das Gebäude, aus dem wir gerade gekommen sind und schließt oben mit demselben hohen Schrägdach ab. Hier wurde die Giebelwand aus Feldsteinen jedoch durch ein riesiges Fenster ersetzt, durch das man hinunter auf den Strand und das Meer sehen kann.

»Tolle Aussicht!« Das kann ich nicht leugnen. Der späte Nachmittag hat die Farben ausgewaschen, und die Ränder sind verschwommen, doch ich kann immer noch das gedämpfte Blau des Meeres ausmachen, das von den Wellen gebrochen wird, die sich am Strand kräuseln. Darüber spannt sich ein silbergestreifter Himmel. An den Rändern der Bucht werden nach und nach Lichter sichtbar, wie kleine Nadelstiche – die glitzernde Häuseransammlung von St. Aidan. Als Bill das Licht anknipst, wird die Welt vor dem Fenster dunkel; vor mir auf dem polierten Betonboden erscheinen Lichtreflexionen, ein paar glänzende Kupferkessel, Rohre und Einstellräder in der Ecke reflektieren das Licht. Der herbe Geruch nach Algen und Salz ist einer berauschenden Mischung aus frischer Farbe und unverdünntem Alkohol gewichen.

»Du hast also keinen Scherz gemacht – du hast tatsächlich eine Brennerei.«

Die müde Langeweile auf seinem Gesicht hat sich in sonnige Glückseligkeit verwandelt. »Wir produzieren erst seit ein paar Jahren, aber der Cockle-Shell-Castle-Gin hat schon ein paar Auszeichnungen bekommen.«

Ich nehme eine Flasche aus dem Regal und drehe sie in der Hand hin und her. »Sternenschauer – cooler Name.« Das ist alles, was ich dazu sage – die silbernen, rotgoldenen und pinken Sterne auf dem Label sind wirklich hübsch, doch mit Lob überhäufen werde ich ihn deswegen nicht.

Auf einmal scheint er unglaublich animiert und läuft von Regal zu Regal. »Dieser hier hat eine Himbeernote, der Shining Comet einen Hauch Orange. Zur Herstellung verwenden wir Wacholderbeeren aus den Gärten. Und wir entwickeln auch neue Geschmacksrichtungen. Der Rhabarber-Limonen-Gin ist schon fast lieferbereit.«

»Wir?« Ich sehe hier keine Spur von Mitarbeitern. Bis auf die Gerätschaften und die Regale voller Gläser und Flaschen ist der Raum beinahe leer.

Er hüstelt. »Na ja, zuerst hatte ich ein bisschen Hilfe beim Marketing, aber jetzt bin ich allein.«

Ich sehe mich um. »Du ... und ein paar sehr elegante Glastische und Philippe-Starck-Geisterstühle.« Durchsichtige Plexiglasstühle mit einem Hauch Ludwig IV. – die gehören zu meinen Lieblingsteilen in der Möbelabteilung von Daniels. Das Letzte, was ich in Bills Brennerei erwartet habe, ist, neidisch auf seine Möbel zu sein.

»Die sind für die Verkostungen. Mir gefällt es, wie die transparenten Tische die Transparenz des Gins widerspiegeln.« Wenn er unserer Weihnachtsdeko nur halb so viel Kreativität und Aufmerksamkeit gewidmet hätte.

»Ich schätze mal nicht ...« Ich könnte mir in den Hintern beißen dafür, dass ich so zögerlich klinge.

»Ich würde gern ... Ich werde sie für ein paar Tage entführen. Na ja, eigentlich für so zweieinhalb Wochen.«

»Wofür brauchst du die denn?«

»Für das Weihnachtsessen im Schloss.« Ich werde sie mit anderen Stühlen kombinieren müssen, damit für alle Platz ist, aber das ist kein Problem.

Er sieht mich an, als hätte ich jetzt endgültig den Verstand verloren. »Nur ein kleiner Haken, Ivy – es gibt kein Esszimmer.«

»Wir könnten doch einen Teil des Raums nehmen, den du Chill-out-Bereich nennst? Und natürlich würden wir die Plastikmöbel vom Feuer fernhalten.« Wenn wir das Risiko mit dem Schmelzen eliminieren, werden sie einfach sensationell aussehen. Ich spinne das Ganze weiter. »Dass sie durchsichtig sind, erinnert an Eiszapfen ... Stell dir mal vor, wie toll die aussehen würden, wenn man sie noch mit Lichterketten behängt. Genau das, was wir brauchen, um diese – ähm – leeren Räume zu verwandeln.«

»Eigentlich zwei Haken.« Er atmet langsam aus. »Glastische, bei all den klebrigen Kinderhänden? Wie soll das funktionieren?«

Ich verfluche seine Sturheit, doch plötzlich habe ich einen zweiten Geistesblitz. »Stell dir mal vor, wie es aussehen würde, wenn man den Weihnachtsbaum in der Eingangshalle mit winzigen Ginfläschchen und Muscheln dekorieren würde.« Ich suche in seinem Gesicht nach einem positiven Zeichen. »Die Tische und Stühle sind nur der Anfang – wir könnten das ganze Schloss mit durchsichtiger Deko zum Thema Gin verzieren!« Seht ihr, was ich hier mache? Das Mobiliar in die Idee mit einbauen. Weihnachten zurückbringen in seine kinderfreie Komfortzone. »Wir orientieren uns an den Sternen auf den Ginflaschen und machen Hellorange und Kirschrosa zu unseren Leitfarben.« Ich bin mit solcher Leidenschaft dabei, dass ich mich von meinem eigenen Enthusiasmus mitreißen lasse.

Endlich nickt er. »Das könnte wirklich hinhauen, Ivy-Sternchen.« Er nimmt ein Glas von einem Tablett. »Lass uns darauf trinken!«

Gerade als es so gut lief, sackt mir das Herz wieder in die Kniekehle. »Ich mach ehrlich gesagt grade eine Pause.«

Seine Stimme wird lauter. »Vom Alkohol?«

»Ganz genau.«

»Das kann nicht sein. Denk doch mal an all die Karamell-Wodkas, die wir damals am Kamin getrunken haben. So was Leckeres kann man doch nicht einfach so aufgeben.«

Dieses Mal schaffe ich es, den Mund geschlossen zu halten. Ich versuche, die Sache mit einem Lachen abzutun. »Die könnten mein getrübtes Urteilsvermögen damals erklären.« Jetzt, da ich darüber nachdenke – der Wodka mit Karamellgeschmack erklärt vielleicht, wieso ich mich an dieses köstliche Gefühl meiner Zehen erinnere, die sich in Sirup verwandeln. Doch ich muss aufhören, in Erinnerungen zu schwelgen. »Können wir bitte damit aufhören, unsere Zeit damit zu verschwenden, in der Vergangenheit zu leben? Wenn wir ein tolles Weihnachtsfest organisieren wollen, haben wir keine Zeit zu verlieren.«

»Also, was ist los?« Er runzelt die Stirn. »Vor zwei Sekunden hast du mein Angebot, zusammen was zu trinken, abgelehnt. Das zählt doch noch als Gegenwart.«

Da hat er recht. Wenn ich ihm den Grund erzähle, bin wenigstens ich offen und ehrlich. Und außerdem ist es viel ungefährlicher, als über Skihütten zu reden. »Nach der Beziehung mit George hatte ich einfach zu viele furchtbare Dates, mit zu vielen Drinks. Von alldem mache ich gerade eine Pause.«

Tatsächlich war es noch viel weniger spaßig, als es klingt. Als George mich vor beinahe zwei Jahren verlassen hat, war da diese verrückte Stimme in mir, die mir vorwarf, dass ich meine fruchtbaren Jahre vergeudet hätte. Je verzweifelter ich versuchte, jemand Neuen zu finden, desto unmöglicher schien es. Und je schlimmer die Männer wurden, desto mehr Grund hatte ich, mir Shots hinter die Binde zu kippen.

Der Unfall war dann der Tiefpunkt dieser schrecklichen Zeit. Der Boden eines sehr tiefen Loches. Der Wendepunkt. Doch so etwas Tragisches lässt einen nicht so leicht wieder los. Solange ich mich damit beschäftigt halten kann, Sachen für meine Freunde zu organisieren und der Außenwelt vorzumachen, dass alles okay ist, kann ich mich gerade so zusammenreißen.

Bill nimmt es gelassen hin. »Wenn es um Sex mit Fremden geht, dafür ist hauptsächlich Tinder verantwortlich.«

Ich reiße die Augen auf und protestiere laut. »Also das habe ich nicht gemacht.« Zumindest nur selten. Meistens bin ich schon aus den Latschen gekippt, bevor wir auch nur in der Nähe irgendeines Bettes waren. »Aber irgendwann habe ich einen Denkzettel gekriegt, der mich über all diese Sachen hat nachdenken lassen.« Ich versuche, mein bestes, superselbstbewusstes Strahlen hinzubekommen, doch es ist mir klar, dass es extremer rüberkommt, als mir lieb ist, und dass ich so viel mehr von mir preisgebe, als ich eigentlich sollte. Und dass, wenn ich mich nicht in diesem furchtbaren Zustand befunden hätte, Michael wahrscheinlich noch am Leben wäre.

Das werde ich niemals hinter mir lassen können, es ist ein Gewicht, das ich für immer mit mir trage. Auch wenn ich immer so tue, als wäre alles okay (was vor den anderen Leuten sein muss), weiß ich, dass ich die Schuld niemals überwinden werde. Doch das ist etwas, das ich tief im Inneren meines Herzens eingeschlossen habe, etwas sehr Persönliches, meine ganz eigene Buße. Ich kann es nur so erklären, dass da in meiner Brust ein Stein festsitzt. Ich kann ihn nicht rauslassen und andere Leute damit runterziehen. Der Stein wird dort für immer festsitzen, denn ich habe kein Recht mehr darauf, glücklich zu sein. Und damit habe ich mich auch vollkommen abgefunden.

»Tja, es gibt viele Dinge, die ich im Moment nicht tue – Gin pur zu trinken ist eines davon. Aber das klappt alles wirklich sehr, sehr gut.«

»Das freut mich zu hören.« Er schluckt und sieht aus, als wäre er im Moment lieber ganz woanders. »Das erklärt, wieso Lametta in deinem Leben momentan so einen großen Stellenwert einnimmt.«

Was für ein herablassender Kerl. »Nein, Lametta habe ich immer schon gemocht.«

»Wie wär's, wenn wir die Eimer mit dem Handwagen zum Schloss rüberfahren und sie auswaschen?«

Endlich ein Angebot, das ich nicht ausschlagen kann. Die Brennerei ist ja anscheinend Sperrgebiet für Hunde, also habe ich so getan, als wäre Merwyn nicht da. Doch wenn wir jetzt eh gehen, kann ich genauso gut wieder mit ihm sprechen. »Zeit für einen Spaziergang?«

Sein Schwanz richtet sich auf, und er schlittert mit seinen Krallen über den schimmernden Boden zur Tür.

8. Kapitel

Überraschung!

Es ist immer noch genauso aufregend wie beim ersten Mal, dem hell erleuchteten Schloss entgegenzugehen, während der Himmel sich langsam verfinstert und die Brandung in der Ferne rauscht. Doch wie malerisch es auch sein mag – während ich Merwyns Leine festhalte und gleichzeitig aufpasse, dass die Eimerstapel nicht vom Handwagen purzeln, erinnere ich mich daran, dass das echte Leben leider viel weniger perfekt ist als ein Märchen. Ehrlich gesagt schleppe ich wirklich gern Sachen in der Gegend herum; eigentlich wäre ich gern diejenige, die den Handwagen zieht. Aber ihr wisst ja, wie Männer so sind. Die paar Male, die sich George in einen Supermarkt gewagt hat, hat er darauf bestanden, den Wagen zu schieben. Und da Bill Einsatzleiter und personifizierte Arroganz in einem ist, werde ich sicher mindestens eine Meile Abstand vom Griff des Handwagens halten müssen. Doch statt mich darüber aufzuregen, denke ich ans Abendessen und an die Spaghetti Bolognese, die ich auf dem AGA-Herd hab stehen lassen. Das Einzige, was meinen Plan, den Abend auf dem Küchensofa zu verbringen und Listen zu erstellen, gefährden könnte, ist Bills mögliche Anwesenheit.

Er bringt den Handwagen vor der Vorderseite des Schlosses ruckartig zum Stehen. Schnell mache ich einen großen Schritt, um die herunterfallenden Eimer aufzufangen. Derweil zieht ein riesiger glänzend schwarzer Geländewagen, der dort parkt, seinen Blick auf sich.

»Sieht aus, als würde Jeff Bezos die Amazon-Pakete heute persönlich ausliefern.«

»Nett von ihm, dass er die Päckchen bis zur Hintertür trägt. Hoffentlich bringt er Lichterketten.« Ich rücke die Eimer zurecht, und dann geht's wieder los. »Bitte in Zukunft nicht mehr so plötzlich anhalten.«

Als wir um die Ecke biegen, sehen wir, dass der Innenhof des Schlosses bereits hell erleuchtet ist. Der Handwagen bockt wieder. Dieses Mal scheppern die Eimer über den Steinboden. Ich verfluche im Stillen Bills fehlende Navigierkünste und jage ihnen nach. Erst, als ich sie alle wieder eingesammelt habe und mich umdrehe, sehe ich den Grund dafür, wieso sie runtergefallen sind: Der Paketstapel, dem Bill versucht hat auszuweichen, ist so hoch wie eine Mauer. Wir steuern um die Pakete herum, und ich sehe Merwyn an. »Wo ist denn der Fahrer hin?«

Da bemerke ich den Dampf, der über dem Whirlpool aufsteigt und höre plötzlich ein schrilles Lachen. Ein Wust blonder Locken taucht über dem Rand des Whirlpools auf. Ich muss zweimal hinsehen. »Miranda?!« Gerade noch rechtzeitig – schließlich ist sie Libbys Mum – kann ich mich davon abhalten, total unhöflich zu sein und sie zu fragen, was zur Hölle sie hier treibt.

Sie nimmt ein Champagnerglas vom Beckenrand und trinkt einen Schluck. »Ivy! Du siehst ja echt supersüß aus mit dieser Wollmütze! Nach allem, was passiert ist, ist es so schön, dich hier zu haben und zu sehen, dass du wohlauf bist.«

Ihr wisst ja, wie Mütter sein können, sogar die anderer Leute – immer platzen sie mit Sachen raus, über die man lieber nicht sprechen würde. Und als ob es nicht schon Schock genug wäre, Fliss' und Libbys Mum hier zehn Tage früher als besprochen anzutreffen, taucht eine Sekunde später noch ein weiterer Kopf neben ihr auf.

Miranda schwenkt ihr Sektglas. »Heißer Tipp: Wenn du so wie wir mit Champagner und Gläsern herumreist, kann nie viel schiefgehen. Wir dachten, dass wir es uns ja gemütlich machen und mal kurz hier reinspringen könnten, während wir warten, bis du zurück bist. Hier ist jemand, den ich dir schon längst vorstellen wollte – Ivy, das ist Ambrose.«

Das ist das erste Mal, dass sie Ambrose erwähnt, aber egal. Ich dränge Merwyn vorwärts, damit ich Ambroses tropfende Hand schütteln kann, und versuche, nicht auf den Klamottenhaufen zu treten. Mir ist bewusst, dass ich das hier schon mal so ähnlich erlebt habe.

»Enchanté, Ivy.« Ambroses Stimme ist so tief und kräftig wie seine Bräune, auch wenn seine Begrüßung ein wenig lächerlich wirkt. Er wischt sich eine eisengraue Locke aus der Stirn, nimmt sein Glas in die Hand und taucht die Schultern zurück ins Wasser.

Ich beginne damit, uns vorzustellen und kämpfe dagegen an, enttäuscht zu klingen, dass nun noch jemand hier ist. Warum sollte ich auch? »Das ist Bill, der Schlossverwalter, und das hier ist Merwyn, er hat tibetische Wurzeln und ist ein Anwärter auf den Titel ›Süßester Hund der Welt‹.«

Bill hüstelt leise. »Wenn er nicht gerade Unterwäsche vergräbt.«

»Falls du dich wunderst, wieso wir so früh hier sind …« Ich bin erleichtert, dass Miranda meine Gedanken gelesen hat und Bill unterbricht. Sie lächelt Ambrose an und sieht dabei aus, als würde sie ihn gern mit Haut und Haaren vernaschen. Und sich dann noch einen Nachschlag holen. »Also Libby weiß nichts davon, aber Ambrose und ich dachten, wir könnten ja ein paar romantische Tage zu zweit hier verbringen, bevor die Familie eintrifft. Du wirst uns doch nicht verraten, oder?«

Ambrose kommt ihr zu Hilfe. »Du kennst doch bestimmt die erste Regel von Hauspartys … Die die zuerst kommen, kriegen die besten Zimmer.« Er lacht. »Aber das weißt du bestimmt, denn du bist ja auch schon hier. Ach, und Miranda gibt sich nicht mit weniger als mit einer Suite mit Himmelbett zufrieden.«

Mirandas Augen sind von so erstaunlichem Blau und so voller Wärme und Anteilnahme, dass ich komplett verstehe, warum sie fast immer einen Mann an ihrer Seite hat. »Du siehst besorgt aus, meine Liebe. Es ist doch okay, dass wir hier sind?«

»Ja, kein Problem.« Ich atme tief durch und entscheide mich für eine Notlüge. »Die letzten, die sich hier eingemietet haben, haben das Schloss komplett leer geräumt ...«

Miranda unterbricht mich, bevor ich den Satz beenden kann. »Oh, haben die hier ein Fotoshooting gemacht? Kein Wunder, ist schon eine tolle Location.« Sie pufft Ambrose so hart in die Seite, dass er beinahe komplett in den Whirlpool rutscht. »Wir meinten, dass es ein Filmset sein könnte, nicht, Ambie? Genau wie das Schloss in *Die Eiskönigin*.«

So ein Quatsch. Dieses Schloss ist viel schöner, aber ich werde jetzt keinen Streit anfangen. »Solange es euch nichts ausmacht, dass wir die Sachen wieder reinbringen?« Wir sind hier, um eine traumhafte Umgebung herzustellen, nicht um Illusionen zu zerstören, also sage ich nicht mehr.

Ich kenne Miranda schon seit Jahren, seit Fliss und ich gemeinsam am St. Martins College in London Kunst studiert haben. Damals haben wir öfter bei ihr in Brighton übernachtet. Als Mutter war sie immer ein bisschen unorthodox, vielleicht weil ihr Mann – Fliss' Dad – starb, als Fliss gerade zehn war. Doch sie war eine tapfere, unerschütterliche Mutter, auch wenn sie, wie Fliss immer sagt, die Männer wie Laken gewechselt hat. Anders als die Typen, von denen sie jeden Monat einen neuen hatte, ist sie immer dieselbe geblieben – großzügig, herzlich, lässig, lustig und umgänglich. Wir haben sie alle unglaublich gern. An dem nackten Ringfinger ihrer linken Hand, die über Ambroses bronzener Schulter baumelt, sowie daran, dass er nicht auf der Gästeliste steht, lese ich ab, dass sie ihn erst seit Kurzem in ihre Sammlung aufgenommen hat.

Als Fliss und Rob geheiratet haben, war Mirandas Liebesleben grade so ein Chaos, dass sie es aufgaben, aus ihr einen definitiven Namen rauszukriegen und einfach Mutter der Braut und Begleitung auf den Tischplan schrieben. Wen auch immer sie damals mitgebracht hat – niemand von uns ist gut darin, sich Namen zu merken, bis auf Libby, die alles aufschreibt. Das nimmt den anderen, einschließlich Miranda, den Druck, da sie wissen, dass sie immer in ihren »Archiven« nachsehen können. Das erste und das letzte Mal, dass Fliss Mirandas damaligen Freund gesehen hat, war, als er plötzlich auf den Fotos von ihrer Hochzeit auftauchte.

Miranda strahlt. »Natürlich macht es uns nichts aus. Wir helfen auch mit, stimmt's?«

Ambie hält sich so verkrampft am Rand des Whirlpools fest, dass seine Fingerknöchel ganz weiß sind – anscheinend ist er dieses Mal bereit für den Knuff, den sie ihm gleich verpassen wird. Er grinst sie an. »Wenn wir uns nicht gerade hier drin aufhalten, ja.«

Miranda hat ihre Augen im Moment woanders. »Er macht nur Witze, Bill.« Sie lacht leise und kratzig. »Ich bin Künstlerin. Ich bin sehr kreativ und habe nichts dagegen, die Ärmel hochzukrempeln.«

Ambrose lacht leise. »Das kannst du laut sagen.«

»Sei nicht so ungezogen, Ambie.« Ein kehliges Lachen ertönt, und ein gigantischer Schwall Wasser spritzt über das Steinpflaster, als Miranda Ambie von der Sitzbank runterschubst und er in den Wellen verschwindet. Als Ambie prustend wieder auftaucht, strahlt sie Bill immer noch mit ihrem engelsgleichen Lächeln an und lacht krächzend. »Jetzt hast du gesehen, Bill, was mit Männern passiert, die sich nicht benehmen.« Miranda verschränkt die Arme vor der Brust und drückt ihre mehr als drallen Brüste über die Wasserlinie. »Mach dir keine Sorgen, wir werden dich nicht enttäuschen.«

Man muss nur den Ausdruck auf Bills Gesicht sehen, um zu wissen, was in der unsichtbaren Sprechblase über seinem Kopf steht.

Fuck! Scheiße! und *Was zum Henker?!* Und vielleicht noch ein kleines, verzweifeltes *Holt mich hier raus!*

Ich stupse ihn in die Seite. »Alles klar, Bill?« Er kommt zu sich und hüstelt.

»Also, damit das klar ist, Rauchen ist weder im Schloss noch im Innenhof noch auf den Parkplätzen gestattet.«

Die Falten auf seiner Stirn werden tiefer, während er Mirandas Tabakdose und ihr Zigarettenpapier neben dem Handtuch beäugt. »Auch nicht in der Remise … oder der Brennerei.«

Ich strahle, damit man mir mein eigenes *Was zum Teufel?* nicht ansieht. »Danke, Bill, für diese lieben Begrüßungsworte.«

Miranda zwinkert ihm immer noch zu. »Aber Selbstgedrehte sind doch okay, oder? Das sind ja eigentlich streng genommen keine Zigaretten?«

Er zuckt nicht mal mit der Wimper. »Selbstgedrehte sind auch verboten. Und Stummel kommen in die Sandeimer neben den Türen, wir wollen nicht, dass ihr sie draußen auf den Rasen oder in den Sand werft.«

Miranda blinzelt ihn mit gespieltem Entsetzen an. »Was, gehört dir jetzt etwa auch der Strand?« Sie ist so ein Scherzkeks.

Bill findet das nicht so lustig. »Er gehört zum Schloss, ja, aber er ist öffentlich zugänglich. Jedoch nicht für die Leute, die dort ihre Zigarettenstummel fallen lassen.«

Miranda geht einfach darüber hinweg. »Kleine Jungs wie dich verspeise ich zum Frühstück, Bill!« Sie gluckst erneut. »Aber heute bin ich mal gnädig. Und wer auch immer der König dieses sehr hübschen Schlosses ist, du kannst ihm sagen, dass wir ein tadelloses Benehmen an den Tag legen werden.«

Bill macht weiter, als hätte er sie nicht gehört. »Und auch kein Herumgealber im Whirlpool. Wenn der Innenhof vereist, wird der Whirlpool geleert. Sofort. Und nur so fürs Protokoll – tragen Sie da drin eigentlich Badekleidung?«

Ich lege die Hand auf den Mund und zische »Heuchler«.

»Bill, du bist so ein Spaßverderber.« An dem Funkeln in Mirandas Augen kann ich ablesen, dass ihr das Ganze Spaß macht. »Nacktbaden im Whirlpool ist meine Lieblings-Weihnachtsbeschäftigung.«

Bill bleibt komplett ungerührt. »In diesem Fall müssen Sie sich einen anderen Whirlpool suchen. Dieser hier steht nur für angezogene Gäste zur Verfügung.«

»Schon gut, mach dir nicht in die Badehose.« Es ist selten, dass Miranda sich geschlagen gibt. Doch hinter den Dampfwolken sieht sie mit den zwei wütenden roten Kreisen auf ihren Wangen aus wie ein Ballon, aus dem man die Luft herausgelassen hat. Sie hat Bill Süßigkeiten angeboten, und er hat sich strikt geweigert, ihr aus der Hand zu fressen. Ich hab sie noch nie so bissig erlebt. Sie streckt die Hand aus. »Ich nehme mal an, du hast einen unerschöpflichen Vorrat an flauschigen Handtüchern? Würdest du uns freundlicherweise welche bringen? Außer du hättest gerne, dass wir so aus dem Pool steigen, wie wir sind?«

An diesem Punkt erreichen meine Hoffnungen auf ein gelungenes Weihnachtsfest einen neuen Tiefpunkt.

Ein Krieg zwischen Bill und Miranda wird sicher nicht angenehm. Und dabei stand das noch nicht mal auf meiner Liste von Dingen, um die man sich potenziell Sorgen machen müsste. Und wenn Bill schon nach fünf Minuten Streit mit Miranda anfängt – die eigentlich recht umgänglich ist –, was wird dann erst passieren, wenn Libby hier eintrifft?

9. Kapitel

Fall-la-la-la-la, la-la-la-la

Bei allem, was ich im Schloss noch tun muss, und angesichts der Tatsache, dass Libby morgen Abend ankommt – kurze Pause für einen stummen Schrei –, pumpen meine Adern am Samstagmorgen so viel Adrenalin durch meinen Körper, dass ich unmöglich noch länger im Bett liegen bleiben kann. Während ich mich anziehe, wirft mir Merwyn von seinem gemütlichen rotsamtenen Schlafkissen aus einen Blick zu, der »Nein, auf keinen Fall« bedeutet. Doch offensichtlich meint er den nicht ernst, denn als ich ohne ihn Richtung Treppe gehe, ist er vor mir unten. Nach ein wenig Herumtollen am Strand bei Handylicht sind wir noch wacher. Der Wind ist eisig, und das Geräusch der an den Strand schlagenden Wellen und des schaumigen Wassers, das über den Sand und unsere Füße läuft, scheint bei Nacht noch viel lauter als am Tag.

Was auch immer Bill über die Frühstücksgewohnheiten seines Dads erzählt hat – als wir in die Küche zurückkommen, sind die Toaster voll beladen und ein großer Mann in orangefarbenen Jogginghosen bräunt Toast auf dem AGA-Herd. Sein Grinsen ist eine lebhaftere, verbrauchte Version von Bills; als er den Kopf dreht und seine Zöpfe herumwirbeln, entfaltet sich die volle Wirkung seines langen, wuchernden Haars und der zwei mit Perlen geschmückten Zöpfe.

Er fängt gleich mit der Vorstellung an. »Hi, ich bin Keef, besser bekannt als Riff-Keef, oder Bills Dad. Und das hier …« Er weist mit der Hand auf die Männer, die um den Tisch herumstehen und alle aussehen, als hätten sie ihre Klamotten in exakt demselben Laden wie Bill gekauft (und zwar vor ungefähr dreißig Jahren), »… sind Rip, Brian, Bede, Taj und Slater, meine Mannschaftskameraden vom *Surfen bis zum Umfallen-Klub*.«

Ich sehe silbergraue Pferdeschwänze, gräuliche Bärte in allen Ausprägungen von stoppeligem Dreitagebart bis zu buschigem Vollbart, Lederhalsbänder, Muschelarmbänder und zerrissene Jeans, die so wettergegerbt sind wie die Gesichter ihrer Träger. Den Knoten in den Haaren der Männer nach zu urteilen geht wohl keiner von denen jemals zum Friseur, außer vielleicht, um Salzspray zu kaufen.

Bill, der hinter der Kücheninsel steht, hebt eine Augenbraue. »Der Name ist ironisch gemeint, natürlich werden sie niemals umfallen, weil sie viel zu beschäftigt damit sind, mit ihren Kites rumzufliegen und auf ihren Party-Wellen so richtig abzugehen.« Seine Lippen kräuseln sich amüsiert. »Dass er überhaupt nicht wie ich aussieht, liegt daran, dass er adoptiert ist.«

Ich lege die Stirn in Falten. »Echt?«

Keiths Gesicht verzieht sich zu einem Grinsen. »Erste Regel im Schloss: niemals Bill glauben. Toast, Ivy?« Während er mir einen Teller mit zwei perfekt gebräunten Scheiben reicht, bemerke ich, dass die Ärmel seines verblichenen pfirsichfarbenen Rip-Curl-Sweatshirts ganz zerfetzt sind. »Wir trinken unseren Kaffee aus, dann gehören wir dir.«

Keith hat so einen lockeren Charme – von mir aus können sie so viel Toast machen, wie sie wollen. Jederzeit. Schade, dass Miranda nicht hier ist, aber sie wird sich bestimmt später zu uns gesellen.

Das Erste, was sie und Ambrose taten, als sie reinkamen, war, sich über die Kälte zu beschweren. Nachdem Bill die Heizung aufgedreht hat, haben sie sich mit Snacks und einigen

Flaschen Champagner nach oben verzogen, während wir in der Küche geblieben sind und die Kisten geöffnet haben.

Die Surfer-Gang verliert keine Zeit. Schon bevor ich meine vierte Scheibe Toast mit – total leckerer – im Wohnwagen fabrizierter Orangen-Gin-Marmelade bestrichen habe, kurven sie in ihren bunten, aber erstaunlich sauber glänzenden Vans zwischen der Remise und dem Schloss hin und her. Wenn was schnell von A nach B transportiert werden soll, frag 'nen alten Surfer. Im Ernst. Als ich die Dekosachen von der Küche in die Eingangshalle getragen habe, strömen sie rein und stellen überall bequeme Sessel und Stühle auf.

Als jede Ecke im Erdgeschoss und in den Türmen vollgestellt ist und immer noch Sessel reingetragen werden, lotse ich die Männer hinauf in den ersten Stock.

»Also, wo sollen wir sie hinschaffen?« Riff-Keef kommt auf der obersten Stufe an. Mit fliegenden Zöpfen schwingt er das gemütliche Teil herum.

Ich hoffe, dass meine Finger ausreichen, um zu zeigen, wo die Möbel alle hinkommen. Als ich hochsehe, haben sich neben dem Treppenabsatz Stühle und Surfer aufgereiht. »Ich denke, zwei pro Raum …« Plötzlich höre ich ein seltsames Stöhnen.

»Ja?« Die Jungs schauen mich aufmerksam an.

»Die sollten ausreichen für …« Wieder dasselbe Geräusch, dieses Mal lauter.

In der Arbeit bin ich zur Ersthelferin ernannt worden, also sehe ich mich um, um eventuell bleiche Gesichter oder einen drohenden Herzanfall gleich zu erkennen. Da ist es wieder. »Geht's allen gut, hört ihr das auch …?«

»Stöhnen. Und Klopfen.« Keef tauscht einen Blick mit Taj. »Wahrscheinlich nichts, über das man sich Sorgen machen muss. Lasst uns weitermachen.«

Geklopfe in der Nacht – oder eigentlich am Tag? Und Bills

Dad tut so, als wäre da nichts? Ich bin doch nicht bescheuert – der versucht da was zu verheimlichen!

Noch mal ein lauter Schlag. Plötzlich wird mir alles klar. Das Blut gefriert mir in den Adern. »Hier spukt's, stimmt's?« Ich heule auf. »Es liegt gar nicht am WLAN, ihr hattet an Weihnachten was frei, weil es im Schloss Poltergeister gibt und niemand hier übernachten will!«

Von all den Problemen, die es bisher gab, ist das hier das schlimmste. So rhythmisch wie dieser Geist an die Wände klopft, wird es mehr als ein bisschen Knoblauch und einen Salbeizweig brauchen, um ihn zu vertreiben. Und es werden ja auch Kinder kommen ... Meine Gedanken rasen. Wie zur Hölle soll ich jetzt in der Kürze, ohne Internet, einen Exorzisten auftreiben? Und funktioniert so was überhaupt?

Das ist genau der richtige Zeitpunkt für Bill, um aufzutauchen und seinen Stuhl neben Keefs zu knallen. »Was ist hier los ... Was zur Hölle soll dieser Lärm?«

Keef neigt den Kopf, woraufhin ihm seine Zöpfe über die Nase fallen. »Geister-Möbelpacker?«

Taj pufft Keef in die Seite. »Also, wenn du mich fragst, sind für dieses Gestöhne eher irdische als geisterhafte Gestalten verantwortlich.«

Ich erstarre, als das Geklopfe schneller und schneller wird. Eine Reihe von Todesfee-Schreien lässt meine Adern gefrieren.

Keef setzt den Stuhl ab und zwinkert mir zu. »Das ›*Bitte nicht stören*‹-Schild sollte dir verraten, was los ist. Obwohl das Schild eher auf der Innenseite der Tür sein sollte, bei diesem Lärm.«

Oh mein Gott! »Sind das Ambrose und Miranda?« Ich bin nicht sicher, ob es das besser oder schlimmer macht, aber in jedem Fall würde ich es begrüßen, wenn sich jetzt ein Loch vor mir auftäte, in dem ich mich verkriechen könnte. Nur dieses eine Mal wende ich mich an Bill. »Aber sollten diese dicken Schlosswände nicht schalldicht sein?«

Es ist einer dieser schrecklichen Augenblicke, in denen wir uns eigentlich alle verdünnisieren sollten, doch stattdessen kleben unsere Füße am Boden. Wir stehen da und starren auf das ›*Bitte nicht stören*‹-Schild, als sich die Türklinke auf einmal senkt. Eine Sekunde später springt die Tür auf und ein violettes pelziges Maultier erscheint, gefolgt von Miranda, die mit dem Gürtel ihres aufreizenden, pinkfarbenen Bademantels mit Leopardenprint spielt.

»Schalldicht? Von wegen! Verdammt, wir konnten jedes einzelne Wort hören, das ihr gesagt habt. Danke, dass ihr uns den Moment versaut habt.« Sie fährt sich mit den Fingern durch die Locken und gluckst, während sie die Reihe der Möbelträger anlächelt. »Na ja, ist ja nicht so schlimm, ich vergebe euch, aber nur, weil ihr alle so schön gebräunt, stark und hübsch ausseht.« Sie hält inne, um ihren Charme wirken zu lassen. Ihr Blick bleibt an Bill hängen. »Ich bin übrigens Miranda. Will mir vielleicht irgendwer von euch heißen Adonissen einen Tee machen? Oder mit mir in den Whirlpool steigen?«

Die Kinnladen fallen reihenweise auf den Boden. Wenn ich sie nicht schnell von hier wegbringe, verliere ich noch meine gesamte Mannschaft. »Nicht jetzt, wir wollten gerade ins Obergeschoss gehen. Wir sehen uns dann später.«

Sie dreht sich zu mir um, als sie in Richtung Treppe geht. »Vergiss mich nicht, Süße. Ich lechze danach, in alten Erinnerungen zu schwelgen.«

»Gut.« Ich wusste, dass ich auf sie zählen kann. »Ich dachte an Girlanden für die …« Aber sie ist schon weg.

Während die anderen die Stufen hinauftrotten, tätschelt Riff-Keef meinen Arm. »Wir tragen noch den Rest der Möbel rauf, dann kümmern wir uns um die Bäume. Mach dir keine

Sorgen, Ivy, wir Surfer bekommen immer Hilfe von fleißigen Feen. Heute Abend wird dein Schloss strahlen.« Er zwinkert mir zu. »Und es wird kein einziger Geist umherspuken, das verspreche ich dir.«

Bill lacht immer noch in seinen Ärmel. »Übernachtungen in einem Spukschloss. Das wäre echt eine Geschäftsidee.«

Natürlich erwidere ich nichts darauf. Doch wenn das hier erst der Anfang ist, zweifle ich sehr daran, dass wir es bis zum Ende schaffen.

10. Kapitel

Mittlerweile sieht es schon ziemlich weihnachtlich aus

Während Keef und seine Surfer-Crew die Sachen aus der Remise rüberbringen, sause ich herum und platziere Schachteln mit Lichterketten für die Bäume in jedem Raum, versehe die Betten mit Tagesdecken (ein paar hübsche Vorhänge im 50er-Jahre-Muster, die ich entdeckt habe) und verteile Gläser mit Teelichtern auf den Fensterbänken, um die fehlenden Vorhänge zu kompensieren. Nachdem ich wollene Teppiche neben die Sessel gelegt und die Spiegel mit Lichterketten versehen habe, funkelt es überall und sieht schon sehr viel einladender aus.

Es ist einer dieser Tage, an denen ich so beschäftigt bin, dass beim nächsten Mal, als ich auf mein Handy schaue, plötzlich keine Minuten, sondern Stunden vergangen sind. Als ich zurück in die Küche gehe, um kleine Bündel Kiefer- und Wacholderzweige mit orangenen und pinkfarbenen Bändern zusammenzubinden – die hängen wir dann an die Türen –, ist es bereits früher Nachmittag, und Miranda ist immer noch nicht aufgetaucht. Die Surfer haben gerade ein spätes Mittagessen bestehend aus Pommes und Sandwiches zu sich genommen und wickeln jetzt die Bäume aus den Netzen. Keef winkt mir mit dem Spaten zu, streckt den Daumen hoch und zeigt auf einen Blumentopf.

Ich haste im Schloss umher, hänge die Zweige auf, rücke die letzten paar Tische und Lehnstühle zurecht und stelle die

Schlitten dorthin, wo später die größeren Bäume stehen sollen. Es regt sich Hoffnung in mir, dass wir es gerade so hinkriegen könnten.

Dann kommt Bill in die Küche, in den Armen Schachteln mit Ginflaschen im Miniaturformat, an die alle noch Schleifen zum Aufhängen gebunden werden müssen. Als ich endlich genug zusammenhabe, um einen großen Baum damit zu schmücken, gratuliere ich mir selbst zu dieser absolut genialen Idee. Und ich frage mich, wo der Rest des Weihnachtsbaumschmucks abgeblieben ist, den ich bestellt hatte.

Als ich Bill später suche, um ihn danach zu fragen, schuftet er etwa hart? Natürlich nicht. Er sitzt in seinem Zimmer und ist über seinen Laptop gebeugt; der Bildschirm ist voller Zahlen und Diagramme. Und was noch schlimmer ist: Ich werde schon wieder von seinem Aftershave umnebelt. Also komme ich lieber gleich zur Sache.

»Bill, hast du irgendwelche Weihnachtsbaumkugeln herumstehen sehen? Da sollten eigentlich einige Schachteln angekommen sein.« Okay, ich gebe zu, ich hab's mit dem Bestellen wohl etwas übertrieben, aber es gibt nichts Schlimmeres als nackte Zweige.

Er verzieht das Gesicht, sieht aber nicht hoch. »Die Speisekammer ist voll mit den neuesten gelieferten Paketen ... und die Wäschekammer auch ...«

Dem muss man auch alles aus der Nase ziehen. »Könntest du vielleicht den Versand im Internet nachverfolgen, um zu überprüfen, ob sie angekommen sind?« So viele Bestellungen – es ist mir etwas peinlich, aber ich verliere den Überblick darüber, was schon angekommen ist. Und das Ganze wird mir noch dadurch erschwert, dass die Bestellbestätigungen alle in seinem E-Mail-Postfach landen und er sie mir nicht immer weiterleitet.

Er sieht beinahe so entsetzt drein, als hätte ich ihn gebeten, von einer Klippe zu springen. »Schon gut, ich mach es, sobald ich hier fertig bin, okay?« Bis dahin wird er es bestimmt vergessen haben.

»Danke für deine Hilfe.« Von wegen. Wir rennen die ganze Zeit wie verrückt umher, während er absolut *nichts* tut.

Endlich sieht er vom Bildschirm auf. »Falls du Hilfe brauchst – Miranda und Ambrose sitzen im Whirlpool.« Die Falten auf seiner Stirn werden tiefer. »Sie tragen doch Badekleidung, oder?« Echt jetzt? Wir wissen nicht, wo uns der Kopf steht vor lauter Arbeit, und er macht sich immer noch über Badekleidung Gedanken?

Ich will mich da nicht einmischen, also ignoriere ich, dass das, was er gerade vor sich hin summt, ein Song aus *Ghostbusters* ist, und bugsiere Merwyn so schnell ich kann zur Tür hinaus. »Der Whirlpool ist deine Domäne, Bill. Merwyn und ich schmücken jetzt die Bäume.«

Falls wir diese verdammten Kugeln finden. Es stehen so viele Schachteln herum, und die Stapel sind so hoch, da ist es wirklich ein Jammer, dass Merwyn kein Spürhund ist. Was hatte ich noch gleich gesagt? Wenn dir eine Wand im Weg ist, reiß sie ein? Als wir in der Wäschekammer stehen, ist es eher so, als würden wir uns in einen Schachtelberg hineingraben. An einem Punkt befinden wir uns so tief in den Eingeweiden des Berges, dass ich das Gefühl habe, wir finden nie mehr hinaus. Sorgfältig öffnen und überprüfen wir jeden Karton. Dasselbe in der Speisekammer.

Aber Tausende von Weihnachtskugeln gehen nicht so einfach verloren – wenn wir wirklich jede Schachtel prüfen, werden sie am Ende schon auftauchen. Wir müssen sie einfach finden, denn ohne können wir die Bäume vergessen. Außerdem läuft uns die Zeit davon. In nur 27 Stunden wird Libby da sein, zusammen mit ihrem erwartungsvollen Anhang. Alle ganz wild darauf, verzaubert zu werden. Wäre ich nicht schon dabei zu hyperventilieren, würde dieser Gedanke ganz sicher dafür sorgen.

Aber der Baumschmuck taucht einfach nicht auf. Während ich, um Libbys Geschenke nicht zu verraten, den Inhalt der Schachteln in Geheimsprache vorne draufschreibe und versuche, irgendeine Art von Ordnung reinzubringen, passe ich auf, dass ich nicht von den Dämpfen des wasserfesten Stifts ohnmächtig werde. Dabei falle ich wieder in ein Zeitloch.

Als wir endlich aus dem Kartonchaos heraussteigen, immer noch mit leeren Händen beziehungsweise Pfoten, ist es schon fast acht. Ich habe bereits alle Phasen der Verzweiflung durchgemacht. Zumindest steht ein hübscher Baum in der Küche, mit einer kupfernen Lichterkette, an der winzige Lämpchen leuchten. Mir knurrt der Magen vor Hunger, und Merwyn ist so beleidigt, dass er mir noch nicht mal in die Augen schaut. Die Türen zum Innenhof stehen offen, und die Dampfschwaden tragen Mirandas Stimme herein.

»Ivy, da bist du ja endlich. Komm raus zu uns.«

Ich bin so erschöpft, dass ich nicht den Willen habe, Widerstand zu leisten. Und Merwyn seinerseits ist so erledigt, dass er nur einmal kurz an Ambroses Boxershorts schnüffelt, als er an ihnen vorbeitapst. Wenn ich die leere Ginflasche im Eiskühler sehe und die Weihnachtsmannmützen, die schräg auf ihren Köpfen sitzen, würde ich sagen, dass die beiden einen tollen Nachmittag hatten.

Miranda schwenkt ihr Glas in meine Richtung. »Also, was ist mit diesen Zweigbündeln? Fang ja nicht ohne mich an!«

»Die sind leider alle schon fertig und aufgehängt.« Schon vor Stunden.

»Ach Mist, ich wollte doch mitmachen.« Sie starrt mich auf diese eindringliche Art an, die sie so gut draufhat. »Aber was viel wichtiger ist: Hast du schon was mit diesem hübschen

Schlossverwalter angefangen? Er ist zwar eine absolute Nervensäge, aber aussehen tut er ja sehr gut.«

Merwyn hat mitgehört und wirft mir einen Blick zu, der sagt »Oh nein! Denk nicht mal darüber nach«. Ich gebe den Blick direkt an Miranda weiter.

»Christian Bale und Ian Somerhalder sehen auch gut aus, aber trotzdem würde ich mit ihnen nichts anfangen.« Wenn Miranda mich verkuppeln will, bin ich sofort hellwach und bereit, wegzurennen. Doch zuerst muss ich das hier klären.

»Spar dir die Mühe, Bill hat eine Freundin, eine Anwältin, die wie ein Supermodel aussieht.«

»Das hört sich zu gut an, um wahr zu sein. Die Sache muss einen Haken haben. Sie ist ja gar nicht da, oder?« Ihr Lachen ist sanft und kehlig. »Es sollte eigentlich eine Überraschung werden, aber rechtzeitig zu Weihnachten könnte jemand deinen Weg kreuzen, der etwas menschlicher und Single ist.«

»Wer denn? Nein! Scheiße! Miranda, ich bin absolut nicht hier, um verkuppelt zu werden.«

Wehe, wenn sie da was arrangiert hat. Aber ich bezweifle es ernsthaft, denn sie hat bereits jeden verfügbaren Kerl, den sie kennt, auf mich losgelassen. Mindestens dreimal. Damals, als wir sie immer in Brighton besucht haben, mochte ich es gern, als Mirandas viertes Kind bezeichnet zu werden, aber jetzt, wo sie sich genauso penetrant wie eine echte Mutter einmischt, ist mir das nicht mehr so angenehm.

Sie sieht mich mit ihrem typischen allwissenden Blick an. »Ich weiß, dass du eine schwere Zeit hinter dir hast. Aber du kannst nicht zulassen, dass deine Vergangenheit deine Zukunft bestimmt, Süße. Jeder neue Mann eröffnet dir ein Universum an neuen Möglichkeiten.«

»Danke für deinen Beitrag, Miranda.« Ich habe allerdings viel weniger New-Age-Optimismus als sie. Hoffentlich hält sie jetzt verdammt noch mal die Klappe und hört auf, in mein Leben zu funken.

Doch einfach aufzugeben liegt Miranda nicht. »Und falls das nicht klappt – ich hab die heißen Surfer gebeten, die Augen für dich offen zu halten.«

Ich schreie empört auf. »Vielen Dank dafür, da kann ich mich ja gleich aufhängen.«

»Lass es dir gesagt sein: Weihnachten ist die richtige Zeit für Romantik, nicht wahr, Ambrose?«

»Hmmmm …«, brummt Ambrose und grinst schief.

»Ambie, du bist so ein Clown.« Miranda wackelt mit den Augenbrauen und tippt sich mit einem Finger ihrer freien Hand an die Nase. Anscheinend kann sie immer noch ihre eigene Nase finden – Alkoholtest bestanden. »Weihnachten ist einfach die perfekte Zeit, um die nächste Phase einer Beziehung einzuläuten.«

Als sie Ambrose dieses Mal einen ihrer charakteristischen Knuffe verpasst, rutscht er einfach von seinem Sitz und verschwindet. Ich zähle die Sekunden und warte darauf, dass er jeden Moment prustend an der Oberfläche auftaucht. Tut er aber nicht.

»Miranda …?« Wie betrunken ist sie eigentlich? Ich weiß, dass sie mit Männern leichtsinnig umgeht, aber Ambrose atmet gerade Wasser ein, während sie, vollkommen selbstvergessen, ihre Nägel inspiziert. Bilder von Ertrinkenden ziehen an meinem inneren Auge vorbei. Es ist schon Jahrzehnte her, seit ich meinen Rettungsschwimmer gemacht habe … Libbys Weihnachtsfest hängt ohnehin schon am seidenen Faden, eine tropfnasse Leiche im Innenhof würde es komplett zerstören. Mein Herz rutscht mir in die Hose, dann beginnt es zu rasen – ich bin hier die einzige nicht betrunkene Person, also ist es an mir, ihn da rauszuholen!

Ich sehe auf meinen schönen rosa Glitzerpullover hinunter

und ziehe ihn dann aus. Während ich ihn auf den Boden fallen lasse und mein Handy obendrauf werfe, lasse ich einen Schrei los. »Okay, Ambrose, ich komme rein, um dich zu r-e-e-e-t-t-e-n!«

Keine Zeit, um die Stufen hinaufzuklettern und mich sanft ins Wasser gleiten zu lassen. Ich bin jetzt voll im Lois-Lane-Modus. Mit einem Frontalsprung hechte ich über die Kante und frage mich, was das mit meinem Bob machen wird. Ich kann nur hoffen, dass meine Mütze an Ort und Stelle bleibt. Leider endet das, was als ein energiegeladener Superwoman-Hechtsprung gedacht war, als Bauchklatscher, der den Whirlpool praktisch leert. Und was nur wie Luftblasen aussah, entpuppt sich als Ambrose, der auf dem Weg an die Wasseroberfläche ist. Als ich auf ihm lande, schlägt er um sich, bis wir beide uns in einem Durcheinander aus umherschlagenden Gliedmaßen, nackter Haut, Flüchen und Wasserfontänen befinden.

Nachdem wir unsere Arme und Beine endlich entwirrt haben, höre ich ein lautes »Wuff«, und bevor wir ihn davon abhalten können, springt Merwyn oben von den Stufen des Pools, die Pfoten strampeln in der Luft. Als er auf die Oberfläche trifft, spritzt das Wasser in Hunderten kleinen Fontänen nach oben, die im Scheinwerferlicht glitzern.

»Merwyn!« Verzweifelt strampelnd versucht er zu schwimmen. Endlich komme ich auf die Beine, ziehe ihn aus dem Wasser und halte ihn fest, während er sich windet.

»Was zum Teufel sollte denn das?« Miranda fischt Ambroses Weihnachtsmannmütze aus dem Wasser und wringt sie aus. Sie setzt sie ihm wieder auf den tropfenden Kopf, und er gleitet auf das Bord neben ihr.

Das Wasser läuft an Merwyn runter, als ich ihn an meine Hüfte drücke. »Ambrose war im Begriff zu ertrinken, ich bin reingesprungen, um ihn wiederzubeleben, das ist alles.«

Miranda lacht. »Sosehr er es auch genossen hätte, Ambie hatte keine Mund-zu-Mund-Beatmung nötig. Er erschreckt mich nur gerne zu Tode, indem er so lange wie möglich unter Wasser bleibt.«

»Na bravo. Gut, dass wir das geklärt haben.« Und dann höre ich ein leises Räuspern neben der Tür, hinter der sich die Küche verbirgt, und mein Herz befindet sich plötzlich im freien Fall. »Bill, wie schön, dich zu sehen.« Als ob die Situation nicht schon schrecklich genug wäre. Im Ernst, er sollte jetzt besser nicht anfangen, sich über das Wasser auf dem Boden zu beschweren.

Seine Lippen kräuseln sich. »Du hast dich also doch entschieden, den Whirlpool auszuprobieren, Ivy. Wenn du gern einen Wet-T-Shirt-Contest veranstalten willst, hättest du's sagen sollen.«

Ich muss nicht an mir runterschauen, um zu wissen, dass mein Oberteil durchsichtig ist, und verfluche die Wahl meines BHs.

Miranda strahlt mich an. »Schönes Dessous, Schätzchen, du musst mir verraten, wo du es gekauft hast.«

»Und die Farbe ist sehr weihnachtlich.« Der verdammte Bill soll sich da nicht einmischen. Außerdem, wenn er doch anscheinend null über Weihnachten weiß, wie kommt es dann, dass er Scharlachrot damit in Verbindung bringt?

Selbst wenn sich der Boden auftäte und mich verschluckte, könnte das mein Unwohlsein nicht mal ansatzweise verstecken.

Bill schluckt. »Apropos, tragt ihr zwei da drin eigentlich Badekleidung?«

Er musste diese Frage wohl einfach stellen, oder? Während ich mich mit dem Rücken gegen die andere Seite des Whirlpools lehne, habe ich es bereits aufgegeben, mich dafür zu schämen, meine Unterwäsche in der Öffentlichkeit präsentiert zu haben. Stattdessen bin dazu übergegangen, zu überlegen, was ich in dem Kampf vorhin aus Versehen in die Finger bekommen haben könnte.

»Zählen Weihnachtsmannmützen?« Mirandas Lippen zucken. »Du verfehlst den Markt, ernsthaft, Bill, mit deinem Privatstrand solltest du FKK-Urlaube anbieten.«

Ambrose liegt auf der Seite. »Wir sind hier alle Männer … diesen S-s-surfertypen isses doch schhheißegal …«

Bill stützt die Hände in die Hüften. »Mir wäre es nur lieb, wenn ihr vor Ivy nicht mit euren Teilen herumwedeln würdet.«

Ich hebe Merwyn vor meine Brüste und sehe durch den Wasserfall aus Tropfen hindurch, die aus meiner Wollmütze kommen, zu Bill hinüber. »Lass mich da raus, ich kann gut auf mich allein aufpassen!« Ich halte es für unwahrscheinlich, dass Ambrose nackt herumlaufen wird; vermutlich kann er im Moment nicht mal aufrecht stehen.

»Bevor Ivy aus dem Pool steigt, muss ich noch ein Hühnchen mit dir rupfen, Bill.« Mirandas Stimme ist so laut geworden, dass man sie bestimmt nach St. Aidan hören kann. »In einem Schloss mit dünnen Papierwänden, in dem es Temperaturen unter dem Nullpunkt hat, erwarte ich zumindest ein Himmelbett. Was gedenkst du in Bezug auf unser unzulängliches Bett zu unternehmen?«

Ich überlege, was auf der Statusleiter als Nächstes kommt – ein Himmelbett mit Vorhängen, eins mit Seidenbettwäsche? –, und nehme all meine Energie zusammen, um zu fragen, ob das bis morgen warten kann oder zumindest, bis ich wieder an Land bin. Gleichzeitig mache ich mir eine geistige Notiz, sie daran zu erinnern, dass Alkohol die Körpertemperatur senkt. Nicht, dass sie mir zuhören wird.

Nach Bills Achselzucken zu urteilen ist ihm das egal. »Das sind Hypnos-Matratzen, über die hat sich noch nie jemand beschwert.«

Mirandas Beharrlichkeit gepaart mit einer leeren Flasche Gin – Zeit für mich einzuschreiten, um die Wogen zu glätten. »Es geht eher darum, dass es nicht genug Pfosten hat.«

»Das ist nun wirklich nicht mein Problem.« Er mag vielleicht jetzt schon leise fluchen, trotzdem war das erst der Anfang.

Denn Miranda lässt nicht locker. »Aber wir müssen über Alternativen sprechen.«

Bill hat gleich eine Erwiderung parat. »Zuerst haltet ihr euch mal an die Kleiderordnung, dann werde ich mir überlegen, ob wir darüber sprechen werden.« Das scheint gezogen zu haben, denn Miranda öffnet und schließt den Mund, ohne dass etwas herauskommt. Er wendet sich an mich. »Die Jungs haben nach dir gesucht, bevor sie gegangen sind.«

»Sie sind weg?«

»Heute findet die Extremsurfer-Kostümdisco statt, sie mussten sich beeilen.« Er sagt das, als wäre es eine ganz alltägliche Sache. »Sie dachten, dass du vielleicht auch gerne hingehen würdest?«

»Ich?« Ich verziehe ungläubig das Gesicht. »Warum sollte ich?«

Er zuckt mit den Schultern, aber diesmal kräuseln sich seine Lippen. »Du bist doch auf der Suche nach Ian Somerhalder, warum also nicht?«

Er hat es also gehört – Scheiße, Scheiße und noch mal Scheiße. Und noch mal Scheiße, dass er so dreist ist zuzugeben, dass er es gehört hat.

Wenn man komplett erledigt ist, gibt es nur eins, was man tun kann. Ich richte mich zu voller Größe auf, schaue geradeaus, ignoriere, dass Merwyns Schwanz in das um meine Taille schwappende Poolwasser hängt, und umklammere ihn ganz fest. »So, wir gehen jetzt duschen. Und dann essen wir zu Abend. Danach sehen wir uns das Schloss noch mal an.« Da sich alles andere in totalen Mist verwandelt hat, kann ich mich genauso gut damit aufmuntern. Ich richte einen finsteren Blick auf Bill und hoffe, dass er durchdringend genug ist, um ihn zu durchbohren. »Wir sehen uns in einer Stunde in der Eingangshalle.«

Kann es etwas Peinlicheres geben, als voll bekleidet in einen Whirlpool zu springen? Wie werde ich diese Weihnachten nur überstehen?

11. Kapitel

Muah!

»Du weißt schon, dass es nicht wirklich lustig ist, jetzt die Titelmelodie von *Ghostbusters* zu singen, oder, Bill?«

Ich stehe in der Eingangshalle des Schlosses. Die gewaltigen Äste, in die ich hinaufstarre, reichen so weit nach oben, und die Lichter funkeln so strahlend, dass selbst Merwyn Sterne in den Augen hat. Zum Glück für Bill hat mir der Anblick Tausender winziger Lichtpunkte den Atem verschlagen, sodass ich über sein Gesumme weniger sauer bin, als ich sein sollte.

»Spukt es im Schloss, stöhnen Geister vor Lust? Darüber werden wir uns noch jahrelang amüsieren.« Er hört auf zu lächeln und redet weiter. »Ich könnte einen Song von ›Wet, Wet, Wet‹ singen, wenn dir das lieber wäre? *I feel it in my fingers, I feel it in my toes* … Davon gibt's auch eine Weihnachtsversion, als Weihnachtsfanatikerin müsstest du das doch mögen.«

Er – oder genauer gesagt, die Surfer, die er mit Toast bestochen hat – mag einen fantastischen Weihnachtsbaum aufgestellt haben, aber mit dieser Frechheit kommt er mir trotzdem nicht davon. »Bill …« Ich warte, bis ich seine volle Aufmerksamkeit habe. »Du kannst mich mal.«

Er hält mitten im Summen inne. »Wir sind drinnen, und du hast deine Mütze auf. Schon wieder. Ist dir das aufgefallen?«

Was immer ich gesagt habe von wegen, dass ich ihm nicht böse bin, vergesst es. »Es ist nur 'ne Mütze, keine große Sache. Ich hatte vorhin keine Zeit, stundenlang mit Fön und Glätteisen herumzuhantieren, daher versteck ich sie halt unter meinem Bommel. Sonst noch was?« Das habe ich gerade rundheraus erfunden, aber mittlerweile ist mir das egal.

»Ein bisschen mehr Begeisterung über den Baum wäre nett gewesen.«

Ich rolle mit den Augen. »Er ist großartig. Das hätte ich bereits erwähnt, wenn du mir nicht mit deinem blödsinnigen Gesumme zuvorgekommen wärst.«

Dem abwesenden Blick in seinen Augen nach zu urteilen sagt er das Folgende mindestens genauso sehr zu sich selbst wie zu mir. »Als Kinder haben wir die Ghostbusters geliebt, wir haben sie manchmal wochenlang nachgespielt.« Es ist seltsam, sich Bill als Kind vorzustellen, irgendwie sieht er aus, als wäre er bereits erwachsen auf die Welt gekommen.

»Schön für dich – und der Baum sieht toll aus.« Wenn ich sage, wie wundervoll ich ihn wirklich finde, wird Bill mich nur wieder aufziehen, also verkneife ich mir das. Bisher ist er nur halb geschmückt, ich muss noch eine Menge Muscheln sammeln, bevor wir ihn ganz fertig dekorieren können, aber ich habe einen ganzen Schmetterlingsschwarm im Bauch, wenn ich daran denke, wie er später aussehen wird. Schließlich fällt mein Blick auf das riesige Holzfass, in dem er steht, und auf die Schlitten davor, die ich vorhin arrangiert habe. Ich überlege, wie toll ein Stapel Geschenke darauf aussehen würde, vielleicht auch ein paar Gin-Kisten, um das Thema weiterzuführen. Dann, als mein Blick auf den Steinboden fällt, trete ich einen Schritt zurück. »Was zum Teufel ist das da auf dem Boden?« Ich bücke mich und hebe einen braunen Klumpen auf.

Bill flüchtet sich in eines seiner nur allzu vertrauten Achselzucken. »Patina – ist das nicht das Wort, das du benutzen würdest?«

Ich inspiziere meine Handfläche. »Bill, das ist keine Patina, das ist Dreck. Erde. Humus.« Die Hauptlichter sind gedimmt, und als ich genauer hinschaue, sehe ich, dass der Dreck über den ganzen Boden verteilt ist.

»Was für einen hochtrabenden Namen du dem auch immer geben willst, es gibt keinen Grund, deswegen einen Aufstand zu machen, es ist nur ein bisschen Erde.« Er untertreibt maßlos.

»Das ist nicht nur ein bisschen Erde, es sieht hier aus wie ein gepflügtes Feld.« Auf dem Boden liegt nicht nur Erde, sondern auch größere Brocken und Klumpen. »Siehst du, hier sind sogar Bremsspuren.«

Er schnieft. »Dann ist beim Befüllen der Eimer eben ein bisschen was danebengegangen. Aber Hauptsache ist doch, du hast deine Bäume bekommen, oder?«

»Ein bisschen was? Die Hälfte des Geländes, wie es aussieht.« Ich schaue die Treppe hinauf; wie ich sehen kann, sind die Klumpen weit bis nach oben verstreut. »Wie sieht es weiter oben aus?« Ich folge ihm hinauf in den Chill-out-Bereich. Eigentlich sollte ich beim Anblick der duftenden Kiefernnadeln und dem Glitzern eines weiteren prächtigen Baumes nach Luft schnappen und mich darüber freuen, wie gemütlich und einladend die Sessel um den Kamin herum angeordnet sind. Aber stattdessen starre ich auf den Boden und stöhne. »Auch hier: große Mühe, die durch schmutzige Fußabdrücke zunichte gemacht wurde. Sieht aus, als wären hier Bauern in Gummistiefeln herumgetrampelt und keine Silberfuchs-Surfer.« Und ich weiß, dass es im ganzen restlichen Schloss genauso aussehen wird.

Er seufzt. »Diese Jungs sind Meer und Sand gewohnt. Wenn es um Dreck oder Hausarbeit geht, haben sie weniger Ahnung.«

Jetzt ist aber Schluss. »Ist das wieder so ein typischer Bill-Bullshit?«

Er verdreht die Augen. »Ich wünschte, es wäre so. Das sind

größtenteils Ex-Börsenmakler – bevor sie sich ihre Y-O-L-O-Tattoos haben stechen lassen und Wellenreiten gegangen sind, hatten die alle Angestellte. Das reale Leben ist immer noch neu für sie, deshalb sind sie so enthusiastisch. Aber der Nachteil sind die Lücken, wenn es um Alltagsdinge geht.«

»Wie der Dreck?«

»Genau.« Er guckt mich leicht verschlagen an. »Du musst von dem ganzen Zeug wie geblendet sein, weil du den anderen offensichtlichen Fehler noch nicht gesehen hast.«

Wahrscheinlich bin ich zu müde, oder vielleicht sind die Dreckhaufen zu hoch. »Sag's mir.«

»Die Esszimmermöbel sind noch nicht da. Es hängt von ihrem Kater morgen ab, wann die kommen.« Er hält inne und verzieht das Gesicht. »Seit die Jungs Craft Cider für sich entdeckt haben, sind die Sonntagmorgen keine schöne Angelegenheit mehr.«

Mein Stöhner ist so laut, dass er es mit Mirandas aufnehmen könnte. »Hast du schon bei der Paketverfolgung im Internet nachgesehen?«

So lang wie sein Gesicht wird, weiß ich die Antwort schon, bevor er sie ausspricht. »Scheiße. Verdammt. Nein, da gibt's noch nichts Neues.«

Meine Stimme wird lauter. »Eine einzige Sache habe ich dir aufgetragen, und selbst die hast du nicht erledigt?« Er kapiert einfach nicht, worum es hier geht. Er hat gerade mal einen Stuhl mit nach oben getragen und dann den ganzen Tag keinen Finger gerührt.

Er tritt von einem Fuß auf den anderen. »Ist schon okay, das mache ich jetzt.«

»In Wahrheit, Bill, ist es überhaupt nicht okay. Ich gebe zu, dass ein paar Sachen schön sind, wie die Bäume. Aber dann werden einem auch die guten Sachen versaut, weil alles plötzlich voller Erde ist. Hast du eine Ahnung, wie lange es dauern wird, diese Böden sauber zu machen? Und was zum Teufel macht es für einen Sinn, Bäume rumstehen zu haben, wenn man keinen verdammten Schmuck hat, den man dranhängen kann? Es ist dir alles so egal, dass du nicht einmal fünf Minuten dafür opfern willst herauszufinden, wo diese verdammten Weihnachtskugeln abgeblieben sind!« Ich bin so wütend, dass ich zittere. Ich nehme mir eine Sekunde Zeit, um eine stille, aber innige Bitte an alle Weihnachtselfen in der Gegend zu schicken, die Dekoration schnellstens an uns zu liefern. Wenn sie gleich morgen früh eintrifft, könnte das gerade noch unsere Rettung sein. »Dein ganzes Leben hängt in den nächsten zwei Wochen von Libbys ersten Eindrücken ab. Wenn wir morgen früh aufwachen, haben wir zwölf Stunden. Es liegt bei dir. Entweder du gibst Gas, übernimmst Verantwortung und engagierst dich. Oder ich überlasse dich dir selbst, und du bist ganz auf dich allein gestellt.«

Seine Augen sind ganz groß. »Gut. Ich behalte das im Hinterkopf.« Seiner krächzenden Stimme nach zu urteilen ist er ganz schön erschrocken. Das ist echt mal was Neues.

Tatsächlich werde ich mir nicht den Hintern aufreißen, bevor ich nicht weiß, dass er sich auch reinhängt, denn wenn er es nicht tut, hat das alles keinen Sinn.

»So.« Ich lächle zu Merwyn hinunter. »Merwyn und ich gehen jetzt spazieren, danach gehen wir ins Bett. Und je nach unserem Kater ... und wie faul wir sind ... und wie viele Seiten mit Zahlen wir durchklicken müssen ... siehst du uns vielleicht morgen früh ... oder erst zur Mittagszeit. Oder noch später. Also, es liegt jetzt an dir, Bill.«

Als wir uns umdrehen und zurück in die Küche stapfen, bemerke ich, wie gut Merwyn schon darin geworden ist, neben mir einherzustolzieren, die Nase hoch in die Luft gestreckt. Und während wir uns auf den Weg zum Strand machen und beobachten, wie das Spiegelbild des Mondes auf der Meeresoberfläche schimmert, weiß ich, dass ich, egal, was ich gesagt habe, morgen früh nicht allzu lange im Bett werde bleiben können. Einfach, weil ich so gespannt darauf bin, wie Bill das Ganze händeln wird.

12. Kapitel

Wir können einpacken!

Ich soll mich von Gebackenem bestechen lassen? So leicht zu haben bin ich nun wirklich nicht! Doch als wir von unserem Vor-Frühstücks-Spaziergang zurückkommen, muss ich zugeben, dass mir beim Anblick des Tabletts mit noch warmen Cranberry- und Zimtschnecken das Wasser im Mund zusammenläuft. Ich finde einen Zettel, auf dem steht *Ivy, greif ruhig zu (nicht für Hunde!)*, und bin fasziniert von der Schrift. Sie ist leicht schräg und trotz der (sehr diktatorischen!) Forderung freundlich und unverkrampft; die akkuraten, gleichmäßigen Buchstaben sehen selbstbewusst und klar aus, ohne protzig zu wirken. Eine Handschrift und Cranberryschnecken können einem viel über eine Person verraten, sie sind die Spiegel einer Seele. Und es ist okay, Merwyn außen vor zu lassen, denn er darf ohnehin nur spezielles Hundefutter fressen.

Ich gehe in Gedanken jeden einzelnen Surfer plus Ambrose und Miranda durch und überlege, zu wem die Handschrift gehören könnte. Plötzlich bin ich schon bei meiner dritten Schnecke. Dieser köstliche knusprige Teig, das wie eine Schneeverwehung aussehende Topping obendrauf, wie der Saft der Beeren an manchen Stellen noch warm ist, wenn er meine Zunge berührt ... Was auch immer Bill da von »Kater« gemurmelt hat, da war definitiv schon jemand wach und hat etwas mit der Küchenmaschine gezaubert.

Da ich wirklich nicht zu früh aufkreuzen will, schlüpfe ich in Bills Zimmer und schicke ein paar »Bis ganz bald«-Nachrichten an Fliss und Libby, was eigentlich heißen soll »Kommt so spät, wie ihr wollt«. Keine von beiden antwortet, doch das ist okay – wir wissen alle, was für ein Albtraum es ist, in letzter Minute noch tausend Sachen packen zu müssen. Wenn sie noch nicht einmal losgefahren sind, bedeutet das, dass wir umso mehr Zeit haben, die Location auf Hochglanz zu bringen.

Dass ich so entspannt bin, als wir schließlich die Eingangshalle des Schlosses betreten, liegt daran, dass ich so voll bin. Wie Merwyn nach seinem Truthahn-Dinner-Festmahl watschele ich mehr, als dass ich gehe, wobei ich die Tüte mit den Muscheln, die ich am Strand gesammelt habe, hin und her schwenke. Ich habe keinerlei Erwartungen an das, was ich vorfinden werde. Lasst uns realistisch bleiben – selbst wenn Bill nicht in seinem Zimmer ist, wieso sollte er sich auf einmal mit der Dekoration des Schlosses Mühe geben, wenn er es bis jetzt nicht gemacht hat?

Als ich in der Tür der Eingangshalle stehe, bleibt mir der Mund offen stehen. »Trittleitern!« Es ist einer dieser Momente, in denen ich so überrascht bin, dass ich einfach nur den Namen dessen ausspreche, was ich vor mir habe, statt etwas Sinnvolles zu sagen.

»Ganz genau, Mützenmädchen. Wenn du diese plüschige Bommelmütze fünf Tage hintereinander drinnen trägst, müssen wir ja davon ausgehen, dass es Absicht ist.«

Selbstverständlich war das gerade Bill, und selbstverständlich werde ich ihm nicht antworten, vor allem, wenn er mich so nennt. Wobei – wenn ich die Wahl hätte zwischen einem Scherz über meine Mütze, über Geisterorgasmen, über meinen Sturz mit den Weihnachtsbäumen im Arm, meinen unpassenden Sprung in den verdammten Whirlpool, oder – noch schlimmer – über meine vermeintlich verzweifelte Suche nach einem Mann, würde ich jederzeit den Mützenwitz wählen.

»Und Taj auch!« Ich muss mich immer noch von meinem Schreck erholen und sage das Offensichtliche. »Bist du heute der Erste, der versucht, seinen Kater mit Arbeit zu vertreiben?«

Er schiebt eine zweite Trittleiter heran. »Mein Kopf ist glasklar. Und ehrlich gesagt bin ich als Letzter gekommen. Als sich das mit diesen Cranberryschnecken rumgesprochen hat, wurden wir regelrecht von Surfern überschwemmt.« Er greift in eine Schachtel und zieht eine Gin-Flasche im Miniaturformat heraus. »Sollen wir die hier zusammen mit ein paar Muscheln aufhängen? Wie wär's, wenn wir schon mal damit anfangen und du in fünf Minuten wiederkommst und nachsiehst, ob wir es richtig machen?«

»Super.« Und das ist es zur Abwechslung auch wirklich mal. Ich überreiche ihm die Tüte mit den Muscheln, dann wende ich mich an Bill. »Worauf stützt du dich denn da?«

Bill tritt einen Schritt zurück und hebt einen Besenstiel hoch, um mir zu zeigen, was sich an dessen Ende befindet. »Ein Mopp. Wir schuften alle schwer, und ich kann persönlich garantieren, dass die Böden bald patinafrei sein werden.« Er drückt die Tür auf. »Hier drin ist was, von dem ich weiß, dass du daran arbeiten willst.«

Während ich seinem zerzausten Lockenkopf folge, an den Sofas, dem Kamin und den Sesseln vorbei, kneife ich mich, um sicherzugehen, dass ich nicht träume. Weniger hilfreich ist, dass ich in meiner Vorstellung die Konturen seiner Rückenmuskeln nachfahre, die sich unter seinem Pullover abzeichnen. Ich beobachte, wie seine Nackenmuskeln sich dehnen, als er den Kopf dreht und mich über die Schulter hinweg angrinst – und hasse mich dafür. »Dunkelgrau – eine gute Farbe für Kaschmir.« Ich habe keine Ahnung, woher das jetzt wieder kam.

Er erwidert meinen Blick. »Du tust es schon wieder, Ivy. Du verlierst das große Ganze aus den Augen. Und das nach dem ganzen Geschleppe.« Er tritt zur Seite und atmet ein. »Also, was hältst du davon – oder sind die so transparent, dass man sie gar nicht sehen kann?«

Einen Moment lang habe ich keine Ahnung, wovon zur Hölle er spricht, und dann sehe ich sie: Die drei langen Glastische aus der Brennerei sind auf die leere Fläche hinter den Sofas gestellt worden, zusammen mit meinen Lieblingsstühlen aus Plexiglas. »Oh mein Gott, die sind ja spektakulär!« Es ist, als ob sie zugleich da und nicht da wären. Klar, sie sind groß, aber weil sie transparent sind, wirkt es so, als nähmen sie gar keinen Platz weg.

»Gut beobachtet, Bommelchen. Die sehen so gut aus, dass sie vielleicht für immer hierbleiben müssen. Hängst du Lichter an die Stühle?«

»Ja, das werde ich jetzt tun.« Ich bin regelrecht geschockt, dass er sich das gemerkt hat. Schnell greife ich in eine der Schachteln, die ich gestern hier habe stehen lassen, und ziehe einen Kupferdraht mit wunderhübschen winzigen transparenten Sternen heraus. Dazu ein Klebeband, mit dem man die Batterieboxen an den Stühlen befestigen kann. »Wenn du ein paar größere leere Ginflaschen hättest, könnten wir sie in kleinen Grüppchen auf den Tischen arrangieren, zusammen mit den Teelichtern in Gläsern.«

Ich höre Mirandas herannahendes Lachen und erwarte, dass sie in ihrem Morgenmantel hereingerauscht kommt. Doch stattdessen trägt sie marineblaue Leggings und eine Menge wollener Schichten, die hin und wieder den Blick auf helle, geblümte Seide darunter freigeben. Das Ganze wird von einem schimmernden goldenen Daunenmantel abgerundet. Sie hat Töpfe voller Pinienzweige im Arm. »Na, schön ausgeschlafen, meine Liebe? Wir werkeln hier schon seit Stunden. Wo, meinst du, sollen wir die hinstellen? Ich hab noch acht davon draußen.«

Mir bleibt schon wieder der Mund offen stehen. Aus allen möglichen Gründen. »Wie wäre es mit der langen Wand, da zwischen den Bäumen. So würden sie einen schönen Kontrast zur felsigen Struktur der Mauer darstellen.«

»Du hast so ein gutes Auge, Ivy-Blättchen«, säuselt sie. »Ich wusste, dass dir was einfallen würde.« Was den Spitznamen »Ivy-Blättchen« betrifft: Niemand mag Kosenamen so sehr wie Miranda. Diesen habe ich seit meinem allerersten Besuch in Brighton, als ich aus Versehen ausgeplaudert hab, dass meine Mum mich Ivy nach dem Mauer-Leinkraut genannt hat, eine Pflanze mit efeuartigen Blättern, die hinten in unserem Garten wuchs, als sie schwanger war. Sie sehen ein bisschen aus wie winzige lila Löwenmäulchen, die in allen Ecken wuchern. Alle schienen es für irrsinnig witzig zu halten, dass das die einzigen Blumen waren, die wir hatten. Es hätte schlimmer kommen, sie hätten mich Leinkraut nennen können. Und damals gefiel mir die Tatsache, dass ich meinen eigenen besonderen Namen hatte.

Doch zurück ins Hier und Jetzt. Ich bin dem mysteriösen Bäcker auf der Spur. »Diese wundervollen Zimtschnecken in der Küche, Miranda, sind die dir zu verdanken?« Früher konnte sie Kochen nicht leiden. Doch seitdem Paul Hollywood im *Bake Off*-Zelt seine Brustmuskeln zur Schau stellt, ist sie wohl nicht die einzige hoffnungslose Köchin, die sich hat inspirieren lassen, ihre Backfertigkeiten aufzupolieren.

Sie lacht laut auf. »Die kann ich mir leider nicht als Verdienst anrechnen, Ambie und ich wären verhungert, bevor wir überhaupt den Ofen angeschaltet hätten.« Damit sind die beiden also aus dem Rennen. Sie wendet sich an Bill; ihr samtenes Säuseln wird zu einem Fauchen. »Hier sind wir alle, vollständig bekleidet, und reißen uns für dich unsere kleinen Hintern auf – hast du mir also irgendetwas zu sagen?«

Bill zuckt die Achseln und kneift ein Auge halb zu. »Dein

Mantel sieht unglaublich glitzerig aus.« Ist das der einzige Ausdruck für »schimmernd«, den er kennt? Ernsthaft?

Miranda lässt nicht locker. »Willst du es noch mal versuchen?«

»Nette Pinienzweige?«

Plötzlich hören wir ein leises Lachen und das Klackern von Haarperlen. Etwas Neonoranges blitzt auf, und Keef platzt rein. »Ignoriere ihn, er zieht dich nur auf.« Seine Jogginghose hat die Farbe eines traumhaften Sonnenuntergangs; aber es gibt keine Mehlspuren auf seiner Kleidung, die ihn verraten hätten. »Wenn du es auf ein Himmelbett abgesehen hast, Miranda, bin ich dein Mann. Sag's mir einfach, mein Milwaukee ist bereit.«

Als Miranda sich von ihrem Schal befreit und ihre Kleidungsschichten zurechtzupft, entblößt sie einen großen Teil ihres nackten Dekolletés. »Es ist nie zu früh für Cocktails!«

Keef lacht. »Ich rede von meiner Milwaukee-Bohrmaschine, nicht von meinem Barschrank. Superschnelles Aufbauen von Himmelbetten ist meine Spezialität. Sind dir Gerüststangen, Eschenjungholz oder Schiffseile lieber?«

Ihren Gesichtsausdruck als vollkommen verzückt zu bezeichnen, wäre noch untertrieben. »Das klingt ja überaus zupackend! Wie wäre es, wenn du raufkommst und mir eine oder zwei Sachen vorführst und mit mir die Möglichkeiten durchsprichst?«

Während er sich umdreht, um ihr zu folgen, beugt er sich rüber zu mir und tätschelt mir den Arm. »Stress dich weniger und lebe mehr, Ivy. Dann wirst du am Ende glücklicher sein.«

»Ich, gestresst?« Ich bin so erbost, dass es sich wie ein Schrei anhört.

Er wackelt mit den Augenbrauen und bewegt sich in Richtung Tür. »Hör auf, Perfektion zu erwarten, geh lieber spielerisch an die Dinge heran. Carpe diese verdammten Diems!«

Merwyn und ich tauschen einen »Was zum Teufel?«-Blick aus, dann wende ich mich an Bill. »Könntest du das bitte übersetzen?«

Bill hat die Mundwinkel heruntergezogen; darüber funkeln seine Augen. »Dad will euch nur mit seinem YOLO-Repertoire beglücken. Sei froh, dass ihr nicht sein *Du bist ein Diamant, also strahle!* abbekommen habt.« Er reibt sich die Hände. »Jedenfalls haben wir keine Zeit zu verlieren, wir machen am besten weiter. Was hast du als Nächstes geplant?«

Angesichts seiner unverblümten Frechheit ist das Einzige, das ich im Moment tun kann, den Mund auf- und wieder zuzuklappen. Plötzlich streckt Taj den Kopf um die Ecke. »Flaschen haben wir genug hier draußen, Ivy, aber du wirst viel mehr Muscheln brauchen.«

»Okay.« So klingt es wenigstens, als wäre es meine Idee gewesen. »Ich werd noch die Lämpchen an diesen Stühlen hier anbringen und dann geh ich gleich runter zum Strand.«

Bill ist auf dem Weg nach draußen, doch er zögert noch. »Ich wollte eigentlich die Holzkörbe auffüllen, aber wie wär's, wenn ich stattdessen mit dir mitkomme – dir helfe?«

»Nein, vergiss es, du wirst hier gebraucht.« Leute herumkommandieren. Die Truppe zusammenhalten. Ich würde lieber meinen eigenen Kopf verspeisen, als mit Bill spazieren zu gehen. Ich mein ja nur.

»Okay, wenn du meinst. Tja ... bin ja auch sehr beschäftigt.« Er zeigt auf seinen Mopp. »Dann bis später.«

Ich rücke die Stühle zurecht. Es sind noch genügend Lichter da, dass ich welche in Gläser auf die Tische stellen kann. Als ich mich auf Zehenspitzen entferne, muss ich mich doch insgesamt noch dreimal umdrehen und mir das Ganze noch mal ansehen, weil es so wundervoll und magisch aussieht. Dann eilen Merwyn und ich nach draußen und huschen über den Sand, um Muscheln zu sammeln. Während ich Schneckenhäuschen und Herzmuscheln auflese, jagt er Stöcken hinterher und versucht, nach den Blasen zu schnappen, die die Wellen an den Strand herantragen. Das stahlgraue Meer ist von Schaumstreifen durchzogen. Wir gehen die Markierung entlang, die die Flut hinterlassen hat. Da mein Magen bereits zu grummeln beginnt und die Muscheltüte immer noch nicht voll ist, verfluche ich mich ein wenig dafür, dass ich Bills Hilfsangebot so schnell ausgeschlagen habe. Aber noch mehr Zeit mit dem Typen zu verbringen, als ich es ohnehin schon tue, wäre die Qualen einfach nicht wert.

Die Küche sieht mit den Lichtern am Baum und der Lichterkette, die ich um die Tür gewunden habe, bereits wundervoll weihnachtlich aus. Ich bohre Löcher in die Muscheln, fädele rosa und orangene Girlanden hindurch und lasse meine Lieblingsweihnachtsplaylist auf meinem Handy laufen. Dazu gibt es noch eine schaumige heiße Schokolade und den Rest der Cranberryschnecken. Es ist der erste wirklich entspannende Moment, den ich seit meiner Ankunft erlebe. Wie viel Unsinn Bills Vater auch immer redet – als ich mit meiner zweiten Tüte Muscheln Richtung Eingangshalle schlendere, bin ich ziemlich gechillt.

Doch als ich die Tür öffne und die meisten Surfertypen und Miranda auf den Leitern stehen sehe, bin ich fast starr vor Schreck.

»Aber was habt ihr denn da an?«, wimmere ich.

Miranda strahlt von der obersten Leiterstufe aus zu mir runter. »Das sind Cockle-Shell-Castle-Sweatshirts, sind die nicht super? Was für ein hübsches Gelb, oder?«

Keef steht unter ihr und hält sie an den Hüften; ihr Hintern ist an seine Brust gepresst, doch er schafft es, sich umzudrehen. »Bill hat eine riesige Schachtel davon in der Wäsche gefunden. Auf dem Rücken steht #TeamWeihnachten, damit sind definitiv wir gemeint!« Er klopft sich auf den Bauch. »Und alle in unterschiedlichen Farben! Sieh dir mal diese hübsche Glitzerschrift an, die ist mit Pailletten umrandet.«

»Ich muss sie mir nicht ansehen, ich –« … habe die verdammten Dinger bestellt, hab stundenlang über den verschiedenen Schrifttypen und der Formulierung gebrütet und mir den Kopf darüber zerbrochen, ob ich diesen riesigen Extrabetrag für die Umrandung ausgeben soll. »… Ich hab die beim Auspacken schon gesehen.« Sie sind so schön. Und außerdem nicht für irgendwelche beliebigen Surfertypen gedacht! Sie waren Teil meines geheimen Vorrats, ein persönliches Dankeschön für Libbys Gäste, dafür, dass sie mich Weihnachten mit ihnen verbringen lassen. Ich wollte die eigentlich im Fall einer Krise schnell rauskramen, um die Truppe zusammenzuhalten. Obwohl ich nicht die Spur einer Ahnung habe, wieso es eine Krise geben könnte.

Miranda starrt auf mich herab. »Du musst auch mitmachen, sonst machst du den Effekt kaputt. Sogar Ambie trägt eines, er hockt im Whirlpool, aber er hat es bis zu den Achseln hochgerollt, damit's nicht nass wird.« Als Bill reinkommt, strahlt sie ihn an. »Cockle-Shell-Castle-Sweatshirts, schon wieder ein Selbstläufer, den du verpasst hast, Bill.«

Er verengt die Augen zu Schlitzen. »Klamotten mit einem Markenschriftzug für eine FKKlerin – wie soll das denn bitte zusammenpassen, Miranda?«

Miranda lacht. »Du bist so ein gemeiner Kerl. Gut, dass ich mit meinem Bett zufrieden bin.«

Vor Überraschung fallen mir beinahe die Augen raus. »Du hast nun echt ein Himmelbett?« Wenn es darum geht, zu bekommen, was sie will, ist Miranda ein menschlicher Dynamo. Wir sollten alle von ihr lernen. Wobei ich vermute, dass ihre Methoden für Leute aus meiner Generation zu »Hollywood-Star«-mäßig sind.

Sie nickt wie eine Katze, die sich gleichzeitig an Sahne und frischem Thunfisch gütlich getan hat. »Holzleisten mit einem Seil aus natürlichem Hanf dran, umwunden mit Musselin. War alles Keefs Entwurf … Die sind so unglaublich luftig, er designt jetzt auch welche für die anderen Räume.«

»Erstaunlich. Ähm, ich meine – großartig!« Ich reiche Taj, der auf der anderen Leiter steht, meine Tüte hinauf und lege den Kopf schief. »Hier sind die Muscheln. Könnte ich mal kurz mit Bill unter vier Augen sprechen, in der Küche?« Bevor ich meinen Fehler erkenne, habe ich es schon ausgesprochen.

Und als ob das noch nicht schlimm genug wäre, pflichtet Bill mir auch noch bei: »Ja, passt mir gut, ich brauch das jetzt auch.«

Miranda gluckst zu mir herunter. »Aber natürlich, meine Liebe, da kommst du wohl gerade rechtzeitig.« Sie zwinkert mir zu. »Nehmt euch so viel Zeit, wie ihr braucht, wir wissen Bescheid. Wir bleiben in der Zwischenzeit hier draußen und lassen euch ein wenig Privatsphäre.«

Es würde mehr bedeuten, wenn Bill und Miranda nicht auf Kriegsfuß stünden. Wobei ich hoffe, dass sie sich jetzt, da sie ihre Pfosten und ihr Musselin hat und Libby bald kommt, im Hintergrund halten und weniger auf Konfrontation aus sein wird.

Apropos Konfrontation: Ich koche innerlich so vor Wut wegen meiner eigenen Enttäuschung, dass ich Bill in der Sekunde, als wir die Küche betreten, zur Rede stelle:

»Du hast also die Sweatshirts gefunden und einfach mal so beschlossen, sie zu verteilen?«

Er sieht unerträglich selbstzufrieden aus. »Du hast mich dazu gedrängt, in Sachen Weihnachtsvorbereitungen die Initiative zu ergreifen, und ich hab mich eben besonders ins Zeug gelegt. Gibt's ein Problem?«

»Nur, dass die eigentlich für ein ganz anderes Team gedacht waren. Aber dann werde ich einfach noch mal welche bestellen.« Und hoffen, dass sie schneller als die Deko ankommen. Womit ich schon beim nächsten Punkt wäre.

Seine Augen strahlen. »Die haben total reingehauen, alle sind viel fröhlicher, seitdem sie sie angezogen haben. Wer hätte gedacht, dass festliche Sweatshirts so viel ausmachen können? Vielleicht ist an deiner »Gehörig-die-Weihnachtssau-rauslassen«-Theorie wirklich was dran.«

Wenn mein nächstes Thema nicht so dringend wäre, würde ich länger im Glanze meines »Ich hab's dir doch gesagt«-Ruhmes baden. Aber es ist schon zwei, ich muss vorankommen. »Irgendwas Neues bezüglich des Baumschmucks – ist er angekommen?« Ich war unglaublich lange am Strand, also muss er eigentlich schon da sein.

Ich sehe die Beule an seinem Hals, als er schluckt. »Nun ja, ja ...«

Meine Brust senkt sich vor Erleichterung. In Gedanken stoße ich die Fäuste in die Luft. Ich bin so froh, dass ich ihn beinahe umarme, doch dann bemerke ich seinen Gesichtsausdruck. »Ja ... was?«

Es dauert einen Moment, bis er seine zähneknirschende Antwort hervorpresst. »Ja ... und ... ähm ... nein.«

Mein Herz hämmert plötzlich in meiner Brust, und ich schreie: »Was soll das denn für eine bescheuerte Antwort sein? Beides geht ja wohl nicht.« Den Vertiefungen in seinen Wangen nach zu urteilen geht es wohl doch.

Er räuspert sich. »Also ja, angekommen ist er schon. Nur nicht hier.«

»Okay, wo zum Teufel ist er dann? Wir können einen Suchtrupp losschicken ... ihn uns schicken lassen.« Was auch immer dazu nötig ist, ich brauche diese Babys, und zwar jetzt.

Er blinzelt und atmet lange aus. »Der Schmuck wurde aus Versehen an meine alte Adresse in London geschickt.«

»Super, das dürfte ja dann kein Problem sein.« Solche Verwechslungen passieren immer wieder. Zumindest wissen wir, wo sich die Pakete befinden, und ich erinnere mich, dass er gesagt hat, dass Gemma dort wohnt. Mithilfe einer Super-Expresslieferung sollten sie innerhalb von sieben Stunden hier sein. Damit kann ich arbeiten.

Die Haut unter seinen Stoppeln sieht eher grau als weiß aus. »Es tut mir leid – es gab da eine riesige Verwechslung, und jetzt sind sie komplett verschwunden.«

Ich klammere mich so fest an den Rand der Kücheninsel, dass meine Knöchel ganz weiß werden. Das Herz gleitet mir aus der Brust, hinunter zu meinen Knien. Ich stolpere rückwärts und sinke aufs Sofa. Schlosskorridore voller nackter Weihnachtsbäume ziehen vor meinem inneren Auge vorbei. Wenn es nach Libby geht, ist ein nackter Baum schlimmer als gar kein Baum. Als ich endlich wieder etwas sage, ist meine Stimme nur ein Flüstern. »Was machen wir jetzt nur?«

Bill lässt sich neben mich aufs Sofa plumpsen, zieht ein Knie zu sich heran und reibt sich mit der Oberseite der Hand das Kinn. »Mein Vater würde das einen FISH-Moment nennen – *fuck it, shit happens*. Verzeih mir die vielen Klischees, aber wir müssen jetzt sozusagen ›mit dem Flow gehen‹, die Dinge nehmen, wie sie kommen – und uns einen anderen Plan überlegen.«

»Okay.« Da bin ich ganz seiner Meinung. »Was für einen anderen Plan?«

Er verzieht das Gesicht. »So weit bin ich noch nicht.« Er streckt die Hand über den Couchtisch, greift sich eine Zimtschnecke und beißt rein. Es ist schön zu sehen, dass seine Zähne nicht so ebenmäßig sind, wie sie sein könnten.

Wie man in einer solchen Situation überhaupt ans Essen denken kann … Ich hingegen denke darüber nach, wie es sich wohl anfühlen würde, mit meiner Zunge über diese Zähne zu fahren, was im Moment überhaupt nicht hilfreich und offensichtlich meine eigene komplett verrückte und unangebrachte Reaktion auf das Trauma ist.

Er starrt mich erwartungsvoll an. »Du bist hier die Expertin – was schlägst du vor?«

Ich schaue auf die Uhr und zerbreche mir den Kopf. »Wir haben sechs Stunden, vielleicht sogar acht. Wir müssen einfach nur Ruhe bewahren …«

»Ruhe bewahren … und Cranberryschnecken essen.« Er hält eine weitere Schnecke hoch. »Bommelchen, wir schaffen das.«

In einiger Entfernung hallt Mirandas schallendes Gelächter durch die Halle. Wenn ich mich nicht getäuscht habe, hat Bill sich gerade entschuldigt. Was überhaupt nicht zu ihm passt. Doch dann hören wir noch mehr Stimmen. Aufgeregte Rufe, ein oder zwei Schreie. Und manche davon scheinen von draußen, von vor den Verandatüren, zu kommen. Bill hält eine Hand hoch, und ich denke gerade darüber nach, ob es zu weit ginge, ihm ein High-Five zu geben, als ich das Heulen eines Babys höre und eine lautere Stimme, die den Rest der Stimmen übertönt.

Wie schnell mein Herz vorhin auch geklopft hat – jetzt bleibt es stehen. »Verdammt, das ist Harriet … und Libby … SIE SIND HIER!!!«

Bill ist vor mir auf den Beinen und sprintet quer durch die Küche. Es dauert nicht mal halb so lang, da ist er wieder bei mir und drückt mir etwas Weiches in die Hand. »Schnell, zieh das an. Ich hab das Rosafarbene für dich aufgehoben.«

Ich renne blindlings zur Tür, stecke die Arme in die Ärmel und jammere leise. »Wie kann mir denn ein Sweatshirt helfen? Wir sind erledigt … am Ende … Rentierfutter.«

Und dann steht Libby vor der Tür, und ich weiß, dass wir komplett geliefert sind.

13. Kapitel

Definiere »gut« …

»Komm rein, Libby, das hier ist Bill – es ist so toll, dass du hier bist!«

Es ist offensichtlich, dass ich lüge. Zudem kompensiere ich meinen Schock damit, dass ich laut rede. Tatsächlich schreie ich fast. Ich versuche verzweifelt, alle an dem nackten Baum in der Küche vorbeizulotsen. In der Hoffnung, dass die Eingangshalle bereits ausreichend geschmückt ist, um die gewünschte Wirkung zu erzielen, scheuche ich sie weiter.

Als ich auch Libbys vier Kinder hereinwinke, kommt es mir vor, als ob Seiten aus Libbys neuestem Katalog für umweltfreundliche Kinderbekleidung vor meiner Nase vorbeistolzieren würden. Tomas ist der Älteste und fast schon ein Teenager; er ist seit meinem letzten Besuch mehr als einen halben Meter in die Höhe geschossen und hat seinen Anorak mit putzigen Traktoren drauf gegen eine Null-Bock-Attitüde und eine schwarze Daunenjacke eingetauscht, die so groß ist, dass da drin nicht nur er, sondern auch noch ein ganzes Bett Platz hätte. Auch er behält seine Mütze drinnen auf, und er hat sie sogar noch weiter heruntergezogen als ich meine, sodass wir sofort eine Verbindung haben. Dann sind da noch die Mädchen, Tiffany und Tansy, zehn und acht Jahre alt, und der Jüngste, Tarquin, der bald fünf wird. Wenn ich jemals nicht mehr wissen sollte, wer zu wem gehört, dann ist mein Anhaltspunkt: die Namen von Libbys Kindern beginnen alle mit einem T.

Fliss' Dreijähriger, Oscar, rempelt mich an, als er an mir vorbeihüpft, aber das war wahrscheinlich ein Versehen. Er springt und stößt die Faust in die Luft, und der Stock, mit dem er herumwedelt, hat die Größe eines kleinen Telegrafenmastes.

Fliss' Kuss trifft mich auf die Wange. »Alles klar, Ivy-Sternchen?« Sie hält Baby Harriet umklammert, dessen Schreien mir mein Trommelfell zerreißt. Als Fliss in meine Arme sinkt, kann ich ihre Müdigkeit spüren. »Wir sind gestern schon losgefahren, sonst hätten wir's vielleicht gar nicht geschafft.«

»Es ist schön, dich zu sehen, Fliss.« Dieses Mal meine ich es ernst. Sie ist sehr viel kleiner als ich, ihre unordentliche Hochsteckfrisur ist unter meinem Kinn eingekeilt. Ich weiß, dass sie ihr Haar seit einer Woche nicht mehr gekämmt hat. Über den Haarknoten hinweg kann ich sehen, wie Bill immer wieder in eine Kiste eintaucht, als wäre er auf einem Flohmarkt, und den Kindern aus ihren Mänteln heraus- und in Cockle-Shell-Castle-Sweatshirts hineinhilft.

Während Fliss klein, rund und weich wie eine Daune ist, ist Libbys winziger Körper so stramm wie der von Madonna in ihren Breakdance-Tagen, als sie einen Ghetto-Blaster auf der Schulter mit sich herumtrug, hautfarbene Fischnetzstrümpfe trug und sich vor den Männern auf der Straße in ihrem knappen Turnanzug einen abtanzte. Libby schält sich aus ihrem Kaschmir-Rollkragenpulli und windet sich in eine taubenblaue Version des Weihnachts-Sweatshirts. Ihre mit Diamanten besetzte Gucci-Haarspange funkelt, als sie sie in ihrem Haar umarrangiert. »Du verteilst die Werbegeschenke ja schon früh … Bill, oder? Hoffen wir, dass es von jetzt an nicht bergab geht.«

Im Moment soll er sich damit brüsten dürfen. Zum Glück habe ich ein paar mehr Sweatshirts bestellt, sie müssen mittlerweile knapp werden.

Bill schlendert zu Fliss rüber. »Ist Pfauenblau okay für dich?«

Ich blinzele, weil ich genau das auch für sie ausgesucht hatte. Dann werden meine Augen noch größer.

Als er Harriet aus Fliss' Armen nimmt und ihr das Sweatshirt reicht, hört Harriet auf zu schreien.

Ich starre ihn an. »Das Baby heult seit elf Monaten ununterbrochen, wie zum Teufel hast du das angestellt?«

Er zuckt die Achseln. »Jahrelange Übung.« Er balanciert Harriet in der Armbeuge, und sie gurrt und stochert mit ihren pummeligen Fingern in seinen Wangen.

Ich bin schon einmal zu oft auf seinen Bullshit reingefallen, er legt mich nicht mehr rein. »Echt …«

Er hebt eine Augenbraue. »Natürlich nicht, das ist Anfängerglück. Auch ein blindes Huhn und so weiter … Von nun an werde ich allen, die unter achtzehn sind, aus dem Weg gehen. Nimm du sie mal.« Eine Sekunde später landet sie auf meinem Bauch, und ich lasse sie auf meine Hüfte gleiten, dann reiche ich sie behutsam zurück an Fliss.

Bill dreht sich zu den anderen um, die sich die Sweatshirts über den Kopf ziehen und lächelnd die Pailletten betrachten. Alle außer Libby natürlich. »Wenn ihr also alle hier entlang gehen und Ivy folgen möchtet, zeigen wir euch den Rest des Schlosses.«

»Jetzt geht's los, wart's nur ab …«, murmele ich vor mich hin, sehe Fliss an und ziehe eine Grimasse. Der Baum mag zwar riesig sein, doch alles, was wir getan haben, um das Schloss zu verschönern, ist meilenweit entfernt von dem, was Libby erwartet hat. Die Wutausbrüche, die sie hat, wenn sie nicht bekommt, was sie bestellt hat, sind legendär. Bis jetzt hat sie nur die schönen Stellen gesehen, und sie sieht trotzdem äußerst missmutig drein. Angesichts des gravierenden Mangels an Luxus in den Teilen des Schlosses, die wir nun besichtigen werden, werden wir sicher Ärger bekommen. Bald wird eine Lawine über unseren Köpfen losbrechen …

Während wir uns auf den Weg in die Halle machen, könnte ich mir in den Hintern treten. Wenn ich nur nicht ins Bett gegangen wäre, wenn ich nur die Bestellungen gründlicher nachverfolgt hätte, wenn ich nur weniger mit Bill gestritten und gecheckt hätte, dass sie schon auf dem Weg hierher sind. Nach fünf Tagen habe ich mich beinahe schon an die felsartigen Wände gewöhnt, aber wenn man sie zum ersten Mal sieht, sehen sie wirklich aus wie in einer Höhle. Ich habe den ganzen Weg von der Küche den Atem angehalten, und als wir die Tür zur Halle aufstoßen, hoffe ich verzweifelt darauf, dass das Licht die Miniaturflaschen und die Muscheln, die sich an den Bändern hängend hin- und herbewegen, zum Glänzen bringt. Der Duft frischer Kiefern wabert uns entgegen, während wir die Tausenden winzigen Lichtpunkte zwischen den Zweigen betrachten, die uns hoffentlich retten.

Aber am meisten fallen Miranda, Keef und die verschiedenen Surfer auf, die immer noch in den Ästen hängen und die letzten Muscheln aufhängen. Es sieht so chaotisch und unprofessionell aus, dass ich weiß, dass wir völlig erledigt sind.

Ausnahmsweise zahlt sich Bills kultivierter Akzent hier mal aus, es bleibt nur zu hoffen, dass er genug Verstand hat, Libby da schnell durchzuführen. »So, das ist die Eingangshalle.«

Libby blinzelt. »Wie ich sehe, kennst du dich mit Produktplatzierung hervorragend aus.«

Bills Stirnrunzeln zeigt, dass er keine Ahnung hat, wovon sie spricht. »Wie bitte?«

»Dein Gin in meinem Instagram-Feed – wenn wir nicht vorsichtig sind, schuldest du mir am Ende noch was.«

Bill sieht sie entsetzt an. »Oh Mann, ich hoffe, du machst Witze, der ganze Sinn einer winzigen Destillerie besteht darin, die Marke klein zu halten. Was den Preis hoch hält, sind nämlich die Gin-Liebhaber, die diese geheime Marke sozusagen für sich selbst entdecken.« Wenn das so ist, hätte er das wirklich früher sagen sollen.

Ich verdrehe die Augen und versuche ihm zu verklickern, dass er den Mund halten soll. »Mit ihren Millionen Followern kannst du das jetzt wohl vergessen. Sollen wir weitergehen?«

Bill reißt sich zusammen. »Klar, hier geht's weiter zum ...«

Kurz bevor er ›Chill-out-Bereich‹ sagen kann, greife ich wieder ein. »... Das ist der Familienbereich. Ist das Kaminfeuer nicht super?« Für mich ist es das auf jeden Fall, als ich vorher zum Strand runtergegangen bin, war es noch nicht da. Wie es so in den riesigen Kaminen brennt, lässt seine Wärme und das Flackern den ganzen Raum lebendig werden und ihn im verblassenden Nachmittagslicht zehnmal weihnachtlicher und gemütlicher erscheinen.

Bill läuft vor uns her. »Wir schieben die Kaminschirme gleich davor, jetzt, da ihr da seid.«

Libby tätschelt die Lehne eines gemütlichen Ledersessels aus der Scheune. »Ich verstehe, warum du entsetzt warst, Ivy, es ist auf jeden Fall nach der Devise ›weniger ist mehr‹ eingerichtet.« Sie seufzt. »Na ja, es sind ja nur zwei Wochen. Und wenn es nichts zu zerschlagen gibt, müssen wir auch nicht für kaputtgegangene Sachen aufkommen.«

Ich sollte dankbar sein, ihre Reaktion hätte schlimmer ausfallen können. »Wie wäre es mit einer schönen Tasse Tee vor einem lodernden Feuer?«

Ich bemerke auf einmal, dass sie sich bewegt hat, vor dem nächsten Baum stehen geblieben ist und die Stirn runzelt. Ich räuspere mich, da mein Hals völlig trocken ist. »Die Bäume ... Du hast wohl grade bemerkt, dass wir die kleineren nackt gelassen haben ...« Ich krächze. »Wir haben beschlossen, dass es doch viel spaßiger wäre, wenn ihr alle mithelft, diese und die

Bäume in den Schlafzimmern zu dekorieren. Auf diese Weise kann jeder den Baum auf ihre oder seine persönliche Art gestalten, so wird es viel individueller.« Das zeigt mal wieder, wie sich das Gehirn unter Druck die lächerlichsten Dinge ausdenken kann. Und ich bin noch nicht fertig.

»Wir könnten sogar unseren eigenen Baumschmuck basteln.«

Verächtlich ist eine noch viel zu milde Bezeichnung für den Ausdruck, den sie auf dem Gesicht hat. »Genau deshalb haben wir dich doch herbestellt, Ivy.«

Anstatt weiterzugehen und sich den Essbereich genauer anzusehen, geht sie zurück in die Eingangshalle und dreht sich dann noch mal zu mir um. »Und noch eine Überraschung! Als du das Personal erwähntest, hätte ich nicht damit gerechnet, dass es so groß ist. Seht euch diese Truppe an, hier geht es ja zu wie in Chatsworth.« Was soll man dazu sagen? Nur, dass sie diesen Umstand möglicherweise weniger schlimm findet als die anderen Dinge.

Hinter Libbys Kopf scheint das Weiße in Bills Augen auf. »Unsere Humanressourcen sind sehr flexibel, wir haben die Arbeitskräfte dann zur Stelle, wenn wir sie brauchen.« Vermutlich macht er sich grade in die Hosen.

Ich verdrehe die Augen. »Wirklich ... schön ausgedrückt, Bill.«

Es braucht nicht viel, damit Libby wieder in den Geschäftsfrauenmodus kommt. »Gutes Arrangement ... wenn man das so hinbekommt.«

Diese winzige Ermutigung reicht aus, damit Bill einen Höhenflug erlebt. »Wir profitieren definitiv von der Saisonalität der ortsansässigen Wirtschaft, das sorgt dafür, dass die Arbeitnehmer motiviert bleiben. Und wir möchten auch die Arbeitsmöglichkeiten für die ältere Bevölkerungsgruppe maximieren.« Wenn er so nah an der Sonne fliegt, besteht die Gefahr, dass er abstürzt und mit dem Gesicht nach unten in seinem eigenen Blödsinn landet.

Ich werfe ihm einen »Halt die Klappe«-Blick zu. Ich glaube, er vergisst, dass er ursprünglich nur zehn Stühle hatte, eine Reservierung für fünfundzwanzig Leute und keinen Esstisch. Und er hat es gerade geschafft, zwanzig riesige Kisten mit Christbaumschmuck verloren gehen zu lassen. Wie zuvorkommend die Freunde seines Vaters auch sein mögen, er wird wohl kaum den Titel »Geschäftsmann des Jahres« verliehen bekommen.

Ich bring jetzt mal ein wenig Tempo rein, solange wir die Nase vorn haben. »Vielleicht sollten wir das Gepäck reinholen und Tee machen.«

Tomas sieht zwar aus, als wäre er alt genug, um sich zu Weihnachten einen Rasierapparat zu wünschen, aber im Moment schiebt er wie ein schlecht erzogener Sechsjähriger die Unterlippe vor, wedelt mit seinem Handy vor Libbys Gesicht herum und jammert, als wäre er drei Jahre alt. »Mutter ... dir ist bewusst, dass wir immer noch keinen Empfang haben?«

Wenn es irgendein Trost ist – Libby ist genauso barsch zu ihm. »Deine Urlaubs-Challenge ist es, ihn zu finden. Warum sonst haben wir wohl all die DVD-Boxen und die alten Gameboys mitgenommen?«

»Vielen Dank, Mum! Na toll!«

Sie ignoriert seine Beschwerden. »Du hast einen ganzen Strand zur Verfügung, wo du spielen kannst.«

»Scheiß auf Sandburgen, scheiß auf den verdammten Strand, das ist alles total beschissen hier!« Tomas reißt die riesige Vordertür auf, rennt raus und schlägt sie hinter sich zu.

Die Flaschen am Baum klimpern, und zehn Münder klappen auf. Ich weiß genau, wie er sich fühlt. Ich hab das schon hinter mir. Die anderen Kinder sind noch da, aber sie sehen

Libby so finster an, als ob sie sie gern in der Mikrowelle grillen würden.

»Aber M-u-u-u-m ...«, fängt das kleinere Mädchen an.

»Du nicht auch noch, Tansy.«

»Aber du hast uns total reingelegt, du hast uns unter falschen Versprechungen hierhergebracht, wie bei einer Entführung. Wenn unsere Handys funktionieren würden, würden wir dich bei Childline wegen Vortäuschung falscher Tatsachen anzeigen.« Ihre Augen blitzen. Sie hat den verächtlichen Gesichtsausdruck und ihre taffe Art offenbar von ihrer Mutter geerbt.

Dann gibt es ein ersticktes Stöhnen von dem größeren Mädchen. »Wie sollen ich und Tansy unsere Vlogs hochladen? All unsere Follower warten schon auf Updates.« Sie starrt ihre Mutter vorwurfsvoll an. »Deine Produkte werden darunter auch leiden, weißt du.«

Es ist nicht so, dass ich sie verurteile. Außerdem hat Fliss das ja auch oft genug angedeutet. Aber dieser Familie fehlt es einfach komplett an Wärme und Menschlichkeit, sie lebt nur in ihrer eigenen kleinen kommerziellen Welt. Und sie sind *so viel* schlimmer als ich erwartet habe.

Der kleinere Junge meldet sich zu Wort. »Ich werd's meinem Dad sagen.«

Libbys Ton wird noch frostiger. »Viel Glück damit. Es wird einfacher sein, WLAN und eine keltische Meerjungfrau zu finden, als ihn ans Handy zu bekommen.«

»Jetzt vielleicht Tee?« Ich drehe mich zu Fliss um, aber sie ist vollauf damit beschäftigt, sich an Oscars Telegrafenmast zu klammern, während er mit hundert Meilen pro Stunde auf den Baum zusteuert. Der Junge ist wirklich ein Ein-Mann-Abriss-Team.

Ich stelle mir vor, wie er die teure Osbourne- und Little-Tapete und die Kronleuchter im Cockle Shell Castle oben an der Küste ruiniert hätte, wenn er dort mit seinem Baumstamm herumgefuhrwerkt hätte. Unterm Strich fühlt es sich besser an, dass wir hier sind und nicht dort.

»Tee?« Das kommt von Libby. »Wir sind noch nicht so weit, wir brauchen erst Fotos.«

»Wirklich?« Wenn man sich die wütenden Gesichter der Kinder so ansieht, sollten wir das am besten auf später verschieben, es sei denn, sie hat ein paar zusätzliche Säcke voller Geschenke mitgebracht, die man über ihren Köpfen ausleeren könnte.

»Auf jeden Fall. Bitte so viele verschiedene Varianten wie möglich von den Mitarbeitern auf den Leitern.« Sie reicht mir ihr Handy und bleibt dabei vollkommen ernst. »Und dann machen wir von uns und der Belegschaft vor dem Baum ein Selfie.«

Ich muss nachfragen. »Ist es für alle in Ordnung, dass die Bilder auf Instagram etc. hochgeladen werden?« Ich entnehme der Art und Weise, wie sie ihre Posen einnehmen, dass sie einverstanden sind.

Während ich herumhüpfe und verschiedene Perspektiven ausprobiere, schüttelt Libby den Kopf. »Es ist so gut, dass wir einen Tag früher losgefahren sind, sonst hätten wir das verpasst.«

Mit dem Baum und der Treppe, den Leitern und den bunten Sweatshirts sieht es fast wie eine Szene aus *Buddy – Der Weihnachtself* aus, doch ich behalte diesen Gedanken für mich und knipse weiter.

Nach dem Selfie mit allen Anwesenden will ich Libby gerade das Handy zurückgeben, als sie plötzlich einen Schrei ausstößt. »Mum, bist du das da oben? Komm sofort hinter dem Mann in Grün hervor!« Sie starrt Miranda an, als sähe sie nicht richtig. »Was machst du hier, du sagtest doch, du kämest erst nächstes Wochenende?«

Miranda sieht plötzlich viel weniger auffällig aus als vorhin, als sie auf derselben Stufe stand. Sie hält sich immer noch ein wenig im Hintergrund, während sie ihre Antwort zusammenschustert.

»Ich wollte euch ordentlich begrüßen, sobald wir hier durch sind. Wir sind früher gekommen, um Ivy zu helfen, und es ist verdammt gut, dass wir das getan haben, denn wir sind gerade erst fertig geworden.«

Libbys Stirnrunzeln vertieft sich. »Wir …?«

Mirandas Lächeln deutet an, dass sie Libbys Missbilligung und das unwirsche Verhör völlig kalt lassen. »Keine Sorge, ich stelle dich gleich vor, vielleicht hast du ihn im Whirlpool gesehen, als du durch den Hof gegangen bist. Sein Range Rover steht vorne am Eingang, es ist der besonders glänzende mit dem gepflegten Nummernschild.«

Libby stöhnt. »Du hast dich doch nicht schon wieder verlobt?«

Miranda zögert. »Nein … zumindest … *noch* nicht. Im Moment ist Ambie nur ein besonderer Freund für mich.«

»Ambie?« Libby dreht sich um und sieht mich erwartungsvoll an.

»Die Kurzform von Ambrose.« Ich muss unweigerlich daran denken, wie viel sie mir zahlt, deshalb setze ich sie kurz ins Bild. »Er ist ein angenehmer Badegenosse im Whirlpool, säuft Gin wie ein verdammtes Pferd Wasser und kann – lass dich nicht so täuschen wie ich mich – tatsächlich stundenlang unter Wasser die Luft anhalten.« Tansy wirft mir einen bösen Blick zu. »Entschuldige bitte das Fluchen.«

Fliss verdreht die Augen. »Ein Ehemann ist fürs Leben, nicht nur für ein Weihnachtsfest, Mum.«

Miranda schüttelt den Kopf. »Seht euch zwei und eure langen Gesichter nur an; hört auf, euch Sorgen über Dinge zu machen, die vielleicht nie passieren werden.«

Fliss stöhnt. »Aber am Ende tun sie das immer, das ist ja das Problem.«

Ein Lächeln erscheint auf Mirandas Gesicht, als sie hinunter zu den Surfern schaut. »Ich hab hier so viele neue Freunde kennengelernt.« Sie sieht Keef an, lächelt und zieht die Nase kraus. »Schließlich kommt es nicht jeden Tag vor, dass ein Mann dir dein Traum-Himmelbett baut.«

Es ist schön, Fliss endlich lächeln zu sehen. »Nicht einmal du kannst sie alle heiraten, Miranda.«

Und genau deshalb verbringe ich gerne Zeit mit Fliss' Familie. Sie reißen einen mit, weil es in ihrem Leben keine Grenzen gibt. Sie nennen ihre Mutter beim Vornamen. Und bei ihnen weiß man nie, was im nächsten Moment passieren wird. Ich liebe meine Mum und meinen Dad, aber sie sind unglaublich berechenbar und würden an die Decke gehen, wenn ich sie Pauline und Harry nennen würde. Für sie ist jedes Jahr gleich: Im Sommer verbringen sie eine Woche in der immer gleichen Pension in Scarborough, im Herbst einen Tag in Bridlington und einmal pro Spielzeit gehen sie ins Theater – mehr Aufregung können sie in einem Jahr nicht vertragen. Das, was sie essen, wiederholt sich Woche für Woche; mein Vater geht ab und zu angeln, meine Mutter strickt, und sie sehen fern. Das war's. Als sie einmal am Donnerstag statt wie üblich Würstchen und Pommes frites ein Marks&Spencer-Fertiggericht gegessen haben, haben sie noch Monate danach darüber gesprochen. Als ich Fliss' Familie zum ersten Mal traf, war ihre lärmende, farbenfrohe Lebensweise eine Offenbarung für mich. Ein Wochenende bei Miranda, und die Grenzen, die mir in meinem Leben scheinbar gesetzt waren, barsten. Zuvor schien nichts möglich zu sein, danach stand mir gefühlt die ganze Welt offen.

Ich weiß, dass ich nie so mutig und offen sein werde wie sie. Ein Teil von mir wird immer dort bleiben, wo ich herkomme, ein Teil, der mich zurückhält und mich an das Normale fesselt. Aber verdammt noch mal, das Leben ist so viel interessanter, seit ich Zeit mit ihnen verbringe. Sie haben mir Mut geschenkt und mir die Augen dafür geöffnet, was ich alles tun kann. Es ist, als ob sie mir gezeigt hätten, was möglich ist, als hätten sie mir die Erlaubnis gegeben, neue Dinge auszuprobieren, meinen Horizont zu erforschen und zu erweitern. Und ich bin so dankbar dafür.

Ohne sie wäre ich nach der Uni wahrscheinlich einfach wieder nach Hause zurückgezogen. Im besten Fall ein paar Straßen von meiner Mutter und meinem Vater entfernt, schlimmstenfalls würde ich nun wieder in meinem alten Zimmer wohnen und jeden Mittwoch Würstchen mit Kartoffelbrei essen.

Auch wenn ich nie ein so aufregendes Leben haben werde wie Fliss' Familie, solange ich im Windschatten meiner Eltern bin, gelange ich durch Miranda und ihre Töchter doch an Orte, an die ich normalerweise nicht gehen würde. Wie zum Beispiel in dieses Schloss.

Obwohl mein Horizont im Moment etwas geschrumpft ist. Ich habe mich zu weit gestreckt, hab zu sehr nach den Sternen gegriffen und bin runtergekracht. Mein Mut schwindet also gerade ein wenig. Deshalb ist besonders schön, sich wieder in ihrem Kielwasser zu befinden, wenn diesmal auch weniger als aktive Teilnehmerin denn als Beobachterin und Helferin.

Miranda lacht. »Wie Keef vorhin meinte: Wir sind alle Diamanten, wir müssen nur frei sein und uns trauen zu strahlen.«

Bill schüttelt den Kopf. »Kostenloses Life-Coaching ist im Aufenthalt inbegriffen.«

Miranda funkelt ihn von der Leiter herab an. »Fall deinem Vater nicht in den Rücken, Bill. Wenn du nur ein Quäntchen Geschäftssinn hättest und auch nur ein Zehntel des Einfühlungsvermögens deines Vaters, würdest du sofort Achtsamkeitsseminare anbieten.«

Bill stöhnt. »Zusammen mit Ausflügen zum FKK-Strand und Markenmützen vermutlich.«

Fliss lässt nicht locker. »Und er ist definitiv nicht gebunden, Mum.«

Tiffany verzieht das Gesicht. »Wie viele Ehemänner hat Oma jetzt gehabt?«

»Warum kann Oma nicht alle heiraten ... Und was ist ein FKK-Strand?« Das kommt von Tarkie.

Tansy überlegt. »Wenn du und Dad euch trennt, Mama, wirst du dann einen anderen heiraten?«

Libby schließt die Augen. Eine Sekunde lang sieht sie aus, als gäbe sie sich geschlagen. Doch sie erholt sich sofort. »Kinder, macht mal halblang, wir sind im Urlaub.«

Tansy schnieft. »Wann fahren wir denn wieder nach Hause?«

Obwohl ich das Gefühl habe, dass ich immer wieder denselben Sermon abspiele, versuche ich es noch ein letztes Mal. »Wie wäre es denn jetzt mit Tee?«

Libby wirbelt wieder zu mir herum. »Ivy, ich dachte schon, du würdest nie fragen.«

Auf dem Weg zurück in die Küche versucht Bill sich bei mir anzubiedern. »Das lief doch gut. Meinst du nicht auch?«

Wenn Libby sich so schlimm benimmt, dass es sich anfühlt, als wäre ich auf Bills Seite, haben wir wirklich ein Problem.

14. Kapitel

Alle haben Spaß

Montag, 16. Dezember

Es war ja klar, dass sich nach diesen fünf ruhigen Tagen im Schloss die Dinge mit der Ankunft von acht neuen Gästen zwangsläufig ändern würden. Zuerst wurde das Gepäck reingetragen – natürlich ein Job für die Surfer, bevor sie am Abend zur Quiznacht im Hungry Shark aufbrachen. Zum Glück schienen sie vom Fotografiertwerden ebenso begeistert zu sein wie von allem anderen. Keiner von ihnen beklagte sich darüber, beim Schleppen von Libbys riesigen Koffern durch die Tür, die sehr pittoreske Treppe hinauf (und an vielen anderen Stellen) geknipst zu werden. Aber von da an ging es nur noch bergab. Mit sechs Kindern, die alle aus ihren eigenen – sehr realen, sehr individuellen – Gründen unglücklich waren und die alle sehr lautstark klagten, war der Lärm irgendwann nicht mehr auszuhalten.

Als wir endlich dazu kamen, den Tee zu trinken, von dem ich so lange gesprochen hatte, hielt Libby ungefähr zwei Schlucke durch, bevor sie dem Nörgeln der Kinder nachgab. Ich schlich mich für zwei Sekunden in Bills Schlafzimmer, um im Internet etwas nachzusehen; eine Nanosekunde später hatte sie ihre Truppe schon in den »Fun Palace« im Crab and Pilchard unten in St. Aidan geschleppt.

Wenn man dem Werbetext auf der Website und den GIFs Glauben schenken kann, ging es in Richtung WLAN, Truthahn-Nuggets und Bällebad, alles bewacht von einem mechanischen Weihnachtsmann, seinem mit Geschenken beladenen Schlitten und acht fliegenden Rentieren. Wenn ich rückblickend daran denke, läuft mir immer noch ein Schauer den Rücken hinab. Mitarbeiter, die als Helfer des Weihnachtsmanns verkleidet sind, weihnachtliche Flötenmusik, fünfzig Prozent auf weihnachtliche Cocktails und einen dieser Bäume, bei denen die Dekoration nach unten die Farbe verändert – eine Idee, die ich drei Weihnachten hintereinander völlig vergebens versucht habe, bei Daniels durchzusetzen –, nun, was kann man daran nicht mögen? Ich fand es beinahe schade, zu Hause zu bleiben.

Aber wer weiß, was diese speziellen Kinder davon halten werden. Ich habe das Gefühl, dass sie immer das Beste von allem in unbegrenzter Menge bekommen haben, weshalb sie wahrscheinlich besonders schwer zufriedenzustellen sind. Ich meine, sie sind in einem Schloss am Strand, und es gibt nicht eine einzige gute Sache, die sie darüber zu sagen haben. Schlimmer noch, sie können es kaum erwarten, wieder abzureisen. Das klingt auch für den Rest von uns im Hinblick auf die nächsten zwei Wochen nicht gerade vielversprechend.

Ein Gutes hatte die Sache aber doch. Nachdem die kritischen Jammerer aus dem Weg waren, gelang es Fliss und mir, Oscar von seinem Telegrafenmast zu trennen, sodass wir alle vor dem Feuer sitzen und Käsetoast essen konnten. Dabei waren wir heilfroh, dass es keine Teppiche gab, von denen wir den geschmolzenen Cheddar hätten abkratzen müssen. Danach krochen wir ins Bett und ließen Miranda und Ambie in Ruhe ihre Gläser im Whirlpool herumschwenken.

Nach unserem frühen Zubettgehen sind Merwyn und ich am nächsten Tag zeitig genug auf, um bei unserem Spaziergang am

Strand mitanzusehen, wie die Morgendämmerung leuchtende graue und rosa Flecken auf die Wolken über dem dunklen Meer tupft, während der Wind in unsere Gesichter bläst.

Als wir zum Schloss zurückgehen, zeichnen sich die Zinnen der Türme als Silhouette gegen den orangefarbenen Sonnenaufgang ab. Wir hatten gehofft, die Küche bei unserer Rückkehr erst einmal für uns allein zu haben, aber Harriet hat Fliss und Oscar geweckt und so sind sie alle in ihren Pyjamas nach unten gestolpert, sitzen jetzt am Küchentisch und sehen aus wie Zombies. Bis auf Harriet, die ihr Frühstücksobst vom Hochstuhl aus an die Verandatür schleudert, während sie zwischendurch ihre Händchen in etwas vergräbt, das verdächtig nach Porridge aussieht.

Ich versuche nicht daran zu denken, wie wir das aus den Ritzen zwischen den breiten, gebohnerten Dielen wieder rausbekommen, reiche Fliss einen Becher mit Kaffee und setze mich zu ihnen an den langen Tisch. »Geht es dir gut?« Offensichtlich nicht. Oscar war früher so fröhlich und rosig, aber er hat sich, wie Fliss scherzhaft sagt, an jenem Morgen, als seine kleine Schwester zur Welt kam, in das Honigmonster aus der Hölle verwandelt.

Sie blinzelt mir zu. »Ich versuche durchzuhalten, es wird besser, wenn Rob erst mal hier ist.« Das ist ihr Gemütszustand an den meisten Tagen, und dass er immer so lange arbeiten muss, ist nicht gerade hilfreich. Er ist im Baugewerbe, und das Gute daran ist, dass dort über Weihnachten für zwei Wochen die Arbeit niedergelegt wird. Das weniger Gute ist, dass dies erst am Freitag vor Weihnachten geschehen wird – in der Zeitrechnung der erschöpften Mutter ist das noch Lichtjahre entfernt. Und wir wissen beide – da sie in den letzten Monaten Schwierigkeiten hatte, ihm zu vertrauen, wird eine Woche Trennung von ihm sie möglicherweise verrückt machen. Es war schon schlimm genug, als er jeden Abend nach Hause kam. Wenn sie ihn so lange nicht sieht, wird das für sie ein totaler Albtraum sein.

»Wir werden helfen, so gut wir können.« Das ist ehrlich gesagt Schwachsinn. Wenn es um die Unterstützung von Müttern geht, habe ich mich als völlig nutzlos herausgestellt, weil ich keine Ahnung habe, was ich tun soll. Als Bill mir Harriet aufgedrängt hat, nachdem sie gerade angekommen waren, war mein erster Gedanke, sie weiterzureichen, bevor ich sie noch fallen ließ.

Am besten ist es, das Thema zu wechseln. Und sosehr Fliss auch darauf brennt, über Rob zu sprechen, achten wir immer darauf, das nicht vor den Kindern zu tun. Deshalb entscheide ich mich für eine neutrale, aber pragmatische Variante. »Also, irgendwelche Ideen für den Weihnachtsbaum hier? Das ist meine nächste Aufgabe. Und wie ich gestern Abend schon erzählt habe, mache ich die Deko selbst.« Sie wird nichts dagegen haben, dass ich sie daran erinnere – ein Mutterhirn im Babymodus ist eine üble Sache, wir beide wissen, dass sie längst vergessen hat, was ich gesagt habe.

Fliss öffnet die Augen und trinkt einen Schluck Kaffee. »Na ja, da es der Baum in der Küche ist – wie wär's mit was Essbarem?«

Ich grinse sie an. »Danke für diesen genialen Einfall. Lass uns Marshmallows dranhängen!«

Sie taucht einen Toaststreifen in Oscars Ei und knufft ihn. »Vielleicht besser keine Marshmallows, Oscar saugt sie förmlich auf, nicht wahr, mein Schatz? Nach zehn Minuten wären keine mehr übrig, und er würde höchstwahrscheinlich auch noch den Baum zerstört haben.« Das Traurige daran ist, dass sie nicht übertreibt.

»Was magst du denn nicht, Oscar?«

Fliss denkt nach. »Er hasst Ananas, und er ist nicht grade scharf auf Salat. Alles andere verschlingt er.«

Ich versuche mir Äste vorzustellen, die mit aufgeweichten Ananasringen und klein gerissenen Salatblättern geschmückt sind. Dann fällt mir etwas wirklich Gemeines ein. »Wie wäre es mit Lebkuchensternen mit extra pikantem Ingwer? Davon wird er doch wohl nicht mehr als einen probieren, oder?«

Fliss' Augen leuchten auf. »Das ist ein super Plan – auf Ingwer ist er auch nicht besonders scharf. Wir haben neulich eine Abmahnung vom Kindergarten bekommen, weil er auf der Nikolausfeier mit seinem Schuh geworfen und ein anderes Kind mit Ingwerkuchen bespuckt hat.«

»Armer Oscar, das klingt doch ein wenig heftig.« Es ist auch nicht seine erste Abmahnung.

»Warum machen wir nicht Lebkuchensterne und Lebkuchenmännchen?«

Ich nicke. »Die Lebkuchenmännchen werden bestimmt cool aussehen. Es gibt nur ein Problem: Ich hab noch nie welche gemacht.«

Fliss starrt mich an, als wäre ich vollkommen verblödet. »Als wir geheiratet haben, hast du Shortbread-Herzen für dreihundert Leute gemacht, Lebkuchen wird sich davon nicht groß unterscheiden.«

Die Hochzeit von Rob und Fliss war etwas ganz Besonderes. Seine Eltern sind Bauern, die Familie ist riesig, und sie haben darauf bestanden, die ganze Grafschaft in ein riesiges Festzelt auf ihrer Wiese einzuladen. Und es stimmt, ich könnte Shortbread für ganz England machen. Ich lächle immer, wenn ich daran denke, wie wir zwei Tage vor ihrer Hochzeit in unserer Küche standen und Kekse in Herzform gebacken haben. Wie wunderbar war diese Zeit für sie im Vergleich zu heute. In jeglicher Hinsicht.

»Sobald Bill aufgestanden ist, werde ich in sein Zimmer gehen und im Internet ein Lebkuchenrezept suchen, dann sause ich nach St. Aidan und hole die Zutaten.«

Fliss sieht auf. »Er ist schon weg, wir haben ihn oben von unserem Fenster aus wegfahren sehen. Oscar hat das Geräusch des Land Rover wiedererkannt.«

Was großartige Neuigkeiten sind. Nicht, dass ich die Seiten gewechselt hätte, aber ich hab ihm gestern Abend den Tipp gegeben, dass ein weiteres Blech von diesen Cranberryschnecken ihm Sympathiepunkte bei Libbys Kindern einbringen könnte. Meinen Tag haben sie jedenfalls besser gemacht, ich bin verdammt sicher, dass ich ihn ohne sie nicht überstanden hätte. Hoffentlich holt er jetzt gerade welche bei dem überaus talentierten Surfer ab, der sie gebacken hat.

Mit dem Auto ist St. Aidan nicht weit weg, aber als ich endlich geparkt habe, durch die Supermarktgänge gewandert bin und Zuckerstangen und andere Sachen eingepackt habe, ist es viel später als erwartet. Als ich zurückkomme, ist die gute Nachricht, dass da ein Blech warmer Schnecken steht, auf die ich dezent hingewiesen habe. Die weniger gute Nachricht ist, dass Fliss weg ist. Stattdessen kommen Libby und ihre Kinder zurück.

Libby flitzt herum und späht in den Innenhof. »Ich hab heute noch gar niemanden gesehen, wo sind die ganzen Angestellten?«

Ich lächle sie an. »Die Mitarbeiter hier sind dem Meer sehr ähnlich, sie kommen und gehen.«

Sie scheint das zu akzeptieren, also nehme ich das Tablett mit den Schnecken und einen Stapel Teller und bringe sie zum Tisch rüber. »Hat jemand Lust auf warme Zimt- und Cranberryschnecken?«

Ich bediene mich, nehme einen Bissen und beginne, meine Taschen auszupacken und in den Schränken nach Backblechen und Waagen zu suchen.

Ich weiß, wie hungrige Kinder sind, wenn es darum geht, Gebackenes zu vernichten, also drücke ich mich vorbei, in der

Hoffnung, noch eine weitere zu stibitzen, bevor sie alle weg sind. Aber als ich zum Tisch komme, vernehme ich lautes Stöhnen.

»Total eklig …«

»Wäh …«

»Haben wir Toasterwaffeln mitgebracht?«

Libby macht Tsk-tsk. »Um Himmels willen, Tiff, hör auf, an deiner Zunge zu ziehen.«

Tiff protestiert lautstark. »Diese roten Dinger sind ekelhaft, ich muss ziehen, um den Geschmack wieder abzubekommen.«

Ich versuche, freundlich zu bleiben. »Meine Schuld, ich dachte, ihr könntet sie mögen. Ich habe gestern mein eigenes Körpergewicht in Schnecken gegessen.« Sie starren mich wortlos an und sehen dabei so maulig aus, dass ich meine Trumpfkarte ziehe.

»Wie wäre es, wenn wir stattdessen ›Kobold auf dem Regal‹ spielen? Es ist ein Suchspiel.« Dieses kleine Spieljuwel habe ich auf Pinterest gefunden. Im Gegensatz zu den Kugeln ist die Bestellung der hundert Plastikkobolde, die ich um das Schloss herum verstecken will, eingetroffen. Das Spiel war für den Fall gedacht, dass die Dinge am Weihnachtstag schieflaufen; dass ich es bereits neun Tage früher vorschlage, zeigt, wie verzweifelt ich bin.

Sie lehnen sich auf ihren Stühlen zurück und starren mich mit leerem Blick an. Tansy reagiert als Erste, und zwar mit einer weiteren Grimasse und einem Kopfschütteln. »Oh bi-i-i-t-t-e-e-e …«

»Nein, absolut ausgeschlossen.« Tiff kommt ihr zu Hilfe. »Ich meine, warum … Warum sollte jemand nach Kobolden suchen wollen?«

»Vielleicht, weil es Spaß macht?« Ich denke, ich habe die Botschaft verstanden. »Wer von euch backt denn gerne? Ich mache gleich Lebkuchenmännchen, die ich an den Baum hängen will. Möchte jemand mithelfen?«

Sie sagen nicht mal was, sie starren mich einfach stumm an, als wäre ich eine Außerirdische. Wahrscheinlich hätte ich eine positivere Reaktion bekommen, wenn ich tatsächlich eine wäre.

Libby wendet sich an sie. »Warum seht ihr nicht im Familienzimmer fern, bestimmt läuft *CBeebies*.«

Aus dem Spalt zwischen Toms Wollmütze und seinem Daunenmantel kommt ein lang gezogenes Stöhnen. »Wann kapierst du es endlich, Mutter, *Postman Pat* ist nichts mehr für mich. Warum kann ich nicht *The Wire* anschauen? Oder *Game of Thrones*? Oder *Killing Eve*?«

Libby schnauzt ihn an. »Du weißt, warum, Tom. Zwölf ist viel zu jung, um dabei zuzuschauen, wie Frauen Männern ihre Du-weißt-schon-was abreißen.«

Aus Toms Kragen ertönt ein weiterer Protestschrei. »Dreizehn … in einem Monat.«

Tiff starrt ihre Mutter an, als ob sie sie verhören würde. »Oder könntest du uns ins Kino fahren?«

Tom würgt. »Ich weigere mich, *Frozen 2* noch einmal anzuschauen.«

Tiff rümpft die Nase. »Ich muss es nur noch einmal sehen, dann kann ich mein Vlog machen.«

Tom protestiert laut. »Ich dachte, in deinem Vlog geht's um Make-up?«

»Tom, ein Vlog kann alles sein, was man will. Meine Follower hören gern meine Gedanken zu allen möglichen Themen«, erwidert Tiff unglaublich herablassend.

»Weißt du, wie lächerlich du dich anhörst?«

Tom streckt sich über den Tisch, beugt sich über die Kante und würgt. Ich kann ihn vollkommen verstehen. Ich frage mich, was er unter seiner Mütze versteckt. Libby steht auf und drückt mir eine Schachtel in die Hand.

»Ein iPhone?«

»Da sind schon alle meine Social-Media-Accounts drauf, du brauchst die Bilder also nur noch hochzuladen.« Sie schließt ein Auge zur Hälfte, während ihr Fuß auf meinen Zehen landet und sie zerquetscht. »Wir wissen ja nicht, wann wir hier je einen Empfang finden, oder? Du kannst dich leichter mal verdrücken als ich.«

Bill ist gewarnt worden – wenn er nicht will, dass die gesamte Gästeschar sein Zimmer unter Beschlag nimmt, muss er seine Tür fest verschlossen halten. Natürlich werden Libby und ich den ganzen Tag über ab und zu reinschauen müssen, also habe ich ihm ein »Bitte nicht stören«-Schild gegeben, das er an die Tür hängen kann, falls er Zeit für sich braucht. Nur wenn er zu viel davon will, sind wir geliefert.

»Sehr schön.« Es ist das neueste Modell, ich hoffe nur, dass ich herausfinde, wie man damit umgeht.

»Du kannst mit ein paar Fotos von leckeren warmen Schnecken beginnen. Wäre gut, wenn du's gleich machen würdest.« Sie klatscht in die Hände, was selbst für sie unhöflich ist, aber das Klatschen ist nicht für mich bestimmt. »So, Leute. Wer auf ein Frühstück im Pret Lust hat, ab ins Auto, zack zack!«

Ein kurzes Stuhlrücken, ein Massengedränge an der Verandatür, und zwei Sekunden später stehen Libby und ich allein in der Küche und starren uns an, während unsere Pullis in dem Luftzug flattern, der vom Hof reinweht.

Libby zieht die Augenbrauen hoch. »Gib ihnen das, was sie kennen. Funktioniert jedes Mal.« Sie stiefelt ihnen nach, und kurz bevor sie die Tür schließt, streckt sie den Kopf noch mal rein. »Genieß die Ruhe, solange du noch kannst, die Kinder, die als Nächstes kommen, sind wirklich anstrengend.«

»Was, da kommen noch ...« Ich schaffe es, das Wort »schlimmere« herunterzuschlucken. »Toll«, sage ich in heiterem Ton, und ich glaube, sie nimmt es mir ab.

»Sie sind auf alles allergisch, schwer zufriedenzustellen und dazu noch unbeholfen. Und sie sind zweisprachig.«

Oh mein Gott. »Ich werde mich mental darauf einstellen, während ich meine Lebkuchenmännchen backe.«

»Wenn sie nicht ei- und glutenfrei sind, werden sie davon nicht begeistert sein. Am besten machst du sie auch noch geschlechtsneutral, ihrer Mutter ist die Gleichberechtigung von Frauen sehr wichtig.«

Damit knallt die Tür zu, und sie sind weg.

Ich schleiche mich in Bills Zimmer und sehe nach. Der einzige Pret ist eine Stunde entfernt, beim Flughafen. Ist es wirklich gemein von mir, dass ich mir wünsche, dass sie, wenn sie schon mal dort sind, in ein Flugzeug steigen und dorthin zurückfliegen, wo sie hergekommen sind? Und ihre noch unmöglicheren Freunde gleich mitnehmen.

15. Kapitel

Gehaltvoll und knusprig

350 g Mehl, plus ein wenig Mehl zum Ausrollen
1 Teelöffel Natron
2 Teelöffel gemahlener Ingwer (doppelt so viel, um sie oscarsicher zu machen)
1 Teelöffel gemahlener Zimt
125 g Butter
175 g weicher brauner Zucker
1 Ei aus Freilandhaltung
4 Teelöffel Zuckerrübensirup

Ich habe die wesentlichen Punkte des Rezepts auf einem Zettel in Bills Zimmer notiert und die Förmchen eingefettet. Jetzt wiege ich die Zutaten ab und gebe sie nacheinander in die Küchenmaschine. Ich bin nicht sicher, wie viele Bleche ich brauche, um den Baum vollständig zu schmücken, aber ich verdopple für den Anfang mal jeweils die Menge. Danach werde ich dann sehen, wie ich weitermache.

Es geht erstaunlich schnell. Bald wische ich meine Hände an der blau-weiß gestreiften Schürze ab, die ich an der Rückseite der Speisekammertür gefunden habe, und siebe das Mehl durch ein super-edles Metallsieb.

Ich lasse den Teig auf die Arbeitsplatte aus geschliffenem Granit fallen, bereit zum Kneten. Sekunden später greife ich nach dem Nudelholz.

Für ein Ferienhaus sind die Schubladen überraschend gut

bestückt. Ich meine, wer zum Teufel hat schon ein Mehlsieb? Ich jedenfalls nicht. Jetzt, da ich allein wohne, mache ich mir meistens Single-Schokokuchen im Becher in der Mikrowelle. Schmeckt viel besser, als es sich anhört, solange man ihn heiß isst. Er ist so lecker, dass ich oft noch einen zweiten machen muss. Und lecker genug, dass ich ihn an den meisten Abenden mache. Aber die Küche in meiner Wohnung ist so winzig, dass kaum Platz für mich und meine Becher ist, geschweige denn für Luxusgüter wie Mehlsiebe. Daher gebe ich beim Backen das Mehl einfach so dazu.

Aber das war dann, und jetzt ist jetzt … Ich habe mir eben, als ich in St. Aidan war, ein Set süßer Plätzchenausstecher in weihnachtlichen Formen gekauft. Der Duft von Zimt und Ingwer wärmt bereits meine Nase, und – okay, vielleicht bin ich hier ein bisschen voreilig, zumal die ja für den Baum sind – mir läuft schon jetzt das Wasser im Mund zusammen, wenn ich daran denke, wie die Kekse beim Hineinbeißen zäh knirschen werden und wie der herrliche Ingwergeschmack auf meiner Zunge explodieren wird.

Nur ist der Teig, als ich anfange, ihn auszurollen, leider ein bisschen klebrig, und das, obwohl ich überall Mehl hingesiebt hab. Ich streue mehr Mehl aus, knete noch ein bisschen mehr und rolle ihn dann wieder aus. Diesmal wickelt er sich einfach um das Nudelholz. Dann beschließe ich, den Teig jeweils einzeln in die Förmchen zu stopfen, aber auch das ist hoffnungslos. Je mehr ich den Teig bearbeite, desto heißer wird mir, und desto klebriger wird alles, also ziehe ich meinen Pullover aus. Es ist gut, dass ich unter der Schürze nur mein T-Shirt anhabe, denn beim nächsten Ausrollen faltet sich der Teig auf und bildet kleine Berge, und statt am Granit zu kleben, klebt er an mir, bis hinauf zu den Ellbogen.

Ich starre auf meine teigverschmierten Arme und jammere leise. So will ich nicht gerade von irgendjemandem gesehen werden. Als also Bill durch die Tür kommt, fluche ich und ducke mich.

»Was zum ...« Sich hinter dem Wasserkocher zu verstecken ist nicht gerade ideal.

Der Stapel mit verschieden großen Kisten, über den Bill drüberschaut, ist riesig. Er schiebt ihn auf die Kochinsel. »Ich könnte deine Hilfe brauchen, falls du eine ...«

»Ja ...?« Ich hoffe, dass er weiterredet, aber stattdessen geht er um die Kücheninsel herum und kommt mit schreckverzerrtem Gesicht auf mich zu.

»Ivy, wenn du unbedingt deinen ganzen Körper mit Körperbutter einreiben willst, wäre dann nicht das Badezimmer ein besserer Ort dafür?«

Er tut so herablassend und arrogant, dass ich kurz davor bin, ihm das Nudelholz entgegenzuschleudern. Wahrscheinlich würde ich das sogar tun, wenn es nicht so an meiner Hand kleben würde.

Normalerweise hasse ich den Umstand, dass ich so groß bin, dass ich auf Menschen herabschaue, aber jetzt richte ich mich zu voller Größe auf. »Wenn du irgendetwas vom Backen verstehen würdest, wüsstest du – ich mache Lebkuchen, das ist eine kritische Phase im Backprozess.«

»Lebkuchen?« Seine Stimme wird vor Überraschung ganz hoch. Dann beißt er sich auf die Lippe – ich wünschte, er hätte es nicht getan, denn der Anblick seiner Zähne verursacht ein flaues Gefühl in meinem Magen. »Und deshalb klebt ein Sternförmchen an deinem Ellbogen?« Als er sich vorbeugt und es von meinem Arm löst, bekomme ich den Duft seines Aftershaves voll ab.

»Mist.« Es war schon schlimm genug, bevor die Zähne und der Männerduft dazukamen, aber irgendwie reiße ich mich wieder zusammen. »Ich mache Deko für den Baum.«

Er zieht die Mundwinkel nach unten, aber sie zucken immer wieder nach oben.

»Tolle Idee, aber da gibt es zwei Probleme –«

»Nur zwei?«, frage ich ironisch. Fühlt sich nach viel mehr Problemen an. Und natürlich braucht er mich nicht darüber aufzuklären. Ich meine, für wen hält er sich, für die verdammte *Bake Off*-Polizei?

Er wedelt mit dem Sternenförmchen vor meiner Nase. »Mit Plastikausstechformen wirst du nie perfekte Plätzchen hinbekommen.«

Er klingt immer noch herablassend und wie ein kompletter Arsch. »Leider hatte der Supermarkt in St. Aidan keine vergoldeten auf Lager. Welche hätte ich also nehmen sollen?« Es ist eine dieser Fragen, auf die ich wirklich keine Antwort will, aber er wird mir trotzdem eine geben.

Er zuckt die Achseln. »Im Idealfall welche aus Edelstahl.« Er zieht eine Schublade auf, nimmt eine Schachtel heraus und klappt den Deckel auf. »So wie die hier.«

Die Dose vor mir ist voller Metallsterne und -herzen in allen Größen, der ein oder andere seltsam aussehende Engel und ein paar unterschiedlich große Schneemänner sind auch darunter, und sieh mal an! – da ist auch ein ganzes glänzendes Set von Lebkuchenmännchen-Ausstechern. Wenn man den Minimalismus bedenkt, der sonst überall im Schloss herrscht, fallen die Schubladen in der Küche vollkommen aus dem Rahmen, besonders die, aus der die Ausstechformen stammen. Ich schwöre, ich habe dort auch einen ganzen Pack Kindergeburtstagskerzen und Kuchenformen gesehen, was nun wirklich nicht ins Bild passt. Aber ich werde später herausfinden müssen, was zum Teufel da los ist.

Bill redet weiter. »Und zweitens, wenn man den Teig nicht vorher im Kühlschrank kalt werden lässt, ist er zu klebrig, um ihn zu verarbeiten.«

Ich hebe meine Kinnlade vom Boden auf. »Sonst noch was?«

Er wirft einen Blick auf das Rezept und den Haufen Zutaten.

»Ich sehe, dass du Mehl zum Ausrollen verwendet hast. Sobald der Teig die Konsistenz von Play-Doh erreicht hat, sollte der Rest ein Kinderspiel sein.«

Schon hängt mir wieder die Kinnlade runter, dabei hatte ich den Mund doch gerade erst geschlossen. »Play-Doh?«

»Du weißt doch, was Play-Doh ist?«

»Natürlich.« Oscars Play-Doh-Maschine? – echt super, hatte seit Langem nicht mehr so einen spaßigen Nachmittag. Aber ich verstehe nicht, wie der kinderhassende Bill davon eine Ahnung haben kann.

Er macht ein Auge halb zu. »Du wäschst dir die Hände, ich stelle den Rest in den Kühlschrank und mach schnell noch eine Ladung.«

Damit man sich vorstellen kann, wie viel Teig an mir klebt: Als ich ihn entfernt habe, hält er in jeder Hand einen dicken Teigbatzen. Er wickelt alles in Frischhaltefolie und packt es in den Kühlschrank. Dabei gibt er wieder einen völlig unnötigen Kommentar ab.

»Zwei weitere Ladungen sollten ausreichen. Ich helf dir dabei. Während der Teig abkühlt, können wir den Rest der Kisten reintragen. Und danach können wir zusammen den Teig ausrollen und ausstechen. Wenn der ganze Baum geschmückt werden soll, brauchen wir Teamarbeit.«

Will er jetzt den Ton angeben, oder was? Auch wenn er so nahe an mir dran klebt wie diese dreiste Plastiksternform, während wir an der Küchenmaschine stehen – ich mache einen Großteil der Arbeit. Eigentlich die ganze Arbeit. Während alles, was er tut, mich vollkommen ablenkt. Sein Atmen. Und wie er mich mit seinen dunklen Schokoladenaugen ansieht. Nahe genug, dass ich seine einzelnen Wimpern sehen und neidisch sein kann, wie dick und dunkel und lang sie sind. So nah, dass sich unsere Arme immer wieder berühren. Sogar aneinanderstoßen.

Alles in allem ist es ein verdammter Albtraum. Und die Tatsache, dass ich ein Kribbeln empfinde, hat definitiv mit der Aufregung vor dem Fest zu tun. Absolut nicht damit, dass ich Schulter an Schulter neben einem Typen mit einem Körper stehe, der einen shirtfreien Aidan Turner mittelmäßig aussehen ließe.

Wahrscheinlich liegt es daran, dass das eine neue Situation für mich ist – ich kann mich nicht erinnern, jemals zuvor mit einem Mann gekocht zu haben. Ich weiß nicht mal, ob George jemals einer der Küchen in den Wohnungen, in denen wir gelebt haben, einen Besuch abgestattet hat. Wenn ich nicht da war, um Essen zu machen, hat er auswärts gegessen oder er hat gehungert. Natürlich hasse ich es, dass Bill mich herumkommandiert und so ein Klugscheißer ist. Aber jemand, der mit dem Pfannenwender umzugehen weiß und es auch noch schafft, Stücke von der Frischhaltefolie abzureißen, die sich nicht sofort zu unbrauchbaren Würstchen zusammenrollen? Nur dieses eine Mal werde ich nicht meckern und die Hilfe annehmen.

Nachdem der Teig vorbereitet und in einem der vielen riesigen Kühlschränke verstaut ist, laden wir den Landy aus. Während wir in den Wind hinaus- und wieder reinhuschen, bin ich schon ganz neugierig, was wir da eigentlich tragen, jedoch entschlossen, nicht nachzufragen. Als wir ein paar Gänge hinter uns haben, bedecken die Schachteln bereits den ganzen Tisch, und Bills Gesichtsausdruck ist noch dreimal selbstgefälliger als vorher.

Ich schaue die ramponierten Kisten an und platze vor Neugierde. »Okay, ich geb's auf, sag mir, was drin ist.«

»Ich dachte schon, du würdest nie fragen.« Er zieht die Nase kraus. »Guck mal.«

Als ich die Deckel aufmache und es glänzen und schimmern sehe, steigert sich mein Puls, und ich keuche. »Weihnachtsschmuck!« Ich öffne drei weitere Kisten, und sie sind alle randvoll – Kugeln in allen Größen und Farben, anscheinend ohne Verpackung, einfach wild durcheinandergeworfen. »So viele!«

Er lacht leise. »Du wolltest doch Maximalismus. Viel Spaß damit.«

Ich ziehe silberne Glocken und Messingschneeflocken, schaukelnde Weihnachtsmänner und kleine rote Glastauben heraus – und bin völlig benommen. »Aber wo hast du die her?«

»Ich hab jeden Wohltätigkeitsladen im Umkreis von zwanzig Meilen geplündert.« Er sieht auf mich hinunter, was nicht oft passiert. Und dann auch noch durch seine hübschen Wimpern hindurch. »Sie sind definitiv nicht das, was du bestellt hast – aber sie sind hier und gehören dir.« Seine Augenbraue wandert nach oben. »Wenn du noch mehr willst, sag's einfach. Jede Kugel ist anders, es wird nicht schwer sein, welche zu finden, die dazu passen.«

Während ich meine Hand in eine Kiste stecke und die Kugeln durchwühle, überlege ich laut. »Es gibt hier genug, um die Bäume in verschiedenen Farben zu schmücken. Oder wir könnten sie auch vollkommen kunterbunt behängen.«

Er öffnet mehr Schachteln und schaut hinein. »Und das Beste daran ist, dass wir mit jeder Second-Hand-Kugel die Welt ein wenig besser machen.«

Ich starre ihn an. »Hat Keef das gesagt?«

Er schüttelt den Kopf. »Nein, das haben sie in den Geschäften gesagt.«

Ich werde von der Welle mitgetragen. »Dieses Sammelsurium ist gut. So waren die Bäume früher geschmückt, als die Leute den Schmuck einzeln kauften und jedes Jahr zu Weihnachten ein oder zwei neue Teile dazukamen. Das war, bevor man anfing, jedes Jahr ein ganz neues Set zu kaufen.« Fairerweise muss man sagen, dass wir ohne diesen Trend mit »jedes Jahr neu kaufen und das alte Zeug wegwerfen« nie so viel Beute gemacht hätten.

Er verzieht das Gesicht. »Du blendest mich hier wieder mit deinen wissenschaftlichen Weihnachtsfakten. Gehen wir zurück in die Küche zu den Lebkuchen, da kenne ich mich wenigstens aus.«

Noch eine weitere Stunde Schauer auf dem Rücken, dann taxiere ich den Kistenstapel. »Bei so viel Deko sollten wir das mit den Lebkuchen vielleicht lassen?«

Er runzelt die Stirn. »Oh nein, das wird der beste Baum werden. Ich gebe auf keinen Fall einen Baum auf, von dem man essen kann.«

»Gut.« Nun ja. Aber je schneller wir damit vorankommen, desto schneller ist es vorbei.

Als Fliss und die Kinder zum späten Mittagessen wiederkommen, stapeln sich auf Blechen in der Küche nussbraune Lebkuchenmännchen – oder sollte man lieber sagen Lebkuchenmenschen? –, und Bill zieht gerade das letzte Blech aus dem AGA-Backofen heraus. Ich bin dabei, den Geschirrspüler zu beladen, und blicke auf, um Merwyn davon zu überzeugen, dass es keine gute Idee ist, vor Bills Augen den Holzlöffel abzulecken. Und ich erinnere ihn daran, dass es strengstens verboten ist, Lebkuchenmenschen vom Baum abzureißen, so verlockend sie da auch herumbaumeln mögen.

Fliss kommt als Erste rein. »Gute Idee, Ivy, dir eine Küchenhilfe zu besorgen, und noch dazu in einer passenden Schürze.« Sie lässt Harriet von ihrer Hüfte in den Hochstuhl gleiten und lächelt, als sie die Kekse sieht. »Siehst du, ich hab dir doch gesagt, dass du sie gut hinkriegen wirst.«

Bill berichtigt sie nicht, also grinse ich sie an. »Man muss den Teig einfach gut abkühlen lassen. Als Nächstes werden wir sie verzieren.«

Ich sehe, wie Bill zusammenzuckt, als er zu Harriet hinüberblickt. »Bill, sie sind Kinder, sie sind hier und sie werden erst in zwei Wochen abreisen. Finde dich damit ab!«

Seltsamerweise antwortet er nicht, sondern blinzelt nur.

Fliss zieht eine Grimasse, dann seufzt sie. »Hätte ich nicht schon alle Hände voll, würde ich dir ja gern meine Hilfe anbieten.«

Ich erkläre Bill: »Ich bin die Shortbread-Königin, und Fliss ist die Kaiserin des Spritzbeutels.«

Fliss schließt sich an. »Nicht ganz. Das war in meinem Leben VK.«

Bills Augen werden schmal. »V was?«

»Vor den Kindern. Jetzt bin ich die Kaiserin der Unordnung, Zuckerguss ist nur noch eine vage und ferne Erinnerung.«

»Ach, so schlimm ist es doch nicht, meine Liebe.«

Nur dass wir beide wissen, dass es an den meisten Tagen schlimmer ist. Sie hat ihren Mutterschaftsurlaub bereits zweimal verlängert, und keiner von uns weiß, wie zum Teufel sie es schaffen soll, im neuen Jahr zu Daniels zurückzukommen. Als ich Bill anschaue, fällt mir plötzlich wieder ein, was ich fragen wollte. »Du hast doch Spritzbeutel?«

»Scheißt der Bär in den Wald?« Bill sieht mich mit hochgezogener Augenbraue an. Als Oscar das hört, in Gelächter ausbricht und anfängt, in der Küche herumzurennen und »scheißt« zu schreien, zuckt Bill wieder zusammen. »Das Equipment für den Zuckerguss ist in den Schubladen unter den Ausstechformen.« Das klingt nach noch mehr kulinarischem Maximalismus. Wer auch immer all die Gegenstände aus dem Schloss entfernt hat, er muss die Küche übersehen haben.

Fliss starrt Bill an. »Du scheinst ja ein Naturtalent zu sein, was Kinder angeht. Wie wär's, wenn du mit ihnen herumalberst, während ich mich um den Zuckerguss kümmere?«

Keine Ahnung, wie sie darauf kommt. Es klingt vielleicht gemein, aber es wäre mir lieber, wenn er Fliss und mich alleinlassen würde. Dass er jedes Mal, wenn die Kinder quietschen, ein böses Gesicht macht, zieht einen doch ein wenig runter.

»Hast du nicht irgendwas zu erledigen … Zahlen, die du durchgehen musst … Zeug, das du destillieren musst?« Ich erwähne jede noch so kleine Option, in der Hoffnung, dass er verdammt noch mal verschwindet. Natürlich bin ich ihm sehr dankbar, dass er mich vorhin mit seinem Fachwissen gerettet hat, aber jetzt geht es hier weiter.

»Was ist mit all den Dingen, auf die man ein Auge haben muss, und den Bäckerinnen, die vom Teig befreit werden müssen …?«

Er runzelt die Stirn. »Jetzt, da alle langsam eintrudeln, bist du meine Priorität.«

Falsche Antwort. Verdammt.

Fliss klingt so gut drauf wie seit Ewigkeiten nicht mehr. »Heißt das, dass du ein wenig mit Oscar spielen würdest?«

Er sieht so entsetzt drein, als hätte sie ihm eine Handgranate zum Spielen angeboten. Ich hatte keine Ahnung, dass sie das so schnell vorschlagen würde, also schreite ich ein. »Da Oscar und Harriet als Kinder kaum anfängergeeignet sind, hätten sie Bill wahrscheinlich schon massakriert, bevor wir überhaupt den Puderzucker abgewogen haben.« Ich seufze. »Mach du den Zuckerguss, Fliss, ich kümmere mich um den Kleinen.«

16. Kapitel

Je mehr, desto besser!

Als Libby und die Kinder von dort zurückkommen, wo auch immer sie waren, ist Fliss mit ihren beiden schon ins Bett gegangen, und Merwyn und ich haben bereits unseren Abendspaziergang hinter uns.

Ich sage, wo auch immer sie waren – aber dank meines neuen Handys, das mit allen Social-Media-Accounts von Libby und ihrer Familie verbunden ist, habe ich sie und ihre vielen Posts durch die ganze Grafschaft verfolgen können. Fast alle von ihnen hatten zum Frühstück im Pret Käsemakkaroni, danach haben sie dann Flugzeuge beobachtet, bevor sie wieder zum Pret zurückgefahren sind, um noch mehr Makkaroni zu essen. Dann sind sie weiter ins Cineplex in Falmouth, um sich (noch mal) *Die Eiskönigin 2* anzusehen, jede einzelne Sorte Crispy-Creme-Donuts zu probieren und Popcorn von einem echten Popcornverkäufer zu kaufen. Ziemlich oft. Danach haben sie dann noch bei McDonalds vorbeigeschaut.

Offensichtlich waren all diese Aktivitäten aber nicht würdig, in Libbys Instagram-Feed aufgenommen zu werden. Sie hat hauptsächlich die Aufnahmen von unserer Backsession in der Schlossküche reingestellt, die ich ihr geschickt hatte, mit unscharfen Lichterketten im Hintergrund.

Außerdem gibt es ein Video im Zeitraffer davon, wie wir die Lebkuchenmenschen an den Baum hängen, während *Feliz Navidad* im Hintergrund spielt, mit gelegentlichen Schwenken zu Oscar und Harriet, die völlig verzückt zuschauen.

Fliss sollte es genießen, solange sie noch kann. Wer hätte gedacht, dass das Wunder der Weihnacht heutzutage schon so früh entzaubert wird? Wenn man nach Libbys Kindern geht, ist es anscheinend mit vier Jahren vorbei. Was die Begeisterung beim Baumschmücken betrifft, so haben wir natürlich nicht den Teil hochgeladen, in dem Oscar sich ein Lebkuchenmännchen schnappt, es hinunterschlingt und dann die Verandatüren und einen großen Teil der Küheninsel mit kleinen Bröckchen Lebkuchen vollspuckt. Aber zumindest wird er sich von nun an nicht mehr an dem Baumschmuck bedienen. Und Gott sei Dank war Bill nicht da und hat nichts davon mitgekriegt.

Während Tom und Co. spätabends hereinzotteln, sitze ich mit Merwyn, den ich heimlich da platziert habe, auf dem Sofa. Wir haben beide unsere drittbesten Weihnachtspullis an, denn um ehrlich zu sein ist Libbys Truppe so deprimierend, dass wir uns irgendwie aufmuntern mussten. Ich habe mir bereits einen Trick ausgedacht, mit dem ich sie und ihre langen Gesichter so schnell wie möglich durchlotsen kann.

Ich springe auf und versuche es mit meiner heitersten Stimme. »Möchte jemand eine heiße Schokolade vor dem Kamin trinken? Wir haben Marshmallows, Sprühsahne, Schokoladenstreusel und glitzernde Schneeflocken als Toppings.« Es ist erstaunlich, was sie im Supermarkt in St. Aidan alles vorrätig haben. Solche Köstlichkeiten sind der Grund, warum ich heute Morgen so lange gebraucht habe. Ich stehe schon am AGA-Herd und habe Milch und Tassen bereit, um sie so schnell wie möglich in den Familienbereich zu lotsen, da kommt Libby auf mich zu. »Überlass den Kakao mir, Ivy. Geh und frag Bill nach interessanten Sachen, die ich mit den Kindern morgen in der Gegend machen kann.«

Es ist gut, dass ich bemerke, dass ihr Fuß auf meinen zukommt. Im letzten Moment springe ich zur Seite, und anstatt dass ihr Stiefel auf meinem Zeh landet und ihn zerquetscht, kracht er hinunter auf die Holzdielen. Für jemanden, der so klitzeklein und schmächtig ist, hat sie einen sehr kräftigen linken Fuß.

Ich strahle sie aus der sicheren Entfernung von zwei Metern an und fische nach weiteren Hinweisen. »Was sind das für Kinder?«

Sie bindet das Haargummi um ihren perfekten, seidenen Pferdeschwanz über ihrem schneeweißen Kaschmir-Rollkragenpulli neu und zischt: »Die Veganerinnen kommen als Erste an.«

Aus dem Inneren von Toms Kapuze dringt eine erstickte Stimme. »Mum, nenn sie einfach die Bohnenstangen, wie alle anderen auch.«

»Tom!« Falls Libby amüsiert ist, zeigt sich das nicht auf ihrem Gesicht. »Die Mutter heißt Willow, sie sind dünn, haben Hausunterricht und sind unglaublich sensibel.«

Tarkie gibt seinen Senf dazu. »Sie sind dürr wie Strichmännchen, tragen Latzhosen und leben in einem Baum.«

Falls das ihre Freunde sind und sie an ihnen verzweifelt, muss ich Fliss unbedingt fragen, warum sie sie eingeladen hat.

»Es reicht, Tarkie!« Der Blick, den Libby ihm zuwirft, ist frostig genug, um ihn einzufrieren. Sie dreht sich wieder zu mir. »Finde einfach ein Instagram-würdiges Ausflugsziel, dann fahren wir mit allen dahin. Du wirst auch mitkommen.«

Ich nicke eifrig. »Gut, verstanden. Gib mir zwei Minuten, ich schau mal, was Bill sagt.« Und ich danke dem Herrgott, dass ich meinen Laptop da drin gelassen habe und dass Bills »Bitte nicht stören«-Schild noch nicht an der Tür hängt.

Dass ich für Bill weiter mein superheiteres Lächeln lächle, erweist sich als überflüssig.

Als ich klopfe und Merwyn und ich ins Schlafzimmer schlüpfen, hängt genug von seinem Duft in der Luft, um mich ganz durcheinanderzubringen, aber von dem Mann selbst fehlt jede Spur. Während ich mich auf sein Bett setze und Google öffne, fällt mir ein, dass Bill vielleicht auch mitkommen könnte. Dann aber schlage ich mir diesen Gedanken sofort wieder aus dem Kopf. Denn das ist das Letzte, was er wollen würde, und auch das Letzte, was ich wollen würde. Sobald Kinder mit im Spiel sind, ist das nichts für ihn. Auch wenn Fliss anderer Meinung ist, ich weiß es besser. Wenn die Kinder nur in derselben Grafschaft leben, ist das noch zu nah für Bill. Ihr hättet ihn vorhin sehen sollen, als er auf die Kleinen traf – er konnte gar nicht schnell genug wieder verschwinden.

Als Mr. Google endlich weihnachtliche Aktivitäten für die Kinder in der Gegend vorschlägt, denke ich: Nun ja, Cornwall ist eben nicht London. Ich bin hundertprozentig sicher, dass die Vorschläge abgelehnt werden, aber ich notiere sie mir trotzdem und pfeife den ziemlich verwirrten Merwyn in die Küche zurück.

Dann atme ich tief durch, um die Liste vorzulesen, aber Tarkie macht als Erster den Mund auf.

»Warum ist sie da reingegangen?«

Libbys warnende Miene erinnert mich daran, was mir bereits klar ist – sie dürfen auf keinen Fall herausfinden, dass es da drin WLAN gibt. Sie öffnet den Mund, um ihnen zu antworten, aber Tansy schaut mich bereits süffisant an.

»Da drin ist ihr Freund, Dummerchen, sie geht da rein, um mit ihm zu knutschen. Hast du's nicht bemerkt? Sie ist die ganze Zeit da drin.«

Libby hustet. Hoffentlich zerstreut sie dieses Gerücht mit derselben Effizienz, mit der sie die Füße anderer Menschen zertrümmert. »Wie kommst du denn auf die Idee?« Für jemanden, der die Kontrolle haben sollte, ist ihre Stimme ziemlich piepsig.

Tansy sieht triumphierend aus. »Oma Miranda hat's gesagt.«

Als ich einschreite, um das Ganze richtigzustellen, verfluche ich Libby innerlich für ihren leichtgewichtigen Einwand und Miranda dafür, dass sie ihre Meinung rausposaunt hat. »Erstens, er ist nicht mein Freund, seine Partnerin ist ein Supermodel-Schrägstrich-Anwältin, und zweitens, hier wird nicht geknutscht, weil wir keinen Mistelzweig haben.«

Tiffs Augen sind ganz schmal. »Eine Anwältin und ein Supermodel? So was gibt's doch gar nicht. Wenn es wahr wäre, müsste ich sie unbedingt für meinen Vlog interviewen.«

Libbys Augenbrauen schießen nach oben. »Kein Mistelzweig?! Wie konntet ihr den vergessen! Wie soll man denn ohne den ein Instagram-Weihnachten feiern?«

Der Seitenblick, den Tiff mir zuwirft, ist schlimmer als der von Merwyn, und das sagt einiges. »Wir sind doch nicht blöd. Jeder weiß, die erste Regel, wenn man einen Freund hat, ist, dass man's nicht zugeben darf.«

Manchmal muss man aufhören, solange man noch vorne liegt. Bei dieser Truppe kann es von hier aus nur noch weiter bergab gehen. Also belasse ich es dabei und wechsle das Thema.

»Also, Ausflüge ... Nicht weit entfernt ist ein wirklich netter Ort, wo man seinen eigenen Weihnachtsbaum fällen kann, mit einem Winterwunderland, einer Schneemaschine und einem echten Rentier! Wie cool ist das denn?« Ich gebe zu, dass ich mich absolut nicht damit wohlfühle, dieses Wort überhaupt in den Mund zu nehmen. Wenn sie sich darauf einlassen sollten, muss ich mich irgendwie aus der Affäre ziehen – mich auf dem Weg zum Auto übergeben oder so.

Ich überlasse die Sache Libby. Jeder außer mir findet Rentiere bestimmt sehr süß und zottelig, also erwarte ich nicht, dass sie gleich kollektiv murren.

Tom meldet sich als Erster zu Wort. »Rentiere? Ernsthaft? Doch nicht schon wieder?«

Tarkie springt auf und ab. »Gäääähnhausen!«

Tiff macht eine Grimasse. »Aber Rentiere machen überhaupt nichts, sie interagieren quasi gar nicht mit einem, ziemlich enttäuschend. Ich habe diesen Mythos bereits zerstört, als ich ein Vlog-Video aus Lappland gemacht hab. Wer auch immer dieses Lied geschrieben hat, das sie so darstellt, als hätten sie individuelle Persönlichkeiten, hat die Spezies, wie man sie in Gefangenschaft vorfindet, falsch dargestellt.«

Jetzt schaltet sich Tansy wieder ein. »Was ist mit den Rentier-Rechten und dem Tierschutz?«

Libby macht auch mit. »Mehr Bäume? Haben wir nicht schon genug?« Sie runzelt ebenfalls die Stirn. »Solomon, Scout und Sailor haben Lappland seit ihrer Geburt jedes Jahr bereist, sie waren im Dezember letzten Jahres in Bolivien und Peru unterwegs, sie haben in Australien, Vietnam, New York und auf Kuba Weihnachten gefeiert. Es wird schwer sein, etwas Neues zu finden, das das noch übertreffen könnte.«

Mein Herz stürzt schneller in den Keller als ein defekter Aufzug. Wenn morgen drei noch zynischere, anspruchsvollere und unglücklichere Kinder kommen, welche Chance haben dann ein paar beinahe fröhliche Erwachsene noch gegen diese Bande von Spielverderbern?

»Wie wär's mit einem Besuch im Esel-Wildpark?« Ich kämpfe gegen die Einwände an, bevor sie sie überhaupt vorbringen können. »Esel haben enorm viel Persönlichkeit, und es ist ein Tierasyl, also sollten sie gut versorgt sein.« Ich bluffe hier, der einzige Esel, den ich persönlich kenne, ist I-Aah.

Toms Augen sind wieder in seiner Kapuze verschwunden. »Und wie passen Esel zu Weihnachten?«

Ich habe ihn und lege los. »Erinnerst du dich an ›Ich bin ein Esel, alt und schwach/ich habe in der Heiligen Nacht im Stall von Bethlehem gewacht/und manchmal leis I-aah gemacht. I-aah …?‹«

Tom sieht verwirrt aus. »Wieso wiehert sie?«

Wenigstens Tarkie versteht es. »Das beste Lied, das wir in der Schule gelernt haben, ist das über Düsenflugzeuge, die sich in der Luft treffen, um aufgetankt zu werden.« Er rümpft die Nase, als er daran denkt. »Können wir wieder zum Flughafen zurückfahren?« Er macht noch mehr Druck. »Dort wird der Weihnachtsmann landen, wir müssen da hin.«

Da dies das erste Mal ist, dass der Weihnachtsmann erwähnt wird, nutze ich das gleich aus. »Ich vermute, dass der Weihnachtsmann mit seinem Schlitten hier auf dem Rasen landen wird.« Der Gedanke an eine Wiese voller Schlitten und Rentiere vor dem Schloss löst bei mir Gänsehaut aus, aber aus den falschen Gründen. Ich verbanne den Gedanken, bevor ich mich übergeben muss.

Tarkie nimmt den Gedanken wieder auf. »Ja, oder er könnte auf dem Dach landen … oder sogar am Strand.«

Tansy mischt sich ein. »In dem Fall – vergessen wir den Flughafen und fahren direkt zurück zum Kino.«

Tiff runzelt auch die Stirn. »Wenn es eine Schneemaschine gibt, können wir dann Ski fahren?«

»Oder Snowboarden?« Tom setzt sich auf. »Es muss eine Skihalle geben, fahren wir da hin.«

Wenn er sich wirklich den Hintern abfrieren will, indem er auf Holzplanken balanciert, könnte er auch einfach Wasserski ausprobieren. Ich mein ja bloß. Aber ich spreche es nicht laut aus.

»M-u-u-u-m …« Tom quengelt immer mehr. »Such uns eine Skipiste, dann lächeln wir auch für deine Selfies.«

Libby beachtet Tom genauso wenig wie die Marshmallow-Haufen und die Sprühsahne, die über die Kücheninsel spritzt. Aber sie nimmt ein wenig das Heft in die Hand, indem sie mit einem Löffel auf die Granitoberfläche schlägt.

»Also abgemacht, sobald die Bohn… – ich meine die

Edmunsons – morgen ankommen, fahren wir alle in den Esel-Wildpark.«

Ich war so damit beschäftigt, ihnen bei der Vernichtung der Toppings auf ihren heißen Schokoladen zuzuschauen, dass ich kaum mitbekommen hab, dass die Verandatür geöffnet wurde und nun ein Mann durch die Küche auf uns zukommt.

»Ein Esel-Wildpark, das hört sich spaßig an.«

Er klingt, als wäre er hier zu Hause, also gehe ich die Möglichkeiten durch, wer er sein könnte. Auch ohne die recht schicke, gepolsterte Barbour-Jacke, die so neu ist, dass sogar noch die Preisschilder dran hängen, kommt er mir für Keefs Gang viel zu jung vor, also muss er ein Freund von Bill sein.

Libby schaltet sich ein. »Sind Sie einer der Mitarbeiter? Wir haben heute noch nicht viele rumlaufen sehen, und wir brauchen vielleicht noch mehr Holz von draußen.«

Er hat ein müheloses Lächeln, und es breitet sich jetzt über sein ganzes Gesicht aus. »Nein, ich arbeite nicht hier, bin gerade erst angekommen. Draußen hab ich jemanden namens Bill Markham getroffen und der meinte, ich solle reingehen.«

Damit sind alle meine Theorien auf einen Schlag entkräftet. Ich beobachte, wie sein Nachbarsjungen-Lächeln bis hinauf in seine Augen wandert und sie zum Strahlen bringt. Dann schweift mein Blick über sein ordentlich geschnittenes dunkelblondes Haar, seine langen Beine in den Jeans, das weiche karierte Hemd unter der Jacke, die Daumen, die er in die Gürtelschlaufen gesteckt hat und ein Paar sehr neue Gummistiefel, ebenfalls noch mit Preisschildern dran. Wenn ich meinen ersten Eindruck mal zusammenfassen darf: Würde dieser Kerl nebenan wohnen und hätte ich solche Bedürfnisse wie, sagen wir mal, Miranda – würde ich nicht lang nachdenken und über den Gartenzaun hüpfen.

Libby sieht verwirrt aus. Außerdem zahlt sie hier die Miete, ihr ist das noch wichtiger als mir. »Also, wenn Sie nicht hier arbeiten und nicht zu Bill gehören, wer zum Teufel sind Sie dann?«

Seine fehlende Provenienz scheint ihn nicht zu stören. Tatsächlich lacht er sogar noch mehr. »Ich bin Miles Bentley, ich will hier Weihnachten mit meinem Vater verbringen.« Er hüstelt. »Er hat nicht erwähnt, dass noch andere Leute hier sein würden. Wenn ich daher die Frage zurückgeben darf: Wer sind denn *Sie*?«

Ausnahmsweise bekommt Libbys ruhige Außenschale einen Riss, aber ihr Fauchen geht direkt an Mister Bentley vorbei. »Um Himmels willen, Tom, du bist drinnen, also nimm deine verdammte Kapuze ab.«

Tom lässt einen wütenden Schrei los. »Was?« Er starrt mich an. »Sag ihr, sie soll ihre Mütze zuerst abnehmen, dann mach ich's vielleicht auch.«

»Lass Ivy aus dem Spiel, sie hat einen guten Grund, warum sie ihre trägt«, gibt Libby schnippisch zurück. Ich wünschte wirklich, sie hätte das nicht gesagt.

»Warum trägt sie sie?«

Verdammt, jetzt starren mich alle an, während meine Hände hoch zu meinem Kopf wandern und den wolligen Rand der Mütze weiter nach unten ziehen. »Meine Mütze ist einfach mein Markenzeichen.« Trotz der plötzlichen Aufmerksamkeit ist das alles, was sie von mir bekommen.

Miles hüstelt. »Ich warte hier immer noch auf eine Antwort. Vergessen Sie die Mützen. Ich bin mir jedoch nicht sicher, wie erfreut mein Vater sein wird, wenn er sieht, wie Sie hier in seinem für Weihnachten gemieteten Anwesen mit der heißen Schokolade rumkleckern.«

»Ich nehme an, Sie sind da, um Ambrose zu besuchen?« Libbys Stimme ist wieder aalglatt. »Zur Erläuterung: Er ist hier als Gast meiner Mutter, Miranda – die hier ist, weil *ich* sie eingeladen habe.«

»Gut, okay, verstanden.« Miles macht einen Schritt rückwärts, und während sein Kiefer runterklappt, schlägt er sich mit der Hand an die Stirn. »Wie habe ich mich so missverständlich ausdrücken können? Da platze ich einfach hier rein, als ob mir der Laden gehören würde. Es tut mir so leid, was müssen Sie nur von mir denken?«

Libby könnte nicht entspannter reagieren. »Kein Problem, das hätte doch jedem passieren können.« Hätte es nicht und würde es auch niemals. Was darauf hindeutet, dass er auch bei ihr unter der Kategorie »Traummann« läuft.

»Bill meinte, die beiden sind ›anderweitig‹ beschäftigt.« Die Falten auf Miles' Stirn vertiefen sich. »Hat es tatsächlich einen Antrag gegeben?«

»Nicht, dass wir wüssten.« Libbys Nasenlöcher weiten sich. »Sie müssen sich immer zwischen zwei Aktivitäten entscheiden – entweder lösen sie sich gerade im Whirlpool auf oder sie bumsen die Matratze ihres neuen Himmelbetts durch.«

Tansy versteckt ihr Grinsen hinter der Hand. »Du meintest doch, wir sollen nicht ›bumsen‹ sagen.«

Tarkie stupst ihren Ellenbogen an. »Was heißt ›bumsen‹ noch mal?«

Miles redet weiter. »Dann ist ja alles gut. Sieht echt fantastisch aus hier. Wenn Sie vielleicht für einen zusätzlichen Kobold in sehr lächerlichen Stiefeln noch eine Ecke finden könnten, nur bis morgen, wäre ich Ihnen sehr dankbar. Auf immer und ewig dankbar.«

Libby hat ein Auge halb geschlossen. »Und sind Sie allein hier, oder haben Sie eine ganze Koboldfamilie mitgebracht?«

»Nein, ich bin solo unterwegs ... wieder einmal.«

Er zieht selbstironisch eine Augenbraue hoch und sieht mich an. Ich lächle und schüttle den Kopf, während mein Herz einen Tauchgang macht. Solo, das heißt allein? Wenn das jetzt meine Begleitung für das Fest sein soll, die gerade angekommen ist, dann vergesst den Teil mit dem Sprung über den Zaun, ich renne, so schnell ich kann … weg.

Libby holt tief Luft. »Neben Ivy ist ein Zimmer frei, gleich die Hintertreppe rauf, sie wird Ihnen den Weg zeigen. Irgendjemand, der in Surfhosen rumläuft, kann Ihnen Ihr Gepäck reintragen.«

Schlimmer kann's nicht mehr kommen. Ich deaktiviere mein Lächeln und suche Deckung. »Ich hoffe, Sie mögen Hunde, das hier ist Merwyn.« Als Merwyn sich gegen meine Beine drückt und mir einen anzüglichen Blick zuwirft, fühle ich mich schuldig, dass ich mich hinter ihm verstecke.

»Das wird ja immer besser.« Als Miles' Lächeln breiter wird, können wir alle sehen, dass seine Zähne genauso toll sind wie der Rest seines Körpers. Sie sind außerdem so gleichmäßig und unnatürlich weiß, dass er ein wenig Hilfe in Anspruch genommen haben muss. »Wenn Sie beide morgen früh mit mir am Strand spazieren gehen wollen, klopfen Sie einfach.«

Gemeinsam spazieren, während sich die Schultern immer wieder berühren, Muscheln aufheben, den Wellen ausweichen, wenn sie an den Strand rollen, und das alles neben einem Lächeln voller Veneers? Die Tatsache, dass ich lieber Skifahren würde, zeigt, wie sehr mich dieser Gedanke abstößt.

Doch in der Zeit, die mich diese Entscheidung gekostet hat, ist Merwyn abtrünnig geworden.

Miles krault Merwyns Kopf und die seidigen Stellen an seinen Ohren genau so, wie er es mag. Nach nur zwei Sekunden schleckt Merwyn ihn ab, als wäre Miles sein neuer bester Freund. Da ich mich hier auf ihn als meinen Hauptverbündeten verlasse, ist das keine gute Nachricht für mich.

Miles reduziert das Kraulen ein wenig und sagt eifrig: »Falls Sie Holz brauchen, das kann ich auch reinholen.«

Bei Merwyn hat die Niedlichkeit mit seinen verwirrten

»Was zum Teufel«-Blicken zu tun. Miles kanalisiert plötzlich auch seinen Welpencharme, aber bei ihm geht es um Enthusiasmus, superherzliche Blicke und den Wunsch zu gefallen. Und bei Libby zieht das ohne Frage.

»Danke Miles, Holz wäre toll.« Als sie den Satz zu Ende gesprochen hat, gibt sie ein kleines Geräusch von sich, das sich wie ein Lacher anhört. Wäre der Erste, seit sie angekommen ist.

Das dankbare Lächeln, das sich auf Miles' Gesicht ausbreitet, ist an uns alle gerichtet. Er hält einen Finger hoch. »Eine Sache noch. Bei der Arbeit bin ich Miles, aber für die Familie – und da wir jetzt ja praktisch verwandt sind, bedeutet das auch für Sie alle – bin ich Milo.«

Milo. Das ist zehnmal welpenhafter und so viel schlimmer. Wenn Miles-Schrägstrich-Milo bei dem Versuch, Libbys Schloss zu erobern, nicht nur ihrem Zorn entkommt, sondern sie auch noch mit nur einem Satz zum Auftauen bringt, dann muss dieser Mann verborgene Kräfte haben. Oder, wenn man ihn noch einmal genauer ansieht – auch nicht so verborgene. Was bedeuten könnte, dass wir alle in Schwierigkeiten stecken. Aus allen möglichen Gründen.

Nicht, dass mich jemals wieder irgendetwas dazu verlocken könnte, eine Beziehung einzugehen. Aber ich hoffe wirklich, dass er mies in der Küche ist.

17. Kapitel

Engel mit schmutzigen Gesichtern

Dienstag, 17. Dezember

Ich weiß, dass unsere Mütter ihr Leben lang versucht haben, unsere Väter dazu zu bringen, den Herd auszuprobieren, und auch ich hätte meinen Ex George liebend gern mal in unserer Küche gesehen. Aber wenn Jungs sich einschmeicheln und alles mühelos hinkriegen, kann ich nicht anders, als mir ein bisschen verarscht vorzukommen. Als ob sie uns auf die Füße treten würden; unser Territorium übernehmen.

Ich meine, köstliche Cranberryschnecken sind das eine, und sie stammen ja nur von einem bisher anonymen Surfer – mit einer sehr schönen Handschrift, nicht zu vergessen. Was anderes aber ist es, vom Strand zurückzukommen und einen weiteren Mann vor dem Herd vorzufinden, genau gesagt Miles – ich kann mich noch nicht dazu durchringen, ihn Milo zu nennen, wie breit auch immer sein Grinsen ist – der seine perfekten dreieckigen Pfannen-Scones wendet, als hätte er sein Leben lang nichts anderes getan. Dann noch herauszufinden, wie lächerlich leicht und locker sie sind (so köstlich, dass ich, nachdem ich sie aufgeschnitten und mit heißer Butter und Zuckerrübensirup bestrichen hab, eine ganze Pfanne voll davon esse, ohne auch nur mit der Wimper zu zucken), ist wirklich höchst beunruhigend. Und dann ist er auch noch so ein perfekter Mann, dass er hinterher in der Küche aufräumt und sogar die Rührschüssel auswäscht. Es ist wirklich alles zu viel.

Da ist es geradezu eine Erleichterung, als die Edmunson-Bohnenstangen ankommen und wir uns endlich auf den Weg zum Esel-Wildpark machen. Fliss' sportliches Gefährt stellt mein kleines Auto natürlich in den Schatten, aber verglichen mit dem, was im Konvoi vor uns fährt, ist auch das winzig. Während wir uns die schmalen Straßen zwischen den hohen Hecken entlang hinter den Autos von Ambrose, Libby, Miles und den Bohnenstangen entlangschlängeln, singen wir zu den Weihnachtsliedern der Kinder mit, in der Hoffnung, dass es Harriets Gebrüll übertönt.

Am Ende eines scheußlichen Liedes über eine Marshmallow-Welt kann ich nicht mehr an mich halten: »Die Autos da vorne sind so riesig, dass es sich eher so anfühlt, als würden wir der Königin folgen statt ein paar Freunden und Familienangehörigen.«

Fliss lacht mich an. »Nur dass die Royals niemals Glitzeraufkleber wie Libby oder weiße Legierungen mit Strass-Einlagen wie Ambrose an ihren Autos haben würden.«

»Ich hoffe, dass Donkey Valley bereit ist, mitten an einem ruhigen Dienstagmorgen von sechzehn Städtern überrannt zu werden.«

Als wir an einigen schönen Bauernhoftoren vorbeifahren und die handgemalten Esel auf den Schildern sehen, wünschte ich wirklich, ich hätte im Schloss bleiben können.

Wie sich herausstellt, sind die Esel überhaupt nicht bereit für uns. Mirandas knisternder goldener Mantel bekommt sofort ein ›Daumen runter‹. Er ist einem riesigen Stück goldener Alufolie so ähnlich, dass die Frau mit dem Abzeichen, auf dem ›Doreen-Esel-Wildpark‹ steht, entscheidet, dass er die Bewohner zu sehr beunruhigen würde. Als Miranda und Ambrose in Richtung Café abdampfen, sehen sie keineswegs enttäuscht aus.

Ich hoffe nur, dass der Rest der Gruppe hier etwas sieht, was seine finsteren Mienen aufhellt.

Libby schiebt etwas über den Tresen, das nach genug Geld aussieht, um einen ganzen Esel zu kaufen, dann machen wir uns auf den Weg zu den Ställen und Gehegen. Sobald wir Kopfsteinpflaster betreten, schläft Harriet endlich ein. Ich schiebe ihren Buggy, während Fliss Oscar auf dem Arm hat und immer noch über vorhin nachdenkt.

»Diese Scones von Miles waren köstlich. Aber gleichzeitig bereiten sie mir leichtes Unbehagen. Sie drücken sogar ein wenig.«

Die Esel schauen oben über den Stalltüren raus, und wir halten bei jedem an, reiben die riesigen flauschigen Ohren und Hälse und lassen sie ihre warmen, samtigen Nasen in unseren Händen vergraben. Und versuchen, ob des ziemlich strengen Geruchs der Esel, nicht die Nase zu rümpfen.

»Okay, verabschiedet euch von Biscuit, wir sehen mal, wer nebenan ist.« Fliss lässt Oscar dem Esel einen Klaps zum Abschied geben, dann setzt sie ihn auf den Boden runter und dreht sich in die Richtung, in die ich Harriet schiebe.

»Ich fühle mich in die Jeans gequetscht, nachdem ich so viel gegessen habe.« Sie klopft sich auf den Bauch. »Miles macht sich wahrscheinlich in der Küche unentbehrlich, in der Hoffnung, dass Libby ihn nicht rauswirft. Das ist jedenfalls meine Theorie. Wenn er immer so kocht, wird mir das nicht helfen, meinen Babyspeck zu reduzieren, stimmt's?«

Ich nicke. »Wenn Miles kochen kann, wird Libby ihn angesichts all der Leute, die auftauchen, mit beiden Händen festhalten. Sehr fest.«

Fliss schaut zu Miles, der uns schon ein paar Ställe voraus ist und gluckst. »Du musst zugeben, Miranda hat dir ein paar erstklassige Waren geliefert, den hier kannst du nicht ablehnen, ohne zumindest mal davon genascht zu haben.«

Ich reiße die Augen auf. »Und ob ich das kann.«

Sie gluckst wieder. »Räume nebeneinander. Da hat sich auch Libby für dich eingesetzt.«

Ich schaue auf Merwyn runter und hoffe, dass er meine Proteste unterstützt. »Merwyn wird dir bestätigen, dass mit einem Baum da drinnen kaum Platz für uns ist, geschweige denn für jemand anderen.« Ich lache. »Wenigstens ist Miles vor den Geistergeräuschen in deinem Teil des Schlosses sicher.«

Fliss stöhnt. »Wir haben sie wieder gehört, gestern Abend und heute Morgen.«

»Es ist doch schön, dass Ambrose und Miranda das Leben genießen.« Und ich hab verdammt Glück, dass mein Zimmer außer Hörweite ist.

Fliss zieht eine Grimasse. »Es ist einfach ironisch und ein bisschen traurig, wenn die einzige Person im Haus mit einer anständigen Sexrate die eigene Mutter ist. Man sollte meinen, dass sie sich mit den Enkelkindern in der Nähe ein wenig zurückhalten würde.«

Ich lache. »Miranda ist immer laut, ich höre ihre Schreie gerade vom Café aus.«

Fliss schüttelt den Kopf und seufzt. »Bunter als Normalsterbliche und zehnmal lauter, daran hat sich nichts geändert.«

Und das ist das Lustige an Eltern. Während ich mir gewünscht hätte, dass meine nur ein kleines bisschen herzlicher wären, so wie Miranda, ist Fliss total angetan davon, wie ruhig und zugeknöpft meine sind. Damals, als wir zwanzig waren, hätten wir sie im Handumdrehen getauscht, denn meine besaßen die Zuverlässigkeit und Beständigkeit, nach der Fliss sich sehnte, während Miranda all den Elan und die Lebensfreude hatte, die meinen Eltern fehlten. Vielleicht ist das ein Grund dafür, dass wir sofort einen Draht zueinander hatten und so eng befreundet geblieben sind – weil wir beide in der Wohnung und Familie des jeweils anderen unsere Zuflucht gefunden haben.

Es stimmt, Miranda hat gewartet, bis ihre drei Mädchen und ihr Sohn aus dem Haus waren, bevor sie sich ernsthaft daran gemacht hat, Ehemänner durchzuarbeiten. Davor gab sie niemandem Exklusivrechte, und in der Wohnung gingen unzählige »Künstlertypen« ein und aus. Zu jeder Tages- und Nachtzeit war sie immer nur einen Korkenzieher von einer Party entfernt. Was für mich, wenn ich am Wochenende kam, super war, bei Fliss aber bewirkte, dass sie die langweilige Häuslichkeit meiner Eltern mit staunenden und sehnsüchtigen Augen betrachtete.

Ich übergebe Fliss den Kinderwagen und hebe Oscar hoch. »Und das hier ist Haribo, du magst doch Esel, oder?« Oscar nickt. Wenn man bedenkt, dass er sich normalerweise wie ein Ein-Mann-Abbruch-Team aufführt, ist er jetzt, da er seinen Lieblingstelegrafenmast im Schloss zurückgelassen hat, bemerkenswert ruhig.

Tarkie kommt her, und Tiff hebt ihn auf ihr Knie, damit er Biscuit streicheln kann. »Du hast doch in der Weihnachtsaufführung im Kindergarten mal einen Esel gespielt, stimmt's, Tarkie?«

Er nickt. »Es war Mist, der Kopf war okay, aber ich hatte zu wenig Beine. Meine beste Rolle war, als ich als Außerirdischer auf einem fliegenden Teppich zur Erde geflogen bin, um Jesus im Stall zu besuchen.«

Fliss sieht mich an und rollt die Augen. »Die Freuden der Geburt Christi haben für uns gerade erst begonnen. Oscar hat dieses Jahr einen Flamingo gespielt. Und du, Tiff?«

Tiffany lässt Tarkie auf den Boden runter und schwenkt ihren Netzrock über den silbernen Doc Martens. »Ich war einmal Leiterin von Marys persönlichem Einkaufsteam. Wir hatten alle Gucci-Taschen, und ich durfte mir Mamas spezielles Glitzer-Klemmbrett ausleihen.«

Ich grinse. »Man muss Lehrer einfach lieben. Die kreative Gestaltung des Weihnachtsspiels ist die einzige Möglichkeit, wie sie ausdrücken können, was sie wirklich von den Schülern halten.«

Fliss rümpft die Nase. »Du wirst auch eine Überfliegerin werden, Tiff, genau wie deine Mutter.«

Sie sagt das vollkommen ohne Bitterkeit, doch mit einer gehörigen Portion Resignation. Das ist auch einer von Fliss' Komplexen. Libby hat die Sterne ins Visier genommen und es aus Versehen bis zum Mond geschafft. Die ganze Zeit hat Fliss – wenn sie jemals tatsächlich an Libbys XS-Jeans vorbeisieht, die nur einen Bruchteil so groß sind wie ihre eigene XL-Variante – Libbys mega-erfolgreiches Unternehmen und ihre ultra-perfekte Familie vor Augen. Währenddessen steckt sie in ihrem eigenen Kopf ganz sicher immer noch in der Warteschlange vor der Passkontrolle fest, aber glaubt schon lange nicht mehr daran, dass ihr Flugzeug jemals abhebt, vor allem nicht mit zwei Kindern, die sich weigern, sich genau so zu verhalten, wie es die Erziehungs-Apps vorhersagen.

Was Fliss vergisst, ist, dass sie niemals in einer Million Jahre mit Libbys Flugbahn glücklich geworden wäre, denn sie ist ein völlig anderer Mensch. Seien wir ehrlich, wenn man die Wahl hat zwischen klitzekleinen Hosen oder Buttercreme-Cupcakes, ist es theoretisch toll zu sagen, dass man ohne sie auskommt und dünn bleibt. Aber wenn man dann tatsächlich ein solches Cupcake in die Hand gedrückt bekommt, ist es eine ganz andere Geschichte. Meistens hat man am Ende ein leeres Förmchen in der Hand und ein schlimmes Reuegefühl im Kopf, bevor man überhaupt über seine Wahl nachdenken konnte. Ich meine, wer will schon willensstark und dünn sein, das ist schrecklich und langweilig, und alle verachten einen dafür.

Während Libbys Kinder einmal perfekte Leopardenjungen gewesen sein mögen, scheinen sich in letzter Zeit ihre Flecken ziemlich verändert zu haben. Aber jetzt haben beide Schwestern ihre relativen Mittdreißiger-Gipfel erreicht, und Fliss fühlt sich im Vergleich zu Libby wie eine Versagerin.

So wie Tiff das Kompliment einfach kommentarlos annimmt, muss sie solche die ganze Zeit bekommen. »Die Geburt Christi ist ewig her, wenn es eine aktuelle Produktion wäre, hätten wir alle iPads. Wahrscheinlich wäre ich eine Vloggerin und würde mich selbst spielen.«

Ich sehe Fliss an und ziehe eine Grimasse; Tiff ist so selbstsicher, dass es schwer ist, sich für sie zu erwärmen. »Das klingt alles sehr nach dem vornehmen Islington.«

Tiff schnaubt. »Gut, denn da kommen die Edmunson-Bohnenstangen her.«

Verdammt. Aber wenigstens habe ich jetzt die Gelegenheit nachzufragen. »Und woher kennt ihr sie?«

Tiff schnaubt erneut. »Wir kennen sie eigentlich gar nicht, das sind Mums Freunde, nicht unsere.« Was möglicherweise erklärt, warum sie sich an entgegengesetzten Enden des Wildparks herumtreiben und jede Art von Kontakt vermeiden.

Fliss klärt mich auf. »Willow war Libbys Brautjungfer und beste Freundin aus der Schule, sie ist so eine spirituell interessierte Intellektuelle. Die beiden haben absolut nichts gemeinsam, außer dass sie am ersten Schultag nebeneinandersaßen und seitdem irgendwie aneinanderkleben.«

Tiff zuckt gequält die Achseln. »Sie macht dieses Ding, bei der sie einfach mit den Händen in der Luft herumwedelt und die Leute sie dafür bezahlen.«

»Gute Arbeit, wenn man sie kriegen kann.« Auch nach der Ankunft der Bohnenstangen halte ich immer noch zur »anderen Seite«. Der giftige Blick, den Tiff mir zuwirft, ist eine Zehn auf der Merwyn-Skala – wobei die Zehn für so große Missbilligung steht, dass sie auf der Skala schon fast nicht mehr angezeigt wird. Aber während Merwyn sich seine Zehner-Blicke für Momente extremen Hundestresses aufhebt, haben mir Libbys Kinder seit ihrer Ankunft so viele davon zugeworfen, dass ich mich beinahe schon an sie gewöhnt habe.

Fliss schaltet sich ein. »Willow ist eine Reiki-Meisterin. Sie lebt spirituell, zuckerfrei und hält nichts von Materialismus, die Kinder auch nicht. Sie und Libby könnten nicht unterschiedlicher sein, weshalb es seltsam ist, dass sie Freundinnen sind. Und noch überraschender ist, dass sie hier sind, um Weihnachten zu feiern.«

»Kein Zucker – das ist hart. Ich persönlich kann mir ein Leben ohne Buttercreme oder Schokoladenpudding nicht vorstellen. Ich kann's gar nicht glauben – da stehen uns ja viele spaßige Stunden bevor.« Natürlich meine ich das ironisch.

Aber es ist eines dieser Male, wo ich mich in der Sekunde, in der es mir rausrutscht, in den Hintern treten könnte, weil eine Sekunde später ›Doreen-Esel-Wildpark‹ mit einer riesigen Schubkarre zu uns rüberkommt.

»Wir haben Ihnen Spaß versprochen, hier kommt er.« Sie schiebt mir eine Art Schneeschaufel hin. »Der Stall dort drüben ist voller Eselsmist und uringetränktem Stroh. Ihre Aufgabe ist es, das in die Schubkarre zu schaufeln.«

Ich klappe den Mund auf und zu. Sie hat da irgendwas falsch verstanden. »Entschuldigung ... Wir sind keine Besucher, die mit anpacken wollen, wir sind hauptsächlich wegen Fotos für Instagram hier. Sobald wir das Selfie mit dem scheuen Babyesel gemacht haben, das Sie uns versprochen haben, sind Sie uns auch schon wieder los.«

»Netter Versuch.« Sie hat mir tatsächlich die Mistkarre in den Weg geschoben und versperrt mir mit dem Schaufelgriff den Durchgang. »Große Gruppen wie die Ihre misten immer einen Stall aus. Sie werden überrascht sein, wie viel Spaß es macht, wenn Sie einmal angefangen haben.«

Nicht, dass ich nicht emanzipiert wäre, aber wo ist Bill, wenn wir ihn brauchen? Mit seinem schrottigen Landy und seinen Landlebensgewohnheiten hat er vielleicht doch etwas weniger Probleme damit, Kacke aufzuheben. Ich sehe mir den

Rest der Truppe an: die super-zerbrechlichen Bohnenstangen in ihren erdfarbenen Miniaturausfertigungen von Willows handgewebten peruanischen Alpakawolljacken und Libbys Kinder, die schon rumpampen, wenn sie ihren Porridge-Löffel selbst halten sollen. Meine Augen bleiben genau an der Person hängen, von der ich geschworen hatte, dass ich sie nicht ansehen würde.

»Miles?« Von uns allen ist er derjenige, der die passenden Stiefel anhat. Ich vermute, dass seine makellosen Hunters-Gummistiefel so neu sind, dass sie noch zusammengebunden sind.

Er lässt die Eselsohren los, die er gerade krault, dreht sich um und grinst mich an. »Bitte ... Nenn mich Milo.«

Na gut. Und Mist, dass ich den Kinderwagen losgelassen habe, denn obwohl ich immer noch Merwyns Leine in der Hand halte, scheine ich jetzt auf einmal eine Schaufel in der anderen zu haben. Dann kann ich sie genauso gut hochhalten und mit ihr winken. »Hast du Lust, deine fantastischen Muskeln zu trainieren, Milo?«

Es hätte eigentlich tausendmal weniger sexy klingen sollen.

Ich warte auf seine Antwort, während Libby zu uns rübermarschiert. »Komm schon, Ivy, wir brauchen keine Männer, kann mal kurz jemand den Hund nehmen, wir beide machen das schon.«

»Machen wir das?« Ich bin zu verblüfft, um ihr etwas entgegenzusetzen. Sie ist sowieso schon dabei, mich in den Stall zu schieben.

Doch Milo hat sich aus seiner Jacke befreit, wirft sie Fliss zu und rennt zu uns rüber. »Nein, ich bestehe darauf, überlasst das mir.«

Die Esel-Wildparkfrau denkt offensichtlich, dass sie heute Weihnachten und Geburtstag gleichzeitig feiert. »So viele Freiwillige, ich gehe und hole noch mehr Schaufeln und Besen.«

So viel zu den »so vielen«. Was tatsächlich passiert, ist, dass Milo und ich die Schaufeln holen, Libby die Fotos machen darf und der Rest der Truppe von draußen zuschaut, Grimassen schneidet und die Nase rümpft. Ich bin ausnahmsweise einmal ihrer Meinung – wenn ich eine Ahnung gehabt hätte, wie sehr Eselskot stinkt, hätte ich mich nie dazu drängen lassen. Aber dank Milo, der dies mit der gleichen Hingabe und unter dem Einsatz großartiger Brustmuskeln und dieser lockeren Hände anpackt, die er auch beim Frühstück eingesetzt hat, haben wir bald einen sauberen Boden und eine sehr volle Schubkarre vor uns.

Libby hüpft nach vorne, drückt mir ihr Handy in die Hand und umfasst die Griffe der Schubkarre. »Okay, ich übernehme das, du machst ein Foto davon, wie ich die Schubkarre aus dem Stall schiebe, Ivy.«

Sie ist so klein, dass sie fast hinter dem Haufen klatschnasser Kacke und Stroh verschwindet, aber das verstärkt nur den gewünschten Effekt. Wir müssen mehrere Versuche machen, bevor wir eine Aufnahme hinbekommen, auf der ihr Haarband zurechtgerückt ist, sie ein falsches Lächeln auf dem Gesicht hat und die Esel auf beiden Seiten ihr zuschauen. Aber ich muss zugeben, allein schon wegen des Niedlichkeitsfaktors war es die Mühe wert.

Dann schreit Fliss plötzlich auf. »Ohhhh, Oscar, sieh mal, wer da kommt!«

Ein sehr flauschiger und niedlicher Esel wird über den Hof geführt.

Als Libby ihn sieht, lässt sie den Karren in der Mitte des Hofes stehen und eilt ebenfalls hinüber. Niedlich ist noch stark untertrieben – die Hufe des Esels sind winzig klein, seine Beine wackelig, und das Beste: Er trägt eine Nikolausmütze. Jeder, dessen Herz nicht sofort schmilzt, wenn er ihn sieht, kann kein Mensch sein.

Tiff macht tsk-tsk. »Es ist sehr erniedrigend für Tiere, wenn man ihnen Kleidung anzieht.«

Ich tausche mit Merwyn, der in seinem wollgefütterten roten Samteinteiler mit Beinen und Strassbesatz hervorragend aussieht, einen Blick, und er rollt die Augen.

Tansy stimmt zu. »Es widerspricht den Tierrechten, stimmt's?«

Während Milo seine Schaufel ablegt und direkt zu dem Eselchen hingeht, um die übergroßen Ohren zu streicheln, räuspert Libby sich. »Okay, stellt euch alle hinter mich und den Esel und lasst Ivy das Esel-Wildpark-Selfie machen.«

Ich halte das Handy hoch und versuche, alle draufzubringen. »Okay, alle zusammenrücken ... und lächeln.« Ich sage das nur aus Höflichkeit, die meisten von ihnen werden es ohnehin nicht tun. »Nur noch ein oder zwei ... So, fertig, danke.«

Aber Libby hat noch mehr Ideen. »So, stell Harriets Buggy mal zur Seite, dieses Mal gruppieren wir uns alle um den Esel herum und machen noch ein Foto.«

»Jetzt passt ihr nicht mehr aufs Display.«

Libby bellt Anweisungen. »Geh einfach ein paar Schritte zurück, bis wir alle drauf sind.«

Ich schlurfe rückwärts durch den Hof. »Funktioniert immer noch nicht.«

»Geh weiter rückwärts ... noch weiter.«

Ich beginne mit kleinen Schritten. Dann mache ich größere, aber Tansy und Tiff sind immer noch nicht im Bild. Als ich wieder einen Schritt zurücktrete, höre ich Milo rufen: »Pass auf, Ivy.«

Ich schaue aufs Display und rufe zurück: »Fast. Noch ein Schritt, und Tiff sollte drauf sein.« Dann stößt etwas in meine Kniekehlen. Als ich versuche, einen weiteren Schritt zu machen, gerate ich aus dem Gleichgewicht, anstatt mich rückwärts zu bewegen. Während sich meine Wirbelsäule nach hinten wölbt, breite ich die Arme zur Seite aus. Etwas bremst meinen Sturz. Mein Rücken und mein Hintern landen auf etwas Weichem, während neben mir etwas ins Wanken gerät. Dann hört man das Schaben von Metall auf dem Beton.

»Mein Gott!« Ich danke meiner Glücksfee für die weiche Landung. Als ich mich versuche aufzurichten, kommen neben meinen strampelnden Beinen die Griffe der Schubkarre in Sicht. Mein Hintern sinkt tiefer ein, und obwohl es bequem ist, umgibt mich auf einmal ein gnadenloser Gestank. »Eselscheiße? OH MEIN GOTT!« Das kann auch nur mir passieren, in einer Schubkarre voller Mist zu landen.

»Warte, Ivy, beweg dich nicht!« Es ist Libby, die da bellt. »Und um Himmels willen, lass das Handy nicht fallen!«

Als ob ich mich groß bewegen würde. Feuchtigkeit kriecht an meinen Oberschenkeln und an meinem Rücken hoch. Als ich versuche, mich aufzurichten, bemerke ich, dass ich völlig feststecke, da meine Knie am extra hohen Schubkarrenrand eingehakt sind. Und dann, obwohl ich mich noch immer nicht rühre, merke ich, dass die Ställe, die in meinem Blickfeld sind, anfangen zu kippen. Sehr langsam. Eine Sekunde später kippen die Ställe plötzlich schneller und der Himmel über mir dreht sich. Es gibt ein lautes Scheppern und einen Stoß, als die Schubkarre auf dem Boden aufschlägt. Als Nächstes kracht meine Schulter auf den Beton, ich werde aus dem Karren geschleudert, rolle seitwärts und ein Schauer klatschnassen Strohs und Eselskots regnet auf mich herab.

Im Vergleich dazu war meine Weihnachtsbaumbruchlandung ein Picknick. Ich kneife Augen und Lippen zusammen, damit ich keine Kacke in den Mund bekomme. Dabei klammere ich mich an das Handy, als ginge es um Leben und Tod. Mir ist schleierhaft, was ich als Nächstes tun soll.

Die erste Stimme, die durch das Geschrei im Hintergrund klar an mein Ohr dringt, ist Milos. »Ivy, was zum … Gib mir deine Hand.« Sie ist so voller Kacke, dass er wohl wirklich ein mutiger und toller Kerl sein muss.

Dann höre ich Libby. »Nimm zuerst das Handy, Milo, nimm das Handy.«

Jemand entreißt es mir, und als ich mich hochstemme, sehe ich, dass Fliss auf mich runterschaut.

Sie schüttelt den Kopf, aber ich sehe an der Art, wie ihre Schultern zucken, dass sie gleich in Gelächter ausbrechen wird.

»Fang bloß nicht an ...«

Sie lässt einen Schrei los. »Aber du hättest es sehen sollen, es war soo lustig. Zuerst die Art, wie du dich in den Schubkarren gesetzt hast, als wär's ein Sessel, und dann, wie du langsam umgekippt bist und die ganze Scheiße auf dich niedergeregnet ist.« Lachend sieht sie Milo an. »Keine Sorge, solche Dinge passieren Ivy ständig, sie ist unsere persönliche Stuntfrau.« Sie zwinkert mir zu. »Nicht wahr, du Scheißerchen?«

»Komm.« Er streckt mir die Hand entgegen. Ein Ruck und ich bin wieder auf den Beinen, humple herum und versuche, den Dreck abzuschütteln.

Tarkie springt auf und ab und hält sich die Nase zu. »Ihhh, sie stinkt widerlich.«

Oscar singt: »Stinkie-stinkie-stink.«

Milo grinst sie an. »Danke, Leute, schon kapiert.« Dann lächelt er mich an. »Wir bringen dich besser nach Hause, damit du dich sauber machen kannst. Los komm, auf zum Auto.«

Ich pflücke die Strohhalme von meiner Pelzjacke und versuche, die Mistklumpen wegzubürsten, ohne den Schmutz in den Pelz zu reiben. Ich bin hundertprozentig seiner Meinung.

Libby zieht eine Grimasse. »Nein, Milo, ich habe deine Alcantara-Sitze gesehen, sie sind noch hochwertiger als unsere, Eselsmist wird sie ruinieren. Aber unsere sind aus naturbelassenem Nappaleder, also können wir sie auch nicht mitnehmen.«

Deshalb also ist sie so weit gekommen, weil ihr Dinge auffallen, von denen wir anderen nicht einmal eine Ahnung haben. Ich meine, was zum Teufel ist Alcantara?

»Wir haben auch eine Lederausstattung«, echot Willow. Vielleicht ist sie doch nicht so vegan, wie alle behaupten.

Milo nickt. »Ambroses Auto auch.«

Libbys Augen sind voller Erwartung, als sie sich umdreht. »Bleibst also nur noch du übrig, Fliss. Du hast doch nichts dagegen, oder?«

Ich winde mich. Selbst wenn mir die Eselsfrau eine Mülltüte zum Draufsitzen gibt, klebt überall Mist an mir – Fliss' Familienkutsche wird für ewige Zeiten nach Eselsmist stinken. Ich weiß, wie lange sie gebraucht hat, um die Anzahlung zusammenzukratzen, das kann ich ihr nicht antun.

Ich greife hier wirklich nach dem letzten Strohhalm. »Oder wir könnten Bill fragen?«

»Tolle Idee! Sein Land Rover ist doch sehr rustikal, er ist dafür gemacht, schmutzig zu werden. Ich rufe ihn vom Café aus an.« Libby hat den Hof bereits halb durchquert. »Halte durch, Ivy, ich bin gleich wieder da.«

Fliss nähert sich mir, um mich zu drücken, bekommt dann aber einen Hauch Eselsmist in die Nase und überlegt es sich anders. »Gehen wir in den Stall, setzen uns auf einen Heuballen und trinken heiße Schokolade. Und warten alle zusammen auf Bill.«

»Danke, das wäre schön.« Ich zwinge mich zu meinem strahlendsten Lächeln. Irgendwie bezweifle ich, dass der Kakao den leichten Eselskot-Geschmack, den ich auf der Zunge habe, übertünchen wird. Aber sosehr ich mir auch wünschte, dass das nicht passiert wäre, ich muss es wohl hinnehmen.

18. Kapitel

Sieht nach Regen aus, Liebling

»Na, so ganz allein, Bommelchen?«

Als Bills Gesicht an der Stalltür auftaucht, ist Fliss längst weg. Nicht, dass es ihr an Solidarität mangeln würde – sie wäre gerne geblieben –, aber da Harriet und Oscar gefroren haben, sie hungrig waren und geheult haben, war es für uns alle besser, mich allein warten zu lassen.

»Es hatte keinen Sinn, alle hier mit mir warten zu lassen, sie sind zu irgendeinem Cineplex abgedüst.« Die fünf Minuten, in denen Libbys Kinder sich gegenseitig die Sahnehäubchen von ihrer heißen Schokolade schnippten, haben uns allen gereicht.

Als ich von meinem Strohballen aufstehe, zuckt Bill zusammen und schüttelt den Kopf. »Jetzt verstehe ich, warum sie den ›rustikalen‹ Wagen herbestellt haben. Wollen wir los?«

»Vielleicht möchtest du zuerst noch den Babyesel sehen?« Man sollte meinen, dass ich für diesen Tag genug von Eseln hätte, aber ich habe Lust auf eine letzte kleine Ohrmassage.

»Wenn er eine Weihnachtsmannmütze trägt, hab ich ihn schon gesehen.«

Ich kann nicht glauben, dass er so wenig Begeisterung zeigt. »Aber fandest du nicht auch die Glöckchen an seiner Leine irre süß? Und wie flauschig er ist? Hast du seine Ohren gestreichelt und gefühlt, wie weich sie sind?«

Bill sieht auf mich herunter. »Es ist ein Esel. Was gibt es da noch zu sagen?« Wenn wir noch einen weiteren Beweis dafür gebraucht haben, dass dieser Mann ein kaltherziger Weihnachtsphobiker ist – hier ist er. Bill zuckt die Achseln. »Wie auch immer, ich hab dir das hier mitgebracht.« Er wirft mir einen Sack zu. »Kein Grund, so besorgt auszusehen, es ist nur ein Overall.«

»Brauner Samt?« Der Stoff in der Tasche ähnelt viel mehr der Nase eines Esels, als mir lieb ist.

»Es ist ein Einteiler, den jemand bei einer Junggesellenparty hat liegen lassen.« Er zieht eine Grimasse. »Um zu überdecken, in was immer du da reingefallen bist, bis wir dich unter meine Dusche gestellt haben.«

Ich sollte die Chance, einen Blick auf seine Männerduftsammlung werfen zu können, freudig begrüßen, aber nach dem Unfall heute Morgen bezweifle ich ernsthaft, dass meine Nase je wieder funktionieren wird.

»Ist da ein Geweih an der Kapuze befestigt?« Ich schüttle ein komplettes »Rudolph das Rentier«-Outfit aus dem Sack und mein Magen fühlt sich an, als würden sich eiserne Hände um ihn schließen. Einen Moment lang bin ich ganz sicher, dass ich gleich jeden einzelnen Scone erbrechen werde. Doch dann bekomme ich meine Speiseröhre unter Kontrolle und schaffe es irgendwie, durchzuatmen und die Übelkeit zurückzudrängen.

»Alles in Ordnung? Ich kann nicht viel von deinem Gesicht erkennen, aber die Teile, die ich sehen kann, sind ganz grün geworden.«

Der Stall wird scharf und dann wieder unscharf, und die Kopfhaut unter meiner Mütze kribbelt vor Hitze. Ich atme noch einmal tief ein und versuche, meine Stimme zu beruhigen, die ganz wacklig geworden ist. Von all den Einteilern, die im Schloss rumliegen, musste er sich unbedingt einen verdammten Rentieranzug aussuchen. Wenn Fliss darüber spricht, dass ich immer nur Pech habe, macht sie echt keine Witze.

Dabei habe ich versucht, mir beizubringen, genau das *nicht* zu denken.

Ich habe mich damit abgefunden, dass die jetzige Welt anders aussieht als die, die ich vor dem Unfall kannte. Und ich weiß, dass ich es nicht verdient habe, jemals wieder glücklich zu sein. Aber es liegen noch so viele Weihnachten vor mir, und wie schwer es auch sein mag, ich muss versuchen, weiterzumachen und mich zusammenzureißen. Was mir bisher eigentlich auch verdammt gut gelungen ist – bis mir der verdammte Bill diesen Einteiler aufgedrängt hat. Ich nehme einen weiteren Atemzug. Realistisch betrachtet sieht er, abgesehen davon, dass er ein Geweih hat, sowieso nicht so aus wie der, den ich am Abend des Unfalls bei der Weihnachtsfeier getragen habe. Ich muss ihn einfach als Mittel betrachten, um den Schmutz einzuhüllen.

Bill zuckt mit den Achseln. »Der hält dich warm, du musst ja am Erfrieren sein, nachdem du so lange gewartet hast.«

»Super.« Ich werde das Anziehen so lange wie möglich hinauszögern. »Wenn ich durch den ganzen Hof spazieren muss, dann würde ich das lieber in meinen schmutzigen Klamotten machen als in etwas, das aussieht, als würde ich gleich vor den Schlitten des Weihnachtsmanns gespannt werden. Ich ziehe ihn an, wenn wir beim Auto sind.« Auf dem Weg zum Landy fällt mir auf, dass ich meine Manieren vergesse. »Es ist sehr nett von dir, mich abzuholen. Milo hat angeboten, mich mitzunehmen, aber seine Autopolster sind dafür nicht geeignet.«

»Milo, der Scone-Bäcker?« Bill verengt die Augen zu Schlitzen und springt über die Pfützen im Kies.

»Scone-Starbäcker …« Ich schaue zu Merwyn hinunter und freue mich, dass wir das Thema gewechselt haben. »… und er ist auch ein Hundeliebhaber.«

Bill schnaubt. »Nun, da ist er nicht der Einzige, wir alle mögen Hunde.«

Ich bin so empört, dass meine Stimme ganz hoch wird. »Nein, du nicht! Letzte Woche mussten wir dich fast schon anflehen, damit Merwyn bleiben durfte.«

Er zuckt mit den Achseln und schließt die Tür des Land Rover auf. »Warte, ich halte ihn, während du deinen Overall überziehst.«

Ich tausche einen »Was zum …?«-Blick mit Merwyn und übergebe Bill die Leine. Dann nehme ich all meinen Mut zusammen, schlucke den sauren Speichel in meinem Mund runter, sage mir immer wieder, dass es nur ein Rentieranzug ist, und ziehe mir das verdammte Ding an. Als ich endlich drin bin und den Reißverschluss zumache, schauen Bill und Merwyn von der Sitzbank im vorderen Teil des Land Rover auf mich hinunter. Ich klettere zu ihnen hoch und schlage die Tür hinter mir zu. Bill hat einen noch überlegeneren Ausdruck als sonst auf dem Gesicht.

»Dass er so zimperlich mit seinen Sitzen umgeht, ist genau das, was ich von jemandem wie Milo erwarten würde. Ich wette, das Auto gehört ihm nicht mal.«

Was auch immer in Bill gefahren ist, ich muss für Milo eintreten. »Das war nicht seine Schuld, Libby wollte nicht, dass ich seine Innenausstattung ruiniere.«

»Der Typ backt also Scones, na und? Das ist nichts Besonderes.«

Ich werfe Bill einen Blick zu. »Du hast sie offensichtlich nicht probiert, sonst wüsstest du, dass sie …« … all das, und noch mehr.

Er zieht die Mundwinkel nach unten. »Ich glaub's dir aufs Wort. Für mich sah das Ganze allerdings sehr nach Angeberei aus.« Als wir an eine T-Kreuzung kommen, schaut er mich an. »Du weißt, dass du immer noch deine Mütze aufhast.«

Ich werfe ihm einen Blick zu. »Hast du ein Problem damit?«

»Normalerweise nicht ...«, es klingt, als ob da ein Aber kommen würde ... »aber da an deinem Bommel Böllchen hängen, ganz zu schweigen von den anderen krustigen Bröckchen, die an der Wolle kleben, springst du vielleicht am besten schnell raus, wenn wir schon grade halten. Du kannst das Schlimmste abschütteln und die Mütze in den Sack stecken.«

»Scheiße, entschuldige bitte.« Da denke ich, dass es peinlicher oder unmöglicher nicht mehr werden könnte, und dann das.

Mein Herz stolpert in meiner Brust, denn ich möchte meine Mütze wirklich nicht abnehmen. Aber ich kann hier auch nicht mit Eselsscheiße auf dem Kopf rumsitzen.

»Wenn dir ohne kalt ist, kannst du die Heizung aufdrehen oder stattdessen deine Kapuze aufsetzen.«

»Toller Vorschlag ... Das werde ich tun ... gleich.« Ich versuche Zeit zu gewinnen. Sie wird meine Haare nicht so sicher an Ort und Stelle halten wie meine Bommelmütze, aber zumindest ist es die sauberere Option. Mit einem Geweih auf dem Kopf dazusitzen ist das Letzte, was ich möchte, aber ich hab keine andere Wahl. Ich drücke die Tür auf und springe raus, um den Kleiderwechsel hinter mich zu bringen. Ich ziehe mir die Wollmütze vom Kopf und stülpe mir eine Sekunde später die Kapuze über. Dann schüttle ich den schlimmsten Dreck von der Wollmütze ab, klettere wieder ins Auto und stopfe sie zu meiner Jacke in den Müllsack. Jetzt muss ich nur noch den Kragen meines Einteilers festhalten, damit die Kapuze nicht herunterrutscht, und mein Frühstück bei mir behalten, bis wir wieder im Schloss sind.

Als Bill zum x-ten Mal in meine Richtung schaut, frage ich herausfordernd: »Was zum Teufel ist denn hier so interessant?«

»Nichts.« Er lügt.

»Stimmt was nicht mit meinem Geweih?« Das sieht er nämlich immer wieder an.

Er lächelt vor sich hin, als ob er in Gedanken sehr weit weg wäre. »Es hat mich nur an eine andere Zeit erinnert, das ist alles. Echt süß.«

Ich werde es ihm sagen müssen. »Bill, ich sag's dir jetzt zum ersten und zum letzten Mal. Verwende das Wort ›süß‹ und meinen Namen nie im selben Satz, okay?«

»Was, auch wenn du's bist?«

Ich atme tief ein. »Besonders dann nicht.«

»Aber Geweihe sehen immer ...« Als er meinen stechenden Blick bemerkt, hält er den Mund.

Während wir die Küstenstraße entlangfahren, umklammere ich den Stoff unter meinem Kinn, vollkommen blind für die auf dem Meer glitzernde Sonne und dafür, wie blassblau es heute ist. Ich rede wahllos irgendwelches Zeug, um die Stille zu füllen, als mir plötzlich etwas einfällt. »Merwyn hast du nicht süß genannt, als er neulich sein Geweih trug. Du denkst an Gemma, nicht wahr?«

So wie er bei der Erwähnung ihres Namens zusammenzuckt, muss es so sein. »Du irrst dich, das tue ich nicht.«

»Warum ist sie dann so schnell zurück nach London?« Ehe ich mich versehe, habe ich es ausgesprochen. Und Gott weiß, warum, wenn ich doch nichts anderes will, als nicht an dieses verdammte Rentierkostüm zu denken. Ich meine, es ist so idyllisch hier, ich kann mir nicht vorstellen, warum jemand nicht für immer hierbleiben möchte, wenn er oder sie schon die Wahl hat.

»Es ist eine sehr lange Geschichte, erinnere mich daran, dass ich sie dir eines Tages erzähle, wenn wir ein paar Stunden Zeit haben.«

Mir wird etwas flau, weil ich wirklich nicht scharf auf Einzelheiten bin. »Können wir bitte einfach zurück zum Schloss fahren und vergessen, dass wir dieses Gespräch jemals geführt haben?«

Er klopft mit den Fingern aufs Lenkrad und reißt es herum, um die letzte Kurve zu nehmen. »Gut. In diesem Fall kannst du mir vielleicht sagen, warum du beim letzten Mal, als du in meinem Badezimmer warst, all meine Aftershaves umgestellt hast.«

Und da dachte ich, mein größtes Problem wäre, dass ich mit Eselsmist bedeckt bin und die schlimmsten Flashbacks habe, die ich jemals erlebt hab. Jetzt muss ich mir darauf eine Antwort einfallen lassen.

19. Kapitel

Frohes Fest allerseits!

Eine positive Seite haben auch beschissene Tage – es kann danach nur aufwärts gehen. Zurück am Schloss zog ich vor dem Reingehen erst mal den Großteil meiner Kleider aus. Beim Anblick des zu Boden gleitenden Einteilers fluchte Fliss leise und drückte meine Hand so fest, dass meine Finger fast taub wurden. Dann hob sie die Sachen auf und verschwand damit nach drinnen. Sie musste die Kleider viermal heiß waschen, bevor sie wieder halbwegs sauber waren. In der Zwischenzeit bediente ich mich von einem Tablett mit Rentiermuffins, die Fliss auf dem Nachhauseweg mitgenommen hatte, und verschlang ganze drei Stück davon. Die Glasur war einfach so lecker, und Zucker erschien mir außerdem das Allheilmittel in diesem Moment. Wobei das irgendwie etwas Ironisches und Therapeutisches zugleich hatte – als würde ich meine Phobie aufessen. Danach drehte ich Bills Dusche bis zum Anschlag auf und bediente mich aus der Plastikkiste mit den Duschartikeln, die von diversen Junggesellenabschieden übrig geblieben waren. Ich begann mit einem Pfeffer-Peeling und arbeitete mich anschließend durch das gesamte Arsenal von Guave und Maca-Wurzel, über stark duftende Bergamotte und Birne bis hin zu Skandinavischen Schneeglöckchen. Am Ende hatte ich etwas in der Hand, das sich »Kuhmist« nannte. Trotz allem fand Fliss danach, dass ich immer noch nicht wirklich gut roch.

Als Willow eine riesige Flasche ihres speziellen Bio-Ketchups aus der Küche hereinreichte, wechselten Fliss und ich ungläubige Blicke, obwohl wir natürlich für jede Hilfe dankbar waren. Gleich darauf kam sie dann nochmals mit Salbeiöl hereingestürmt und murmelte irgendetwas davon, in was für einem alarmierenden Zustand meine Aura und Chakren doch seien. Ehrlich? Sie hat keine Ahnung. Doch sosehr es sich auch anhörte, als hätte sie diese Tipps von irgendeinem New-Age-Bullshit-Generator – sie wirkten. Nachdem ich das Salbeiöl und die ganze Flasche Ketchup über mich gekippt hatte, war der Eselsgestank tatsächlich von meiner Haut verschwunden.

Heute Morgen, als ich von meinem Strandspaziergang mit Merwyn zurückkomme und den Tisch voller Backwaren vorfinde, fühlt es sich an wie ein gelungener Start in einen ganz neuen und besseren Tag. Bill, der gerade dabei ist, die Kaffeekanne aufzufüllen, beobachtet, wie ich die riesigen Haufen auf den Tabletts beäuge.

»Lass mich raten – Muffins mit weißen Schokosplittern und Himbeeren?« Sie sind mit einem schneeweißen gitterförmigen Guss verziert und die feinen Risse an der goldbraunen Oberseite sind gerade einmal so breit, dass das hellgoldene Biskuit mit den scharlachroten Himbeerspritzern durchschimmert. Dazu dieser köstliche Duft, der mir das Wasser im Mund zusammenlaufen lässt. Er schiebt mir einen Teller und eine Tasse Kaffee rüber. »Die dunkleren sind mit Rum und Rosinen. Hier, nimm ein Messer und lass es dir schmecken.« Trotz der Stange Geld, die Libby hingelegt hat, lässt Bill immer noch den Hausherrn raushängen. Und obwohl ich ihn gestern zurechtgewiesen habe, wirft er den Kindern immer noch finstere Blicke zu, insbesondere Harriet und Oscar. Als ob man mit den quengeligen Kindern selbst nicht schon genug zu tun hätte, leistet er wahrlich keinen Beitrag zu einer ausgelassenen Weihnachtsstimmung, wenn er rund um die Uhr mit diesem miesepetrigen Gesicht an der Kücheninsel steht.

Ich sitze auf dem Sofa, Merwyn zu meinen Füßen, und bin gerade dabei, den dritten Muffin in mich hineinzustopfen, als ein entferntes Geräusch Milo ankündigt, der die Hintertreppe herunterkommt. Noch während er durch die Tür schreitet, zieht er sich eine Schürze über den Kopf. Die Schürzenbänder noch in den Händen, entdeckt er den Stapel Muffins, was ihn abrupt am Tisch innehalten lässt.

»Was ist das? Ist das Frühstück schon fertig?«

Ich nicke. »Das muss Nachschub von Bills talentiertem Freund sein – wer auch immer dieser mysteriöse Bäcker sein mag.« Ich werfe Bill einen prüfenden Blick zu.

Seine Augen leuchten. »Ja ... genau. Das ist eine neue Lieferung der Supersurfer-Heimbäckerei.«

Was viel weniger witzig ist, als sein verschmitztes Lächeln vermuten lassen würde. Ich kann daran ehrlich gesagt überhaupt nichts Lustiges entdecken, aber gut.

Milo stößt die Faust in die Luft. »Ach, was soll's, ich wollte sowieso auch noch ein Irisches Sodabrot machen, ich habe da ein spezielles Rezept aus Los Angeles.«

Bill zieht eine Augenbraue hoch. »Ich bin zwar kein Experte, aber bringst du da deine Rezepte nicht irgendwie durcheinander?«

»Die Fusionsküche ist absolut angesagt, und in L. A. machen die mittlerweile richtig guten Sauerteig.« Milo überhört Bills muffigen Ton einfach und wirft mir ein breites Lächeln zu.

Ich schwenke meinen Muffin durch die Luft, um die Testosteronwolke zu vertreiben. »Wenn ihr mich fragt, da sind Rosinen drin.«

Milo grinst mich an. »Das wären aber mal ganz eigenartige Rosinen.«

Heute Morgen gibt Bill wirklich den Mr. Allwissend zum Besten. »In Wirklichkeit sind es Korinthen.«

Milo hört sich nicht unbedingt versöhnlich an, eher so, als hätte er entschieden, dass ihm das Gegenüber schlichtweg zu viel Blödsinn labert, um sich weiter mit ihm abzugeben. »Alles gut. Dann werde ich mein Sodabrot eben zum Mittagessen machen.«

In diesem Moment kommen Fliss und die Kinder herein, gefolgt von Willow und Anhang, weshalb ich Bills Miene, die sich inzwischen noch mehr verfinstert hat, einfach ignoriere und alle mit einer betont heiteren Stimme an den Tisch winke. »Bedient euch an den Muffins.«

Bei den Bohnenstangen wäre ich wahrscheinlich um Welten besser angekommen, wenn ich Eselsdung angeboten hätte. Sie verziehen alle gemeinsam das Gesicht, dann erschaudern sie im Einklang und schließen mit einem perfekt choreografierten Kopfschütteln ab.

Willow wirkt nahezu transparent in ihrem blassgrünlichen Seidenumhang. »Trotzdem danke, Ivy, es ist uns eben wichtig, unsere Kraft aus natürlicheren Quellen zu schöpfen, insbesondere am Morgen.«

»Klasse, das ist wunderbar.« Ich nicke, bin aber zugleich heilfroh, nicht eines ihrer Kinder zu sein. Ich meine, was könnte natürlicher sein als Kuchen zu essen? Ich bin mir sicher, auch sie würde gleich mehr Farbe bekommen, wenn sie sich einmal ein Blech Muffins genehmigen würde. Wann immer ich diese Bilder von schön angerichteten 3-Kalorien-Gerichten voll essbarer Blüten sehe, frage ich mich, wer sich so etwas bestellen, geschweige denn, sich davon ernähren würde. Aber bei Willow könnte ich wetten, sie würde so was bis zum letzten Blütenblatt mit Genuss aufessen.

Sie runzelt die Stirn, schlingt die Arme um die Brust und schaut sich im Zimmer um. »Oje, ich nehme hier wirklich viel negative Energie wahr, nach dem Frühstück bringe ich sofort eine reinigende Kerze runter.«

Fliss wirft mir einen vielsagenden Blick zu. »Siehst du, sehr spirituell und intuitiv.«

Ich zische ihr leise zu: »Und sie ernährt sich definitiv nur von Grünzeug.« Ich schaue mich um zu Bill und Milo, die an der Kücheninsel sitzen und sich mit Blicken durchbohren. »Da braucht man kein hellseherischer Koch zu sein, um die schlechte Stimmung in dieser Küche einzufangen, dazu braucht es nur ein Paar Augen im Kopf.«

Dann kommen Tiff, Tansy und Tarkie hereingeschlurft, was mich daran erinnert, dass ich noch ein paar Fotos machen sollte, bevor die Weihnachtsmuffins verschwunden sind. Diese Gelegenheit für ein Shooting kommt wie gerufen. Bei mit Muffins vollgestopften Kindermündern kann man nicht erkennen, dass sie in Wirklichkeit mürrisch dreinblicken. Während ich von einer Reihe Bohnenstangen, die feierlich über ihren Schüsseln mit glutenfreiem Morgen-Zen-Müsli mit Macadamiamilch sitzen, beobachtet werde, mache ich jede Menge Bilder von ›glücklichen Kindern, die ein leckeres, weihnachtliches Frühstück in sich hineinstopfen‹. Im Hintergrund sieht man eine verschwommene Lichterkette und Lebkuchenverzierung am Baum. All das sollte Libby mindestens bis zum Vormittag gute Laune bescheren.

Bevor ich dazu komme, ihr die Bilder zu schicken, kommt sie schon hereingestürmt, die Arme durch die Luft schwenkend. »Okay, wir gehen heute Morgen alle gemeinsam hinunter zum Strand, wir treffen uns in fünfzehn Minuten abmarschbereit hier unten. SEID PÜNKTLICH!«

Es ist unschwer zu erkennen, wie sie es beruflich so weit bringen konnte. Ihr Ton lässt die Leute so springen, dass die Küche ruckzuck leer ist. Fünfzehn Minuten später ist sie wieder voll mit geschäftigen Körpern, die sich die Reißverschlüsse ihrer dicken Jacken zuziehen und mit knallbunten Gummistiefeln umherstapfen, während Libby mit den Fingern schnippt und die Köpfe zählt.

»Okay, wir sind komplett, bis auf Miranda und Ambrose, die mal wieder unentschuldigt fehlen, das ist ja nicht weiter überraschend.«

Tarkie meldet sich zu Wort. »Als wir die Treppe runterkamen, haben wir Großmutter rufen hören.«

Fliss verpasst mir einen Stups und murmelt: »Ambrose ist wirklich nicht zu stoppen.« Dann sieht sie Tarkie an. »Das kann man getrost ignorieren.«

Tiff runzelt die Stirn. »Ehrlich gesagt hat sie geschrien.«

Libbys Augen weiten sich. »Heiliger Strohsack, was geht denn mit den beiden ab?«

Sie dreht sich zu Willow. »Ich hoffe, deine Kleinen hat das nicht verstört?«

Willow strahlt ihre drei an. »Alles gut, wir wissen alle –«, sie macht eine Pause, um mit ihren Fingern ein paar Anführungsstriche in die Luft zu zeichnen, »wenn sich ›Seelen berühren‹, ist das sehr erfüllend, da kann es schon einmal ein bisschen lauter werden, stimmt's?« Drei Bohnenstangen-Köpfe nicken zustimmend.

Tarkie nickt, als wüsste er auch Bescheid. »Das ist das mit den Klingonen, oder?«

Tiff rollt die Augen. »Du meinst die Klitoris, Tarkie.«

Libby schreit entsetzt auf. »Tarkie, Tiff …«

»Seelen berühren sich? Wirklich?« Tom erstickt sein Lachen im Ärmel.

»Diese Seelen hatten die Lautstärke aber bis zum Anschlag aufgedreht, bei denen hat es dann förmlich geknallt … also wirklich extrem laut!«

Libby blickt ihn so wütend an, als würde sie ihn gleich in der Luft zerreißen wollen.

»GENUG, TOMAS!«

Er protestiert lautstark. »Du warst doch diejenige, die gesagt hat, wir sollen offen und ehrlich mit dem Thema Sex umgehen, und dass es nie zu früh ist, darüber aufgeklärt zu sein, wo die Klitoris ist.« Er schnaubt. »Ich sage doch nur, wie es ist.«

Libby zischt durch die Zähne. »Gut, tu's jetzt bitte trotzdem NICHT!!!« Dann wendet sie sich wieder allen zu. »Okay, wir gehen einfach ohne sie los. Sehen wir mal, wer es als Erster schafft, ins Meer zu hüpfen!«

Sie hat einfach diese unglaubliche Durchsetzungskraft. Ich kann mir noch so sehr vornehmen, mich ihren Kommandos zu widersetzen, einfach nur, um mir zu beweisen, dass es möglich ist – sobald ich nach unten schaue, sehe ich, dass meine Beine sich bereits in Bewegung gesetzt haben und Merwyn hüpfend mit mir Schritt hält. Dicht gefolgt von Miles, der mich anstrahlt und wie in einer TV-Werbung in Zeitlupe über das Gebüsch im Garten springt, während wir uns unseren Weg hindurch bahnen. Als wir auf den Strand hinauslaufen, rennt Bill neben ihm her und bewegt sich dabei wie ein Außenstürmer auf dem Rugbyfeld, zwar ohne Ball, aber dennoch absolut konzentriert darauf, gleichauf zu bleiben. Mal ehrlich, wieso zum Teufel ist er eigentlich mit dabei? Okay, er hat mir gestern geholfen, aber heißt das jetzt, dass er als guter alter Freund zur Familie gehört? Er hätte doch wohl besser zu Hause bleiben und auf das Schloss aufpassen sollen, oder was er sonst so treibt.

Und dann ist da noch etwas anderes. Libbys Ansage, dass alle ins Meer hüpfen sollen. Wozu das denn bitte? Als Fliss und ich den anderen zusehen, wie sie sich wie Lemminge in die Wellen stürzen und das seichte Wasser ihnen bis hoch zu den Jogginghosen spritzt, kann ich es mir nicht verkneifen, das Gesicht zu verziehen.

Fliss zieht die Augenbrauen hoch, während wir der

schlimmsten Gischt ausweichen. »Das hat sie sich nicht so genau überlegt, oder?«

Doch Libby bahnt sich ihren Weg durch den Schaum auf mich zu. »Hast du das geknipst, Ivy? Wie alle ins Wasser rennen, das ist doch ein absolut einmaliges Bild.«

Verdammt. »Vielleicht könnten wir das noch mal wiederholen?«

Am Ende gehen wir den ganzen Weg am Strand entlang bis St. Aidan. Dabei rennen wir immer wieder ins Meer hinein und wieder raus, bis uns schließlich der Wunsch nach Handyempfang und warmen Heizungen, an denen wir unsere triefnassen Füße aufwärmen können, antreibt. Wir laufen an den schaukelnden Booten im Hafen vorbei, begleitet vom klappernden Geräusch der Takelagen, die in den Windböen an die Metallmasten schlagen, dann gehen wir die gepflasterten Serpentinen zum Hungry Shark hoch, um uns einen warmen Apfelpunsch bei WLAN zu genehmigen.

Selbstverständlich bin ich in einer Bar voller Lichterketten, Punschgläsern, haufenweise Mince-Pie-Muffins und großen Tellern voller knuspriger, mit Stechpalmenzweigen geschmückter Pasteten, wie sie typisch für Cornwall sind, sofort wieder im Instagram-Himmel. So heftig, wie vom anderen Ende der Bar aus gewunken wird, muss das wohl auch der Ort sein, wo Keef und seine Kumpel abhängen, wenn sie gerade nicht auf der Jagd nach der perfekten Welle sind, oder was sie eben sonst so tun am Strand.

Libbys Gruppe hat schon an einem Tisch Platz genommen, während Willow und die Bohnenstangen längere Diskussionen an der Bar führen. Wahrscheinlich geht es um irgendwelche Herkunftsangaben und Zuckergehalte.

Als ich mich zu Fliss und meiner Pastete geselle, sitzen Harriet und Oscar bereits in Hochstühlen. Keine Chance, Bill aus dem Weg zu gehen – er steht mit extrem muffiger Miene zwischen ihnen und verteilt Käsewürfel und Karottensticks. Ich lehne mich gerade gemütlich neben Oscar auf der Bank zurück, als Milo auftaucht.

»Ist hier noch Platz für eine ganz schmale Person?«

Das ist eine dieser Fragen, auf die er nicht wirklich eine Antwort erwartet. Realistisch betrachtet lautet die Antwort nein, weil neben mir gerade einmal Platz für ein Kind wäre. Doch bevor ich meinen Einwand vorbringen kann, stehen sein Glas und seine Pastete auch schon auf dem Tisch, und seine Hüfte presst sich gegen meine. Meine Ellbogen liegen so eng an meinen Seiten an, dass meine Pastete sinnlos geworden ist; ich kann einfach keine Hand mehr danach ausstrecken. Genau das versucht Milo nun wohl durch sein breites Lächeln wettzumachen.

»Wir hatten bis jetzt noch gar keine Gelegenheit, uns zu unterhalten. Nach dem, was man so hört, haben wir viel gemeinsam.«

Ach du Schande. Ich wusste, dass irgendwann die Rede auf unseren Singlestatus kommen würde, doch hätte ich nicht erwartet, dass das so bald und so direkt der Fall wäre. Ich habe keinen Schimmer, was sie über mich erzählt haben könnten, ich muss mir meine Antwort also sorgfältig überlegen. *Du bist also auch Single und verzweifelt?* Wäre vielleicht eine Möglichkeit. Oder vielleicht sollte ich es mit einer direkten Absage der Art *aber hundertprozentig NICHT auf der Suche ...* versuchen? Stattdessen sage ich nichts dergleichen und überlasse ihm die Arbeit. »Ach ja?«

Er lacht. »Sag bloß, das weißt du nicht – wir arbeiten beide im Einzelhandel.«

Ich stoße einen so tiefen Seufzer der Erleichterung aus, dass sich mein gesamter Brustkorb dabei entleert. »Super. Ja stimmt, ich bin für die Schaufenstergestaltung im Daniels zuständig, genauso wie Fliss.« Indem ich das Gespräch auf drei ausweite, wirkt es gleich so viel weniger intim als bei zweien.

Seine Augenbrauen schießen nach oben. »Und wie läuft's? Nach dem, was ich gehört habe, sollen die ja Schwierigkeiten gehabt haben.«

Das ist eines dieser schmerzhaften Gespräche, bei denen ich, obwohl es mein Fachgebiet ist, schon bei der ersten Frage ins Schleudern komme. »Ich bin bei Daniels, dem Kaufhaus, tätig und da lief alles ganz hervorragend, als ich es vor einer Woche verlassen habe.« Zur Sicherheit füge ich noch ein »soweit mir bekannt ist« hinzu, was wie ein Glücksbringer wirken soll, genauso wie man nicht unter einer Leiter hindurchgehen, Salz über die Schulter werfen, oder keinen Efeu ins Haus mitbringen soll, haha. Wobei ich gegen Letzteres natürlich jedes Mal verstoße – mein Name bedeutet ja »Efeu«. Alles Aberglaube. Meine Großmutter hat diese Sätze immer gepredigt – ich kann einfach nicht anders. Selbst wenn mir das eigentlich nie wirklich Ärger erspart hat. Ich versichere mich nochmals bei Fliss, weil Milo irgendwie doch Zweifel in mir geweckt hat. »Bei Daniels läuft's doch hervorragend, oder?«

Fliss ist gerade damit beschäftigt, sich Spinat aus den Haaren zu ziehen und zieht ironisch eine Augenbraue hoch. »Natürlich sind sie in Schwierigkeiten ohne mich, das wird sich aber einrenken, sobald ich schön langsam wieder mit dem Arbeiten anfange.«

Er zuckt mit den Schultern. »Klar, ihr seid an vorderster Front, was weiß ich da schon? Ich dagegen versuche mich ein wenig in der Investmentbranche, verkaufe Luxusautos und so was.«

Zu gern würde ich ihn wegen des Klopfgeräusches auf der Beifahrerseite meines Corsas fragen, doch das würde ihn sicher nicht interessieren, daher überlasse ich lieber ihm das Wort. »Und – läuft das gut?«

Jetzt lächelt er wieder und antwortet mit einem Zwinkern. »Äußerst bescheiden, wie immer im Dezember. Deshalb konnte ich mich auch so früh abseilen und herkommen.« Dann ziehen sich seine Augenbrauen wieder zusammen und wir sind zurück beim Scheinwerfer- und Daumenschraubenverhör. »Weihnachten müsste doch eigentlich die Zeit sein, wo im Daniels am meisten los ist. Wie hast du es bloß geschafft, da freizubekommen?«

Ich werde jetzt sicher nicht anfangen, ihm lang und breit von meinem Resturlaub wegen meiner Krankschreibung zu erzählen. »Die Schaufenster werden für den Abverkauf nach Weihnachten geschwärzt und ein großer Teil der reduzierten Ware wird auf Wühltischen angeboten, deswegen ist das eine perfekte Zeit für mich.« Ich setze ein freundlich strahlendes Lächeln auf, sorge aber dafür, dass meine »Zutritt verboten«-Schilder gut sichtbar an meinem zwei Meter hohen metaphorischen Stacheldrahtzaun zum Selbstschutz angebracht sind. »Werden dein Vater und Miranda denn beim Mittagessen dabei sein?« Das ist das beste Ablenkungsmanöver, das mir gerade in den Sinn kommt.

Irgendwie hat Milo es geschafft, seine Arme zu befreien, denn er mampft seine Pastete in sich hinein. »Ich habe ihnen einen Zettel mit einer Nachricht hinterlassen, aber ich nehme mal an, sie werden sich eher für den Whirlpool entschieden haben.«

Beim Gedanken an Ambrose, der allein im Schloss zurückgeblieben ist, lehne ich mich zu Bill hinüber. »Ich hoffe, du hast deine Gin-Vorräte weggesperrt.«

Bill beschenkt mich mit seinem besten arroganten Augenrollen. »Alles gut, mein Vater ist da und hat ein Auge auf das Anwesen.«

Ich lehne mich nach vorne, um das zu überprüfen. »Ich glaube allerdings eher, dass dein Vater auch hier ist, ich bin mir sicher, dass ich ihn hab winken sehen, als ich an der Bar stand.«

Milo runzelt die Stirn. »Da hast du deine Antwort. Das Schloss und der gesamte Gin sind sich selbst überlassen, da werden Miranda und Ambrose sicher nirgendwo anders hingehen.« Er grinst schief. »Das ist ein schwieriges Thema. Seit wir unsere Mutter verloren haben, ist er neben der Spur, ich weiß nie, was er als Nächstes anstellt.«

Fliss stößt einen quer über den Tisch hörbaren Seufzer aus. »Sag so etwas nicht, ich verlasse mich auf Ambrose, dass er Miranda aus jeglichem Ärger heraushält.«

Obwohl er eigentlich keinen Platz dazu hat, schafft Milo es, mir einen Stups zu verpassen und senkt die Stimme. »Wenn dieses Babysitting bedeutet, dass ich Menschen wie dich treffe, will ich mich mal nicht beklagen.«

Beim Klang seiner heiseren Stimme zieht sich mein Magen zusammen. »Super.« Mir ist ein klein bisschen schlecht, man spricht wohl nicht ohne Grund vom Bauchgefühl. Aber das hat nur mit mir selbst zu tun, denn Milo ist bestimmt sehr nett, solange er Abstand hält und mich nicht mit seinen strahlend weißen Zähnen angrinst. Während ich darüber nachdenke, bemerke ich jetzt, wo er so nah ist, dass er Paco Rabanne 1 Million drauf hat, und zwar nicht gerade wenig. Es riecht allerdings bei Weitem nicht so gut wie im Laden. Ich muss das hier irgendwie beschleunigen, und zwar nicht nur, um meinen eingequetschten Hintern zu befreien. »Vielleicht sollten wir uns jetzt mal schnell auf den Rückweg machen?«

Milo lächelt wieder in die Runde. »Ich bin mir sicher, dass es ihnen gut geht und sie das bisschen Zeit alleine genießen, was kann da schon schiefgehen?«

Bill fängt meinen Blick über Oscars Kopf hinweg auf. »Befürchtest du, Ambrose könnte wieder ertrinken?«

Selbst mein wütendster Blick ist nicht wütend genug. Nun sind also Oscar und Harriet meine einzige Hoffnung, um aus dieser Nummer schnell herauszukommen. Wann immer Fliss und ich es wagen, mit den beiden essen zu gehen, haben wir nie mehr als zwei Minuten, um unser Essen hinunterzuschlingen, bevor einer von ihnen zu brüllen anfängt. Doch dank Milo, der für Harriet alberne Grimassen schneidet und Oscar mit albernen Autogeräuschen unterhält, sodass dieser sich vor Lachen gar nicht mehr einkriegt, halten die beiden dieses Mal länger durch. Als Harriet eine halbe Stunde später immer noch vergnügt mit den Beinen strampelt und auf einem Stückchen von Milos zweiter Pastete herumkaut und ich mich verzweifelt frage, ob ich hier wohl jemals wieder rauskomme, tut Oscar mir einen großen Gefallen.

Fliss schreit plötzlich auf. »Nein, Oscar, lass den Deckel auf deinem Getränk, das habe ich gerade erst aufgefüllt!«

Eine Sekunde später ergießt sich der gesamte nasskalte Inhalt seines Bechers auf meinen Schoß. »Oh nein!« Danke, danke, danke, Oscar!

Während das Wasser meinen Schoß durchnässt und durch die Perlen auf meinem rosa Glitzerpulli sickert, hoffe ich, dass mein entsetztes Luftholen überzeugend genug ist, um meine innerliche Freude zu vertuschen.

Fliss springt auf und eilt mit Tüchern von der Bar herbei. »Das tut mir so leid, Ivy-Blättchen. Ich hab's ja gesagt – irgendwie ziehst du Unglück einfach an.«

Ich strahle. »Nach dem, was gestern passiert ist, kannst du mir gerne auch den ganzen Tag Wasser drüber schütten.« Und wer hätte gedacht, dass sich eine so kleine Tasse von diesem Zeug so schnell und effektiv verteilen würde. Das Beste an dem Ganzen ist, dass jetzt alle aufspringen, um mir zu helfen, und nachdem wir fast den gesamten Küchenrollen-Vorrat des Hungry Shark aufgebraucht haben, hat es nicht mehr viel Sinn, sich noch einmal hinzusetzen. Wir ziehen also unsere Jacken wieder an, wobei Bill penibel darauf achtet, größtmöglichen Abstand zu Harriet zu halten. Milo dagegen kommt extra herüber, um sie auf den Arm zu nehmen. Während er Harriet trägt und Fliss und ich uns gemeinsam um Oscar kümmern, wandern wir die alten Reihenhäuser entlang durch verwinkelte, schmale Gassen und saugen das Glitzern und die goldene Wärme der Schaufenster in uns auf. Als sich das Stöhnen der älteren Kinder ins Unerträgliche steigert, machen wir uns wieder auf den Weg hinunter, den Hafen entlang und über die Dünen zurück zum Sandstrand.

Da wir mit dem hüpfenden und bellenden Merwyn Schritt gehalten haben, kommen wir vor den anderen am Schloss an. Als wir uns umsehen, bemerken wir, dass sie weit hinter uns zurückgeblieben sind und immer noch die bogenförmige Bucht entlangstapfen.

»Schau mal, Oscar, ich male dir einen Weihnachtsbaum in den Sand, den können wir dann mit Muscheln schmücken, während wir auf die anderen warten.«

Milo setzt Harriet ab, und sie krabbelt auf uns zu. »Sie möchte auch einen.«

Fliss schließt sich an. »Mal mir bitte auch einen.«

Trotz der kleinen Gruppe, die wir sind, hat man dieses wunderbare Gefühl von Weite und Einsamkeit, das man nirgendwo anders als an einem menschenleeren Strand erleben kann. Der Wind, der mir um den Kopf weht, ist zwar trotz Mütze kalt, doch als ich einen Stock aufhebe und anfange, damit Linien in den flachen, feuchten Sand zu kratzen, hüllt er mich wie in einen Kokon. Es spielt keine Rolle, dass Merwyn seine Pfotenabdrücke auf den Linien verteilt oder Harriet uns mit ganzen Händen voll Sand bewirft. Selbst dass das Meer heute genauso trüb-grau wie der Himmel ist und die Schaumkronen matt wie Kreide aussehen statt blau und glitzernd, bekümmert uns nicht weiter. Was mit einem Baum beginnt, endet mit einer ganzen Reihe an Bäumen, die sich wellenförmig entlang der Wasserkante zieht. Nach ihrer Ankunft machen auch die anderen mit. Genauso schnell, wie ich die Bäume zeichne, sind sie auch schon mit Muscheln, Steinen und Seetang geschmückt.

Libby hält triumphierend ihr Handy in die Luft, während sie die Baumreihe entlanggeht. »Ein ganzer Wald aus Weihnachtsbäumen am Strand. So welche hat dieses Jahr noch keiner aufgestellt.«

Als es uns schließlich doch zu kalt wird und wir uns langsam wieder auf den Weg zum Schloss machen, lockern sogar die grauen Wolkenmassen am Nachmittagshimmel ein wenig auf. Doch als wir in den Hof kommen, ist er nicht wie erwartet von den Strahlern erleuchtet und aus dem Whirlpool steigt kein Dampf auf. Stattdessen ist das Pflaster dunkel und der Pool abgedeckt.

Fliss zuckt die Schultern. »Miranda hat wohl genug vom Whirlpool! Das gab's auch noch nicht.«

Libby marschiert an uns vorbei und schaltet die Küchenlichter an. »Wahrscheinlich besorgen sie grade neuen Champagner.«

Fliss zischt mir leise zu: »Noch wahrscheinlicher ist, dass ihnen Viagra und Gleitgel ausgegangen sind.«

Ich zwinkere ihr zu. »Ist da etwa jemand neidisch?«

Tiff kommt aus der Küche. »Sie sind weder in der Küche noch in den Gemeinschaftsräumen.« Ich bemerke Willow, die die Hände vor der Brust zusammenschlägt und sich im Hof umsieht und fühle einen Anflug von Dankbarkeit dafür, dass sie mich gestern mit ihrem Salbeiöl gerettet hat. »Alles okay?«

Sie sieht perplex drein. »Ich nehme hier etwas wahr … eine ungelöste Sache … etwas, das nach unserer Aufmerksamkeit ruft.«

Fliss scheint ebenfalls behilflich sein zu wollen. »Brauchen wir dafür eine Kerze?« Sie sieht mich an und rollt die Augen.

Dann durchfährt es mich wie ein Blitz. »Jetzt haben wir vor lauter Unterwegssein ganz vergessen, die Bäume zu schmücken! Du wirst dich bestimmt ruhiger fühlen, wenn wir das erledigt haben – das gilt für uns alle.« Wie kann man bloß so sensibel sein, das ist schon ein wenig nervig.

Willow nickt. »Danke, lasst uns aber auf jeden Fall offen und wachsam bleiben.« Als sie an mir vorbeigeht, legt sie ihre Hand auf meinen Arm. »Wir beide haben noch etwas Arbeit vor uns, Ivy, das Salbeiöl, das ich dir gegeben habe, hat überhaupt nicht geholfen.«

»Das Problem mit dem Eselsgeruch hat es aber gelöst.« Ich grinse sie an, entschlossen, ihr zu zeigen, dass ich über den Ausrutscher von gestern hinweg bin. »Lass uns erst mal die Bäume fertig machen, um meine Chakren kann ich mich irgendwann anders kümmern.«

Sie wirft mir beim Hineingehen über die Schulter hinweg ein Lächeln zu. »Du wirst dich nicht gut fühlen, bis du es getan hast, Ivy.«

»Klar.« Ich seufze und wende mich mit einem Kopfschütteln Fliss zu. »Wovon redet sie bloß, mir geht's doch super.«

Fliss zieht ein Gesicht. »Wir beide wissen doch, dass das nicht der Fall ist.« Sie drückt mich an sich. »Trotz aller Mühe, die du dir beim Verbergen gibst. Ich wünschte, wir wüssten, was zu tun ist, damit es besser bei dir laufen würde.«

Fliss war während dieser chaotischen Zeit immer für mich da, um mich aufzubauen. Doch manchmal wünschte ich, sie würde das nicht tun.

Meistens fühle ich mich nämlich völlig okay, bis zu dem Moment, wenn jemand etwas bemerkt. Dann breche ich zusammen. Mein Mund füllt sich mit Speichel, und ich schlucke ihn hinunter. »Ich feiere Weihnachten in einem verdammten Schloss – wenn mir das nicht hilft, mich gut zu fühlen, was dann?«

Sie reicht mir ein Taschentuch. »Das ist nur eine vorübergehende Lösung. So als würde man auf einen Oberschenkelbruch ein Pflaster kleben. Was kommt danach, im Januar?«

Sie sieht mich durchdringend an. Ich wische mir mit dem Taschentuch über die Augen und putze mir die Nase. »Hey, so am Boden bin ich nun auch wieder nicht.«

»Wirklich nicht?«

In Wahrheit ist es doch sie, die einen Januar vor sich hat, der überhaupt nicht zu bewältigen ist – mit zwei Kindern, die sie jeden Morgen vor sieben nicht nur aus dem Bett, sondern auch aus dem Haus bekommen muss. Sie muss, um das Geld für die Kinderbetreuung zusammenzubekommen, Vollzeit arbeiten und danach gleich nach Hause, um sich weitere dreizehn Stunden lang um ihre schreienden Kinder zu kümmern. Solange ich es verhindern kann, dass die Flashbacks in meinem Kopf verrücktspielen, kann ich das Ganze ganz gut von mir fernhalten. Problem gelöst.

Als ich ein rumpelndes Rollgeräusch höre, drehe ich mich um und atme auf. »Der Kaminholzwagen ist meine Rettung. Keef bringt das Holz.«

Er hat wirklich ein Händchen für perfektes Timing, das muss man ihm lassen. Außerdem ist seine Kurventechnik um einiges besser als Bills. Er fährt in einem großen Bogen zügig herum und bringt den Wagen sauber neben einem Stapel Körben an der Hintertür zum Stehen.

»Wie läuft's, Keef?« Oscar eilt herbei und begrüßt ihn mit einem Fauststoß.

»Sehr gut, danke, kleiner Mann.« Keef hebt ihn kopfüber hoch und stellt ihn dann wieder zurück auf die Beine. Dann wendet er sich uns zu. »Hat hier draußen jemand einen Dido-Moment?«

»Sorry …?« Ich habe keine Ahnung, wovon er spricht und Fliss offenbar genauso wenig, so wie sie die Stirn runzelt.

»Eine weiße Fahne über der Tür? Darüber hat Dido doch gesungen, oder?«

Bei Fliss fällt der Groschen zuerst. »Der springende Punkt

bei diesem Lied war doch, dass Dido sagte, sie würde über ihrer Türe *keine* weiße Fahne aufhängen, weil sie sich nicht ergeben und von ihrem gebrochenen Herzen unterkriegen lassen wolle. Aber wieso fragst du?«

Niemand soll jemals erfahren, dass es ausgerechnet Didos Songs sind, mit denen sie sich in den Schlaf heult, wenn Rob (zu) spät nach Hause kommt. Deswegen weiß sie über Dinge Bescheid, von denen der Rest von uns keinen Schimmer hat.

Keef zuckt die Schultern. »Naja, entweder steckt Dido dahinter oder Piraten – auf jeden Fall hängt da etwas über dem Eingang, das wie eine Flagge aussieht. Ich habe es gerade erst entdeckt. Kommt mit und seht selbst.«

Er lehnt den Griff des Wagens gegen die Wand, wir nehmen Harriet auf den Arm, und während wir ihm in den Hof hinaus folgen, treffen wir Bill, der gerade vom Schuppen zurückkommt.

Vielleicht sollte ich auch ihn warnen. »Piraten haben das Schloss gekapert, Bill, vielleicht ist es besser, wenn du mitkommst.«

Als wir zur Vorderseite kommen, flattert da tatsächlich ein großes weißes Baumwolltuch, das an einem Ende im Fensterrahmen des ersten Stockes eingeklemmt ist.

Es bricht aus mir heraus. »Das ist das Zimmer von Ambrose und Miranda. Und es sieht doch weniger nach Dido aus, sondern eher nach Leuten, die ihre Bettlaken nach der Hochzeitsnacht aus dem Fenster hängen, oder nicht?«

Fliss schnappt hörbar nach Luft. »Sie haben doch sicher nicht …?« Dann sieht sie mich an. »Das kann nicht sein, Miranda kann doch wohl keinem vorgaukeln wollen, Jungfrau zu sein, während ihre Enkel die Treppe auf und ab laufen.«

Ich nicke zustimmend. »Brighton ist sehr kontinental, Miranda hat wahrscheinlich einfach das Bettzeug zum Lüften aufgehängt, während sie zum Weinhändler gefahren sind.«

Keef neigt den Kopf zur Seite. »Ein Problem gibt es allerdings mit dieser Theorie – das Auto von Ambrose steht direkt vor unserer Nase, genau da, wo Libby ihm immer sagt, dass er nicht parken soll.«

Als ich Ambroses funkelnde Reifen direkt neben der Eingangstür sehe, an die er so nahe herangefahren ist, dass man meint, er hätte direkt in der Eingangshalle des Schlosses parken wollen, bekomme ich ein flaues Gefühl in der Magengegend. »Es ist sehr unwahrscheinlich, dass sie einen Spaziergang machen, sie sind nicht im Whirlpool oder im Erdgeschoss ... Wo zum Teufel stecken sie bloß?«

»Miranda!« Fliss formt mit den Händen einen Trichter um den Mund und ruft zum Fenster hinauf, Keef schickt noch ein paar kleine Kieselsteine hinterher, dann stimmen wir alle in die Rufe ein.

Mit einem Klappern öffnet sich der eine Fensterflügel, das weiße Laken fällt herab und landet direkt vor unseren Füßen. Als wir wieder nach oben sehen, steht Miranda im Fensterrahmen.

»Wo zum Teufel wart ihr bloß alle?«

Fliss zieht seitlich zu mir gewandt eine Grimasse. »Wir haben einen Spaziergang nach St. Aidan gemacht, danach haben wir dich und Ambrose gesucht.«

Miranda bellt. »Wir waren den ganzen verfluchten Tag lang hier oben eingesperrt; wir haben sogar eine SOS-Flagge gehisst.«

Oscar stampft umher und schwingt einen Stock. »Den ganzen verfluchten Tag lang ... den ganzen verfluchten Tag lang ...«

Miranda spricht weiter. »Wir haben die Tür zugesperrt und dann hat sie sich verklemmt. Heute Morgen haben wir aus Leibeskräften gebrüllt. Ich verstehe nicht, wieso uns niemand zu Hilfe gekommen ist!«

Wir alle kennen die Antwort darauf, aber vielleicht ist das jetzt nicht der richtige Zeitpunkt, um es zu klären.

Keef ruft nach oben. »Bleib wo du bist, Miranda.« Als hätte sie eine andere Wahl. »Zwei Minuten, ich hole die Leiter.«

In Wirklichkeit dauert es ein wenig länger, aber dann kommt er von der Seite des Schlosses zurück, und wir hören das klappernde Geräusch des Aluminiums, das gegen die Steinmauer schlägt, während er die Leiter in Höhe der Fassade ausfährt. Wenn man ihn so sieht, während er sich in seiner mit aztekischen Mustern bedruckten Surfhose und den wehenden Perlenzöpfen die Sprossen zu Miranda hochhangelt, kommt es einem vor, als wäre man in einer seltsam verdrehten Version von Rapunzel gelandet.

Dann verschwindet er hinter der Rahmenkante, und ein paar Sekunden später hört man Rufe. »Juhu, wir sind frei!«

Als Keef wieder am Fenster erscheint, wird er von einer äußerst dankbaren und extrem atemlosen Miranda mit Küssen und Schmeicheleien überschüttet.

»Mein Held, mein Held, du bist unser Retter, unser Retter!«

Keef grinst. »Das ist doch nicht der Rede wert.« Er zwinkert ihr zu. »Du weißt doch, wie man so schön sagt, Miranda – bevor du frei sein kannst, musst du die Türe öffnen.«

Während sie ihn anstrahlt, flackern ihre Augen. »Und dann musst du loslassen ... und diese verdammten diems carpen!« Sie lacht auf. »Wir beide sollten eine Partnerschaft eingehen: erbauende Zitate aus dem Cockle Shell Castle.«

Bill ruft nach oben. »Was war denn jetzt das Problem?«

Keef schüttelt den Kopf, als er sich endlich aus Mirandas Armen befreit hat und wieder nach draußen auf die Leiter steigt. »Nichts Schlimmes. Diese alten Türschlösser, die andersherum sperren – sie haben den Schlüssel einfach in die falsche Richtung gedreht, das ist alles.«

Was bestimmt irgendeine besondere Bedeutung hat, ich weiß nur nicht welche.

20. Kapitel

Wofür es sich lohnt dahinzuschmelzen

Donnerstag, 19. Dezember

Irgendwie hatte ich darauf gehofft, dass wir heute die Bäume schmücken. Wenn wir diese verdammte Sache nicht bald in Angriff nehmen, wird Weihnachten vorübergehen und wir werden heimfahren, ohne dass ein Baum eine Kugel gesehen hätte. Was mich ehrlich gesagt am meisten daran stören würde, wäre, dass Bill so die Bestätigung bekäme, dass wir keine siebzehn Bäume gebraucht hätten. Und dass das passiert, will ich nun wirklich, wirklich, WIRKLICH nicht.

Doch dass mal wieder alles ganz anders kommt, habe ich mir wie immer selbst zuzuschreiben. In Bills Schlafzimmer hatte ich auf Instagram nach verschiedenen Vergnügungsangeboten gegoogelt und kam freudestrahlend heraus, weil ich auf eine Ankündigung für einen abendlichen Weihnachtsmarkt gestoßen war. Er sollte am Freitag unten am Hafen in St. Aidan stattfinden. Ich meine, überlegt mal – was könnte weihnachtlicher sein als Marktstände, funkelnde Lichter und leckeres Essen inmitten einer malerischen Kulisse aus Fischerhäuschen, schaukelnden Booten und den Spiegelungen auf dem Wasser? Und als wäre das noch zu toppen – jetzt muss ich eine kurze Pause machen, um zu kreischen –, gibt es obendrein sogar eine Eisbahn zum Schlittschuhlaufen! Ich wusste, dass ich da ein festliches Juwel entdeckt hatte, doch damit, was das bei Libby auslösen würde, hatte ich nicht gerechnet.

Ehe wir uns versahen, hielt sie Keef an, der gerade mit einem Holzkorb durchs Zimmer lief, drehte ihn geradewegs zu sich um und wies ihn an, die Organisatoren dieses Weihnachtsmarkts ausfindig zu machen, um eine private Nutzung der Eisbahn zu vereinbaren.

Keef wies Libbys Centurion Card zurück, die sie ihm in die Hand drückte und zeigte auf ein Bündel Zwanziger in der Tasche seiner Surfhose. Er tippte sich mit den Perlen an die Nase und meinte, dass sie das mal ihm überlassen solle, sie würden sich dann später einigen. Welche Strippen oder Seile er auch immer ziehen und was auch immer er dafür hinblättern musste, Ende der Geschichte ist, dass wir uns heute Morgen als Erstes aufmachen müssen, um zu unserem Termin für eine exklusive Nutzung der Eisbahn am Hafen unten zu kommen, statt ellbogentief in Weihnachtskugeln und Dekobändern zu waten.

Was mich auf ein weiteres unverzichtbares Morgenprogramm im Schloss zu sprechen bringt: Bills und Milos Frühstückskrieg. Und der Gewinner des heutigen Kampfes lautet (kurze Unterbrechung für einen Trommelwirbel) … Milo! Er muss mehr oder weniger schon wieder aufgestanden sein, bevor er ins Bett gegangen ist, um seinen Platz am AGA-Herd zu sichern und dann fast die ganze Nacht mit einer Schüssel in Industriegröße voll Schottischem Pfannkuchenteig in den Startlöchern gestanden haben, jeden Moment bereit, mit dem Backen loszulegen.

Wenn ich ehrlich bin, liegt Bill mit seinen Frühstücken, die er irgendwo besorgt, in diesem Rennen völlig abgeschlagen zurück. Wenn es gut läuft, tischt er sie mit einem Stirnrunzeln auf, wenn es schlecht läuft, mit einer so finsteren Miene, dass man meint, ein Gewitter würde aufziehen. Kann sein, dass Bill ein klein wenig geschmackssicherer ist, und fairerweise muss man auch sagen, dass Milo sich Bills Schürze leiht. Dennoch verliert Bill in allen anderen Punkten, denn Milo, der selbst kocht und in der Küche herumsaust, albert dabei fröhlich herum, reißt selbstironische Witze und hat immer ein lockeres Lächeln im Gesicht. Ein Frühstück, das von Herzen kommt und mit einem Strahlen serviert wird? Dampfend heiße Pfannkuchen, wahlweise serviert mit Blaubeer- oder Aprikosenmarmelade und einem Lächeln – einige von uns greifen bei allen drei Angeboten gerne zu. Das schlägt Bill und seine Laune jedes Mal mit links.

Die Kehrseite dabei ist, dass ich, als wir an der Eisbahn am Hafen ankommen, so mit Schottischen Pfannkuchen vollgestopft bin, dass mir die Jeans aufspringt, als ich mich bücke, um die Leihschlittschuhe zu binden. Wir sitzen an einer Tischgruppe am Ende der Eisbahn, wo der Schlittschuhladen und der Imbisswagen stehen. Als eine leichte Brise vom tiefgrün und topasblau gefärbten Meer heraufweht, sehen wir den Lichterketten dabei zu, wie sie an den Rändern des Planendaches baumeln.

Ich halte inne, um ein total süßes Bild von Tiff zu knipsen, die sich hinkniet, um Tarkies Schlittschuhe zuzumachen, wobei ihr Tüllrock ausgebreitet auf dem Pflaster aufliegt. Ich bin mir sicher, Libby wäre davon weniger begeistert, doch mir gefällt dieser supersüße Moment geschwisterlicher Zweisamkeit.

Mit einem Stöhnen wende ich mich dann Fliss zu, während ich meine Hose wieder zuknöpfe. »Das muss der Grund dafür sein, wieso Schotten Kilts tragen. Ich werde wohl abwarten müssen, bis sich mein Frühstück gesetzt hat.«

Fliss hat besser geplant und zieht sich den dehnbaren Taillenbund ihrer Leggings unter ihrem riesigen, smaragdgrünen Elfen-Schwangerschaftspulli vom letzten Jahr hoch. »Sei nicht albern, geh aufs Eis und arbeite es ab.«

Ich habe gesehen, dass sie kurz davor aufs Handy geschaut hat, deshalb ergreife ich die Gelegenheit, um ihr zuzuraunen: »Gibt es Neuigkeiten?«

So wie sie das Gesicht verzieht, scheinen es nicht die besten zu sein. »Rob hat schon wieder eine ganze Nacht im Büro verbracht.«

»Ah.« Das ist noch schlimmer, als ich dachte. Und es verblüfft mich, weil es ihm so gar nicht ähnlich sieht. »Glaubst du ihm das? Meinst du wirklich, dass er gearbeitet hat?«

Ihre Augenringe aufgrund des Schlafmangels sind noch dunkler als sonst. »Dreimal während der letzten Woche, da muss ich wohl vom Schlimmsten ausgehen.«

Ich seufze, weil ich mich noch gut erinnere, wie schlimm es sich anfühlte, als George mich verlassen hat. Das Schlimmste daran war, dass er sich nicht einmal verabschiedet hat, sondern mich tagelang im Ungewissen darüber ließ, wo er war. Als ich dann herausfand, dass er einen irre gut bezahlten Job auf einem anderen Kontinent gefunden hatte, ich deshalb nicht mehr gebraucht wurde, und er nur zu feige war, mir das zu sagen, war es eigentlich eine Erleichterung. Aber bei Fliss steht so viel mehr auf dem Spiel. Ich hatte einfach nur einen Loser als Freund, sie hat aber Kinder, und der, über den wir sprechen, ist ihr Seelenverwandter. Ich weiß, dass die Zweifel mit jedem Tag größer werden. Doch auch wenn es mehr als offensichtlich ist, wollen wir es einfach nicht glauben. Es gibt zwar nichts, womit ich sie jetzt aufbauen könnte, aber vielleicht lenkt sie das ab.

»Geh du aufs Eis, ich passe auf Harriet und Merwyn auf, während du mit Oscar deine Runden drehst.« Ich weiß, was ich tue. Harriet sitzt in ihrem Kinderwagen und hält ein Schläfchen, um ihren Stapel Pfannkuchen zu verdauen, und ich brauche dringend eine Pause. Ich habe meinen Beitrag zum heutigen Instagram-Kraftakt schon geleistet, indem ich Libbys gestreifte Markenschals für die Produktplatzierung verteilt habe, sodass alle schön bunt vor dem malerischen Hintergrund der Häuschen am Hafen aussehen. Die Edmunson-

Bohnenstangen dazu zu überreden, Libbys Mützen aufzusetzen und nicht ihre eigenen, war genauso anstrengend, wie es sich anhört. Ich meine, eine Trappermütze ist natürlich effektvoll, aber vier selbst gemachte, gehäkelte und aufeinander abgestimmte sind einfach zu viel des Guten. Graubraun ist theoretisch zwar im Kommen, bringt einem aber noch keine Likes auf Insta ein.

Fliss schaut über die Bande, wo Brian, Bede, Taj und Slater über das Eis flitzen und ihre Hosen in einem Mix aus Regenbogen- und Palmenmustern im Wind flattern, wenn sie sich in die Kurven legen. »Ich dachte, das sei privat, was zum Teufel machen die denn hier?«

Ich muss lachen. »Libby hat Keefs Freunde angeheuert, damit sich für die Bilder etwas mehr Leute auf dem Eisplatz tummeln.« Ich seufze. »Das muss man Libby lassen, sie ist wirklich phänomenal, wenn es darum geht, alles bis ins kleinste Detail zu planen. Sie hat sogar alle dazu gebracht, in Weihnachtsmützen und #TeamWeihnachten-Sweatshirts zu erscheinen.«

Fliss blickt hinüber zu Libby, die umhergeht und alle auf dem Eis anordnet. »Irgendwie sieht sie trotzdem nicht so aus, als würde sie es sonderlich genießen, oder?«

Ich zucke die Schultern. »Eine so große Weihnachtsproduktion ist eben eine ernste Angelegenheit.« Ich rümpfe die Nase Richtung Fliss, während ich meinen Stuhl näher an den durchsichtigen Teil der Bande rücke und schiebe sie und Oscar Richtung Eis. »Bei Licht betrachtet lächelt Madonna ja auch nicht gerade viel.« Ich vermute, Libby würde diesen Vergleich als Kompliment betrachten.

Nicht dass ich kritisch sein möchte, aber außer Miranda und Ambrose und vielleicht noch Milo, der, glaube ich, auch an seinen finstersten Tagen noch heiter und fröhlich wie ein Welpe umherspringt, genießt hier eigentlich niemand die Zeit so wirklich. Klar, gestern Abend hatten wir eine nette halbe

Stunde bei orangeglühenden Holzscheiten und Teelichtern, die vor der samtschwarzen Dunkelheit der Fenster flackerten, aber da Libby ständig rein- und rausspurtete, um irgendetwas zu erledigen, war es irgendwie trotzdem nicht wirklich entspannend.

Die Kinder haben eine Turmnische pro Familie in Beschlag genommen, wo sie sich verschanzen. Tiff und Tansy scheinen sich die ganze Zeit gegenseitig mit dem Handy zu filmen und irgendwelche ernsten Dinge aufzuzeichnen, während Tom sich mit Laptop und Kopfhörern unter seiner Jacke verkriecht.

Im anderen Turm ist Willow permanent damit beschäftigt, ihre Truppe zu beaufsichtigen, die untereinander nur Spanisch spricht und Evopolio spielt, was, für den Fall, dass ihr das nicht kennt – mir ging es auf jeden Fall so –, eine Art bolivianische Version von Monopoly ist, nur eben eine viel bessere. Und die ganze Zeit brennen dabei ihre reinigenden Kerzen. Juhu! Es scheint, als wären die einzigen Momente, in denen sie ins Englische zurückverfallen, die, wenn sie bedauern, dass sie dieses Jahr nicht in Südamerika sein können.

Auch das, was ich vorhin über Miranda und Ambrose gesagt habe, von wegen, dass die so glücklich wären und so, muss ich, glaube ich, nochmals überdenken, nachdem Miranda einen Stuhl neben den meinen gezogen hat und sich mit einem lang gezogenen Seufzen darauf fallen lässt.

»Alles okay soweit?«

Sie zieht ein letztes Mal an ihrer selbst gedrehten Zigarette und drückt sie an der Unterseite ihrer Glitzerschuhe aus, dann bläst sie eine Wolke Rauch aus, die sich langsam in der Luft auflöst, während sie in Richtung des schwarzen Wassers hinter der Kaianlage am Hafen schwebt. Als sie mich mit ihren blauen Augen ansieht, bemerke ich ihren besorgten Blick. »Ehrlich gesagt bin ich total genervt. Gestern konnte Ambrose nicht einmal ein so einfaches Problem lösen, wie eine Tür aufzuschließen, die er selbst verriegelt hat, und jetzt ist er ganz übel drauf, weil er hier in der Kälte bibbert, anstatt im Whirlpool zu sitzen.« Ihre Nasenflügel beben. »In Wahrheit könnte ich auf dieses Drama gut und gerne verzichten.«

Als Ambrose herüberkommt, greife ich in meine Tasche, um den letzten Schal daraus hervorzuholen. »Hier, Ambie, nimm den hier, damit wird es dir gleich wärmer werden.«

Er schlingt sich den Schal um den Hals, während er sich setzt. »Ich hab zum Glück noch andere Aufwärmstrategien.« Er zieht einen Flachmann heraus und nimmt einen kräftigen Schluck. Als er ihn mir anbietet, hängt eine Whiskyfahne in der Luft.

»Fantastisch, aber ich lasse das mal lieber, danke.« Ich spiele kurz mit dem Gedanken, ihn in das Geheimnis einzuweihen, dass die Vermeidung von Alkohol sich positiv auf die Körpertemperatur auswirkt, als Keef ankommt und von seinen Schlittschuhen aus auf uns herabblickt.

»Guten Morgen, ihr müden Krieger!« Er wirft seine Zöpfe zurück und versetzt Ambrose einen freundlichen Fausthieb auf die Schulter, der diesen fast seitlich aus seinem Plastikstuhl kippen lässt, dann wendet er sich Miranda zu. »Böse, böse! Du hast mir doch versprochen, deine diems zu carpen, erinnerst du dich nicht – wie nutzt man den Tag denn bitte von der Zuschauertribüne aus?«

»Äh …« Miranda öffnet den Mund und schafft es irgendwie, ihre Augen zum Funkeln zu bringen, doch sonst kommt nichts von ihr, was sehr ungewöhnlich für eine so vorlaute Person wie sie ist.

Da hat Keef es schon geschafft, ihre Hand zu ergreifen und sie aus ihrem Stuhl zu ziehen. »Du kannst noch den Rest deines Lebens herumsitzen. Aber jetzt, wo wir hier das Eis für uns haben, müssen wir Schlittschuh laufen!«

Ambrose und ich sehen zu, wie er sie hinüberbringt, um

ihre Silberschühchen gegen Schlittschuhe einzutauschen, und ein paar Minuten später führt er sie auf die Eisfläche.

Miranda ruft im Vorbeigleiten: »Wird nicht lange dauern, Ambie.«

Ich glaube, wir alle wissen, dass es das doch wird. Irgendwie tut Ambie mir leid, mit seinem gestreiften Schal, der so überhaupt nicht zu seinem Kamelhaarmantel passt. Ich lächle, während ich seine Schuhe mustere. »Schöne Slipper, Ambrose.« Dann lege ich meine Hand auf seinen Arm. »Keine Sorge, sie kommt wieder zurück.«

Ganz egal, wie sehr Miranda diesen Moment genießt, später, wenn es sich um die Entscheidung zwischen siebenhundert Euro Horsebit-Gucci-Schuhen und so dermaßen ausgelatschten Tierpfleger-Turnschuhen dreht, dass sie leicht aus dritter Hand sein könnten, ist sie wieder da. Mag sein, dass Mirandas Herz momentan wegen des Herumsausens auf dem Eis und des schwachsinnigen Geredes von Bills Vater über wilde Momente und frei über endlose Weiten der Ozeane umherziehende Geister höher schlägt. Doch ihre Erfolgsgeschichte der verzweifelten Suche nach Sicherheit lässt keinen Zweifel offen, wo sie letztendlich landen wird. Selbst wenn ihre Männer ausnahmslos auf der Strecke bleiben – wenn es hart auf hart kommt, entscheiden stets ihr Kopf und deren Bankguthaben über ihr Herz. Es ist also eigentlich klar, dass es keine Rolle spielt, wie sehr sie jetzt auch kichern und Keefs funkelnde Augen bewundern mag, während er sie über das Eis geleitet, Ambrose wird auf dem Weg zum Whirlpool letzten Endes das Lachen haben. Ich hoffe nur, der Arme weiß das auch, denn mit jeder Runde, die Miranda auf dem Eis dreht, wird sein Gesicht länger.

Während er nochmals einen kräftigen Schluck nimmt, seufzt er: »Das Problem ist, ich bin die fehlende Bequemlichkeit einfach nicht gewohnt. An den Orten, an denen Betty und ich uns aufzuhalten pflegten, war viel mehr Prominenz zugegen und es war alles viel luxuriöser. Daheim habe ich einen Axminsterteppich, der von Wand zu Wand reicht, mit doppelter Komfort-Unterlage.«

»Betty?« Mir wird ganz schwer ums Herz, als ich höre, wie weit er sich aus seiner Komfortzone herausbewegt zu haben scheint.

Er zuckt die Schultern. »Betty ist meine verstorbene Frau, wir waren absolute Kreuzfahrtfans. Einmal hatten wir über Weihnachten eine Platinum-Suite mit Butler und saßen zu jedem Dinner in schicker Abendgarderobe am Kapitänstisch – nun ja, alles darunter fühlt sich für mich zweitklassig an.« Und ein Schloss mit unverputzten Steinwänden statt eines herrschaftlichen Zimmers muss sich für ihn so komfortabel anfühlen, als würde man seine sonnengebräunte Haut mit Sandpapier schrubben; nur dadurch erträglich, dass er alles bis auf den letzten Tropfen austrinkt, was ihm in die Finger kommt.

Ich greife rüber und drücke seinen Arm. »Sobald Miranda einmal eine Kreuzfahrt ausprobiert hat, hast du sie bestimmt auf deiner Seite.« Ich bin weniger davon überzeugt, als ich es klingen lasse. Ich glaube, Miranda hat eine etwas zu schnippische Art, um mehr als einmal neben den Kapitän gesetzt zu werden, und wenn ich mich recht erinnere, wird sie außerdem sehr leicht seekrank. Sie ist eher jemand, der Grenzen austestet und militant protestiert, als jemand, der es gewohnt ist, Erwartungen zu erfüllen. Wenn Ambrose wüsste, dass sie schon einmal festgenommen wurde, weil bei einer Demo gegen die Schließung der Bibliothek von Brighton eine Torte im Gesicht eines Regierungsrats der Konservativen gelandet war, würde er sich wahrscheinlich blitzschnell in seinen Gucci-Slippern aus dem Staub machen.

Ambrose schlingt fröstelnd die Arme um sich. »Ich denke, wir werden nächstes Weihnachten definitiv auf Barbados verbringen.«

»Wie schön.« Selbst wenn ich ihn anstrahle, fühle ich mich so unwohl hier, dass ich mich – nur um es mal bildlich auszudrücken – sogar lieber zu Tom und Tarkie an den Nebentisch setzen würde, um mit ihnen gemeinsam zu überlegen, wie wahrscheinlich es wohl ist, dass einem bei einem Sturz von einem vorbeikommenden Schlittschuh die Finger abgetrennt werden.

Während ich Oscar und Fliss dabei zusehe, wie sie vom Eis in unsere Richtung wanken, fühle ich eine Hand auf meiner Schulter. Ich muss gar nicht hinsehen, der auf- und abspringende Merwyn, der schnüffelt und sogar bellt – der kleine Verräter –, ist Hinweis genug. Ich drehe mich um in eine Paco-Rabanne-Wolke und sehe ein Lächeln so breit wie die Bucht von St. Aidan und doppelt so warm wie ein Sommertag. »Milo, du hast es doch geschafft. Und du hast sogar schon deine Schlittschuhe an.«

Wenn er Merwyn wäre, wäre es einfach hinreißend, wie Milo die Nase rümpft. Da er ein Mensch ist, ist es nicht ganz so süß und offen gestanden eine kleine Belastungsprobe für meine Nerven, da es mir den Magen zusammenzieht wie eine verdorrte Pflaume. Er streckt mir die Hand hin. »Lust, ein wenig übers Eis zu wirbeln?«

Das ist ein äußerst schlechtes Timing. Ich hatte mich zwar innerlich darauf vorbereitet, auf die Bahn zu torkeln, um für mich alleine ein paar wacklige Runden zu drehen, aber auf einen Paarlauf würde ich dann doch lieber verzichten, weswegen ich jetzt händeringend nach einer Ausrede suche. »Danke, aber ich glaube, es ist Zeit für eine heiße Schokolade und Weihnachtsmuffins.« Nicht sehr originell, aber ich bin eben verzweifelt. »Die Schlittschuhdame sagte, die seien hausgemacht von der Kleinen Traumküche in Cornwall … Die ist draußen hinter dem Hafen, Richtung Dünen. Sie sind von Clemmie gebacken, der Vorzimmerdame von den Rechtsanwälten ... Sie haben jede Geschmacksrichtung, die man sich nur vorstellen kann ... Und die veranstalten auch Events für Singles dort ...«

Milo blickt verwirrt drein. »Aber wir haben doch gerade erst gefrühstückt, ich bin eben erst mit dem Abwasch fertig geworden!« Womit er uns alle daran erinnert, dass er zu alledem noch ein wahrer Engel in der Küche ist. »Komm schon, zwei Runden, danach gebe ich eine Runde Snacks und Getränke für alle aus.« Nicht, dass er es schaffen würde, mich zu manipulieren, aber irgendwie scheint jetzt unser aller zweites Frühstück allein davon abzuhängen, dass ich mit ihm aufs Eis gehe.

Fliss wirkt bester Laune, als sie herbeikommt. »Ooooh, ja, schnell aufs Eis mit dir, Ivy-Sternchen, danach gibt's für alle einen Vormittagskuchen.« Wer beste Freunde wie sie hat, braucht keine Feinde.

»Gut.« Ist es zwar nicht, aber ich stehe auf, zieh die Krempe meiner Bommelmütze so weit wie möglich nach unten und halte mich an der Bande fest. Ich hatte schon auf Rollschuhen so meine Mühe. Wie ich es jetzt schaffen soll, auf diesen schmalen Kufen die Balance zu halten, ist mir ein Rätsel. Während ich anfange, mich entlang der Bande Richtung Zustieg aufs Eis zu hangeln, bereue ich es, mich seinerzeit um jeden Betriebsausflug von Daniels Firma gedrückt zu haben, wo es zum Eislaufen ging. Währenddessen beobachte ich die Jungs, die dabei sind, Lichter aufzuhängen und die letzten Feinarbeiten an den Marktständen zu erledigen, die sie entlang der Hafenkante aufgestellt haben. Dahinter sieht man die Reihe von in verschiedenen Pastellfarben gestrichenen Cottages. Ich danke allen meinen Glückssternen, dass außer den geschäftigen Arbeitern an den Marktständen und den vereinzelten Spaziergängern, die mit ihren Hunden zum Strand hinuntergehen, niemand am Hafen ist, das Ganze hier also ohne Publikum stattfindet.

Ich bin entschlossen, das ganz alleine durchzuziehen. *Jingle Bell Rock*, gesungen von Girls Aloud, tönt aus den Lautsprechern, das muss doch ein gutes Zeichen sein. Ich meine, wie schwer kann es schon sein? Tom und Tarkie haben beschlossen, ihre Finger zu riskieren, und schaffen es auch, sich überwiegend schwankend auf den Füßen zu halten, und die Bohnenstangen sind sogar schon dazu übergegangen, Pirouetten zu drehen. Als ich das Eis betrete, stiefelt Libby gerade auf dem Kopfsteinpflaster am Hafen vorbei. Ich nicke Willows Tochter Scout zu, die so schnell auf einer Stelle herumwirbelt, dass man sie nur verschwommen sieht.

»Das wäre vielleicht etwas zum Hochladen?« Ich bin zwar kein Experte, aber von da aus, wo ich stehe, sieht das mächtig beeindruckend für eine Zehnjährige aus. Ich hoffe bloß, ihr Schal zieht sich nicht zu eng zu und stranguliert sie durch die seitwärts wirkende Schwerkraft.

»Ich glaube nicht, Ivy, das sieht mir mehr nach Angeberei aus als nach einer wirklichen Freistil-Kür.« Libby schnaubt. »Diese Darbietung ist ein Abbild ihres Hausunterrichts – mit solchen Pirouetten stellen sie Jane Torville in den Schatten, und sie können besser Spanisch als ganz Mexiko, aber ihre sozialen Kompetenzen sind eine Katastrophe. Du wirst es wohl bemerkt haben, ihrerseits gibt es null Interaktion mit irgendjemandem, und sie gucken die ganze Zeit total abweisend durch die Gegend.«

Ich bin zu beschäftigt damit, darüber nachzudenken, dass sie das Gleiche über ihre eigenen Leute sagen könnte, um ihr direkt zu antworten, aber offensichtlich erwartet sie das auch gar nicht, denn sie ist schon wieder auf dem Weg zur anderen Seite des Kais.

Ich werte das mal als »nein« zu einem Instagram-Post. Hätte sie das früher gesagt, hätte ich mir den Überzeugungskampf mit den Bohnenstangen sparen können, die Sets aus

Mütze und Schal aufzusetzen. Ich bin gedanklich noch so sehr bei Libby, dass ich nicht richtig mitbekomme, als mein Schlittschuh auf das Eis aufkommt und ich losschliddere. Ich rudere wie wild mit den Armen in der Luft, um wieder an die rettende Bande zurückzukommen, als sich ein paar Finger um die meinen schließen.

»Kein Grund zur Panik, Ivy – schieb einfach einen Fuß nach vorne und lass dich gleiten, dann machst du das Gleiche mit dem anderen. Du kannst jetzt ganz entspannt laufen, ich bin hier und halte dich fest.« Es ist Milo, dessen Hand so warm ist, dass ich die Hitze durch meinen Handschuh hindurch spüre. Als er mich mit dem anderen Arm am Rücken stützt, fühle ich mich gleich stabiler.

»Okay.« Auch wenn es das nicht wirklich ist. Ich kippe ruckartig nach vorne und mache einen großen Ausfallschritt zur Seite, um wieder in Balance zu kommen.

»Fahr ruhig weiter, bei mir bist du absolut sicher.« Seine Stimme klingt ruhig und ermutigend, und irgendwie – keine Ahnung wie – bewegen wir uns ruckelnd vorwärts und stehen immer noch aufrecht auf den Beinen. »Für dich ist es das erste Mal auf Schlittschuhen, jetzt kannst du nachvollziehen, wie ich mich in meiner lächerlichen neuen Landkleidung fühle.«

Ich muss laut lachen. »Du weißt aber schon, dass du immer noch die Preisschilder dran hast?«

»Ach du Schande. Sag, dass das nicht wahr ist.«

Irgendwie bekomme ich es hin, zu nicken und mich gleichzeitig wankend fortzubewegen. »Unten am Rücken hängen sie raus.«

Er stöhnt auf. »Verdammt. Da gebe ich mein Bestes, um dich damit zu beeindrucken, was für ein cooler Landbursche ich doch bin, und dabei sehe ich aus wie der letzte Loser.«

»Du machst das also extra meinetwegen?« Bevor ich mir im Klaren darüber bin, ist es schon ausgesprochen. Doch ich mache mir nicht so viel daraus, wie ich vielleicht sollte, da wir es tatsächlich bis zur Bande am anderen Ende der Eisbahn geschafft haben, an der ich mich festhalten kann und keine Angst mehr haben muss, rücklings auf den Po zu fallen. Jetzt, wo es mir nun einmal herausgerutscht ist, können wir es ja auch gleich klären.

Milo baut noch einen kleinen Abschwung ein, bevor er zum Stehen kommt und lächelt. »Du hast mich durchschaut! Ist das schlimm?«

Ich hole Luft. »Ich weiß nicht, was sie dir erzählt haben …?«

Er unterbricht mich mit leuchtenden Augen. »Eine ganze Menge, aber mach dir keine Sorgen, sie haben nur das Beste über dich gesagt. Ich kann es gar nicht erwarten, dich besser kennenzulernen.«

Trotz des warmherzigen Welpenblicks muss ich eines klarstellen. »Fairerweise muss ich dir sagen, Milo, dass eine Beziehung das Letzte ist, was ich jetzt will – egal, was du über mich gehört hast.«

Er versetzt mir einen Stups, und auf seinem Gesicht zeigen sich kleine Fältchen, als er mir zuzwinkert. »Ist schon okay, Ivy. Wir reden über fünf Minuten gemeinsames Eislaufen. Niemand erwartet eine Entscheidung fürs Leben von dir.«

»Stört es dich nicht, dass du mit falschen Erwartungen hergekommen bist?«

Er rümpft wieder die Nase. »Sag niemals nie, keiner weiß, was einen hinter der nächsten Ecke erwartet.« Dann räuspert er sich und verzieht wieder das Gesicht. »Ich muss dir ehrlich gesagt auch etwas beichten …«

Mir zieht es den Magen zusammen. »Wirklich?« Girls Aloud haben ihr Lied zu Ende gesungen, jetzt hat Bing Crosby *White Christmas* angestimmt, und obwohl er sehr langsam und schmachtend vor sich hinsingt, schafft er eine ganze Strophe, bevor Milo weiterredet.

»Dad und Miranda sind überzeugt, dass ich auf der Suche nach einer neuen Liebe hier bin ... Aber leider ist das eher eine Art Tarnung.«

Ich fühle, wie sich meine Augen weiten. »Warum bist du denn dann hier?«

Er senkt die Stimme zu einem leisen Flüstern. »Ich passe auf Dad auf.« Er zuckt mit den Augenbrauen. »Damit er sich nicht zu sehr auf Miranda einlässt.«

»Wirklich?!« Ich bin so geschockt, dass meine Stimme kiekst, habe sie dann aber gleich wieder unter Kontrolle. »Und wie läuft das?«

Er kommt mit seinem Mund ganz nah an mein Ohr, sodass ich seinen warmen Atem durch meine Wollmütze spüren kann. »Sie ist nett, aber wenn du nur den Hauch einer Ahnung hättest, wie viele Ehemänner sie schon hatte, würdest du verstehen, wieso ich das verhindern muss.«

Meine Güte. Ich werde ihm nicht erzählen, dass die meisten von uns sie gar nicht mehr zählen können. »Du bist also hier, um sie auseinanderzubringen?«

Sein Seufzen verrät, dass er davon selbst nicht wirklich begeistert ist. »Dad ist völlig liebestrunken, und Weihnachten ist eine sehr romantische Zeit. Ich bin einfach hier, um einzuschreiten, falls es zum Äußersten kommt – um ihn vor sich selbst zu schützen.«

Ich bin sicher, Libby und Fliss würde es freuen, dass er das verstanden hat, aber mir behagt es dennoch nicht so ganz. »Ich verstehe deinen Standpunkt, aber sie sind doch erwachsen und keine Teenager mehr, sie sollten das Recht dazu haben, so etwas selbst zu entscheiden.« Ich werfe ihm einen bohrenden Blick zu. »Ohne störende Eingriffe.«

Milo seufzt. »Wir haben meine Mutter erst letztes Jahr verloren, er ist sehr verletzlich.« Sosehr er normalerweise seine Emotionen zeigt, so verschlossen wirkt er plötzlich.

Ich muss trotzdem etwas loswerden. »Sein persönliches Glück zu finden, ist nicht so einfach, und Miranda ist eine wunderbare, warmherzige, aufmerksame, talentierte, kreative und liebevolle Frau. Wenn dein Dad mit ihr glücklich ist, ist es dann richtig, ihm das wieder zu nehmen?« Das Ganze ist ziemlich kompliziert und verstrickt. Natürlich möchte Milo nicht, dass sein Vater verletzt wird. Und ganz sicher möchte er erst recht nicht, dass Miranda sein Erbe durchkreuzt. Und es ist wahr, Mirandas Erfolgsbilanz sieht grauenhaft aus. Doch irgendwann muss auch sie mal den Richtigen finden. Und wenn das Ambrose ist, dann ist es nicht richtig von Milo, ihr diese Chance zu zerstören.

Er zuckt die Schultern. »Ich weiß, es ist hart.« Er senkt die Stimme wieder. »Wirst du mein Geheimnis für dich behalten? Ich möchte auf keinen Fall, dass Ambrose und Miranda sich auf die Füße getreten fühlen.«

Meine Stimme schießt wieder in die Höhe. »Das tust du aber. Und es sind nicht nur ihre Füße, du stampfst auch auf ihrer Zukunft herum, mit deinen 43er-Gummistiefeln.«

Er zieht eine Augenbraue hoch. »Das sind 45er. Hunters fallen anscheinend sehr klein aus.«

Ich nicke. »Das sollte ich eigentlich wissen, das sagen die von der Schuhabteilung bei Daniels auch immer.« Die Zahl an Retouren, die sie momentan haben, ist enorm. Irgendwie haben wir uns zwischenzeitlich sogar wieder in Bewegung gesetzt. Zumindest weiß er jetzt, was ich von der Sache halte.

Dann legt sich sein Stirnrunzeln allmählich, und er lächelt wieder. »Wäre das nicht ein guter Moment für das Stück Kuchen?«

Ich seufze. »Ausgerechnet jetzt, wo es bei mir auch allmählich besser läuft.« Natürlich ist es albern, nun enttäuscht zu sein, dass wir das Eis verlassen. Aber ihr kennt mich ja, wenn ich die Wahl habe zwischen heißer Schokolade oder Training, fällt mir die Entscheidung nicht schwer. »Habe ich mich verguckt, oder haben sie in der Schlittschuhbude auch Baileys-Muffins?«

»Du hast richtig gesehen.« Jetzt macht er wieder dieses Ding mit der Nase. »Lass uns schön langsam zu unserem Ausgangspunkt zurücklaufen, damit Ambrose und Miranda mitbekommen, wie pärchenmäßig wir aussehen. Danach gehen wir direkt ins Café.« Als er meine Hand nimmt, grinst er wieder. »Dann mal los, schön breit lächeln, damit alle sehen, wie gut wir miteinander können.«

Ausnahmsweise einmal reicht der Gedanke an eine heiße Schokolade nicht aus, um mich wirklich zum Lächeln zu bringen.

21. Kapitel

Zum Nordpol geht's hier entlang

Okay, jetzt ist es offiziell. Die Kleine Traumküche in Cornwall ist unsere neue Lieblingsbäckerei, und das vor allem, weil sie Mini-Muffins zum Probieren anbietet, damit man sich entscheiden kann, von welcher Sorte man einen großen haben möchte. Nach meinem ersten hätte ich schwören können, der mit Baileys wäre mein neuer Lieblingsmuffin. Doch dann hab ich einen Rentier-Schoko-Muffin probiert, den Fliss mir empfohlen hat. Die Art und Weise, wie sie versucht, mich zu überreden, das zu essen, was mich am meisten abstößt, weil es mir angeblich zu alter Stärke verhelfen soll, klingt noch mehr nach Willow als Willow selbst. Aber vielleicht hat sie ja irgendwie recht. Außerdem: Würden alle meine Ängste nach Schokolade schmecken, wäre ich gerne bereit, sie aufzufuttern. Wie dem auch sei, ich schließe die Augen und konzentriere mich statt auf das Geweih und die Nase ausschließlich auf die Buttercreme. Der Muffin bekommt von mir glatte zehn von zehn Punkten auf der Geschmacksskala und wird für zehn Sekunden zu meinem neuen Lieblingsmuffin – bis ich nämlich einen mit Kaffee und gerösteten Haselnüssen probiere. Der schlägt alle Muffins der gesamten Bucht um Längen. Sogar Willow lässt sich überreden, und siehe da – sie wählt einen glutenfreien mit extra wenig Zucker, mit einem lila Blütenblatt und einem Zweiglein echtem Lavendel. Sie nimmt den Bohnenstangen sogar eine extra Box mit sechs Mini-Muffins für später mit; für sie ist das durchaus ein Fortschritt.

Dann knallt Milo seinen Stuhl zwischen den von Ambrose und Miranda, was als Trennungstechnik ungefähr genauso dezent ist, als wäre er mit seinen 45er-Stiefeln dazwischengesprungen. Doch da er dazu auch noch Harriet auf dem Arm hat, die in beiden Händen je einen superklebrigen Muffin hält und seitliche Angriffe auf Ambies Kaschmirmantel startet, bringt das die beiden tatsächlich auf gehörigen Abstand. Das Beste daran aber ist, dass Fliss, Oscar und ich, jetzt, wo Harriet einen neuen Aufpasser gefunden hat, die Gelegenheit ergreifen, um unser schlechtes Muffin-Gewissen durch ein paar Runden auf dem Eis zu erleichtern. Und da Keef sich zu einem anderen wichtigen Termin aufgemacht hatte, der irgendetwas mit einem Treffen im Happy Shark zu tun haben könnte, sind Ambie und Miranda endlich wieder beisammen.

Was Fliss und mich betrifft, so könnte man sagen, dass wir über uns selbst staunen, als wir wieder zurück auf dem Eis sind. Wenn man die Füße und den Körper mal soweit hat, dass sie im Takt zu den Weihnachtsliedern dahingleiten, ist dieser Schlittschuhspaß viel einfacher, als man denkt, und genauso wie die Muffins macht er Lust auf mehr. Fliss und ich standen schon immer auf Justin von The Darkness – ein Hetero, der einen paillettenbesetzten Overall tragen und das gleichzeitig ironisch wirken lassen kann. Für uns ist er ein Held. Als seine Stimme aus dem Lautsprecher ertönt, lassen wir es richtig krachen und drehen lauthals trällernd zu *Christmas Time, don't let the bells ring* unsere Runden. Wir sind so vertieft, dass wir gar nicht mitbekommen, dass Bill mittlerweile ebenfalls angekommen und auf dem Eis unterwegs ist. Die Krönung ist, dass er offenbar seine eigenen Schlittschuhe trägt, während der Rest von uns mit ramponierten Leihschuhen unterwegs ist. Scheint so, als gäbe es neben seiner herrschaftlichen Behausung auch eine eigene Eislaufbahn.

Mitten im Refrain unterbreche ich für ein Augenrollen in

Richtung Fliss. »Irgendwer sollte ihm sagen, dass das hier keine olympische Eisschnelllaufbahn ist.«

Fliss verzieht das Gesicht. »Er stellt sich aber verdammt geschickt an und ist gut im Durchschlängeln.« Sie neigt sich mit einem leisen Lachen zu mir. »Wenn das hier ein Wettkampf sein soll, stellt er den alten Milo auf jeden Fall in den Schatten.«

Ich schüttle den Kopf. »Diese beiden mit ihren Backschlachten – was haben die eigentlich für ein Problem?«

Sie wendet sich mir zu und sieht mich von der Seite an. »Das war jetzt nicht der Wettkampf, von dem ich gesprochen habe.«

»Welchen meintest du denn dann?«

Sie zwinkert mir zu. »Wenn du das noch nicht kapiert hast, ist es auch egal.«

Auf einmal wird es mir klar. »Wie konnte ich das vergessen. Der lächelnde Milo gegen den miesepetrigen Bill. Wie schafft Bill es, so düster dreinzublicken und sich dabei trotzdem auf das Eislaufen zu konzentrieren?«

Dann hört Justin zu singen auf, und als wäre das nicht schon schlimm genug, höre ich ein wohlbekanntes Gitarrenzupfen einsetzen, das mein Herz in die Hosentasche rutschen lässt.

Scout stößt einen spitzen Schrei aus. »Willow, das ist *Feliz Navidad*!« Sie setzt zu einer Reihe Pirouetten an und nach der letzten fängt sie mit Sailor und Solomon an, auf dem Eis herumzusausen, wobei sie schneller als Bill unterwegs sind und alle gemeinsam auf Spanisch singen.

Es ist ein heftiges Kratzen zu hören, und ein ganzer Schauer aus Eiskristallen spritzt vom Eis auf, als Bill mit einer abrupten Bremsung neben uns zum Stehen kommt. Er hat ein Auge halb geschlossen, während er spricht, und es ist irgendwie klar, dass er nur mich meint, nicht uns alle.

»Hast du gehört, sie spielen unser Lied.«

Außer dass ich mir die Eiskristalle aus den Augen reibe und von der Jacke klopfe, zeige ich überhaupt keine Reaktion. »Deines vielleicht, Bill. Meines ist Shakin Stevens.«

Er starrt mich immer noch an. »Ich dachte, deines sei *I Wish It Could Be Christmas Every Day*?«

Ich bleibe standhaft. »Nein, das ist mein Slogan, nicht mein Lieblingslied.« Es macht Spaß herauszukehren, dass er mich nicht so gut kennt, wie er immer tut.

Er schüttelt den Kopf. »Macht das einen Unterschied?«

Natürlich macht es das. »Absolut.«

»Herrje, ich sag's ja immer wieder, wer hätte gedacht, dass Weihnachten so kompliziert ist?« Er streckt die Hand aus. »Komm schon, jetzt wo wir schon einmal hier sind, willst du vielleicht auch wissen, wie sich richtiges Schlittschuhlaufen anfühlt.«

»I-i-i-ich ...« Das will ich ganz gewiss nicht, versuche ich zu sagen, aber so weit komme ich nicht. Ich weiß nur, dass es sich so anfühlt, als hätten meine Füße auf einmal Flügel bekommen und einen Raketenantrieb obendrein. Kein Vergleich zu dem Gefühl eben, als ich mich steif vor Angst an Milo klammerte. Mit Bill fühlt es sich so an, als hätte er genügend Kraft und Balance für uns beide, und während wir auf dem Eis herumdüsen, bin ich so geschockt und überrascht, dass ich vergesse zu atmen. Als wir endlich bremsen, ist mir schwindlig. Das muss dem Sauerstoffmangel geschuldet sein.

»So, wie hat dir das gefallen?« Bill schaut auf mich herab.

»Das Lied ging ganz schön lange.«

»Das liegt daran, dass ich ihnen gesagt habe, sie sollen den Repeat-Knopf drücken. Also, wie fandest du das Eislaufen?«

»Super.« So nah bin ich dem Gefühl der Schwerelosigkeit wahrscheinlich noch nie gewesen. Aber ich will offen zu ihm sein. »Ehrlich gesagt, hätte ich es wahrscheinlich mehr genossen, wenn du nicht so großspurig und überlegen tun würdest.«

Jetzt verdüstert sich sein Blick noch mehr. »Und was genau meinst du damit?«

Ich schaue auf seine Schlittschuhe. »Diese extra auffälligen Angeber-Schuhe.«

Er blickt so drein, als hätte er keinen blassen Schimmer, wovon ich rede. »Das sind nun mal meine Schlittschuhe.«

Ich gebe keinen Millimeter nach. »Egal, was du tust, immer musst du dabei auf die anderen herabschauen.«

»Das ist doch lächerlich.«

Diese Art, das so rundheraus zu sagen, als gäbe es dazu nur diese eine Meinung und als wäre keine andere zulässig, bestätigt genau das, was ich gemeint habe. Meine Brust zieht sich zusammen. »Und musst du immer so verdammt trübselig dreinblicken? Wir versuchen doch verdammt noch mal alles, um hier eine schöne Zeit zu verbringen.« Ich weiß, dass das nicht ganz wahr ist und es auch niemandem so wirklich gelingt, aber trotzdem könnte es ja so sein. »... Aber wenn du hier mit deinem Weihnachtsmuffel-Gesicht auf alle anderen herabblickst, ist es wirklich verdammt schwer, sich nicht die Laune vermiesen zu lassen.« Meine Stimme ist extrem in die Höhe geschnellt und hört sich viel quietschiger an, als mir lieb ist. Ich habe das Gefühl, dass die Eisläufer auf dem Platz nach und nach stehen bleiben.

Seine Nasenlöcher weiten sich, als er die Luft aus den Backen bläst. Einen Moment lang sieht er richtig finster aus, dann antwortet er. »Kann schon sein, dass ich trübselig dreinblicke, aber das ist tausendmal besser, als sich zum Affen zu machen, wie du das vorhin getan hast.«

Das ist so weit entfernt von allem, was ich erwartet hätte, dass es meine Stimme vor Schock wieder in eine normalere, tiefe Tonlage bringt. »Wie bitte?« Ich habe wirklich keine Ahnung, wovon er spricht.

Seine Augen blitzen auf. »Du rennst herum und wirfst dich

einem Typen wie Milo an den Hals. Ich hätte wirklich gedacht, dass du mehr Selbstachtung hast.«

So eng sich meine Brust vorhin auch angefühlt haben mag, jetzt explodiert sie förmlich. »Und was soll das bitte heißen, Bill?«

Er spricht mit gesenkter und ruhiger Stimme. »Glaub mir, ich weiß es.«

»Rein gar nichts weißt du!« Als ich nach unten blicke, sehe ich, dass er immer noch meine Hand hält, und zwar richtig fest. Ich versuche sie aus der seinen zu ziehen, aber er lässt nicht los. Erst dann, als ich richtig, richtig fest ziehe, löst sich sein Griff endlich, sodass ich von ihm loskomme. Doch die ruckartige Bewegung lässt mich nach hinten taumeln, was kein Problem wäre, wenn wir einfach nur am Hafen stehen würden. Doch hier arbeiten die Umstände gegen mich. Erstens stehe ich auf einer Eisfläche, was bei genauerem Nachdenken einer der rutschigsten Untergründe ist, welche der Menschheit bekannt sind. Zweitens stecken meine Füße in verdammt großen Schuhen, und als ob das nicht genug wäre, sind daran an der Unterseite riesige Metallteile mit Zacken montiert. Einen dieser Faktoren hätte man vielleicht noch kompensieren können, doch alle drei zusammen lassen mich nach hinten wanken. Ich rudere mit den Armen in der Luft und hätte es fast geschafft, wieder ins Gleichgewicht zu kommen, doch meine Füße sind nicht mehr da, wo sie sein sollen. Eines der Kufenenden verfängt sich in einer Schlaufe der Schuhbänder, und das war's. Meine Füße rutschen nach vorne, sodass es mich rücklings zu Boden wirft, wo ich Po voraus auf dem Eis lande.

Nach diesem heftigen Aufprall befinde ich mich in der Waagrechten. Ich sehe den hellgrauen Wolken zu, wie sie vor den dunkelgrauen Wolken im Hintergrund über den Himmel rasen.

Was eigentlich nicht weiter schlimm wäre. Jeder fällt mal hin. Das gehört dazu. Wir sind hier schließlich auf einer verdammten Eisbahn. Es ist ja geradezu metaphorisch – die physische Verkörperung einer glatten und rutschigen Oberfläche, auf der es unmöglich ist, sich auf den Beinen zu halten. Ich frage mich also, warum sich ein Kreis aus Gesichtern über mir bildet, die meinen Blick auf die Wolken umrahmen und alle mit offenen Mündern und aufgerissenen Augen erschrocken auf mich herabstarren.

Fliss kommt wankend über das Eis gerannt und mit ihren ausgebreiteten Armen sieht sie fast wie Bill in olympischer Höchstform aus. »Ist schon okay, Ivy, du musst dir absolut keine Sorgen machen, wirklich, wirklich, WIRKLICH, niemand schert sich darum …«

Das ist der Moment, als ich mir an den Kopf fasse und fühle, dass mein Kopf und meine Haare auf der nassen Eisoberfläche liegen. Meine Mütze ist komplett weg. Und meine langen, schräg geschnittenen Stirnfransen, die ich mir so sorgfältig habe wachsen lassen, um meine linke Gesichtshälfte damit zu bedecken, sind nach oben und seitlich weggerutscht. Mit anderen Worten, sie sind nicht da, wo sie sein sollten.

»Shit, wo ist meine …«

Ich sehe Toms Gesicht, das aus einer komfortablen Kapuze auf mich herabblickt. »Ah, das ist also der Grund, wieso sie auch drinnen eine Mütze trägt. Okay, alles klar, jetzt verstehe ich das. So eine Narbe muss man ja verstecken.«

Als ich mich in eine sitzende Position aufraffe, ist Fliss bei mir und hält mir meine Bommelmütze entgegen, die völlig durchnässt ist von dem Wasser auf der Eisfläche. »Hier … Setz sie wieder auf. Wirklich, Ivy-Blättchen, es kümmert niemanden … Wirklich nicht …«

Willow ist auch da. »Es wird alles gut. So ein Versteckspiel ist sehr einengend, eine Enthüllung kann da sehr heilsam wirken, kein Wunder, dass deine Chakren völlig in Unordnung sind.«

Mirandas Stimme dröhnt über das ganze Hafengelände, während sie wieder zurück aufs Eis hastet. »Liebes, es ist nur eine Narbe ... Und sie sieht schon viel besser aus als früher ... Das stört niemanden, Schätzchen. Du wirst immer wunderschön sein ... Man sieht sie ja jetzt überhaupt nicht mehr, jetzt, wo du dir die Haare hast wachsen lassen ...«

Tiff steht mit funkelnden Augen dabei, ihr rosa Tüllrock wirbelt durch die Luft, als sie sich den anderen zuwendet und schreit. »Würdet ihr alle mal aufhören, so schrecklich zu sein und sie einfach in Ruhe lassen!«

Es ist wie Magie. Plötzlich sind alle still und schauen nur sie an. Da steht es, das fürchterliche Kind, für das ich die letzten Tage nichts anderes als Verachtung übrig hatte und jetzt will ich es plötzlich umarmen.

Sie und Tarkie helfen mir behutsam auf die Beine, dann kommt auch Tansy dazu, doch über ihren Köpfen erblicke ich Bill. Als er näher kommt, ist sein Gesicht ganz zerknittert vor Sorge, und die Art, wie er die Arme ausstreckt, sagt mir, dass er sie um mich schlingen wird, sobald er bei mir ist. Auch wenn mir völlig klar ist, dass das das Letzte ist, was ich jemals wollen würde, sehnt sich ein Teil von mir nach seiner Wärme. Nach den kräftigen Händen, die sich auf meinen Rücken legen. Nach seinem wundervollen Duft, während ich meine Nase in diesem dunkelgrauen Kaschmir vergrabe. Nach dem Gefühl, von dem ich noch Monate nach Chamonix geträumt habe, wenn nicht sogar Jahre. Der Wunsch, für immer in diese Arme geschlossen zu werden.

Heute werde ich nicht dagegen ankämpfen. Die Rückseite meiner Teddy-Fleecejacke ist klitschnass, meine Jeans klebt an den Knien, meine Haare hängen mir feucht und völlig verworren von meinem triefnassen Kopf. Nur dieses eine Mal werde ich mich nicht selbst strafen, sondern mich einfach zurücklehnen und das Wunderbare über mich kommen lassen. Ich werde es förmlich in mich aufsaugen. Jedes noch so kleine Stückchen Kraft und Wohlgefühl, das mir diese Umarmung schenken wird, werde ich mir einverleiben. Ich werde diesen verdammten diem carpen, mich gehen lassen und den Moment genießen.

Während ich mir das zusammengesponnen habe, muss ich wohl irgendwann die Augen geschlossen haben. Als ich sie öffne, erwarte ich, dass dieser süße, glückselige Moment eintritt und mein Kinn in Bills Pulli landet. Was ich stattdessen bekomme, schießt mit rasender Geschwindigkeit von links über das Eis heran und wirft Bill aus meinem Sichtfeld.

Anstatt in die erwartete Wärme der Wolle gräbt sich mein Gesicht in die Nylonfalten einer brandneuen Barbour-Jacke, und ich muss wegen der Parfumschwaden von Paco Rabanne 1 Million, die mich hinten im Hals kitzeln, husten. »Milo?«

»Keine Sorge, ich mache das!« Habe ich sein Strahlen schon einmal erwähnt? Es ist breiter als die Bucht und heller als eine durch Brenngläser verstärkte Tausend-Watt-Leuchtturm-Birne.

Dann, während ich versuche, mich mit einem Ruck zu befreien und meine Mütze irgendwie aus seinem Reißverschluss zu bekommen, sehe ich einen großen Klumpen Buttercreme, und es durchfährt mich wie ein Blitz. »Meine Güte, wo zum Teufel hast du Harriet gelassen?«

Er wirkt völlig unbekümmert. »Ihr geht's gut, ich hab sie meinem Dad gegeben.«

Bei ihm abgeladen trifft es wohl eher. »Als könnte man Ambie so etwas Zerbrechliches wie ein Kind anvertrauen. Er hat ja schon Probleme damit, eine Bierflasche festzuhalten – wie soll er da mit einem sich windenden Baby zurechtkommen.«

Wie aufs Stichwort ist ein lautes Schreien zu hören. Nur, dass es nicht Harriet ist, die da schreit, sondern Ambie. »Kann mir denn niemand mal dieses verfluchte Kind abnehmen?«

Während Libby mit großen Schritten und immer noch in weißen Turnschuhen über das Eis schreitet, klatscht sie in die Hände und ignoriert Ambie dabei komplett. »Okay, ich denke, das war genug Eis für heute. Lasst uns alle gemeinsam zum Mittagessen in den Fun Palace gehen, ins Crab and Pilchard.«

Wenn sie wirklich dorthin gehen will, ist ihr jetzt anscheinend alles egal. Ich meine, wenn man sich die Internetseite von denen ansieht, hätte man nichts weniger Schickes und Einfacheres wählen können. Mir fällt dazu nur ein, dass sie jetzt vielleicht auf ironische Weise etwas besonders Krasses machen wollte. Oder sie will es damit den Edmunson-Bohnenstangen heimzahlen, weil die mit ihren zehn perfekten Pirouetten ihre Kinder in den Schatten gestellt haben.

Will sie den Spaßbremsen den Kampf ansagen, indem wir in eine Spelunke gehen, voll knallbunter Plastikbälle und frittierter Truthahnfleisch-Spiralen, die von Bedienungen in Disney-Kostümen serviert werden? Wie passt das zusammen mit Willows veganen, antimaterialistischen, multinationale Konzerne hassenden Rettet-die-Welt-Pazifisten? Noch schlimmer für mich ist, dass es dort einen Schlitten gibt, der nicht nur von einem, sondern gleich von acht Rentieren gezogen wird.

Wenn das mal keine geeignete Therapie gegen meine Aversion ist, dann weiß ich auch nicht.

Doch sobald wir im Auto sitzen und uns auf den Weg zum Lokal machen, kann ich an nichts anderes denken als an Bills Gesicht, als er mir vorhin entgegenkam. Wie sehr ich diese Umarmung wollte. Und wie schlecht es mir geht – jetzt, wo der Moment vorüber ist und ich eine solche Chance nie wieder bekommen werde.

22. Kapitel

Keine Skistiefel

Eines hat mich unser Ausflug in den Fun Palace gelehrt: Ich sollte niemals vorschnell urteilen und stets auf Überraschungen gefasst sein.

Ich bin sicher, dass sie bisher vor jedem Kitsch und Kommerz bewahrt wurden, doch anstatt sich zurückzuhalten und angewidert zuzusehen, warfen sich die drei Willow-Sprösslinge schreiend und hüpfend ins Bällebad. Und siehe da, keiner implodierte dabei durch die Gifte zu Ektoplasma.

Nachdem unsere Getränke serviert wurden, nahm Willow mich beiseite, wobei sie ihr stilles Wasser durch einen Papierstrohhalm aus der Glasflasche nippte. Sie kramte in ihrer Tasche und holte anschließend eine persönlich auf mich zugeschnittene Mischung aus Blütenessenzen hervor. Angeblich soll sie mich nach meinem Sturz schnell wieder aufbauen und den Schock lindern, den ich durch die Offenbarung meines vernarbten Gesichts vor versammelter Mannschaft auf dem Eis erlitten habe. Außerdem soll sie die Blutergüsse an meinem Po lindern und meine Chakren wieder ins Gleichgewicht bringen.

Was diese paar Tröpfchen Flüssigkeit versprechen, ist selbst für einen Fan solcher Notfalltropfen und ähnlichem Hokuspokus ganz schön viel. Dennoch war ich froh um sie. Das Gefühl, dass sich jemand mit so viel Ruhe und Fürsorge um mich kümmerte, war wahrscheinlich genauso heilsam wie das bisschen Wasser mit den darin gelösten Blütenblättern. Fühlte ich mich als etwas Besonderes? Ja, das tat ich. Ob ich sie weiterempfehlen kann, werde ich zu einem späteren Zeitpunkt noch berichten.

Nachdem wir fertig waren, stand Willow auf, um sich mit der Speisekarte und dem Küchenpersonal auseinanderzusetzen. Mit spitz hervorstehenden Ellbogen machte sie sich daran, ihr Mittagessen zu bestellen. Sie schaffte das in neuer Rekordzeit, denn wie sich herausstellte, bietet das Crab and Pilchard eine beachtliche Auswahl an Gerichten für Veganer und Vegetarier an. Die veganen Rote-Bete-Burger, für die sie sich entschieden hatte, sahen sogar blutiger aus als die Steak-Burger. Ich meine ja nur. Natürlich waren sie das nicht wirklich.

Nachdem ich die Blütenessenz aufgetragen hatte, suchte ich mir eine persönliche Herausforderung, und zwar entschloss ich mich, bis ich das nächste Mal auf Oscar und Harriet aufpassen musste, so viele Fotos wie möglich vom Essen zu machen. Ich war eigentlich ganz guter Dinge, dass mir da ein paar schöne gelingen würden, doch als ich meine Kamera an den wirklich schrottigen Schnallen der Turnschuhe des Personals vorbeirichtete und ein wenig heranzoomte, fiel mir auf, dass es hier in St. Aidan einen echten Fan des Skandi-Chics geben muss.

Okay, die dicken, handgestrickten Kissen in Rot und Creme könnten dem wahren Puristen und Anhänger der Stockholmer Schlichtheit ein wenig zu hoch an den Fensterplätzen aufgestapelt sein. Doch dieser nordische Maximalismus, den das Crab and Pilchard zelebriert, gibt dem Begriff »weihnachtliche Gemütlichkeit« eine völlig neue Bedeutung. Jedenfalls bekam ich genügend hübsche Detailaufnahmen des Holzes und der Wolle in den Kasten, dass Libby für dieses und auch viele weitere Weihnachten bestens mit Material versorgt sein dürfte. Fällt der Blick dann zufällig auf den Christbaum aus Treibholz, der drüben an der Bar steht und über und über mit Mini-Schafen geschmückt ist, fährt einem kein *Was zum Hygge?* durch den Kopf, sondern ein *Was könnte man daran nicht lieben*.

Während wir Eis laufen waren, war Libby den Hügel hochgelaufen, um von oben ein paar Bilder von der Eisbahn mit den Cottages ringsum zu machen, die wirklich sehr eindrucksvoll geworden sind. Zudem ist sie überzeugt, dass die Nahaufnahmen ihrer Schals und Mützen ihren Last-minute-Sale für das Befüllen von Weihnachtsstrümpfen ordentlich anheizen wird. Ich machte im Crab and Pilchard aus persönlichen Gründen einen großen Bogen um den Weihnachtsmann mit seinen Rentieren, während Merwyn ganz bezaubert von ihm war. Tiff machte ein wirklich lustiges Video von ihm, wie er mit dem Kopf nickt, als er die Auf- und Abbewegungen des animierten Weihnachtsmannes beobachtet.

Es stellte sich heraus, dass dies einer dieser seltenen Tage werden sollte, von denen sich niemand etwas erwartet hatte, und wo doch für jeden letztendlich etwas dabei war. Ich selbst machte da keine Ausnahme.

Am späten Nachmittag, nachdem wir wieder zum Schloss zurückkommen, trage ich die Kisten mit Weihnachtsschmuck aus dem Secondhandladen der Wohlfahrt in die Küche. Anstatt mit den Augen zu rollen, stürzen sich Willows Kinder auf sie und beginnen, die Sachen farblich zu sortieren. Dann gehen sie in die Familienbereiche und machen sich daran, einen Baum in Regenbogenfarben zu schmücken, wie sie ihn im Crab and Pilchard gesehen haben und wie ich ihn mir seit Jahren für das Daniels gewünscht hätte. Durch die leichten Farbabweichungen ergibt sich ein umwerfender Effekt.

Da ich sehe, dass sie das mit Willows Hilfe so toll machen, während sie nebenbei die DVD *101 Dálmatas* ansehen – so steht es auf der Hülle, ist also auf Spanisch und damit zu Bildungszwecken akzeptabel, obwohl der Film ansonsten kulturell gesehen völliger Schrott ist –, nehme ich mir vor, ein wenig Baumschmuck für mein Zimmer zu basteln. Ist vielleicht besser, wenn Bill nichts davon erfährt, dass ich dazu seine wunderschönen Gin-Etiketten mit Sternen als Grundmaterial verwende. Zusätzlich statte ich mich mit der Schere und den Papierbögen aus, die ich in jener Nacht bestellt hatte, als ich Pink und Orange zu meinen Mottofarben auserkoren hatte. Dann setze ich mich mit Merwyn zu Füßen an den Küchentisch, um ein paar Origamisterne zu falten.

Die sind nur für mich. Erst bereite ich eine fünfeckige Vorlage vor, und nachdem ich einen Stapel in jeder Farbe ausgeschnitten habe, lege ich mit dem Falten los. Ich weiß, man soll sich nicht selbst loben, aber diese kleinen Sterne, die sich vor mir türmen, sehen unglaublich süß aus.

Tiff und Tansy wühlen neben mir in den Kisten mit Christbaumkugeln. Dann greift Tiff zu mir herüber und nimmt einen der Sterne in die Hand. Während sie ihr typisches arrogantes Nasenrümpfen zum Besten gibt, das mich ehrlich gesagt nach ihrem Einsatz für mich heute Nachmittag nicht mehr so stört, sagt sie geradeheraus: »Die sind aber schön.«

Tja, ich sagte ja schon, dies ist ein Tag voller Überraschungen. Ich klappe meine heruntergefallene Kinnlade wieder hoch und lächle sie an. »Die sind ganz einfach zu machen. Wenn du willst, zeig ich dir, wie das geht.«

Tiff nickt. »Wir könnten silberne Sterne für Mums Baum machen. Und wenn wir die für unseren aus Zeitungspapier machen, tragen wir sogar mehr zur Rettung der Welt bei als die Bohnenstangen.« Das riecht nach einer gehörigen Portion Rivalität, doch was immer der Grund für ihr überraschendes Interesse am Basteln sein mag – ich komme damit klar.

»Super.« Ausnahmsweise ist es das sogar einmal wirklich. Sogar mehr als das. Absolut erstaunlich und spitzenmäßig würde es ohne Übertreibung eher treffen, als ich ihnen die Vorlagen zum Ausschneiden zeige und das Falten erkläre. »Ihr könnt sie größer oder kleiner machen, ganz nach Geschmack. Probiert einfach ein bisschen herum.«

Sie kommen mit mir in die Waschküche, um dort silbernes und rotgoldenes Papier und einen Stapel von Ambies Tageszeitungen zu holen. Ich zeige ihnen noch mal, wie es geht, sie zeigen mir, was ich besser machen kann, und danach schneiden und falten wir zu der üblichen Playlist mit Weihnachtsmelodien.

Nachdem Tiff ein paar Sterne gemacht hat, hält sie einen davon in die Luft und sieht mich an. »Du hast ja immer noch diese Mütze auf.«

Ich unterbreche die Faltarbeiten und sehe zu ihr auf. »Und?«

»Wegen uns brauchst du sie nicht mehr aufzusetzen, wir wissen doch jetzt, was drunter ist.« Sie schnaubt. »Deine Narbe ist auf jeden Fall nicht so schlimm, wie du denkst.«

Tansy stimmt ihr zu. »Du kannst uns glauben, das ist die Wahrheit, wir erzählen keinen Quatsch.«

Ich lächle sie an. »Gut, danke dafür. Vielleicht probiere ich es mal ohne.« Das ist das Letzte, worauf ich jetzt Lust habe, aber es sind nun einmal Kinder, und da sie sich so bemühen, will ich ihnen diesen Gefallen tun. Als ich die Mütze abnehme und mir mit den Fingern durch die Haare fahre, um sie ein wenig aufzulockern, fühle ich mich völlig ungeschützt und seltsam nackt. Doch eigentlich haben sie ja recht. Nachdem auf der Eisbahn alle einen Blick auf die Narbe werfen konnten, weiß es jetzt sowieso jeder. Warum zum Teufel soll ich mir da also noch einen Kopf machen. »Na, wie sieht das aus?« Ich schüttle mir die Stirnfransen, so gut es geht, aus dem Gesicht.

Tiff nickt. »Viel besser.« Sie kneift die Augen zusammen. »Wenn du willst, können wir später etwas von unserem Makeup ausprobieren. Wir haben eine Menge Zeug, weil wir ständig etwas von den Herstellern für unsere Vlogs zugesendet bekommen.«

»Wirklich?« Die Mädchen der Kosmetikabteilung im Daniels haben mir auch schon öfter etwas angeboten, aber irgendwie wollte ich sie nie genauer draufschauen lassen. Lieber wollte ich abwarten, bis es besser wird.

Jetzt mischt sich auch Tansy ein. »Wir bekommen die ganze Zeit Gratis-Zeug.«

Tiff seufzt, als wäre das nicht der Rede wert. »Die Industrie ist gigantisch, wir sind ihr direkter Kanal, um die nächste Generation Kosmetikkunden zu erreichen.« Dann wendet sie sich mir zu. »Eigentlich geht es nur um Vertrauen. Am besten kommen Video-Blogs an, in denen Menschen geholfen wird. Es wäre toll, wenn wir einen Vlog darüber machen könnten, wie wir dafür sorgen, dass es dir besser geht – natürlich nur, falls du nichts dagegen hast, unser Versuchskaninchen zu spielen.«

Das ist das Allerletzte, was ich möchte. Aber sie ist erst elf – das macht es irgendwie einfacher. Es stehen überhaupt keine Erwartungen im Raum, weil es für sie einfach nur ein Spiel ist. »Vielleicht.« Einen Moment lang liegt mir die Frage auf der Zunge, ob sie ihren Versuchskaninchen auch Tierrechte zugesteht, doch ich schaffe es, mir das zu verkneifen.

Tiff nickt. »Du wirst schon sehen, da gibt es nichts, wovor du Angst haben müsstest.« Sie beherrscht dieselben Überredungskünste wie ihre Mutter. »Später machen wir ein paar Tests wegen des Hauttons. Falls wir nicht auf Anhieb das Richtige für dich finden, werde ich eine E-Mail an die technische Abteilung schicken und um professionelle Abdeckprodukte bitten. Die sind da wirklich sehr hilfsbereit.«

»Klasse. Das hört sich toll an.« Ich mache keine Witze. »Ist ja unglaublich, wie gut du dich auskennst.«

Sie zieht die Nase kraus. »Es ist ganz einfach, wenn man sich dafür interessiert. Deshalb soll man sich ja immer eine

Arbeit suchen, die einem Spaß macht. Tarkie mag Erdbaumaschinen und Rammgeräte. Falls du also einen Kelleraushub in Auftrag geben willst, ist er der richtige Ansprechpartner, nicht wir.«

Tansy schürzt die Lippen, während sie sich auf das Falten konzentriert. »Am zweitbesten kann ich laminieren.«

Tiff faltet weiter, ohne aufzusehen. »Sie bekommt ein Laminiergerät zu Weihnachten.«

So ist das mit Kindern. Sie überraschen einen stets aufs Neue. »Was willst du denn laminieren?«

Tansy runzelt die Stirn. »Alles, was flach ist. Ich weiß einfach, dass mein Leben so viel besser sein wird, wenn ich endlich ein Laminiergerät habe.«

Tiff schaut auf. »Wenn sie es schon hätte, könnten wir die Sterne für den Baum laminieren. Oder die Gin-Flaschenetiketten für Bills Produktplatzierungen.« Für eine Elfjährige ist sie echt auf Zack.

»Habe ich da gerade meinen Namen gehört? Braucht mich jemand?« Es ist Bill, der ganz offensichtlich mitgehört hat, während er durch die Küche geht.

Ich schaue von meinem Stapel Fünfecke auf, den ich gerade neu ordne. »Ich wollte kurz etwas mit dir besprechen, Moment. Es ist nichts Wichtiges, es geht nur um eine E-Mail, die ich mit dir durchsehen wollte.«

»Du weißt ja, wo du mich findest.« Er zeigt in Richtung seines Zimmers und verschwindet zur Tür hinaus.

Als ich mich wieder den Sternen zuwende, starren mich Tiff und Tansy so intensiv an, dass ich sie in die Schranken weisen muss. »Was denn? Ich habe euch doch schon gesagt, dass er vergeben ist. Sollte ich ihn jemals dort drinnen aufsuchen, wird es dabei ausschließlich um die Weihnachtsplanung gehen.«

Tiff hört nicht auf zu starren. »Aber er mag dich definitiv.«

Ich lasse mich nicht beirren. »Du hast doch gerade noch gesagt, dass du keinen Quatsch erzählst, oder?«

Tansy lacht. »Machen wir doch auch nicht. Du hättest ihn mal sehen sollen, als dieser Grinse-Milo ihn weggestoßen und dich an seiner Stelle umarmt hat.«

Tiff nickt. »Er war echt sauer.«

Ich stehe ruckartig auf. »Das ist absoluter Quatsch. Mehr sage ich dazu nicht.«

Tiff grinst mich an. »Mum meinte, ich soll dir ausrichten, dass Bill den Mistelzweig nicht vergessen soll.«

Es gibt selten Momente, in denen ich froh darüber bin, so groß zu sein, doch das hier ist so einer. Ich richte mich zu meiner vollen Größe auf und versuche, so Furcht einflößend wie möglich zu wirken. »Ihr zwei haltet jetzt mal eure Klappe und faltet eure Sterne.«

Scheint, als hätte das nicht wirklich gewirkt, denn während ich rausgehe, brechen beide in Gekicher aus. Immerhin weiß ich, dass Bill mich erwartet. Doch erst als ich die Schlafzimmertür hinter Merwyn schließe, fällt mir plötzlich auf, dass ich die Mütze immer noch nicht wieder aufhabe. So ein Mist. Ich schüttle mir die Haare ins Gesicht, lege den Kopf zur Seite und setze ein strahlendes Lächeln auf. »Wegen der verloren gegangenen Christbaumkugeln …«

Bill stöhnt auf. »Nicht die schon wieder, ich dachte, das hätten wir abgehakt.«

»Schon, aber die Bestellung war riesig, deshalb habe ich nochmals angefragt und konnte bewirken, dass sich jetzt auf höchster Ebene darum gekümmert wird.«

Er steht mit verschränkten Armen da. »Wir hatten doch schon besprochen, dass wir den Schmuck gar nicht mehr brauchen und unseren ökologischen Fußabdruck durch die Verwendung von Recyclingartikeln verkleinern wollen, wieso müssen wir jetzt immer noch darüber diskutieren?«

Ich will nicht arrogant sein, aber die Trumpfkarte habe ich in diesem Fall in der Hand. »Weil sie sich doch nicht in Luft aufgelöst haben können. Du sagtest doch, jemand habe bei der Zustellung unterschrieben, sie also in Empfang genommen. Das heißt, die Firma wird das Geld nicht erstatten. Falls es dir nicht egal ist, dass das Geld futsch ist, dann sollte es vielleicht auch in deinem Interesse sein, der Sache nachzugehen, oder?«

»Ivy, vielleicht lässt du es lieber.«

Meine Stimme schießt genervt in die Höhe. »Eigentlich dachte ich, du würdest hier jeden Penny zwei Mal umdrehen. Dieser Sache jetzt nicht nachzugehen, ist, als würde man einen Stapel Geldscheine bei einem Orkan quer über die Bucht schleudern.«

Er reibt sich mit dem Daumen über seine Bartstoppeln. »Gut, ich werde dir erzählen, was passiert ist, aber es ist nicht so toll. Sie wurden an mein altes Haus in London geschickt, und Gemma hat sie in Empfang genommen.«

Ich nicke. »So weit, so gut. Die Angaben stimmen überein.«

Er räuspert sich. »Die Sendung war so groß, dass sie dachte, das sei einer dieser bösen Scherze, wie die, bei denen Pizzabestellungen an die falsche Adresse geordert werden, eine Ladung Beton in deinen Keller gepumpt oder zehn Tonnen Eselsmist im Vorgarten abgeladen werden.« Jetzt rollt er nicht mehr mit den Augen.

»Oje ...«

»Als sie gesehen hat, dass es für mich war, hat sie entsprechend reagiert.«

»Und zwar?« Ich bin verwirrt. In dem Fall hätte sie es doch sicher einfach an ihn weitergeschickt.

»Sie hat sich im Baumarkt einen Vorschlaghammer besorgt, das ganze Zeug in der Einfahrt plattgemacht und mir die Rechnung für die Entsorgung geschickt.«

»Wiiieee bitteeee?!!! Du meine Güte, das tut mir wirklich

leid, das ist ja schrecklich.« Gleichzeitig verstehe ich nichts. Rein gar nichts. »Aber warum denn, ich dachte, du hättest gesagt, ihr wärt noch zusammen.«

Er atmet hörbar aus. »Ich glaube, in Wirklichkeit hast du mich gefragt, ob wir noch Kontakt haben, und mein Ja dazu war eher ironisch gemeint.«

»Wie bitte? Ich war schon vorher ein wenig verwirrt, aber jetzt komme ich überhaupt nicht mehr mit.«

Er holt tief Luft. »Es stimmt, ich höre fast jeden Tag von ihr – aber in letzter Zeit läuft das über ihren Anwalt. Wir streiten um das Eigentum. Ihre Briefe sind, wenn es gut geht, unfreundlich, oft aber einfach nur scheußlich.«

»Du meine Güte, das ist ja fürchterlich.« Ich will meine Nase da eigentlich nicht hineinstecken, und wenn ich insgeheim innerlich Luftsprünge mache, weil sie aus dem Rennen ist, dann tut das hier nichts zur Sache.

»Wir waren nicht verheiratet, und ich hatte immer die Hoffnung, im Falle einer Trennung würde alles ganz zivilisiert ablaufen. Doch egal, was wir vereinbaren, sie kommt jedes Mal an und will mehr.« Er schüttelt den Kopf. »Aber gut, du weißt ja, wie schwer das ist. Ich habe schließlich kein Monopol auf schwere Zeiten. Du hast ja genauso eine Trennung hinter dir.«

»Das stimmt, aber bei uns war es nicht so verstrickt, weil wir kein Wohneigentum hatten.« Als es auseinanderging, war genau das ein Vorteil, dass George und ich nichts gemeinsam besaßen. Was er mitnahm, war nicht mehr als eine Tasche und seine Boxershorts. Der Rest war nämlich alles meins. Selbst den größten Teil seiner Klamotten hatte ich gekauft, die Unterwäsche miteingeschlossen, aber auf die habe ich gern verzichtet.

Was Gemma betrifft, so habe ich sie eigentlich nur zwei Wochen lang erlebt. Doch jemand, der am einen Tag ein Mont-Blanc-Maronencreme-Baiser in der Größe eines Berges klaut und den nächsten Tag eine ganze Schachtel Macarons mitgehen lässt und sich dann noch irgendwelche Lügenmärchen ausdenkt, ist bei einer Trennung wohl kaum imstande, reinen Wein einzuschenken. Ich zucke die Schultern. »Ist sie nicht selbst Juristin?«

Er seufzt. »Ganz genau. Das wird mir eine Lehre fürs Leben sein – trenne dich nie von einer Rechtsanwältin.« Die Grübchen auf seinen Wangen zeichnen sich deutlicher denn je ab. »Das ist der Grund, warum es zu diesem ganzen Weihnachtsmiet-Fiasko gekommen ist. Bei mir ging eine Zahlungsaufforderung ein, die ich nicht begleichen konnte, sowie der Kostenvoranschlag eines Anwalts, den ich für die Abwicklung brauchte, und dann habe ich völlig überstürzt das Schloss zu einem Spottpreis auf Facebook angeboten, damit ich das alles bezahlen konnte.«

Beim Gedanken daran, was er dadurch alles auf sich nehmen musste, verziehe ich das Gesicht. Das alles hier nur wegen eines einzigen Moments der Verzweiflung. Das hat er nicht verdient. »Sechs Sekunden später warst du schon in der Pflicht ... und könntest dich seitdem selbst dafür ohrfeigen.« Das ist keine Frage. Wir wissen alle, dass das so ist, weil wir seinen Schmerz fühlen konnten und seine schlechte Laune zu spüren bekommen haben. So erklärt sich das Ganze zumindest.

Er zuckt die Schultern. »So ungefähr.« Dann verzieht er den Mund. »Aber es ist nicht alles schlecht daran.«

Ich lache. »Am Ende der Weihnachtszeit wirst du genau die Gratis-Anzeigen für deinen Gin haben, von denen du immer geträumt hast, und vermutlich wirst du auch dein Eigengewicht in Schottischen Pfannkuchen gegessen haben und noch mal das Gleiche in Nussbraten. Nach dieser Nummer hier werden dir Junggesellenabschiede, bei denen sie dir alles vollkotzen und kaputt machen, wie ein Spaziergang im Park erscheinen.«

»Da könntest du recht haben.«

»Ich riskier damit zwar, mich wie Keef anzuhören, aber du hast drei Optionen: aufgeben, nachgeben oder alles geben. Aber natürlich verstehe ich deine miese Laune.« Ich lege meine Hand auf seinen Arm. »Die ganzen Christbaumkugeln in winzig kleine Stückchen zertrümmert ... Ich wäre auch sauer. Oder besser gesagt – ich wäre verdammt wütend!«

»Danke, Bommelchen.« Er verpasst mir einen Stups mit dem Ellbogen. »Ohne dich hätte ich es gar nicht bis hierher geschafft.« Er zieht die Augenbrauen hoch, dann senkt er sie wieder. »Und was ist mit dir?«

Ich horche verdutzt in mich hinein. Darauf war ich nicht wirklich vorbereitet. »Mit mir?«

»Es ist schön, dich ohne Mütze zu sehen. Das meinte ich.«

Ich weiß, er hat weit mehr über sich preisgegeben als notwendig war. »Und jetzt fragst du dich ...?«

»Tut mir leid, ich bin eben neugierig ...« In seinem Blick liegt allerdings viel mehr als reine Neugierde. Es ist, als würde er mir in die Seele schauen wollen. »Du trinkst nicht, du datest niemanden, ich gebe dir einen Einteiler zum Anziehen und du übergibst dich fast – seit unserem ersten Treffen habe ich dich nicht mehr aus dem Kopf bekommen, weil du so wunderbar selbstbewusst warst. Du warst so glücklich und ganz du selbst und so anders als alle anderen in dieser Hütte in Chamonix. Was also ist passiert?«, fragt er freundlich.

Ich bin nun wirklich nicht zu ihm hereingekommen, um so weit in die Tiefe zu gehen. »Einen Wintersporturlaub zu machen, obwohl ich Skifahren überhaupt nicht mag, war mal was anderes. Aber niemand bleibt gleich – wir werden älter, leben unser Leben, und das verändert einen eben.« Seine zuckenden Wimpern sagen mir, dass er nicht ganz zufrieden mit der Antwort ist. »Okay, ich hatte einen Autounfall. Aber ich spreche nur mit Fliss darüber. Solange ich Sachen für andere mache und nicht für mich selbst, geht es mir gut. Dann komme ich nicht zum Nachdenken. Das ist wirklich nicht böse gemeint, aber wenn es dir nichts ausmacht, würde ich lieber nicht weiter darüber reden.«

»Du weißt am Besten, was gut für dich ist.« Er neigt den Kopf. »Das hört sich jetzt vielleicht total abgedroschen an: Es tut mir leid, dass du verletzt wurdest, aber ich finde es schön, dass du nie aufgibst oder klein beigibst.«

Ich klopfe ihm auf den Arm. »Und ich bin traurig, dass du dein Geld nicht erstattet bekommst, und es tut mir leid, dass es dir schlecht geht. Aber es tut mir nicht leid, dass du dich von Gemma getrennt hast.« Oh Mann, wo kommt das denn jetzt her? Ich wühle in meinem Kopf, um irgendetwas Passendes zu finden, womit ich diesen letzten Satz relativieren könnte. »Ich meine, äußerlich war sie sicher sehr hübsch, aber jemand, der einen solchen Haufen Weihnachtsschmuck zerschlägt, kann innerlich nicht besonders schön sein.« Das ist jetzt nichts Neues, denke ich.

Plötzlich fällt mir ein, wie lange ich jetzt schon hier drinnen bin, und denke an die schreckliche Zeit, die mir die Kinder bereiten werden, wenn ich wieder herauskomme. »Ich war viel zu lange hier drin. Tiff und Tansy sind ohnehin überzeugt, dass ich nur zu dir gekommen bin, um mit dir rumzuknutschen. Ich muss jetzt wirklich gehen.«

Seine Augen funkeln. »Bist du etwa nicht deswegen hergekommen? Es wäre doch irgendwie schade, sie so zu enttäuschen.«

Meine Augen sind so weit aufgerissen, dass sich die Augäpfel anfühlen, als könnten sie mir jeden Moment aus dem Kopf fallen.

Dann verzieht er wieder den Mund. »War nur ein Witz. Ist doch klar.« Er schüttelt den Kopf. »Taft und Tüll, das sind mir vielleicht zwei!«

Der Schweiß läuft mir mittlerweile nicht nur in einzelnen Tröpfchen den Rücken hinunter, sondern in ganzen Bächen.

»Super, klar doch.« Ich überlege, was ich sonst noch sagen könnte. »Oh, und ich soll dich an den Mistelzweig erinnern.« Und schon stehe ich mit beiden Beinen im nächsten Fettnäpfchen.

»Dann willst du also doch rumknutschen?« Seine Augen tanzen jetzt förmlich. »Ah, ich versteh schon, du fragst nicht gerne, sondern möchtest lieber überrascht werden. Ich bin sicher, das kriegen wir irgendwie geregelt.«

Du meine Güte. Und ich dachte, als ich hier hereinkam, ich würde als sichere Siegerin vom Feld ziehen. Was hatte ich noch mal gesagt, von wegen, ich müsse mich darauf gefasst machen, überrascht zu werden?

»Und noch was …«

Ich weiß nicht, ob ich bereit bin für einen weiteren Nachsatz von Bill, aber ich habe Merwyn noch nicht so weit, dass er mir folgt, um jetzt einfach rausgehen zu können. »Sag …«

»Ich habe diesem Strahle-Milo gesagt, er soll sich bloß fernhalten.«

Ich lasse die Bemerkung auf mich wirken, drehe und wende sie in meinem Kopf und stelle bei genauerem Überlegen fest, dass sie sich gar nicht so übel anhört. »Ich weiß, in den letzten Tagen gab's morgens immer eine Art Wettrennen um den AGA-Herd, wir sollten definitiv einen Plan aufstellen, wer wann mit dem Frühstückmachen dran ist.«

Bill sieht mich an, als hätte ich nichts verstanden. »Was hat denn jetzt der AGA mit alledem zu tun?«

Offenbar hat er recht, und ich hab tatsächlich gerade nicht verstanden, um was es geht. »Was meintest du denn dann?«

Bills Blick ist sehr bestimmt. »Ich habe ihm gesagt, er soll sich von *dir* fernhalten.«

23. Kapitel

Zu den Marshmallows bitte hier entlang

Freitag, 20. Dezember

Der Freitag beginnt mit einem weiteren Frühstücksgefecht zwischen Milo und Bill, dieses Mal allerdings mit einer Variante. Bill ist nämlich überhaupt nicht zu sehen. Er hat zwar seinen Platz als Erster ergattert, überlässt Keef aber nun die Aufsicht. Der ominöse Bäcker mit der coolen Handschrift hat kleine Zettel und mehrere Gläser selbst gemachter Marmelade hinterlassen, dazu mehrere Karteikarten mit einer Anleitung zur Herstellung perfekter Waffeln. Daneben stehen drei Schüsseln voll Teig, sechs elektrische Waffeleisen und Mehlsiebe mit Puderzucker bereit.

Es gibt sogar eine Schüssel mit glutenfreiem Teig ohne Eier, sodass Scout, Solomon und Sailor keine Ausrede haben, nicht mitzumachen. Ich rate jedem, der vorhat, sieben Kinder mit Waffeleisen und Erdbeermarmelade auszustatten, es lieber nicht zu tun! Es sei denn, ihr wollt, dass eure Küche wie nach dem Ausbruch des Dritten Weltkriegs aussieht. Das Desaster, das wir mit der Garnitur für die heiße Schokolade angestellt hatten, bei dem uns Milo ertappt hat, ist dagegen ein Witz.

Ich wedle mit einer mit Marmelade und Waffelteig bekleckerten Anleitung Richtung Tiff und Tansy. »Hierfür könnten wir das Laminiergerät gut gebrauchen.« Sie nicken zurück, mit Mündern, die zum Bersten mit Aprikosenmarmelade und Waffeln gefüllt sind.

Mir hat Willow im Vorbeischweben zu Blaubeeren geraten, weil diese meine Aura ins Gleichgewicht bringen würden, und ich will ihr da mal nicht widersprechen. Mit Waffeln ist das so eine Sache – man vergisst schnell, wie lecker die sind. Es können Monate oder auch Jahre vergehen, ohne dass man auch nur eine einzige gegessen hat, doch sobald sich die Zähne in den goldbraunen knusprigen Teig senken und der zarte Puderzucker auf der Zunge zergeht, das Ganze gekrönt von einem Löffel Blaubeermarmelade, kann ich nicht mehr aufhören zu essen. Was unsere zuckerfreie Frühstücksbrigade betrifft, wissen sie anscheinend nicht, dass Puderzucker der gleichen Kategorie angehört, denn sie kippen ihn sich auf die Waffeln, als gäb's kein Morgen.

Wer auch immer diese Frühstücksidee hatte, über die Aufräumzeit danach hat er sich vermutlich keine Gedanken gemacht. Gut, dass wir für unsere heutigen Tagesaktivitäten keinen frühen Aufbruch geplant haben, weil Fliss und ich zur Mittagszeit immer noch damit beschäftigt sind, Marmelade aus den Spalten zwischen den Dielenbrettern zu kratzen und Oscars Haare von Waffelteig zu befreien.

Ganz egal, wie energiegeladen und unfähig zum Abschalten Libby auch sein mag, Ferien sind zum Entspannen da. Zum Glück hat sie sich heute in die Waschküche verzogen und sieht Pakete durch, sodass alle anderen einmal einen Gang runterschalten können. Ausnahmsweise ist das okay so.

Wir widmen uns wieder dem Weihnachtsschmuck, wobei Tiff und Tansy mir und Merwyn dabei helfen, die rosa- und orangefarbenen Sterne an den Baum zu hängen. Ich glaube, eigentlich wollen sie nur überprüfen, ob ich die Wahrheit gesagt und Bill wirklich nicht unter der Bettdecke versteckt habe. Was ich natürlich nicht habe. Keef hatte ja bereits gesagt, dass er Richtung St. Austell unterwegs ist, um Gin auszuliefern. Danach gehen wir hoch in ihr Zimmer, um ihren Baum mit diesen unglaublich hübschen Zeitungssternen zu schmücken. Die Lücken dazwischen füllen wir mit silbernen und goldenen Christbaumkugeln aus Bills bunt gemischten Kisten. Dann gehen wir in ihre Turmnische, um ein paar Make-up-Tests zu machen.

Wir machen die Sache eher kurz. Mein Haar mit einem Haargummi aus dem Gesicht zu binden, wie Tiff es vorschlägt, funktioniert momentan nicht. Deshalb halte ich meine Haare einfach mit den Händen zurück und strecke ihr für ein paar Sekunden mein Gesicht hin. Länger schaffe ich nicht, weil ich solche Bauchschmerzen habe. Die Zeit reicht aber, um eine Grundierung und mit einem Pinsel ein wenig Puder aufzulegen. Dann tritt Tiff einen Schritt zurück, wobei der süße, paillettenbesetzte rosa Tüllrock raschelt. Sie lächelt und meint: »Nicht schlecht, oder?« Und sie hat wirklich recht.

Willows Truppe versammelt sich mal wieder vor dem Fernseher, um sich noch einmal *101 Dálmatas* anzusehen. Auch Oscar und Harriet sind dabei. Ihnen ist es völlig egal, dass sie nichts verstehen, außerdem sind sie wirklich gut darin, so zu tun, als wären sie auch zweisprachig. Fliss gesellt sich zu uns ins Turmzimmer, wo wir gemeinsam die neuesten Nude-Lippenstift-Töne ausprobieren. Im Anschluss macht sich Tansy an unseren Augenbrauen zu schaffen. Danach sehen wir allerdings aus, als wäre uns im Dunkeln ein Missgeschick mit einem Permanentmarker passiert, und wir müssen uns abschminken gehen.

So überbrücken wir die Zeit und bauen neuen Appetit für das große Event am Abend auf, unseren Besuch auf dem Nachtmarkt in St. Aidan. Es ist erst kurz nach sechs, als wir später auf dem Parkplatz unten am Meer aus den Autos steigen, aber es ist schon seit Stunden dunkel. Der Halbmond sendet sein Licht über den Himmel und strahlt die Wolken von hinten an, sodass sie hell leuchten und die spiegelglatte schwarze Meeresoberfläche schimmern lassen. Während uns der Wind die salzige Meerwassergischt ins Gesicht bläst, hören wir Wellen anrollen und am Strand aufschlagen. Einige schaffen es bis über die Geländer auf die Promenade. Als wir den Hafen entlanggehen, schwingen die Lichterketten wild zwischen den Laternenmasten, und der breite Gehweg ist brechend voll mit Leuten. Die meisten von ihnen tragen Weihnachtsmützen und ducken sich in ihre wattierten Jacken, um sich vor dem eisigen Wind, der vom Wasser heraufbläst, zu schützen. Während wir an der vollen Eisbahn vorbeikommen, holpern Fliss und ich jeweils mit einem Kinderwagen über das Kopfsteinpflaster.

Angelockt vom Duft süßer Karamellmandeln, Knoblauchkäse und Bratwürsten bewegen wir uns auf die Stände zu, als ich eine vertraute Stimme hinter mir höre. Ich drehe mich um und sehe Bill. »Aber nicht wieder hinfallen heute Abend, okay?«

Ich ziehe die Mütze herunter, um die Ohren vor der eiskalten Luft zu schützen. »Keine Katastrophen mehr für mich, ich habe genug davon, danke.«

Er hat seine Hände tief in den Taschen vergraben, und als ich für eine Nanosekunde einen Blick auf seine offene Jacke erhasche, muss ich unwillkürlich daran denken, wie es sich wohl anfühlen würde, sich mit ihm gemeinsam dort hineinzumummeln. Seit ich weiß, dass er nicht mehr mit Gemma zusammen ist, habe ich auch nicht mehr so ein schlechtes Gewissen dabei. Doch dann wische ich diesen Gedanken fort und gehe einen Schritt schneller. Wenn ich eines gelernt habe durch George, dann ist es, dass ich gut aussehende Typen, die Ski fahren, lieber meiden sollte. Aber selbst wenn ich mit jemandem wie Bill zusammen sein wollte – er war schon früher nicht in meiner Liga (absolut nicht), und jetzt, durch mein Gesicht, ist er auf jeden Fall gänzlich außerhalb meines Universums gerückt. Realistisch betrachtet hätte ich wahrscheinlich mehr Chancen bei Ian Somerhalder. Ich frage mich gerade, warum ich meine Zeit überhaupt mit solchen Gedanken verschwende, als wir Miranda und Ambrose entdecken, die direkt vor uns stehen geblieben sind.

Fliss gesellt sich zu ihnen. »Beeilt euch, ihr beiden, die heißen Maronen solltet ihr euch nicht entgehen lassen.«

Miranda zieht die Augenbrauen hoch. »Ambie meint, er würde lieber oben im Harbourside Hotel zu Abend essen.«

Fliss stößt einen Schrei aus. »Ich dachte, du liebst Weihnachtsmärkte. Von dem in Brighton letztes Jahr haben wir dich kaum mehr wegbekommen.«

Miranda kommt näher und senkt die Stimme. »Offenbar hat er keine Lust auf die Verkaufsstände, die vielen Leute und Salmonellen.«

Miranda flüstert, doch Fliss tut ihren Protest lautstark kund. »Das Essen und das belebte Treiben ist doch gerade das Schöne daran, oder? Im Harbourside kannst du doch jederzeit essen, das hier findet dagegen nur heute Abend statt.«

Miranda setzt daraufhin ein fröhliches Gesicht auf, aber ihr Lächeln scheint ein wenig zu strahlend, um echt zu sein. »Ist schon gut, er hat das so entschieden, ich beeile mich mal besser.« Ambrose verschwindet bereits ohne sie im Dunkeln. Wenn sie nicht schnell macht, wird sie ihn noch verlieren.

Als sie ihm hinterhereilt, springt Milo hinter uns hervor. »Ich glaube, ich gehe mit ihnen mit … wenn das für alle okay ist?« Er sieht mich an.

Ich ignoriere die beiden hochgestreckten Daumen von Tiff und antworte Milo. »Da musst du unbedingt dabei sein, das verstehen wir natürlich voll und ganz. Wir sehen uns dann später zu Hause.«

Fliss rollt die Augen. »Arme Mum. Hoffentlich haben sie dort Stachelbeer-Crumble für dich, Milo.« Ich verstehe, vor welchem Hintergrund sie das sagt. Was genau gedenkt Milo eigentlich zu tun, falls Ambie Miranda einen Antrag macht? Will er sich etwa auf den Ring stürzen, bevor sie ihn sich an den Finger stecken kann?

Bill klinkt sich mit der Wegbeschreibung ein. »Links durch den Hafen und dann den Hügel hoch. Es gibt dort eine exklusive Außenterrasse mit Heizstrahlern, von dort kannst du auf den Rest von uns herabblicken.« Er wendet sich uns zu. »Ich muss noch mal auf einen Sprung ins Parrot and Pirate hoch, um etwas wegen einer Gin-Bestellung zu erledigen, wir sehen uns dann also auch erst später wieder.«

Als Bill sich auf den Weg macht, höre ich den Ping-Ton für eingehende Nachrichten von Fliss' Handy. »Hey, wir haben hier Empfang.«

Sie hält inne und zieht ihr Telefon aus der Tasche. Als sie auf das Display sieht, stößt sie ein leises Zischen aus. »Verflucht, was zum Teufel spielt der da eigentlich?«

Ich prüfe kurz, ob Tiff und Tansy weit genug voraus sind, um außer Hörweite zu sein, und murmle über den Kopf von Harriet hinweg. »Rob?« Er sollte eigentlich morgen ankommen.

Fliss stößt den Atem aus. »Er hat geschrieben, dass es noch länger dauern wird, weil er am Montag noch mal arbeiten muss, Dienstag vielleicht auch.« Ihre Stimme klingt dünn, sie zieht sich die Kapuze tiefer ins Gesicht und wischt sich mit dem Ärmelbündchen über die Nase. »Irgendwie glaube ich langsam, dass er überhaupt nicht mehr kommen wird. Alles deutet darauf hin, dass er bis über beide Ohren in einer Weihnachtsaffäre mit irgendeiner aus dem Büro steckt. Was, wenn er uns verlässt?«

Ich koche innerlich deswegen, doch ich bin auch verzweifelt. »Ganz egal, was da vor sich geht, du musst kämpfen. Ich weiß, du willst deine Kinder nicht damit traurig machen, dass sie ihren Dad sehen, obwohl er nicht hier ist, aber du solltest sie ihm trotzdem über Facetime zeigen. Wenn du ihn daran erinnerst, was er aufs Spiel setzt, bringt ihn das vielleicht irgendwie wieder zur Vernunft, bevor es zu spät ist.«

Sie seufzt aus tiefstem Herzen. »Du hast recht. Sobald die beiden wach sind, werden wir in Bills Zimmer gehen und dann mal bei ihm anklingeln.«

»Bis dahin …«, jetzt werde ich wieder lauter, »… verordne ich Hot Dogs mit Wiener Würstchen und als Beilage Nudeln mit massenhaft geschmolzenem Schweizer Käse und Kartoffelrösti.« Ich klinge, als würde meine innere Willow aus mir sprechen, aber ich kenne Fliss – auf ein Rettungspaket aus Kalorien spricht sie immer an. »Mit einem riesigen Becher Mince-Pie-Eiscreme als Nachspeise.«

Ihr Gesicht verzieht sich, als sie jammernd sagt: »Wenn ich nur meinen Schwangerschaftsspeck früher losgeworden wäre, dann hätte er vielleicht nicht …«

Ich unterbreche sie, weil ich nicht will, dass sie sich selbst dafür die Schuld gibt oder wegen ihrer Kurven fertigmacht, die in Wirklichkeit ganz wunderbar aussehen. Sie vergleicht sich mal wieder mit Libby, die den ganzen Tag völlig grundlos nervös herumsaust und auf diese Weise locker ihre zehntausend Schritte auf dem Weg zwischen Speisekammer und Küche zusammenbekommt, noch bevor sie überhaupt gefrühstückt hat. Sollte Fliss' Seelenverwandter und bester Freund wirklich die ehelichen Gefilde verlassen haben, dann muss es um mehr gehen als um ein paar Kleidergrößen zu viel. »Fliss, wir ziehen hier durch die Straßen, du schaukelst das mit den beiden Babys ganz allein und hast es sogar geschafft, dich anzuziehen.«

Sie hüstelt. »Ich muss dir leider gestehen, dass ich drunter immer noch meinen Pyjama anhabe.«

»Das zählt trotzdem …« Ich bin hier, um sie aufzubauen,

nicht um sie weiter runterzuziehen. »Hier ist es kälter als in einer verdammten Fischstäbchen-Fabrik, und du befürchtest, dein Mann betrügt dich – das sind für heute Abend gleich vier gute Gründe, dir so viel Seelenfutter zu gönnen, wie du nur schaffst.« Ich mache eine Pause, damit sie Zeit hat, das sacken zu lassen. »Wir sind auf einem Weihnachtsmarkt, wo es nach den köstlichsten Leckereien duftet. Du musst daraus das Beste machen, und ich werde dir dabei helfen.«

»Wenn du das so sagst ...« Sie zögert einen Moment. »... dann führ mich zum nächsten Glühweinstand!«

Nach allem, was ich letztes Jahr durchgemacht habe, kann ich bestens nachvollziehen, wie hart das für Fliss ist. Wenn jedes funkelnde Licht, jeder Efeuschnörkel und Straßenmusikant im Einkaufszentrum, der *Mad World* anstimmt, dir das Herz zerreißt und sich das Bild jedes einzelnen beleuchteten Schneemanns auf den Terrassen anderer Leute in deinen Kopf einbrennt und dich daran erinnert, wie glücklich du sein solltest, es aber nicht bist ... Zu jeder anderen Jahreszeit wäre es einfach nur schlimm, doch dank dieser ständigen TV-Werbungen glaubt man, dass Weihnachten eine perfekte, glückselige Zeit der Gemeinsamkeit sein muss. Ganz egal, wie wenig das mit der Realität zu tun hat, man vergleicht es trotzdem mit der eigenen Situation. Diese Überzeugung, zu versagen, verstärkt die eigenen Probleme um ein Tausendfaches und lässt alles noch viel tragischer und hoffnungsloser erscheinen.

Ich glaube, diese unrealistische Perfektion ist das, was Libby versucht wiederherzustellen – wobei sie es nicht nur beim bloßen Versuch belässt, sondern wirklich darum kämpft. Und das mit zehnmal mehr Energie und Zielstrebigkeit als jeder andere in diesem Orbit. Das Traurige daran ist, dass ich trotz des vielen Geldes, das sie hineinsteckt, und der großen Mühe, die wir uns alle geben, nicht wirklich behaupten würde, dass es klappt. Klar, der Außenwelt gaukeln wir mit unseren Posts auf Instagram, Twitter und Facebook etwas vor. Misst man den Erfolg in Likes und Retweets, dann gelingt es ihr hervorragend. Doch beurteilt man es anhand der langen Gesichter und dem Genörgel der Gäste im Schloss, hat sie versagt. Was uns irgendwie zeigt, dass sich Glück und Erfolg nicht zwangsläufig kaufen lassen, zumindest nicht immer.

Andererseits möchte ich denjenigen gerne sehen, der nicht von Wärme erfüllt wird, wenn er einen Abend auf dem Nachtmarkt in St. Aidan verbringt, mit den sich im Wasser spiegelnden Lichterketten, den Bootsmasten, die sich wie auf einer Radierung als schwarze Stangen vor den schmutzig grauen Wolkenschatten abzeichnen und den Menschen, die sich um die im Halbdunkel leuchtenden Stände drängen. Obendrein kann man den Weihnachtsmann dabei beobachten, wie er mit seinem Elfenfreund auf einem Wagen vorfährt, beleuchtet von einer blinkenden Lichterkette und beladen mit Geschenken. Das Hufgetrappel und das Klingeln der Glöckchen sind einfach wunderbar. Ein Weihnachtsmann, der von einem Pony gezogen wird und nicht von einem Rentier? Für mich definitiv eine gute Sache.

Während wir die sich windende Straße ins Dorf hochgehen, vorbei an den geöffneten Läden, probieren oder kaufen wir so gut wie an allen Ständen irgendetwas. Bald sind die Kinderwagen voll beladen mit Taschen voller Stollen und allem möglichen Kleinzeug wie Seifen und Holzspielzeugen zum Befüllen der Weihnachtssocken. Fliss und ich lutschen dabei an einem Vanille-Toffee, um den Geschmack wieder zu neutralisieren. Unsere Lungen drohen zu zerbersten, weil das Schieben der Kinderwagen so tierisch anstrengend ist. Als wir die zu Häusern umgebauten ehemaligen Stallungen erreichen, machen wir, angezogen vom verlockend ebenen Untergrund und den mit Glitzerschnee dekorierten Schaufenstern, direkt vor dem wunderschönen Hochzeitsladen halt.

Während wir uns die Nasen an den Scheiben plattdrücken und den traumhaften weißen Baum und das cremeweiße Kleid bewundern, das wie ein Wasserfall fällt und mit winzigen, nietenartigen Pailletten verziert ist, stößt Fliss einen Seufzer aus. »Sosehr mich diese Sache mit Rob auch verunsichert, wenn ich hier reinschaue, dann würde ich am liebsten gleich noch einmal heiraten.«

Das bringt mich zum Lachen. »Das könnte der Grund dafür sein, wieso Mirandas Liste der Verflossenen so lang ist. Vielleicht liebt auch sie Hochzeitskleider so sehr.«

Tiff, die sich im blassgelben Schein der Straßenlaternen zu uns gesellt hat, weist mit einem Kopfnicken auf das nächste Schaufenster. »Schaut mal, als Hintergrund haben sie hier auch solche Sterne aus Zeitungspapier hängen, die sehen fast so aus wie unsere.«

Ich grinse sie an. »Die haben auch Tüllröcke, die fast so wie deiner aussehen. Allerdings sind sie nicht so weit gegangen, auch so eine bunte Mischung aus Christbaumkugeln aufzuhängen.«

Plötzlich taucht Bill hinter ihr auf, und seine leise Stimme lässt mich zusammenzucken. »Du stehst ganz schön lange vor diesem Hochzeitsladen, hat das irgendetwas zu bedeuten?«

Ich rümpfe die Nase. »Bill, wie schön, dass du nachgekommen bist. Wir bewundern eigentlich nur die Gestaltung der Schaufenster.«

Er zieht die Augenbraue hoch. »Wer's glaubt, wird selig.«

Es gibt nichts Schlimmeres, als beim Anschmachten von Brautkleidern erwischt zu werden, obwohl man Single ist. »Wir sind auch im Handel tätig, vergiss das nicht.«

Tiff, die irgendwie mit uns mitgekommen ist, sieht Bill an. »Meine Mum sagt, sie sind beide hammergeile Stylistinnen.«

Fliss' Augen weiten sich. »So etwas sagt deine Mum?« Kein Wunder, dass sie ihren Ohren kaum traut. Libby ist schließlich nicht gerade bekannt dafür, Komplimente zu verteilen. In Wirklichkeit ist sie so damit beschäftigt, ihre Bälle in der Luft zu halten, dass sie selten auch nur Notiz von anderen nimmt, und noch viel seltener hat sie ein nettes Wort für jemanden übrig.

Tiff nickt. »Wenn sie mal einen richtigen Laden hat, will sie euch beide anwerben, das steht fest.«

Ich zwinkere Fliss zu. »Ob wir wollen oder nicht.« Libby träumt laut Fliss schon seit Jahren von einem eigenen Geschäft, doch bisher war das selbst für sie ein zu großer Sprung.

Tansy, der hinter Tiff steht, hört sich wie ein missbilligendes Echo an. »Headhunting? Das ist sicher schlecht für die Tierrechte.«

Jetzt schaltet Bill sich dazwischen. »Also, wenn du noch mal herkommst, wenn der Laden offen ist, wirst du sehen, dass die ganze vier Stockwerke voller Hochzeitsprunk haben, der nur darauf wartet, von dir beseufzt zu werden. Und dann gibt es da auch noch ein Untergeschoss, wo sie Hochzeitsstyling anbieten und eine eigene Floristin haben.«

Meine nächste Frage drängt sich geradezu auf. »Wie kommt's, dass du da so genau Bescheid weißt?«

»Weil ich auf Junggesellen spezialisiert bin?« Er kräuselt die Lippen. »Quatsch, das weiß eigentlich jeder, weil es Cornwalls berühmtestes Hochzeitswarenhaus ist, auf Pirate FM reden sie den ganzen Tag darüber.« Trotz der Kälte und des Umstands, dass der Rest von uns fröstelt und sich den Schal nach jedem Happen Toffee wieder über den Mund zieht, ist seine Jacke immer noch nervenaufreibend und geradezu einladend offen. »Wenn du dich für schönes Design interessierst, dann solltest du auf jeden Fall einmal in Plums Deck Gallery reinschauen. Die ist weiter unten in der Nähe des Kuchengeschäfts *Crusty-Cobs*. Komm schon, die ist vollgestopft mit tollen Sachen. Außerdem sind draußen auf der Veranda Stände aufgebaut, mit lokalen Handarbeiten – und Lichterketten gibt es dort auch.«

Ziemlich gewieft, wie er hier die Führung übernommen hat. Ich hatte nicht einmal damit gerechnet, dass er mit uns unterwegs sein würde, und schon gar nicht, dass er uns in der Stadt herumführen würde. Doch als er wenige Minuten später die riesige Glastür der Galerie aufzieht und wir den vornehmen Raum betreten, mit den weiß gestrichenen Wänden, die in zartweißes Licht getaucht sind, bin ich ihm wirklich dankbar dafür.

Während wir die Kinderwagen hineinschieben und uns die Wärme entgegenschlägt, nimmt Fliss die Kapuze ab und verpasst mir einen Stups. »Willow und ihre Kinder sind schon hier. Den Stapeln an der Kasse nach zu urteilen kaufen sie offenbar für ganz England ein.«

Das verwirrt mich. »Wie passt denn das zusammen mit ihrem extremen Antimaterialismus und ihrer Konsumverweigerung?«

Meine Nebenbemerkung war eigentlich an Fliss gerichtet, doch Tiff liefert prompt die Antwort. »Die kaufen schon ein, aber sie sind sehr wählerisch, damit sie hinterher keinen Haufen Quatsch zu Hause haben.«

»Das klingt nach einem guten Vorsatz, den ich mir auch für meine Shoppingtouren fassen sollte.«

Jetzt ist auch Tarkie plötzlich aufgetaucht. »Unsere Familie kauft gerne Quatsch.«

Tansy reibt sich die Nase. »Solange es tierlieber Quatsch ist.«

Als Willow sich umdreht und uns sieht, beugt sie sich zu der Verkäuferin hin, um ihr etwas zu sagen, bevor sie zu uns herübereilt.

»Ivy, das ist ja wirklich perfektes Timing! Ich habe etwas für dich.« Sie streckt mir die geschlossene Faust hin.

Jetzt bereue ich noch mehr, nicht darauf gepocht zu haben, dass die Glitzer-Sweatshirts von mir stammen. Aber wenigstens sind wir hier ja am richtigen Ort gelandet, wo ich allen noch ein Extra-Geschenk kaufen kann. Ich lasse meine Stimme freundlich klingen. »Das ist lieb, aber sollen wir damit nicht bis Weihnachten warten?«

Vielleicht ist das ein spezieller neuzeitlicher und nicht-materialistischer Brauch, die Geschenke vorab zu verteilen, um die negative Auswirkung auf die Seele durch den Überfluss am Weihnachtstag abzuschwächen. Selbst wenn ich ihre Motivation dahinter verstehe, werde ich, was das angeht, nie ihrer Meinung sein. Ich bin im Einzelhandel tätig, mein Job hängt also von hemmungslosem und spektakulärem Konsum ab. Ich bin darauf angewiesen, dass die Leute ihre Prinzipien und ihre Bedenken wegen ihrer Kreditkartenabrechnungen über Bord werfen und in einer gloriosen Blitzaktion Geschenke kaufen.

Willow schluckt. »Das ist zwar ein schöner, festlicher Gedanke, doch dies kann nicht warten.«

»Ist es etwas Dringendes?« Was könnte denn so wichtig sein?

Sie lächelt mich an. »Der Zustand deiner Chakren duldet keinen Aufschub, und das hier wird dir helfen.«

Oh mein Gott! Wenn das jetzt ein Hasenfuß ist, den sie da in der Hand hält, dann wird mir vermutlich einfach nur schlecht, wenn ich ihn gleich zu sehen bekomme. Obwohl Queen Elizabeth I. ja auch roten Lippenstift trug, um böse Geister abzuwehren. Falls Willow irgendeinen Lippenstift in greller Farbe ausgesucht hat, sollte ich damit klarkommen, solange er nicht zu sehr ins Lila geht.

Sicherheitshalber weiche ich etwas zurück und hoffe, Harriet damit nicht in Gefahr zu bringen, dass ich ihren Kinderwagen als Schutzschild verwende. »Was ist es denn?«

»Kein Grund, so erschrocken dreinzuschauen.« Willows

Augen funkeln vergnügt. »Da drüben haben sie ein paar Steine aus Meerglas, und als ich diese Halskette sah, wusste ich, dass die blauen genau die richtigen für dich sind – sie werden sehr heilsam sein für dich.« Es hätte schlimmer kommen können. Sie hatte keine Vision und sie behauptet auch nicht, jemand habe zu ihr gesprochen.

»Verstehe.« Mehr als ein leises Flüstern entkommt mir nicht, da ich nicht wüsste, wann mir ein Geschenk jemals mehr Stress bereitet hätte. Alle sehen es entzückt an. Ich habe nicht so viel Übung darin sammeln können, Geschenke von George aufzumachen, weil er mir so selten welche gekauft hat. Wenn er etwas besorgt hat, dann war es meist etwas Alkoholisches, und jedes Mal vergaß er, dass ich Whisky hasse, und trank ihn dann selbst.

Willows Augen leuchten. »Ich habe gespürt, dass ich hier etwas Schönes finden werde. Als wir zur Tür hereinkamen, hat es förmlich durch den Raum nach mir gerufen.«

»Oh mein Gott!« Mein Magen zieht sich zusammen, als ich von diesem Doppelschlag höre. Sie hört sich noch aufgeregter an als ich, was wiederum bestätigt, dass Geben Freude macht. Doch da ihr Müsli ›Morgen-Zen‹ heißt, bereite ich mich auf etwas wirklich Grässliches vor.

»Ivy, mach doch die Augen auf und schau mal.«

Ich habe gar nicht bemerkt, dass sie geschlossen waren. Als ich mich zwinge, meine Lider wieder zu öffnen, sehe ich in ihrer hohlen Hand ein feines Silberkettchen, ein paar silberne Sterne und Steine aus Meerglas in Tiefblau und zartem Türkisgrün. Ich stoße einen Seufzer aus. »Ist die aber schön.«

Willow nickt. »Ich weiß, genau deshalb musst du sie auch haben. Leg sie an, die blauen werden sich auf deinen Hals legen, und ich kann dir versprechen, dass du dich dann besser fühlen wirst.«

Ich nehme meinen Schal ab, lasse sie die Kette um meinen

Hals legen und drehe mich um, damit sie den Verschluss zumachen kann. »Danke, Willow.« Ich gebe ihr ein Küsschen auf die Wange und lege meine Hand auf die Steine, die ein Stück unter der Mulde meines Halses zum Liegen gekommen sind.

Bill steht noch immer mit dabei und meint zu Willow: »Sehr passend, Ivys zweiter Name lautet Stella, was Stern bedeutet, und ihr Nachname ist Starforth. Eine sehr sternige Frau, weißt du.«

Ich wende mich ihm zu. »Das stimmt, aber woher weißt du das?«

Er sieht mich an, als wüsste er nicht, wieso ich das frage. »Das musst du wohl in Chamonix erwähnt haben.«

»Klar, das erzähle ich den Leuten die ganze Zeit, stimmt's?« Ich starre Fliss an, damit sie mir hilft, seine ach so bedeutungsschwere Behauptung in Luft aufzulösen. Wenn sie das jetzt nicht sofort tut, muss ich sie wohl mal richtig anrempeln.

»Ja … klar doch … jeden Tag … mindestens zweimal.« Sie guckt mich böse an. »Hast du mir das schon mal erzählt?« Dann grinst sie. »Aber klar doch, stimmt, ich habe es nur vergessen, weil die mir zweimal auf der Geburtenstation das Gedächtnis gelöscht haben.«

Tiff dümpelt in der Nähe von Harriet herum. »Tiffany bedeutet, ich bin Gott, nur in der Gestalt eines Mädchens.«

Ich grinse sie an. »Das ist doch auch sehr passend.«

Willow nickt. »Siehst du, es wirkt schon. Durch das Tragen dieser blauen Steine wird es dir viel leichter fallen, deine wahren Gefühle auszudrücken.«

Auch Tansy schaltet sich jetzt ein. »Und Tansy steht für Unsterblichkeit und ist auch eine gelbe Blume.«

Tarkie verzieht das Gesicht. »Eine gelbe Blume, die stinkt, oder ein Vampir, der genauso stinkt.«

Tiff rollt die Augen. »Hör nicht auf ihn, er ist immer so, wenn er zu viele Hotdogs gegessen hat.«

Ich starre Willow an, als mir die enorme Tragweite des von ihr Gesagten klar wird. »Und ist es gut, meine Gefühle auszusprechen?« Selbst wenn etwas Wahres dran war und ich es scherzhaft gesagt habe, war das schon eine ziemlich bissige Bemerkung, die ich da Richtung Tiff losgelassen hab. Dadurch, dass ich direkt neben Bill stehe, könnte sich das zu einem richtigen Albtraum-Szenario entwickeln. Ich gehe schnell einen Schritt zur Seite, bevor es mich überkommt. Ich meine, wer hat schon etwas davon, zu erfahren, dass ich nichts lieber täte, als zu ihm in seine Jacke zu schlüpfen? Es gibt Dinge, die man für sich behalten sollte. Und manches sollte man gar nicht erst denken.

Willow lächelt immer noch, mit dem kleinen Unterschied, dass ihr Lächeln jetzt extrem heiter geworden ist. »Ich kann fühlen, dass du dich lange Zeit selbst unterdrückt hast – sobald du wieder ehrlich zu dir selbst bist, wirst du dich großartig fühlen.«

»Nein, ich muss sie abnehmen, und zwar sofort.« Ich taste verzweifelt in meinem Kragen nach dem Verschluss, als Willow mir an den Ellbogen fasst.

»Ivy, es ist gut, lass sie an.« Sie sieht mich von der Seite an. »Ich weiß, du willst ...«

»Es ist mir einfach zu unheimlich.« Ich piepse wie eine Maus, aber es ist auch etwas Wahres daran. Ich kann nicht ertragen, dass Willow so aussieht, als würde sie gleich zerbrechen, obwohl sie so robust ist. Libby ist eine echte Powerfrau, die vor Energie und Erfolg nur so strotzt, doch Willows Kraft ist viel tiefer reichender und stiller, wodurch sie sich irgendwie stärker anfühlt. Eher wie Titan – total fest und leicht zugleich. Ich fühle die Wärme ihrer Finger durch meinen dicken Mantelärmel hindurch, und irgendwie scheint es, als würde sie dadurch ein wenig von ihrer Kraft auf mich übertragen. Sie hat recht. »Ehrlich gesagt will ich mein schönes Meerglas und die Sterne doch nicht abnehmen. Warum sollte ich auch?«

Sie nickt. »Schon viel besser, Ivy-Blättchen.«

Ich nicke zurück. »Und jetzt muss ich selbst ein wenig shoppen gehen.« Was eine völlig unverfängliche Aussage ist. Vielleicht muss ich mir also überhaupt keine Sorgen machen. Natürlich war das alles totaler Schwachsinn und die Panik absolut unbegründet. Als würde ein bisschen Glas um den Hals irgendetwas bewirken. Ich zucke mit den Augenbrauen in ihre Richtung. »Diese Leute, die mir tolle Sachen kaufen, während ich für sie gar nichts habe ...«

Oh, verflucht.

Von hier aus kann es nur noch in eine Richtung gehen ... bergab – und das schneller als bei einem Bobrennen.

24. Kapitel

Geweihe, Engelsflügel, Schneebeeren und andere schöne Dinge

Es stellt sich heraus, dass Plums Deck Gallery genau dieses undefinierbare Etwas hat, das sich jedes Einzelhandelsgeschäft wünscht. Kaum fange ich an, mich ein wenig umzusehen, überkommt mich auch schon der Drang, jeden einzelnen der angebotenen Artikel zu kaufen, und den anderen geht es ganz genauso. Die Einkaufskörbchen, in die man die Sachen legt, bevor man sie bezahlt, sind einfach nur süß. Sie sehen wie Hummerfangkörbe aus, und wir alle befüllen sie bis zum Überquellen. An der Kasse steht Plum, die Eigentümerin der Galerie. Ihre gelockten, dunklen Haare trägt sie in einem hohen Pferdeschwanz, und der Overall mit den Farbspritzern hat große Ähnlichkeit mit ihren Bildern vom Meer. Überhaupt muss sie einen wirklich guten Blick für die Dinge haben, weil ich tatsächlich von allem etwas nehme, von den total niedlichen handgemalten Schildchen, auf denen irgendwelche schrägen Dinge wie Kaktus stehen, bis hin zu den wunderschönen Seidenschals, die so perfekt für Miranda sind, dass ich gleich zwei davon nehmen muss. Dabei sind wir noch nicht einmal bis zum Schmuck, dem Meerglas und den süßen Spielsachen vorgedrungen.

Nachdem unsere Shoppingekstase vorüber ist – und ausnahmsweise übertreibe ich hier mal wirklich nicht –, gehen wir alle hinaus auf die Veranda, das »Deck«, um etwas zu trinken. Unter einer Pergola mit Lichterketten in Rosa, Blau und

Orange rösten wir unsere Zehen an der warmen Glut einer Feuerschale. Dazu schlürfen wir aus riesigen Tassen heiße Schokolade mit Schlagsahne und lauschen dem Rauschen der Wellen weit unten am Strand. Trotz der mittelschweren Krise zwischen Tarkie und Tansy, die sich bis aufs Blut um den letzten Freundschaftskeks mit Zuckerguss gestritten haben, obwohl sie sowieso beide zu voll gewesen wären, um ihn zu essen, und Oscars Trotzanfall, nachdem ihm sein kandierter Apfel von der Veranda gefallen ist, hätte der Abend nicht besser laufen können. Als wir uns auf den Weg zu den Autos hinunter machen, dauert es nicht lange, bis Harriet einschläft und auch Oscar ein Nickerchen macht.

Fliss schließt das Auto auf und macht sich daran, Oscar hinten auf seinen Platz zu setzen. Ich stehe an der Tür auf der anderen Seite und führe Bill mit stolz geschwellter Brust vor, wie gut ich in den wenigen Tagen gelernt habe, mit Kindern umzugehen. Ich setze Harriet, die immer noch schläft, in ihren Kindersitz, wonach ich dann letztendlich doch vor einem Problem stehe und vom Auto zurücktrete.

»Okay, ab hier musst du übernehmen, Fliss.«

Bill, der jetzt vor mir steht, beugt sich vor, zieht die Gurte zurecht und fummelt am Clip herum. »So, das wär's, jetzt ist sie abfahrtbereit.« Eine Sekunde später ist er auch schon wieder aus dem Auto heraus und dabei, die Taschen vom Kinderwagen auszuhaken. Ein Stoß mit dem Knie und schon ist das Ding zusammengeklappt und im Kofferraum verschwunden.

Ich stehe auf dem Parkplatzkies und blinzle ihn an. »Wie zum Teufel hast du das denn jetzt gemacht?« Das übertrifft sogar diese Kindersitz-Geschichte, glaubt mir. Für jeden, der kein voll zahlendes Mitglied im »Club der völlig fertigen und verzweifelten Eltern« ist und keine Ausbildung zur Super-Nanny gemacht hat, sind diese Dinger nämlich so gut wie unmöglich zusammenzuklappen. Genau das ist ja der Zweck ihrer Konstruktion. Ich weiß, wovon ich spreche, da ich mir in dieser Hinsicht schon diverse Auszeichnungen als hoffnungslose Tante eingehandelt habe. Manchmal stand ich da und habe es eine halbe Ewigkeit lang versucht, doch bis jetzt musste Fliss es letzten Endes jedes Mal selbst übernehmen.

Bill zuckt die Schultern. »Das ist eben Männersache, Ivy. Für alles, was bewegliche Teile hat, ist die Gebrauchsanweisung bereits in unserer DNA angelegt.«

»Tatsächlich?« Ich bin froh, dass Merwyn dabei ist, denn es tut gut, jemanden zu haben, mit dem man ein WTF?-Augenrollen austauschen kann. Und ich bin außerdem froh, dass ich mich im Zweikampf gegen mein Meerglas durchsetzen konnte und mir verkniffen habe anzumerken, dass sich das mal wieder nach typischem Bill-Bullshit anhörte. Obwohl es eigentlich schon mal nötig wäre, dass ihn irgendwer darauf hinweist, wenn er seine Überheblichkeit so heraushängen lässt.

»Sei's drum ...« Er schwingt den zweiten Kinderwagen in den Kofferraum und schließt ihn mit einer flüssigen Bewegung. »Wer hat Lust, einen Strandspaziergang nach Hause zu machen?«

Nachdem Libby und ihre Kinder bereits im Auto sitzen und Fliss ihren Schlüssel durch die Luft schwenkt, um anzudeuten, dass sie sich ebenfalls gleich aufmachen wird, würde Tarkie das jetzt eine »ziemlich blöde« Frage nennen. Aber auch das behalte ich für mich. »Das Wasser spritzt bis auf die Promenade hinauf, es wird wohl kaum genug Strand zum Spazierengehen übrig geblieben sein – kann ich mir zumindest nicht vorstellen.«

Das ist die perfekte Ausrede. Ich will auf gar keinen Fall mit Bill allein zurückgehen. Warum? Naja, damit ich eben gar nicht erst weiß, was ich sowieso nie haben werde. Das wäre ja so, als würde man sich die Nase an einem Schaufenster platt drücken und sich das Wasser beim Anblick leckerer Erdbeertörtchen im Munde zusammenlaufen lassen, obwohl die Konditorei sowieso geschlossen ist. Kurzum, man erspart sich eine Menge Qualen, wenn man einfach die Straßenseite wechselt und gar nicht erst hinschaut. Und jetzt kommt da auch noch die ganze Sache mit meiner außer Kontrolle geratenen Offenheit in Bezug auf meine Gefühle hinzu. Bis ich sicher sein kann, wie das genau läuft, ist es zu gefährlich, so ein Risiko einzugehen. Ich weiß, dass meine Momente der Will-Vernarrtheit eine völlig deplatzierte Fantasie von vor vielen Jahren sind, daher wäre es eine echte Katastrophe, wenn mir irgendetwas darüber herausrutschen würde. Selbst wenn es nur ein Versehen wäre, wären Libbys Insta-Weihnachten echt im Eimer. Dann wären sie auf sich gestellt, weil ich sofort wieder nach London abreisen müsste.

Das Geräusch, das Bill von sich gibt, hört sich fast wie ein Lachen an. »Das ist schon vier Stunden her, Ivy. So ist das mit der Flut – sie kommt und geht. Jetzt ist das Meer wieder meilenweit draußen.«

Ich tue gut daran, jetzt schnell und entschlossen zu reagieren. »Ich muss jedenfalls mit Fliss im Auto zurückfahren, das steht fest.«

Fliss wirft mir einen seltsamen Blick zu. »Wir lieben dich wirklich sehr, Tante Ivy, aber wir sind schon den ganzen Weg von London hergekommen, ich denke, wir schaffen den einen Kilometer bis zum Schloss jetzt auch noch.« Auf welcher Seite steht sie eigentlich? »Wie oft im Leben hattest du schon die Chance auf einen Strandspaziergang bei Mondschein?«

Das ist genau der Punkt. Wenn ich zurück an Ibiza mit George denke, habe ich das eher als ein Zurückkriechen in der Morgenröte in Erinnerung. Aber dann habe ich die rettende Idee. »Seit wir angekommen sind, haben Merwyn und ich fast jeden Abend unsere Gassirunde bei Mondschein gedreht. Und der Mond war sogar noch voller.« Merwyn, der jetzt ganz steil aufrecht dasitzt, hebt ein Vorderpfötchen und stößt ein kaum hörbares Winseln aus, als er das magische »G«-Wort hört.

Bill reibt sich die Hände. »Worauf warten wir denn dann noch? Wenn du sowieso noch mit ihm rauswolltest, können wir doch genauso gut jetzt gleich zusammen zurückgehen.« Er zögert einen Moment, dann tut er etwas Unfassbares: Er spricht mit dem Hund. »Na, was meinst du dazu, Merwyn?«

Merwyn schaut zu Bill, dann zu mir und wieder zu ihm. Dann tut auch er etwas absolut Unfassbares: Er bellt zur Antwort.

Fliss setzt sich lachend auf den Fahrersitz. »Wie's aussieht, hast du da deine Antwort. Wir sehen uns dann im Schloss, bis gleich.«

»Fuck.« Dieses Mal hat sich das Meerglas mal durchgesetzt.

»Zum Strand geht's da lang.« Dadurch, dass Bill mir den Arm hinstreckt, um mich die Treppe hinunter- und auf den Sandboden hinauszugeleiten, bin ich mehr oder weniger schon fast bei ihm im Mantel angekommen. »Ist alles okay?«

Ganz und gar nicht, schlimmer könnte es eigentlich gar nicht sein. Ich vermeide es ja schon bei guter Beleuchtung, mehr als ein paar Sekunden mit ihm allein zu sein. Den ganzen Weg zurück zum Schloss nur mit ihm, und das auch noch im Dunkeln – das Potenzial, es zu vermasseln, ist so immens, dass es ähnlich angenehm sein muss, blind durch ein Minenfeld zu laufen. »Ich habe tonnenweise Einkäufe im Rucksack. Ansonsten ist alles bestens, könnte nicht besser sein, danke.« Zu dieser Lüge kann ich mir nur gratulieren. Ich bücke mich, um Merwyn von der Leine zu lassen, und er fetzt über den Sand und jagt die Schatten im Halbdunkel.

Trotz der langen Beine geht Bill wirklich extrem langsam. Ich lege immer mal wieder keuchend einen Zwischenspurt ein, bei dem mir die Füße im Sand versinken, dann drehe ich mich um und warte auf ihn. Was gut so ist, bis auf die Tatsache, dass ich ihn dabei auf mich zugehen sehen muss. Sagen wir mal so: Die Schatten, die der Mond auf sein Gesicht wirft, lassen ihn noch unwiderstehlicher aussehen als sonst. Auch wenn ich mir bei diesem Gedanken eher wie Miranda vorkomme statt wie ich selbst.

»Ich kann deine Tasche tragen, wenn du willst. Ich habe gesehen, dass du schwer beladen bist mit einem Haufen Mini-Svens.«

»Es war alles so verlockend. Zum Glück bin ich gegangen, bevor ich mir eine drei Meter hohe Meereslandschaft gekauft habe.« Mein Rucksack ist vollgestopft bis obenhin, doch eines wundert mich. »Wie kommt es, dass du Sven kennst?«

»Kennt den nicht jeder?«

»Da er ein Zeichentrick-Rentier ist, muss man zumindest einmal *Die Eiskönigin* gesehen haben.«

Er zuckt die Schultern und verzieht das Gesicht. »Kann schon sein, dass ich mir das ein-, zweimal angesehen habe.«

Okay, ich muss zugeben, dass mir jetzt erst einmal der Mund offen steht, weil er einfach nicht der Typ dafür zu sein scheint. »Das hätte ich jetzt wirklich nicht erwartet. Das lässt dich gleich viel liebenswerter und überhaupt nicht mehr so miesepetrig erscheinen.« Meerglas-Alarm!

»Mit liebenswert kann ich leben.« Er schnieft. »Wie kommt's also, dass du gleich alle Svens aufgekauft hast? Ich dachte, Rentiere machen dich nervös?«

Verdammt. Mein Magen fühlt sich so flau an, dass mir fast die heiße Schokolade hochkommt. Ich mache ein paar große Sprünge quer über den Sand, um meine Verlegenheit zu kaschieren und schlucke hart. »Das ist meine Art, das aufzuarbeiten. Ich liebe Weihnachten, und der Weihnachtsmann mit seinem Schlitten gehört da eben unbedingt dazu. Es ist rein praktisch nicht möglich, so zu leben, dass ich jedes Mal kotzen will, wenn ich Geweihe sehe.«

»So eine Abneigung zu haben, muss ganz schön schlimm sein, insbesondere für dich.« Seine Stimme klingt jetzt leiser und voller Mitgefühl. »Darf ich fragen, was die Ursache dafür ist?«

Ich stoße einen langen Seufzer aus, weil er mir den Finger schon einmal auf diese wunde Stelle gelegt hat. »Der Unfall, bei dem ich mir das Gesicht aufgeschlitzt habe, ist letzten Dezember passiert. Ich war auf dem Heimweg von einer Party und hatte ein Rentierkostüm an. Das ist alles.« Ich schüttle den Kopf. »Wir wollen es mal von der positiven Seite betrachten. Als sie mir in der Notaufnahme die Kleider aufgeschnitten haben, war meine größte Sorge eigentlich, dass sie mir auch meine geliebte French Connection Jeans aufschneiden würden.« Das kann ich so nicht stehen lassen. »Ich weiß, das hört sich jetzt so an, als würde ich es herunterspielen wollen, aber das mache ich nur, weil das Ganze so schrecklich war. Ich kann da wirklich nicht drüber sprechen.«

In jener Nacht war ich am wahrscheinlich tiefsten Punkt in meinem Leben angelangt, und das aus sehr vielen Gründen. Wann immer ich den Gedanken daran zulasse, würde ich am liebsten sofort sterben vor Scham. Dann wünsche ich mir wieder nichts mehr, als die Uhr nochmals zurückdrehen zu können, um bessere Entscheidungen zu treffen. Der einzige Weg, mit dieser Schuld fertigzuwerden und weiterzumachen ist, niemals so wirklich genau darüber nachzudenken.

Er stößt einen leisen Pfiff aus. »Naja, einen riesigen Haufen handgroßer Kuschelrentiere zu kaufen, ist doch ein Fortschritt. Mittlerweile hast du drinnen ja sogar auch schon einmal deine Mütze abgenommen, sodass jeder sehen konnte, was du unter deiner neuen Frisur versteckst. Auch das ist ein Fortschritt.«

Ich seufze noch mal. »Ratgeber meinen dazu, dass man sich erst dann wieder richtig frei fühlen wird und nach vorne blicken kann, wenn man neu gelernt hat, sich selbst zu lieben. Aber davon bin ich meilenweit entfernt. Es ist ja nicht nur mein Gesicht, es gibt noch so viele andere Dinge, die mich belasten. Aber es ist eben so viel einfacher, den Kopf in den Sand zu stecken, als sich ihnen zu stellen.«

Er streckt den Arm in meine Richtung aus, und ehe ich michs versehe, hat er nach meiner Hand gegriffen. »Du hast eine furchtbare Zeit durchgemacht, aber ich verspreche dir, dass du das überwinden wirst.« Er drückt meine Finger und schaut nach oben. »Schau dir den Himmel an …«

Die samtschwarzen Flecken zwischen den Wolken sind förmlich übersät von kleinen leuchtenden Punkten. »So viele Sterne … Je länger ich hinsehe, desto mehr kann ich entdecken. Sie sind hier so viel heller als bei mir zu Hause.«

Er nickt. »Hier ist die Lichtverschmutzung viel geringer als in der Stadt. Das ist einer der Vorzüge dieser Gegend. Das schlechte Handy-Netz kompensieren wir mit der guten Sicht auf die Milchstraße.«

Ich lache. »Das werde ich Tom erzählen.«

Jetzt klingt er nachdenklich. »Weißt du, eigentlich sind die Sterne ja immer da, aber wir können sie eben nur nachts sehen.«

Ich halte an, um eine Muschel hochzuheben, die im Mondschein weiß leuchtet, und reibe sie zwischen den Fingern. »Die ersten paar Wochen nach dem Unfall habe ich Dunkelheit gehasst. Alles, was ich nach dem Ausschalten des Lichts vor Augen hatte, war die endlose Schwärze, die nach dem Aufprall kam. In meinem Kopf erlebte ich immer wieder nach, wie das Radio weiterspielte, aber niemand zu Hilfe kam. Wie Michael zusammengesackt über dem Lenkrad hing und nicht mehr antwortete. Dann die blinkenden Blaulichter in der Nacht, als die Polizei endlich gekommen war und das Geräusch der Trennschleifer, als die Feuerwehrleute das Auto aufschnitten. Den Blutgeschmack in meinem Mund. Ich hasse sie nach wie vor, diese Flashbacks.«

»Du musst wirklich nicht darüber reden ... zumindest nicht, wenn du es nicht willst.«

Jetzt, wo ich damit angefangen habe, fühlt es sich gar nicht so schlimm an, wie ich dachte. Irgendwie kann ich gar nicht mehr aufhören. »Mit der Zeit hat sich mein Hass gegenüber der Dunkelheit wieder gelegt, und mittlerweile mag ich sie sogar. Wenn es dunkel ist und niemand meine Narbe sehen kann, fühle ich mich wieder ganz wie ich selbst.«

»Du musst sie wirklich nicht verstecken.« Bill seufzt. »Finstere Orte sind nicht immer etwas Schlechtes, manchmal bieten sie einem auch Geborgenheit. Als Kind liebte ich es, mich im Schrank unter der Treppe zu verstecken. Wir beide haben gerade eine dunkle Zeit, aber wie Keef sagen würde – sie wird nicht ewig andauern.«

»Und was hat es mit deinen finsteren Orten auf sich, was steckt dahinter?« Ich weiß nicht, wo das jetzt herkommt. Das bin überhaupt nicht ich, die diese Frage ausspricht.

Er räuspert sich. »Naja, es ist ja kein Geheimnis, dass es Gemma war, die die Beziehung beendet hat.«

»Oje, das tut mir sehr leid.« Niemand wird gerne ausrangiert. Aber alles, woran ich jetzt denken kann, ist, wie stark ich ihn festgehalten hätte, ihn geliebt und umsorgt hätte, wäre er nach Chamonix mein Freund gewesen. Ich hätte niemals riskiert, ihn zu verlieren. Es bricht mir das Herz, zu sehen, wie ihn der Kummer über diesen Verlust gezeichnet hat.

Als sich eine Wolke zurückzieht, fällt das Mondlicht auf sein Gesicht, und ich kann sein betrübtes Lächeln sehen. »Ich hatte einfach nicht damit gerechnet, wie fürchterlich die Trennungskämpfe werden würden.« Er lacht bitter. »Sie hat das

Haus in London bekommen und ich das Schloss und die Brennerei, weil die ja sowieso meinem Dad und mir gehörten.«

Meine Augen weiten sich. »Du bist also gar nicht nur der Hausmeister oder Pächter?«

Er prustet los. »Oft genug wünschte ich, ich wäre wirklich nur der Hausmeister, wenn ich mir den Umfang unserer Rechnungen und die Kosten für die Instandhaltung ansehe. Beim Kauf eines solchen Anwesens denkt man erst einmal, man hätte ein gutes Geschäft gemacht, aber da hat man noch keine Ahnung, was man danach noch alles an Kapital reinstecken muss. Naja, wir werden das schon irgendwie stemmen. Wie du schon sagtest, aufgeben ist keine Option.«

Ich versuche etwas zu sagen, was es weniger trostlos erscheinen lässt. »Diese Kämpfe können ja nicht für immer weitergehen. Sobald man die negativen Dinge mal hinter sich gelassen hat, geht es einem gleich viel besser.«

Er schüttelt den Kopf. »Davon bin ich weit entfernt – viel weiter, als du dir vorstellen kannst.« Er schluckt und sieht nach oben.

Ich schaue dagegen überhaupt nicht nach oben, sondern nach unten und betrachte seine Finger, die um die meinen geschlossen sind, fühle die Wärme seiner Handfläche und lausche dem Geräusch seiner Atmung im Dunkel der Nacht. Es bricht mir das Herz, eine solche Verzweiflung in seiner Stimme zu hören.

»Würde eine Umarmung helfen?«

Die Worte hängen in der Luft, bevor sie von einer Böe aufs Meer hinausgetragen werden. Erst dann begreife ich es – das kam grad eben von mir. Wie bitte? Warum zum Teufel habe ich das gesagt? Eine Umarmung würde verdammt noch mal überhaupt nicht helfen! Der Mann ist am Boden, weil seine superheiße Freundin ihn hat sitzen lassen. Das Letzte, was er jetzt braucht, ist, von irgendeinem dahergelaufenen Gutmenschen mit aufgeschlitztem Gesicht betatscht zu werden. Was habe ich mir bloß dabei gedacht? Nun ja, wir wissen ja alle, dass ich überhaupt nicht nachgedacht habe. Das ist meine verdammte Halskette, die da spricht. Mit mir hat das rein gar nichts zu tun. Während ich meine Hand aus der seinen winde und einen Sprung zur Seite mache, brabble ich vor mich hin. »Nein, du hast vollkommen recht, das ist die schlechteste Idee, die ich je hatte … Ich bin die Frau, die in den Whirlpool gesprungen … und in einen Misthaufen gefallen ist, du erinnerst dich … Du musst mich entschuldigen. Ich baue riesigen Bockmist … die ganze Zeit … Das ist einfach nur der letzte in einer ewig langen Liste übelster Schnitzer und Fehler …«

Bill schüttelt wieder den Kopf. »Nachdem du den Strand nun so weit hoch bist, dass du dich praktisch schon in den Schlossgärten befindest, vermute ich, du ziehst dein Angebot zurück?« Er beißt sich auf die Lippe. »Glaub mir, du hättest es sowieso verdient, von einem besseren Typen als mir umarmt zu werden.«

»B-b-b-itteee …« Ich summe und lege mir dabei die Hände auf die Ohren, dann höre ich mich wie Tiff an. »Lass uns einfach weitergehen.« Am besten zu einem geeigneten Versteck im Gebüsch, wo ich mich so lange hinlegen kann, bis Weihnachten vorüber ist. Ich muss mir eine bessere Entschuldigung einfallen lassen. »Tut mir leid, vergiss einfach, was ich gesagt habe. Du hörtest dich nur so furchtbar traurig an, das ist alles.«

Nochmals umspielt ein betrübtes Lächeln seine Lippen. »Man muss diese schlechten Zeiten einfach irgendwie durchstehen. Wie ich schon sagte, Ivy-Sternchen, man braucht die Dunkelheit, um die Sterne sehen zu können. Es ist nicht alles schlecht, es gibt immer auch etwas Positives dabei.«

Als wir auf Höhe des Schlosses ankommen, zeichnen sich die Zinnen auf den Türmen scharf gegen den wolkigen Himmel ab. Die Lichter, die aus den Fenstern dringen, scheinen gelblich vor dem Hintergrund der düsteren Mauern, und alles sieht so massiv, solide und sicher aus.

»Das Schloss hat irgendwie viel mit den Sternen gemeinsam. Es ist immer schön, aber in der Nacht ist es am schönsten.«

»Sagt das Sternenmädchen, das so launenhaft ist, dass sie ihre Umarmungen zurücknimmt, bevor sie sie gegeben hat.« Obwohl es dunkel ist, kann ich das neckische Flackern in seinen Augen erkennen. »Bedeutet das, dass du morgen auch alle deine Einkäufe zurückbringen wirst?«

Wenn das die Wirkung von Meerglas ist, bin ich froh, dass an meiner Kette nur ein paar kleine Steinchen hängen und kein ganzer Hals voll. Doch als ich das Schloss betrete, kommt mir nicht die wohlig warme Luft entgegen, die ich erwartet hätte. Stattdessen fröstelt es mich immer noch, und ich muss die ganze Zeit daran denken, wie gut mir die Wärme dieser Umarmung getan hätte.

25. Kapitel

An einem kalten, frostigen Morgen

Samstag, 21. Dezember

»Okay, Ivy, deine Wangen sind ganz rosig, Bill war vorhin nicht in seinem Zimmer, dann noch der Mondscheinspaziergang gestern Nacht – gibt es etwas, das du uns erzählen möchtest?«

Als Fliss in der Sekunde, in der ich am nächsten Morgen mit Merwyn in die Küche komme, diesen Angriff auf mich startet, bin ich froh, dass Tiff und Tansy nicht hier sind.

»Leider nicht.« Hoppla, finde den Fehler. »Was ich natürlich eigentlich sagen wollte, ist: zum Glück nicht.« Ich bin froh, dass wir das geklärt haben. Ich wackle mit den Augenbrauen und zwinkere ihrem Handy zu. »Ich nehme an, das bedeutet, dass du schon in Bills Zimmer warst und Rob über Facetime angerufen hast.«

»Hab ich, und jetzt ist Libby drin.«

»Und wie ist es gelaufen?«

Ihr unordentlicher Dutt hat sich in einen schmuddeligen Heuhaufen verwandelt, und sie fummelt darin herum, während sie sich vorbeugt und zu Oscar hinuntersieht, der auf dem Boden liegt und irgendein großes Metallteil gegen das Tischbein schlägt. Schließlich zieht sie sich ein Puzzleteil aus den Haaren, ohne den viel größeren Klumpen zu bemerken, der verdächtig nach geschmolzenem Schweizer Käse aussieht, legt ein Stück von etwas Labbrigem, Beigem und Klebrigem in den Teller auf Harriets Hochstuhl und wischt sich die Hände an der Vorderseite ihres Pinguin-Einteilers ab.

»Verdammter Scheißkerl.« Sie formt die Worte über Harriets Kopf hinweg mit dem Mund.

Ich rolle mit den Augen. »Ach, so gut …?«

Tarkie streckt den Kopf unterm Tisch hervor. »Tante Fliss macht gros mots!«

»Was hat er gesagt?« Ich blinzle Fliss an.

Tarkies Kopf taucht wieder auf. »Das bedeutet große Worte, das ist Französisch für Fluchen.«

»Meine Güte.« Ich sehe Fliss an und rolle mit den Augen. »Dreisprachige Kinder, was kommt als Nächstes?«

Fliss atmet hörbar aus. »Dass Merwyn auf einmal anfängt, tibetisch zu reden?«

Zurück zu den wichtigen Dingen. »Ihr Mädchen habt sehr süße Pinguin-Klamotten an.«

Fliss zieht an Harriets Strampler. »Sind diese gepolsterten Flossen nicht knuffig? Man möchte glatt dahinschmelzen, oder? Und Oscar in seinem Löwenanzug mit dem putzigen buschigen Schwanzende, dieser Mähne und den Schnurrhaaren, die wir ihm ins Gesicht gezeichnet haben.« Wie aufs Stichwort wird unter dem Tisch gebrüllt, dann folgt noch mehr Geklopfe. »Und ich hab meine Kapuze aufgesetzt und meinen Schnabel an genau der richtigen Stelle platziert. Morgens um viertel vor sieben und mit zwei Kindern im Schlepptau ist das schon beachtlich.«

»Also, was genau ist passiert?«

»Er war gerade im Bett, als er ans Handy ging.«

Mir wird flau im Magen. »Hast du die Kissenbezüge erkannt?« Ausnahmsweise ist es nützlich, dass sie immer noch so an ihren unverwechselbaren bläulichen Rosen-Bezügen hängt.

»Oh ja.« Es ist eine Erleichterung, als sie nickt. »Dann sagte er: ›Scheiße, ist es schon so spät, danke, dass du mich geweckt hast, ich muss zur Arbeit.‹ Und gleich danach hat er aufgelegt.«

Von unter dem Tisch dringt wieder eine Stimme herauf. »Gros mots. Schon wieder. Letzte Warnung.«

Aus dem, was Fliss erzählt hat, lässt sich noch nicht viel schließen. »Und, wie hat er ausgesehen?«

Fliss zieht eine Grimasse. »Zerzaust …«

Das könnte auch sie selbst sein, die sie da beschreibt. »Zerzaust, als wäre seine Frau eine Woche lang weg und er müsste seine Polohemden jetzt selbst falten oder … als wäre er …« Ich ziehe eine Grimasse. »… mit Jordan auf Schatzsuche gegangen.«

»Mit wem auf Schatzsuche gegangen?«

»Das ist dieser Kerl aus Florida, der fischt und taucht und einen YouTube-Kanal mit einer Unmenge von Followern hat. George hat ihn in der Phase viel geschaut, als er Bear Grylls sein wollte. Natürlich ist es eine Metapher – damit unser Gendarm unter dem Tisch nichts spitzkriegt.«

Tarkie horcht auf. »Was ist ein Gendarm?«

Fliss zieht die Nase kraus und ignoriert ihn. »Es ist mehr ein Platzhalter als eine Metapher. Selbst wenn Rob allein war, muss er doch wegen eines Quickies ins Büro gefahren sein, oder? Außerhalb des Einzelhandels ist das der einzige Grund, warum die Leute samstags zur Arbeit gehen.«

Ich unterdrücke ein Schaudern und beschließe, dass einige Fragen am besten unbeantwortet bleiben. »Ist euch auch kalt?«

Fliss zieht eine Grimasse. »Die Temperatur ist runtergegangen, aber ich kann es nicht genau sagen, ich hab meinen Morgenmantel drunter an, ich hatte gehofft, die Polsterung würde dem Outfit einen Wow-Faktor verleihen, falls Rob kommt.«

»Bist du sicher, dass das der richtige Look ist?«

Vielleicht begehren sie und Rob einander sexuell nicht mehr. Es ist noch nicht so lange her, dass sie mit Rob nackt gefacetimt hat, wenn er auf Dienstreise war.

Sie zwinkert mich an. »Zweifle nicht an mir, ich kenne mein Publikum. Rob liebt es, wenn ich Mama Pingu spiele – oder zumindest hat er es früher geliebt.« Sie hält kurz inne; ihr wehmütiger Seufzer wird zu einem Stöhnen. »Oh Scheiße, was ist, wenn ich die Erste in der Familie bin, die sich scheiden lässt? Libby ist so viel perfekter als ich mit ihrem wundervollen Ehemann, ihren Kindern und ihrem Business, das sie gleichzeitig managt. Einen Mann zu finden, der mich liebt, war das Einzige, was ich richtig gemacht habe, und jetzt vermassle ich die eine Sache, auf die ich stolz sein kann.«

Am anderen Ende der Küche schlägt Milo die Ofentür zu und taucht hinter der Kücheninsel auf. »Falls sich jemand wundert, es ist unglaublich heiß hier, doch ich schufte trotzdem am Herd.« Er streicht seinen Pony nach hinten und glättet Bills Schürze. »Aber es ist toll, wenn einem in der Küche mal niemand im Weg ist.« Wir alle wissen, dass das ein Seitenhieb auf Bill ist.

»Diese Herumzickerei passt gar nicht zu dir, Milo.«

Er wirft mir einen Blick zu. »Hier ist ein Stapel Bananenpancakes mit Ahornsirup und Schlagsahne, und eine Kanne Kaffee – wenn du magst, Ivy-Blättchen.«

Ich schlucke meinen Sabber runter und mache meine säuerliche Bemerkung von vorher wieder gut, indem ich ihn nicht wegen des »Blättchens« schelte. »Cool, das ist toll. Ich hole nur noch zwei Pullover von oben für Merwyn und mich, dann bin ich bei dir.«

Fliss' Augen leuchten auf. »Dieser Einteiler kaschiert alle Problemzonen, Harriet und ich hätten gerne auch Pancakes, wenn du schon dabei bist, bitte.«

Mein Timing ist gut. Ich bin gerade mit einem Tablett voller Pancakes zu Fliss am Tisch zurückgekehrt, als Tom, Tiff und Tansy seltsam stumm und mit Kopfhörern in den Ohren reinkommen, die alle zurück in die Tasche von Toms Jeans führen. Was das Wetter angeht, muss da gerade eins von diesen arktischen Tiefdruckgebieten aus Sibirien zu uns gekommen sein. Das Schlafzimmer glich nach der Wärme in der Küche so sehr einem Kühlschrank, dass ich mir sowohl meine Thermoweste als auch meinen rot-rosa gestreiften Pullover mit Mini-Weihnachtsbäumen übergestreift habe. Und Merwyn war mir sehr dankbar, als ich ihm seinen rot-weiß-gestreiften schottischen Pulli angezogen hab.

Als Willow und ihre drei Kids ein paar Minuten später hereinkommen, stopfte ich mir den Mund mit Banane und Sahne voll und wappne mich innerlich. Wenn die Gefahr besteht, dass ich noch mal so mit meiner Meinung herausplatze wie gestern, würde ich ihre Vorschläge ehrlich gesagt lieber ignorieren, meine Chakren blockiert lassen und meine Aura nicht reinigen. Aber zum Glück werde ich verschont, denn sie sind tief in ein Gespräch auf Spanisch versunken.

Als sie beim Verspeisen ihrer glutenfreien Pancakes mal kurz in ihrer Diskussion innehalten, lehnt sich Fliss zu Willow hinüber. »Heute ist es kälter, hast du das bemerkt?«

Willow runzelt die Stirn, während sie kurz nachdenkt. »Wir machen unsere eigene innere Energie durch Meditation und haben ein vollisoliertes Holzhaus mit passiver Solarheizung, wir lassen uns von äußeren Temperaturschwankungen in der Regel nicht beeinflussen.«

»Okay.« Fliss und ich sehen uns an und ziehen »Was zum …?«-Grimassen, dann lehnt sie sich mit leuchtenden Augen zu mir herüber. »Dir ist schon klar, dass das heißen könnte, dass es bald Schnee gibt, oder? Kannst du dir das vorstellen, Oscar hat noch nie welchen gesehen.«

Eine Sekunde später blitzt etwas auf, und das unverkennbare Knistern eines goldenen Daunenmantels ist zu hören, als Miranda hereinrauscht. »Scheiß Schnee! Ihr solltet wissen, dass da Eiswürfel aus unserer Dusche kommen!« Sie ist für ihre dramatischen Auftritte bekannt. Mit ihren ausgestreckten Armen und ihrem Mantel, der wie ein Superheldencape hinter ihr herflattert, hat sie auf jeden Fall gerade eine eindrucksvolle Show hingelegt.

Fliss zieht die Nase kraus. »Morgen, Mama, es ist schön, dich zu sehen, aber übertreibst du nicht ein bisschen?«

Miranda streckt die Nase in die Luft. »Sagen wir es mal so – ihr werdet euch heute sicher nicht über Geisterklopfen beschweren, weil es dem verdammten Geist zu kalt ist …«

Fliss hält sich die Ohren zu und ruft: »Okay, stopp. So genau will ich es gar nicht wissen!«

»Ich musste Ambie mit einem Gin versorgen und ihn in den Whirlpool legen, damit er wieder auftaut. Und was muss frau tun, um hier eine Tasse Tee zu bekommen?«

Während Miranda mit ihrem Mantel zum AGA-Herd knistert, beuge ich mich so weit vor, dass ich aus dem Fenster sehen kann, und tatsächlich ist Ambie bis zu seiner Weihnachtsmannmütze im Pool untergetaucht und winkt mir mit einem Becher zu.

Milo macht zwar Kaffee für mich und gießt Fliss Tee ein, aber für ihre Mum rührt er keinen Finger. Stattdessen bringt er einen Teller Pancakes für die Kinder zum Tisch. Als er sich zu mir dreht, ist sein Mund verkniffen. »Sie ist so eine schrille Person. Und sie passt so überhaupt nicht zu Dad.«

Jemand muss sich für Miranda einsetzen, also nicke ich in Richtung Milos Vater. »Sie hält ihn davon ab, so spießig zu sein, und außerdem hab ich nicht mitbekommen, dass Ambie sich beschwert hätte.«

Miranda stürmt wieder auf uns zu, ihr rosa Morgenmantel mit Leopardenmuster flattert unter ihrem Mantel hervor, ihre flauschigen Stiletto-Pantoffeln klappern auf den Bodenbrettern, und ich glaube, dazu trägt sie Ambies Argyle-Socken. »Wo ist Bill überhaupt? Immer weg, wenn man ihn braucht.«

Wie aufs Stichwort erscheinen Bill und Keef im Türrahmen. »Hat da jemand nach uns gerufen?«

Miranda hat eine Hand auf der Hüfte und schwenkt mit der anderen ihre Teetasse. »Was für ein Etablissement führen Sie hier eigentlich, William? Das Wasser ist eiskalt, und die Heizkörper sind es auch!«

Die Tatsache, dass sich mein Magen grade ein wenig auflöst, schiebe ich auf den vierten Pancake und zu viel Ahornsirup, nicht auf die dunklen Ringe unter Bills Augen und die Schatten auf seinen Wangen. Was ist das nur mit den Kerlen, je kaputter sie aussehen, desto mehr schlägt mein Magen Purzelbäume …

So, wie er wie angewurzelt stehen bleibt und die Augen aufreißt, hatte er das nicht erwartet. »Ok-a-a-a-ay – ich war schon früh unterwegs und bin gerade erst zurückgekommen. Bist du sicher?«

Mirandas Augen blitzen. »Was, willst du mich jetzt als Lügnerin bezeichnen? Ich bin vielleicht über fünfzig und habe die Ehemänner öfter gewechselt als du deine Laken …«, – achtet darauf, wie sie ganz lässig ein Jahrzehnt von ihrem Alter abgezogen hat, sie ist echt ein Profi – »… aber ich merke doch, wenn die verfluchte Heizung kaputt ist. Ich friere mir hier die verdammten Titten ab, Bill.«

So, wie Bill blinzelt, versucht er genauso wie der Rest von uns, dieses Bild aus dem Kopf zu bekommen. »Toll … Vielleicht brennt die Zündflamme am Kessel nicht mehr. Sie geht manchmal aus, wenn Wind aufkommt.«

Miranda keift zurück: »Und wie oft passiert das? Es ist so

unprofessionell, was zum Teufel ist mit der Kundenzufriedenheit und damit, dass der Kunde immer König ist? Du solltest das wirklich reparieren lassen.«

Tarkie schaut unter dem Tisch hervor. »Oma Miranda hat ein Gros Mot gesagt, Oma Miranda hat ein Gros Mot gesagt.«

»Schhh …« Willow legt ihm kurz ihre warme Hand auf den Kopf, und er schmilzt dahin.

»Gebt uns einen Moment, wir werden sehen, was wir tun können.«

Als er Bill hinausfolgt, fallen Keef die Augen ebenfalls fast aus dem Kopf, aber er hält im Türrahmen inne. »Ihr alle, denkt daran, wir lächeln für uns selbst, nicht nur für die Fotos.« Er bewegt sich nicht vom Fleck und scannt verzweifelt sein Gehirn nach einer besseren Sentenz. »Hört auf, darüber nachzudenken, was schiefgehen kann, und fangt an, euch darüber zu freuen, was gut läuft!« Dann nickt er, und ein Grinsen breitet sich auf seinem Gesicht aus, während er die Zöpfe über die Schulter wirft. »Es gibt Menschen, die wären glücklich, wenn ihre guten Tage so aussehen würden wie deine schlechten, Miranda.«

Miranda fährt mit den Fingern durch ihre kupferblonden Locken, während sie das alles aufnimmt. Dann rümpft sie die Nase, steckt die Hand in die Tasche und holt ihren Tabak hervor. »So viel Bill-Bullshit, ich brauche ne Zigarette.«

Hätte sie eine Handgranate rausgezogen, hätte Willow nicht schneller aufspringen können. »Auf keinen Fall! Sailor, Scout und Solomon haben bisher ein völlig kohlenstofffreies Leben geführt, du verpestest ihnen jetzt bestimmt nicht die Lungen.«

Fliss sieht Willow verwirrt an. »Wie habt ihr das geschafft, wo ihr doch so nahe an der Holloway Road wohnt? Ich hab gehört, dass da unglaublich viel Dreck in die Luft geschleudert wird.«

Willows Augen blitzen. »Wir haben ein Null-Energie-Haus mit Wärmetauschern und Filtern.«

Fliss ist das immer noch ein Rätsel. »Wie passen da dann Duftkerzen dazu? Ich meine, die brennen und rauchen doch auch, oder nicht?«

Miranda rollt mit den Augen, während sie auf die Verandatüren zusteuert. »Gut, ich geh raus, keine Sorge, Willow, ich werde jedes einzelne Kohlenstoffatom aufs Meer hinausblasen.«

Willow schüttelt den Kopf. »So viel Negativität …«

Ich habe keine Lust mehr auf weitere verrückte Einwände von Willow, ich will die Wogen lieber selbst glätten. »Ich könnte den Wacholderzweig von meiner Tür herunterholen, wenn das helfen würde?«

Willows Augen sind geschlossen, ihre Nasenlöcher sind geweitet, und sie hält sich die Finger vors Gesicht. »Gib mir einen Moment Zeit, ich richte mich neu aus.«

Eines ist klar: Eine Frau, die mit Oscars Gehämmer auf den Dielen und der Rauferei zwischen Tiff, Tom und Tansy im Hintergrund ihr inneres Gleichgewicht wiederherstellen kann, ist stärker als ich.

Willow öffnet die Augen genau rechtzeitig, als ein wahnsinniger Ansturm auf die Küche beginnt. Keef und Bill schlurfen wieder herein, und Miranda wird von einer Windböe von der Veranda nach drinnen geweht, die so stark ist, dass sie die Lebkuchenmännchen am Baum zum Tanzen bringt. Schließlich kommt auch noch Libby herein, die Hände tief in den Taschen ihrer makellosen, cremefarbenen Skijacke vergraben.

»Ist sonst noch jemandem kalt?«

Tom hat während des Handgemenges mit Tansy seine Kopfhörer verloren und zieht eine Grimasse. »Hast du's denn nicht mitbekommen, Mutter, die Heizung hat sich abgeschaltet. Alle frieren sich hier drin den Arsch ab.«

»Tom ...«, sagt Libby warnend und blinzelt ihn dann an. »Warum sitzt du dann in deinem T-Shirt da? Um Himmels willen, zieh deine Jacke, deinen Kapuzenpulli und deine Mütze wieder an.«

Miranda atmet tief durch, richtet sich zu ihrer vollen Größe von gut 1,50 Meter auf und wirft Bill einen stechenden Blick zu. »Aber die Heizung ist doch jetzt wieder an, du bist hier, um uns zu sagen, dass du das Problem gelöst hast, oder?«

»Ähm ...« Bei der Länge der Pause, die er macht, wissen wir alle, was jetzt kommt. Vor allem ich, denn im letzten Moment treffen sich unsere Blicke, und er schüttelt beinahe unmerklich den Kopf.

Keef meldet sich zu Wort. »Schon gut, wir rufen den Heizungsmonteur an, der hat das im Handumdrehen repariert.«

Mirandas Augen sind vor Entsetzen weit aufgerissen. »Aber wenn sie repariert werden muss, heißt das doch, dass sie kaputt ist?«

Bill bläst Luft aus den Backen; als er anfängt zu reden, ist seine Stimme sehr tief. »Das ist richtig. Und ihr habt unser Wort darauf, wir werden unser Bestes tun, damit sie so schnell wie möglich repariert wird.«

Er klingt so niedergeschlagen und resigniert, dass ich meine ganze Willenskraft aufbieten muss, um mich davon abzuhalten, durch die Küche zu laufen und ihn zu umarmen. Eine total bescheuerte Aktion, die nicht nur völlig kontraproduktiv wäre, sondern wahrscheinlich auch ein komplettes Chaos verursachen würde, weil die Kinder laut loslachen würden und Bill gedemütigt wäre. Es wäre wesentlich hilfreicher, etwas Praktisches zu tun, wie den Monteur anzurufen und ihm zu sagen, dass er seinen Hintern so schnell wie möglich hierherbewegen soll. Man könnte ihn mit einem riesigen Geschenk bestechen. Ein paar Kisten Gin. Ein kostenloser Junggesellenabschied. Ein Range Rover oder so etwas in der Art. Ambie ist so reich, ich wette, dass sie ihm schon zu den Ohren rauskommen.

Und ich nehme an, wir stellen uns alle im Stillen die gleiche Frage – wenn ein Boiler so kurz vor Weihnachten kaputtgeht, wie stehen die Chancen, ihn vor dem neuen Jahr repariert zu bekommen? Trotz der Hitze, die der AGA-Herd verströmt, entweicht auch aus der Küche langsam die Wärme. Wenn die Heizung nicht mehr läuft, wird jeder andere Raum im Schloss innerhalb weniger Stunden völlig unbewohnbar sein, ist es möglicherweise schon jetzt.

Libby verengt die Augen zu Schlitzen; als sie ihre Haare glättet und sich Bill zuwendet, ist ihre Stimme ruhig und gemessen, aber sehr kühl. »Was schlägst du vor, was wir als Nächstes tun sollen?«

Ich weiß es. Sie wird darauf bestehen, dass er für uns eine geeignete Ersatzunterkunft findet. Und ich weiß auch, dass Bill kein Geld hat, dass wir sein letzter verzweifelter Versuch sind, sich über Wasser zu halten. Wenn er über Weihnachten Hotelzimmer für zwanzig Personen bezahlen muss, wird ihn das ruinieren.

Ich lehne mich in meinem Stuhl zurück. Mir ist klar, dass alle mich ansehen werden, aber ausnahmsweise ist mir das egal. Eigentlich möchte ich sogar, dass sie genau das tun. Ich atme tief ein, achte darauf, dass meine Stimme super-enthusiastisch klingt, und feuere los.

»Hey, das hier ist Cockle Shell Castle, wir sind #TeamWeihnachten!« Keine Ahnung, wo das jetzt herkommt, aber ich weiß einfach, dass ich Libby zuvorkommen muss, und zwar schnell. »Ich schlage vor, dass wir, während du heute Morgen mit allen draußen was unternimmst, Libby, in den Familienzimmern Feuer machen. Und wenn es dann warm und kuschelig ist, könnt ihr alle zurückkommen und es euch gemütlich machen. Wir ziehen unsere Weihnachts-Einteiler an, rösten

Kastanien, kuscheln uns unter unsere Bettdecken, essen leckere, selbst gemachte Pizza und machen einen ultralangen, rekordverdächtigen Weihnachtsfilm-Marathon.«

Wenn mein Mund nach ein paar Sekunden immer noch offen steht, dann deshalb, weil ich über das, was da gerade rauskam, selbst staune. Ich habe schon so lange nicht mehr improvisiert, und dann auch noch mit diesen ganzen Details. Ich meine, Einteiler, Marathon, Kastanien? Wie bin ich denn da drauf gekommen? Ich hatte gar nicht vor, das zu tun, und ich bezweifle ernsthaft, dass ich es getan hätte, wenn Libby Bill nicht an die Wand gestellt hätte. Früher war ich mutig, habe mich bei Meetings mit Ideen eingebracht, hab die anderen inspiriert und angespornt. Aber im letzten Jahr habe ich mich so tief unter dem Tisch versteckt, wie ich nur konnte, und nichts mehr gesagt. Ein Teil von mir stößt in Gedanken die Faust in die Luft, weil es sich so gut anfühlt, aus dem Versteck gekommen und wieder aktiv zu sein.

»Pizza?«, fragt Willow. »Ich nehme an, glutenfrei?«

Na, absolut. »Natürlich.«

Fliss strahlt. »Im Feuerschein *Liebe braucht keine Ferien* anschauen? Ich bin dabei.«

Tiffs Augen strahlen. »Wird es die ganze Nacht gehen, wie eine riesige Schloss-Pyjamaparty?«

Ich nicke wie verrückt. »Ja, warum nicht?«

Tansy ist hochgesprungen. »Und auch noch den ganzen nächsten Morgen?«

Ich lache. »Erst wenn die Letzte umkippt, wird es zu Ende sein.« Ich habe keine Ahnung, woher zum Teufel wir all die Filme bekommen sollen, wenn wir sie nicht streamen können, doch dann habe ich einen Geistesblitz. »Jeder bringt seine Lieblings-DVDs mit und dann stimmen wir ab, was wir uns ansehen wollen.«

Vierundzwanzig Stunden, da müssen wir vielleicht ein paar

Filme noch mal ansehen. Aber solange Bill dadurch Libby vom Hals hat ... Was die restlichen Details angeht, wird uns schon was einfallen. Und in der Zwischenzeit drücken wir sämtliche Daumen und alles, was wir sonst noch drücken können, dass wir einen Monteur finden, der die Heizung wieder in Gang bringt. Wobei im Moment, da dieser lustige Nachmittag und Abend noch vor uns liegt, die Heizung das Letzte ist, woran wir denken.

26. Kapitel

Alles ganz hübsch

Eine Krise im Cockle Shell Castle kann niemals ruhig verlaufen, so viel ist klar. Während der Rest von uns mit dem kornischen Funknetz so seine Schwierigkeiten hat, kommen Keef und seine Freunde gut zurecht. Wer weiß, was für ein geheimes Signalsystem sie verwenden, aber als ich Fliss, Libby, Willow und die Kinder kurze Zeit später rausscheuche, rauschen bereits die Silbersurfer herein und steuern auf den Toaster zu.

Milo war fest entschlossen, zusammen mit Miranda und Ambie einen Morgen im Whirlpool zu verbringen, aber ich habe ihn vor sich selbst gerettet und ihn stattdessen nach Falmouth geschickt, um Kastanien zu kaufen. Unter uns gesagt, wir hätten sie auch in einem näher gelegenen Ort kriegen können, aber so bleibt uns der Anblick erspart, wie er in seiner (neu gekauften) Badehose und seiner Weihnachtsmannmütze zwischen Ambie und Miranda sitzt und den Anstandswauwau spielt. Jemand sollte ihm sagen, dass sein Plan, sie auseinanderzubringen, nie funktionieren wird. Je mehr er meckert und ihnen erklärt, dass sie nicht zueinander passen, desto entschlossener werden sie sein zusammenzubleiben.

Als ich vorhin vorschlug, im Schloss zu bleiben, nahm ich an, dass ich die Holzscheite selbst aufstapeln und riesige Versionen der Kaminfeuer entfachen würde, die wir normalerweise haben. Aber nach einem zweiten Frühstück, bei dem ich mir Erinnerungen an Abgänge bei hohen Wellen anhörte und das Ananasmuster auf Keefs neuen Surfhosen bewunderte, machten sich Rip und Brian auf den Weg, um die Kamine anzuzünden. Während Bede, Taj und Slater große Mengen Holz aus dem Schuppen hinter der Remise zum Schlosseingang befördern, gehe ich in die Speisekammer, um die erste Supermarkt-Lieferung einzuräumen.

Willow mag über die Geschlechterpolitik entsetzt sein, aber ausnahmsweise ergibt sie mal Sinn. Sie und Libby haben ein strenges System, und auch wenn ich das Kochen meist meide, weiß ich, wo sie die Sachen gerne verstaut haben wollen. Besser noch, es bedeutet, dass ich schon am richtigen Ort bin und zuhören kann, als der Monteur ankommt und Bill und Keef ihn in den Heizungsraum weiter hinten im Flur führen. Nicht, dass mir das viel nützen würde. Er ist zwei Sekunden lang da und haut dreimal gegen den Boiler, dann lässt er einen langen Pfiff los, marschiert zu seinem Wagen und fährt wieder weg. Dann kommen noch zwei weitere Lebensmittellieferungen an, und für die nächsten paar Stunden halte ich mich warm, indem ich Kühlschränke einräume.

Als ich fertig bin, ist der Holzhaufen draußen beim Whirlpool riesig. Während ich durch den Hauptteil des Schlosses schlendere, kann ich meinen Atem sehen, doch dann öffne ich die Tür zum Familienzimmer und werde von warmer Luft und Mirandas Lachsalven (Keef erzählt ihr irgendeine Geschichte) begrüßt.

Das Anzünden der Kamine hat diese Räume schon zuvor immer zum Leben erweckt, aber jetzt, da die Feuer so viel größer sind, bringen sie das Herz des Schlosses noch stärker zum Schlagen. Sie bringen eine Wärme in die Räume, bei der es um mehr als nur um die Temperatur geht. Und mit den Regenbogen-Weihnachtsbäumen, den Lichterketten an den Fenstern und in den Glasgefäßen auf den Couchtischen und Mirandas riesigen Töpfen mit Kiefernzweigen sieht alles wunderbar funkelnd und weihnachtlich aus. Die Leder- und Samtsessel am

Kamin wirken so einladend, dass ich mich zusammenreißen muss, um mich nicht sofort in einen hineinplumpsen zu lassen.

»Heute nicht im Whirlpool, Miranda?« Ich lächle, denn ihr ausgelassenes Lachen ist so viel typischer für die Miranda, die ich kenne, als die gereizte, streitsüchtige Art, die sie in der letzten Woche an den Tag gelegt hat.

Sie lockert ihren Schal, wackelt mit den Augenbrauen und winkt mit dem Tabak. »Ich bin raus, um eine zu rauchen, hab Keef getroffen, und eins führte zum anderen.«

Keefs Gesicht verzieht sich zu einem strahlenden Lächeln. »Sie hat mein Wohnmobil bewundert, und ich habe ihr die Tugenden eines wilden Herzens, die Freiheit der Straße und die Treue zu sich selbst angepriesen.« Er bricht ab und grinst mich an. »Dafür braucht man mehr als zwei Minuten, weißt du.«

»Offensichtlich.« Die beiden haben dafür den ganzen Morgen gebraucht. »Gibt es Neuigkeiten vom Heizungsmann?«

»Wer?« Alle sind von dem Thema besessen, nur Keef nicht. Einen Moment lang sieht er verwirrt aus, dann macht es klick. »Oh, ach so. Nichts Konkretes, er kommt morgen noch mal.«

»Hmm, okay, ich werde jetzt mal Teelichter in die Marmeladengläser stellen.« Ich halte eine große Tüte Kerzen hoch, in dem Versuch, zu rechtfertigen, weshalb ich hier bin. Dabei gibt es eigentlich keinen Grund, warum ich das Gefühl haben sollte, zu stören, wenn Keef doch nur mit einer Kiste herumsteht.

Es rüttelt an der Türklinke, dann kommt Bill zu uns hermarschiert. »Toll, das ist super, Kerzen sind genau das, was wir brauchen.« Er trägt ebenfalls eine Kiste und wendet sich an mich. »Dir ist schon klar, dass dein Geistesblitz mich gerettet hat, Sternenmädchen?«

»Gern geschehen, William.« Während ich versuche zu entscheiden, ob mich Sternenmädchen weniger stört als Bommelchen, zwinkere ich ihm über den Kamin hinweg zu, in dem die

Flammen schon gewaltig prasseln. »Wer hätte gedacht, dass alle die Kälte vergessen und so von dem Filmfest begeistert sein würden?« Ich sicher nicht, aber ich bin froh, dass es so ist.

»Du hast es ihnen perfekt verkauft.« Er zieht eine Grimasse, als er die breite Kiste auf den Couchtisch schiebt. »Wenn du dich nicht eingemischt hättest, wäre ich erledigt gewesen.«

Ich vermute, er hat recht, aber das werde ich ihm nicht unter die Nase reiben. Mir kommt das letzte Mal in den Sinn, als er mit den Kisten voller Dekozeug hereingekommen ist – es scheint mir eher eine Ewigkeit her zu sein als nur fünf Tage. »Warst du shoppen und hast die Wohltätigkeitsläden nach DVDs für später abgeklappert?« Das dumpfe Geräusch, das die Kiste beim Aufprall auf das Holz macht, hätte mir klarmachen sollen, dass da was anderes drin ist.

Er schüttelt den Kopf. »Wir haben das mit der Heizung versemmelt, da brauchten wir unbedingt Mistelzweige, Libby hatte dir doch schon Dampf gemacht deswegen.« Mit Schwung hebt er den Deckel von der Schachtel.

»Also das hast du gemacht?« Er mag zwar Misteln aufgetrieben haben, aber er sieht immer noch so gestresst aus, dass mir das Herz zerspringt, wenn ich ihn ansehe.

Er reibt sich die Hände. »Mein Kumpel Rory von den Weinhändlern Huntley and Handsome und der Roaring-Waves-Brauerei kauft sie lastwagenweise, um sie seinen Kunden mit ihren Weihnachtsbestellungen mitzusenden. Und da wir sein bester lokaler Gin-Lieferant sind, hat er uns gerne ausgeholfen.«

Als ich mich vorbeuge, sehe ich erst die Größe der Ausbeute. »Wow! Das reicht für Hunderte Instagram-Bilder.« Die Kiste ist randvoll, und ich kann mir ein Lächeln nicht verkneifen, während ich die schlichten hellgrünen Blätter anfasse. Als ich die hübschen weißen Beeren sehe, die träubchenweise dranhängen, kommt mir ein Gedanke. »Ich trete wahrscheinlich Miranda auf die Füße, wenn ich hier kommerzielle Vorschläge mache, aber du solltest wirklich Cockle-Shell-Castle-Weihnachtsgin brauen. Ich sehe schon die Etiketten vor mir, Sterne und Mistelzweige ...«

Mirandas Augen glänzen wie Topas, aber ihr freches Funkeln ist wieder da. »Ich kann mir Ihre nudistischen Wohlfühlkunden mit ihren Gänsehaut-Hintern und motivierenden Zitaten genau vorstellen, Bill, wie sie Weihrauch-Gin-Cocktails an Ihrem Privatstrand runterkippen.«

Bill schüttelt den Kopf. »Danke, Ivy, dein zweiter Vorschlag heute, den ich unbedingt umsetzen muss, damit lässt sich auf jeden Fall arbeiten.«

»Also, zurück zu den Misteln.« Bevor sich die beiden noch prügeln. »Die reichen aus, um ein ganzes Schloss und noch mehr zu dekorieren.«

»Da wird jemand viele Küsse bekommen.« Seine Lippen kräuseln sich, als er auf Miranda hinunterblickt. »Sagen Sie nicht, ich würde nichts Sinnvolles zustande bringen. Ich hoffe, Sie werden sie reichlich nutzen.«

Miranda wirft hochmütig den Kopf zurück und ignoriert ihn vollkommen.

Keef hüstelt und sieht Miranda durchdringend an. »Wähl den richtigen Prinzen zum Küssen aus, Mirry. Wenn es der falsche ist, wirfst du dein Leben weg.«

Miranda schließt die Augen und schüttelt den Kopf. Als sie sie wieder öffnet, nimmt sie mich unter Beschuss. »Hör gut zu, Ivy-Blättchen, ich nehme alles zurück, was ich damals über Bill gesagt habe. Milo ist der viel bessere Fang.« Sie nimmt einen Zweig aus der Schachtel, reicht ihn mir und strahlt. »Hier, nimm das, lauf los und finde ihn. Du hast keine Zeit zu verlieren, nicht jetzt, wo du so hübsch aussiehst mit deinen schönen neuen Haaren.«

Ich schaue zu Merwyn runter und rolle mit den Augen, aber

diesmal sieht er mich nur an, als hätte er das alles schon einmal erlebt. »Tut mir leid, Miranda, Milo ist gerade nicht da.«

Bill schüttelt den Kopf und wirft mir den gleichen Blick zu, den ich gerade Merwyn zugeworfen habe. »Gott sei Dank.«

Ich versuche, so strahlend wie möglich zu lächeln und zu einem weniger unangenehmen Thema überzuleiten. »Super, also ... Was ist da in deiner Kiste, Keef?«

Er legt sie auf den Tisch und klappt sie auf. »DVDs für unsere Filmnacht.«

»Du kommst auch?« Ich weiß nicht, warum mich das überrascht.

»Ich hab die Wahl zwischen der Filmnacht und dem Weihnachtsdiscoabend des Gärtnervereins. Die Jungs meinten vorhin, wir hätten im Dezember schon 80er-Jahre-Weihnachtsdiscoabende bis zum Abwinken gehabt, etwas Neues kann nicht schaden.«

»Ah, dann kommt ihr also alle?« Bill sieht mich an und macht eine Halsabschneidegeste.

Keef nickt. »Wir sollten das Beste aus den Kaminfeuern machen. Außerdem werdet ihr uns auf jeden Fall als Heizer brauchen.«

Eindeutig positiv ist: Er hat Filme mitgebracht. »Wir brauchen alle DVDs, die wir bekommen können, solange sie für Minderjährige geeignet sind.« Sie müssen zuerst vor Willows Zensurausschuss bestehen.

Keef sieht völlig unbekümmert aus. »Das sind Kinderfilme, ich habe sie vorhin in der Remise gefunden.«

Als Keefs blitzende Augen zu Bills Gesicht wandern, legt es sich in Falten. Einen Moment lang sieht dieser verzweifelt aus, dann klärt sich sein Gesichtsausdruck, und er guckt wieder nur erledigt und resigniert.

Jetzt zuckt Keef zusammen und dreht sich zu Bill herum. »Das ist doch okay, oder? Ich meine, es macht dir nichts aus?«

Bill stottert. »A-a-absolut okay. Warum sollte es nicht okay sein? Es sind nur ein paar DVDs ... Warum sollte es mir etwas ausmachen?«

Ich spähe hinein, in der Hoffnung, zu sehen, wo das Problem liegen könnte. »*Peppa Wutz*, ohh, und *Schneemann*, das ist ein guter Film für später, *Postman Pat*, *Die Eiskönigin – Olaf taut auf* ...« Beim Blick auf das Rentier auf dem Cover erschaudere ich, und als ich zu Bill aufschaue, fällt mir auf, dass sein Gesicht angespannt und unter seinen Stoppeln drei Abstufungen blasser ist.

Das Pfeifen, das er ausstößt, ähnelt dem, das der Heizungsmonteur vorhin von sich gegeben hat. »Und trotz der Rentiere sagst du das, ohne zu zögern, Sternenmädchen, das war brillant.« Er hält die Hand hoch. »Ein High Five dafür?«

Ich beuge mich nach vorne und halte die Hand hoch. »Warum nicht?«

Aber sobald meine Handfläche die seine berührt, habe ich meine Antwort. Kribbelnde Fingerspitzen und Schauder, die meinen Arm hochwandern und dann meine Wirbelsäule runter und wieder rauf. Und nicht auf eine gute Art. Deswegen nicht. Ich schreibe mir eine geistige Notiz, damit es mich nicht wieder kalt erwischt. Keine High Fives mehr. Und halte dich von den Misteln fern. Und von dem Mann. Ende der Arbeitsschutzvorschrift.

Auf Bills Seite ist da definitiv kein Zittern, denn sein Kiefer ist ganz starr, und er weist mit dem Kinn auf die Kiste. »Wenn man tief genug gräbt, sollte man irgendwo da drin auch *Die Eiskönigin* finden.«

Ich mache mich sofort ans Werk, krame in den Kisten und wirklich – da ist der Film. »Hey, du hast recht.«

Miranda klopft mit der Spitze ihres Stiefels auf den Boden und hüstelt. »Wenn du uns entschuldigen würdest, wir müssen weiter.«

»Okay.« Ich weiß zwar nicht, was so dringend sein kann, aber vielleicht wird sie ja im Whirlpool gebraucht.

Keef nickt. »Wir holen zusätzliche Decken aus der Remise und schauen dann noch mal schnell zum Wohnmobil. Ich habe Miranda versprochen, ihr die Wunder des ausklappbaren Bettes zu zeigen.«

»Wirklich?« Jetzt bin ich an der Reihe, zusammenzuzucken und eine Grimasse zu ziehen. Ich urteile nicht, bin nur etwas schockiert über die Implikationen.

Miranda wirft mir ein super unschuldiges Lächeln zu, als sie sich bei Keef unterhakt und sie beide Richtung Tür gehen. »Frei wie ein Vogel wird man nicht einfach von selbst, Ivy-Sternchen, ich muss noch viel lernen.«

Wie ich Milo immer sage, sie ist erwachsen, sie sollte in der Lage sein, ihre eigenen Entscheidungen zu treffen. Wir alle müssen ihr vertrauen und sie ihr eigenes Leben leben lassen.

»Lasst euch von uns nicht von euren Flugstunden abhalten.« Bill schüttelt den Kopf. »Ich kümmere mich mal um die große Leinwand und lasse mir dann von den Jungs beim Umstellen der Stühle helfen.«

Ich schnappe mir die Kiste der Roaring-Waves-Brauerei und pfeife nach Merwyn. »Wir hängen die Mistelzweige auf und bringen die Bettdecken der Kinder runter.« Dann fällt mir etwas ein. »Dir ist schon bewusst, dass Milo nicht ganz hinter der Sache mit Ambie und Miranda steht.«

Bill schnaubt. »Milo ist eine falsche Schlange, ich freue mich, dass du mir da zustimmst.«

Was ich damit überhaupt nicht sagen wollte, aber egal. Und ich weiß, dass Miranda nicht Bills einfachster Gast ist, aber ich hoffe, dass er großherzig genug ist, das für einen Moment zu vergessen. »Was ich meine ist, dass, wenn Miranda und Ambie glücklich zusammen sind, ich es nicht gern sähe, wenn Milo dem im Wege stünde.«

Bill grinst mich an. »Ich kann nicht zu viel verraten. Aber es dürfte dich beruhigen, zu wissen, dass ich bereits rekrutiert worden bin – ich bin festes Mitglied im Team Ambie.« Dann kräuseln sich seine Lippen wieder. »Und so gern ich Miranda auch ins Meer werfen würde, weil sie mich so nervt, bin ich voll und ganz dafür, dass sie ein Happy End erleben soll.«

Ich bin so erleichtert, dass ich mich fast vergesse und ihm einen Faustcheck gebe. Aber ich kann mich gerade noch rechtzeitig zügeln und ziehe meine Hand zurück. »Super. Du hast keine Ahnung, wie sehr ich mich freue, das zu hören.« Das drückt meine Freude nicht mal ansatzweise aus, aber es muss fürs Erste reichen. »Also, dann lass uns die Film-Party vorbereiten.«

Bill nickt. »Dafür bin ich dir einiges schuldig, Ivy-Blättchen. Und vergiss nicht, später *Die Eiskönigin* einzulegen.« Seine Lippen verziehen sich zu einem weiteren, noch breiteren Lächeln. »Ich gehe davon aus, dass du den Film schon auswendig kennst. Am besten genießt man ihn mit Eis, also schau sicherheitshalber nach, ob noch genug im Gefrierschrank ist.«

Wenn ihn vorher etwas beschäftigt hat, als Keef da war, so hat er es jetzt jedenfalls komplett vergessen. Was sein Lächeln betrifft – beim Anblick seiner Zähne verwandelt sich mein Inneres sofort in heißen Sirup, wirklich nicht sehr hilfreich. Und natürlich ist es kein Date, also warum zum Teufel sollte mein Gehirn es in so etwas verwandeln? Diese Schmetterlinge, die von meiner Taille bis hoch zu meinem Hals flattern, strengen sich echt vollkommen umsonst an.

»Nur noch eine Sache ...«

Was noch? Ich atme tief durch. »Ja?«

»Was das Eis angeht ... Magst du lieber *Ben and Jerry's* oder *Häagen-Dazs*?«

»Ist das wichtig?«

Seine Lippen kräuseln sich wieder. »Es ist eine dieser wirklich wichtigen Kompatibilitätsfragen.«

Oje. »*Häagen-Dazs.*«

»Weil …?«

Ich bin etwas verlegen, aber die Antwort kommt sofort aus meinem Mund, weil ich mir so sicher bin, dass ich nicht einmal nachdenken muss. »Die Namen sind nicht so seltsam, und es ist eher für Erwachsene, was nicht unbedingt zwangsläufig eine gute Sache ist, aber es schmeckt insgesamt viel cremiger und leckerer. Deshalb.«

»Richtige Antwort. Das liegt daran, dass die Zutaten, die sie verwenden, besser sind.« Er grinst jetzt. »Na dann überlasse ich dich mal deinen Mistelzweigen, solange Milo nicht in der Nähe ist.«

Und dann marschiert er hinaus und lässt mich mit offenem Mund stehen und auf die schiefen Nägel in der Tür starren, die er hinter sich geschlossen hat.

27. Kapitel

Kastanien, die am offenen Feuer geröstet werden
... lasst den Spaß beginnen

»Sardellen, Champignons und Brie, dazu scharfe Peperoni mit einer doppelten Portion Käse.« Bill zählt auf, während er die Pizzableche aus dem Ofen zieht und sie auf die Servierbretter auf der Arbeitsfläche schiebt.

Es ist Teestunde, und die Film-Party ist bereits in vollem Gange. Wir haben mit *Schneemann* angefangen, sind danach zu *Buddy – Der Weihnachtself* übergegangen und haben dann Fliss mit ein paar Surfern und den Kindern im Familienzimmer zurückgelassen, während wir uns in der Küche um das Essen gekümmert haben. Wenn sie sich irgendwo im Umkreis von hundert Metern von einer Aktion befindet, muss Libby natürlich das Kommando übernehmen. Da sie so klein ist, dass sie kaum über die Kücheninsel schauen kann, hat sie ein paar leere Champagnerkisten von Ambie aufgestapelt und sich da draufgestellt. Nachdem sie sich einen Überblick über die Küche verschafft hat, hat sie blitzschnell alle Aufgaben verteilt und Anweisungen geschrien, wie sie zu erledigen sind. Willow hat riesige Glasschüsseln mit bunten Salaten gefüllt und sie auf die Tische im Familienzimmer gestellt, wo sie ihnen noch den letzten Touch verleiht. Ich habe Teig auf Backblechen ausgerollt, und Milo und Bill haben sich um den Belag gekümmert – oder vielmehr darum gekämpft.

Egal, was es ist – sie haben darüber gestritten. Angefangen bei der Art und Weise, wie man die Paprika entkernen soll, bis hin zur Frage, ob man die Tomatensauce besser mit einem Löffel oder einem Spatel aufträgt. Bis sie sich endlich zu einer Entscheidung durchringen konnten, wie groß die Brie-Stücke sein sollten, haben sie sich gegenseitig eine ganze Weile angeschnauzt. Milo stolzierte herum und bestand darauf, dass die eine Seite der Käsereibe zum Reiben geeigneter sei als die andere – man Leute, es ist nur Käse, reibt ihn einfach! –, während Bill mit überlegener Miene verkündete, wie viele Oliven zu verwenden seien und welche Farbe sie haben sollten. Bitte, Männer, haltet die Klappe und tut sie einfach drauf!

Jemand muss ihnen sagen, dass Weihnachten die Zeit ist, in der die Leute einander wohlwollend begegnen und miteinander klarkommen sollen. Wir haben es hier nicht auf Michelin-Sterne abgesehen – Hauptsache, es ist essbar. Das ist wirklich lächerlich, beide klingen, als wüssten sie, was sie tun, aber sobald sie sich in die Haare kriegen, geht nichts mehr voran.

Am Ende musste Libby von ihren Kisten runtersteigen und ein ernstes Wort mit ihnen reden, wobei sie den gleichen Blick einsetzte, den sie Tarkie zuwirft, wenn er frech zu Miranda ist. Und sie musste buchstäblich die Reviere der beiden in der Küche und auf der To-do-Liste abstecken.

Nun starrt Bill mich an, während er die Pizza schneidet, die gerade aus dem Ofen gekommen ist. »Wie wär's mit Ananas? Wie ist deine Meinung dazu?« Der Mann ist genauso ein Genie beim Pizzaschneiden wie beim Verteilen des Belags, aber ich habe keine Ahnung, worauf er hinauswill.

»Wenn du Keefs Jogginghosen meinst, die Ananasmotive darauf sind ziemlich groß und hässlich grell, aber ich schätze, sie sind genau nach seinem extravaganten Geschmack. Das ist wahrscheinlich der Grund dafür, dass sie überhaupt verschenkt wurden, da hat irgendjemand die Nerven verloren.«

Er rollt die Augen. »Ivy-Sternchen, wir machen Pizza, keine Hosen – ich hab mich nur gefragt, ob du auf deiner Pizza Ananasstückchen haben willst oder nicht.«

Ach so. Warum hat er das nicht gleich gesagt?

»Zur Hölle, nein, ich kann Ananas nicht ausstehen – außer in Cocktails, da drin liebe ich sie – oder zumindest habe ich sie immer geliebt.«

Er knufft mich in den Arm. »Ist bei mir genauso, Ananas auf Pizza kriegen bei mir einen Daumen nach unten.«

Zum Glück habe ich diesmal zwei Lagen Pullover an, die das Kribbeln an den Stellen, wo er mich berührt hat, dämpfen. »Was bedeutet, dass wir in dem unwahrscheinlichen Fall, dass wir uns nach Weihnachten jemals wieder in derselben Stadt aufhalten und zufällig im gleichen Moment im selben Supermarkt und in demselben Gang rumspazieren, in denselben Gefriertruhen suchen werden, da wir dieselbe Sorte Eis und Pizza mögen.«

Er lächelt mich an. »Exakt. Und wenn das passiert, verspreche ich, dass ich dir die Tür der Gefriertruhe öffnen werde.«

»Danke, darauf freue ich mich schon.« Nur dass das natürlich nicht passieren wird. Nie und nimmer. Direkt nach dem zweiten Weihnachtsfeiertag düsen wir alle nach London zurück, und ich werde ihn nie wiedersehen müssen. Was mich eigentlich glücklicher machen sollte, als es das tut. Ich hatte angenommen, dass es mit der Zeit leichter würde, in seiner Nähe zu sein; dass nach zehn Tagen diese ganze Der-Magen-schlägt-Purzelbäume-Sache nachlassen würde. Aber wenn überhaupt, ist es eher schlimmer als besser geworden. Im Ernst, der Gedanke, davon befreit zu sein und ihn nie wiederzusehen, müsste bei mir eigentlich Freudensprünge auslösen, daher habe ich keine Ahnung, warum ich da so einen Schmerz in der Brust fühle.

Bill fährt mit dem Pizzaschneider noch ein letztes Mal über das Blech und schaut zu Milo hinüber. »Okay, wo ist der Stift? Ich muss Etiketten für die hier machen.«

Ich jubele innerlich, denn ich kann mein Glück kaum fassen. Die ganze Zeit hänge ich schon in seinem Schlafzimmer rum und hab bisher nicht die kleinste handgeschriebene Notiz gesehen. Ich weiß, ich klinge ein wenig besessen, aber ich bin immer noch auf der Suche nach dem Phantom-Muffin-Bäcker. Ich muss nur einen Blick auf Bills Handschrift erhaschen, dann kann ich auch ihn von der Liste der Verdächtigen streichen. Ich brauche jede Hilfe, die ich kriegen kann, denn mir gehen langsam die Verdächtigen aus.

Milo, der am anderen Ende der Kücheninsel steht, schnaubt. »Netter Versuch, Kumpel. Du hast Libby gehört – Etiketten sind meine Domäne, und so soll es auch bleiben.« So wie er spöttisch mit Stift und Block herumwedelt, scheint es ihm wirklich Spaß zu machen. »Sag mir, was ich schreiben soll, ich geb's dir dann rüber.«

Verdammt. So nah und doch so weit entfernt. Milo wird auf keinen Fall nachgeben, also überlasse ich die beiden sich selbst und drehe mich zu Miranda um, die gerade in die Küche kommt.

»Hey, du siehst glamourös aus, aber ist das auch warm genug?« Sie hat ihre vielen Pulloverschichten und Leggins mit Zierborten gegen ein aufreizendes Kleid und eine durchsichtige schwarze Strumpfhose getauscht. Die Riemchenstiefel mit hohen Absätzen und Nieten sind der einzige Teil des Outfits, der in etwa so aussieht wie das, was sie normalerweise trägt.

»Das Kleid ist ein Geschenk von Ambie, es war für Weihnachten gedacht, aber er bat mich, es heute Abend schon zu tragen.« Sie zieht an dem Stoff. »Es ist ein bisschen dünn, aber ich hatte heute nicht viel Zeit für ihn, deshalb wollte ich nicht Nein sagen.«

Ich lächle ihr aufmunternd zu, denn sie scheint sich in dem eng anliegenden Satinstoff, der ihren Körper umfließt, nicht hundertprozentig wohlzufühlen. Ich habe sie auch noch nie für Pailletten und Perlenverzierungen schwärmen hören, sie war schon immer eher die Königin des Boho-Stils. »Es ist wunderschön, so eine weihnachtliche Farbe und so viel Glitzer.«

Sie zuckt mit den Schultern und kneift sich in die Wangen. »Oh je, Rot lässt mich normalerweise blass aussehen, und es ist viel konservativer als das, was ich sonst so trage, und auch viel weniger nachsichtig mit meinen Speckröllchen. Ich fühle mich ein bisschen so, als hätte ich die Kleidung von jemand anderem an.«

Sie braucht noch ein wenig Beschwichtigung. »Du siehst umwerfend aus, zieh einfach später ein oder zwei Wasserfallcardigans drüber, dann fühlst du dich bestimmt wieder mehr wie du selbst.«

»Danke, mein Schätzchen.« Ihre Hand landet auf meinem Arm. »Manchmal habe ich das Gefühl, dass Ambie sich wünscht, ich wäre weniger schräg und konventioneller. Er ist viel mehr Marks and Spencer als Spanky Dungeon.«

Und ich wünschte, meine Alarmglocken würden nicht so laut schrillen. »Bleib dir treu, Miranda, ich bin sicher, Ambie wird deine Schnür-Bikerstiefel und ironischen Feenkorsettkleider mit der Zeit lieben lernen. Du kannst ja mal die zerrissenen Netzstrümpfe weglassen.«

Sie lacht kehlig. »Aber die sind doch meine besonderen Lieblinge.« Dann schaudert sie und beginnt wieder zu lächeln. »Es ist schön, dass du hier bist und für mich eintrittst. Ich bin hergeschickt worden, um Hochstühle für Oscar und Harriet zu holen, ich hoffe, du kannst mir helfen, sie rüberzutragen.«

»Sicher, sie sind hier drüben, jeder nimmt sich einen, dann

kann ich auch gleich die Teelichter im Familienzimmer anzünden.«

Auf dem Weg durch die Küche senkt Miranda die Stimme. »Unter uns, ich hatte gehofft, Ambie würde mir helfen, aber er liegt auf dem Sofa. Schon wieder.« Sie hält inne und zieht eine Grimasse. »Sobald er sich hinsetzt – es sei denn, es gibt was zu trinken –, ist es, als ob sein Hintern an den Kissen kleben würde. Es wäre mir ganz lieb, wenn er sich ab und zu bewegen würde.«

Mir ist leider auch aufgefallen, wie selten er mit anpackt. »Wenn er mal alle besser kennengelernt hat, wird er sich bestimmt mehr engagieren.«

Sie rümpft die Nase, als wir vor den Hochstühlen stehen. »Das ist das Problem, ich bin mir nicht sicher, ob er das wird. Frauen in meinem Alter finden nur schwer einen Mann, da darf frau nicht wählerisch sein. Er kümmert sich um mich, er hat ein schönes Auto, und er ist da. Mehr zu verlangen wäre unrealistisch.« Das Ganze ist sehr traurig.

Ich grinse sie an. »Immerhin hast du dich ja nur für Weihnachten gebunden. Du kannst im neuen Jahr weiterziehen, wenn du dich dann nicht mehr wohlfühlst.«

Und mit diesem Gedanken gehen wir zitternd in den kühlen Flur hinaus und dem Lärm aus dem Familienzimmer entgegen. Als wir die Hochstühle neben Fliss' Sofa stellen, kommt Willow auf uns zu. Ihre Augenbrauen sind hochgezogen, und sie sieht aus, als hätte sie vor einer Weile eingeatmet und dann vergessen, wieder auszuatmen.

»Alles in Ordnung, Willow?«

»Nein, nicht wirklich.«

Es hätte mich mehr überrascht, wenn sie Ja gesagt hätte. Nicht, dass es hier nur um mich geht, aber ich muss das loswerden. »Weißt du, meine Auren fühlen sich viel besser an, seit du mir das Meerglas geschenkt hast.«

Ihr Gesicht wird sanfter und zeigt auf einmal das Lächeln, auf das ich gehofft hatte. »Aura, Ivy, du hast nur eine, aber die ist gut, das fühle ich.« Sie runzelt wieder die Stirn. »Es geht um etwas viel Umfassenderes.«

Mein Herz fängt an laut zu klopfen. »Oh nein ...«

Sie beugt sich zu meinem Ohr und zischt: »Ich habe gerade eine höchst unangemessene DVD auf dem Stapel entdeckt.«

Und das, nachdem ich Keef noch gewarnt hatte. Wenn er *Texas Chainsaw Massacre* reingeschmuggelt hat, werde ich ihn persönlich in kleine Stücke zerhacken. Ich traue mich kaum zu fragen, also taste ich mich langsam vor. »Ist es okay für dich, wenn du mir sagst, was für ein Film es ist?«

Ihr Mund ist ganz nah an meinem Ohr. »Es ist der mit den Schweinen.«

»Doch nicht *Schweinchen Babe*?« In Gedanken gehe ich durch, was es sonst noch sein könnte.

Sie schüttelt den Kopf. »Sie ist diese Animationsserie für Vorschulkinder, sie ist so schlimm, dass ich mich aus Prinzip weigere, den Namen auszusprechen. Sie ist sehr beliebt, aber es werden sehr viele Geschlechterklischees bedient, und die Hauptfigur trägt nie einen Sicherheitsgurt.«

Die hab ich mit Oscar gesehen, wenn ich mich recht erinnere. Es geht um ein handgezeichnetes Tier, das ein Spielzeugauto fährt. »Ist das alles?« Ich war mir sicher, dass sie etwas viel Schlimmeres gefunden hat. Einen Surfer-Porno oder so was.

Ihre Augen blitzen. »Das ist keine Kleinigkeit, Ivy, es ist für Kleinkinder sehr schädlich, eine Vaterfigur zu sehen, die die ganze Zeit im Sessel sitzt und Zeitung liest, während die Mutter die ganze Hausarbeit erledigt. Wir Frauen werden niemals Gleichberechtigung erreichen, wenn wir unseren Kindern so etwas mit auf den Weg geben.«

»Sehr wahr.« Da ich keine Kinder hab, habe ich darüber

noch nie nachgedacht. Vielleicht ist das Ambies Problem – er hat zu viel *Peppa Wutz* geschaut. Ich beuge mich zu ihr. »Bring die unangemessenen DVDs zu mir, ich tu sie in Bills Zimmer, weg von den Kindern.«

»Gut.« Ihr Gesicht entspannt sich wieder. »Und ich bin so froh, dass ihr Misteln bekommen konntet, es ist eine sehr beeindruckende Pflanze und nicht nur dazu geeignet, sich darunter zu küssen.« Jetzt strahlen ihre Augen.

»Wirklich?«

Sie nickt und zwinkert mir zu. »Sie bietet einem zuverlässigen Schutz vor Werwölfen, ist gut für die Fruchtbarkeit und verhindert, dass deine Kinder gegen Wechselbälger ausgetauscht werden.«

Während ich lachend die Kerzen auf dem Tisch anzünde, wende ich mich an Fliss, die auf dem Sofa sitzt. »Hast du das gehört? Bill hat so viel von dem Zeug gekauft, dass du Harriet und Oscar wohl doch behalten musst.«

Bei so vielen starken Frauen und Überzeugungen kann dieses Weihnachten nur schwierig werden. Deshalb ist es gut, dass ich hier eher eine Beobachterin bin. Solange meine Teelichter schön im Dunkeln leuchten und warme, flackernde Schatten auf das Mauerwerk werfen, bin ich glücklich. Als ich mich hinsetze, um Fliss zu helfen, die Pizza zu verschlingen, sehe ich eine Zeit lang von Bill nur ein paar Grimassen und Augenrollen, die er mir von der anderen Seite des Raumes aus zuwirft.

Als ich aus der Küche zurückkomme, nachdem ich das Geschirr abgeräumt habe, sind sie schon bei *Wallace und Gromit,* und ich quetsche mich auf das Sofa zwischen Fliss und Miranda, während Merwyn es sich zu meinen Füßen bequem macht. Am Ende des Films gehen wir davon aus, nahtlos zum nächsten *Wallace und Gromit*-Film und dann zu *Kevin – allein zu Haus* überzugehen, aber Tiff und Tansy üben plötzlich

Handstand auf einer Bettdecke. Und dann steht Ambie auf und geht – wer hat behauptet, er könne sich nicht bewegen? –, und Milo verlässt ebenfalls das Zimmer, und dann steht Bill plötzlich vor dem Kamin und klatscht in die Hände. Er legt vorsichtig ein Kissen auf den Boden und hüstelt ein wenig.

»Wenn ich kurz eure Aufmerksamkeit haben könnte, es gibt eine kleine Änderung beim heutigen Abendprogramm ...«

Es dauert eine Weile, bis die Akrobaten mit ihren Verrenkungen aufhören, und bis Tom und Tarkie aus ihrem Turmzimmer runtergekommen sind, aber am Ende sitzen alle aufmerksam da. Und dann wird das Licht leicht gedämpft, und es setzt eine vertraute Musik ein. Es ist einer dieser Momente, wo ich weiß, dass ich die Melodie nicht werde einordnen können, bevor der Gesang beginnt, aber bevor er das tun kann, taucht Ambie mit einem Mikro in der Hand auf.

Miranda ruft Bill zu: »Wenn du mir vorher gesagt hättest, dass wir *Britain's got Talent* nachspielen, hätte ich mein Bauchtanz-Outfit mitgebracht.« Sie wackelt mit den Augenbrauen. »Das ist eine andere Sache, über die du nachdenken solltest, Bill – sinnliche Tanzwochenenden im Schloss.«

Anstatt dass Bill wie üblich seine ironische Antwort gibt, legt er einfach den Finger auf die Lippen.

Ich bemerke Ambies Smoking und nicke Fliss und Miranda bewundernd zu. »Da hat sich aber jemand herausgeputzt.« Ich glaube, ich habe ihn noch nie ganz trocken gesehen, aber jetzt, da er es ist, kommt er mir erstaunlich groß und distinguiert vor mit seinen gebräunten Wangen und seinen fantastischen eisengrauen Locken.

Fliss schnaubt. »Etwas verdorben durch seine Fliege (zum Anklipsen), die nicht gerade sitzt.«

Ich zische ihr zu. »Und ich hätte vielleicht auch die Weihnachtsmannmütze weggelassen.« Dann drehe ich mich zu Miranda. »Was macht er da?«

Aber sie ist zu sehr auf ihn fixiert, um mir zu antworten. Ihr Lächeln ist sehr breit, aber seltsam starr.

In dem Moment, als Ambie anfängt zu singen »I've never seen you look so lovely as you did tonight …«, erkenne ich das Lied. »Das ist *Lady in Red* … und er hat auch perfekt Chris de Burghs Hüftschwung drauf.«

Fliss zischt mir an Miranda vorbei zu: »Du hast uns nicht gesagt, dass er Karaoke singt …« Von ihrem Stirnrunzeln her zu urteilen kann sie sich genauso wenig einen Reim darauf machen, was hier abgeht, wie ich. »… oder singt er Playback?«

Als er einen Ton leicht verfehlt, ist klar, dass es seine eigene Stimme ist. Er kommt auf uns zu, schiebt seine glänzenden schwarzen Lederschuhe über den Teppich, die Knie leicht gebeugt. Er streckt die Hand aus und schmachtet ins Mikro. Das muss man ihm lassen, er singt erstaunlich gut.

Ich gebe Miranda einen Stupser. »Gut, dass du das Kleid angezogen hast.« Aber sie hat die Hände vor den Mund geschlagen und antwortet nicht.

Wir alle wissen, dass Karaoke einfach aussieht, aber wenn man es dann selbst versucht, ist es eine ganz andere Geschichte. Glaubt mir, ich kenne mich da aus. Als ich versucht habe, zu *Somewhere Only We Know*, der Karaoke-Version mit Text auf YouTube, in der Küche mitzusingen, um mich auf Fliss' Junggesellinnenabschied vorzubereiten, hab ich nicht mal die erste Zeile richtig hingekriegt. Zum Glück habe ich es zuerst zu Hause und nicht in der Öffentlichkeit probiert. Es war so schrecklich, dass ich mich für mich selbst geschämt hab. Ich weiß also, wie schwer Karaoke ist, und er trifft die Töne ziemlich perfekt, bis auf die höchsten vielleicht. Und um ehrlich zu sein vermasselt selbst Chris de Burgh die manchmal. Als Ambie nur noch einen Meter entfernt ist, schwöre ich, dass ich höre, wie Miranda leise stöhnt und murmelt:

»Oh Scheiße.«

Aber er zieht sie hoch, und als sie mit ihm quer durch den Raum walzt, gleitet seine Hand über ihren Hintern, und das rote Kleid rutscht leicht nach oben. So, wie ihr die Augen fast aus dem Kopf fallen, hat er sie definitiv überrascht. Er kriegt es super hin, aber man muss zugeben, dass es eine riskante Musikauswahl ist. Dieses Lied ist wie Marmite, dieser Hefeaufstrich – entweder man liebt es, oder man hasst es. Da ich eine Schwäche für romantischen Kitsch habe, kommt so was bei mir immer gut an, aber es ist genau die Art von Schmalz, über die Miranda immer Witze macht. Wenn bei ihr zu Hause der Radiosender Absolute 80s liefe und sie das Lied spielten, würde sie das Radio eher mit ihrem Pantoffel bewerfen, als dazu mitzusingen.

Aber Ambie geht aufs Ganze, und er wird nicht klein beigeben. Die Art, wie er ihr tief in die Augen schaut, ist durch und durch aufrichtig, seine Stimme ist tief und innig. Es ist schwer, sich nicht von der Romantik mitreißen zu lassen. Miranda schmilzt vor unseren Augen dahin. Ich meine, wer würde nicht gerne ein Ständchen von jemandem hören wollen, der so geschmeidig wie James Bond klingt und so charmant ist, dass er Michael Douglas' Körperdouble sein könnte, und dazu noch einen Hauch von Hugh Grants Verwegenheit hat.

So, wie er sie mit perfekt platzierten Schritten durch den Raum und zurück zum Kamin führt, ist klar, dass er diese Choreografie im Voraus geübt hat. Als er den Refrain zum fünften Mal wiederholt und zum Ausklang des Liedes summt, verklingen die letzten Takte der Musik, und wir applaudieren alle. Aber er blickt Miranda noch immer in die Augen und steckt die Hand in seine Tasche. Mit einer einzigen eleganten Bewegung zieht er eine Ringschatulle heraus und klappt den Deckel hoch. Von so was liest man normalerweise in der Zeitschrift OK! oder sieht es in Filmen, aber es hautnah mitzuerleben, ist für mich definitiv das erste Mal.

Fliss neben mir murmelt: »Oh mein Gott! Er macht ihr einen Antrag! Und schau dir den Diamanten an!«

Sogar von der anderen Seite des Raumes sieht er unglaublich riesig aus und funkelt strahlend, als er das Kerzenlicht einfängt. Nach dem zu urteilen, was ich über den edelsten Schmuck bei Daniels weiß, muss er ein Vermögen gekostet haben.

Ich flüstere zurück: »Das kann sie nicht ablehnen.« Was Ambie an Hilfsbereitschaft fehlt, macht er mit Karat und Gesang mehr als wett.

Fliss schüttelt den Kopf und haucht etwas hinter ihrer Hand: »Ich bin mir nicht sicher, ob ich mit ansehen will, wie meiner Mutter ein Antrag gemacht wird. Manche Dinge sollten besser hinter verschlossenen Türen bleiben, es ist ein bisschen so, als würde ich bei meiner eigenen Zeugung zusehen.«

Ich antworte zwischen zusammengebissenen Zähnen. »Und so in der Öffentlichkeit – sie kann ihm keinen Korb geben.«

Ambie räuspert sich und hält den Ring zwischen den Fingern hoch. »Liebste Miranda, ich war ein sehr trauriger und einsamer Mann, als wir uns kennenlernten, aber dann bist du wie ein Wirbelwind in mein Leben reingeplatzt und hast mich von innen heraus erleuchtet … Wir kennen uns noch nicht lange, aber ich weiß einfach, dass ich dich zu meiner Frau machen muss. Und wenn du dann die Meine bist, hoffe ich, dass aus dir endlich die Lady wird, die du verdienst zu sein.«

Fliss schnaubt. »Ganz schön herablassend!«

Wenn man bedenkt, wie oft sie schon Ähnliches erlebt hat, muss ich Miranda dafür bewundern, dass sie es schafft, nicht nur verzückt auszusehen, sondern auch so, als hätte sie so etwas noch nie gehört. Aber das muss man Ambie lassen, er macht es wirklich gut.

Fliss murmelt wieder. »Das Adrenalin muss ihn nüchtern gemacht haben, für jemanden, der den ganzen Tag Gin säuft, redet er sehr zusammenhängend.« Sie seufzt. »Das ganze Trinken, kein idealer Kandidat für einen zukünftigen Ehemann.«

Ich runzele die Stirn. »Ich drücke die Daumen, dass sie beim vierten Mal endlich Glück hat.«

Ambie redet weiter. »Miranda, ich würde mich freuen, wenn du mir die Ehre erweist, die nächste Mrs. Bentley zu werden.« Er lässt sich auf ein Knie sinken und hält den Ring hoch. »Bitte, willst du mich heiraten?«

Ein kollektives »Ahhhhh« kommt von den Sitzenden. Dann meldet sich Tarkie zu Wort. »Aber Mama, ich dachte, dass Oma Miranda schon zu viele Ehemänner hatte?«

Tiff faucht ihn sehr laut an. »Nein, es ist völlig in Ordnung, sich noch einen zu holen, Tarkie, sie hat alle anderen abserviert, sie ist keine Anfängerin mehr.«

Tansy denkt nach. »Vielleicht sollte sie sich diesmal einen zulegen, der nicht alt und faltig ist.«

Vom Holzstapel her vernehme ich Keefs Stimme. »Solange du dir sicher bist, Mirry ...«

Miranda sieht zu Ambie auf. »Lieber Ambrose ...« Dann schaut sie über die Schulter. »Vielen Dank für eure Hilfe und eure Besorgnis, das ist auch für mich eine große Überraschung ...« Sie schaut wieder zu Ambie. »Aber ich nehme deinen Antrag gerne an.«

Als Ambie ihr dann den Ring auf den Finger schiebt, ertönt brüllender Jubel, vor allem aus der Richtung der Surfer, und wir alle klatschen. Ich sehe mich nach Milo um. So wie er sich in den letzten Tagen immer wieder buchstäblich zwischen die beiden gedrängt hat, hätte ich erwartet, dass er ihr den Ring vom Finger reißt. Ich bin froh, dass er Vernunft angenommen hat, Größe zeigt und sich endlich zurückzieht.

Willow ruft den Umstehenden zu: »Liebende, die sich unter dem Mistelzweig küssen, werden dauerhaft glücklich sein.«

Während sie auf das glückliche Paar zusteuert, wende ich mich an Fliss. »Und wo ist Milo?«

Fliss rollt die Augen. »Wer weiß, aber er wird nicht entzückt sein.«

Und dann öffnet sich die Tür, und er kommt rein. Er braucht ein paar Sekunden, bis er realisiert, dass wir nicht alle *Wallace und Gromit – Unter Schafen* sehen, und dann legt sich seine Stirn in Falten. »Was ist hier los?«

Als er sieht, wie Miranda ihre linke Faust wie eine unglaublich funkelnde Maraca schüttelt, sagt er: »Was zum Teufel geht hier vor? Ist das ein Ring?« Da Miranda und Ambie zu beschäftigt damit sind, miteinander zu flüstern, als dass sie ihm antworten könnten, nimmt er mich ins Visier. »Ivy?«

Ich öffne und schließe den Mund ein paarmal, bevor ich mir genau zurechtgelegt habe, wie ich es ihm sagen soll. »Dein Vater hat Miranda gerade gefragt, ob sie ihn heiraten will. Sie sie hat Ja gesagt, und so haben sie sich gerade verlobt.« Das trifft es ungefähr.

»Das kann er noch nicht getan haben!« Er brüllt. »Ich werde das nicht zulassen!«

Bill geht auf die Tür zu. »Es ist alles schon geschehen. Das Beste, was du jetzt tun kannst, ist, ihnen alles Gute zu wünschen.«

Milo faucht: »Nur über meine Leiche!«

Ich verstehe nicht, wie er es hat versäumen können. »Wo warst du denn?«

Seine Stimme ist vor Empörung ganz hoch. »Dad hat mich zum Auto rausgeschickt, ich war nur zwei Minuten weg.«

Es tut mir schrecklich leid für ihn, denn es klingt so, als hätte Ambie das mit Absicht gemacht, also schildere ich ihm noch ein paar Details. »Oh, und er hat auch gesungen.«

»Doch nicht etwa *Lady in Red*?« Sein Gesicht verzerrt sich vor Unglauben, als ich nicke. »Das war das Lieblingslied meiner Mutter, er hat es extra für sie gelernt; wir haben es bei ihrer Beerdigung gespielt.«

Mit jedem Hammer, den er bringt, sackt Fliss etwas mehr in sich zusammen. »Es tut mir so leid, Milo. Aber wenn dein Vater die Vergangenheit hinter sich lassen will, ist das vielleicht gut so. Er würde es nicht tun, wenn er sich nicht bereit fühlen würde.«

Milo stöhnt. »Nichts gegen deine Mutter, aber sie passen wirklich nicht zusammen.«

Keef legt einen Arm um Milo. »Keine Sorge, mein Junge, freie Vögel wie Miranda mögen die Art von Käfig nicht, in dem dein Vater sie halten möchte. Sie wird im Handumdrehen wieder wegfliegen.«

Milo schüttelt den Kopf und faucht: »Nicht bevor sie uns ausgenommen hat.«

»Zwei kleine Wörter, Milo.« Keef tippt sich an die Nase. »Ehe-Vertrag.«

Milo schnaubt. »Technisch gesehen ist das ein Wort, nicht zwei.«

Keef schaut an die Decke. »Wen kümmert das schon, Milo, hör auf, ein pedantisches Arschloch zu sein, lass das Gejammer und setz einen auf.«

»Das werde ich.« Milo schaut zu Willow hinüber, die riesige Mistelzweige aus einem Krug auf dem Tisch genommen hat und jetzt auf einem Stuhl steht und sie hochhält, während Miranda und Ambie ihre Köpfe darunter zusammenstecken. »Entschuldigt mich kurz …« Er hat den Raum mit einem Satz durchquert.

Er kommt zu spät, um Ambie davon abzuhalten, sich Miranda zu schnappen und ihr den Knutschfleck ihres Lebens zu verpassen, aber er kann Willow die Mistelzweige aus der Hand schlagen, die in alle Richtungen durch die Luft fliegen und sich über den Boden und die Sofas verteilen. Was irgendwie noch eindrucksvoller und dramatischer ist als der Antrag selbst.

Wenn also Liebende, die sich unter dem Mistelzweig küssen, dauerhaftes Glück finden sollen, dann muss es etwas Ernstes zu bedeuten haben, wenn einem Paar der Mistelzweig genau in dem Moment weggerissen wird, in dem sich ihre Lippen treffen. Ich bin mir nur nicht sicher, was, außer dass Willow so aussieht, als würde sie wegen Milo ernsthaft die Krise kriegen. Es wird mehr als nur ein oder zwei Atemübungen brauchen, damit sie ihre Gelassenheit wiederbekommt.

Was mich daran erinnert ... Es war nicht geplant, dass der Abend durch einen Antrag gekapert wird. Und ich werde nicht zulassen, dass aus dem, was sich hier zusammenbraut, ein ausgewachsener Familienstreit wird. Es ist unsere Weihnachtsfilm-Party, und meiner Meinung nach gibt es nur einen Weg, das wieder in richtige Bahnen zu lenken. Scheiß auf die herrschsüchtigen Frauen, ich werde jetzt das Kommando übernehmen. Jetzt bin ich am Zug!

Ehe ich mich's versehe, stehe ich auf dem Couchtisch und klatsche in die Hände. »Okay, alle zusammen ... Ich werde die Reihenfolge ein wenig verändern, einfach weil es einen Film gibt, der das Glück und die Positivität, die wir alle jetzt fühlen sollten, perfekt verkörpert ...« Ich halte kurz inne, um Willow und Milo mein besonders bedeutsames ›Haltet-die-Klappe-und-seid-nett-zueinander‹-Lächeln zu schenken. »Also los, kuscheln wir uns alle unter unsere Bettdecken ...« Na gut, das ist wahrscheinlich nicht nötig, weil es hier drin tatsächlich irre heiß ist, »... setzen unsere Weihnachtsmannmützen auf, schnappen uns Knallbonbons und machen weiter mit ... ta da ...«, ich halte inne, um eine dramatische Geste mit den Händen zu machen, »... *Die Eiskönigin.*«

Ausnahmsweise stöhnen Libbys Kinder nicht auf, und die Bohnenstangen ziehen keine Grimassen und fangen auch nicht an, Spanisch zu sprechen. Sie brechen alle in Jubel aus und rufen: »Ja, los, Ivy-Blättchen!«

Merwyn und ich können nichts anderes tun, als zurückzutreten und den Applaus entgegenzunehmen. Während ich mir den Schweiß von der Stirn wische und die klebrigen Haarsträhnen zurückstreiche, wird mir klar, dass meine Narbe voll sichtbar sein muss. Aber dieses eine Mal ist es mir wirklich egal – und allen anderen auch.

28. Kapitel

Fünfzig Wörter für Schnee

»Wenn du mir einen Antrag machst, versprich mir bitte, dass du es nicht in der Öffentlichkeit tust.«

Als ich in der Dunkelheit über dem Geräusch des Windes und dem entfernten Tosen der Wellen, die an den Strand stürzen, Bills Lachen höre, weiß ich, dass ich nicht davon hätte anfangen sollen. Das kleinste protestierende Murmeln von ihm, und ich schwöre, ich höre sofort auf, darüber zu reden. Aber dass er gar nicht überrascht ist oder mich rügt, spornt mich irgendwie an.

»Und absolut kein Gesang. Ich verbiete dir zu singen.«

Er gibt ein Grunzen von sich. »Das lässt mir nicht viele Möglichkeiten. Was zum Teufel soll ich dann tun?«

Als ich mich selbst reden höre, bin ich schockiert, ja sogar entsetzt, aber ich spreche trotzdem weiter. Wir wissen beide, dass wir nur Witze machen, aber irgendwie wirkt es wie ein Gegenmittel gegen die unterschwellige Spannung, die den ganzen Abend lang präsent war. Wenn man bedenkt, dass die Verlobung von Miranda und Ambie ein wirklich fröhlicher Anlass hätte sein sollen, gab es verdammt viele Misstöne aus allen möglichen Richtungen.

»Du wirst kreativ sein müssen. Flugzeuge, die Banner hinter sich herziehen, sind definitiv out. Und ich löse auch nicht gern Rätsel oder grabe nach irgendetwas. Ebenfalls ein absoluter Albtraum wäre es für mich, wenn ich mit dem Flugzeug landen würde und du mit einem Stück Pappe in der Hand in der Ankunftshalle stündest. Von der Idee, einen Ring in einem Cupcake zu verstecken, bin ich auch nicht grade begeistert.«

Er spielt immer noch mit. »Ich hatte keine Ahnung, dass du so schwer zufriedenzustellen bist. Wie wär's, wenn ich einfach Merwyn einen Zettel anhefte?«

»Perfekt.«

»Was, wenn du die Frage stellst?«

Typisch Bill, dass er das jetzt weiterspinnt. »Würde dir das gefallen?« Der Schlagabtausch ist so schnell geworden, dass wir zwischen den einzelnen Sätzen nach Luft schnappen.

»Ich würde mich nicht beklagen.«

Hm. Sehr wahrscheinlich. »Du klingst, als hättest du dich mit Willow unterhalten.«

»Wir haben Lebkuchenfrauen am Weihnachtsbaum hängen, das wäre nur der nächste logische Schritt.« Allein am Klang seiner Stimme kann ich erkennen, dass seine Lippen zu einem Lächeln gekräuselt sind.

Nur ist nichts davon logisch. Sogar in meinen wildesten Will-Träumen damals habe ich nie ein solches Gespräch mit ihm geführt. Und doch laufe ich hier am Strand entlang, das Meer zu unserer Linken rollt den Strand hinauf, die Schaumstreifen darauf wie blasse Streifen in der Dunkelheit, und die Worte purzeln aus meinem Mund. Das Ganze ist unglaublich absurd. Es ist, als ob wir uns gegenseitig dazu anstacheln, immer absonderlichere Dinge zu sagen. Auch wenn ich weiß, dass wir beide nur so tun und den größten Unsinn von uns geben, laufen doch seltsame heiße und kalte Schauer durch meinen Körper. Ich muss aufpassen, dieser Bill-Bullshit könnte ansteckend sein.

Gestern habe ich mir ein paar Meerglassplitter um den Hals gehängt und sagte die haarsträubendsten Dinge, und das noch bevor der Champagner geöffnet wurde. Als wir vorhin auf Miranda und Ambie anstießen, schienen aus dem Nichts immer neue Champagnerflaschen aufzutauchen. Ich weiß, dass ich dem Trinken eigentlich abgeschworen habe, aber die Mutter meiner besten Freundin hat gerade einen Antrag bekommen und einen Klunker von der Größe eines Kleinwagens am Finger. Natürlich musste ich da ein kleines Glas mittrinken; ich hatte nur nicht erwartet, dass der Alkohol die Wirkung des Meerglases exponentiell vervielfachen würde. Meine einzige Ausrede ist, dass ich Bill nicht eingeladen habe, mit Merwyn und mir auf unseren spätabendlichen Handytaschenlampen-Spaziergang zu kommen. Er war draußen beim Holzschuppen und hat sich dann irgendwie einfach drangehängt, also habe ich zumindest hier meinen Stolz bewahrt. Und der winzige Rest an Selbsterhaltungstrieb, den ich noch habe, meldet sich gerade, also wechsle ich das Thema.

»Da du den eisgekühlten Champagner und die Gläser schon bereitstehen hattest, nehme ich an, dass Ambie dich in seine Pläne eingeweiht hat?« Ich betrachte Bill, der die Hände tief in den Taschen seiner Barbour-Jacke vergraben hat. Er ist so nah, dass mir jedes Mal, wenn wir mit den Ellbogen aneinanderstoßen, der köstliche, ölige Geruch der Wachsjacke in die Nase steigt. Aber wir wissen beide, dass er nur wegen des lauten Windes so nah neben mir geht; damit ich höre, was er sagt.

»Er brauchte Hilfe bei seinem Lied, also musste er es mir sagen.« Unsere Augen haben sich an die Dunkelheit jenseits des Lichtstrahls der Handytaschenlampe gewöhnt. Bill sieht hoch zu den Wolken, die über uns vorbeiziehen, und wählt mit Bedacht seine Worte, bevor er sie ausspricht. »Es sollte eigentlich erst am Weihnachtstag passieren, aber Ambie ist ein Geschäftsmann, er weiß, wie wichtig es ist, einen Deal frühzeitig unter Dach und Fach zu bringen.«

»Milo war wild entschlossen, die Sache zwischen ihnen kaputtzumachen.« Es sollte ein Geheimnis bleiben, aber jeder, der Augen hat, hat es eh schon mitgekriegt.

Bill lacht. »Ja, das auch noch. Aber Ambies größte Sorge war es, Miranda an den Surfclub zu verlieren. Hätten sie ihre Bretter rausgeholt, hätte er nicht mithalten können. Hauptsächlich kam die Eile daher.«

Miranda tut mir leid. »Wenn er ihr nicht noch vier Tage lang vertrauen konnte, ist er sich ihrer nicht sehr sicher.«

Bill zögert, während er darüber nachdenkt. »Ich glaube, er hat gehofft, dass er sich nach dem Anstecken des Rings entspannen und es genießen könnte, verlobt zu sein.«

»Oder dass sie, wenn er jetzt ihr Verlobter ist, ihm ihre ganze Aufmerksamkeit widmen muss.«

Bill nickt. »Das auch. Ich verspreche, dass ich nicht so sein werde.«

»Wie?«

»Wenn wir verlobt sind, werde ich nicht besitzergreifend sein.«

Ich schreie protestierend auf. »Mach nur weiter, wir haben dieses Spiel ja schon lange nicht mehr gespielt.«

Er schaut auf mich herunter, ohne zu blinzeln. »Ach, das war ein Spiel?«

Ich ignoriere, dass mein Magen grad ein Rad geschlagen hat, schlucke mein Herz wieder runter, das mir in die Kehle hochgesprungen ist, und knuffe ihn in den Arm. »Ach, natürlich war's das. Das ist doch klar.« Ich weiß, dass er das immer macht. Mich mit einer komplett ausdruckslosen, trockenen Miene aufziehen. Die einzige Möglichkeit, damit umzugehen, ist, auf Angriff zu schalten. »Wie auch immer, Themawechsel…«

»Das ist schade, ich mochte das Thema, Sternenmädchen.«

»Ich hab gesehen, wie du bei *Die Eiskönigin* mitgesungen hast.«

Er stößt einen Seufzer aus. »Ich hab mich schon gefragt, wann wir darauf kommen würden.«

Zu behaupten, dass er mitgesungen hat, ist eine enorme Untertreibung. »Sagen wir es mal so: Olaf und Sven ist es schwergefallen, überhaupt zu Wort zu kommen.« Ich warte ein paar Schritte, damit sich das setzen kann. »Um das fehlerfrei hinzubekommen, gehört man entweder zu den Menschen, die das absolute Gehör haben, oder man muss den Film eine Million Mal gesehen haben.« Ich bleibe stehen und drehe mich zu ihm um. »Was davon trifft auf dich zu?«

Er atmet hörbar aus. »Was kommt nach einer Trillion?«

»Weiß der Henker. Vielleicht eine Trazillion? Warum?«

»Das ist die ungefähre Anzahl von Malen, die ich den Film schon gesehen habe.«

»Oh Scheiße.«

»Das ist nicht die richtige Antwort, Ivy-Sternchen, an dieser Stelle solltest du mich fragen – warum?«

Seine Stimme ist jetzt so tief, dass mein Trommelfell zittert. Da sind die gleichen Falten in seinem Gesicht, die ich früher am Tag schon mal gesehen habe, und immer, wenn ich sie sehe, stürzt mir mein Magen bis hinunter in die Kniekehle. Diese Kiste mit DVDs. Keef, der sich bei der Frage, ob wir sie haben dürfen, sichtlich windet. War das wirklich erst heute Nachmittag? Der heutige Tag scheint ewig zu dauern. Vor mir öffnet sich ein Abgrund. Er wollte auf keinen Fall Kinder hierhaben, und doch kennt er sich mit Kinderwagen aus wie ein Profi – und das nicht, weil er als Nanny gearbeitet hätte. Er kann Weihnachten nicht ertragen. In seinem Haus gibt es keinerlei persönliche Gegenstände. Ich bin kopfüber in diese Sache hineingestürzt, und es führt nur ein Weg hinaus.

Meine Kopfhaut kribbelt, und das Herz in meiner Brust ist kalt wie Stein. Aber vor allem trete ich mich selbst in den Hintern, weil ich so in meine eigenen Dramen verwickelt war, dass ich seines nicht bemerkt habe.

»Du hast ein Kind verloren, nicht wahr?«

Er beißt sich auf die Lippe. »Ja ... und nein.«

»Warum hast du nichts gesagt?«

»Es ist nicht so schlimm, wie du denkst, sie ist bei Gemma in London. Ich habe sie nur seit Januar nicht mehr gesehen, sodass es sich anfühlt, als wäre sie für immer weg.«

Er und Gemma haben zusammen ein Kind. Die Wahrheit lag direkt vor meiner Nase, aber ich hatte mich entschlossen, sie zu ignorieren. Als ich sie endlich zulasse, fühlt es sich an wie ein Tritt in die Eingeweide. Das geht so viel tiefer und ist so viel komplexer, als nur ein Paar zu sein, das sich trennt. Ich schlucke sauren Speichel hinunter und verfluche mich für die eifersüchtigen Stiche in meiner Brust. Dass es Gemma war, nicht ich. Dass er jetzt für immer an sie gebunden sein wird. Ich weiß, dass die Gedanken, die mein Gehirn gerade produziert, kein bisschen rational sind. Ich reiße mich zusammen und denke darüber nach, wie ein normaler, unbeteiligter Mensch reagieren würde.

»Aber das ist fast ein Jahr her.« Ich kann mein Entsetzen nicht verbergen. »Das kann doch nicht richtig sein!«

Er schüttelt den Kopf. »Gemma wollte nicht, dass sie sich aufregt, wenn sie mich sieht, und seitdem geht das eben so. Ich bin ein Idiot, dass ich das Ganze auf sich beruhen lasse.«

»Hat sie einen Namen?« Ich will ihn nicht ausquetschen. Aber gleichzeitig lechze ich danach, alles zu erfahren. Bis ins kleinste Detail.

»Arabella, nach Gemmas Mutter, oder kurz Abby.« Seine Stimme klingt wehmütig und so, als wäre er weit weg. »Um dir die nächste Frage zu ersparen, sie ist fast sechs.«

»Das ist schön.« Ich versuche nicht daran zu denken, wie niedlich und perfekt eine Mischung aus ihm und Gemma wohl aussieht. Und ich rechne. Sie haben nicht lange gewartet, nachdem sie zusammenkamen, das zeigt, wie verrückt sie nacheinander gewesen sein müssen, wie Hals über Kopf verliebt, wie ernst es ihnen war. Man bekommt kein Baby, wenn nicht all diese Kriterien erfüllt sind.

»Es ist alles so ein Chaos. Und Gemma behauptet, dass Abby jetzt sehr ausgeglichen ist. Das Letzte, was ich will, ist, sie durcheinanderzubringen, weil ich egoistisch bin und sie sehen will.« Er schließt die Augen. »Aber ich vermisse sie so sehr. Vier Jahre lang war sie der Grund dafür, dass ich morgens aufgestanden bin – obwohl ich, um ehrlich zu sein, keine andere Wahl hatte, sie hätte mich wachgerüttelt. Sie war so ein Energiebündel, ihr Lächeln hat das ganze Schloss zum Leben erweckt. Ich kann dir gar nicht sagen, wie leer sich mein Leben anfühlt, seit sie weg ist. Wie sinnlos alles scheint.«

»Und du hast alle ihre Sachen weggetan?«

Auf seinem Gesicht, das im Schatten liegt, sind tiefe Linien zu sehen. Er ist stehen geblieben und starrt dorthin, wo die Bucht eine Kurve macht und sich die Lichter von St. Aidan zu einem funkelnden Haufen gruppieren. »Gemma hat das Schloss buchstäblich leer geräumt, als sie ging. Die wenigen Dinge, die sie nicht mitgenommen hat, hab ich in die Remise getan, weil ich es nicht ertragen konnte, sie zu sehen. Das Einzige, was nicht ausgemistet wurde, war das Regal mit dem Aftershave im Badezimmer. Und die Schränke in der Küche. Die Aftershaves haben Gemmas Schwester gehört – frag mich nicht, warum sie noch da sind.«

Ich muss was sagen. »Ich hab sie bemerkt und mich schon gewundert.« Es ist nicht der richtige Zeitpunkt, um zu fragen, welches er benutzt. Und ich bin mir auch nicht sicher, ob ich es überhaupt noch wissen will. Es ist so typisch für ihn, dass es zu keinem anderen richtig passen würde.

»Sie ist Vertreterin für Düfte, daher die ganzen Fläschchen.« Er atmet durch. »Ich habe mich in die Arbeit gestürzt, um zu verdrängen, wie sehr es mir wehtut. Solange ich mir nicht erlaube, darüber nachzudenken, funktioniere ich einigermaßen.«

Ich weiß genau, was er meint. Weitermachen, als wäre nichts geschehen. Den Schmerz begraben. Damit kenne ich mich sehr gut aus. Es durchstehen, sich so beschäftigt halten, dass keine Risse entstehen, durch die die Vergangenheit in die gegenwärtige Realität eindringen kann. Zumindest erklärt das, warum der sorglose Kerl, den ich an jenem Tag im Chalet kennengelernt hab, jetzt so verändert ist.

»Solange ich Gemmas Forderungen abschlage, komme ich ganz gut klar. An manchen Tagen schaffe ich es beinahe, mich selbst davon zu überzeugen, dass dieser Teil meines Lebens nie stattgefunden hat, dass das hier alles ist, was es je gab.« Er fährt sich mit den Fingern durchs Haar. »Und dann steht auf einmal Weihnachten vor der Tür, mit einem ganzen Haufen von Erinnerungen und Erwartungen, und macht alles noch eine Million Mal schlimmer…«

Er ist so am Boden, dass es mir das Herz bricht. »Es tut mir so leid. Und dann kommen wir auch noch mit den ganzen Kindern hereingeplatzt und machen alles noch schlimmer. Wenn es irgendwas gibt, das ich tun kann…« Natürlich gibt es das nicht.

»Du hast doch erwähnt…« Er sieht mich in der Dunkelheit unverwandt an. »Als wir das letzte Mal am Strand waren…«

Als ich sehe, wie er seine Arme ausbreitet, wird mir so flau im Magen, dass ich gar nicht mehr atmen kann. »Du willst eine…?« Meine Kehle ist so trocken, dass mir meine Stimme versagt, bevor ich das Wort »Umarmung« krächzen kann.

»Es ist schon sehr lange her, dass mir jemand eine angeboten hat.« Er hat den Kopf geneigt. »Wenn es dir nichts ausmacht… Es ist wirklich warm in meiner Jacke… Du könntest dich einen Moment lang wärmen… nur eine Umarmung unter Freunden…«

Ich schlucke, schließe die Augen und tauche ab. Ich schlinge die Arme um seinen Oberkörper, greife eine Handvoll Pullover und atme den Geruch von Kaschmir, Jeanshemd und Mann tief ein. Vergrabe den Kopf in der Vertiefung unter seinem Schlüsselbein; höre das langsame, urzeitliche Klopfen seines Herzens, das gegen seinen Brustkorb schlägt. Ich habe so lange auf diesen Moment gewartet, und er wird nie wiederkommen, deshalb lasse ich nur ungern wieder los. Nur wenn ich wirklich muss. Zum Beispiel, wenn die Flut kommt und das Wasser über meine Stiefel schwappt. Oder vielleicht erst, wenn das Wasser bis hoch an meine Taille reicht. Oder wenn ich bis zu den Schultern im Wasser stehe. Dann vielleicht.

Er legt das Kinn auf meinen Kopf. »Eigentlich hat es mir gar nichts ausgemacht, dass alle reingeplatzt sind ... Manchmal tut es gut, wenn man ein bisschen aufgerüttelt wird.« Er räuspert sich und schluckt. »Und welche Dinge bereust du?«

Das ist eine so unerwartete Frage, dass ich die Augen öffnen muss, damit ich besser nachdenken kann. Hoch über der Linie von Bills Kragen erhasche ich einen Blick auf eine schlanke Mondsichel, hinter der sich die Wolken teilen. Ich achte darauf, dass sich meine Finger nicht zu sehr entspannen. Die nächsten paar Minuten werden mir für den Rest meines Lebens reichen müssen. Was das Bedauern über die Dinge, die vorbei sind, betrifft, so ist meine Liste zu lang, um auch nur damit anzufangen, sie aufzuzählen.

»Ich wünschte, ich hätte meine Haare öfter blond gefärbt.«
»Wie oft hast du das gemacht?«
»Nie.«
»Weiter ...«
»Dass ich bei Tetris ein höheres Level erreicht hätte, bevor mein Gameboy kaputtging ... dass ich nicht so viele Tamagotchis gekillt hätte ... Ich hätte mich auf jeden Fall besser um meine See-Äffchen kümmern sollen ...«
»Die sind ja aus dem vorigen Jahrhundert. Gibt's irgendwelche aktuelleren Dinge?«

Wir bewegen uns hier auf sehr wackligem Boden. »Ich klinge jetzt wahrscheinlich wie Willow, aber Reue ist negativ. Darüber nachzudenken ist nur destruktiv. Man muss diese Dinge in der Vergangenheit lassen, denn dort gehören sie hin.« Ich habe hier in drei Sätzen so ziemlich die Trauma-Therapiesitzungen eines ganzen Jahres zusammengefasst. »Nimm dein Leben in die Hand und gehe erhobenen Hauptes in die Zukunft. Das könnte auch für dich funktionieren.« Ich schaue und höre zu, wie sich die Wellen kräuseln. Mit jeder Welle wird der Schaum näher an uns herangetragen.

»Ab und zu ist es interessant, zurückzuschauen, Erfahrungen auszutauschen, das ist alles.« Er grübelt, sein Kinn ruht noch immer auf meinem Kopf. Wahrscheinlich hat er die Augen offen. »Bislang haben Gemma und ich uns nur mit den Finanzen beschäftigt. Das Schwierigste sind wir bisher noch nicht angegangen.«

Da kommt mir etwas in den Sinn. Ich will mich nicht einmischen, es ist sein Leben, es ist ihre zerbrochene Beziehung. Aber er wird es bereuen, wenn er eines nicht beachtet. »Wie schwer es auch sein mag, du darfst Abby nicht aufgeben.« Ich drücke ihn. »Sie wird immer noch das Bedürfnis haben, dich zu sehen. Du musst einen Weg finden, wie ihr euch treffen könnt.«

Sein Seufzer trifft meinen Scheitel. »Ich weiß, danke, dass du mich daran erinnerst. Ich werds versuchen.« Er stopft meinen Schal unter meine Jacke. »Du musst auch nach vorne schauen und deinen Weg finden … Wird das schwer für dich?«

Ich habe es so lange unter Verschluss gehalten, wenn ich es jetzt preisgebe, dann nur, um ihm zu zeigen, warum es unmöglich ist. »Na ja, bei meinem Unfall damals – der Fahrer des Wagens hat es nicht geschafft. Bevor ich das hinter mir lassen kann, muss ich also darüber hinwegkommen, dass ein Mensch meinetwegen sein Leben verloren hat.« Ich bin so froh, dass es dunkel ist und ich meinen Kopf in Bills Mantel vergraben kann.

»Ivy-Blättchen, es tut mir so leid.« Seine Finger sind sanft, und meine Haarsträhnen verfangen sich darin, als er versucht, danach zu greifen. »Kannst du mir sagen, wie es passiert ist?«

»Das ist eine lange Geschichte …«

Er ermutigt mich. »Wo fängt sie denn an?«

»Nachdem George weg war …«

»Da warst du also allein …«

»Das stimmt, aber ich ging mit allen möglichen Leuten aus, um zu versuchen, die Jahre, die ich an George verschwendet habe, zurückzugewinnen. Es war alles ein bisschen verzweifelt und verrückt.« Es schaudert mich, wenn ich daran denke, wie schlimm es war. »Ich hatte mich mit jemandem zu einem zweiten Date auf einer Party in Brighton verabredet. Michael. Er hatte einen Namen, eine Mutter und einen Vater, zwei Brüder und ein ganzes Leben vor sich.«

»Wie ist es passiert?«

»Na ja, er – Michael – ich glaube, seine Freunde nannten ihn meistens Mike, doch wir kannten uns erst so kurz, wir waren noch nicht einmal dazu gekommen, uns mit unseren richtigen Namen anzureden … Also, Michael – oder Mike – bot mir an, mich nach der Party zurück nach London zu fahren, und auf dem Weg dahin kam er von der Straße ab.«

Wie konnte eine Sekunde der Unachtsamkeit zu etwas so Schockierendem und Schrecklichem führen? »In der einen Minute saß er noch neben mir und lachte, in der nächsten kamen wir von der Straße ab, das Auto fuhr gegen einen Baum, und sein Leben war vorbei.«

»Es kann auf Landstraßen so leicht passieren, dass man auf einen schlammigen Abschnitt trifft und die Kontrolle über das Auto verliert. Aber wieso soll das deine Schuld sein?«

»Ohne mich wäre er gar nicht dort entlanggefahren.«

»Ok-a-a-a-a-y …«

»Aber das Schlimmste war, dass ich erst hinterher merkte, dass er getrunken hatte, wahrscheinlich weil ich selbst so betrunken war. Ich hätte ihn davon abhalten können. Ich hätte ihn davon abhalten *sollen*. Aber ich hab es nicht getan. Immer wieder denke ich: Wären wir nicht gefahren, wäre er immer noch da.«

»Oh Ivy, es war ein Unfall, etwas, das zufällig passiert, das nicht hätte passieren sollen. Du kannst nicht die Verantwortung für etwas übernehmen, das wirklich nicht deine Schuld ist.«

»Er hat sich beim Aufprall das Genick gebrochen. Er saß einfach ruhig neben mir, er hatte sich nicht einmal verletzt, so wie ich mich. Aber er war tot. Das ist so unfair, oder? Deshalb fühlt es sich für mich nicht richtig an, das Ganze hinter mir zu lassen und mein Leben zu genießen.« Ich atme lange aus. »Ich war am Anfang sehr stark, ich fuhr zu der Stelle hin, wo der Unfall geschehen ist, aber als der Jahrestag näher rückte, konnte ich mich nicht mehr dazu durchringen, noch mal hinzufahren. Dafür hasse ich mich noch mehr, weil es sich so falsch und feige anfühlt.«

Bills Brust hebt sich, als er seufzt. »Es hätte genauso gut andersherum sein können. Du hattest Glück, du bist noch mal davongekommen, und diese Chance solltest du nicht vertun. Du musst die Schuldgefühle loslassen ... dich für etwas zu bestrafen, das du nicht ändern kannst – damit verbaust du dir nur den Weg.« Er hält einen Moment inne. »Es ist jetzt wichtiger denn je, dass du dir eine schöne Zeit machst, dass du das hinter dir lässt und dir dein Leben so schön wie möglich gestaltest. Ich würde sagen, das bist du Michael schuldig.«

Sein Pullover fühlt sich an meiner Wange warm an. »Das hilft, danke, es ist eine gute Sichtweise auf das Ganze.«

»Du setzt dich immer so für die anderen ein, es ist Zeit, dass du dich auch für dich selbst einsetzt.«

Es ist schwer zu erklären. »Es ist okay, Dinge für andere zu tun, denn es ist wie eine Art Buße.«

»Aber von allen, die ich kenne, bist du diejenige, Ivy-Blättchen, die auch Gutes verdient. Es ist an der Zeit, dass du es dir selbst gönnst.«

Ich schlucke den Kloß in meinem Hals runter. »Mag sein.«

Ich kann das Lächeln in seiner Stimme hören. »Du musst dich daran erinnern, wie unbeschwert du an jenem Nachmittag vor dem Kamin in Chamonix warst. Ich würde dich gerne wieder so lachen hören.«

Das ist die Sache, ich bin mir gar nicht sicher, ob ich jemals so gelacht habe. »Also haben wir beide schwere Dinge, an denen wir arbeiten müssen.«

Ich höre das Lachen in seiner Brust widerhallen, wahrscheinlich hebt er dazu eine Augenbraue. »Wie wäre es, wenn wir die ganze Nacht hierblieben und die Filme verpassten, glaubst du, wir würden das bereuen?«

Eine einzelgängerische Welle rast auf uns zu, und ich springe in die Luft, kurz bevor sie meine Füße trifft. Als ich wieder aufblicke, ist Bill einen Meter entfernt, seine Jacke, unter die ich gerade noch gekuschelt war, flattert im Wind.

»Was – hierbleiben und ins Meer hinausgespült werden?« Jetzt, da ich mich von seinem warmen Körper entfernt habe, fröstelt es mich plötzlich. Wie gerne ich mich auch wieder darin vergraben würde, ich werde nie in der Lage sein, darum zu bitten. »Mach's dir ruhig gemütlich, aber ich werde auf keinen Fall Weihnachten verpassen.«

Er stöhnt. »Sag mir, dass du mich nicht zwingen wirst, *Tatsächlich … Liebe* anzuschauen?«

»Das ist noch nicht alles. Wir haben auch *Mamma Mia*!«

Er macht eine Grimasse, aber er bewegt sich immer noch nicht von der Stelle. »So viel, auf das ich mich freuen kann.«

Aber ich hatte meinen Höhepunkt; die letzten zehn Minuten waren alles, was ich mir in den letzten sieben Jahren gewünscht habe. In seinen Armen zu liegen war genauso schön, wie ich es mir vorgestellt hatte. Ja, ich habe mein Glück überstrapaziert und seine Traurigkeit ausgenutzt, und es stimmt, dass an dem, was wir haben, ein »Nur Freunde«-Sticker klebt. Aber selbst wenn man all das in Betracht zieht, war es dennoch mehr als perfekt.

Was Bill mir geraten hat – dass ich etwas für mich selbst tun soll –, habe ich soeben getan. In diesem Moment bin ich sicher die glücklichste Frau in Cornwall. Und angesichts der Tatsache, dass Miranda den Antrag bekommen hat, auf den sie wahrscheinlich seit dem Tag, an dem sie Ambie traf, hingearbeitet hat, und dazu noch einen Riesenklunker, schlägt das Glücksbarometer in Cornwall momentan ziemlich hoch aus.

Ich werde mir eine Sekunde Zeit nehmen, um die letzten zehn Minuten noch einmal zu erleben, sie sehr sorgfältig in Seidenpapier einwickeln und in meiner geheimsten Erinnerungsschachtel verstauen.

Dann muss ich nach Merwyn pfeifen und zum Schloss zurückspurten, bevor noch irgendwas passiert, das das Ganze verdirbt.

29. Kapitel

Und ein Rebhuhn in einem Birnbaum

Sonntag, 22. Dezember

Um es in einem Schloss, das sonst bestenfalls einem Kühlschrank gleicht und sich schlimmstenfalls wie fünfzig Grad minus (plus steife Brise) am Polarkreis anfühlt, für viele Menschen warm und gemütlich zu machen, ist die Filmnacht genau das Richtige. Am Ende von *Mamma Mia! Here We Go Again* ist es schon lange nach Mitternacht, und die meisten haben sich bereits unter ihren Bettdecken zusammengerollt und sind eingeschlafen, also dimmen wir das Licht, häufen noch mehr Holzscheite auf die Kaminfeuer und machen uns bettfertig.

Merwyn freut sich, dass ich zur Besinnung gekommen bin und beschlossen habe, endlich auf dem Boden zu schlafen. Und während Fliss und ich uns irgendwo zwischen Harriets und Oscars Reisekinderbetten und dem sanften Schnarchen von Tiff und Tansy niederlassen, ist Bill bereits mit der Dunkelheit verschmolzen. Aufgrund der »besonderen Ausstattung« (WLAN) hat Libby seinem Zimmer einen Heizlüfter zugewiesen, und Milo bekam auch einen, da sein Zimmer so klein ist und er sich wegen seines Vaters so elend fühlt. Wenn er sich in den Schlaf weinen möchte, kann er dies zumindest jetzt in seinem stillen Kämmerlein tun. Miranda und Ambie hat sie den Rest der Heizgeräte gegeben, angeblich, damit sie in der Verlobungsnacht keine Erfrierungen an den Geschlechtsteilen erleiden. Der wahre Grund ist, dass Libby meinte, sie könne viele Dinge ertragen, doch Ambies endlose Beschwerden über seinen schlechten Schlaf gehörten nicht dazu. Was die Silbersurfer angeht, so müssen sie die Temperaturen schon von ihren Wohnmobilen her gewohnt sein, denn sie schlüpfen ohne Murren in ihre Schlafsäcke.

Als wir am nächsten Morgen von Harriet geweckt werden, die uns mit ihren Teddys und – noch schmerzhafter – mit dem großen Plastikwagen von Postmann Pat auf die Köpfe haut, ist der Morgenhimmel jenseits der Sprossenfenster des Schlosses blassrosa gestreift, und Keef kauert wieder vor dem Kamin. Als Fliss, die Kinder und ich auf Zehenspitzen in die Küche schleichen und das Sonnenlicht bestaunen, das vom farblosen Meer des frühen Morgens reflektiert wird, werden wir von einem großen Berg Muffins begrüßt, bei denen wir sofort erkennen, dass sie von Bill & Co. stammen.

»Hmmm, schön, welche mit Kirsche und welche mit Blaubeere.« Ich reiche einen Harriet und einen zweiten Oscar, der immer noch in dem Löwen-Einteiler von gestern steckt und wie ein Känguru umherhüpft. Er hat ein Gemüsesieb auf dem Kopf, auf das er mit einem Pfannenwender schlägt. Dann schnappe ich mir ein paar Muffins für Fliss und mich und folge ihr bis in Bills Zimmer, erleichtert, dass das »Bitte nicht stören«-Schild weg ist.

Wir hieven die Kinder auf Bills Bett, und als Fliss ihr Handy hochhält, hört sie sich an, als wäre sie ganz außer Atem. »Super, hab Empfang gekriegt, Robs Telefon klingelt.« Sie sieht Oscar mit großen Augen an. »Willst du über Facetime mit Daddy reden?«

Es war nicht meine beste Idee, Harriet einen Muffin zu geben, der größer als ihr Kopf ist, und sie dann auf Bills Bettdecke zu legen. Ich hatte gehofft, Rob zeigen zu können, wie zufrieden das Baby hier ist, und als Harriet ihr Gesicht im Teig vergräbt, klingt sie auch ganz glücklich. Der einzige Nachteil ist, dass eine Krümelexplosion auf der feinen grauen ägyptischen Baumwolle stattfindet. Wer hätte gedacht, dass sich ein einziger Muffin so weit verteilen lässt, wenn Babyhände ihn in eine Million Krümel und Hunderte kleiner Blaubeerklumpen zerkleinern. Merwyn braucht nur eine Sekunde, um die Stücke auf dem Boden aufzusaugen, und ich versuche mein Bestes, die aufzusammeln, die auf der Bettdecke verteilt sind. Endlich hebt Rob ab.

Als sein Gesicht den Bildschirm ausfüllt, gähnt er laut. Dann schließt er die Augen, schüttelt den Kopf, und als er sich durchs Haar fährt, fällt mir auf, dass er und Fliss, obwohl sie Hunderte von Kilometern voneinander entfernt sind, die gleiche zerzauste Festivalfrisur haben. Ich weiß, dass sie eine riesige Hochzeitswunschliste hatten, aber offensichtlich hat keiner von ihnen daran gedacht, Haarbürsten daraufzusetzen.

»Hallo, meine kleine Harrie, sag hallo zu Papa-Häschen ...« Rob hört sich zwar völlig erledigt an, aber er gibt sich immerhin Mühe, macht Hasenohren und alberne Hasenzähne. Und es funktioniert, Harriet bricht in schallendes Gelächter aus.

Fliss sieht mich an und runzelt die Stirn. »Hat Oscar die Spülmaschine geplündert?«

Aber dann beginnt auch Oscar, Hasengesichter zu schneiden, auf sein Sieb zu hauen und zu lachen und zu schreien. Zwischendurch unterbricht Rob kurz mal, um einen Schluck von seinem Tee zu nehmen, dann machen sie weiter mit dem Geschrei. Das alles wäre sehr schön, wenn es da nicht eine Sache gäbe ... Wenn es um Tassen geht, ist Rob sehr praktisch und ein wenig puristisch, er duldet keine mit Blumenverzierung in der Wohnung. Was in Ordnung ist, außer dass es, als er einen Schluck Tee getrunken hat, ganz so aussah, als wären da Rosen am Rand seiner Tasse.

Das geht ein paar Minuten so, bis Rob auf einmal aufschreit.

»Scheiße, es ist schon so spät, danke, dass ihr mich geweckt hab, ich muss zur Arbeit.« Das hört sich fast genauso an wie das, was er beim letzten Mal auch gesagt hat.

Und dann ist der Bildschirm leer. Aber kurz davor sieht es definitiv so aus, als würde er aus einem Bett aufstehen, denn ich sehe einen Kissenbezug aufblitzen. Dann fängt Oscar an, mit dem Pfannenwender auf das Handy einzudreschen, und Fliss nimmt es schnell weg.

Sie pfeift. »Lief doch gut ... meinst du nicht auch?«

Mein Lächeln ist starr. »Total super.«

»Warum hab ich mich nur so angestellt, ich hätte das schon eher machen sollen. Wieso hab ich gedacht, dass es sie aufregen würde? Jetzt geht's mir viel besser.«

Oh je. Sie ist meine beste Freundin, und sie leidet wegen der Sache seit Wochen wie ein Hund. Jetzt hat sie den Beweis, auf den sie gewartet hat, und ignoriert ihn vollkommen. Wenn sie die fremden pastellfarbenen Kissenbezüge mit den geometrischen Mustern und die Blumentasse nicht gesehen hat, weil sie zu happy war, dass alles so gut lief, werde ich ihr das sicher nicht unter die Nase reiben. Ich meine, mein Magen hat definitiv meinen Körper verlassen, ich bin zu schockiert von dem Gesehenen, um meinen Muffin zu essen, hab also keine Ahnung, wie Fliss selbst sich erst fühlen würde, wenn sie vermuten würde, dass ihr Mann sich im Bett einer anderen befindet. Zumindest gewinnt sie so ein paar Tage unwissender Glückseligkeit, bevor wirklich die Hölle losbricht. Aber ganz lasse ich die Sache doch nicht auf sich beruhen.

»Muss Rob regelmäßig am Sonntag arbeiten?« Natürlich muss er das nicht.

Sie zuckt die Achseln. »Vielleicht versucht er nur, so schnell wie möglich mit allem fertig zu werden, damit er morgen und nicht erst am Dienstag kommen kann.« Sie ist so optimistisch. Um nicht zu sagen verblendet.

Oscar haut sich wieder seinen Pfannenwender auf den Kopf. »Daddy Facetime, Daddy Facetime, Daddy Facetime …«

Ich bin damit beschäftigt, meinen Muffin zu ignorieren und mir über Fliss' Problem den Kopf zu zerbrechen, als wir vor der Tür einen kehligen Husten hören und Miranda sich durch die Tür drängt.

»Hier seid ihr alle! Ich hab grade draußen eine Zigarette geraucht.«

Fliss runzelt die Stirn. »Ich hätte nicht gedacht, dass du schon vor dem Mittagessen rauchst.«

Mirandas Augenbrauen schießen nach oben. »Wir haben Urlaub, Regeln sind zum Brechen da, also sollte man diese verdammten diems carpen und wie ein Diamant glänzen und diese ganze Wichse, ihr wisst schon.«

Fliss starrt sie an. »Meine Güte, Mutter, hör dir doch mal selbst zu, du klingst, als hättest du Keef getroffen und dich wieder von ihm mit Bullshit zulabern lassen. Und ich hab dir schon mal gesagt, dass es nicht okay ist, ›Wichse‹ zu sagen.«

»Wichse … Scheiße … Es ist doch nur ein Wort, nicht so wichtig.«

Fliss sieht mich an, ihr Blick sagt »Bitte gib mir Kraft«. »Glaub mir, das ist es schon.«

Ich hätte nicht gedacht, dass Miranda zu denen gehört, die schnell erröten, aber ihre Wangen sind plötzlich sehr rosa, sie fuchtelt mit den Fingern vor ihrem Gesicht herum und spricht sehr schnell. »Und dass Keef draußen beim Holzschuppen war, war totaler Zufall.«

Ich lächle Miranda an. »Es ist schade, dass du Rob verpasst hast, wärst du zwei Minuten früher da gewesen, hättest du ihm deine Neuigkeiten mitteilen und ihm zeigen können, wie schön dein Ring glänzt.«

Ihre rechte Hand patscht auf die linke. Wenn sie so versucht, ihren leeren Finger zu verbergen, hat das prima geklappt. »Ich hab ihn erst mal oben gelassen, er sitzt ein wenig locker – ich will nicht, dass er mir runterfällt und verloren geht.«

Als ob das passieren würde. Jetzt, wo sie ihn erwähnt, wird mir klar, woran ihr Diamant mich erinnert. Kennt ihr das, wenn Leute an ihrem Schlüsselbund einen Tennisball hängen haben, damit sie ihn nicht verlegen? Daran erinnert er mich. Er kommt auch von der Größe her ungefähr an einen Tennisball ran. Ich mein ja nur. Vielleicht will sie ihn nicht tragen, aber wenn sie ihn an ihren Schlüsselring hängen würde, könnte sie so zumindest immer ihre Schlüssel finden.

Fliss grinst sie an. »Mach dich nicht lächerlich, Mama, es ist so ein Riesenklunker, wenn du ihn fallen ließest, würdest du damit eher die Straße blockieren oder drüber stolpern und dir ein Bein brechen, als ihn zu verlieren.«

Es ist eine Sache, es zu denken, und eine ganz andere, es auszusprechen. Vielleicht bin ich nicht die Einzige, der Willow eine Wahrheits-Kette gegeben hat.

»Komm, machen wir dir einen Tee, Miranda, in der Küche sind auch viele leckere Muffins.«

Sie zieht eine Grimasse. »Tee wäre schön, Schätzchen, aber lieber keine Muffins.«

Fliss hat sie gleich unter Beschuss. »Warum nicht?«

»Du kennst Ambie, er wird bestimmt eine schlanke Braut wollen.« Seit wann hat Miranda so eine leise Stimme? Normalerweise dröhnt ihre Stimme wie ein Nebelhorn. Während Seeglas bewirkt, dass man die Wahrheit rausplappert, scheint es so, als würde Ambies Diamant einem über Nacht eine Piepstimme verleihen. »Er sagt mir immer, dass Betty so dünn war, dass sie immer unsichtbar wurde, wenn sie sich zur Seite drehte.«

Fliss lässt einen Protestschrei los. »Meine Güte, Mutter, Betty ist an Krebs gestorben, deshalb war am Ende nichts mehr von ihr übrig. Du warst schon immer kurvenreich, deshalb schwirren dir Typen um die Brüste wie …«

»Wie Surfer um eine große Welle?« Das war ich, mit einem verdammt großen Schubs von meiner Halskette. »Oder, wenn du nichts gegen das Klischee hast, Bienen um einen Honigtopf.« Als ich eine Tür zuschlagen und Schritte auf dem Korridor höre, hebe ich Harriet hoch, drücke sie Miranda in die Arme und scheuche Fliss und Oscar zur Tür. »Das könnte Bill sein – du machst Tee, ich räume hier auf. Beeilung, ab mit dir.« Ich kann hören, wie Oscar den ganzen Weg zurück in die Küche sein »Daddy Facetime« schreit.

Gestern Abend haben wir über Dinge gesprochen, die wir bereuen. Während die anderen gehen und ich die enorme Menge an Muffinkrümeln betrachte, bereue ich auf jeden Fall, dass ich angeboten hab aufzuräumen.

Ich schaue zu Merwyn hinunter und stöhne laut auf. »Scheiße, Blaubeer-Muffins auf einem grauen Bettbezug! Quel désastre.«

Er schaut zu mir auf, legt seine Vorderpfoten aufs Bett und sieht mich dann wieder an. Wenn er Tom wäre, würde er sagen: Mutter, es ist verdammt offensichtlich, hör auf, rumzuzicken, tu's einfach.

Ich sehe ihn an. »Ich weiß nicht, Merwyn, wenn Tansy mich dabei erwischt, wie ich dich wie einen Staubsauger benutze, werde ich die Hucke voll kriegen.«

Ich flitze zur Tür, mache sie zu und schiebe einen Hocker unter die Klinke. Eine Sekunde später habe ich ihn am Hintern hochgehoben, seine Nase auf Höhe der Bettdecke gesenkt, und bewege ihn auf dem Bett herum. Ich seufze. »Tut mir leid, Merwyn, verzweifelte Situationen erfordern verzweifelte Maßnahmen … Lass uns einfach sagen, dass das dein Weihnachtsgeschenk ist. Danach kriegst du bis zum Neujahrstag nur noch *Lily's Kitchen Rise and Shine Doggy Specials*.«

Dann knallt trotz des Hockers davor plötzlich die Tür auf, und Bill steht da. Ich könnte mich selbst dafür in den Hintern beißen, dass ich das »Bitte nicht stören«-Schild nicht aufgehängt habe, und ziehe Merwyn hoch an meine Brust, sodass es aussieht, als ob wir gerade eine Sonntagmorgen-Kuschelsession hätten.

»Hast du gerade Französisch gesprochen?«

»Das wollte ich nicht – dieses Sprachenlernen muss ansteckend sein.« Wie so viele andere Dinge hier.

Er sieht mich prüfend an. »Geht's dir gut? Du siehst ein bisschen blass aus, das ist alles. Und du bist schon seit Ewigkeiten hier drin, und trotzdem ist der Muffin neben deinem Laptop noch überhaupt nicht angeknabbert. Das ist sehr ungewöhnlich.«

Ich werde ihm irgendwas erzählen müssen. »Jemand aus London, den ich kenne, macht möglicherweise einen großen Fehler. Wenn ich dort wäre, würde ich ihn sofort zur Rede stellen. Aber da ich es nicht bin, muss ich die Sache einfach vergessen und mit meiner Arbeit weitermachen.«

Er verzieht das Gesicht. »Und sind das nasse Flecken auf dem Bett?«

Ich hoffe, dass er nicht zu sauer ist. »Ups, tut mir leid, Fliss' Kids haben vorhin hier gefrühstückt und mit ihrem Vater über Facetime geredet.« Ich könnte mir in den Hintern beißen. »Ups, noch mal sorry ... hätte das nicht ausplaudern sollen. Leckere Muffins übrigens, bitte richte der Person, die für dich backt, mein Kompliment aus.«

»Du musst nicht so um den heißen Brei herumreden, Bommelchen.«

Er hat keine Ahnung, was für eine Erleichterung es ist, das zu hören. »In dem Fall, da wir schon mal hier sind ... hab ich mir gedacht ...«

Er holt tief Luft. »Ja?«

»Es ist Weihnachten, es ist die Zeit, in der man nett zueinander sein soll, es ist die perfekte Gelegenheit, Gemma zu bitten, dass du Abby sehen darfst. Ich meine, nach dem, was du gesagt hast, gibt es zwischen euch immer noch keine formelle Abmachung, technisch gesehen kümmert ihr euch beide noch um sie.«

»Was?« Er blinzelt. »Heute ist Sonntag, sie fliegen Dienstag früh nach Davos und bleiben dort bis Neujahr.«

»Dann hast du ja noch genug Zeit.« Ich grinse ihn an.

Er starrt an die Decke. »Wie gut kennst du Gemma?«

Wie schwierig Gemma auch sein mag, ich muss hier noch etwas anderes anbringen. »Fliss' Vater starb, als sie zehn war, es war nicht schön für sie, ohne ihn aufzuwachsen. Bitte tu das Abby nicht an. Du hast wirklich Glück, dass du hier die Wahl hast, also wirf das nicht weg.«

Selbst nachdem er geschluckt hat, ist seine Stimme noch rau. »Danke, Ivy-Sternchen, ich weiß, dass ich aufwachen muss. Es ist schon ein Jahr vergangen, und ich hab es noch immer nicht hingekriegt, dass wir uns sehen.«

Ich verstehe, wie schwer es ist, aber er muss akzeptieren, dass sich die Dinge für immer verändert haben. »Ich weiß, es ist niederschmetternd, dass du und Abby vielleicht nie mehr zusammenleben werdet. Aber ihr müsst einen Weg finden, wie ihr Zeit miteinander verbringen könnt – neue Rituale entwickeln, die Feiertage zusammen verbringen, Facetime für die Zeit dazwischen nutzen, solche Dinge.«

Es ist hart, aber es hat keinen Sinn, dass er sich wünscht, dass die Dinge wieder so werden, wie sie mal waren, denn das werden sie nie wieder sein. »Du bist der Einzige, der darum kämpfen kann. Und du musst es bald tun, je länger du es hinausschiebst, desto schwieriger wird es.«

»Ich weiß, dass du recht hast.« Zumindest nickt er. »Wir hatten Sachen geplant – Ferien, Wochenendbesuche, Reisen. Aber jedes Mal kam irgendwas Wichtigeres dazwischen oder sie wurde krank. Jedes Mal hat Gemma eine Ausrede gefunden, um es zu verschieben.«

Es ist so wichtig, dass ich ihn ein wenig antreiben muss. »Dann überrasche sie eben, bevor sie Zeit hat, ihre Meinung zu ändern. Du musst nicht viel verlangen, mach keine große Sache daraus, dann wird sie eher zustimmen. Schreib einfach eine Mail oder eine SMS, und sag klar und deutlich, was du willst – bitte um ein paar Stunden, in denen du Abby ausführen kannst. Danach wirst du dich viel besser fühlen. Es wird wie ein Weihnachtsgeschenk für euch beide sein.« Ich weiß, wenn er es wirklich tut, bedeutet das, dass er in der kurzen Zeit, die ich noch hier bin, weg sein wird, aber das ist ein Opfer, das ich bringen muss. Ich kann die Tage, die uns hier noch bleiben, an einer Hand abzählen, so schnell rast die Zeit vorbei.

»Gute Idee, ich kümmere mich gleich darum.«

Ich lächle ihn an und setze Merwyn wieder auf den Boden. »Und ich gehe Kaffee kochen. Wenn du auf einen Muffin hoffst, trödele nicht zu lange.«

Er klappt schon seinen Laptop auf. »Werd ich nicht.«

Tatsächlich dauert es eine ganze Weile, bis ich die Kinder wach gekriegt hab. Als sie endlich auf sind, rollen sie sich einfach aus dem Bett und gehen direkt ins Wohnzimmer, um mit Oscar und Harriet *CBeebies* zu gucken und die von gestern Abend übrig gebliebene Pizza zu essen.

Merwyn und ich setzen uns aufs Küchensofa und beobachten die Wellen, die in der Ferne den Strand hinaufrollen, während ich mich im Alleingang durch den Muffinberg arbeite. Ich werde nur dadurch vor dem Platzen bewahrt, dass die letzte Waitrose-Lieferung eintrifft, und gehe in die Speisekammer, um die Kisten voller Lebensmittel zu verstauen.

Ich sabbere über scheibenweise Räucherlachs, über Körben mit wachsbeschichtetem Käse und über Kartons dicker, mit Brandy versetzter Sahne, als Keef auftaucht.

»Kann ich dir irgendwie helfen?«

Für jemanden, der auf der Welle des Lebens reitet und sich dabei über absolut nichts Sorgen macht, hat seine Stirn eine ganze Menge tiefer Furchen.

Er tippt sich mit den Haarperlen gegen die Zähne. »Ich weiß nicht …«

»Mehr leben, weniger stressen, Keef.«

Ich kann nicht glauben, dass das derselbe entspannte Typ ist, der mir vor nicht allzu langer Zeit gesagt hat, ich solle nicht so verkrampft sein. »Was zum Teufel ist denn los?«

Er krempelt seine harlekinmäßige karierte Jogginghose hoch und verzieht das Gesicht. »Es geht um Miranda. Sie ist wirklich nicht glücklich, aber ich kann ihr nicht helfen, ohne dass es so aussieht, als hätte ich dabei einen Hintergedanken.«

»Und, hast du?« Verdammt, das war wieder hundert Prozent Meerglas.

»Was für eine Frage, Ivy. Ich halte mich fit, indem ich vor Beziehungen davonlaufe, mein zweiter Vorname ist unverbindlich.«

Ich starre ihn an. »Eine feste Beziehung ist keine Worthülse, Keef, es ist eine Tat.« Es ist lustig mitanzusehen, wie weit seine Augenbrauen nach oben schießen. Dann habe ich doch Mitleid. »Es ist okay, man kann sich um jemanden sorgen, ohne sich mit dieser Person einlassen zu wollen. Möchtest du, dass ich mal mit ihr rede?«

Sein Gesicht entspannt sich. »Ich würde mich viel besser fühlen, wenn ich wüsste, dass sie von einem wohlmeinenden Menschen Unterstützung erhält.«

»Überlass das mir, ich werde mit ihr sprechen.« Ich beuge mich hinunter, um einen gigantischen Weihnachtspudding hochzuheben, der in echtem Musselin verpackt ist. Plötzlich höre ich Bills Stimme.

»Dad, was machst du denn hier?«

Keef macht eine Geste, als würde er seinen Mund mit einem unsichtbaren Reißverschluss verschließen, und dreht sich dann zu Bill um. »Der Heizungsinstallateur hat gerade angerufen, ich wollte Ivy auf den neuesten Stand bringen.«

Bill macht große Augen. »Und? Ich würde auch gerne wissen, was los ist, wenn es dir nichts ausmacht.«

Keef blinzelt. »Klar, natürlich. Die gute Nachricht ist, dass er endlich das Teil für den Boiler gefunden hat, das er braucht.« Er sieht mich an und wackelt mit den Augenbrauen. »Das ist wirklich gut, denn es ist das Einzige in ganz England.«

Bill nickt. »Super, und wieso dauert das dann so lange?«

»Es ist bei einem Händler in London, der hat morgen früh auf und dann bis zum neuen Jahr geschlossen. Da die Lieferanten zurzeit alle Hände voll zu tun haben, wird es wohl ganz schön knapp.«

Bill nickt. »Keine Sorge, ich werde es selbst abholen, ich muss sowieso nach London.«

Mein Herz macht einen Satz. »Hast du schon was von ihnen gehört?«

Der Glanz in seinen Augen und sein breites Strahlen sind nicht zu übersehen. »Dank Ivy werde ich morgen mit Abby zu Mittag essen, und wir werden ein paar Stunden vorher noch etwas Zeit miteinander verbringen, während Gemma für den Urlaub packt.«

Keef macht die Shaka-Geste, wedelt damit vor Bills Gesicht herum und packt seinen australischen Akzent aus. »Tiptop, Kumpel, das is' astrein, gut gemacht, Ivy-Blättchen, das ist die beste Nachricht, die wir den ganzen Tag in der Ramsay Street hatten.« Er hält inne, dann zieht er Bill zu sich her, umarmt ihn und klopft ihm auf den Rücken. »Sogar noch besser als das mit dem Boilerteil.«

Bill grinst immer noch, als er sich zu mir umdreht. »Bist du bereit für einen kurzen Einkaufsausflug, Shopping-Mädchen?«

»Sicher.« Es ist nett, dass er mich fragt, und ich versuche verzweifelt, nicht daran zu denken, wie lange er weg sein wird. Wir kommen absolut auch ohne ihn und sein abartig hübsches Lächeln aus. Jetzt fällt es mir wieder auf: Wenn er lächelt, dann sind da nicht nur Falten auf seinen Wangen, sondern auch Grübchen. Und Mist, wenn ich die sehe, schlägt mein Magen Saltos. Natürlich sind sein erster Gedanke die Geschenke, die er für Abby mitnehmen wird. »Vielleicht die Deck Gallery? Die haben schöne Sachen dort.«

Er zieht die Nase kraus. »Ich meinte nicht St. Aidan, Bommelchen, ich wollte fragen, ob du mit nach London kommst?«

Scheiße. Ich versuche zu ignorieren, dass sich meine Innereien gerade komplett von mir verabschiedet haben. Und dass meine Stimme nur noch ein Quietschen ist. »Wirklich?«

»Meintest du nicht, du hättest dort geschäftlich was zu erledigen? Merwyn kann auch mitkommen, wir können abwechselnd fahren, wenn du willst. Ich bin sicher, Libby kann sich mal einen Tag lang selbst um ihr Instagram kümmern, wir sind im Nullkommanichts wieder da.«

Da das Meerwasser in Yorkshire von geschmolzenen Iglus stammt und ich aus einer Familie stamme, die erst vor Kurzem Ofenpommes für sich entdeckt hat, haben Dinge wie Neoprenanzüge in meiner Kindheit nie eine Rolle gespielt. Ich hab nur einmal mit einem Schwimmbrett im örtlichen Schwimmbad, das aus der viktorianischen Zeit stammt, Hundepaddeln geübt. Aber meine Aufregung wegen dieser Reise nach London ist so groß, dass ich in Gedanken aufrecht auf einem Surfbrett stehe und auf einer dieser haushohen, kilometerlangen Wellen reite, die man auf YouTube sieht.

Ich weiß, es ist dumm, es ist vollkommen irrational, ich hatte mir geschworen, dass ich mir niemals Hoffnungen machen würde. Ja, ich weiß das alles, meine Chancen sind gleich null usw. usw. Und trotzdem habe ich das Gefühl, im Lotto gewonnen zu haben. Eigentlich noch besser. Jeder weiß, dass Geld einem nur zu gewissen Dingen verhilft, es ist keine Garantie dafür, dass man glücklich wird. Was ich jetzt fühle, ist ein Glücksrausch, der der Ekstase nahekommt. Oder sogar darüber hinausgeht.

Und die ganze Zeit, während ich auf dieser riesigen Welle reite, versuche ich, einen anderen Grund dafür zu finden, wieso er mich gefragt hat. Aber ich kann im Moment einfach nicht denken. Und dann plötzlich trifft es mich wie ein Blitz. »Willst du mit meinem Corsa fahren, weil er leichter zu händeln ist als der Landy?«

Scheiße, scheiße, scheiße – schon wieder diese Grübchen. Bill lacht und sagt nur: »Der rumpelt doch so.«

Das bringt mich schneller auf den Boden der Tatsachen zurück als eine meterhohe Welle. Was, sobald ich mich wieder aufrichte ... und nachdem ich eine ganze Weile mit der Wiederbelebung meiner mit Wasser gefüllten Lunge beschäftigt bin ... eigentlich keine schlechte Sache ist.

Dreimal dürft ihr raten, wer der Rettungsschwimmer ist? Ich verspreche wirklich, wenn der Januar da ist, werde ich meinen Bezug zur Realität wiederherstellen. Aber im Augenblick bin ich ein wenig zu erledigt dafür.

30. Kapitel

Den Kakao gibt's hier

Bin ich schon mal mit Bill verreist? Nur ungefähr hundertmal. Immer in meinem Kopf und seltsamerweise ... nie in meinem Corsa. Immer saßen wir in einem namenlosen, superbequemen Auto, was natürlich viel weniger »Schluckt meinen Staub«-mäßig und protzig war als das von Ambie; ich glaube, ich habe mir nicht einmal eine Lederausstattung vorgestellt. Aber es hatte grundsätzlich die Art von ungewöhnlich großen Rücksitzen, auf denen das Knutschen leicht in so viel mehr ausarten kann.

Es ist schon komisch, dass ich, sobald Bill in meinen Corsa steigt, auf den Sitzbezügen Flecken sehe, die ich in den letzten sechs Jahren kein einziges Mal bemerkt habe. Und dann ist da dieses Klopfen an der Beifahrerseite. Merwyn – Gott segne seine kleinen tibetischen Pfötchen –, sein Bett, seine Decken, sein Essen und genug Kleidung, um ihn die nächsten sechsunddreißig Stunden durchhalten zu lassen, nimmt den gesamten Rücksitz ein (nicht, dass ich ihm den vielen Platz missgönne). Die andere Peinlichkeit: Das Auto ist viel zu alt, um über Bluetooth zu verfügen, also muss ich mich mit einem CD-Player begnügen. Vor der Fahrt hatte ich das Ablagefach mit fünf CDs aus einem dieser wirklich billigen 100-Hits-Sets, die ich für einen Fünfer im Supermarkt gekauft habe, bestückt.

Ich habe daran gedacht mitzusingen. Ich hatte sicher nicht vor, mich jemand anderem als Merwyn von meiner besten Seite zu zeigen. Und ganz sicher nicht Will-Bill.

Wir sind bei der zweiten Kurve, als ich beschließe, reinen Tisch zu machen. »Du hörst bestimmt auch das Klopfen auf der Beifahrerseite?«

Bill grinst. »Kein Grund zur Sorge, es ist wahrscheinlich nur das Radlager, darum kümmern wir uns, wenn wir zurückkommen.« Werden wir nicht. Bis die Ersatzteillager für Autos wieder aufmachen, bin ich schon lange weg.

Als Céline Dions *My Heart will go on* läuft, wirft Bill mir einen Blick zu, und ich schaffe es, meinen Gesang zu unterdrücken, obwohl er fast aus mir herausbricht.

Stattdessen schnaube ich. »Ich hoffe, dass die stilvolle Lichterkette auf dem Armaturenbrett die schreckliche Musikauswahl wettmacht.« Als Céline dann fertig ist und Bonnie Tyler anfängt zu krächzen, sage ich: »Juhu, *Total Eclipse of the Heart*!«

Bill schaut zu mir rüber. »Wäre dieses Lied unterm Strich besser oder schlechter als Ambies Antragslied gewesen?«

Ich erwidere seinen Blick. »Oje, hmm – wie viel Zeit hast du?«

Nennt uns oberflächlich, aber das ist es, worüber wir die nächsten dreihundert Meilen diskutieren. Jedes Mal, wenn ein neues Lied anfängt, gibt es dazu so viel zu sagen, dass wir gar nicht vor dem nächsten Lied fertig werden. Und das Ganze wird durch viele Päckchen Gummibärchen und Haribo-Weihnachtsmischung versüßt, die wir mit Pepsi Max runterspülen. Die Zeit vergeht so schnell, dass wir auf halber Strecke, als wir in Yeovil einen Tank-Zwischenstopp einlegen, kaum die Hälfte des CD-Stapels geschafft haben. Bill wechselt auf den Fahrersitz, Merwyn und ich drehen eine Runde um den Parkplatz, dann fahren wir wieder los.

Es ist eine dieser Fahrten, bei denen sich jeder aus ganz unterschiedlichen Gründen in seiner eigenen Glücksblase befindet. Bill ist happy, weil er Abby sehen wird, und Merwyn, der immer so tut, als ob er alles missbilligen würde, merkt man, wenn man ihn erst einmal gut genug kennt, an, dass er eigentlich ein Sonnenschein ist, der einfach nur gerne bei jedem Abenteuer dabei ist. Und über mich wisst ihr ja alle Bescheid. Meiner Meinung nach sahen die A30 und die A303 nie besser aus. Während wir an den Feldern von Dorset vorbeifahren, verblasst das Tageslicht zur Dämmerung, und als wir auf der M3 Richtung London brausen, sehen wir nur noch den weißen Strahl der Scheinwerfer im Dunkeln. Nur die Grübchen von Bill sind so tief, dass ich sie im dunklen Auto immer noch erkennen kann.

Und wir haben einen Plan. Es hat keinen Sinn, für zwei Zimmer in einem noblen Hotel zu bezahlen, wenn wir bei mir kostenlos übernachten können. Hab ich schon erwähnt, dass all meine Träume wahr werden? Es ist gut, dass mich dieses Freunde-Label auf dem Boden der Tatsachen hält, denn wenn es nicht da wäre, wäre ich wahrscheinlich schon explodiert.

Als James Blunt anfängt, *You're Beautiful* zu singen, stöhne ich auf. Viele dieser Lieder sind meine ältesten Lieblingslieder, aber in dem Moment, in dem ich mir vorstelle, wie Ambie die Hüften dazu schwingt, nehmen sie einen völlig anderen Charakter an. »Oje, wenn Ambie das gesungen hätte, hätten wir Kotzeimer rumreichen müssen. Kannst du dir das vorstellen?«

Bill reibt sich über die Stoppeln am Kinn und klopft auf das Lenkrad. »Wenn ich mir so den Songtext anhöre, scheint er grade ziemlich passend zu sein – verstehst du, was ich meine?«

Ich starre in der Dunkelheit die Falten auf seinen Wangen an, dann kapiere ich es. Er macht das jedes Mal mit mir, und ich schnalle es nie. »Du veräppelst mich, stimmt's?«

Mein Lenkrad ... Es ist kaum zu glauben, dass es jetzt tatsächlich so weit gekommen ist, dass er die Hände drauflegen hat. Und nach all diesen Stunden Fahrt wird das Auto so sehr nach ihm riechen, dass ich es nicht mehr verkaufen werde können. Wahrscheinlich niemals. Was wirklich unangenehm sein könnte, wenn es kaputtgeht und ich mir einen anderen Wagen zulegen muss, weil das bedeutet, dass ich dann einen zweiten Parkplatz brauche. Und die sind da, wo ich wohne, kaum zu finden. Ich schätze mal, ich könnte das Auto vor dem Haus meiner Eltern stehen lassen, aber mein Vater ist nicht scharf darauf, dass ich dort parke, wenn ich zu Besuch bin, und mal ehrlich, wie oft könnte ich es dann noch riechen, wenn es in Yorkshire stehen würde?

Bill schaut mich an und hebt eine Augenbraue. »Warum sollte ich dich veräppeln?«

Was für eine Frage. »Natürlich tust du das, du machst das doch ständig.«

Er beißt sich auf die Lippe. »In dem Fall ist es gut, dass die Remise voller Ersatzeimer ist, stimmt's?« Er lacht. »So viele romantische Lieder, das erinnert mich an den Tag, an dem ich dich nicht mehr vom Schaufenster des Hochzeitsladens wegbekommen konnte.«

Dafür bewerfe ich ihn mit einem Gummibärchen.

Als wir auf dem Parkplatz vor meiner Wohnung ankommen, ist unser Mittagessen im Schloss schon so lange her, dass mir der Magen knurrt. Aber hungrig zu sein ist super, denn das dringende Bedürfnis, irgendwo Essen herzukriegen, verhindert peinliches Schweigen. Merwyn eilt die Treppe hinauf und bellt, um uns mitzuteilen, wie sehr er sich freut, wieder hier zu sein, aber für mich ist es wie die Flecken auf dem Autositz. Als ich das Treppenhaus durch Bills Augen sehe, sterbe ich innerlich, und mit der Wohnung ist es dasselbe, nur noch schlimmer. Nachdem ich die Heizung und die Lichterketten eingeschaltet habe, sieht sie, nachdem ich jetzt die großen Räume im Schloss gewohnt bin, so viel kleiner aus als vor ein paar Tagen, als ich weggefahren bin.

»Komm rein, das hier ist mein superwinziges Wohnzimmer.« Als ich einen halben Schritt mache und schon in der Mitte des Raumes stehe, trete ich mir selbst in den Hintern, dass ich den Weihnachtsbaum nicht schöner geschmückt habe. Um ehrlich zu sein, schätze ich, dass sein Kleiderschrank größer ist als mein Wohnzimmer. »Das Gute ist, dass ich den ganzen Raum streichen kann, ohne mich von der Stelle zu bewegen.« Ich bete zu meiner guten Fee, dass er die Kratzer auf den gewachsten Dielen nicht bemerkt oder wie ramponiert sie im Vergleich zu denen im Schloss sind. Oder wie un-schick der gestreifte Teppich ist und wie wenig die Kissen zusammenpassen. Für jemanden, der eine super-stylische Einrichtung haben sollte, falle ich in jeder Hinsicht durch. Ich will auch auf keinen Fall, dass er die Reihe von Schwarz-Weiß-Fotos von Fliss und mir aus der Unizeit bemerkt, auf denen wir alle möglichen und unmöglichen Arten von Cocktails trinken. Und vor allem nicht das kleine, das an dem Tag aufgenommen wurde, an dem ich Fliss' Brautjungfer war. Auch wenn das Kleid, das sie mich hat tragen lassen, mein absolutes Lieblingskleid war, wäre es mir einfach lieber, wenn er keinen Anlass hätte, wieder auf Hochzeiten zu sprechen zu kommen.

»Ich mag das Dunkelblau.« Bill nickt, während er sich alles ansieht. »Und die Art und Weise, wie die Sterne an der Wand und an der Decke verstreut sind.«

Ich atme auf vor Erleichterung. Von allem, was seine Aufmerksamkeit hätte erregen können, sind meine Farrow-and-Ball-Hague-Blue-Wand und -Decke das Beste. »Ich wollte mir zuerst Klebesterne kaufen, damit ich sie wieder runtermachen kann. Dann dachte ich mir: ›Scheiß drauf, warum kann nicht das ganze Jahr über Weihnachten sein‹, also habe ich sie stattdessen auf die Wand gemalt. Das ist jetzt drei Jahre her, und ich liebe sie immer noch.«

Er lächelt. »Ich mag es, wie optimistisch du immer bist. Und wie winzig die Sterne sind, wie die am Himmel.«

Ich versuche zu verdrängen, wie sehr mich seine Zähne durcheinanderbringen. »Aber vor allem lachst du über die Art und Weise, wie ich ›Scheiße‹ ausspreche, wie alle anderen in London.«

»Ich gebe zu, ich finde das reizvoll.« Sein Grinsen wird breiter, und seine Augen funkeln. Dann bewegt er sich wieder auf sichereres Terrain zurück. »Und du hast Silber und Roségold benutzt, wie auf den Cockle-Shell-Gin-Etiketten.«

»Bist du bereit, die Pizza abzuholen, über die wir gesprochen haben? Dann können wir mit Merwyn dahin einen Spaziergang machen.« Armer Merwyn, er wird es vermissen, am Strand entlangzurasen und zu versuchen, nach den Wellen zu schnappen, wenn sie an den Strand heranrollen, ein Park mit Gras wird ihm so langweilig vorkommen.

Bill lächelt immer noch. »Ich dachte, du würdest nie fragen, sondern warten, bis ich ohnmächtig werde, mich dann fesseln und für immer hier einsperren.«

Ich verenge die Augen. »Und, würdest du dich beschweren?«

Da ist wieder dieses Funkeln. »Wahrscheinlich nicht.«

»Was ist mit Ihnen los, Mr. Markham, Sie belieben plötzlich zu scherzen?« Flirten wäre ein besserer Ausdruck, aber das sage ich nicht.

Seine Lippen zucken. »Ich habe mich gerade für einen Tag meinen Verantwortungen entzogen, es fühlt sich an, als hätte ich jetzt Zeit zum Spielen.«

Scheiße. Erst verlässt mein Magen meinen Körper, dann realisiere ich plötzlich, dass ich Ärger bekommen könnte. »Also definitiv ohne Ananas?«

Er runzelt die Stirn, so als ob er verwirrt wäre. »Ist das ein Code für einen Fetisch?«

»Nein, Bill, nichts so Aufregendes.« Ich sehe ihm in die Augen; sie sind dunkelbraun mit kleinen gelben Flecken. »Ich spreche von Pizzabelag.«

Er schlägt sich mit der Hand auf den Kopf. »Oh, Mist. Der Junge vom Land, der in die Stadt zurückkommt, ich bin hier vollkommen überfordert. Vielleicht sollten wir sie dann besser langsam holen gehen.«

Pizza, Knoblauchbrot und Käsechips auf dem Sofa, Peroni, *Tatsächlich … Liebe* auf DVD, danach *Frühstück bei Tiffany*. Warum hab ich jemals gedacht, dass das schwer werden würde? Solange zwei Kissen zwischen uns sind – so unwiderstehlich seine Oberschenkel in den engen Jeans auch aussehen mögen –, bin ich ziemlich zuversichtlich, und solange ich auf meinen Händen sitze, werde ich ihn auch nicht begrapschen. Jetzt, da ich den unmittelbaren emotionalen Stress wegen seiner Anwesenheit überwunden habe, fange ich an, es mehr zu genießen. Sauge alles wie ein Schwamm auf. Genieße die winzigen elektrischen Stromstöße, die sich meinen Rücken rauf- und runterbewegen. Dieses herrliche Schwelgen.

Es läuft alles wirklich, wirklich gut. Und dann greife ich in meine Tasche, um meinen funkelnden Kaschmirpullover herauszuziehen, und als ich das tue, fällt mit ihm ein großer Mistelzweig heraus auf den Couchtisch.

»Scheiße, wo zum Teufel kommt der denn her? Ich schwöre, ich hab ihn da nicht reingetan.«

Bill lächelt. »Ich weiß, ich habe auch einen. Es war Willow.« Er beugt sich nach unten und zieht einen verdrehten Stiel und zerdrückte Blätter aus der vorderen Tasche seiner Jeans. »Sie meinte, wenn man einen solchen Zweig bei sich hat, sichert einem das Glück, Schutz und Fruchtbarkeit.«

Willow hatte es da wohl direkt aufs Ziel abgesehen, als sie beschloss, den Zweig in seine vordere Hosentasche zu tun, aber das werde ich nicht sagen.

»Wie funktioniert das dann, wenn er in der Handtasche ist und nicht in der Hosentasche?«

Er scheint das lustig zu finden, denn er hat kleine Fältchen in den Augenwinkeln. »Ich würde vermuten, dass das auch hinhaut, sonst hätte sie ihn nicht da reingetan.« Er steht auf, nimmt den Zweig vom Tisch und geht zur Tür. »Alternativ kann man ihn auch an Eingänge hängen, etwa so.« Er fummelt einen Moment lang rum, nimmt eine Stecknadel von der Pinnwand und dann hängt er da. Baumelt in der Luft. Verlockend, und sehr gefährlich. »So bringt er immer noch Glück, aber es ist auch praktisch, wenn man daran vorbeigeht.«

»Toll, danke dafür.«

»Sich darunter zu küssen ist auch toll. Aber das weißt du wahrscheinlich schon.« Er hebt eine Augenbraue, dreht sich zu mir und streckt mir eine Hand entgegen. »Vielleicht solltest du mitkommen und es ausprobieren?«

»Auf keinen Fall.« Schon hat er mich hochgezogen. Das ist das Ding bei kleinen Räumen, alles ist so schnell zu erreichen.

»Was ist also das Problem, Sternenmädchen? Da sind Sterne an der Decke, und es ist hell genug, dass ich dich anschauen kann.«

»Arrrgghhh ...«

Er ignoriert mein Stöhnen und wirbelt mich herum, sodass ich ihm gegenüberstehe. »Es stimmt, du bist Audrey so ähnlich, aber du bist so viel schöner, weil du echt bist und so viel spezieller und einzigartiger – weil du du bist.«

Ich atme diesen Duft ein, seine Wärme, den Geruch des abgenutzten Jeansstoffes. Wie stark sein Körper ist, wie wunderbar vital und lebendig und echt er ist. Ich schreie noch mal auf. »Haare! Es ist Tage her, seitdem ich sie gewaschen habe, wegen des kaputten Boilers.«

Als er auf mich hinunterschaut, werden seine Augen dunkler, und sein Finger landet auf meinen Lippen. »Psst, Ivy-Sternchen ... Wir haben eine Nacht ganz für uns allein ... kein Grund zur Panik ... Lass uns einfach sehen, wohin das Ganze führt.«

Ich schinde Zeit. »Machen dir die anderen Leute im Schloss was aus?«

Er lacht. »Mit Taft und Tüll, die an jeder Ecke lauern und mich schräg anschauen oder mich über meinen Frauengeschmack ausquetschen wollen, und Libby, die auf meinem Kissen sitzt und an ihrem Handy klebt, gibt es nicht allzu viel Privatsphäre.«

Ich nehme keine Notiz von Merwyn, als er ein Auge öffnet und mich ansieht. Aber ich muss protestieren, denn ich bin nicht die Art von Frau, die Bill wählen würde. Er spielt in einer ganz anderen Liga. »Ich möchte wirklich nicht dein One-Night-Stand sein.«

Während ich das noch sage, ist mein Finger schon auf dem Knopf seines Hemdes an seinem Brustbein gelandet. Und ich weiß, dass das eine komplette Lüge war. Ich würde nicht einmal um eine ganze Nacht bitten, ich würde mich mit einer halben Stunde zufriedengeben. Sogar mit nur fünf Minuten. Mein ganzer Körper summt vor Erwartung. Ich habe so lange darüber nachgedacht, wie sich das anfühlen würde. Und jetzt durfte ich es dank einer völlig unerwarteten Glückssträhne erleben. Ich muss es nur noch akzeptieren und mich darauf einlassen. Fünf Minuten, die mir für den Rest meines Lebens reichen sollen.

»Das ist total lächerlich, Ivy, wie kommst du darauf?«

»W-w-w-weil …« Es gibt so viele Gründe, dass es sinnlos ist anzufangen, sie aufzuzählen.

Meine Handflächen liegen jetzt auf seiner Brust, und er schaut auf mich herunter. Sanft streicht er das Haar, das über meinem Auge hängt, beiseite. Wickelt es um seinen Finger. Dann schaut er mich einfach nur an. Er schluckt. Er ist so nah, dass ich seinen Atem auf meiner Wange spüre, die nadelfeinen Poren sehe, jede Stoppelspitze. Dann nähert er sein Gesicht meiner Stirn, und ich fühle seine Lippen federleicht auf meiner Haut. Als sie über die feinen Erhebungen des dünnen, vernarbten Gewebes streichen, zittere ich.

»Ist das okay so?« Seine Stimme ist sehr leise, während seine Finger sehr sachte über meine Verletzung gleiten. Sein Blick ist so zärtlich und sanft, als er auf mich hinuntersieht. »Das ist ein Teil von dir, denk immer daran, er ist genauso schön wie der Rest von dir.«

Und selbst wenn es nicht wahr ist, schmelze ich innerlich dahin, weil er die Worte überhaupt sagt. Mein Herz zerspringt vor Dankbarkeit. Dann greife ich nach oben, an seinen Hinterkopf, ich fahre mit den Fingern durch sein Haar. Sein Kopf ist warm, ich ziehe seine Lippen zu meinen hinunter und höre, wie sein Herz gegen die Rippen hämmert.

Die Lichter der Lichterketten am Baum verschwimmen vor meinen Augen, und als sich der Raum zu drehen beginnt, verschwimmt zum ersten Mal seit dem Unfall auch die Vergangenheit. Einen flüchtigen Moment lang denke ich an die Zukunft und erinnere mich daran, dass ich keine Kondome habe. Dann schiebe ich auch das beiseite. Alles, was zählt, ist, dass ich jetzt hier bin und sein Mund auf meinen trifft. Wie unglaublich heiß und weich und süß er ist, wie er nach Sternenlicht und Schokolade schmeckt. Wie schnell sich der Raum dreht. Wie richtig es sich anfühlt. Es ist so wundervoll, dass ich mit ihm verschmelzen möchte. Viel später, als sich unsere Lippen endlich trennen und ich mir mit dem Finger an den Mund fasse, fühlt es sich an, als hätte ich einen Teil von mir selbst verloren.

»Nicht übel, oder, Ivy-Sternchen?«

Ich kann nur noch stöhnen, will noch mehr. Und als ich meine Hüften fest an ihn schmiege und den Mund wieder auf seinen drücke, explodiert mein ganzer Körper.

31. Kapitel

Zum Nordpol geht's hier lang

Montag, 23. Dezember

»Ich werde den Londoner Verkehr sicher nicht vermissen, wenn wir wieder in Cornwall sind.«

Bill klopft mit den Fingern auf mein Lenkrad – schon wieder. Ich mein ja nur. Es ist etwas, an das ich mich gewöhnen könnte.

Ich nehme einen Schluck von meinem dritten Kaffee und lache zu ihm rüber. »Zehn Minuten für hundert Meter? Die Schlange mit den drei Autos vorm Kreisverkehr am Bahnhof von St. Aidan ist ein Witz dagegen.«

Es ist einer dieser Morgen nach einer gemeinsamen Nacht, an dem es so viel zu tun gibt, dass man keine Zeit hat, herumzusitzen und darüber zu reden, was passiert ist, geschweige denn damit weiterzumachen – man muss wohl oder übel aus dem Bett springen und in die Gänge kommen. Als wir uns in einem Meer von Autos auf der Hackney Road Zentimeter für Zentimeter vorwärtsbewegen und den Menschen auf den Bürgersteigen zusehen, wie sie ihre Kragen aufstellen, um die Kälte nicht an sich ranzulassen, fühlt es sich fast so an, als ob die letzten zwölf Stunden gar nicht passiert wären. Vielleicht habe ich sie nur geträumt. Doch dann streckt Bill seine Hand zu mir rüber und drückt meine, und als ich auf diese schönen Knöchel hinunterblicke und zu ihm hinübergrinse, weiß ich, dass ich es nicht geträumt habe.

Als Bill mich um sieben Uhr mit Kaffee und Toast geweckt hat, hat es sich angefühlt, als wären wir gerade erst eingeschlafen. Sagen wir's mal so – ich hab gestern Abend endlich herausgefunden, was »die Chemie stimmt« bedeutet. Fürs Protokoll: Wir haben es nur bis zur dritten Base geschafft. Zwei gesunde Erwachsene, eine Wohnung für sich allein und keine Verhütungsmittel – irgendwie war es dann keine logistische Katastrophe, sondern schön herauszufinden, dass wir beide nicht vorausschauend irgendwelche Vorkehrungen getroffen hatten.

Im Badezimmerschrank waren mal jede Menge Kondome, aber sie müssen mit George verschwunden sein. Außerdem sind nicht alle Dinge eins zu eins übertragbar. Man kann kaum Gummistiefel in Größe neun tragen, wenn die Füße Größe zehn haben. Nicht, dass ich Vergleiche anstellen würde, denn was gestern Abend passiert ist, ist mit nichts zu vergleichen, das ich jemals zuvor erlebt habe. Wunderschön ist noch ein viel zu schwaches Wort dafür. Während ich hier in meiner postorgasmischen Benommenheit sitze, staune ich, dass ich Mitte dreißig werden musste, um herauszufinden, dass Sex so toll sein kann. Nichts, was ich davor erlebt habe, kommt auch nur annähernd an diese Erfahrung heran.

Bill ist voll auf die To-do-Liste konzentriert, weil sie damit endet, dass er Abby zu sehen bekommt. »So, das Boilerteil hätten wir also, als Nächstes fahren wir zu Robs Büro in Islington Green. Meinem Handy zufolge sind wir schon fast da.«

»Super. Es gibt Parkplätze an der Rückseite des Gebäudes.« Wenn ich weniger damit beschäftigt gewesen wäre, unter dem Mistelzweig herumzuhüpfen, dann hätte ich mir über das, was als Nächstes kommt, wirklich Sorgen gemacht. Ich hab Rob eine SMS geschrieben, und er erwartet mich. Aber auch wenn ich nicht gesagt habe, warum ich komme, ist es ziemlich offensichtlich, dass ich nicht zu einem Gespräch über Stahlträger, Biegemomente, bautechnische Lasten oder worüber auch immer sich Ingenieure so den Kopf zerbrechen, vorbeikomme. Als wir endlich dort sind, beschließe ich, Bill mit reinzunehmen, mit der Ausrede, dass ihm im Auto kalt sein wird. Der wahre Grund ist aber eher, dass ich mir fast in die Hosen mache. Wenn man versucht, die Affäre der besseren Hälfte seiner besten Freundin aufzudecken, weiß man nie, wann man ein zusätzliches Paar Augen brauchen könnte. Als wir reinkommen und das Mädchen an der Rezeption aufsieht, murmelt Bill hinter mir: »Schöne grüne Plastikelfenohren.«

Da hat er nicht unrecht. Auf dem Schreibtisch vor ihr stehen ein Champagnerglas und eine Flasche Baileys, und während sie lächelt und sich einschenkt, frage ich mich, ob es ihr Bett ist, in dem Rob schläft. Da er seine ganze Zeit bei der Arbeit verbringt, stehen hier alle Frauen im Gebäude unter Verdacht.

»Wir sind hier, um Rob zu sprechen.« Ich betrachte ihr hübsches Gesicht und die Pailletten auf ihren spitzen muschelrosa Kunst-Nägeln und muss unwillkürlich schaudern, als ich mir vorstelle, wie sie sich in Robs Rücken krallen. Ich mache mir eine geistige Notiz, nach Kratzern an seinem Hals sowie nach Liebesbissen und Baileys-Flecken auf seinem Hemd zu suchen.

»Zweiter Stock, ihr könnt ihn nicht übersehen, da oben arbeiten heute nur er und Jane.«

Mist. »Großartig.« Keine Ahnung, wer behauptet hat, Technik sei ein Männerding – hier gibt es an jeder Ecke eine Frau. Ich nehme beim Rauflaufen immer zwei Stufen auf einmal.

Rob torkelt mit zerwühlten Haaren, zerknittertem Hemd und dunklen Ringen unter den Augen durch das Büro auf uns zu. Er sieht definitiv so kaputt aus, als wäre er direkt nach einer äußerst heißen Nacht zur Arbeit gekommen. Obwohl ich vielleicht nicht in der besten Position bin, darüber ein Urteil zu fällen.

»Ivy, und ich nehme an, das muss Bill aus dem Schloss sein, also hallo, Bill. Wie kann ich helfen?« Rob verwuschelt seine Haare noch mehr, so, wie er es bei Facetime schon gemacht hat, dann sieht er mich genauer an und runzelt die Stirn. »Mensch, du siehst aber mitgenommen aus, ist alles in Ordnung?«

Ich hebe eine Augenbraue. »Ich hab dich auch lieb, Rob.«

»Tschuldigung, ich hab gerade ...« Als er sich noch mal wie wild durch die Haare fährt, fällt mir auf, wie ähnlich er Oscar sieht, nur ohne das Sieb.

Ich schnaube. »Na ja, also wir hatten eine lange Reise.« Das ist meine spontane Ausrede. »Und was ist der Grund dafür, dass du so scheiße aussiehst?«

Er seufzt. »Ich arbeite die ganze Zeit, leider kann ich im Moment nicht sagen, warum.«

Netter Versuch. »Es tut mir leid, Rob, aber ich werde nicht tatenlos zusehen, wie du Fliss betrügst. Arbeiten am Wochenende – als ob Ingenieure so etwas tun würden! In London herumhängen, wenn man eigentlich in Cornwall sein sollte.« Die ruhige Stimme, die ich mir geschworen hatte beizubehalten, hat sich bereits zu einem Knurren gesteigert. »Zu deinem Pech hab ich auf Facetime diese Kissenbezüge gesehen, die nicht dir gehören, Rob. Du wurdest überführt, das Spiel ist aus!« Jetzt hat es sich zu einem Schreien gesteigert, weil ich mich so sehr für Fliss ärgere, dass er ihr ganzes gemeinsames Leben für ein bisschen schmutzigen Sex ruiniert. »Was hast du zu deiner Verteidigung zu sagen?«

»Oh Gott.« Robs Gesicht verzieht sich, und er schlägt die Hände über dem Kopf zusammen. »Du glaubst, ich betrüge Fliss?«

Die Tatsache, dass er nicht die Wahrheit sagt, lässt meinen

wütenden Schrei zu einem Brüllen werden. »Spiel nicht den Unschuldigen, Rob! Warum sonst sollte dein Kopf an einem verdammten Sonntagmorgen auf dem Scheißkissen einer anderen liegen?«

Er stößt einen Seufzer aus. »Weil ich bei einer Kollegin um die Ecke übernachtet habe, um mir den Heimweg zu sparen. Damit wir am nächsten Tag gleich am Morgen wieder hier sein konnten, um diesen zusätzlichen Auftrag, den wir – zugunsten von Fliss – übernommen haben, zu Ende zu bringen.«

Mein Mund ist trocken geworden. Ich hatte nicht erwartet, dass er so viel Widerstand leistet. »Eine Kollegin?«

»Ja – sie heißt Jane und sitzt da drüben.« Rob rollt mit den Augen und zeigt auf die Frau am anderen Ende des Raumes. »Sie ist zufällig auch noch lesbisch.«

Die Frau schaut auf, winkt mit vier Fingern, zeigt auf ihre Pride-Tasse voller Stifte und konzentriert sich dann wieder auf ihren Bildschirm und tut so, als wäre sie taub.

»Oh verdammt.« Auch wenn ich meine Mütze aufhabe, fahre ich mir jetzt durch die Haare. Ich atme kräftig ein, um meine Lungen vollständig zu füllen, denn sonst würde ich wahrscheinlich als elendes Häuflein auf dem Boden enden. »Was zum Teufel ist dann hier los?«

Rob lässt einen langen Pfiff los. »Das Positive ist: Ich vögele mich nicht durch die Islingtoner Betten. Aber ich möchte lieber nicht derjenige sein, der dir erklärt, warum ich tue, was ich tue. Ich fürchte, das sind keine guten Nachrichten für dich oder Fliss.«

»Was auch immer es ist, ich werde es eh bald herausfinden.« Wenn ich mich vorher schon gefühlt hab, als würde man mir die Luft rauslassen, bin ich jetzt vollkommen platt. Ich schiebe meinen Hintern auf einen Drehstuhl und klammere mich mit den Fingern an der Sitzkante fest. »Los, ich hab mich hingesetzt, sag's mir …«

Robs Nasenlöcher blähen sich. »Es ist alles vertraulich, die offiziellen E-Mails gehen erst nach Weihnachten raus ... Ich hab es von jemandem im Squash-Club erfahren, der es zufällig herausgefunden hat, also bitte nicht weitererzählen ...«

Ich bin außer mir. »Aber was ...?«

»Daniels schließt Anfang Januar, direkt nach dem Weihnachtsgeschäft. Sie haben das Grundstück verkauft und eröffnen auch nirgendwo anders ein Geschäft.«

Oh, Scheiße! Ich will es laut aussprechen, aber es kommt nichts raus, weil sich mein Inneres in Luft aufgelöst hat. Einen Moment lang dreht sich der Raum, dann habe ich das Gefühl, als müsste ich mich gleich übergeben. Schließlich geht auch das vorbei, und ich beginne zu zittern. Was Milo damals im Pub gesagt hat, ergibt plötzlich Sinn – es war doch kein Schwachsinn. Nach einer ganzen Weile flüstere ich krächzend: »Verlieren also alle ihre Jobs?«

Rob hat einen schmerzhaften Ausdruck im Gesicht. »Ich fürchte, ja.« Die Art und Weise, wie er sich selbst umarmt, zeigt, dass ihn das genauso stresst wie mich. »Sie werden Abfindungen zahlen, aber angesichts der Krise des Einzelhandels und so vieler Entlassungen in anderen Läden wird niemand sofort einen neuen Job kriegen, vor allem nicht jemand in Fliss' Situation.«

Als Mutter mit hormongesteuertem Babyhirn wird sie sich schwertun, ein Vorstellungsgespräch zu ergattern, geschweige denn die Fragen zu beantworten. Ich denke auch daran, wie gigantisch die Miete für meine Wohnung ist, die Kosten für mein Auto, das Benzin, der Strom, Merwyns Leckerlis. Ich gebe jeden Penny, den ich verdiene, gleich wieder aus. Und selbst meine Cupcake-Ausgaben erscheinen mir riesig, wenn kein Geld reinkommt.

Ich gehe in mich und finde irgendwo noch die Kraft, mit leiser Stimme zu sagen: »Es tut mir leid, dass ich dich so falsch eingeschätzt habe, Rob. Und es tut mir auch für dich und Fliss leid.«

Er zuckt die Achseln. »Nichts für ungut. Aber ich versuche eben gerade, Geld ranzuschaffen, weil wir es später brauchen werden. Ich hatte Glück, sie haben mir einen Eilauftrag und eine Menge Überstunden angeboten, da habe ich natürlich zugesagt. Ich wünschte nur, das Ganze würde für dich und Fliss besser ausgehen.«

Ich nicke. »Fliss wird wohl sehr froh sein, dass du sie nicht verlassen wirst.«

Und um ehrlich zu sein, bin ich das auch.

Was für ein Tag voller großer Offenbarungen. Ich habe herausgefunden, warum Menschen Sex haben und erfahren, dass ich im neuen Jahr keinen Job mehr haben werde, und das alles in einem Zeitraum von nur zwölf Stunden.

Einer der Lieferanten hat einen Präsentkorb geschickt, sodass Rob uns jetzt Kaffee und Brandy anbieten kann, um mich wieder auf die Beine zu bringen. Doch nachdem er sich bereiterklärt hat, Fliss auf dem Festnetz anzurufen, entscheiden wir uns stattdessen für eine Schachtel mit süßen Weihnachtspastetchen und eilen an der Empfangsdame vorbei, die immer noch ihren Baileys trinkt, jetzt aber nicht mehr auf der Liste der Verdächtigen steht.

Als wir wieder im Auto sitzen, bin ich diejenige, die aufs Lenkrad klopft. Dann machen wir uns an die Pasteten, und zumindest einen Tag lang schere ich mich nicht darum, dass die Krümel in den Teppich gerieben werden – obwohl dieses Auto jetzt plötzlich viel länger halten muss.

Bill faltet seine Aluschale zu einem winzigen Quadrat. »Es tut mir wirklich leid. Was sich in zehn Minuten alles ändern kann, hmm, Bommelchen.«

Ich beiße in eine weitere Pastete, denn die klebrige Füllung und der dicke, aber köstlich leichte und buttrige, mit Puderzucker bestäubte Teig muntern mich definitiv auf. »Ich bin echt vollkommen erledigt.« Wobei ich im Moment vor allem erleichtert bin zu wissen, dass mit Fliss und Rob alles in Ordnung ist. Ich werfe Bill einen vielsagenden Blick zu. »Aber wenn ich mir dadurch Weihnachten verderben lasse, hab ich auch noch das verloren, nicht nur meinen Job. Also mache ich jetzt einen auf Keef und mache mir darüber erst später Sorgen. Nicht jetzt.«

Er pufft mich spielerisch in den Arm. »Ich wünsche dir in diesen dunklen Zeiten viele Sternchen.«

Ich puffe zurück. »Okay, also ... dann weiter zum nächsten Ziel.«

Er spielt mit seinem Handy herum, klebt es auf den Magneten am Armaturenbrett und atmet dann lange aus. »2,6 Meilen, 15 Minuten bis Camden.«

Ich grinse ihn an, starte den Motor und lenke das Auto aus dem Parkplatz heraus in Richtung Straße. »Du musst zugeben, der Verkehr hier ist zwar schlimm, aber es ist toll, WLAN zu haben. Und wie fühlst du dich so vor deinem großen Moment?«

Er zieht eine Grimasse. »Gut, aber etwa so nervös wie du, bevor du mit Rob gesprochen hast.«

»Dann machen wir uns also auch in die Hose?«

Er nickt. »Zehnmal schlimmer, das dürfte ungefähr hinkommen.«

»Es wird alles gut gehen, das verspreche ich dir.« Ich berühre kurz seine Hand.

»Ich hoffe es.«

»Du hast deinen Mistelzweig als Glücksbringer dabei?«

»Na klar.« Er zeigt auf seine Tasche. »Nachdem er gestern Abend so gut funktioniert hat, gehe ich nie mehr ohne ihn wohin. Hab Willow vor dem Frühstück eine Dankes-SMS geschickt.«

Mir fällt die Kinnlade runter. »Sag mir, dass du das nicht getan hast?« Dann sehe ich, wie sich seine Lippen kräuseln. »Wehe du tust das. Was in London passiert, bleibt in London.« Da ist er gerade noch mal davongekommen. »Und hast du die kleinen Geschenke, die Tansy und Tiff für Abby eingepackt haben? Und den kleinen Elch und das Haarband mit dem Geweih dran?« Als sich das mit Abby im Schloss herumgesprochen hatte, wollte ihr jeder etwas schenken.

»Ja.« Er nickt einer Schachtel im Fußraum zu.

»In diesem Fall – lass uns *Feliz Navidad* in Endlosschleife anhören, und bis wir da sind, geht's dir wieder gut.« Ich grinse ihn an. »Ich biete das nicht vielen Leuten an, aber würde es dir helfen, wenn wir mitsingen?«

Er schafft es, zu lachen. »Du weißt immer, wie du mich aufmuntern kannst. Ist dir bewusst, wie sehr ich das schätze?«

Wenn man irgendwo mitsingt, hat es keinen Sinn, das nur halbherzig zu tun. Man muss es aus vollem Halse tun oder gar nicht. Also schreien wir uns durch London, und als wir den Teil der Stadt erreichen, wo die Häuser wirklich schön sind, spreche ich praktisch schon fließendes Weihnachtsspanisch. Wir schlängeln uns zwischen eleganten Reihenhäusern im Georgianischen Stil hindurch und biegen dann in eine Straße ein, in der die Häuser alle Vorgärten haben, Weihnachtsbäume die Eingänge flankieren und an den Haustüren Kränze in der Größe von Autoreifen prangen. Über die Musik aus den Lautsprechern hinweg sagt mir die Handy-App, dass ich mein Ziel erreicht habe.

»Hier irgendwo kannst du anhalten, danke.« Bill zieht die Augenbrauen hoch. »Ist schon gut, Ivy-Sternchen, du kannst aussprechen, was du denkst.«

Ich bin froh, dass er das gesagt hat, denn das kann ich nicht für mich behalten. »Das ist eine wirklich traumhaft schöne Straße.« Ich hätte es wissen müssen, der Kerl hat ein Schloss am Strand, um Himmels willen. Auch wenn es ein bisschen heruntergekommen ist und er es mit seinem Vater teilt, hätte es ein Hinweis sein sollen. »Ich verstehe, warum du und Gemma jetzt vielleicht wegen der Scheidung streiten. Stinkreiche Menschen tun das immer.«

»Es ist nicht ganz so, wie es aussieht. Ich habe es vor Jahren als Ruine gekauft, als die Häuser noch billiger waren, und es mit einem Minimalbudget renoviert. Ich habe in der City viel verdient, aber das hatte seinen Preis, und ich war froh, da rauszukommen.«

Das kann ich mir vorstellen. Wahrscheinlich die Art von in Diamanten angelegtem Minimalbudget, von dem Normalsterbliche nur träumen können. Es ist gut, dass ich daran erinnert werde. Das ist das zweite Mal innerhalb einer halben Stunde, dass mir einer reingewürgt wird. Dieser Mann ist zwar gut im Bett, aber es geht nicht nur darum, dass er so viel hübscher ist als ich, er gehört einfach einer völlig anderen Welt an. Einer Welt, in der sich die Menschen um schöne vierstöckige Stadthäuser streiten, mit Wänden voller pastellfarbenem Stuck und Souterrains und authentischen kleinen Schiebefenstern und wirklich breiten Bürgersteigen und Vorgärten, die groß genug sind, dass sie ihre Autos darin parken können.

Meine gesamte Mietwohnung würde auf ihre Veranda passen, und dann wäre da immer noch Platz. Das ist der Lebensstil, den George angestrebt hat, und so hab ich überhaupt erst Will getroffen. Aber George war ein Heuchler, er hatte eigentlich nichts und hat auf meine Kosten gelebt, bis ihm etwas Besseres vor die Flinte kam. Aber Bill ist authentisch. Und zwischen ihm und mir liegen ganze Galaxien. Gemmas Mutter heißt Arabella, verdammt noch mal, meine heißt Pauline. Wenn man zusammen am Strand steht und sich unter die Bettdecke kuschelt, vergisst man diese Unterschiede leicht. Aber wenn man sie hier direkt vor der Nase hat, sind sie auf einmal riesig. Aber wenigstens hatte ich eine Nacht mit ihm. Niemand kann mir die nehmen, dieser Stern wird für immer leuchten.

Bill nimmt sein Handy vom Armaturenbrett, tippt eine Nachricht und steckt es in die Tasche. Er ist sehr blass unter seinen Bartstoppeln, und als ich die Schatten der Anspannung unter seinen Wangenknochen bemerke, tut er mir echt leid.

Er wartet, atmet ruhig und blickt die Straße entlang. Und dann setzt er sich plötzlich aufrecht hin. »Sie ist da!« Er beißt sich auf die Lippen und wischt sich eine Träne aus dem Augenwinkel, dann beugt er sich vor und küsst mich auf die Wange. »Vielen Dank, Ivy-Sternchen, ich bin dir was schuldig.«

Es ist nur eine ganz sanfte Berührung, aber bei der Berührung seiner Lippen zerfließe ich wieder innerlich. Schnell schiebe ich ihn aus dem Auto. »Ich hole dich gegen zwei Uhr wieder ab. Los, geh schon, los! Los, los, los!«

Und dann geht er die Straße entlang, und ich betrachte seine breiten Schultern, seine weichen Jeans und seine abgewetzten Timberland-Stiefel, seine nach außen gedrehten Arme. Ein kleines Mädchen geht auf dem Bürgersteig auf ihn zu. Mit seinen braunen Locken und langen Beinen sieht es ihm enorm ähnlich.

Als sie ihn sieht, beginnt sie zu rennen und saust laut rufend auf ihn zu. Und dann schnappt er sie sich, schließt sie in die Arme und dreht sich mit ihr im Kreis.

Und als er seine Stirn auf ihre legt, laufen mir Tränen über das Gesicht. Ich schlucke meinen Speichel, ziehe meinen Rotz hoch und murmle: »... und umarme sie von mir.«

32. Kapitel

Auch die stärksten Schneestürme beginnen mit einer einzelnen Flocke!

Ich hatte geplant, in Camden Lock herumzuwandern, während Bill sich mit Abby trifft, ein paar zusätzliche Geschenke zu kaufen, vielleicht noch ein oder zwei Weihnachtspullover, und etwas Leckeres zu Mittag zu essen. Aber nach Robs Paukenschlag gehe ich stattdessen nach Hause, um eine Packung Chips zu futtern und ein Nickerchen zu machen. Dann scheuche ich Merwyn durch den Park, werfe die Taschen ins Auto, und um zwei Uhr sind wir wieder auf Bills Straße in Camden, bereit, ihn abzuholen und nach Cornwall zurückzufahren.

Im Ernst, die Modestatements der Haustiere in dieser Gegend sind wirklich unvergleichlich. Während wir warten, vertreiben Merwyn und ich uns die Zeit damit, die Outfits der verwöhnten Köter zu bewerten, die vorbeigehen. Beim Anblick eines Scottie in einem Kilt und eines Frenchies in einem schimmernden rosa- und türkisfarbenen Outfit mit einem Einhorn auf dem Kopf bleibt uns beiden der Mund offen stehen. Wir sind so damit beschäftigt, den als Weihnachtsbaum verkleideten Chihuahua zu bewundern (komplett mit Kugeln und Lauflichtern), dass wir erst nach einem heftigen Schlag ans Fenster bemerken, dass jemand draußen vor dem Auto steht.

Als ich die Zündung einschalte, um das Fenster herunterzulassen, hat die Person in der weißen Skijacke schon ihre Nase an die Scheibe gepresst. Dann richtet sie sich auf, damit sie ihre langen blonden Haare schütteln kann, ohne sich den Kopf am

Auto zu stoßen und sich selbst k. o. zu schlagen, und ich kann einen schrecklich flachen Bauch, dünne, perfekt gebräunte Oberschenkel und superteure Nietenstiefel mit der Art von Absätzen begutachten, die zwar dezent sind, aber gleichzeitig einiges an Können erfordern, um damit zu laufen. Erst als ich einen Hauch Miss Dior ins Gesicht geweht bekomme, trifft mich die Erkenntnis.

»Gemma!« Ihr Geruch ist unverwechselbar und kultiviert. Einen Moment lang stehe ich wieder dort hinten am Kühlschrank in der Küche des Chalets in Chamonix und streite mich mit ihr über die fehlenden Windbeutel. »Schön, dich wiederzusehen.«

Während ich mir die Strähnen vors Auge streiche, trete ich mir in den Hintern, weil sie meine schlechte Seite zu Gesicht bekommen hat, bin aber erleichtert, dass ich mir vorher die Zeit genommen habe, Tiffs Spezialset zu benutzen. Es ist keine Überraschung, dass Gemmas Make-up makellos ist, aber ich kann sehen, dass ihre Haut darunter ebenfalls makellos ist. Und als ich bemerke, wie viele Schichten von kaum sichtbarem Lippenstift sie trägt, wünsche ich mir, dass ich meinen Lippen mehr Aufmerksamkeit gewidmet hätte. Als ob ich mich durch das Auftragen von Lippenstift etwas weniger als Verliererin fühlen würde. Besser gerüstet, um mit ihr zu reden. Ich weiß, dass sie nie den sanftesten Gesichtsausdruck hatte, aber selbst für jemanden, der auf säuerliche Gesichter steht, ist der Blick, den sie mir jetzt zuwirft, schneidend.

»Du schläfst mit ihm, stimmt's?« Das ist alles, was sie sagt. Ihre Stimme ist tief und bedrohlich.

Ich habe keinerlei Hoffnung, auch nur ein Wort herauszubringen. Eine Nacht, mit sehr wenig Schlaf, und wir haben nicht mal wirklich – ähm. Alles in allem denke ich, dass die richtige und wahrheitsgemäße Antwort auf diese Frage mit all ihren Implikationen ein »Nein« wäre.

Ihre perfekt schattierten Augenbrauen sehen wie ein einziger gezackter Strich auf ihrer Stirn aus. »Du brauchst gar nicht darauf zu antworten, es steht dir ins Gesicht geschrieben.« Sie spuckt die Worte aus. »Bevor du dir etwas nimmst, das nicht dir gehört, solltest du vielleicht an seine Familie denken.«

Sie dreht sich um und klackert den Bürgersteig entlang, während ich immer noch kein Wort rausgebracht habe. Dann kommen weiter hinten Bill und Abby in Sicht, sie gehen Hand in Hand und lachen, während Abby von einem Pflasterstein zum Nächsten springt. Gemma stößt zu ihnen, und einen Moment lang sehe ich zu, wie die drei sich auf dem Bürgersteig zusammendrängen. Dann klingelt mein Handy. Es ist Bill.

Während er spricht, winkt er mir zu. »Ich verabschiede mich nur noch von Abby, dann bin ich gleich bei dir.« Sie gehen zu dritt durch das Tor und verschwinden durch die Vordertür, und Merwyn und ich sehen uns wieder Hundekostüme an.

Bill lässt uns nicht lange warten. Zwei identische Dachshunde in mittelmäßigen Weihnachtsmannanzügen und ein Cockerpoo in einem Schneemannanzug, der ihm mehrere Größen zu klein ist. Jemand sollte ihm sagen, dass das nicht gerade seiner Figur schmeichelt. Ich habe gerade genug Zeit, um auf den Beifahrersitz zu wechseln, als Bill die Tür öffnet, sich auf den Fahrersitz pflanzt und seinen Mantel auf die Rückbank schiebt. Es ist eine große Erleichterung, als sein Duft jedes einzelne Molekül des Miss-Dior-Parfums vertreibt.

»Wie ist es gelaufen?« Ich muss nicht wirklich fragen, die Tiefe seiner Grübchen und der entspannte, befriedigte Ausdruck auf seinem Gesicht, während er auf sein Handy schaut und die Navigations-App bedient, verraten es mir bereits.

»Gut.« Er hebt die Augenbrauen und drückt meine Hand. »Es war so schön, sie zu sehen. Wir haben ihr ein Handy besorgt, damit wir telefonieren können. Ich kann dir gar nicht sagen, wie glücklich ich bin. Ich bin dir so dankbar für deinen Anstoß – oder für deinen heftigen Schubs, besser gesagt.«

Ich lächle ihn an. »Jederzeit, das gehört alles zum Tagesgeschäft deiner Lieblingsfee.«

Er legt das Gesicht in Falten. »Es war bittersüß, mir fiel es sehr schwer, mich von ihr zu verabschieden.«

Das höre ich aus seinen tiefen Seufzern heraus.

Als er am Ende der Straße ankommt und das Auto in den Verkehr hineinlenkt, runzelt er die Stirn. »Gemma meinte, dass sie mit dir gesprochen hat, hat sie sich benommen?«

Ich versuche, möglichst strahlend zu lächeln. »Ja, alles gut.« Es hat keiner was davon, wenn ich ihm die schmutzigen Details verrate. Ich beuge mich nach vorne und schalte das Radio ein, dann rolle ich meine Jacke zusammen und schiebe sie unter meinen Kopf. »Ich dachte, ich mache vielleicht ein Nickerchen, wenn das okay ist.«

»Ist gut. Ich nehme einen etwas anderen Weg zurück, ich wecke dich dann.« Er lächelt mich an. »Ich warte, bis du wieder wach bist, bevor ich mitsinge.«

Eigentlich wollte ich nur die Augen schließen und so tun, als ob ich schliefe. Aber als ich davon aufwache, dass Bill mich an der Schulter rüttelt, ist das Letzte, woran ich mich erinnern kann, dass Maria Carey *All I Want for Christmas is You* gesungen hat – und da waren wir noch nicht mal auf der Autobahn.

»Und wo sind wir?« Dem Dorfplatz, der Kneipe und einigen hübschen Cottages und Häusern nach zu urteilen sind wir auf dem Land.

Er schnieft. »Du hast mir so viel geholfen, da wollte ich dir auch helfen. Wir sind nicht weit weg von dem Ort, an dem du den Unfall hattest.«

Mein Magen zieht sich zusammen. »Woher wusstest du, wo das ist?«

»Das war nicht schwer, ich kannte ja das ungefähre Datum, Google hat den Rest erledigt.«

Seine Hand liegt auf meinem Knie, seine Augen sind dunkel und voller Sorge. »Ich hatte gehofft, dass es dir helfen könnte, es hinter dir zu lassen und wieder anzufangen, Dinge für dich selbst zu tun, statt nur für andere Menschen.« Er holt etwas vom Rücksitz. »Den habe ich für dich gekauft, falls du etwas hinterlassen möchtest.«

Ich greife in die Tasche und ziehe einen kleinen geflochtenen Kranz heraus. »Der ist so hübsch, mit dem Efeu und den weißen Beeren.«

Er nickt. »Die Zweige sind von einem Weinstock, und ich hab sie gebeten, noch zusätzlich Efeu und Mistelzweige einzuflechten – Willow meinte, es solle sehr heilsam sein, deshalb fühlte es sich richtig an.«

»Danke, er ist wunderschön.« Ich lächle ihn an. »Er ist viel kleiner als die Türkränze an den Haustüren in Camden.«

Er lacht. »Jeder versucht, vor den Nachbarn zu protzen. Du solltest erst mal die Designerkleidung sehen, die sie ihren Hunden anziehen.«

Ich blicke auf Merwyn hinunter, der ein Ohr hebt, als er das ›D‹-Wort hört. »Das haben wir schon – wir waren gleichermaßen schockiert und amüsiert.«

»Also – bist du bereit, diesen Kranz niederzulegen? Es ist nur ein paar hundert Meter die Straße runter.«

Hätte er mich vorher gefragt, hätte ich seine Idee wahrscheinlich sofort abgelehnt. Aber jetzt, da wir hier sind und ich den Kranz in meiner Hand habe, fühlt es sich nicht schwer an, sondern einfach richtig. Und als mir klar wird, wie nahe ich der Unfallstelle bin, füllen sich meine Augen mit Tränen, und ich schlucke, aber das liegt mehr daran, dass er so nett und aufmerksam ist. Ehe ich mich versehe, nicke ich.

Bill hat völlig recht. Es ist kaum einen Katzensprung entfernt. Und dann befinden wir uns vor einer Stechpalmenhecke, der Wind peitscht in unsere Gesichter und weht Merwyns Ohren so sehr nach hinten, dass sie ganz eng an seinem Kopf anliegen. Das Einzige, was von dem Unfall noch zu sehen ist, ist ein zersplitterter Zaunpfosten inmitten der verworrenen Zweige der Hecke.

»Das ist also der Baum?« Ich atme langsam aus und blicke auf einen Strauß weißer Rosen in Zellophan, der unten am Stamm lehnt. »Es ist so seltsam, nur ein einziger Baum am Straßenrand, ein einziger Moment. Diese Sekunde wird Michael und mich immer verbinden, aber ich bin hier, und er nicht.« Ich schlucke meine Tränen hinunter, aber es funktioniert nicht. »Sein Tod fühlt sich noch immer so willkürlich an. Ich meine, warum er und nicht ich?«

Bill zuckt die Achseln. »Es gibt nie einen Grund, so passieren die Dinge einfach.«

»Wären wir nur nicht gefahren, hätte ich nur nachgedacht ...« So etwas denke ich immer wieder.

»Aber es hat dich verändert. Wenn du so gewesen wärst, wie du jetzt bist, wäre es nicht passiert. Das muss dich doch ein wenig trösten?« Er hält meine Hand und drückt sie fest. »Denk dran, du bist diejenige, die es überstanden hat, du schuldest es ihm, das Leben für euch beide zu leben.« Er kramt in einer anderen Tasche herum und greift nach dem Kofferraumdeckel. »Ich habe einen Hammer und einen Nagel mitgebracht, sag mir, wo du ihn hinhaben willst.«

Ich lache und weine gleichzeitig. »Für jemanden, der in der Finanzbranche gearbeitet hat, bist du sehr praktisch veranlagt.«

Er lacht auch. »Nachdem ich mich jahrelang um ein widerspenstiges Schloss gekümmert habe, muss ich das sein.«

»Hier ist es perfekt.« Er schlägt den Nagel ein, dann hebe ich den Kranz hoch und hänge ihn auf.

»Da ist auch ein kleines Kärtchen dabei, falls du etwas schreiben willst.« Er gibt mir einen Stift und die Karte.

So hocke ich am Straßenrand, an einem stürmischen Tag kurz vor Weihnachten, im verblassenden Licht eines Dezembernachmittags, und schreibe meine Abschiedsnachricht an jemanden, den ich kaum kannte, aber nie vergessen werde.

Michael,
ich werde am Himmel nach dir suchen, wenn die Sterne leuchten, und ich verspreche, das Leben für uns beide zu leben.
Mit all meiner Liebe, Ivy xx.

Bill lächelt, als er es liest, und ich binde mit fahrigen Fingern die Schnur an den Kranz. Als ich einen Schritt zurücktrete, reicht Bill mir ein Taschentuch, und ich schnäuze mir die Nase. Dann legt er den Arm um mich, und als ich mich an ihn lehne, spüre ich seine Wärme und Stärke und seine Gutherzigkeit.

»Ich möchte jedes Jahr wieder hierherkommen.«

»Das ist eine gute Idee, das machen wir.« Er zieht mich näher zu sich heran und hält mich, bis mein Zittern verebbt. »Es gibt einen Teeladen im Dorf, wärmen wir uns doch mit einer heißen Schokolade auf, bevor wir wieder aufbrechen.«

Und nur einen Moment lang ist in seiner Stimme eine Sicherheit und Gewissheit, die nichts mit Arroganz zu tun hat. Sie hat einfach etwas Beruhigendes und Bestärkendes. Der Gedanke, dass er nächstes Jahr immer noch an meiner Seite sein wird, um mit mir zu kommen, ist wie eine um mich gewickelte Decke. Als wir wieder ins Auto steigen, fühlt es sich wie ein Neuanfang an. Aber es geht nicht darum, was ich hinter mir lasse, sondern darum, dass da jemand ist, der für mich da sein will. Um mich zu unterstützen. Und es ist, als ob er mir durch seine bloße Anwesenheit seine Kraft weitergibt und mich stärker macht. Das ist nichts, das ich in Worte fassen könnte, es ist nur ein Gefühl tief in mir drin. Was auch immer ich für Zweifel hatte, jetzt weiß ich, dass ich mich auf ihn verlassen kann, so wie er sich auf mich. Wir reden nicht darüber, es ist wie eine unausgesprochene Abmachung.

Während wir am Kamin im Teeladen sitzen, dicke Scheiben klebrigen Ingwerkuchen mampfen und unsere heiße Schokolade trinken, sind wir ganz ruhig. Es war ein Tag voll großer Emotionen, manchmal ist es besser, nicht zu reden.

Als wir wieder aufbrechen, ist es dunkel. Die Lichter an den Weihnachtsbäumen in den Fenstern der Cottages leuchten in die Nacht; die CD mit den Weihnachtsliedern spielt leise im Hintergrund.

Bill schaut grübelnd hinaus ins Dunkel. »Es ist nicht mehr lange bis Weihnachten, Bommelchen.«

Ich zähle die Tage an den Fingern ab und seufze, als ich realisiere, wie wenig Zeit mir noch bleibt. »Das ist das Problem mit dem Urlaub, man freut sich ewig darauf, und dann ist er so schnell vorbei.«

Er räuspert sich, und ich sehe, wie sich sein Adamsapfel bewegt, als er schluckt. »Denkst du noch manchmal an Chamonix?«

Es gibt keine Möglichkeit, darauf zu antworten, ohne meine Würde zu verlieren, also gebe ich zurück: »Es war wirklich eine bedeutsame Zeit für dich, nicht wahr? Da hast du doch Gemma kennengelernt.«

Ein paar Herzschläge lang herrscht Stille. »Ich wollte dir erzählen, was zwischen mir und Gemma passiert ist.«

»Wirklich?« Ich wüsste nicht, warum.

»Als sie im Januar letzten Jahres nach London zurückkehrte, tat sie das zusammen mit dem Marketingmanager, den ich für meine Gin-Firma eingestellt hatte.«

Ich hebe die Augenbrauen. »Das erklärt also deine schnelle Beförderung.«

Er schüttelt den Kopf. »Ich bin noch nicht dazu gekommen, einen Ersatz für ihn zu finden. Seine und Gemmas Beziehung war jedoch nicht von Erfolg gekrönt, sie sind nicht mehr zusammen.«

»Okay.« Ich klinge skeptisch, weil ich immer noch nicht weiß, warum er mir das erzählt.

»Ich möchte in Zukunft ehrlich und offen sein, ein paar Hintergrundinfos könnten helfen, die Dinge ins rechte Licht zu rücken.«

»Gut.« Er klingt jetzt so sehr nach Libby, dass ich mich frage, ob wir nicht doch besser bei Chamonix geblieben wären. »Sollen wir jetzt die Lautstärke aufdrehen und zu den Weihnachtsliedern mitsingen? Um ein wenig in Stimmung zu kommen?«

»Was, zu *Christmas Wrapping* von den Waitresses mitsingen?« Seine Stimme ist ganz hoch vor Ungläubigkeit. »Viel Glück dabei. Von all den Liedern, die man sich aussuchen kann, kann man das am aller unmöglichsten mitsingen.«

Ich seufze. »Okay, gut, wir singen beim nächsten Song mit.«

Er schaut zu mir rüber. »Wenn wir uns jetzt öfter sehen, will ich keine Geheimnisse vor dir haben, das ist alles.«

Als ich wieder zu Atem komme, hört sich meine Stimme erstickt an. »Öfter …?«

Er blickt zu mir rüber. »Das hatte ich gehofft, also wenn du das auch willst?«

Ich öffne und schließe den Mund, aber es kommt nichts heraus. Die Waitresses singen von ihrem Happy End, und ich bin noch nicht ganz bereit zu glauben, dass meines auch gerade stattfindet. Und während ich noch überlege, ob ich sagen soll: »Schön, heiraten wir diese Woche oder nächste?«, oder ob ich fragen soll, ob das nur ein weiterer Scherz ist, piept sein Handy.

»Kannst du kurz mal schauen und mir die Nachricht vorlesen, sie könnte von Abby sein.« Er klingt aufgeregt.

Ich nehme sein Handy und sehe nach. »Sie ist von Gemma.«

»Was schreibt sie denn?«

»Sie schreibt: ›Schön, dass du heute da warst, Abby freut sich so, dass du wieder bei uns wohnen wirst. Warum bis Januar warten, warum kommst du nicht mit nach Davos?‹«

»Was?« Er runzelt die Stirn. »Bist du sicher?«

Wenn man bedenkt, dass meine Brust gerade implodiert ist, ist es schon bewundernswert, dass ich antworten kann. »So was würde ich mir wohl kaum ausdenken, oder?«

»Oh, Scheiße.« Er atmet lange aus und schlägt sich mit der Hand an die Stirn. »Es tut mir so leid, Ivy.«

Ich murmele vor mich hin. »Nicht halb so leid wie mir.«

Er klopft auf das Lenkrad und schüttelt den Kopf. »Du solltest nicht zwischen den Fronten stehen, das ist nicht fair.«

Das Ding ist nur, niemand steht hier wirklich irgendwo. Er war so großmütig, mir über den Unfall hinwegzuhelfen, aber offensichtlich nur als guter Freund. Wir hatten eine wunderbare Nacht zusammen. Für mich war diese Nacht zufälligerweise die beste meines bisherigen Lebens. Aber wie ich vorhin feststellte, haben wir wahrscheinlich sehr unterschiedliche Vorstellungen. Für ihn diente sie wahrscheinlich nur dazu, sich das zu holen, was er vermisst hat. Wir alle wissen, es ist die erste Regel beim Daten von Kerlen – fast jeder, der gerade frisch getrennt ist, geht sofort zu seiner Ex zurück, wenn sie ihm nur die kleinste Chance bietet.

Bill hat gerade seine Ex-Freundin und sein Kind gesehen, nach denen er sich ein ganzes Jahr lang gesehnt hat – wenn Gemma ihn bittet zurückzukommen, warum sollte er es nicht noch einmal versuchen wollen?

Er starrt mich in der Dunkelheit an; seine Stimme ist angespannt. Ich kann beinahe spüren, dass er blass geworden ist. »Es gibt da ein paar Dinge, die ich erklären sollte ...«

»Mir wäre es eigentlich lieber, wenn du das nicht tätest.« Auf diese Weise kann ich wenigstens meinen Stolz wahren. Wenn er sich die Ausreden spart, warum ich nur seine zweite Wahl bin, kann ich mit hoch erhobenem Kopf gehen und ihm alles Gute wünschen.

Er atmet hörbar aus. »Ich hab hier noch einiges zu klären.«

Da hat er recht. Aber wenn er noch einmal die Chance bekommt, ein Vollzeit-Vater für dieses tolle kleine Mädchen zu sein, muss er sie nutzen.

Was mich betrifft, bin ich wieder ziemlich genau da, wo ich gestern um die gleiche Zeit war. Nur dass ich jetzt noch den zusätzlichen Ärger habe, ohne Job dazustehen. Aber es gibt absolut keinen Grund für das Gefühl, dass meine ganze Welt in sich zusammengebrochen ist. Ich war oben an der Spitze der emotionalen Achterbahn. Und dann bin ich wieder nach unten gerast. Und das alles im Laufe von ein paar Stunden. Jetzt bin ich ausgestiegen. Wie idiotisch von mir, mich solchen Wahnvorstellungen hinzugeben.

Also kann ich mir nur noch in Gedanken sagen: »Volle Kraft voraus Richtung Weihnachten. Juhu!«

Zugegeben, das Juhu! ist ziemlich schwach. Und irgendwie bringe ich es nicht über mich, noch etwas anderes zu sagen, und Bill auch nicht. Also schweigen wir den ganzen Weg zurück nach Cornwall.

33. Kapitel

In Liebe ...

Dienstag, 24. Dezember

Als ich am nächsten Morgen aufwache, höre ich als Erstes Merwyn schnaufen, und während ich aufstehe, um ins Bad zu gehen, merke ich, dass die Temperatur im Schlafzimmer beinahe tropisch ist. Der Heizungsmonteur erwartete uns, als wir gestern Abend ins Schloss zurückkamen. Er hat den Boiler innerhalb einer Stunde wieder instandgesetzt, sodass sich, als die Schlafenszeit kam, alle ihre Bettdecken schnappen und wieder nach oben in ihre Schlafzimmer gehen konnten. Als Merwyn und ich von unserem nicht so frühen Morgenspaziergang am Strand in die Küche kommen, sehen wir, dass alle ihre zusätzlichen Pullis abgelegt haben. Milo steht am AGA-Herd und wendet seine knusprigen, goldenen, dreieckigen Pfannen-Scones; unter seiner gestreiften Schürze hat er nur ein T-Shirt an. Vorhin, gerade als wir zum Strand runterwollten, klopfte Bill an die Schlafzimmertür, aber ich konnte nicht mit ihm reden. Und jetzt, wo ich in die Küche komme, ist er zum Glück nicht da.

Ich schenke mir eine ordentliche Portion Kaffee ein, hole mir von Miles einen voll beladenen Teller und ein extra breites Lächeln ab und setze mich zu Fliss und den Kleinen an den Tisch. Am Strand, wo der Wind meine Stimme auf das weite blaue Meer hinausträgt, zu den Scharen der Seepferdchen, kann ich meinen Kummer hinausschreien, aber hier in der Öffentlichkeit bin ich entschlossen, niemandem zu zeigen, dass es mir alles andere als gut geht.

Wie sehr ich nach dem gestrigen Tag auch innerlich leide, kann ich nicht anders, als Harriet anzulächeln, als sie sich im Hochstuhl zurücklehnt und sich den Bauch reibt. »Da schmeckt aber jemandem sein Sirup.« Ihre Wangen sind mit glänzendem Fett überzogen, und an ihrem Ohr klebt ein Stück Scone. Das klirrende Geräusch, als Pfannenwender auf Sieb trifft, verrät mir, dass Oscar an seinem üblichen Platz unter dem Tisch sitzt, die restlichen Stühle aber sind leer. »Wo sind denn alle?«

Fliss reagierte auf die gestrigen Neuigkeiten von Rob fast genauso wie ich. Die unmittelbare Erleichterung, dass er nicht gerade dabei war, sie zu verlassen, drängte die schreckliche, aber doch etwas weiter in der Zukunft liegende Nachricht bezüglich Daniels und unserer sich in Luft auflösenden Arbeitsplätze in den Hintergrund. Als sie mich angrinste und sagte: »Puh, dann brauch ich mir doch nicht die Haare zu waschen«, nahm ich das als einen Scherz auf, aber da sie heute Morgen anstelle ihres unordentlichen Pferdeschwanzes einen Heuhaufen auf dem Kopf hat, meinte sie es wohl ernst. Während sie über meine Frage nachdenkt, steckt sie ihre Haarnadeln um.

»So viele Veränderungen seit deiner Abreise.« Sie lächelt mich an. »Das WLAN-Geheimnis ist gelüftet, alle sind in Bills Zimmer und schauen sich YouTube-Videos an.«

»Nachdem wir uns so bemüht hatten! Wer hat es ausgeplaudert?«

Sie späht unter den Tisch. »Oscar hat seinen Facetime-Song gesungen, Tom und Tarkie haben ihn gehört und ausgequetscht.«

Jetzt bin ich noch verwirrter. »Aber Libby hatte ihnen heute einen Tag auf der Skipiste versprochen, sie müssten doch schon längst weg sein?«

»Es kommt noch besser.« Fliss lacht. »Sie sind da drin mit

Rip, Brian, Bede, Taj und Slater und schauen sich Videos von großen Wellen an. Wer will schon falsche Skipisten, wenn er echte Winterwellen kriegen kann. Sie holen gleich noch Neoprenanzüge und gehen dann später ins Wasser.«

»Meine Güte. Lieber sie als ich. Was habe ich sonst noch verpasst?«

Fliss' Lächeln wird breiter. »Jetzt, da alle im Familienzimmer sind, sind die Barrieren durchbrochen worden. Tiff und Tansy haben ihren Tüll in den Schrank gehängt und Scouts Ersatzlatzhosen angezogen.«

»Du machst Witze. Ich wette, das hat Willow sehr gut gefallen?«

»Vom roten Lippenstift war sie nicht so begeistert. Aber Tiff bestand darauf, dass das notwendig sei, um ihre Girl-Power zu maximieren.«

»Klingt nach ein paar super Tagen.«

»Das ist noch nicht alles.« Fliss' Augen funkeln. »Als Solomons, Scouts und Sailors Vater angekommen ist, hat er sie mit ins Turmzimmer genommen, und sein Geschenk war, dass sie alle zusammen Rechenaufgaben gemacht haben.«

»Was?!« Ich kann mein Entsetzen nicht verbergen. »Mensch, bin ich froh, dass ich das verpasst hab.«

Fliss ist jetzt in Fahrt. »Und Libby hat einen Deal mit Taj und den Jungs gemacht. Sie dürfen das ganze Weihnachtsfest über bleiben, solange sie beim Kochen und Aufräumen helfen und ihre Elfenhüte und Elfenwesten anziehen, wenn sie Fotos machen will. Sie sind wohl auf Instagram sehr beliebt, Libby hat da so eine Fortsetzungsstory am Laufen.«

Ich bin mir nicht sicher, ob das ein Fortschritt ist oder nicht. Ich sehe auf, als Milo mit einem weiteren Teller Scones herkommt. »Echt lecker, Milo, wie immer.«

Er zieht einen Stuhl heran. »Wir haben dich vermisst, Ivy, aber es war auch schön, sturmfreie Küche zu haben.«

Ich nehme an, er meint den Umstand, dass Bill nicht da war, um sich einzumischen. »Es ist schön, zu sehen, dass du glücklicher zu sein scheinst.«

Er streckt den Kopf in Fliss' und meine Richtung, und als seine Stimme sich auf ein vertrauliches Flüstern reduziert, rückt er ganz nah an mich heran. »Ich kann nur sehr wenig gegen die Sache mit Dad und Miranda tun.« Er lächelt und wackelt mit den Augenbrauen. »Aber wenn das Schloss ein so romantischer Ort ist, ist es vielleicht doch auch für mich an der Zeit?«

Fliss beugt sich vor und pufft ihn in den Arm. »Super, schön zu hören, tu dir keinen Zwang an, Milo.« Anstatt auf meinen scharfen Tritt gegen ihr Schienbein zu reagieren, lacht sie und fügt hinzu: »Tut mir leid, seit gestern Morgen bin ich definitiv wieder vergeben. Aber ich kann nur für mich sprechen.« Wenn man bedenkt, dass ich den ganzen Weg nach London auf mich genommen habe, um die Sache mit ihrem Mann zu klären, finde ich ihr Augenzwinkern nicht gerade lustig. Natürlich habe ich nichts von dem erzählt, was sich bei mir ereignet hat. Ich öffne den Mund, um dies ein für alle Mal zu klären, als ich plötzlich Bill mit finsterem Blick in der Türöffnung stehen sehe.

»Hey, willkommen zurück, Mr. Happy.« Milo wirft ihm einen bösen Blick zu, das muss also ironisch gemeint sein.

Fliss' Augen werden schmal, dann grinst sie wieder. »An alle, die heute nicht surfen – warum mischen wir den Laden nicht mit einem Backwettbewerb etwas auf?«

Es ist super, sie so optimistisch reden zu hören, aber ich stöhne trotzdem.

Milo schert das nicht, er ist schon aufgestanden und stößt die Faust in die Luft. »Bin voll dabei. Ein Cockle-Shell-Castle-Weihnachtsbackwettbewerb …« Er wirft Bill einen spöttischen Blick zu. »Dann können wir endlich die Spreu vom Weizen trennen.«

Fliss ist in ihrem Element. »Okay, jeder kann mitmachen, jede Art von Kuchen oder süßem Gebäck ist erlaubt. Jeder bekommt eine Stimme, derjenige mit den meisten Stimmen gewinnt.« Sie zwinkert mir vielsagend zu. »Und ihr könnt auch in Teams teilnehmen.«

»Das ist eine gute Idee. Wir werden uns die Gilmore Girls nennen, wie in der Fernsehserie.«

Milo starrt Bill an und streckt sein Kinn vor. »Outsourcing ist nicht erlaubt. Die Kuchen müssen vollständig eure eigenen Kreationen sein.«

Fliss lacht. »Es ist nicht gestattet, kurz mal zu Crusty Cobs oder der Kleinen Traumküche zu flitzen.«

»Beiträge bitte auf die Esstische stellen, die Bewertung beginnt um halb drei.« Als ich meinen Senf dazugebe, läuft mir schon das Wasser im Mund zusammen. »Und die Jurymitglieder dürfen probieren!«

Bill steht immer noch mit schräg gelegtem Kopf und zu Schlitzen verengten Augen im Türrahmen. »Und möge der beste Mann gewinnen, Milo.«

Ich ignoriere, was die tiefen Untertöne in seiner Stimme gerade mit meinen Innereien angestellt haben, halte einen Finger hoch und hüstele. »Möge die beste Person gewinnen – ich glaube, das wolltest du sagen, Bill.« Ich will es vermeiden, mit ihm zu sprechen, aber es musste gesagt werden, im Interesse der Gleichberechtigung. Und wer weiß, wenn Fliss und ich erst einmal unser Buttercreme-Topping angerührt haben, könnten wir ernsthafte Konkurrentinnen werden. Ich reibe mir die Hände. »Worauf warten wir noch, lasst uns loslegen, bevor der große Ansturm kommt!«

Wir müssen realistisch bleiben – keiner von uns ist Cherish Finden. Auch wenn ich Nigellas Kurven und im Moment Zugang zu einer ganzen Speisekammer habe, fehlt mir ihr Elan. So beschließen wir irgendwann, dass der fünfstöckige *Die Eis-*

königin-Kuchen mit helltürkiser Glasur, in den wir uns bei Google Images verliebt haben, zu ambitioniert ist. Aber wir können trotzdem etwas Leckeres zaubern, solange wir es einfach halten und Oscar nicht zu viele Fremdkörper in die Rührschüssel fallen lässt. Am Ende entscheiden wir uns für einen einfachen, dunklen Schokoladenkuchen mit Schneewirbeln aus Vanille-Buttercreme und glitzernden Schneeflockenstreuseln obendrauf.

Das dürfte nicht allzu schwer werden. Es ist das idiotensichere Rezept meiner Mutter, selbst ich kriege das hin. Der Kuchen wird im Nullkommanichts fertig sein. Milo quält sich immer noch mit der Frage, was er backen soll, da ist unser Kuchen schon im Ofen. Während Oscar unter dem Tisch stumm den Teig von einem Holzlöffel ableckt und Harriet damit beschäftigt ist, Nutella in ihr Haar zu schmieren, lecken Fliss und ich die Schüssel selbst aus und machen dann gleich mit dem Topping weiter. Den Kindern die Schüssel geben? Erwachsen zu sein hat so viele Nachteile, dass man beschließen kann, die Schüssel für sich selbst zu behalten, ist einer der wenigen guten Aspekte.

Wir machen also mit der Buttercreme weiter. Wir haben gerade den Tisch mit einer Schneeschicht aus Puderzucker bedeckt und die perfekte Konsistenz für die Rosetten hinbekommen, als Miranda auftaucht. Sie steckt einen Zigarettenstummel in ihre Tabakdose, schlüpft aus ihrem schimmernden Mantel und lässt sich am Tisch neben uns nieder.

Als Fliss ihren ausgedehnten Seufzer hört, schaut sie Miranda fragend an. »Heute Morgen kein Whirlpool, Mum?«

Miranda schüttelt ihr Chiffon-Oberteil aus und schnieft. »Ambie schmollt, wir hatten schon wieder Streit.« Sie holt tief Luft. »Gestern hat er sich darum gestritten, auf welcher Seite des Bettes wir aufstehen sollen, heute Morgen ist es mein Oberteil, das er nicht mag.«

Ich knuffe sie in den Arm. »Ich kann verstehen, dass Ambie das Muster vielleicht unkonventionell findet, aber es steht dir wirklich gut. Die Seide wirkt so leicht, dass sie fast unsichtbar ist.«

Als Miranda schnaubt, flattert ihr federleichtes Oberteil. »Rosen, Ketten und Stacheldraht, das Muster sagt alles. Ambie scheint zu denken, dass er jetzt, da wir verlobt sind, das Recht hat, mich einzusperren, festzubinden und mir vorzuschreiben, was ich denken soll.« Ihre Augen blitzen.

Ich mache mir Sorgen. »Ich will nicht urteilen oder mich einmischen, aber das klingt nicht sehr gesund.« Ich liebe Miranda, sie hat so viel mehr verdient. Wenn sie die Möglichkeit hat, wirklich glücklich zu sein, sollte sie sich nicht mit weniger zufriedengeben.

Die Flammen in ihren Augen erlöschen, und sie seufzt resigniert auf. »In Beziehungen geht es um gegenseitiges Geben und Nehmen.«

Fliss' Gesicht legt sich in Falten. »Aber willst du denn eingesperrt werden?«

Miranda windet sich und nascht einen Löffel Buttercreme. »Es ist ja nicht so, dass die Männer Schlange stehen, um mir Verlobungsringe vor die Nase zu halten.«

Ich muss realistisch sein. »Andererseits könntet ihr, wenn man sich die Vorzeichen so ansieht, bald vor dem Scheidungsgericht landen.«

Fliss seufzt verzweifelt. »Aber warum bist du so besessen von Ehemännern?«

Miranda saugt die Buttercreme vom Löffel. »Es war so ein Schock, als wir deinen Vater verloren haben, Fliss. All die Jahre mit euch vier Kindern, ihr habt keine Ahnung, was für ein Kampf das für mich war, mit der ganzen Verantwortung. Es gab so viele Nächte, in denen ich wach gelegen und mir verzweifelt gewünscht hab, dass euer Vater noch da wäre, um sich um mich zu kümmern.«

Ich drücke ihre Hand ganz fest und Fliss stöhnt. »Oh, Mum.«

Miranda schiebt die Hand hinter den Bund ihrer Leggins, um ein Taschentuch hervorzuholen und tupft sich die Augenwinkel ab. »Als ihr alle aus dem Haus wart, wollte ich nur noch Sicherheit und wieder einen Mann. Aber das habe ich jetzt dreimal verbockt, und mittlerweile bin ich schon zehn Jahre älter. Wenn das jetzt meine letzte Chance ist, muss ich sie nutzen.«

Ich fühle mit ihr. »Du hast dich so lange allein durchgeschlagen, das hat dich sicher stark und unabhängig gemacht. Wenn man daran gewöhnt ist, alle Entscheidungen selbst zu treffen, ist es schwer, sich zu ändern, vor allem, wenn jemand von einem verlangt, jemand anders zu sein als man ist.«

Miranda seufzt leise. »Es stimmt, ich habe oft das Gefühl, dass Ambie gerne hätte, dass ich Betty wäre.« Sie schlürft noch einen Löffel voll Buttercreme und runzelt dann die Stirn. »Wenn ich versuchen will abzunehmen, ist die ganze Buttercreme sicher nicht gut.«

Es ist schwer, ihr dabei zuzusehen, wie sie versucht, etwas zu sein, was sie nicht ist. »Vielleicht musst du aufhören, nach Ehemännern zu suchen – es sind diese Heiratstypen, die einen immer ändern wollen, und das war noch nie dein Ding. Du musst nicht allein bleiben, aber vielleicht wäre eine lockerere Beziehung besser für dich?«

Fliss streckt mir beide Daumen entgegen. »Wenn du bereit bist, das Risiko einzugehen, mit einem Mann zusammen zu sein, dem nicht wirklich passt, wie du bist, dann bist du doch auch mutig genug, etwas anderes zu versuchen?«

Miranda sieht nicht überzeugt aus. »Ich mag den Ring – durch ihn fühle ich mich sicher.«

Ich lache. »Und vergiss nicht das Hochzeitskleid, wir alle lieben schöne Kleider. Und eine protzige Hochzeit.«

Fliss nickt ihr zu. »Der Ring könnte deine Probleme erst schaffen, statt sie zu lösen. Vielleicht wirst du erst dann glücklich sein, wenn du den Plan zu heiraten ganz aufgibst.«

Ich lächle sie an. »Von allen hier, Miranda, würde ich sagen, dass du am ehesten diejenige bist, die weiß, was sie will. Du befindest dich in einer hervorragenden Position, um deine Wahl zu treffen – aber nur du weißt, wie du wählen musst.«

»Ich muss strahlen wie ein Diamant.« Ihre Stimme ist jetzt sehr leise geworden.

Ich nicke. »Sicher, aber du brauchst einen Partner, der der Meinung ist, dass du so, wie du bist, bereits strahlst. Du solltest nicht erst poliert werden müssen, bevor man dich schätzt.«

Fliss knurrt: »Wenn du ein Diamant wärst, wäre Ambie vermutlich erst zufrieden, wenn er dich neu zurechtgeschliffen hätte.«

Ich zucke zusammen. »Das ist hart.«

Fliss zieht eine Grimasse. »Hart, aber wahr.«

Mirandas nächste Portion Buttercreme ist kleiner, und sie genießt sie, anstatt sie runterzuschlingen. »Ihr habt mir viel Stoff zum Nachdenken gegeben, Mädchen – danke, dass ihr so ehrlich und offen wart.«

Als mein Handy piept und ich aufstehe und zum AGA-Herd hinübergehe, hoffe ich, dass sie wirklich in sich geht. »Unsere Kuchen sind fertig.« Ich weiß, ich bin wohl kaum die beste Person, um Beziehungsratschläge zu erteilen. Ich schiebe meine Hände in die Ofenhandschuhe, ziehe die Kuchenformen heraus und berühre den Teig mit den Fingern. Er ist fest und elastisch. Ich warte ein paar Minuten und stürze den Kuchen dann auf ein Abkühlgitter. »Das riecht so schokoladig, wir haben bestimmt gute Chancen, die *Bake Off*-Champions zu werden. Sobald die hier abgekühlt sind, kommt die Buttercreme drauf.«

Miranda hüstelt. »Heißt das, ich bin in eurem Team?«

Ich grinse, während ich die Kuchen rübertrage. »Wir können immer noch ein weiteres Gilmore Girl gebrauchen, Miranda.« Ich erwische Oscar, wie er aus der Lücke zwischen Tisch und Stuhl zu mir hochstarrt. »Eigentlich sind wir die Gilmore-Truppe. Also, deine allererste Aufgabe wäre, mir die Buttercreme zu reichen, Miranda.«

Sie schaut in eine leere Schüssel. »Äh – wir müssen vielleicht noch etwas mehr davon machen.«

Es mag uns zwar den größten Teil der Buttercreme gekostet haben, aber wenn es sie dazu gebracht hat, die Dinge klarer zu sehen, ist das ein kleiner Preis, den wir zahlen müssen.

34. Kapitel

Schlitten in der Dämmerung

Heiligabend ist einer meiner absoluten Lieblingstage im Jahr. Es ist ein Tag voller Funkeln und Glitzern; schon Monate vorher baut sich die Aufregung auf und kulminiert dann in einem großen Sturm. Ich für meinen Teil werde ihn in vollen Zügen genießen.

Außer wenn ich meine Augen schließe – denn immer, wenn ich das tue, habe ich dieses Video im Kopf. Zuerst sehe ich Abby, wie sie Bill in die Arme läuft. Dann ihre hübsche kleine Familie, die auf dem Bürgersteig zusammensteht. Und dann verschwinden sie alle in ihr wundervolles Haus, und die Haustür schließt sich.

Tief in meinem Herzen habe ich immer gewusst, dass Bill nur in meinem Kopf nicht vergeben war, und ich verstehe vollkommen, dass der einzig richtige Ort für ihn bei Abby und Gemma ist. Ich weiß auch, dass ich mich mit der Zeit damit abfinden werde. Aber im Moment kann das das schmerzende Loch in meiner Brust nicht heilen. Und jedes Mal, wenn die Haustür ihres Hauses in meinem Kopf zuschlägt, tut es erneut weh. Deshalb ist es schön, Merwyn zu haben. Dieser besorgte Seitenblick, den er mir immer zuwirft, hat etwas sehr Tröstliches. Ich merke, dass er sich Sorgen macht, und er ist völlig einverstanden damit, dass ich mein Gesicht in seinem Pelz und seinem schottischen Pulli vergrabe, bis ich mich besser fühle.

Aber zum Glück für Merwyn und sein tränenfeuchtes Strickoberteil bleibt mir nicht allzu viel Zeit, mich in meinem

Schmerz zu suhlen, denn es gibt noch so viel vorzubereiten für morgen. Nachdem wir die Nachricht über den Backwettbewerb verbreitet haben, lassen wir Willow auf dem Küchensofa in Ruhe über Kochbüchern brüten.

Dann öffne ich die Kisten des Floristen, die ankommen, bewundere die Schönheit der orangefarbenen und rosa Rosen und schneide die Stiele an. Ich stecke die Blumen eine nach der anderen in die zahlreichen Gin-Flaschen im Familienzimmer, die ich zuvor mit Wasser gefüllt habe. Als ich fertig bin, habe ich literweise Wasser verbraucht, und die Rosen reihen sich auf den Tischen und auf allen Fensterbänken auf, sodass die abwechselnden Farben richtig zur Geltung kommen.

Danach gehe ich auf einen Sprung nach oben, um noch die letzten Geschenke einzupacken, und wickle auch einen Stapel leerer Lieferkartons in rosa- und orangefarbenes Papier ein, als letztes I-Tüpfelchen für die Kulisse. Ich binde große rosa- und orangefarbene Schleifen darum und stapele sie auf die Schlitten unter den Weihnachtsbäumen im Erdgeschoss. Es braucht ewig, bis sie für die Fotos genau richtig arrangiert sind. Statt mich, wie erwartet, in Bills Zimmer durch eine Menschenmenge hindurchkämpfen zu müssen, bevor ich sie übers WLAN hochladen kann, sind die Wellenanbeter verschwunden, als ich dort ankomme. Ich weiß, ich war recht kritisch, als wir ankamen, aber als ich sehe, wie viele »Likes« reinkommen, sobald die neuesten Geschenke-unter-dem-Baum-Bilder auf Libbys Instagram-Account online sind, denke ich daran, wie sehr ich das in ein paar Tagen vermissen werde. Als ich in die Küche zurückkomme, hat Milo die gesamte Kücheninsel gekapert und ist voll in seinem Element. Ich schmunzele ihn an. »Hey, Milo, wie geht's?« Wenn ein ganzer Mehlsack explodiert wäre, könnte die Sauerei nicht größer sein. »Du hast nicht viel Platz für die arme Willow gelassen.« Sie und ihre bessere Hälfte haben einen winzigen Fleck neben dem Toaster okkupiert.

Milos Stimme ist hoch und ungewöhnlich gepresst. »Ivy, ich arbeite hier an einem Show-Stopper mit fünf verschiedenen Elementen, so was wie Platzbeschränkungen kann ich nicht gebrauchen.«

Libby steht beim Wasserkocher und lächelt ein nachsichtiges Lächeln, das sie immer nur für Milo aufsetzt. »Kein Grund, sich zu stressen, Schatz, dein Kuchen wird großartig sein, meine Stimme hast du jetzt schon.« Was den Wettbewerb für den Rest von uns völlig untergräbt, und dabei hat sie ihn noch nicht mal probiert, aber egal.

Als ich einen Blick mit Willow wechsle, stelle ich fest, dass sie sich dieses Mal nicht einmischt und ihre üblichen homöopathischen Stressbewältiger anbietet. »Ist das da in der Ecke das Edmunson-Team?«

Sie lacht. »Auf keinen Fall, hier backt jeder für sich selbst. Meiner ist ein veganer Kuchen mit Zitrone, Holunderblüten und Chiasamen, und Nigel macht einen glutenfreien mexikanischen Karottenkuchen und vielleicht noch ein paar alkoholhaltige Trüffelpralinen.«

Nigel schiebt seine Hipsterbrille wieder auf der Nase hoch. »Und später mit den Kindern backe ich noch ein paar Marshmallow-Schneemann-Cupcakes.«

In diesem Moment wirkt das Seeglas wieder. »Aber sind in Marshmallows nicht auch Teile von Tieren drin? Und was ist mit dem Schneemann, sollte es nicht eher ein Schneemensch sein?«

Er grinst. »Kein Grund zur Panik, Ivy, Dandies Marshmallows sind koscher. Und natürlich werden wir ebenso viele Schneefrauen backen.«

Ich lächle zurück. »Toll, ich freue mich, das zu hören, in dem Fall fahre ich mit Fliss zum Strand und sehe euch später wieder.« Ich wende mich an Libby. »Kommst du auch mit?«

Sie sitzt jetzt auf einem Barhocker und sieht neben Milo

total winzig aus. Wenn ich es nicht besser wüsste, würde ich sagen, dass sie sich so positioniert hat, um ihre gebräunten und gestählten Unterarme optimal zu präsentieren.

Sie zieht die Nase kraus. »Weißt du was, ich glaube, ich nehme mir eine Sekunde Zeit, um mich zu entspannen … Ich komm dann gleich nach.«

Ich starre sie verblüfft an, denn wann hatte sie es schon mal nicht eilig? Chillen liegt nicht in ihrem Kompetenzbereich. »Was ist mit all den tollen Surfern mit Weihnachtsmannmützen, die darauf warten, fotografiert zu werden?« Drei von denen sind schließlich auch ihre Kinder.

Sie zieht eine Augenbraue hoch. »Könntest du dich darum kümmern? Nur dieses eine Mal …«

Nigel wackelt mit den Augenbrauen. »Libby muss nicht raus und frieren, ich komme runter und helfe, sobald mein Kuchen gebacken ist.«

Im Ernst, ich habe keine Ahnung, worum es bei dieser ganzen hektischen Augenbrauenwackelei geht. Wenn Libby die einmalige Gelegenheit verpassen will, ihren Kindern bei einem Weihnachtsbad im kornischen Meer zuzusehen, dann ist das ihre Sache.

Als wir ein paar Minuten später auf dem Sand spazieren, hat Fliss Harriet in einer Babytrage umgeschnallt, ich habe Oscar an der Hand, und Merwyn rennt neben mir im Sand auf und ab. Ich beobachte, wie die Streifen, die das Sonnenlicht auf dem Wasser hinterlässt, sich in tausend silberne Fragmente auflösen, wenn der Wind weht.

Fliss dreht sich zu mir, ihr Haar weht ihr vors Gesicht. »Du siehst heute sehr nachdenklich aus.«

Ich ziehe die Nase kraus. »Wenn wir nach Hause fahren, werde ich es echt vermissen, den Strand direkt vor der Tür zu haben, das ist alles.« Ich beuge mich hinunter und hebe eine Herzmuschel auf, dann noch eine, und noch eine – einfach, weil ich es kann. Wenn ich wieder in meiner winzigen Wohnung bin und sie auf dem Couchtisch liegen, werden sie mir helfen, mich daran zu erinnern, dass diese zwei Wochen wirklich passiert sind und ich sie mir nicht nur eingebildet habe.

Sie sieht mich durchdringend an. »Bist du sicher, dass da nicht noch mehr ist?«

Ich kämpfe gegen das Seeglas, obwohl ich es ihr gerne erzählen würde. Und das werde ich, wenn wir zurückkommen und alles in der Vergangenheit liegt. »Mir geht's gut.«

»Tante Fliss ist hier, wenn du reden willst.«

Ich tätschle ihren Arm. »Danke, ich komme auf jeden Fall bald darauf zurück. Nur nicht jetzt.«

Ich ziehe Oscars Kapuze hoch, stelle meinen Kragen auf, und wir machen uns auf den Weg zu der Stelle, an der Keef, Taj und die ganze Bande ihre Koboldkostüme gegen Neoprenanzüge getauscht haben und mit dem Rest der Kinder und einigen Bodyboards im flachen Wasser herumplanschen. Sogar ich weiß, dass die Wellen zum Surfen nicht hoch genug sind, aber das Geschrei und Gespritze gleicht das aus.

»Okay, wer hat Lust auf ein paar Bondi-Beach-Weihnachtsfotos?«

Nachdem wir alle Variationen von Posen mit und ohne Bretter im Wasser und an Land durchprobiert haben, ist viel Zeit vergangen, und Fliss und die Kleinen sind längst weg. Ich hätte schon vom Schlittschuhlaufen her wissen müssen, dass Sailor, Scout und Solomon ein paar Tricks in den Ärmeln ihrer Pullis haben. Wie sich herausstellt, sind sie akrobatisch genug, um im Cirque du Soleil mitzumachen, sodass wir am Ende einige super Aufnahmen von Flickflacks ins Meer machen. Als Libby sich schließlich von dem AGA-Herd losreißen kann und herunterkommt, ist sie von der Aufnahme des menschlichen Turms begeistert, denn ihre Kinder bilden die wichtige unterste Schicht. Sie sagt, dass es keine Überflieger ohne Menschen an der Basis geben kann. Und dann eilt sie wieder weg, mit der Ausrede, dass sie die Bilder hochladen müsse. Aber sie macht einen entlarvenden Fehler – sie geht, ohne das Handy mit den Fotos mitzunehmen.

Es gibt noch eine weitere nette Überraschung, als wir zum Schloss zurückkommen: Rob ist früher angekommen, und er gibt gerade dem Kuchen, den er in aller Schnelle noch gebacken hat, den letzten Schliff. Unter uns – man muss einen Kerl, der Brücken bauen, über dreihundert Meilen fahren und dann noch eine Schwarzwälder Kirschtorte backen kann, ohne zwischendurch mal eine Teepause zu machen, einfach gern haben. Aber das ist Rob, wie er leibt und lebt. Deshalb war es auch so seltsam, als wir dachten, sein Leben würde entgleisen.

Also lassen wir Milo in der Küche, wo er gesponnenen Zucker macht – wirklich! –, während Libby ihm mit großen Augen dabei zusieht. Erstens – echt, wenn wir das gewusst hätten, hätten wir anderen unsere Zeit nicht verschwenden müssen. Und zweitens – seit wann interessiert sich Libby so fürs Backen? Ich mein ja nur. Dann ziehen Fliss und ich uns mit Rob und den Kindern ins Familienzimmer zurück und schauen *Liebe braucht keine Ferien*, wahrscheinlich zum dritten Mal seit Samstag. Manche Filme sind einfach so – egal, wie oft man sie schon gesehen hat, man kann sie immer wieder anschauen. Und während wir dort sitzen, werden die Beiträge für den Wettbewerb nacheinander auf den Esstisch gestellt.

Als wir unseren Gilmore-Girls-Kuchen holen wollen, werden wir von einem dringenden Windelwechsel aufgehalten, zu dem wir hoch in mein Zimmer gehen, weil es näher ist. Wir sind also erst fünf Minuten vor der Deadline wieder da, die anderen stehen schon alle da und starren hoffnungsvoll auf den voll beladenen Tisch. Dann öffnet sich eine Minute vor halb die Tür, und Milo schwankt mit einem berghohen Kuchen herein. Er ist so schwer, dass ich schwören könnte, dass ich den Tisch ächzen höre, als er ihn in prominenter Position darauf platziert.

Der Raum ist voll. Ich scanne die Gesichter. Miranda hat es irgendwie geschafft, Ambie aus dem Whirlpool zu locken, Taj und Co. stehen mit verschränkten Armen da, bereit, die Kuchen zu probieren, Willow und Nigel sehen so ätherisch aus, als wären sie gerade einem Yoga-Werbeplakat entstiegen, und die Kinder tauschen alle lautstark ihre Meinungen aus. Tatsächlich scheinen alle außer Bill hier zu sein.

Milo drängt sich nach vorne. »Also, kurze Info, der unterste Boden meines Kuchens ist aus Kokosnussteig und Malibu-Buttercreme, das Ganze steht auf einer Ombré-Schicht …«

Ringsum ertönen überwältigte Seufzer, als er innehält.

»… gefolgt von einem knusprigen Hügel aus mit Sahne gefüllten Profiteroles und Makronen, darauf dann ein Mini-Baiser-Pavlova-Berg, gekrönt von einem Baileys-Cupcake und alles umhüllt von mit Goldfarbe besprühtem gesponnenen Zucker.«

Die Surfer stoßen leise Flüche aus, und Nigel murmelt: »Hab ich da was verpasst? Versucht er, irgendwas zu beweisen?«

Fliss wendet sich an Milo. »Rote Karte für dich, du hast die Anonymität zerstört, die Entscheidung der Jury ist endgültig, du bist vom Wettbewerb ausgeschlossen.«

Als Milos Gesicht lang wird, öffne ich den Mund, um mich einzumischen, aber Libby ist schneller.

»Es ist ein bisschen Weihnachtsspaß, niemand wird hier disqualifiziert.« Nicht, dass man je Lust hätte, mit Libby zu streiten, aber im Moment ist ihr Mund ein dünner Strich, der sagt »Wage es ja nicht, zu widersprechen«.

Ich werfe schnell ein: »Und Bill ist nicht mal angetreten!«

Milo reckt eine Faust in die Luft und zischt: »Er konnte die Anforderungen nicht erfüllen, ich wusste es.«

Nigel schaut mich an. »Doch, er ist schon angetreten, ich hab gesehen, wie Bill seinen Beitrag vorhin reingebracht hat, aber er musste schnell wieder weg.«

Ich schaue den Tisch entlang, bis mein Blick an einem Teller mit Lebkuchenmännchen hängen bleibt. Entschuldigung – Lebkuchenmenschen. Und fange an zu lächeln, weil das unverkennbar Bills Arbeit ist. Er hätte genauso gut ein Schild mit der Aufschrift BILL HAT DIE GEMACHT hinterlassen können. Ich bin in diesem Moment besonders ergriffen, da ich daran denke, dass ich an dem Tag, als wir die Ausstechformen fanden und die Lebkuchenmännchen für den Baum in der Küche gemacht haben, nicht wusste, dass er ein Kind hat. Wenn ich daran denke, dass Abby diese Ausstechformen auch benutzt haben muss, weiß ich nicht, wie er es geschafft hat, dass sein Herz an jenem Tag nicht gebrochen ist. Aber jetzt muss es zumindest nicht noch mehr brechen.

Ich greife ein, bevor Libby sich einmischt und Milo ohne Abstimmung zum Sieger erklärt. »Wenn also alle außer Milo ihren Namen unter dem Kuchen hinterlassen haben, sollen wir dann nicht mit der Verkostung und der Beurteilung fortfahren? Fliss gibt jedem eine Perle und stellt Untertassen hin, legt eure Perle in die Untertasse vor denjenigen Kuchen, für den ihr stimmen wollt.«

Fliss strahlt. »Und während ich die Perlen verteile, schneidet Ivy von jedem Kuchen ein Stück runter, damit jeder mal probieren kann.«

Schon komisch, dass hier so viele Kuchen rumstehen. Es gibt herrliche Weihnachtsbaum-Cupcakes mit leuchtend grüner Buttercreme und bunten Kügelchen und ins Auge springendes rundes, glasiertes Shortbread mit Lichterketten-Muster, unsere Schnee-Schokoladentorte, Robs Schwarzwälder Kirschtorte, aus der die Sahne herausquillt, Willows und Nigels Kreationen sowie einige zusätzliche Pralinen und schließlich die Cupcakes von den Kindern und ein paar Nutella-Brownies, die, wie ich aufgrund der Art und Weise, wie sie darüber kichern, vermute, von Tiff, Tansy und Scout stammen. Und dann bin ich ganz am Ende des Tisches angelangt, und mein Herz schmilzt dahin.

Ich zeige auf Fliss. »Du meine Güte, da hat jemand einen Merwyn-Kuchen mit passenden Merwyn-Cupcakes gebacken.« Es ist im Grunde eine Schokoladenbiskuitrolle mit Streifen aus Schokoladenbuttercreme, die ein Fell darstellen sollen, mit einem Gesicht am Ende. Aber der Ausdruck in den Augen, das ist ganz typisch Merwyn. Auch auf jeden Cupcake ist ein pelziges Merwyn-Gesicht gemalt.

Alle Kinder rennen zum Ende des Tisches und brechen in ein kollektives »Ahhhhhh …!« aus. Kurz darauf hört man das Klackern von Perlen, die in die Untertasse davor fallen.

Ich runzele die Stirn. »Aber wie könnt ihr denn abstimmen, wenn ihr noch nicht einmal probiert habt?«

Tiff wirft mir einen Seitenblick zu. »Wir müssen nicht probieren, wir wissen schon, welcher der Beste ist.«

Ich weiß, ich sollte Rob meine Perle geben, weil er so toll ist, aber das Seeglas tut wieder seine Wirkung, also bekommen die Merwyns auch meine Perle.

Fliss vergibt ihre und Harriets Perle an Robs Kuchen, Oscar besteht darauf, seine Merwyn zu geben, und Willow und Nigel geben ihre den Schneemenschen der Kinder. Als alle gekostet und ihre Perlen in die Untertassen fallen lassen haben, sehen wir, dass Milos Berg zwei Perlen bekommen hat, und ich vermute, dass eine davon von Milo selbst stammt. Warum haben wir vergessen zu sagen, dass man nicht für seinen eigenen Kuchen stimmen kann?

Fliss klatscht in die Hände. »Toll, der Gewinner mit zwölf Perlen ist also das Merwyn-Ensemble. Unten am Kuchen ist ein kleiner Zettel angebracht, auf dem wohl steht, wer ihn gebacken hat?«

Tiff schnappt ihn sich. »Da steht Ivys Name drauf …«

Sie reicht ihn mir, ich entfalte ihn und habe die vertraute spitze Schrift vor Augen. »Okay, auf dem Zettel steht: Für jeden gibt's einen passenden Cupcake, und wenn du jetzt zur Remise gehst, wirst du herausfinden, wer der geheime Bäcker ist.«

Ich bin mir nicht sicher, warum mein Herz so schnell schlägt, als ich mir meinen Mantel schnappe und den Hinterhof durchquere. Ich begebe mich zwar auf die Suche nach einem geheimen Bäcker, aber eine geheime Mission ist das hier keinesfalls. Während ich durch das Gebüsch und zur Remise eile, werde ich von sieben schreienden Kindern flankiert. Als wir durch die Glastür sehen, dass in der Brennerei Licht brennt, beginnen wir zu rennen und sind ganz außer Atem.

Ich schiebe mich durch die Tür und sehe eine Gestalt ganz hinten am Fenster stehen. Als sie sich umdreht und ich die Jogginghosen mit dem Aztekenmuster sehe, stockt mir der Atem.

»Keef?« Ich habe keine Ahnung, warum ich enttäuscht bin, aber ich reiße mich sehr schnell wieder zusammen. »Hey, du bist also derjenige, der uns mit seinen Cranberry-Schnecken begeistert hat?«

Er schürzt die Lippen. »Nicht ganz …«

»Das kann ich nicht als Antwort gelten lassen. Heißt das nun ja oder nein?«

Er seufzt. »Eigentlich hat das Ganze sehr wenig mit Backen an sich zu tun, und es geht mehr um Bill als um mich. Er versucht die ganze Zeit, mit dir zu reden, aber anscheinend meidest du ihn ständig …«

»Das hier ist also ein Trick?«

Keef schüttelt den Kopf. »Sei nicht zu hart zu ihm, er hat es nicht leicht gehabt. Es tut ihm sehr leid, in welche Lage er dich gebracht hat, es ist sicher gut, das vor Weihnachten noch aus der Welt zu schaffen. Er hat die Merwyn-Küchlein gebacken, und er würde gerne mit dir sprechen, wenn das okay ist.«

»Gut.« Ist es überhaupt nicht. Aber offensichtlich kann sich Bill keine Unklarheiten leisten. Hätte ich ihn sich gestern im Auto aussprechen oder ihn heute früh sagen lassen, was er zu sagen hat, wären wir jetzt nicht hier.

Keef wirft seine Perlenzöpfe über die Schulter und knufft meinen Arm. »Er wartet am Strand, es wird nicht lange dauern.«

Als ich mich in Richtung Tür bewege, kommen die Kinder mit mir.

»Nicht so schnell! Ihr wartet hier bei mir.« Keef hebt den Finger und zwinkert mir zu. »Vergiss nicht, diese verdammten diems zu carpen, Ivy, und sei nachsichtig mit dem Jungen.«

Es gibt Momente, da würde ich ihm gerne sagen, dass er sich seine diems und den ganzen Rest in den Hintern schieben kann. So wie jetzt gerade, wenn ich es nicht so eilig hätte.

Als ich am leeren Strand stehe, sehe ich, dass sich die Farbe des Meeres im verblassenden Nachmittagslicht in dunkles Schiefergrau verwandelt hat; die Sonne von heute Morgen ist einem schweren bleiernen Himmel gewichen. Es ist nicht hilfreich, dass mein erster Instinkt, als ich Bill sehe, der gebeugt im Wind steht, seine Hände tief in den Jackentaschen vergraben, ist, ihn zu umarmen. Als eine eisige Böe in meinen Pelzmantel fährt, trete ich mir in den Hintern, weil ich meine Mütze nicht mitgebracht habe. Ich nähere mich ihm und hüstele, worauf er sich umdreht.

»Ivy, du bist gekommen.«

Ich versuche zu ignorieren, wie sein Lächeln mich innerlich wärmt. »Wenn wir das schnell hinter uns bringen könnten …«

»Natürlich. Ich möchte das Ganze nur klären und dir sagen, wie die Dinge stehen.«

»Super.« Ich kann mir meinen ironischen Unterton nicht verkneifen.

»Ich will nicht schlecht über Gemma sprechen, aber der

größere Kontext könnte dir helfen, es zu verstehen.« Er runzelt die Stirn. »Ich weiß, dass du das nicht wissen willst, aber ich werde es dir trotzdem erzählen. Es ist sinnvoll, am Anfang zu beginnen, als Gemma und ich im selben Flieger von Chamonix nach Hause saßen. Wir teilten uns ein Taxi nach Hause zu mir, eins führte zum anderen, und zwei Wochen später erzählte sie mir, dass sie schwanger sei.« Er atmet hörbar aus. »Es war kein guter Start. Sicherlich nicht das, was ich geplant hatte, aber so zog sie eben bei mir ein, und wir haben es miteinander versucht.«

»Das war also Abby …«

Er starrt hinaus aufs Wasser. »Eigentlich … nein. Diese erste Schwangerschaft hat nicht geklappt, aber als ich das erfahren hab, war Abby schon unterwegs.«

»Wow.« Wir wussten alle, dass sie fest entschlossen war, ihn sich zu krallen, aber wir hätten nicht gedacht, dass sie so weit gehen würde.

Bill zuckt die Achseln. »Gemma und ich hatten beide unterschiedliche Prioritäten, unterschiedliche Gründe, um die Beziehung aufrechtzuerhalten, aber leicht es war nie. Als Abby kam, machte das für mich vieles wett, aber der Rest blieb immer harte Arbeit. Fünf Jahre lang haben wir unser Bestes getan. Aber als Gemma letztes Jahr mit jemand anderem weiter durchs Leben gehen wollte, hatte ich das Gefühl, dass zumindest einer von uns die Chance bekommen hatte, glücklich zu sein.«

»Aber das hat nicht gehalten.«

»Vielleicht war ich da zu optimistisch.« Er seufzt. »Es tut mir so leid, es war falsch von mir, dich in die Nähe des Hauses zu bringen. Als Gemma dich gesehen hat, hat sie entsprechend reagiert.«

»Aber wenn Gemma es noch einmal versuchen will, musst du es doch auch tun – für Abby?«

Er legt gequält das Gesicht in Falten. »Es war das erste Mal, dass Gemma von Versöhnung gesprochen hat, ich wollte die Dinge mit ihr klären und sicherstellen, dass ich das Beste für Abby tue.«

»Ich verstehe.« Wirklich. Er muss gar nicht weiterreden.

»Aber ich habe viel darüber nachgedacht – ob es gut ist, von Eltern erzogen zu werden, die einander nie geliebt haben und nicht miteinander auskommen.«

Das war nicht der Eindruck, den ich bekommen habe. »Aber Gemma war verrückt nach dir, sie war in Chamonix die ganze Zeit hinter dir her.«

»Ich gebe nicht vor, perfekt zu sein. Aber bei Gemma gibt es kein Geben und Nehmen, kein Gefühl von Partnerschaftlichkeit, es geht immer nur um sie. Ich kann wohl mit Recht behaupten, dass Gemma mein Haus und meine Einkommensverhältnisse viel mehr geliebt hat als mich.« Bill windet sich. »So wie die Dinge jetzt stehen, wird Abby nicht jeden Tag beide Elternteile sehen, aber wenn sie merkt, dass wir beide allein glücklich sind, dass wir die Menschen sind, die wir sein wollen, anstatt gemeinsam unglücklich zu sein, dann ist das sicher besser für sie. Gemma wollte mich erst in dem Moment zurück, als sie dachte, dass ich jetzt meinen eigenen Weg gehen würde. Und dann kam sie mit der Abrissbirne. Es tut mir aufrichtig leid, dass ich dich da mit reingezogen hab, das war bestimmt sehr demütigend.«

Ich murmele: »Es war schrecklich.«

»Da haben wir's. Ich habe es ihr vielleicht auch nicht grade leicht gemacht, als Dad und ich das Schloss gefunden haben und hierher umziehen wollten. Aber sie war diejenige, die die Entscheidung getroffen hat, dass wir getrennte Wege gehen sollten, und jetzt, da sie es getan hat, stehe ich zu diesem Entschluss. Ich werde immer für Abby da sein, so viel sie das möchte, aber ich werde nicht zu Gemma zurückgehen.«

»Okay, danke, dass du mir das gesagt hast.« Ich muss das erst mal sacken lassen. »Gibt es noch etwas, das du klären möchtest?«

Seine Augen weiten sich. »Falls du es nicht schon erraten hast, als du den Zettel am Merwyn-Kuchen hast kleben sehen ... Ich bin dein heimlicher Bäcker.«

Jetzt muss ich lachen. »Und ich dachte schon fast, Keef wäre es. Sagst du mir auch den Grund?«

»Milo hat damit angegeben, wie gut er sei, da musste ich auch mit etwas auftrumpfen, um dir zu zeigen, dass er nicht ›der absolute Traumtyp‹ ist. Außerdem konnte ich so etwas zu dieser Weihnachtssache beitragen. Du hattest zu diesem Zeitpunkt nicht gerade die beste Meinung von mir, wenn ich dir das mit den Cranberry-Schnecken gestanden hätte, hättest du mich nur noch weniger ausstehen können.«

»Warum hast du dir überhaupt jemals Sorgen um Milo gemacht?«

»Er ist attraktiv, ich hatte meine Chance bei dir schon einmal verpasst, ich wollte das auf keinen Fall noch einmal zulassen.«

»Soo gut sieht Milo nun auch wieder nicht aus. Und außerdem geht es sowieso nicht ums Aussehen ...« Na gut, wenn ich Bill so ansehe und fühle, wie sich mein Magen dabei auflöst, war das vielleicht eine Lüge. »Für mich geht es viel mehr darum, worüber wir reden, wie viel du mich zum Lachen bringst, wie du riechst ...«, was mich daran erinnert, »... Welches Aftershave benutzt du eigentlich?«

Er rollt mit den Augen. »Wie soll ich das denn bei all den Flaschen in meinem Badezimmer wissen? Es könnte eine bräunliche sein ...«

»Das nehm ich dir nicht ab.« Ich puffe ihn spielerisch in den Arm. »Du veräppelst mich, oder?«

Seine Lippen kräuseln sich. »Es ist Dior Fahrenheit.« Seine

Lippen verziehen sich noch mehr nach oben. »Kriege ich einen Kuss dafür, dass ich dir das verraten hab?«

Ich rolle mit den Augen. Ich will nicht wie jemand wirken, den man leicht rumkriegen kann. »Hast du einen Mistelzweig dabei?«

Sein Gesicht wird lang. »Scheiße.« Dann grinst er wieder und greift in seine Hosentasche.

»Natürlich hab ich einen Mistelzweig, ich sagte dir doch, von nun an werde ich nie mehr ohne rausgehen.« Er hält einen winzigen, verdorrten Zweig hoch, der offensichtlich schon den ganzen Weg nach London und zurück in seiner Tasche war.

Ich kann mir das Lachen nicht verkneifen. »Das nennst du einen Mistelzweig? Nicht sehr beeindruckend.«

»Wart erst mal ab, dann werden wir sehen, ob du danach immer noch meckerst.«

Im einen Moment lache ich noch, im nächsten werde ich herumgedreht, seine Arme sind um mich geschlungen, und sein dunkler, süßer, nach Kaffee schmeckender Mund trifft auf meinen. Während ich meine Augen schließe und den köstlichen Duft von Dior Fahrenheit tief in meine Lungen strömen lasse und mich gegen seine Brust drücke, beginnt sich die Welt um mich herum zu drehen. Einen Moment lang höre ich fernen Jubel und etwas, das sich sehr nach den Schreien von Tiff und Tansy anhört, dann wird es vom Rauschen der Wellen überdeckt, und der lärmende Wind trägt es aufs Meer hinaus. Erst nach langer Zeit lösen wir uns voneinander. Mein Mund verlangt nach mehr.

Als ich rückwärts taumele, greift er wieder nach mir. »Ich lasse dich nicht ins Meer fallen.«

Ich drücke meine Wange gegen das Kaschmir seines Pullovers und höre zu, als er wieder zu sprechen beginnt.

»Es ging nie darum, zwischen dir und Gemma zu wählen. Ich war hier, habe mein ziemlich beschissenes Leben gelebt, und in dem Moment, als du um die Ecke gebogen bist und mich im Whirlpool gefunden hast, hat sich alles verändert. Bis dahin hab ich mich immer allein gefühlt, sogar, als ich in einer Beziehung war. Und dann bist du in mein Leben gekommen und hast angefangen, mir zu helfen.«

»Dich herumzukommandieren, meinst du wohl.«

Er rollt mit den Augen. »Ich hatte keine Ahnung, worauf ich mich da eingelassen hab. Aber ich bin wirklich froh, dass ich es getan hab. Ohne dich wäre ich in solchen Schwierigkeiten gewesen. Du hast mich aufgerüttelt und die erstaunlichsten Dinge geschehen lassen, aber vor allem haben wir als Partner gut zusammen funktioniert. Als alles drohte schiefzulaufen, warst du da, um mich aus dem Schlamassel rauszuholen. Du hast mich dazu gebracht, mich gegen Gemma zu behaupten, und du hast mir die nötige Stärke gegeben, um Abby zu besuchen. Und während all dieser Zeit war es wunderbar, mit dir zusammen zu sein, so sehr, dass ich nie wieder ohne dich sein möchte. Du bist innerlich und äußerlich unglaublich schön, und ich kann dir für all das nicht genug danken.«

Aus irgendeinem Grund laufen mir Tränen übers Gesicht, meine Wangen sind ganz feucht. »Eigentlich bin ich diejenige, die sich bei dir bedanken muss. Du hast mir das Gefühl gegeben, schön zu sein, als ich dachte, dass ich das nie mehr sein würde. Und du hast mir gezeigt, dass ich nicht für immer traurig sein muss.«

Er schnieft und schluckt. »Du gibst so viel, ganz bedingungslos. Von allen Menschen, die ich je getroffen habe, bist du die Person, die es am meisten verdient, glücklich zu sein, Ivy. Ich war noch nie zuvor verliebt, aber jetzt bin ich es total – in dich. Es ist, als hättest du mein Leben in den letzten zwei Wochen komplett auf den Kopf gestellt. Ich liebe dich, Ivy, das Einzige, was ich will, ist, dass wir zusammen glücklich sind – wenn du bereit bist, es zu versuchen?«

Ich fahre mit den Fingern durch sein Haar und ziehe daran. »Ich liebe dich auch, Bill.« Wie stark das Seeglas auch sein mag, ich kann ihm nicht sagen, seit wann ich schon so empfinde. »Das ist wie ein wahr gewordener Traum.« Na gut. Ich sage es auf eine andere Art.

»Es gibt da noch eine Sache …«

Er macht das immer, und es folgt nicht immer etwas Gutes darauf. »Ja …?«

»Dieser Himmel …«

Ich schaue an seinem Ohr vorbei nach oben. »Da sind Sterne, ich weiß, dass sie da sind, wir können sie nur noch nicht sehen.«

Er lacht. »Ausnahmsweise habe ich nicht die Sterne gemeint, ich dachte eher, dass der Himmel aussieht, als würde es Schnee geben …«

Ich muss sichergehen. »Willst du mich wieder veralbern?«

Er lächelt auf mich herunter. »Würde ich über so etwas Ernstes Witze machen?«

Wenn er versucht, mir einen Grund zu geben, ihn vor Dankbarkeit abzuknutschen – ich mache das sehr gerne auch so.

Als wir viel später rausgehen, um mit Merwyn den Handytaschenlampen-Spaziergang am Strand zu machen, hat es immer noch nicht geschneit; wenn überhaupt, ist der eisige Wind, der vom Meer her weht, eher milder geworden.

»Also immer noch kein Schnee? Was hat dein berühmter BBC-Wettermann gesagt?«

Er zieht die Nase kraus. »Tomasz meinte, es würde schneien, sobald es milder wird.«

Ich kuschele mich in Bills Jacke und sehe zum dunklen Himmel hinauf.

»Für die Sterne ist es heute Nacht auch zu bewölkt.«

»So viele Enttäuschungen.« Bill lacht. »Wir können die

Sterne nicht sehen, aber schau mal genau hin, siehst du diese winzigen Tupfer vom Himmel fallen?«

»Ich glaube, wenn ich meine Augen etwas zusammenkneife, kann ich sie sehen.«

»Das sind kleine Stücke von Sternschnuppen.«

»Ist das so ein kornisches Phänomen?«

Im Halbdunkel sehe ich, wie er sich auf die Lippe beißt. »Ich mach nur Spaß. Ich will dir keine falschen Hoffnungen machen, aber ich glaube, es könnten Schneeflocken sein.«

35. Kapitel

Lametta, Rosenkohl, Truthahn, Schnee

Mittwoch, 25. Dezember

»Schnee am Weihnachtsmorgen, es ist offiziell, dafür werde ich dich für immer lieben, Mr. Markham ...« Ich schaue aus meinem Schlafzimmerfenster, und mir stockt der Atem, als ich sehe, dass der Schnee zentimeterhoch auf dem Rasen liegt, an den Zweigen der Büsche hängt und sich in tiefen Verwehungen den Strand bis hinunter zum Wasser zieht.

»Ich hoffe, dass dies die Art von für immer ist, die bis zum Ende aller Zeiten dauert, Ms. Starforth, und nicht die Art, die dahinschmilzt, sobald der Schnee verschwindet.« Bills Lippen kräuseln sich, während er seine gebräunten Schultern wieder auf die Kissen bettet. »Kommst du wieder ins Bett, damit ich dir einen ›Frohe Weiße Weihnachten‹-Kuss geben kann?«

Ich bezweifle, dass wir nach unserer ersten richtigen gemeinsamen Nacht überhaupt aufgestanden wären, wenn heute nicht zufällig Weihnachten wäre. Aber Weihnachten mit Schnee gehört zu der Art von Dingen, die eigentlich nur in Geschichten vorkommen, im wirklichen Leben sind sie wahnsinnig selten. Wie angenehm und warm es auch unter der Bettdecke ist und wie traurig ich es auch finde, dass Bill seinen ultraheißen Körper mit Kleidern bedecken muss – wir müssen aufstehen. Als wir hinuntereilen, um mit Merwyn seinen Morgenspaziergang zu machen, sind alle anderen bereits draußen im Garten.

Fliss ruft zu uns rüber. »Hey, ihr Faulpelze, was ist denn das für eine Zeit? Wir haben schon in unsere Strümpfe geguckt, gefrühstückt und eine ganze Familie von Schneemenschen gebaut.« Sie zieht Oscar auf einem der Schlitten, die unter den Weihnachtsbäumen standen, über den Rasen und weicht den Schneebällen aus, die Tiff, Tansy und Scout auf die Jungen werfen.

Als ich in meiner Tasche nach meinem Handy krame, nimmt es mir Bill aus der Hand und zieht mich zu sich. »Komm schon, Ivy, lächle für unser allererstes gemeinsames Weihnachtsmorgen-Selfie.«

Ich tue, worum er mich bittet, erschleiche mir einen schnellen und sehr diskreten Kuss und bücke mich. »Und wir brauchen auch eins mit Merwyn! Und dann ein paar vom Schloss im Schnee.« Es ist unglaublich malerisch mit den schneebedeckten Türmchen, die sich vor einem strahlend blauen Himmel abheben, der verschneiten Rasenfläche und den dunklen Bäumen, die dort, wo der Schnee an der Rinde klebt, weiß schimmern. Hätte Libby die Szene mit den vielen Menschen in bunten Mänteln und Schals und Gummistiefeln, die im Schnee vor dem Schloss spielen, persönlich bestellt, hätte sie es nicht perfekter haben können. Sogar Miranda und Ambie schaffen es nach draußen, und Ambie stiftet seinen Hut für Opa Schneemann.

Nachdem Merwyn den Strand entlanggelaufen ist und wir von Schneebällen genug haben, gehen wir alle rein und holen uns heiße Schokolade, frisch gebackene Croissants und Milos beliebte Pfannen-Scones. Dann verschwinden Keef, Taj und die Jungs zum Mittagessen, während der Rest von uns in den Familienraum geht, um den Kindern beim Aufmachen ihrer Geschenke zuzusehen. Es ist erstaunlich, wie eine Aktion, die buchstäblich Wochen Vorbereitung gekostet hat – ich denke an Libbys viele Paketlieferungen, die Stunden, die sie in der

Waschküche verbracht hat, um sie schön zu verpacken –, so schnell zu Ende sein kann.

Innerhalb weniger Minuten ist alles vorbei, und der Raum sieht aus, als wäre eine Bombe in einer Papierrecycling-Fabrik hochgegangen. Die Kinder gehen in Bills Zimmer, um die neuen iPhones einzurichten, die Libby ihnen geschenkt hat. Sobald sie das getan haben, kommen die Mädchen zurück und bauen in einem der Turmzimmer mithilfe von Tansys neuem Laminiergerät und einem Stapel von Bills Gin-Etiketten eine Produktionslinie. Bald rufen sie Keef aus der Küche, damit er seine Trittleiter holt und die glänzenden Etiketten oben an den Baum im Korridor hängt, neben die Muscheln und die Miniatur-Gin-Flaschen.

Während Fliss und ich einige Spiele für die Zeit nach dem Mittagessen vorbereiten und beim Tischdecken helfen, lassen wir schon die Bucks-Fizz-Korken knallen, und ich sause hektisch herum und mache Fotos, denn wohin ich auch schaue, überall gibt es instagramwürdige Aufnahmen. Alles, vom Schein der Feuer bis hin zum Funkeln der Lichterketten, strahlt heute noch mal so schön, denn heute ist Weihnachten.

Als wir bereit sind, uns zum Mittagessen hinzusetzen, ächzt der Serviertisch unter dem Gewicht eines riesigen Truthahns und verschiedener vegetarischer Alternativen. Auf den Tellern türmen sich knusprige Kartoffeln und cremige Püreeberge, knusprige goldene Yorkshire-Puddings, knackige Cumberland-Würste, vegetarische Würste, Würstchen im Schlafrock, vegetarische Würstchen in veganen Schlafröcken, Rosenkohl, Erbsen, Karotten, Spargel, Sellerie, gebackener Kürbis, Pastinaken und Paprika und Krüge voller Bratensoße. Als ich Libbys Handy beiseitelege, mich zwischen Fliss und Bill setze und mein Glas hochhalte, damit Keef es mit Prosecco füllt, fühle ich mich wie eine Food-Fotografin. Und was die gängige Theorie angeht, dass Sex einen besonders hungrig macht … Ich bin ausgehungert.

Die Teller mit dem Essen sind so groß, dass es ewig dauert, bis wir sie geleert haben, aber jeder Bissen ist so köstlich, dass ich es nicht ertrage, etwas übrig zu lassen. Und dann, gerade als ich überlege, dass ich vielleicht aufstehen und helfen sollte, die Tische abzuräumen, wird ein Messer gegen ein Glas geschlagen.

Als wir alle aufhören zu reden und uns umsehen, steht Miranda auf und hüstelt ein wenig.

»Ähm ... Ambie und ich haben etwas zu verkünden.«

Ich höre Libby weiter unten am Tisch stöhnen. »Oh nein, was jetzt?«

Fliss murmelt: »Bitte nicht Gretna Green oder Vegas ...«

Miranda ignoriert sie und atmet so tief ein, dass ihre Brüste praktisch oben aus ihrem schwarzen Spitzenbustier herausquellen. »Wie ihr alle wisst, haben Ambie und ich uns vor ein paar Tagen verlobt, und ihr alle habt uns beim Feiern geholfen.«

Weiter unten am Tisch blinzelt Keef ihr Dekolleté an und schüttelt dann den Kopf.

»Nun ja ...«, Miranda hüstelt wieder ein wenig, »... die heutige Nachricht ist, dass wir beschlossen haben, unsere Pläne auf Eis zu legen.«

Fliss sieht verwirrt aus. »Wie, auf Eis?«

Miranda strahlt. »Auf Eis, das heißt, dass wir uns jetzt erst einmal entloben, um irgendwann in sehr ferner Zukunft die Sache mit dem Ring erneut zu besprechen. Wir haben viele Stunden im Whirlpool darüber gesprochen und fühlen uns beide so wohler.«

Libbys Augenbrauen sind nach oben geschnellt. »Herzlichen Glückwunsch, Mama, es ist viel klüger zu warten, bis man sich besser kennt.«

Milo hebt seine Kinnlade vom Boden auf. »Kein Grund, die Dinge zu überstürzen – haben wir das nicht schon immer gesagt?«

Ich grinse Miranda an, die zurückstrahlt. »Gut gemacht, Miranda, High Fives für euch beide.« Ich gebe ihr ihren und schaue mich dann um. »Wo ist Ambie?«

Miranda zuckt ein wenig zusammen. »Im Whirlpool bei einem flüssigen Mittagessen. Aber er ist einverstanden damit.«

Tiff schaut zu Tansy. »Was soll der Scheiß? Wie zum Teufel sollen wir Kinder den Durchblick behalten, wer unsere Stief-Großeltern sein werden, wenn sie ständig ihre Meinung ändern?«

»Nicht fluchen, Tiffany!« Der Blick, den Libby Tiff zuwirft, ist stechend genug, um sie zu atomisieren, aber sie kann ihn nicht aufrecht halten. Eine Sekunde später grinst sie wieder.

Fliss hält ihr Glas hoch. »Trinken wir also alle auf gute Entscheidungen – und darauf, in den Sechzigern nicht unvernünftig zu werden!«

Miranda wirft Fliss ein zuckersüßes Lächeln zu. »Fünfzigern, mein Schatz ...«

Tom murmelt: »Von wegen Fünfzigern.«

Aber diesmal schreitet Libby nicht ein, um ihn zu korrigieren, sie meint nur leise: »Du sagst es.«

Tarkie sieht Tom an und runzelt die Stirn. »Heißt das, dass sie dann Verhütungsmittel brauchen werden?«

Toms Gesicht legt sich in Falten. »Eher Seniorenkarten für den Zug.«

Tiff dreht sich zu Tarkie. »Wenn du jetzt anfängst, über die Klitoris zu reden, Tarkie, hau ich dir eine rein.«

Tarkie stöhnt. »Wie soll ich denn, das ist genau das Wort, wo ich immer vergesse, was es bedeutet!«

Fliss nimmt einen neuen Anlauf. »Also, lasst uns trinken – auf Mum und Ambie und ihre Entlobung!«

Es gibt lauten Applaus, und alle klopfen so heftig auf die Tische, dass ich hoffe, dass die Plastikmoleküle das aushalten. Und als ich Keef sehe, hat er seine Koboldweste ausgezogen und wirbelt sie in der Luft herum. Und dann schnappt er sich Miranda und tanzt mit ihr durch den Raum.

Als das Chaos sich legt, klatscht Libby in die Hände. »Okay, wie wär's, wenn ihr Kinder dann den Tisch abräumt?«

Wenn ihr etwas erledigt haben wollt, fragt jemanden, der jung ist. Ein kurzes Kratzen der Stuhlbeine auf dem Boden, ein Fußgetrappel, und ehe wir's uns versehen, sind die Tische makellos, die Kinder hocken wieder auf ihren Plätzen, und Keef, Taj und Bede tragen flambierte Weihnachtspuddings herein, gefolgt von Slater mit einem Tablett mit hausgemachtem Rum- und Toffeeeis, Brian mit einem Tablett mit veganen Sorbets und Nigel mit Krügen mit Rumsauce und Sahne und Mince Pie. Und wir alle machen uns für die nächste Runde bereit.

Gerade als wir denken, dass wir wirklich nichts mehr essen können, kommt Keef mit Kaffee und Brandy herein, gefolgt von Bill mit einem Tablett handgemachter Pralinen und Überraschungseiern für die Kinder.

Als Willow mit kleinen Kugeln Gurken- und Ingwersorbet, die den Gaumen reinigen sollen, reinspaziert, sind wir sicher, dass wir platzen, wenn wir noch einen Bissen essen. Aber wie immer hat sie recht – sie mögen zwar ekelhaft aussehen und riechen, aber das Endergebnis macht uns froh, dass wir mitgezogen, uns die Nase zugehalten und geschluckt haben.

Dann steht Libby auf und hüstelt. »Okay, Kinder. Während wir abräumen, spielt ihr, bevor ihr mit dem Laminieren weitermacht, ›Kobold auf dem Regal‹. Im ganzen Schloss sind hundert Kobolde versteckt. Eure Aufgabe ist es, sie alle zu finden, ihr könnt euch jeder einen dieser Körbe nehmen, um sie einzusammeln.« Sie weist mit dem Kinn auf den Stapel vor ihr.

Ich halte den Atem an. Als ich das letzte Mal dieses Spiel erwähnt habe, waren sie so unbeeindruckt, dass sie sich nicht einmal die Mühe machten, mit den Augen zu rollen. Aber diesmal tun sie das nicht. Stattdessen werfen sie die Arme in die Luft, rufen »Yippie«, schnappen sich einen Korb und sausen davon.

Libby lächelt mich an. »Ein weiterer deiner kleinen Weihnachts-Retter, Ivy.«

»Hab ich gern getan.« Ich grinse sie an, und sie zwinkert mir zu. Jetzt, wo wir schon mal hier sind, will ich noch etwas anderes fragen. »Übrigens, Libby, ist Nathan irgendwo aufgehalten worden?« Ich habe das vorhin doppelt überprüft. Laut ihrem Kalender, in dem sie penibel Stunde für Stunde einträgt, sollte er vor fünfundzwanzig Stunden eintreffen.

Einen Moment lang weiten sich ihre Augen. Es ist so still, dass Oscar vom Tisch herabsteigt und anfängt, mit einer Pfeffermühle gegen das Tischbein zu klopfen. Als sie antwortet, lächelt sie, aber ihre Stimme ist noch brüchiger als sonst. »Ich freue mich, dass du nachfragst, Ivy, du bist die erste Person, die das tut. Es ist seltsam, selbst die Kinder haben nicht bemerkt, dass er nicht da ist.« Sie atmet tief ein. »Obwohl, wenn man bedenkt, wie wenig er in den letzten Jahren zu Hause war, ist für sie wahrscheinlich alles wie immer.«

Fliss' Augen sind so groß wie Untertassen. »Also, wo ist er?«

Libby atmet wieder ein. »Er ist in St. Moritz mit seiner persönlichen Assistentin, Gloria.« Sie zuckt die Achseln. »Er hat seit Jahren ein Verhältnis mit ihr. Jetzt ist es zumindest offiziell.«

Fliss zieht eine Grimasse. »Ich dachte, Gloria sei alt genug, um seine Mutter zu sein?«

Miranda nickt. »Sexy, Single und sechzig! Alt bedeutet nicht, dass wir sie nicht aus den Schuhen hauen können!«

Libby sieht entsetzt drein. »Wobei du offensichtlich nicht zu diesen Frauen gehörst, Mama, du bist viel zu jung.«

Ich runzele die Stirn. »Und ich dachte, er mietet das Schloss für dich aus romantischen Gründen ... Das zeigt mal wieder, was für einen falschen Eindruck man kriegen kann, wenn man das Ganze von außen betrachtet.«

Libby zieht eine Grimasse. »Es war einfach das teuerste Schloss, das ich gesehen habe, also hab ich es mir unter den Nagel gerissen. Irgendwie musste er dafür bezahlen. Er war eingeladen, aber er hat abgelehnt. So konnten wir das Fest zumindest alle genießen.«

Fliss blinzelt Rob an. »Wer weiß noch darüber Bescheid? Ich meine, was passiert als Nächstes – lasst ihr euch scheiden?«

Libby zuckt die Achseln. »Ich bezweifle, dass wir uns die Mühe machen werden. Aber Willow und Nigel wissen es schon seit Jahren und haben mich sehr unterstützt.«

Fliss schnauft. »Es tut mir so leid, Libs. Wieso hab ich das nicht mitbekommen? Ich dachte immer, du hättest alles, wovon man nur träumen kann.«

Libbys Lächeln ist reumütig. »Ich habe sicherlich viel Arbeit investiert, um es so aussehen zu lassen, als ob ich alles hätte. Und es gibt nichts Besseres als einen betrügenden Ehemann, um einen zu motivieren, das eigene Unternehmen zu einem Erfolg zu machen.« Sie lächelt; Milo, der am anderen Ende des Raumes steht, wirft ihr einen Blick zu. »Und es war nicht alles schlecht hier. Habt ihr jemals einen Kokosnussteig probiert, der so gut wie der von Milo schmeckt?«

Miranda hustet. »Aber wie kommt es, dass Milo und du so gut zueinander passen, wenn Ambie so falsch für mich ist?«

Libby schüttelt den Kopf. »Mama, es ist schön, mit ihm zusammen zu sein, und mir schmeckt sein Kuchen. Ich habe nicht gesagt, dass ich ihn sofort heiraten werde – oder auch nur darüber nachdenke.«

Fliss schüttelt den Kopf. »Über fehlende Romantik oder über das Schloss können wir uns nicht beklagen. Es hat für Bill und Ivy Wunder gewirkt, mich und Rob wieder auf den richtigen Weg gebracht, Libby genießt tatsächlich mal die Gesellschaft von jemandem, und Miranda hat sechs Surfer-Verehrer gefunden. Ich wette, keiner von ihnen würde sie aus seinem Wohnmobil werfen, wenn sie ihnen nur eine winzige Chance gäbe.«

Libby hat einen schmerzhaften Ausdruck auf dem Gesicht. »Aber es geht doch um Weihnachten – wir alle haben Spaß. Oder nicht?«

Und das von einer Frau, die an nichts zweifelte. Diejenige, die so hoch über uns schwebte, dass der Sauerstoff, den sie atmete, schon aus einer anderen Stratosphäre kam. Diejenige, die sich ihrer selbst so sicher war, während der Rest von uns immer Dinge vermasselt hat. Und plötzlich sieht sie ganz klein und traurig und verloren aus. Und bittet uns um Bestätigung. Irgendwie, obwohl ihre Überlegenheit uns so lange so sehr geärgert hat, ist sie jetzt auf unserer Ebene, und ich möchte ihr nur noch helfen.

Ich zähle an meinen Fingern ab. »Weißt du, Libby, ich schaue zu Milo rüber, und er lächelt dich wirklich an. Die Kinder rennen gemeinsam durchs Schloss und suchen nach Plastikkobolden. Dann sind da noch die Surfer, die darum gebettelt haben, mit uns feiern zu dürfen. Bill und ich könnten nicht glücklicher sein. Fliss, Rob und die Kinder wissen alle, dass sie einander lieben. Willow und Nigel kennen ohnehin alle Geheimnisse. Miranda war gerade mutig genug, sich selbst vor einem Fehler zu bewahren. Merwyn tut so, als wäre er angepisst, aber das ist alles nur gespielt, um zu verbergen, wie sehr es ihm hier gefällt. Sogar Ambie ist auf seine eigene Art selig. Bleibt also nur eine Person übrig. Libby – bist du glücklich?«

Libby zieht eine Grimasse. »Ich hätte nie gedacht, dass ich das mal sagen würde, denn es hat sich nie so angefühlt, als wäre ich es – aber – ja, ich glaube, ich bin glücklich.«

Ich lächele sie an. »Ich hätte auch nie gedacht, dass wir das sagen würden. Als alle ankamen, dachte ich, dass dieses Weihnachten eine einzige Katastrophe werden würde. Aber ich denke, für dieses Jahr haben wir's geschafft! Der Job ist erledigt!«

Und als Libby mir einen High Five gibt und mich in eine Umarmung zieht, freue ich mich so sehr für sie, dass ich mir über die Augen wischen und schniefen muss.

Und dann galoppieren die Kinder rein. »Neunundneunzig Kobolde, Ivy, wir haben sie alle gezählt, wir haben neunundneunzig – wo zum Teufel hast du den letzten versteckt?«

Fliss schaut sie an. »Wenn ihr mal vernünftig darüber nachdenkt, wird euch klar werden – bevor Ivy und ich diese Frage beantworten können, müsst ihr uns alle Orte aufzählen, an denen ihr die neunundneunzig gefunden habt.«

Ich dagegen lächle. »Nein. Es ist gut, ich habe mich erinnert, wo der hundertste ist –« Und irgendwie ist das auch sehr passend, aber gleichzeitig bekomme ich einen Kloß im Hals. »Bill hat Abby einen mitgebracht, erinnert ihr euch?«

Tiff nickt. »Stimmt. Das ist nett, aber es ist schade, dass sie nicht hier ist.«

»Ja.« Ich lächle. »Sie wird sich aber gut amüsieren, sie ist Skifahren.«

Scout nickt. »Ich war auch schon Skifahren. Ich war an Weihnachten schon an vielen exotischen Orten, denn das ist eben so, wenn dein Dad ein Öko-Reiseschriftsteller ist. Aber an keinem der Orte war es so schön wie hier.«

Ich tausche einen Blick mit Libby und mache hinter Scouts Rücken eine »Daumen hoch«-Geste. Ich bin so glücklich, dass ich grinse. »Bill hat das mit dem Schnee gut hingekriegt.«

Tansy starrt mich an. »Hat er das gemacht?«

Ich lächle. »Er hat sich mal mit diesem Typen unterhalten, den er kennt – Tomasz Schafernaker.«

Scout verzieht das Gesicht. »Der Wetterfrosch?«

Ich nicke; sie ist ganz schön auf Zack. »Ganz genau.«

Scout runzelt die Stirn. »Und wie funktioniert das dann?«

Ich mache mein »Wer weiß?«-Gesicht. »Ich bin mir nicht sicher. Es könnte etwas mit der Mistel zu tun haben ... oder mit Seeglas?«

Scout nickt. »Ja, wahrscheinlich, die sind beide sehr machtvoll.«

»So, gut, dann haben wir also alle neunundneunzig.« Tiff, Tansy und Scout schwingen ihre Tüll- und Paillettenröcke. Tiff meint: »Wir hätten die Zeit stoppen sollen. Dann hätten wir nächstes Jahr sehen können, ob wir sie unterbieten können.«

Tansy zuckt die Schultern. »Kein Grund, sich zu ärgern, wir machen das morgen noch mal und stoppen dann die Zeit.«

Tiff verengt die Augen. »Was ist das für ein komisches Geräusch?«

Bill kommt rein, rückt den Kaminschirm weg und stapelt weitere Holzscheite aufs Feuer. »Bill, irgendeine Ahnung, was für ein Lärm das ist? Es bimmelt ... ein bisschen wie Glocken ...«

Er strahlt mich an. »Nicht ganz. Aber ich würde sagen, es wäre vielleicht ganz gut, wenn ihr eure Stiefel und Mäntel anziehen und raus vor das Schloss gehen würdet – und zwar jetzt gleich.«

36. Kapitel

Klingende Glocken und Herzmuscheln

»Der Weihnachtsmann mit seinem Wagen, seinem Pony und seiner helfenden Elfe? Warst das du oder Libby?«

Ich schaue Bill an, wir stehen draußen in der hellen Nachmittagssonne, und wenn ich dachte, dass das Schloss, wenn es verschneit ist, nicht noch schöner sein könnte, so habe ich mich schwer geirrt. Die Ankunft des Weihnachtsmanns, die funkelnden Lichterketten des Wagens und das Pony des Weihnachtsmanns, das mit den Hufen aufstampft und mit dem Kopf nickt und dabei die Glöckchen an seinem Geschirr zum Bimmeln bringt – all das verleiht dem Ganzen zusätzlich eine besonders magische Atmosphäre.

Um Bills Augen bilden sich kleine Fältchen, als er lacht. »Ich gebe es zu, das war meine Idee, Keef hat mir geholfen. Definitiv keine Rentiere, ich dachte, das würde dir gefallen.«

»Es ist perfekt. Aber woher wusstest du das? Vor zwei Wochen hattest du von Weihnachten noch keinen blassen Schimmer, und jetzt ziehst du so was ab?«

»Ich lerne schnell. Außerdem hatte ich eine erstklassige Lehrerin, die mir gezeigt hat, wie lohnenswert es ist, sich an Weihnachten immer besondere Mühe zu geben.« Mit einem arroganten Grinsen hebt er erst Tarkie und dann Solomon auf den Wagen, während die Älteren selber in den hinteren Teil des Wagens klettern.

Tansy schaut mich an, während sie dem Pony das Maul

streichelt. »Findest du das in Ordnung, Ivy? Ist das keine Tierquälerei?«

Bill lächelt. »Das Pony heißt Nutty, die Abkürzung für Nutella. Es wird gut versorgt, hat seinen eigenen Stall mit vielem leckerem Heu und Karotten und Pony-Nüssen.«

Die Elfe beugt sich vor. »Aber nicht zu viel, es ist nicht gut für ihn, wenn er fett wird.«

Dann neigt der Weihnachtsmann den Kopf und sagt: »Warum kommt ihr nicht nach vorn zwischen uns und versucht euer Glück mit den Zügeln.«

Tiff flüstert mir zu: »Trägt der Weihnachtsmann etwa Eyeliner?«

Ich trete näher heran, um es genauer sehen zu können und nicke ihr zu. »Sieht so aus. Und die Elfe auch.«

Tiff grinst mich an. »Sieht gut aus.«

Bill zischt hinter vorgehaltener Hand: »Das ist keine Elfe, sondern die Frau vom Weihnachtsmann, also wäre der korrekte Titel eigentlich Frau Weihnachtsmann.«

Willow steht neben mir und keucht: »Hat Scout auch Eyeliner aufgetragen?«

Ich grinse sie an. »Verbotene Dinge sind eben immer verlockender und anziehender als erlaubte Dinge, Willow. Sobald sie weiß, was das ist und wie man es benutzt, wird sie in der Lage sein, für sich selbst zu entscheiden.«

Willow schnieft, dann lächelt sie. »Gut gesagt, Ivy. Es ist einfach wunderbar, was für eine positive Entwicklung alle dieses Weihnachten durchgemacht haben, vor allem du.«

»Ich gebe mir Mühe.« Ich lache, platze dabei aber innerlich vor Stolz.

Die Elfe beugt sich vor. »Hey, du da unten, in dem blauen Mantel mit dem süßen Hund … Ivy, richtig?«

Willow stupst mich an. »Du bist gemeint …«

Ich könnte sie umarmen, denn sie hat mir gerade gezeigt,

dass ich nicht mehr die Frau mit dem zerschnittenen Gesicht bin, die den Unfall hatte. Irgendwann in den letzten zwei Wochen habe ich sie zurückgelassen und bin wieder mein schlichtes, altes Selbst im blauen Mantel geworden. Und wenn es die Elfe des Weihnachtsmanns brauchte, damit ich das endlich einsehe, dann bin ich dankbar dafür.

»Ja?« Ich drehe ihr mein Gesicht zu und denke dabei keine Sekunde an meine Narbe.

Sie nickt. »Wir haben gehört, dass Bill jahrelang hinter dir her war. Jetzt können wir völlig verstehen, warum.«

Mir verschlägt es die Sprache. »Wie bitte?«

»Bill ist seit seiner Ankunft einer unserer Lieblinge, und es ist schön zu sehen, dass endlich jemand ein Lächeln auf sein Gesicht zaubert.«

Bill zischt mir ins Ohr. »Wir beschweren uns alle bei der Handelskammer von St. Aidan. Hätte ich gewusst, dass sie so vorlaut und unverschämt sein würden, hätte ich stattdessen den echten Weihnachtsmann mit seinen Rentieren mitgebracht.«

Die Elfe lacht Bill an. »Wir, unverschämt? Ach was! Manchmal ist es gut, wenn man den Menschen seine Geheimnisse erzählt.«

Der Weihnachtsmann räuspert sich. »Also, Jungs und Mädchen, wenn alle an Bord sind und sich gut festhalten, dann fahren wir los. Auf geht's, Nutty, trab los.« Die Zügel bimmeln, als er sie schüttelt. Das Pony wirft den Kopf zurück, Rauchwolken strömen aus seinen Nasenlöchern in die kalte Luft, und der Wagen setzt sich in Bewegung. Als sie die Einfahrt hinunterfahren, werden sie immer schneller, und der Schnee fliegt von den Rädern. Die Kinder jubeln und winken, und mein Herz schlägt Purzelbäume.

Bill legt einen Arm um mich. »Wegen Chamonix …«

»Ja?« Je weniger Worte ich darüber verliere, desto besser.

»Wann immer ich das erwähne, wechselst du das Thema, aber ich muss gestehen, dass die Elfe recht hat – ich habe den ganzen Urlaub darauf gehofft, dass du mit George Schluss machst, damit ich dich um ein Date bitten kann.«

Ich fühle, wie meine Augen vor Überraschung ganz groß werden. »Wirklich?«

»An jenem ersten Nachmittag, als wir ganz allein waren … Ich habe mir seitdem schon so oft in den Hintern getreten, weil ich dir nicht gesagt habe, wie ich mich an diesem Tag gefühlt habe …« Er runzelt die Stirn. »Als ich George am Ende des Urlaubs ausgefragt hatte, war er so davon überzeugt, dass ihr bereits inoffiziell verlobt seid, dass es sich falsch für mich angefühlt hat, mich einzumischen. Deshalb nahm ich an, du seist jetzt verheiratet.«

Ich seufze. »Wie ich feststellen musste, hat George viel öfter gelogen, als er die Wahrheit gesagt hat.«

Bills Stimme ist leise. »Erinnerst du dich an diesen Nachmittag? Sag mir, dass du gelegentlich daran gedacht hast?«

Ich nehme meinen ganzen Mut zusammen und sage die Wahrheit. »Nur beinahe jeden Tag seit damals.« Es wäre wahrscheinlich zu viel, ihm zu sagen, dass ich in letzter Zeit fast stündlich daran gedacht habe.

»Mir geht es genauso.« Er stößt einen langen Seufzer aus. »Du kannst dir gar nicht vorstellen, wie sehr ich mich freue, das zu hören. Oder wie überglücklich ich war, als du um die Ecke gebogen bist und mich im Whirlpool gefunden hast.«

»Wir haben noch immer nicht herausgefunden, wo Merwyn deine Boxershorts vergraben hat.«

»Wer braucht die schon?« Er lacht und zieht mich an sich. »So viele verlorene Jahre. Dieses Mal werde ich dich nicht loslassen.« Er sieht mich mit seinen großen dunklen Augen an, und es ist herrlich zu wissen, dass ich die Schatten seiner Bartstoppeln berühren kann, wann immer ich will. »Bleibst du noch, wenn die anderen nach Hause gefahren sind? Wir können zusammen im Schloss arbeiten. Es gibt so viel, bei dem du mir helfen könntest, zum Beispiel mit dem Gin, oder wir finden einen anderen Job für dich?«

Ich lächle. »Danke, das würde ich sehr gerne.«

Er drückt mich noch fester. »Ein komplett neues Abenteuer – zusammen.«

Wir schauen nach oben und hören, wie das Poltern der Räder und das Klingeln der Glocken wieder näher kommen. Nutty kommt schnaubend vor uns zum Stehen, und Tansy winkt uns zu.

Tiff grinst. »Egal, wie oft Oma Miranda ihre Meinung auch ändert, Ivy und Bill sind verliebt, das wussten wir schon immer.« Sie dreht sich zu Libby, die neben uns steht und mit der Hand ihre Augen vor der grellen Nachmittagssonne schützt. »Können wir jedes Jahr zu Weihnachten hierherkommen, Mama?«

Libby lacht und wendet sich an Bill. »Ist es zu früh, bereits für nächstes Weihnachten zu buchen? Zum unschlagbaren Preis, auf Nathans Kosten?«

Ich gebe Bill einen Stoß in die Rippen. »Kannst du dir vorstellen, das alles in zwölf Monaten noch mal zu wiederholen?«

Bill zuckt mit den Achseln. »Solange du dabei bist, um mir zu helfen … klar, wieso nicht!«

Tom wirft Libby einen vorwurfsvollen Blick von seinem Platz auf dem Rücksitz aus zu. »Wenn das so ist, wieso fahren wir dann überhaupt nach Hause, wir können doch einfach gleich hierbleiben …«

Libby hebt den Finger und nickt Tom zu.

»Witzig, dass du das sagst. Ich habe mich über die Touristenzahlen und Mietpreise für die Gegend hier im Sommer schlaugemacht, und ich denke, dass das ein idealer Standort für meinen ersten Laden sein könnte. Nur so rein theoretisch.«

Fliss und ich sehen uns an. »Typisch Libby, sie wird sich niemals ändern.«

Libby sieht uns mit direktem Blick an. »Falls ihr beiden auf der Suche nach Arbeit sein solltet, kann ich euch gerne anstellen. Ihr könntet es definitiv schlechter treffen.« Angesichts des riesigen Weihnachtsessens, das sie gerade verschlungen hat, ist der Ausdruck in ihren Augen erschreckend nüchtern und hungrig.

Fliss umarmt sie. »Danke Libs, das klingt toll. Lass uns darüber nach unserer Spazierfahrt mit dem Weihnachtsmann reden.«

Ich lächle Bill an. »Siehst du, Weihnachten geht immer vor.«

Er lächelt zurück. »Da bin ich ganz deiner Meinung!«

Als er mich umarmt, rede ich in seinen neuen gestreiften Schal. »Das ist das schönste Weihnachten, das ich jemals hatte, aus so vielen Gründen – aber hauptsächlich deinetwegen.«

»Meines auch.« Er reibt seine Wange gegen meine. »Ich will ja keinen Stress machen, aber sollten wir vielleicht schon mit den Plänen für nächstes Jahr anfangen?«

Meine Wangen sind ganz verkrampft, weil ich so viel lächle. »Absolut. Aber zuerst möchte ich noch einen Kuss.«

Und als er mir den längsten Weihnachtskuss aller Zeiten gibt, während sich im Hintergrund die schneebedeckten Türme scharf gegen den blauen Himmel abzeichnen und Merwyn zu meinen Füßen schnüffelt, bin ich ganz sicher die glücklichste Frau von ganz Cornwall, wenn nicht gar der Welt.

37. Kapitel

PS

Und so war ein weiteres Weihnachten genauso schnell wieder vorbei, wie es gekommen war. Alle hatten eine wunderbare Zeit, und niemand war mehr ganz derselbe nach seinem Aufenthalt im Cockle Shell Castle. Manche Orte haben diese Wirkung. Aber es lag sicher auch an der Gesellschaft. Wir sind alle sehr unterschiedliche Menschen, aber in diesen zwei gemeinsamen Wochen haben wir es irgendwie geschafft, uns alle gegenseitig positiv zu beeinflussen. Und alle hatten ein unvergessliches Fest. Das Fackelschlittenfahren an Heiligabend wird uns für immer in Erinnerung bleiben.

Inzwischen bin ich stolze Besitzerin eines silbernen Seesternarmbands – ein Geschenk von Bill – und eines Chamonix-Schlüsselanhängers, der am Schlüsselbund mit den Schlüsseln zum Schloss hängt, sowie einer Seeglas-Halskette. Und wenn wir an Neujahr nach London zurückkehren, bekommt Merwyns Muschelhalsband auf unseren Spaziergängen im Park eine Menge bewundernder Blicke. Aber man sieht es uns an, dass wir unsere Herzen im Schloss und am Strand zurückgelassen haben. Und nachdem Tatiana nun mehr im Ausland arbeitet, habe ich mich dazu bereit erklärt, Merwyn rund um die Uhr zu betreuen. Merwyn tut so, als wäre er traurig, aber wir kommen so gut miteinander aus, dass wir insgeheim Freudensprünge machen.

Als ich die letzten paar Wochen im Daniels arbeite, kommt Bill an den Wochenenden zu uns und besucht auch Abby. Ein

Freund von Willow zieht für eine Weile in meine Wohnung, weshalb ich dieses Mal, wenn ich meinem Sternenhimmel auf Wiedersehen sage und mich in meinen Corsa setze, nicht nur über die Weihnachtstage weg sein werde, sondern einem völlig neuen Leben unter dem Himmel Cornwalls entgegensehe.

Wenn ich mir vorstelle, wie Merwyn auf dem Rücksitz liegt und Bill im Schloss auf uns wartet, dann könnte ich mir keine besseren Männer an meiner Seite vorstellen. Ich kann vor lauter Aufregung kaum atmen und kann es gar nicht erwarten herauszufinden, was als Nächstes passieren wird. Alles, was ich sagen kann, ist: dranbleiben! Ich lass es euch wissen.

Jane Linfoot

Weihnachten im kleinen Brautladen am Strand

Roman

Aus dem Englischen von
Inken Kahlstorff

Für Anna und Jamie,
Indi, Richard und Eric,
Max und Caroline, M. und Phil.

1. Kapitel

Glitzer überall

Samstag, 2. Dezember
Am Bahnhof von St. Aidan

»Können Sie mich mitnehmen? Zu ›Brides by the Sea‹?«, frage ich und starre den Bart des Kutschers an. Seine Barthaare sind gelockt, weiß und bestimmt zu hundert Prozent aus Acryl. Und nur damit das klar ist: Eine Mitfahrgelegenheit auf einer Pferdekutsche, noch dazu einer Weihnachtskutsche, hätte ich mir nicht freiwillig ausgesucht. Aber ich muss einmal quer durch die Stadt zu dem Brautmodenladen, wo ich diesen Monat wohnen werde.

Als ich heute Morgen in London in den Zug gestiegen bin, stand da in der Bahnhofshalle von St. Pancras ein über zwanzig Meter hoher Weihnachtsbaum. Mit ausreichend Glitzerlichtern geschmückt, um damit die gesamte Nordhalbkugel zu beleuchten. Daneben stand ein Konzertflügel, und Chöre gruppierten sich darum und sangen Weihnachtslieder. In London fängt Weihnachten immer schon im November an. Ein wahrer Segen, das alles hinter mir zu lassen und nach St. Aidan zu fahren. Zu dem Geschrei der Möwen und dem schiefen Weihnachtsbäumchen, das noch nicht geschmückt worden ist. Meine Mutter und mein Vater haben unser Haus in Rose Hill, dem Dorf ganz in der Nähe, untervermietet und sind längst in ihrem Wohnmobil nach Spanien gefahren, um dort Sonne und Abenteuer zu tanken. Aber als ich die salzige Seeluft rieche und die ersten weiß getünchten Cottages und die grauen Steinhäuser sehe, die sich den Hügel entlang bis ins

Städtchen schlängeln, da fühle ich mich sofort wie zu Hause, obwohl meine Eltern nicht hier sind.

Die schlechte Nachricht: Als ich mich endlich durch die Menge der Reisenden in ihren North-Face-Jacken gekämpft und meinen Rucksack und den Koffer in der Größe einer Gartenlaube vor die Bahnhofshalle geschleppt habe, ist das letzte Taxi aus der Warteschlange vor dem Eingang nur noch ein schwindender Punkt am Horizont. Da sind der Pferdewagen mit dem Weihnachtsmann auf dem Kutschbock, der mit klingelnden Glocken direkt vor meiner Nase zum Halten kommt, und das Angebot mitzufahren zu gut, um es abzulehnen. Und das, obwohl ich doch hergekommen bin, um einen weiten Bogen um Weihnachten zu machen. »Brides by the Sea‹, der Brautmodenladen von Jess?« Der Weihnachtsmann ruckelt den Gürtel über seinem wabbeligen Bauch zurecht – Schaumstoff, vermute ich – und hebt schelmisch eine Braue. Dann stupst er dem Elfen in die Seite, der neben ihm auf dem Kutschbock sitzt und ganz in Grün gekleidet ist. »Umwerfende Brautmode auf vier Stockwerken, Cornwalls berühmtestes Hochzeitsimperium – so der Werbeslogan auf Pirate Radio und in der *Hello!* und *OK!*.«

»Genau der Laden«, sage ich und bin etwas überrascht, dass der Weihnachtsmann den Werbeslogan wie aus der Pistole geschossen aufsagen kann. Wobei selbst diese geschliffene Beschreibung dem Brautmodengeschäft, diesem Paradies für herrliche weiße Spitze und schönste Stoffe, mit Sitz an der Bucht von St. Aidan, nicht annähernd gerecht wird. Offenbar hat er von Seraphina East gehört, wir nennen sie nur Sera. Sie ist die Schneiderin und Designerin der Boutique und hat es letztes Jahr bis in die großen Magazine geschafft und es zu landesweiter Berühmtheit gebracht wegen eines Kleides, das sie für eine Prominente maßgeschneidert hat.

Santa strahlt und streicht sich über seinen Bauch und den

Gürtel. »Mit ›Brides by the Sea‹ verbinden wir sehr viel. Der Laden wird für immer einen Platz in unserem Herzen haben. Dort haben wir die Anzüge für unsere Hochzeit gekauft.« Der Weihnachtsmann und der Elf sehen sich verträumt an, dann stupsen und knuffen sie sich ein paarmal und ziehen die Nasen kraus. »Wussten Sie, dass sie erweitern und auch den Laden nebenan übernehmen?« Aus dem plötzlichen Wechsel seines Tonfalls schließe ich, dass der Weihnachtsmann schwer beeindruckt ist, vielleicht sogar ein wenig neidisch.

»Kennen Sie Jess denn gut?« Von der Erweiterung des Ladens wusste ich bereits, weil meine beste Freundin Poppy mir davon erzählt hat, sie arbeitet da. Aber ich bin jedes Mal wieder erschrocken, wenn ich hier bin. St. Aidan ist eine Kleinstadt, in der jeder jeden kennt und alle alles übereinander wissen. Sogar die Körbchengröße.

Der Elf springt von der Kutsche und zwinkert mir zu, als er neben mir auf dem Gehweg landet. »Wir kennen uns aus der Handelskammer. Die Scheidung vor einiger Zeit hat Jess gutgetan. Sie wirkt seitdem so energiegeladen. Und Freunde von Jess sind auch unsere Freunde. Für Sie fahren wir gern einen Umweg. Obwohl dies eigentlich nur eine vorweihnachtliche Übungsfahrt ist. Um unser Pony, Nutella, oder kurz Nuttie, wieder an die Glocken zu gewöhnen.« Er gibt dem schokoladenbraunen Pony einen Klaps auf das Hinterteil und beugt sich zu meinem Gepäck hinunter. Der Elf stöhnt, als er meinen schweren Koffer anhebt und hinten auf die Kutsche hievt. »Herr im Himmel! Wie viele Neoprenanzüge schleppen Sie mit sich rum? Sie sind bestimmt zum Wintersurfen hier, stimmt's?«

Die andere Sache, die ich vergesse, wenn ich weg bin, sind die Fragen, die einem hier unaufhörlich gestellt werden.

Ich lache. Falls jemand den Beweis braucht, dass man an der Küste Cornwalls aufwachsen und null Veranlagung für

Wassersportarten haben kann, dann sollte er sich mich ansehen. Was die schweren Taschen angeht, werde ich öffentlich auf keinen Fall die Wahrheit preisgeben. Die lautete nämlich, dass darin die DVD-Sammelboxen von »Friends«, sämtliche *Harry Potter*-Taschenbuchausgaben, außerdem die *Plötzlich Prinzessin*-Bücher und meine Gesamtausgabe von *Sweet Valley High* verstaut sind. Wer sich jetzt fragt, wie lange ich denn um Himmels willen in Cornwall bleiben will: Ja, ich habe vor, mich einen ganzen Monat einzuschließen und zu Hause zu bleiben.

»Tut mir leid, ich hätte Sie vorwarnen sollen. Meine Fotoausrüstung wiegt eine Tonne. Ich bin hier, weil ich auf der Strandhochzeit einer Freundin fotografieren soll.« Ja, das klingt irre, im Dezember am Strand zu heiraten. Aber als die beiden mich baten, auf ihrer Hochzeit zu fotografieren, wollte ich mir die Gelegenheit nicht entgehen lassen, aus London rauszukommen. Eigentlich bin ich als Food-Stylistin bei einer Firma angestellt, die Lebensmittel entwickelt. Klar, einen Hamburger zu fotografieren ist etwas ganz anderes, als Bräute zu knipsen. Aber diese Feier mit den passionierten Surfern ist so bescheiden und »easy going«, dass ich mich auf die Abwechslung und die kleine Herausforderung freue. Ich hoffe, dass es mir mehr Spaß als Arbeit macht. Vor allem sind die glücklichen Brautleute die besten Freunde von meinem Ex, dem ich das ganze letzte Jahr lang nachgeweint habe. Nicht dass ich da jetzt Hoffnung schöpfen würde. Aber zumindest bleibe ich so auf dem Laufenden und erfahre, was er so treibt. Und ganz nebenbei schieße ich ein paar hübsche Fotos für meine Freunde Becky und Nate.

Der Weihnachtsmann zieht mich unsanft zurück in die Realität. Er zerrt so sehr an meiner Hand, dass mein Arm beinahe ausgekugelt wäre. Eine Sekunde später landet mein Hintern hart auf dem Kutschbock neben ihm, und der Ärmel meines Kunstpelzmantels wird gegen seinen himbeerroten Flauschmantel gedrückt. Als dann sein kräftiger Handgriff zu einem Schütteln wird, schaltet mein Mund auf Autopilot. »Hallo, ich bin Holly, schön, Sie kennenzulernen, Herr Weihnachtsmann ... und Ihren Ehemann, den Elfen ...«

Normalerweise verrate ich zwischen November und Januar aus Prinzip niemandem meinen Namen. Also wappne ich mich jetzt und bereite mich innerlich auf die dummen Sprüche vor. Wir haben Dezember, die dummen Sprüche würden fallen, keine Frage. Der Weihnachtsmann nickt und schnauft leise. »Eine Weihnachts- und Hochzeitsfotografin, die Holly heißt. Das passt. Das heißt doch Stechpalme, oder?«

»Sie haben doch hoffentlich nicht zu viele Stecher?«, kalauert der Elf und zwinkert dem Weihnachtsmann anzüglich zu. Dann hüpft er auf den Kutschbock und landet auf meiner anderen Seite.

»Ich habe nur einen Ex-Freund, und der bringt mich eher auf die Palme«, erwidere ich.

Der Elf muss meinen genervten Seufzer gehört haben, denn er wechselt rasch das Thema. »Gut. Sollen wir noch schnell ein Selfie machen, mit dem Weihnachtsmann, bevor wir losfahren?«

»Nein, danke.« Falls das sehr barsch klingt, sei's drum. Abgesehen von der Strandhochzeit bin ich doch nur deshalb hier, weil ich Weihnachten um jeden Preis entkommen will. Es macht mir einen fetten Strich durch die Rechnung, dass ich prompt dem Weihnachtsmann höchstpersönlich in die Arme gelaufen bin, kaum dass ich den Zug verlassen habe. Und jetzt sitze ich auch noch eingequetscht zwischen Santa und seinem Oberelfen. Ein Selfie? Das wäre das Ende. Ende Gelände sozusagen.

Der Elf verzieht das Gesicht. Laut und theatralisch jammert er: »Aber alle, die in unserem Wohltätigkeits-Weihnachtsschlitten fahren, wollen ein Selfie mit dem Weihnachtsmann. Auch wenn heute nur die Generalprobe ist.«

»Wirklich, vielen Dank. Aber nein.« Das ist meine nette Art, zu sagen, dass ich eher einen Besen fresse, als ein Foto von mir und dem Weihnachtsmann zu machen. Selfie mit Santa! Alles, was ich will, ist zum Brautladen zu fahren, die Treppen zu Poppys kleiner Küche unterm Dach hochzusteigen und mir eine schöne Tasse Tee zu kochen.

Der Elf bläht die Nasenflügel auf. »Achtung! Santa ist sehr empfindlich. Das ist Elfisch und heißt: Die Ablehnung könnte ihn schwer treffen.« Er funkelt mich triumphierend an: »Sie wollen doch Weihnachten nicht leer ausgehen? Der Weihnachtsmann soll Ihnen doch bestimmt was bringen? Nicht wahr?«

Spielt hier jemand seine Rolle etwa zu gut? Und nimmt sich selber viel zu ernst? Doch obwohl es für mich mehr als okay wäre, wenn der Weihnachtsmann mir dieses Jahr nichts bringt, muss ich mich geschlagen geben. »Na gut.« Ich angele nach meinem Smartphone und drücke mein Gesicht gegen Santas. Mürrisch stelle ich fest, dass der Weihnachtsmann mehr Kajal benutzt als ich, und setze ein Lächeln auf. Als ich meine Mundwinkel verziehe, ahne ich, dass ich später Pickelchen wegen der Bartstoppeln vom Weihnachtsmann kriege, die an meiner Wange reiben.

»Super.« Mr. Elf – oder soll ich »Mr. Weihnachtsmanngatte« sagen? – hat sich wieder eingekriegt und scheint zufrieden. »Der Hashtag lautet ›St. Aidan Santa Special Selfie‹, Unterstrich ›Kids at Christmas‹, denken Sie bei jedem Tweet daran. Sofern Sie Empfang haben, heißt das. Hier ist ja ein Funkloch.«

Noch so ein Nachteil an Cornwall, den ich glatt vergessen hatte, als Poppy mir vorschlug, in die kleine Dachwohnung über »Brides by the Sea« zu ziehen. Als Unterschlupf und um mich dort zu verschanzen. Ich hatte augenblicklich und ohne zu zögern zugesagt. Poppy und ich sind in Rose Hill aufgewachsen, dem Dorf ein paar Kilometer landeinwärts. Sie war in der Klasse über mir. Später sind wir beide dann nach London gegangen und haben dort denselben Studiengang in Ernährungswissenschaften belegt. Und obwohl sie längst wieder aufs Land zurückgekehrt ist, haben wir immer noch Kontakt.

Du fotografierst deine tolle Winterhochzeit. Und dann hängst du noch ein paar ruhige Tage dran und bleibst über Weihnachten. Wohnen kannst du über dem Brautladen, hatte Poppy mir über Facebook geschrieben. Sie wollte mich aufmuntern. Außerdem hatte ich noch meinen ganzen Jahresurlaub übrig, wie mir dann einfiel. Dann hat Poppy auch noch gesagt, ich könne so viele Cupcakes essen, wie ich will. Sie ist die Konditorin bei »Brides by the Sea«. Außerdem ist sie völlig überraschend schwanger. Das heißt, jetzt muss sie sich außer um bergeweise Hochzeitstermine über die Feiertage auch noch um ihren dicken Babybauch kümmern. Der Deal war also, ich bekomme die Wohnung für einen Monat und helfe dafür im Gegenzug ein wenig im Laden aus. Denn Jess ist zurzeit gerade im Winterurlaub. Außerdem will ich Poppy mit den Hochzeiten helfen, die sie zusammen mit ihrem Mann Rafe auf dessen Hof, der Daisy Hill Farm, veranstaltet, einem ganz fantastischen Ort, um eine Hochzeit zu feiern.

Früher hat Poppy in der winzigen Wohnung unterm Dach gelebt. Und ich erinnere mich an die atemberaubende Aussicht, die man durch die kleinen Dachluken hinaus über die Bucht von St. Aidan hat. Das war aber nicht ausschlaggebend für mich. In Wahrheit will ich das Weihnachtsfest nicht nur ruhig verbringen, sondern ich will überhaupt kein Weihnachten feiern.

Mein Plan lautet wie folgt: Die Arbeit, die ich machen soll, erledige ich. Dann schließe ich die Tür hinter mir und verbarrikadiere mich über die Feiertage in der Bude unterm Dach. So weit mein perfekter, weihnachtsfeierfreier Plan. Dann kann ich in aller Ruhe sämtliche »Friends«-Folgen gucken. Wenn alles vorbei ist, gehe ich wieder raus. Ein idiotensicheres Ausweichmanöver. Für eine Weihnachtsverweigerin wie mich ideal. Und sobald die Fotos erst mal im Kasten sind, wird das alles ein Kinderspiel. Null *Problemo*.

»Fertig? Kann's losgehen? Abfahrbereit?« Der Weihnachtsmann schnalzt mit der Zunge und lockert die Zügel, woraufhin Nuttie auf die Straße trabt. Das Geläut der Glocken ist ohrenbetäubend. Und so unsäglich weihnachtlich. Ganz abgesehen von dem Kutscher ist der Pferdewagen selbst voll behangen mit Kunstschnee, bunten Kugeln, Girlanden aus Efeu und übervoll beladen mit Geschenken. Dazu der unübersehbare Schriftzug: *Der Weihnachtsmann kommt auch zu dir!* Alle starren uns an. Ach was, sie zeigen mit den Fingern auf uns. Noch mehr Aufmerksamkeit könnten wir nur erregen, wenn wir echte Rentiere angespannt hätten. Jetzt rasen wir im Affenzahn die Straße entlang. Es weht ein beißender Wind. Sehr zu meinem Leidwesen ist meine Nase selbst an angenehmen Wintertagen rot genug, um Rudolf locker Konkurrenz zu machen. Und das ganz ohne heiß dampfenden Kaffee oder einen Wodkacocktail. Beides Getränke, die ich in der Öffentlichkeit zu trinken vermeide. Was allerdings nicht immer gelingt. Noch ein paar Minuten länger in dieser arktischen Kälte und mein Zinken wird regelrecht leuchten …

Ich löse meinen Klammergriff vom Sitz und ziehe mir den Kragen meiner geliebten und altgedienten Jacke mit dem Leopardenmuster bis zu den Ohren, sodass ich meine Nase in dem Kunstfell vergraben kann. Das ist eine dieser Jacken, die sich wie ein Schutzschild anfühlen. Wenn man sich da hineinkuschelt, hält sie einen garantiert warm und sicher, wo immer man hingeht. In der Jacke komme ich mir unbesiegbar vor.

Deshalb konnte ich mir nicht vorstellen, einen Monat lang ohne das Ding unterwegs zu sein, auch wenn ganz Cornwall trendige Daunenjacken oder diese umwerfenden Wollmäntel mit den riesigen Fellkragen trägt. Der harsche Cornwall-Westwind, der heute weht, und mein Versuch, sie als Tarnumhang zu benutzen, verlangen meiner kleinen Jacke heute allerdings ganz schön viel ab.

»Freuen wir uns denn schon auf Weihnachten?« Es ist ein Wunder, dass Santa Zeit zum Plaudern findet, während er gleichzeitig durch den jetzt einsetzenden Feierabendverkehr fährt. Seine Kutschfahrtechnik besteht darin, dem Pony den Weg zu zeigen und Gas zu geben, wenn man das so sagen kann. Wahrscheinlich ist ihm sein Kostüm zu Kopf gestiegen. An jeder Kreuzung meint er, Vorfahrt zu haben. Wenn ein Taxi so fahren würde, würde man es aus dem Verkehr ziehen und dem Fahrer den Lappen entziehen.

Ich zucke zusammen, als zum wiederholten Mal ein Auto reifenquietschend zum Stehen kommt. Der Fahrer sitzt mit offenem Mund da und blickt uns hinterher, als wir vorüberrauschen und nur eine Schneeflockenbreite an seiner Stoßstange vorbeischrammen. Alles in allem, beschließe ich, muss ich mich irgendwie durch diese vertrackte Frage durchbluffen.

»Weihnachten? Klar, ich bin schon wahnsinnig aufgeregt, Santa.« Selbst wenn ich in diesem Moment nicht hinter einem wehenden Ponyschweif sitzen und durchgerüttelt werden würde, wäre die Wahrheit viel zu kompliziert, um sie hier zu erörtern. Sogar für den Weihnachtsmann. Im Grunde genommen besteht das Problem darin, dass er mit seiner Frage zwölf Monate zu spät kommt.

Mein ganzes Leben lang war Weihnachten meine Lieblingsjahreszeit. Als Kinder waren meine große Schwester Freya und ich so aufgeregt, dass wir in der Weihnachtszeit durchgehend Schnappatmung hatten. Von dem Moment an, als wir das erste Türchen im Adventskalender öffneten, bis schließlich das letzte Geschenk ausgepackt war. Freya feierte Weihnachten so, wie sie alles im Leben anging: Mit ihrer erstaunlichen Ausgelassenheit preschte sie voran und zog unsere jüngeren Brüder und mich mit auf ihrer Welle der Begeisterung. Sie bastelte kilometerlange Papierschlangen, die sie als Girlanden überall im Haus und sogar im Bad aufhängte. Alle Fenster entlang der gesamten Straße besprühte sie nachts mit Kunstschnee. Auf dem Wochenmarkt besorgte sie einen Ballen roten Vliesstoff und nähte im Rahmen eines Handarbeitsschulprojekts der ganzen Familie Weihnachtsmännerkostüme. Dann, als ich zwölf war, geschah das Unfassbare, und sie starb. Das war die schlimmste Zeit meines Lebens. Ein Hirntumor, der wahnsinnig schnell wuchs – so etwas passierte doch eigentlich nur anderen, nicht einem Mädchen wie Freya. Sie war doch erst vierzehn und peste durchs Leben wie ein Wirbelwind. Zwanzig Jahre später habe ich gelernt, dass die beste Art, damit umzugehen, darin besteht, sich auf die guten Dinge im Leben zu konzentrieren. Heute bin ich so weit, dass ich mich sehr gerne an die glücklichen Momente zurückerinnere. In Gedenken an Freya übertrieb ich immer mit Weihnachten. Denn alles andere, jeder Funke weniger Feier wäre falsch.

Genau deshalb hatte ich vor ziemlich genau einem Jahr im Dezember die Wohnung von meinem Freund Luc von oben bis unten geschmückt. Dann wartete ich mit angehaltenem Atem. Wir wollten über die Feiertage einen ach so fantastischen Ausflug zu seinen Eltern in die schottischen Highlands machen. Bei den Geschenken hatte ich alles gegeben und mindestens hundert Rollen Geschenkpapier gekauft, um alles schön einzupacken, ist doch klar. Und ja, ich konnte es kaum erwarten, dass Weihnachten endlich vor der Tür stand.

Dann kam Weihnachten, und mein Leben löste sich in Wohlgefallen auf.

Die traurigen Einzelheiten spare ich für später auf, wenn ich nicht mehr in Höchstgeschwindigkeit in einem Pferdekarren um die Ecken sause, so wie jetzt gerade. Jedenfalls kommen wir in dem Tempo schneller an, und desto geringer ist die Wahrscheinlichkeit, dass mich jemand sieht, der mich kennt. An dieser Stelle reicht es zu sagen, dass allein ich die Schuld daran trage, dass Lucs Überraschungs-Weihnachts-Heiratsantrag in die Hose ging. Und ja, stimmt schon, im Eiltempo davonzulaufen ist keine ideale Reaktion, wenn ein Typ dir einen Diamantring unter die Nase hält. Vor allem, wenn man so unsportlich ist wie ich, dann ist das mehr als lächerlich. Trotzdem verstehe ich immer noch nicht ganz, warum meine Beine so reagiert haben. Und warum wir die Dinge nicht klären konnten, nachdem ich mich wieder beruhigt hatte und zurückgekehrt war. Das Ende vom Lied war jedenfalls, dass ich im Januar meinen Freund los war. Elf Monate später bin ich immer noch solo, verwirrt und voller Selbstmitleid. Hinzu kommt, dass mein Traumleben in London nun gänzlich seinen Glanz verloren hat. Meine fünfzehn Kartons voll Weihnachtsschmuck musste ich zwischenlagern, ich habe eh keine eigene, geeignete Wohnung in Sicht, in der ich einen Baum aufstellen könnte. Da wird es wohl kaum verwundern, dass ich am ersten Weihnachtstag nicht in Jubel ausbreche und die Sau rauslasse. Aber dank Jess und Poppy hat sich das geklärt. Ich hoffe jetzt nur, dass es sich nicht rächt, dass ich den Weihnachtsmann anflunkere. Besonders, da ich gerade wieder anfange, optimistischer und mit mehr Zuversicht in die Zukunft zu blicken, und hoffe, dass sich doch noch alles zum Guten wendet.

»Wir nehmen die schöne Strecke am Meer entlang«, ruft der Weihnachtsmann dreißig Zentimeter von meinem Ohr entfernt und biegt scharf nach rechts ab. Der Wind, der uns jetzt von der Meerseite entgegenweht, bläst so stürmisch, dass ich kaum ein Wort verstehe. »Das ist ein Umweg, aber leichter für Nuttie, und außerdem können wir dann die Lichter sehen.«

»Super«, sage ich und versinke tiefer in meiner Jacke. Es ist Hochwasser, und graue, dunkle Wassermassen brechen gegen die Ufermauer. Gischt platscht über das Geländer. Die Lichterketten sind noch ausgeschaltet und flattern waagerecht im Wind. Der aufgewirbelte Sand in der Luft beißt mir in den Augen. Wenn es so weitergeht, werde ich wie eine Hexe aussehen, die einen Ritt auf ihrem Besen durch einen Hagelsturm hinter sich hat, wenn wir im Laden ankommen. Ich bin so damit beschäftigt, mir mein Haar aus dem Gesicht zu halten, dass ich die Monsterwelle erst im letzten Moment sehe. In hohem Bogen bricht sie über der Straße zusammen. Während wir darauf zurasen, rufe ich: »Santa, Achtung!«

»Ho, Nuttie!«

Selbst ein derart gut gebauter Typ wie der Weihnachtsmann kann nicht so einfach eine Kutsche zum Stehen bringen, die von einem tonnenschweren Pony in Tempo-30-Trabgeschwindigkeit gezogen wird. Als der Brecher sein Wasser in einem Bogen über uns ergießt, kommen wir klappernd und mehrere Meter zu spät zum Stehen. Der Kaventsmann trifft uns mitten ins Gesicht, und das Meerwasser prasselt über unsere Schultern und Beine nieder.

»Heiliger Bimbam! Was für eine Schlittenfahrt!«, flucht Santa und greift nach den Zügeln. »Zum Glück ist Nuttie nicht durchgegangen.«

»Ach, Pferde, die durchgehen, wären 'ne Kleinigkeit.« Der Elf blickt entsetzt auf seine pitschnassen grünen Knie. »Meine Strumpfhose ist jetzt durchsichtig. Bei dir alles in Ordnung, Holly?«

Ich wische mir die eiskalten Tropfen von den Augen und wringe Wasserbäche aus meiner Jacke. »Ich könnte nicht nasser sein, wenn man mich in den Ozean getunkt hätte«, brumme ich. Wenn das die Strafe für das Belügen des Weihnachtsmanns ist, dann hat sie mich beängstigend schnell und vor allem verdammt nass getroffen.

Der Elf wendet sich mit flehender Stimme an Santa: »Sollen wir einen Zwischenstopp im Surf Shack einlegen, um trocken zu werden?«

Recht hat er. Ich muss schon sagen: Elfen, die sich mit der örtlichen Kneipenlandschaft auskennen, gehört mein Respekt. Wenn einen die Wände aus Treibholz nicht stören, dann ist das Surf Shack eines der besten Lokale am Strand. Mir wird schon bei dem Gedanken an die Strandbar warm, bei der Vorstellung, wie ich mir tonnenweise Marshmallows auf die ausgezeichnete heiße Schokolade in Eimergröße schaufele. Leider haben wir beide nicht bedacht, dass der Weihnachtsmann eine Mission hat.

»Wir sind nicht zum Spaß hier!«, sagt Santa erzürnt. »Wir haben etwas abzuliefern. Wir müssen Holly zu dem Brautladen bringen.« Mit einem Ruck geht die Fahrt weiter, diesmal noch schneller.

Ich brauche etwa zwei Minuten, um mich darüber hinwegzutrösten, dass ich nicht auf die Toilette gehen und mich herrichten kann, um etwas weniger wie eine Schiffbrüchige auszusehen. Statt Klippen säumen jetzt wieder Häuser die Straße. Als wir die Anhöhe hinaufbrausen und ich die mir so vertrauten Gebäude sehe, spüre ich das aufgeregte Flattern in meiner Brust. Jaggers Bar, das Yellow Daisy Café, Hot Jack's und die Reinigung Iron Maiden's gleiten so schnell vorbei, dass sie vor meinem Auge verschwimmen. Wir sind nur noch wenige Meter von »Brides by the Sea« entfernt. Noch einmal nehmen wir Fahrt auf und preschen in vollem Tempo auf die

Auffahrt. Dann sehen wir, dass ein Wagen mit Allradantrieb bereits auf dem Platz parkt, den wir auch anvisiert hatten.

»Herr im Himmel! Noch nie davon gehört, dass man den älteren Leuten den Vorrang lässt und Platz macht? Sieht der meinen Bart nicht?« Santas Flüche hallen von den Schaufenstern wider, durch die warmes Licht dringt und den trüben Nachmittag erhellt. Sein irrer Fahrstil geht nur so lange gut, wie man ihm die Vorfahrt lässt. Wenn einem hier in den engen Gassen ein Stinkefingerfahrer in die Quere kommt, dann gibt's Probleme. Besonders, wenn man es mit einem Autofahrer zu tun hat, der nicht schon Kilometer vorher in die Eisen steigt, kann man mit seiner Kutsche eingequetscht zwischen zwei Häusern und einem Auto enden. Also genau da, wo wir jetzt »parken«. Keine Ahnung, wie das passieren konnte oder wessen Schuld das ist. Das könnte ich beim besten Willen nicht sagen, obwohl es direkt vor meiner Nase passiert ist.

Es reicht zu sagen, dass der Wagen, gegen den wir parken, von der einen übergroßen Stoßstange bis zur anderen mit einer aufwendigen Lackierung versehen ist. Irgendein Künstler aus der Gegend muss sich hier ausgetobt haben und Bierflaschen, die auf außerordentlich echt wirkenden Wellen schwimmen, mit Airbrush darauf gemalt haben. Die Beschriftung an der Fahrertür ist sehr praktisch auf Kniehöhe: *Huntley and Handsome's Roaring Waves Brewery – St. Aidan in Flaschen*. Das sagt alles. Wurden all die Mikrobrauereien, die aus dem Boden schießen, nicht von großen Jungs mit zu viel Knete und einer Midlife-Crisis gegründet? Ich schüttele mich. Der Fahrer kurbelt das Fenster herunter, und mir wird klar, dass wir hier womöglich stundenlang diskutieren und ich mir währenddessen den Hintern abfrieren muss.

Aber als ich an dem Elfen vorbei den Autofahrer ansehe, schießt mir Hitze in den Kopf. Diese Art Hitzewallung bis zum Hals, die ich nicht mehr gespürt habe, seit ich als Teenie jeden Morgen im Schulbus rot geworden bin. Weil mein Gesicht bei der kleinsten Andeutung rot aufflammte, hat der Bad Boy aus der sechsten Klasse, Rory Sanderson, mich, damals dreizehn, immer geneckt, wenn er an mir vorbei den Gang im Bus entlang zu seinem Platz ganz hinten ging. Jeden Morgen. Wirklich jeden. Kurz bevor er später zur Uni ging, reichte eine Bewegung seiner Augenbraue aus hundert Metern Entfernung, um mich feuerrot anlaufen zu lassen. Ich war überhaupt nicht darauf vorbereitet, ihn heute zu treffen. Vor allem nicht jetzt, eingequetscht zwischen dem Weihnachtsmann und dem Elfen, und die Verkörperung einer alten Frau, die gerade dem Meer entstiegen ist.

Ich schaudere, als ich einen Blick in das Auto werfe. Rorys an einen Rockstar erinnerndes langes Haar ist jetzt vielleicht etwas kürzer, aber das breite Grinsen auf seinem Gesicht, in das ich jetzt blicke, ist unverkennbar. Es strotzt immer noch genauso vor Überheblichkeit und Selbstbewusstsein. Dieses unerschütterliche Selbstvertrauen rührt vermutlich daher, dass er schon mit zehn seinen eigenen Traktor fuhr. Die Fältchen um seine Schlafzimmeraugen sind nur einer der Gründe für seinen legendären Ruf. Gerüchten zufolge hat er das Musikzimmer der Schule abgefackelt, weil am Verstärker seiner Gitarre irgendwas kaputt war. Vor allem war er der einzige Schüler, der die Nerven hatte, Mrs. Wilson, die stellvertretende Direktorin, »Schätzchen« zu nennen und sich damit auch noch zu brüsten. Obwohl, genau genommen, war es die Tatsache, dass er ein Auto über die Klippen gefahren hat, die ihn ganz oben auf die Liste der verbotenen Freunde gebracht hat, die unsere Mütter insgeheim führten.

»Holly Rotbeerbäckchen? Was machst du denn hier? Du tropfst Santas Schlitten voll? Hast du mit dem Schwimmen angefangen? Und ich dachte, du hasst Wasser?«

Falls das die göttliche Rache für meine Lüge vorhin sein

soll, dass ausgerechnet er mir über den Weg läuft, dann muss ich hier etwas klarstellen. Hundert Monsterwellen, die über meinem Kopf zusammenbrechen, wären weniger schlimm als eine Begegnung mit dem schrecklichen Mr. Sanderson. Vor Ewigkeiten habe ich zuletzt von ihm gehört, da hatte er als Unternehmensjurist in Bristol für Wirbel gesorgt. Danach hatte ich ihn dummerweise von meinem Radar entwischen lassen, dem Radar, der besagt: Achtung, unter allen Umständen umschiffen! Da ist er also wieder. Und schon wieder fängt er damit an, meine persönlichen Geheimnisse hervorzukramen. Als hätten wir uns gestern erst zum letzten Mal gesehen.

Einen Moment lang wünschte ich, wir hätten uns woanders wiedergetroffen, auf einer Feier, vor der ich mich hätte zurechtmachen und herausputzen können. Dass meine Haare perfekt frisiert wären, dass ich meinen extra lang anhaltenden Lippenstift aufgetragen hätte und mich in ein sexy Kleid gezwängt hätte. Ein Kleid, das ich wahrscheinlich gar nicht besitze, fällt mir ein. Dann jedenfalls würde ich mich ein wenig selbstsicherer fühlen. Jetzt hängt mir mein Haar in nassen Zotteln vom Kopf, der halbe Strand klebt in meinem Kunstfell. Und ich bin so rot von dem Wind und der Kälte, dass kein Erröten es schlimmer machen könnte – immerhin etwas. Diese Gelegenheit kommt vielleicht nie wieder. Das ist also meine einzige Chance, mit diesem Teil meiner Vergangenheit abzuschließen. Das ist ein Jetzt-oder-nie-Moment. Ich schiebe meine Hände in meine Jackentasche und schlinge die Jacke enger um meinen Körper, dann blase ich zum Angriff.

»Soll ich dir sagen, was ich noch mehr als Wasser verabscheue?« Ich bin noch keine halbe Stunde hier in St. Aidan, und schon rede ich in Fragen wie die Einheimischen. »Bist du's, Rory?«

»Ich bin's. Dachte ich jedenfalls, als ich letztes Mal nachgeschaut habe.« Er trommelt mit den Fingern auf dem Lenkrad und nickt. »Und? Ich bin ganz Ohr. Santa und der Elf sind bestimmt auch schon gespannt.«

Diese Art Retourkutsche war zu erwarten. Wenn ich da einen leicht irritierten Ausdruck hinter seinem ansonsten gelassenen Lächeln sehe, dann liegt das wahrscheinlich daran, dass ich so zackig-rabiat rüberkomme. Ehrlich gesagt bin ich selbst geschockt. Aber es ist wirklich befreiend, nicht mehr röter werden zu können und sich wenigstens dieses eine Mal keine Sorgen darüber zu machen.

»Zum Beispiel …« Ich halte inne und hole Luft, so tief, dass meine Brust anschwillt und ich mir wie eine Katze mit aufgestelltem Nackenhaar vorkomme. »Rücksichtslose Fahrer, die in Lücken fahren, die gar nicht da sind.«

Er verzieht das Gesicht und hebt seine Stimme: »Entschuldigung, aber ich bin hier der Geschädigte. Dein Freund der Weihnachtsmann ist derjenige, der mich vom Weg abgedrängt hat.«

Ja, klar. »Du warst schon immer ein Kindskopf. Werd mal erwachsen und lerne einzusehen, wann du im Unrecht bist. Offenbar ist dir nicht klar, dass Ponys keinen Rückwärtsgang haben.« Obwohl ich hier gerade einen Lauf habe, wollte ich ihm eigentlich nur sagen, dass er endlich erwachsen werden soll. Na ja, egal. Ich mache weiter. »Du willst doch nicht etwa die Rute? Sondern Geschenke zu Weihnachten? Oder? Und da benimmst du dich wie ein Kind?« Eigentlich ist das der Text vom Elfen. Aber das ist zu gut, um mir die Zeilen nicht zu leihen.

Der Weihnachtsmann beugt sich an mir vorbei und sagt versöhnlich: »Tut mir leid, dass sie so zickig ist, Rory. Nimm's ihr nicht übel, sie kommt gerade aus London.«

Da lacht Rory, der verdammte Kerl. »Keine Sorge, Gaz. So eine Gardinenpredigt hat mir lange keiner mehr gehalten, und ich genieße es.«

Mir bleibt mein Mund offen stehen. »Ihr kennt euch?«

Der Weihnachtsmann bedenkt mich mit einem seltsamen Blick. »Aber natürlich. Das ist Rory Sanderson, auch bekannt als Mr. Huntley and Handsome, der Weinlieferant von St. Aidan.« Er unterbricht sich und sieht mich mit hochgezogenen Augenbrauen an. »Ein dufter Typ. Dieser Auffahrvorfall war bestimmt keine Absicht.«

Der Elf kräuselt seine Lippen. »Rory ist dafür zuständig, den Alkohol in St. Aidan am Fließen zu halten. Und er ist unser persönlicher Adonis in der Handelskammer. Mit niemand anderem bin ich so gern in ein Verkehrsdelikt verwickelt wie mit ihm.«

Der widerlich attraktive Rory-Körper wirkt also immer noch Wunder, selbst zwanzig Jahre später. Dabei ist es nicht so, dass ein Einzelteil dabei besonders bemerkenswert wäre. Aber die Gesamtwirkung ist offenbar immer noch umwerfend. Nicht dass ich jemals ein bekennender Fan gewesen wäre, versteht sich. Ich habe immer sichergestellt, dass niemand von meinen fehlgeleiteten Teenie-Gelüsten erfahren hat.

»Trotzdem kein Grund, mit ihm zu flirten, Ken«, sagt der Weihnachtsmann und durchbohrt den Elfen mit Blicken.

Rory unterdrückt ein Lachen. »Super. Es ist allgemein bekannt, dass die exklusivsten Kater in St. Aidan auf mein Konto gehen. Gaz, halt das Pony fest, dann parke ich um, und ihr könnt eure Frisuren in Ordnung bringen.« Er beugt sich vor und beäugt mich. »Damit will ich natürlich nicht sagen, dass du wie ein Heuhaufen aussiehst, Holly. Oder wie eine Hexe nach einem Ritt durch einen Wirbelsturm.« Er lehnt sich zurück, und als sein breites Lächeln erscheint, wird klar, dass er natürlich genau das meint. »Dann können wir alle weitermachen.«

Ich fasse mir an den Kopf und suche nach einer passenden Retourkutsche, aber der Fluss meiner Worte und meine

Schlaumeier-Glückssträhne scheinen versiegt zu sein. Stattdessen stehe ich da mit offenem Mund und schaue ihm stumm beim Umparken zu. Erst als er mit wenigen Bewegungen den Wagen gewendet hat, sehe ich durch die Aufkleber an den Scheiben, die für sein Weihnachtsbier »Bad Ass Santa Brew« werben, die Kindersitze auf der Rückbank. Ich schlucke und sacke in mich zusammen, als er davonrauscht. Rory Sanderson hat Kinder? Das hätte ich nicht gedacht. Aber was geht mich das an? Das sollte mir eigentlich vollkommen egal sein.

»Holliiiiii!«

Ich drehe mich um. Nur ein Mensch kann meinen Namen so rufen. »Poppy?«

Sie kommt die Auffahrt runter, ihre blonden Zöpfe glänzen in der Nachmittagssonne, die plötzlich einen Schimmer auf die Straße wirft. Ihre Barbour-Jacke flattert. »Super Mitfahrgelegenheit, Hols. Da suche ich dich überall, dabei hat dich der Weihnachtsmann entführt. Lustig!« Als sie näher kommt, legt sie ihre Stirn in Falten und fragt entsetzt: »Halleluja, was ist passiert? Seid ihr durch eine Waschanlage gefahren?«

Zum Glück ist es nicht ganz so schlimm. »War so 'ne Art Bescherung«, sage ich und klettere vom Kutschbock. Ich schüttele den Sand aus meinem Haar und kann schon wieder drüber lachen. »Danke fürs Mitnehmen, Santa! Das war aufregender als jede Taxifahrt. Hier, das ist für die Sammelbüchse.« Ich lange in meine Tasche und drücke ihm einen Zehner in die Hand.

Poppy springt zurück, als ich einen Schritt auf sie zugehe. »Ich umarme dich lieber nicht, wenn du so nass bist. Obwohl du wie ein süßes Seehundbaby aussiehst.« Poppy ist toll, sie sieht immer das Positive. Sogar aus der Entfernung duften ihre Luftküsse, die sie mit einer Armlänge Abstand auf meine Wangen haucht, nach warmer Vanille, Zuckerguss und nach Wachsjacke. Sie wendet sich an den Weihnachtsmann und den

Elfen, der gerade meinen Koffer schleppt. »Ich habe eben gebacken, Weihnachtsmuffins. Wollt ihr reinkommen und probieren?« Das ist das Gute an ihr. Poppy sucht immer Testesser für ihre Backkünste.

Der Elf reicht mir meinen Rucksack und deutet unglücklich auf seine Beine in den Strumpfhosen. »Tut mir leid, heute nicht. Meine Strumpfhose ist aktuell nicht blickdicht.«

Poppy mustert das knappe Kostüm und das Kleidchen, das hochrutscht. Schnell wendet sie den Blick wieder ab. »Uh. Verstehe. Wartet, ich bringe euch die Muffins raus.« Sie drückt aufgeregt meinen Arm und greift sich meinen Koffer. Dafür, dass sie schwanger ist und ich hier bin, um ihr zu helfen, ist sie erstaunlich energiegeladen. »Komm, Hols. Ich freue mich so, dass du da bist. Wir werden ein ganz großartiges Weihnachtsfest feiern!«

»Super.« Es bleibt keine Zeit, ihr zu erklären, dass Weihnachten für mich dieses Jahr flachfällt. Eine Sekunde später schiebt sie mich und meinen Rollkoffer über das Kopfsteinpflaster Richtung Ladentür.

2. Kapitel

Small Talk und gerade Linien

Samstag, 2. Dezember
»Brides by the Sea«

Später an dem Abend, während Poppy die Verpackung und die Reste von unseren Fish and Chips, die wir in der kleinen Küche der Dachwohnung zum Abendbrot gegessen haben, wegräumt, gibt sie ihr Bestes, um mich zu dem zu überreden, was verdächtig nach einer Party klingt.

»Dieses Jahr veranstalten wir bei ›Brides by the Sea‹ nicht die übliche große Weihnachtsparty, weil Jess nicht da ist. Deshalb findet heute eine kleine Feier zum Trost statt. Nur ein Umtrunk mit ein paar Freunden. Du kennst die meisten. Du musst kommen.« Sie schiebt mir die Keksdose rüber. »Noch einen?«

Obwohl sie eine riesige Küche auf dem Gutshof von Daisy Hill hat, backt sie immer noch oft hier in der Wohnung über dem Laden. Es ist bestimmt nur die halbe Wahrheit, dass der Grund dafür ihr Freund Rafe und sein kaum stillbarer Kekskonsum sind. Jedes Mal, wenn ich herkomme und die blau gestrichenen Schränke und die Regale mit dem farbenfrohen, durcheinandergewürfelten Geschirr sehe, vollgestellt mit Schüssel und Backblechen jeder Größe, verstehe ich, dass es kein Ort ist, den man leichtfertig aufgibt. Wahrscheinlich arbeitet sie deshalb weiterhin hier und lädt so viele Freunde und Bekannte ein, hier zu wohnen.

Falls das Poppys Versuch sein soll, mich mit Süßigkeiten gefügig zu machen, dann kann ich sicherlich noch einen zweiten Weihnachtsmuffin verdrücken – und trotzdem der Partyeinladung widerstehen. »Ich hatte vor, einen ruhigen Abend zu Hause zu verbringen und dem Meeresrauschen und dem Wind zu lauschen. Und nach Tipps fürs Fotografieren von Hochzeiten zu googeln und meinen Termin für die Probefotos mit Nate und Becky morgen vorzubereiten.« Falls sie vergessen haben sollte, dass ich hier bin, um mich zu verkriechen, und dass ich nicht auf Vergnügungen aus bin. Ich nehme das dekorative Stechpalmenblättchen vom Muffin und beiße durch die weißen Klecksen aus Zuckerguss. Meine Zähne sinken in den köstlichen dunklen Schokoladenbiskuit, der einfach himmlisch schmeckt.

Poppys Gebäck erinnert mich an die gemütliche Küche ihrer Mutter und den Küchentisch voller Kuchenkrümel und Puderzucker. An die Wärme und den Duft aus dem Backofen. Das Haus war immer voll mit Poppys Freunden, darunter auch Freya und meine Wenigkeit. Ich erinnere mich, wie wir als Teenies Zuckerguss auf das Gebäck träufelten und mit einem Messer zarte Muster zeichneten. Und dass ich damals nicht daran denken musste, meine große Schwester nie mehr wiederzusehen. Das war eine schöne Zeit.

Poppy spült die Rührschüsseln ab und grinst mich an, als ich aufstehe. »Dein Hemd und deine Hose sehen gut aus. Du hast vorhin geduscht. Dein Haar sitzt toll. Nur noch ein bisschen Lippenstift und du bist fertig gestylt für den Umtrunk.«

Ich knülle das Muffin-Papier zusammen und gehe zum Mülleimer. Noch bin ich fest entschlossen, nicht mitzukommen. Dann werfe ich einen Blick durch die Dachluke. Selbst an Wintertagen ist die Aussicht über die Bucht von St. Aidan das perfekte Motiv für eine Postkarte, eine Glitzerpostkarte. Als ich jetzt das Licht auf dem tintenschwarzen Meer schimmern und sich spiegeln sehe, bin ich dankbar, dass Poppy mich hergelockt hat. Sosehr ich Menschenansammlung auch meiden will, ich muss einfach mitkommen zu dem Weihnachtsumtrunk im Laden. »Na gut, ich hole nur schnell meine Handtasche.«

Da reicht Poppy sie mir schon. »Sehr gut. Jess meinte auch, sie will mit dir sprechen.« Sie greift in ihre eigene Handtasche und tuscht sich in null Komma nichts die Wimpern, wobei sie den Wasserkocher als Spiegel benutzt. Dann schiebt sie mich eilig zur Treppe. »Super. Unten gibt es Champagner-Cocktails, da wollen wir nicht zu spät kommen. Ich trinke natürlich einen alkoholfreien, unseren sogenannten Virgin-Cocktail, schmeckt aber fast wie echt.«

Wenn man bedenkt, dass Poppy schwanger ist und einen dicken Babybauch hat, jagen wir die Treppen in geradezu halsbrecherischem Tempo hinunter. Im Erdgeschoss angekommen, stehe ich vor einem Mega-Christbaum im Flur, der aber ganz in Weiß geschmückt ist und sich so hervorragend in die Einrichtung fügt. Das Prachtstück lässt daher meine Weihnachtsalarmglocken nicht allzu schrill läuten.

Ich wappne mich für das erste abendliche Ausgehen seit einer gefühlten Ewigkeit und luge vorsichtig in das Weiße Zimmer, in dem stangenweise weiße und cremefarbene Kleider hängen und Wolken aus Tüll und Chiffon. In den Schaufenstern vorne strahlen Lichterketten mit unzähligen Lichtern, die die Perlenstickereien funkeln lassen. Weiß glitzernde Efeuranken schlängeln sich hinter hauchdünnen Satinkleidern hervor. »Es ist so still hier. Wo sind die anderen?«, frage ich Poppy.

Sie wackelt mit den Augenbrauen. »Wir feiern unten in Lilys neuer Abteilung im Souterrain. Das ist viel praktischer. Dann müssen wir uns keine Sorgen mehr machen, dass wir Weinflecken auf den Kleidern verteilen.« Lily ist eine weitere Freundin aus unserer Kindheit in Rose Hill. Sie hat ein Händchen für Blumen und hat hier schon gearbeitet, als wir noch klein waren. Dank Jess' Arbeitsvermittlung und unter ihren Fittichen hat Lily ihre Floristentätigkeit ausgebaut und arbeitet heute als Dekorateurin.

Wir steigen die Treppen bis zum nächsten Absatz herab und gehen in den Raum mit den weiß gestrichenen Backsteinwänden im untersten Stockwerk des Ladens. Die hier versammelte Menge an Gästen in glitzernden Festkleidern, die alle Cocktailgläser in der Hand schwenken, ist ein erster Hinweis. Der Tisch, der unter der Last der Champagnerflaschen und Kübel voller Eiswürfel ächzt und zu dem mich Poppy jetzt schiebt, ist das letzte Beweisstück.

»Okay, Hols, ich gebe auf, es ist doch eine Party. Aber nur eine kleine. Und ich verspreche dir, dass durch einen Alkoholschleier alles gleich viel rosiger aussieht.« Sie schaut schuldbewusst drein, als sie mir ein Glas voller Früchte in die Hand drückt. »Hier, fang mit einem Christmosa an, Traubensaft und Champagner. Und das ist Granatapfel mit Prosecco. Wir nennen es auch ›Spaß in Rosa‹.« Ein Glas mit einer pinkfarbenen Flüssigkeit landet in meiner anderen Hand. »Und vergiss auf keinen Fall, die Weihnachts-Margaritas zu probieren!«

Ich schüttele mich, als mich Sektbläschen in der Nase kitzeln. »Willst du mich abfüllen? Es ist so lange her, dass ich ausgegangen bin, ich bin überhaupt nicht mehr in Form. Da werde ich schnell beschwipst.«

Sie nimmt sich auch ein Glas. »Das will ich natürlich nicht. Ich muss mich an Granatapfel mit Selters halten. Sieh es so: Du musst gewissermaßen für mich mittrinken.« Sie grinst mich triumphierend an. »Prost, Hols! Toll, dass du gekommen bist. Im Ernst, du musst wieder mehr Spaß haben und das Leben genießen. Komm, lass uns gucken, wer alles hier ist.«

Bevor wir losziehen können, kommt Jess uns mit wehender Chiffonbluse entgegen. »Holly! Wie schön, dass du hier bist! Als Erstes muss ich mich entschuldigen für unsere zwei

Apokalyptischen Reiter. Gary und Ken mögen St. Aidans Antwort auf Boy George und Pete Burns, Gott hab ihn selig, sein, aber manchmal übertreiben sie etwas.«

»Kein Problem.« Ich lächele. Die Fahrt mit Santa scheint schon eine Ewigkeit her zu sein. Dann werfe ich schnell einen Blick auf das Partyvolk, um mich zu vergewissern, dass niemand von den Leuten, die ich vorhin getroffen habe, hier unerwartet auftaucht. Als ich mich gegen die Party gesträubt hatte, war mir der Gedanke, dass Rory Sanderson, der wandelnde Albtraum, unter den Gästen sein könnte, gar nicht gekommen. An Ken und Gary hatte ich allerdings auch nicht gedacht.

Poppy sieht, dass ich mich umschaue. »Keine Sorge, heute Abend ist Playback-Karaoke im Hungry Shark. Das werden Ken und Gary auf keinen Fall verpassen wollen. Wahrscheinlich stoßen sie später zu uns, wenn wir ins Jaggers gehen, zum Weihnachtsvorglühen.«

Ich stöhne leise auf. Das Jaggers ist die Bar im Ort mit den Happy Hours und den besoffenen Teenies. Ich persönlich kann mir nichts Schlimmeres vorstellen, als Cocktails krügeweise zu exen und dann um drei Uhr nachts ins Bett zu sinken. Von der Partynummer muss ich mich also irgendwie lossagen. Mittlerweile habe ich den ganzen Raum mit Blicken abgesucht und niemanden entdeckt, der mir eine Herzattacke beschert. Also winke ich Sera und Lily aus dem Laden zu. Als ich mich wieder umdrehe, sehe ich, dass Jess mich eindringlich ansieht.

»Also, Holly, wir springen beide ins kalte Wasser. Hast du einen Ratschlag für mich?«

»Ratschlag?« Ich sehe sie verständnislos an, denn normalerweise fragt Jess nicht nach Ratschlägen. Immerhin ist sie älter und hat sich ein ganzes Imperium aufgebaut, angefangen mit dem einen Raum als Blumenladen im Souterrain. Sie hat schon alles erlebt. Und he, dieser Raum ist nur ein winziger

Teil ihres Ladens, jetzt hat sie ja auch den Laden nebenan gekauft.

Selbst nach einem weiteren Schluck von dem Christmosa und einem Schlückchen »Spaß in Rosa« bin ich immer noch verwirrt. »Kaltes Wasser? Was meinst du?«

Das bringt sie zum Lachen. »Das Sprichwort, ins kalte Wasser springen! Nicht wirklich kaltes Wasser. Mein Wagnis ist, dass ich mit einem Mann verreise, den ich kaum kenne. Und deins, dass du die Hochzeit fotografieren sollst und keine Ahnung davon hast.« Sie macht eine Pause und lässt ihre Worte wirken. »Ich sage ja immer, stelle dich deinen Ängsten. Aber jetzt, da es mich trifft, ist das einfacher gesagt als getan.«

Für Party-Small-Talk finde ich das ein wenig zu tiefschürfend. Und die kleine Surfer-Hochzeit ist für mich gar nicht so ein großes Ding, wie sie das jetzt darstellt. Während Jess tatsächlich ihre Komfortzone verlassen muss. Nachdem sie seit Jahren eingefleischter Single war, hat sie zu unserer Überraschung jetzt was mit einem Typen namens Bart am Laufen, den sie noch aus ihrer Jugend kennt. Die Vorzüge von Bart sind sein Ganzjahresteint und sein Zaster. Ihm gehört nicht nur Rose Hill Manor, das fantastische Herrenhaus außerhalb des Ortes, in dem ich aufgewachsen bin, er besitzt auch Immobilien in der Karibik und in der Schweiz. Das Herrenhaus vermietet er manchmal für Hochzeitsfeiern, die Poppy und Rafe und ihre Mannschaft von dem nahe gelegenen Gutshof Daisy Hill aus veranstalten. Da im Dezember ein paar Feiern gebucht sind, wollte er verreisen und hat Jess überredet, ihn zu begleiten. Aber da Jess in den letzten zehn Jahren keinen einzigen Tag freihatte und immer in ihrem Laden stand, ist es eine große Sache für sie, von Bart in die Alpen entführt zu werden. Ich verstehe also vollkommen, warum sie weniger selbstbeherrscht und selbstsicher wirkt als sonst.

»Ehrlich gesagt, Jess, glaube ich, dass ich eventuelle Probleme im Vorfeld ausräumen werde, wenn wir morgen die Probefotos machen.«

Sie schnaubt ungläubig. »Schön, dass du so zuversichtlich bist. Aber ich muss zwei Wochen mit Bart in seiner Berghütte in Klosters verbringen. Ich werde mir die ganze Zeit Sorgen um den Laden machen. Vor allem werde ich die ganze Zeit allein mit Bart sein.« Ihre Mundwinkel könnten gar nicht weiter unten sein. »Und ich mag Schnee noch nicht einmal.«

Ihr leicht panischer Tonfall erinnert mich an meinen ersten Urlaub mit Luc. Da habe ich zum ersten Mal seinen Pass und die offizielle Schreibweise seines Namens, nämlich »Luke«, gesehen. In der Folge habe ich dann herausgefunden, dass er sich Luc satt Luke nennt, um weniger streberhaft rüberzukommen. Wir sind für zwei Wochen mit seinen Eltern nach Madeira geflogen, weil er das jedes Jahr gemacht hat, bevor er mich kennenlernte. Obwohl Urlaub mit der Mutter auch nicht gerade cool ist. Ich habe nur deshalb nicht meinen Verstand verloren, weil ich mich mit Rum-Cocktails abgefüllt und dazu mein eigenes Körpergewicht an Honigkuchen gegessen habe. Dann hat die tickende Zeitbombe eines All-inclusive-Urlaubs mich eingeholt. In der zweiten Woche habe ich nur noch meine Reiseleggings tragen können. Man macht sich keine Vorstellung davon, wie sehr flauschige Jogginghosen bei dreißig Grad Hitze scheuern. Das Problem wird Jess natürlich nicht haben mit ihren weiten Marlene-Dietrich-Leinenhosen in Klosters, wo Minusgrade herrschen.

»Vielleicht hilft es, auch mal Zeit allein zu verbringen«, sage ich in Erinnerung daran, wie es mich gerettet hat, dass ich meine Nase in ein Buch vergrub. »Und vergiss nicht, Thermo-Leggings einzupacken!«

Jess trinkt ihre Margarita in einem Zug und greift sich noch ein Glas. »Gute Idee. Mein Problem ist, dass Bart so ein Plagegeist sein kann.«

Poppy lacht. »Mach dir keine Sorgen, Jess, wir kommen hier schon zurecht. Und auch wenn Bart dich manchmal piesackt, du teilst selber ganz gut aus. Außerdem seid ihr beiden Turteltäubchen unzertrennlich, seit ihr im September zusammengekommen seid.«

Im September hatten Jess und Bart endlich allen offiziell von ihrer Liaison erzählt, nachdem sie den Sommer mit heimlichen Verabredungen auf der Insel verbracht hatten, die zum Herrenhaus gehört. Aber wenn sie wirklich so unzertrennlich sind, wie Poppy sagt, dann kann ich Jess vielleicht doch einen guten Rat geben. Da sie sich ja schon so lange kennen und einiges nachzuholen haben, ist es nicht unwahrscheinlich, dass Bart ihr an einem derart romantischen und abgelegenen Ort wie Klosters einen Antrag macht. Und für den Fall sollte Jess vorbereitet sein.

Ich hole tief Luft und senke dann, angesichts meines klugen Ratschlags, die Stimme. »Einen Rat habe ich: Falls Bart einen Ring zückt und dir einen Antrag macht, dann setz dir um Gottes willen den Ring schnell auf und nicke einfach nur. Ob du wirklich willst oder nicht, darüber kannst du später nachdenken.« Das kommt jetzt echt von Herzen. Mein Patzer letztes Jahr zu Weihnachten ist ein weitverbreitetes Geheimnis unter unseren Freunden in St. Aidan. Ich bin absolut sicher, dass die Leute jedes einzelne Detail kennen. »Wenn du Panik kriegst wie ich und auf deinen Skiern davonbraust, wirst du's wahrscheinlich komplett versauen.« Ich habe das letzte Jahr damit verbracht, zu bereuen und mir mein altes Leben zurückzusehnen. Das wünsche ich meinen ärgsten Feinden nicht.

Einen Moment lang macht Jess den Eindruck, als würde sie gleich in die Luft gehen. »Ich und Ski? Ich bin doch kein Schneehase!« Sie schreit fast, und alle drehen ihre Köpfe zu uns. »Bart weiß, dass ich noch nicht einmal in die Nähe irgendwelcher Loipen, Abfahrten, Hügel oder sonst was gehe. Und Skihosen gehen gar nicht!« Ihre Stimme wird leiser, und ein Lächeln huscht über ihr Gesicht. »Après-Ski, das geht klar. Klar, geht das klar.« Jetzt schnurrt sie geradezu. Tja, Jess liebt Partys, wie man auch an diesem Abend sehen kann.

»Danke für den Hinweis, Hols.« Poppy und ich sehen uns über die insgesamt drei Gläser hinweg an. Selbstverständlich ist Jess auf das Skifahren angesprungen und ausgeflippt, nicht wegen des Heiratsantrags.

»Danke, Holly. Ich hatte gehofft, dass du mir helfen kannst. Deshalb hatte ich dich gefragt.« Jess schenkt mir ein warmes Lächeln. »Unser fester Hochzeitsfotograf Jules kommt heute Abend. Ich stelle euch vor. Er wird dir bestimmt gerne unter die Arme greifen, als Gegenleistung für diese Schätze, die du mir gegeben hast.«

Schnell entgegne ich: »Danke, aber das ist gar nicht nötig.« Der Superprofi Jules gehört zu den Menschen, denen ich aus dem Weg gehen möchte. Ich will auf gar keinen Fall, dass er denkt, ich komme ihm ins Gehege.

»Doch, doch.« Jess strahlt. »Die Wettervorhersage für morgen ist grauenhaft. Wie du weißt, habe ich das Haus nebenan übernommen, und das erste Stockwerk steht noch leer. Das wäre perfekt für dich, da kannst du drinnen ein paar Fotos mit deinem Pärchen schießen.«

Poppy hatte mir all die Jahre schon von Jess' Überredungskünsten erzählt. Aber ich hätte nicht gedacht, dass ich so schnell unter ihre Räder gerate. »Nate und Becky wollen an den Strand, unabhängig davon, wie das Wetter wird.« Und obwohl ich das mit möglichst fester Stimme sage, habe ich den Eindruck, dass niemand mir zuhört.

»Wo waren wir stehen geblieben?« Was Jess betrifft, habe ich eben gerade nichts gesagt. »Ach, ja, wir warten auf Jules. Bis dahin ... da hinten, das ist Lily, sie wird sich mit dir,

Poppy und Sera zusammen um den Laden kümmern, während ich weg bin. Hat sie das nicht ganz wundervoll hier unten eingerichtet?«

»Ja, toll.« Ich sehe mich noch einmal in dem Raum um, mit der Einrichtung und der hübsch arrangierten Ware. Zwar sind mir die silbernen Sterne überall viel zu weihnachtlich, aber offensichtlich hat Lily ein Händchen für Dekorationen. Der Raum birst geradezu vor altmodischen Kaffeetischen, antiken Werbeschildern, Vintage-Möbeln und meterhohen Leuchtbuchstaben, die zusammengesetzt das Wort »Liebe« ergeben.

Komisch, man könnte hier überall Schnappschüsse machen, und die Bilder sähen aus wie bei meiner Arbeit. Die Ausstattung, die wir benutzen, ist genau wie die schönen Gegenstände hier. Die klügsten Leute in unserer Branche, wie Poppy in ihrem Beruf davor, entwickeln leckere neue Lebensmittel. Meine Aufgabe ist es dann, sie so abzulichten, dass sie derart köstlich aussehen und die Leute sofort losrennen, um sie zu kaufen.

Zum ersten Mal bekam ich eine Kamera im Rahmen eines Studentenprojekts in die Hand gedrückt, als wir Brot fotografieren sollten. Wir haben uns schlappgelacht, als der Dozent uns nachdrücklich ermahnte, die Brötchen so zu arrangieren, dass sie eine Spirale abbilden. Keiner von uns konnte eine Spirale entdecken. Aber anscheinend waren auf meinen Bildern Spiralen. Zu meinem Glück, weil ich in Sachen Geschmacksinnovationen den Nagel nicht gerade auf den Kopf traf. Mein Spinat-Toffee-Pudding hat die schlechteste Note in der Geschichte des Kurses erhalten. Aber nachdem ich zufällig die unsichtbaren Spiralen erwischt hatte, zählten meine missglückten Erdbeer-Blumenkohl-Kuchen nicht mehr. Was also mit Brot und Brötchen begann, endete mit meiner Laufbahn als Food-Fotografin.

Jess' Augen strahlen vor Stolz, als sie auf die wunderschönen Platzkarten zeigt und die Lichterkette darüber. »Jedes Paar wünscht sich eine einzigartige Hochzeit. Lily lässt diese Träume wahr werden. Wo wir gerade von wahr gewordenen Träumen sprechen, ich will dir unbedingt das Studio nebenan zeigen.« Aha, innerhalb von zwei Minuten macht Jess aus einem leer stehenden Raum ein Studio. Typisch für sie, nach dem zu urteilen, was Poppy mir erzählt hat. »Oh, und da ist Jules. Juuules!« Jess ruft und winkt und haut uns fast um. Ein Mann, der einem Lifestyle-Magazin wie dem *GQ* entstiegen sein könnte, kommt auf uns zu. Er trägt sein Markenzeichen, einen rosa-blau-grün gestreiften Schal, den er sich um den Dreitagebart geschlungen hat, und sieht genau so aus, wie Poppy ihn mir beschrieben hat.

Jess scheint höchst zufrieden mit sich und der Welt zu sein. »Holly, das ist Jules, unser Starfotograf. Ihr werdet euch sicher viel zu erzählen haben. Ich hoffe, Sie können Holly ein wenig unter die Arme greifen und ihr ein paar Tricks und Kniffe verraten.«

Vor Scham würde ich jetzt am liebsten im Boden versinken. »Nett, Sie kennenzulernen, Jules. Vergessen Sie die Tipps und Tricks. Meine Hochzeitsfeiern sind so klein, als gäbe es sie fast gar nicht.« Ich setze ein Lächeln auf, und zum Glück muss ich ihm nicht die Hand geben, weil seine Hände in seinen Hosentaschen stecken.

Er sieht mich jetzt direkt an mit seinen Augen, die so blau und durchdringend sind, als wären sie mit Photoshop retuschiert. »Sie haben Ihre Kamera mitgebracht? Was für eine benutzen Sie?« Nach dem, was ich von Poppy weiß, ist Jules ebenso bekannt für seine überschwänglichen Umarmungen wie für seine fantastischen Fotos und seine ausgefallene Kleidung. Seine berühmte Strähne aber, die ihm immer in die Stirn fällt, liegt jetzt ganz starr da. Statt Überschwang spüre ich Eiseskälte.

Ich rede trotzdem weiter, egal, wie unangenehm die Situation ist: »Der Großteil meiner Ausrüstung ist von Nikon.« Man macht sich keine Vorstellung davon, wie viel es mich gekostet hat, die beste Ausrüstung zu beschaffen. Obwohl meine Speicherkarten im Vergleich zu den echten Profistücken winzig sind. Und auf wie viele Klamotten ich im Laufe der Jahre verzichtet habe, um zu sparen, damit ich mir die Ausrüstung leisten kann! Allein einige der Objektive kosten ein Monatsgehalt. Und das ist der Grund, warum ich ein Oberteil von New Look trage, das ich vor vier Jahren gekauft habe, und keinen Designer-Cashmere-Pulli und eine Jacke wie Jules, dessen Outfit bestimmt einen vierstelligen Betrag verschlungen hat.

Er rümpft die Nase und wirft sich mit einer schwungvollen Kopfbewegung das Haar zurück. »Aber Sie wissen schon, dass es bei guten Fotos nicht auf die Kamera ankommt, sondern auf den Menschen hinter dem Sucher«, sagt er, als seien das Neuigkeiten.

Ich nicke. »Schon klar.«

Ungerührt macht er weiter: »Ein guter Hochzeitsfotograf zeichnet sich dadurch aus, dass er – oder sie – gut mit Menschen umgehen kann.« Das Kräuseln seiner Lippen hat nichts mit einem Lächeln zu tun. »Hundert Gäste zu dirigieren, das muss man können. Und eine gewisse Ausstrahlung braucht man natürlich auch.«

Ich lasse das über mich ergehen und werfe einen Blick zu Poppy. Wir sehen uns an und verdrehen die Augen. Das, was er da sagt, hat kaum etwas zu tun mit den paar Freunden, die eine Strandparty feiern.

Jess schwenkt die Eiswürfel in ihrem Glas und scheint sich zu amüsieren. »Verstehe ich das richtig, dass du da ein Problem siehst, Jules?«

Jules blickt auf und fixiert einen Punkt etwa einen Meter

neben mir. »Wenn du mich fragst, ich habe kein gutes Gefühl bei Holly, kein bisschen.«

Ich lächle gezwungen. »Ja, danke, das ist sehr …« *Hilfreich* kommt mir nicht über die Lippen. »… sehr erhellend. Eine Expertenmeinung kann nie schaden.« Obwohl, jetzt, da er es sagt – wahrscheinlich liegt er goldrichtig. Bei der Arbeit verstecke ich mich immer hinter meiner Kamera. Unter Leuten bin ich eher schüchtern wie eine Maus. In meiner Familie war Freya diejenige, die gut mit Menschen konnte und die genug Elan für zwei hatte. Ich habe mich gern in ihrem Schatten aufgehalten und mich da versteckt. Seit ich sie verloren habe, hat sich das nicht geändert. Zumindest weiß ich jetzt, dass ich zuerst eine komplette Persönlichkeitsveränderung hinter mich bringen muss, wenn ich vernünftige Hochzeitsfotos schießen möchte.

Jules wirft sich seinen Schal über die Schulter und sieht Jess an. »Und wo wir gerade dabei sind und über Fotos reden, meine Antwort ist Ja.« Ihn als zugeknöpft zu bezeichnen wäre noch ein Kompliment.

Jess sieht ihn mit großen Augen an. »Antwort? Was war denn die Frage?«

Jules schnieft und sagt: »Danke, dass du mir das Vorkaufsrecht gibst. Ich nehme gerne den Raum im ersten Stock nebenan. Glückwunsch, Jess, du hast gerade einen Hausfotografen für dein Brides-by-the-Sea-Imperium angeheuert.«

Jess schüttelt den Kopf. »Du missverstehst das vollkommen, Jules. Hier geht es um einen Freundschaftsdienst, nicht um Verträge.« Sie sieht Poppy und mich an und verdreht die Augen. »Was den Raum im ersten Stock angeht, da lasse ich mir die Entscheidung noch offen.«

»Gut.« Die Art, wie Jules das sagt, verrät das Gegenteil. »Lass mich wissen, wenn du deine Entscheidung getroffen hast. Mein Angebot gilt nicht ewig. Und jetzt muss ich los.«

Er wirbelt in seinem maßgeschneiderten Mantel herum und bahnt sich seinen Weg durch die Menge nach draußen.

Poppy verzieht das Gesicht. »Da hat es aber jemand eilig, um zum Playback-Karaoke zu kommen.«

Jess schüttelt den Kopf. »Tut mir leid, Holly, keine Ahnung, was in ihn gefahren ist.«

Auch wenn Jess keine Ahnung haben mag, ist mir klar, warum Jules mich nicht auf Anhieb zu seinen besten Freunden zählt. Also sage ich zu seiner Verteidigung: »Vielleicht ist er nicht in Partylaune?« Das würde ich verstehen. Ehrlich gesagt, kann ich es Jules nicht übel nehmen, dass er verärgert ist, wenn man ihn bittet, jemandem Ratschläge zu erteilen, der ihm seine Kunden wegnehmen könnte. Er kann ja nicht wissen, dass das nicht meine Absicht ist.

»Der Arme«, sagt Jess mit mehr Mitgefühl als Verärgerung. »Er ist Einzelkind und lebt noch zu Hause. Wenn er seinen Willen nicht bekommt, dreht er an der Filmrolle, sozusagen. Ansonsten ist er ein grundsympathischer Typ.«

So wenig herzlich wie er war, bin ich wieder mal froh, Gegenstände zu fotografieren und keine Menschen. Außerdem bin ich erleichtert, dass ich nicht der einzige erwachsene Mensch ohne eigene Wohnung bin. Und ich könnte jubeln vor Freude, dass er so schnell wieder gegangen ist. Wenn ich Jules schon begegnen musste, dann war dieses Treffen gar nicht sooo schlecht.

Zur Feier des Anlasses exe ich meine beiden Drinks und strahle Poppy an. »Sollen wir uns jetzt eine Weihnachts-Margarita genehmigen?«

Sie grinst zurück. »So ist's richtig. Nachher kommen Rafe, Bart und Immie. Mal sehen, wen ich dir in der Zwischenzeit vorstellen kann.«

Dafür, dass ich gar nicht auf die Party wollte, vergehen die nächsten Stunden wie im Flug. Das Lustige an Sekt-Cocktails ist, dass man sie so schnell kippt, dass man kaum mitzählen kann. Zu dem Zeitpunkt, als ich die Treppe nach oben gehen will – mit der Entschuldigung, dass ich nicht mit ins Jaggers komme, weil ich für das Fotoshooting morgen einen klaren Kopf brauche –, sind meine Beine total wackelig. Während ich durch den Flur laufe, mache ich meinen eigenen kleinen Nüchternheitstest. Ich starre auf meine Pumps mit dem Leopardenmuster, während ich in einer geraden Linie über den Holzfußboden schreite. Dabei sehe ich nicht, dass mir jemand entgegenkommt. Das bemerke ich erst, als ich frontal den in ein Jeanshemd gekleideten Oberkörper ramme.

»Mist! Tut mir leid ...« Das kam wie aus der Pistole geschossen, so betrunken kann ich also gar nicht sein.

Die Jeanshose, auf die ich gerade hinabstarre, wirkt weich und ausgetragen und endet in abgewetzten Stiefeln. Dann sehe ich die Druckknöpfe des Jeanshemds, die sich über eine gut gebaute Brust spannen. Sosehr ich auf den Boden gestarrt habe, so sehr will ich jetzt die Knöpfe aufreißen. Das muss am Alkohol liegen. Dann sehe ich den Mistelzweig in der Hand meines Gegenübers. Ich blinzle und atme den Duft des Mannes ein und denke, ich träume. Fast will ich nachgeben und die Situation ausnutzen.

»Holly Rotbeerbäckchen? Warum bist du denn nicht auf der Party?«

Ich zucke zurück. »Rory?« Mit einem Schlag bin ich nüchtern. Ja, das macht mich schneller nüchtern, als es eine eiskalte Wasserwelle geschafft hätte. Weihnachtsglöckchen klingeln in meinen Ohren und Tannennadeln stechen mich, ich muss in den Weihnachtsbaum hinter mir getaumelt sein. »Was machst du denn hier?«

Seine Lippen zucken. »Ich werde immer zu den besten Partys eingeladen. Ich bin gerne unter den Gästen und prüfe, ob mein Sekt gut ankommt.« Jetzt lächelt er. »Nach deinem

Zustand zu urteilen ist er gut angekommen und ihr habt alle ordentlich zugelangt.«

Jetzt bin ich nüchtern und entrüstet. »Welcher notorische Frauenheld kommt denn bitte schön mit einem Mistelzweig auf eine Party?« Ich könnte sterben, weil ich den eben noch so toll fand.

Er lacht. »Jemand, der sichergehen will, dass bei Jess im Laden alles an Ort und Stelle ist, bevor sie in den Urlaub fährt.« Er blickt auf den Mistelzweig in seiner Hand. »Ich bin nicht irgendein Frauenheld, sondern Jess' Mistelzweiglieferant.«

Was hat ein Mistelzweig mit dem Verlauf von Bier und Sekt zu tun? Wenn ich das nicht verstehe, liegt das aber nicht am Alkohol.

»Dann willst du nicht …?«

»Unter der Treppe knutschen …?« Jetzt lacht er ein sehr tiefes Lachen. »Nur wenn du das extra bestellst. Für unsere Kunden tun wir alles, wirklich alles.« Sein Grinsen wird immer breiter.

»Klar …« Ich schüttele den Kopf, um meine Antwort als Unsinn abzutun und um mir Luft zuzufächern. »Schön für dich. Du hast bestimmt viele zufriedene Kunden und Kundinnen.« Ich rede Unsinn und sinke außerdem weiter rückwärts in den Tannenbaum. Die Nadeln federn wie ein Kissen, aber gleich werde ich das Gleichgewicht verlieren und fallen. Und dabei wahrscheinlich den Baum mit zu Boden reißen.

»Wir importieren die Mistelzweige aus der Normandie zusammen mit dem Winter-Cidre, als Extra für die Weihnachtsbestellungen. Das ist das, was unsere Kunden an Huntley and Handsome so schätzen.« Rory unterbricht seinen Werbespruch und sieht mich stirnrunzelnd an. »Alles in Ordnung, Holly Red?« Bevor ich antworten kann, legt er mir seinen Arm um den Rücken. Als Nächstes stehe ich wieder neben dem Baum und aufrecht genug, um zu protestieren.

»Kein Grund einzugreifen. Ich hatte alles im Griff. Trotzdem danke.«

Er blinzelt und schüttelt den Kopf. »Sicher. Und was ist mit den Treppen? Bis zum Dachboden ist es ein ganzes Stück.« Jetzt sehe ich leider auch seine Grübchen. »Wenn du Hilfe brauchst, jederzeit gerne. Normalerweise schleppe ich Bierfässer, da bist du ein Klacks.«

Woher weiß er, wo ich hinwill? Egal. Ich will nur schnell weg, sonst erwähnt er noch, dass das nicht das erste Mal wäre. Ich mache einen Schritt auf die Treppe zu und greife nach dem Geländer. Jetzt stehe ich schon viel sicherer. »Sind nur ein paar Stufen.« Weihnachten sei Dank trage ich flache Schuhe, keine Absätze. Von Rory nach Hause getragen zu werden soll mir nicht noch mal passieren. Und ich will mich auch nicht daran erinnern.

Da ertönt wieder sein Lachen. »Das wäre nicht das erste Mal. Ich meine ja nur.«

Abgesehen von den ganzen Christmosas, die ich geext habe, verfluche ich es jetzt erst recht, dass ich auf die Party gegangen bin. Ich könnte Rory den Hals umdrehen, dafür, dass er die Unverfrorenheit besitzt, die Vergangenheit zu erwähnen. Meine Wut hat immerhin den vorteilhaften Effekt, dass meine Beine wieder funktionieren. Auf dem ersten Treppenabsatz drehe ich um und sehe ihn von oben herab an. Jetzt müsste mir nur noch eine flotte Antwort einfallen. Aber ich bringe nur ein Winken zustande.

Von unten höre ich seine Stimme bis nach oben die Treppe hinauf: »Vorsicht, da oben! Bis bald, Rotbäckchen.«

Ich krieche ins Bett, und da fällt mir endlich eine flotte Antwort ein: »›Bald‹ kann in diesem Fall dauern, Kumpel.«

Ich hatte gute Gründe, nicht auszugehen. Jetzt habe ich noch bessere, dank Rory Sanderson.

3. Kapitel

Schneeflocken, Windjacken und Yoga für Mütter

Sonntag, 3. Dezember
»Brides by the Sea«

»Tut mir leid, Leoparden habe ich nicht. Nur einen Affen, ein Zebra, einen Löwen und eine Katze.« Poppy zählt die Cupcakes auf, die sie gebacken hat, während Jess und ich unten im Laden beschäftigt waren. Selbstverständlich weiß Jess nicht, was ein Kater ist. Deshalb waren wir schon früh auf den Beinen. Wir haben mit dem ganzen Team im Souterrain klar Schiff gemacht und sind anschließend gleich die Termine in dem Kalender im Weißen Zimmer durchgegangen. Jess erklärt mir alles, was ich über die Bräute und die Buchungen im Dezember wissen muss – in einer Art Übersprunghandlung, denn eigentlich sind Sera, Poppy und Lily für den Laden verantwortlich. Aber mich lenkt das zum Glück von dem Probe-Fotoshooting für die Hochzeit ab oder genauer: von Luc. Und Jess lenkt es von ihrer Abreise ab.

Ich werfe einen Blick in die Dose mit den Cupcakes, die Poppy mir hinhält. Die perfekt verzierten Küchlein lassen mir das Wasser im Munde zusammenlaufen. »Ich hätte gerne die orangefarbene Katze. Wer ist der Glückliche? Wer hat die bestellt?«

»Ich nehme den Löwen.« So zielstrebig, wie Jess sich einen Cupcake nimmt, scheint sie ihre Befürchtungen wegen des Urlaubs vergessen zu haben. Poppy hat mir immer noch nicht die Frage beantwortet.

»Mhmm, lecker! Auch der Guss!« Erst als ich die Augen öffne, das Papier zurückgerollt und in das süße Teilchen gebissen habe und mir den würzigen Zuckerguss auf der Zunge zergehen lasse, merke ich, dass Poppy zögert. »Isst du keinen, Pops?« Sie ist eine totale Naschkatze, selbst wenn sie nicht schwanger ist. Ich hätte wetten können, dass sie erst einen Schokoladenaffen und dann ein Zebra isst.

Sie rümpft die Nase und senkt den Blick auf ihren bauchfreien Pulli, unter dem sich eine nicht gerade kleine Kugel verbirgt. »Gestern habe ich schon keinen Muffin gegessen. Auf Befehl der Hebamme. Weniger Kohlenhydrate. Ich habe mit Schwangerschaftspilates angefangen. Und mit Yoga für Mütter.«

»Oh Gott.« Ich will nicht dramatisch klingen, aber es muss verdammt hart sein, neun Monate keinen Zucker und so viel Sport.

»Es ist ja nicht für immer.« Poppy runzelt die Stirn und zuckt mit den Schultern. »Aber ich will euch was anderes erzählen. Für wen der Kuchen ist.«

Aus dem Flur dringt das Geräusch der sich öffnenden Tür. Jess strahlt mich über ihren Löwen hinweg an. »Du hast da einen leckeren Fisch an der Angel, Holly. Poppy backt für den Besitzer von Huntley and Handsome. Ein netter Kerl. Er macht super Verträge mit uns, für den Prosecco …« Das klingt verdächtig wie das, was der Weihnachtsmann gestern erzählt hat.

Mein Mund bleibt offen stehen, halb im Abbeißen begriffen. Sie meint doch nicht etwa …? Rory? Ich schnappe ungläubig nach Luft. Ein Stückchen Teig gerät mir in die Luftröhre, und schon huste ich in meine Hand. Tränen steigen mir in die Augen, als ich nach Luft ringe. Alle, die sich schon mal verschluckt haben und diesen riesigen Nieser machen mussten, wissen, was Sache ist. Ich ringe um Luft und will auf gar keinen Fall den halb gegessenen Cupcake ausspucken und die exquisiten Brautkleider auf der Stange mit orangefarbenen Kuchenkrümeln besudeln.

Durch meine halb geschlossenen Augen sehe ich, wie Poppy auf mich zugestürzt kommt. Ich höre ein Rascheln wie Engelsflügel, und dann drückt sie mir Papiertaschentücher in die Hand. Ich niese und schnäuze mir die Nase. Die schönen Kleider sind gerettet. Jess grinst von einem Ohr zum anderen und macht dem Kronleuchter im Laden Konkurrenz.

Poppy legt mir die Hand auf die Schulter und sagt leise murmelnd: »Tut mir leid, Hols, die Geister der Vergangenheit. Ich weiß, dass dir das nicht gefällt. Rory Sanderson ist sehr früh dran, um seine Cupcakes abzuholen. Ich erkläre dir das alles später.«

Es ist meine Schuld. Ich hätte den Mumm haben sollen, ihr zu erzählen, dass ich bereits zweimal in ihn hineingerannt bin. Dann hätte Poppy mir das bestimmt früher erzählt. Wenigstens sitze ich auf einem überdimensionierten Sessel, auf dem üblicherweise die Brautmutter Platz nimmt, und kann ihn diesmal von hier oben aus hereinkommen sehen. Wegen des Verschluckens bin ich eh schon knallrot. Trotzdem jagen mir seine Schritte auf dem Boden eine Gänsehaut über den Rücken. Sagt man nicht, Angriff sei die beste Verteidigung? Guter Tipp.

Seine mir schrecklich bekannt vorkommenden, abgetragenen braunen Timberland-Stiefel betreten den Raum, und ich verzerre meinen Mund zu einem Lächeln. Schnell wische ich mir die letzten Kuchenkrümel von den Lippen und sehe auf den Punkt im Türrahmen, an dem sein Kopf erscheint. Und gehe zum Angriff über.

»Rory Sanderson, schon wieder. Und ich dachte, ich hätte dir gerade zum Abschied gewunken. Für die nächsten zwanzig Jahre.« Ich lasse mich in die Kissen zurücksinken und wappne mich für seine bissige Antwort. Aber die lässt auf sich warten.

Anstatt hereingestürmt zu kommen und auf seine selbstverliebte Art und Weise durch das Weiße Zimmer zu stolzieren, betritt Rory langsamen Schrittes den Raum.

Er beugt sich zu einer Seite, damit er die Hand eines kleinen Mädchens halten kann.

»Huch.« Ich bin mir nicht sicher, ob ich das nur denke oder ob ich es laut gesagt habe.

Dem hellen, seidigen Haar seiner Tochter nach zu urteilen ist Rorys Freundin vermutlich eine Blondine. Als ob ein Rockstar sich mit weniger zufriedengeben würde. Wenn sie den Schmollmund von ihrer Mutter geerbt hat, dann war ihm das Aussehen wichtiger als der Charakter. Ausnahmsweise trägt Rory nicht sein Dauergrinsen, sondern runzelt die Stirn. An seine schicke Wind- und Funktionsjacke gedrückt, hält er ein ziemlich großes Kleinkind.

Entgeistert sieht er mich über den Kopf des Säuglings hinweg an. »Holly, tja, hallo.« Mr. Sanderson macht plötzlich gar nicht mehr so einen selbstgefälligen Eindruck. Wenn seine Grübchen verschwinden, hat das den Nachteil, dass seine Wangen unter dem Kieferknochen noch kantiger aussehen.

Angesichts seiner Begleitung bedauere ich meine »überschwängliche« Begrüßung. Irgendwie sind diese kleinen Menschen ein Riesenschock, obwohl ich die Kindersitze in seinem Auto doch gesehen habe. Ich hätte mir zwar gewünscht, irgendetwas würde mich von Nate und Becky und Luc ablenken, aber bestimmt nicht das hier. Kinder haben die merkwürdige Wirkung, dass die Menschen um sie herum irgendwie sanfter und weicher werden. Rory sieht zwar nicht wie ein super entspannter Vater aus, aber die Kinder, die er hier anschleppt, nehmen ihm offenbar den Wind aus den Segeln. Jess ihrerseits hat auch nichts mehr übrig für Luftküsschen mit ihrem Lieblingsweindealer und Lieblingstyp von Huntley and Handsome. Auf ihrem Gesicht steht gleichermaßen Schrecken und Entsetzen, und sie verzieht sich schnell hinter ihren Tresen. Ich glaube, ich habe Jess nie so zügig den Rückzug antreten sehen. Das ist gar nicht ihr Stil.

Poppy ist die Einzige im Raum, die begeistert ist. Sie klatscht in die Hände und geht zu den dreien. »Willst du uns nicht vorstellen, Rory?« Mit glänzenden Augen sieht sie das kleine Mädchen an. Das liegt wahrscheinlich an den Schwangerschaftshormonen. »Wir haben nicht oft so aufregenden Besuch im Brautladen. Aber auf den Gutshof kommen häufig Kinder zu Besuch. Ich wette, du magst die Tiere dort auch.«

Ich frage mich, was sie damit bezweckt. Der Blick, den sie mir unter ihrer gerunzelten Stirn zuwirft, drückt gleichermaßen Sorge und Schuldbewusstsein aus.

Rory schüttelt den Kopf, als müsse er wach werden. »Ja, die Damen, das ist Gracie. Und das hier ist Eddie.«

Das Mädchen zupft ihm am Ärmel seiner freien Hand und flüstert: »Nein. Teddie!«

Rory grinst verlegen. »Stimmt. Mist. Gut, ihr habt sie gehört.« Selbst für einen Trottel wie Rory gibt das ein ziemlich erbärmliches Bild von einem ziemlich unbeteiligten Vater ab.

»Wir haben hier Mini-Cupcakes. Möchtest du einen?«, fragt Poppy und hält dem Kind die Dose entgegen.

Gracie zögert. »Teddie darf keinen Zucker. Er ist noch zu klein. Mami sagt, man sagt nicht ›Mist‹. Man soll ›blub‹ sagen.« Das klingt, als rufe sie sich selbst zur Ordnung, als ihre eigene Erziehungsberechtigte.

Unbeeindruckt öffnet Poppy die Dose und zeigt ihr die Miniversion der Kuchen, die wir vorhin gegessen haben. »Das sind Tiere. Holly hat gerade eine Katze gegessen und Jess einen Löwen.«

Gracie rümpft die Nase. »Ich esse immer Cupcakes von

der ›Eiskönigin‹ … blaue mit Schneeflocken drauf … und mit Bildern von Anna und Elsa.«

Poppy versucht augenscheinlich, ihre Belustigung zu unterdrücken. »Dann nimmst du am besten welche für nachher mit.«

Rory seufzt entnervt. »Das läuft ja gar nicht gut.« Er sieht auf das Kleinkind in seiner Armbeuge, dann auf das Mädchen, das sich hinter seinem Knie verschanzt. Dann richtet er den Blick auf mich. »Komm schon, Gracie, ich habe keine Hand mehr frei. Du könntest wenigstens die Dose halten.« Eine Sekunde später landet das schwere Riesenbaby auf meinem Schoß. Und Rory hat Gracie mit beiden Händen hochgehoben und vor Poppy abgesetzt.

»Ah!« Was Babys angeht, bin ich wie Jess. Doch als ich meine Finger um Teddies Mützchen lege und der Duft des Weichspülers mir in die Nase steigt, fühlt er sich erstaunlich weich und kuschelig an. Und schwer. »Und wenn ich ihn fallen lasse?« Ich bin mir nicht sicher, ob ich jemals ein Baby auf dem Arm gehalten habe. Das Baby von Rory macht mich besonders nervös. Wie erwartet brennen meine Wangen.

Poppy beißt sich auf die Lippe. »Wann hast du sie abgeholt, Rory? Selbst Rafe meinte, dass du mindestens zehn Minuten durchhältst, bevor du sie weiterreichst.«

Jess hat sich wieder eingekriegt. »Das musst du besser managen, Onkel Rory.«

Ich versuche, zu überblicken, was hier eigentlich los ist. »Dann sind sie also nicht deine?«

Zum ersten Mal, seit er den Laden betreten hat, zeigen sich Lachfältchen um Rorys Augen. »Um Gottes willen, nein! Holly Nord, wie hätte ich denn gleich zwei von diesen Gören auf einmal bekommen sollen?« Das erklärt zumindest, warum er den Namen des Kleinen nicht wusste. »Moment, es sind Kinder anwesend. Antworte also lieber nicht auf meine Frage.«

Ihm nicht in die Augen zu schauen ist wahrscheinlich nicht die beste Strategie. Ich starre nach unten und wundere mich, wie warm sich das Baby anfühlt. Dann sehe ich einen dunklen, größer werdenden Fleck auf meinem linken Oberschenkel. Warum habe ich es neuerdings so mit Wasser? »Hat Teddy ein Leck?« Wenn das so weitergeht, habe ich am Nachmittag keine sauberen Klamotten mehr. Zum Glück hatte ich als Kind Meerschweinchen, deshalb finde ich Pipi auf meinem Knie nicht so schlimm. Jess in ihrer Ecke sieht schlichtweg entsetzt aus. Wenn es ihre Chinos erwischt hätte, wäre sie wahrscheinlich in die Luft gegangen.

Rory ist alarmiert. »Im Ernst? Er braucht doch keine neuen Windeln? Nicht schon wieder!«

Poppy kommt rüber und gibt ihren Senf dazu: »Irgendwas ist hier sehr nass. So sind sie, die Babys, sie pischen und essen und ... machen ›blub‹.«

Mit ernstem Gesicht sagt Gracie: »In der Wickeltasche sind saubere Hosen für Teddie.«

Poppy lacht. »Ganz richtig, Gracie. Ich dachte schon, da fehlt doch was, als ihr hereinkamt.« Sie wendet sich an Rory. »Lektion Nummer eins: Wo auch immer das Baby hingeht, die Wickeltasche ist immer dabei.«

Rory nimmt Gracie die Keksdose aus der Hand. Er rasselt mit dem Autoschlüssel, an dessen Bund Miniaturbierflaschen baumeln. »Hey, noch mehr gute Neuigkeiten heute. Bin gleich zurück. Aber sagt nachher nicht, ich hätte die Kinder unbeaufsichtigt alleingelassen!«

Ich sehe Poppy fragend an und flüstere ihr zu: »Rory passt auf die Kinder auf? Hätte man da nicht ebenso gut Edward Cullen als Babysitter engagieren können? Und seit wann versteht ihr euch beide so gut?«

Poppy sieht mich an. »Er ist ein alter Freund von Rafe. Und sehr nett, wenn man ihn erst mal besser kennt. Außerdem ist er unser Wein- und Bierlieferant für die Hochzeiten auf dem Gutshof. Rorys Schwester Erin musste zu einer Herz-OP als Notfall ins Krankenhaus eingeliefert werden. Ihre Mutter lebt in Australien. Sonst haben sie niemanden. Also musste der arme Kerl kurzfristig einspringen und sich um die Kleinen kümmern«, seufzt sie. »Sie wohnen in einer der Feriencottages auf dem Gutshof von Daisy Hill, damit wir alle mithelfen und ihm unter die Arme greifen können. Es tut mir leid, wenn es für dich eben eine komische Situation war. Es kam alles so plötzlich.«

Das wird ja immer schlimmer. Mir rutscht das Herz in die Hose. Es ist ja nicht so, dass ich mithelfen müsste. Aber ohne Rory, der jederzeit hinter einer Scheune hervorhüpfen kann, wenn ich Poppy auf dem Gutshof helfe, wäre es mir lieber. Tonnenweise Abdeckstifte, getönte Tagescremes, Concealer und Foundation stehen auf meiner mentalen Shopping-Liste, wer hätte das gedacht? Und auch wenn ich hundert Jahre alt werde, als »armen Kerl« würde ich Rory nie und nimmer bezeichnen.

»Edward mit den Scherenhänden wäre vielleicht die bessere Wahl gewesen«, murmle ich vor mich hin, als Rory zurück in den Flur gestapft kommt. Seine Schritte sind so schwer, dass die Glöckchen am Weihnachtsbaum klingeln. Es sah schon komisch aus, als er vorhin mit zwei kleinen Kindern hereinkam. Das ist allerdings nichts dagegen, wie er jetzt aussieht, mit der Wickeltasche in Blümchendruck-Optik über der Schulter. Gracie wartet, bis Rory im Zimmer steht, dann sieht sie ihn an und fragt: »Wer ist Edward Schere?«

Poppy rettet die Situation. »Edward mit den Scherenhänden, statt Hände hat er Scheren. Der kommt aus einem Film, meinem Lieblingsfilm. So wie Elsa deiner ist. Er kann gut Papier schneiden und die Pflanzen im Garten stutzen.« Sie legt sich echt ins Zeug für uns.

Ich fasse Teddie an den Hüften und halte ihn eine Armlänge entfernt von mir hoch. »Gut. Wer hat die Ehre?« Jess offensichtlich nicht. »Rory? Poppy?« Ich sehe einen nach dem anderen an, und Teddie sinkt zurück auf meine Knie.

Rory reicht Poppy die Umhängetasche. »Bitte schön. Die Tasche ist so schön mit großen Blumen bedruckt, steht dir irgendwie. Sieht aus, als müsstest du ran.«

Poppy schüttelt den Kopf. »Tut mir leid, aber in dem Geburtsvorbereitungskurs sind wir noch nicht so weit. Hat Erin dir nicht gesagt, was du machen musst? Benutzt du Stoffwindeln oder Wegwerfwindeln?«

»Keine Ahnung.«

Mitten in dem Weißen Zimmer kniet er sich auf den Boden, bestimmt nicht der beste Ort, und Jess reißt auch schon entsetzt die Augen auf. Noch bevor wir ihn aufhalten können, hat er die Wickelunterlage ausgerollt.

»Sieht sehr gekonnt aus, Sanderson.« Mir ist selber nicht klar, warum ich das sagen musste. Wahrscheinlich bereite ich mich seelisch auf meinen Job für die Hochzeit vor. Oder das ist meine Rache für gestern Abend.

Er zuckt mit den Schultern. »Tut mir leid, besser wird es nicht. Erin hat mir hundert Seiten mit Anweisungen geschrieben, eine Bedienungsanleitung. Windelwechseln hat sie mir auch gezeigt. Aber ich kann mich nicht mehr erinnern, verdammt!« Strampler, Plastiktüten, Tuben mit Cremes, Fläschchen, Windeln, Tropfen, Spucktücher und Mullbänder kullern über den Boden, als er die Tasche ausleert.

Jess stöhnt. »Das ist einer unserer besten Verkaufsräume. Und du machst hier so eine Unordnung, Rory!« Zum Glück für Rory ist Jess offenbar der Meinung, ihm würde die Sonne aus dem Hintern scheinen. Sie hat schon ganz andere Leute aus geringerem Anlass vergrault.

Er grunzt. »Ich dachte, es hilft meinem Gedächtnis auf die

Sprünge, wenn ich die Ausstattung und die Einzelteile sehe. Aber ich bin so schlau wie vorher. Wisst ihr weiter? Habt ihr eine Ahnung?«

Ich krame verzweifelt in meinem Gedächtnis. Schließlich ist es hauptsächlich in meinem Interesse, das Problem zu lösen. Meine Knie werden immer nasser. »Wir könnten in der Apotheke fragen. Oder googeln. Oder draußen Leute mit einem Baby aufgabeln und herschleppen, damit sie uns das zeigen. Oder vielleicht weiß Gracie, wie's geht?« Ich sehe zu ihr, und ihr Gesichtsausdruck sagt sehr deutlich, was sie davon hält.

»Herrje, ich hatte mir Ratschläge erhofft, die mich nicht bloßstellen und als Trottel dastehen lassen, verdammter Mist. Und warum sollte eine Dreijährige sich besser auskennen als ich?« Typisch Rory. Der Klugscheißer mit der Riesenlücke im gesunden Menschenverstand, so war das schon in der Schule. Deshalb hat es damit geendet, dass er Autos von den Klippen gefahren hat, und deswegen ist er auch fürs Babysitten gänzlich ungeeignet. Außerdem benutzt er eine Menge Kraftausdrücke, die Gracie alle aufschnappt. Wenn das so weitergeht, wird sie fluchen wie ein Seemann, wenn sie nach Hause zurückkehrt.

Auf Poppys Lippen zeichnet sich ein Lächeln ab. Sie steht am Fenster und sieht hinaus. »Vielleicht kann Immie uns helfen. Wir haben Glück, sie kommt gerade die Straße zum Laden hoch.«

Immie ist mit uns allen zusammen in Rose Hill aufgewachsen. Sie misst zwar nur ein Meter fünfzig in ihren hochhackigen Schnürstiefeln, aber in Sachen Igelfrisur, herzhafte Lacher und klare Worte ist sie ganz groß. In unserer Kindheit war sie die Mutige und die Loyale, die sich quasi mit links für uns geprügelt hat, und zwar schon seit sie drei war. Nur gegen Rory ist sie nie angekommen. Als Immie ihn einmal gestellt hat, weil er mich geärgert hatte, war ihm das gleichgültig. Den

Grund dafür hat sie nie preisgegeben. Gewissermaßen hat sie wohl den Schwanz eingezogen. Was alles darüber sagt, wie unmöglich und außer Kontrolle Rory ist.

Poppy und sie sehen sich jeden Tag, weil Immie für die Ferienwohnungen auf dem Gutshof von Daisy Hill zuständig ist. Zusammen mit ihrem Sohn Morgan und ihrem frisch angetrauten Ehemann Chas, dem knackigen Feuerwehrmann, wohnt sie in einem von Rafes Cottages im Dorf.

Ich lache. »Ich hab's. Immie hat doch einen Sohn, ein Pubertier. Sie weiß bestimmt, wie man Windeln wechselt.« Ich vermute, dass Windelnwechseln wie Fahrradfahren ist. Egal, wie lange es her ist, wenn man's einmal konnte, vergisst man es nicht. Man muss nur einmal gewusst haben, wie's geht. Unglaublich, da sind wir vier Erwachsene in einem Raum, und keiner kennt sich mit Windeln aus.

So zielstrebig, wie Immie hereinstolziert kommt, muss sie sehr gespannt auf die Szene sein. »Rory Sanderson, altes Haus! Und hallo, Holly!« Ihr Auftritt und ihr Reibeisenlachen bringen den Kronleuchter zum Wackeln. Genauso schwungvoll umarmt sie mich und raubt mir fast den Atem. »Ich habe das Biermobil draußen auf dem Parkplatz gesehen, mit einem ›Baby an Bord‹-Aufkleber.« Sie macht eine Grimasse. »Da wollte ich mal nach dem Rechten sehen. Hallo, ihr zwei, Gracie und Teddie! Wer will einen Plüschschneemann haben? Heißt es heute nicht Schneefrau? Von wegen Gleichberechtigung und so?« Immie, die übrigens immer noch ihr Glitzer-T-Shirt mit der Aufschrift »Ich heirate auf Daisy Hill« trägt, vier Monate nach der Hochzeit, reicht Gracie ein supersüßes Schneemannplüschtier und legt das zweite auf den Boden neben die Wickelunterlage. Die Stofftiere hat sie offenbar extra besorgt. Und sich ganz viel dabei gedacht und auf das Prädikat »pädagogisch wertvoll« geachtet. Schließlich studiert sie neben ihrem Job auf dem Gutshof Psychologie an der Uni.

Dann stemmt sie die Hände in die Hüften und verschafft sich einen Überblick.

»Bekomme ich keinen Schneemann?«, fragt Rory, und es klingt so, als würden er und Immie ständig miteinander Witze reißen.

»Die sind erst ab drei, Rory«, entgegnet Immie. »Wenn du größer bist, kriegst du auch einen.« Sie kennt die Namen der Kinder aus dem Effeff, weiß also Bescheid, und sie scheint Rory sehr gut zu kennen.

»Ihr beide kennt euch auch?« Seit ich zuletzt zu Hause war, muss einiges passiert sein, was ich nicht mitbekommen habe.

Immie verzieht das Gesicht. »Er hängt ständig mit Rafe auf dem Hof ab. Und seit er seine Flaschenfirma hat, hängt er auch ständig im Goose and Duck ab.« Für Ortsfremde: Das ist der Pub, in dem Immie die Gläser wegräumt und im Gegenzug ein paar Bier bekommt oder Hilfe beim Catering für die Hochzeitsempfänge.

Poppy wirft Immie und Rory mahnende Blicke zu. »Immie hat dir einen Schneemann mitgebracht. Was sagt man da, Gracie?«

Gracie zieht einen Schmollmund. »Aber eigentlich mag ich lieber richtige Schneemänner … wie Olaf.«

Mit extra heller Stimme sagt Poppy: »Sie ist ein Fan von der ›Eiskönigin‹. Tut mir leid, Immie. Meine Cupcakes sind auch nicht bei ihr angekommen. So einfach punkten wir nicht bei Dreijährigen.«

Was Rory angeht, empfinde ich eine gewisse Schadenfreude, dass er von zwei kleinen Kindern so schnell in die Knie gezwungen wird. Irgendwie beruhigend, dass auch Rory Sanderson einen wunden Punkt hat.

Rory grummelt. »So wie ich das von hier unten sehe, haben wir noch keinen einzigen Punkt geholt. Aber es ist ja noch nicht aller Tage Abend.« Da ist es wieder, das unverwüstliche

Selbstvertrauen, das ihm anscheinend in die Wiege gelegt worden ist. Aber begeistert klingt er trotzdem nicht. »Die Windeltechnik habe ich noch nicht ganz im Griff. Aber in ein paar Stunden habe ich die Bedienungsanleitung durch, dann wird das bestimmt ein Kinderspiel.«

»Was für ein Spiel?« Ich mag selbst kaum glauben, dass ich das laut gesagt habe. Ich scheine heute ein übereifriges Mundwerk zu haben. Zwar besitze ich null Erfahrung im Kinderhüten, trotzdem wundert es mich, dass er so selbstsicher klingt und das so leichtnimmt.

Rory schnaubt. »Ich habe mit milliardenschweren Wirtschaftsverträgen zu tun. Ich bin der größte Weinhändler im Südwesten Englands. Jeden Tag braue ich fässerweise ausgezeichnetes und preisgekröntes Bier. Eine Woche lang auf ein paar Kinder aufzupassen sollte da ein Klacks sein.« Er blickt sich um und sieht in die ungläubigen Gesichter um ihn herum. »Was denn? So schwer kann das doch nicht sein. Toll, dass ihr Frauen helfen wollt, aber ich löse das Problem mit einer sachlichen, nüchternen männlichen Herangehensweise. Ihr werdet sehen. Gleich hab ich's.«

Immie räuspert sich. »Heiliger Bimbam, na, jetzt weiß ich Bescheid.« Sie bemerkt, dass Gracie sie mit großen Augen ansieht, und grinst sie an. »Es ist überhaupt nichts dagegen einzuwenden, dass eine Frau laut und deutlich ihre Meinung vertritt. Es ist wichtig, zu sagen, was man denkt, Gracie.« Eine Sekunde später hat sie die Wickelunterlage zusammengerollt und sich mit Teddie auf dem Arm in die grau gestreifte Brautjungfern-Chaiselongue gepflanzt.

Rory klappt der Unterkiefer herunter. »Wolltest du mir nicht zeigen, wie das geht?«

»Gracie, gib mir bitte die Feuchttücher, eine Windel und das Puder.« Immie schüttelt den Kopf in Rorys Richtung. Dabei schält sie Teddie aus seinen nassen Hosen. Sie hebt die

Stimme, als Teddie plötzlich zu schreien beginnt. »Damit du in Jess' schönem Laden nicht noch mehr Unordnung anrichten kannst, zeige ich dir nachher in der Ferienwohnung, wie das geht. Räum du lieber die Sachen ein und verstaue sie in der Tragetasche.«

Rory hat sich noch immer nicht vom Fleck bewegt. Aber er grinst sie jetzt an. »Wie heißt das Zauberwort? ›Bitte!‹ Ich meine nur. Schließlich sollen die Kleinen Manieren lernen.« Genau damit hat er die Lehrer in der Schule schon zur Weißglut getrieben.

Immie beachtet ihn nicht. Stattdessen wendet sie sich an Gracie, die hin und her flitzt. »Die Creme, bitte. Dann saubere Hosen und das Desinfektionsmittel für die Hände.«

Poppy und ich haben die verstreut herumliegenden Sachen aufgeräumt und in der Tasche verstaut. Rory steht immer noch da, und Immie drückt ihm erst das Baby mit der frischen Windel und dann den Schneemann in den Arm.

Er stolpert nach hinten. »Super. Danke. Sieht so aus, als seien wir abmarschbereit.«

Teddies Protestgeheul verstummt, und Immie knufft Gracie gegen den Oberarm. »Ja! Gut gemacht. Wir sind das Teddie-Team.«

Ich lege Rory die Umhängetasche über die Schulter und lasse noch einen Kommentar ab. »Wenn du männlicher wirken willst, solltest du dir eine gestreifte Tasche besorgen oder eine mit Biermarken drauf.« An meinen spontanen Ergüssen muss Immie schuld sein. Und schon hänge ich ihm die Tüte mit den nassen Kleidern über den Finger. »Vergiss das hier nicht. Dreißig Grad. Kalt schleudern. Vermutlich weiß der preisgekrönte Bierbrauer, wie man eine Waschmaschine anstellt?«

Aus seinem perplexen Gesichtsausdruck, den er auf dem Weg zur Tür aufsetzt, schließe ich, dass ich eventuell falschliege. »Hast du noch nie von einem Waschservice gehört, Holly-Beere? Solltest du mal versuchen. Für einen Zehner mehr bügeln die sogar.«

Was mich daran erinnert, dass Luc selbst gebügelt hat. Und die Wäsche gemacht hat. Wenn man sich daran gewöhnt, ist das eine tolle Eigenschaft bei einem Mann. Besonders bei einem Mann, der vier Oberhemden am Tag trägt. Einmal ist es mit ihm durchgegangen, und er hat drei Stunden damit zugebracht, jede Falte aus meinem knitterigen Seidenkleid zu bügeln.

Wir winken Teddie und Gracie hinterher. Gracie findet die Schneemänner wohl doch nicht so doof und drückt beide an sich.

Poppy schüttelt den Kopf, als die drei schließlich durch die Tür gehen. »Bis bald, auf dem Gutshof!«

»Hat jemand was von Cupcakes gesagt?«, fragt Immie und reibt sich die Hände mit Desinfektionsmittel ein. »Davon könnte ich ein paar gebrauchen für die Rückfahrt.«

Poppy öffnet die Dose. »Nimm du dir auch noch einen, Hols, Stärkung für das Fotoshooting heute Nachmittag.«

Ich zücke mein Handy und sehe auf die Uhr. »In einer Stunde ist es so weit.« Das ging schnell, ich werde nervös. »Ich brauche jetzt eine große Dosis Mut.« Ich renne Luc ja nicht hinterher, und ich hoffe auch nicht, ihn zurückzubekommen. Wenn der Mensch, den man liebt, einen von einem Augenblick zum anderen verlässt, lassen sich die Gefühle nicht so schnell abschalten. Wenn man zudem noch nicht mal begreift, was passiert ist, ist es noch viel schwieriger, loszulassen.

Immie langt zu und fischt sich einen Affen heraus. Auch mir drückt sie ein Kuchenstück in die Hand. »Du kriegst den Löwen. Das hilft.«

Zu meiner Rettung brauche ich wahrscheinlich sehr viel mehr als süßes Gebäck.

4. Kapitel

Würde und Ashton Kutcher

Sonntag, 3. Dezember
»Brides by the Sea«

»Okay, lasst uns drüben am Fenster ein Foto schießen. Vielleicht nehmt ihr euch diesmal in den Arm?« Meine Stimme und die Anweisungen, die ich Nate und Beck gebe, klingen in meinen eigenen Ohren fremd. Vor allem, weil sie in dem leer stehenden Zimmer im ersten Stock von den Wänden widerhallen. Die beiden leben in London, aber zum Surfen fahren sie am liebsten nach St. Aidan. Ich habe die beiden oft hier getroffen, und das hat es mir leichter gemacht, auch Luc einzuladen, herzukommen und meine Eltern kennenzulernen.

Was den Ort angeht, hatte Jess recht. Bei der Wahl zwischen strömendem Regen am Strand und dem Studio mit Tageslicht hatten Nate und Becky offenbar Mitleid mit mir. Sie hatten ein Einsehen und sind fürs Fotoshooting drinnen geblieben. Heute sollen sie lernen, sich vor der Kamera wohlzufühlen. Für mich ist ein Testlauf mit beweglichen Objekten vor der Linse auch sehr hilfreich. Nachdem ich ihnen vorschlug, legere Freizeitkleidung zu tragen und mit einigen Accessoires dem Anlass gerecht zu werden, tauchten sie zu meiner Überraschung im Neoprenanzug auf. Dazu haben sie sich Weihnachtsmannmützen und Sonnenbrillen aufgesetzt. Kein Wunder also, dass die Fotos aussehen wie Surfer-Selfies, die Surfer zu Weihnachten an einem Südseestrand geknipst haben.

»Was hältst du von dieser Pose? Sieht das gut aus?«, fragt Becky, ihre Neoprensocken sind ein wahrer Segen. Sie scheut keine Mühen und blickt aus dem Fenster auf das Meer, während sie sich dabei um Nates Hals windet.

»Super.« Dass sie aussieht wie eine Schlangenfrau im Zirkus, ist gar nicht so schlimm. Problematisch ist nur, dass sie sich versteift, wenn sie eine Pose einnimmt. »Vergiss nicht zu atmen und erwürg Nate nicht!«, sage ich.

Eigentlich dachte ich, es würde ganz leicht sein, in diesem Raum eine paar gute Fotos zu schießen. Aber so angespannt, wie Nate und Becky sind, stellt sich das als sehr viel schwieriger heraus als gedacht. Ich habe mich zu sehr auf die Neuigkeiten konzentriert, auf Dinge, die sie mir erzählen könnten, sodass ich dabei vergessen habe, wie seltsam es ist, die beiden ohne Luc zu treffen. Zudem hatte ich nicht bedacht, dass bei dem Treffen mit Nate und Becky so viele Erinnerungen hochkommen würden an mein vergangenes Leben und an meinen Ex-Freund. Kaum waren die beiden eingetroffen, fing das mit den Flashbacks an. Und ich dachte, ich sei schon längst darüber hinweg.

Ich weiß beim besten Willen nicht, wie ich es ihnen taktvoll sagen soll. »Sollen wir es diesmal ohne Mützen und Brillen versuchen?« Ich strahle sie an, um sie zu ermutigen. Selbst wenn das hier ein riesiges fotografisches Desaster ist, kann ich die beiden das unmöglich wissen lassen.

»Keine Sonnenbrillen?« Nate klingt so entsetzt, als hätte ich ihn gebeten, sich auszuziehen und im Adamskostüm zu posieren. »Ohne Brille bin ich so gehemmt, wenn ich in die Kamera sehen muss.«

Ausgerechnet ich erwische so ein Pärchen. Aber ich verstehe ihn nur zu gut und muss zugeben: »Geht mir genauso. Ich mag es gar nicht, fotografiert zu werden.«

Becky zuckt verlegen mit den Schultern. »Aus dem Grund wollten wir dich haben für die Hochzeitsfotos. Wir wussten, dass du uns verstehst. Ein echter Hochzeitsfotograf, das wäre nicht gegangen.«

Aha. Und das sagen sie mir, noch bevor wir zu dem Part mit dem Lachen kommen. Zugegeben sind Lucs Freunde sehr viel anstrengender als meine. Eigentlich sollte man denken, dass Surfer total entspannte Typen sind. Aber Nate und Becky nehmen das Surfen so ernst, dass es mehr Arbeit als Freizeitspaß ist. Und selbstverständlich gehen Jobs in der Versicherungsbranche und im Finanzsektor mit deutlich mehr Verantwortung als mit Vergnügungen einher. Verständlicherweise trägt ein Banker mehr Last als eine Konditorin oder eine Maßschneiderin. Luc hätte seine Karriere im Gesundheits- und Sicherheitswesen auch kaum ernster nehmen können. Schließlich, so pflegte er zu sagen, gehe es da um Leben und Tod. Wenn man hingegen Lebensmittel lecker aussehen lässt, ist das natürlich nicht der Fall. Mein Verdacht ist, dass wir beide im wahrsten Sinne des Wortes etwas in den falschen Hals bekommen haben. Ich war nur zufällig auf die Party in der WG geraten, in der er vor fünf Jahren lebte. Ich dachte, er sei ein lockerer Typ in einer Studentenbude, dabei war er dort nur kurzfristig untergekommen zwischen seinen Umzügen von einer riesigen Loftwohnung zur nächsten. Weil ich zu der Zeit gerade für einen befristeten Auftrag Champagner von Fortnum and Mason ablichten durfte, muss er einen völlig falschen Eindruck von meinem beruflichen Stellenwert gewonnen haben. Hätten wir uns einen Monat später kennengelernt, als ich stinknormale Chicken-Nuggets für eine Supermarktkette fotografieren musste, hätte er mir auf der WG-Party bestimmt nicht sämtliche Schnittchen auf dem Tablett angeboten. Stattdessen wäre er weiter mit seinem Tablett herumstolziert, bis er eine geeignetere Frau getroffen hätte. Abgesehen von meinem Appetit hat mich, glaube ich, an dem Abend die Tatsache angezogen, dass er Ashton Kutcher aufs Haar gleicht. Oder vielleicht hatte ich schlicht zu viel Wodka getrunken. Und obwohl er immer noch mit seinen Eltern in den Urlaub fährt, sieht er so gut aus, dass mir andere Frauen eifersüchtig nachgeblickt haben, wenn wir zusammen ausgingen.

Lucs Kumpel haben mich zwar Cameron Diaz getauft, aber ehrlich, wir sehen uns überhaupt nicht ähnlich. Na gut, manchmal bin ich so albern wie sie. Aber so eine Powerfrau und so blond und sexy? Ich verstecke mich lieber in dunklen Ecken. Und meine Haare sind natürlich nicht so blond und außerdem meistens zerzaust. Der Vergleich hinkt also in jeder Hinsicht. Obwohl ich immerhin die Lustigere von uns beiden, Luc und mir, war.

Ich unternehme noch einen Anlauf und gebe alles. »Vergesst einfach, dass ich hier bin … Unterhaltet euch … Denkt an was Schönes … Ihr könnt ›Heaven is a halfpipe‹ summen …« Wenn mir kein gutes Foto gelingen will, obwohl wir nur zu dritt sind, dann frage ich mich, wie ich erst auf ihrer Hochzeit tolle Fotos schießen soll.

Seinem skeptischen Gesichtsausdruck entnehme ich, dass Nate amüsiert bis entrüstet ist. »Falsche Sportart. Halfpipes sind für Skater, nicht für Surfer.« Dann macht er wieder ein Gesicht wie ein Bestattungsunternehmer.

»Gut, lasst uns eine Pause einlegen und sehen, was wir haben.« Ehrlich gesagt, wenn ich mir die Bilder auf dem Display der Kamera so ansehe, dann würden die beiden – abgesehen von den verrückten Accessoires und der einsamen, teeniehaften blauen Strähne in Beckys Haar – nicht völlig fehl am Platz auf dem Titelblatt einer Broschüre für ein Bestattungsinstitut aussehen. Wenn ich an gestern Nachmittag zurückdenke, dann war die Höllenfahrt mit dem Weihnachtsmann im Vergleich zu dem hier ein Segen. Das bringt mich auf eine Idee. »Was haltet ihr davon, wenn ihr eure Kapuzenpullis anzieht und wir ein bisschen in der Stadt spazieren gehen? Das ist authentischer. Und irgendwie auch eher so wie auf der Hochzeit als das hier.« Das ist Quatsch, aber ich weiß nicht weiter. Solange wir nicht wieder dem Weihnachtsmann in die Arme laufen ... schlimmer als jetzt kann es nicht werden.

»Super.« Schon komisch, wie manche Männer auf bestimmte Worte und Werbesprachen anspringen. Nates Lächeln sehe ich an, dass ich ihn mit dem Wort »authentisch« geködert habe.

In null Komma nichts haben die beiden sich umgezogen, und wir stehen vor der Tür. Ich knöpfe den obersten Knopf meiner Jacke zu und halte meine Kamera an dem Trageband fest. Ich wünschte, ich hätte mir fingerlose Handschuhe gekauft.

»Ihr zwei geht los und macht einen Schaufensterbummel. Ich folge euch mit dem Zoom«, erkläre ich. Ich ziehe mich ein Stück zurück und fange an zu knipsen. Becky und Nate, wie sie Händchen halten und übers Kopfsteinpflaster schlendern. Becky und Nate, wie sie lachen – echt wahr! Becky, wie sie Nate heranzieht, damit er bei »Brides by the Sea« ins Schaufenster guckt und all den Glitzer sieht. Jetzt läuft's. Drei Läden weiter sehen sie den Surfladen Riptide und dass gerade Winterschlussverkauf ist. Schon gehen wir alle rein. Das gibt schöne Bilder. Wie sie sich die Pullis ansehen. Becky mit einer Weihnachtsbaummütze. Nate, der sich ein T-Shirt mit der Aufschrift »Wellige Weihnacht!« vor die Brust hält. Als wir den Laden verlassen, schwenken die beiden bunte Tüten in den Händen, und Nate trägt ein Bodyboard unterm Arm. Ich fotografiere, wie sie aus der Ladentür kommen und auf die Straße treten.

Eine Stunde später, nachdem wir durch die halbe Stadt, bis zum Hafen und wieder zurück gezogen sind, habe ich gefühlt an die tausend Fotos geschossen. Es dämmert, und meine Finger sind eiskalt. Wir schlurfen am Hungry Shark vorbei. Die Heißgetränke sind da zwar nicht so lecker wie im Surf Shack, aber das gelbe Licht, das durchs Fenster nach draußen fällt, leuchtet warm und einladend.

Nachdem ich überprüft habe, dass kein mir bekannter Karaokesänger in dem Café sitzt, kann ich nicht widerstehen. »Habt ihr Lust auf einen heißen Kakao?«

Nate zögert und sieht voller Sehnsucht die Straße runter zu dem Schaufenster von Sundowner Bay. »Ein Surfladen fehlt noch, da waren wir noch nicht drin.«

»Puh! Gut, dass du fragst!«, seufzt Becky erleichtert. »Nate ist im Kaufrausch, der kommt später nach.« Und schon ist sie durch die Tür und hat ihre Bestellung aufgegeben. Schneller, als man Salzkaramellkuchen sagen kann.

Wir sitzen auf den Barhockern und löffeln die Sahne von den blumentopfgroßen Kaffeebechern. Becky ist sichtlich glücklich. Ich kann nicht widerstehen und knipse ein letztes Mal ein paar Nahaufnahmen von ihr. Sie zuckt nicht einmal mit der Wimper.

»Ich glaube, wir haben jetzt einen Weg gefunden, wie du vor der Kamera entspannst.« Ich zeige ihr das Display mit einem Bild, das die beiden im dämmerigen Gegenlicht vor den Masten im Hafen zeigt. Sie lächelt entzückt, und mir wird ganz warm. »In drei Tagen ist es so weit.« Ich weiß, dass der Stress an dem Tag für viel Adrenalin sorgen wird, aber nach heute Nachmittag habe ich den Eindruck, dass wir so gut wie möglich vorbereitet sind.

Sie seufzt und fährt sich mit den Fingern durch die Haare, die dafür, dass sie Surferin ist, erstaunlich ordentlich sind. »Ich glaube, du hast das Richtige getan, als du Luc verlassen hast, nachdem er dir einen Verlobungsring präsentiert hat.«

Ich stoppe meinen mit Sahne beladenen Löffel auf halbem Weg zu meinem Mund. »Wie bitte?« Sie macht Witze. Das kann sie doch nicht ernst meinen. »Stimmt was nicht, Becky?«

Sie verzieht das Gesicht. »Seit Kurzem denke ich oft, ich

hätte weglaufen sollen wie du, als ich den Verlobungsring sah.«

Ich seufze reuevoll. »Na ja, wenn ich die Zeit zurückdrehen könnte, dann würde ich nicht noch mal das Weite suchen. Ich würde jetzt bestimmt ganz anders damit umgehen.« So, dass ich dabei nicht meine Beziehung aufs Spiel setze, zum Beispiel.

Sie kratzt die Schokoladenraspel von ihrem Eis. »Als ich davon träumte, dass Nate mir einen Antrag macht, hatte ich ja keine Ahnung, wie anstrengend es ist zu heiraten.« Sie stößt einen langen, müden Seufzer aus.

Arme Becky. Ich drücke ihre Hand. »Keine Sorge. Wenn du deine Schokolade getrunken hast, geht es dir gleich besser.« Es wundert mich, dass ausgerechnet sie vor ihrer Heirat einknickt, die Frau, die von morgens bis abends mit größter Ausdauer die Wellen reitet. Als ich damals flüchtete, hatte ich gar nicht die Hochzeit als solche im Kopf.

Wenn wir nicht bei Lucs Eltern zu Besuch gewesen wären, wäre vielleicht alles ganz anders ausgegangen. In Madeira wären sie in Urlaubsstimmung gewesen, wegen all der Poncha, die sie gekippt hätten. Aber so … nach drei Tagen in den Highlands hatte sich der mürrische Ausdruck auf dem Gesicht seines Vaters nicht aufgehellt, und seine Mutter trug immer noch die harten Züge um ihren Mund. Da dämmerte mir allmählich, dass Lucs ernstes Wesen wahrscheinlich angeboren war und dass es mit dem Alter nur schlimmer werden würde. Am Ende wäre ich nicht in der Lage gewesen, ihm das auszutreiben.

Meine Eltern haben ein Kind verloren und machen heute trotzdem Späße, genauso wie meine Brüder. Deshalb sind mir ständig lange Gesichter fremd. Mal ehrlich, wer würde sagen, wenn man ihm Prosecco-Popcorn anbietet: »Von Kohlensäure und Wein bekommt Keith Sodbrennen.« Zu meinen niedlichen Chips in Rentierform hat sie hochnäsig gesagt: »Wild essen wir nicht.« In dem Augenblick, als Luc vor dem Weihnachtsbaum und in Anwesenheit seiner versammelten freudlosen Familie niederkniete, blitzte vor meinem geistigen Auge ein Leben ohne Lachen auf. Obwohl ich seitdem natürlich auch nicht gerade viel zu lachen hatte. Und wahrscheinlich habe ich unterm Strich völlig überreagiert. Rückblickend auf unsere Zeit in London muss ich zugeben, dass Luc durchaus manchmal gelächelt hat. Aber nicht so viel wie ich.

»Heute hatten wir zum ersten Mal seit Langem wieder Spaß.« Fein säuberlich versenkt Becky einen Marshmallow nach dem anderen mit dem Löffel in ihrem Becher.

Ich glaube, ich muss jetzt mehr erzählen und klarstellen, dass unsere Fälle unterschiedlicher nicht sein könnten. »Das Problem war, dass es so klang, als würde mir Luc nur deshalb einen Antrag machen, damit ich ein Visum für die USA bekomme.« Er hatte erst erklärt, dass er einen Job in den Staaten habe, dann hat er im selben Atemzug um meine Hand angehalten. Schlimm fühlte sich das an, als sei mir der Boden unter den Füßen weggezogen worden. Eine Welt brach zusammen. Ich wusste ja noch nicht einmal, dass er befördert werden sollte, geschweige denn nach Amerika, quer über den Atlantik, versetzt werden sollte. Wenn wir wenigstens vorher darüber geredet hätten, wäre ich vielleicht vorbereitet gewesen. Im Rückblick verstehe ich, dass jemand, dem so viel an seiner Arbeit liegt, mit der großen tollen Neuigkeit im richtigen Augenblick rausrückt. Für jemanden wie mich, die ich Überraschungen hasse, hätte es nicht schlimmer sein können. Es war auch mein Fehler. Ich hätte ihm sagen sollen, wie sehr ich Überraschungen hasse. Dass wir so viele Zuschauer hatten, hat dem Ganzen nur noch mehr Wucht verliehen. Wenn nur wir zwei gewesen wären, hätte Luc mir vielleicht verziehen, dass ich verschreckt war und auf und davon gestürmt bin. Aber so viele Cousinen und Tanten, die zusehen, wie ich die Füße in die Hand nehme, war natürlich die Höhe der öffentlichen Demütigung. Klar. Das haben alle verstanden. Luc konnte keine Frau heiraten, die ihm das angetan hat. Selbst als ich später sehr reumütig war und mich extrem geschämt habe, gab es keinen Weg zurück mehr. Egal, wie sehr ich mich entschuldigt und ihn angefleht habe.

Becky zuckt mit der Schulter. »Luc geht's gut, da drüben, auf der anderen Seite des Atlantiks.« Genau das wollte ich eigentlich die ganze Zeit hören. Aber jetzt bin ich mir plötzlich nicht mehr sicher, ob mir das gefällt.

»Das war zu erwarten.« Meistens versuche ich, nicht an ihn zu denken. Ich führe meinen Riesenbecher zum Mund, damit sie nicht sieht, wie mich bereits die kleinste Erwähnung des Themas aufwühlt. »Ich möchte lieber nicht über ihn reden.« Ein großer Schluck Kakao ist genau das, was ich brauche, um mich zu beruhigen. Wer hätte gedacht, dass ich mich so aufrege?

»Er ist immer noch Single.« Sie legt den Kopf schief und sieht mich fragend an. »Schade, dass er nicht zur Hochzeit kommen kann. Von wegen zweiter Chance und so.«

Wenn lautes Kakaoschlürfen schon keine gute Idee war, ist das Verschütten des Heißgetränks mitten über meinen Mantel eine noch schlechtere. Angesichts des verschütteten Kakaos ist es immerhin ein kleiner Trost, dass mir kalt war und ich nicht durstig. Und außerdem gewinne ich mit dem hektischen Gewische Zeit. Leopardenmuster ist echt praktisch. Ich liebe es einfach, jedes Mal wieder. Hektisch tupfe ich mein nasses Kunstfell mit den Servietten ab und suche nach einem unverfänglichen Gesprächsthema. »Was machen die Hochzeitspläne?«

Becky verdreht die Augen. »Es gibt so viel zu entscheiden. Nachos oder Tacos im Burger Van. Spanferkel oder Fish and

Chips als Hauptgericht. Wir müssen sogar eine amtliche Erlaubnis einholen für das Partyzelt am Strand.« Sie rutscht unruhig auf ihrem Hocker hin und her. »Wir haben noch nicht einmal angefangen, Gruppenfotos aus der Liste auf Pinterest rauszusuchen.«

»Mach dir darüber keinen Kopf.« Gestellte Gruppenfotos passen zwar nicht zu der Art kleinen, lockeren Hochzeitsfeier, von der bislang die Rede war, aber was soll's.

Sie seufzt noch einmal. »Nate freut sich nur auf das Bier, unser eigenes Bier von Roaring Waves. Auf den Etiketten steht *Mr. und Mrs. Croft*.«

»Na klar.« Noch ein Grund, warum mir schwer ums Herz wird. Hoffentlich erscheint der Bierbrauer nicht persönlich auf der Feier. »Wie viele Leute habt ihr denn eingeladen?« Da Becky ständig von einer kleinen Feier spricht, bin ich sicher, dass das kein großes Thema ist.

»Nicht viele. Allerdings neigen Hochzeitsfeiern leider dazu, ihre Gäste gewissermaßen zu vermehren.« Sie grübelt. Dann schaut sie lächelnd auf. »Einhundertundsiebenundvierzig. Maximum.«

Die Zahl bringt mich ins Taumeln, aber das muss wohl eher ein gutes Zeichen sein. Immerhin habe ich mein Getränk bereits zum größten Teil verschüttet. Wie heißt es gleich? Drei Schritte vor, zwei zurück? Oder in meinem Fall besser: fünfzehn Schritte zurück und hops über die Klippen.

Das zeigt mal wieder, dass einem die eigenen Schwachpunkte nicht immer klar sind. Da dachte ich, dass mich das Thema Luc aus der Bahn wirft, während ich mir besser Gedanken über eine sich außer Kontrolle geratene Gästeliste hätte machen sollen. Ich hatte nämlich zwanzig Leute erwartet. Maximum. Läppische hundertundzwanzig Leute mehr und ich muss irgendwo ein Weitwinkelobjektiv auftreiben.

5. Kapitel

Versteckte Kameras und blendende Fotografen

Sonntag, 3. Dezember
»Brides by the Sea«

»Und? Wie lief's?«, fragt Jess, als ich später zu ihr nach unten in das schwach beleuchtete Weiße Zimmer gehe, meinen Laptop unterm Arm. Wenn ich dieses Jahr nicht so ablehnend gegenüber Weihnachten eingestellt wäre, würden die Lichterketten mein Herz zum Flattern bringen, die auf dem Spitzenbesatz der Kleider im Schaufenster vor dem dunklen Abendhimmel aufs Schönste glitzern und funkeln.

Dass Jess an einem Sonntagabend noch einmal auftaucht und mich nach unten ruft, damit ich ihr meine Fotos zeige, hätte ich nicht erwartet. Aber das ist schließlich ihr Laden, was soll ich da sagen.

»Am Anfang war es ein bisschen steif.« Inzwischen hatte ich Zeit, die Bilder auf den Laptop zu laden, sie zu sortieren und die wenigen guten Bilder in einen eigenen Ordner zu legen. Die sind gar nicht mal so schlecht, und ich kann sie ihr ohne Bedenken zeigen. »Außerdem wird die Feier ein bisschen größer, als ich ursprünglich gedacht habe.« Ich untertreibe hier bewusst, um das nicht unnötig aufzublasen. Es hat ja keinen Sinn, sich über etwas aufzuregen, was ich eh nicht ändern kann.

»Genau das habe ich auch gehört. Einhundertundvierzig Gäste sind nicht gerade wenig, wenn man zum ersten Mal als Fotografin unterwegs ist. Zum Glück bin ich ja auch noch da und kann dir helfen.« Ihre Nasenflügel blähen sich. »Und lief das Shooting besser, nachdem du mit Nate und Becky nach draußen gegangen bist?« Sie lächelt mir ermutigend zu, so als wäre ich ihr neuestes Projekt.

Wie konnte ich das vergessen? In St. Aidan bleibt nichts geheim. Jeder und jede aus dem Ort, einschließlich Jess, weiß über die exakten Einzelheiten zu Nates und Beckys Hochzeitsvorbereitungen Bescheid. Selbstverständlich auch, wie unsere Fotoshooting-Route durch die Stadt heute Nachmittag verlief. Ich stelle mein MacBook Pro auf den Tisch und öffne es. »Sieh dir die Fotos mal an und sag mir, was du denkst.« Während ich durch die ersten Bilder scrolle, ist Jess ganz still. »Als wir in die Stadt gingen, sind sie endlich aufgetaut.« Ich sehe Jess an, um zu sehen, wie sie reagiert.

»Oha.« Sie öffnet den Mund, murmelt etwas und schließt ihn wieder. »Mach weiter.«

Ich scrolle durch die Fotos auf der Suche nach einem, das ihr gefallen könnte. Nach den ersten fünfzig Bildern mache ich eine Pause, um zu sehen, wie sie reagiert.

»Na gut.« Ich höre ihre Slipper klackern, sie geht zur Wendeltreppe in Richtung von Seras Atelier. Sie ruft nach oben: »Okay, Jules, du kannst runterkommen.« Sie wendet sich endlich an mich und flüstert: »Poppy hatte recht, deine Fotos sind wundervoll. Jetzt müssen wir Jules dazu bringen, dir auf der Hochzeitsfeier zu helfen, damit du auch die große Feier meisterst. Ich werde alles Nötige tun, um ihn zur Zusammenarbeit zu bewegen.«

»Jules?«, frage ich, und meine Stimme quietscht. »Ist das wirklich nötig?« Eine Wolke mit Aftershave steigt mir plötzlich in die Nase, und ich weiß, ohne mich umzudrehen, dass er hinter mir steht. Seinem verächtlichen Schnaufen entnehme ich, dass er mir hinterm Rücken böse Blicke zuwirft.

»Mach weiter, zeig uns noch ein paar Fotos, Holly.« Jess

schnurrt so stolz, dass mir nichts anderes übrig bleibt, als genau das zu tun.

Ich höre Jules schlucken. Als er endlich etwas sagt, klingt das wie ein Gähnen und als würde es ihm sehr schwerfallen zu reden. »Recht farblos, eher dokumentarisch. Mir fehlt hier Dramatik.«

Ich drehe mich zu Jess. Sie schüttelt ungläubig den Kopf. »Das hier ist St. Aidan, ein kleines Nest, da finden keine Krönungsfeierlichkeiten statt, verdammt.« Ihre Stimme klettert in ungeahnte Höhen. »Um Himmels willen, Jules, sei nicht albern, die Bilder sind unglaublich gut.«

An dieser Stelle muss ich dann doch eingreifen. »Nee, so weit würde ich nicht gehen.«

Jess grummelt. »He, Jules, selbst du musst zugeben, dass die gut sind.«

Jules zuckt komisch. »Na ja, technisch sind sie nicht ganz so schlecht, wie ich befürchtet hatte.«

»Also, wirklich, Jules, das hätte ich nicht von dir gedacht, dass du hier die Primadonna gibst.« Jetzt schreit Jess beinahe. »Du spielst nur aus einem Grund die Diva. Weil du neidisch bist.«

Jules gehört offenbar nicht zu den gut aussehenden Typen, die schmollen, wenn sie sich ärgern. Die Farbe ist ihm aus dem Gesicht gewichen, und er erwidert schnippisch: »Was erwartest du denn? Du hast mir die Konkurrentin angeschleppt und hältst sie mir direkt unter die Nase. Du hast gesagt, sie knipst Quiche für Lidl. Und dann kommst du mir hier mit Annie Leibovitz an, verdammt noch mal. Was soll ich denn da machen? Freudensprünge?!«

Ich sitze da, und die beiden schreien sich über meinen Kopf hinweg an. Am liebsten würde ich dazwischenrufen: »Ich bin auch noch hier!« Aber ich bin so schockiert darüber, wie falsch sie liegen, dass ich kein einziges Wort rausbringe.

Jess' Wangen sind puterrot. »Wir haben dich hier bei ›Brides by the Sea‹ in jeglicher Hinsicht unterstützt! Und das ist dein Dank dafür?«

Er streckt sein Kinn vor wie ein eingeschnappter dreijähriger Junge. »Ich sehe das genau andersherum. Schließlich habe ich hier das Talent. Und ich bin derjenige, der unzählige Male den Karren aus dem Dreck gezogen hat.«

Jess holt tief Luft. Und durch zusammengebissene Zähne stößt sie hervor: »Holly ist eine Kollegin von dir, die ein klein bisschen Unterstützung benötigt, damit sie die Hochzeit ihrer Bekannten unter Dach und Fach kriegt, eine Feier, die unerwartete Ausmaße angenommen hat. Es ist nur das eine Mal. Sie will dir nicht deine Auftraggeber wegnehmen. Wir verschaffen dir sehr viele Aufträge, Jules. Wenn du hier nicht mitspielst, dann sorge ich dafür, dass du in dieser Stadt keinen Fuß mehr auf den Boden bekommst.«

»Eine Kampfansage? Ach, alles Gerede! Verrennst du dich hier nicht? Du steigerst dich da ganz schön rein.« Jules' Nasenflügel beben.

Jetzt brüllt Jess regelrecht. »Selbst wenn ich über die sieben Berge verschwinden würde, lasse ich nicht zu, dass ihr euch bis über eure Stative in einem blutigen Fotografenstreit bekriegt!«

Ich fuchtele wild mit beiden Händen und versuche, auch ein Tönchen mitzureden. »Ich streite bestimmt nicht. Schon gar nicht wegen einer Hochzeit.« Ist ja nur eine Surfer-Party, die etwas größer geraten ist. So laut, wie sie schreit, bin ich nur froh, dass Jess sich für mich einsetzt und nicht mich im Visier hat.

Jules schnaubt verächtlich. »Lass deinen Ärger nicht an mir aus, Jessica. Wenn du kalte Füße wegen deines Urlaubs in der Schweiz kriegst, dann musst du das Onkel Bart sagen.«

Aua, ist der Typ fies.

»Das reicht, Mr. Blue Eyes.« Das Blut ist jetzt aus Jess' Wangen gewichen. Doch obwohl ihr Gesicht so weiß wie die Spitze der Brautkleider ist, klingt ihre Stimme so kraftvoll wie eh und je. »Du lässt Holly bei deiner nächsten Hochzeit am Dienstag assistieren. Ich weiß, dass das Zoe und Aidan nichts ausmachen wird. Und du wirst sie dabei an deinem umfangreichen Erfahrungsschatz teilhaben lassen, und zwar ohne deine Staralüren und deine Launen.« Wie ein Donnergrollen, und das ist noch untertrieben. »Und damit basta. Verstanden?«

Ich muss endlich für mich selber einstehen. »Nein. Das ist doch gar nicht nötig. Und das wird nicht geschehen.« Ich soll Jules einen ganzen Tag lang hinterherlaufen? Selbst wenn ich dabei viel lernen könnte, würde ich noch eher meine Nikon auffressen. Aber die beiden beachten mich eh nicht.

Jules presst seine Lippen aufeinander. »Und?«

Jess bleibt knallhart. »Als Gegenleistung überdenke ich noch mal dein Angebot für das Studio. Obwohl dir hoffentlich klar ist, dass ich dafür einen guten Preis verlange.« Sie funkelt ihn an. »Einverstanden?«

Jules wickelt seinen Schal ab und wischt sich über die schweißnasse Braue. Kaum hörbar sagt er: »Okay.« Sein entblößter Adamsapfel hüpft auf und wieder ab, als er schwer schluckt. »Ich komme morgen um zwei Uhr zur Besprechung mit Ihnen, Holly. Vergessen Sie nicht, die Akkus für Ihre Kamera aufzuladen.«

»Geht doch.« Jess strahlt plötzlich wieder. »Lief doch wie geschmiert. Möchtet ihr einen ›Winter-Warmer‹ trinken, während wir uns die restlichen Fotos von Holly ansehen?«

Aber niemand antwortet ihr, weil Jules bereits durch die Tür gestürmt ist. Und ich bin damit beschäftigt, mir zu überlegen, was zum Teufel ich tun kann, um mich vor der Hochzeit am Dienstag zu drücken.

6. Kapitel

Lockenwickler und perfekte Aufnahmen

Dienstag, 5. Dezember
Im Gutshaus von Daisy Hill

»So, Holly, das Kleid und die Mädels gehören jetzt ganz Ihnen.« Jules wirft sich seinen Schal so schwungvoll über die Schulter, dass er gegen den Kronleuchter im Ankleidezimmer der Braut fliegt und ihn ins Schaukeln bringt. »Ich gehe zu Aidan und den Jungs ins Goose and Duck. Die frühstücken dort.« Er stolziert zur Tür. Ein Brilli blitzt auf, als er auf seine Armbanduhr schaut. »Gegen zwölf bin ich zurück, um Zoes Anprobe zu fotografieren.« Er meidet immer noch den Augenkontakt mit mir. Und gelächelt hat er auch noch kein einziges Mal. Seine Mimik hat er genauso gut im Griff wie die Aufnahmen mit Zoe.

Ein neuer Tag, ein neues Pärchen. Erst Nate und Becky. Und jetzt Zoe und Aidan. Was als Gefallen unter Freunden anfing, ist irgendwie aus dem Ruder gelaufen. Und dieses Paar könnte kaum unterschiedlicher sein im Vergleich zu Nate und Becky und ihrer lockeren, gechillten Strandsause. Das heutige Brautpaar will sich auf Daisy Hill in Rafes und Poppys herrschaftlichem Gutshaus aus dem 18. Jahrhundert das Jawort geben, vor nicht einmal vierzig Gästen. Und der Empfang und die Feier am Abend werden ebenfalls hier stattfinden. Dazu soll es Kammermusik geben, keine Discomucke, das ist also technisch gesehen weniger eine wilde Party als mehr eine Soiree. Poppy zufolge ist das für eine Hochzeit eher winzig. Bisher habe ich ein paar recht eindrucksvolle Aufnahmen von den Blumen gemacht. Was auch immer passiert, ich bin nicht völlig umsonst hier gewesen.

Um ehrlich zu sein, bin ich immer noch erstaunt darüber, dass mir vollkommen Fremde Einblick in ihr Privatleben gewähren und ich ihnen beim Ankleiden zusehen darf. Wir sind jetzt in dem frisch renovierten Brautzimmer, unten im sogenannten Alten Hof, den Rafe und Poppy ganz wundervoll instand gesetzt und renoviert haben. Luxus pur, mit weißen gedrechselten Stühlen, hellgrauen Samtkissen und riesigen Spiegeln. Und geräumig genug für eine Braut und ihre gesamte Begleitung, die Entourage aus Friseurinnen und Visagistinnen und allem, was dazugehört. Und trotzdem sieht es sehr elegant aus. Jess zufolge, die gestern vor ihrem Flug nach Zürich aus der Business-Lounge anrief, war Zoe – und das ist ein wörtliches Zitat – »begeistert, eine ausgezeichnete Fotografin aus London dabeizuhaben, die dem Album ganz neue Dimensionen verleiht«. Jess ist wirklich gut darin, Leuten Honig um den Bart zu schmieren. Als ich das Schild an der Tür, natürlich aus Holz und sauber per Hand bemalt, mit der Aufschrift »Ankleidezimmer« sehe, wird mir doch ganz anders. Und ich denke, jemand sollte mir so ein Holzschild um den Hals hängen, auf dem »Hochstapler« steht. Wahrscheinlich ist das der einzige Punkt, in dem Jules und ich uns einig sind.

Als er gestern Nachmittag zur Besprechung in den Laden geschneit kam, war das ein sehr flüchtiger Besuch. Sein Mund war zwar unentwegt in Bewegung, aber seine Füße schienen kaum den Boden zu berühren.

»Immer gut vorbereitet sein … das Gewicht der Kamera und der Fotoausrüstung bedenken … Man braucht ein unglaublich gutes Einfühlungsvermögen …« Gewehrsalvenartig schoss er mit seinen Belehrungen um sich. Bestenfalls unterbrochen von seinem kritischen Blick auf Jess'

Schreibtisch. »Morgen um Punkt acht Uhr dreißig hole ich Sie ab.«

»Jap.« Ich habe mich gegen die Wand gedrückt, während er seine Nase in den Stapel mit Papieren auf dem Schreibtisch stecken wollte. »Geht klar.« Obwohl ich nur Assistentin und Azubi bin, habe ich ihm schnell das Auftragsbuch unter der Nase weggezogen, bevor er es öffnen und darin schnüffeln konnte.

Daraufhin fuhr er fort: »Braut und Bräutigam haben's gewöhnlich mit den Nerven. Die wissen gar nicht, was Sache ist. Da sind Sie die Stimme der Vernunft, an die sie sich in ihrer Verrücktheit halten. Sie sind die Nüchterne, wenn alle anderen beschwipst sind. Hohe Erwartungen, hoher Druck, das hält nicht jeder aus, manche nicht mal eine Filmrolle lang.« Während er sein Manifest vortrug, drehte er einmal die Runde durch das Weiße Zimmer. »Oh, und kein Blitzlicht. Außer von einem externen Blitzgerät.«

»Gut.« Irgendwie muss ich nach seinem Vortrag ein Lächeln zustande gebracht haben, und sei es nur ein verkniffenes. Genau aus den Gründen fotografiere ich lieber Blumenkohl als Bräute. Das ist im Vergleich dazu ein Klacks. »Verstanden.«

Aber leider war er noch nicht fertig. Er blieb bei der Schaufensterpuppe stehen, um noch einen letzten Seitenhieb loszuwerden, bevor er in den Flur entschwand. »Wenn Sie glauben, Sie können direkt aus der Oxford Street herkommen und hier einfach so reinschneien, dann werden Sie gehörig auf die Nase fallen, Holly. Wenn das Einzige, was Sie hier lernen, ist, dass Sie sich in Zukunft von der Hochzeitsfotografie fernhalten, dann wird das kein verschwendeter Tag und ein Gewinn für uns alle sein.«

In dem Punkt musste ich ihm voll und ganz zustimmen. Ich bin aber nicht mehr dazu gekommen, ihm das mitzuteilen. Denn als Nächstes klingelten die Glocken an dem Weihnachtsbaum, als er daran vorbei nach draußen rauschte. Noch bevor ich eine Silbe sagen konnte, schlug die Ladentür hinter ihm zu.

Ich wusste, dass Jules auf Playlisten steht, um sich in die richtige Stimmung zu bringen. Aber ich war naiv anzunehmen, dass er »Now That's What I Call Love« auf dem Weg zum Gutshof heute Morgen spielen würde. Stattdessen hörten wir »Music To Go To War To«. Statt also von den Doors und Adele berieselt zu werden, verließen wir St. Aidan mit dem Kampflied aus *Krieg der Sterne* und kamen in Rose Hill zu den Klängen des Walkürenritts bei Lautstärke 16 an. Was indirekte Botschaften angeht, war das wenig subtil. Meine Vorurteile und ersten Eindrücke einmal außen vor gelassen, habe ich geplant, die Gelegenheit zu nutzen und so viel wie möglich dabei rauszuholen. Nach all der Unfreundlichkeit von Jules ist es eine große Erleichterung, als er jetzt auch hier die Tür hinter sich schließt. Nun bin ich nur noch mit Zoe, ihren Brautjungfern und den Visagistinnen im Zimmer.

Ich laufe warm, indem ich ein paar Fotos von den Fläschchen des Make-up-Teams schieße, die aus deren Taschen und Köfferchen lugen. Ich traue mich sogar, die Spiegelbilder der Frauen abzulichten. Dann gehe ich zu dem Brautkleid, das auf einem Ständer hängt, und wende mich an Zoe. »Ist es in Ordnung, wenn ich es dorthin stelle, wo das Licht besser ist?« Mir ist das alles so peinlich, und ich komme mir schrecklich fehl am Platz vor. Meine entschuldigende Bitte klingt so ganz anders als der Befehlston von Jules.

Zoe sieht an der Friseurin vorbei, die Lockenwickler so groß wie Abflussrohre aus ihrem Haar fischt. »Selbstverständlich, nur zu.«

Das champagnerfarbene Seidenkleid schwingt und schaukelt am Bügel, als ich es hochnehme und auf einen Haken an der anderen Seite des Zimmers hänge. »Ist das eins von Seras Kleidern?«, frage ich. Obwohl ich erst seit ein paar Tagen in dem Laden, oder besser: über dem Laden, wohne, erkenne ich Seras Handschrift sofort. Dieser herrlich fließende Satin. Die feine Stickerei an den Trägern, der leicht ausgestellte Rock …

Zoe scheint begeistert, dass ich es erkannt habe. »Ja. Es ist recht leicht für Dezember, aber ich habe mich sofort in das Kleid verliebt, wie es fällt, wie ich mich darin bewege. Ich habe eine kleine Felljacke, die ich drüberziehen kann.«

»Ich will versuchen, die bezaubernde Perlenstickerei einzufangen.« Dabei halte ich mich an eine von Jules' nützlichen Anweisungen heute Morgen. *Lass dich nicht hetzen. Nimm dir Zeit. Damit es perfekt wird.* Kurz danach habe ich Seras wunderbare Arbeit in ein paar schönen Nahaufnahmen im Kasten.

Während die Friseurin ihr mit dem Lockenstab die Haare macht, erzählt Zoe mit verträumtem Blick weiter: »Wir haben uns letztes Jahr an Weihnachten verlobt. Deshalb wollten wir auch im Winter heiraten.«

Ich muss schlucken angesichts dieser Gemeinsamkeit und zwinge mich zu einem Lächeln. »Wie schön.« Das klingt ein bisschen zu gewollt heiter. Andererseits ist es auch gut zu wissen, dass wenigstens bei einer anderen die Weihnachtsverlobung geklappt hat. Auch wenn meine schiefging. Ich stöhne innerlich: Ich hätte hier stehen können. Diesen Gedanken sollte ich schnellstens verdrängen.

Mit gerunzelter Stirn sieht mich Zoe an, als ich das Kleid zurück auf den Ständer hänge. »Geht es Ihnen gut?« Sie duckt sich unter dem Kamm der Friseurin und deutet mit dem Kopf in Richtung der Sektgläser und des Sektkühlers mit den Eiswürfeln. »Möchten Sie einen Sekt? Sie sind ja noch blasser als ich.«

Ist das so offensichtlich, verdammt? »Alles in Ordnung, danke«, lüge ich. Wie peinlich, ich könnte sterben! Dabei hat doch die Braut als Einzige an diesem Tag das Recht auf schwache Nerven. Ich versuche mich zu beruhigen und denke daran, wie ich mich davor gefühlt habe. »Ehrlich gesagt bin ich etwas nervös.« Das ist eine super Strategie, um den peinlichen Moment von eben zu überbrücken, als ich dachte, ich kippe um. »Ich weiß nicht, was Jess Ihnen erzählt hat, aber dies ist meine erste Hochzeit.« Die Friseurin reißt ungläubig die Augen auf, als ich mit der Wahrheit rausrücke. Aber was soll's. Jetzt ist es raus, jetzt muss ich dazu stehen.

»Und was ist mit den Auszeichnungen und Preisen?«, fragt eine der Brautjungfern in dem babyrosafarbenen Morgenmantel, den alle Brautjungfern tragen. Sie durchbohrt mich förmlich mit Blicken.

Am liebsten würde ich meine Kamera nehmen und abhauen. »Ich habe ein paar gewonnen, ja, für Bilder von Lebensmitteln, nicht von Bräuten. Zum Beispiel ...« Ich überlege angestrengt und versuche, dabei nicht an Luc und seinen Verlobungsring zu denken. »Die Country Living Food Campaign von 2016, für die Bilder von dem Würstcheneintopf.« Würstchen? Habe ich das wirklich gerade gesagt? Na, toll. Nun ist es zu spät.

»Aha«, kommt es aus sechs Mündern. Alle gucken mich belustigt an.

»Tut mir leid. Ich habe im Bereich Food-Design angefangen. Nach einem GAU mit einem Roastbeef und einem Baiser bin ich zur Fotografie gewechselt.« Jetzt sehen die Brautjungfern mich noch schockierter an. Dies ist auch nicht der richtige Augenblick, um meine Lebensgeschichte zu erzählen, aber ich kann meinen Redefluss einfach nicht anhalten. Wenn meine Füße nicht wie festgewachsen wären, hätte ich schon längst das Weite gesucht.

»Moment mal.« Zoe hebt das Kabel des Lockenstabs. »Zum Glück sind Sie nicht im Catering-Team. Zeigen Sie mal, was Sie an Fotos geschossen haben.«

Ich gehe zu ihr und zeige ihr die Bilder auf dem Display. Sie nickt. Dann streicht sie sich eine Strähne aus dem Gesicht und sieht mich an. »Für eine Assistentin machen Sie das großartig. Und vergessen Sie nicht: Es ist auch meine erste Hochzeit.«

Unwillkürlich lächle ich zurück. »Dann macht es Ihnen nichts aus, wenn ich weitermache?«

Zoe lacht. »Wenn Sie das nicht tun, würde ich einen Brautaufstand veranstalten, der sich gewaschen hat. Jules ist nett und alles, aber es ist gut, Sie als Frau dabeizuhaben. Besonders, wenn Sie solche Fotos schießen. Was meinen Sie? Wollen Sie zu Poppy gehen und sie um die übrig gebliebenen Cupcakes bitten, bevor Sie mir hier noch aus den Latschen kippen?«

So wie Zoe von ihrem Frisierstuhl aus alles im Griff hat, ist sie vermutlich in ihrem richtigen Leben eine Generalin in der Armee. »Meistens geht's einem nach einem Cupcake gleich viel besser. Schießen Sie doch gleich ein paar Fotos da draußen, dann sehen wir, was da los ist.« Sie deutet mit dem Kopf zur Tür.

»Super. Bin gleich wieder da.« Man muss mich nicht zweimal bitten, kurz darauf bin ich draußen. Ich werfe mir die Fototasche über die Schulter und hechte in den Flur. Von dort sehe ich Poppy zwischen all den Tischen und Stühlen. Sie ist in eine Unterredung mit Lily aus dem Laden vertieft, die hier ist, um sich um die Deko und die Blumen zu kümmern.

Poppy lächelt, als ich neben ihr auf dem auf Hochglanz polierten Parkettboden zum Stehen komme. »Na, wie läuft's?«

Ich zucke mit den Schultern. »Geht so.« Ideal ist es nicht gerade, wenn ich so erpicht darauf bin, rauszukommen, wie ich mir selber eingestehen muss. Und das, obwohl ich doch erst seit einer halben Stunde hier bin. »Und was machst du hier? Ich dachte, du bist in der Küche.«

Da ihr Bauch immer mehr wächst, soll eigentlich Barts Neffe Kip, der gleichzeitig Lilys neuer Freund ist, Poppys Arbeit und die Organisation der Hochzeiten übernehmen. Seit Kip also Hochzeitsplaner ist und Poppy immer runder wird, soll sie eigentlich in dem Teil des Gutshauses bleiben, in dem sie mit Rafe lebt, wenigstens für einen gewissen Teil der Zeit.

Poppy rümpft die Nase. »Kip und ich machen immer noch die Übergabe. Ich habe Zoe das ganze Jahr über betreut, damit heute alles perfekt läuft. Da fällt es mir schwer, loszulassen.«

Lily verzieht das Gesicht. »Wir müssten Poppy schon an den Herd ketten, um sie heute von hier fernzuhalten.«

Vermutlich wird das jetzt ein sprichwörtlicher Eiertanz. »Zoe lässt fragen, ob noch Cupcakes übrig sind. Oder macht das zu viele Umstände?«

Poppy seufzt und streicht sich über den Bauch. »Gut, dann muss ich zurück in die Küche und sie holen. Und he, ich bin nicht krank, da wächst nur ein neuer Mensch in meinem Bauch.« Poppy und Rafe wissen erst seit wenigen Monaten, dass sie ein Baby erwarten, und es scheint, als müssten sie sich noch an die freudige Überraschung gewöhnen.

So beiläufig, wie Lily ihren Kommentar einwirft, scheint das Problem nicht neu zu sein. »Aber achtzehn Stunden lang auf den Beinen und auf der Hochzeit zu sein, das ist in diesem Stadium der Schwangerschaft nicht ratsam.«

»Mir geht es aber gut. Die meisten Schwangeren gehen heute direkt von der Arbeit in den Kreißsaal.« Poppy schiebt Lilys Einwand beiseite und mich zur Tür hinaus. »Komm, Holly, lass uns die Cupcakes holen. Das ist die oberste Regel bei einer Hochzeit: Wenn die Braut Hunger hat, gebt ihr zu essen. Sonst geht sie womöglich in die Luft.«

»Gut.« Diese kleine Weisheit will ich mir für Beckys Hochzeit merken. Zudem mache ich mir eine mentale Notiz, dass ich das gleich am Folgetag wieder vergessen will.

Ich folge Poppy nach draußen und zu dem Teil des Hauses, in dem sie mit Rafe lebt. Immie steht im Hof und zeigt einer Gruppe früher Gäste die Ferienwohnungen. Es ist toll, dass so viele meiner Freunde hier zusammenarbeiten und so ein gutes Team abgeben. Die Menschen, mit denen ich zusammenarbeite, sind eher Kollegen als Freunde, und wir gehen nur selten abends zusammen aus. Seit wann herrscht in Rose Hill so ein buntes Treiben? Und seit wann ist mein aufregendes Leben in London so ruhig im Vergleich hierzu? Zurzeit ist es zugegeben kaum vorhanden. Tauschen wollen würde ich trotzdem nicht.

Nach der kühlen Brise auf dem Weg über das Kopfsteinpflaster im Hof kommt mir die Küche im Gutshaus besonders warm vor. Jules hatte recht, das war kein Scherz, die Fotoausrüstung ist wirklich schwer und wiegt gefühlt eine Tonne. Aber von wegen das hält nicht jeder aus, bislang schlage ich mich in der Hinsicht noch ganz wacker.

Ich setze meine Tasche auf dem Tisch ab und reibe mir über die verspannte Schulter. Dann schiebe ich den Kessel auf den Herd und hole einen Becher. »Ich mache dir einen Tee, wenn wir schon hier sind, Pops.« Dann muss sie nämlich hierbleiben und den Tee trinken.

Poppy kramt in ihren Keksdosen. »Ich gebe dir die Cupcakes mit Vanillegeschmack mit. Schokoladenspuren so kurz vor der Trauung wollen wir lieber nicht riskieren.« Sie legt die Stirn in Falten und reicht mir eine Dose. »Du siehst aus, als könntest du auch einen hiervon gebrauchen.«

Mittlerweile bedaure ich, dass ich das Frühstück habe ausfallen lassen. »Auf dem Leopardenmuster sieht man aber keine Schokoladenflecken.« Einen Versuch ist es wert.

Poppy lächelt strahlend und antwortet: »Ganz die Alte. So kenne ich dich. Wie viele willst du?«

»Nicht mehr als zwei.« Ich komme mir knauserig vor, dass ich ihr als Gegenleistung nur Ingwertee gebe. »Ich will ja noch Platz für die Vanille-Cupcakes haben.« Jetzt, da ich zurück in der Normalität und in dieser Küche bin und mir eins dieser köstlichen, weichen Gebäckstücke in den Mund schiebe, mag ich gar nicht wieder los.

Poppy drückt meinen Arm und lässt sich auf die Bank sinken. »Schön, dass du wieder hier bist, Hols. Wir alle hoffen, dass wir dich überreden können, länger hierzubleiben.« Sie schaut ganz unschuldig aus dem Fenster, während sie die Bombe platzen lässt. »Wir möchten, dass du dauerhaft bleibst.«

»Wie? Und dass ich aus London wegziehe?« Ich bin schockiert, weil ein Schritt zurück die völlig falsche Richtung ist. Wir haben unsere gesamte Schulzeit damit verbracht, auszuhecken, wie wir aus diesem Kaff entkommen können. Poppy wollte das aufregende Leben in einer Großstadt. Während ich nur wild verzweifelt irgendwohin wollte, wo mich niemand kennt. Wo ich nicht andauernd das Mädchen bin, dessen bei allen beliebte ältere Schwester gestorben ist.

Sie lacht. »Ich hab's auch gemacht und überlebt. Es ist etwas anderes, wenn man ein bisschen älter wird.« Sie beißt sich auf die Lippe und setzt einen schuldbewussten Blick auf. Sie lässt nicht locker: »Und es ist ja nicht so, als wäre dein Leben in London zurzeit sehr glücklich.«

Ich seufze und verdränge die Tatsache, dass mich gerade kurz derselbe Gedanke durchfuhr. Dann sage ich betont leichtherzig: »Ja, mag sein, dass ich zurückgehe in meine alte WG, in ein Zimmer, das so groß ist wie eine Duschkabine. Aber immerhin bin ich da, wo die Action ist. Was soll daran nicht toll sein?« Blöderweise hat sich mein Freundeskreis langsam, aber sicher aufgelöst, und mein Privatleben ist nicht gerade prickelnd, seit Luc weg ist. Jetzt, ein Jahr später, sieht es nicht viel besser aus. Die Holzwerker-Workshops und Zumba-Kurse haben mir nichts gebracht außer Splitter in der Hand und einen gezerrten Oberschenkelmuskel. Aber hierher zurückzukehren und hier zu leben ist auf keinen Fall eine Alternative. Ich bemühe mich um einen lustig-leichten und doch festen Tonfall: »Ich soll hierher zurück zu den Alten und in einer Eisbude arbeiten? Dabei wollen meine Eltern selber von hier wegziehen.« Also muss ich mir zum Glück über diese Option keine Gedanken machen.

Poppy beugt sich vor. »Genau deshalb drücken wir dir heute alle die Daumen, Hols. Unter uns, wir sind ganz schön gewachsen und haben sehr viele Hochzeiten auf Daisy Hill, mehr, als Jules alleine bedienen kann.«

Ursprünglich hat Poppy Hochzeiten auf Daisy Hill nur im Sommer und auf dem Feld veranstaltet. Seit einiger Zeit benutzen sie auch das alte Gutshaus und eine umgebaute Scheune. Zusätzlich finden einige Feiern in Barts Manor statt. Und es sieht ganz so aus, als habe man mich schon fest eingeplant. Poppy sieht mich erwartungsvoll an und zwinkert mir zu. Mir sinkt der Mut.

Ich seufze. Das ist schlicht unmöglich. »Das ist wirklich süß, dass ihr euch so um mich kümmert.« Aber aus London weg und Hochzeitsfotografin werden? Wie soll ich ihr bloß erklären, dass es das Letzte ist, was ich tun will, ohne undankbar zu klingen? »Ich werde heute mein Bestes geben. Wir reden später noch mal darüber …«

»Ach, noch was.« Die Art und Weise, wie Poppy ihren Mund kräuselt, sagt mir, dass ich mich auf schlechte Neuigkeiten gefasst machen sollte.

»Was denn?« Ich habe keine Ahnung, was sie will. Aber viel schlimmer kann es nicht mehr werden.

»Es ist sehr viel wahrscheinlicher, dass du hier einen neuen Mann findest als in London. Vor allem, wenn man bedenkt, wer hier alles in den Cottages lebt.« Sie zwinkert mir wie verrückt zu.

Worauf zum Geier will sie hinaus? »Du meinst doch nicht etwa …?«

Sie grinst. »Doch, den meine ich. Rory. Echt jetzt, hinter dem Gewitzel und den flotten Sprüchen steckt ein großes Herz. Er ist viel zu nett, um allein zu bleiben. Ihr zwei wart doch schon immer scharf aufeinander. Zwanzig Jahre später wird es vielleicht mal Zeit, dass ihr euch das bewusst macht.«

Empört kreische ich auf: »Wir waren überhaupt nichts aufeinander!« Sosehr ich diesen Vorwurf aus der Welt schaffen will, ich kann mich nicht dazu bringen, »scharf« zu sagen. Der Typ macht mich wahnsinnig. Wenn wir zusammen auf einer einsamen Insel gestrandet wären, würde ich schwimmen, um so schnell wie möglich von ihm wegzukommen. Und ich hasse Schwimmen!

Poppy lacht ungeniert und sieht auf ihren Bauch hinab. »Die Leute sagen, ich hätte ein Gedächtnis wie ein Elefant, und nicht, weil ich gerade aussehe wie einer. Protestier, so viel du willst. Ich erinnere mich genau daran, wie ihr beide immer die Köpfe zusammengesteckt habt, früher, als wir jung waren. Und er hat immer auf dich aufgepasst. Das eine Mal, weißt du noch, als du so besoffen warst, weil du auf dem Geburtstag von Hannah Peveril zu viel Bowle getrunken hast, weil du dachtest, das sei Limonade mit Farbstoff? Er hat damals darauf bestanden, dass wir so lange mir dir draußen rumlaufen, bis es dir besser ging, und dass wir dich dann nach Hause bringen.«

Mich schaudert's. »Musst du das wieder auftischen? Das war echt eine schlimme Nacht. Das ist mir immer noch peinlich.« Und um schön abzulenken von Mr. Sanderson: »Meine Mutter ist ausgetickt. Und Hannahs Vater hat mir nie verziehen, dass ich mich auf das Beet mit seinen preisgekrönten Rosen übergeben musste.«

Aber Poppy durchschaut das und hält dagegen: »Und außerdem hat Rory dich in einem Stück nach Hause gebracht, ohne dass er in einen Graben gefahren ist oder von den Klippen. Er war älter als du und hat sich immer sehr um dich gekümmert. Ich glaube, er war echt verknallt in dich.«

Dem Unsinn muss ich jetzt ein Ende setzen. »Und ich glaube das nicht.« Es klingt zwar so, als wolle sie mich nur triezen, aber wir wissen beide, dass sie es ernst meint.

Als ihr Gelächter nachlässt, sieht sie mich streng an. »Du hast vor einem Jahr mit Luc Schluss gemacht. Es wird höchste Zeit, dass du das hinter dir lässt.«

»Das ist ja das Problem, Pops. Es kommt mir nicht so vor, als wäre Schluss und als wäre ich frei.« Jetzt, wo ich das laut ausspreche, merke ich, dass es stimmt. Ich habe noch nicht wirklich losgelassen. Aber ich glaube nicht, dass ich mir das offen eingestehen kann.

Sie lächelt mitfühlend. »Wie sagt man? Du weinst ihm immer noch eine Träne nach, obwohl es längst vorbei ist?«

Ich tue so unbeteiligt wie möglich und zucke mit den Schultern. »Ja, vielleicht.« Wahrscheinlich sind es sogar Krokodilstränen. Umso mehr ein Grund, schnell das Thema zu wechseln. »Ich bringe jetzt Zoe besser den Kuchen, sonst fällt sie womöglich noch vom Fleisch oder kippt aus ihren Stilettos. Oder was auch immer Bräute so machen …«

Wenn Poppy so erpicht aufs Verkuppeln ist, muss ich schnellstmöglich verschwinden. Wenn sie so drauf ist und so besessen von dieser Idee, zwangsverheiraten die mich sonst noch, bevor Zoe und Aidan sich das Jawort gegeben haben. Und wenn Poppy sich Rory für mich ausgeguckt hat, dann kann ich nur sagen, ihr Geschmack in Sachen Männer für andere Frauen ist höchst fragwürdig.

Ich hatte nicht damit gerechnet, so bald und dann so schnell wieder über den Hof zu laufen. Aber jetzt sehe ich, dass in der Zwischenzeit ein großer, prächtiger, winterlicher Kranz an der Pforte zum Haupthaus aufgehängt wurde. Die schweren Efeuzweige und blassen Eukalyptusäste sind zu einem Kranz in der Größe eines Hula-Hoop-Reifens gewunden. Ich bleibe abrupt stehen. Wie kann ich die Schönheit dieses Kranzes am besten mit der Kamera einfangen? Wenigstens lenkt mich das von Poppys fürchterlichen Ideen ab. Ein perfektes Abbild des Winters auf dem warmen Sandstein, ohne den störenden Schatten von Weihnachten. Eine große Jute-Schleife reicht bis zum Boden. Die weißen Mistelbeeren vor dem taubengrauen Holz. Ich bin so gefangen von der Schönheit des Anblicks, dass ich das Auto kaum höre, das die Einfahrt hinauffährt. Als jemand ruft, zucke ich so sehr zusammen, dass ich fast die Akkus fallen lasse.

»Holly-Beerchen, du hier? Seit wann gehörst du zu den Paparazzi?«

Rory? Ich war so besorgt wegen meiner Anwesenheit auf der Hochzeit und wegen der Dinge, die Poppy gesagt hat, dass ich diese Stolperfalle ganz übersehen hatte. Und einen Notfallplan für diese Situation habe ich dementsprechend genauso wenig parat. Was ganz schön blöd ist. Denn schließlich wohnt der Typ in einer der Ferienwohnungen nur wenige Meter entfernt. Ich atme tief ein und sage mir mein Mantra auf: *Nichts überstürzen. Nimm dir Zeit für das perfekte Bild.*

»Rory. Und dein Biermobil. Danke, dir ebenfalls einen guten Tag!« Ich brauche mich gar nicht erst anzusehen, ich weiß, dass meine Wangen jetzt knallrot sind statt leichenblass. »Musst du nicht irgendeinen Schnaps verhökern? Oder irgendeine Brauerei abklappern?«

Ich verharre nicht, um seine Reaktion abzuwarten. Stattdessen reiße ich die Eingangstür auf, betrete den sicheren

Raum mit dem lebhaften Treiben für die Feierlichkeiten und schlage sie hinter mir zu. Die Tür, eher Pforte, ist wirklich beeindruckend, im 17. Jahrhundert aus Eichenbohlen von Hand geschreinert. Und doch ist sie nicht dick genug, als dass ich nicht mit dem Rücken dagegengelehnt Rory Sanderson draußen lachen höre.

7. Kapitel

Wunder und Kränze

Dienstag, 5. Dezember
Im Gutshaus von Daisy Hill

»Was für eine Verwandlung, nicht wahr?«, fragt Lily und strahlt, als ich aus dem Flur wieder hereinkomme.

Und sie hat recht. Sie und das Catering-Team haben wahre Wunder vollbracht, während ich weg war. Ich gehe durch den Raum, in dem der Frühstücksempfang stattfinden wird. Die Tische sind gedeckt mit schneeweißen Leinentüchern und dekoriert mit Laternen und eimerweise Schleierkraut, alten lilafarbenen Rosensorten und Fasanenfedern, dazu Schleifen aus Jute wie an dem Kranz draußen. Durch die Fenster entlang der einen Seite des Raumes sehe ich den Garten, wo Kip und Rafe über den Rasen im Küchengarten gehen. Statt Jeans tragen beide schwarze Anzüge. Für die Modebewussten sei angemerkt, das Rafe immer noch seine Barbour-Jacke darüberträgt. Allerdings hat Poppy mir vorhin erzählt, es sei seine beste Barbour-Jacke. Also nicht die, in der er seine Kühe füttert.

Ich drücke hier und dort auf den Auslöser. Die Glasschälchen und das Besteck auf den Tischen glitzern im Licht der Kronleuchter. Dann gehe ich in die sagenhafte Orangerie mit ihren alten schwarz-weißen Fliesen und den deckenhohen Fenstern. Hier wird die Trauung stattfinden, die festlich geschmückten Stühle für das Paar stehen bereits aufgereiht da. Jeden Stuhl ziert eine Jute-Schleife mit Schleierkraut an der Seite, das aussieht wie ein Minischneesturm. Ein beeindruckender Konzertflügel steht in dem Raum, in dem heute

Abend getanzt wird. Ein schönes Motiv. Um wirklich alles einzufangen, schieße ich auch ein Bild von der Damentoilette mit den dunkelblauen Wänden und den riesigen Spiegeln. Dann eile ich mit dem süßen Gebäck zurück ins Ankleidezimmer. Ich klopfe an und schleiche hinein.

Ich atme noch einmal durch, dann verkünde ich: »Kuchen, die Damen, es gibt Cupcakes!« Ich stelle den Karton auf einen Tisch und öffne ihn. »Aber erst muss ich fotografieren.« Allerdings ist der Anblick von der Zuckergussverzierung mit den silbernen Kügelchen nichts gegen den Anblick von vier Brautjungfern in ihren cremefarbenen Kleidern, die gierig die Cupcakes aus dem Karton fischen, kaum dass ich fertig geknipst habe. Angesichts der Reihe leerer Sektflaschen vor dem Spiegel, die ich natürlich auch ablichte, vermute ich, dass sie ziemlich viel getrunken haben. Was erklärt, warum sie sich wie wild auf die Cupcakes stürzen. Ich greife schnell ein und rette einen für Zoe.

»Danke für die Cupcakes, Holly. Wie sitzt mein Haar?« Sie zeigt auf ihre Frisur und wartet auf meinen bewundernden Blick. »Das ist wohl der einzige entspannte Moment an diesem Tag – ohne meine Mutter.« Ah, das erklärt, warum draußen ein Streichquartett aufgetaucht ist. Das übrigens auch unglaublich fotogen ist. Jules hat keine Ahnung, was er hier alles verpasst. Aber zusätzlich zu dem Kammerorchester nachher? Gut, ich bin in dieser Hochzeitssache zwar nicht so drin, aber das sieht für mich wie ein Hochzeits-Overkill aus.

Ich darf aber nicht schon wieder meine Gedanken abschweifen lassen. Da fiel doch eben mein Stichwort. »Fantastische Frisur, Zoe. Die Diamantkettchen sind entzückend. Halten Sie kurz still, dann habe ich sie.« Und schon sind sie im Kasten.

Als ich noch ein paar Bilder von den Frauen vor den Friseur- und Make-up-Utensilien und von dem Brautkleid geschossen habe, sehe ich auf die Uhr an der Wand und frage mich, wo der Vormittag geblieben ist. Und dann kommt Jules zurück. Arm in Arm mit Zoes Mutter, und er sieht aus wie ihr neuer bester Freund. Er bringt sie rein, damit sie Zoe beim Ankleiden hilft.

Er bellt: »Ich bin zurück, ich übernehme wieder, Holly.« Ich darf jetzt wieder wie ein Falke im Hintergrund lauern und mich mit den übrig bleibenden Einstellungen begnügen. Im Auto auf der Hinfahrt hatte Jules das Schweigen nur unterbrochen, um die Situationen aufzuzählen, bei denen er mich im Hintergrund für die Zweitbilder haben will. Und um mir einzurichtern, dass ich die restliche Zeit über höchste Wachsamkeit walten lassen soll, um die entspannteren Momente einzufangen. Offenbar sind es eher die ungestellten Aufnahmen, die zählen, und der richtige Moment ist da schnell vorbei. Ich muss voraussehen, wann jede einzelne Brautjungfer sich auf einen Stuhl sinken lässt und ihre Schuhe abstreift. Den Augenblick, in dem der Trauzeuge sich heimlich eine Träne aus dem Augenwinkel wischt. Wenn ein kleines Kind gähnt.

Dann steht Kip in der Tür und sagt: »Die Brautjungfern bitte! Kommen Sie bitte mit.« Und führt sie fort. Jules geht mit Zoes Mutter raus.

Jetzt sind nur ich und Zoe übrig und die Friseurin und die Visagistin, die ihre Lockenstäbe und Lippenstifte einräumen. Vier leere Stühle. Der Rest des Zimmers sieht aus, als wären sämtliche Koffer auf einem Gepäckförderband explodiert.

Zoe steht da, zupft an ihrem Satinkleid, den Brautstrauß in der Hand, während die letzten zarten Pinselstriche auf ihre Lippen gemalt werden. »Wo sind die letzten vier Stunden hin?«, fragt sie, und ihre Stimme säuselt wie der Wind, der durch die Blätter fährt. Obwohl sie so viel Grundierung und Rouge wie ein Supermodel trägt, sieht ihre Haut wie Pergamentpapier aus. »Ist es wirklich schon so weit? Bin ich bereit?«

»Sie sollten bereiter sein als ich«, denke ich. Ich spüre, wie sich eine eiserne Faust um meinen Magen schließt. Wie lächerlich. Ich bin so aufgeregt, als ob ich heute heiraten würde. Als ob ich den Moment durchlebe, den ich mit Luc nie erleben werde.

Was mit der eisernen Faust um meinen Magen anfängt, endet damit, dass ich plötzlich zur Toilette flitze und das gar nicht vorhandene Frühstück in die luxuriöse Schüssel erbreche. Es dauert nur wenige Sekunden. Ich ziehe die Spülung, wasche meine Hände und mein Gesicht und trinke ein Glas Wasser. Kurz darauf bin ich wieder draußen, halte meine Kamera in der einen Hand und schwinge mir mit der anderen meine Tasche über die Schulter.

Kip steht wieder in der Tür. »Wir warten jetzt auf Sie, Zoe.« Er ist Lilys Freund, und offenbar waren seine Fähigkeiten als Hochzeitsmanager nicht immer so gut. Aber er hat definitiv den Charme, den man für diesen Job braucht.

Es bleibt keine Zeit, mich für mein peinliches Verschwinden zu entschuldigen. Ich drücke Zoes Hand, und schon ist die Braut auf dem Weg. In der Tür hält sie kurz an und holt tief Luft. Ein Sonnenstrahl fällt in den Gang vor ihr. Ihr Hals ist umrisshaft im Gegenlicht zu erkennen. Die Diamantkette in ihrem Haar glitzert. Irgendwie schaffe ich es zu sagen: »Einen Moment, bitte, Zoe.« Ich überstürze nichts. Sorgfältig stelle ich die Blende und den Hintergrund ein. Dann fange ich den letzten und bedeutsamen Augenblick von Zoe als unverheiratete Frau ein. »Danke, ist im Kasten.«

Über seine Schulter hinweg grinst Kip mich an, während er Zoe hinausführt. »Hab ein Auge auf die Alten, die schlafen meistens ein, wenn die Reden gehalten werden. Passiert immer.«

Als sie den Gang entlangschreiten, hechte ich zurück auf die Toilette.

8. Kapitel

Handtaschen und Kartoffelsäcke

Dienstag, 5. Dezember
Im Gutshaus von Daisy Hill

»Holly, Sie können jetzt gehen, wir sind so gut wie fertig für heute.« Jules hat offensichtlich den Waffenstillstand ausgerufen. Wahrscheinlich, weil es neun Uhr abends ist und er fix und fertig. Den ganzen Tag lang ist er überall herumgesprungen, so wie man ihn kennt. Jetzt steht er zum ersten Mal vollkommen still und lehnt an der Tür.

Ich kann mich ehrlich gesagt auch nicht daran erinnern, jemals einen derart vollgepackten Tag erlebt zu haben. Selbst an dem Tag, als wir nach dem Abitur alle auf das Glastonbury-Festival gefahren sind, blieb Zeit zum Verschnaufen. Heute war so ein Tag, der einfach an einem vorbeigeflogen ist. Gleichzeitig kommt es mir so vor, als wäre es ein Jahrhundert her, dass ich mich heute Morgen aus dem Bett geschält habe.

»Sicher?«, frage ich und hoffe inständig, dass er nicht seine Meinung ändert. Aidan und Zoe haben den Brauttanz zu »It's a Wonderful World« getanzt, und wir haben eine halbe Stunde lang auch die anderen Paare beim Tanzen fotografiert. Man hat uns versichert, dass es zu keinen »Macarena«-Aktionen kommen werde. Offenbar ist das die Zeit, wo wir Fotografen gewöhnlich Feierabend haben. Jules will noch eine Weile bleiben und seine berühmten Außenaufnahmen mit Aidan und Zoe im Schein der besonderen Beleuchtung machen, für die er so bekannt ist. Ich werde ein Taxi zurück in die Stadt nehmen.

»Wenn ich nicht so müde wäre, würde ich laut jubeln.« Und erleichtert aufseufzen, dass ich ihn endlich los bin.

Jules muss natürlich das letzte Wort haben und sieht mich mit seinem »Sag ich doch«-Grinsen an. Er wirft sich eine Haarsträhne aus der Stirn. »War es so schlimm, ja?« Da war er den ganzen Tag lang auf den Beinen und sieht immer noch makellos aus.

Ich verziehe das Gesicht. »Das muss einer der hektischsten Tage in meinem Leben gewesen sein«, sage ich und meine es ganz ehrlich, ohne eine Spur Undank. Womöglich klinge ich heiter, aber das liegt daran, dass es endlich vorbei ist. »Danke, dass ich mitkommen durfte. Ich habe heute genug gelernt, um zu wissen, dass meine Strandhochzeit meine letzte Hochzeit sein wird.« Was die Motive angeht: Ich nehme jederzeit lieber die Pizza. Herzschlag- und Gänsehauthochzeiten haben es auf Anhieb nach ganz oben auf meine Liste der Dinge geschafft, die ich unter allen Umständen vermeiden will. Zum Glück weiß Jules wenigstens nichts von meiner Kotzerei.

Er strahlt mich an. »Freut mich zu hören, dass Sie wissen, wo Ihre Grenzen sind und Ihre Fähigkeiten aufhören. Ich dachte mir schon, dass Hochzeiten nicht Ihr Ding sind.« Es gibt wohl kaum größere Großkotze als Männer, die recht haben. Obwohl ich ihm doch die ganze Zeit beigepflichtet habe. »Aber vielleicht haben Sie doch die ein oder andere Aufnahme für mich, die mit ins Album kommen kann?«

»Ein paar Bilder von einer dösenden Oma habe ich.« Und auch nur dank Kips Tipp. Ich habe sie erwischt, als sie einschlief und dann abrupt aufwachte, weil ihr Nebenmann sie anstieß. Vielleicht ist das gemein, aber es hat auch was Amüsantes und Liebenswürdiges. Ich glaube, das ist alles, was ich zu dem Album beitragen kann. Jules hat wirklich immer und überall fotografiert. Und er machte sogar den Eindruck, als habe er höchst persönlich bei allem das Sagen.

»Ich komme bald im Laden vorbei, und dann sehen wir gemeinsam die Fotos durch.« Obwohl er ein Lächeln andeutet, ist das keine Frage, sondern – typisch Jules – ein Befehl. »Wenn Sie sich noch von Zoe und Aidan verabschieden wollen, dann ist jetzt die Möglichkeit dazu.« So viel zum Thema »das Sagen haben«.

Und das war's dann. Flüchtig umarme ich Zoe, die trotz lang anhaltendem Make-up exakt so fertig aussieht, wie ich mich fühle. Dann gehe ich raus in die Nacht, über das Kopfsteinpflaster zu Poppy in die Küche, um ihr Gute Nacht zu sagen und dann ein Taxi zu rufen.

Draußen in der frischen Nachtluft bin ich so erleichtert, dass ich meine Faust balle und einen Luftschlag vollführe. Dabei gebe ich natürlich acht, dass meine Fototasche nicht herunterfällt. Am dunkelblauen Himmel leuchten die Sterne so hell und wunderschön, dass ich vor Freude singen könnte.

Komischerweise scheint die Melodie, die ich auf dem Hof höre – Poppys Lieblingslied »Don't Stop Me Now« –, zwischen den Scheunen widerzuhallen. Ich bleibe stehen und lausche. Die Musik erklingt noch immer. Aber der Gesang ist eher schrill und hoch, dazu höre ich Schritte. Kurz darauf sehe ich einen kleinen Schatten aus Richtung der Cottages kommen, mit schwingenden Armen. Ich brauche einen Moment, um die Szene aufzunehmen. Dem im Licht der Lampen funkelnden Glitter auf dem Sweatshirt nach zu urteilen muss es ein Mädchen sein. Und dann ist sie auch schon in mich reingelaufen und vergräbt ihr Gesicht, inklusive Gesang, in meinem Leopardenfell. Ich streichle ihr über den Kopf. Dann höre ich schwere Schritte über den Hof kommen.

»Gracie, Gracie! Menschenskind! Die anderen wollen schlafen.« Die Stimme klingt eindringlich und ist tief. Ich weiß sofort, zu wem sie gehört: Rory.

Ich achte nicht mehr auf Gracie, die sich an mein Bein

klammert. »Ist alles in Ordnung?« Es ist neun Uhr abends, und der Tag war sehr lang, und dafür, dass ich jetzt ausgerechnet dem Menschen in die Arme laufe, den ich am wenigsten sehen will, klinge ich erstaunlich unbekümmert.

»Ganz toll, danke, Holly-Beerchen.« Rory verdreht die Augen und schüttelt den Kopf. »Der eine brüllt, die andere rennt weg. Echt super.« Teddie hat er in eine Barbour-Jacke gewickelt unter seinen Arm geklemmt, während er versucht, ihn zu beruhigen.

»Tut mir leid …« Das sollte ja nicht nach einem Urteil klingen. »Es scheint nur so, als sei hier jemand nicht recht glücklich.« Angesichts der Tatsache, dass Gracie mir mit ihren Gummistiefeln ans Schienbein tritt und mit ihren Fäusten meine Oberschenkel traktiert, ist das ganz klar eine Untertreibung. Ich blicke herab, um ihr beschwichtigend eine Hand auf die Schulter zu legen. Unter dem weichen Schlafanzug fühle ich ihre kleinen Knochen.

»Geht mir genauso«, sagt Rory zwischen zusammengebissenen Zähnen. »Okay? Um vier Uhr morgens werden die Racker wach, dann muss ich den ganzen Tag lang Kinderkrams mit ihnen machen, der sie maximal zwei Minuten beschäftigt. Wenn ich dann abends kein Lied aus der ›Eiskönigin‹ vorsingen will, gibt's Ärger.« Als er »Eiskönigin« sagt, hält Gracie still und spitzt die Ohren.

»Was ist falsch am Singen?« Ich habe das Gefühl, dass er weit davon entfernt ist, das mit dem Kinderhüten in den Griff zu bekommen. Aber so gern ich ihn zurechtstutzen würde, halte ich mich jetzt doch lieber zurück.

Er schüttelt den Kopf. »Das ist doch kein Grund, im Affentempo davonzupreschen.« Er schnaubt. »In der hundert Seiten langen Beschreibung von Erin, wie ich ihre Kinder glücklich machen soll, steht nichts von Singen vorm Zubettgehen. Und auch von der ›Eiskönigin‹ steht da nichts.«

Ich sehe Gracie an. »Wie viele Lieder möchtest du denn singen?«

»Eins«, sagt sie kleinlaut. Sie klingt heiser nach all dem Geschrei. »›Lass jetzt los‹.«

»Guter Song«, sage ich und muss lächeln. »Und das ist alles?«

Gracie nickt. »Dann schlaf ich ein.«

Ich bin entrüstet. »Das ist doch ein total nachvollziehbarer Wunsch, Rory. Alle lieben ›Lass jetzt los‹.« Gut, okay, soo gut ist der Song nun auch wieder nicht. Aber auch kleine Mädchen haben ihre Prinzipien. Da muss ich Gracie recht geben. Und nach dem, was Poppy vorhin gesagt hat, muss ich Rory unbedingt stets wissen lassen, dass ich nicht einer Meinung mit ihm bin.

Rory zuckt mit den Schultern. »Ich singe nicht. Punkt.«

Das stimmt nicht so ganz. Ich bin sicher, dass er damals mit seiner Band auch am Gesangsmikro stand. Wobei das Grölen von Bon-Jovi-Songs in höchsten Tönen nicht sehr musikalisch war.

»Du musst dich zusammenreißen und es wenigstens versuchen, Rory. Um des Friedens willen.« Gracie zittert an meinem Bein. Ich lege ihr die Hand auf die Schulter. »Es ist bitterkalt. Ihr solltet lieber wieder reingehen ins Warme.«

»Oder …« Rory hält sich Teddie vor sein T-Shirt wie einen Sack Kartoffeln, der beißende Wind macht ihm offensichtlich nichts aus. Als ich endlich meinen Blick von seinem Oberarm losreiße, merke ich, dass er mich erwartungsvoll ansieht.

»Oder was?« Hopfen in Fässer zu schaufeln ist offensichtlich gut für den Bizeps. Als ich meine Gedanken endlich wieder den wichtigen Dingen zuwende, sagt mir mein Verstand, dass ich besser wegrennen sollte, weit weg.

Die Lampe auf dem Hof ist hell genug, um sein verschmitztes Lächeln sehen zu können. »Wenn das so einfach ist, dann hast du bestimmt nichts dagegen, dir die Ehre zu geben und eine Gute-Nacht-Arie zu schmettern. Los geht's.« Das ist keine Frage oder Bitte. Es ist, als hätte er sich das bei Jules, dem Diktator, abgeguckt.

Ich öffne meinen Mund und schließe ihn wieder. »Äh …«, stottere ich. Es kommt mir vor, als würde ich in einen gigantischen Staubsauger gesogen. Und bei Rory zu Hause zu landen ist mein Albtraum Nummer eins. Selbst wenn es nur eine Ferienwohnung ist, in der er vorübergehend lebt, für mich ist es die Höhle des Löwen. Das ähnelt zu sehr meinen nächtlichen Vorstellungen als verwirrter Teenie, dass Rory mich zu sich nach Hause zum Tee und Schlimmerem einlädt. Das kam wahrscheinlich von der Nacht, in der er mich tatsächlich nach Hause gebracht hat. Allerdings habe ich, anders als ich Poppy erzählt habe, keine sehr genauen Erinnerungen daran, nicht mehr, als mir andere erzählt haben. Aber ich würde vor Peinlichkeit und Scham sterben, wenn ich das zugeben müsste, selbst mir gegenüber. Allein, dass ich das jetzt so nah vor Poppys Haus denke, könnte fatale Folgen haben.

»Okay, Gracie. Kein Grund zur Panik mehr. Holly wird dir ein Schlaflied singen. Also, worauf warten wir noch?« Sein unergründliches Lächeln ärgert mich wie eh und je. »Wie du schon sagtest, es ist viel zu kalt, um sich hier draußen lange aufzuhalten.«

Na ja, jetzt, wo Gracie an meinem Ärmel zerrt, wird mir plötzlich in meiner Felljacke heiß wie in der Sauna.

Er rast voran. »Immer geradeaus über den Hof, es ist das Cottage mit der grauen Tür.« Nur ein so selbstgefälliger Typ wie Rory kann übersehen, dass alle Eingangstüren der Cottages grau sind. Zum Glück für die Nachbarn, denen wir andernfalls eine nächtliche Überraschung bereitet hätten, steht seine Tür weit offen.

Trotzdem umfängt mich eine wohlige Wärme, als ich den Flur betrete. Ich sehe über Gracie hinweg in das weiß gestrichene Zimmer und entdecke ein loderndes Kaminfeuer in der Ecke. Ich setze meine Fototasche auf dem Fliesenboden im Flur ab und ziehe meine Jacke aus. Meine Wangen sind erst feuerrot und dann rot wie Rote Bete.

Ich suche die Sofas und den Tisch nach einer leeren Stelle ab, um meine Jacke abzulegen, doch finde keine. »Schön, dass du kein Ordnungs-Freak bist.« Das Durcheinander erinnert an einen Bombeneinschlag und steht dem Ankleidezimmer der Braut vorhin in nichts nach. Ich bin immer noch an Luc gewöhnt, der am liebsten alles an einem festen Ort aufbewahrt. Wobei ich seinen Ordnungssinn nie so recht zu schätzen wusste, solange ich mit ihm zusammen war.

Rory macht mit einer Bewegung seines Fußes einen Platz frei. Er setzt Teddie auf dem Teppich ab und wirft die Jacke, in die er das Baby gewickelt hat, hinter einen Bürostuhl. »Die Unordnung stammt von meiner dreijährigen Mitbewohnerin.« Er reibt sich die Stirn und entblößt dabei ein Stück seines gebräunten Bauches. »Man glaubt es kaum, aber Immie hat hier erst heute Morgen klar Schiff gemacht.«

Doch, das glaube ich sofort. Dass er die Drecksarbeit anderen überlässt, klingt ganz nach ihm. Deshalb muss ich mich jetzt auch beeilen und blitzschnell wieder los. »Zeit fürs Bett?« Wenn ich nicht schon hochrot wäre, würde ich jetzt, nach meiner Frage, rot anlaufen. »Guter Plan, Rotbäckchen«, sagt er, und es klingt, als würde er innerlich kichern. »Das Schlafzimmer ist hinten, hinter der Küche, einfach geradeaus.«

Ich werde gar nicht erst über seine Anspielung nachdenken. Schon schlimm genug, dass ich in seinem Wohnzimmer stehe. Wenn ich an sein Schlafzimmer denke, muss ich vielleicht wieder kotzen. Vor lauter Abscheu.

Ich blicke auf die leuchtenden Schneeflocken auf Gracies Kopf und lotse sie über den Teppich. Unmöglich, das nicht zu kommentieren. Sie sieht aus wie Courtney Love, die ihr verkatertes Gesicht in einen Windkanal hängt. Mit dunklen Schatten unter den Augen und so weißen Wangen, dass ich augenblicklich mit ihr tauschen würde. Wie passt das zu dem guten Onkel, der sich um die Kinder kümmert, frage ich mich. »Hast du ihr heute schon die Haare gekämmt?«

Aus der Ecke im Zimmer dringt noch ein Lachen. Rory hebt Teddie hoch und schüttelt sich seine Strähne aus dem Gesicht. »Du weißt doch, dass ich eine Kammallergie habe. Finger reichen.«

Ich fasse es nicht. »Das mag dich überraschen, aber hier leben noch andere Menschen außer dir, Rory.« Ich lächle Gracie an. »Vielleicht bittest du Onkel Rory morgen mal, dir dein Haar zu bürsten.« Ich drehe mich zu ihm um und sehe ihn böse an. »Sonst gibt's noch mehr Knoten. Eine Woche ohne Bürste und sie wird Dreadlocks haben.«

Er zuckt mit den Schultern. »Man muss Prioritäten setzen. Für so einen unwichtigen Kram habe ich keine Zeit.«

Ich schnaube verächtlich. »Das sehe ich.« Ich bahne mir meinen Weg durch das Chaos, am Badezimmer vorbei. Nach kurzer Überlegung entschließe ich mich, Zähneputzen nicht zu erwähnen.

Rory erzählt auf dem Weg ins Kinderzimmer weiter von Prioritäten und Kämmen. Dann legt er Teddie in das Reisebettchen, wirft ein Stofftier hinterher und murmelt: »Anleitung, Seite 2: Die Katze muss immer bei dem Baby bleiben.«

Seinen selbstgefälligen Ausdruck beachte ich gar nicht, sondern steige über einen Haufen T-Shirts und Handtücher, während Gracie in ihr Bett krabbelt.

Dann zücke ich mein Smartphone und sage möglichst sachlich: »So, und jetzt kommt: ›Lass jetzt los.‹ Wir nehmen die

Version auf YouTube, da steht auch der Text.« Was nicht wirklich nötig wäre, schließlich ist die ›Eiskönigin‹ einer der Filme, die wir an Mädchenabenden mit Poppy und den anderen gerne gucken. Ob wir da mitsingen? Klar, machen wir das. Textsicherheit will ich trotzdem lieber nicht für meinen Sologesang versprechen. Am liebsten würde ich sagen: *Guck zu, da kannst du was lernen. So macht man das.* Aber ich verkneife es mir lieber. »Danke, Rory, ich mache jetzt allein weiter.« Das versteht er hoffentlich richtig und verlässt das Zimmer. Das Letzte, was ich gebrauchen kann, sind Zuhörer.

»Ich darf nicht zuhören?«, fragt er und jammert wie Gracie vorhin.

»Auf gar keinen Fall!« Ich warte darauf, dass er geht. Aber er steht immer noch an die Wand gelehnt da und grinst. »Das war nicht abgemacht.«

Ich achte nicht auf sein verärgertes Seufzen und warte, bis er außer Sicht ist. Dann lehne ich mich über die blau gestreifte Decke und lächle Gracie an. »Bereit?« Von irgendwo her aus dem Chaos hat sie Immies Schneemann und einen Teddybären hervorgeholt und kuschelt sich jetzt an sie.

Sie nickt. Ihr Haar liegt struppig wie ein Ballen Heu auf dem Kopfkissen, und ihre Augen glänzen. Ich nehme ihre Hand und drücke auf Play. Dann legen wir los.

»Ich lass los, lass jetzt los ...« Ich liebe dieses Lied. Es macht mich ganz leicht und unbeschwert und wärmt mir das Herz, und das alles auf einmal. *»Der Wind, er heult so wie der Sturm ganz tief in mir ...«* Ich gehe voll darin auf. Nach dem vierten Mal – oder ist es schon das fünfte? – komme ich plötzlich wieder zu mir, und zwei Dinge fallen mir sofort auf. Zum einen, dass ich in voller Lautstärke singe. Zum anderen, dass Gracies Hand schlaff in meiner liegt. Trotz meines lauten Gesangs sind ihre Augen fest geschlossen, und sie atmet gleichmäßig. Sanft drehe ich die Lautstärke meines Smartphones

runter und sehe zum Gitterbettchen rüber. Teddie schläft auch tief und fest. Ich schalte das Handy aus und gehe auf Zehenspitzen aus dem Zimmer. Die Ruhe ist geradezu unheimlich.

Zufrieden verkünde ich: »Beide Kinder schlafen.« Wahrscheinlich waren sie einfach hundemüde. Als die Pause, in der er seiner Dankbarkeit hätte Ausdruck verleihen können, andauert, fahre ich fort: »Bitte, gern geschehen. Keine Ursache.« Ich beiße mir auf die Zunge, bevor ich sonst noch »Jederzeit gerne wieder« sage.

Irgendwie hatte ich erwartet, dass Rory mit einem Bier in der Hand auf dem Sofa liegt, erschöpft wie nach einer Hochzeit. Stattdessen starrt er konzentriert auf seinen Laptop. Erst als ich mich vernehmlich räuspere, sieht er auf.

»Super. Ich habe hier jede Menge Bestellungen und Versandaufträge für Huntley and Handsome, die ich abarbeiten muss. Entschuldige.«

Ich weiß selber nicht, warum mir der Mund offen steht. Ich hatte doch nicht heimlich gehofft, dass er zuhört und vor dem Kinderzimmer wartet? »Kein Problem. Und die Unordnung bleibt so lange bestehen.« Dumm von mir, dass ich gedacht hatte, er macht das zuerst.

Er streicht sich mit der Hand durchs Haar und hält mir eine ungeöffnete Bierflasche entgegen. »Ein Bier gefällig, Rotbäckchen?«

Ich wusste es. Ich wusste, dass er es drauf anlegen würde. »Nein, danke. Ich war gerade auf dem Nachhauseweg, als wir uns über den Weg gelaufen sind.« Und so kann ich ihm zu meiner großen Befriedigung einen Korb verpassen.

Er seufzt und trommelt mit seinen Fingern auf der Tastatur. »Das ist eine der ersten Flaschen meines ›Bad Ass Santa Christmas‹-Bieres dieses Jahr. Ich dachte, du nimmst es mit. Das ist ein Angebot, das du einfach nicht ablehnen kannst.«

Ich mache große Augen, weil er mich schon wieder auf dem falschen Fuß erwischt hat. »Doch kann ich. Trotzdem danke. Aber ich trinke kein Bier.« Zu meiner Befriedigung sehe ich, wie ihm die Kinnlade runterklappt. Trotzdem habe ich das Gefühl, dass er mich loswerden will. Obwohl ich wahrscheinlich nicht so frech wäre, wenn ich nicht gerade aus voller Kehle mehrmals gesungen hätte: »Lass jetzt los.«

Dafür, dass er so geschockt ist, hat er sich aber doch schnell wieder gefangen. »Und was machst du morgen, Holly-Beerchen? Jetzt in der Vorweihnachtszeit habe ich für Huntley and Handsome viel zu tun und muss arbeiten. Aber da du dich so gut mit Gracie zu verstehen scheinst, würde sich Immie bestimmt freuen, wenn du ihr mit den Kindern hilfst, falls du sonst nichts zu tun hast.« Er hält eine Flasche gegen das Licht und betrachtet sie. »Diese Kostbarkeiten brauen sich nicht von allein, weißt du.«

Ich verziehe das Gesicht. »Was du nicht sagst.« Und »mit den Kindern helfen«, das bedeutet einen ganzen Tag Kinderbetreuung für lau und ohne Dank. Hat Rory nicht behauptet, er hätte das im Griff? »Tut mir leid, ich habe morgen zu tun.«

Rory runzelt die Stirn. »Hast du nicht Urlaub?«

Das geht ihn eigentlich nichts an. Ich sage trotzdem wie nebenbei: »Ich versinke in Arbeit, am Computer.« Das heißt, ein paar Tausend Fotos müssen aussortiert werden. Aber das braucht er ja nicht zu wissen. Ich schlüpfe in meine Jacke und hänge mir meine Fototasche über die Schulter. »Es ist schon spät. Ich muss los.« Keine Ahnung, warum ich ihm nicht einfach gesagt habe, dass ich im Laden aushelfe.

»Pass auf, dass du nicht vor Langeweile umkommst.« Rorys flüchtiges Lachen erstirbt, als ich zur Tür gehe. »Dir ist bewusst, dass ich dich vorhin nicht geholt hätte, wenn es kein Notfall gewesen wäre, Berry?«

Es dauert ein bisschen, bis die Botschaft ankommt. »Das war Panik, keine Krise.« Wenn das schnippisch klingt, dann liegt das daran, dass es so offen auf der Hand liegt. Er will mich nicht nur unbedingt loswerden, es ist genauso deutlich, dass ihm lieber wäre, wenn ich gar nicht erst hier gewesen wäre. »Wenn du das mit dem Kinderhüten erst im Griff hast, verstehst du den Unterschied.« Ich habe keinen Zweifel daran, dass Poppy und Immie ihm dabei helfen werden. Weil ich mich nämlich von nun an von ihm fernhalte. Von Rory und von den Kindern.

Er seufzt und fährt sich mit den Fingern durchs Haar. »Vielen Dank jedenfalls. Dass du mich gerettet hast aus der …«

Nur zu gerne möchte ich wissen, ob er »Scheiße« oder »Blub« sagt. Aber so lange warte ich nicht. Kurz darauf eile ich über den Hof. Ich ärgere mich, dass mein Bauch verrücktgespielt hat, als Rory sich mit dem Daumen über das Gesicht strich und so verletzt aussah.

Als mein Bauch das letzte Mal so reagiert hat, war ich vierzehn. Und damals lag das an dem schlechten Geschmack oder fehlendem Urteilsvermögen eines unerfahrenen Teenagers. Bei einer über dreißigjährigen Frau aber ist das gar nicht in Ordnung und nicht zu entschuldigen. Vor allem dann nicht, wenn ich einen anderen liebe. Eins ist sicher: Das passiert mir nicht noch mal.

9. Kapitel

Bilder im Kopf
und Feierabenddrinks

Dienstag, 5. Dezember
In der Küche im Gutshaus von Daisy Hill

»Bist du hier, Poppy? Ich wollte mich verabschieden und ein Taxi rufen. Ich habe Rafe getroffen. Er meinte, ich soll reingehen.« Ich klopfe an und öffne Poppys Küchentür. Jet, der schwarze Hofhund, begrüßt mich schwanzwedelnd. Nach der Hitze und der Unordnung in Rorys Cottage kommt mir Poppys Wohnung wie ein Hort der Ruhe vor. Abgesehen von den Klängen einiger Streicher, die vom Haupthaus herüberwehen, und dem vereinzelten Schlagen von Autotüren, ist kaum zu glauben, dass nebenan eine Hochzeitsfeier stattfindet. Ich gehe in die dämmerig beleuchtete Küche. Poppy sieht von ihrem Sofa auf.

»Rafe schaut immer mal nach dem Rechten. Er ist viel angespannter als ich.« Sie wirft einen kläglichen Blick auf ihren Bauch. Dann sieht sie auf ihr Handy und unterdrückt ein Gähnen. »Du bist lange geblieben, Hols.«

»Gracie ist mir in die Arme gelaufen, als ich gehen wollte. Da habe ich sie schnell nach Hause, zum Home Brew Cottage, gebracht.« So nenne ich, nicht Poppy, Rorys Wohnung. Wir beide wissen, dass sein Cottage am anderen Ende des Hofs liegt. Hoffentlich können wir die letzten zwanzig, höchst peinlichen Minuten überspringen. Ich schäme mich immer noch für mein fluchtartiges Verschwinden. Wirklich lächerlich, vor allem, weil ich doch eh nicht bleiben wollte.

»Wie halten die drei sich?« So wie Poppy das sagt, ahnt sie die Antwort.

Ich verdrehe die Augen und hoffe, dass das genug ausdrückt, denn meine Wangen glühen schon wieder. »Der Onkel des Jahres ist er bestimmt noch nicht. Aber immerhin schlafen die Lütten jetzt. Und übrigens, nur dass du's weißt, er konnte mich gar nicht schnell genug wieder loswerden. Damit du weißt, wo er in der Angelegenheit steht.« Sie sieht so müde aus, dass ich das Thema lieber nicht weiterverfolge.

Poppy grinst und überspringt das glücklicherweise. »Glückwunsch, du hast deine erste Hochzeit überstanden. Das ist immer ein Meilenstein.« Sie sieht mich eindringlich an. »Und es tut mir leid, dass ich vorhin nicht gemerkt habe, wie sehr dich das aus der Bahn geworfen hat.«

»Es war ein toller Tag. Ich habe viel gelernt. Meine Akkus haben durchgehalten, und nichts ist kaputtgegangen.« Offensichtlich sind schwache Akkus und eine fehlerhafte Ausstattung der schlimmste Albtraum eines Fotografen. Ich weiß natürlich genau, worauf sie anspielt. Also erkläre ich ihr es lieber. »Das Spucken hatte aber nichts mit meinen Nerven zu tun. Ich habe mich nur so fürchterlich erschrocken, als Zoe erzählte, dass Aidan ihr an Weihnachten einen Antrag gemacht hat. Da dachte ich, heute hätte ebenso gut ich heiraten können.«

Besorgt runzelt sie die Stirn. »Arme Hols.«

»Ich habe mich wieder erholt. Aber über etwas anderes mache ich mir Gedanken.« Das kommt wahrscheinlich daher, dass ich sonst nicht mit Brautpaaren zu tun habe. »Jetzt habe ich ein Jahr lang gehofft, das mit Luc wieder hinzubekommen. Und dann, als ich heute Zoe und Aidan die Heiratsurkunden habe unterschreiben sehen, ist mir klar geworden, dass ich mich nie vor meinem geistigen Auge in einem Brautkleid gesehen habe und wie ich neben ihm stehe.«

Poppy legt sich den Finger auf die Lippen und überlegt. »Und ist das gut oder schlecht?« Poppy ist die Art von Freundin, die nicht gleich mit ihrer eigenen Meinung ankommt.

»Es überrascht mich nur. Das ist alles.« Ich weiß ja auch nicht, was mir das sagen soll.

Sie lacht. »Viele Frauen haben ihre Hochzeit schon durchgeplant, auf Pinterest zum Beispiel, bis in alle Einzelheiten. Und das, bevor sie überhaupt einen Freund haben. Vielleicht bist du das andere Extrem. Weil du Fotografin bist, ziehst du echte Bilder den nur vorgestellten vor.«

Jetzt muss ich über ihre geschickte Antwort lächeln. »So kann man das auch sehen.« Wir übergehen glatt, dass ich einen Freund hatte und so unvorsichtig war, ihn im entscheidenden Moment zu verlieren. Da ich keine Erklärung habe, mache ich weiter im Text. »Das war der anstrengendste Tag meines Lebens. Wie schaffst du das immer wieder?« Wenn das Geschäft gut läuft, hat Poppy mehrere Hochzeiten in der Woche. Für jemanden wie mich, die nach einer Hochzeit so zusammenklappt, ist das eine erschreckende Vorstellung.

Poppy lacht. »Glaub mir, ich war auch ein Wrack nach meinen ersten Hochzeiten. Jetzt gibt es mir wirklich viel, anderen Paaren zu einem schönen Tag zu verhelfen. Sofern ich dabei bin, versteht sich.« Sie seufzt wehmütig.

Ich merke, wie frustriert sie ist. »Es ist nicht dasselbe, das vom Sofa aus zu betrachten?«

Sie verzieht das Gesicht. »Wenn ich hier so gefangen bin, da komme ich mir ganz nutzlos vor.«

Ich versuche, das Positive daran zu sehen. »So hast du Zeit, einen Kinderwagen auszusuchen und zu bestellen. Und fürs Backen.« Auf der Arbeitsfläche stehen so viele Keksdosen, dass sie ganz Cornwall mit Kuchen beliefern könnte.

Genervt sagt sie: »Wenn ich noch einen Weihnachts-Cupcake sehe, schreie ich.«

»Okay.« Sie darf ja keinen Alkohol trinken. Sonst hätte ich ihr schon längst einen »Winter-Warmer« gemacht. Wenn hier jemand einen Feierabenddrink gebrauchen kann, dann Poppy.

Sie richtet sich auf, und plötzlich zuckt ihr Kinn verdächtig. »Das Problem ist, dass Rafe zwar immer wieder nach mir sieht, ich aber doch sehr einsam bin. Ich sitze hier fest und bin außen vor. Daisy Hill und die Hochzeiten sind mein Ding, und jetzt plötzlich sind sie es nicht mehr. Das ist ganz schrecklich, das Ausgeschlossensein.«

Bei näherer Betrachtung bemerke ich, dass das schwache Licht nur notdürftig die Schatten unter ihren Augen maskiert. »Erschöpfen dich die Hochzeiten denn nicht?« Ich zögere. »Also, noch mehr als sonst, wegen deines Bauchs?« Ich bin sicher, dass Rafe sie nur beschützen will, wenn er möchte, dass sie zu Hause bleibt.

Sie zuckt mit den Schultern. »Ich bin müde. Und übellaunig. Ich hasse einfach den Gedanken, dass das alles auch ohne mich so gut läuft.« Sie beißt sich auf die Lippe und sieht sehr traurig aus.

»Ach, Liebes.« Ich setze mich zu ihr aufs Sofa und lege meinen Arm um ihre bebenden Schultern. Dann drücke ich ihr ein Taschentuch in die Hand. »Wir wollen dir doch alle nur helfen. Niemand will dir etwas wegnehmen. Das wartet alles auf dich, wenn du zurückkommst und das Baby da ist.« Poppy ist so stark und arbeitet hier so hart. Sie ist herumgelaufen, als ob der Bauch gar nicht da wäre. Umso irritierender ist es jetzt, sie so aufgelöst zu sehen. Dabei schien sie so gut zurechtzukommen. Das muss an den Schwangerschaftshormonen liegen.

Sie schnieft noch ein paarmal. Die Schultern hören auf zu beben. Dann seufzt sie. »Ich weiß. Das ist albern. Und unvernünftig. Aber ich ertrage es nicht, dass ich nicht mehr da bin, wenn die Braut uns sagt, dass sie einen wunderschönen Tag hatte.«

Ich fühle mit jedem mit, dessen Nase röter ist als meine. »Komm, ich mache uns einen heißen Kakao.« Poppys und Rafes Kühlschrank ist so groß wie eine kleine Scheune. Sie halten eine Herde Milchkühe. Deshalb hoffe ich, dass sie genug frische Milch dahaben. Ich nehme einen Topf und heize ihren Landhausherd an.

Poppy schnieft. »Ja, gerne. Es tut mir leid, dass ich so wehleidig bin.«

Ich verstehe, dass sie sich so schlecht fühlt. »Das liegt an den Veränderungen, das ist immer am schwersten. Und dass du abgeben musst, was du aufgebaut hast.« Ich warte, dass die Milch warm wird. Ich finde eine Decke und lege sie ihr um die Schultern. Während ich in der Küche hantiere, denke ich laut nach: »Aber die Männer kümmern sich in deiner Abwesenheit um die Hochzeiten. Und es dauert ja nicht lange. Bald bist du wieder zurück.« Ich rühre das Kakaopulver in die aufschäumende Milch, füge eine Haube Sprühsahne hinzu und rasple zum Schluss dunkle Schokolade darüber. »Und du bist nahe dran und kannst ein Auge auf das Geschehen werfen. Du hast jederzeit die Möglichkeit, vorbeizuschauen und Hallo zu sagen …« Auf dem Regal suche ich nach den Marshmallows. Dann höre ich ein leises Schnarchen aus der Richtung des Sofas.

»Poppy? Bist du …?«

Auf Zehenspitzen gehe ich zu ihr. Ihre Augen sind geschlossen. Ihr blonder Zopf liegt auf dem grauen Sofa mit dem Wollbezug. Sie schläft tief und fest. Und diesmal musste ich noch nicht einmal singen.

Wenn ich sie nicht so lieb hätte, würde ich einfach ihren Kakao austrinken. Aber so stelle ich ihre Tasse auf den Beistelltisch, für den Fall, dass sie aufwacht. Jet werfe ich einen strengen Blick zu – Jules wäre stolz auf mich –, bevor ich mich auf das zweite Sofa setze und dem Hund einbläue, die Sahne nicht aufzulecken.

Aber Poppy bewegt sich nicht. Schließlich rufe ich ein Taxi. Als es eine halbe Stunde später kommt, schläft Poppy immer noch tief und fest.

10. Kapitel

Spontaner Besuch und blinde Flecken

Mittwoch, 6. Dezember
Brides by the Sea

»Hast du von Jess gehört?«, fragt Poppy, als sie am nächsten Spätnachmittag den Laden betritt. Sie soll mir helfen mit der – laut Auftragsbuch und Kalender – Riesenkollektion an Anzügen für die Trauzeugen.

Ich sehe vom Schreibtisch auf. Seit früh am Morgen sitze ich hier und sortiere die Fotos aus. Ich nicke zum Telefon. »Jess ruft alle halbe Stunde an. Oder öfter.« Dass man so lange für das Aussortieren der Fotos braucht, unglaublich. Die untauglichen herauszufiltern ist noch einfach. Aber die anderen zu ordnen dauert erstaunlich lange. Wenn man so entscheidungsschwach ist wie ich, kann man sich bei einigen Tausend Bildern endlos den Kopf zerbrechen.

Poppy legt die Stirn in Falten. »Echt? So schlimm? Dabei ist Jess erst wenige Tage weg. Dachte ich mir's doch, wir hätten Webcams in allen Zimmern anbringen sollen.«

Ich schüttle den Kopf. »Wenn sie besseren Empfang hätte, würde sie wahrscheinlich ununterbrochen auf Skype sein. Zum Glück für uns hat sie da oben auf den Bergen Probleme mit dem Internet.«

»Und? Gibt es Neuigkeiten?«, fragt Poppy und zwinkert mir verschwörerisch zu. Ja, ich weiß genau, was sie wissen will.

Ich lache. »Sie hat das ›Kaffee Klatsch‹ entdeckt. Das scheint so ähnlich zu sein wie das Jaggers. Nur mit Glühwein und einem zweiten Stockwerk.«

Poppy macht große Augen. »Herrje, diese Skifahrer sind hart im Nehmen. Auf gar keinen Fall würden die Leute im Jaggers nach einer Happy Hour Treppen steigen.«

Ich erzähle weiter: »Die Skihütte hat einen fantastischen Balkon. Und sechs Badezimmer. Aber die sind alle eher klein.«

Poppy hört zu, während sie ihre Barbour-Jacke auszieht und in der Küche aufhängt. »Ja, das ist das Problem, wenn man in einem Herrenhaus lebt. Dann kommt einem alles andere im Vergleich dazu wie eine Puppenstube vor. Und war schon von einem Ring die Rede?«

»Noch nicht.« Ich ahne, dass wir dieselbe Frage in den kommenden zwei Wochen stündlich stellen werden. »Wenn er ihr noch keinen Antrag gemacht hat, macht er das vielleicht am letzten Tag? Oder er will sie an einen besonderen Ort führen.« Ironie des Schicksals, nachdem ich meinen eigenen Antrag in den Sand gesetzt habe, bin ich jetzt die Expertin in Sachen Verlobung.

Poppy sieht durch die Reihe von Anzügen, die Sera vorhin auf die Stange gehängt hat. »Und wie sind die Bilder geworden?«

Jetzt runzle ich die Stirn und zögere. »Die Bilder vom Buffet sind gut geworden. Deine Torte sieht auf den Fotos genauso großartig aus wie in echt.« Ich liebe es, Austern zu knipsen. Und Poppys für ihre Verhältnisse noch recht schlichte dreistöckige Torte mit dem Silberblättern am Tortenboden und der feinen Verzierung aus Zuckerguss war ein Geschenk für Fotografen.

»Darf ich mir die anderen Fotos ansehen?«

Ich stehe auf und überlasse ihr seufzend meinen Stuhl. »Bitte. Zu meinem Glück war der erste Tanz sehr langsam.« Ich sehe mir die Nahaufnahme von Zoe und Aidan auf der Tanzfläche an. Mittlerweile habe ich das Gefühl dafür verloren, ob die Bilder gut oder schlecht sind.

Poppy seufzt und betrachtet die Fotos. »Zoe sieht wunderschön aus. Du hast sehr gut eingefangen, wie verliebt die beiden sind. Und das Haus sieht auch so schön aus.« Ihr Gesicht hellt sich auf. »Das habe ich alles verpasst.« Sie sieht sich noch mehr Fotos an. »Wenn ich das hier sehe und weiß, was alles passiert ist, tut es mir etwas weniger weh, nicht da gewesen zu sein.«

»Dann freut es mich umso mehr, dass ich sie geschossen habe.« Wenn Poppy das so sieht, hilft mir das dabei, den anstrengenden Tag mit Jules zu vergessen.

Sie nimmt meine Hand und drückt sie leicht. »Ehrlich, mir geht es gut. Trotzdem danke für deine Hilfe gestern Abend.« Sie hat mir bereits ungefähr hundert SMS geschickt mit derselben Nachricht. Und dass ich mir ihretwegen keine Sorgen machen soll.

Aber manchmal, so wie gestern, da braucht sie einfach eine Umarmung, das weiß ich, eine Umarmung von ihrer Mutter. Ihre Mutter war die beste Umarmerin weit und breit. Als ich jünger war, hat sie mich auch oft in den Arm genommen. Besonders nachdem Freya gestorben war und ich viel Zeit bei ihr verbracht habe. Da gab es kaum etwas Besseres, als in ihrer Küche meine Wange an ihre Schürze mit dem Blumenmuster und dem Puderzucker zu drücken. In der Küche war es immer kuschelig, und es roch stets nach Frischgebackenem. Als sie vor ein paar Jahren sehr plötzlich an Krebs starb, schien die Sonne in unserem Dorf unterzugehen. Es ist verdammt traurig, dass sie Poppys Baby nicht mehr kennenlernen wird.

»Jederzeit gerne, Pops. Deshalb bin ich doch hier, stimmt's?« Die Glocken läuten, und die Tür geht auf. »Und mir macht es selbstverständlich auch nichts aus, ein paar Trauzeugen bei der Anprobe zu helfen.«

Sie grinst. »Gut zu wissen. Heute kommen nämlich ganze zehn.«

»Also fünf für jeden.«

Beide sehen wir zur Tür und unterdrücken schuldbewusst das Kichern. Wir erwarten mehrere Männer, stattdessen taucht Jules auf. Wir wechseln fragende Blicke.

Poppy hat sich als Erste wieder im Griff. »Jules, schön, dich zu sehen! Wie können wir dir helfen?« An der Frage erkennt man sofort die Profi-Hochzeitsmanagerin.

Ich hingegen unterbinde augenblicklich den Luftküsschen-Bussi-Bussi-Quatsch.

»Ich hatte gesagt, dass ich vorbeikomme. Hier bin ich«, Jules räuspert sich. Irgendwie ist er heute anders, aber ich weiß nicht genau, was es ist.

Poppy und ich grinsen wie verrückt. »Und?«

»Sie wollten mir Ihr Album zeigen, Holly«, stellt Jules in seiner unnachahmlichen Dampflokart klar, obwohl eine Frage angemessener wäre.

»Gut«, krächze ich. Er hatte gesagt, dass er vorbeikommen will. Ich hatte vermutet, er gibt mir ein, zwei Tage Zeit. Und taucht nicht gleich am nächsten Tag hier auf. »Die Bilder sind noch nicht ganz fertig.« Was eine arge Untertreibung ist. Wahrscheinlich erwartet er, dass ich die Nacht lang am PC saß und die Bilder mit Photoshop bearbeitet habe. So grau, wie er im Gesicht ist, hat er wahrscheinlich genau das getan. Ich betrachte ihn genauer: Seine Augen sind so verschleiert, dass es nicht fehl am Platze wäre, ihm Zündhölzer anzubieten, damit er sie offen halten kann. Außerdem scheinen seine Lebensgeister heute ... wie soll ich das sagen? ... geistlos zu sein. Es ist, als hätten wir heute mit der erloschenen, der matten Version von Jules zu tun.

»Nicht ganz fertig? Und das soll professionell sein?«, sagt er im hohen Ton der Entrüstung. Selbst sein Haar, das er sich aus dem Gesicht streicht, ist heute glanzlos und strähnig. Und höflich ist es auch nicht, einer Schwangeren den Laptop wegzuschnappen. Macht er natürlich trotzdem. Und Fragen hätten wir auch gerne beantwortet, aber nicht dieser Art.

Poppy zückt ihr Handy und tippt wie wild auf die Tasten. Kurz darauf summt mein Smartphone. Die Nachricht besteht aus einem Wort:

Pickel.

Sie zeigt auf ihre Wange und auf die Stirn und dreht ihre Augen dann in Richtung von Jules. Und ja, ich sehe noch mal hin, sein makelloser Teint von gestern ist Geschichte. Okay, mir ist bewusst, dass das oberflächlich ist und gemein. Ich fokussiere meinen Blick auf die zwei riesigen Pickel auf seiner Stirn und empfinde unwillkürlich Schadenfreude darüber, dass er doch nicht so perfekt ist. Ach, Quatsch, ich bin regelrecht begeistert. So wie man sich freut, wenn Kate Middleton einen Fleck auf dem Kleid hat, dann weiß man, dass sie auch nur ein Mensch ist. Mein Handy piept noch mal.

Deine Bilder sind so gut, dass er nervösen Ausschlag kriegt. lol

Nur dass das klar ist: Wir würden natürlich nicht hinter Jules' Rücken über ihn simsen, wenn er sich nicht so rüpelhaft benommen hätte. Wenigstens komme ich mir dank der Grinser zwischen Poppy und mir weniger so vor, als läge meine Seele gerade unter dem Mikroskop. Jules hüstelt und ächzt geräuschvoll, während er sich durch den Ordner mit meinen Hochzeitsfotos klickt. Noch ein Piepen.

Er hat Ausfallerscheinungen. Er bekommt keinen Cupcake mehr.

Als er sich endlich räuspert und zum Sprechen ansetzt, ist mir sein Urteil längst egal. Er lehnt sich zurück, greift in die Tasche seines Parkas und holt einen USB-Stick hervor. Ich muss lächeln, als ich den Schlüsselbund sehe, an dem der Stick hängt: Der ist von »Lilo & Stitch«. Figuren aus einem

Zeichentrickfilm, das ist doch viel zu niedlich für den Typen. Und dann endlich sagt er etwas.

»Ich schicke den Hochzeitspaaren immer ein Minialbum am Tag danach mit den besten Augenblicken. Hier sind einige Fotos dabei, die ihnen sicher gefallen werden. Wenn Sie nichts dagegen haben, kopiere ich sie auf meinen Stick.«

Es dauert eine Weile, bis ich mich gefasst habe. Ich erwidere nichts.

»Hallo, ist da wer?«, fragt er und wedelt mit Lilo vor meiner Nase herum. »Wir haben nicht den ganzen Tag Zeit. Ein kurzes Ja oder Nein, das ist alles.«

Poppy springt mir zur Seite. »Ja. Sofern du uns sagst, welche Bilder du wählst.«

Die Antwort kommt sofort: »Alle, die ich in diesen Ordner hier gezogen habe: Zoes und Aidans Minialbum von Jules.« Und schon steckt sein USB-Stick in meinem Computer und ist im nächsten Moment wieder draußen. »Vielleicht brauche ich noch ein paar mehr. Lassen Sie mir den Rest bis Freitag zukommen. Gut. Das war's schon.«

Endlich habe ich meine Sprache zurück. »Sie wollen meine Bilder?« Ich hinke hier etwas hinterher, weil ich das nicht erwartet hätte, nach allem, was er vorher gesagt hat.

»Ja. Sieht so aus«, sagt Jules voller Widerwillen. »Wer einen Hund hält, braucht nicht selber zu bellen, nicht wahr? Einige Bilder sind ...«, er unterbricht sich und sucht nach dem richtigen Wort.

Und dann sehe ich endlich, was mit ihm nicht stimmt. Drei Sekunden später macht mein Handy wieder »pling«. Poppy hat es auch gesehen. Es ist so offensichtlich, eigentlich muss ich ihre Nachricht nicht mehr lesen.

Eins von Jules' umwerfenden blauen Augen ist braun!!!

Eigentlich müssten seine beiden Augen dunkeltürkis sein und schimmern wie die Bucht von St. Aidan im Sommer.

Stattdessen ist das nur bei einem Auge der Fall. Das andere ist von einem schmutzigen Graubraun. Es sieht eher aus wie eine Pfütze nach einem Regensturm im Herbst.

»… gar nicht mal so schlecht«, sagt Jules und sieht uns fragend an. »Stimmt was nicht?« Er blickt von einer zur anderen, sodass wir ihn ungeniert betrachten können.

Poppy und ich sehen uns an und können vor Lachen kaum an uns halten. Ich hoffe inständig, dass sie wieder das Wort ergreift. Doch dann läutet die Ladentür. Aufgeregte Stimmen und Fußgetrappel ertönen. Es klingt wie eine ganze Herde. Poppy reagiert schnell, dicker Bauch hin oder her. Offenbar leidet sie nicht an Schwangerschaftsdemenz.

Sie schubst Jules beiseite und stürzt sich auf die Schreibtischschublade, aus der sie eine Sonnenbrille hervorholt. »Schnell, setz die auf, bevor die Jungs reinkommen«, raunt sie ihm zu. »Es gibt da eine kleine Panne. Eine deiner Kontaktlinsen fehlt.«

»Kontaktlinsen?«, stottert Jules. »Was für Linsen?« Er stöhnt auf, als die Brille in seiner Hand landet. »Hast du keine Ray-Ban? Oder eine mit weniger Glitzer?«

Poppy schüttelt den Kopf. »Um Himmels willen, Jules, dies ist ein Brautmodenladen, kein Optiker. Die Brille hat jemand hier liegen lassen und nie abgeholt. Die ist also ohne Dioptrien. Setz sie schnell auf, sonst zerreißen die Typen dich in der Luft.«

»Wer ist denn gekommen?« Das katzenaugenförmige Brillengestell verleiht ihm ein seltsam androgynes Aussehen. Aber immerhin sind seine zweifarbigen Augen dahinter versteckt.

Einen von den Männern, die den Laden betreten, kenne ich. »Die Trauzeugen der nächsten Hochzeit.« Die sind wahrscheinlich der Grund, warum Jess zurzeit auf einem Berg hockt.

»Oh Gott, ich bin erledigt, wenn die mich sehen«, stöhnt Jules aus tiefstem Herzen.

Poppy nickt. »Auf ganzer Strecke. Also hopp. Versteck dich in Seras Atelier.«

Er schiebt sich die Brille auf die Nase und wackelt mit der Nasenspitze. »Ich habe einen furchtbaren Schädel. Ich habe bekommen, weshalb ich hier bin, also könnte ich ebenso gut einen Abgang machen.«

»Wie du meinst.« Poppy hat bereits ihr Begrüßungslächeln aufgesetzt und ist zur Tür gegangen, um die Gruppe willkommen zu heißen. »Hallo, Paul, hallo, Brett, Gus …«, sagt sie im Flur. »Gary und Ken, Sie kennen Holly bereits.«

Als Gary lacht, erkenne ich sofort den Weihnachtsmann von letztem Samstag wieder. »Heute ohne Pony und ohne Strumpfhose.« Er ist zwar glatt rasiert, aber einen beeindruckenden Bauch hat er trotzdem. Außerdem wird mir augenblicklich klar, warum er den Karaoke-Wettbewerb im Pub gewonnen hat mit seiner Darbietung von »Karma Chameleon«.

»Und weder einen Rauschebart noch lautes ›Hohoho‹.« Als wären das nicht ausreichende Hinweise, macht Ken auch noch einen Elfenknicks. Nur um sicherzugehen.

»Harry, Travis, Tom, Taylor und noch ein Tom.« Poppy winkt die Männer herein. Da huscht ein bunt gestreifter Schal mit Jules darunter unter dem Schreibtisch hervor und durch den Raum.

Im Rennen hält er kurz inne, und auf seinen Brillengläsern bricht das Licht vom Kronleuchter. »Hallo und tschüss! Bis bald!«

Jules saust hinaus, und Gary lacht auf. »Ah, ein Mann mit Glitzer auf den Gläsern! Ich liebe blaue Brillen, großartig!«

Ken verzieht seinen Mund und lüpft eine seiner akkurat gezupften Augenbrauen. »Nachtigall, ick hör dir trapsen! Sag an, hat unser Schnuckelchen Jules die Seiten gewechselt? Ich wusste es doch, er gäbe eine fantastische Fee ab.«

Zu meiner eigenen Überraschung verteidige ich Jules und seine Männerehre. »Nein, nein. Er hat sich die Brille geliehen. Wegen seiner Kopfschmerzen. Das ist alles.«

»Wie auch immer.« Ken lächelt süffisant. »Vielleicht kriegen wir ihn auf der Hochzeit des Jahres rum.«

Poppy hat ihren Platz am Ende der Kleiderstange eingenommen. »Sind die Herren bereit für die Anprobe?«

Ich bin zum Helfen hier und muss in Sachen Hochzeiten noch viel lernen. Also lege ich frisch drauflos. Ich blicke in die Reihe freundlicher Gesichter. »Wer von Ihnen ist der Bräutigam?«

Ich sehe, wie Poppys Lippen zucken. Ein Mann mit sandfarbenem Haar tritt vor und sagt: »Das bin ich.«

Ich will ihn gerade beglückwünschen, da ertönt eine zweite Stimme: »Und ich.« Ein zweiter blonder Mann tritt vor.

Ohne nachzudenken, rufe ich: »Was?« Mir fallen fast die Augen aus dem Kopf und verraten, dass meine Kundenorientierung offenbar nicht so gut ist. Nachdem ich bereits Mr. und Mr. Claus begegnet bin, sollten mich zwei Bräutigame eigentlich nicht überraschen. Ich will den Fauxpas wiedergutmachen und krame in meinem Gedächtnis nach ihren Namen. »Schön, sehr schön. Freut mich ... Travis und Taylor. Sie sind ein hübsches Pärchen.«

Ich trete zurück und gratuliere mir selber dafür, wie ich mich aus dem Fettnäpfchen gerettet habe. Doch dann höre ich Lachen. Erst leise. Dann hallt schließlich das ganze Zimmer vor schallendem Gelächter. Poppy kann sich kaum halten. Irgendwas läuft hier falsch.

»Zwei fesche Männer geben sich da Jawort. Deshalb sind hier so viele Trauzeugen. Was ist da so lustig?«

Travis erbarmt sich und erklärt mir: »Wir heiraten beide. Aber nicht uns.«

Interessant. »Aha?«

Jetzt sagt Taylor: »Travis und ich sind Zwillinge. Und wir heiraten Zwillingsschwestern.«

»Das Doppelpack«, flötet Ken.

Damit der Elf nicht allein was sagt, pflichtet Gary ihm bei: »Zwei zum Preis von einem.« Er grinst. »Wie Weihnachten und Ostern zusammen.«

»Aha.« Zwillinge heiraten Zwillinge. Selbst wenn ich alle möglichen Kombinationen durchgegangen wäre, darauf wäre ich nie im Leben gekommen.

Kurz durchzuckt mich ein schmerzhafter Gedanke. Dabei habe ich nur selten Flashbacks. Wenn doch, sehe ich alles ganz klar vor mir, als sei es gestern gewesen. Wie Freya und ich Hochzeit gespielt haben. Das haben wir selten getan. Viel lieber haben wir Schiffbruch gespielt und mit unseren Brüdern Dressurreiten, unsere Brüder waren dabei die Pferde. Oder Safari, mit einem Mülleimer, den wir als Jeep zurechtgeschnitten haben. Sie war die Starke, die Wilde, die getobt hat und immer nach draußen wollte, diejenige, die bestimmt hat. Manchmal sind wir aber auch in den langen Kleidern herumstolziert, die wir von unseren Cousinen geerbt hatten. Und mit Geschirrhandtüchern, die wir als Schleier benutzten. Damals haben wir uns geschworen, zusammen zu heiraten, wenn wir groß sind. So wenig wussten wir davon, was das Leben mit uns vorhatte. Wie selbstverständlich wir damals die Zukunft für uns gebucht hatten.

Zum Glück hat gerade wenigstens Poppy die Oberhand und tagträumt nicht. Sie steht wieder am Kleiderständer. »Alle Änderungen sind gemacht worden. Wir nehmen die größeren Ankleidekabinen unten. Ich hoffe, keiner von euch hat in den letzten Wochen zugenommen …«

Poppy geht die Namensschilder durch, und ich verteile die Anzüge. Als alle hinter den Vorhängen in den Umkleidekabinen stehen, kommt sie zu mir und flüstert mir ins Ohr: »Jüles' großes Geheimnis ist also, dass er getönte Kontaktlinsen trägt.« Ihr Tonfall ist dramatisch.

»Deswegen sehen seine Augen aus, als seien sie mit Photoshop bearbeitet worden?« Ich hatte von diesen Linsen gehört, ich habe nur noch nie jemanden getroffen, der sie trägt. »Und deswegen sah er so schräg aus, als eine fehlte.« Und ich hatte gedacht, er sei etwas Besonderes. Also hat er nicht nur Pickel. Sondern ist auch in allen anderen Bereichen kein Übermensch.

Poppy nickt. »Ich wusste das, seit ich es zufällig entdeckt habe. Als er in einem Wohnwagen auf dem Hof gewohnt hat, hatte ich ihn eines Nachts geweckt. Er hatte die Linsen über Nacht rausgenommen.«

»Und sonst redet darüber niemand?«

»Das ist St. Aidans bestgehütetes Geheimnis.« Sie grinst. »Wenn jemand Jules' blaue Augen erwähnt, behauptet er, die kämen von den Blaubeer-Smoothies seiner Mutter.« Sie lächelt. »Die faszinierend blauen Augen sind gut, um die Aufmerksamkeit der Menschen auf sich zu ziehen, wenn er fotografiert. Und Frauen stehen auch darauf. Die meisten jedenfalls.«

Sie verzieht das Gesicht. Vermutlich, weil er mal was von ihr wollte. Sie hat ihn aber nicht gewollt. »Wie Jess zum Beispiel?«

»Jess ist zu neunzig Prozent immun. Aber sie hat eine Schwäche für Jules. Trotzdem ärgert sie sich, wenn er nicht tut, was sie sagt.«

Die Vorhänge bewegen sich, und der erste Mann kommt heraus. Poppy ist gleich voll des Lobes.

»He, was für eine Verwandlung, nicht wahr, Brett?«

Er fährt sich mit den Fingern durch das wenige Haar. »Wenn mein neuer Schnitt erst mal ein bisschen rausgewachsen ist, wird es perfekt.«

Ich nicke, während er sich in dem großen Spiegel im Weißen Zimmer betrachtet. »Grauer Tweed, das ist sehr gefällig.« Besonders, wenn man so gut aussieht wie Brett.

Nach und nach treten die Männer aus den Kabinen, alle sehen auf ihre Art großartig aus. Traurigerweise genieße ich zwar die Blicke, aber wirklich berühren tun sie mich nicht. Luc werde ich nicht zurückbekommen. Damit habe ich mich abgefunden. So weit, so gut, aber viel weiter bin ich eben auch nicht. Mein flattriger Magen im Home Brew Cottage letzte Nacht war nichts. Schon vergessen. Das zählt überhaupt nicht.

Dann müssen zehn Anzüge zusammengefaltet und in die schicken »Brides by the Sea«-Anzugtaschen gelegt werden, und die Zahlungen erfolgen. Ich verstehe, warum Poppy helfende Hände braucht. Gut eine Stunde später gehen die Männer an dem Weihnachtsbaum im Flur vorbei und verlassen den Laden.

»Einen wunderschönen Tag am Fünfzehnten«, ruft Poppy ihnen hinterher. Wir beide winken.

Nach dem Tag gestern frage ich mich jetzt, was das bedeutet, eine Doppelhochzeit in dem angesagtesten Veranstaltungsort im Land. Was für ein Albtraum für einen Fotografen! Sogar Superman Jules wird daran zu knabbern haben. In Skisprache sind meine zwei Menschen am Strand im Vergleich dazu ein Anfängerhügel. Zum Glück werde ich nichts damit zu tun haben. Nach Nate und Becky werde ich mich schnellstmöglich wieder meinen Quiches und Aufläufen und meinem schlichten Leben zuwenden. Und ich kann's kaum erwarten.

11. Kapitel

Riesenlollis und Enttäuschungen

Donnerstag, 7. Dezember
Brides by the Sea

»Und wie lief es bei der Hebamme?« Ich habe den ganzen Tag im Weißen Zimmer verbracht und Sera mit den Kundenterminen geholfen. Zwischendurch habe ich immer mal wieder an meinen Fotos gearbeitet. Als Poppy reinkommt und sich auf den Brautmutterstuhl sinken lässt, ist es schon spät am Nachmittag, und die Fassade des Hinterhauses glänzt gelb im Schein der Straßenlaternen vor den Ladenfenstern.

Poppy rümpft die Nase. »Mein Blutdruck ist ein kleines bisschen hoch, aber noch im normalen Bereich. Baby Rafe geht's gut. Aber ich werde dem großen Rafe lieber nichts davon erzählen und ihm keine Sorgen bereiten.«

Aus mehreren Gründen ist das streng geheim. Rafe und seine erste Freundin haben vor langer Zeit ein Baby verloren. Als sie schwanger wurde, hat Poppy ihren engsten Freundinnen das erzählt. Damit sie verstehen, warum es Rafe so schwer fällt, ihr auch nur für eine Sekunde von der Seite zu weichen. Aus dem Grund sind die Voruntersuchungen für Poppy immer besonders heikel.

Sie stöhnt. »Rafe gibt sich alle Mühe, entspannt und zuversichtlich zu sein.«

Ich zucke mit den Schultern. »Deine Schwangerschaft bringt die Erinnerungen wieder zutage. Es ist absolut nachvollziehbar, dass er angespannt ist.« Ich bin voller Mitgefühl, obwohl ich eigentlich keine Ahnung habe.

Sie schürzt die Lippen. »Nein, angespannt war er vorher. Seit wir über dem Datum sind, als beim letzten Mal etwas schiefgelaufen ist, hat er Panik.« Sie seufzt. »Die zweite wichtige Neuigkeit des Tages, auch streng geheim, ist, dass Immie nicht schwanger ist. Das hat sie mir erzählt, als ich sie in der Stadt auf dem Rückweg von meinem Arzt getroffen habe.«

Ich stöhne. »Oh, nein. Wie traurig.« Immie ist nicht der Typ, der alles für sich behält. Als sie letzten Sommer geheiratet hat, hat sie den Brautstrauß nicht in die Menge geworfen, weil sie ihn für ihre Enkel aufbewahren will. Außerdem lässt sie überall im Büro die Packungen für ihre Schwangerschaftstests liegen. Somit wissen alle, dass sie und Chas ein Kind haben wollen. »Wir haben so viele Bräute, die jetzt Kinder kriegen. Jess müsste einen neuen Laden eröffnen, ›Babys by the Sea‹.«

»Seras Schwester Alice hat eine Tochter zur Welt gebracht.« Poppy lacht. »Jess kann sehr gut mit Bräuten. Mit Kindern aber nicht so sehr.«

Das Telefon klingelt. Das Display zeigt eine fremde Vorwahl. »Wo wir gerade von Jess sprechen, das ist heute das achte Mal, dass sie anruft«, erkläre ich Poppy, während ich das Handgerät hochnehme. »Immer noch kein Zeichen von einem Ring, aber mittlerweile ist sie mit der Bedienung im ›Kaffee Klatsch‹ per Du.«

Poppy streckt die Hand nach dem Hörer aus. »Lass mich rangehen.«

»Danke.« Ich sehe an den Lichterketten vorbei durchs Fenster auf die dämmerige Einfahrt. Und mir sinkt das Herz in die Hose. »Wir haben Besuch.« Rory hält Teddie im Babysitz in der einen und Gracie an der anderen Hand und marschiert auf den Laden zu.

Ich schnappe mir einen von Jess' Flyern und fächle mir Luft zu, in dem verzweifelten Versuch, mich vorzukühlen, bevor gleich die Hitze kommt. Dann stürmt Immie in den Laden und rauft sich die Haare.

»Hols, Gracie muss dringend auf Klo. Und wir brauchen einen Lolli für Rory. Der Typ treibt mich in den Wahnsinn.«

Poppy zieht sich kopfschüttelnd in die Küche zurück. Wahrscheinlich, weil sie schon länger nicht mit Jess geredet hat und weniger wegen unseres Besuchs.

»Das mit dem Lolli unterstütze ich«, sage ich und grinse Immie an. »Was hat er jetzt wieder angestellt?«

Sie strubbelt sich durchs Haar. »Er hat zwei Kinder im Schlepptau und hat nichts anders zu tun, als lange Vorträge über Weinempfehlungen, Maische und Biermarken zu halten. Wenn er noch einmal sein ›Mad Elf‹ oder ›Santa's Little Helper‹ erwähnt, obwohl er sich auf Babymilch konzentrieren sollte, dann stopfe ich Rory Sanderson höchstselbst in eine seiner Bierflaschen.«

Ich vermute, »Mad Elf« und »Santa's Little Helper« sind seine Biere. Was lustig ist, weil Immie eine der größten Biertrinkerinnen der Welt ist und sich für alles interessiert, was mit Hopfen und Malz zu tun hat. Und jetzt regt sie sich darüber so auf.

Aus dem Flur dringt ohrenbetäubender Lärm. Dann stürmt Rory herein. Teddies Sitzschale rutscht ein Stück über den Boden, als er ihn absetzt. Dann lässt er Gracie los.

»Die Babyschale passt nicht an eurem Weihnachtsbaum vorbei. Ihr müsst den Zugang eltern- und kindgerecht gestalten.«

»Hallo, Gracie!«, sage ich und überhöre bewusst Rorys Bemerkung. »Bevor du nachher gehst, kämme ich dein Haar.« Gestern hatte sie einen Heuballen-Look, heute sieht sie aus wie nach vier Tagen auf einem Rockfestival.

Immie streckt Gracie, die beide Schneemänner umklammert, ihre Hand entgegen. »Komm, die Toilette ist da hinten.«

Ich verfluche mich, dass ich nicht mit ihr zur Toilette gegangen bin. Denn jetzt stehe ich Rory gegenüber. »Die Kinder mitzubringen ist nicht die beste Idee. Die weißen Kleider sind nicht die kinderfreundlichste Umgebung.« Ich bin auf hundertachtzig. Hoffentlich geht er das nächste Mal, wenn Gracie muss, in den »Hungry Shark«. Dann muss ich mich nicht so verspannen und mir Muskelkrämpfe holen, um meinen Magen im Zaum zu halten.

Er schüttelt den Kopf. »Du bist wirklich komisch, wenn du dich aufregst. Weißt du das, Holly North? Reg dich wieder ab. Zum Glück für dich wollen wir hier ja nur auf die Toilette und geben keine Noten auf Trip Advisor für eure Willkommenskultur ab.«

Da wir uns tatsächlich in dem Laden befinden, fühle ich mich genötigt, professionell zu wirken. Ich überhöre also seine Sticheleien und setze ein Lächeln auf. »Wie war dein Tag?« Das klingt so zuckersüß, dass mir schlecht wird. Ein Schoko-Brownie mit zweifacher Toffee-Sauce wäre weniger klebrig.

Er verschränkt die Arme vor der Brust. »Großartig, wenn man auf Geschrei und eingeschnappte Kinder steht.«

»Ist es so schlimm?« Mein Lächeln geht in einen besorgten Blick über. Der gilt aber Gracie, nicht ihm. »Kannst du dir nicht mehr Mühe geben? Mit den beiden irgendwohin gehen? Kinder reden auch gerne. Die meisten essen sogar Gemüse. Wenn man es handgerecht zurechtschneidet.« Ich bin natürlich keine Expertin, aber ich habe immerhin mehr Ideen als er.

»Danke, du bist wohl der neueste Erziehungsguru in St. Aidan.« Er zuckt herablassend mit der Schulter. »Wir haben keine gemeinsamen Interessen. Gracie will nicht in den Pub. Und ich habe meine kindlichen Seiten längst abgelegt.«

»Ernsthaft?«, frage ich ungläubig. Eine derartige Behauptung wäre glaubhafter, wenn sie nicht von dem Klassenkasper käme, der in der sechsten Klasse das Schulskelett zum Sonnenbad im Liegestuhl aufs Dach des naturwissenschaftlichen Gebäudetrakts gesetzt hat – sodass Hunderte Autofahrer in der Rushhour das Skelett bewundern konnten. Und der darüber hinaus seine erfolgreiche Anstellung als Jurist hingeschmissen hat, um Bier zu brauen und Schampus zu verhökern. Wirksamer kann man sich kaum gegen das Erwachsenwerden sträuben. Er ist fast vierzig und flaniert durchs Leben mit null Verantwortung und ohne Bindungen. Hin und wieder rührt er in einem Braubottich, ansonsten schiebt er eine ruhige Kugel. Meiner Meinung nach ist Rory der prototypische Teenager, der sich weigert, erwachsen zu werden.

»Du willst es also nicht einmal versuchen?«

Er geht zum Schreibtisch und lässt sich auf den Louisquatorze-Stuhl sinken. »Hier geht es nur noch um Ausdauer. Oder wie Gracie sagt: Noch dreimal schlafen und dann ist es vorbei. Am Sonntag haben wir alle unser normales Leben zurück.« Er verschränkt die Arme hinter dem Kopf und streckt die Beine aus. »Genau genommen ist es für die beiden doch genauso schlimm wie für mich. Das ist wahrscheinlich die längste Woche meines Lebens.«

Eigentlich will ich ihn gerade darauf hinweisen, dass die Woche erst halb rum ist. Und dass sie ihm lang erscheinen mag, aber dass es Gracie wahrscheinlich noch sehr viel länger vorkommt, an einen schlecht gelaunten Biertrinker gekettet zu sein, der den Text von »Lass jetzt los« nicht kennt. Doch da stößt er mit dem Fuß gegen den Tisch, sodass das Display ruckelt und mein Laptop wieder aktiv wird. »Pass auf!«, rufe ich, lange nach vorn und will die Klappe schließen. Aber zu spät. Er greift nach meiner Hand und hält mich auf.

»Warte!« Er beugt sich vor und drückt das Display zurück. Er betrachtet den Bildschirm, und ein Lächeln umspielt seine Lippen. »Ach. Wer hätte das gedacht? Holly-Beerchen, du bist also nicht umsonst mit deiner Kamera da rumgeschlichen. Du hast wirklich Fotos gemacht auf der Farm.« Dann kichert er mit seiner tiefen Stimme und sieht sich weiter die Fotos an. »Du bist echt ein unbeschriebenes Blatt. Seit wann bist du Hochzeitsfotografin?« Er freut sich sichtlich, dass er mein Geheimnis gelüftet hat.

Jeder andere, der sich meine Fotos ansieht, wäre schon blöd genug. Bei Rory verwirrt es mich so sehr, dass es mir die Sprache verschlägt. »Ich bin keine ... also ... das war ein Fehler ... und ist kompliziert.« Wie gewöhnlich hat Mr. Sanderson eins und eins zusammengezählt, und heraus kommt bei ihm drei. Was für einen Idioten wie ihn nicht schwer sein kann.

Obwohl es schon so lange her ist, vermisse ich Freya an Tagen wie heute am allermeisten. Oder, nein, das stimmt nicht. Ich werde nie darüber hinwegkommen, dass ich nachts nicht mehr mit ihr reden kann. Und dass sie nicht mehr mit am Familientisch sitzt und immer was Schlaues zu sagen hat. Und auf dem Sofa fläzt und das Kissen in der Hand bereithält für ihre kleine Schwester, die sich mal wieder bei den Gruselfilmen fürchtet. Der Kinderfänger in *Tschitti Tschitti Bäng Bäng*, der uns jahrelang Albträume bereitet hat, gruselt mich noch heute. Aber sie hat sich immer getraut und ist dann zu mir ins Bett gekrochen gekommen und hat so lange auf mich eingeredet, bis ich eingeschlafen bin. Ohne sie war meine Jugend vorbei, noch bevor ich den kopflosen Reiter in *Sleepy Hollow* gesehen hatte. Und obwohl alle anderen den Film schon Jahre zuvor geschaut hatten.

Wenn sie jetzt hier wäre, würde sie sicherlich für mich einspringen und ihm gehörig die Meinung sagen. Und Rory zurechtstutzen. Und mich in gutem Licht dastehen und super rüberkommen lassen. Sie konnte das, in Sekundenschnelle etwas Schlagfertiges raushauen, etwas Schlaueres, als ich mir selbst nach einer Woche Grübeln aus den Fingern sauge.

Ich bin also mittendrin im Nichterklären und Nichtantworten, als Poppy aus der Küche zurückkommt. Dann kommen Immie und Gracie vom Klo zurückgaloppiert. Ein bisschen ist es wie beim Warten auf einen Bus. Erst kommt keiner, dann alle auf einmal. Ich saß so lange mit offenem Mund da, dass sich keine einzige graue Zelle in meinem Hirn mehr befindet. Jetzt sind die beiden anderen da und können mich retten.

»Das ging schnell. Ist alles in Ordnung?« Komisch, wenn es Poppy ist, kann ich plötzlich wieder sprechen. Aber so, wie sie mich ansieht, wie ein Guppy, kommt mir das eher wie ein Gespräch nur zwischen Rory und mir vor. Und das Telefonat mit Jess war wirklich sehr kurz. Ich fand es eher schwer, die Gespräche nach einer halben Stunde zu beenden und den Hörer aufzulegen. Also frage ich schließlich: »Gibt es ein Problem?«

Immie denkt offenbar dasselbe, drückt es aber anders aus. »Los, Poppy, spuck es aus! Du zitterst wie ein feiges Walross.«

Poppys Lider zucken. »Gut. Zoe ist total begeistert von deinen Fotos, Hols. Guck, das habe ich dir doch gesagt.«

»Jess hat angerufen, um dir das zu sagen?« Das ist ja eine gute Nachricht, aber sie kommt aus einer völlig falschen Ecke.

Poppys Grimasse verrät, dass sie sich innerlich windet. »Die andere Nachricht ist weniger gut. Eigentlich …« Sie zögert. Dann sagt sie schnell: »Jess hat angerufen, um mir zu sagen, dass ein Mann ausfällt.«

Immie stemmt die Hände in die Hüften. »Entschuldige, das musst du erklären. Wir sind jetzt genauso schlau wie vorher.« Ihr Mantel steht offen, und wir können den Spruch auf ihrem T-Shirt lesen: *Don't f**k with me*.

Poppy stöhnt. »Immie, reiß dich zusammen und mach den Mantel zu. Gott sei Dank kann Gracie noch nicht lesen.«

»Was denn?«, fragt Immie ungerührt. »Zum Geier! Das ist das T-Shirt, das ich anziehe, wenn ich wütend bin. Es ist doch nur fair, die Leute vorzuwarnen.«

Rory dreht sich zu ihr und macht ausnahmsweise keine Scherze. »Nimm's nicht so schwer, Immie. Du und Chas, ihr habt bestimmt bald Glück. Ich drücke euch die Daumen für nächsten Monat, okay?« Ich bin nicht nur erstaunt, dass Rory so ernst klingen kann, ich bin vor allem erstaunt, dass er eingeweiht ist und zu dem Kreis von Freunden gehört, die Bescheid wissen über Immies Enttäuschung wegen des Babys. Typisch St. Aidan. Der wahrscheinlich einzige Ort auf der Welt, wo ein Weinhändler den Menstruationszyklus kommentiert und Frauen zur Empfängnis ermutigt. Und dann trifft er auch noch auf allgemeines Wohlwollen mit seinem Beitrag.

»Danke, Kumpel. Ich hoffe, du hast recht. In ein paar Tagen sind wir wieder hoffnungsvoller.« Immie zieht die Mundwinkel nach unten. Dann fährt sie fort: »Und wer aus dem Team fällt aus?«

So wie Poppy herumdruckst, leidet sie vielleicht doch an Schwangerschaftsdemenz. »Jules. Jess hat gesagt, er sei ans Haus gefesselt.« Sie holt Luft. »Deshalb lässt er fragen, ob Hols morgen zu einer Hochzeitsveranstaltung in der Nähe von Port Giles fahren kann. Um ein paar Probefotos zu schießen und den Ort kennenzulernen. Und ein paar Vorabbilder zu machen für die Hochzeit am Samstag. Ist nicht allzu anspruchsvoll. Wenn wir jemanden finden, der dich hinfährt, glaubst du, du kriegst das hin?« Sie sieht mich groß an.

Ich blinzle und bin voller Zweifel. »Er meinte, ich soll die Fotos für Zoe morgen fertig haben.«

Poppy sieht verunsichert aus. »Jules hat angeboten, das an deiner Stelle zu übernehmen, im Tausch gegen das Einspringen für ihn. Er und auch Jess finden, die Fotos aus Port Giles würden sich gut in deinem Portfolio machen. Das war mal ein Anlegerhäuschen für Rettungsboote, das umgebaut worden ist. Es liegt anderthalb Stunden die Küste hoch. Ein wunderbarer Ort.«

Ich bin verwirrt. »Und wieso regelt Jess das alles?«

Poppy zuckt mit den Schultern. »Nur weil sie zurzeit in der Schweiz ist, heißt das nicht, dass sie hier nicht alle Zügel in der Hand hält. An Jess wenden sich alle, wenn es ein Problem gibt, weil sie immer eine Lösung findet.«

Aus heiterem Himmel schaltet sich Immie ein. »Rory kann dich nach Port Giles bringen, Hols. Dann kommen auch die Kinder mal raus.« Sie wechselt einen Blick mit Poppy, und ich habe den Verdacht, dass sie unter einer Decke stecken. Als Poppy an dem Abend von Zoes Hochzeit Rory als einen möglichen Partner für mich ins Gespräch gebracht hat, hatte ich ja keine Ahnung, dass sie sich so ins Zeug legen würde.

Zum Glück für mich legt der entsetzt aussehende Rory augenblicklich Protest ein: »Ich würde zwar nur zu gern erleben, wie die Supernanny hier einen Tag mit Kindergeschrei auf dem Rücksitz überstehen will, aber ich sehe das nicht …«

Ich werfe Poppy und Immie böse Blicke zu und klinge unwillkürlich wie ein Jammerlappen: »Irgendwie habe ich das Gefühl, ihr habt euch gegen mich verschworen.«

Poppy lächelt mich besänftigend an. »Nichts da, Hols. Wir sind bloß am Limit, aufgrund von höherer Gewalt. Rory muss morgen nicht arbeiten, er kann sich am einfachsten von uns aus dem Team freinehmen. Immie hat vollkommen recht, wenn sie ihn vorschlägt.«

Die Idee ist so richtig schlecht, in mehrerlei Hinsicht. Dabei sind die Kinder noch das geringste Problem. »Ich würde eher zu Fuß dahin gehen, als zwei Stunden mit Rory in einem Auto zu sitzen.« Zu Fuß, aber wie auf heißen Kohlen, natürlich. »Außerdem scheint es ihm ähnlich zu gehen. Und nur zur Info: In mein Portfolio kommen nur Fotos aus der Lebensmittelindustrie.«

Wie aus der Pistole geschossen erwidert Poppy: »In dem Fall geht ihr mittagessen. Wenn du Bilder von Lebensmitteln haben willst, da gibt es einen ausgezeichneten Pub, das Real Ale, und erstklassiges Essen serviert.« Triumphierend lächelt sie Rory an, als sie das Bier erwähnt.

Ich muss dem jetzt sofort ein Ende bereiten: »Hallo? Erde an alle! Versteht ihr kein Nein? Seid ihr taub?«

Rory legt den Kopf schief und kneift die Augen zusammen. »War ja klar, ein Tag mit den Kindern ist zu viel für Holly Rotbäckchen. Dann sollten wir das respektieren.«

Ich funkele ihn böse an. So einfach lasse ich ihn nicht davonkommen und mir die Schuld in die Schuhe schieben. Durch meine zusammengebissenen Zähne grummle ich: »Gracie und Teddie sind nicht das Problem …«

Immie hebt ihre Hände. »Hört auf, Leute! Ich stecke bis zum Hals in Arbeit für die Ferienwohnungen. Poppy ist hochschwanger und braucht viel Ruhe. Und das Ganze dauert doch nur ein paar Stunden, maximal.« Ihr Ton klettert von vernünftig zu laut, und schließlich brüllt sie. »Was immer ihr zwei mit- oder gegeneinander habt, reißt euch zusammen und zieht das Ding durch!«

Das kann ich unmöglich unkommentiert stehen lassen: »Wir haben überhaupt nichts, rein gar nichts miteinander!« Ich wende mich an Rory, der aus dem Fenster sieht: »Stimmt doch, Rory, oder?«

Als er seinen Namen hört, dreht er sich um und blinzelt. »Was denn? Ich weiß überhaupt nicht, was … verflucht, ich fass es nicht …«

Immie wird wieder laut: »Das sagt man nicht, Rory!« Dann senkt sie ihre Stimme und zischt: »So wie's aussieht, sitzen wir in der Klemme. Poppy hilft euch beiden und lässt euch bei sich wohnen. Da könntet ihr wenigstens mal aufhören zu streiten, wenigstens einen halben Tag lang, und mitmachen. In Ordnung?« Angesichts dieses Wutausbruchs, was bleibt uns da anderes übrig?

Kleinlaut sage ich und kann es selbst kaum glauben: »Okay. Ich mache es.«

Rory schnaubt wie ein Bulle. »Na gut.« Es ist zumindest ein Trost, dass er genauso wenig Lust hat wie ich.

Poppys Augen sind immer noch riesig und deutlich weniger entspannt als ihre Stimme. »Gut, dann haben wir die erste Hürde genommen …«

Mir klappt schon wieder der Unterkiefer herunter. Denn eigentlich haben wir noch gar keine Hürde genommen. Ich bin dazu verdonnert worden, einen ganzen Tag mit dem allerletzten Menschen zu verbringen, dem allerletzten Menschen auf dieser Welt, mit dem ich freiwillig genauso einen Tag verbringen wollen würde. Und wozu? Um Fotos von einem Hochzeitsort zu machen als Gefallen für jemanden, der ehrlich gesagt ziemlich blöd zu mir war. Und außerdem bewege ich mich zusehends immer weiter weg von meinen Würstchen, Aufläufen und Quiches, die ich normalerweise vor meiner Linse habe und mit denen ich mich sehr wohlfühle.

Immie macht unbeirrt weiter im Text. »Und was hat Jules?«

Ich schiebe meine Gedanken beiseite und erinnere mich an seinen hämmernden Schädel. »Vielleicht ging es ihm nicht gut wegen seines Ausschlags?«

Immie hakt sofort nach: »Ausschlag?«

»Er hatte gestern ein paar Pickel auf der Stirn.«

Immie brüllt jetzt wieder: »Er will das Haus nicht verlassen wegen ein paar Pickeln? Herr im Himmel! Ich weiß, dass Jules eitel und empfindlich ist, aber das schlägt dem Fass den Boden aus. Soll er doch einen Abdeckstift benutzen! Die Mimose soll mal Eier in der Hose zeigen, Make-up auftragen und den Stier bei den Hörnern packen. So wie wir anderen es auch jeden Tag tun.« Das klingt ganz so, als würde Immie jetzt ihren Frust wegen des Babys an Jules auslassen.

Poppy macht ein Gesicht, als hätte sie in eine Zitrone gebissen. »Jess meinte, wir sollen es dir scheibchenweise beibringen. Aber vielleicht ist es besser, wir sagen's dir gleich.«

Ich runzle die Stirn. »Heißt das, es wird noch schlimmer?« So wie ich das sehe, ist ein Tag mit Rory schon dramatisch genug. Noch schlimmer geht es gar nicht.

Mit sanfter Stimme sagt Poppy: »Jules hat seit gestern noch mehr Pickel bekommen. Sehr viel mehr. Man vermutet, dass er womöglich Windpocken hat. Und das kann bei Erwachsenen sehr ernst sein.«

Immie wütet: »Na, dann besteht ja wenigstens für dich keine Gefahr, Rory. Wenigstens ein Vorteil, wenn man ewig Kind bleibt.«

Rory schweigt. Aber der Mittelfinger, den er Immie entgegenstreckt, bestätigt eigentlich nur Immies Aussage.

Gracie spielt leise mit ihren Fingern. Fast hätten wir vergessen, dass sie überhaupt hier ist. »Rory hat mir und Teddie den Stinkefinger beigebracht.« Sie reckt ihren Mittelfinger und zeigt ihn in die Runde. Wir alle, außer Rory, sehen uns entsetzt an.

Immie nimmt ihre Hand und schließt ihre Finger um Gracies. »Schneemänner zeigen keinen Stinkefinger, weil ihre Finger viel zu wurstig sind. Du und Teddie, ihr vergesst das am besten sofort wieder, okay?« Sie sieht mich an und verdreht die Augen. Langsam sinken mir Poppys Worte ins Bewusstsein. Wie die Klößchen in die Brühe. Die Hochzeitslocation in Post Giles zu besichtigen ist nur der Anfang, nicht das Endes dieses Albtraums, fürchte ich.

»Und was wird aus Jules' Terminen für die Hochzeiten?«

Poppy strahlt jetzt. »Jess dachte ... und Jules dachte ... da ja deine Bilder von Zoes Hochzeit so großartig sind … dass du vielleicht … einspringen könntest.«

Obwohl ich meine Muskeln doch so gut unter Kontrolle habe, zuckt mein Bauch zusammen. Und diesmal hat das nichts mit Mr. Sanderson zu tun. »Einspringen? Ich?«, schreie ich fast. Warum ich mir den Bauch halte, obwohl der mir in die Kniekehlen gerutscht zu sein scheint – keine Ahnung. »Auf keinen Fall. Nein. Ausrufezeichen!« Poppy reagiert nicht. Vielleicht sollte ich ihr eine Ersatzlösung präsentieren. »Gibt es hier im Ort keinen Fotografen, der das machen kann? Hat er keine Kollegen, die einspringen können?«

Sie seufzt. »Seine zwei Freunde sind sonnenbaden auf Fuerteventura, die können also nicht aushelfen. Ich bin schon froh, dass wir keine Hauptsaison haben.« Poppy sieht mich bittend an. »Nach der Hochzeit in Port Giles finden alle Feiern bei uns statt. Wenn du nur seine Arbeit übernehmen könntest, bis er wieder auf den Füßen ist … und wir wissen ja, dass du das kannst …«

Jetzt kann ich es ebenso gut sagen. »Jules meint, und ich gebe ihm recht, dass Hochzeiten nicht mein Ding sind.«

Poppy hebt die Augenbrauen. »Jess meint, dass er seine Ansicht diesbezüglich grundlegend geändert hat. Windpocken können die Meinung eines Mannes sehr schnell ändern. Du seist seine größte Hoffnung hier, weil du die allerbesten technischen Fähigkeiten mitbringst und das Können, um die Aufnahmen in seinem Sinne zu machen. Und keine Sorge, wir stehen hinter dir und kriegen das zusammen hin.«

»Sorge« ist gut. »Sorge« fasst nicht annähernd meine Gefühle. Meine Kehle ist ganz trocken, aber ich muss es ihnen erklären. »Becky und Nate sind Freunde und sehen das nicht so eng. Sie wissen, worauf sie sich einlassen, und fänden es nicht so schlimm, wenn die Fotos nicht hundertprozentig perfekt sind.« Sie gehen tatsächlich das Risiko ein, dass ich an ihrem großen Tag versage. Was ganz ehrlich nicht unwahrscheinlich ist, wenn man bedenkt, wie komplex Hochzeitsfeiern heutzutage sind. »Aber die Paare, die Jules betreut, das sind Kunden, die eine erstklassige Leistung verlangen und verdienen. Das ist ein himmelweiter Unterschied.«

Poppy sieht mich flehentlich an. »Du hast keine Ahnung, wie viel Arbeit die Organisation einer Hochzeit kostet. Und mit den Fotos hat das Brautpaar etwas in der Hand, womit sie sich ein Leben lang an diesen Tag erinnern können.«

»Genau das ist mein Punkt.« Immerhin scheinen wir uns über ein paar Dinge einig zu sein. Der Druck, etwas hundertprozent Perfektes abzuliefern, ist immens.

»Und deshalb wäre es völlig undenkbar, dass eine Hochzeit ohne einen Fotografen stattfindet. Bitte, Hols. Ich weiß, dass es dir schwerfällt. Aber du musst uns helfen.«

Ich muss daran denken, wie sehr Poppy mich im vergangenen Jahr unterstützt hat. Wie sie mich jeden Tag seelisch wieder aufgebaut hat. Mit mir gelitten und mitgefühlt hat. Als sie mir ihre Dachwohnung angeboten hat, um mir über die schwere Weihnachtszeit hinwegzuhelfen. Und wenn die Dinge nun einmal so sind, wie sie sind, und wenn es stimmt, dass niemand sonst den Job übernehmen kann, dann muss ich wohl nachgeben. Ich stoße einen langen Seufzer aus. »Gut, ich versuch's.« Der Hauptgrund, warum ich Nate und Becky helfen wollte, war die letzte Chance, die ich darin für mich und Luc gesehen habe. Und die Chance, meinem Trott zu entfliehen. Ansonsten wäre ich überhaupt nicht hier.

Poppy atmet erleichtert auf. »Jess glaubt, dass du dich selber überraschen wirst. Und ich glaube, sie hat recht.«

Apropos recht haben, Immie meldet sich zu Wort: »Wir alle helfen dir. Mit dem Team von Daisy Hill an deiner Seite schaffst du das, Hols.«

»Gut, dann hätten wir das geklärt«, sagt Poppy und strahlt. »›Brides by the Sea‹ hat eine neue vielversprechende Ersatzfotografin und dazu ein Back-up-Team.«

»Super«, murmele ich. Dabei finde ich es überhaupt nicht super. Und mit Rory Sanderson an Bord ist das alles nichts anderes als eine Katastrophe mit Ansage.

12. Kapitel

Bereit und wider Willen

Freitag, 8. Dezember
Brides by the Sea

»Neun Uhr und schon geöffnet?«, frage ich, als ich meine Fotoausrüstung am folgenden Morgen die vier Stockwerke die Treppe herunter in den Laden schleppe. Poppy steht bereits hinter dem Tresen. »Du sollst doch einen Gang runterschalten.«

Sie ist gerade dabei, einen Stapel Pakete durchzugehen. Sie sieht auf. »Bei einigen Kunden muss man sich extra viel Mühe geben.« Ihre Mundwinkel zeigen nach unten. »Als eine Art Schadensbegrenzung. Die Probleme angehen, bevor Probleme entstehen. Und alles wird gut.«

Ich verstehe die Botschaft. »Du erwartest eine schwierige Kundin?«

Sie lächelt kläglich. »Lass es mich so sagen: Wenn Marilyn gewollt hätte, dass ich bei Sonnenaufgang hier bin, hätte ich nicht mit ihr gestritten.« Sie lacht. »Immerhin war ich dank der frühen Öffnungszeit schon hier, als Jess um acht Uhr angerufen hat.«

»Was wollte Jess so früh am Morgen?« Normalerweise wartet sie, bis der Laden um zehn Uhr aufmacht.

Poppy zieht eine Augenbraue hoch. »Gestern Abend hat Bart mit ihr eine Fahrt in einem Pferdeschlitten bei Mondschein gemacht. Danach hat er sie in ein Fünf-Sterne-Restaurant ausgeführt zum Fondue auf einem Balkon nur für sie alleine und im besten Restaurant der Region.«

Ich bin beeindruckt. »Was Romantik angeht, lässt er nichts aus, oder?«

»Die arme Jess, sie war den ganzen Abend lang überzeugt, dass sie einen Ring aus dem geschmolzenen Käse fischen würde. Am Ende gab es nur Gruyère und sonst nichts. Aus den Pausen und dem, was sie nicht gesagt hat, habe ich herausgehört, dass sie am Boden zerstört ist.«

Oje. »Ich wünschte, ich hätte nichts von einem Antrag gesagt.« Ich fühle mich schuldig, dass ich ihre Erwartungen so geschürt habe.

Poppy schüttelt den Kopf. »Sie muss selbst einen Antrag erwartet haben. Sonst hätte sie dich nicht in das Thema verwickelt. Ich bin sicher, dass sie mit einem Diamantring an ihrer rechten Hand zurückkommt. Ich wünschte nur, er würde ihr endlich einen Antrag machen, damit wir alle aufatmen und sie ihren Urlaub genießen können.« Sie sieht mich an. »Geht es dir gut? Du bist so blass heute Morgen.«

Erfolg! Ich fasse mir an die Wange, und obwohl sie sich pudrig anfühlt, balle ich innerlich die Hand zur Siegesfaust. »Das liegt wahrscheinlich daran, dass es so spät wurde gestern Nacht. Ich kann immer nicht aufhören, wenn ich ›Friends‹ gucke.« Mir ist es zu peinlich, zuzugeben, dass ich mir ordentlich Make-up ins Gesicht geschmiert habe, um mein rotes Gesicht zu kaschieren. Die kleine Tube hat ganze vierzig Pfund gekostet, und ich bin ausgesprochen froh, dass man das Ergebnis sieht. Echte Wunder sind ja sonst immer gratis.

»Musst du dich wieder übergeben?« Sie sieht mich stirnrunzelnd an. »Du siehst so verkrustet aus.«

Ich hatte keine peinliche Befragung zu diesem Thema erwartet. »Nein, nein, mir geht es gut.« Was eine Lüge ist, angesichts dessen, was vor mir liegt. Da der Vormittag mit Rory eventuell lang wird, habe ich vier Schichten von dem Zeugs aufgetragen. Und um ganz sicherzugehen, habe ich noch ein oder zwei Schichten Puder darüber aufgelegt. Das Puder hatte ich in dem Badezimmerschrank gefunden. Ein verkrustetes Aussehen ist der Preis, den ich zu zahlen bereit bin, solange ich blass bleibe und nicht rot werde.

Sie wirft einen Blick auf ihr Handy. »Hat Rory sich verspätet?«

Ich trete von einem Fuß auf den anderen und verrate mich damit wahrscheinlich. Ich fummle an den Chiffonkleidern im Schaufenster, um so unauffällig die Straße beobachten zu können. Das war natürlich zu erwarten. Sehr zuverlässig war er ja noch nie. »Wahrscheinlich hat er noch damit zu kämpfen, die Kinder aus dem Bett zu holen und sie anzuziehen. Obwohl, da kommt gerade jemand. Sie ist blond und stapft die Straße hoch, als ziehe sie in den Kampf.«

Poppy verzieht das Gesicht. »Mist. Das ist schon der Neun-Uhr-Termin, so früh!«

Die Kundin marschiert so siegessicher auf den Laden zu, dass ich mich am liebsten in einer Ecke verstecken möchte. »Ich lasse dich mit ihr alleine. Es sei denn, du brauchst meine Hilfe, natürlich«, sage ich und hocke mich auf die Chaiselongue für die Brautjungfern, die am anderen Ende des Raumes und weit weg vom Tresen steht.

»Marilyn! Wie geht es Ihnen? Was macht Ihre Excel-Tabelle?« Poppys Begrüßung klingt warm und herzlich – dafür, dass Marilyn wie ein Wirbelwind, Windstärke zehn, in das Weiße Zimmer stürmt, mit wehendem Umhang. Wenn ihre Frisur nicht so angeklatscht aussähe, könnte sie als Double für Theresa May durchgehen. Sie stürmt zum Tresen, und an ihren Handgelenken klimpert es. Sie muss Stammkundin bei Tiffany sein.

»Wir müssen uns über die Torte unterhalten, Poppy.« Sie stützt die Hände in die Hüfte und nimmt kein Blatt vor den Mund. »Ich weiß, dass Seth und Katie möchten, dass Sie die Torte backen. Aber ehrlich, Schokoladenbiskuit bei einer Hochzeitstorte?«

Poppy schürzt die Lippen. »Die beiden haben lange überlegt und auch Ihre Wünsche berücksichtigt und dafür ihre eigene Vorstellung von einer Alpenlandschaft zurückgestellt. Ihnen gefiel aber die Vorstellung, dass der weiße Guss wie Schnee auf dem Gipfel des Schokoladenbergs aussieht.«

Marilyn räuspert sich. »Das ist meiner Meinung nach aber keine anständige Hochzeitstorte. Deshalb habe ich mich über die beiden hinweggesetzt und meine eigene Torte bestellt. Schön altmodisch, mit Früchten, schöner Glasur und fünfstöckig. Jetzt brauche ich nur noch die Figürchen, das Brautpaar, das oben auf der Torte steht. Am liebsten eine blonde Braut, wie ich bereits am Telefon erwähnte.«

»Wir haben hier drei zur Auswahl«, sagt Poppy und wühlt in einer Kiste. »Allerdings wollte Katie Winterbeeren und Skier oben auf ihrer ... ihrer Torte, passend zu dem Brautstrauß.« Poppy argumentiert mit größtem Bedacht und größter Umsicht.

Marilyn zieht entgeistert die Augenbrauen hoch. »Beeren?«, fragt sie, und ihre Stimme klingt eine ganze Oktave höher. »Beeren hat niemand erwähnt. Auch die Floristin nicht, mit der ich gestern telefoniert habe. Wie sollen denn Beeren zu den klassischen weißen Rosen mit Glitter passen?« Sie greift in die Kiste und wählt ein Miniaturpaar aus. »Das hier ist gut. Ich hoffe inständig, die Gastgeschenke sind fertig?«

Poppy lächelt belustigt. »Selbstverständlich. Einhundertunddrei silberfarbene Döschen. Lily und ich haben sie noch einmal alle überprüft, die Namen und Stempel stimmen. Haben Sie sonst noch einen Wunsch?«

Marilyn kramt in ihrer Handtasche. »Eins noch. Was den Kopfschmuck angeht, da kann ich einfach nicht anders. Ich brauche einen Schleier, den man hieran befestigen kann.« Sie zieht ein schweres, diamantbesetztes Diadem aus ihrer Markenhandtasche von Longchamp, Modell Le Pliage, die in einem Safe im Tower in London sicherer aufgehoben wäre, als wenn sie sie hier in St. Aidan spazieren trägt. »Wir müssen das an jemandem ausprobieren. Da, die junge Frau in der Ecke.« Und schon ist sie zu mir herübergesprungen und hat mir das Ding ins Haar geschoben. Dann greift sie sich einen Schleier von der Auslage und verhängt mein Gesicht.

Als ich »Aua!« rufe, ist sie mitsamt ihrer Utensilien längst wieder weg und schiebt den Schleier über den Tresen zu Poppy. Mein halber, wuscheliger Haarknoten hängt noch dran.

Poppy zuckt sichtlich zusammen und rupft die Haare von dem weichen Tüll. »Möchten Sie dafür eine Tüte?«

»Nur, wenn es schnell geht.« Marilyn nimmt den Karton mit den Gastgeschenken. »Ich stehe im Halteverbot und bin schon viel zu spät, ich muss noch zu dem Partyservice. Ich bringe die hier schon mal raus und komme gleich wegen des Schleiers.«

Viel zu spät? Vielleicht macht sie wirklich Termine bei Sonnenaufgang.

Als Marilyn zu ihrem Auto läuft, pustet Poppy sich die Haare aus der Stirn.

»Das ist also eine dieser berühmt-berüchtigten stressigen Brautmütter?«, frage ich, als die Tür hinter ihr zuschlägt. Ich fühle mich zurückversetzt in die Kindheit, als wir »Ich sehe was, was du nicht siehst« gespielt haben, nur dass es diesmal um Monster, Mutation und Brautmütter geht. Oder besser: eine Brautübermutter. Und noch dazu in einem Brautmodenladen inklusive Schleier, Diadem und so weiter. Eine Brautmutter, die tatsächlich zum Haareraufen ist und mir obendrein einen Büschel rausreißt. Das erinnert mich an die Rätselbücher, die Freya und ich früher hatten. Mit den Suchwörtern in Reimen. Freya hat das immer ganz schnell gelöst. Sie hatte das Buch über das Meer und den Strand, was natürlich auch einfach war, weil wir so oft in St. Aidan am Strand waren. Ich hatte eins über Haustiere. Und obwohl wir doch an einem Piratenort lebten, habe ich nie den Papagei gefunden.

»Das stimmt nicht ganz«, holt mich Poppy aus meinen Erinnerungen zurück. Sie sieht gequält aus. »Katie und Seth sind wirklich süß. Sie organisieren sich ihre eigene Skihochzeit in der umgebauten Scheune auf dem Hof.« Sie schüttelt den Kopf. »Marilyn ist Seths Mutter. Und ihre Vorstellungen davon, wie seine Hochzeit aussehen soll, sind ganz anders als die von Seth und Katie.«

»Die Mutter des Bräutigams reißt also alles an sich?«

Poppy verzieht das Gesicht. »So ungefähr. Dass sie die Hochzeitstorte gewissermaßen entführt, ist nur das eine und weniger schlimm als der Rest. Die Gastgeschenke sind allein ihre Idee, ohne die beiden zu fragen. Vor Kurzem wollte sie die Farbe der Brautjungfernkleider ändern, von leuchtenden Farben zu Pastelltönen. Sie wollte die Scheune mit Seide ausschmücken, damit man die Steinwände nicht so sieht. Katie würde eher mit Skibrille heiraten als mit Schleier und dem Diadem aus der Familienschmuckschatulle. Höchstwahrscheinlich lässt Marilyn gerade das Menü beim Partyservice ändern.«

»Oha.« Jetzt verstehe ich, warum Poppy extra gekommen ist, um diese Kunden persönlich zu bedienen. Hoffentlich treibt das nicht Poppys Blutdruck nach oben.

»Sie meint es vermutlich nur gut. Lily hat sich so viel Mühe gegeben mit der Scheune und der Skideko, das sieht bestimmt fantastisch aus, egal, was Marilyn sagt. Aber man weiß nie, was ihr als Nächstes einfällt.« Poppy verdreht die Augen und lacht.

Ich muss auch lachen. »Für eine Hochzeitsplanerin muss das der Albtraum sein, so unberechenbar, wie die sich benimmt.« Aber wenn man selber nichts damit zu tun hat, ist es auch ganz lustig.

Als Marilyn zurückkommt, bemühe ich mich, angemessen freundlich zu lächeln. Aber diesmal würde ich mir nicht wieder so schnell ein Diadem aufsetzen lassen. Und das ist keine Heuchelei. Kundenservice schön und gut, aber man muss schließlich nicht alles mit sich machen lassen. In Sachen Hochzeit ist Marilyn eindeutig eine ganz harte Nuss.

Sie nimmt die Einkaufstasche entgegen, die Poppy ihr reicht. »Schreiben Sie alles auf meinen Namen an. Jess hatte einen ganz entzückenden Fascinator in Fuchsia für mich gefunden.«

»Wunderbar«, säuselt Poppy. »Dann fehlt nur noch die letzte Anprobe, und dann steht auch schon der große Tag vor der Tür.«

Marilyn hebt mit dramatischer Geste die Hände. »Und dann kommt Weihnachten gleich hinterher. Kinder, Kinder! Als wäre eine Hochzeit auf einem Bauernhof, bei der man so tut, als seien's die Alpen, nicht schon schlimm genug.«

Ich schlucke, obwohl ich doch eigentlich lächeln will. »Weihnachten? Welches Weihnachten?«

Marilyn funkelt mich so böse an, als hätte ich einen IQ wie ein Apfelgriebs. »Das in zwei Wochen natürlich. Warum? Gibt es noch ein anderes?« Sie geht zur Tür, und zum ersten Mal, seit sie hier ist, spiegelt sich Unsicherheit in ihrem Blick.

Währenddessen betrachtet Poppy angestrengt den Stuck an der Decke. Erst als die Ladentür zufällt, sagt sie: »Mit deiner Weihnachtsfrage hast du sie ganz schön durcheinandergebracht. Bravo. Es ist nicht einfach, Marilyn aus der Bahn zu werfen.«

Dummerweise bin ich diejenige, die aus der Bahn geworfen ist. »Wenn die Hochzeit noch vor Weihnachten auf dem Hof stattfindet, wer macht dann die Fotos?«

Poppy schürzt die Lippen. »Eine Hochzeit mit Weihnachts- und Skimotto ist ein absolut tolles Geschenk, was Fotos angeht. Du müsstest mal sehen, was Lily schon alles bewerkstelligt hat. Da wird ein Kaminfeuer prasseln, es gibt Skilifte mit kleinen Gondeln, in denen man Selfies machen kann, außerdem Lichterketten und Kunstschnee und Geweihe und rote Karomusterkissen. Und alte Schilder und Skiposter und ...«

Ich unterbreche sie: »Vergiss den Kunstschnee und die Karokissen! Wer fotografiert das?«

»Es gibt eine Bar mit heißer Schokolade und Cocktails mit Eis, die Brautjungfern tragen Taftminikleider und kniehohe Kunstfellstiefel.« Sie ist gar nicht mehr zu bremsen. Doch plötzlich hält sie inne und sagt schuldbewusst: »Jules. Jules sollte fotografieren.«

Ich fasse es nicht! »Jules!?« Ich versuche, das zu begreifen. »Jules, das heißt also im Klartext: Ich?«

»Jap.« Sie nickt und sieht angemessen geknickt aus. »Ich wollte es dir nicht gleich sagen, um dir nicht alles auf einmal aufzuhalsen.«

Ich heule auf. »Das heißt, Marilyn ist auf einer von Jules' Hochzeiten ... die ich übernehme?« Wenn sie sich überall einmischt, wird sie bestimmt auch etwas zu den Fotos zu sagen haben.

»Es tut mir leid, du solltest ihr heute gar nicht über den Weg laufen«, sagt Poppy und sinkt in sich zusammen. »Keine Angst, wir haben sie irgendwie im Griff. Versprochen. Sie wird dir schon keine Probleme machen.«

»So sicher, wie ich ein Schneemann bin«, sage ich. Außerdem dämmert mir ein schlimmer Verdacht: *Wie viele Marilyns und Skihochzeiten verstecken die noch vor mir, und wann wollen sie die plötzlich wie eine Schneewehe in den nächsten Wochen auf mich loslassen?*

»Schneemann?«, höre ich jemanden im Flur fragen. Kurz darauf kommt Gracie hereingehopst, gefolgt von Rory mit Teddie auf dem Arm.

»Mann, wo warst du denn, Holly-Beerchen? Wir saßen draußen fest, hinter einem Wagen, der im Halteverbot stand.«

Egal, wie groß die Probleme sein mögen, die noch auf mich zukommen, dieses Problem hier ist erst mal größer. Und mein aktuellstes Problem könnte kaum größer sein, als mit Rory Sanderson einen ganzen Tag zu verbringen, einen Tag, der schon vor zehn Minuten hätte beginnen sollen. Wenigstens wird er mich heute zur Abwechslung mal nicht »Rotbäckchen« nennen.

13. Kapitel

Gezeiten und geplatzte Ballons

Freitag, 8. Dezember
Auf dem Weg nach Port Giles

»Hast du noch deinen Schlafanzug an, Gracie?«, frage ich, als ich endlich in das Biermobil klettere. Einige Regentropfen kleben an der Windschutzscheibe. Schade, ich hatte mich auf Sonnenschein gefreut. Ich drehe mich nach hinten und grinse die Mitfahrer auf der Rückbank an. Das Glitteroberteil mit dem Stern erkenne ich sofort wieder von dem Abend auf dem Hof.

Rory zuckt mit den Schultern. »Das passiert, wenn man sich weigert, sich richtig anzuziehen. Deine hilfreichen Vorschläge zum Servieren von Gemüse sind übrigens nach hinten losgegangen. Jetzt macht Gracie einen Aufstand, wenn sie Gurke in Stäbchenform und nicht in Scheiben serviert bekommt.«

Ich verziehe mein Gesicht. »Um Himmels willen, ich wollte ja auch nicht, dass sie Gemüsesticks zum Frühstück bekommen.« Und wie blöd muss man sein, um das falsch zu verstehen?

»Wie auch immer, jetzt sind wir ja hier.« Er sieht mich an, während ich mich anschnalle. »Holly, hast du irgendein weißes Zeugs im Gesicht?«

Mist. »Wahrscheinlich ist das Puderzucker aus Poppys Küche.« Das ist das Erste, was mir einfällt. Ich schniefe und wische mir gestenreich über die Wangen. »Diese Cupcakes, die hinterlassen überall Spuren. Oder ist es vielleicht Zahnpasta?«

Solange es das Rot verdeckt, ist mir schnurzpiepegal, wie es aussieht.

Aus unerfindlichen Gründen findet er das komisch. Dann holt er Luft und wird wieder ernst. »Man muss dazu wissen, dass Gracie nicht ganz einfach ist. Es handelt sich um ein dreijähriges Mädchen, das stets ihr iPad dabeihat, wenn sie unterwegs ist. Und die selbstverständlich auch zu Hause ihre Ansprüche nie vergisst. Sie ist wie ein Haustier, das meint, Bedienstete anstelle von Haltern, Herrchen oder Frauchen zu haben. Obwohl eine Katze vermutlich freundlicher wäre.«

Ich drehe mich um und sehe sie an. »Wenn wir ein paar Lieder von der ›Eiskönigin‹ singen, lachst du bestimmt gleich, Gracie.« Wir beide würden lieber nicht hier sein und wünschen uns weit weg, aber das werde ich mir dem Kind gegenüber natürlich nicht anmerken lassen.

Rory manövriert den Wagen aus der Einfahrt und schaltet sich sofort ein: »Auf keinen Fall!« Er wirft mir sein Handy zu. »Such mal ein paar Weihnachtslieder raus und mach das an.«

Wenn er Vorschläge einfach so abbügeln kann, dann kann ich das erst recht. »Tut mir leid, Weihnachten findet dieses Jahr ohne mich statt.«

»Na gut. Was schlägst du dann vor? Aber bitte keine mädchenhaften Liebeslieder.«

Jetzt wünschte ich, ich hätte Poppys Vorschlag befolgt und ihre fünf Mutmacher-Lieder angenommen. Oh Mann, dabei ist es doch nur eine Hochzeit! Die Songs hatte sie als Liste auf Spotify angelegt und die Liste »Nur Mut!« genannt. Die Songs haben ihr geholfen, als ihr Job neu war und sie genauso aufgeregt war wie ich jetzt. Durch Rorys Playlist zu blättern ist wie ein Blick in den Kopf eines Teenagers. »Green Day?«, rutscht mir entgeistert raus, weil es mich so überrascht.

Rory grinst. »Gute Wahl. Mach das an!«

»Das war mein Entsetzen über deinen Geschmack, kein Vorschlag!« Ich stöhne. Dann schalte ich es doch an, in der Hoffnung, dass er dann zufrieden ist und den Mund hält.

Die ersten Takte erklingen, und er trommelt mit den Fingern auf dem Lenkrad. »Energetisch, laute Gitarren, was kann man daran nicht mögen? Na ja, wahrscheinlich hättest du lieber etwas, das geeigneter ist für Hochzeiten. Du bist ja noch ein Neuling auf dem Gebiet. In zwei Tagen kannst du viel lernen. Deshalb war es eine gute Idee von Immie, dass ich mitkomme und dir mit Rat und Tat zur Seite stehen kann.«

Wir rasen aus der Stadt heraus und nehmen die Straße gen Norden. Als wären die laute Rockmusik und das Quietschen der Scheibenwischer nicht schon genug, komme ich jetzt also doch noch in den Genuss von dem üblichen Sanderson-Gequatsche. »Und seit wann bist du Experte in Sachen Hochzeit?«, frage ich.

Er lacht. »Bestimmt nicht, weil ich selbst geheiratet habe, so viel ist sicher. Aber ich war auf mindestens vierzig Hochzeiten in den letzten Jahren. Als Dauergast weiß man, wie's läuft. Mach dich darüber nicht lustig. Ich kenne mich aus und kann dir helfen.«

»Dann musst du viele Freunde haben?« Irgendwie konnte ich es immer so einrichten, dass ich zufällig keine Zeit hatte, wenn ich auf Hochzeiten eingeladen war. Und Nate und Becky sind die ersten von Lucs Freunden, die sich trauen, seit ich auf der Bildfläche erschienen bin. Deshalb habe ich in der Tat überhaupt keine Ahnung von Hochzeiten.

»Viele meiner Freunde sind tatsächlich im heiratsfähigen Alter. Und ein Weinhändler mit einer eigenen Brauerei ist ein gern gesehener Gast auf jeder Feier. Wer würde kein individuelles ›Mr. und Mrs. Soundso‹-Bier haben wollen? Dazu einen Rabatt von zehn Prozent und erstklassigen Champagner mit

Rücknahme und Retoure?« Er rollt die Ärmel seines karierten Hemdes hoch. »Ich habe noch mal in meinem Terminkalender nachgeschaut und gesehen, dass ich vor einigen Jahren schon mal an diesem Ort auf einer Hochzeit war. Wenn du also etwas wissen oder fragen möchtest, schieß los!«

»Super.« Der Alleswisser, da ist er wieder. Zur Erholung werfe ich einen Blick nach hinten. Gracie tippt geschäftig auf ihrem iPad, und Teddie wippt mit seinem nackten Fuß im Takt der Musik.

»Was spielst du da, Gracie?« Ich mache mir eine mentale Notiz, dass ich ein Paar Socken für das Baby finden will, bevor wir nachher aussteigen.

Sie schaut kurz hoch. »Luftballons abknallen.«

»Macht das Spaß?«

»Ja«, sagt sie und senkt sofort den Kopf wieder über ihr Spiel. Ich fange an zu verstehen, warum der Umgang mit ihr schwierig ist.

Rory räuspert sich. »Und Weihnachten findet dieses Jahr ohne dich statt, sagtest du?«

»Korrekt.« Ich schlucke. Ein Gespräch mit Rory ist einfacher als ein Gespräch mit Gracie, entscheide ich. Ziemlich dämlich von mir, zu glauben, dass das mit Weihnachten unkommentiert durchgeht.

Er wirft mir einen Seitenblick zu. »Ich erinnere mich noch daran, wie du in den Schulbus gestiegen bist und dein Schulranzen mit batteriebetriebenen Lichterketten geschmückt war. War das nicht deine Art, Freya zu gedenken?«

Mich erstaunt nicht nur sein gutes Gedächtnis, sondern auch die Erwähnung ihres Namens. Die meisten Menschen tun so, als habe es Freya nie gegeben. »Stimmt. Wir feiern Weihnachten immer ganz besonders, um ihr zu gedenken. Aber sie würde verstehen, warum mir dieses Jahr nicht nach Feiern zumute ist.«

Eine Weile lang streicht er über das Lenkrad, dann sagt er: »Ich habe davon gehört, dass du weggerannt bist, als du letztes Jahr einen Heiratsantrag bekommen hast. Der Typ hat da anscheinend nicht richtig mitgedacht, was den Tag angeht, oder?«

Ich seufze. Na gut, der zweite Teil ist einfacher zu beantworten als der erste. »Nee, da hat er anscheinend wirklich nicht gut mitgedacht.« Zwar wusste Luc von Freya, aber eher so allgemein, dass ich vor langer Zeit meine Schwester verloren hatte. Befragt hat er mich dazu jedenfalls nie.

Rory runzelt verständnislos die Stirn. »Tse. Und was war so schlimm, dass du weggerannt bist?«

Vermutlich musste die Frage früher oder später auf den Tisch kommen. Und dass ich in Schweiß ausbreche, ist nur halb so schlimm, immerhin weiß ich, dass meine Wangen nicht rot werden können. Ich kann mir gar nicht vorstellen, wie es anderen Leuten ergeht, die nie rot werden. Ich wische mir den Schweiß vom Kragen und hoffe, dass ich die Übergänge vom Make-up gut verschmiert habe und man kein Rot an meinem Hals sieht. Es ist schon schockierend, wie genau und in allen Einzelheiten Rory sich mit meinem vergangenen Liebesleben auskennt. Andererseits ist es ein Zeichen dafür, wie gut die Gerüchteküche in diesem verdammten St. Aidan brodelt.

Und manchmal ist es einfacher, mitzumachen als sich dagegenzustemmen. »Der Antrag hat mich einfach überrascht. Das ist alles.«

Er wirft mir einen Blick zu. »Bist du immer noch so ein Angsthase? Obwohl ich in diesem Fall mit dir fühle. Die Vorstellung, sich für den Rest des Lebens an jemanden zu binden – da würde ich auch weglaufen. Vor allem, wenn es jemand ist, der hätte wissen müssen, dass man dir nicht ausgerechnet an Weihnachten einen Antrag macht.« Ja, so ist Rory.

Er stochert und hakt ewig nach und tut so, als verstünde er alles, dabei hat er überhaupt keine Ahnung.

»Das Weglaufen war eine Instinkthandlung. Als ich mich mit dem Gedanken angefreundet hatte, war es schon zu spät.«

Er kichert in sich hinein. »Arme Holly Rotbäckchen. Das klingt, als würde er dich gar nicht gut kennen. Aber es muss ja einigermaßen ernst gewesen sein, wenn er dir sogar einen Antrag macht. Was war er denn für einer?«

Ich recke das Kinn vor. »Wenn ich nicht hier auf dem Beifahrersitz gefangen wäre, würde ich nichts sagen.« Schon klar, Sympathie ernte ich mit so einer Ansage nicht. Ich überlege, wie ich ihm Luc beschreiben soll. »Er sieht gut aus, hat einen tollen Job, eine super Wohnung und einen guten Geschmack, was Ringe angeht.« Obwohl ich den Verdacht habe, dass der Ring seiner verstorbenen Großmutter gehörte. Denn trotz des Gefunkels sah er eher alt als neu aus. Aber die Klunker waren echt beeindruckend, obwohl sie nicht nach meinem Geschmack sind.

»Dann ist es umso erstaunlicher, dass du abgehauen bist.« Seine Augen verengen sich zu Schlitzen. »Und dass du ihn liebst oder so, darüber sagst du auch nichts.«

Er ist so verdammt überheblich. Mit hoher Stimme erwidere ich: »Was wird das hier? Eine Eheberatung?« Ich fühle mich umso angegriffener, weil wir tatsächlich nie zu den turtelnden, ach so verliebten Pärchen gehört haben. Luc war eher der bodenständige Typ. Ihm kam es sicherlich gelegen, dass ich da war und zu Hause, wenn er mal nicht auf Geschäftsreise war. Aber viel Aufhebens hat er darum nicht gemacht.

Jetzt runzelt Rory die Stirn so sehr, dass sich seine Augenbrauen in der Mitte treffen. »Und jetzt ist es vorbei? Sag bloß nicht, dass du dir eine zweite Chance erhoffst.«

»Ach, Rory, ich würde sofort zu ihm zurückgehen, wenn er mich fragen würde. Aber das wird er nicht, verstanden?

Und das alles ist jetzt schon ein Jahr her, und ich habe damit abgeschlossen, okay?«

Er trommelt weiter mit seinen Fingern auf dem Lenkrad. Und zum Glück für uns alle starrt er jetzt auch wieder geradeaus auf die Straße. »Aber Weihnachten findet trotzdem ohne dich statt, oder was? Ja, das klingt ganz, als seist du voll und ganz über ihn hinweg.« Er klingt seltsam ernst, obwohl das doch wohl nur scherzhaft gemeint gewesen sein kann. »Ich finde, man sollte immer seinen Instinkten folgen und seinem Bauchgefühl trauen. Wenn du mich fragst, hast du gut daran getan, ihn zu verlassen.« Nur dass ihn niemand gefragt hat …

»Ehrlich gesagt würde ich lieber Kindergeschrei hören als das.«

Er zuckt mit der Schulter. »Manchmal tut die Wahrheit eben weh. Wenn er der Richtige gewesen wäre, wärest du nicht weggelaufen und ihr wärt immer noch zusammen. Ich glaube, du kannst von Glück sprechen, dass du noch einmal davongekommen bist. Du warst schon früher in der Schule anders als die anderen. Du warst der ruhige Typ, aber du hast immer alle durchschaut, du hast nicht auf den kleinen Mist geachtet, sondern immer das große Ganze im Blick gehabt. Deswegen mochte ich so gerne mit dir zusammen sein und mit dir reden.«

Und mich ärgern. Das war's doch. Und wieso kommen wir jetzt überhaupt darauf? Von wegen Sanderson-Gequatsche. Der hat richtig viel davon auf Lager. »Du hast im Bus doch nur mit mir geredet, weil ich immer rot geworden bin. Punkt.« Und das kann ich natürlich nur sagen, weil ich Make-up trage, richtig gutes Make-up, eher eine Art Gesichts-Rüstung. Und das ist verdammt befreiend.

»Am Anfang schon. Aber nach einer Weile hatte ich das vergessen.« Er klingt nachdenklich. »Die anderen Mädchen hatte ich längst verjagt. Aber du, du warst reif genug, um über meine Schwächen hinwegzusehen, und du hast mich für voll genommen.«

»Schwächen« ist ein komisches Wort für seinen Katastrophenkatalog. Vermutlich hatten meine Mutter und mein Vater aber ganz andere Sorgen. Jungs, die ihre Autos in den Graben oder über die Klippen fuhren, stellten in ihren Augen keine große Bedrohung für ihre Töchter dar im Vergleich zu einem irrsinnig schnell wachsenden Tumor im Gehirn, der einen innerhalb weniger Monate erledigt. Das Einzige, was zu Rorys Gunsten gesagt werden muss: Er saß selber in dem Auto, das er zu Schrott fuhr. Und jetzt muss ich nachhaken: »Und deshalb musstest du mich an jedem einzelnen Morgen fragen, ob ich mit dir ausgehen will?« Die Tatsache, dass er mich wirklich jeden Tag gefragt hat, hat's kaum besser gemacht. Schlimmer war nur noch, dass ich immer Angst hatte, ich könnte wider Willen Ja sagen, und dass ich mich dann vor der ganzen Klasse lächerlich gemacht hätte.

Er lacht sein tiefes Lachen, das trotz des Getrommels zu hören ist. »Damals hätte ich mir gewünscht, du hättest Ja gesagt.«

Ich bin baff und schlucke. Jahre später redet er immer noch so einen Unsinn. »Ja, ja, schon klar.« Ich fasse es einfach nicht. Ich war Jahre jünger als er. Genau genommen bin ich das immer noch. Und schlau genug, um zu wissen, dass ich mich von ihm fernhalten sollte, ganz fern. Der Tag heute ist da eine unglückliche Ausnahme, die sich auf keinen Fall wiederholen darf und die ich, koste es, was es wolle, in der Zukunft vermeiden muss. Während ich jetzt noch am Zug bin, muss ich das irgendwie in eine andere Richtung lenken. Also drehe ich mich wieder um und sehe auf die Rückbank: »He, Gracie, soll ich dir eine Geschichte über einen Schneemann erzählen?«

Bevor sie aufsieht, fährt Rory dazwischen. »Lass sie lieber in Ruhe, wenn sie mit sich selber beschäftigt ist. Schneemanngeschichten soll ihre Mutter ihr erzählen. Sie wird ja bald zurück sein.«

»Wie geht es Erin?« Auf dem letzten Straßenschild stand, dass Port Giles noch mehrere Meilen entfernt liegt. Da ist es besser, ich lenke das Thema in sichere Fahrwasser und von mir weg.

Rory stöhnt genervt. »Ihr ginge es besser, wenn Gracie ihr am Telefon nicht immer aufzählen würde, was alles schiefläuft. Die Handcreme ins Badewasser zu geben statt Badeschaum ist ja nun wirklich kein Kunststück. Und wer hätte gedacht, dass man die richtige Anzahl Kinderarme und -beine durch einen Strampler stecken kann und das Ding dann trotzdem verkehrt herum an dem Gör sitzt, vorne und hinten und oben und vertauscht? Und, ja, Gracie hat das Lammragout wirklich nicht geschmeckt, dabei habe ich mir so viel Mühe mit dem Safranreis gegeben.« Jetzt gerät er richtig in Fahrt. »Und dass da nur vier Marshmallows in ihrem Kakao waren und nicht fünf, ja, wer kann das ahnen? Dass das Kind den Unterschied merkt? Sie kann ja noch nicht einmal zählen!«

Ich muss lachen. »Das klingt, als mache Gracie dir das Leben ganz schön schwer.«

Er schüttelt den Kopf. »Was du nicht sagst. Und Erin hatte eine OP am Herzen in London. Morgen soll sie entlassen werden.« Mit einer Hand macht er eine Siegesfaust. »Das war ein kleinerer Eingriff, etwas Angeborenes, eine Art Erbdefekt. Wegen der Kinder ist es schlimmer geworden. Als man das herausfand, war der Eingriff dann sehr dringend.« Zum Glück ist die Strecke hier eben, und er nimmt seine Hand wieder zum Steuer.

»Und ihr Mann muss arbeiten?«, frage ich, um mich nicht auf die trostlose Winterlandschaft vor dem Autofenster konzentrieren zu müssen.

Erstaunt sieht er mich an. »Lebst du auf dem Mond, HB? Diese kleinen Schätzchen da würden ja auf keinen Fall jemand so Ungeeignetem wie mir anvertraut werden, wenn sie bei ihrem Vater unterkommen könnten. Wie jeder hier weiß, hat Erin mit achtunddreißig Jahren entschieden, das alleine durchzuziehen. Sie hat mithilfe einer Samenspende Kinder gekriegt.« Er verzieht das Gesicht. »Sie ist eine sehr starke und unabhängige Frau. Dass sie krank wird, war nicht Teil ihres Plans. Und meines Plans erst recht nicht.«

Ich kann nicht anders und muss ihn korrigieren: »Schätzchen? Du solltest Gracie und Teddie ernster nehmen. Schätze ich.« Und wie aufs Stichwort fängt Teddie an zu weinen.

Es gibt eindeutig bessere Arten, sich die Zeit zu vertreiben, als eine Stunde lang mit einem Schneemann vor der Nase eines sechs Monate alten, flennenden Kindes auf dem Autorücksitz zu wackeln und dazu »Green Day« zu hören. Aber immer noch besser, als mit Rory reden zu müssen. Als wir endlich in Port Giles ankommen, merke ich, dass ich auch wenigstens nicht über Akkus, die ihren Dienst versagen, oder Sicherheitskopien nachgedacht habe. Die Straße führt jetzt direkt an der Küste entlang, und die Hecken geben den Blick frei auf das Meer, das vom Regen gepeitscht wird. Dann windet sich die Straße zwischen den weißen und grauen Häusern durch den Ort. Wir fahren weiter durch Port Giles bis zur alten Rettungsstation, die sich gegen den verwaschenen Himmel abhebt.

Wir rollen über den Parkplatz, und der ordentlich geharkte Kies knirscht unter den Rädern. Ein Stück weiter halten wir neben zwei pittoresken, umgedrehten Booten. Auf einem handbemalten blau-weißen Schild steht: »Feiersaal für Hochzeiten«, und augenblicklich bin ich zurück in der Realität.

14. Kapitel

Das Spiel fällt ins Wasser

Freitag, 8. Dezember
Rettungsstation, Port Giles

»Wolltest du absichtlich nicht auf dem Parkplatz parken?« Weiter weg vom Haus hätte Rory kaum halten können. Am liebsten würde ich sagen: *Na, das hat ja geklappt, bis zum Bürgersteig gehen wir zu Fuß*. Aber erst muss der laut brüllende Teddie beruhigt und seine Windeln gewechselt werden (Rorys Aufgabe), dann die silbernen Regenstiefel gefunden werden (Gracies Aufgabe) und die Wangen überprüft werden (meine Aufgabe). Und die könnten kaum staubig-mehliger aussehen, wären sie die Brötchen beim Bäcker. Aber wenigstens sind sie nicht rot. Und dann sind wir endlich startklar.

Als ich Teddies Kinderwagen durch den strömenden Regen schiebe, meine kleine wasserdichte Tasche mit der Fotoausrüstung über die Schulter gehängt, merke ich, dass das Biermobil auf einem kleinen Hügel zwischen dem Parkplatz und dem Strand steht.

Rory sieht mich belustigt an. »Warum soll ich mich auf einem Parkplatz verstecken? Jeder öffentliche Platz ist eine Werbefläche für ›Roaring Waves‹. Nach all der Mühe, die ich mir mit dem Lackieren des Wagens gegeben habe, muss sich das schließlich auch lohnen.« Er lacht schon wieder. »Egal, was du denkst, aber ich bin nicht nur mitgekommen, damit ich dich den ganzen Tag lang ärgern kann. Ich hoffe, ein paar neue Aufträge hier oben im Norden zu kriegen.«

Nach zwei Stunden Fahrt habe ich mich an die schrägen

Anspielungen gewöhnt und weiß darauf zu reagieren. »Geschieht dir recht, wenn dein Angeberauto von einer Welle erfasst und ins Meer gespült wird.« Werde ich ja noch sagen dürfen. Das wäre ja auch nicht das erste Mal.

Er sieht mich böse an. »Jetzt die guten Nachrichten: Der Regen soll morgen aufhören, und der Wind soll auch nachlassen. Am Sonntag wird es voraussichtlich ganze sechs Grad warm. Und die Sonne soll scheinen, dann kannst du auf der Terrasse fotografieren, vor dem Raum, in dem die Trauung stattfindet. Wenn das Paar um ein Uhr heiratet, beginnt die Ebbe. Dann sollten also auch Aufnahmen am Strand möglich sein. Ebbe ist um vier Uhr zwanzig, Hochwasser wieder um elf.«

»Angeber.« Ich scheine meinen persönlichen Wetter- und Hochwasseransager dabeizuhaben. Die alte, umgebaute Rettungsstation ist anders, als ich erwartet hatte, viel stilvoller. Die graublauen Rahmen der deckenhohen Fenster an dem einstöckigen Anbau passen sehr gut zu dem Dunkelblau des Meeres. Das große Steingebäude mit dem dunklen Schieferdach hebt sich stolz vor den darüber hinwegsausenden Wolken ab. Die alte Helling für die Boote reicht bis zum Strand.

Rory überhört meine Bemerkung. »Der Manager hier ist ein Freund von mir. Er meinte, wir sollen uns hier wie zu Hause fühlen. Das hier gehört übrigens zum Pub im Ort.« Er nickt mit dem Kopf in Richtung der Fenster und geht dann durch die große Eingangstür. »Die Trauung findet hier statt, mit Blick auf das Meer. Danach, wenn es trocken ist, können die Gaste raus auf die Terrasse an den Seiten treten und anstoßen. Das hängt auch davon ab, wie der Wind weht. Wenn die Sonne scheint, hast du viel natürliches Licht für deine Fotos.«

»Super.« Ich versuche mir mein Erstaunen nicht anmerken zu lassen, indem ich an dem Kinderwagen rumhantiere und Teddie anlächle, während ich ihn die Rampe hochschiebe.

Dafür, dass er so ein Egomane ist, hat Rory einen erstaunlich guten Überblick über meinen Job. Und wenn wir uns nicht ständig so beharken würden, wäre ich Immie geradezu dankbar für ihre Idee, ihn mit mir hierherzuschicken.

Er kann seine Begeisterung kaum verbergen, als wir den großen Saal betreten. Eine große geschwungene Wendeltreppe führt zu dem oberen Stockwerk unter dem Schrägdach. »Das ist ein toller Ort für Hochzeiten. Oben gibt es Balkone zur Seeseite hin.«

Das Licht hier drinnen ist so sanft und hell, wie es das nur an der See ist. Es bricht sich an den weißen Wänden, wie es das in London nie tun würde. Noch sieht der Saal zwar ein bisschen kahl aus, aber sobald die Hochzeitsdeko und die Gäste da sind, wird es voller Leben sein.

»Wer ist eigentlich das Paar?«, frage ich. Bisher weiß ich nur, dass sie am Sonntag heiraten, eine Segelschule besitzen und dass sie Scott und Nancy heißen. Sie haben dreißig Gäste zum Frühstücksbuffet eingeladen und noch mal vierzig Gäste zur Feier am Abend. Ich warte noch, dass Jules mir weitere Anweisungen gibt.

Rory reibt sich die Nase und überlegt. »Strandleute, die lieber eine kleine Hochzeit haben wollen und die auf einfache und rustikale Dinge stehen.« Er lässt Gracies Hand los. Dann setzt er sich auf eins der langen cremefarbenen Ledersofas und holt sein iPad aus der Tasche. Ich rümpfe die Nase und fahre mit der Hand über das weiche Leder an der Lehne. Das Gefühl kommt mir auf unheimliche Weise bekannt vor.

Rory sieht mich mit zusammengekniffenen Augen an. »Und?«

Ich wollte eigentlich nichts sagen. Aber wenn er schon fragt.

»Luc hatte auch solche Sofas in seinem Loft.« Sein weiträumiges Wohnzimmer war nicht groß, sondern riesig. Möbel, die kleiner als drei Meter waren, wären optisch gewissermaßen in dem Raum verschwunden.

Rory sieht von dem Tablet auf. »Wenn ich ihn nicht sowieso schon blöd fände, würde ich ihn spätestens jetzt blöd finden.« Er schnaubt verächtlich, wahrscheinlich, um anzudeuten, dass er nur scherzt. »Hier, das sind Fotos von der Hochzeit, bei der ich schon einmal hier war. Vielleicht hilft dir das. Wahrscheinlich weißt du am besten, wie du hier fotografieren sollst. Aber falls dir die Zeit fehlt …«

Ich verstehe, was er sagen will. Falls ich zu aufgeregt bin, um einen klaren Kopf zu bewahren. Beleidigt bin ich nicht. Immerhin stecke ich ganz schön tief im Dreck. Daher bin ich über jede Hilfe froh. Selbst wenn sie von Mr. Sanderson kommt. Ich setze mich in größtmöglicher Entfernung neben ihn. Einen Moment Waffenstillstand. Ich recke meinen Hals, um die Fotos auf seinem Handy zu sehen, die er runterscrollt. »Aus diesem Winkel fängt man die Wendeltreppe am besten ein. Schöner Hintergrund mit dem Meer, davor die Brautjungfern am Balkongeländer. Die Trauzeugen stehen auf dem Sofa. Wo lebst du eigentlich?« Das kam wie aus dem Nichts und hat hier auch nichts zu suchen. Genau das hat mich damals im Schulbus jeden Tag genervt. Und die Sorge, dass ich mich zum Volltrottel mache und aus Versehen Ja sage.

Aber er ist schon beim nächsten Thema, ohne eine Antwort abzuwarten. »Wie diese Reihe von Schirmen hier auf der Terrasse aussieht! Fast ein wenig schade, dass es am Sonntag nicht regnet.«

Ich betrachte die wirklich fantastischen Bilder der Gäste mit ihren Regenschirmen, die von oben aufgenommen wurden. Da trifft mich die Erkenntnis. »Das ist der Unterschied zwischen dem Fotografieren von Hamburgern und Hochzeiten. Die Lebensmittel baue ich alle vorher auf und habe alles im Griff. Selbst den Dampf, der vom Eintopf aufsteigt, habe ich unter Kontrolle, der ist nämlich gefakt und kommt von einem Tampon, den ich erst in kochend heißes Wasser tauche und dann sorgfältig verstecke.«

»Echt?« Rory sieht mich mit wachsender Begeisterung an, als ich ihm das erzähle. »Du betrügst? Du überraschst mich, Holly-Beerchen.«

Ich übergehe seinen Kommentar und erwidere darauf nichts. »Bei Hochzeiten muss man auf den jeweiligen Moment reagieren. Man kann ein wenig im Voraus planen, aber der Rest ist Spontaneität. Ein Traum für Adrenalinjunkies. Aber für jemanden wie mich, der Sicherheit mag, ist das ein Albtraum.«

Er zieht die Mundwinkel herunter. »Das klingt, als würde dir das wirklich schwerfallen.«

Ich seufze. Umso länger ich darüber nachdenke, desto unmöglicher kommt mir das ganze Unterfangen vor. »Selbst wenn der Ort derselbe ist, ist alles andere doch jedes Mal anders. Das Kleid, das Wetter, die Gäste, die Deko.« Während ich rede, wird mir klar, worauf ich mich da eingelassen habe. »Und meine Aufgabe ist es, das zu sehen und das Beste draus zu machen. Das ist ganz schön viel Verantwortung. Und so viele Gelegenheiten, etwas falsch zu machen.«

Er sieht noch ein paar weitere Fotos an, dann dreht er sich zu mir um. »Ich glaube, Poppy hat das gesagt, oder war es Jess? Wenn die Fotos nur halb so gut sind wie diese hier, dann hast du großartige Fotos.«

Ich denke eine Weile nach. »In meinem Beruf geht es darum, das Produkt so gut wie möglich aussehen zu lassen.« Auf Zoes und Aidans Hochzeit habe ich mich noch nicht einmal gefragt, ob mir die Fotos gefallen. Aber wenn ich mir jetzt die Fotos auf Rorys iPad ansehe, die nichts mit mir zu tun haben, dann ist das etwas ganz anderes. »Dass ich das Schöne einfangen und schöne Bilder machen soll, war mir gar nicht klar.« Bei dem Gedanken läuft mir zu meiner Überraschung ein Schauder über den Rücken.

Rory lächelt. »Wenn du dich auf die schönen Aspekte konzentrierst, wer weiß, vielleicht findest du dann sogar Gefallen daran. Du bist schließlich eine Frau.«

»Das ist sehr unwahrscheinlich«, sage ich mit so viel Überzeugung, wie ich sie heute den ganzen Tag lang noch nicht empfunden habe.

Sein Gesicht verdüstert sich. »Da schwafel ich hier von schönen Aspekten. Ich kann gar nicht glauben, dass ich das wirklich gesagt habe.« Er stöhnt. »Wie auch immer. Lebst du denn noch mit den übergroßen Sofas in der Penthouse-Wohnung?«

Ich bin überrascht, dass er darauf zurückkommt. »Schön wär's.« Noch während ich das sage, weiß ich, dass das nicht stimmt. Ich würde mich da alleine nicht wohlfühlen. »Nee, ich wohne in einem Zimmer, das so groß wie ein Schrank ist, in einer nicht sehr schönen Wohnung.« Das war der offensichtliche Schritt nach vorne – oder zurück. Luc wollte unbedingt seinen amerikanischen Traum leben, und uns beiden war klar, dass ich nicht allein in seiner Wohnung bleiben würde. Er hat was Neues angefangen, und ich bin wieder zurück in mein altes Leben gegangen. Realistisch betrachtet muss ich sagen, dass Wohnungen wie die von Luc nicht meine Liga sind. Wahrscheinlich verdiene ich noch nicht einmal genug, um die Nebenkosten zahlen zu können.

Rory lacht. »Ein schrankgroßes Zimmer in London, cool. Ich teile mir eine Scheune mit ein paar Sudkesseln und einer oder zwei Eulen.« Zum Glück für die Nachbarn wohnt er nicht in einem Landhaus. Die Grundstückspreise wären sturzflugartig gesunken, wenn dieser Rocker in eine gute Gegend gezogen wäre.

Unwillkürlich muss ich grinsen. »Dann sind Hochzeiten wohl unsere einzige Gelegenheit, auf einem anständigen Sofa zu sitzen.«

Entsetzt sieht er mich an. »Spinnst du? Wir werden keine Zeit haben, um uns hinzusetzen.« Er lacht. »Du jedenfalls nicht. Und überhaupt, du solltest jetzt lieber anfangen, sonst werden wir nicht bis zum Mittag fertig. Prüf du schon mal die Winkel und Einstellungen, ich bleibe noch ein bisschen auf dem gemütlichen Sofa sitzen.«

Ich erkläre ihm gar nicht erst, dass ich nicht vorhabe, bis zum Mittag zu bleiben. Als ich aufstehen will, spüre ich ein Gewicht und merke, dass Gracie auf meinen Schoß geklettert ist. Ich lasse sie sanft zurück auf den Boden gleiten und entdecke in einer Ecke des Zimmers eine Kiste auf Rollen. »Komm mal mit, junge Dame, ich glaube, da hinten steht eine Kiste mit Spielzeug.«

Sie streckt die Hand nach Rorys Tablet aus. »Ich will lieber das iPad haben.«

Doch Rory ist schneller. »Pfoten weg, das gehört mir.«

Fassungslos sehe ich die beiden an. »Habt ihr noch nie was von Teilen gehört?« Wenn das nicht so traurig wäre, wäre es lustig. »Ihr könnt dieses Spiel mit den zehn grünen Flaschen zusammen spielen. Oder ihr seht euch ›Die kleine Meerjungfrau‹ an.«

»Oder auch nicht.« Rory schmollt genauso kindisch wie Gracie. »Das sorgt womöglich für mehr Ärger als Gurken in Form von Sticks.«

»Ich mag nur die ›Eiskönigin‹«, pflichtet Gracie ihm bei.

Ich seufze und sehe in die Spielzeugkiste. Ich hole eine paar kunterbunte Kegel hervor und rolle sie zu den beiden rüber. »Nehmt die hier. Das ist ein Spiel, das man in Kneipen und Gaststätten spielt.« Das sage ich als Anreiz für Rory. Wenn ihn das nicht überzeugt, dann weiß ich auch nicht.

»Wir könnten uns ebenso gut nützlich machen. Wir können dir Modell stehen, dir die Türen öffnen, so was in der Art.« Er erhebt sich umständlich und zieht sich die Jeans hoch.

»Glückwünsch, Rory, das habe ich zum ersten Mal von dir gehört. Du hast ›wir‹ gesagt und damit auch Gracie gemeint.« Gutes Benehmen muss man sofort loben.

Doch er überhört das Lob und springt zur Treppe. »Nimm deine Kamera und versuche, mich zu fotografieren, wie ich runterkomme.«

Er ist das genaue Gegenteil von Jules. Diesmal wird die Fotografin – in der dritten Person, die Befehlsempfängerin – herumkommandiert von dem Motiv. »Jetzt versuch's mal am Balkongeländer … und wie ich im Türrahmen lehne … jetzt kopfüber, mit den Beinen übers Sofa gelegt …« Kein Scherz. Porträtaufnahme, Weitwinkel, Nahaufnahme. Jacke an, Jacke aus. Klitschnass im Regen, trocken gerubbelt. An die Wand gelehnt, mit angezogenem Knie … neben Gracie … wie er aufs Meer schaut … wie er durchs Fenster in das Zimmer sieht … wie das Licht auf seinem Dreitagebart spielt … der Schatten unter seinem Kieferknochen …

Die nächste Stunde vergeht wie im Flug. Licht von vorne und von hinten. Mit verschwommenem Hintergrund, mit verschwommenem Vordergrund. Schließlich bin ich diejenige, die aufgibt und sich aufs Sofa sinken lässt. Auf dem Display sehe ich mir an, was ich geschossen habe, und bin überrascht. »Hmm, einige davon sind gar nicht soo schlecht.«

Rory nickt. »Du bist nicht mehr so aufgeregt, du kennst jetzt den Ort hier. Ich glaube, du bist jetzt so gut vorbereitet wie nur irgend möglich.« Er sieht sehr selbstzufrieden aus, wie er jetzt dasteht und sich die Hände reibt. »Habt ihr Hunger?«

Das ist mein Stichwort. Ich setze schon an, um meinen Text aufzusagen. Dann denke ich an die zweistündige Fahrt und die hungrigen Kinder und den hungrigen Fahrer und entscheide mich schnell um. »Aber bevor wir essen gehen, müssen wir etwas klarstellen.« Wenigstens das. Und das muss sein, weil ich mir nur zu gut vorstellen kann, wo wir landen werden, wenn Rory ganz allein entscheidet und ich jetzt nicht eingreife. »Idealerweise hat das Restaurant Hochstühle und Kindersitze sowie Barhocker. Und eine Speisekarte für Kinder.« Ich will ja keine Wunder. Ich vermute bloß, wenn er auch nur in die Nähe eines Spielplatzes kommt, löst sich sein Biermobil womöglich in Luft auf.

»Wie du meinst, Holly-Beerchen.« Er greift nach der Windeltasche und holt ein Päckchen hervor. »Aber bevor wir losgehen, bist du dran mit den Feuchttüchern.«

»Schöner Versuch. Das glaubst auch nur du.« Ich überlege kurz. »Muss Teddie denn schon wieder neue Windeln haben?«

Er verzieht das Gesicht und zögert. »Nein. Aber vielleicht solltest du das ... ähm ... das Problem mit der Zahnpasta lösen.«

Ich sehe ihn fragend an. »Das was Problem?«

»Du meintest doch vorhin was von wegen Puderzucker. Ich konnte das nicht richtig sehen. Aber nachdem wir auf dem Balkon im Regen standen, sehe ich das ganze Zuckerguss-Tropfkuchen-Bild.«

»Woher zum Teufel kennst du Tropfkuchen, Rory?« Ich muss ihn das einfach fragen.

Er sieht verlegen drein. »Na, die sind doch jetzt so in Mode. Ich sagte dir doch, dass ich auf vielen Hochzeiten bin.« Er grinst schief. »Allerdings ist dies die erste Erdbeertorte mit weißem Guss, die ich zu Gesicht bekomme.« Er hält mir sein Handy vors Gesicht, als fotografiere er.

»Ich weiß nicht, was du meinst.«

»Den Puderzucker auf deinem Gesicht. Er verläuft.« Jetzt hält er mir sein Handy mit einem Bild von mir vor die Nase. Mir fallen fast die Augen aus dem Kopf.

»Aaaahhh!« Das sieht genauso aus, wie er es beschrieben hat, und noch schlimmer. Leuchtend rote Wangen, darüber zerfließende weiße Paste. »Oh Gott, Rory, warum hast du denn nichts gesagt?«

Er unterdrückt ein Lachen. »Da, nimm jetzt die Feuchttücher.« Er drückt sie mir in die Hand, dazu eine Plastikflasche und lacht unerträglich selbstgefällig.

»Feuchtigkeitscreme für den Babypopo?« Jetzt habe ich echt genug.

Er zieht eine Grimasse. »Das ist das Beste, was wir dabeihaben. Und ehrlich, du brauchst alle Hilfe, die du kriegen kannst.«

Wo er recht hat, hat er recht. Aber nur dieses eine Mal. Und wenn ich mich auf Rorys Hilfe verlassen muss, bin ich ganz schön am … Babypopo.

15. Kapitel

Seepferdchen und Herzmuscheln

Freitag, 8. Dezember
In der Küche im Gutshaus von Daisy Hill

Es stellt sich heraus, dass Gracies Gourmetgeschmack mehr Ähnlichkeiten mit dem ihres Onkels hat, als ich für möglich gehalten hätte. Sie mag zwar ihre Nase über Rorys Lammgericht mit Safranreis gerümpft haben, im Salty Fish, dem Pub in Port Giles, jedoch hat Gracie ordentlich zugelangt: Klößchen, gurkenfreie Vorspeisen, Dips und Ofenpizza. Währenddessen saß Teddie in seinem schicken Hochstuhl und strampelte fröhlich vor sich hin. Mein Appetit war eher gedämpft wegen der Hochzeit, die in Affengeschwindigkeit auf mich zurast, und wegen meiner neuen roten Gesichtsfarbe. Und da hat sich Gracie auch über meinen geräucherten Lachs an Dill und Quinoa hergemacht. Wenn Rory nicht aufgepasst hätte, hätte sie wahrscheinlich auch noch seine dreifach frittierten, handgeschnittenen Pommes frites verschlungen. In der Abenddämmerung fahren wir endlich wieder auf den Hof der Farm. Und es ist eine Erleichterung, Rory und den Kindern zum Abschied zu winken und mir einen Stuhl zu holen und mich neben Immie und Poppy an den Küchentisch zu setzen.

»Willst du einen Cupcake zu deinem Kakao, Hols? Ich experimentiere gerade mit einer Strandversion für Nate und Becky. Danke, dass du mich ihnen empfohlen hast.« Poppy hantiert mit ihrem Spritzbeutel und serviert blau-grüne wellenförmige Küchlein mit Buttercreme auf einem Blech. »Wolltest du nicht die Füße hochlegen und weniger arbeiten?« Ich will sie nicht unnötig ermahnen, aber wir sind uns alle einig, dass wir auf sie aufpassen und an ihre Ruhezeiten erinnern wollen.

Sie protestiert mit hoher Stimme: »Das ist meine Art zu entspannen.« Immie verdreht die Augen. »Ich habe sie überredet, sich dabei hinzusetzen. Und ich leiste meinen Beitrag, indem ich so viele Cupcakes wie möglich esse.« Sie schnauft. Und wenn ich mir den Haufen Teigwaren vor ihr ansehe, dann ist das kein Scherz.

Nach dem Trauma mit dem Make-up heute habe ich schon befürchtet, nie wieder Puderzucker sehen zu wollen. Aber während ich jetzt Poppy beim Backen beobachte, läuft mir zu meiner Erleichterung doch das Wasser im Mund zusammen. »Einen könnte ich wohl vertragen.« Lustig. In dem Restaurant dachte ich, ich würde nie wieder Hunger bekommen. Aber ein Cupcake macht den Kohl nicht fett.

»Die Deko kannst du selber gestalten«, sagt Poppy. Sie gibt mir das Gebäck und schiebt mir einen Teller mit glänzenden gelben Muscheln und Seesternen zu. »Schön, dass du wieder Farbe im Gesicht hast. Geht es dir jetzt besser, nachdem du den Veranstaltungsort gesehen hast?«

Ich beiße durch eine dicke Schicht Buttercreme in den Cupcake und lasse mir den süßen Geschmack auf der Zunge zergehen. »Die alte Rettungsstation ist fantastisch«, sage ich zwischen den Krümeln hindurch. Das Make-up-Desaster überspringe ich und komme gleich zu den wichtigen Dingen: »Aber wie soll ich bloß bis Sonntag lernen, eine so große Menge Menschen im Blick zu haben?«

Poppy zieht die Augenbrauen zusammen und überlegt. »Ich habe an dem Tag frei. Ich kann dich hinfahren und dir helfen.«

Immie pflichtet ihr bei: »Ich könnte mir auch Zeit freischaufeln.«

»Vielen Dank. Das wäre eine große Hilfe, euch dabeizuhaben.« So gut, wie sie es meint, aber ich bin mir nicht sicher, ob Poppy wirklich arbeiten sollte. Also sage ich, um zum eigentlichen Problem zu kommen: »Die Sache ist die, dass Jules' hellblaue Augen die Menschen faszinieren, vor allem, wenn er mit größeren Gruppen zu tun hat.«

Immie lacht. »Das liegt vielleicht auch an seinem diktatorischen Vorgehen.«

Poppy wirft Immie einen warnenden Blick zu. »Man braucht etwas, um die Aufmerksamkeit der Menschen auf sich zu ziehen, Hols. Ich glaube, ich weiß was.« Sie holt etwas aus der Tischschublade. »Das ist zwar recht weihnachtlich, aber warum nicht?« Sie hebt die Hand und schüttelt. Ein lautes Klingeln ertönt.

»Eine herzförmige Glocke?« Zur Feier der Glocke greife ich nach zwei weiteren Cupcakes. »Das ist super.«

Sie nickt. »Die habe ich beim Weihnachtsschmuck gefunden. Jeder Fotograf hat so seine eigenen Tricks. Das hier könnte deiner sein.« Sie hält eine silberne Pfeife hoch und bläst hinein. »Und die Pfeife könnte deine zweite Verteidigungsmaßnahme sein.«

Immie grinst. »Pfeifen und Glocken? Du hast tolle Ideen, Pops.«

Ich bin ganz aufgeregt. »Vielleicht funktioniert das.«

Poppy lächelt mich an. »Wenn du den ersten Trauzeugen für dich einspannst, hast du darüber wahrscheinlich alle Gäste im Griff.«

»Heiliger Bimbam, Achtung, das Biermobil ist im Anmarsch!«, ruft Immie mit vollem Cupcake-Mund und mit Blick aus dem Fenster. »Was ist mit Rory los? Der geht gar nicht wieder weg.«

Poppy fängt meinen Blick auf, und ich verlege mich aufs Leugnen. »Der Tag heute war genauso schrecklich wie vermutet. Oder eher noch schlimmer. Er kommt bestimmt nicht meinetwegen. Noch ein Tag, dann ist er die Kinder los, und mit ein bisschen Glück verkriecht er sich dann wieder in seiner Brauerei.« Ich drücke sämtliche Daumen und Zehen …

Der Anblick ist mir inzwischen vertraut. Rory, der mit Teddie auf der Hüfte und Gracie an der Hand hereinkommt. Als sie in die Küche stolpern, bringen sie einen Stoß kalte Luft mit hinein. Bevor ich weiß, wie mir geschieht, klettert Gracie auf meinen Schoß. Sie drückt mir den Plüschschneemann in die Hand und beäugt meine Kuchen.

»Willst du einen Cupcake, Gracie?« Ich gebe ihr meinen, und sie stopft ihn sich gleich ganz in den Mund. »Soll da noch ein Seestern drauf?«

Voller Ernst sagt sie, während sie ihre Finger ableckt: »Ich mag keine Meeresfrüchte.«

Unwillkürlich muss ich lachen. »Ach, aber meinen geräucherten Lachs hast du vorhin gegessen?«

»Habt ihr beide Freundschaft geschlossen?«, fragt Immie.

Rory holt tief Luft. »Was sehr zu begrüßen ist. Unter diesen Umständen.«

Mit heller Stimme, der die Besorgnis dennoch anzuhören ist, fragt Poppy: »Ist alles in Ordnung?«

»Es könnte besser laufen«, sagt Rory und schüttelt den Kopf. »Offenbar wird Erin morgen doch nicht entlassen. Bis Montag müssen wir also noch durchhalten. Wenn nicht noch länger.«

»Du kannst in dem Cottage wohnen, solange du willst«, sagt Poppy sanft. »Magst du einen Cupcake?«

Immie schaltet sich sofort ein. »Da ist auch noch eine Kiste Bier im Büro, ›Bad Ass Santa‹.« Offensichtlich kennt sie Rory sehr gut und kann seine Gedanken lesen. »Hast du am Sonntag was vor? Das Bizzy Bouncers soll am Wochenende sehr gut sein. Oder ihr geht zu Crazy Kids oder in diesen Freizeitpark, Fun World.« Vielleicht kennt sie ihn doch nicht so gut? Bei diesen Vorschlägen?

»Fun? Ich glaube, das ist kein Spaß.« Rory sieht schlecht aus.

Poppys Augen glitzern. »Oder Immie und ich passen hier auf die Kinder auf, und du hilfst Holly auf der Hochzeit in Port Giles. Das wäre doch eine gute Arbeitsaufteilung.«

Ah, bitte nicht! Nicht noch ein Tag! Ich stöhne leise. »Kann nicht bitte jemand anders mitkommen?«

Immie mischt sich ein: »Du bist der berühmteste Hochzeitsgast in ganz Cornwall und kennst dich mit Hochzeiten super aus, Rorers. Wahrscheinlich warst du auf mehr Feiern als Rafe und Kip zusammen.«

Poppy seufzt. »Und für mich wäre ein Tag hier zu Hause weniger anstrengend, selbst wenn die Kinder hier sind.« Ihre Augen leuchten, als sie Gracie anlächelt. »Wir könnten backen. Wir könnten zum Beispiel Schneemann-Cupcakes backen. Hast du Lust dazu?«

Rorys Gesichtsausdruck spricht Bände. »Oder ...« Die Wahl zwischen dem Freizeitpark und einer Fahrt mit mir nach Port Giles ist für ihn anscheinend wie die Wahl, die Zähne oder die Nägel gezogen zu bekommen. Ohne Betäubung. »Vielleicht könnte ich Poppy beim Backen helfen, und Immie fährt nach Port Giles.« Sein Gesicht hellt sich auf, während er das sagt.

Einen Augenblick lang sehen wir Frauen uns an.

»Was hältst du davon, Hols? Willst du lieber mit mir oder mit Rory dahin?«, fragt Immie, die Hände in die Hüften gestemmt. Ihr T-Shirt spannt sich über ihre Brüste und zeigt den Spruch: *Feuerwehr? Vergiss das Auto, nimm den Mann.* Wenn es ums Ausgehen und Spaßhaben ginge, würde ich nicht zögern.

Poppy stützt das Kinn auf die Hand. »Immie, ehrlich, du leistet wunderbare Arbeit hier mit den Ferienwohnungen.

Aber du musst zugeben, dass du nicht der repräsentativste und kundenorientierteste Mensch bist.«

Rory lacht. »Stimmt. Immie, mit deiner bunten Sprache, du hältst nie hinterm Berg mit deinen Kraftausdrücken, da geht es womöglich mit dir durch, und du erzählst am Ende noch der Brautmutter, dass sie sich ihren Fascinator sonst wohin schieben kann.« Ihm scheint nicht klar zu sein, dass er sich um Kopf und Kragen redet, wenn er so weitermacht.

Immie ist beleidigt und redet jetzt ohne Rücksicht auf Verluste: »Halt den Mund, Sanderson. Auf Hochzeiten kommst du mit deinen Bierkisten vielleicht gut an. Aber die Autos, die du im Meer versenkt hast, stehen dir nicht gut zu Gesicht.« Sie verdreht die Augen, räuspert sich und macht eine Faust. »Und vergiss nicht, ich habe den Wettbewerb im Armdrücken im Goose and Duck gewonnen. Ich habe genug Muskeln, um die Ausrüstung zu tragen und jeden Streit beizulegen.«

Ich schalte mich ein und greife nach jedem Strohhalm – und jedem Klischee. »Vielleicht können mir Rafe oder Kip helfen? Wie allgemein bekannt, halten Rory und ich es keine fünf Minuten zusammen in einem Raum aus.« Wenn er ein T-Shirt mit einem Motto hätte, müsste da draufstehen: *Wandelnder Ärger ... mit Problemen*. Oder vielleicht stünde da auch einfach nur: *Idiot*. Schlicht und simpel. »Ich spiele den Ball zurück an Poppy. Sie soll entscheiden.« Ich kann ihr ja kaum sagen, wie sehr ich mir sie als Begleitperson wünsche.

Poppy verschränkt die Arme vor der Brust. »Tut mir leid, Hols. Aber du und Rory, ihr wart heute beide an dem Veranstaltungsort. Er hat Charme ohne Ende, der bei den Gästen gut ankommt. Und eine Kamera hat er außerdem auch.«

Ich sacke zusammen. »Du hast eine Kamera?« Das kommt überraschend. Was den Charme betrifft, den müsste ich dann wohl erst noch entdecken.

Rory grummelt lauter, als er nickt. Vermutlich will er nicht gerne den Aushilfsfotografen spielen.

Immie schüttelt den Kopf. »Verflixt und zugenäht, dann bin ich draußen. Wenn das so ist, dann nehme ich Teddie.«

»Gut, dann hätten wir das geregelt. Wer braucht noch Arbeit am Sonntag?« Poppy sieht in die Runde und lächelt. Ich fasse nicht, was wir hier gerade beschlossen haben.

Ich verziehe den Mund. Dann muss ich wohl für mich selber einstehen. »Pech, Rory. Da haben wir beide den Kürzeren gezogen.«

»Selber Pech, Holly-Beerchen.«

Ganz toll. Er kommt zu mir und knufft mir versöhnlich gegen den Arm. Der Duft seines Aftershaves steigt mir in die Nase, und ich habe schon wieder dieses komische Gefühl in der Magengegend. Oh nein, nicht schon wieder.

16. Kapitel

Mit fliegenden Fahnen

Sonntag, 10. Dezember
In der Dachwohnung über »Brides by the Sea«

Ich wache am Sonntagmorgen auf. Das Festnetztelefon klingelt, und ich rieche Toastbrot und Schinken.

Schließlich finde ich das Telefon unter meinen Hemden und Hosen. Poppy ist dran.

»Hols, das ist ein morgendlicher Weckruf, um dich zu warnen: Rory ist auf dem Weg zu dir.« Dann war meine Vorstellung, dass sie in der Küche steht und das englische Frühstück zubereitet, kompletter Blödsinn.

Ich stöhne laut auf. »Suuuper. Danke.« Zwei Sekunden später bin ich aus dem Bett. Unten klappert das Geschirr. »Vielleicht ist er schon hier.«

Ich wanke in die Küche und verfluche mich, weil ich vergessen habe, mir gründlich den Rest von dem Make-up-Desaster am Freitag aus den Poren zu reinigen. Ich reibe mir die Augen und sehe Rory am Herd stehen. »Ist das deine Entschuldigung, um die Kinder extra früh hier abladen zu können? Und ist dir klar, dass das Poppys zweitbeste Schürze ist, die du da trägst?«, frage ich leicht gereizt, weil er sich hier einfach ungefragt Zugang verschafft hat. Und weil die Küche so unordentlich aussieht, als hätte hier eine Kochshow stattgefunden, und ich schon an den Abwasch denke.

Er dreht sich zu mir und grinst. »Ich wünsche dir auch einen guten Morgen, Holly. Ich bin mir sicher, dass es Poppy nichts ausmacht, wenn ich mir ihre Schürze leihe, damit die gute Hose des Fotoassistenten sauber bleibt.«

»Was machst du da? Außer alle Töpfe rauszukramen?« Poppys neue Schürzen sind extragroß, wegen der Schwangerschaft. Wenn ich mir seinen Unterleib in guten Hosen vorstellen wollte, was ich natürlich nicht tue, dann sehe ich jetzt hilfsweise nur ein bisschen dunklen Stoff unter der rosa Schürze.

»Keine Sorge, Holly B. Ich bin für dich da, wie früher.«
»Wie bitte?«
»Ich habe immer auf dich aufgepasst. Wir sind beide Außenseiter, die zusammenhalten müssen. Das werde ich nie vergessen. Heute mag es schwierig werden, aber wir stehen das schon zusammen durch. Nur einen Tag lang.« Er schwingt den Löffel, als hätte er Nachhilfestunden bei Jamie Oliver genommen. »Und das Kochen hier, ich dachte, ein Frühstück ist eine gute Grundlage.«

Dabei wissen wir sehr wohl, dass er die Bedeutung unserer Bekanntschaft hier übertreibt. Und seit wann denkt er über gute Grundlagen nach? »Wieso ist der Schüler, der seinen Wagen ins Meer gesetzt hat, plötzlich so weise geworden?«, frage ich, weil das eine berechtigte Frage ist. Meistens ist es doch so: Was Hänschen nicht lernt, lernt Hans nimmermehr.

Er kneift die Augen zusammen. »Ich erkläre dir mal ein, zwei Dinge. Es war das Auto meines Vaters, das ich im Meer versenkt habe, nicht mein Auto. Und es war kein Unfall. Das habe ich absichtlich gemacht, aus Rache. Um ihn da zu treffen, wo es ihm am meisten wehtat.«

Seine offenen Worte lassen mich zusammenzucken. »Herrje, Rory, das ist hart.« Wenn die Leute sich von mir fernhielten, nachdem Freya starb, weil sie nicht wussten, was sie sagen und wie sie sich verhalten sollten, hat mir das nichts ausgemacht. Wenn es um einen Familienstreit geht ... ich wusste schon, dass seine Eltern sich getrennt hatten, aber ich hatte keine Ahnung, dass es so bitter war.

»Es war das, was er verdient hat. Irgendwann erzähle ich dir alles«, erwidert er.

»Ich komme darauf zurück.« Jetzt muss ich mich erst mal an den Gedanken gewöhnen, so früh am Morgen Baked Beans zum Frühstück zu essen. Mehr Geheimnisse vertrage ich auf jeden Fall nicht auf leeren Magen. »Immerhin spielt das Wetter heute mit.« Ich werfe einen Blick durch die Dachluke. Ich will unbedingt das Thema wechseln. Die Sonne funkelt auf dem Meer. Obwohl ich nur ungern zugebe, dass seine Wettervorhersage zutreffend war.

»Rührei, Vollkornbrötchen, Champignons und Tomaten, was möchtest du?« Schon zieht er zwei Stühle an den Tisch und schenkt mit der anderen Hand Kaffee ein.

»Super.« Ich blinzele und versuche, meinen Appetit aufzuwecken. Er stellt zwei vollgefüllte Teller auf den Tisch. »Danke.«

»Gebratenen Speck? Salzarm und über Kastanienholz geräuchert. Gegrilltes Brot und Waffeln.« Er reicht mir das Essen und sieht mich so skeptisch an, als würde er nach Mitessern suchen. »Du wirst dich doch nicht wieder übergeben vor lauter Hochzeitsnervosität, oder?«

Wieder? Das verrät ihn. Woher weiß er das? »Weißt du von dem Vorfall auf Zoes Hochzeit?«

Wenigstens hat er Anstand genug, ein schuldbewusstes Gesicht zu machen. »Weiß das nicht jeder?«

Genau davor hatte ich Angst. »Hat man denn hier überhaupt keine Privatsphäre?« Noch während ich das aus dem Bauch heraus sage, weiß ich, dass die Frage lächerlich ist. Tatsächlich kenne ich die Antwort darauf praktisch schon mein ganzes Leben lang. Wenn ich das kurzzeitig vergessen habe, liegt das daran, dass ich lange Zeit nicht hier gelebt habe. »Nur um das richtigzustellen, ich habe mich nicht aus Nervosität übergeben, sondern aus ganz anderen Gründen.«

Er zuckt mit den Schultern. »Warum sonst sitzen wir jetzt hier und nehmen ein gutes Grundlagenfrühstück zu uns? Sich auf Hochzeiten zu übergeben ist jedenfalls keine gute Idee.«

Ich hebe meine Hand. Mein Magen grummelt schon. »Es reicht, okay?«

Es zuckt in seinem Gesicht, als er sich setzt und Rührei auf seine Gabel schaufelt. »Jetzt sehe ich wenigstens mal dein Nachthemd. Das hast du mir früher nie gezeigt.« Er unterdrückt ein Lachen.

»Natürlich nicht!« Obwohl ich mich nicht daran erinnere, dass er mich jemals danach gefragt hat.

Er runzelt die Stirn. »Wenn ich versucht habe, mir dein Nachthemd vorzustellen, hattest du einen Wonder-Woman-Einteiler an.«

Vor Schreck verschlucke ich mich an dem Kaffee, und er kommt mir durch die Nase wieder raus. »Quatsch. So etwas gab es damals noch gar nicht. Und das hätte ich bestimmt nicht getragen, weil ich nicht der Typ dafür bin, nicht so modisch frech.« Ich wische einen Krümel von meiner Schlafanzughose und sehe mir das Bild vom Eiffelturm darauf an.

Er hakt sofort nach. »Das war schon immer dein Problem. Du könntest frech sein, wenn du wolltest.«

Ich verstehe ihn und seinen Frust. Manchmal bin ich selber frustriert. »So bin ich nun mal. Ich denke lieber erst nach, bevor ich etwas tue. Freya wäre mehr dein Typ gewesen. Sie wäre mit größtem Selbstverständnis auch in einem Superman-Anzug rumgelaufen.« Und selbstverständlich hätte sie sich auch nicht von etwas so Unwichtigem wie Hochzeitsfotos ins Bockhorn jagen lassen. Sie hätte sogar den Mumm gehabt, Kriegsberichtsfotografin zu werden. Andererseits wäre ihr der Job vielleicht zu unwichtig vorgekommen und sie hätte eher die Weltherrschaft übernommen.

Rory schüttelt sich. »Freya konnte einem regelrecht Angst machen. Du hättest erleben müssen, wie sie mich angegangen ist, als du zum ersten Mal den Bus zur weiterführenden Schule nehmen musstest und sie dachte, ich würde dich ärgern. Sie hat dich verteidigt wie eine Löwenmutter ihr Junges.«

Es ist schön, dass er so offen über sie redet. Nichts kann sie mir zurückbringen, aber es ist tröstlich, jemanden zu haben, der sie gut kannte und sich daran erinnert, wie sie ihn abgewiesen hat.

Ich lache. »Sie kannte keine Furcht und war jederzeit zum Angriff bereit. So war sie. Es war schrecklich, als sie nicht mehr da war und sich nicht mehr für mich einsetzen konnte.« Ich muss ihm nicht sagen, dass es auch ansonsten schrecklich war. Er weiß das. Er war ja damals dabei.

Nachdenklich sagt er: »Schade, dass der Mumm nicht gleichmäßiger verteilt wurde. Dann hätte sie auch weniger austeilen können, und ich hätte weniger abgekriegt. Ich meine, sieh dir mal dein Oberteil an …«

Ich sehe an mir herab und wünschte, ich könnte mir den Anblick ersparen. »He, sag nichts gegen mein Oberteil mit dem Paris-Motiv. Das ist mein Lieblingsschlafanzug.« Es war ganz schön schwer, einen warmen Pyjama ohne Rentiere drauf oder Rotkehlchen oder sonstige Weihnachtsmotive zu finden.

Er legt seine Gabel nieder und stützt seinen Ellbogen auf den Tisch. Dann bettet er das Kinn auf seiner Hand und sieht mich eindringlich an. »Würdest du mit mir nach Paris fahren?«

Kurz kribbelt mein Bauch. Dann lande ich wieder in der Realität und erinnere mich daran, wer vor mir sitzt. Schließlich arbeiten auch mein Verstand und mein Mund wieder.

»Halt die Klappe, Rory. Du weißt genau, dass ich das nicht tun würde.«

Er lächelt. »Genau das wollte ich sagen. Wenn du ein kleines bisschen ausgelassener wärst, hättest du vielleicht auch mehr Spaß im Leben. Wenn du immer nur ängstlich und vernünftig bist, verpasst du das Beste.«

»Blödsinn, Rory. Ich lebe nur im Moment sehr zurückgezogen und bin noch nicht über meine letzte Beziehung hinweg. Ich brenne doch nicht mit dem erstbesten Hallodri durch, der ›Paris‹ auf meinem Oberteil liest und auf komische Gedanken kommt.« Schon schlimm genug, dass wir zusammen nach Port Giles fahren, denke ich. Selbst wenn Rory der einzige Mann in Cornwall wäre, würde ich mit ihm noch nicht mal bis nach Plymouth fahren, geschweige denn nach Paris.

»Warum trägst du dann so ein Oberteil, Berry?«, fragt er und sieht mich wieder mit diesem Blick an, den er so gut draufhat.

Verdammt. »Mann, Rory, das ist ein sinnloser Spruch auf einem Shirt, keine Einladung. Wenn ich nicht gegen Weihnachten wäre, wäre da jetzt eine verdammte Schneeflocke auf meinem Oberteil, okay? Außerdem ist das mein Schlafanzug, den bekommen die allermeisten Menschen überhaupt nicht zu Gesicht!« Gutes Argument. Stimmt doch. Ich ziehe das ja nicht im Jaggers an.

Seinem überlegenen Grinsen nach zu urteilen denkt er, er säße beim Anwalt. »Tatsächlich würde ich dich gar nicht bitten, mit mir nach Paris zu fahren. Falls du's vergessen hast: Frauen und Beziehungen fallen nicht mehr in meinen aktuellen Aktivitätsbereich. Hätte ich vielleicht gleich dazusagen sollen.« Wie schön für ihn.

Fast schreie ich, weil ich so genervt bin. »In deinen was? Du nörgelst über mein Nachthemd und redest dann so einen Schwachsinn?«

»Ich will nur sagen, dass wir zwar seit Kurzem – notgedrungen – viel Zeit miteinander verbringen, dass das ja aber nicht immer so bleiben wird. Das solltest du nur wissen.« Jetzt hat er also in ruhige Fahrwasser zurückgefunden und macht einen Rückzieher, der sich gewaschen hat. »Es tut mir leid, ich hätte das mit Paris nicht sagen sollen. Das war ein Fehler. Ich wollte dir nur ganz theoretisch zeigen, dass du dir mehr zutrauen und mehr Dinge wagen solltest, wenn du wieder glücklich werden willst.«

Jetzt gibt er mir auch noch weise Ratschläge und gute Tipps. Als Nächstes erklärt er mir wahrscheinlich noch, was »hygge« heißt. Trotzdem spüre ich einen klitzekleinen Hauch von Enttäuschung, dass er in atemberaubender Geschwindigkeit von ehrlich zu gestelzt umschwenkt.

Ich hole Luft. »Dann wissen wir also beide, dass wir nicht nach Paris fahren wollen. Und können wir jetzt zu Ende frühstücken und in den Tag starten?« Auch wenn ich bis eben noch gezögert habe, in meinen butterbeschmierten Bagel zu beißen, ist jetzt genau der richtige Moment dafür. Schließlich ist auf meinen Champignons herumzukauen die beste Entschuldigung, um nicht zu reden. Also esse ich drauflos. Und auf den vor uns liegenden Tag, diesen Albtraum aus der Hölle, kann ich mich gar nicht schnell genug stürzen, da schon die Tatsache, dass Rory Sanderson in meiner Küche sitzt, schlimm genug ist.

»Gut. Genau deshalb bin ich hergekommen.« Wenn er Gracie wäre, würde er jetzt schmollen.

Ich esse fast alles auf, dann wedele ich mit dem Handy vor seiner Nase, während er noch isst. »Ein paar Verhaltensregeln für die Fahrt. Am Freitag haben wir deine Musik gehört, deshalb hören wir heute meine.« Poppy hat mir ein paar Lieder zusammengestellt und auf mein Smartphone geladen. Die Liste hat sie betitelt mit: *Du brauchst kein Rettungsboot, du schaffst das!* Lauter meiner Lieblingssongs aus den Achtzigern, dazwischen einige ihrer »Mutmacher«-Lieder. Und zur Sicherheit »Don't Stop Me Now!« gleich mehrmals. Eine gewisse Schadenfreude verspüre ich wegen Rory, der sich das anhören muss.

Ihm bleibt kaum etwas anderes übrig, als Ja zu sagen. »Na gut.«

»Hast du deinen Fotoapparat dabei?«

Er schüttelt den Kopf, als sei ich die Idiotin. »Was glaubst du denn?«

»Habe ich mir schon gedacht«, murmele ich.

Er sieht auf sein Handy. »Machst du dich fertig? Oder besteht dein Fotografentrick zur Gewinnung der allgemeinen Aufmerksamkeit darin zu sagen: ›Hey, Leute, ich bin heute nackig‹?« Egal wie lange er lacht, lustig ist das nicht. Schließlich kriegt er sich wieder ein und tunkt den Rest Soße mit dem Toast auf. »Es ist schon spät. Vielleich lassen wir den Abwasch erst mal stehen.«

Um zu wissen, dass das kommt, muss man kein Hellseher sein.

Als wir zwanzig Minuten später die Treppen runtergehen, bin ich trotz des gehaltvollen Frühstücks, das einem Holzfäller würdig gewesen wäre, schon ganz erledigt. Was auch an der vollen Stunde liegt, die ich mit Rory verbringen musste. Dann muss ich jetzt nur noch die Hochzeit überstehen.

17. Kapitel

Sponsoren und Treibholz

Sonntag, 10. Dezember
Scotts und Nancys Hochzeit in der Rettungsstation, Port Giles

»Ist das Frühstück noch bei dir, Holly-Berry?«, fragt Rory.

Seine atemlose Frage jagt mir hinterher, als wir zur Rettungsstation eilen. Während der letzten Stunde unserer Fahrt hat er sich mindestens so oft nach meinem Nervositätsstand erkundigt, wie wir »Don't Stop Me Now!« gehört haben. Und nachdem er seine »Ich bin nicht zu haben«-Rede über die Bühne gebracht hatte, kehrte er auch prompt wieder zu den gewohnten Sticheleien und Feindseligkeiten zurück. Als die Küste in Sicht kam, meinte er, dass er aussteigen würde, wenn er noch einmal »Bat Out Of Hell« hören müsse. Auf den letzten paar Kilometern mit Blick über den Strand und die glitzernde See hat er dann »Titanium« in Dauerschleife abgespielt, in derselben Lautstärke, in der Jules seine »Going to War«-Songs laufen ließ. Um Missverständnissen vorzubeugen: »Laut« heißt in dem Fall wirklich laut. So viel Dezibel, dass meine Wangen bebten und die Wagentüren vibrierten. Als wir auf dem Parkplatz ankamen und er sein Biermobil auf seinen Lieblingsplatz, dem unangebracht auffälligen Strandhügel, abgestellt hatte, schrie ich immer noch *»I'm bulletproof, nothing to lose!«* mit voller Inbrunst, bis das Lied zu Ende war. Auf dem Weg zur Rettungsstation kam ich mir also ziemlich unbesiegbar vor. Oder anders gesagt: Wenn ich auf der Tour de France eine hundertsechzig Kilometer lange Etappe mit Chris Froome hätte fahren sollen, wäre ich mir sicher gewesen, auf dem Siegertreppchen zu landen. Dazu der Sonnenschein und die Tatsache, dass Rory mir erlaubt hat, dreimal zu »Lass jetzt los« mitzusingen. Jetzt marschiere ich über den Kies mit dem Überschwang eines manischen Lemmings, der auf die sprichwörtliche Klippe zueilt. Tatsache laufe ich so schnell, dass Rory nach jedem dritten Schritt einen Hopser machen muss, um mithalten zu können.

»Alles gut ... bislang«, will ich sagen, doch als ich den Mund öffne, kommt tief aus meiner Brust ein Atemzug, der meine Worte zur See hinausträgt. Stattdessen nicke ich wie von Sinnen. Rory überholt mich und öffnet die dunkelblaue Tür der alten Rettungsstation. Plötzlich sacken mir unerwartet die Knie weg. Ich versuche, ein Bein vors andere zu setzen. Aber es scheint, als würde sich mein unbesiegbares Ich in meinen Schuhsohlen sammeln und da festkleben. Das ist das Problem mit spontanen, völlig ungeplanten Halts. Rory weiß nicht, was passiert ist, und läuft einfach weiter geradewegs vor die Füße der – so steht es auf ihrem Pulli – Brautmutter. Er blickt über seine Schulter zurück, sieht mich, wie ich da angewurzelt an der Tür stehe und tue, als wäre ich ein Goldfisch. Daraufhin trifft Rory eine typische Rory-Sanderson-»Ich bin der Chef«-Entscheidung und prescht voran, als sei nichts.

Zackig streckt er die Hand aus und greift die Frau am Handgelenk. »Hallo, guten Tag, wir sind Rory und Holly, die Fotografen, die für Jules einspringen. Schön, Sie kennenzulernen.« Seine Stimme hat diesen unwiderstehlich vollen, tiefen Klang. In dem Bruchteil der Sekunde, in der er die Hand der Dame genommen hat und grinst, ist klar, dass er sie bereits für sich gewonnen hat.

Sie entspannt sich sichtlich und kichert. »Sie sind ein Held, Rory. Wir sind Ihnen so dankbar, dass Sie heute einspringen und unsere Feier retten.« Obwohl sie seine Mutter sein könnte, beugt sie sich zu ihm und flirtet ganz eindeutig mit ihm. Mich übersieht sie zwar völlig, aber da ich auf Unsichtbar-Mission unterwegs bin, darf ich mich darüber nicht beschweren. Eigentlich könnte es gar nicht besser sein.

Er zuckt mit den Augenbrauen. »Gesponsert werden wir übrigens von Roaring Waves, der Brauerei. Mein Wagen steht da vorne. Gleich hole ich noch eine Kiste Bier, mein ›Bad Ass Santa‹, als Geschenk an das Brautpaar.«

Obwohl ich wie angewurzelt in der Tür stehe, schießen meine Augenbrauen vor Entsetzen in die Höhe.

Er ruft mich, als er rückwärts in die Halle geht. »Komm, Holly, wir müssen die Braut finden.«

Ich stolpere hinter ihm her und krächze: »Gesponsert?«

Er zuckt mit den Schultern, was alles oder nichts heißen kann. »Immerhin komme ich nicht mit leeren Händen zur Party. Wenn die Männer das Biermobil entdecken, wollen sie meistens eh ein Foto schießen. Also, unterm Strich haben doch alle was davon.«

Wenn er jetzt nicht so verflixt gut aussehen würde, würde ich ihn damit aufziehen. Unter seiner Windjacke trägt er ein weißes Hemd, das gebügelt ist und bestimmt teuer war. Bei jedem anderen Kinn würde ich zugeben, dass der Dreitagebart gut aussieht. So gut, dass mein Magen verbotenerweise flattert. Wahrscheinlich liegt das daran, dass ich vor einem Jahr zum letzten Mal Sex hatte und Rory ein weißes Hemd trägt. Das erinnert mich an Luc. In der Not frisst der Teufel bekanntlich Fliegen. Um mich abzulenken, sehe ich mir die Deko an, die nach Freitag angebracht worden ist.

»Wow, sieht das toll aus!« Als wir durch den großen Saal gehen, bewundere ich die Weihnachtsbäume aus Treibholz und die unzähligen Lichterketten, so viele, dass man damit halb Lappland beleuchten könnte.

Als wir vor dem Ankleidezimmer stehen, klopft Rory an, wartet auf Antwort und tritt ein. »Wir sind Rory und Holly, die Fotografen, die einspringen.« Er wuselt herum und tut so, als wäre er hier der Erziehungsberechtigte mit der Verantwortung. Und diesmal bin ich darüber sogar froh und lasse es ihm gerne durchgehen.

Das Zimmer, in dem wir jetzt stehen, ist viel kleiner und einfacher eingerichtet als das bei Poppy. Drei junge Frauen in blassgrauen flauschigen Morgenmänteln stehen vor einem langen Spiegel neben dem Wasserkocher. Diejenige von ihnen, auf deren Brust *Braut* eingestickt ist, tritt vor.

»Hallo, ich bin Nancy.«

Ich greife in meine Tasche mit der Ausrüstung. »Super. Die Braut mit Lockenwicklern und einer Tasse Tee. Ein tolles erstes Foto. Schön, Sie kennenzulernen, Nancy.« Ich habe keine Zeit zu verlieren. Umso eher ich anfange, desto größer die Chance, dass etwas Brauchbares für uns dabei ist.

Es kommt mir irgendwie abrupt vor, wenn nicht gar bizarr, dass ich sie mit Küsschen-Küsschen begrüße, wenige Sekunden, bevor ich anfange, Fotos von dem wichtigsten Tag in Nancys Leben zu machen.

»Super. Und noch eins von dem Sektkübel und den Kosmetikkoffern.« In meinem Kopf gehe ich die Liste mit den Motiven durch, die Jules mir gestern gemailt hat, ebenso wie die Liste mit den zu schießenden Gruppenfotos, die er mit der Braut und dem Bräutigam vereinbart hat. Die Listen habe ich ausgedruckt dabei. Und weil Rory der Typ ist, der ständig sein iPad in der Jackentasche mit sich trägt, haben wir sie auch darauf geladen.

Rory knufft mir in die Seite. »Wenn du jetzt allein zurechtkommst, Hols, dann nehme ich mir meine Kamera und gehe zu den Männern in den Pub.«

Er wirft einen Blick in meine Tasche. Dann schnappt er sich eine meiner Ersatzkameras und schlingt sie sich um den Hals. »Bis nachher.«

Was soll man da sagen? Rory ist immer da, wo es Bier gibt. Und seine angebliche Kamera existiert wahrscheinlich überhaupt nicht. Genau, wie ich es von Anfang an vermutet habe. Ich bleibe zurück und schüttele den Kopf. Ich sehe mich in dem Zimmer um. Im Vergleich zu Zoes Feier kommt es mir vor, als fehle heute etwas. Dann fällt mir ein, was es ist. »Wo sind die Friseurin und die Visagistin?«

Nancy lacht. »Emily kann ganz wunderbar Haare flechten, und das Make-up machen wir selber.« Sie deutet mit einem Nicken auf die Brautjungfer, die keine Lockenwickler trägt. »Es wird eher eine kleine Hochzeit, keine riesengroße Feier. Wir wollen, dass alles eher bescheiden und natürlich ist.«

Ich nicke. »Mir sind die Weihnachtsbäume aus Treibholz aufgefallen. Die sehen toll aus.«

Nancy lächelt und geht durch den Raum. »Die Brautjungfern tragen kurze dunkelrote Kleider, eine schöne Winterfarbe.« Sie zeigt auf die Kleider an der Wand. »Das hier ist mein Kleid. Ich habe es auf eBay gekauft.« Sie öffnet den Kleidersack und befördert eine Wolke aus Tüll und Musselin zum Vorschein, leichter als Luft.

Mir stockt der Atem. »Wow, so schlicht und doch so schön. So stelle ich mir eine Meerjungfrau vor.«

Ihre Augen leuchten. »Genau dasselbe habe ich auch gedacht. Mir gefällt, dass es beinahe zerfleddert aussieht, als hätte der Wind es zerrissen. Das passt, weil wir am Strand heiraten.«

»Ich schieße ein paar Fotos«, sage ich, obwohl ich mir nicht sicher bin, ob ich dem gerecht werde. »Darf ich mir Ihren Haarschmuck leihen?« Mit Perlen, die über den Stoff fallen, sieht das Kleid noch weicher aus. Wenn das den ganzen Tag lang so weitergeht, läuft es ganz gut.

»Ich habe einen selbst gestrickten, groben Überwurf in Grau, den ziehe ich über, wenn wir nachher nach draußen gehen.« Sie lächelt entschuldigend. »Das Kleid passt wirklich gut zu diesem Ort. Kaum zu glauben, dass wir nur durch Zufall die alte Rettungsstation gefunden haben. Es war gar nicht so leicht, weil nicht viele Veranstalter Hunde erlauben.«

»Sie haben einen Hund?«, frage ich und verschlucke mich fast.

Sie nickt. »Sogar zwei. Die beiden sind wie unsere Babys. Wie würden nie ohne sie heiraten.«

»A…aber …« Die Gedanken flitzen durch meinen Kopf. Menschen – die wenigstens machen, was man ihnen sagt – sind schon schlimm genug. Auf Hunde, die frei herumrennen, bin ich nicht vorbereitet. Ich gebe mir Mühe, mir meine Sorge nicht anmerken zu lassen, und sage mit gefasster Stimme: »Auf meiner Liste für die Gruppenfotos sind die Hunde nicht aufgeführt … oder?«

Nancy macht einen beschämten Eindruck. »Hetty und Hannah? Ja, vielleicht übertreiben wir es ein bisschen. Die beiden sind so gut wie auf jedem Foto drauf.«

Ich zögere kurz. Stimmt, die Namen habe ich gelesen. »Es tut mir leid, ich dachte Hetty und Hannah seien die Brautjungfern.«

Nancy kichert. »Das glauben die beiden auch. Sie tragen rote Samtbänder um den Hals, die farblich zu den Brautjungfern und den Blumen passen.«

Apropos rot. Im Spiegel sehe ich meine heißen Wangen. Offensichtlich hat also das Make-up ohne das zusätzliche Talkumpuder versagt. Na ja, es könnte noch schlimmer sein. Manche Leute haben Krokodile oder Tiger als Haustiere. Hoffentlich sind diese »Sie sind wie unsere Babys«-Hunde von der Rasse, die man in Handtaschen mit sich herumtragen kann. Die Sorte, die man nur sieht, wenn sie kurz mal kuscheln wollen oder Gassi müssen. Einmal in Paris, als ich Luc auf eine Geschäftsreise begleitet habe, habe ich eine Frau gesehen, die drei Hunde in einer Gucci-Tasche mit sich herumtrug. Ich schaue mich im Raum nach einer Hundetasche um, lasse meine Stimme extra hell und erfreut klingen und frage: »Sind die beiden jetzt hier?«

Nancy verdreht die Augen. »Ach, wenn Sie wüssten, wie unbändig die beiden an neuen Orten und in unbekannten Situationen sind, dann würden Sie nicht fragen. Daher holen wir sie erst kurz vor der Trauung dazu, sonst machen sie noch die Weihnachtsbäume kaputt. Was das Essen angeht, sind sie furchtbar. Wenn die beiden jetzt hier wären, würden sie bestimmt unsere Cupcakes stibitzen.«

Na toll. »Was für eine Rasse ist das?« Ich habe mal einen Scottish Terrier gesehen, der ein Kleinkind umgekegelt hat. Ich verwerfe die Vorstellung mit der Handtasche und schraube meine Erwartungen nach oben.

Nancy klatscht in die Hände. »Keine Sorge. Ehrlich, Fotografen fressen die nicht. Jules hat die beiden kennengelernt, und alle sind wunderbar miteinander ausgekommen.«

»Gut … und wie …?«, setze ich an und mache eine Bewegung mit der Hand, während ich versuche, mir die größten Hunde, die ich kenne, vorzustellen. Ich bin in Gedanken bei Labradoren angekommen und kriege Schnappatmung.

»Es sind Dänische Doggen.«

Mist. »Sind das nicht … diese riesigen …?« Verglichen mit den Würstchen und Pralinen, die ich sonst fotografiere, sind das dann Rennpferde.

»Keine Angst. Wenn sie erst mal aufhören, an einem hochzuspringen, sind sie echt süß.« Eine der Brautjungfern reicht ihr eine Tasse, und Nancy gibt sie mir. »Setzen Sie sich und trinken Sie erst mal einen Tee. Wir dachten, Sie könnten uns vielleicht einen Gefallen tun und uns in lustigen Posen in unseren Bademänteln ablichten. Wir könnten kurz auf den Balkon raus, bevor die Männer und die Hunde kommen.«

Schon wieder muss mich die Braut beruhigen. Wieso passiert mir das immer? Nach zwei Schlucken Tee fängt der Spaß an, und wir verbringen die nächste Stunde damit, durch das Haus zu toben. Erst springen die Frauen auf den extralangen Sofas auf und ab, während sie mit den Armen wedeln. Zum Schluss landen wir wieder im Ankleidezimmer und fläzen uns auf die Clubstühle. Dazwischen haben wir so gut wie jede Ecke mitgenommen, auch den Strand, wo ich schöne Schnappschüsse eingefangen habe, wie sie ans Wasser gehen und vor den Wellen weghüpfen. Zurück im Haus mache ich noch mehr Bilder, wie sie ihre Lockenwickler rausnehmen und sich schminken.

Nancy reibt sich Creme auf die Wangen. »Das hat so viel Spaß gemacht, Holly. Sie sollten auch auf Junggesellinnenabschieden fotografieren. Ich wünschte, Sie wären auf meinem gewesen.«

Das wünschte ich tatsächlich auch. Als sie mit den Luftballons gespielt haben, hatten wir wirklich sehr viel Spaß. So viel Spaß, dass ich glatt vergessen habe, dass dies eine Hochzeit ist. Jetzt sind wir zurück, und ich lande wieder auf dem Boden der Realität. Ich sitze hier und lache mit den Brautjungfern, obwohl es tausend Bilder zu fotografieren gibt. Ich sollte raus und den noch leeren Saal ablichten, die Deko und die Blumen auf den Tischen und das Trauzimmer mit den Stuhlreihen und die Zweige mit Rosmarin. Mehrere Hundert Bilder später husche ich zurück in das Ankleidezimmer, wo Nancys Mutter ihr gerade in das Brautkleid hilft – ein rührender Anblick.

Nachdem Nancy ihren weiten Mantel abgelegt hat, bleibt kaum etwas von ihr übrig. Das Kleid sah am Bügel schon traumhaft schön aus, aber an Nancys zarter Figur erscheint es geradezu unwirklich, sogar noch bevor es richtig sitzt. Sie schlüpft in ihre Schuhe, richtet sich auf und legt die Hände an die Hüften, während ihre Mutter den Reißverschluss schließt. Als sie zärtlich die große Schleife zurechtzupft, erwischt es Nancys Mutter, und ihr wird die Bedeutung dieses Tages voll bewusst. Ihr Kinn bebt. Und ich komme mir vor wie ein Eindringling in diesem sehr persönlichen Moment. Aber als ich die Träne einfange, die ihr die Wange herabkullert, freue ich mich, weil ich weiß, dass mir ein gutes Bild gelungen ist. Dann zucke ich wieder zusammen, weil ich so indiskret bin.

Als Nancys Mutter gegangen ist, kommt ihr Vater. Und wieder fließen die Tränen. Ich bin so sehr damit beschäftigt, alles einzufangen, dass ich kaum atme, geschweige denn mir Sorgen mache. Als Rory reinschneit, Stunden später wohlgemerkt, wundere ich mich, dass er schon zurück ist.

Er sieht mich eindringlich an. »Alles klar, Berry?«

Plötzlich erinnere ich mich daran, dass es etwas noch Wichtigeres als meinen kribbelnden Bauch gibt. Das liegt wahrscheinlich an dem Adrenalin. »Hast du die Hunde gesehen?«

Er lacht. »Ja, im Pub habe ich sie getroffen. Die sind ganz reizend. Wie diese großen Steinhunde, die manche Leute vor ihren Villen stehen haben. Nur größer.« Er drückt meinen Arm. Anscheinend weiß er nicht, dass Steinhunde nicht frei rumlaufen. »Na, komm. Wir müssen in das Trauzimmer. Ich habe deine Glocken dabei für später. Keine Sorge, die Liste habe ich auch dabei. Ich lotse alle auf ihre Plätze. Kriegst du das hin? Du kannst auf mich zählen. Ich bin hundert Prozent für dich da. Die ganze Zeit.«

Wie er das sagt, wirkt das eher beunruhigend als beruhigend. Wenn mein Herz nicht eh schon rasen würde, dann täte es das spätestens jetzt. Auf Zehenspitzen begebe ich mich ins Trauzimmer, bis ganz nach vorne. Der Standesbeamte lächelt mir zu. Es fühlt sich an, als hätte ich einen Krater in meiner Brust, als hätte mein Herz meinen Körper vollkommen verlassen.

»Sie kommen!«, raunt Rory mir ins Ohr. Ah, ich wollte ihn doch noch fragen, was für ein Aftershave er benutzt. Bei jemand anderem würde das verdammt gut riechen.

»Wer kommt?«, frage ich und habe wieder dieses komische Gefühl im Brustkorb, als hätte mich jemand geschlagen. Er kann unmöglich Nancy und ihren Vater meinen, noch nicht, dafür ist es zu früh.

Rory ließ sein tiefes Lachen ertönen. »Hetty und Hannah natürlich.« Klar, er ist natürlich schon per Du mit den beiden. »Dunkelgrau, sehr fotogen. Passen sie nicht perfekt zu den Anzügen?«

Ich höre die Krallen auf dem Boden und das Hecheln. Dann preschen zwei Hunde nach vorne, jeder von ihnen schleppt einen Trauzeugen an der Leine hinter sich her. Sie springen Scott an, der wie ein Taschenmesser zusammenklappt und in den Stuhl sinkt, der hinter ihm steht.

Rory flüstert mir zu: »Schnell, da drüben, knipse, wie der Bräutigam von den Hunden begrüßt wird.«

Ich schüttele mich. So viel Sabber! Ich wage kaum die Kamera abzusetzen und raune zurück: »Fertig. Im Kasten.« Ich sehe mich um und nehme die Standesbeamten in den Fokus und die Gäste, die dabei sind, ihre Plätze einzunehmen. Dabei fällt mir auf, dass Rory meine Zweitkamera hält und so tut, als würde er durch den Sucher schauen und den Auslöser drücken. Ich tue nur so, als wäre ich eine Hochzeitsfotografin, und Rory tut so, als wäre er ein echter Fotograf, tja …

Der Standesbeamte räuspert sich. Dann ertönt feierliche Musik. »Bitte erheben Sie sich für die Braut.«

Die ersten Takte von »Truly Madly Deeply« schweben durch den Raum. Ich bekomme eine Gänsehaut. Die Stimmung ist einfach zu ergreifend. Einen kurzen Moment lang vergesse ich meine weichen Knie, genieße die Musik und denke: Was für eine tolle Wahl, was für ein passendes Lied.

Dann höre ich nicht mehr auf die Worte, weil ich mich so sehr konzentrieren muss. Eine verschwommene rote Wolke, das sind die Brautjungfern. Dann schreiten Nancy und ihr Vater den Gang herab. Und ich bin voll bei der Sache.

18. Kapitel

Leckere Snacks und klebrige Finger

Sonntag, 10. Dezember
Scotts und Nancys Hochzeit in der Rettungsstation, Port Giles

»Falls ich mich jemals wieder über meinen Beruf beschweren sollte, hast du hiermit die offizielle Erlaubnis, mir Suppe über den Kopf zu gießen«, sage ich zu Rory.

Wir sitzen in den Clubsesseln in einer ruhigen Ecke. Unsere erste Pause des Tages. Wobei ich die eher damit verbringe, Sicherheitskopien von den Speicherkarten zu ziehen, als mich auszuruhen. Wie Jules sagte: *Sicherheitskopien von den Dateien sind das oberste Gebot auf Hochzeiten.* Aber die letzten fünf Stunden waren so vollgepackt, dass ich erst jetzt die Gelegenheit dazu habe. Während Rory sich über das große Tablett mit dem Essen hermacht, das vor uns steht, mit der Hingebung eines wirklich hungrigen Mannes, sitze ich da mit meinem Laptop und den USB-Sticks und ziehe mehrere Kopien von den Aufnahmen des Tages. Und dabei ist der Tag noch gar nicht zu Ende. Obwohl das Ende allerdings schon viel näher ist als heute Morgen um zehn. Einige wichtige Fotos stehen noch aus, jetzt im Dunkeln, mit den Lichterketten in all ihrer Pracht. Dann kommt der Endspurt, und es heißt volle Kraft voraus zum Brauttanz und zur Disco. Und erst dann ist Feierabend. Wenn mir vor zwei Wochen jemand gesagt hätte, dass ich es kaum erwarten kann, in das Biermobil zu steigen und mit Rory Sanderson nachts nach Hause zu fahren, hätte ich gedacht: Was für Spinner! Was mal wieder zeigt, wie schnell sich die Umstände ändern können und wie schnell das Leben auch einen selbst ändert.

Rory horcht auf. »Gemüsebrühe? Oder Kartoffelsuppe? Das klingt fast wie eine Einladung zum Essen.«

Nur Rory kann einem die Worte im Mund so verdrehen. Andererseits, wenn ich an seine Worte von heute Morgen denke, dann würde er eine Einladung ja gar nicht erst annehmen.

Obwohl den ganzen Tag lang Essen serviert wurde, habe ich es lediglich durch meine Linse gesehen. Wenn ich nicht zu müde wäre, würde ich seufzen. »Hast du das schon vergessen? Mit einer Frau essen zu gehen ist nicht dein Ding, oder wie hattest du das genannt? Ich wollte nur sagen, dass das heute ganz schön anstrengend war und dass ich Hochzeiten noch immer nicht im Griff habe. Das ist alles, Ende der Durchsage.« Ich ziehe das Kabel aus meiner Kamera und sehe auf den Stapel mit den Speicherkarten, die ich sorgfältig auf einem Teller ausgebreitet habe.

Rory sieht mich an, als wäre ich verrückt. »Was hast du an dem heutigen Tag auszusetzen? Die Feier hat doch Spaß gemacht! Ohne die gesellschaftlichen Pflichten, die man als Gast hat. Ich würde sagen: volle Punktzahl, fast perfekt.«

Ich schnaube verächtlich. Er hat gut reden. »Du hattest ja auch keine Verantwortung. Oder Angst zu versagen. He, du machst noch nicht einmal richtige Aufnahmen.«

Gekränkt entgegnet er: »Ich habe sehr wohl die Kamera gezückt.«

»Ja. Klar.« Diese Behauptung ist so aberwitzig, dass sie nicht einmal der Mühe wert ist, deshalb den Kopf zu schütteln. Er hat die Kamera wie eine Requisite im Theater mit sich herumgetragen. Mehr nicht.

Er runzelt die Stirn. »Wogegen genau hast du denn was? Du hattest doch auch deinen Spaß mit den Frauen, dem lauten

Lachen nach zu urteilen, das aus dem Ankleidezimmer drang. Die Trauung an sich war schön, das Konfetti mit Kunstschnee hat für viel Wirbel gesorgt. Dank meiner diktatorischen Befehle liefen die Gruppenfotos wie geschmiert. Du hast vom Balkon aus die Gruppen fotografiert. Keiner von uns ist bei den Reden eingeschlafen. Warum sollte dir die Arbeit mit mir als Ratgeber an deiner Seite nicht wie von selbst von der Hand gehen?«

Ja, ich muss zugeben, dass nicht alles schlecht war. »Das Shooting mit Nancy und Scott am Strand war ganz gut.« Wie ihr Kleid im Meereswind geweht hat, war traumhaft. Als Scott ihr die grobe Wollstrickjacke umgelegt und sie in den Arm genommen hat, sahen sie so verliebt aus, und das Bild war so perfekt wie in einem Hochglanzmagazin. Und die Torte und die Blumen waren auch wunderschön.

Rory überlegt. »Die Miniportionen Fish and Chips auf dem Buffet haben mir am besten gefallen.«

Ich schüttele verzweifelt den Kopf. Er hat echt keine Ahnung. »Dir ist schon klar, dass wir Fotografen nicht zum Essen hier sind?«

Er zuckt mit der Schulter. »Wenn die Brautmutter mir etwas anbietet, wäre es unhöflich abzulehnen.« Klar, er hat aus der Bekanntschaft mal wieder das meiste rausgeholt. »Mein Hochzeitsradar sagt mir, dass wir gleich wieder losmüssen. Hör auf, mit deinen Fotokameras herumzuspielen, und iss lieber noch was.« Er legt zwei kleine Quiches und eine große Pastete auf den Teller neben meine zwei letzten Speicherkarten.

Ich kreische: »Pass auf! Die habe ich noch nicht gesichert.«
»Keine Panik. Nur so achtest du überhaupt aufs Essen.«

Keine Spur von Reue. Dann breitet sich ein Lächeln über sein Gesicht aus. Einer der Hunde kommt auf uns zu. »Der ganze Stress, den du wegen der Hunde gemacht hast. Dabei sind die so lieb. Das ist Hetty. Sie hat Diamanten auf dem Halsband.«

Widerwillig muss ich ihm recht geben. »Ja, sie sind recht fotogen.« Wenn man darüber hinwegsieht, wie groß sie sind, dann kann man sie als dunkelgrau, elegant und brav beschreiben. »Der Hund begrüßt dich wie einen verschollenen Freund.« Der Kopf der Dogge befindet sich in Höhe des Tisches. Er schnüffelt an Rory herum. Der krault dem Tier die Ohren. Ich sehe wieder auf meinen Computer.

»Hetty ist die Hungrige. Ich habe ihr den ganzen Tag lang was zu naschen zugesteckt.« Rory lacht, als Hetty versucht, sich sein Sandwich zu schnappen. »Nein! Das ist meins. Oh, Mist!«

»Was ist?«, frage ich und sehe auf. Meine Pastete verschwindet gerade im Hundemaul. Ich stöhne. »Meine Quiche hat sie auch gegessen. Nancy meinte, wenn es Essen gibt, sind die Hunde wie Staubsauger.«

»Ui, und wie das knackt und knirscht.« Rory ist offenbar beeindruckt von dem Fressverhalten des Hundes und was alles in so ein Hundemaul passt.

Ich sehe auf den Teller und die Reste vom Essen und meine Speicherkarte. Da spüre ich wieder das Stechen in der Brust. »Wo ist die Speicherkarte?«

Rory runzelt die Stirn. »Da, auf dem Teller. Neben den Krümeln von der Pastete.«

Ich sacke zusammen wie ein angestochener Luftballon. »Da waren aber zwei. Ganz bestimmt. Zwei Speicherkarten.« Als ich meine hohe Quietschstimme höre, steuere ich gegen und flüstere in tieferem Ton, damit die anderen mich nicht hören können: »Sie lagen neben dem Essen. Und haben brav darauf gewartet, kopiert zu werden. Sie sind voller Fotos von der Hochzeit. Wenn die Speicherkarte weg ist, sind auch die Fotos weg.« Mein Herz hat eh die ganze Zeit gerast, jetzt donnert es im Galopp.

Sein Gesicht spricht Bände. »Mist, Mist, Mist.« Er schlägt mit der Faust auf seine Schenkel. »Hat Hetty die Fotos gefressen? Wenn sie die Speicherkarte zerkaut hat, ist, was immer da drauf war, für immer futsch.«

»Neeeeiiin!« Und schon krabbele ich auf Händen und Knien auf dem Boden herum und taste unter dem Tisch alles ab. Vielleicht ist sie ja doch hier. Unter dem Tisch stoßen Rorys und meine Nase aufeinander. Er schüttelt den Kopf.

»Pasteten und Quiches knirschen nicht beim Kauen. Ich glaube, wir müssen uns damit abfinden, dass die Speicherkarte weg ist, Holly-Beerchen.« Wenn er mir damit die Nachricht schonend beibringen will, dann tut das immer noch viel zu sehr weh.

Ich will gerade zu dem größten Geheul meines Lebens ansetzen, da hebt er die Hand. Und ich schlucke.

»Warte. Lass uns in Ruhe nachdenken. Wir brauchen jetzt einen vernünftigen Plan.«

Ich schluchze. »Sagt der Mann, der so vernünftig war, die Pastete neben die Speicherkarten zu legen. Und dann den Staubsaugerhund angelockt hat.«

Mit tiefer Stimme und wohlgesetzten Worten sagt er: »Am besten sagen wir nichts, damit wir Nancy und Scott nicht den Tag verderben. Wir sagen ihnen nur, dass Hetty ein Stück Plastik verschluckt hat, selbstverständlich.«

Zwar verstehe ich, worauf er hinauswill, doch darum geht es ja nicht. »Aber was ist dann mit den Bildern?«, schreie ich wie eine Furie geradewegs in sein Ohr.

Er winselt und reibt sich über die Ohrmuschel. »Was auch immer wir machen, die Fotos kriegen wir nicht zurück. Also konzentrieren wir uns jetzt darauf, die anderen Fotos so gut wie nur irgend möglich zu machen.«

Ich schreie weiter in sein Ohr: »Aber ich muss sehen, was fehlt!« Vielleicht sind es ja nicht so viele Bilder. Wenn es nur Aufnahmen von Kuchen essenden Gästen sind, wäre es schlimm genug. Wenn das die Bilder mit dem Anschneiden der Torte sind, dann ist das ein GAU. Aber wenn ich die Bilder von der Trauungszeremonie verloren habe, was mache ich dann? Es ist wie ein wahr gewordener Albtraum. Ich wünschte, der Boden würde sich öffnen und mich verschlucken.

»Nein, wir prüfen später, was verloren gegangen ist. Jetzt musst du zurück und weitermachen.« Sein Gesichtsausdruck ist vollkommen ernst. Er knufft mich in die Seite und bedeutet mir, unter dem Tisch hervorzukommen. »Die ziehen alle ihre Mäntel an. Du musst jetzt raus und Bilder von den Wunderkerzen schießen.« Vielleicht hat er recht. Wenn ich herausfinde, dass die Familiengruppenfotos weg sind, wäre mein Zusammenbruch jetzt harmlos im Vergleich zu dem Zusammenbruch, den ich später haben würde.

Ich krieche unter dem Tisch hervor, lasse mich auf den Boden sinken und lehne mich mit dem Rücken gegen den Stuhl. Mein Gesicht vergrabe ich in den Händen. »Ich hab's vermasselt. Ich kann da nicht raus. Ich kann ihnen nicht ins Gesicht sehen, wenn ich weiß, dass ich die Hochzeitsfotos an den Hund verfüttert habe. Genau das ist der Grund, warum ich keine Hochzeitsfotografin bin, verdammt noch mal.«

Er starrt mich eindringlich an. »Du hast nichts vermasselt. Daran sind Hetty und ich schuld. Niemand gibt dir die Schuld. Aber man wird es dir übel nehmen, wenn du jetzt nicht rausgehst auf den Balkon und die Fotos mit den Wunderkerzen machst. Also, los, geh raus und schieße die besten Fotos, die du je gemacht hast. Okay? Wir klären das alles nachher, wenn wir hier fertig sind.«

Ich will mich lieber nicht mit ihm streiten, wenn er die Worte so zähneknirschend knurrt. »Okay.« Wie so oft klingt mein Okay jämmerlich. Das einzig Gute an diesem peinlichen Zusammenbruch ist, dass er mich sieht, wie ich wirklich bin. Seine Wunschvorstellung von mir im Wonder-Woman-Schlafanzug ist hiermit zerstört. Wenn ich nicht am Boden zerstört wäre wegen der Bilder, würde ich mich wenigstens darüber freuen. Aber so wie die Dinge stehen, muss ich meinen ganzen Mut zusammennehmen und zusehen, dass ich ein winziges bisschen wiedergutmachen kann und Nancy und Scott nicht allzu schwer enttäusche. Wie ich das anstellen soll, bleibt mir ein Rätsel. Mein Herz holpert wie ein Auto mit drei Reifen, meine Knie sind butterweich. Meine Hände zittern so sehr, dass ich die Kamera kaum halten, geschweige denn den Auslöser und die anderen Knöpfe drücken kann. Ich schiebe meine Arme in die Ärmel meiner Leoparden-Kunstfell-Jacke. Aber selbst mein geliebter Kuschelmantel kann mich nicht vor dieser Blamage retten. Ich bin schon fast durch die Tür zum Balkon, als Rorys Faust mich am Arm trifft.

»Was ist?« Ich drehe mich um. Was will er?

Er drückt meine Schulter. »Mach dir keinen Kopf, Holly-Berry. Wirklich. Ich habe noch die hier.« Er schlenkert mit der Ersatzkamera.

»Danke«, sage ich und lächele schwach. Sehr schwach.

Sein Selbstvertrauen ist ja grundsätzlich übergroß. Doch ich bezweifele, dass er irgendetwas hat. Nichts, was er tut, kann mir aus diesem Schlamassel heraushelfen.

Er sieht mich wieder an. Diesmal mustert er die Haarsträhnen, die mir über die Nase wehen. »Es ist kalt. Hast du keine Mütze?«

Der Wind peitscht die Gischt vom Meer herüber. Ich knöpfe meine Jacke enger zu und lausche den Wellen, die sich am Strand brechen. Mir ist eiskalt, und ich recke mein Kinn. Dann sage ich das Erste, was mir in den Sinn kommt, egal, wie blöd es ist: »Mützen sind für Warmduscher.« Eigentlich bin ich die größte Memme und müsste Ehrenmitglied im

Mützenträgerclub sein. Bei meinem Haar sieht meine Frisur nach einer Mütze immer aus wie ein Eimer. In meinem normalen, langweiligen Alltag gibt es außerdem ohnehin Heizungen. Apropos: Ich will sofort zurück in mein normales, langweiliges Leben!

Die Gäste strömen an uns vorbei nach draußen in die Nacht mit den Tüten voller Wunderkerzen und Feuerzeugen. Dicht gedrängt, Schulter an Schulter, betrachten sie die Lichter über unseren Köpfen.

Rory mischt sich unter die Menge, die Kamera hält er immer noch in der Hand. »Das nächste Mal bringe ich dir eine Mütze mit.« Er macht Scherze.

Nächstes Mal? »Nee, im Ernst, das mache ich nie wieder.« Das Gute an der Chose ist doch, sobald mein Missgeschick die Runde macht, wird mich eh niemand mehr auf seiner Hochzeit haben wollen und einen weiten Bogen um mich machen. Die werden sich bestimmt jemand anderen suchen.

»Quatsch. Du kannst doch nicht etwas aufgeben, was so viel Spaß bringt.« Er hebt die Kamera an seine Augen und drückt den Auslöser. »Eins fürs Archiv, zur Feier des im Großen und Ganzen genialen Tages! Lächeln, Holly-Beerchen!«

Ich lächele nicht, weil ich vor lauter Nachdenken einen Knoten im Gehirn habe. »Worauf zum Geier willst du hinaus, Rory?«

Er zuckt mit der Schulter. »Ich mache nur, was ich den ganzen Tag schon tue. Ich folge dir mit meiner Kamera und schieße Ersatz- und Zweitfotos. Mit ein bisschen Glück habe ich was im Kasten, mit dem ich dir aushelfen und dir aus … der Patsche helfen kann.« Er grinst. »Meine Fotos sind vielleicht nicht perfekt, aber immerhin habe ich sie nicht an den Hund verfüttert. Wie hast du das nicht mitkriegen können?«

Ich könnte jetzt »Warum hast du mir das nicht gleich gesagt?« fragen, aber ich lasse das. Ich bin hin- und hergerissen zwischen der Wut, dass er mir das nicht erzählt hat, und der Erleichterung, dass das Problem mit der aufgefressenen Speicherkarte sich vielleicht doch lösen lässt. Stattdessen sage ich: »Vielleicht liegt das daran, dass ich mich voll und ganz auf mein erstes Hochzeitsshooting, das ich allein mache, konzentriert habe? Nur so als Idee?«

Das überhört er geflissentlich und macht in seinem Text weiter: »Ah, übrigens, siehst du das Mondlicht auf dem Wasser?«

Während einige unter uns sprachlos wegen des Hundetraumas sind, plaudert Rory fröhlich in einem fort. »Man kann sich keinen besseren Hintergrund wünschen für Frischvermählte. Das machen wir noch vor dem Brauttanz. Aber wir müssen auf die Wellen aufpassen. Hast du deine Gummistiefel dabei?«

Obwohl mir sein ewiger Optimismus stinkt, hat er recht mit dem Mondlicht und der Spiegelung auf dem Meer.

»Die habe ich 2005 in Glastonbury auf dem Festival gelassen.« Im schönen London braucht man keine Gummistiefel. Und idealerweise will ich das auch dabei belassen.

Er hört mir nicht mehr zu, sondern ist jetzt dazu übergegangen, die Gästeschar zu dirigieren. »Gut, zwei Reihen auf jeder Seite. Braut und Bräutigam in die Mitte, stellt euch alle drum herum mit euren Leuchtkerzen …« Wenn er mich nicht so nerven würde, müsste ich zugeben, dass er ein Naturtalent ist. Vielleicht sogar besser als Jules. Weil er selber so begeistert ist, klingen seine Anweisungen nicht wie Befehle, und die Menschen leisten ihm gerne Folge. Er hält kurz inne und winkt. Mit gesenkter Stimme sagt er zu mir: »Dann setzen wir auch Gummistiefel auf die Einkaufsliste. Nächstes Wochenende soll es schneien. So wie es aussieht, werden wir eine weiße Winterhochzeit im Herrenhaus fotografieren.«

Noch mehr gute Neuigkeiten, na, toll. Diesmal überhöre ich sein großspuriges »wir«. Mit ein bisschen Glück hockt

Rory nächste Woche wieder in seiner Brauerei. Alle scheinen zu vergessen, dass ich hergekommen bin, weil ich ein bisschen Ruhe wollte. Und jetzt auch noch Schnee! Eine weitere – und hoffentlich letzte – Komplikation am Horizont. Oder etwa nicht?

19. Kapitel

Altersvorsorge und Renovierungen

Sonntag, 10. Dezember
In der Dachwohnung über »Brides by the Sea«

»Du setzt dich an deinen Laptop, und ich mache heiße Schokolade, Berry.«

Als wir endlich in der kleinen Küche der Dachwohnung ankommen, zurück von der alten Rettungsstation, bin ich immer noch außer Atem vom Treppensteigen – vier Stockwerke hoch mit der Kameratasche über meiner Schulter. Aber Rory steht bereits am Herd, klappert mit den Töpfen und legt einen erstaunlichen Elan an den Tag, wenn man bedenkt, wie spät es schon ist. Vielleicht hat das auch mit der Tatsache zu tun, dass er gerade eine Nachricht von Immie erhalten hat: Die Kinder schlafen tief und fest, und sie und Chas haben sich im Home Brew Cottage für die Nacht mit Bond-Filmen aufs Babysitten eingerichtet.

Einen Schlaftrunk mit Rory hätte ich mir bestimmt nicht freiwillig ausgesucht. Tatsächlich steht das vielmehr auf meiner Liste der um jeden Preis zu vermeidenden Dinge. Und normalerweise streite ich ja auch viel länger mit ihm, anstatt einfach zu tun, was er sagt. Aber jetzt gilt meine Priorität der Frage, welche Bilder verloren gegangen sind. Und so stimme ich seinem Vorschlag kurzerhand zu. Kaum zu glauben, dass wir an diesem Esstisch erst vor wenigen Stunden gefrühstückt haben. Denn nach diesem Tag kommt mir der heutige Morgen Lichtjahre entfernt vor.

»Eigentlich wollte ich vorhin erst gar nicht Pizza essen

gehen. Aber jetzt bin ich froh, dass wir einen Zwischenstopp eingelegt haben.« Ich hole mir einen Stuhl und öffne den Laptop. Sosehr ich draußen vor dem Restaurant gemeckert habe, jetzt kann ich mich mit einer leckeren Mahlzeit im Bauch besser konzentrieren. Die Trattoria Remo gehört natürlich auch einem Kumpel von Rory. Aber Remo ist ein sehr netter Typ. Sein Akzent erinnert mehr an Cornwall als an Italien. Vor allem war er eine willkommene Abwechslung zu dem Mann, der mir am Tisch gegenübersaß. Schon ein komisches Gefühl, dass jetzt plötzlich meine wildesten Teenie-Fantasien wahr werden. Damals war die Vorstellung, von Rory zum Pizzaessen eingeladen zu werden, so unerreichbar, dass ich ihr nur sehr gelegentlich nachgegangen habe, meist spätnachts, unter der Bettdecke, die ich mir über den Kopf gezogen hatte. Die Pizza mit Ziegenkäse und karamellisierten Zwiebeln war vorzüglich, dazu gab es einen knackigen grünen Salat mit kalt gepresstem Olivenöl. Zum Glück, denn so konnte ich mich voll und ganz auf das leckere Essen konzentrieren und musste mich nicht mit meinen Erinnerungen auseinandersetzen. Ehrlich, für die zweifelhaften Schwärmereien eines Teenagers gibt es keine logische Erklärung. Na ja, wenn ich an die Lachfalten um Rorys Augen denke, die sich zeigten, als er mir lächelnd von dem leichten Wein nachschenkte, kann ich mir meinen fragwürdigen Geschmack von damals halbwegs verzeihen.

Zu meiner Überraschung hat Rory nicht die typische Männer-Pizza mit möglichst scharfem Belag plus Extra-Chili bestellt, sondern Prosciutto, Oliven und Büffelmozzarella. Dann hat er mich einen Großteil seiner Pizza essen lassen, zusätzlich zu meiner eigenen.

»Trotzdem war es gemein von dir, dass du mir nicht erlaubt hast, im Auto oder im Café die Bilder durchzusehen.« Der Streit darüber hat auf der Heimfahrt meine Lieblings-

Entspannungs-Playlist übertönt. Immerhin durfte ich meine Musik einlegen, Rory schien aus irgendeinem Grund schuldbewusst zu sein. Oder er hat absichtlich so viel mit mir gestritten, um Lana Del Rey und Christina Perri und meine »ekligen Liebeslieder«, wie er sie nennt, nicht hören zu müssen.

Er öffnet den Kühlschrank und holt die Milch raus. »Sei ehrlich, wenn du dir die Bilder angesehen hättest, hättest du dann auch nur einen Bissen Pizza gegessen?« So wie er mich über seine Schulter hinweg ansieht, erwartet er darauf keine Antwort. »Remo wäre tödlich beleidigt gewesen, wenn du etwas übrig gelassen hättest. Außerdem ist es viel besser, hier zu arbeiten, wo du dich richtig konzentrieren kannst.«

Es klingt alles so erschütternd logisch, und das von ihm! Mir ist auch aufgefallen, dass er viel hemmungsloser lacht, seit er heute Morgen über Paris geredet und sich hinter seiner »Ich bin nicht zu haben«-Rede verschanzt hat. Was echt lustig ist, schließlich würde ich ihn noch nicht einmal mit spitzen Fingern anfassen. Obwohl er wirklich schöne Zähne hat. Und einen Mund, von dem man kaum die Augen abwenden kann. Besonders, wenn er auf seiner Lippe knabbert. Umso länger ich darüber nachdenke, desto besser finde ich es, dass Luc meine ganze emotionale Energie beansprucht.

»Gut, es geht los …« Ich nehme meinen Mut zusammen und öffne den ersten Ordner. Dann beginne ich, die Fotos durchzusehen. »Hach, die Brautjungfern am Strand sind gesichert. Und einige der Bilder sind gar nicht mal so schlecht geworden.« Tatsächlich sind sie sehr viel besser, als ich zu hoffen gewagt hätte. Mein Herz macht einen Sprung, als ich sehe, dass die Bilder geradezu vor Leben sprühen. Die Aufnahmen fangen sehr gut die Ausgelassenheit der Feiernden und die besondere Atmosphäre an diesem Morgen ein. Ich versinke ganz in das Betrachten der Bilder und bin immer noch im ersten Ordner, als ein Becher mit Blumenmuster und schaumiger, heißer Schokolade neben meinem Ellbogen abgestellt wird.

»Sprühsahne, Mini-Marshmallows, Schokoladenraspel gefällig?« So serviceorientiert und aufmerksam, wie Rory ist, könnte er glatt im Surf Shack arbeiten.

»Ja, bitte. Aber denk dran: fünf Marshmallows, nicht vier.« Ich lächele, blicke dabei aber nicht auf, sondern sehe weiter auf den Bildschirm. Dieses eine Mal vertraue ich Rory, traue ihm sogar zu, den Kleinkram richtig hinzukriegen. Als ich die nächste Datei öffne, entfährt mir ein Schrei. »Ah, ein Glück, die Trauzeremonie!« Ich bin so erleichtert, dass ich am liebsten aufspringen und ihm um den Hals fallen möchte. Und ihn drücken, bis er so laut quietscht wie ich gerade. Aber zum Glück für mich sitze ich fest auf meinem Stuhl und verschütte stattdessen nur den Kakao über den Tisch, weil ich so schwungvoll gehüpft bin.

Er wuselt hinter meinem Rücken umher und wischt die Kakaoflecken mit einem Küchentuch auf. »Vorsicht, Holly-Berry. Nicht, dass ich mich anstelle. Aber mit einer Ladung Kakao auf dem Laptop würde ich um diese Uhrzeit nicht mehr fertigwerden.«

Das verstehe ich, es ist schon nach Mitternacht. Also nasche ich ein paar Fingerbreit Sahne und trinke dann einen großen Schluck der dicken und köstlichen Schokolade. Als ich die Augen öffne und mir die Lippen ablecke, steht da bereits ein Tablett für den Becher bereit.

Ich stelle den Becher ab. »Danke schön.«

»Keine Ursache. Lieber auf Nummer sicher gehen. Gehört alles zum Service.«

Ich wappne mich und öffne noch einen Ordner. »Yippie! Die Gruppenfotos scheinen auch alle da zu sein.« Ich balle meine Hand zur Siegesfaust. »Die Reden ... die angeschnittene Torte ... der Strand ... die Gäste, wie sie entspannen ...« Wie in Trance gehe ich die Fotos durch. Die Schranktüren in der Küche klappern zwar direkt in meinem Rücken, und ich höre das Geräusch von Geschirr und den Tellern auf den Regalen, aber das geschieht weit weg von mir. Ich murmele vor mich hin und rede dabei mit mir selbst. »Bei diesen Fotos vom Essen kriege ich sofort wieder Appetit.« Nur bei dem Bild mit den Pasteten zucke ich innerlich zusammen. Und langsam frage ich mich verwundert, welche Fotos denn nun eigentlich fehlen.

»Du guckst so kritisch. Was ist los, Berry?« Aus unerfindlichen Gründen hält Rory ein Geschirrtuch in der Hand.

Ich zögere. »Ich weiß nicht, welche Fotos fehlen.«

Er beugt sich über meine Schulter und legt den Finger auf das Touchpad. »Soll ich mal gucken?« Die Frage kommt leicht verspätet, schließlich ist er schon dabei.

Und hat er noch nie was von Privatsphäre gehört? Oder davon, mich zu bitten, beiseitezurücken? Er ist mir so nahe, dass ich sein Aftershave rieche, das den ganzen Tag lang gehalten haben muss und das immer noch so ... duftet. »Berauschend« würde ich nicht sagen wollen im Zusammenhang mit Rory, also nicht berauschend. Ich formuliere es mal so: Wenn Poppy oder Jess mich nach einem Weihnachtsgeschenk für Rafe oder Bart fragen würden, könnte ich ihnen diesen Duft guten Gewissens empfehlen.

Ich seufze und greife nach meinem Becher, während Rory den Bildschirm hinabscrollt. Ich löffele den Rest der Sahne. Da sehe ich, dass er bei dem Bild von zwei kleinen Jungs, die auf dem Boden spielen, anhält. Die beiden spielen mit den Kegeln, die er und Gracie vor ein paar Tagen links liegen gelassen haben. Das will ich gerade erwähnen, da kommt er mir zuvor: »Wolltet ihr, du und der Ausreißer Luc, Kinder haben?«

Ich brauche einen Moment, um mich von der Frage zu erholen. Dann korrigiere ich ihn: »Ich bin diejenige, die ausgerissen ist. Also, Ausreißerin Holly, so rum wäre es richtig.«

Er sieht das anders: »Na ja, du bist hier, und er ist in den Staaten. Da muss ich dir widersprechen.« Er wirft mir seinen allwissenden, lehrmeisternden Blick zu. »Und, wolltet ihr? Kinder, meine ich.« Er lässt nicht locker. Aber immerhin scrollt er jetzt weiter durch die Dateien.

»Wir hatten nicht diese Art von Beziehung. Wir haben eher im Augenblick gelebt, schließlich hatten wir beide unseren Beruf.« Das stimmt zwar, doch vermutlich wird das der Wahrheit nicht ganz gerecht. Luc hat sich nicht sehr für die Zukunft interessiert, abgesehen von dem nächsten Businessmeeting und seiner mittelfristigen Karriere. Und natürlich seiner Rente. Darüber hat er offenbar auch viel in seiner Freizeit nachgedacht. Aber dieses Sicherheitsdenken und seine Vorsorge, das hat ihn ausgemacht, und das war auch der Grund für seinen Erfolg im Beruf. Eigentlich hat es mich nie gestört, dass wir keine Zukunftspläne hatten. Die Loftwohnung war wie eine Wolke, auf der ich eine Weile mitschweben durfte. Was dahinterliegt, das habe ich mich nie gefragt.

Rory rümpft skeptisch die Nase. »Aber Luc hat doch wohl nicht einen Ring hervorgezaubert wie einen Hasen aus dem Hut? Habt ihr euch nie über eure Hoffnungen und Träume unterhalten, als ihr auf seinen extralangen Sofas gechillt habt?« Höre ich da eine leichte Verbitterung? Nein, das bilde ich mir nur ein.

Tatsächlich kommt der Vergleich mit dem Zauberhut der Wahrheit sehr nahe, so hat es sich jedenfalls für mich angefühlt, als Luc – Überraschung! – den Ring gezückt hat. An dem Tag war ich genauso vor Schreck gebannt wie die Zuschauer angesichts des Zauberers und seiner Tricks. Aber das gebe ich Rory gegenüber lieber nicht zu. »Wenn er zu Hause war, sind wir meistens ausgegangen. Wir haben gar nicht so viel Zeit gemeinsam in der Wohnung verbracht.« Lucs Sofas sahen zwar wahnsinnig luxuriös aus, aber so gemütlich wie die Sofas in der Rettungsstation waren sie längst nicht. Er selbst lief meistens mit dem Telefon in der Wohnung auf und ab und hat seinen Kalender und seine Termine sortiert. Eigentlich hat er sich kaum je mal hingesetzt, außer wenn er mit Kunden unterwegs war. Er war eben sehr gewissenhaft, und das gehörte dazu. Er hat mir mal erklärt, dass er hart dafür arbeiten musste, um jetzt mit vierzig da zu sein, wo er hinwollte. Und, klar, dafür muss man alles geben.

Rückblickend muss ich sagen, war es so: Ich liebe es, im Nachthemd durch die Wohnung zu laufen, aber Luc hat nie mitgemacht, weil er einfach immer zu viel zu tun hatte. Meine DVDs habe ich immer allein gesehen. Auf der alten Couch neben dem unbenutzten Crosstrainer, in dem erstaunlich kleinen, aber gemütlichen WG-Zimmer. Ehrlich gesagt weiß ich noch nicht mal, ob Luc von dem Zimmer wusste. Jedenfalls hat er mich da nie besucht. Aber das war gar nicht schlimm. So konnte ich immerhin die Filme sehen, die ich sehen wollte.

Rory verzieht die Mundwinkel. »Ihr standet euch also gar nicht so nahe?«

Warum zum Teufel fragt er immer weiter?

Er reibt sich über das Gesicht und seufzt. »Erinnerst du dich noch an die Party, bei der du zu viel Punsch getrunken hast und dich übergeben musstest?«

»Wie kommst du denn jetzt darauf?«, jammere ich. So toll, wie es ist, über die Vergangenheit und über Freya zu reden, aber wenn Rory meine peinlichsten Momente hervorkramt, ist das die ungute Seite am Erinnern. Deshalb und um das Thema zu beenden, schieße ich erstaunlich schnell hinterher: »Ich wusste nicht, dass es Cider war. Zum Glück habe ich einen Filmriss und kann mich sonst an nichts erinnern. Wieso fragst du?«

Er lächelt schief. »Vielleicht bist du ungestümer, als du denkst. Ich erinnere mich, wie ich damals verdammt beeindruckt war von einem Mädchen, das sich zielgenau auf die preisgekrönten Zuchtrosen übergeben hat. Du warst so voller Wärme und so redselig und spontan, da ist mir unverständlich, wie du bei einem Mann landen konntest, der so kalt und klinisch wirkt. Und noch unverständlicher ist mir, warum du ihn so verzweifelt zurückhaben willst – einen Mann, der dich gar nicht richtig zu kennen scheint.«

Meine Stimme ist schrill, so entrüstet bin ich. Hätte er doch lieber mit der Kotzerei und meinem Schamgefühl weitergemacht statt mit dieser vernichtenden Kritik. »Verdammt, Rory, es gibt solche und solche Beziehungen. Und vor allem soll man nicht seine Nase in die Beziehungen anderer Leute stecken.« Die beste Art, ihn mundtot zu machen, besteht darin, es ihm mit gleicher Münze heimzuzahlen. »Und was ist mit dir? Wie steht's mit deiner Familienplanung? Willst du Kinder? Wie weit ist die Planung vorangeschritten?« Die Antwort kenne ich natürlich schon. Jemand, der so kinderfeindlich ist wie er, will bestimmt keine haben. Jemand, der nur mit sich selbst beschäftigt ist, so wie Rory, hat garantiert keinen Platz für andere Menschen in seinem Leben. Wenn das, was er sagt, stimmt, hat er noch nicht einmal Platz für eine Freundin, von Kindern ganz zu schweigen. Was im Grunde eine gute Sache ist, solange er sich spätnachts noch in der Küche der Dachwohnung aufhält …

Er macht einen gequälten Eindruck. »Ich habe so einiges geplant. Erst den Audi TT. Dann möchte ich es als Jurist bis in den Aufsichtsrat schaffen. Die vierstöckige Altbauvilla für meine Großfamilie, in der alle laut schreiend die Treppen rauf- und runterflitzen. Mit einer großen Küche im Erdgeschoss, die Fliesen von Fired Earth, jeden Sonntag wird im Garten groß gegrillt, auf Vulkanstein versteht sich, die Rugby-Ausrüstung verstreut im Flur ...« Seine Unterlippe verzieht sich zu dem Gracie-typischen Schmollen. »Manchmal kommt es im Leben anders, als man denkt.«

Diese Info verdutzt mich. »Die hippen Leute in London kaufen Fliesen von Bert and May.« Das weiß ich allein deshalb, weil Lucs Freunde nach der Arbeit nur ein Thema kannten: ihre Wohnungen und ihre Einrichtung. »Wenn du was Cooles haben willst, musst du die besorgen.«

Rory schüttelt den Kopf. »Was ich sagen will, ist: Ich brauche keine Fliesen, Berry. So was gehört in das Leben, wie meine Freunde es führen. Nicht in meines. Ich hab's nur bis zu dem Auto geschafft.« Er runzelt die Stirn. »Dann kamen andere Dinge dazwischen.«

»Was für Dinge?«, frage ich frustriert. Weil, ernsthaft, nach »Vulkanstein« habe ich abgeschaltet und nichts mehr verstanden.

Er stößt einen so langen und tiefen Seufzer aus, dass ich seinen Atem auf meiner Wange spüren kann. »Nichts, was ich nach einem langen Tag auf einer Hochzeitsfeier erzählen will. Einem Tag, an dem ein Hund die Speicherkarte gefressen hat. So viel ist mal sicher.« Er beugt sich vor. »Übrigens, es sind die Fotos, auf der die Braut den Gang langgeht.«

Das ist mal wieder typisch für ihn.

»Was?« Ich weiß schon wieder nicht, wovon er redet.

Er strahlt über das ganze Gesicht. Sein Lächeln ist so breit, dass er Grübchen kriegt. »Die Fotos mit dem Gang sind die, die fehlen. Jetzt erinnere ich mich auch, dass du dafür eine andere Kamera benutzt hast.«

»Echt?« Ich muss schlucken. Seit ich sein Lächeln gesehen habe, spüre ich einen immensen Druck auf der Brust. Aber ich glaube ihm aufs Wort. In meiner Erinnerung ist der Tag ganz verschwommen. Dann fällt der Groschen. »Mist! Wie Nancy den Gang langgeht, das ist superwichtig.« Obwohl der Gang nur der Raum zwischen den Reihen mit den Holzstühlen und den Lavendelzweigen daran war. Mist, Mist und noch mal Mist. Die Kamera hatte ich auch für die Aufnahmen mit dem Konfetti benutzt.

Er zieht seine Kamera aus der Tasche. »Falls ich sie habe, müssten sie eher vorne sein, nach dem Pub und den Männern.«

Meine Stimme klingt wie ein Echo. »Du hast auch Fotos von den Trauzeugen am Strand gemacht?«

Er schüttelt sich sein Haar aus dem Gesicht und grinst. »Na, klar. In allen guten Hochzeitsalben findet man Fotos von den Männern kurz vor der Trauung. Ich mag aussehen wie ein abgehalfterter Rockstar, aber auch die inneren Werte zählen.«

»Und bescheiden bist du auch nicht«, murmele ich. Vielleicht ist er gerade dabei, mich zu retten, aber ich muss seiner Überheblichkeit trotzdem etwas entgegensetzen. Auch wenn seine Lebenspläne anders verlaufen sind, als er dachte, seiner Selbstzufriedenheit hat das offenbar nichts anhaben können. Ich beobachte, wie er die Bilder auf dem Display seiner Kamera durchsucht. Nervös schlinge ich mir meine Arme um den Oberkörper und drücke die Daumen, dass er die Fotos hat, die meine Lücken füllen können. Wenn er tatsächlich welche hat, dann würde ich …

»Ah, hier. Bin ich gut oder bin ich gut?« Er drückt mir die Kamera in die Hand und ballt seine Hand zur Siegesfaust. »Na? Zufrieden?«

Das erste Bild ist verwackelt. Beim zweiten ist der Kopf von jemandem im Bild. Aber das dritte ist ganz passabel. Nancy hält sich am Arm ihres Vaters fest und beißt sich auf die Lippen. Ich habe keine Ahnung, wie man gleichzeitig furchtbar nervös und super happy aussehen kann, aber sie schafft das. »Puh, ich glaube, du hast mich gerade gerettet.« Das kann man auf jeden Fall nehmen, ein bisschen bearbeiten, dann geht's. Das vierte Bild ist … »Genial! Echt großartig!« Ich weiß, ich weiß, das bläst sein Ego nur noch mehr auf. Aber das ist mir jetzt echt egal.

Er grinst kleinlaut. »Im Windelwechseln bin ich vielleicht eine Niete, aber, und ich hab's dir gesagt, bei Hochzeiten und Partys bin ich klasse.«

Ich sehe die Bilder durch, und, ja, es sind auch Konfettiszenen dabei. »Ach, toll, danke! Vielen Dank, Rory.« Wie soll ich ihm dafür bloß danken? »Auch fürs Mitnehmen und alles. Noch einen Kakao?«

Aber er sieht auf seine Uhr, dann zur Tür. »Danke für das Angebot. Aber wenn bei dir alles so weit in Ordnung ist, fahre ich lieber und erlöse Chas und Immie.«

»Ja. Natürlich.« Natürlich musste Rory das sagen. Je eher er aus der Küche kommt und die Treppen runter ist, desto besser. Wirklich. An der Wohnungstür hält er an, und in meinem Bauch breitet sich wieder dieses Kribbeln aus.

Er gibt ein tiefes Lachen von sich. »Du brauchst nicht so ängstlich zu gucken. Ich gehe schon.« Allerdings macht er dabei ein paar Schritte in die Küche hinein und legt seine Hand auf meine Schulter. Er drückt mich einmal, und mein Oberkörper scheint zu beben.

»Gute Arbeit, Holly-Beerchen. Volltreffer, würde ich sagen. Wenn du so weitermachst, brauchst du doch noch ein Wonder-Woman-Nachthemd.« Dabei vergisst er galant, dass ich das zum großen Teil ihm zu verdanken habe.

Er nimmt seine Windjacke vom Stuhl. Und dann ist er weg.

Ich lausche dem Widerhall seiner Schritte, bis er unten auf der Straße ist. Dann atme ich aus und schubse mich selber an: »Gut, noch der Abwasch und dann ab ins Bett.« Wenn Poppy morgen zum Backen vorbeikommt, soll sie nicht das Chaos vom letzten Frühstück vorfinden.

Und erst als ich mich aufraffe, zum Waschbecken zu gehen, und mich umsehe, bemerke ich, dass bereits abgewaschen und alles sauber aufgeräumt ist. Das Spülbecken glänzt. Der Wasserhahn ist poliert, ganz nach Poppys hohen Ansprüchen. Abgesehen von meinem Becher mit dem Kakao steht alles, jeder einzelne Teller, an seinem Platz.

20. Kapitel

Tiefpunkte und andere schöne Orte

Dienstag, 12. Dezember
Die Spielecke im Crab and Pilchar

Im Hintergrund dudelt Musik, ein Kinderchor singt »Jingle Bells«. Girlanden aus Lametta hängen quer durch den Raum. Daran hängen Papierfaltglocken, die so platziert sind, dass sie einem schön vorm Gesicht baumeln. Ein drei Meter hoher Baum, der unter dem Gewicht des Weihnachtsschmucks ächzt, dazu ein mehrfarbiges Lauflicht. Zugegeben, letztes Jahr im Dezember habe ich den Farbverlauf mit dem Regenbogeneffekt auf den Kugeln bestaunt und bin schnell nach Hause gerannt, um eine kleinere Version davon bei mir zu Hause zu installieren. Hätte ich diese Beerenfarben mit den hellgrünen Tupfern und dem Tiffany-Blau und Lachsrosa gesehen, hätte ich sofort ein Foto geschossen und es auf Pinterest und Instagram gepostet. Aber dieses Jahr hätten selbst die schlimmsten Innenausstatter aus der Hölle keine üblere Weihnachtsdeko im Spielbereich der Gaststätte Crab and Pilchard aufbauen können. Es ist wirklich so, dass man die Spielecke und das Bällebad kaum sieht vor lauter Christbaumkugeln. Dazu eine Weihnachtsmannpuppe auf einem Riesenschlitten voller Geschenke mit acht beweglichen Rentieren davor – das muss mein schlimmster Weihnachtsdeko-Albtraum dieses Jahr sein.

Andererseits verstehe ich vollkommen, warum dieses Weihnachtsparadies und die singenden Rentiere bei den Kindern so gut ankommen. Gracie steht wie gebannt am Rande einer kleinen Gruppe und schwingt die zwei Schneemänner von Immie im Takt.

Poppy schiebt Teddies Kinderwagen neben den Tisch bei der Hüpfburg, holt den Apfelsaft für die Kinder hervor und sinkt auf einen Stuhl. »Wie niedlich! Gracie singt mit. Und Rudolf bewegt sich zu der Musik.«

Eigentlich ist sie nicht so weich und empfänglich, erst seit sie sich verliebt hat und schwanger wurde. Sie macht große Augen, als sie Immies Limo sieht. »Kein Bier heute?«

Sie ist zurecht erstaunt. Die Auswahl an Ale im Crab and Pilchard ist der eigentliche Grund, warum wir in der Strandbar sind. Nicht, dass wir sonst so früh am Nachmittag Alkohol trinken würden. Aber als Immie die Spielecke in dem Pub erwähnte, wollte Rory unbedingt hierhin. Obwohl, typisch Rory, nachdem er uns drei zum Mitkommen überredet hatte, hat er uns an der Tür abgesetzt, und dann fiel ihm ein, dass er dringend etwas erledigen muss, und er ist flugs wieder verschwunden. Wir wissen alle, dass er viel auf dem Zettel hat, als selbstständiger Weinhändler und mit seiner Brauerei, und wir alle haben Verständnis für ihn. Die Faustregel lautet: Sobald er die Windeltasche jemandem in die Hand gedrückt hat, ist er weg und entlässt sich in die Freiheit. Uns macht das nichts aus, aber wir müssen trotzdem darüber lachen. Immerhin ist die Wahrscheinlichkeit größer, dass Poppy sich ein bisschen Ruhe gönnt und sich mal hinsetzt, wenn sie nicht zu Hause auf dem Hof oder in dem Laden ist. Und Immie hat sich heute schon um die Ferienwohnungen und die neuen Gäste gekümmert. Ich habe gestern die Bilder für Nancys und Scotts Minialbum ausgewählt und Jules geschickt. Danach habe ich eigentlich nur die restlichen Bilder sortiert. Nach der Arbeit vor dem Bildschirm kam mir Poppys Vorschlag, zu dem Pub mit angeschlossenem Spielplatz zu fahren und zu klönen, wie ein Segen vor. Genau genommen ist auch die Tatsache, dass

Rory wieder weg ist und uns alleine lässt, das Sahnehäubchen auf meinem persönlichen Kuchennachmittag.

Immie trinkt einen Schluck ihres himbeerfarbenen Getränks und verzieht das Gesicht. »Egal, wie eklig das schmeckt, ich bleibe bei diesen Limos, bis die Jungs zurückkommen.« Rafe wollte später vorbeikommen. Sie sieht mich an und will offenbar etwas ansprechen. »Gibt es Neuigkeiten aus den Alpen, Hols?«

Ich lege die Windeltasche unter den Tisch, stelle meinen Kaffee ab und muss lächeln. »Arme Jess. Bart hat sie heute Morgen so früh aus dem Bett geholt, praktisch mitten in der Nacht. Dann sind sie in den Bergen wandern gegangen, um den Sonnenaufgang vorm Frühstück zu sehen. Sie hat sich den Hintern abgefroren und musste eine Stunde lang wandern. Nur um einen pfirsichfarbenen Sonnenaufgang über den verschneiten Berggipfeln zu sehen.«

Poppy schaltet sich ein: »Und sie hat immer noch keinen Ring. Das macht sie wahnsinnig. Immerhin hat sie nachgegeben und trägt jetzt Skihosen. Und ihre Leinenhosen hat sie gegen Skiunterwäsche getauscht.«

Immie schnaubt. »So wie ich Kips Onkel Bart kenne, liebt er das. Ich finde seine Taktik richtig. Wenn man die Vorfreude und die Spannung hinauszögert, macht das am Ende bewiesenermaßen viel glücklicher.« Die Meinung einer Psychologin ist immer gut. Selbst wenn sie noch nicht so viele Seminare absolviert hat, sind Immies Beiträge immer hilfreich.

Ich lache. »Wenn das stimmt, muss Jess überglücklich sein, wenn er ihr endlich einen Antrag macht. Sofern sie nicht vorher durchdreht und ihn vom Berg schubst.« Ich habe heute Morgen mit ihr telefoniert. Daher weiß ich, wie angespannt sie ist.

Poppy schüttelt den Kopf. »Bart ist mit allen Wassern gewaschen. Du hättest sehen sollen, wie er Jess dazu gebracht hat, mit ihr auszugehen.« Sie nickt Immie zu. »Sie hat übrigens auch mit Jules über Skype telefoniert.«

Auf das Stichwort beugt sich Immie vor. »Echt? Wie sah er aus?«

»Immer noch sehr pickelig.« Poppy lacht. Aber nur weil sie weiß, wie sehr Immie sich freut, dass der Schönling mit dem makellosen Teint von seinem Sockel gestürzt ist.

Ich fummele an meinem Smartphone und zögere noch, die Katze aus dem Sack zu lassen. »Sie hat ein Foto von ihm geschickt, ein heimlich aufgenommener Screenshot. Darauf war sie sehr stolz.«

»Haha, los zeig!« Immie boxt in die Luft. Dann huscht ein besorgter Ausdruck über ihr Gesicht: »Du zeigst sie mir doch, oder?«

Ich gebe ihr mein Smartphone. »Aber nur kurz gucken.« Obwohl Jules im Schatten sitzt, sieht er sehr kränklich aus.

Immie stößt einen Jubelschrei aus. »Potzblitz und zugenäht! Das nenne ich Pickel! Vorm Frühling geht der bestimmt nicht aus dem Haus!«

Poppy kennt das Foto schon, schaut es sich aber trotzdem noch einmal an. »Es hat ihn schlimm erwischt. Aber die gute Nachricht: Er war begeistert von den Fotos, die seine Vertretung aus Port Giles geschickt hat.«

Zum Glück hat sie damit Immie davon abgebracht, eine Kopie von dem Foto zu verlangen. »Und Braut und Bräutigam sind ebenfalls von den Musterfotos begeistert. Ganze Arbeit, Hols!«

Immie knufft mir so kräftig in die Seite, dass ich fast vom Stuhl kippe. »Siehst du? Haben wird dir doch gesagt. Ich wusste, dass du das gut machst. Jetzt, da Jules so außer Gefecht gesetzt ist, hast du vielleicht eine neue Berufung gefunden, Hols …«

»Auf gar keinen Fall«, unterbreche ich sie sofort. »Wenn

die Strandhochzeit vorüber ist, halte ich mich von so was fern. Als ich zugesagt habe, wollte ich mal meine Fühler ausstrecken und mich ausprobieren. Aber nach den anderen Hochzeiten weiß ich mit Sicherheit, dass ich für den Stress nicht gemacht bin.«

Immie schnaubt schon wieder. »So viele Bräute mit Speicherkarten fressenden Hunden wird es nicht geben. Stimmt's? Übrigens, du musst hier auch auf Schweine achten. Die Ferkel, die letztens auf der Hochzeit waren und die Ringe apportierten, sind ausgebrochen und hätten fast die Feier auf dem Hof torpediert.« In Wahrheit waren Immies Ring-Apportier-Schweinchen so süß – das war, bevor sie ausgebüxt sind –, dass die Bilder viral gingen und Rafe und Poppy viele neue Kunden beschert haben.

Poppy schüttelt sich. »Ich arbeite nie wieder mit Tieren! Die zwei Schweine, die durchgedreht sind und durch den Festsaal rannten, der bereits für die Hochzeit hergerichtet und geschmückt war, waren eine Katastrophe. Apropos, wie geht es Gracie?«

Immie nickt in ihre Richtung. »Gut. Da hinten steht sie und singt mit dem Weihnachtsmann. Wenn sie loswill, gehen wir weiter.« Immie trinkt aus ihrer Flasche und verschluckt sich. »Bah, Pferdepisse wäre leckerer.«

Poppy sieht sie fragend an. »Warum trinkst du denn kein Bier? Du fährst doch nicht.«

Immie legt die Stirn zu einer Denkerpose in Falten. »Führe mich nicht in Versuchung.« Sie seufzt tief. »Chas und ich haben einen Pakt geschlossen. Wir wollen beide weniger trinken.«

Poppy staunt: »Heiliger Bimbam, warum das? Du weißt, dass Weihnachten vor der Tür steht?«

Immie grunzt. »Wir reduzieren den Alkohol wegen der Fruchtbarkeit. Ich hatte keine Ahnung, dass es so schwer werden würde.«

Das muss wirklich schwer sein, besonders für jemanden wie Immie, die so gerne ein Bier trinkt. Vor allem, weil sie ja auch im Pub arbeitet. »Wann habt ihr damit angefangen?«, frage ich und will ihr schon gratulieren zu diesem Entschluss.

Immie stöhnt. »Vor ungefähr zwölf Stunden.«

»So lange schon?« Poppy und ich wechseln einen Blick und zucken hilflos hinter Immies Rücken mit den Schultern.

Fröhlich sagt Poppy: »Das ist eine hervorragende Übung für später, wenn es geklappt hat. Spätestens dann musst du aufhören.« Sie selbst hatte erst nach einigen Monaten von ihrer Schwangerschaft erfahren.

»Wenn der Verzicht auf Alkohol hilft, dass ich eher früher als später schwanger werde, dann bringe ich das Opfer gern.« Immie lächelt gequält. »Wir wollen uns auch nicht mehr so stressen lassen. Das ist statistisch belegt: Empfängnis ist leichter, wenn man entspannt ist.«

Eine Angestellte in einem Dirndl kommt an unserem Tisch vorbei. So wie sie die Augenbrauen nach oben zieht, muss sie unser Gespräch mitgehört haben. Sie beugt sich zu uns und sagt laut flüsternd: »Sehr richtig. Sobald man aufhört, über Nachwuchs nachzudenken, kommt der Storch«, und geht Hüften schwingend davon.

Da Immie eine Stimme wie ein Nebelhorn hat, hört man ihre Kommentare bis weit über unsere Gruppe hinaus. Ihre gehustete Beschwerde ist für ihre Verhältnisse noch zurückhaltend. »Was glaubt sie, wer sie ist, dass sie einfach mitredet? Und was zum Geier trägt sie da?«

Ich greife ein und glätte die Wogen. »Sie soll Schneewittchen darstellen. Die passenden Zwerge dazu gibt es auch, die meisten sitzen an der Bar.«

Eigentlich hat sich Immie nie für Kleider interessiert. Bis sie letzten Sommer mit Mühe ein Kleid für ihre Hochzeit finden musste. Immie schnaubt. »In dem Fall sei ihr verziehen.«

Sie redet jetzt so ungewöhnlich leise, dass wir uns vorbeugen müssen, um sie zu verstehen. »Ich kann mich glücklich schätzen, ich habe ja Morgan. Aber bei ihm war es anders. Er war ein Unfall. Und Chas und ich planen ja erst seit August ein Kind. Aber jedes Mal, wenn ich einen Tag drüber bin, denke ich, jetzt hat's geklappt. In meiner Vorstellung habe ich an dem einen Tag das Kind bereits zur Welt gebracht und es schon eingeschult. Und wenn ich dann doch wieder nicht schwanger bin, ist das jedes Mal eine niederschmetternde Enttäuschung. Und ich weiß, dass es noch früh ist und nichts im Vergleich zu dem, was andere durchmachen, die jahrelang versuchen, ein Kind zu bekommen. Trotzdem ist es jedes Mal schlimm.«

»Arme Immie«, sage ich mitfühlend und drücke ihre Hand. Ich kann das sehr gut nachempfinden. »Das stimmt. Sobald man nur einen Tag spät dran ist, ändert sich die ganze Sichtweise. Nach einer Woche bist du in Gedanken schon im Kreißsaal.« Ich höre mich das sagen und sehe, wie Immie und Poppy mich ansehen. Augenblicklich werde ich rot. Da habe ich wohl was ausgeplaudert und zu viel gesagt. Immerhin hat Schneewittchen das nicht mitgehört.

Poppy beugt sich zu mir und legt ihre Hand auf meine. »Du kennst das auch?«, fragt sie flüsternd.

Ich seufze. »Das war, nachdem Luc gegangen ist. Rückblickend glaube ich, dass es an dem Trennungsschock lag. Ich habe ihm eine Mail geschrieben und ihm gesagt, dass ich überfällig bin und einen Test machen will. Aber er hat nicht geantwortet. Ich habe zehn Tage lang versucht, den Mut für den Test aufzubringen. Schließlich kam meine Regelblutung, bevor ich den Test gemacht habe.« Ich atme tief durch. Die Enttäuschung spüre ich sogar jetzt noch. Und sie tut noch genauso weh. Als zöge sich mir das Herz in der Brust zusammen. »Die zehn Tage waren die längsten meines Lebens.

Das Warten auf Lucs Antwort, und als er nicht reagiert hat, das Überlegen, wie ich das alleine schaffen soll. Aber dann waren die Überlegungen ja umsonst. Da war etwas, und gleichzeitig war da nichts. Aber ich weiß, wie du dich fühlen musst, Immie.«

Immie bläst die Wangen auf. »Vielleicht hat er die E-Mail nicht gekriegt, weil er zwischen zwei Kontinenten unterwegs war?« Wir wissen beide, dass sie das nur sagt, um eine Entschuldigung für sein Verhalten zu finden, damit es erträglich für mich ist.

Ich lasse die Mundwinkel hängen. »Irgendwie müssen die Mails verloren gegangen sein. Aber bei einer solchen Nachricht schickt man doch keine zweite hinterher und fragt, ob die erste angekommen ist.« Irgendwie bin ich aber das Gefühl nicht losgeworden, dass er einen Neuanfang gemacht hat und auf keinen Fall zurückblicken will. »Jetzt ist es egal. Es gab ja kein Kind. Und Luc ist Vergangenheit. Wir führen nun beide unser eigenes Leben.« Poppy ist die Einzige, der ich erzählt habe, dass ich nicht hundertprozentig über ihn hinweg bin.

»Okay«, sagt Immie skeptisch.

»Ich wünschte, wir wären für dich da gewesen.« Poppy nimmt mich in den Arm. Als sie endlich die Umarmung löst, fährt sie fröhlich fort: »Mit der Hochzeitsfotografie kommst du aber gut voran. Aus Jules' Reaktion schließe ich, dass du jetzt drin bist. Genau das hatte ich gehofft.« Sie sieht mich an und zwinkert mir zu.

Ich schneide eine Grimasse und bin froh, das Thema zu wechseln. Obwohl das auch nicht mein Lieblingsthema ist. »Na ja. Weiß nicht. Da herrscht so viel Druck.« Ich überlege kurz. »Ich gebe es nur ungern zu, aber wenn Rory nicht gewesen wäre, hätte ich wahrscheinlich kein einziges Foto in der Rettungsstation geschossen. Ihr kennt ihn ja, seine Art, seinen

Charme, seine Begeisterungsfähigkeit und sein freundliches Wesen. Er hat irgendwie alle mit Leichtigkeit dirigiert, mich eingeschlossen. Ich musste nur noch die Kamera halten und den Auslöser drücken.« Mir kommt der Gedanke, dass sich jetzt eine günstige Gelegenheit bietet, die Frage zu stellen. »Warum trifft sich Rory nicht mehr mit Frauen?«

Immie kneift die Augen zusammen und grübelt. »In Bristol gab es irgendwie einen Unfall. Das war lange, bevor er zurückkam und Huntley and Handsome übernommen hat. Erinnerst du dich daran, was damals mit Rory passiert ist, Poppy?«

Ich richte mich auf und höre aufmerksam zu, als Poppy sagt: »Das erzähle ich später. Da kommen gerade Rory und Rafe.« Sie winkt begeistert, aber vielleicht nicht genug, um Immies lautes Organ zu überspielen.

Ich beobachte die beiden, wie sie durch die Menge der glücklichen Kinder gehen, die »Rudolf the Red Nosed Reindeer« singen. Rafe sieht voll und ganz wie ein kräftiger Bauer aus mit seinem kantigen Gesicht und seiner Wachsjacke. Bei Rory hingegen hat man den Eindruck, er hätte Kurt Cobains Secondhandklamotten durchwühlt und sich daraus was zum Anziehen rausgefischt.

Rafe kommt an den Tisch und drückt Poppy einen Kuss auf die Wange. Rory nimmt sich einen Bieruntersetzer und stellt seine Flache Cola darauf. Unter dem Fetzen, das ein T-Shirt sein soll, zuckt er mit den Schultern: »Redet ihr über mich?«

Bisher bin ich ruhig, weil ich langsam ein- und ausgeatmet habe. Aber das ist jetzt zu viel. Zum Glück springt Poppy ein. »Wir reden darüber, wie du die Menge auf der Hochzeit im Griff hattest, Rory.«

Das quittiert er mit einem Lächeln. »Berry und ich haben ganze Arbeit geleistet. Mein bester Tag seit Langem.« Typisch Rory. Nimmt das Kompliment entgegen und baut es zu seinen Gunsten aus. »Wann ist die nächste Hochzeit? Ich bin gerne wieder dabei, wenn ihr das möchtet.«

Geschwitzt habe ich eh schon. Jetzt wird auch noch mein Magen flau. Ende der Woche heiraten die Zwillinge die Zwillinge. Ich weiß, da bräuchte ich wieder Hilfe. So weit voraus hatte ich aber noch nicht gedacht. Und ich hatte auch noch nicht bedacht, dass die Hilfe wohl wieder von Rory kommt.

Poppy springt wieder ein. »Am Freitag heiraten Travis und Taylor auf dem Gutshof. Bist du nicht eingeladen?«

Rory kratzt sich am Kopf. »Mist, du kannst recht haben.«

Jetzt schaltet sich auch Immie ein: »Wenn du eh eingeladen und ohnehin da bist, ist es sinnvoll, du hilfst Hols.«

Ich protestiere. »Wenn doch Rory aber als Gast da ist, wäre es da nicht besser, jemand anderes hilft mir?« Es ist ein Versuch, aber mir wäre jeder andere recht.

Rory sieht mich mitleidig an. »Wenn die Kinder dann noch bei mir sind, brauche ich jemanden, der auf sie aufpasst.« Er wendet sich an Poppy und Immie. »Was habt ihr beide am Freitag vor?«

»Wenn du höflich fragst ...«, sagt Poppy und lächelt ihn frech an. »Da du Hols und dem Team hilfst, geht das klar.«

»Sicher ist das nicht«, versuche ich noch einzuwenden. »Jules' Freunde sind vielleicht aus dem Urlaub zurück. Oder ich überrede meinen Vater, aus seinem Spanienurlaub nach Hause zu kommen. Oder ich frage einen von Rafes Feldarbeitern. Oder ich leihe einen Zwerg aus dem Crab and Pilchard.«

»Umsonst kriegst du das aber nicht«, sagt Immie und lacht. »Wie viele Kisten ›Bad Ass Santa‹ bietest du mir dafür?«

Er dreht sich um, als Gracie zu uns kommt. In jeder Hand hält sie einen Schneemann. »Sollen wir noch mehr Schneemannkekse backen, Gracie?« Ein Novum! Rory spricht Gracie direkt an. Selbst wenn sie kaum verstehen dürfte, worum es geht.

Gracie macht einen ebenso belustigten Eindruck wie er. Aber voller Ernst antwortet sie: »Eigentlich möchte ich jetzt lieber zur Rutsche.«

Wir Erwachsenen sehen zur Rutsche am anderen Ende des Raumes hinüber. Sie endet in einem Bällebad. Ich bin die Erste, die die Chance zur Flucht ergreift.

Ich reiche ihr meine Hand. »Komm, wir gehen zusammen.« Die anderen scheinen nicht zugehört zu haben.

Sie überlegt kurz, dann schiebt sie ihre Hand in meine. »Bei Poppy habe ich Schneemannkekse gebacken. Die Nasen haben wir aus Karotten gemacht, die Knöpfe waren aus Schokolade.«

»Ach was, wir alle gehen zur Rutsche«, wirft Rory ein.

Da muss ich eingreifen. »Quatsch, es müssen ja nicht fünf Erwachsene nach einem Kind sehen.« Aber so lächerlich das ist, sie trippeln mir alle im Gänsemarsch hinterher. Rafe bildet das Schlusslicht und schiebt Teddie.

»Warst du schon mal in einem Bällebad, Gracie?«, fragt Poppy besorgt, als wir uns dem Kasten mit dem Netz drum herum nähern, in dem sich sage und schreibe Tausende, wenn nicht gar Millionen kleiner bunter Bälle befinden.

Gracie nickt. »Ganz oft schon. Ich darf das. Mami erlaubt das.«

Sie lässt ihre Schneemänner an den Stufen der Rutsche fallen und klettert hinauf.

Immie lacht. »An Morgans viertem Geburtstag mussten wir den Spielbereich evakuieren, weil ein paar Kinder von einer anderen Geburtstagfeier in dem Bällebad ein großes Geschäft erledigt hatten.«

Rory verzieht das Gesicht. »Widerlich.«

Rafe lacht. »Klingt eher nach Geisterbahn als nach Spielplatz.«

Gracie sieht von oben auf der Rutsche zu uns runter. »Meine Schneemänner wollen auch rutschen.«

Rory hebt die Plüschtiere auf und reicht sie Gracie, die sie auf ihren Schoß setzt. »Und? Noch was?«

Gracie blickt ihn an. »Mami sagt immer: ›Auf die Plätze, fertig, los.‹«

»Verflixt und zugenäht«, murmelt Rory in seinen Bart. »Ist das alles, Prinzessin?«

»Und sie klatscht.«

»Was?«, stöhnt er. »Das ist eine Rutsche, keine Bobfahrt.«

»Mach's einfach, Rory.« So wie ich das sehe, ist so eine Rutsche ganz schön hoch für eine Dreijährige. Ich erinnere mich noch, wie ich einmal mit Freya Schlange stand an einer dieser riesigen Rutschen in einem Freizeitpark. Als ich oben ankam, war der Boden plötzlich ganz weit entfernt. Ich bekam Angst. Alle Kinder in der Schlange hinter mir mussten wieder umkehren, um mich nach unten klettern zu lassen. Das war natürlich die allergrößte Peinlichkeit für mich und Freya, aber das war mir egal. Ich hätte noch zehnmal peinlichere Dinge gemacht, bloß um nicht in dieser polierten Stahlröhre in die Tiefe sausen zu müssen.

Ich rufe: »Auf die Plätze, fertig, los!« Gracie stößt sich ab. Als sie unten ankommt und in den Bällen landet, klatschen wir – fast – alle. Ich starre Rory an, und dann klatscht auch er.

Gracie strampelt und rudert durch den Pool aus Bällen und klettert aus dem Eingang im Netz. »Noch mal!«

»Super!«, sage ich und sehe zu Poppy rüber. »Warum nicht?«

Eine halbe Stunde später ist Gracie immer noch dabei. Unter dem Beifall ihres persönlichen Fanclubs. Selbst die Einzelkinder mit ihren Großeltern haben nicht so viele Unterstützer wie Gracie.

»Hast du morgen Nachmittag schon etwas vor, Berry?«, fragt Rory unvermittelt zwischen dem Rutschen und Klatschen.

Ich wechsle einen Blick mit Immie, die Teddie mit einem Löffel aus einem Glas Babybrei füttert. Ich werfe Rory einen »Wusst' ich's doch«-Blick zu. »Siehst du, wussten wir's doch, wenn du einmal auf dem Spielplatz warst, willst du immer wiederkommen.«

Gracie habe ich zwar noch nicht lachen gesehen, aber um Rorys Mundwinkel spielt hin und wieder ein Lächeln. Wer weiß, vielleicht wird er übers ganze Gesicht lachen, wenn wir nachher am Weihnachtsmann und den groovenden Rentieren vorbeigehen. »Das würde bestimmt Spaß machen, noch mal herzukommen. Vielleicht will Gracie morgen zur Abwechslung mal auf die Hüpfburg.« Eine Stunde lang am Bällebad zu stehen, umgeben von kreischenden Kindern, ist ziemlich laut und lärmig. Und sehr weihnachtlich ist es hier obendrein. Trotzdem finde ich es irgendwie auch entspannend und könnte morgen glatt noch mal herkommen.

Rory sieht mich an, als wäre ich verrückt. »Ich meinte doch nicht, dass wir hierherkommen. Wenn ich noch ein einziges Mal ›Frosty The Snowman‹ höre, platzt mir der Kopf. Aber wenn die nächste Hochzeit bereits am Freitag stattfindet, sollten wir möglichst bald zum Herrenhaus fahren und uns den Ort ansehen.«

Ein paar glückselige Augenblicke lang hatte ich tatsächlich die Hochzeit am Freitag komplett verdrängt. Ich will Rory gerade verfluchen, dass er mich so knallhart zurück in die Wirklichkeit gebeamt hat, da kommt Gracie angerannt.

Sie winkt mir mit ihrem Schneemann zu. »Der Schneemann ist runtergerutscht.«

So müde, wie sie aussieht, wird sie heute bestimmt gut schlafen.

Ich strahle sie an und wünsche mir, dass sie zurücklächelt. »Ja, Gracie. Der Schneemann ist bestimmt hundertmal gerutscht.«

Statt zu lächeln, zieht Gracie ihre Mundwinkel verdächtig weit nach unten.

»Der Schneemann ist weg, er ist weg!«, ruft sie immer lauter und schriller. Schließlich wedelt sie wild mit dem Plüschtier und kreischt: »Der Schneemann ist weg!«

Rory zuckt zusammen. »Verflixt! Hatten wir nicht zwei davon?« Er runzelt die Stirn. »Wo ist der zweite Schneemann, Gracie?«

Eine riesengroße Träne kullert ihre Wange herab, und Gracie zeigt auf die Bälle: »Da…a…a…!«

Rory verdreht die Augen. »Gut gebrüllt, Löwe!«

»Herrjemine! Ist Schneemann Nummer zwei etwa in den Bällen?«, fragt Poppy und schüttelt den Kopf. »Wir können ihn nicht dalassen, der gehört bereits zur Familie.«

Das klingt zwar sehr sentimental, aber wir wissen, was sie meint.

Rafe schneidet eine Grimasse. »Können wir nicht einfach einen neuen besorgen?«

Poppy reißt vor Schreck die Augen auf. »Das hast du doch hoffentlich nicht wirklich gesagt?«

Immie stemmt die Hände in die Hüfte. »Nun gut. Da gibt's nur eins. Ich gehe rein und hole ihn.« Eine Sekunde später windet sie sich waagerecht durch das Loch im Netz und paddelt über die Bälle. »Komm, Hols, wir suchen das Becken mit den Bällen systematisch ab.«

Manche Menschen lassen sich ja leicht übersehen, Immie gehört definitiv nicht dazu. Als Nächstes sprinte und tauche ich ihr hinterher.

»Wie machen die Gören das bloß?« Sich durch ein hüfthohes Meer von Plastikbällen zu bewegen ist gar nicht so einfach.

Immie krault durch die Bälle mit einer Technik, die an eine Freestyle-Schwimmart erinnert. Während ich auf den Knien wie ein Maulwurf krabbele.

Rory lacht. »Sagt Bescheid, wenn ihr Hilfe braucht, auf der Suche nach dem großen Geschäft, äh, dem Plüschding.«

Auf der anderen Seite vom Netz wendet Poppy sich Rory zu. »Sag nicht so was!«

»Das kann doch nicht wahr sein.« Hier drinnen sind so viel Bälle, wie sollen wir da jemals ein kleines Plüschtier finden, egal, wie systematisch unsere Suche ist.

Immie schüttelt den Kopf und flucht vor sich hin. »Das ist so wahrscheinlich, wie einen Schneemann in der Hölle zu finden. Aber angesichts von Poppys Schwangerschaftshormonen sollten wir so tun, als würden wir uns größte Mühe geben.« Sie stolpert fast über ein kleines Kind, dann ruft sie Rafe und Rory zu: »Kommt her, ihr beiden. Wenn ihr noch vor Mitternacht nach Hause wollt, dann steht nicht dumm rum. Kommt her und helft!«

Sie lassen sich nicht zweimal bitten. »Auf sie mit Gebrüll!« Rafe springt vom Rand am anderen Ende der Kiste. Rory gleitet über die Seilrutsche in das Becken mit den Bällen.

Rafe sieht aus, als würde er auf einem Konzert in die Mengen springen und stagediven. Sein dunkler Wollpullover versinkt in dem Meer aus knallbunten Plastikbällen. »Das bringt Spaß!« Männer sind letztendlich doch nur kleine Jungs. Da haben die beiden ihre Lebensuhr schnell mal um dreißig Jahre zurückgedreht.

Rory jauchzt. »Zu Weihnachten wünsche ich mir eine Riesenhüpfburg. Eine Brauerei-Sonderanfertigung für Roaring Waves. Eins-a-Werbefläche. Die könnten wir am Strand aufstellen oder für Hochzeitsfeiern verleihen.«

Immie schimpft. »Passt auf! Zerquetscht nicht die Kinder!«

Auf der anderen Seite vom Netz sehe ich Schneewittchen, die mich mahnend anstarrt, als wäre ich die böse Königin. »Vergesst nicht, nach dem Schneemann zu suchen!«, rufe ich, hauptsächlich ihretwegen.

Und das ist auch gut so. Denn Rafe und Rory haben mittlerweile begonnen, sich gegenseitig mit Bällen zu bewerfen. Sie achten gar nicht auf mich. Zum Glück sind die meisten Kinder längst aus dem Bällebad gekrochen.

Weil ich mit meiner Suche und dem Wühlen nicht weiterkomme, stehe ich auf und bahne mir einen Weg durch die Bälle zu Immie. »Dabei sollte ein weißer Schneemann doch leicht zu finden sein.«

Immie duckt sich. »Verflucht und zugenäht! Zwerge im Anmarsch!«

Ich sehe in die Richtung, in die sie zeigt. Und ja, Schneewittchen marschiert auf uns zu, im Schlepptau eine Truppe Männer mit gestreiften Hüten, Strumpfhosen und krausen grauen Bärten.

Die Musik aus dem Lautsprecher wird mitten im Takt von »Stille Nacht« ausgeschaltet. Einer der Männer räuspert sich und sagt im Befehlston: »Alle Erwachsenen verlassen jetzt das Bällebad. Zu diesem Bereich haben nur unter Zehnjährige Zutritt.« Es fällt mir schwer, ihn mit seiner rot angemalten Nase ernst zu nehmen.

Wenn jemand in dieser Situation eine Diskussion beginnt, dann Rory. »Ruhig Blut, Kleiner. Wir haben nur ein bisschen Spaß, während wir nach einem Plüschtier suchen, das verloren gegangen ist.«

Der Zwerg stemmt seine Hand in die Hüfte und richtet sich zu voller Größer auf, also knapp zwei Meter. »Komm mir ja nicht blöd, Kumpel. Sonst gibt es Hausverbot.«

Rorys Stimme trieft vor Unglauben. »Ihr könnt mich nicht rauswerfen. Ich bin euer größter Bierlieferant.«

Der Zwerg zupft an seinem Bart. Mit lauter Stimme sagt er: »Mir egal, ob du der Lieferant vom Weihnachtsmann bist. Sofort raus aus dem Bällebad! Aber dalli!«

»Okay, kein Grund, sich aufzuregen. Wir gehen ja schon.« Dass Rory so schnell aufgibt, kann nur daran liegen, dass er sich um seine Kunden sorgt.

Diese Reaktion kennt man noch aus der Kindheit. Wenn man derart angeschrien wird, will man nur noch wegrennen. So geht es mir jetzt. Und schon wanke ich zum Loch im Netz und schaufele die Bälle rechts und links an mir vorbei. Ich blicke über meine Schulter zurück und sehe Rory und Rafe ganz cool hinter mir herschlendern. Ich bewege mich immer hektischer und schwanke immer stärker. Fast bin ich am Netz angekommen, als mein Fuß umknickt und ich falle. Es ist mehr ein seitwärtiges Wegsinken als ein harter Sturz. Ich drehe mich auf den Rücken, und meine Schultern versinken, die Knie und Füße ragen oben raus.

Immie lacht sich schlapp. »Wahnsinnsreaktion, Hols, gut aufgefangen. Das sieht so komisch aus, ich mach mir in die Hose.«

»Hör auf zu lachen, Immie. Zieh mich lieber raus!«, jammere ich.

Aber da lacht sie schon wieder.

»Jungfrau in Nöten?«, sagt Rory. Er ist als Erster bei mir und – überrascht mich das? – grinst mich frech an.

Ich fauche ihn an und nehme dabei durchaus die Menge kleiner Menschen wahr, die uns ans Netz gedrängt von der anderen Seite aus zuschaut: »Vielen Dank, aber nicht nötig, alles in Ordnung. Immie hilft mir.«

Das erheitert ihn nur noch mehr. »Nee, sorry, Holly B. Immie ist zu beschäftigt, die macht sich gerade in die Hose.

Du musst schon den Prinzen als Retter nehmen oder niemanden.« Er kneift die Augen zusammen. »Es sei denn, du willst, dass dich ein wütender Zwerg hier rausfischt.«

Es dauert eine Weile, bis ich den letzten Rest Stolz beiseiteschiebe. Dann winke ich mit dem Arm in seine Richtung. »Gut, dann mach!«, sage ich widerwillig. Kurz darauf schreie ich auf. Ich hätte ja nur eine Hand gebraucht, die mich hochzieht. Doch Rory hebt mich von unten hoch.

Er stolziert durch die Bälle und drückt mich fest an seine Brust. Ich rieche nicht nur sein verführerisches Aftershave, was viel zu benebelnd ist, als dass es angenehm wäre, sondern spüre auch, wie sein Brustkorb vor Lachen bebt. »Wer hätte gedacht, dass ich auf einem Spielplatz so viel Spaß habe?«

Ich frage mich, wie jemand in einem derart zerfledderten T-Shirt so gut riechen kann, und sage zähneknirschend: »Lass das. Und setz mich gefälligst ab!«

»Keine Panik.« Er geht bis zum Rand des Beckens mit den Bällen und hebt mich durch das Loch im Netz.

Mit einem Plumps lande ich auf dem Boden. »Ganz toll, danke.« Der Filzteppich fühlt sich rau unter meinen Händen an, aber Schürfwunden habe ich keine.

Sich würdevoll aufzurichten ist gar nicht so leicht, wenn einem etwa zwanzig kleine Rotzlöffel dabei zuschauen.

Rafe, Rory und Immie klettern aus dem Bällebad. Und wir wollen uns gerade wie reumütige Schulkinder von dannen machen, da kommt der Zwerg auf uns zu und zeigt entsetzt auf unsere Füße. »Sie sind mit Schuhen da reingegangen?«

Als wäre das Fallen und Rausgetragenwerden nicht schon entwürdigend genug, müssen wir uns jetzt auch noch vor einer Horde drei- bis vierjähriger Kinder zurechtweisen lassen. Den großen Augen und offenen Mündern nach zu urteilen finden sie die Tatsache, dass vier Erwachsene des Spielbereichs verwiesen werden, eindeutig fesselnder als die Hüpfburg und sogar den singenden Weihnachtsmann.

Rory nickt in Richtung der Füße des Zwergs. »Nicht alle haben so ein Glück und tragen Schlappen mit Schnallen aus Pappe und Alufolie, Kumpel. Bei der Gelegenheit könntest du auch gleich die CD wechseln.«

Schneewittchen sieht den Hauptzwerg an. »Was meinst du, Darren? ›Now That's What I Call Christmas‹ wäre doch wirklich mal eine gute Abwechslung. Der Gesang dieser Siebenjährigen geht mir auch auf den Senkel.« Sie wartet seine Antwort gar nicht ab, sondern verschwindet, und gleich darauf ertönt Musik.

Rory lauscht den ersten Takten und stöhnt auf. »Oh, das muss mein Glückstag sein. Jetzt läuft Mariah Nervensäge Carey.«

Ich spitze die Ohren. »Ah, ich liebe das! ›*All I want for Christmas is yooooooooooou*‹«, singe ich. Freya und ich haben uns dazu die Kehle aus dem Leib geträllert, mit unseren Haarbürsten als Mikrofonersatz vor dem Spiegel. Dieses Jahr mache ich das selbstverständlich nicht, schließlich findet Weihnachten dieses Jahr ja ohne mich statt.

Rory schnaubt verächtlich in meine Richtung. Dann wendet er sich an den Zwerg. Er zeigt auf Gracie und sagt betont förmlich: »Wir sind auf der Suche nach einem Plüschtier, das verloren gegangen ist. So eins, wie das Mädchen hier in der Hand hält. Vielleicht haben Sie da ein Auge drauf und halten danach Ausschau, wenn Sie das nächste Mal hier sauber machen.«

Der Zwerg zuckt zusammen. Dann bückt er sich und langt hinter den Kinderwagen. »Hier ist so ein Schneemann. Ist das der, den Sie suchen?«

Ein Raunen geht durch unsere Reihe. »Ach … Mist … Nee! … Das kann doch nicht …!« Warum zum Geier sind wir in den Bällen gelandet, wenn der Schneemann die ganze Zeit unter dem Kinderwagen lag?

Der Zwerg reicht Gracie den Schneemann, und ihre Lippen zucken. Ich muss mich da einfach einschalten, denn ich sehe es zum ersten Mal. »Was für ein bezauberndes Lächeln, Gracie!« Es ist eher eine Andeutung, aber keinesfalls eine Einbildung, und es ist nur ein flüchtiges Lächeln. »Bedank dich bei dem Zwerg.«

Da hat sie schon wieder ihren ernsten Blick aufgesetzt und drückt beide Schneemänner an ihre Brust. »Der ist gar kein Zwerg. Und sein Bart fällt ab.« Angewidert rümpft sie die Nase. »Klein ist er auch nicht. Und auch nicht lustig.«

Rory ist offenbar angetan von ihrer Auffassungsgabe. »Gut. Dann bedankst du dich eben bei dem großen Mann mit dem angeklebten Bart. Und halte das nächste Mal den Schneemann besser fest.«

Sie nuschelt »Danke«. Dann piept ein Telefon.

Poppy langt nach meiner Tasche, die auf dem Haufen mit unseren Sachen liegt, und gibt sie mir. »Die haben hier Empfang. Das muss man nutzen. Kommt in der Gegend ja nicht allzu oft vor.«

Ich bin heilfroh, einen Vorwand zu haben, mich aus dem Geschehen zurückzuziehen und mich hinter den Kinderwagen neben Poppy zu setzen. »Nur eine Mail von Nate und Becky. Wahrscheinlich haben sie mir ihre Liste mit den Gruppenfotos geschickt.« Eigentlich hatte ich mich vor dieser Liste gefürchtet. Aber jetzt gibt es noch so viel anderes, was mir Sorgen bereitet. »Komisch, sie haben gar keine Datei angehängt.«

Ich lese den ersten Satz der Nachricht auf dem Display, und meine Kehle ist wie zugeschnürt.

Hi, Holly, wollte dir nur schnell sagen: Luc kommt zur Feier. Toll, was?

Poppy beugt sich zu mir. »Alles in Ordnung, Hols?«

Ich öffne den Mund, bringe aber kein Wort heraus. »Äh ...« Es fühlt sich so an, als wäre mein Herz im Boden versunken. Als es wieder an Ort und Stelle sitzt, pocht es so stark gegen meine Rippen, dass ich am liebsten aus dem Pub bis zum Strand und nach Australien rennen würde.

Rory hockt sich neben mich auf die Bank und linst auf mein Handy. »Ah, ist das der Luc mit ›c‹ satt mit ›k‹? Der Typ ist ein Nichtsnutz, wusste ich's doch.«

Immie kommt sofort angeschossen. »Der Luc, von dem du dachtest, du seist schwanger, und der sich dann nicht mehr gemeldet hat?«

Poppy sieht Immie böse an. »Oder der Luc, mit dem Hols mal zusammen war, über den sie aber längst hinweg ist. Alles in Ordnung, Hols? Du bist so blass.«

Rory stimmt in den Chor mit ein: »Welcher Idiot benimmt sich denn so? Wo sind deine roten Wangen, Holly-Berry? Du bist bleich wie ein Leichentuch. Wie an dem Tag mit der Zahnpasta.«

So eine Ironie, dass mir das jetzt nichts nützt. Dieses eine Mal ist mir meine Gesichtsfarbe wirklich egal.

»Dann kommt Luc also doch zu der Strandhochzeit?«, fragt Poppy vorsichtig.

Immie gibt auch nicht auf. »Habt ihr euch jemals ausgesprochen? Jedenfalls habt ihr jetzt die Gelegenheit, das nachzuholen. Es tut sehr gut, ordentlich mit einer Beziehung abzuschließen.«

Ich öffne die Mail und lese sie durch. »Er landet ... nächste Woche.« Meine Stimme klingt wie Schmirgelpapier auf Holz. Meine Gedanken rauschen. Meine Chance, dass wir wieder zusammenkommen, geht gegen null. Aber ich will es zumindest versuchen. »Wie soll ich bis dahin bereit sein? Ich muss zwanzig Pfund abnehmen und brauche ein neues Outfit. Luc wollte immer, dass ich auf Kohlenhydrate und Pudding verzichte. Und wie viel davon habe ich bitte schön dieses Jahr gegessen? Das hätte ich ja nicht gegessen, wenn ich immer noch mit ihm zusammen gewesen wäre!« Mir läuft bei dem Gedanken das Wasser im Mund zusammen.

Immie setzt wieder ihr »Ich bin dagegen«-Gesicht auf. »Du willst ihn doch nicht ernsthaft zurückhaben, oder?«

Ich versuche, die Stimme in meinem Kopf zu verdrängen, die »Doch, doch, doch!« schreit. Stattdessen sage ich möglichst sachlich: »Nee, natürlich nicht.«

Immie schüttelt den Kopf. »Wenn du dem Idioten zeigen willst, dass du über ihn weg bist, kannst du ja Rory als deinen ›neuen Freund‹ ausgeben.« Sie grinst breit, als sie mit den Fingern die Gänsefüßchen in die Luft malt.

Mein Magen dreht sich sowieso schon. Und das gibt ihm jetzt den Rest. »Entsetzen« beschreibt nicht ansatzweise, was ich empfinde. »Danke. Aber Rory hat schon genug zu tun.« Selbst wenn Immie nur einen Witz machen sollte, denke ich: Vom Regen in die Traufe. Ich muss ja eine ohnehin schwierige Situation nicht noch komplizierter machen.

Poppy verdreht entrüstet die Augen und lächelt dann fröhlich. »Was wir allen demonstrieren müssen, ist doch, dass du eine starke, unabhängige Frau bist, die ihr Leben super im Griff hat. Jeder vernünftige Mann findet das anziehend«, sagt sie mit fester Stimme und in beruhigendem Tonfall. »In einer Woche können wir viel bewegen. Wir helfen dir, so bereit zu sein wie nur möglich. Helft ihr mit?«

Rory reibt sich über seine zerschlissene Jeans. »Gute Idee, Pops. Du und Immie, ihr konzentriert euch aufs Äußere, ich kümmere mich um dein Persönlichkeitscoaching. Und ich verspreche, in zwei Wochen wirst du so gefestigt sein, dass der Typ dich nicht wiedererkennt. Vielleicht kannst du dir einen Pocahontas-Einteiler bestellen?«

»Einteiler?«, fragt Poppy entgeistert.

Ich schüttele den Kopf. »Frag lieber nicht.« Immer wenn ich denke, es kann nicht schlimmer werden, platzt die nächste Bombe. Pocahontas-Einteiler wären in dem Bild das Sahnetüpfelchen auf meiner persönlichen Albtraum-Tropftorte.

Immie kichert. »Wie auch immer das mit Luc ausgeht, peinlicher, als von einem Zwei-Meter-Zwerg aus dem Kinderbälleparadies geworfen zu werden, kann es kaum sein.«

Und dann erklingen die ersten Töne von Wham!s »Last Christmas« in der Bar, und mein Herz ist wieder im Sinkflug. Tiefer kann ich bald wirklich nicht mehr fallen.

21. Kapitel

Harte Worte und volle Kisten

Mittwoch, 13. Dezember
»Brides by the Sea«

Bei manchen Menschen kann ich mir einfach nicht helfen, da habe ich Vorurteile. Marilyn gehört dazu. Das muss ich ehrlich zugeben. Als wir uns zum ersten Mal gesehen haben und sie in den Laden gestürmt kam, hatte sie gerade das Weiße Zimmer betreten, und ich hätte mich am liebsten sofort versteckt. Als sie den Laden wieder verließ, hatte ich sie unter »am besten vermeiden« abgespeichert. Was ich natürlich zu überdenken hatte, als ich erfuhr, dass ich einen ganzen Tag Fotos auf der Hochzeitsfeier ihres Sohnes schießen soll. Als ich dann im Kalender gesehen habe, dass sie zusammen mit ihrer Schwiegertochter in spe, Katie, am Vormittag einen Anprobetermin im Laden hat, entschloss ich mich, im Bett und in Sicherheit zu bleiben. Aber dann rief Poppy morgens um sieben an und meinte, Katie wollte, dass ich dabei bin, um sie kennenzulernen. Und damit ich schon mal ein paar Fotos machen kann. Also blieb mir nichts anderes übrig, als die schlechten Nachrichten mit einem ordentlichen Frühstück zu bekämpfen.

Unglücklicherweise bin ich trotz meines Abschlusses in Ernährungswissenschaften nicht in der Lage, ein morgendliches Mahl, wie Poppy es macht, zuzubereiten. Immerhin ist es ein glücklicher Umstand, dass sich gleich um die Ecke eine Bäckerei befindet, die warme Mandelcroissants und Pains au Chocolat im Angebot hat und schon um sechs Uhr früh öffnet. Ein klein wenig beschämt bin ich, weil ich mich bereits durch sämtliche französische Köstlichkeiten probiert habe. Und wenn meine Nase bis Silvester rot bleibt, weil ich eine halbe Stunde lang über dem dampfenden Kaffeebecher hänge und tunke und dippe, was das Zeig hält, dann ist das eben so. Immerhin fühle ich mich später, als Marilyn mit Katie im Schlepptau um halb neun in den Laden stürmt, gut gerüstet. Zum Glück ist Poppy auch da und begrüßt unsere Kundinnen auf ihre übliche warmherzige Weise.

»Hallo, Marilyn … und Katie …« Marilyn prescht sofort zu dem Brautmutterthron. Poppy umarmt Katie so innig, das sieht mir ganz nach einer Mutmacher-Umarmung aus.

Nachdem mir Rory gestern ein Persönlichkeitscoaching versprochen hat, frage ich mich jetzt, wie ich so eine Situation in zwei Wochen handhaben werde. Jetzt jedenfalls flitze ich hinter die Theke und habe dankenswerterweise meine Kamera dabei, hinter der ich mich verstecken kann.

Poppy wendet sich zu mir und strahlt mich an. »Und dies ist Holly, Sie kennen sich bereits, Marilyn. Sie wird einspringen und die Hochzeitsfotos machen.«

»Hallo«, sage ich. Instinktiv fahre ich mir durchs Haar bei der plötzlichen Erinnerung daran, wie Marilyn mir ein Büschel Haare zusammen mit dem Diadem ausgerissen hat, als sie das letzte Mal hier war. Irgendwie gelingt es mir, diese Bewegung in ein Winken zu Katie umzumünzen und dabei immer noch meine Kamera in der Hand zu halten. Marilyn macht einen skeptischen Eindruck, und ich verstehe sie.

Sie erholt sich so weit, dass sie husten kann. »Jules hat bereits eine Liste mit meinen Anweisungen bekommen, die er Ihnen bestimmt weiterleiten wird«, sagt sie steif und missbilligend.

Katie ballt die Hände zu Fäusten. »Und er hat außerdem auch unsere Liste, und das ist eigentlich auch die maßgebliche Version, wenn Sie verstehen.« Katies Version übertrumpft also Marilyns.

Naiv von mir zu glauben, dass wir erst ein Vorgeplänkel führen würden. Nein, offenbar geht es gleich ans Eingemachte. »Wunderbar, ja, ich werde mir beide Listen ansehen und daraus das Beste machen.«

Poppy vollführt ihr bis dato spektakulärstes Augenbrauenzucken. Da wird also einiges auf mich zukommen, vermute ich, als sie sich jetzt an Katie wendet. »Holly ist diejenige, die die Fotos für Nancys und Scotts Hochzeit geschossen hat. Das Album mit den besten Fotos hat Jules Ihnen geschickt.«

»Großartig, dann haben Sie das Album gesehen«, sage ich überrascht und schnappe nach Luft.

Marilyn setzt sich ruckartig in ihrem Stuhl auf. »Sie haben kein Asthma, oder? Oder Windpocken? Sie machen doch wohl nicht auch noch einen Rückzieher?« Sie kneift die Augen zusammen und starrt mich an. »Weil Ihre Nase so rot ist …«

Katie und ich halten uns beide gleichzeitig die Hand vors Gesicht. Katie erholt sich als Erste.

»Ich bin so erleichtert, jemanden kennenzulernen, der auch das Problem mit der Nase und der Kälte hat.« Sie zieht ihre Hand zurück, und ihre Stupsnase ist tatsächlich rosafarben. Allerdings sieht das bei ihr unglaublich niedlich aus. »Es ist ein Albtraum, besonders beim Skifahren. Das ist der einzige Grund, warum ich lieber im Sommer heiraten würde. Ihr Fotoalbum fand ich übrigens großartig.«

Als ich endlich meine Nase loslasse, lache ich und erhole mich von meinem Schock. »Danke, dass Sie das sagen. Machen Sie sich keine Sorgen. Falls Fotos dabei sind, mit denen Sie nicht glücklich sein sollten, dann kann ich da etwas nachhelfen und den Rudolf-Effekt wegretuschieren.«

»Wirklich?«, sagt sie, und ihre Augen sind groß vor Dankbarkeit. »Da fällt mir eine Last von den Schultern. Das schien mir zu mädchenhaft, um es Jules gegenüber zu erwähnen.«

Dies scheint mir ein günstiger Moment zu sein. »Soll ich jetzt ein paar Fotos von Ihnen machen? Ich kann sie Ihnen später schicken, damit Sie sehen, wie gut die farbliche Überarbeitung bei der Nase funktioniert.«

»Gute Idee.« Sie nimmt ihre Pudelmütze ab und schüttelt ihre Locken.

Ich mache zwei Nahaufnahmen. »Ja, das ist toll!« Ich habe es schon vermutet, aber jetzt bin ich sicher, dass sie auf den Hochzeitsfotos großartig aussehen wird. Trotz roter Nase und nerviger Schwiegermutter. »Soll ich ein Foto von Ihnen beiden machen, wo Sie gerade zusammen hier sind?«

Marilyn japst. »Auf keinen Fall. Sehen Sie meinen Ansatz? Ich muss nachher unbedingt zum Nachfärben.« Da haben wir also noch jemanden, der die Hände vors Gesicht schlägt.

»In Ordnung, dann mache ich mit Katie weiter«, sage ich erleichtert und schieße ein paar Fotos von Katies strahlendem Lächeln, als Poppy ihr das Brautkleid bringt. Die beiden gehen zur Umkleidekabine, und Poppy zieht den grau-weiß gestreiften Vorhang hinter ihr zu.

Kurz darauf geht der Vorhang wieder auf, und ich zücke erneut meinen Fotoapparat. »Das ging schnell ... und das Kleid ist fantastisch.«

Obwohl ich jetzt schon seit zehn Tagen in dem Laden bin, habe ich mich noch nicht an die Verwandlungen gewöhnt und daran, wie wunderschön und einzigartig die Bräute in ihren Kleidern aussehen. Katie sieht lächelnd an dem sanft fallenden Tüllstoff herab. »Das ist eine Spezialität von Sera, dass man leicht hineinkommt und es leicht ausziehen kann. Das ist sehr wichtig für eine Braut wie mich, ich möchte lieber Spaß haben, als Formalitäten zu erfüllen. Wenn es komplizierter wäre, wäre Seth nicht in der Lage, es mir auszuziehen.« Sie lacht und hält den Stoff gegen das Licht. »Da sind so viele Schichten, die oberste ist besetzt mit winzigen Edelsteinen und Miniaturschneeflocken. Jedes Mal, wenn ich es betrachte, bewundere ich es mehr.«

Unmöglich, sich nicht mitreißen zu lassen von ihrer pragmatischen, bodenständigen Haltung. Katie steht vor dem Spiegel und betrachtet sich. Poppy pflichtet ihr begeistert bei: »Das Oberteil ist sehr schlicht, dazu die Lage mit denselben kleinen Schneeflockenpailletten. Für die Aufnahmen draußen zieht Katie einen weichen Pulli drüber und eine bunte Skijacke.«

Katie klatscht in die Hände. »Die sechs Brautjungfern tragen kurze Tüllkleider in knalligem Türkis und Blau und Gelb. Dazu kontrastierende Pullover, rosafarbene Jacken und gestreifte Skistirnbänder. Und helle, perlenbesetzte Stilettos für drinnen und Stiefel für draußen.«

Ich kann geradezu spüren, wie Marilyn bei jeder Erwähnung einer neuen Farbe zusammenzuckt. Wenn Jess hier wäre, würde sie der Frau vermutlich jetzt den rettenden Gin anbieten.

Aufgeregt ruft Poppy: »Das dürfte die farbenfrohste Hochzeit sein, die wir je veranstaltet haben. Es wird sogar noch bunter als Seras Sommerwiesenkollektion für die Brautjungfern.«

Sera bleibt sich treu und versteckt sich in ihrem Atelier. Sie gesellt sich auf Abruf dazu, falls es in letzter Minute Probleme und Änderungswünsche geben sollte. Das ist schon Tradition bei ihr. Sie liebt es, Kleider zu entwerfen und zu schneidern. Aber selbst jetzt, wo sie so erfolgreich ist, scheut sie immer noch davor zurück, den Bräuten gegenüberzutreten, die ihre Kleider tragen.

Katies Augen leuchten. »Ich möchte so gern ausdrücken, was für ein unkonventionelles und lebenslustiges Paar wir sind. Wenn mein Vater nicht zu krank wäre, um zu reisen, hätten wir auf einer Skipiste geheiratet. Das ist jetzt die zweitbeste Wahl. Seth möchte eine coole Hochzeit, und ich glaube, das wird sie.«

Marilyn verdreht die Augen. Aber mit tiefer mütterlicher Zuneigung sagt sie: »Seth und seine Coolness.« Als sie sich wieder an uns wendet, ist ihr Ton schon wieder abgekühlt. »Und was soll mit dem Unterteil des Kleides passieren? Ich dachte, die Änderungen wären längst vorgenommen, aber es ist ja immer noch zu lang.« Was den Tonfall angeht, klang ihr Seth-Satz geradezu sommerlich, im Vergleich dazu sind wir jetzt im Handumdrehen im arktischen Winter gelandet.

Poppy setzt ihr professionelles Lächeln auf. »In unserer Branche nennen wir das einen bodenlangen Saum. So wollte Katie das haben. Wenn sie nach draußen geht, wird sie das Kleid raffen müssen. Aber darin kann sie auch höhere Absätze und Plateauschuhe tragen. Die probieren wir gleich mal an, die hochhackigen Schuhe.« Poppy ist selbst in Situationen wie diesen so unglaublich geduldig.

»Plateauschuhe?«, kreischt Marilyn in so hohen Tönen, dass es zu jeder Tageszeit ohrenbetäubend wäre. Aber so früh am Morgen ist es für jeden ab dreißig eine Tortur. »Seth heiratet keine Frau in derartigen Schuhen. Das verbitte ich mir!«

Katie winselt. »Seth wünscht sich Plateauschuhe. Weil ich welche trug, als wir uns kennengelernt haben. In der Hinsicht ist er ein Softie.« Sie geht in die Umkleidekabine, nimmt ihre Tasche und holt daraus einen Schuh hervor.

»Wow! Knalltürkis! Das ist ja cool!«, rufe ich voller Bewunderung aus. Bewunderung sowohl darüber, dass sie Marilyn gegenüber ruhig, aber eben auch standfest bleibt, als auch dafür, dass sie offenbar auf fünfzehn Zentimeter hohen Schuhen gehen kann.

Katie grinst und reibt über die Gummisohle. »Seth meint, sie seien das Blaue und das Alte, beides in einem.«

Marilyns Augenbrauen schießen in die Höhe, ebenso wie ihre Stimme. »Aber das Diadem ist doch das Alte, nicht wahr? Und der dazu passende Schleier ist das Neue.«

Katie rümpft die Nase. »Schleier trägt man heute doch nur auf dem Junggesellinnenabschied und auch nur zum Spaß. Seth würde eingehen, wenn ich damit zur Hochzeit käme.« Sie holt Luft. »Und ich weiß, wie sehr du die Diamanten magst, Marilyn, aber Seth meint, das Diadem sei viel zu klunkerig für die Scheune.«

Marilyn bebt förmlich. »Und genau aus dem Grund sollte die Hochzeit in dem Haus stattfinden und nicht in einem Kuhstall. Na, uns bleibt ja noch Zeit, uns das anders zu überlegen.« Sie sieht Poppy mit hochgezogenen Augenbrauen hoffnungsvoll an.

Auf Katies Gesicht lese ich Verzweiflung. »Ich schieße ein Foto von den blauen Schuhen. Wie Sie die in der Hand halten und angezogen als Porträt. Dann sehen Sie, wie das als Gesamteindruck wirkt«, sage ich. Sollte allerdings das Diadem wieder zum Vorschein kommen, suche ich in der Küche Zuflucht. Ich sehe, wie Marilyn aufsteht, und spanne mich an. Aber sie geht zur Tür, nicht zur Theke.

Ihre Armreifen klimpern, als sie auf ihre Uhr schaut. »Wenn wir hier dann fertig wären, muss ich los. Ich will nicht zu spät zu meinem Termin zum Nachfärben beim Friseur kommen. Wir sehen uns zum Lunch, Katie.« Sie wirft Katie rasch einen Luftkuss zu, dann ist sie entschwunden.

Wir halten alle unseren Atem an und warten, bis die Ladentür zufällt. Wir sehen ihr hinterher und beobachten, wie ihr Wagen vor dem Schaufenster davonfährt. Als Poppy und ich hörbar aufatmen, streift sich Katie ihre Schuhe mit den Pfennigabsätzen ab.

Sie nimmt sich die Plateauschuhe, setzt sich und schnürt die Senkel auf. »So und jetzt endlich … Zeit, die Länge des Kleides mit den verbotenen Schuhen zu testen.« Als sie aufsteht, ist sie gleich viel größer. Sie stellt sich vor den Spiegel. »Da, sehen Sie, wie das Kleid sich darüber bewegt? Ist das nicht perfekt? Ich bin keine durchgeknallte, übertreibende Braut. Ich möchte nur gern diese Schuhe tragen.«

»Es sieht fantastisch aus«, versichere ich ihr begeistert. »Ich mache ein paar Porträt- und Ganzaufnahmen.«

In der Zwischenzeit übt sich Poppy in Mitleid mit Katie. »Sie sind keine Braut, die übertreibt, wie Sie sagen. Aber Sie müssen immer noch gegen Marilyn angehen, stimmt's?«

Katie seufzt tief auf und sieht noch einmal in den Spiegel. »Es ist schön, dass sie sich einbringt. Aber letzte Woche hat sie unser vegetarisches Menü einfach umbestellt in ein Spanferkel. Dann hat sie der Rockband abgesagt und ein Gesangstrio engagiert. Es kostet so viel Zeit, das alles wieder rückgängig zu machen. Vor allem wissen wir nicht, wo sie als Nächstes zuschlägt. Deshalb gehen wir jeden Tag zusammen mittagessen. So erfahre ich zumindest, was ich als Nächstes gerade rücken muss.«

Poppy verzieht das Gesicht. »Nur noch fünf Tage, in denen Sie eine Hand über Ihre Schwiegermutter haben müssen.«

Katie schüttelt den Kopf und geht zurück in die Umkleidekabine. »Wir schicken Sie in ein Wellness-Center an dem Tag, an dem wir alles aufbauen. Mit ein bisschen Glück haben wir dann freie Hand.«

Poppy folgt ihr. »Wir bügeln das Kleid auf und haben es am Samstag fertig, damit Sie es abholen können. Und dann heißt es Endspurt für den großen Tag.«

Katie macht einen Quietscher und lacht, während sie sich hinter dem Vorhang bewegt. »Und Daumen drücken, dass es keine roten Nasen gibt ... oder von Marilyn arrangierte Katastrophen.«

Ich lache. »Weder für mich noch für Sie.« Allerdings ist bei dieser Riesenhochzeit, die kurz vor der Tür steht, meine Nase mein geringstes Problem.

Was die Schwierigkeiten mit Marilyn angeht: Die lege ich auf meinen »Zu erledigen«-Stapel. Damit beschäftige ich mich erst wieder am Montag.

22. Kapitel

Bittere Wahrheiten und Autowäschen

Mittwoch, 13. Dezember
Auf dem Weg nach Rose Hill Manor

Bei unserem Vorabbesuch in Rose Hill, um das Herrenhaus zu besichtigen, in dem die Feier stattfinden wird, stellt sich heraus, dass die Hochzeitsvorbereitungen bereits seit einer ganzen Woche laufen. So viel zu Rorys Vorschlag, einfach mal vorbeizuschauen, wenn es ihm gerade passt. Bereits jetzt ist zu erkennen, wie gigantisch groß diese Veranstaltung wird: Am Mittwochnachmittag ist der Ort offensichtlich voll mit Lieferanten, die die Bestellungen nach einem sehr genauen, ausgeklügelten Plan anliefern. Was, wenn man zu lange darüber nachdenkt, einem wirklich Angst machen könnte. Mir selbstverständlich nicht. Denn Rory unterstützt mich. Und seine besten Kumpel helfen auch mit, Kip und seine Leute, die für die Hochzeitsfeiern im Herrenhaus verantwortlich sind, während Rafe sich in sicherer Distanz verschanzt. Da Rory sehr hartnäckig ist und einen umfangreichen Bekanntenkreis hat, redet und verhandelt er jetzt so lange mit allen Verantwortlichen, bis wir schließlich die Erlaubnis haben, uns hier frei umzusehen. Alles gar kein Problem.

Daher lasse ich mich von Lily zum Gutshof Daisy Hill mitnehmen. Lily wollte sowieso gerade dorthin, um nach dem Rechten zu schauen. Ich steige aus Lilys kleinem rosafarbenen Fiat und laufe auf halber Strecke über den Hof Rory und seinen Leuten in dem Biermobil über den Weg. Ich klettere in seinen Wagen auf den Beifahrersitz, und mich umgibt eine

Wolke aus Musik und Wärme. Zusammen mit der ungewöhnlichen Mischung aus Babytüchern und dem Duft seines Aftershaves – Immie hat es in seinem Badezimmer gesehen und sagt, es ist von Diesel – ist das so einnehmend, dass ich zuerst gar nichts bemerke.

»Schon wieder Green Day?«, frage ich wenig überrascht, immerhin ist das Gutshaus nicht weit vom Herrenhaus entfernt, und Teddie sitzt hinten und spielt zufrieden mit seiner Plüschkatze. Ich muss sehr laut reden, um mir Gehör zu verschaffen gegen die Männerstimme, die von Flammeninferno und Weltuntergang singt, na klar, wovon sonst. Und ich frage mich, ob das ein schlechtes Vorzeichen ist. Dann erst bemerke ich es urplötzlich: Der zweite Kindersitz ist leer. »Wo ist Gracie?«

Rory trommelt mit den Fingern auf dem Lenkrad herum, exakt im Takt und immer hellwach. »Sie ist bei Poppy«, sagt er und lächelt unergründlich.

Mir ist bewusst, dass er überredet wurde, seinen freien Nachmittag zu opfern, um mir zu helfen. Aber ich sehe keinen Grund, warum Gracie nicht mitkommen kann. Abgesehen davon, dass er sich allgemein gerne vor Pflichten drückt. Vielleicht weil er sich so super gerne in meine Angelegenheiten einmischt, wie sich gestern gezeigt hat. Oder liegt es daran, dass ich bis um vier Uhr heute Morgen auf war und in Gedanken sämtliche mögliche Szenarien durchgegangen bin, wie ich Luc am Strand treffe. Was auch immer der Grund sein mag, meine Müdigkeit, die bis jetzt, um zwei Uhr nachmittags, eher wabernd war, verwandelt sich plötzlich in tierische Wut. Ich beuge mich vor, stelle Green Day leise. Alles, was ich dann noch weiß, ist, dass ich komplett durchgedreht bin.

»Rory, verdammt noch mal, hör auf, bei anderen deinen Müll abzuladen!« Ich stecke den Sicherheitsgurt mit zehnmal mehr Kraft als nötig in den Sockel. »Poppy ist erschöpft, sie merkt mehr von ihrer Schwangerschaft, als sie zugibt. Und du lädst trotzdem alles bei ihr ab. Es wird Zeit, dass du aufwachst, erwachsen wirst, dich wie ein Mann benimmst und dich verdammt noch mal deiner Verantwortung stellst!«

Rory starrt geradeaus über die Hecken hinweg und biegt auf die Straße mit nur einer Hand am Lenker. Echt jetzt? Mit zwei Händen trommelt er zu Green Day – und mit nur einer nimmt er die Kurve? Das sagt doch alles.

Dann lehnt er sich vor und dreht die Musik wieder einen Tick lauter. In seinem Gesicht zuckt es. »Nur damit du Bescheid weißt …« So wie er grinst, ist er dabei, sich herauszureden. »Gracie ist vorhin auf Poppys Sofa eingeschlafen. Und ich konnte Poppy überreden, sich dazuzulegen. Nur so kann man Poppy dazu bringen, sich hinzulegen. Sonst wäre Gracie jetzt hier. Verstanden?«

Das macht mich kleinlaut. Aber recht habe ich dennoch. »Gut. Für diese eine halbe Stunde hast du eine Ausrede. Aber wenn du deine Energie auf die Kinder fokussieren würdest und nicht darauf, dich so weit wie möglich von ihnen fernzuhalten, dann habt ihr womöglich alle was davon. Vielleicht merkst du dann sogar, dass du die Zeit mit ihnen genießt.« Dass er anfangs ein wenig unbeholfen war, war ja noch ganz lustig. Aber mittlerweile, zwei Wochen später, ist das überhaupt nicht mehr komisch.

Er kräuselt die Lippen. »Danke auch, Supernanny. Du kannst es selber wahrscheinlich kaum erwarten, eine Familie zu gründen, mit deinem Liebhaber, dem du dich nächste Woche an den Hals werfen willst.«

Ich bin halb perplex und halb fuchsteufelswild. »Wie bitte? Was hat Luc damit zu tun?«

Rory schnaubt verächtlich. »Du wirfst mir vor, meine Verantwortungen nicht richtig zu sehen. Dabei bist du im Begriff, denselben Fehler zu begehen. Bevor du eine Chance auf ein glückliches Leben vertust und dich zum zweiten Mal auf Nimmerwiedersehen mit dem Langweiler verabschiedest, erzähl mir doch bitte noch mal, warum du mit ihm zusammen sein willst?« Er schweigt kurz und sieht mich von der Seite an. »Ich meine ja noch nicht einmal die Angeberwohnung und die schicken Möbel. Ich rede über das wirklich Wichtige, Berry. Denn so, wie ich das sehe, ist das eine Riesenverschwendung.«

Mir wird flau im Magen. Wenn ich geahnt hätte, dass meine Schelte wegen der Kinder hiermit enden würde, hätte ich natürlich meinen Mund gehalten. Und seltsamerweise saß ich heute Nacht stundenlang an der Dachluke und habe auf die Lichter in der Bucht geschaut, die nach und nach erloschen. Ich habe mich gefragt, was mir gefehlt hat in meiner Beziehung mit Luc. Ehrlich gesagt, wenn ich versuche, wieder mit ihm zusammenzukommen, dann wird er, super organisiert, wie er ist, mich ausquetschen und endlos nach Gründen fragen. Bis dahin muss ich meine Antworten ausgearbeitet haben.

Ich seufze und starre geradeaus auf die Schlaglöcher im Asphalt auf der einspurigen Landstraße. Dann spucke ich's aus: »Weil ich mich bei ihm sicher fühle?« Wenn ich so darüber nachdenke, ist es das, was ich am meisten vermisse. Mehr als die tolle Wohnung und dass jemand da ist, wenn man nach Hause kommt. Und mehr noch, als sagen zu können: *Ich habe einen Freund.* Oder die bewundernden Blicke der anderen Frauen, wenn wir zusammen ausgingen. Für mich war das selbstverständlich. Ich habe ihn ja jeden Tag gesehen, er sieht fast klischeehaft gut aus, er ist groß und hat dunkle Haare. Trotz seiner vielen anstrengenden Geschäftsreisen war er immer akkurat gestylt, und er besitzt eine ganze Reihe exquisiter Oberhemden. Jetzt verfluche ich mich, dass meine Antwort wie eine Frage klang, wo ich doch sicher und überzeugt wirken wollte.

Rory bläst die Backen auf, als er das hört, und denkt nach. »Nein, das stimmt nicht«, sagt er, nachdem er eine ganze Zeit lang die Stirn in Falten gelegt hat. »Luc gibt dir das Gefühl, nicht herausgefordert zu werden. Diese anforderungsfreie Leere, in der du gelebt hast, interpretierst du als Sicherheit. Doch das ist ein großer Unterschied.«

Ich sehe ihn entrüstet an. »Und woher nimmst du die Weisheit und kennst dich angeblich so gut in meinem Privatleben aus?« Meine Nackenhaare stellen sich auf. Wir fahren im Schneckentempo und kommen jetzt fast zwischen den Hecken zum Stehen.

Rory verzieht das Gesicht. »Wissenschaftlich erwiesen ist das nicht. So was machen nur Typen wie er. Vielleicht klingt das abgedroschen, Entschuldigung, aber er steht mit seiner tollen Karriere im Scheinwerferlicht, und du kannst dich in seinem Schatten verbergen. Und das Schlimmste daran ist, dass ihm das gefällt.«

Ich schnaube verächtlich. »Jetzt klingst du wie Immie und ihre Psycho-Vorträge.«

Er hat den Wagen jetzt tatsächlich angehalten und umklammert das Lenkrad. »Umso besser. Immie trifft mit ihren Beobachtungen meist ins Schwarze. So eine Beziehung ist weder gut noch sicher. Auf lange Sicht wird sie nicht funktionieren.«

Wenn ich dunkelrot anlaufe, dann aus Wut, nicht aus Scham. »Das ist ein vernichtendes Urteil. Und du kennst den Mann noch nicht einmal.«

Er zuckt mit den Schultern und legt seine Hände auf die Oberschenkel. »Ich muss ihn gar nicht kennenlernen. Und übrigens kenne ich dich sehr viel länger als er.«

Ich schüttele den Kopf. »Du kennst mich nicht. Bis letzte Woche hast du mich jahrelang nicht gesehen.«

Um seine Augen bilden sich kleine Fältchen, und er grinst breit. »Wir haben diese Verbindung. All die Jahre getrennt und ich kann trotzdem direkt in deinen Kopf sehen, genau wie damals, als wir jung waren.«

Ich bin sprachlos, weil er wieder mal bewiesen hat, dass er der größte Angeber aller Zeiten ist. Das lasse ich ihm nicht durchgehen. »Wenn wir hier von Scheinwerferlicht und Egomanen reden: In der Schule hast du alles getan, um Aufmerksamkeit zu erregen. Du bist also nicht sehr viel anders als Luc, stimmt's?«

Nachdenklich sagt er: »So wie du das von Luc erzählst, braucht er Zuschauer, um sich gut zu fühlen.«

»Wie? Und du gibst nicht an, oder was?« Früher in der Schule war das doch so: je größer der Auflauf, desto besser.

Er rümpft die Nase. »Als Teenager war mein Leben sehr chaotisch, das gebe ich zu, und alle haben sich an dem Chaos ergötzt. Aber ich schwöre, dass es mir nie darum ging, Aufmerksamkeit zu erregen. Abgesehen von der Werbung für mein Geschäft jetzt, klar, aber das ist etwas ganz anderes.«

An der Stelle muss ich nachhaken: »Und als das Auto von deinem Vater im Meer verschwand und das überall in der Zeitung stand? Du hattest es am Strand geparkt und hast es mit der Flut wegspülen lassen. Das soll nicht aufmerksamkeitswirksam gewesen sein? Wie erklärst du das denn? Vielleicht ist jetzt der richtige Zeitpunkt, mir das zu erläutern.«

»Ich habe geahnt, dass du das wieder ansprichst.« Er stöhnt. Dann holt er tief Luft. »Ich habe dir doch schon gesagt, dass er das verdient hat. Das geschah ja nicht ohne Vorgeschichte. Er hat uns wegen einer anderen Frau verlassen, meine Mutter war am Boden zerstört, er hat alles getan, um uns keinen Unterhalt zahlen zu müssen. Wenn der Vater einen Keil durch die Familie treibt, ist das schlimm genug. Wenn er dann noch darauf rumtrampelt und nichts mehr mit dir zu tun haben will, dann reißt es dir das Herz raus. Wenn man dann schließlich wegziehen und das Haus verkaufen muss, dann wirst du so wütend, dass du zurückschlagen willst und ihn da treffen willst, wo es ihm am meisten wehtut. Genau deshalb habe ich seinen BMW genommen.«

Sosehr er damals in der Öffentlichkeit stand, das Einzige, was von alldem nach draußen drang, waren der unbändige Jugendliche und der BMW, der zurück ans Land geseilt werden musste. »Und? Hat's geholfen?«, frage ich und sehne mich gleichzeitig nach dem jungen, verletzlichen Rory zurück.

Er zuckt mit der Schulter. »Der Anblick des Meerwassers, das die Ledersitze flutete, war ungeheuerlich. Er hat die Botschaft verstanden. Nämlich, dass er ein Arsch ist. Das hat mir gereicht.«

Trotzdem ist mir das noch nicht so ganz klar, und ich bin verwirrt. »Was ist mit den anderen Autos, die du zu Schrott gefahren hast?«

Diesmal grinst er extrabreit und sehr schuldbewusst. »Das eine Mal habe ich die Szene von ›Harold und Maud‹ nachgestellt. Da, wo das Auto über die Klippen fährt und man denkt, Harold sitzt drin. Dann erst merkt man, dass er vorher rausgesprungen sein muss, und man sieht ihn weggehen und seine Gitarre spielen.« Er verdreht die Augen. »Ich habe das gefilmt, aber der Film war plötzlich zu Ende oder die Videokamera hat nicht richtig funktioniert.« Geschieht ihm recht.

»Herrje, Rory.« Dass Rory, der sonst vor Selbstvertrauen nur so strotzt, jetzt vor Scham zusammensinkt, ist mir neu. Zu meiner Schande muss ich zugeben, dass ich das genieße. »Und die anderen?«

Er wird wieder ernst. »Das war, weil ich ein durchgedrehter, einsamer sechszehnjähriger Teenager war, der sich freitagabends irgendwie beschäftigen musste und seinen Frust loswerden wollte.« Ich höre ihm die Verzweiflung an, und mein

Herz macht einen Sprung. »Es tut mir leid, dass es dir damals so schlecht ging. Ich kann kaum glauben, dass alle in dir nur den Draufgänger gesehen haben.« Am liebsten würde ich seinen Arm drücken, aber ich lasse es lieber. Ich könnte sein Bein tätscheln, denke ich. Den Wunsch würde ich aber noch nicht einmal mir selbst gegenüber eingestehen.

Er schnaubt ärgerlich. »Nur weil ich ein Mann bin, heißt das ja nicht, dass ich keine Gefühle habe.«

Ich schiebe meine Finger zwischen meine Oberschenkel und den Sitz. Mit den Beinen drücke ich meine Hände nach unten, damit sie sicher aus dem Weg sind. »Das kenne ich. In gewisser Weise waren meine kleinen Brüder sehr viel empfindlicher als meine Schwester und ich. Du warst aber sehr gut darin, das zu verstecken.«

Er seufzt. »Du auch. Nur vor mir konntest du es nicht verstecken. Die Tatsache, dass wir beide so verletzt waren, hat uns von den anderen unterschieden. Und deshalb haben wir uns so gut verstanden.«

»Was?« Ich kann ihm nicht ganz folgen.

»Versteh mich nicht falsch. Andere hatten es auch nicht leicht. Poppy ist ohne Vater aufgewachsen, und Immies Familienmitglieder haben die meiste Zeit im Pub, im Goose and Duck, verbracht oder bei der Polizei in der Ausnüchterungszelle. Aber wir beide hatten zuerst ein glückliches Familienleben, und dann sind unsere Familien zerbrochen. Mein Vater hat uns verlassen. Und der Tod deiner Schwester hat deine Familie zerbrechen lassen. Und wir beide wissen, dass der Zusammenbruch der Familie sehr schmerzt.« Er runzelt die Stirn. »Jeden Morgen nach Freyas Tod bin ich in den Schulbus gestiegen, und du warst da und sahst so verloren und traurig aus.«

»Ich?« Ich erinnere mich daran, dass ich neben mir stand, aber dass ich einen so elenden Eindruck gemacht haben soll …

»Das war nicht die Traurigkeit, die man wegen vermasselter Hausaufgaben hat, das war mehr eine herzzerreißende Trostlosigkeit, die man spürt, wenn man innerlich total fertig ist.« Seinem Gesichtsausdruck nach zu urteilen denkt er stark nach und gräbt in seiner Erinnerung. »Ich wollte dich aufmuntern. Ich konnte einfach nicht tatenlos danebenstehen. Ich musste dich aufheitern.«

Aufheitern? »Indem du mich hänselst bis zum Geht-nicht-mehr?«, quietsche ich beinahe vor Erstaunen.

»Ich wusste nicht, was ich sonst machen sollte. Du solltest dich einfach nur besser fühlen. Mehr nicht. Das war nur, weil mir etwas an dir lag. So wie mir immer noch etwas an dir liegt. Und deshalb helfe ich dir bei den Hochzeiten.« Er schüttelt den Kopf. »Und das wusstest du nicht? Das kann ich kaum glauben.«

Und ich kann kaum glauben, was er da sagt. Und dass er so offen ist, wenn es um solche Dinge geht. »Deine Behauptung, du könntest in meinen Kopf sehen, ist aber übertrieben«, sage ich, als er den Motor wieder anlässt.

Er fährt zurück auf die Straße und sieht mich an. »Versprich mir, dass du auf dich aufpasst, Berry. Du bist viel zu außergewöhnlich, als dass du bei dem falschen Mann landen solltest.«

Und für den Bruchteil einer Sekunde sehe ich plötzlich, was alle anderen in seinen Augen sehen. Sie sind dunkel und tief, und sein Blick ist beunruhigend verletzlich. Beides zugleich, was sehr ungewöhnlich ist. Ein Schokoladenbraun, das den Magen zum Schmelzen bringt. Wenn es auf einer Schokotorte wäre, natürlich nur. Wenn ich das vorher noch nie bemerkt habe, liegt das daran, dass ich nie so leichtsinnig war, ihm direkt in die Augen zu sehen. Ich mache mir eine mentale Notiz: *Das darf nie wieder passieren.* Füße wie heißer Sirup, das ist nicht gut, wenn man gleich im nächsten Moment aus dem Auto steigen und wie ein vernünftiger Mensch gehen soll.

»Ah, das Herrenhaus, wir sind da«, teile ich ihm das Offensichtliche mit. Und das gleich zweimal. Aber manchmal kann man gar nicht schnell genug vorankommen. Und so ein Manchmal ist jetzt.

23. Kapitel

Magische Anziehung und tolle Aussichten

Mittwoch, 13. Dezember
Auf Rose Hill Manor

Ich spähe durch die laublosen Äste, als wir die Allee hochfahren, eine baumgesäumte Auffahrt, wie man sie sonst nur in Filmen sieht. Total verständlich, dass die Leute in dem Herrenhaus heiraten wollen. Dann erinnere ich mich daran, dass in zwei Tagen nicht eine Hochzeit stattfindet, sondern zwei Hochzeiten, auf denen ich fotografieren soll, und kurz vergesse ich zu atmen. Ich sehe ein kleines Stück von dem See, auf dem sich die grauen Wolken spiegeln, die der Wind über uns hinwegbläst. Kurz darauf kommen wir an dem hellen Steinhaus an, das so groß ist, dass ich es mit offenem Mund bestaune. Die unterschiedlichen Fenster und das Schieferdach, das noch vom Regenwasser glänzt, lassen es dennoch sehr warm und einladend wirken. Als ich meinen Atem zurückhabe und wieder reden kann, weiß ich nicht, was ich sagen soll.

»Es ist wunderschön. Aber es sieht ganz anders aus als auf den Fotos, die ich gesehen habe.« Jules hat mir sein Portfolio von dem Herrenhaus zukommen lassen, damit ich seine Lieblingsecken und seine berühmten Einstellungen sehen kann.

Rory lacht. »Das liegt daran, dass die meisten bei Sonnenschein oder im Schnee gemacht wurden.« Er merkt, dass ich verwirrt bin. »Du brauchst nicht so überrascht zu sein. Jules weiß, was er an gut instruierten Assistenten hat. Er hat auch mir die Fotos geschickt.«

Das sollte mir nicht das Gefühl geben, übergangen zu werden. Der Wagen rollt über den knirschenden Kiesel, und wir halten vor dem Haus. Ich will ja gar nicht die Rolle des Ersatzfotografen voll und ganz übernehmen. Tatsächlich ist es doch so: Je mehr Verantwortung auf den Schultern von jemand anderem landet, desto besser. Ich wünschte nur, es wäre jemand anderes als Rory, mit dem ich die Verantwortung teile. Da ich ihn gerade erwähne: Er übersieht geflissentlich alle Parkschilder und hält direkt vor der wunderschönen großen Eingangstür, die von zwei eleganten schlanken Weihnachtsbäumen flankiert wird.

»Sollten wir nicht an der Seite parken wie die anderen Wagen auch?« Die hatte ich am anderen Ende des Hofs bei dem kleinen Zollhaus gesehen, als wir in den Hof einfuhren.

»Falls du es noch nicht bemerkt haben solltest, wir haben ein Baby an Bord, Holly-Berry.« Er sieht mich an, als wäre ich verrückt, dass ich die Bedeutung dieses Umstands nicht einzuordnen weiß. Dann springt er aus dem Auto. »Wenn uns das nicht berechtigt, auf Sonderparkplätzen zu halten, dann weiß ich auch nicht. Außerdem wohnst du bei Jess, wir sind Freunde und gehören quasi zur Familie. Apropos, was macht Onkel Barts Antrag?« Seinen Vortrag mit einem Themenwechsel zu beenden, das ist so typisch!

Da ganz St. Aidan die Ereignisse in Klosters minutiös verfolgt, begehe ich keine Indiskretion, wenn ich ihm davon erzähle und ihn auf den neuesten Stand bringe. »Jess kam gestern aus dem Whirlpool auf den Balkon, und da stand ein ein Meter hoher Schokoladenbrunnen neben dem Kamin. Du weißt ja, wie köstlich die Schweizer Schokolade ist, oder?« Ich unterbreche mich, um zu schlucken. »Jess hat den ganzen Abend lang Scheiben und Stücke exotischer Früchte in die Schokolade getunkt, ist aber immer noch ringlos.«

Rory lacht. »So wie ich Bart kenne, muss sie sich ihre Brillis erst verdienen. Damit sie sie besser zu schätzen weiß, wenn sie schließlich den Ring bekommt.«

Das ist der Unterschied zwischen dem großartigen, anonymen London und St. Aidan. Mir schaudert bei dem Gedanken, dass hier nicht nur alle eine Meinung haben, sondern sie auch freimütig kundtun. Also greife ich schnell in meine Taschen, während Rory zur Rückbank geht und Teddie losschnallt. »Willst du ihn mit seinem Sitz reinnehmen?«

Rory grinst. »Ich habe herausgefunden, dass ein Mann mit einem Baby auf dem Arm – solange es nicht schreit – allgemein sehr gut ankommt. Du kennst mich ja. Die Nachteile kann man ja ruhig zu seinem Vorteil nutzen.« Er hängt sich die Windeltasche über die Schulter, setzt sich Teddie auf die Hüfte und geht die paar Schritte zum Haus.

Ich staune wieder und laufe ihm hinterher. »Die Klamotten zum Wechseln nimmst du auch mit?«

Er wirft mir über seine Schulter einen Blick zu. »Ja, klar! Umso voller die Hände, desto größer die Wirkung.«

Er öffnet die Tür, und ich betrete die beeindruckende hohe Eingangshalle mit der breiten Wendeltreppe. Ein Traum, so eine Treppe möchte man in seinen Aschenputtel-Momenten herabsteigen. Nicht, dass ich bis jetzt viele dieser Momente in meinem Leben gehabt hätte. Auf den schicken Geschäftsempfängen, auf denen ich mit Luc war, ist er immer vorausgeeilt, um mit seinen Geschäftspartnern zu reden. Meine »Auftritte« waren eher dergestalt, dass ich allein aus dem Fahrstuhl schlich und versuchte, mich zurechtzufinden, um nicht aus Versehen in der Küche zu landen. Ich war mehr damit beschäftigt, zu überprüfen, ob sich mein Satinunterrock nicht etwa in meinem Tanga verklemmt hatte, als dass ich groß Eindruck schinden wollte.

»Wow.« Ich trete zwei Schritte in die Eingangshalle und halte an. Der halb geschmückte Weihnachtsbaum, vor dem ich stehe, muss fast so groß sein wie der in der Bahnhofshalle von St. Pancras in London. »Auch schwarz und weiß. Das passt«, denke ich laut. Trotz meines festen Entschlusses, alles, was mit Weihnachten zu tun hat, zu vermeiden, verspüre ich jetzt Aufregung. Ich sehe hoch zu zwei jungen Frauen in Latzhosen, die oben auf der Leiter stehen und Kugeln und gestreifte Schleifen in die oberen Zweige hängen. Bis ich mit dem Staunen fertig bin, sind sie schon fast wieder unten auf dem Boden und bezirzen Teddie. Ich beachte das »Hab ich doch gesagt«-Grinsen von Rory gar nicht, das er mir über ihre Köpfe hinweg zuwirft.

Während die Frauen Teddie hätscheln, macht Rory noch eine Weile mit, dann wird ihm langweilig. Das ist ungefähr zehn Sekunden später. Schließlich sagt er zu mir: »Hier an der Treppe kann man schöne Fotos machen. Die Bräute werden zusammen in einer Pferdekutsche ankommen, das gibt auch ein tolles Motiv ab, selbst wenn nicht so viel Schnee liegt wie letztes Jahr zu Weihnachten, als Jules hier bei der Hochzeit fotografiert hat.«

Das war, als Seras Schwester Alice geheiratet hat, in meterhohen Schneeverwehungen nach dem Sturm. Und klar, die Fotos, die Jules geschossen hat, sind umwerfend. »Das Schwarz und Weiß, das sind übrigens die Farben der Rugby-Mannschaft von St. Aidan. Travis und Taylor spielen beide. Daher kenne ich sie.«

Ich erinnere mich vage daran, dass Rory im Sport genauso gut war wie in allen anderen Fächern. Und wie er mit den Medaillen winkend auf dem Schulpodest stand. Mannschaftskapitän war er auch und hat eine Trophäe nach der anderen abgesahnt. Wahrscheinlich auch ein Grund, warum man ihm den unschönen Rest nachgesehen hat. »Du spielst also immer noch?«, frage ich. Ich wüsste nicht, dass er bislang Rugby als Ausrede benutzt hätte, um die Kinder loszuwerden.

Kurz huscht ein Schatten über sein Gesicht, dann klart es wieder auf. »Das ist schon eine Weile her. Zurzeit habe ich zu viel damit zu tun, St. Aidan mit Alkohol zu beliefern. Das preisgekrönte ›Mad Elf‹ braut sich nicht von selbst. Verstehst du?« Obwohl, wenn ich kritisch sein soll, habe ich nicht den Eindruck, dass Rory in den letzten zwei Wochen viel Zeit in der Brauerei verbracht hätte. Er muss also Angestellte haben, die das für ihn erledigen. Er winkt mit der Hand in Richtung der Treppe.

»Sophie und Saffy werden sich oben gerade zurechtmachen. Die Brautjungfern tragen übrigens Schwarz und die Bräute Weiß. Dann gehen sie hundert Meter vom Eingang ans andere Ende des Gebäudes zusammen mit ihrem Vater, der wird von Ken und Gary gefahren, mit Nuttie im Gespann. Währenddessen wirst du schöne Gelegenheiten zum Knipsen haben.«

»Super.« Ich wundere mich, wie gut er vorbereitet ist. Ich nehme mir vor, noch mal Jules' Liste mit seinen Lieblingsorten zu studieren, sobald wir wieder draußen sind. »Ich hoffe nur, Ken fährt ein wenig umsichtiger als an dem Tag, als sie mich vom Bahnhof mitgenommen haben. Andernfalls landen die Bräute noch im See.«

Rory sagt dazu nichts und fährt fort: »Die Trauungen finden im Wintergarten statt, der später auch als Bar fungieren wird, schlicht, weil die Gäste so zahlreich sind.« Er lächelt den Frauen zu und muss ihnen Teddie geradezu entreißen. »Entschuldigt, wir müssen weitermachen und uns noch ein wenig umsehen.«

Wir gehen an den aufgestapelten Stühlen vorbei und an den Kisten, die darauf warten, ausgepackt zu werden. Wir kommen in die herrlich lichtdurchfluteten Zimmer mit den bodentiefen Fenstern, die den Blick über den See freigeben. Ich muss den Vergleich einfach anstellen: »Es gibt nicht viele

Wohnzimmer, die größer sind als Lucs, aber ich glaube, diese hier sind größer.«

Rory sieht mich stirnrunzelnd an. »Und ich dachte, wir hätten uns darauf geeinigt, dass du Luc vergessen willst?«

»Wie bitte?« Haben wir gerade dieselbe Unterhaltung miteinander geführt? Ich will ihn gerade fragen, wie er auf diese Idee kommt, als mein Blick an Rorys ausgeleiertem Karohemd vorbei auf etwas fällt. Durch die offen stehenden Türen sehe ich ein Zimmer, das Lucs Wohnung im Vergleich wie ein Puppenhaus wirken lässt. »Herrje, ist das …?«

Rory sagt in beruhigendem Ton: »Okay, Holly-Beerchen, kein Grund, Schnappatmung zu bekommen. Das ist nur ein Ballsaal. Die Tafeln sind gedeckt für die zweihundert Gäste und das Fünf-Gänge-Festmahl, das von Kellnern serviert werden wird. Und keine Sorge, der Wintergarten ist nicht ganz so groß.«

Zweihundert? Hochzeitsgäste? Ein Sofa mit blauem Leinenbezug steht vor dem bodentiefen Fenster. Irgendwie schaffe ich es, mich dahinzuschleppen und mich darauf sinken zu lassen, bevor meine weichen Beine völlig ihren Dienst versagen.

Als ich meine Stimme wiederfinde, klingt sie rau: »Das ist so viel größer als die Feier in der Rettungsstation. Und der beeindruckende Weihnachtsbaum ist nur der Anfang. Das ist alles so vornehm und edel … und einfach riesig …«

Er setzt sich neben mich und legt die Windeltasche ab. Mit tiefer Stimme sagt er: »Ich weiß, es ist groß und einschüchternd. Aber sieh das mal so: Du wirst nicht mehr Fotos machen als auf der anderen Hochzeit. Die Möglichkeit, tolle Bilder zu schießen, hast du überall, hier im Haus und draußen. Ich organisiere dir alles, ich sage dir, wo du hinmusst und was du in den Fokus nehmen sollst. Alles, was du tun musst, ist, durch den Sucher zu gucken und auf den Auslöser zu drücken.«

Seine Stimme und sein Tonfall klingen unglaublich beruhigend. Er hat mich schon fast wieder auf den Boden zurückgeholt. »Ich weiß auch, dass es eine Doppelhochzeit ist, aber …«

»Aaaahhhh!« Ich heule, weil ich zwischenzeitlich das Schlimmste vergessen habe. Und er hat mich gerade daran erinnert.

Ich höre Schritte, und eine Gruppe Menschen betritt mit fragenden Gesichtern den Ballsaal. »Alles in Ordnung?«

So niedergeschlagen, wie ich mich fühle, will ich auf gar keinen Fall, dass die Hochzeitsfotografin, die einen Zusammenbruch im Herrenhaus hat, Gesprächsthema wird für heute Abend, wenn die Leute zu Hause am Abendbrottisch über ihrem Cottage-Pie, ihren Zuckerschoten und den Karotten sitzen.

»Alles bestens«, lüge ich mit krächzender Stimme. Aber immerhin habe ich das im Griff, das ist die Hauptsache. »Wir wollten gerade raus und frische Luft schnappen …« Ich nicke wild mit dem Kopf in Richtung Fenster, damit Rory den Wink mit dem Zaunpfahl versteht. Dabei komme ich mir vor wie ein Wackeldackel.

Endlich rafft er's. »Super. Dann lass uns weiter.« Er lächelt die Menge an, die uns beobachtet. »Wir gehen und lassen Sie allein. Genau. Wir gehen und sehen uns an, was für einen Blick über den See man von der Terrasse aus hat.«

Es herrscht einen Moment Schweigen. Dann erklingt zögerlich eine Stimme. »Haben Sie da ein Baby?«

Dann noch eine: »Sind Sie Vater im Erziehungsurlaub?«

Rory ist offenbar begeistert, dass sie das bemerkt haben. »Ganz offensichtlich bin ich nicht im Urlaub, ich bin ja hier und im Einsatz, nicht wahr? Und ich bin der Onkel.« Er ist dabei so selbstzufrieden, dass es fast schon peinlich ist. »Das ist Teddie. Möchten Sie ihn kennenlernen? Dann sagen Sie ihm ruhig Hallo.«

Wenn das das Signal an die Menge war, herbeizustürmen, dann funktioniert's. Die Leute überschlagen sich geradezu und können gar nicht schnell genug herbeieilen. Keine Ahnung, warum ein pausbäckiger Säugling interessanter sein soll als ein eleganter Ballsaal in einem Herrenhaus, der darauf wartet, für eine Hochzeit vorbereitet zu werden ... selbst wenn das Gör in die Runde strahlt. Wie auch immer. Als wir endlich durch die Tür nach draußen gehen und wieder in der kalten Nachmittagsluft stehen, ist sehr viel Zeit vergangen. Meine Stimmung ist eher düster als verzweifelt. Und ich muss zugeben, dass Rory recht hat, was die Möglichkeiten für tolle Bilder angeht und auch was Kleinkinder und ihre Wirkung auf andere betrifft.

Die Terrasse ist entlang der ausgetretenen Steinplatten mit Lampen gesäumt. Glühbirnen hängen an den Bäumen und Sträuchern drum herum. Das wird nachts großartig aussehen. Von außen schaue ich in den Wintergarten und den Ballsaal mit den wundervollen bodentiefen Fenstern. Das Mauerwerk und die Türrahmen sind einfach bezaubernd. Weiter entfernt stehen Gartenlauben, dahinter liegen ein Wäldchen und die Auffahrt. Schließlich der See im Hintergrund. Mir werden wieder die Knie weich, aber diesmal eher in gutem Sinne, vor lauter Vorfreude.

Rory bläst die Backen auf. Er zieht Teddie die Kapuze über den Kopf, um ihn vor dem Wind zu schützen. »Willst du ein paar Probeaufnahmen machen?«

Ich verziehe das Gesicht. Das Gelände ist so groß, da kann ich kaum jede mögliche Ecke vorher ablichten, so wie wir das in der Rettungsstation in Port Giles gemacht haben. Selbst wenn ich nur ein paar Fotos machen würde, irgendwie kommt mir das vor, als würde mir das Pech für den großen Tag bringen. Vielleicht ist es am besten, vollkommen unvoreingenommen daranzugehen. »Danke. Ich glaube, ich springe an dem Tag lieber ins kalte Wasser. Das heißt, wir sind dann hier fertig.«

Er nickt. »Verstehe. Zumindest hast du jetzt einen Eindruck. Wir gehen zurück zum Auto und nehmen den Weg, den die Kutsche fahren wird.« Er deutet ein Lächeln an. »Du willst nur schnell nach Hause, weil du weißt, dass Poppy einen Schokoladenkuchen backt. Stimmt's, oder habe ich recht?«

Ich schmelze dahin. »Poppy backt Kuchen?« Mir läuft das Wasser im Mund zusammen. Ich habe nichts mehr gegessen seit den Croissants heute Morgen, als ich mich auf Marilyn vorbereitet habe. Das kommt mir eine Ewigkeit her vor. »Dann sollten wir uns beeilen.«

Beim Auto angekommen, vermisst Teddie offenbar seine Zuschauer. Als Rory ihn auf den Rücksitz in seine Kinderschale setzt, fängt Teddie an zu weinen. Als Rory den Sitz befestigt, strampelt und tritt Teddie und macht seinen Körper steif.

Mitten in dem Kampf hält Rory plötzlich inne und sieht mich über die Schulter hinweg an. »Bitte bekomme keine Kinder mit Luc zusammen, Holly-Beerchen, habe Kinder mit mir.« Er weiß wirklich, wie er mich auf die Palme bringen kann. Wenn er mich damit von dem Stress wegen der anstehenden Hochzeit ablenken will, dann funktioniert das so nicht. Nichts kann mich davon ablenken.

Seine Bemerkung ist mir noch nicht einmal ein verächtliches Schnauben wert. »Halt die Klappe, Rory.« Ich achte peinlichst darauf, ihm nicht direkt in die Augen zu sehen.

Jetzt grinst er. »Wir würden tolle Kinder haben. Wir könnten sie auch so erziehen, dass man ihnen nicht das Knie in den Bauch drücken muss, wenn man sie im Kindersitz anschnallen will.« Irgendwie muss es mit Rory bei all dem Gehätschel mit den Kleinen und wegen der Bewunderung der anderen durchgegangen sein.

»Tut mir leid, wenn ich das so sagen muss, aber da du keine Beziehung hast und keine Freundin, dürfte das mit dem Kinderkriegen schwierig werden.« Was mich daran erinnert, dass ich irgendwann herausfinden will, warum er noch alleinstehend ist. Aber nicht jetzt. Zum Glück nicht jetzt, puh! Andererseits fällt mir, während ich das sage, ein, dass Erin auch ohne Partner Kinder gekriegt hat. Warum sollte Rory nicht auch eine Leihmutter finden oder ein Kind adoptieren, wenn ihm danach ist?

Er schiebt die Unterlippe vor. »Mit Kindern, dachte ich immer, will ich es richtig machen. Das ist das Ding, das ich kann. Wenn es so weitergeht, sind sie wieder zu Hause, bevor Gracie auch nur ein einziges Mal gelächelt hat.« Er klingt ernsthaft niedergeschlagen.

Er hat schon recht. Aber in Sachen Gracie kann ich ihn beruhigen. »Sie hat beinahe gelächelt, als der Zwerg ihr den Schneemann gereicht hat.«

»Ja, stimmt. Aber sie hat nicht wirklich gelächelt.« Er seufzt. »Sie mag mich noch nicht einmal. Wenn sie nicht aus absolut zwingendem Grund meine Hand nehmen muss, quasi als lebens- und gesundheitserhaltende Maßnahme, dann sieht sie zu, dass sie mir vom Leib bleibt.« Dabei macht er ein so grundtrauriges Gesicht, dass sich meine Brust zusammenzieht.

»Du könntest ein Olaf-Kostüm besorgen?«, sage ich im Scherz, um mir nicht anmerken zu lassen, dass ich ihn am liebsten in den Arm nehmen würde. »Im Ernst, Gracie ist nicht bei ihrer Mutter und alt genug, um das zu verstehen. Natürlich ist sie durcheinander.«

»Trotzdem komme ich mir wie ein Versager vor.« Er setzt sich hinters Lenkrad und sieht furchtbar niedergeschlagen aus.

»Tut mir leid, was ich vorhin gesagt habe. Ich dachte nur, wenn du offenherziger wärst und mehr auf sie zugehen würdest, wäre es für euch drei leichter.«

Er lächelt matt. »Stimmt schon. Du hast ja recht. Ich könnte mich kaum dümmer anstellen. Mit jedem kleinen bisschen, das sie brauchen, wenden sie sich an mich. Das ist wirklich eine tagesfüllende Aufgabe, das hätte ich nie im Leben gedacht.«

Es fällt mir gleich viel leichter, Mitleid mit ihm zu haben, wenn er zugibt, dass es ihm schwerfällt, anders, als wenn er den Besserwisser-Onkel des Jahres mimt. »Sei nicht so hart zu dir. Das ist ganz schön viel, zwei Kinder, wenn man gar keine Erfahrung damit hat. Ich habe gut reden, aber ich bin mir sicher, dass ich es selber auch nicht besser könnte.« Ich überlege angestrengt, was ich ihm Nettes sagen könnte. »Vielleicht ist Vorlesen eine gute Idee? Ich werde mich mal nach Büchern umschauen, wenn ich zurück in der Stadt bin. Vielleicht kommst du auch auf Ideen, wenn du googelst.« Ich habe meine Hände wieder sicher verstaut, diesmal unter meinem Hintern. Als wir aus der Auffahrt fahren, wappne ich mich gegen seine Supernanny-Sprüche.

Aber er seufzt nur und zuckt mit den Schultern. »Wahrscheinlich geht es uns allen nach dem Kuchen bei Poppy gleich viel besser.«

Und wahrscheinlich zum ersten Mal in meinem Leben muss ich ihm zustimmen.

24. Kapitel

Komfortzonen und Bratkartoffeln

Mittwoch, 13. Dezember
In Poppys Küche auf Daisy Hill

»Jemand hat hier fleißig geschmückt? Hat man schon jemals so viele Herzen auf einmal gesehen?«

Ja, ich weiß, ich habe Weihnachten offiziell aus meinen Gedanken verbannt und sollte jetzt nicht so begeistert sein. Aber da ich Poppy so gernhabe, kann ich nicht anders. Seit ich das letzte Mal in der Küche des Gutshauses in Daisy Hill war, hat sie eine ganze Ladung Girlanden an den Wänden angebracht mit so vielen Strohherzen und Schleifen, dass man beinahe den Eindruck gewinnt, sie hätte sämtliche Dekoläden leer gekauft.

Poppy lacht. »Rafe hat das letztes Jahr alles gekauft, um mich hier willkommen zu heißen.« Das bedeutet wohl, dass er ihretwegen ganz aus dem Häuschen war. Aber das wussten wir ja schon.

Immie sieht stolz aus und hält Gracie die Hand zum Abklatschen hin. Gracie sieht kurz von ihren Bundstiften und dem Malbuch auf und klatscht Immie ab. »Rafe, Gracie und ich haben heute Nachmittag die Küche geschmückt, während Pops die Torte für Sophie und Saffy gebacken hat. Wir dachten, es sei eine gute Idee, die wenigen ruhigen Moment vor dem Weihnachtsstress zu nutzen.« Wenn sie damit die zwei Hochzeiten meint, ist Stress gar kein Ausdruck.

Ich bin generell bei der Hochzeitsfotografie unsicher, ganz zu schweigen von einer Doppelhochzeit. »Bekommt jedes

Paar eine eigene Torte?« Tortenböden liegen zum Abkühlen auf Gittern oder sind in Frischhaltefolie gewickelt. Sie reihen sich auf der gesamten Arbeitsfläche aus Granit längs der Küche auf. Wenn es nur eine Torte gibt, muss die mindestens zehn Stockwerke hoch sein.

Poppy lächelt. »Wir haben zwei Mal Zwillinge. Aber die haben sehr unterschiedliche Geschmäcker. Sophie und Taylor wollen einen einfachen Tortenboden mit Buttercreme überzogen und Früchten als Dekoration. Saffy und Travis wünschen sich eine Schokoladentorte mit einer Frischkäsefüllung und Blüten. Beide jeweils vierstöckig.« Poppy liegt jetzt auf dem Sofa und hat die Beine hochgelegt. Sie streicht sich über den Bauch. Sie kann noch nicht sehr lange hier sitzen.

Rory stellt Teddie in seiner Trageschale neben dem Sofa ab. Dann geht er und sieht sich die aufgereihten Tortenböden an. »Hast du nicht gesagt, einer sei übrig?« Er war ein bisschen später nachgekommen, weil er in seinem Home Brew Cottage Teddie noch die Windeln gewechselt hat.

Wir Frauen grinsen uns wissend an. Immie erbarmt sich zuerst. »Dein Kuchen steht auf dem Herd, neben dem Stapel Teller.« Sie reicht ihm ein Messer und geht zum Wasserkocher. »Du hast die Ehre, ihn anzuschneiden, und ich mache Tee.«

Man muss Poppys Schokoladentorte probiert haben. Die ist so lecker! Diese hier hat einen Hauch Orangenaroma in dem dunklen Schokoladenteig, gewissermaßen als Erinnerungsstütze an gesunde Ernährung und die fünf Portionen Obst und Gemüse, die man jeden Tag essen soll. Dazu kommen einige Tropfen Cointreau auf der Buttercreme aus Milchschokolade. In der Abenddämmerung an einem windigen Wintertag gibt es nichts Besseres und Tröstlicheres. Ich schließe die Augen und lasse die Schokoglasur auf meiner Zunge zergehen und bin augenblicklich in meinem persönlichen Himmel. Dabei vergesse ich, dass Luc wahrscheinlich in diesem Moment seine Koffer packt. Beim Kauen denke ich auch nicht an die vier Bräute und die Hochzeiten, die mir noch bevorstehen, bevor ich mich auf meine »Friends«-DVDs stürzen kann. Und dass Rory aufgehört hat, mich zu hänseln, und sich jetzt um die Kinder kümmert. Obwohl er kurz darauf meine Luftschlossblase platzen lässt. Nachdem er zwei ziemlich große Stücke Kuchen verschlungen hat, vergisst er offenbar, dass er ein geknickter Versageronkel ist, und macht wieder ganz auf den alten, energiegeladenen und positiven Typ.

»Ich habe im Internet recherchiert, während ich Teddie gewickelt habe. Offensichtlich kann man Babys in sein Fitnessprogramm zu Hause integrieren.«

Immie sieht beeindruckt aus. »Du liest beim Windelwechseln? Du scheinst Fortschritte gemacht zu haben. Und Multitasking kannst du jetzt sogar auch.«

Er reibt sich über den Arm. Dann beugt er sich zu Teddie in der Sitzschale und hebt seine kleine Hand, um ihn abzuklatschen. »Wenn man diesen kleinen Kerl den ganzen Tag mit sich herumträgt, trainiert das ordentlich die Muskeln. Aber Baby-Gymnastik geht noch einen Schritt weiter.«

Ich sehe ihn fragend an. Ich kann kaum glauben, was er da sagt. »Das ist bitte nicht dein Ernst.«

»Moment mal, Supernanny. Du hast mir doch vorgeschlagen zu googeln. All die Promi-Papis benutzen ihre Babys anstelle von Gewichten. Ich habe die Bilder gesehen. Es gibt Übungen für den Rumpf, den Oberkörper, die Beine und die Brust. Anscheinend lieben Kinder das.«

Unweigerlich muss ich das Offensichtliche aussprechen: »Du hast gerade zwei Stück Torte gegessen, Rory.«

Er ist unbeeindruckt. »Das trainieren Teddie und ich uns nachher ganz schnell wieder ab. Obwohl, nüchtern betrachtet, das Rumgerenne mit diesen beiden ...« Er nickt in die Runde und schließt Gracie mit seiner Kopfbewegung mit ein. »Ich glaube, ich verbrenne mehr Kalorien als ein Holzfäller. Vermutlich sollte ich noch ein paar Stück Kuchen mit nach Hause nehmen, damit ich nicht vom Fleisch falle bis morgen früh.«

Immie hat die Augenbrauen nach oben gezogen. Offenbar ist sie genauso entsetzt wie ich. »Du kannst doch Kleinkinder nicht wie Hanteln behandeln. Du passt doch gut auf und lässt sie nicht fallen?«

»Na, klar!« Rory verdreht die Augen. »Die Promi-Papis sagen doch nur Männern wie mir, dass die Kinderbetreuung keine reine Qual sein muss. Wenn man es richtig angeht, macht es sogar viel Spaß. Vielleicht schreibe ich einen Blog darüber. ›Ein Baby in der Brauerei‹, das käme bestimmt gut an auf der Website von Roaring Waves. Ich hätte schon viel früher und von selbst darauf kommen sollen.«

»Wie lange hast du die beiden denn noch?«, fragt Poppy. Auf die Antwort sind wir gespannt und sehen uns an.

Rory rümpft skeptisch die Nase. »Erin ging es zunächst nach der Operation nicht so gut, aber jetzt erholt sie sich und ist auf dem Weg der Besserung. Also nur noch ein paar Tage, glaube ich. Wir werden schon noch Spaß haben, dann vergeht die Zeit wie im Flug.«

»Und was ist mit Weihnachten?« Wieder stellt Poppy die Frage, die uns allen unter den Nägeln brennt. Obwohl es mich ja gar nicht interessieren sollte. »Wir feiern ja alle bei uns Weihnachten. Erst machen wir einen Cocktail-Empfang in der Orangerie, dann gibt es Mittagessen an dem großen Tisch im Esszimmer vor dem Kamin, und abends wird getanzt. Du kommst auch, Rory, oder?« Der bohrende Blick, den sie mir zuwirft, sagt mir, dass sie meine Entscheidung, den Tag in meiner Dachwohnung zu verbringen, noch nicht so ganz akzeptiert hat. »Ehrlich, niemand, der jemals Rafes Rosmarin-Gänsebraten gegessen hat, kann diese Einladung abschlagen«, sagt sie und sieht mich eindringlich an.

Immie lehnt sich zurück, klopft sich auf den Bauch, der fast so dick ist wie Poppys, und stöhnt. »Ich träume schon von deinem flammenden Plumpudding in Rumsauce mit einem Klacks Sahne und deiner Weihnachtspudding-Eiscreme, die da drüber schmilzt.«

Rory lässt seine Mundwinkel hängen. »Danke für deine Einladung, Pops. Wie du weißt, bin ich ein großer Fan von Rafes Kartoffeln und seinen Pommes. Und ich bin ja eh hier, um Poppy mit den letzten von Jules' Hochzeiten zu helfen.«

Poppy überlegt. »Die Hochzeit von Seth und Katie, die mit dem Alpenthema, findet am Montag in der Scheune statt. Bist du da auch eingeladen?«

Rory tut, als müsse er umständlich seinen Kalender im Kopf durchgehen. »Du hast recht. Ich glaube, ja. Meine sechste Hochzeit 2017. Kein Wunder, dass ich da nicht mitkomme.«

Unglaublich, aber wahr: Er isst dabei noch ein Stück Schokoladenkuchen. Er leckt die Krümel auf, während er fortfährt: »Was Weihnachten angeht, wenn die Kinder erst mal zurück bei Erin sind und solange die Lager gefüllt sind, sodass St. Aidan über die Feiertage nicht auf dem Trocknen sitzt, dann habe ich versprochen, nach Bristol zu fahren zu meinen alten Freunden.« Das ist genau die Art von Nichtverabredung, die so typisch für Rory ist, sich nicht verpflichten, mal hier, mal da, je nachdem. Von daher überrascht es niemanden, dass er Poppys Einladung nicht angenommen hat.

Ich weiß, dass der Typ mich verrückt macht. Und zugegeben würde ich alles tun, um mich nicht mit ihm in einem Raum aufhalten zu müssen. Aber plötzlich zu erfahren, dass

Rory Weihnachten nicht hier sein wird, verursacht in mir ein Gefühl der Leere. Was wirklich albern ist.

Vor allem, weil ich ja selber nicht dabei sein will. Das ist doppelt albern. »Wann stellst du deinen Weihnachtsbaum auf, Poppy?« Ja, ja, eigentlich will ich nach Kräften Weihnachten und Christbäumen aus dem Weg gehen, aber ich rede Unsinn, um das leere, bescheuerte Gefühl zu überspielen. Das muss an diesem verdammten Hochzeitsstress liegen, dass ich so komisch bin.

Poppy sieht mich schon wieder merkwürdig an. Ihr Blick ist so eindringlich, dass ich weiß, dass meine seltsamen Gefühle den anderen nicht verborgen geblieben sind. »Der Landhausherd sorgt für so viel Wärme in der Küche, dass ich den Baum erst nächste Woche aufstellen will. Dann bleiben bis Heiligabend wenigstens ein paar Nadeln am Baum.«

Zu meiner Überraschung schaltet sich Rory in die Unterhaltung ein: »Wirst du jetzt doch eine Blautanne nehmen, Pops?«

Dass das Wort »Blautanne« so ganz nebenbei fällt, erschrickt mich so sehr, dass ich fast meinen Teebecher fallen lasse. »Bekommt man hier so einfach eine Blautanne?«, frage ich ungläubig. Das liegt daran, dass ich letztes Jahr verzweifelt eine Tanne für Lucs Loft gesucht habe. Das kommt mir jetzt selber seltsam vor. Aber ich wollte unbedingt diese wunderbaren blau-grünen Zweige. Mein ausgesuchter Baumschmuck aus Schottenmuster und mit Hirschmotiven war essenziell als Vorbereitung für unsere Reise über Weihnachten zu seinen Eltern nach Schottland. Aber die Suche nach einer ausreichend großen Blautanne war naturgemäß schwierig. Die Nachfrage nach meterhohen Tannen ist in der Großstadt London eher gering. Und wie ich den Baum dann das Treppenhaus hinaufgehievt habe, das ist eine ganz andere Geschichte.

Rory grinst. »Das ist mein Dankeschön an Rafe und Poppy für ihre Hilfe. Die Tannenart ist mir eigentlich egal. Die beiden sagen, was sie wollen, und ich besorge den Baum.« Er schweigt kurz und korrigiert sich dann: »Gut, nicht ich besorge den Baum. Meinem Kumpel gehört die größte Weihnachtsbaumschule im Südwesten. Hunderte, ach was, Tausende Bäume. Da wird sich schon ein schöner finden.«

Rory und seine Kumpel, ein Freundschaftsfass ohne Boden. Kein Wunder also. Wohingegen sich meine Pläne eines weihnachtsfreien Dezembers immer mehr in Luft auflösen. Plötzlich ist alles aufs Schönste gefüllt mit Feierlichkeiten.

Jetzt, wo ich überhaupt keinen Baum mehr will, fällt es mir schwer, mir vorzustellen, dass ich so wählerisch war und keine normale grüne Tanne wollte. Meine Kartons mit dem Weihnachtsschmuck stehen in dem Lagerraum, in dem ich meine Sachen zwischengelagert habe. Vielleicht bleiben sie da nicht nur dieses Weihnachten. So wie die Dinge stehen, weiß ich nicht, welchen Lauf mein Leben nehmen wird. Vielleicht werde ich die Kartons nie wieder öffnen, wird mir plötzlich klar, und die süße Schokolade in meinem Mund schmeckt plötzlich bitter. Wenn ich daran denke, wie lange es gedauert hat, bis ich die lilafarbenen und grün karierten Schleifen in den drei Meter hohen Baum geflochten hatte, wird mir noch flauer im Bauch. Ich weiß noch, wie ich die Oxford Street abgeklappert habe in strömendem Regen und im Dunkeln, weil ich kein Geschenkband mehr hatte, was ich am späten Samstagnachmittag feststellen musste. Und ich wollte doch alles fertig haben, um Luc zu überraschen, wenn er zurückkommt vom Golfspielen mit seinen Freunden. Poppys Küche verschwimmt vor meinen Augen zu Farbklecksen, wie die Festbeleuchtung in der Oxford Street, die sich auf dem nassen Asphalt spiegelte. Meine Kehle zieht sich schmerzhaft zusammen, und mir treten Tränen in die Augen. Ich merke, wie mir mein Gesichtsausdruck entgleitet, und ich senke den Blick. Ein Tropfen landet auf dem groben Holztisch.

Immie bemerkt es als Erste. »Hallihallo, was machen die Tränen da auf deinem Teller? Weinst du, Holly?«

Ich wische mir mit dem Ärmel über die Wange und schniefe. »Das ist nur, weil meine Hirsche nicht aus dem Karton rauskommen.«

Der Ärmel meines Modepullis aus Acryl ist nicht dafür geeignet, Feuchtigkeit aufzusaugen. Ich weiß auch nicht, warum ich wegen der Hirschdeko weine, die ich erst letztes Jahr gekauft habe. »Meine Lichterketten werde ich auch nicht benutzen …« Zwischen dem Schniefen schnappe ich nach Luft.

Immie springt auf und legt ihre Arme um meine Schulter. Sie zieht mich an sich und drückt meine Nase an ihr Sweatshirt. Ich rieche ihren schönen Weichspüler mit Maiglöckchenduft. »Ach, Süße, komm her. Gleich geht's wieder, trink einen Becher …« Sie wollte wohl Tee sagen, aber den hatte ich ja schon.

Poppy stupst mit ihrem dicken Bauch hinter der Blumenschürze gegen meinen Ellbogen. »Brauchst du ein Taschentuch, Hols?«

Ich nicke schwach, genauso verflucht schwächlich wie meine Stimme: »Danke, Pops … Ich vermisse nur meine Engelchen, mehr nicht … und meine Strickweihnachtsmänner, vielleicht werden die von Mäusen angeknabbert, bevor ich sie irgendwann wieder auspacke …« Ich nehme die Küchentücher, die Poppy mir in die Hand drückt. Immerhin ist mein Schnäuzen nicht so schwächlich. »Deswegen wollte ich doch dieses Jahr kein Weihnachten feiern …«

»Willst du mehr Schokolade?«

Rory schneidet ein Stück von der Torte ab, so groß wie die Stücke, die Freya dem Weihnachtsmann hingestellt hat, wenn sie sich etwas besonders Großes und Ausgefallenes gewünscht hat. Die Größe des Tortenstücks entspricht in etwa der Verzweiflung in seinem Blick. Als Freya sich einen echten Planwagen gewünscht hat, wollte sie unbedingt eine Vierteltorte für den Weihnachtsmann hinstellen, obwohl wir doch beide längst wussten, wer der Weihnachtsmann in Wirklichkeit war. Das war auch das Jahr, in dem wir feststellten, wie gut ihre Vorausplanungen waren. Wir wollten schon weit im Voraus den Wagen bestellen, damit wir als Jugendliche eines Tages durchbrennen und ein Nomadenleben führen konnten. Im Nachhinein, glaube ich, hat es sich mein Vater nie verziehen, ihr diesen Wunsch nicht erfüllt zu haben. Ich glaube aber, sie fand es gar nicht so schlimm, stattdessen nur eine Miniaturversion des Wagens für den Garten zu bekommen. Der hatte sogar Räder. Das war der Humor meines Vaters. Blöd nur, dass sie nicht festsaßen und der Wagen deshalb nicht fahren konnte. Das spielte allerdings gar keine Rolle. Sie hatte eh versäumt, sich ein Pony dazuzuwünschen. Der Wagen war immer noch viel cooler als die Malfarben und die Glitzerstrümpfe, die ich mir gewünscht hatte. Das war das Tolle an ihr. Sie hatte eine unglaubliche Vorstellungskraft und riesengroße Träume. Obwohl sie nicht weit gekommen ist in ihrem Leben, war das, was sie daraus gemacht hat, immer spektakulär.

Ich rolle meinen Ärmel auf, nehme mir ein Taschentuch und wische mir die Augen aus dem Gesicht. »Danke, Rory, alles gut. Ich hatte schon zwei Stück Kuchen.«

Enttäuscht zuckt er mit den Schultern und grinst schon wieder. Dann räumt er den Teller ab. »Gut, dann vernasche ich den Kuchen. Tut mir leid, Pandaauge. Wenn ich gewusst hätte, dass Weihnachten dir so schwer im Magen liegt, dann hätte ich nie und nimmer Tannen erwähnt, vor allem keine Blautanne.«

Es dauert ein bisschen, bis der Groschen fällt. »Ist meine Wimperntusche verschmiert?«

Er lacht. »Nur ein bisschen. Mach dir keinen Kopf.«

Also doch.

Schlimmer als die verschmierte Wimperntusche finde ich allerdings, dass er mich anscheinend so gut beobachtet hat, dass er genau weiß, welches Wort mich aus der Bahn geworfen hat. »Ich dachte, wir waren uns einig, dass du mir nicht in den Kopf sehen kannst.«

Er schneidet eine Grimasse. »Meistens nicht. Das hier war wohl eine Ausnahme, weil es ausnahmsweise so offensichtlich war.« Er zieht seine Augenbrauen hoch. »Wie auch immer. Lass uns das Thema wechseln, Berry. Es gibt Wichtigeres. Ich habe herausgefunden, was ich tun muss, damit Teddie nicht weint, wenn ich seine Windeln wechsle. Vorhin hat es jedenfalls geklappt.«

Immie ist gleich ganz Ohr. »Was? Das muss ich sehen, um's zu glauben.«

Poppy lacht. »Du meinst, das hat System und war kein Zufall?«

»Ja, vielleicht war's ein Glückstreffer. Ich habe vorhin meine Lieblingsseiten auf YouTube angeschaut.« Selbstzufrieden holt Rory sein iPad aus der Windjacke. »Rockmusik für Väter, das ist ein Blog, es ging um die persönlichen Faibles der Babys. Teddie hat ein Faible für Rufus Hound, der zu Cheryl Coles ›Fight For This Love‹ tanzt. Erinnert ihr euch? ... Diese Fernsehshow 2010?«

Jetzt runzle ich fragend die Stirn. »Ist das dieser dickliche Typ mit den Löchern in der Hose, der sich über Cheryls Tanzstil lustig macht? Und warum ist das auf der Liste deiner Lieblingslieder?« Der Mann steckt wahrhaft voller Überraschungen.

»Weil das lustig ist?« Immerhin besitzt Rory Anstand genug, leicht beschämt dreinzugucken. »Teddie hat offensichtlich meinen Sinn für Humor geerbt. Auch wenn du den nicht teilst.«

»Dann führ das mal vor.« Alles ist besser als Blautannen und vollgerotzte Taschentücher.

»Okay.« Rory hält Teddie in der Sitzschale das iPad vors Gesicht. Die ersten Akkorde erklingen, und Cheryl beginnt zu singen. Teddie reagiert nicht.

Immie beugt sich vor. »Ein Mann mit Bart und Lippenstift in einer roten Jacke mit Borte und Knöpfchen … und Armeestiefeln. Und aus seiner Schlabberhose lugt ein Tanga hervor. Und Mädchen, die sich anziehen wie Jungs?«, fragt sie verwundert. »Das sind aber sehr unklare Botschaften, was die Geschlechter angeht.«

Poppy pflichtet ihr bei. »Die verdrehen und verrenken sich, dazu die Blitzlichter. Na ja, so wie die Zuschauer johlen, gefällt es ihnen. Teddie scheint sich da allerdings nicht so sicher zu sein.«

Ich stehe daneben und tanze und singe mit: *We're gonna fight, fight, fight, fight, fight for this love, we're gonna fight, fight …* « Ich sehe, wie Rory feixt. »Was denn? Das ist eins von meinen Mädchenliedern. Mir geht's wie Teddie. Nur schade, dass er nicht …« Ich wollte gerade »mitmacht« sagen, da quietscht Teddie los.

Er strampelt und tritt. Seine Augen glänzen und sind weit aufgerissen. Er streckt seine Händchen zum iPad aus und öffnet und schließt die Finger.

Poppy und Immie staunen nicht schlecht. Bei Tanzmusik sitze ich nicht gerne am Rande, also tanze ich und lächle Teddie an. Auffordernd halte ich Gracie eine Hand hin. Sorgfältig verschließt sie ihren Buntstift mit der Kappe. Dann rutscht sie von ihrem Stuhl, kommt näher und nimmt meine Hand, und dann tanzt auch sie.

Abrupt verstummt die Musik. In der plötzlichen Stille sehen wir uns verdutzt lächelnd an.

»Das war toll!«, sagt Poppy und lacht.

»Zwei Minuten und zweiundzwanzig Sekunden Ablenkung ... was kann's Schöneres geben?« Rory sieht so glücklich aus, als hätte sein »Bad Ass Santa« den Brauereipreis für das beste Ale des Jahres gewonnen. »Und mehr braucht man nicht, um eine Windel zu wechseln. Selbst ich nicht ...«

Immie staunt immer noch. »Höchst interessant, dass ein Baby so beeindruckt ist von dem rhythmischen Stampfen und dem kriegerischen Auftreten der Interpreten.«

Wir alle drehen uns zu ihr und starren sie an. »Was?«

Gracie legt ihren Kopf schief und sieht mich an. Voller Ernst fragt sie mich: »Warum sind deine Augen so schwarz?«

»Mist.« Das hatte ich ganz vergessen. Ich wische mir über die Wimpern und will gerade zu einer Erklärung ansetzen, da ruft Rory in die Runde: »Seid ihr bereit? Noch einmal? Los!« Und dann drückt er auf »Play«, und kurz darauf tanzen wir wieder alle.

25. Kapitel

Fellmäntel und funkelnde Überraschungen

Freitag, 15. Dezember
»Brides by the Sea«

»Frühstück – gegessen. Akkus, Kameras, Speicherkarten – eingepackt. Pfeife und Glocke auch dabei?« Rory steht an der Theke im Weißen Zimmer und zählt die Dinge an den Fingern ab. Wir schreiben den Morgen der Doppelhochzeit. Er will schnell los, weil er mich vorher noch am Herrenhaus vorbeibringt, dann nach St. Aidan zurückfährt, um die Trauzeugen zu treffen, die zum Frühstück im Surf Shack verabredet sind. Seit ich Sophie und Saffy gestern kennengelernt habe, als sie vorbeikamen, um ihre Kleider abzuholen, mache ich mir noch mehr Sorgen. Wenn sie einfach durchschnittlich wären, wäre es einfacher. Zwei umwerfende Blondinen mit schöneren, wallenderen Haaren als in der L'Oréal-Werbung und extralangen Beinen schüchtern mich ganz schön ein. Und dann soll ich auch noch auf Film einfangen, wie sie beide heiraten – das ist eine überwältigende Vorstellung.

»Alles bereit.« Irgendwie schlägt mein Herz zu schwach und langsam, sodass ich nur flüstern kann. »Aber ... brauchen wir die Glocken?« In der Rettungsstation hatte ich sie auch nicht benutzt. Jedes bisschen Gewicht, das ich nicht den ganzen Tag lang mit mir herumschleppen muss, zählt. Und dieser Tag wird besonders lang werden.

»Wir nehmen sie lieber mit.« Aha. Damit wäre dann mein Einwand flugs übergangen. »Über dem Dorf liegt sogar eine dünne Schicht Schnee. Das ist perfekt. Also dann …« Er schaut nach der Uhrzeit auf seinem Smartphone.

Ich wünsche mir heimlich alles Mögliche herbei, nur um nicht losmüssen und zum Herrenhaus zu fahren. Als die Tür geräuschvoll geöffnet wird und die Glocken am Weihnachtsbaum im Flur läuten, jubele ich innerlich. Kurz darauf stürmt ein Mensch mit Kapuze herein, an den Louisquatorze-Stühlen vorbei, so schnell, dass die Kleider auf den Ständern hin und her wehen. Ich muss mich korrigieren. So viel zu meinem Wunsch. Alles, bloß das nicht.

»Marilyn? Wollen Sie zu Poppy?« Wenn Poppy Marilyn erwartet hätte, wäre sie jetzt bestimmt hier. Viel zu spät erinnere ich mich an die Gepflogenheiten im Umgang mit den Kundinnen. »Äh, schön, Sie zu sehen, übrigens.«

»Rory! Welche Überraschung, Sie hier zu sehen!« Marilyn rauscht prompt heran, an mir vorbei und wirft ihren »Rory!« fast um, als sie ihm einen Kuss auf die Wange drückt. Dann lehnt sie sich zurück und streicht ihm unter Geklingel ihrer Armreifen übers Haar. »Sie passen doch hoffentlich gut auf? Auf Ihren armen Kopf? Und was macht Ihr Weingeschäft? Und Ihr Bier? Ich habe gehört, Sie haben für Seth ein eigenes Bier gebraut?«

Rory gelingt es schließlich, ein Wort einzuwerfen. »Oh ja, wir brauen ein Extra-Bier für Seths und Katies Hochzeit mit einem eigenen Etikett.« Das war genug Süßholz, jetzt springt er schnell in sichere Distanz hinter den Tisch und sagt zu mir: »Seth und ich sind alte Kumpel. Womit können wir Ihnen denn behilflich sein, Marilyn?«

Eigentlich wäre das mein Part gewesen. Aber ich will mich lieber nicht beschweren.

Marilyn lehnt sich so weit über den Tisch wie menschenmöglich und raunt in vertraulich-dramatischem Flüsterton: »Ich muss Katies Kleid für eine halbe Stunde leihen. Wegen einer Überraschung in letzter Minute. Da gibt es diese reizenden Felljäckchen, und ich möchte sehen, welches am besten passt.«

Da ich weiß, welche unschönen Schocks Marilyns Überraschungen bereits angerichtet haben, zögere ich. »Da müsste ich erst einmal Sera oder Poppy fragen. Und die beiden sind noch nicht hier.«

Marilyn holt tief Luft, und ihre Nasenflügel beben. Ihre Schnurrstimme ist jetzt ein Grollen: »Ich habe das Kleid bezahlt. Eigenhändig. In bar. Und die Gesamtsumme. Daher wüsste ich nicht, warum ich eine Genehmigung von irgendjemandem bräuchte. Ich kann es mitnehmen, wohin ich will. Es ist mein Eigentum.« Sie wühlt in ihrer Tasche. Und knallt dann ein Stück Papier auf die Theke. »Hier ist die Quittung. Das können Sie schlechterdings bestreiten.«

Rory zeigt auf sein Smartphone. »Wir müssen uns beeilen. Wir müssen zur Hochzeit, Berry.«

Marilyn unterbricht ihn und fuchtelt mit dem Finger in der Luft. »Mein Wagen steht vor der Einfahrt. Niemand geht irgendwohin, bis ich mein Kleid habe.« Oh, überhaupt kein Druck. Gar keiner.

»Okay.« So gesehen wüsste ich nicht, was ich sonst machen soll. »Ich hole es.« Ich hechte in den Raum neben der Küche, wo das Kleid in dem Kleidersack hängt und darauf wartet, aufgebügelt zu werden. Ich prüfe das Schild, um zu sehen, ob es das richtige Kleid ist.

Als ich zurück ins Weiße Zimmer flitze, setzt Marilyn wieder ihr glückstrahlendes Lächeln auf. »Herzallerliebst. Sehr gut, Berry.«

Ich muss sie verbessern. »Ich heiße Holly, nicht Berry.«

Sie strahlt mich an und nimmt mir den Kleiderbügel aus der Hand.

»Aber Berry passt besser zu Ihrer rosa Gesichtsfarbe und ihrer glänzenden Nase. Und keine Sorge. Ich bringe es sofort zurück.« Und schon rauscht sie an dem Weihnachtsbaum vorbei nach draußen, den Kleiderbeutel schleppt sie hinter sich her.

Als die Tür zufällt, hebt Rory unsere Taschen auf. »Gut. Blitzlicht, Kamera, alles dabei. Und Action?«

Ich fahre mir mit der Hand übers Gesicht und verfluche, dass ich so nachlässig mit dem Puder war. »Soll ich mehr …?«

Rory unterbricht mich. »Nein. Heute haben wir keine Zeit für Zahnpasta. Oder Puderzucker. Du bist schön so, wie du bist. Komm, lass uns los.«

Kalte morgendliche Meeresluft weht mir ins Gesicht, als wir zur Straße gehen. Ich muss lachen, als ich dunkelrote Lippenstiftspuren auf Rorys Wange entdecke. Und natürlich lache ich auch über Rorys nichtssagendes Kompliment. Er redet so viel Unsinn. Echt. Nur gut, dass ich diesmal auf der Autofahrt nicht diejenige mit dem meisten Rot im Gesicht bin.

26. Kapitel

Zootiere und ein Ausreißer

Freitag, 15. Dezember
Die Doppelhochzeit auf Rose Hill Manor

Sophie und Saffy heiraten Taylor und Travis

Nach drei Hochzeiten beginne ich zu begreifen, dass jede Hochzeit anders ist. Ich steige die weite Treppe im Herrenhaus hoch. Innerlich jubele ich, weil draußen immer noch ein Zentimeter hoch Schnee liegt. Doch meine Beine sind so schwer, wie sie eigentlich erst am Ende des Tages sein sollten, nicht schon am Anfang. Ich erreiche das Schlafzimmer im ersten Stockwerk, wo die Bräute sich fertig machen. Es herrscht Hochstimmung. Der in Graubraun und Weiß gehaltene, geschmackvoll gestaltete Raum ist zwischen den verstreut liegenden Kleidern, den Koffern und Kosmetikartikeln allerdings kaum zu sehen. Auf dem Boden liegen mehr Schuhe verteilt als in einem Schuhgeschäft. Als ich die Unordnung jedoch durch den Sucher meiner Kamera einfange, scheint sie mir die Stimmung an diesem Morgen perfekt wiederzugeben. Und ich mache mich sofort an die Arbeit.

Sechs Brautjungfern, zwei Bräute und mindestens noch mal so viele Friseurinnen und Kosmetikerinnen, da ist das Geschnatter entsprechend laut. Sechs bereits geleerte Sektflaschen tragen einiges zu der gehobenen Lautstärke bei, dazu die pulsierende Discomusik im Hintergrund – das ist kopfschmerzverdächtig. Was mich daran erinnert, dass ich vergaß zu fragen, welche Kopfschmerzen Marilyn meinte, als sie

Rorys Schläfen massiert hat. Aber um darüber nachzudenken, habe ich jetzt keine Zeit. Das Gute ist, dass alle so beschäftigt sind mit ihren Lidstrichen und Lockenstäben, dass sie mich und meine Kamera gar nicht beachten. So fange ich ein paar sehr schöne, unverstellte Momente ein.

Bald bin ich bei den Kleidern, den Schuhen und den traumhaft schönen Blumen angekommen. Wenn ich Christian Louboutins in einem Geschäft sehe, zieht sich bereits meine Brust zusammen. Umso mehr, wenn ich die Schuhe jenseits eines Schaufensters sehe. Dann setzt mein Herz ein paar Schläge lang ganz aus. Plateausandaletten mit Rüschen- und Lederbesatz und silberner Stickerei, das sind Sophies Schuhe. Saffy hingegen trägt ein Paar eleganter Wildlederpumps mit diamantenbesetzten Schnallen in Form von Blüten. Die zarten Absätze sind himmelhoch. Die Brautsträuße aus weißen Rosen und Anemonen mit schwarzen Kelchen, die gebunden sind mit langen schwarz-weißen Schleifen und Fransen, sind sehr auffällig und sehr schön zugleich. Und die Kleider sind zwar sehr unterschiedlich, aber beide tragen Seras Handschrift, mit den exquisiten Perlen und Pailletten, wunderschönem Spitzen- und Seidenbesatz und Rüschen, Tüll. Mein Stichwort für ein paar fantastische Nahaufnahmen.

Die Brautjungfern tragen noch die seidenen Morgenmäntel mit dem Blumenmuster und darunter ihre hochhackigen Schuhe. Sie sind alle deutlich größer als ich in meinen flachen Tretern mit Leopardenmuster. Angesichts ihrer perfekt geschminkten Gesichter komme ich mir vor wie ein runder Elefant, der sich ins Giraffengehege verirrt hat. Das Gehege mit den Junggiraffen wohlgemerkt. Diese zwanzigjährigen, göttlichen Frauen scheinen Lichtjahre jünger zu sein als ich. Wenn ich jetzt nicht so sehr im Einsatz und in Eile wäre, würde ich innehalten und mich fragen, wann ich so gealtert bin.

Näher dran als über Luftküsse im Spiegel komme ich an die

strahlend glatte Sophie nicht. Saffy hingegen ist weniger glatt und sehr viel zugänglicher, sie lächelt mich an und winkt mir zu, als sie hinter einer Friseurin hervorlugt. Auf einem Klapptisch neben ihr liegt ein Haufen blonder Haarverlängerungen, die die Haarkünstlerin ihr auf wundersame Weise in die Frisur flicht. Als hätte Saffy selbst nicht schon ausreichend blonde Haare auf dem Kopf. Ich habe eine gute Auswahl an Aufnahmen gemacht und eile nach unten, um noch einen Eindruck der Räume einzufangen, bevor die Gäste ankommen.

»Rory hat so recht. Er sagt immer, Hochzeiten in dem Herrenhaus seien ein Geschenk«, erzähle ich, als ich Poppy über den Weg laufe. Sie ist gerade dabei, die beiden Torten nebeneinander auf den im Retro-Stil gedeckten Beistelltischen aufzubauen. Ich sehe zu, wie sie bunte Früchte um die elfenbeinfarbenen Böden mit der in Streifen aufgetragenen Buttercreme drapiert. Dann zücke ich die Kamera.

Sie sieht auf und bewegt sich um die Torten und Tische herum, um Puderzucker über die Schokoladentorte mit der Sahnefüllung zu streuen. »Möchtest du einen Mini-Cupcake? In der Dose sind welche.«

Da muss sie nicht zweimal fragen. »An diesen Teil der Arbeit könnte ich mich gewöhnen.« Ich lange zu, und in der Zeit, in der sie mit dem Puderzucker hantiert, verschlinge ich ganze vier Stück. Das muss an dem Stress und dem Adrenalin liegen.

Poppy sieht von ihrer Arbeit mit den Blüten an Saffys und Travis' Torte auf. Sie lächelt zufrieden. »Bitte schön. Sag ich doch. Ich wusste, dass dir die Hochzeiten gefallen, wenn du dich erst daran gewöhnt hast.«

Darauf rümpfe ich die Nase. »Solange es Cupcakes gibt, liebe ich Hochzeiten – bis die Gäste kommen. Dann schwindet meine Begeisterung schnell wieder.«

Poppy schiebt mich zur Tür. »Na, geh schon.« Über ihre Schulter ruft sie mir hinterher: »Mach dir keine Sorgen um die Kinder. Als ich gegangen bin, haben Immie und Gracie es sich vorm Fernseher gemütlich gemacht und die ›Eiskönigin‹ gesehen. Viel Spaß mit deinem menschenleeren Raum! Der Wintergarten ist echt schön geworden.«

Der Wintergarten, in dem die Trauung stattfinden wird, ist tatsächlich so schön geworden, wie Poppy sagt. Noch unberührt warten die Stuhlreihen auf die Gäste, zu einem Schneesturm gebunden sind Rosen und Schleierkraut mit schwarzen Satinschleifen an den Stühlen am Gang. In großen gusseisernen Windlichtern flackern hinter Glas Kerzen. An den zwei Paar Tischen für die Standesbeamten hängt das Worte »Liebe« in Großbuchstaben aus Lichterketten. Im Ballsaal nebenan schweben Lichterketten wie Wolken von den Deckenbalken. Ich halte die Luft an, so schön sieht das aus. Auf den langen Tafeln stehen mittig schwarze und weiße Blumen in Holzvasen, Kerzen in kleinen Gläsern drum herum. Die schwarzen Tischdecken mit den weißen Zierdecken aus Damast, zusammen mit dem silbernen Besteck und polierten Gläsern, das sieht umwerfend aus.

Die Stimmung ist so friedlich. Ich fotografiere den gedeckten Tisch, die einzelnen weißen Rosen und die Gastgeschenke mit den schwarz-weißen Schleifen. Fast ist es so, wie im Studio zu arbeiten. Eine segensreiche Viertelstunde lang bin ich sicher, das schaffen zu können. Dann höre ich Schritte in der Ferne und Männerlachen. Als Nächstes stehen die Männer in ihren mir bekannt vorkommenden Anzügen im Saal, allen voran Taylor und Travis, Rory als Schlusslicht. Mein Magen krampft sich zusammen, als ich ihn im Smoking sehe. Schließlich reiße ich die Augen von ihm los und erblicke hinter den Männern den Raum voller Menschen, als seien sämtliche Gäste auf einmal angekommen und den Männern vom Parkplatz aus nach drinnen gefolgt. Vor meinem geistigen Auge sehe ich schon all die Leute auf den Stühlen sitzen, und sie alle muss ich ablichten. Plötzlich kriege ich kaum noch Luft.

Rory tritt vor und nimmt mich völlig unerwartet, aber mir sehr willkommen in den Arm. »Hallo, Holly-Beerchen! Genau dich habe ich gesucht. Die Männer möchten, dass du sie auf dem Steg fotografierst in ein paar lustigen Posen. Und pass bitte auf, dass sie nicht ins Wasser fallen. Währenddessen suche ich die Mutter der Bräute wegen der Fotos beim Anziehen des Kleides.« Ich sollte ihm eigentlich sagen, dass Umarmungen nicht so angebracht sind und mein Leben um einiges einfacher wäre, wenn er ein anderes Aftershave benutzen würde. Aber bevor ich etwas sagen kann, ist er schon wieder weg.

So viel habe ich schon bei den Hochzeiten gelernt: Manchmal geht alles total verrückt drunter und drüber, und die Ereignisse reißen einen wie in einem Wirbelsturm einfach mit, wie in Zeitraffer. Dann hält die Zeit an, und man landet plötzlich wieder in der Echtzeit. Als ich wieder in der Realität ankomme, sind die Bräute und ihre Ankleidezeremonie im Kasten, ebenso einige Bilder, wie die beiden fotowirksam die Aschenputteltreppe herabsteigen. Mittlerweile stehen wir draußen auf der Auffahrt. Alle sind bereit, die Gäste warten im Wintergarten. Gefühlt habe ich tausend Bilder von den Frauen und ihren Vätern in der Kutsche geschossen, der Kutsche, in der ich vor zwei Wochen selbst durch die Stadt gefahren wurde. Heute ist sie über und über mit Blumen und Lichterketten geschmückt. Ein traumhafter Anblick, wie sie über die schneebedeckte Landschaft fährt mit Ken und Gary in ihren Trauzeugen-Anzügen und den stylishen Mänteln, vorbei am See und den schwarzen und weißen Hügeln im Hintergrund. Gezogen wird das Ganze von Nuttie, der Glocken am Geschirr trägt. Es ist einfach zauberhaft. Die Bräute mit ihren wehenden blonden Haaren und den schneeweißen Kleidern, eingemummelt in den Pelzjäckchen, und die Kutscher in den feinen Anzügen, das alles könnte kaum pittoresker sein.

Wir sind keine fünfzig Meter vom Ort der Trauung entfernt, als Sophie ihre Hand in dem Spitzenhandschuh hebt und Gary zum Halten bringt – was ja nicht so leicht ist, wie ich seit meiner eigenen Kutscherfahrung weiß. Dann springt sie von der Kutsche und ruft: »Zigarettenpause!« Als ich mich von der Überraschung erholt habe, springe ich rüber und schieße ein paar sehr authentische Fotos von Sophie, wie sie mit dem Ellbogen an der Kutsche lehnt in der Rauchwolke, während ihr Vater neben ihr von einem Fuß auf den anderen tritt. Sein Atem schlägt in der kalten Luft ebenfalls Rauch.

Trotz der Kälte gelingen mir an einen Baum hinter der Kutsche gelehnt ein paar gute Schnappschüsse von diesem unerwarteten Zwischenhalt. Ich blicke durch meinen Sucher und sehe Saffy auf Zehenspitzen in meine Richtung gehen. Als sie an mir vorbeiläuft, rufe ich ihr leise zu: »Passen Sie auf, hier ist es matschig unter dem Schnee, Saffy.« Das ist das Erste, was mir in den Kopf schießt, um ihre Aufmerksamkeit zu erregen. Es klappt zum Glück, und sie bleibt stehen.

Sie dreht sich und blickt mich über die Schulter hinweg an, ein Hauch Verzweiflung in den Augen. »Was ist?«

»Es wäre eine Schande, wenn die schönen Louboutins dreckig werden würden.« Vorhin auf der Treppe war sie schon ganz blass, jetzt sieht sie geradezu geisterhaft aus. »Geht es Ihnen gut, Saffy?« Und da weiß ich schon, dass es ihr nicht gut geht.

Als sie mir ihr Gesicht jetzt ganz zudreht, sehe ich, wie verstört sie ist. »Sophie hat nicht mehr geraucht, seit sie achtzehn ist. Und sie ist die Mutigere von uns beiden. Ich hab's mir anders überlegt. Ich kann das hier nicht. Ich haue ab, solange es noch geht.«

Das dachte ich mir. »Bevor Sie weitergehen …« Mir sinkt der Mut, während ich nach Worten suche. Und doch würde ich mich – vor die Wahl zwischen einer Braut mit kalten Füßen und einem Diktator gestellt – jederzeit für die auch noch so komplizierte Braut entscheiden. »Kommen Sie her und erzählen Sie mir, was los ist.« Als Drückeberger erkenne ich sofort den Drückebergerkollegen, und ich sehe, dass sie drauf und dran ist, zu türmen. »Warum meinen Sie, einen Fehler zu begehen?«

Sie schlingt die Arme um ihren Oberkörper und tritt von einem Fuß auf den anderen. »Als ich heute Morgen aufgewacht bin, war ich mir unsicher, ob ich es schaffe. Jetzt weiß ich, dass ich es nicht schaffe.«

Vermutlich trage ich jetzt Eulen nach Athen. »Ich bin auch mal vor meiner Hochzeit, oder besser so ähnlich, davongerannt. Vielleicht verstehe ich Sie also.« Ich erinnere mich an all die Gedanken, die mir durch den Kopf gegangen sind, nachdem ich Luc nach dem Antrag zurückgelassen hatte. »Wenn Sie Angst davor haben, sich für den Rest Ihres Lebens an einen Menschen zu binden, dann ist das nur allzu verständlich. Das ist durchaus eine große Sache ...« Für mich war es das jedenfalls. Ich kann das jetzt ruhig offen sagen.

Sie schnieft. »Nein, das ist es nicht.«

Als sie dann schweigt, frage ich nach: »Lieben Sie Travis denn? Oder glauben Sie, er liebt Sie nicht?« Das ist nicht ohne.

Saffy streicht sich eine Haarsträhne aus der Stirn. »Nein. Ich liebe ihn heute sogar mehr denn je. Falls das überhaupt möglich ist. Wir sind ein gutes Team. Und er würde alles für mich tun.« Sie seufzt. »Ich bin mir nur nicht sicher, ob ich das hier alles überstehe ...« Sie blickt an sich herunter, und ich verstehe, was sie meint. Wenn man nicht tagtäglich Hochzeitskleider und -schuhe und so weiter sieht, dann ist das ein ganz schön großer Schock, wenn man das plötzlich alles auf einmal trägt.

»Wenn Sie mich fragen, das klingt alles halb so schlimm.« Ich glaube, dieses Problem lässt sich lösen. Ich bohre noch weiter nach: »Der Gedanke, jeden Morgen bis zu Ihrem Lebensende neben Travis aufzuwachen, macht Ihnen also keine Angst?« Eine Frage, die auf meiner eigenen Prüfliste steht.

Ein verträumter Ausdruck huscht über ihr Gesicht. »Nein. Überhaupt nicht.«

In Gedanken atme ich erleichtert auf. Dann kommt die allerwichtigste Frage: »Und wie werden Sie sich fühlen, wenn Sie morgen aufwachen und Ihnen gewahr wird, dass Sie und Travis tatsächlich verheiratet sind?«

Sie kräuselt die Lippen und denkt nach: »Gut. Gut würde ich mich fühlen. Ehrlich gesagt wäre ich auch sehr erleichtert, dass alles vorüber ist.«

Jetzt kommen wir der Sache näher. »Sie haben also nur Bedenken wegen der Feier an sich? Nicht wegen der Heirat oder des Bräutigams?«

Sie nickt stumm. »Diese Doppelhochzeit, das war der Wunsch von Sophie und Taylor, nicht meiner oder der von Travis. Sie sind die tonangebenden Zwillinge. Wir machen mit, weil die beiden nicht ohne uns heiraten wollen. Ich dachte, das wäre okay. Aber jetzt, wo es wirklich stattfindet, macht es mir Angst, es ist so groß, und das entspricht eigentlich nicht meiner Persönlichkeit. Am liebsten möchte ich ganz schnell ganz weit wegrennen.« Womöglich wäre es mir genauso ergangen, wenn Freya und ich eine Doppelhochzeit veranstaltet hätten.

In diesen meterhohen Absätzen wird sie bestimmt nicht sehr schnell rennen können. »Sie fürchten sich also nicht vor dem Rest Ihres Lebens an der Seite Ihres Mannes, sondern nur vor diesem Tag?« Dem Rauch nach zu urteilen, der hinter der Kutsche aufsteigt, ist Saffy mit ihren Bedenken und ihren Nerven, die in letzter Minute mit ihr durchgehen, nicht allein, auch wenn sie das wahrscheinlich nicht vermutet.

Saffy schiebt sich eine diamantenbesetzte Spange zurück ins Haar. »Eigentlich ... eigentlich ist es nur die nächste halbe Stunde, die mir Angst einjagt.«

»Sehr gut, Saffy.« Ich freue mich so sehr für sie, dass mir fast die Tränen kommen. »So eine halbe Stunde lässt sich überstehen, wenn Sie für den Rest Ihres Lebens auf der richtigen Seite stehen wollen. Ich vermute, Sie machen Travis sehr glücklich, wenn Sie diese halbe Stunde hinter sich bringen. Denken Sie am besten gar nicht daran. Denken Sie in halbminütigen Schritten, das ist immer ein guter Trick und macht alles leichter.«

Sie runzelt die Stirn. »Sie meinen, ich soll Schritt für Schritt gehen und von Minute zu Minute denken?«

Ich nicke. »Angst ist ganz gut, weil das bedeutet, dass Sie sich Gedanken gemacht haben und sich trotzdem trauen. Viele kleine Schritte bringen Sie dahin, wo Sie wollen. Brechen Sie den großen Schritt herunter und konzentrieren Sie sich nur auf die nächsten dreißig Sekunden.« Das könnte mein eigenes Motto für diesen Tag werden.

Sie atmet aus. »Vielleicht haben Sie recht.«

Ich lächele sie aufmunternd an. »Sie sind stark genug, Sie schaffen das, Saffy. Weil es das Richtige für Sie und Travis ist.« Dann sage ich: »Sie beide haben Glück, dass Sie sich gefunden haben, wissen Sie. Nicht jedes Paar, das heiratet, ist sich so sicher, wie Sie beide es sind.« Irgendwie kommt es mir vor, als ziehe ich aus dieser Unterhaltung genauso viel wie Saffy.

Trotz des Matsches auf dem Weg tritt sie beherzt auf mich zu und nimmt mich in den Arm. »Ach Gott, vielen Dank!« Sie drückt mich so fest, dass ich ihre eigens für die Hochzeit aufgeklebten Fingernägel durch die Ärmel meiner Kunstpelzjacke spüre. »Ich glaube, Sie haben gerade die gesamte Doppelhochzeit gerettet.«

Ich verziehe das Gesicht. »Na, ich weiß nicht. Trotzdem: gern geschehen.«

»Dann sollte ich wohl jetzt besser zurück in die Kutsche steigen?« Sie setzt ihren diamantenbesetzten Fuß auf den Tritt und dreht sich noch mal zu mir um. »Woher wissen Sie das alles, Hols?«

Ich zucke mit der Schulter und versuche, wie eine weise, aber keineswegs alte Fotografin auszusehen. »Wenn Sie auf so vielen Hochzeiten arbeiten wie ich, dann weiß man, wann eine Braut das Weite suchen sollte und wann sie sich wirklich trauen sollte.« Wenn ich ihr die Wahrheit erzählen wollte, über Luc und mich, dann bräuchten wir Stunden, und so eine lange Unterbrechung können wir jetzt nicht gebrauchen. Ich blinzele ihr aufmunternd zu. »Wie auch immer, ich wollte einfach nicht, dass Sie Ihre wunderschönen Schuhe ruinieren.«

»Sophie?«, fragt Saffy, die aufgestiegen ist und sich auf der anderen Seite über die Kutsche beugt. »Könntest du bitte diese blöde Zigarette ausmachen und deinen Hintern schnellstmöglich in die Kutsche begeben? Sonst fängt die Trauung ohne uns an.«

Ken lüpft sein Jackett und holt sein Handy hervor. »Möchte eine der Bräute in spe ein Selfie mit dem Kutscher schießen, bevor wir weiterfahren? Und bitte, die Damen, passen Sie auf, wo Sie hintreten. Straßendreck ist in dieser Kutsche nicht gern gesehen. Mit Ausnahme von Louboutins, versteht sich.« Wenn sie einen Kutscher mit wirklich guten Manieren gewollt hätten, hätten sie nicht Ken engagieren sollen. Sophie klettert in die Kutsche und hält ihren Kopf an seinen, er hüstelt ungeduldig. »Holly, wir warten, könnten Sie bitte?«

Okay, okay, Fotos von Leuten, die ein Selfie machen, das ist zu viel. Aber dieses eine Mal mache ich es trotzdem. Das Foto ist weder für Sophie und Taylor noch für Saffy und Travis oder gar für Ken und Gary und auch nicht für Jules, sondern ausschließlich für mich. Das wird sich gut machen in dem Bilderrahmen mit meinen besten Schnappschüssen, wenn ich zurück in London bin, neben meinem eigenen Selfie mit dem Weihnachtsmann als Kutscher. Das wird mich dann an die wohl verrücktesten Weihnachtstage meines Lebens erinnern.

27. Kapitel

Ärger, Ärger, nichts als Ärger

Freitag, 15. Dezember
Die Doppelhochzeit auf Rose Hill Manor

Mein Rat an Saffy, den Tag in halbminütigen Schritten anzugehen, erweist sich als gute Strategie. Am Ende des Tages habe ich auch meine eigenen Ängste mit dieser Strategie überwunden. Im Verlauf der Feier wurde mir klar, dass ein enger Zusammenhang zwischen dem reibungslosen Ablauf der Hochzeit und dem problemlosen Fotografieren besteht. Bei beiden geht es um den umfassenden Überblick und ein hervorragendes Zeitmanagement. Kip, Rafe und Lily haben die Gesamtorganisation unter ihrer Regie und machen das mit größter Entschlossenheit und Professionalität. Rory dirigiert gewissermaßen vom Feldrand das Fotoshooting. Und so bringen wir alle zusammen die Hochzeit über die Bühne. Der Tag, vor dem ich so viel Bammel hatte, lief am Ende wie geschmiert oder wie am Schnürchen, wie man so schön sagt.

Zwei Trauungen, zwei überglückliche Paare und zwei Konfettiszenen: Saffy und Travis werden auf der Terrasse in einen Regen aus bunten Papierschnipseln gehüllt, während Sophie und Taylor vor dem kleinen Häuschen im Hof stehen und dort ihre farbenfrohe Konfettidusche abbekommen. Selbst die Gruppenfotos, vor denen ich mich so gefürchtet habe, stellen sich als so locker und leicht wie Cupcakes heraus. Die Gruppe der Gäste bleibt jedes Mal gleich, nur das Paar wechselt. Außerdem sind Rory und zwölf Trauzeugen stets zur Stelle, um die Gäste zu dirigieren, sodass das Ganze wirklich ein Sonntagsspaziergang ist. Warum war mir das vorher nicht klar? Es gibt einen Riesenauflauf und eine Riesenaufnahme mit sämtlichen Beteiligten draußen im Hof. Dazu fotografiere ich von oben aus dem geöffneten Fenster, während Kip meine Beine sichert und Rory unten die Menge in Schach hält.

Kurz darauf trinken die Gäste Prosecco, als gäbe es keinen Morgen, und Rory und ich spazieren mit den beiden frischgebackenen Ehepaaren über das Gelände. Zum Glück nicht allzu lange, denn trotz der insgesamt drei Kunstfelljacken frieren wir uns alle den Hintern ab. Dann wechselt die Gesellschaft zum Hauptempfang. Ich arbeite wieder auf sicherem Boden mit dem Essen auf den Tabletts und den Fotos von den herrlich entspannten Ehepaaren. Stunden später, als das Festmahl zu Ende ist, wandern alle in den Wintergarten zur Bar und zu den Bierfässern von Roaring Waves. Die Gesellschaft löst sich langsam auf und verteilt sich über die Räume.

Traditionell werden die Reden nach dem Hochzeitsessen gehalten – oder wie in diesem Fall nach dem vorweihnachtlichen Fünf-Gänge-Menü. Als ich vorhin sagte, ich würde lieber mit einer komplizierten Braut als einem Drückeberger zu tun haben wollen, da hatte ich noch nicht gesehen, wie sich Sophie wegen der Reden aufregt.

Sie tippt mit ihrem rechten Christian Louboutin auf den Boden, während sie sich im Ballsaal umsieht. »Warum sind alle in die blöde Bar abgehauen? Die sollten doch jetzt alle hier sein und die Reden hören.« Scheint so, als hätte der Zwilling mit den längeren Wimpern, dem längeren Prinzessinnenhaar und dem glänzenderen Lippenstift auch die Sicherung, die am schnellsten rausfliegt. Oder vielleicht ist sie auch bloß am meisten bei der Sache. »Das ist meine verdammte Hochzeit, kein verdammter Rugbyclub-Abend.«

Kip flitzt sofort zurück, als er ihre aufgebrachten Worte

hört. Mit beruhigender Stimme sagt er: »Das mag im Moment ein wenig problematisch sein, dass die Bar im Wintergarten ist, nicht im Ballsaal, Sophie. Aber wir brauchen den Platz später für all die Abendgäste. Bestimmt können wir alle überreden, zurückzukommen, wenn sie sich erst mal eingeschenkt haben.« Sophie knurrt. »Später interessiert mich einen Dreck. Die Reden finden sofort statt – also jetzt sofort –, oder es gibt keinen Abendpart!«

Jules betont ja, dass es zu dem Beruf des Fotografen gehört, sämtliche Teile des Tages festzuhalten. Aber will Sophie wirklich daran erinnert werden, dass sie sich hier wie eine schlecht gelaunte Cruella De Vil mitten in einem Wutanfall aufführt? Ich stelle die Blende und die Belichtungszeit ein, während ich mich das frage. Da trifft mich ein böser Blick von Sophie, und ich drücke die Verschlusskappe auf die Linse.

Ihre Wut bricht sich jetzt in einem haltlosen Jammern Bahn. »Wie können die so unhöflich sein? ... Die machen mir meinen Tag kaputt! ... Los, jemand soll denen sagen, dass sie zurückkommen sollen ... und zwar jetzt! Sofort!« Sie rennt zur Tür. Und mir tut es für Bart leid, dass sein gebohnerter und gewachster Dielenboden von den spitzen Absätzen der Designerschuhe derart traktiert wird.

Saffy streicht sich eine Haarsträhne aus dem Gesicht und seufzt. »Trav und ich wollten, dass die Reden vor dem Essen gehalten werden, damit die Redner noch frisch sind und nicht besoffen.« Das flüstert sie mir zu. Wobei mir schleierhaft ist, warum, nachdem Sophie so laut gejammert hat. »Sophie wollte durchsetzen, dass sich niemand betrinkt und die Reden danach nicht gefährdet sind.« Da viele Rugby-Spieler eingeladen sind, die berühmt-berüchtigt dafür sind, sich gegenseitig unter den Tisch zu trinken, zu erbrechen und dann fröhlich weiterzutrinken, fragt man sich, wie Sophie auf diese unrealistische Idee gekommen ist.

Wie auch immer, Sophie stürmt jetzt in Richtung des Brautzimmers, eine Truppe schwarz gekleideter Brautjungfern im Schlepptau, gefolgt von einem besorgt aussehenden Taylor, der sich Kip als Flankenschutz greift, da alle anderen Trauzeugen anderweitig beschäftigt sind.

Travis zuckt mit den Schultern und sieht Rory an. »Das war jetzt aber nicht eingeplant in den Hochzeitsablauf.«

Rory muss nun Verantwortung übernehmen, denn immerhin stammt das Bier, das jetzt in der Bar literweise getrunken wird, von ihm. Vor allem, da die Trauzeugen, die hier einspringen sollten, statt die Wogen zu glätten, in diesem Moment mehr Öl ins Feuer gießen, indem sie sich »Santa's Little Helper« hinter die Binde kippen.

»Super«, sagte Rory. »Überlass das mir. Ich regele das.« Sagt's und stapft in den Wintergarten. Travis löst seine Hand aus Saffys und folgt ihm.

Seine Braut fischt eine Flasche Sekt aus einem Kübel mit Eis. »Möchten Sie einen Sekt, während wir hier warten?«

Ich schüttele den Kopf. »Lieber nicht.« Mein Feierabend ist noch etwas hin. Auf die Reden – natürlich nur vorausgesetzt, die zweite Braut spielt mit – folgen das Anschneiden der Torten und die zwanglosen Fotos der Brautleute und ihrer Hochzeitsgesellschaft. Ich spiele den Ablaufplan wie eine Platte in meinem Kopf ab. Dann der Brauttanz und die Disco und die Band.

Saffy sieht sich in dem fast leeren Ballsaal um. »Setzen Sie sich doch und leisten Sie mir Gesellschaft, während wir warten. Soph kommt bestimmt gleich wieder runter, wenn sie sich beruhigt hat.«

Wahrscheinlich sollte ich herumspringen auf der Suche nach niedlichen Kindern, die sich unter einem Tisch verstecken oder in irgendeiner Ecke spielen. Aber die Suche nach Braut Nummer zwei ist wohl mindestens genauso wichtig.

»Ich bin sicher, dass es gleich wieder weitergeht.« Ich versuche, möglichst aufmunternd zu klingen, aber angesichts der ernüchternden Tatsache, dass wir hier nur zu zweit sitzen, mag das übertrieben optimistisch sein.

Ich ziehe einen Stuhl zu Saffy heran, und wir sitzen gemeinsam da und starren schweigend auf unsere Handys. Nach zwanzig Minuten setzt Saffy sich auf und kreuzt die Arme vor der Brust. »Das dauert. Die Männer brauchen ganz schön lange.« Sie verzieht das Gesicht. »Vielleicht sollten wir Frauen es mal versuchen. Was meinen Sie?«

Ich grinse bei dem Gedanken. »Ich bin dabei, wenn Sie es auch sind.« Wobei ich nicht glaube, dass wir weit kommen. Mein Bauchgefühl sagt mir, dass Saffy genauso ein Zweite-Reihe-Mensch ist wie ich.

Saffy lacht, als hätte sie meine Gedanken gelesen. »Normalerweise ist Sophie diejenige, die für Action sorgt, und ich nasche lieber heimlich Schokokuchen. Aber heute habe ich mich getraut zu heiraten. Vielleicht habe ich einen Lauf.« Sie steht auf, und wir klatschen uns ab. »Kommen Sie, die holen wir uns.«

So wie sie auf ihren Absätzen wankt, hat da eben wohl der Champagner aus ihr gesprochen. Trotzdem nehme ich meine Tasche und folge ihr. Wir müssen uns durch die Menschenmenge am Eingang zum Wintergarten drängen, um hineinzukommen. Müsste die Braut nicht das Wichtigste bei der Hochzeit sein? frage ich mich. Als ich mich voran durch die Tür schiebe, rufe ich über meine Schulter zu ihr zurück: »Super hier, voll was los!« Als wir schließlich ein Plätzchen in der Menge finden, sehe ich mich zwei bekannten Gesichtern gegenüber. »Hallo, Ken, hallo, Gary, amüsiert ihr euch?« Beide halten die eigens für die Brautpaare gelieferten Roaring-Waves-Biere in der Hand; damit erübrigt sich die Frage wohl. Gary sieht mich direkt an und bläst die Nasenflügel auf. Offenbar will er mir etwas erzählen. »Holly, toll, dich hier wiederzutreffen. Es gibt hier diese Gerüchte über Schokoladenbrunnen und Fondues in den Alpen. Du musst uns auf den neuesten Stand bringen. Hat Jess schon ihren Ring bekommen?«

Das ist jetzt zwar nicht der richtige Zeitpunkt, aber manchmal kommt man so am schnellsten weiter. »Gestern Abend hat Bart eine Flasche Schampus geköpft, als sie in einem Skilift über metertiefen Schluchten gondelten. Aber Jess hat außer Alpenpanoramen nichts zu sehen gekriegt, keine Schachtel von Tiffany oder Ähnliches.« Das hat sie uns heute Morgen um acht Uhr am Telefon erzählt, als ich mein Bacon-Sandwich essen wollte.

Ken mischt sich ein. »Die Bergluft, die Aufregung und der Sport, sie wird ein ganz anderer Mensch sein, wenn sie zurückkommt.«

Gary klimpert mit den Wimpern und sieht mich an. »Wo wir von ›ganz anderer Mensch‹ reden – was immer du mit unserem Sweetie Rory anstellst, es scheint ihm zu bekommen, weiter so! Er ist in letzter Zeit so fröhlich und lebenslustig.«

Ich blinzele verwirrt. Ich habe keine Ahnung, wovon Gary da redet. »Nee, das liegt wahrscheinlich an den Kindern.«

Ken fasst sich an die Nase. »Nein, nein, Santa weiß, dass es an dem kleinen Geschenk liegt, das wir beim Brautmodenladen abgeliefert haben, an dem Tag, als wir zum ersten Mal mit unserer Kutsche und mit Nuttie unterwegs waren.«

Gary knufft mir seinen Ellbogen in die Seite. »Guck, da steht er und winkt dir.« Rory zwinkert mir zu und kräuselt die Lippen. »Sieht er nicht wahnsinnig süß aus in dem Smoking?« Zu unser beider Leidwesen erkennen wir das offenbar nur allzu deutlich. Die Veränderung ist wirklich gewaltig. Als hätte mir jemand den Schleier fortgerissen, und plötzlich sehe ich den echten Rory, den Rory, wie er wirklich ist, die unglaublich heiße Version seiner selbst im Smoking, die ich all die Jahre nicht sehen wollte. Und eigentlich ist es für eine Fotografin deutlich einfacher, wenn man dem Assistenten nicht am liebsten an den Hintern fassen möchte, weil der so knackig ist.

Aus der Distanz erkennt man deutlich den Dreitagebart und seine Wangenknochen. Als sein Blick meinen trifft, zeigen sich Lachfältchen um seine Augen. Er lächelt und streicht sich das Haar aus dem Gesicht. Sein Lächeln strahlt durch den Raum und trifft mich in der Magengegend.

Ken verdreht die Augen. »He, dir fallen gleich die Augen aus, du Lüstling. Rory gehört Holly. Also vergiss es. Sie soll doch nicht eifersüchtig werden.«

Schockiert quake ich einen Protest heraus: »Nur zu, Jungs, ich habe mit ihm nichts zu schaffen.« Eigentlich werde ich immer rot, wenn mir was nicht gelingt. Jetzt verdankt sich die Hitze in meinen Wangen eher meiner Wut. Ja, ich bin wütend auf Rory, weil er einfach, ohne Bescheid zu sagen, abgehauen ist, obwohl er doch die Gäste einsammeln sollte. Und weil er schon wieder den Strahlemann macht. Und wütend auf mich selber bin ich obendrein, weil ich mich von ihm bezirzen lassen und dahinschmelze und noch nicht einmal Alkohol als Entschuldigung dafür anführen kann.

Ich blicke zu Saffy neben mir und frage erwartungsvoll: »Sollen wir das jetzt angehen? Wo wir jetzt schon hier sind?« Ich meine, ehrlich jetzt, wer außer uns könnte die Feier wieder in die richtige Bahn lenken? Das liegt jetzt einzig an uns.

Sie schüttelt ihr Haar und sagt voller Vorfreude: »Nach Ihnen, Hols ...«

Ich habe keinen blassen Schimmer, was sie von mir erwartet. Aber ich greife zu dem wirksamsten Mittel, das ich habe. Ich lange in meine Tasche und greife nach den Glocken. Ich lausche dem Gelächter und dem Geschnatter um mich herum, lasse die Glocken wieder los und ziehe stattdessen die Pfeife hervor. Ich hole so tief Luft, dass meine Lungen fast bersten. Dann setze ich die Pfeife an meine Lippen und blase so kräftig und so lange, wie ich kann.

Der Pfeifton ist schrill und schrecklich laut und die Wirkung umwerfend. Eine Sekunde später herrscht Stille, eine geradezu geräuschvolle Stille, die von den hohen Decken widerhallt. Ich sehe Saffy an und zische: »Los, jetzt!«

Sie öffnet ihren Mund und schließt ihn dann wieder. Sie bringt keinen Ton hervor, aber sie blinzelt mich mit weit geöffneten Augen verzweifelt an, und ich weiß, was sie von mir will.

Ich kratze all meinen Mut zusammen. Und viel ist das ehrlich gesagt nicht. Doch dann rufe ich, ohne über meine Worte nachzudenken, drauflos: »Alle einmal nach rüber ... rüber ... nach drüben ... es ist Zeit für die Reden, Ladies and Gentlemen ... liebe Leute ... bitte gehen Sie nach drüben ... Jetzt!«

Dann höre ich die Schritte und die Bewegungen, die zweihundert Menschen machen, wenn sie rüber ... nach drüben gehen. Rory gesellt sich zu uns, die Kamera und die Krawatte, die er abgelegt hat, in den Händen.

»Danke, liebe Leute ... äh, liebe Berry, gut gemacht. Dasselbe wollte ich auch gerade tun.« Na, so ein Quatsch, den er da wieder redet. Wie immer. Von wegen ein ganz anderer Mensch.

»Warum um Himmels willen hast du da eine Flasche Bier in deiner Smokingtasche, Rory?« Mann, ich bin echt wütend auf ihn. Wenn ich nicht so wütend wäre, müsste ich mich fragen, wie sein Kuss schmeckt. Und das will ich nicht. All das nur, weil ich seinen Adamsapfel sehe und die weiche Stelle an seinem Hals, wo der Kragen sich öffnet. Und da er ja mein Assistent ist, wird mir das womöglich als sexuelle Belästigung am Arbeitsplatz ausgelegt.

Sein tiefes Lachen ertönt. »Das ist eine lange Geschichte. Die Großmutter einer jungen Frau fühlte sich ein wenig unwohl, und ich musste zu ihrer Rettung eilen. Und sollen wir jetzt nicht alle ganz schnell rüber ... rüber ... nach drüben?« Und seinen Arm legt er mir, völlig klar, nur und ausschließlich, einzig und allein deshalb um die Hüfte, um mich sanft nach rüber ... nach drüben zu bugsieren. »Ich wollte dir noch erzählen, dass wir Teddies zweites Faible gefunden haben. Rate! Kommst du nie drauf. Los!«

Ich ziehe eine Grimasse. »Wirklich, ich habe keine Ahnung!« Und er hat auch keine Ahnung von nichts, wenn er mich jetzt so was fragt. Jetzt, da die größte Hochzeit, die St. Aidan dieses Jahr feiert, in diesem Moment kurz vor knapp gerettet wird. Da habe ich doch keinen Sinn für die Vorlieben von Kleinkindern.

»›Teenage Dirt Bag‹ von Wheatus.« Er grinst unendlich selbstzufrieden und glücklich und zieht sein Smartphone hervor. »Hier, guck mal, ich habe ihn beim Videoschauen gefilmt.«

Ich sehe Rory voller Absicht so kritisch an, dass er den Mund hält. Und siehe da, es funktioniert.

»Ja, gut, okay. Sorry, Berry. Ich weiß, dass die Hochzeit unser Job ist, um den wir uns kümmern sollten.« Sein Arm liegt wieder um meine Hüfte, und als er sich zu mir beugt, streifen seine Lippen beinahe mein Ohr. »Gut gemacht, eben gerade. Zeit für die Reden also? Jetzt? Sofort?«

28. Kapitel

Matschspritzer und feuchte Taschentücher

Sonntag, 17. Dezember
In der Snowy Pines Weihnachtsbaumschule

»Also zwei Bäume, egal welche, aber auf gar keinen Fall Blautanne«, sagt Rory, als er von der Hauptstraße abbiegt.

Ich weiß, ich weiß, ein Christbaumkauf passt nicht zu meinem Weihnachts-Boykott. Aber als Rory kurz nach dem Mittagessen hereinkam mit Poppy im Schlepptau, die ein paar Stunden lang im Laden einspringt, haben beide darauf bestanden, dass ich zum Baumkauf mitfahre. Wenn die beiden mich bearbeiten, dann ist es deutlich einfacher, mitzumachen, als sich dagegen zu wehren. Und irgendwie haben sie recht. Nach anderthalb Tagen vor dem Laptop, um die Fotos der Zwillinge zu sortieren und sie Jules zu schicken, bin ich mehr als bereit für eine Pause. Die Auswahl der Fotos war gar nicht so leicht, denn es sind tatsächlich viele gelungene dabei. Kaum zu glauben, dass ich die geschossen habe. Und morgen steht schon Seths und Katies Skihochzeit an, und der ganze Zirkus fängt wieder von vorne an. Drei Hochzeiten habe ich bereits hinter mir. Zwei noch vor mir.

Aus Gründen, die nur Rory kennt, der sich an diesem Nachmittag allerdings äußerst geheimnisvoll gibt, befahren wir das Areal der Baumschule, genauer gesagt: einer Weihnachtsbaumschule, durch den Privateingang am hinteren Ende. Vielleicht ist das auch nur so ein Männerding, weil es ihm Spaß macht, eine halbe Stunde lang den zerfurchten Fahrweg langzuheizen. Ganz offensichtlich macht es ihm Spaß.

Jedes Mal, wenn das Biermobil durch eine Pfütze fährt, spritzt der Matsch gegen die Windschutzscheibe. Und jedes Mal, wenn das passiert, schreien und kreischen Gracie und Teddie, von Rory ermuntert und angefeuert, wie kleine Furien.

Genau genommen waren die Kinder schon vorher, vor den Matschspritzern, äußerst guter Laune, wegen der Lieder, die Rory eigens für sie zum Mitsingen zusammengestellt hat: alle ihre neuen Lieblingslieder und ein paar seiner Lieblingslieder. Dank dieser exzellenten Auswahl haben wir die ganze Fahrt damit verbracht, mit Slade »Merry Christmas« zu singen und »Karma Chameleon«, »Lass jetzt los« und natürlich Teddies Lieblingslieder auf YouTube.

Wir biegen um eine weitere Kurve und S Club 7 singt »Reach for the Stars«, als Rory kurz das Trommeln auf dem Lenkrad unterbricht und mich angrinst. »Das ist gut, oder? Ich habe das Lied auch für dich mit aufgenommen, Berry.«

Es wäre geradezu unhöflich, jetzt nicht zu fragen: »Was meinst du mit ›aufgenommen‹?«

Sein Grinsen wird noch breiter. »In meine Mädchen-Playlist, die ich dir widme. Sie ist noch in Arbeit.«

Also das, was ein Junge glaubt, das Mädchen in ihrer Playlist haben wollen? Ich schnaube verächtlich. »Ich glaube, du hast zu viel Freizeit, Rory. Trotzdem bin ich neugierig, was das für eine Liste wird.« Vorhin mussten wir uns alle die Ohren zuhalten, als Rory unbedingt auch die hohen Töne bei »A Thing Called Love« von The Darkness mit dem Sänger Justin mitträllern wollte. Daher hege ich keine große Hoffnung, was seine Mädchen-Playlist angeht.

Man muss ihm allerdings zugutehalten, dass die Kiddies happy sind. Wenn das sein Ziel war, hat er bei Gracie und Teddie voll ins Schwarze getroffen. Und ich kann mir kaum vorstellen, während ich hier in dem gemütlichen, nach Babypuder duftenden Biermobil sitze, dass schon in einer Woche alles vorbei sein soll. Kein Biermobil. Die Kinder werden zurück zu Hause bei Erin sein. Rory daheim in Bristol und seiner Scheune. Und ich werde zurück nach London in meine verlotterte WG-Bude gehen. Aus unerfindlichen Gründen stimmt mich das wehmütig und versetzt mir einen Stich. Ich versuche, das gar nicht zu beachten, und vollführe stattdessen einen mentalen Jauchzer samt mentaler Siegesfaust. Warum macht mich das so sentimental, und warum denke ich nicht an das Naheliegende? Kein Stress mehr wegen der Hochzeiten! Nie wieder! Ist das nicht toll?

Wir holpern weiter über den Feldweg. Je lauter Gracie und Teddie kreischen, desto mehr Gas gibt Rory. Als wir auf einem großen Hof aus dem Auto springen, der mit allen möglichen Arten von Tannenbäumen vollgestellt ist, in jeder Größe und Ausführung, ist das Biermobil von oben bis unten mit Matsch bedeckt, die Lackmalereien, die blauen Wellen sind vollkommen unter den braunen Spritzern verschwunden.

Ich fasse Gracie bei der Hand. Zu Rory sage ich und deute auf sein matschverschmiertes Logo: »Wenn du hier Werbung machen willst, brauchst du vorher einen Wasserschlauch.«

Er ist jedoch schon losgelaufen. »Nein. Heute geht es nur um den Spaß, nicht um die Arbeit.« Teddie hat er sich unter den Arm geklemmt. »Wir besorgen zuerst die Bäume.«

»Du willst zwei haben?« Hatte er das vorhin gesagt?

Er nickt. »Einen für Poppys Küche und einen für meine Home-Brew-Hütte. So wie es Erin zurzeit geht, werden die Kinder noch eine Weile bleiben. Leider wird sie noch nicht entlassen.« Er zwinkert Gracie zu. »Gracie und ich dachten, du hilfst uns nachher beim Schmücken des Baumes?«

Gracie ergreift das Wort: »Mit Bällen ... und Schneemännern ... und Glitzerlicht ...«

Rory sieht sie ebenso ernst an wie sie ihn. »Wir besorgen nachher Glitzerlichter, okay?«

Fröhlich sagt Gracie: »Und Softscheiß!«

»Softscheiß?« Ich sehe sie fragend an und mache gleichzeitig ein Würggeräusch, sofern das möglich ist.

Rory schneidet eine Grimasse. »Sie meint Softeis. Von Häagen-Dazs. Tja, Tante Hols. Lecker, nicht wahr? Die junge Dame hat einen teuren Geschmack.«

»Lass uns schnell weiter, bevor mir schlecht wird«, sage ich. »Das sind aber ein Haufen Bäume!«

Rory schüttelt den Kopf. »Es waren sogar mal viel mehr. Dieser Laden hier ist echt riesig. Jetzt, eine Woche vor Weihnachten, ist das nur der Rest vom Schützenfest.« Er blickt auf Gracie herab. »Mützen müssen wir nachher auch besorgen.«

Gracie nickt. »Eine für mich und eine für Hols.«

Ich runzele die Stirn. »Warum das denn?«

Rory holt tief Luft. »Um deine Öhrchen warm zu halten. Dafür sind Mützen da. Außer man heißt Marilyn und trägt Hüte.« Er schüttelt sich. »Sich in Rose Hill zehn Minuten lang draußen aufzuhalten ist das eine. Einen ganzen Tag lang, auf einer Strandhochzeit, das ist etwas völlig anderes. Du wirst dir den Allerwertesten abfrieren. Also: Eine Mütze ist ein Muss! Und keine Diskussionen.«

Plötzlich trifft mich die Erkenntnis. »Oh Mann, ihr habt miteinander geredet! Seit wann?«

Rory macht einen betretenen Eindruck. »Was meinst du? Wir reden immer, klar. Was willst du hören?«

Ein junger Mann in Gummistiefeln und ein verkleideter Weihnachtsmann kommen auf uns zu. »Wollen Sie selber einen Baum fällen?«

Rory schaut bedauernd und nickt runter zu Teddie. »Diesmal nicht, danke. Ich wollte die Bestellung für Roaring Waves abholen. Und dann wollten wir uns die ... Vierbeiner ansehen.«

Der Mann zwinkert Rory zu. »Verstanden. Alles klar. Wir haben eine Zweimetertanne und eine Einmeter-und-etwas-Tanne für Sie rausgesucht, sehr edle Bäume. Und wie Sie gewünscht haben, keine Blautanne, keine Blaufichte. Ich werde sie Ihnen aufs Autodach zurren lassen, während Sie … unterwegs sind.« Er deutet mit dem Kopf in die andere Richtung. »Die besagten Vierbeiner sind da drüben. Auf dem Feld hinter dem Schuppen.«

»Super.« Rory geht mit großen Schritten voran, und Gracie und ich folgen ihm etwas langsamer. Felder, das heißt Matsch. Und Vierbeiner, darunter verstehe ich das, was man seinem Hund zu jagen verbietet. In anderen Worten: Es ist deutlich weniger interessant als ein Schrank voller Schuhe, wenn man mich fragt. Und so wie ich Gracie hinter mir herschleifen muss, geht es ihr ähnlich.

Rory ist bereits hinter dem Schuppen. »Los, kommt schon, ihr lahmen Hühner. Teddie kann die Überraschung schon sehen. Und ihm gefällt's.«

Ich sehe Gracie an. »Überraschung?« Das hätte er gleich sagen sollen. »Sollen wir rennen?« Sie streckt mir ihre Ärmchen entgegen, und ich nehme sie auf den Arm. Wir biegen um die Ecke, und ich bin baff. Ein Vierbeiner knabbert an dem Heu auf dem Boden. Ein Muttertier und ein Kalb stehen in einer Ecke des Feldes über einen Heuballen gebeugt. Rentiere! Und warum mir der Anblick Tränen in die Augen treibt und über die Wangen laufen lässt, das möchte ich auch gerne mal wissen. Aber da stehe ich und weine.

Ich schnäuze mich, schlucke und verstecke mich hinter Gracie. »Guck mal, Gracie. Sind die nicht süß? So braun und zottig. Und die Geweihe! Riiiesig.« Da sage ich nichts Neues, schon klar. Aber ich sage es wegen Gracie und auch, um zu überspielen, dass ich das plötzliche Bedürfnis habe, Rory in den Arm zu nehmen und ihn zu drücken. Dafür, dass er sich so etwas Schönes, Besonderes und einfach Tolles ausgedacht hat. Nicht jeder wäre auf Rentiere gekommen und hätte sie schon gar nicht aus dem Hut zaubern können. Selbst wenn man Freunde hat, die ein ganzes Feld mit den Tieren vollstehen haben.

Gracie blinzelt und drückt sich ihren Schneemann an die Brust. Sie betrachtet die Mutter mit der dunkelbraunen Schnauze und den weichen Augen. »Die ist wie Sven …«

Toll, dass sie die Ähnlichkeit erkennt. »Ja, genau, das ist auch ein Rentier. Ich habe auch noch nie eins in echt gesehen. Die sind wunderschön.« Falls das möglich ist, bin ich sogar noch überwältigter als Gracie. Und ja, die Tiere sehen ihren Doubeln in dem Zeichentrickfilm wirklich sehr ähnlich.

Rory beobachtet Gracie aufmerksam. »Die ist wie Kristoffs Rentier, stimmt's?« Er redet von Kristoff, als wäre der sein Trinkkumpan.

Ich sehe ihn fragend an. »Woher kennst du denn Kristoff?« Die Figuren aus der »Eiskönigin« hat Rory doch bestimmt nicht auf dem Schirm. »Wie bist du auf die Idee gekommen, hierherzufahren?«

Er schüttelt den Kopf. »Was ist denn mit dir los, HollyBerry? Das weiß doch jeder auf Daisy Hill. Alle kennen Sven, das Rentier mit dem Herzen eines Labradors, und alle wissen, dass er Kristoff gehört«, sagt er schulterzuckend. »Mein Kumpel hält seit Langem Rentiere. Aber zum ersten Mal freut sich jemand über sie so sehr wie du und Gracie. Guck mal, jetzt kommen sie und sagen Hallo, Gracie.«

»Komm«, sage ich und gehe mit der Kleinen zum Zaun. Ich strecke meine Hand aus, und das Rentier kommt näher und schnuppert. Von Nahem sieht man die samtene Schnauze, und als ich den Hals berühren darf, spüre ich das dicke, weiche Fell. Es ist so dick, dass ich meine Hand darin vergraben kann.

»Sven schnuppert an deiner Hand, Hols«, sagt Gracie. Dann dreht sie sich zu Rory um. Ihre Lippen zucken, und dann lacht sie. Sie strahlt über das ganze Gesicht. Und aufgeregt ruft sie: »Guck! Er schnuppert an den Fingern von Holsie!«

Rory und ich sehen uns mit großen Augen an. Wir wagen kaum zu atmen, vor Angst, dass ihr Lachen so schnell verschwinden könnte, wie es aufgetaucht ist. Aber es bleibt. Zehn Minuten später leuchten Gracies Augen immer noch. Und das, obwohl ihr in ihrem Eiskönigin-Anorak sicherlich langsam kalt wird.

Ich hole mein Handy hervor. »Sollen wir die Kinder tauschen? Dann kann ich ein Foto von dir und Gracie machen?«

Rory lächelt. »Oder noch besser. Bleib du so stehen. Dann machen wir ein Foto von uns allen. Solange die Fotografin keine Einwände hat und mein Arm lang genug ist.« Er lacht. Seine Schläfe schmiegt er an meine und er nimmt mein Handy. »Selfie mit Rentier. Cool, oder?« Er tritt einen Schritt zur Seite und gibt mir mein Smartphone zurück. Dann sieht er mir in die Augen. »Ist alles in Ordnung? Dein Haar ist feucht, Berry.«

»Alles gut«, lüge ich. Und tatsächlich könnte es schlimmer sein. Immerhin hat er meinen verschmierten Lidschatten nicht kommentiert und meine rote Nase auch nicht. Ich weiß jetzt, was für ein unglaublich großes Herz er hat. Wie konnte ich das all die Jahre nicht sehen? Und jetzt habe ich noch ein Foto für mein Album. Doch als ich auf der Rückfahrt immer wieder das Foto ansehe, kommen mir wieder die Tränen.

29. Kapitel

Skiklamotten und eine Postbotin

Sonntag, 17. Dezember
Im Home Brew Cottage auf Daisy Hill

Zurück auf dem Gutshof sagen wir schnell Poppy Hallo, bevor sie sich in ihre Küche zurückzieht. Dann gehen wir rüber ins Home Brew Cottage, um den Baum aufzustellen. Über den Hof laufen kreuz und quer Frauen in dicken Jacken, Neon-Leggings und grell gestreiften Beinstulpen. Rory hat schon ein paar Scheite auf den Kamin gelegt und die Bäume vom Autodach abgeladen. Ich habe Teddie die Flasche gegeben. Und die Frauen laufen immer noch hin und her. Sie tragen Schilder in allen möglichen Größen, Farben und Formen.

»Hals- und Beinbruch, nur kein Herzbruch.« Rory sieht kurz auf. Er stellt gerade den Baumhalter in der Ecke seines Wohnzimmers auf. Jetzt liest er laut die Botschaften auf den Schildern, die an seinem Fenster vorbeigetragen werden. »Après-Ski ... Skilift ... Oh, Mann, die eine trägt sogar Skier unterm Arm.« Das sind die Vorbereitungen für die Skihochzeit, schließe ich daraus, die gerade auf Hochtouren laufen, für Seths und Katies Alpenhochzeit, die morgen stattfindet.

»Ah, Schokolade mit Kakaofüllung, das klingt lecker.« Ich sehe zu ihm rüber und zu dem Baum. Ein Hauch Vorfreude überkommt mich. Das wird ein Spaß. Dann lasse ich den Blick über das Zimmer schweifen und lande wieder in der Realität. »Hast du aufgeräumt?«

Ich sag es mal so: Wir sind gerade erst zurück mit den Besorgungen aus der Weihnachtsabteilung des Baumarkts, dem Happy Dolphin Garden Centre, wo wir alles aufgekauft haben, was noch da war. Verglichen mit meinem letzten Besuch in dem Cottage, sieht das hier jetzt harmlos aus ... dafür, dass wir massenweise Christbaumkugeln und Schneeflocken und Rentiere als Baumschmuck gekauft haben. Außerdem haben wir zwei Plüschrentiere für Gracie und Teddie gefunden, die so weich sind, dass ich am liebsten auch eins gehabt hätte, wenn ich noch Platz in meinem Koffer hätte. Nur Schneemänner, die Gracie sich so gewünscht hat, haben wir als Einziges nicht gefunden.

Rory zuckt mit den Schultern. »Ein wenig Zucht und Ordnung kann ja nicht schaden. Ich habe Gracie gebeten, ihre Malutensilien zusammenzuräumen. Teddie habe ich beigebracht, seine Strampler zu falten und seine Fläschchen in den Geschirrspüler zu stellen. So was in der Art.« Er grinst breit. »Immie und ich hatten einen Putzanfall. Wenn hier geschmückt werden soll, muss es einigermaßen ordentlich sein.« Er tritt einen Schritt zurück, um zu prüfen, ob der Baum gerade steht.

»Bereit für die Glitzerlichter?«, frage ich und packe sie aus dem Karton. Dann reiche ich sie Gracie, die damit zu Rory springt. »Ich glaube, ich nenne Lichterketten von nun an Glitzerlichter.«

Er drapiert die Lichterkette über die Zweige. Mit zusammengekniffenen Augen sagt er: »Danke, dass du hilfst, Berry. Dafür, dass du Weihnachten nicht feiern willst, hast du die Weihnachtsartikel erstaunlich schnell ausgesucht und eingesteckt.« Er deutet auf die Einkaufstaschen neben dem Sofa. »Das ist eine amtliche Auswahl an Weihnachtsschmuck.«

Ich verziehe das Gesicht. »Als wir uns für einen mehrfarbigen Baumschmuck entschieden und dann den Rabatt auf die

Deko-Artikel so kurz vor Weihnachten gesehen haben, war es unmöglich, nicht zuzugreifen.« Wie Rory so in seinen Socken und seinem ausgebeulten Pulli dasteht, bereue ich, ihn vorhin nicht spontan umarmt und ihn auf dem Feld gedrückt zu haben. Dann hätte sich das erledigt. Durch das Verdrängen lösen sich der Wunsch und das Gefühl ja nicht in Luft auf. Er sieht jetzt genauso sexy aus wie in dem Smoking. Und diesmal ist es weniger der Wow-Effekt, sondern mehr wegen seines tiefen, weichen Lachens und den Lachfältchen um seine Augen und seine freundliche und herzliche Art. Alldem zu widerstehen fällt einem noch schwerer. Selbst wenn man sich ziemlich sicher ist, nichts von ihm zu wollen. Und er ist ja auch gar nicht zu haben.

Er sieht mich fragend an: »Ist das mit den Farben so eine Frauensache?«

Er macht so ein lustiges Gesicht, dass ich lachen muss. »Früher hatte ich jedes Jahr eine andere Farbe. Mittlerweile habe ich alle Farben schon mindestens dreimal durch und mische jetzt alles durcheinander. Letztes Jahr habe ich hauptsächlich Schottenmuster verwendet, und drum herum in der Wohnung habe ich alles wild durcheinandergemischt.«

»Aha. Interessant. Was genau heißt wild?« Er fragt mit der gleichen Mischung aus Abscheu und Faszination, wie man sie beim Horrorfilmegucken empfindet. Dabei hat er keine Ahnung, wie viel Weihnachtskitsch ich wirklich besitze.

Ich packe den Karton mit den roten, gelben und grünen Kugeln aus. Dann reiche ich sie Gracie, damit sie die Kugeln in den Baum hängen kann. Wenn er den Horrorschocker will, dann kriegt er ihn: »In jedem Raum ein Baum, diverse Lichtinstallationen: mehrfarbig, sternenförmig, mit Flackereffekt und Blinklicht. Leuchtende Rentiere. Girlanden. Räucherstäbchen. Windlichter. Porzellanfiguren. Schüsselchen und Schälchen, Krippen und Häuschen. Und nicht zu vergessen meine Engelschöre.« Sein Mund steht bereits so weit offen, dass ich die aufblasbaren und beleuchteten Weihnachtsmänner überm Balkon besser weglasse. Und die Kerzen. Die ich in so ausreichenden Mengen bestellt hatte, dass ich damit ein Kerzengeschäft hätte eröffnen können. »Das momentan ist alles in Umzugskartons verstaut.« Und in einem Schließfach in Bermondsey untergebracht. Irgendwie traurig. Oder bin ich traurig?

Er sieht mich schrecklich mitfühlend an. »Das ist fruchtbar, Berry. Wenn ich jemanden für die Weihnachtsdeko in der Brauerei und für Huntley and Handsome nächstes Jahr brauche, bist du die Richtige, ja?« Er lächelt. »Ich finde es gut, dass du immer noch für Freya feierst.«

So wie er das sagt, dass ich die Richtige sei, raubt es mir den Atem, obwohl man das ja nur so sagt und uns beiden klar ist, dass es ein Scherz ist. Außerdem weiß ich mit Sicherheit, dass dieser Dezember voller Hochzeitsirrsinn ein Zufall und ein Albtraum ist, den ich nicht freiwillig wiederholen werde. Nächstes Jahr werde ich mich folglich aus Cornwall fernhalten.

Ich erwidere sein Lächeln. Mir gefällt, wie ungezwungen wir darüber reden können, schlicht, weil er sich daran erinnert. »Freya und ich haben Weihnachten geliebt. Es mit Weihnachten ein wenig zu übertreiben ist eine schöne Art, an sie zu denken.« Ich gebe ihm die Schachtel mit den Rentieren. »Mit den Jahren hat es sich immer weiter gesteigert.«

Einen Tannenbaum in einem gemütlichen Cottage zu schmücken, wenn dazu ein Kaminfeuer prasselt, das machen normalerweise nur andere, nicht ich. Vorher hat mir noch nie jemand beim Schmücken geholfen. Obwohl, genau genommen helfe ich jetzt Rory, nicht andersherum. Und die Kinder sind auch nicht seine. Es ist, als hätte uns ein Riesenzufall zusammengewürfelt in einem Wohnzimmer, in dem keiner von uns normalerweise wohnt, als würden wir das Leben eines anderen leben oder einen Vorgeschmack auf ein anderes Leben erhalten, das möglich ist und vielleicht vor uns liegt. Wenn es zu warm ist oder zu gemütlich, dann macht das nichts, weil es eh bald vorbei ist.

Nachdenklich sieht Rory mich an. »Vieles in deinem Leben führst du darauf zurück, nicht wahr?« Er nimmt ein Rentier aus der Schachtel und baumelt es sich über den Finger. »Vermutlich wärt ihr so ähnlich wie Sophie und Saffy, wenn Freya nicht gestorben wäre.« Dass er immer wieder Freya erwähnt, kommt mir vollkommen normal vor. Irgendwie fühlt sich alles leichter an, weil er sie kannte. Ich will keine treulose Tomate sein und sage: »So ist das mit Schwestern. Die eine strahlt und scheint und ist selbstbewusst, wie Freya und Sophie. Die andere ist blasser und unscheinbarer, wie Saffy und ich.« Ungerecht will ich aber auch nicht sein. »Allerdings weiß Saffy sehr genau, was sie will. Sie ist bloß nicht so verbissen wie Sophie.«

Er bläst die Nasenflügel auf und holt Luft. »Ich habe gehört, du hast sie davon abgehalten, zu türmen.«

Ich staune. »Woher weißt du das?« Dann fällt der Groschen, und entrüstet rufe ich: »Ken und Gary? Die beiden ... das gibt's nicht.«

Darauf geht er gar nicht ein. »Eigentlich sind sie sehr taktvoll. Es war ihnen wichtig, dass ich das weiß. Und was ich sagen wollte: Mag sein, dass du der ruhigere Typ bist. Aber du hast ein Händchen für die Hochzeitsfotografie. Die Menschen fühlen sich offensichtlich sehr wohl in deiner Gegenwart und lassen dich bereitwillig Einblick in ihr Leben nehmen.« Er bindet eine Schleife an einen Zweig. »Und ruhiger heißt ja nicht automatisch weniger anziehend. Guck dir doch die Fotos an. Zwar ist Sophie stärker geschminkt und hat einen größeren Busen, aber Saffy ist die Hübschere.« Das klingt, als habe er sich die Fotos angesehen, die wir als Sicherheitskopie auf seinem Laptop gespeichert haben. Er lächelt. »Außerdem könnte ein Weichei nicht zweihundert Leute in fünf Sekunden von einem Raum in den anderen lotsen, so wie du vor ein paar Tagen. Du hast da deinen Mut zusammengenommen, um den Ablauf ihrer Hochzeit zu retten, Berry.«

»Ich habe in eine Pfeife geblasen.« Ich mag nicht, wenn er übertreibt.

Er kräuselt seine Lippen. Das macht er immer, wenn er nachdenkt. »Du hast begriffen, was getan werden muss, und hast es getan. In der Rettungsstation hättest du das noch nicht gekonnt. Es ist toll, dass du dich weiterentwickelst. Du musst ja bereit sein, wenn der Spuk am Donnerstag hier auftaucht.«

»Wie bitte? Wer?« Das stimmt schon, ich bin weniger ängstlich geworden und selbstbewusster. Es kommt mir so vor, als würden die Hochzeiten mir so viel abverlangen, dass ich mich superschnell entwickele und die Ängste der letzten Jahre hinter mir lasse. Wenn ich so weitermache, bringe ich noch Dinge zustande, die ich mir vorher nicht zugetraut hätte. Aber ich habe keine Ahnung, was er meinte, als er was von »Spuk« gesagt hat.

Rory grinst. »Luc, der Spuk? Dein Ex-Freund. Da musst du stark sein.«

»Aha.« Aha? Stark sein? Muss ich das? Mein Magen zieht sich jedes Mal zusammen, wenn ich daran denke. »Ach, wahrscheinlich kommt er gar nicht.« Das jedenfalls rede ich mir selbst ein, um die Tage zu überstehen. Zu dem Reim, Luc der Spuk, da würde Immie wohl sagen, dass Rory so etwas macht, um ihn kleinzureden. Ich bin ja nur froh, dass er nicht mehr ständig anzügliche Sprüche klopft.

Rory legt die Kugel, die er in der Hand hält, beiseite und sieht mich an. »Du wirst dem Schlappschwanz doch sagen, dass er dir gestohlen bleiben kann, oder?« Von wegen keine Sprüche mehr.

Ich erschaudere innerlich und zögere ein wenig. Denn das muss jetzt draufgängerisch und mutig klingen. »Ja, klar«, sage ich, und es klingt tatsächlich mutig, finde ich. Fest und tief und rau. Fast wie jemand anderes. Was natürlich gut ist, weil ich mir gar nicht sicher bin, ob ich das selber so sagen und es tatsächlich so meinen könnte.

Letzte Nacht habe ich geträumt, dass Luc weggeht und ich ihm über den ganzen Strand von St. Aidan hinterhergelaufen bin und ihn angefleht habe, mich zurückzunehmen. Ich war nur etwa eine Seesternbreite von ihm entfernt, da bin ich über einen Hummerkorb gestolpert. Ich weiß, es ist nur ein Traum. Und obendrein so albern, in mehrerlei Hinsicht. Als ob ich je so lange rennen könnte. Und diese Hummerkörbe sind ganz schön groß. Da würde man nicht drüberstolpern, sondern drum herumlaufen.

»Puh, ein Glück, die richtige Antwort.« Rory schüttelt den Kopf. »Kurz dachte ich, du zögerst und weißt nicht, was du sagen sollst. Gut, dann bist du jetzt ja bereit.«

Ich nutze die Gelegenheit und wechsele das Thema: »Die Mützen sind toll. Findest du nicht auch, Gracie?« So toll, dass wir sie immer noch tragen. Wir haben dasselbe Modell, Strickmützen aus schwarzer Wolle, mit rentierfarbenen Puscheln aus Kunstfell anstelle von Pompons. In einer Tüte habe ich außerdem Gummistiefel. Zum Glück konnte ich Gracie die Mützen mit dem Logo vom Happy Dolphin ausreden. »Und wir sollten uns ein wenig beeilen, sonst werden wir mit dem Weihnachtsbaumschmücken nicht vor Silvester fertig. Hat vorhin jemand nicht vor zu viel Weihnachtsschmuck gewarnt? Nein? Ich glaube nämlich, wir haben zu viel Weihnachtsschmuck besorgt«, sage ich und trage noch eine Einkaufstasche zu Rory.

Er schlägt die Hände über dem Kopf zusammen. Dann nimmt er die Tasche. »Oh Mann. Ich glaube, S Club 7 wäre jetzt gut. Das hilft uns bestimmt.« Er zuckt mit den Augenbrauen. »War nur ein Scherz. Wie wär's? Willst du was vorlesen? Ich mache hier weiter.«

Die Bücher hätte ich beinahe in meiner Handtasche vergessen. »Und ich dachte, du wolltest vorlesen.«

Er grinst beschämt: »Sorry, Holly-Berry, von Geschichtenvorlesen steht auf den Blogs im Internet nichts. Wahrscheinlich ist es dasselbe wie beim Windelwechseln: Wenn du es mir erst mal gezeigt hast, kann ich das.«

»Du hast Glück. Wie ich sehe, hast du meine Lieblingseiscreme, oder Scheißcreme, besorgt, Erdbeer-Cheesecake von Häagen-Dazs.« Aus meiner Tasche hole ich die Bücher und begebe mich zum Sofa. »Was meinst du, Gracie? Dies hier handelt von einem lustigen Weihnachtspostboten, der einen Brief an Aschenputtel austrägt und an die drei Bären und andere. Wie findest du das?«

Von hinter dem Baum höre ich tiefes Lachen. »Sehr kurzweilig.«

Meint er das ernst, oder nimmt er mich schon wieder auf den Arm? »Das habe ich gekauft und hatte durchaus auch die erwachsenen Leser im Blick. Wir alle sollen schließlich Spaß daran haben.«

Er kommt hinter dem Baum hervor. »Aber sicher. Wenn es Gracie gefällt, werden wir die x-mal lesen. Da fällt mir was ein. Warum nehmen wir das Vorlesen nicht auf und stellen das Video auf YouTube. Dann kann sie es da sehen.«

Immer wenn ich denke, er macht Fortschritte, folgt die Enttäuschung auf dem Fuß. Ich hebe Teddie vom Boden hoch und setze ihn aufs Sofa. Rory lasse ich links liegen, schnappe mir stattdessen das Buch und mache es mir mit den Kissen bequem. Sofort klettert Gracie zu mir und kuschelt sich an mich.

Die folgende Stunde vergeht wie im Flug. Wir suchen nach vermissten Hunden, sind in Zoos unterwegs, trinken Tee mit Tigern, jagen Bären, lesen von Katzen mit Mützen und zahlreichen Wunschzetteln. Als meine Stimme langsam müde wird, hat Rory ein Rentier auf die Spitze des Baumes gesetzt. Dabei habe ich gar nicht mitbekommen, dass er extra ein Baumspitzenrentier besorgt hat. Und gekocht hat er auch.

»Du hast zum Abendbrot gekocht?« Ich war so vertieft in die Lektüre, dass ich das Geklapper aus der Küche offenbar nicht richtig gedeutet habe. »Wow«, denke ich, dass ich plötzlich in so einer kuscheligen Lage bin und mit Rory zu Abend esse. Dann erbricht sich Teddie über mein Bein. Kein Grund zur Sorge also. Zu kuschelig wird es nicht.

»Mariniertes Hühnchen mit Kräutern, dazu Halloumi und Gemüsespieße, einen Salat und Ofenkartoffeln.«

Rory scheint sich nicht darüber im Klaren zu sein, wie lustig er aussieht. Der knapp Zwei-Meter-Mann in seinem kleinen Home Brew Cottage und mit der Schürze, auf der *Ich tanze in meiner Küche* steht.

»Köstlich.« Ich wische mein Hosenbein sauber. Zum ersten Mal an diesem Tag habe ich Appetit, Appetit auf Essen, wohlgemerkt. Gracie sieht zu der Kochinsel und Rory herüber, der daran hantiert, und fragt: »Story, Rory?«

Ich muss grinsen. »Ha, ha. Spuk-Luc. Und du hast jetzt auch einen Namen, der sich reimt.« Normalerweise würde ich Luc natürlich nicht erwähnen. Aber das musste ich jetzt einfach anmerken.

Rory lacht. Er zieht den Hochsitz für Teddie an den Holztisch und legt das Besteck neben die Teller. »Story? Du meinst eine Geschichte? Ich lese euch später eine vor. Nach dem Essen und vorm Zubettgehen. Geschichten sind doch zum Einschlafen da, nicht wahr?«

Gracie flötet: »Story, Rory, Story, Rory.«

Ich lächele vor mich hin. Dann verstehe ich: Das ist Rorys Art und Weise, das nicht direkt vor meinen Augen zu machen, das Vorlesen und Kochen. Wobei er sich vor Zuschauern bestimmt nie gescheut hat. Aber ich verstehe, wenn er selber den Kindern vorlesen will. Also verschlingen wir den Hauptgang. Und ja: Er kocht teuflisch gut. Wenn es je einen Tag gab, an dem sich Rory als guter Fang erwiesen hat, dann dieser. Und Poppy hat schon recht, wie meistens. Ein alter, einsamer Rory, der neben seinen Bierfässern lebt, das wäre eine wahre Verschwendung, dafür ist er einfach zu gut. Ich meine, wie viele Männer haben Rentiere als Überraschung in petto? Oder bekochen einen mit Hühnchen in Kräutermarinade? Und das beides innerhalb von sechs Stunden, das ist schon etwas ganz Besonderes. Nachdem wir den letzten Rest Häagen-Dazs von unseren Dessertlöffeln geleckt haben, springe ich auf und schlage taktvoll vor: »Gut, ich räume auf, und ihr drei geht mit den Büchern ins Schlafzimmer.«

Rory jault mindestens genauso laut auf wie Gracie. »Wir möchten, dass du dabei bist und zuhörst, Berry. Wir lesen hier vor.« Er setzt Teddie zurück auf seinen Platz auf dem Sofa, macht es sich neben ihm bequem. Dann nimmt er ein Buch zur Hand. »Gut. Gracie, welches sollen wir zuerst lesen?«

So lautlos wie möglich sammle ich die Teller ein und gehe um die Kochinsel herum. Ich will gerade die Geschirrspülmaschine öffnen und sie befüllen, als mein Blick von etwas anderem angezogen wird. Gracie sitzt auf dem Sofa. Aber anstatt ihre normale Position einzunehmen, zwei Kissenbreit Abstand zwischen ihr und Rory, rückt sie zu ihm. Das mag wie ein Klischee klingen, aber ich stehe mit offenem Mund da und schaue zu ihnen hinüber. Denn sie rückt immer näher an ihn heran. Und sie kriecht nicht etwa heimlich und leise, sondern klettert fröhlich über seine Beine und drückt sich in seine Armbeuge. Rory hält sichtbar die Luft an, als sie auf seinen Knien herumturnt. Jetzt lehnt sie mit ihrer Schulter an seiner Brust. Das Lächeln auf Rorys Gesicht ist das breiteste und strahlendste, das ich je auf seinem Gesicht gesehen habe. Er beißt sich auf die Lippe und schluckt. Ein Schauder läuft mir über den Rücken, und ich bekomme eine Gänsehaut.

»Gut. Willst du ein Buch aussuchen?«

»Ich möchte …« Gracie sieht auf den Stapel Bücher. »… dies hier! Mit dem Postboten. Holly heißt der.«

Gut, dass ich Fotografin bin. Hier haben wir den schlichtesten und doch ergreifendsten Augenblick, den ich je gesehen habe. Und die tausend Pfund teure Fotoausrüstung liegt zu Hause. Ich beuge mich nach unten und tue so, als wolle ich einen Champignon vom Küchenboden aufheben. Doch in Wahrheit zücke ich mein Handy. Aber als ich mir später das Foto ansehe, ist mir klar, dass das zwar einer von Rorys besten Momenten ist, aber viel zu intim und kostbar, um es zu meinen öffentlich sichtbaren Fotos hinzuzufügen. Dieses Foto muss mit in das Samtbüchlein, das ich in einem Fach meines Kulturbeutels aufbewahre. Da steckt auch das Bild von Freya und mir, wie wir uns schlapplachen, und das einen Monat, bevor sie krank wurde, entstanden ist.

30. Kapitel

Postleitzahlen und flaue Mägen

Sonntag, 17. Dezember
Im Home Brew Cottage auf Daisy Hill

»Gut. Holly Postbote also ….«

»Rory …«, sage ich und sehe ihn warnend an.

Zwar hat er in Sachen Kinderbetreuung einen ziemlichen Sprung gemacht nach der Geschichte mit seinen Rentieren und dem Kochen und allem. Aber ein falscher Schritt und er ist wieder zurück auf dem Boden, schneller als man »Freiklettern« sagen kann.

»Was denn?«, fragt er gespielt entrüstet. »Wenn du keinen Spitznamen willst, solltest du besser aufpassen bei der Wahl der Bücher.«

Ich knirsche mit den Zähnen, weil sein tiefes Lachen mir einen Schauder über den Rücken jagt. »Ich will nur meine neue Durchsetzungsfähigkeit testen.«

»Super. Gut gemacht. Geprüft, abgesegnet und abgenickt. Volle Punktzahl. Aber im Ernst, Holly Postbote, das ist doch lustig. Also, Holly Postbotin …«

Ich gebe nach. »Und?«

Er räuspert sich. »Immie hat kurz vorbeigesehen, als du im Schlafzimmer warst und Gracie ins Bett gebracht hast.«

Ins Bett bringen ist gut gesagt. Es ging ganz schön hoch her in der letzten halben Stunde. Am Ende lagen sie und Teddie aber im Bett und schlafen mittlerweile. »Tut mir leid, ich habe sie gar nicht reinkommen hören.«

»Sie nimmt das mit der Entspannung sehr ernst. Sie kam

gerade von einem Schwimmkurs bei Kerzenschein. Und sie war hier, weil sie Bescheid sagen wollte, dass sie und Chas gegen neun Uhr zurück in die Stadt fahren. Setz dich doch.« Er verzieht den Mund und deutet nickend auf den Platz neben ihm auf dem Sofa. »Wir haben dich gehört, auch wenn du uns nicht gehört hast.«

Ich verbringe jetzt schon sehr viel mehr Zeit hier in seinem Cottage als geplant. Trotzdem setze ich mich neben ihn aufs Sofa und sacke auch innerlich in mir zusammen. »Lass jetzt los?« Nachdem wir erst mal angefangen hatten zu singen, konnten wir kaum noch aufhören, und wer mich dann eventuell hört, war mir schlichtweg egal.

Sein Lächeln wird zu einem Lachen. »Was sonst? Ihr habt nichts anderes gesungen.« Dann neckt er mich nicht mehr, sondern wird ernst. »Also, wie weit wart ihr in der Kinderfrage? Du und Little Richard? Das hast du mir immer noch nicht erzählt. War da was mit einem Schwangerschaftstest?«

Das kommt aus heiterem Himmel. Ich ahne, dass er nicht lockerlassen wird. Manchmal ist es einfacher, ihm zu erzählen, was er wissen will, und dann weiterzumachen. »Wir hatten nicht wirklich darüber gesprochen. Aber ich bin mir sicher, dass Kinder nicht in seiner Lebensplanung vorkommen.« Das einzige Mal, dass er Kinder erwähnt hat, war irgendwo in der Mitte seines recht langen Antrags. Bevor ich aus dem Zimmer rannte, durch die Hintertür hinaus und die lange Auffahrt runter bis zur Straße geschossen bin. Davor hatte seine Mutter etwas von Enkelkindern geschwafelt. Luc hat sie mit einem seiner Blicke zum Verstummen gebracht. Dann meinte er, eine Familie zu gründen stehe nicht auf seiner Tagesordnung. »Warum fragst du mich das?« Zu dem Zeitpunkt hat mir das nichts ausgemacht, weil ich nicht viel mit Kindern zu tun hatte. Aber nach zwei Wochen mit Gracie und Teddie ändere ich diesbezüglich langsam meine Meinung.

Er zuckt mit der Schulter. »Wenn er auf dem Weg hierher ist, finde ich es gut, realistisch zu bleiben.« Irritiert fragt er: »Dass ihr nicht miteinander geredet habt, ist schon schlimm genug. Aber er wollte dir auch Kinder verwehren?«

Also, manchmal werden mir diese Einheimischen wirklich zu viel, die meinen, sie müssten sich in mein Privatleben einmischen. »Und das interessiert dich, weil ...?«

Er seufzt. »Ich finde das schade, das ist alles. Wenn ich sehe, wie gut du mit Gracie und Teddie klarkommst. Du willst das bestimmt nicht so lange aufschieben und so enden wie Immie und Erin.«

Die ja wohl kaum etwas mit mir gemein haben. »Fortpflanzung ist dein Thema, ja? Wie sieht das denn bei dir selber aus?« Mich interessiert das eigentlich überhaupt nicht. Aber vielleicht lehrt es ihn, dass es kein Spaß ist, so ausgequetscht zu werden.

Er zuckt sichtlich zusammen. »Sagte ich doch schon. Seit der Kopfverletzung habe ich keine Beziehungen mehr. Also definitiv keine Kinder.«

Mist. Und noch mal Mist. Was immer er meint, mir erzählt zu haben, davon weiß ich nichts. Oder nur die Hälfte. »Kopfverletzung? Und deshalb hat Marilyn dich abgeknutscht? Was ist denn passiert?«

Er grinst reumütig. »All die Autos, die ich als Jugendlicher zu Schrott gefahren habe. Und als ich den Unfall hatte, saß ich nicht einmal am Steuer.«

»War das ein schlimmer Unfall?«

Er lacht. »Na ja, ich sitze ja jetzt hier, stimmt's? Anscheinend lag ich wochenlang im Koma. Als ich aufgewacht bin, konnte ich mich nicht bewegen und an nichts erinnern. Der menschliche Körper hat diese wunderbaren Selbstheilungskräfte.« Er zieht eine Grimasse. »Nach jahrelanger Reha funktioniert jetzt wieder so gut wie alles.«

»Verdammt, Rory. Warum hast du mir das nicht erzählt?«

Er sieht mich fragend an. »Warum hätte ich das tun sollen? Aus der Zeit habe ich die YouTube-Videos. Bei ›Fight for this love‹ habe ich zum ersten Mal wieder gelacht. Man wollte damals in der Klinik meine Gefühle wecken und Reaktion erzeugen. Seitdem habe ich den Videoclip auf meinem iPad, um der alten Zeiten willen. Es freut mich, dass es jetzt wieder zu etwas gut ist.«

Ich muss mir auf die Zunge beißen. Denn der Gedanke daran, dass der fröhlichste und lebenslustigste Mann, den ich kenne, mit Schmerzen im Krankenhaus lag, zieht mir die Brust zusammen. »Jetzt geht es dir besser?« Na ja, offenbar ja, er sitzt hier ja, als sei nichts passiert.

Er verschränkt die Arme vor der Brust. Er klingt, als habe er das schon tausendmal erklärt. »Es ist alles in Ordnung. Solange ich nicht zu viel lese oder mein Gehirn zu viele Informationen auf einmal verarbeiten muss. Ich wollte zurück in meinen alten Beruf, hab's versucht, aber das geht auf keinen Fall mehr.«

»Aber du warst doch ein sehr erfolgreicher Anwalt?« Wie furchtbar! »Deswegen treibst du auch keinen Sport mehr?«

Er nickt. »Als ich entlassen wurde und ich mich besser fühlte, ging ich wieder zurück nach Bristol und musste zusehen, wie meine Freunde die Karriereleiter hinaufkletterten, das war wirklich schlimm. Deshalb bin ich lieber hierhergekommen und habe meine ganze Energie in die Weinhandlung Huntley and Handsome gesteckt und dann in die Brauerei, Roaring Waves. Mein Leben ist jetzt deutlich besser, da ich mit Wein handele und Bier braue.« Das ist typisch Rory, aus allem macht er das Beste, und selbst Mist verwandelt er in Gold.

Mich ärgert, dass ich ihn für einen ewigen Teenager mit einer Midlife-Crisis gehalten habe. »Ohne deinen Unfall gäbe es kein ›Bad Ass Santa‹-Bier und Jess bekäme nicht diesen köstlichen Prosecco frei Haus.« Nachdenklich knabbere ich auf meinen Fingernägeln und versuche, die Infos zusammenzupuzzeln. »Und warum hast du keine Beziehungen mehr? Ich dachte immer, Männer verlieben sich in der Reha in ihre Physiotherapeutin.«

Diesmal seufzt er sehr lange. »Ich bin zwar wiederhergestellt, aber nach dem Unfall ist mein Gehirn besonders empfindlich. Man kann nicht mit letzter Sicherheit sagen, ob es nicht doch jeden Moment zu Hirnblutungen kommt.« Er sieht mich an, und mir wird ganz flau. »Es wäre einfach nicht fair, das einer Partnerin zuzumuten.«

Deshalb hat Marilyn seine Schläfen massiert. Ich betrachte seinen Dreitagebart, seine sanften braunen Augen und seine Grübchen. Und seinen Kiefer und diesen Ausdruck, der immer wie ein Lächeln aussieht, selbst wenn er gar nicht lächelt. Wenn ich daran denke, dass er um ein Haar überhaupt nicht mehr am Leben sein könnte, schnürt es mir die Brust zu. Mich schmerzt das so sehr und ich habe so viel Mitgefühl mit ihm, dass sein Leben so durcheinandergeraten ist, dass ich ihn berühren möchte, ihm meine Hand auf die Wange legen, ihm durchs Haar fahren, damit ich die Wärme seines Körpers fühle und spüre, dass er lebt. Schnell schiebe ich meine Hände unter meine Knie. Damit ich ihn nicht wirklich anfasse. Das wäre das Letzte, was ich will.

»Also, Weihnachts-Holly …«

Er dreht sich zu mir. Ich bin ihm so nahe, dass ich die goldenen Flecken auf seiner Iris sehen und jede einzelne seiner Wimpern zählen kann. Er fährt sich mit der Zunge über die Lippen und schluckt. Aus nächster Nähe betrachte ich seinen Hals und seine Kehle. Ich lockere den Griff meiner Hände. Einen Augenblick später spüre ich seine Bartstoppeln an meiner Handinnenfläche. Es kitzelt an meinen Fingern, als ich über seine Wangenknochen streiche. Ich fahre mit der Hand in sein Haar, und er beugt sich zu mir und flüstert mit seiner tiefen Stimme: »Schöne Idee, Berry …«

Die Hochzeiten haben mir ja schon den Atem geraubt, aber das hier ist nichts dagegen. Ich habe die Luft so lange angehalten, dass meine Atmung gänzlich verschwunden ist. Ich höre nur noch mein Herz gegen meinen Brustkorb schlagen. Als es plötzlich an der Tür klopft, ganz leise und zögerlich nur, aber trotzdem, da zucke ich so sehr zurück, dass ich Rory fast ein Büschel Haare ausreiße.

»Mist«, sage ich und rutsche ans andere Ende des Sofas.

»Oh Mann.« Rory nimmt meine Hand, und einen kurzen Moment lang drückt er sie fest. Dann geht die Tür auf, und Poppy kommt auf Zehenspitzen in den Raum. Da lässt auch Rory mich los und rückt ein Stück von mir ab.

Im Flüsterton, um die Kinder nicht aufzuwecken, sagt Poppy: »Holly, gut, dass du noch hier bist.« Dann erblickt sie den Baum in der Zimmerecke. »Oh, wie schön! Sehr hübsch! Und das Rentier, toll!«

Rory sagt voller Begeisterung: »Wir brauchen jetzt nur noch ein paar Schneemänner. Ich wollte heute Abend eigentlich Origami-Männchen basteln.«

Verblüfft sehe ich ihn an. »Du kannst Origami?« Na, ein Glück. Sosehr er mich rührt und mir Herzflimmern bereitet, sein Gesicht zu streicheln war eher eine doofe Idee. Zudem fühlte es sich ziemlich gut an. Dabei sollte ich doch meinem Ex entgegenfiebern. Was für ein Wahnsinn! Marilyn mag es sich vielleicht leisten können, ihn zu herzen und zu liebkosen. Ich nicht. In Zukunft muss ich mich fester auf meine Hände setzen und mir mehr Mühe geben, meine Finger im Zaum zu halten.

»Als ich neun war, war ich besessen von Origami. Zur selben Zeit habe ich meine Gitarre gekriegt, eine E-Gitarre, und meinen ersten Traktor. Überlasst mir die Schneemänner, die sind bei mir in guten Händen – und hängen morgen früh am Baum.«

Poppy wedelt mit den Händen und will sich in die Unterhaltung einbringen. »Holly, wir müssen nach St. Aidan.« Sie unterbricht sich und fährt mit sich überschlagender Stimme fort: »Und zwar jetzt, schnell und sofort.«

Ich springe auf und ziehe meine Jacke über. »Gibt es ein Problem?« Ich stöhne. »Oh Gott! Kommt das Baby?« Ihrem gequälten Gesichtsausdruck zufolge sind es nicht die Wehen, sondern irgendeine andere Katastrophe.

Sie schließt die Augen, holt Luft und schnippt mit den Fingern vor ihrem Gesicht. Als sie mich ansieht, lächelt sie breit und sagt in ihrer allerbesten Kundenservicestimme: »Bei ›Brides by the Sea‹ wählen wir unsere Worte stets sehr sorgfältig. Auch dann, wenn es mal etwas weniger rosig zugeht. Es gibt grundsätzlich nur Angelegenheiten, keine Probleme. Und schon gar keine Katastrophen.«

»Aha.« Verzweifelt durchforste ich meine grauen Zellen nach einem passenden Ausdruck. »Gibt es ein … Unheil?«

Ihr Lächeln erstirbt, und ihr steht »Heilige Scheiße« ins Gesicht geschrieben. »Marilyn, die blöde Kuh, hat den Saum von Katies Kleid abgeschnitten.« Sie atmet so hektisch, wie ich das mal bei Frauen in einer Doku über Kreißsäle im Fernsehen gesehen habe.

»Bist du sicher, dass das nicht deine Wehen sind?«

»Ganz sicher.« Sie schnaubt verächtlich. Dann legt sie sich ihre Hände auf den Bauch und blinzelt mich an. »Wusstest du, dass ich komme? Du hast deine Mütze auf.«

Tja, wie soll ich ihr das erklären, ohne zu viel Zeit zu verlieren? »Weibliche Intuition?« Das scheint sie zu schlucken. Ich frage nach: »Wie schlimm ist es auf einer Skala von eins bis zehn?«

Ohne zu zögern, sagt sie: »Vierundzwanzig.«

Oha. »Auf der Skala, wo eins nicht ganz so schlimm und zehn superschlimm bedeutet? Vierundzwanzig?« Das ist ja so weit über die Skala hinaus, da frage ich lieber nach.

»Ja, ja.« Sie nickt hektisch. Die Augen fallen ihr fast aus den Sockeln. »Die Sache ist die, Lily ist noch hier und arbeitet in der Scheune. Sera sitzt im Nachtzug aus London, wo sie einen Termin hatte. Das heißt, es sind nur du und ich übrig.« Jetzt hat sie wieder diese kleinlaute Mäuschenstimme. »Und wir haben nur klägliche dreizehn Stunden, um das geradezubiegen.«

Was ist das nur mit diesen Hochzeiten? Andauernd geht irgendwas schief …

31. Kapitel

Abkürzungen

Sonntag, 17. Dezember
»Brides by the Sea«

Als wir schließlich im Laden angekommen sind und Katie im Weißen Zimmer in ihrem Kleid und ihren Plateauschuhen steht, hat Poppy sich wieder gefangen und ihren besten beruhigenden Tonfall zurückgewonnen.

»Wir bleiben ganz gefasst, Katie. Wir bei ›Brides by the Sea‹ sind stolz darauf, dass wir stets glückliche Lösungen finden. Und das wird uns – da habe ich gar keine Zweifel – auch heute gelingen.« Sie stellt ein Glas mit einer bernsteingelben Flüssigkeit auf den Beistelltisch. »Trinken Sie, das hilft.«

Nach einer kurzen Unterredung in der Küche hatten wir uns, auch angesichts der Hochzeit morgen, auf einen beruhigenden Pimm's-Likör mit Apfelsaft, unseren »Winter-Warmer«, geeinigt und uns gegen den Notfall-Cocktail von Jess entschieden, also Gin pur mit ein paar Tropfen Bachblüten.

Katies Nase ist knallrot, und sie hält die geballte Faust vor den Mund. Entsetzt starrt sie auf ihr Brautkleid herab und murmelt: »Es ist zu kurz für die Pfennigabsätze, und auch mit ganz flachen Absätzen passt es nicht.« Seth hat sich zwar die stahlblauen Plateauschuhe für die Trauung gewünscht, aber bestimmt nicht, so viel Stiefel zu sehen. So kurz wie das Kleid jetzt ist nach Marilyns blitzschneller und missratener Kürzaktion am Freitagmorgen, stößt der Saum an Katies Knöchel. Man muss nicht Yves St. Laurent sein, um zu erkennen, dass das nicht gut aussieht.

Poppy hat ihre innere Göttin hervorgekramt und gibt sich heiter-gelassen. »Lasst uns in aller Ruhe nacheinander die Optionen betrachten.« Beim Sprechen hebt sie oberlehrerinnenhaft den Finger. »Das Oberteil herabsetzen, das Kleid also quasi tiefer legen, das wird nicht funktionieren. Wir wollen auch auf keinen Fall noch mehr abtrennen, um daraus ein kurzes Kleid zu machen. Dass der Knöchel frei sichtbar ist, geht auch nicht. Ein längeres Unterkleid sähe auch nicht gut aus.« Poppy macht eine Pause. Dann setzt sie wieder an: »Die kleinen Pailletten in Schneeflockenform hatten wir ja extra angebracht. Wir hätten hier noch ein längeres Ersatzkleid. Das hat aber keine Schneeflockenpailletten.«

Katies Protestgeheul ist kaum wahrnehmbar, aber ein Geheul ist es gleichwohl. »Die Schneeflocken sind das, was es so individuell und zu *meinem* Kleid macht.« Ihre Lippen beben. »Ohne Schneeflockenpailletten könnte das jede Braut tragen. Nur mit den Flocken fühle ich mich wie eine Bergprinzessin.«

Ich zeige mit einer Armbewegung auf die lange Reihe Kleider an der Stange und kenne ihre Antwort bereits im Voraus: »Und eins von diesen hier?«

Diesmal ist ihr Jaulen sehr deutlich zu vernehmen: »Neiiiiiin!«

Poppy und ich wechseln verzweifelte Blicke. Da geht plötzlich die Ladentür auf. Atemlos lauschen wir dem lauten Getrampel im Flur und der bekannten lauten Stimme.

»Höre ich einen Hilferuf? Was für einen Notfall haben wir denn? Keine Sorge, was für ein Haufen auch immer das sein mag, ich ziehe euch aus dem Mist.« Sie räuspert sich. »Ich habe heute drei Meditationskurse hinter mir und einen Power-Windelwechsel-Kurs. Ich bin voll konzentrationsfähig und absolut lösungsorientiert.«

»Immie.« Poppy macht die Hals-Durchschneide-Geste,

wird aber von Immie, die in den Laden gestürmt kommt, nicht beachtet.

Sie steht da, hat die Hände in die Hüften gestemmt und begutachtet den Schaden. »Rory sagte mir, dass ihr bis zum Scheitel in der Scheiße sitzt – und verflixt, er hat recht. Was zum Geier ist passiert, Katie? Sie sehen aus, als hätten sie mit einer Heckenschere hantiert.« Sie nimmt ja selten ein Blatt vor den Mund. Aber hier wäre eine weniger drastische Zusammenfassung angebracht. Sie hätte kaum mehr desaströse und eigentlich verbotene Wörter in einem Satz unterbringen können.

»Es tut mir so leid. Das ist allein mein Fehler.« Ich sehe hinaus auf die Straße, wo die Laternen ihr blasses Licht werfen, und vergehe vor Schuldgefühlen.

Poppy wendet sich mit fester Stimme an mich. »Nein, Hols, als du das Kleid aus den Händen gegeben hast, konntest du ja nicht ahnen, was passiert. Wir haben uns doch darauf geeinigt, dass nur ein Mensch für dieses Desaster verantwortlich ist. Und das ist Marilyn.«

Immie reißt die Augen auf. »Marilyn war das? Verflixt und zugenäht. Beziehungsweise: aufgetrennt. Vergiss mein Karma, das muss ich jetzt rauslassen ... Was für eine unglaubliche ... Zicke! ... Vermuggelte Armleuchterin ... vermaledeite Nähtussi ...« Sie starrt uns an und schüttelt den Kopf. »Sag ich doch: Mir fehlen die Worte.«

Vielleicht hätte sie einfach nur den letzten Satz sagen und den Rest für sich behalten sollen.

Poppy zieht ihre Augenbrauen nach oben und wendet sich an Katie. »Tut mir leid. Ich hätte mir einen etwas konstruktiveren Beitrag gewünscht.«

Katie schüttelt den Kopf. »Keine Ursache. Es tut gut, klare Worte zu hören, Immie. Eigentlich hilft mir das sogar.«

Immie sieht sie eindringlich an. »Wissen Sie, worauf Sie sich da einlassen, wenn Sie Marilyns Sohn heiraten?«

Ich werfe Poppy einen »Was soll das?«-Blick zu. Meiner zugegeben sehr begrenzten Erfahrung nach glaube ich, dass man einer Frau diese Frage niemals in dem halben Jahr vor ihrer Hochzeit stellen sollte und schon gar nicht in der Nacht vor dem Jawort. Wenn es ein Wesen gibt, das wackeliger als Wackelpudding ist, dann sind das Bräute.

Katie seufzt. »Ich weiß. Aber ich liebe Seth. Und mit seiner Mutter zurechtzukommen ist unsere gemeinsame Mission in diesem Leben, eine Art Lebensaufgabe.«

Immie lässt sich auf die Chaiselongue fallen. »Super. Na, in dem Fall, was sollen wir machen?«

Poppy sieht sie resigniert an. »Okay, Karten auf den Tisch: Wir haben hier tausend Schneeflockenpailletten auf dem verschnittenen Kleid, die alle abgetrennt und auf das Ersatzkleid genäht werden müssen.«

Poppy macht einen belustigten Eindruck. »Die Schneiderin, die das ursprünglich erledigt hat, hatte das Kleid drei Wochen in Arbeit. Wir haben ungefähr noch elf Stunden Zeit. Ich weiß, dass du Wunder vollbringen kannst, Immie. Aber das hier dürfte außerhalb unserer Möglichkeiten liegen.«

Immie lacht ihr tiefes Lachen. »Du vergisst die ›Blue Watch‹. Wie oft haben die uns schon aus der Patsche geholfen!« Sie meint die Mannschaft von Chas, die Feuerwehrmänner.

Poppy runzelt die Stirn. »Ja, die haben sehr geholfen, als sie für Alices Hochzeit die Decken-Deko aus Zweigen im Gutshaus letztes Jahr angebracht haben. Und sie haben Sera geholfen, den verlorenen Bräutigam aufzutreiben. Und ja, sie waren für uns so etwas wie Engel, als sie deine Hochzeit in letzter Minute vom Haus in die Scheune verlegt haben.« Sie drückt sich drollig aus, aber wir verstehen trotzdem, was sie meint. »Aber ich weiß beim besten Willen nicht, wie sie hier helfen sollen.«

Immie lacht. »Das liegt daran, dass du ihre geheime Leidenschaft nicht kennst. Du denkst wahrscheinlich, dass sie sich die langen Wartezeiten auf der Wache mit Poolbillard vertreiben? Die Männer von ›Blue Watch‹ sind aber glühende Anhänger der Handarbeit und der Stickerei. Aber bitte, um Gottes willen, geh damit nicht hausieren, das ist streng geheim!«

Poppy ist baff. »Willst du damit sagen, dass die nähen können?«

Immie macht einen höchst selbstzufriedenen Eindruck. »Wie im Traum. Drück ihnen Nadel und Faden in die Hand und die Schneeflocken und setz sie auf die Bank in Seras Atelier. Die nähen und sticken sich die Feuerwehrfinger wund und sind fertig, bevor du ›Kreuzstich‹ sagen kannst. Die ganze Truppe zusammen erledigt den Job in null Komma nichts. Einige von ihnen sitzen gerade in der Kneipe, im Hungry Shark nebenan. Ich sage Chas Bescheid, er soll sie zusammentrommeln.«

Poppy ist noch nicht überzeugt. »Und die arbeiten durch bis morgen früh?«

Immie nickt. »Solange es eben dauert, ja. Du kennst doch die Männer von ›Blue Watch‹. Die lieben Notfalleinsätze. Auch Einsätze ohne Leiter. Das liegt denen in den Genen. Die sind auf Leute wie uns geeicht, die bis zum Hals in der Klemme stecken.« Sie öffnet ihre Bomberjacke und kichert. »Hier steht's, ganz offiziell. *Feuerwehrmänner – die ganze Nacht im Einsatz.* Steht auf meinem T-Shirt.«

Katie fuchtelt mit den Händen. »Danke, vielen Dank. Ich würde euch am liebsten alle einzeln umarmen. Ihr seid großartig.«

»Nee, weißt du was? Umarm uns alle auf einmal!«, sagt Poppy wie aufs Sichtwort. Gruppenumarmungen sind irgendwie ihr Ding. Wenn sich Menschen in London umarmen, ist das einfach nicht dasselbe. Das muss man den Leuten hier lassen. Die Menschen in St. Aidan nerven manchmal, weil sie immer ihre Nase in die Angelegenheiten anderer Leute stecken. Aber wenn es darum geht, anderen aus der Patsche zu helfen, stehen sie ihren Mann.

Oder wie Immie wahrscheinlich sagen würde: ihren Feuerwehrmann. Wie Pech und Schwefel hält man hier zusammen und näht im Zweifel auch ein Kleid zusammen. Wer hätte das gedacht?

Gut. Dann werde ich mir also die Nacht mit einer Horde stets einsatzbereiter Männer hier im Laden um die Ohren schlagen. Aber immerhin sieht es aus, als könnten wir das Brautkleid retten. Hey, und mit ein bisschen Glück näht mir die Feuerwehr sogar den Knopf an meiner Lieblingsjacke wieder an.

Und wenn am Vorabend der Hochzeit alles gewaltig schiefgeht, dann ist das doch bestimmt ein gutes Zeichen für morgen. Oder?

32. Kapitel

Wie Topf und Deckel

Montag, 18. Dezember
Im Gutshaus von Daisy Hill

Katies und Seths Skihochzeit

Was für ein Anblick: zwölf Männer inmitten der Stoffballen und Ankleidepuppen in Seras Atelier, mit ihren muskulösen Armen, tief über den Arbeitstisch mit der Spitze und dem Tüll gebeugt, mit fliegenden Nähnadeln. Das war die ganze Aufregung fast wert. Und ich gebe zu, ich habe heimlich ein paar Fotos geschossen. Nur zum Eigengebrauch. Nicht wegen der Bizeps, eher wegen des Seltenheitswerts. Und als Erinnerung, für später, wenn ich auf diesen wirren und unglaublichen Monat in St. Aidan zurückblicken werde.

Immie und ich haben die Männer mit Tee und Kuchen versorgt. Und als sie fertig waren, habe ich sie alle verabschiedet und aus der Tür gewunken, bevor ich den Laden abgeschlossen habe. Morgens um vier bin ich dann ins Bett gefallen. Ein kleiner Trost war, dass ich Rorys Aftershave an meiner Hand riechen konnte, wenn ich mich genug anstrengte. Aber obwohl ich mit seinem Geruch in der Nase einschlief, habe ich von Luc geträumt und wie ich ihm nachjage. Er segelte in meinem Traum auf einer Jacht aus dem Hafen, und ich musste ins Wasser springen und ihm hinterherschwimmen. Was ein Albtraum ist, weil ich doch Wasser so hasse. Als Rory in meinen Traum watete, um mich heraus- und ans Land zu ziehen, war ich plötzlich eine Meerjungfrau. Mir wird schlecht, wenn ich überlege, welche psychologischen Einsichten Immie da rauslesen würde ...

Poppy war früh zurück am nächsten Morgen, um das Kleid aufzubügeln und es zu Katie ins Gutshaus zu bringen. Obwohl ich also aus Schlafmangel ein bisschen benommen war, hieß es dann doch: *Business as usual*, als Rory um acht aufkreuzte und Frühstück machte. Indem ich ihm lebhaft, unter Hin-und-her-Gerenne und unter Nichtauslassung der kleinsten Details von der dramatischen letzten Nacht berichtete, konnte ich geschickt vorgeben, völlig vergessen zu haben, wie ich Rory gestern übers Haar gestrichelt und ihm fast ein Büschel ausgerissen hatte. Wahrscheinlich lese ich da zu viel hinein und übertreibe, denn er erwähnt den Haarvorfall ebenfalls mit keiner Silbe. Nicht, dass ich ihm überhaupt die Chance ließe, etwas zu sagen.

Später setzt mich Rory auf dem Gutshof ab und düst mit meiner Zweitkamera zu den Männern, die sich im Goose and Duck umziehen und ihre Skiklamotten anlegen. Ich betrete die Scheune, die für die rustikale Hochzeit hergerichtet ist. Die hohen Decken, die groben Balken und die weiß gekalkten Steinwände haben Poppy, Lily und Katie aufwendig dekoriert und geschmückt. Die Scheune ist jetzt der perfekte Ort für die Feier. Die Holztheke mit den Glühweinschildern und den Lichterketten könnte direkt aus einer Skihütte stammen. Die gemütlichen roten Sessel mit Schottenmuster und die Kuckucksuhren und Geweihe an den Wänden erzielen ebenfalls ihre Wirkung. Ich zücke meinen Fotoapparat. Bunte Teppiche und sorgfältig arrangierte Skier, Schlitten und Schlittschuhe sowie ein wenig Weihnachtsschmuck vervollständigen das Bild. Dazu ein riesiger Tannenbaum mit rosafarbenen Lichtern und mehrfarbigen Schleifen und Schneeflocken aus Papier. Weidenkränze mit Flatterbändern hängen an den Wänden. Draußen auf der Terrasse sind die Feuerschalen bereits angezündet und verbreiten Wärme. Die Flammen lodern zwischen groben Scheiten. Katie und Seth haben sich zwar sehnlichst Schnee gewünscht. Aber nach der Katastrophe mit dem Kleid geben sie sich sicherlich auch mit einem kleinen Gestöber aus der Schneemaschine zufrieden.

Dass Poppy hier steht und letzte Hand an ihre vierstöckige Schokoladentorte anlegt und sie mit Blüten und Beeren schmückt, bedeutet, dass Seth und Katie Marilyn so weit in Schach gehalten haben. Dass Marilyns Torte neben Poppys Torte steht, zeigt allerdings auch, dass Marilyn den Kampf nicht aufgegeben hat.

Ich kreische begeistert auf, als ich die glitzernde Glasur auf Poppys Turm aus Buttercreme sehe. »Ah! Der weiße Schnee, der hier runtertropft, das sieht toll aus auf der dunklen Schokolade. Und die roten, gelben, blauen und rosafarbenen Blüten sind ein lebhafter Tupfer. Die Ganache ist dir diesmal gut gelungen?«, frage ich.

Poppy nickt. »Die Ganache gelingt immer viel besser, wenn es kälter ist.« Sie wirft einen Blick auf Marilyns Torte. »Apropos Schneekönigin, Marilyn ist drüben im Haupthaus, mit ihrem eigenen Team aus Friseuren und Kosmetikerinnen. Die haben versprochen, sie im Zaum zu halten, bis die Trauzeugen sie später abholen.«

Ich verdrehe die Augen. »Ich gehe mal rüber und schieße ein paar Fotos von ihr beim Stylen.« Das stand definitiv auf der Liste, die Jules uns geschickt hat. »Aber zuerst gehe ich zu Katie und den anderen Frauen.« Tatsächlich freue ich mich so auf das Fotografieren der Brautjungfern in ihren hellen Tüllkleidern und Angorapullis und auf all die Deko-Artikel und auch auf die Männer in ihren Anzügen und Skijacken, dass ich ganz vergesse, mir Sorgen zu machen.

Es scheint, als hätte sich meine Weissagung von letzter Nacht, von wegen gute Vorzeichen, bewahrheitet. Ein paar tolle Vorabfotos habe ich bereits im Kasten, einschließlich einer Nahaufnahme der umstrittenen blauen Plateauschuhe. Katies hauchzartes weißes Schleierstoffkleid sieht einfach fabelhaft aus mit den aufgenähten Schneeflocken an den dezenten Raffungen. Und später das Bild von Katie, wie sie Marilyn davoneilt, die sie mit Diadem und dem Schleier verfolgt – das ist ein Bild für die Ewigkeit und ein treffendes Bild für die Nachwelt, und nicht wie befürchtet ein weiteres Desaster.

Als ich endlich aus dem Umkleidezimmer der Braut trete, nachdem ich Katie und ihre Mutter und ihren sehr kranken Vater abgelichtet habe, wische ich mir verstohlen eine Träne aus dem Augenwinkel. Dann hechte ich zurück in die Scheune, wo bereits die Gäste aufgeregt schnatternd auf die Trauung warten. Die meisten tragen helle Wollmützen und -pullis. Und sie sitzen alle auf Heuballen. Es könnte kaum lebhafter und motivreicher zugehen. Marilyn betritt flankiert von den Trauzeugen die Scheune und bleibt einen Moment stehen, um den hergerichteten Raum in all seinem Glanz zu betrachten. Kurz schwankt sie, dann rennt sie schnurstracks zu Rory.

Das Blumenkleid, das sie vorhin trug, hat mich an die Gartenausstellung in Chelsea erinnert. Der Anzug, in den sie nun geschlüpft ist, lässt mich an die Kew Gardens in voller Sommerblüte denken. Obendrein trägt sie einen Fascinator in der Größe einer fliegenden Untertasse. Sie fliegt Rory in die Arme und drückt ihm ihre Lippen auf die Wange. Nachdem sie ihm ausführlich übers Haar gestrichen hat, reißt sie sich von ihm los. Eine Spur orangefarbener Lippenstift zieht sich von seinem Kinn bis zu seinem Ohr. Ich versuche, seinen Blick einzufangen, als er Marilyn zu ihrem Platz geleitet – ein richtiger, der Mutter des Bräutigams würdiger Stuhl, der wie ein Thron neben den Heuballen steht. Ich mache Rory immer noch Zeichen, als ich Kip hereinkommen sehe. Was bedeutet, dass Katie ebenfalls jeden Moment erscheint. Also bringe ich mich in Position für die Trauzeremonie.

Ich hocke hinter dem Skiliftsitz, den wir eigens für Selfies aufgestellt haben. Der perfekte Platz, um von hier aus Katie zu fotografieren, wie sie den Gang entlangschreitet und zu ihrem Vater geht, der vorne sitzt und sie erwartet. Ich muss lächeln, als die Eingangsmusik erklingt. Als »I Only Want to be With You« in der Scheune ertönt, erschrecke ich, weil mir jemand in die Seite knufft. »Das ist auch auf deiner Playlist«, raunt Rory mir ins Ohr. »Super.« Tolles Timing. Ich zische ihm zu: »Warum bist du nicht auf der anderen Seite der Scheune?«

Er grinst mich frech an. »Hier habe ich eine bessere Sicht.«
Es bleibt keine Zeit für eine Retourkutsche, weil die Brautjungfern in einem Rausch aus Saphirblau und Kirschrot und Gelb erscheinen. Dann kommt Katie, sie lacht und weint gleichzeitig. Sie schwankt tanzend den Gang zwischen den Heuballen entlang, und mir fällt auf, wie niedlich ihre rosafarbene Nasenspitze aussieht. Neben Seth bleibt sie stehen und lächelt ihn strahlend an. Sie lüpft ganz kurz und nur ganz knapp den Saum ihres Kleides, um ihm einen Blick auf ihre türkisen Plateauschuhe zu gewähren. Beide kichern.

Die Trauungszeremonie erfolgt unter all den Tränen und dem Gelächter, das man sich zu solchen Anlässen wünscht. Hunderte Bilder später haben Katie und Seth einander ihre sehr rührenden Gelübde vorgelesen – in denen Marilyn mit keiner Silbe erwähnt wird –, ihre Ringe getauscht, und sie haben ihren »Sie dürfen die Braut, den Bräutigam küssen«-Kuss hinter sich gebracht. Die Unterschriften sind geleistet, und dann ziehen alle ihre Skijacken, Skimützen und Fäustlinge an und drängen nach draußen, um dort anzustoßen und Cocktails unter den Schneeflocken aus der Schneemaschine zu trinken.

Rory zieht den Reißverschluss seiner Windjacke zu und stellt sich zu mir. Zusammen gehen wir auf die Terrasse. »Gut, Hols, so weit läuft alles prima. Rafe und Kip bereiten alles vor für das Konfettiwerfen und die Fotos in zehn Minuten. Wenn du die Nahaufnahmen machst, nehme ich alles aus größerer Entfernung auf.« Er rollt seinen Kragen hoch und holt dann meine Mütze aus seiner Tasche. »Vielleicht brauchst du die hier. Es wird windig. Einer von Seths Freunden will eine Drohne einsetzen für Videos und um ein Gruppenfoto von oben zu machen.«

Das ist zwar schon das vierte Mal, aber als ich meine Mütze aufsetze, fröstele ich vor Aufregung. Der Druck, diesen einen besonderen, bewegenden Moment, wenn Braut und Bräutigam durch den Konfettiregen gehen, mit der Kamera einzufangen, ist enorm. Dank Marilyn ist die Liste der Gruppenfotos, die wir danach machen müssen, endlos. Aber dabei kommt es mehr darauf an, die Menschen zu dirigieren. Da schießt man ein Foto nach dem anderen und hat jederzeit die Möglichkeit, eine Einstellung zu wiederholen. Zehn Minuten später wird mir ganz flau, als ich sehe, wie sich die Gäste in Position begeben. Als Marilyn ankommt, teilt sich die Menge. Die Büschel antennenartiger Federn auf ihrem Kopf sind so lang, dass es aussieht, als könnte ihr Fascinator mit Houston in Funkkontakt treten. Die Federn passen zwar hervorragend zu den hellrosa Flackerlichtern auf der Terrasse, aber das muss reiner Zufall sein.

Dann kommen Katie und Seth, Hand in Hand, die Menge jubelt, und es regnet Blüten aus Konfetti. Ich drücke immer noch wie verrückt den Auslöser, als die anderen schon zu klatschen anfangen. Ich sehe hoch, weil alle anderen ihren Kopf in den Nacken legen, rufen und winken. »Die Drohne, die Videodrohne kommt!«

Über unseren Köpfen ertönt das Brummen der klapprigen Drohne, die jetzt über uns schwebt. Die Gäste kommentieren die kleine Flugmaschine. »Gute Idee. Winke, winke, an den Piloten! Hallo, Raumfahrer!«

Rory steht wieder neben mir. »Sollen wir Bilder davon machen, wie die Drohne Bilder macht?« Stirnrunzelnd sieht er auf die Terrasse. »Oh Mann, die fliegt ganz schön tief.«

Ich sehe, wie ein Windstoß die Drohne erfasst. »Mist, sie kommt auf uns zu. Achtung!«, rufe ich. Aber es ist schon zu spät. Der Miniflieger schlingert unkontrolliert. Jetzt schreie ich: »Oh Gott, sie fliegt auf Marilyn zu.«

Als würden die Federn auf ihrem Fascinator das Ding anziehen. Es trudelt über ihr und fährt durch die Federkiele. Die zerschlitzten Federn verheddern sich in den Propellern, und die Drohne dreht sich noch ein paarmal und landet dann krachend auf ihrem Kopf.

Marilyn schreit schrill auf. Alle rufen durcheinander. Sie eilen ihr zu Hilfe und drängen sich um sie.

Mit seiner tiefen Stimme raunt Rory mir ins Ohr: »Glaubst du an ausgleichende Gerechtigkeit?«

Jemand muss ihn jetzt mal zurechtweisen. »Benimm dich, Rory.«

Um seine Lippen spielt ein Lächeln, und seine Augen lachen. »Na gut, dann machst du hier weiter, und ich gehe und helfe Marilyn.«

Normalerweise gehorche ich ja nicht dem, was Rory sagt. Aber in diesem Fall mache ich mal eine Ausnahme. Bald darauf kommt Rory zurück. Ich bin damit beschäftigt, Fotos von den Kirschen auf den Granatapfel-Mimosas zu schießen und von den Frauen in Shorts und Neonstrümpfen, wie sie Kokos-Vanille-Wodka aus Milchflaschen durch Strohhalme aus Schokowaffeln trinken.

Rory ist umringt von einer kleinen Gruppe Trauzeugen. Und seinem sorgenvollen Blick nach zu urteilen hat er keine guten Neuigkeiten. »Marilyn muss genäht werden. Leider bin ich der Einzige, der nüchtern ist und fahren kann, und der Einzige, von dem sie sich nach St. Aidan fahren lassen will. Ich kümmere mich also darum, während alles andere weiterläuft wie geplant.«

»Aber ...« Mir bleibt der Mund offen stehen, als mir klar wird, was das bedeutet. »Du lässt mich hier allein?«

Er sieht mir in die Augen und drückt meinen Arm. »Tut mir leid. Ich komme so schnell wie möglich zurück. Bis dahin überlasse ich dich diesen sehr kompetenten und netten Helfern.« Er macht eine Handbewegung. »Hier sind Joel, Jim, Josh und Jack.«

»Gleich vier?« Ich habe mich so weit von meinem Schock erholt, dass ich stottern kann: »Ha...hallo, Männer!« Erst Feuerwehrmänner, jetzt Trauzeugen.

Joels Lächeln ist so warm wie seine Hand, die er mir entgegenstreckt. »Ihr Wunsch ist uns Befehl und so weiter und so fort.«

Jack, der Vorlaute unter ihnen, stimmt gleich mit ein. »Das Gute daran ist, dass wir jetzt unsere Aufgaben erledigen können, ohne dass Marilyn dazwischenfunkt.«

»Machen Sie 'ne Ansage. Wann sollen wir die Meute zusammenscheuchen?«

Josh und Jack grinsen und reiben sich einsatzbereit die Oberarme. Rory verschwindet, und im Gehen höre ich ihn noch sagen: »Viel Erfolg, Holly Postbotin, sei schön brav! Das machst du bestimmt super!«

33. Kapitel

Windige Tage und schöne Schuhe

Donnerstag, 21. Dezember
»Brides by the Sea«

»Kobaltblau und Pink. Lass mich raten. Es ist die Skihochzeit?«, fragt Jess. Sie ist schon zurück vom Flughafen, während andere noch auf ihr Gepäck warten würden. Und typisch Wonder Woman hat sie bereits eine Runde durch den ganzen Laden gedreht. Jetzt linst sie über meine Schulter und betrachtet die Dias auf meinem Laptop.

Mir läuft ein Prickeln über den Rücken, als die Fotos über den Bildschirm flimmern. Aber diesmal eher aus freudiger Aufregung, weil die Aufnahmen ziemlich gut geworden sind, und weniger aus Nervosität, weil Jess zusieht. »Das sind einige der besseren Aufnahmen von Seth und Katie. Die habe ich Jules gerade eben geschickt.« Tatsächlich sind die Bilder schöner, als ich zu hoffen gewagt hätte. Und das, obwohl Marilyn meinen treuen Assistenten entführt hat. Apropos. Sie hat sich von ihm nicht nur zum Verarzten ihrer Beule in die Stadt fahren lassen, sondern ist mit ihm anschließend noch einen Umweg zu »Brides by the Sea« gefahren, um sich einen neuen Fascinator zu besorgen.

Jess beugt sich tiefer über mich. »Ein Gutenachtkuss unterm Sternenhimmel und bei Schneefall und im Hintergrund die attraktiven Snowboarder, ich werde ganz wehmütig.«

Ich lächele. Eine Jess in Urlaubsstimmung klingt so verträumt und ungewöhnlich. »Dein Urlaub war schön, schließe ich daraus?«

Wenn die Berge eine derart positive Wirkung haben, sollten wir vielleicht alle eine Auszeit in luftigen Höhen nehmen. Ich werfe einen Blick auf ihre rechte Hand. »Also doch kein Verlobungsring in letzter Minute?«

Sie streicht sich ihren windzerzausten Bob aus dem Gesicht und schlüpft endlich aus ihrem pelzbesetzten Skiparka. Nach zwei Wochen Schnee und Sonne ist sie fast so braun gebrannt wie Bart. Der Skibrilleneffekt, die weiße Haut um ihre Augen, wird bestimmt bald verschwunden sein. Allerdings sollte ich mich nach meinem Zahnpasta-Desaster diesbezüglich mit Kritik zurückhalten.

Sie schnaubt kurz. »Bart Penryn ist ein Schuft. Wo er mich nicht überallhin geschleppt hat, mit dem Versprechen, dort gebe es Diamanten.« Ich glaube, nicht nur ihr Charakter hat sich verändert. Sie trägt jetzt wadenhohe braune Pelzstiefel und schwarze Hosen mit Schneeflockendruck. Sie hat mehr Ähnlichkeit mit einem verlorenen Hochzeitsgast von der Feier am Montag als mit der Besitzerin von St. Aidans exquisitestem Brautmodengeschäft.

»Gestern Abend waren wir beim Eishockey und haben uns ein ganzes Spiel angesehen. Bart hat mir zu verstehen gegeben, dass er eine Ansage über die Lautsprecher machen wird.«

Ich muss wider Willen lachen. »Wie cool! Phoebe von ›Friends‹ hat einen Antrag bei einem Footballspiel bekommen, fand das aber doof.« Das erinnert mich daran, dass meine DVDs noch auf mich warten. Bislang habe ich keine einzige Folge gesehen.

Jess sieht mich begeistert an. »Genau. Das wäre albern. Ich würde das auch doof finden.« Sie senkt den Blick und betrachtet ihren ringlosen Finger. »Es ist Jahre her, dass ich das letzte Mal im Urlaub war. Und obwohl ich mit leeren Händen nach Hause gekommen bin, habe ich die Zeit doch sehr genossen. Unabhängig davon, ob er mich heiraten will oder nicht, der

Mann ist einfach großartig. Er hat was von einem Piraten, aber er ist auch ein erstklassiger Gentleman. Wenn ich so darüber nachdenke, bin ich glücklich, mit ihm zusammen zu sein, so wie er ist.«

Ich grinse sie an. »Wie schön. Und um ehrlich zu sein, weiß ich nicht, ob ich noch mehr Hochzeiten ertragen kann.«

Zum ersten Mal sieht Jess mich aufmerksam an. »Ich habe gehört, dass du sehr gut darin bist, Holly. Und jetzt sehe ich es ja mit eigenen Augen.«

Ernst fügt sie hinzu: »Deine Fotografien haben eine ganz andere Qualität als Jules' Bilder. Sie scheinen sehr viel näher dran zu sein, und sie sind so unangestrengt. Es scheint so, als würdest du deine Freunde fotografieren.«

»Ich kann gut mit Lebensmitteln. Die treffe ich gut.« Klar, angesichts meines Berufs ist es nicht verwunderlich, dass die Bilder von dem Essen großartig aussehen. »Alles andere liegt mir nicht sonderlich gut.«

Jess runzelt die Stirn. »Jules meinte, die Bräute fühlen sich mit dir wohl, weil du eine Frau bist. Aber von dem Feedback, das ich bekommen habe, liegt es daran, dass du gut mit Menschen umgehen kannst, dass du zu ihnen einen guten Draht hast. Und das sieht man dem Ergebnis an.«

Ich stöhne. »Feedback?« Das klingt nach all den Bewertungsportalen im Internet.

Jess klimpert mit ihren Wimpern. »Glaub mir, wenn eine Braut eine wundervolle Hochzeit gefeiert hat, dann erzählt sie es mir. Und unter uns, Jules würde dir nicht seine Aufträge überlassen, wenn er mit deiner Arbeit nicht zufrieden wäre.« Sie deutet mit dem Kopf zu dem Strauß Rosen mit den glasierten Beeren auf der Theke, die ich gestern bekommen habe. Geliefert von dem Blumenladen in unserem Souterrain. »Und das ist eine gute Vorbereitung für deine Strandhochzeit. Apropos, wie wird das mit dem Wind gehen?«

Ich schlucke so hastig, dass es klingt, als würde Gollum schlucken. Von Interflora ohne Umschweife zu dem Tag, vor dem ich mich am meisten fürchte, das ist ein thematischer Sprung, den ich nicht erwartet habe. Als sei eine Hochzeit unter freiem Himmel nicht schon schlimm genug. Seit ich weiß, dass Luc zu der Feier kommen will, fühlt sich das Herz in meiner Brust wie schockgefroren an. Nun ja, wenn Marilyn samt neuem Hut zurück auf die Hochzeit kommt, nachdem ihr eine Drohne auf den Kopf geflogen ist, dann kann ich mich auch wieder aufrappeln.

Möglichst unbekümmert bemerke ich: »Wind wollen Nate und Becky am Strand ja durchaus haben. Surfer wissen eine steife Brise zu schätzen.«

Von meiner Dachluke aus habe ich heute Morgen auf das schiefergraue Meer und die berghohen Wellen gesehen. Als ich das Fenster schließen wollte, hat die Zugluft Jules' Dankeskarte von der Fensterbank geweht. Ich hab's kaum bemerkt. Wenn ich nicht ständig an Luc denken würde, müsste ich mir Gedanken über die Hochzeit morgen machen.

Jess schüttelt den Kopf. »Wir haben Windstärke vier, weißt du das? Der Pilot vorhin meinte, der Wind bläst so stark, dass wir beinahe wieder in der Schweiz gelandet wären.« Sie hebt eine Augenbraue. »Obwohl das auch heißt, dass dein Luc schneller über den Atlantik geflogen kommt, schneller, als er wahrscheinlich jemals zu dir unterwegs war.« Sie lacht spöttisch. »Hallo, ich bin Luc, ich komme, um dich zu holen …«

Plötzlich schmecke ich Magensäure im Mund und wünschte, ich hätte den siebten Pfannkuchen, mit Ahornsirup, heute nicht zum Frühstück gegessen. »Nein. So ist das nicht.« Sie zu fragen, woher sie weiß, dass er kommt, hat gar keinen Zweck. Wenn sie nicht unterwegs war zu potenziellen Verlobungs- und Antragsorten, dann hing sie an der Strippe und hat mit jedem und allen in St. Aidan telefoniert.

Wahrscheinlich kennt sie sich in der aktuellen Gerüchteküche jetzt sogar besser aus als vorher.

Jess strahlt und sieht durch die Lichterkette und das Glitzerefeu, das am Schaufenster rankt, hinaus. »Aha, da hat jemand eine abweichende Meinung zu Lucs Erscheinen auf der Hochzeit.«

Ich bin so beschäftigt damit, mein Kinn nach oben zu strecken und meine Haltung zu wahren, dass ich nicht aus dem Fenster schaue. »Poppy, Immie, Lily, Rafe und Rory wissen alle genau, wie ich dazu stehe.« Mir ist bewusst, dass meine Träume ein wenig verräterisch sind. Aber ich bin mir sicher, dass abgesehen von meiner kleinen Schwäche Poppy gegenüber mein öffentliches Gesicht gewahrt ist. Schon schlimm genug, wenn Luc aufkreuzt und alle meine Schande live miterleben, wenn er mich nicht beachtet. Leider ist das Programm zu meiner persönlichen Aufwertung nicht über meine lackierten Fingernägel hinausgekommen. Bei so viel Stress mit den Hochzeiten habe ich mich gerade einmal fünf Minuten lang an mein Kohlenhydrate-Verbot gehalten. Aber heute habe ich den ganzen Abend lang Zeit, mich meiner Schönheitspflege zu widmen. Allerdings habe ich bislang keine Ahnung, was ich da genau unternehmen soll und wie.

Jess macht einen verwirrten Eindruck. »Was hat das mit Poppy zu tun? Becky steht da draußen und winkt.«

»Becky?« Als ich schließlich zwischen der Weihnachtsdeko hinausspähe und sie entdeckt habe, kommen mir ihre ausladenden Armbewegungen auf ihrem Weg zur Ladentür eher vor wie die einer ertrinkenden als einer winkenden Person.

Ich gehe rasch zum Eingang. Sie steht schon drinnen neben dem Weihnachtsbaum, und wir umarmen uns und küssen einander auf die Wangen. »Schön, dich zu sehen. Geht es dir gut, Becks?« Als sich unsere Wangen berühren, spüre ich etwas Nasses. Das müssen Tränen sein, kein Seewasser.

Die letzten zweieinhalb Wochen in dem Brautmodenladen haben, wenn auch sonst nichts, mein Krisenmanagement geschult. Warum ist sie drei Stunden früher als geplant hier? Wenn sie eigentlich das Festzelt mit aufbauen soll? Und warum sieht sie aus, als sei sie gerade durch eine Welle gesurft? Ohne einen Neoprenanzug zu tragen, wohlgemerkt. Meine Alarmglocken schrillen. Hier ist eine Braut in Nöten. Also sage ich möglichst fröhlich, während ich sie in das Weiße Zimmer bugsiere: »Setz dich. Möchtest du einen Gin?« Fieberhaft überlege ich, ob wir noch Kuchen in einer der Dosen haben.

Jess dirigiert sie auf den Stuhl. »Oder möchtest du einen Schnaps? Himbeere, Pfirsich oder Schokolade? Ich habe diese Miniflaschen in meiner Tasche. Die helfen super bei verunglückten Bergwanderern.«

Becky stöhnt. »Tut mir leid. Aber Alkohol hilft hier nicht.« Dafür, dass sie es mit meterhohen Brechern aufnimmt, klingt ihre Stimme jetzt sehr klein und sehr erbärmlich. »Unsere Hochzeit hat sich gerade erledigt.«

»Mist.« Das ist viel zu viel, als dass Cupcakes sie ablenken könnten. »Was um Himmels willen ist passiert?«

Sie jammert in den Ärmel ihres Surfer-Kapuzen-Shirts. »Wir waren unten an der Küste. Die Männer wollten das große Zelt aufstellen und waren kurz nicht bei der Sache, weil die Küstenwache den Strand absperren wollte. Und während die Männer redeten, ist das Zelt auf und davon geflogen, über das Meer.« Sie schüttelt den Kopf, als könnte sie es selber kaum glauben. »Alles, was übrig ist, sind ein paar zerbrochene Stangen. Und die Leute vom Partyservice haben Angst, dass ihr Kastenwagen auch im Meer endet, und haben abgesagt.«

Einen kurzen segensreichen Moment lang denke ich, der Tag, vor dem ich mich seit über zwei Wochen so fürchte, fällt einfach aus. Aber als ich Beckys Verzweiflung sehe, ist der

Gedanke sofort vergessen. »Ganz ruhig. Und immer positiv denken. Die Trauung findet im Rathaus statt. Der Teil der Hochzeit steht also noch.«

Sie nickt, jammert dann aber: »Die Männer suchen die Zeltplanen. Aber selbst wenn sie die finden, ist alles verloren. Warum waren wir bloß so blöd und wollten eine Strandhochzeit mit Zelten zur Weihnachtszeit?«

Ihr zu sagen, dass ich mich das auch schon gefragt hatte, hilft ihr jetzt auch nicht weiter. Vor allem, da ich selbst im Sommer nur ungern im Zelt schlafe. Warum jemand sich das im Winter antun will, ist mir schleierhaft. Und dazu auf einer Hochzeit. So wenig Komfort, das verstehe ich schon gar nicht. »Ich weiß, dass es dir ums Meer geht, Becks. Aber angesichts des Stur... der windigen Wetterverhältnisse, sollten wir da nicht vielleicht überlegen, die Feier an einem geschützteren Ort stattfinden zu lassen? Irgendwo weiter landeinwärts?« Jess und ich wechseln einen Blick und wissen, dass wir an denselben Ort denken.

Becky sieht auf. »Kennt ihr denn einen Ort, der so kurzfristig zur Verfügung steht?«

Sehr behutsam sage ich: »Der Gutshof von Daisy Hill, da, wo deine Eltern untergebracht sind, da steht eine Scheune, die, soweit ich weiß, noch von der letzten Hochzeit am Montag geschmückt ist, einer sehr entspannten Skihochzeit. Wenn es dir nichts ausmacht, dass deine Feier nicht am Strand stattfindet, könnte ich da nachfragen, ob wir das nutzen dürfen.«

Ich hätte erwartet, dass sie Bedenken äußert. Deshalb trifft es mich unerwartet, als sie mich stürmisch umarmt und dabei fast umwirft. »Ja, ja, ja!«

Das Gute am Halbumgeworfenwerden und Auf-dem-Boden-Landen ist, dass ich so die Jimmy Choos in dem untersten Fach des Schuhregals zu sehen bekomme. Halb liegend schmelze ich angesichts der silbernen Riemchensandalen dahin. Die pelzigen Winterstiefel von Jess direkt vor meiner Nase holen mich abrupt in die Gegenwart zurück.

Jess strahlt von oben auf uns runter. »Surfen und Snowboarden sind ja so ähnlich und leicht auszutauschen. Bei beiden geht es ums Abhängen und Coolsein.« Das klingt, als sei sie Expertin auf beiden Gebieten. »Eins a, Holly, das hast du wie ein echter Profi gehandhabt. Na dann, wir haben keine Zeit zu verlieren. Ich rufe Poppy sofort mal an.«

Auf Beckys Gesicht breitet sich ein erleichtertes Lächeln aus. Na, wunderbar, so soll es sein.

Im Gehen dreht sich Jess noch einmal zu uns um. »Eins noch. Wo Sie gerade hier sind, Becky, da könnten Sie helfen, einen Streitpunkt zu schlichten. Stimmt es, dass Luc wegen Holly kommt, ja?«

Becky grinst mich an. »Natürlich. Das weiß doch jeder. Warum soll er sonst kommen?«

Schön und gut. Aber hätte sie das vorher gesagt, dann hätte ich mit weit weniger Eifer ihre Hochzeitsfeier retten geholfen.

34. Kapitel

Der schlimmste Tag meines Lebens

Freitag, 22. Dezember
Die Scheune von Daisy Hill

Die Surfer-Hochzeit

Das Lustige daran, wenn man sich vor etwas fürchtet, ist, dass es selten so kommt wie befürchtet und wie man es sich ausgemalt hat. Die ganze letzte Woche habe ich gedacht, das wird der schlimmste Tag in den letzten Jahren. Aber der Tag fängt damit an, dass Rory bei mir auftaucht und Frühstück macht, sein zweites und mein erstes des Tages. Und ja, Räucherlachs und Rührei auf Vollkornbrötchen sind ein guter Start in jeden Tag. Er macht zwar immer noch blöde Bemerkungen über meinen Schlafanzug und nennt mich Champs-Élysée-Holly, als wir an dem kleinen Küchentisch sitzen. Aber immerhin lenkt mich das ab. Denn jedes Mal, wenn ich daran denke, dass ich Luc in nur knapp zwei Stunden sehen werde, erschaudere ich so sehr, dass ich fast meine Kaffeetasse fallen lasse.

Die gute Nachricht: Sobald Kip und Rafe uns gestern grünes Licht gegeben haben, sind Nate, Becky und Co. mit ihren Hochzeitsvorbereitungen umstandslos vom Strand in die Scheune umgezogen. Zwar hatten wir direkt nach der Hochzeit am Montag sauber gemacht und aufgeräumt, aber die größeren Einrichtungsgegenstände waren noch für uns da. Also haben die Surfer die Wände mit Neoprenanzügen und Surf-T-Shirts geschmückt. In den Weihnachtsbaum haben sie jede Menge Surfleinen gehängt, um dem festlichen Eindruck eine frische Strandnote zu verleihen. An die Holzplanken an der Bar haben sie Surfbretter gelehnt, sodass sie jetzt wie eine Strandbar aussieht und nicht mehr wie eine Berghütte. Alle haben mitgeholfen und mit angepackt. Wenn wir mehr Zeit gehabt hätten, dann wäre Rafe bestimmt noch mit seinem Traktor an den Strand gefahren, um Sand zu besorgen. Wie diese Strandbars, die man im Sommer in einigen Parks sieht. Als die Schilder mit Sprüchen wie *Bin surfen* und die Poster mit den Sommermotiven und Strandpartys schließlich angebracht waren, war die Umgestaltung vollbracht.

Immie hat in den Feriencottages Unterkünfte für die meisten Gäste bereitgestellt, die eigentlich am Strand übernachten wollten. Einige Unverbesserliche errichten dennoch ihre Iglu-Zelte in dem Feld hinter der Scheune, auf der durch den Hügel vor dem Wind geschützten Seite. Die etwas anspruchsvolleren Gäste, darunter Luc, hatten sich eh im wunderhübschen und ziemlich schicken Harbourside Hotel in St. Aidan einquartiert. Und die müssen jetzt lediglich ihr Taxi umbestellen.

Als wir uns nach dem Frühstück auf den Weg zum Gutshaus machen und die Landstraße nach Rose Hill hochfahren, wird das Biermobil von den Windstößen des aufziehenden Sturms ganz schön durchgeschüttelt. Da Nate und Becky eh keine allumfassende Fotodokumentation »à la Jules« erwarten, verzichtet Rory auf den Besuch bei den Trauzeugen und schaut stattdessen nach Gracie und Teddie. Und ich mache meine üblichen Fotos von den Mädels und Becky, die – sehr ungewöhnlich für eine Braut – einen recht entspannten und gar nicht nervösen Eindruck macht.

Als ich vom Fotografieren des Brautstraußes aus Stranddisteln und rauchblauen Anemonen zurück bin, fällt Becky mir in die Arme. »Ich weiß gar nicht, wie ich dir danken soll, dass du unsere Hochzeit gerettet hast, Hols.« Zum ersten Mal an diesem Vormittag ist sie sentimental anstatt fröhlich. »Ich drücke dir auf jeden Fall meine Liebesdaumen für dich und Luc nachher. Wenn es irgendetwas gibt, was ich für dich tun kann, brauchst du es nur zu sagen.«

Normalerweise nehme ich diese Art von Angeboten nicht beim Wort. Aber ihr Make-up sieht fantastisch aus. Und ihre beste Freundin, die auch ihre Trauzeugin ist und außerdem fürs Make-up verantwortlich, ist gerade mit dem Schminken fertig und hat jetzt nichts zu tun. Ich schiele in den Schminkkoffer, der vor Kosmetikartikeln schier platzt. »Wenn du das Angebot ehrlich meinst, dann hätte ich gerne ein bisschen Lippenstift.« Normalerweise gebe ich darauf nicht viel. Aber nachdem ich gestern alles stehen und liegen gelassen und hier bis spätabends mitgeholfen habe, blieb außer für ein paar Schichten schwarzen Nagellacks keine Zeit mehr für mein persönliches Schönheitsprogramm.

Jetzt strahlt Becky wieder. »Wir können auch viel mehr machen, als nur Lippenstift aufzutragen. Das ist das Tolle an einer Trauzeugin, die in einer Drogerie arbeitet.« Sie wendet sich an die junge Frau mit dem Kosmetikkoffer. Die hat sich bereits ihr Outfit angezogen, ein Maxikleid von H&M mit Tropenmuster. »Carmel, auf Bitte der Braut, mach Holly bitte besonders hübsch. Was der Tag auch bringen mag, heute Abend soll sie nicht länger Single sein.«

Ich könnte Becky knutschen. Allerdings würde ich mir ernsthaft wünschen, sie würde mir nicht so verschwörerisch zuzwinkern. Doch nachdem Carmel ihre Arbeit getan hat, fühle ich mich gewappnet und bereit, es mit allem und jedem aufzunehmen.

Der Rest des Vormittags verläuft genauso hektisch wie bei den anderen Hochzeiten, nur dass wir diesmal einigermaßen umständlich durch den Sturm nach St. Aidan zur Trauung fahren müssen. Auf dem Platz vor dem Rathaus weht der Wind so stark, dass er den Brautjungfern fast das Kleid vom

Leib reißt, woraus sich allerdings sehr spektakuläre Bilder ergeben. Nicht allzu viele Paare dürften Fotos in ihren Hochzeitsalben haben, die aussehen, als hätten sie sich im Windkanal das Jawort gegeben. Von daher kann man von Glück sagen, dass Becky ganz unkonventionell ein kleines Baumwollkleidchen von Topshop trägt. Wenn sie wallende Unterröcke angehabt hätte, wäre sie womöglich von einer Windböe davongetragen worden.

Als wir die breiten Stufen zwischen den Säulen zum Eingang des Rathauses hochgehen, gesellen sich die Gäste aus dem Hotel zu uns. Trotz der vornehmen Unterkunft erscheinen die meisten in legerer Kleidung mit Shorts und Kapuzenpullis. Darunter sind auch viele Freunde von Luc, und ich merke, dass ich total unvorbereitet auf die überschwänglichen Umarmungen und das ganze Hallo bin. Dies ist der Zeitpunkt, an dem ich wirklich Panik schiebe. Nicht wegen des Fotografierens, sondern allein wegen Luc und dem Gedanken, ihm hier jederzeit in die Arme laufen zu können. Ich sehe mich mit wachsender Verzweiflung um und überfliege die Menge, damit er mich nicht wie aus dem Nichts anspringt. Und just in dem Moment, als ich meine zu explodieren wegen der tödlichen Mischung aus Angst und Vorfreude, da kommt Nate zu mir, während ich mit meinem Kameraverschluss hantiere.

In seinen Surf-Shorts und dem Hawaiihemd sieht er absolut umwerfend aus. Er beugt sich zu mir und flüstert in mein Ohr: »Nur damit du Bescheid weißt, Luc hat Verspätung, er kommt ein paar Stunden später als geplant.«

»Puh, Gott sei Dank.« Vor Erleichterung lasse ich fast meine Kamera fallen.

Die ersten Takte von »Good Vibrations« von den Beach Boys ertönen. Nate fügt hinzu: »Mach dir keine Sorgen, Hols, er wird schon noch kommen. Ihr beide gehört zusammen.«

»Super.« Ich signalisiere ihm »Daumen hoch« und meine eigentlich das Gegenteil. »Viel Glück!«

Das ist mein Stichwort, jetzt kann ich mich entspannen und mit Spaß an der Sache meiner Arbeit nachgehen. Die Trauungszeremonie ist sehr kurz. Nate und Becky sehen exakt so umwerfend und so glücklich aus, wie sie es verdienen. Ihre Eheversprechen sind wenig überraschend voller Anspielungen auf Wellen und Surfboards.

Dann geht es zurück in den Wind, und ich mache ein paar Fotos von der Hochzeitsgesellschaft mit der Bucht im Hintergrund.

Auf dem Weg zum Auto reißt der Sturm fast meine Leopardenjacke mitsamt mir selbst zur See hinaus. Über die Motorhaube seines Biermobils rufe ich Rory zu: »Ich finde es toll und genieße jeden Augenblick, Rory Waves.« Und so komisch, wie das ist, aber ich bin ein wenig traurig, dass ich das alles zum letzten Mal mache.

»Ich auch«, ruft er und lacht.

Irgendwann zwischendurch muss er noch mal sein Aftershave, das von Diesel, nachgelegt haben. Höchst wahrscheinlich in seinem Home Brew Cottage, und zwar eine doppelte Dosis, weil ich einen Augenblick lang nichts anderes mehr will, als sein Gesicht an meiner Hand zu spüren. Aber zurück in der Wirklichkeit quetsche ich meine Finger so sehr unter meinen Beinen ein, dass sie taub sind, als wir auf dem Gutshof von Daisy Hill ankommen. Wenigstens habe ich mich wieder im Griff.

Passend zur Surfer-Stimmung geht es den restlichen Tag sehr ungezwungen zu, und alle feiern ausgelassen. Trotzdem sind Rory und ich unermüdlich unterwegs und knipsen. Nachdem ich stundenlang sämtliche Schatten ausgeleuchtet habe, bin ich sicher, dass Luc nicht mehr kommt. Diese Ernüchterung löst einen Knoten nach dem anderen in meinem

Magen, und zum Schluss komme ich mir wie ein zerplatzter Luftballon vor. Gegen halb neun bin ich mir außerdem sicher, dass ich so gut wie jede Pose, die ein Surfer zu jedem Song der Beach Boys und zu jedem Weihnachtslied vollführen kann, aufgenommen habe. Als Rory zu mir kommt, winke ich ihm mit der Kamera zu. »Ich glaube, wir haben's. Ist bei dir im Cottage alles in Ordnung?« Als ich beim Disco-Jive die Stellung an der Kamera gehalten habe, ist er schnell nach Hause gefahren.

Einen Moment lang wirkt er unsicher. »Erin könnte es besser gehen.« Er ruft jeden Tag im Krankenhaus an. Mit den Einzelheiten behelligt er uns meistens nicht, sondern wechselt lieber schnell das Thema. Genau das macht er jetzt auch. Seine Augen leuchten auf, und er sagt: »Sie haben die Schneemaschine draußen aufgestellt. Vielleicht sollten wir da noch einen Blick darauf werfen.« So war das den ganzen Tag lang schon: Rory dirigiert mich dahin, wo die Action ist.

Ich nehme meine Jacke, und wir bahnen uns einen Weg zwischen den Heuballen hindurch zur Tür. »Nur ein paar schnelle Fotos und dann gehen wir.« Der Schnee vor dem Sternenhimmel ist durchaus verführerisch, allerdings muss ich ja auch noch nach Hause fahren. »Du musst auch zurück nach Hause und Immie ablösen.« Die Feier wird sicher noch bis weit nach Mitternacht gehen.

Eine halbe Stunde später habe ich mehr Glitzer-im-Dunkeln-Bilder, als eine Braut sich wünschen könnte. Wir gehen gerade zurück in die Scheune, als es mir auffällt: »Rory, warum hast du meine Mütze auf?«

Er grinst und schaut nach unten, während er mir die Tür aufhält. »Nein, du trägst deine Mütze. Dies ist ein identisches Modell. Die habe ich gestern gekauft.« Wenigstens besitzt er so viel Anstand, angemessen bedröppelt dreinzuschauen. Ich fasse mir an den Kopf, und ja, da ist meine Mütze.

»Danke für den Hinweis.« Als ich sehe, wie er schuldbewusst guckt, hake ich nach: »Und warum hast du das gemacht?«

Er lächelt ungerührt. »Corporate Identity?« Er weiß genau, dass ich ihm das nicht abnehme. »Gut, ich geb's zu. Nichts wird Luc mehr ärgern, als dass wir die gleichen Mützen tragen.«

»Was?« Meine Stimme überschlägt sich vor Entrüstung. Ich weiß nicht, ob ich einfach nur entsetzt sein soll oder sehr, sehr entsetzt.

Mit stolzgeschwellter Brust sagt er: »Den Gegner abzulenken ist eine altbewährte Taktik im Sport. Im Ernst, du brauchst alle Hilfe, die du kriegen kannst mit diesem Vollidioten. Du hast es da mit jemandem zu tun, dem nicht unbedingt an deinem Wohlergehen gelegen ist.«

Mir liegt es auf der Zunge »aber dir?« zu fragen. Aber das Fass will ich lieber nicht aufmachen.

Er runzelt die Stirn. »Hast du nicht gesagt, er sieht aus wie der Typ in ›Love Vegas‹? Ich frage nur, weil mir vorhin auf dem Weg zum Klo ein Ashton-Kutcher-Doppelgänger über den Weg gelaufen ist. Einen amerikanischen Slang hatte der auch. Von der Sorte kann es nicht allzu viele in Rose Hill geben.«

Da ist er wieder, der Knoten in meinem Magen, der sich fies zusammenzieht. »Du willst sagen, er ist hier, und du hast es mir nicht erzählt?« Meine Stimme ist nur ein Quietschen, weil ich so empört bin.

Rory bleibt ganz ungerührt. »Schon gut. Jetzt sage ich's dir ja, nicht wahr?«

Ich will ihn gerade fragen, was hier vorgeht, da klopft mir jemand von hinten auf die Schulter. Erst beachte ich das gar nicht, weil ich denke, dass Rory wieder irgendwelche Scherze treibt. Beim vierten Mal drehe ich mich um, und das Gesicht mir gegenüber ist mir gleichzeitig vertraut und fremd. Ich kenne den kräftigen Kiefer und die tief liegenden Augen und würde sie jederzeit überall wiedererkennen. Das glatt rasierte Kinn, das wirft mich aus den Socken.

»Luc? Du bist hergekommen?« Meine Kehle ist so trocken, dass ich krächze. Wenn ich versucht haben sollte, sexy und verführerisch zu klingen, dann habe ich das hiermit amtlich versemmelt. Mein Mut ist auf und davon.

Er streicht sich das Haar zurück und seufzt. »Ich bin ganz Cornwall abgelaufen, um die Strandhochzeit zu finden.« Sein schickes New Yorker Outfit hebt sich deutlich von der Menge der locker-lässigen Surfer ab. »Warum hat mir niemand gesagt, dass daraus eine Party in einer Scheune geworden ist?«

»Oh nein.« Ich suche sein Gesicht nach einem Anflug von Humor ab. Vergebens. Seinen Humor muss er versteckt haben.

»Hey, schön, dich zu sehen. Wie geht es dir so?« Er ist immer noch genauso groß und beeindruckend. Was den »Wow«-Faktor angeht, spiele ich eindeutig immer noch nicht in seiner Liga.

»Wie schön, dass du dann doch hierhergefunden hast«, sage ich und bemühe mich, fröhlich zu klingen. Obwohl er offenbar seinen Jetlag und seine schlechte Laune raushängen lässt und davon wohl nicht abzubringen ist. Im Gegensatz zu Rory – obwohl ich die beiden natürlich nicht vergleichen will – sieht er sogar noch besser aus, wenn er schlecht gelaunt ist. »Ich, ich war hier den ganzen Tag damit beschäftigt, Fotos zu schießen. Becky meinte, du hättest mich ihr empfohlen. Also habe ich dir zu verdanken, dass ich jetzt hier auf Hochzeiten fotografiere.«

»Ja, ja.« Er verzieht das Gesicht. »Ich habe vorhin schon beobachtet, wie du die Leute draußen herumgescheucht hast wie ein Profi. Wann hast du das denn gelernt?«

Mir gefällt, wie ihn das zu erstaunen scheint. Umso mehr

strenge ich mich an, möglichst zurückhaltend zu klingen. »Ach, weißt du, es war ein recht turbulentes Jahr.« Genau genommen waren es elf Monate langweiliger alter Trott, gefolgt von drei Wochen mit einer verrückten Lernkurve.

Er runzelt die Stirn, was seine ausdrucksstarken Augenbrauen betont. »Warum zum Teufel trägst du eine Schlumpfmütze?«

Das ist leicht zu beantworten. »Um meine Öhrchen warm zu halten.« Gracies Ausdruck zu borgen war ein Lapsus. Zu spät fällt mir ein, dass Luc Kindersprache verabscheut. Sein Blick verdüstert sich, und ich wechsele lieber schnell dazu über, die beiden miteinander bekannt zu machen. »Rory, das ist Luc.« Den »Ex-Freund« lasse ich unter den Tisch fallen, weil alle Anwesenden das ja eh schon wissen. »Luc, das ist Rory, mein fabelhafter Assistent.« Das unterstreiche ich mit einem lustigen Schütteln meiner Hand und einem Lachen.

Immer wenn ich mir diesen Moment vorgestellt habe – schätzungsweise tausendmal jede Nacht –, dann hat Luc mich meistens gar nicht beachtet. In den wenigsten Fällen habe ich mir vorgestellt, wie er mich in die Arme reißt und sich mit mir im Arm dreht, sodass meine Beine fliegen. Eine so merkwürdige Spannung, wie sie jetzt herrscht, hatte ich mir allerdings nicht ausgemalt.

Luc kneift die Augen zusammen und beäugt Rory. »Hallo, Rory. Was ist das hier? Schlumpfhausen?« Sein Tonfall ist tatsächlich sehr amerikanisch, so wie Rory vorhin gesagt hat. Was Luc besonders abgehoben und distanziert klingen lässt.

Ich nicke Rory anerkennend wegen der Mützen zu. Obwohl mir immer noch nicht so ganz klar ist, was die identische Kopfbedeckung bringen soll.

Rory lacht sein tiefes Lachen und zeigt auf ein handgemaltes Schild. »*Wer nicht barfuß geht, ist overdressed.* Haben Sie das gesehen, Luc?« Angesichts der Tatsache, dass Rory und ich nicht unsere dicken Winterjacken tragen, ist der versteckte Hinweis auf die Bügelfalten in Lucs Anzughosen irgendwie zum Scheitern verurteilt. Von wegen, sich an die eigene Nase oder in diesem Fall den großen Zeh zu fassen.

Luc tut, als hätte er das nicht gehört, und sieht mich irritiert an. »Wieso brauchst du Hilfe, wenn du ein paar Schnappschüsse von unserem Liebespaar machst?« Wenn er das fragt, hat er ganz offensichtlich keine Ahnung. Aber ich werde ihn jetzt nicht aufklären.

Rory schlägt Luc überschwänglich auf den Arm. »Nett, Sie kennengelernt zu haben, Luc. Ich habe schon so viel von Ihnen gehört. Aber wir müssen unser Gespräch leider zu einem späteren Zeitpunkt fortsetzen. Ich muss jetzt los und bin schon spät dran.«

»Sagtest du nicht ›wir‹?«, frage ich und sehe Rory mit offenem Mund an.

»Sei nicht albern, Berry. Ihr beiden habt ja viel zu erzählen nach so langer Zeit. Und bestimmt kannst du dir ein Taxi zurück in die Stadt mit jemandem nehmen. Ich lasse euch jetzt allein.«

Ich starre in Lucs Gesicht, und mir zieht sich die Brust zusammen. Normalerweise bin ich ja nicht auf den Mund gefallen, wenn ich unter Freunden bin. Aber in diesem Moment fällt mir beim besten Willen nichts ein, was ich sagen könnte. »Das war heute ein sehr anstrengender Tag.« Ich wende mich an Rory. »Wenn du jetzt nach St. Aidan fährst, kannst du mich dann mitnehmen?«

Rory holt tief Luft und zögert einen Augenblick. »Wenn du dir sicher bist, dass du das willst.«

Es kommt mir vor, als würde jemand anderes als ich, die ich mich seit einem Jahr nach diesem Moment und diesem Wiedersehen gesehnt habe, die Kontrolle über meine Beine und meinen Mund übernehmen.

»Ja, danke, ich komme jetzt mit dir mit.« Ich höre mich das sagen und kann es selbst kaum glauben. Erst als ich sehe, wie Lucs Augen meine eigene Überraschung spiegeln, fällt bei mir der Groschen. Mit Ausnahme von dem Tag, an dem ich weggelaufen bin, habe ich nie etwas gemacht, was ihn überrascht hätte. Falls er sich vorher vorgestellt haben sollte, wie diese Begegnung verlaufen würde, dann hatte er vermutlich eine Szene vor Augen, in der ich ihm in die Arme falle und ihn anflehe, mich zurückzunehmen.

»Ah ... na, gut. Dann reden wir ein anderes Mal. Ich melde mich bei dir, Holly.«

Irgendwie ist mir das eine große Genugtuung, dass Luc so geplättet ist, auch wenn ich das gar nicht geplant hatte. Das Nächste, an das ich mich erinnere, ist, wie ich hinter Rory und seiner verbeulten Windjacke hergehe zu der groben Holztür am Ausgang. Dann werden wir vom Wind über den Hof geweht, und meine allerletzte Hochzeit ist damit vorüber. Und damit auch mein lang ersehntes Wiedersehen mit Luc.

35. Kapitel

Ein paar Spuren hinterlassen

Samstag, 23. Dezember
Poppys Küche im Gutshaus von Daisy Hill

Da Jess ja zurück im Laden ist und ich am Vormittag die Fotos sortiert und unablässig alle zwei Minuten auf meine Mails und mein Handy geschaut habe, für den Fall, dass Luc Empfang hat und sich bei mir meldet, entschließe ich mich nun, mit Immie in die Stadt zu fahren. Immie war über Mittag bei ihrer Entspannungssitzung im Freizeitzentrum und ist jetzt auf dem Weg zurück zum Gutshof. Danach zu urteilen, wie sie alle anderen Autofahrer verflucht, bezweifele ich, dass ihre Sitzungen etwas bewirken. Außerdem regt sie sich darüber auf, dass Poppy so geschäftig ist, statt sich auszuruhen. Ich hingegen lasse mich, kaum dass ich in Poppys Küche bin und mit Gracie und Teddie spiele, ablenken von dem Ärger darüber, dass ich mich gestern Abend vor einer Aussprache mit Luc gedrückt habe. Allerdings sind Immie, Jess und Poppy alle einstimmig der Meinung, dass das ein guter Schritt war. Dabei war es doch sehr viel weniger Absicht von meiner Seite aus, als sie glauben. Oder wie sie so schön sagen: *Wenn Luc es wert ist, werde ich schon noch von ihm hören.* Doch als ich mich neben Poppys Landhausherd wieder über meinen Laptop beuge und Unmengen an Weihnachtsmuffins esse, kann ich mich wieder konzentrieren und meine Gedanken sortieren. Solange ich hier bin, kann Poppy wenigstens nicht raus und beim Aufräumen der Scheune oder mit den Ferienwohnungen helfen.

Denn obwohl Poppy Hausarrest hat, steckt sie bis zum Ellbogen in Puderzucker und verziert gerade eine Weihnachtstorte mit Alpenmotiven für Montag, wenn alle für das Weihnachtsfest zu ihr kommen. Nebenbei mache ich das Album für Nate und Becky fertig, für die Hochzeit, die wir die »Sturmhochzeit« getauft haben. Zwar hat sich der raue Westwind von gestern mittlerweile gelegt, doch jetzt bläst ein eisiger arktischer Sturm.

»Sieht so aus, als gebe es Schnee«, sagt Rory, als er später vorbeikommt und Gracie und Teddie nach dem Essen abholt. Er hat gerade einen sehr köstlichen, von Rafe zubereiteten Hühnereintopf verpasst. Reste mitnehmen will er auch nicht. »Wenn du eine halbe Stunde Zeit hast, bevor Rafe dich zurück in die Stadt fährt, Holly, dann habe ich da im Cottage etwas für dich.« Er bemüht sich, fröhlich zu klingen, aber irgendwie ist heute sein Gemüt nicht ganz so sonnig wie sonst.

Rafe ist nicht nur ein Held in der Küche, sondern hat mir auch angeboten, mich nach Hause zu fahren. Das ist großartig. Aber dass Rory zu spät zum Essen kommt und auch nichts mitnehmen will, kommt mir sehr merkwürdig vor. Und dass er mich Holly nennt – wann hat er das jemals getan? Nachdem ich beim Abräumen und Abwaschen geholfen habe, gehe ich auf Zehenspitzen zum Home Brew Cottage. Es ist ungewöhnlich still. Rory sitzt auf dem Sofa. Sein Laptop ist geöffnet. Er stellt ihn auf den Tisch und deutet mit einer Kopfbewegung auf den freien Platz neben sich.

»Bin ich noch rechtzeitig, um mit Gracie zu singen?« Ich hatte mich extra beeilt, um rechtzeitig dafür hier zu sein. Als ich wieder zu Atem komme, frage ich mich, warum ich keine laute Jungsmusik höre.

Er sieht auf und blinzelt abwesend. »Sie schläft schon. Setz dich doch, wenn du hier Platz findest.«

Auf dem Weg über den Hof war ich schon freudig gespannt, was er für mich hat. Aber als ich jetzt seinen Blick sehe, ist mir nicht mehr so froh zumute. Die Stühle sind mit Klamotten übersät. Also setze ich mich neben ihn auf die Sofakante. »Ist alles in Ordnung?« So wie ich das sehe, ist hier gar nichts in Ordnung. Ich hätte nicht gedacht, was sein verlorener Anblick mit mir anrichten würde: nämlich dass ich das Bedürfnis verspüre, ihm über den Kopf zu streicheln und ihn an mich zu drücken, ganz fest. Wenn das die Gefühle sind, die Marilyn ihm gegenüber hat, verstehe ich nur zu gut, dass sie ihn andauernd anfasst.

Er seufzt. »Eigentlich könnte es kaum weniger in Ordnung sein. Ich habe gerade mit dem Krankenhaus telefoniert. Erin hatte eine Entzündung, die plötzlich weiter ausgebrochen ist. Langsam fürchte ich sogar, dass sie es gar nicht schafft.«

Die ganze Zeit, während ich mir wegen Luc Sorgen gemacht und auf seinen Anruf gewartet habe, ging es seiner Schwester immer schlechter. »Es nicht schafft?«

Er nickt. Und kaum hörbar sagt er: »Was mache ich bloß, wenn sie nicht wieder rauskommt, Berry?«

Ich erschaudere und starre auf den Schneemann am Weihnachtsbaum, der sich in der warmen Luft vom Kamin dreht. »Steht es so schlimm um sie?«

Er schließt die Augen für einen Moment. »Sie stopfen sie mit Antibiotika voll, aber sie spricht nicht darauf an. Sie haben die Dosis erhöht. In ein paar Stunden wissen sie, ob es anschlägt. Ich bin nicht gut im Umgang mit den Kindern. Wenn sie ihre Mutter verlieren, was um Himmels willen soll ich dann bloß tun?«

Das ist das erste Mal, dass ich ihn so vollkommen hilflos erlebe. Ich sehe ihn an und erkenne seinen gequälten Gesichtsausdruck und die schiere Angst in seinem Blick. »Was auch immer passiert, wir sind für dich da.«

Er verzieht das Gesicht zu einer sorgenvollen Grimasse. »Mir geht hier echt der Hintern auf Grundeis. Ich hatte noch nie so viel Angst in meinem Leben.«

Und das von dem großen, starken, liebenswerten Menschen, der mich getragen und unterstützt und sich in den letzten drei Wochen so gut um mich gekümmert hat. Ihn jetzt so am Boden zerstört zu sehen bricht mir das Herz. »Du bist der mutigste Mensch, den ich kenne, Rory. Wenn das Schlimmste passiert, wirst du es irgendwie schaffen. Dir wird das schon gelingen, so wie dir alles im Leben gelungen ist und du überall heil wieder rausgekommen bist.« Ich denke an seinen Unfall und muss jetzt einfach meine Hand ausstrecken und ihn am Arm berühren.

Er seufzt und schüttelt den Kopf. »Wenn ich könnte, würde ich mit Erin tauschen. Das ist so ungerecht für Gracie und Teddie.«

Und ich weiß, dass er das genauso meint, wie er es sagt. »So viel Angst, wie du jetzt auch hast, du wirst da durchkommen. Und du bist sehr wohl sehr gut im Umgang mit den Kindern. Ich kann mir niemanden vorstellen, der das besser könnte. Du bist eingesprungen und hast dich um sie gekümmert. Wenn ich sterben würde, würde ich mir niemand anderen wünschen, der sich um meine Kinder kümmern soll.« Das sage ich nicht nur so dahin. Das ist die Wahrheit. Es hat zwar eine Weile gedauert, bis er den Dreh raushatte, aber jetzt gibt er sich wirklich alle Mühe. Und er ist mit dem ganzen Herzen dabei. Ich spüre, wie er den Arm unter seinem weichen Baumwollhemd anspannt. »Und wir sind auch noch alle da und helfen dir. Irgendwie wird das schon klappen.«

»Danke, Berry. Aber vielleicht bist du dann gar nicht mehr hier.« Er fährt sich mit den Fingern durchs Haar. »Darüber wollte ich auch mit dir reden. Ich habe deine Playlist fertig.«

»Deshalb wolltest du, dass ich heute Abend zu dir komme?«

Er holt tief Luft. »Das war nur ein Vorwand. In Wahrheit wollte ich mit dir darüber reden, ob du nicht hierbleiben willst.« Er unterbricht sich. »Ich will mich nicht zwischen dich und Luc stellen. Aber ich dachte mir, wenn wir eine realistische Alternative ausarbeiten, dann hast du wenigstens eine Wahl, wenn er dich bittet, zu ihm zurückzukehren.«

Da scheint er sehr viel zuversichtlicher zu sein als ich, dass Luc mich zurückwill. »Du glaubst, ich sollte bleiben?«

»Das denken alle. Wir alle glauben, dass du hier gute Aussichten hättest. Oder wie Poppy sagt, es gibt hier genug Arbeit für noch einen Fotografen. Wenn du es nicht allein machen willst, dann helfe ich dir. Wir sind ein gutes Team. Das würde mir gut gefallen.«

An dieser Stelle muss ich ihm widersprechen. Weil die Aussicht, meinen sicheren Job und das feste Gehalt aufzugeben und als Selbstständige bei null anzufangen, mein Herz zum Stillstand bringt. »Aber Hochzeiten sind nicht mein Ding«, protestiere ich.

Er deutet ein Lächeln an. »Bist du sicher?«

»Stimmt schon, du hast recht. Ich finde es eigentlich nicht so schlimm, wenn ich daran denke, wie Katie und Becky sich gefreut haben und Saffy und Sophie und auch Zoe und Nancy. Und wie glücklich es mich macht, wenn sie auch nur ein einziges Foto entdecken, das ihnen gefällt.« Und trotzdem, wie viel Glück es mir auch bereiten mag, ich würde nie so einen Schritt ins Ungewisse wagen.

Rory nickt. »Ja, du kannst wirklich gut mit Menschen. Du kannst mir nicht erzählen, dass es dir genauso viel gibt und genauso befriedigend ist, mit Tellern voller Würstchen zu arbeiten. Selbst wenn du dafür Auszeichnungen erhältst.« Er knabbert an seiner Lippe. »Wenn man etwas gefunden hat, worin man gut ist, dann wäre es eine Schande, das nicht weiterzuverfolgen.«

Ich rümpfe die Nase. »Aber ich bin nicht der Typ dafür. Vor allem nicht in St. Aidan. Freya war der helle Stern am Familienhimmel, nicht ich.« Meine Brüder haben sich gut gemacht, aber für die war es auch etwas anderes, weil sie damals noch jünger waren.

Er verengt seine Augen zu Schlitzen. »Weißt du was, Berry? So wie ich das sehe, versteckst du dich dein Leben lang hinter Freya. Selbst heute, wo sie nicht mehr da ist. In den letzten Wochen, als du gezwungen warst, Dinge zu tun, vor denen du Angst hast, bist du so viel weiter gekommen. Wenn du dich nur trauen würdest, hättest du eine aufregende Zukunft vor dir.«

Ich grübele. »Wenn ich versuchen würde und mich trauen würde, Neues auszuprobieren, käme ich mir vor wie Freya oder als würde ich versuchen, Freya zu sein. Ich möchte lieber, dass alles so bleibt, wie es ist.« So habe ich noch nie darüber nachgedacht. Aber jetzt, da er das sagt, erkenne ich, dass er recht hat. Den Platz meiner geliebten Schwester einzunehmen ist das Letzte, was ich will.

Er stützt das Kinn auf seine Faust. »Freya hätte gewollt, dass es dir gut geht und du dich wohlfühlst. Sie hätte nicht gewollt, dass du dich mit dem Erstbesten zufriedengibst. Sie hätte gewollt, dass du dich selbst beflügelst. Ich glaube, du schuldest es ihr, dass du es zumindest versuchst.«

»Du meinst also, ich soll bleiben und mit dir zusammenarbeiten, als Hochzeitsfotografin in St. Aidan?« Als Poppy so etwas Ähnliches angedeutet hatte an dem Tag, als ich Jules assistieren musste, war ich entsetzt. Heute Abend aber, voller Wehmut, dass es keine Bilder mehr von Bräuten in Ankleidezimmern für mich geben würde, erscheint mir die Idee sogar recht verführerisch.

Er nickt. »Umgeben von all deinen Freunden, und du kannst dein Talent voll ausleben. Das denken wir alle.«

»Habt ihr euch gegen mich verschworen?«

Er lächelt. »Ja, Poppy, Immie und ich haben uns darüber unterhalten. Dir stehen ein paar wichtige Entscheidungen bevor. Und du solltest den Mut aufbringen, die richtige Entscheidung zu treffen.«

Ich schlucke. Ich habe einen Kloß in der Kehle. Er hat gerade eben herausgefunden, was ich in zwanzig Jahren nicht über mich herausgefunden habe. »Danke, Rory.«

»Danke gleichfalls, Holly Postbotin. Niemand baut mich so gut wieder auf wie du.« Auf seiner Stirn zeichnen sich wieder Grübelfalten ab. »Ach, übrigens, was hältst du vom Schlittenfahren?«

Genau diese verrückten Einfälle sind so witzig an ihm.

Ich muss lachen. »Das müsstest du doch eigentlich wissen. Ich halte Schlitten, aber ich fahre sie nicht. Das halte ich vom Schlittenfahren.«

Ein Lächeln huscht über sein Gesicht. »Dann weißt du nicht, wie aufregend so eine Rutschpartie bergab sein kann.« Die Lachfältchen um seine Augen, da sind sie wieder, und ich finde sie so süß wie eh und je.

Aber ich muss das deutlich sagen. »Bergab? Schnell? Und Schnee? Die drei Sachen stehen ganz oben auf meiner Liste der schrecklichen Dinge im Leben.« Was nicht weiter dramatisch ist, weil Schnee in Cornwall eine echte Seltenheit darstellt. Und da letztes Jahr bereits Schnee lag, wiege ich mich jetzt in Sicherheit. Aber für den Fall, dass ihm komische Ideen kommen, gehe ich lieber auf Nummer sicher und lenke ab: »Wann erfährst du Neues vom Krankenhaus?«

Er verzieht das Gesicht. »In ein paar Stunden vielleicht.«

»Soll ich mit dir zusammen warten?« Das scheint das Geringste zu sein, was ich für ihn tun kann.

»Ja, das wäre schön. Wenn es dir nichts ausmacht.« Er steht auf und streckt sich. »Hör dir mal die Playlist an, und ich gehe und sage Rafe Bescheid, dass er dich nicht nach Hause zu fahren braucht. Es sind keine Weihnachtslieder dabei, großes Ehrenwort! Das erste Lied kennst du schon.«

»S Club 7?« Ich mache mich auf das Schlimmste gefasst. Das kann ja heiter werden die nächsten Stunden.

Er zieht sich seine Jacke über. »Es ist ein Mix. Einige Gute-Laune-Lieder, einige sind trauriger, und einige Lieder haben eine Botschaft. Einige Songs sollen dich an unsere gemeinsame Zeit hier erinnern, falls du doch nicht bleibst und wieder weggehst. Und du entscheidest, welche Songs wofür gut sind.« Er holt sein Smartphone aus der Tasche und regelt die Lautstärke, als auch schon die ersten Töne aus den Lautsprechern dringen. »Gracie und Teddie bleiben auf jeden Fall über Weihnachten hier. Wenn du also gute Ideen für Geschenke hast ...«

In seinen dunklen Augen steht immer noch die Sorge geschrieben. Aber zumindest ist sein Blick nicht mehr ganz so hoffnungslos.

»Vielleicht fällt mir was ein.« Ich lächele und winke ihm zu, als er das Haus verlässt. »Einkaufsbummel sind nicht dein Ding?«

Er verdreht die Augen. »Nee, das ist nicht so mein Ding.«

* * *

Ich gehe die Playlist durch. »Fight for this Love«, »Bat out of Hell« und »Teenage Dirt Bag« kommen zu den Wehmutsliedern. »Issues«, »Fix You«, »Wishing and Hoping« und »So Kiss Me« kommen auf den Stapel mit »Was soll das?«-Songs. »Reach« und »Girls Just Wanna Have Fun« sortiere ich zu den Gute-Laune-Liedern. Da kommt Rory schon zurück.

Er lässt sich aufs Sofa fallen und sieht in etwa so aufgewühlt aus wie Immie nach einer halben Stunde mit ihrer Kühler-Kopf-App. »Mann, was für eine Höllennacht!«, schnaubt er.

»Poppys Wehen haben eingesetzt. Rafe fährt sie ins Krankenhaus. Sie sind gerade aufgebrochen, als ich drüben war.«

»Wie geht es Rafe?« Das kann er bestimmt nicht gebrauchen.

»Wie es einem Mann so geht, der schon einmal ein Kind verloren hat, das zu früh kam.«

»Und Poppy?«, frage ich schuldbewusst. Ich hätte mehr darauf achten sollen, dass sie sich ausruht.

Er schüttelt den Kopf. »Das werden wir später erfahren. In diesem Moment können wir nichts machen, außer zu hoffen, sehr stark zu hoffen.« Er sieht auf den Laptop. »Vielleicht sollten wir ›Baby Love‹ und ›Exes and Ohs‹ überspringen und Radiohead spielen.«

Ich beiße die Zähne zusammen und sortiere die Songs entschlossen in die Gute-Laune-Liste.

»›No Surprises‹?« Ich lächele, als die ersten, so eindringlichen Töne durchs Zimmer schallen. »Das ist sozusagen mein Motto-Song. Ich liebe das Lied.«

»Ich auch. Das hat mich im Krankenhaus bei der Stange gehalten.« Er klopft sich auf den Oberarm zu meiner Seite. »Lehn dich ruhig an. Da passiert schon nichts. Die Nacht wird nur sehr lang, mehr nicht.«

An seine warme, feste Schulter gekuschelt und mit den Songs im Hintergrund vergehen die Stunden erstaunlich schnell. Um vier Uhr morgens kommt ein Anruf vom Krankenhaus. Erin schwebt nicht mehr in Lebensgefahr. Um fünf Uhr ruft Rave an. Poppy liegt nicht in den Wehen. Sie kommen morgen früh zurück. Und um sechs kommen Gracie und Teddie angekrochen und freuen sich, dass Rory schon auf ist. Und als ich viel später aufwache, liege ich zusammengerollt mit dem Kopf auf Rorys Schoß, unter einer Cashmeredecke. Und Rory ist höflich genug, so zu tun, als sei das gar nicht passiert.

36. Kapitel

Auf Einkaufsbummel

Sonntag, 24. Dezember
In Rose Hill

»Welche Farben sollen die Rosen haben?«, fragt Rory und sieht auf die Reihe Sträuße in dem Blumenladen der Stadt. »Rosa?«

»Auf keinen Fall. Freya war nicht so mädchenhaft.« Ich sehe mir die vielen Farben an und weiß, warum ich das normalerweise nicht mache. Weil nichts jemals schön genug sein kann. »Ich dachte an Gelb, aber nachdem du die Stechpalmenzweige ausgesucht hast, passen die weißen Rosenblüten gut dazu.«

Der Friedhof liegt nur wenige Schritte von dem Blumenladen entfernt. Ich halte Gracie an der Hand, die fröhlich auf und ab springt, während Rory Teddie trägt. Ich komme nicht oft her. Aber den Weg zu dem hellen Grabstein am Ende der Mauer würde ich auch mit geschlossenen Augen finden.

Rory bückt sich. Er holt den kleinen Strauch aus der Tragetasche und stellt den Topf auf die Erde. »Schön, dass wir eine Stechpalme mit so vielen Beeren dran gefunden haben, Beerchen. Guck mal, auf dem Rasen liegt noch Raureif.«

Ich nehme die Rosen und binde sie mit dem schwarz-weißen Band aus dem Weihnachtsbaum von Sophies und Saffys Hochzeit zusammen. Dann beuge ich mich vor und lege den Strauß neben den Topf mit der Stechpalme. Ich schniefe und versuche nicht zu weinen. Als ich mich aufrichte, legt Rory seinen freien Arm um mich, und ich schmiege mein Gesicht in den weichen, nach Diesel duftenden Kragen seiner Windjacke. So bleiben wir lange stehen.

Als ich mich endlich loseise, gehen wir die Wege zwischen den Gräbern entlang und nehmen uns extra viel Zeit, zurück ins echte Leben zu finden.

»Bist du traurig, Holses?«, fragt Gracie. Sie springt auf und ab und zieht an meiner Hand. »Vermisst du deine Mami?« Sie hört auf, an mir zu ziehen, und reibt tröstend den Ärmel meiner flauschigen Leopardenjacke. »Mach dir keine Sorgen, die Weihnachtsgeschenke machen dich wieder froh.«

In Rorys Augen blitzt ein Lächeln auf, und er sieht mich über ihren Kopf hinweg an. »Berry denkt an jemanden, den sie sehr liebgehabt hat. Und sie verspricht, in Zukunft immer mutig zu sein.«

Gracie macht einen Hopser. »Mutig wie du … wenn du einkaufen gehst?«

»Habe ich das so gesagt, Gracie?« Er lacht und nimmt ihre andere Hand, um ihr die ausgetretenen Stufen zum Gehweg hinabzuhelfen. »Wenn ich zurück bin, sage ich dir, ob ich mutig war oder eher verrückt.«

**

Tatsächlich dauert es Stunden und viele Glitzer-Geschäfte später, bis Rory zufrieden ist und den Haufen Tüten und Einkaufstaschen hinten im Biermobil für ausreichend erklärt. Dafür, dass er nicht gerne shoppen geht, erweist er sich als erstaunlich gut darin, hinter all dem Flitter die perfekten Geschenke zu entdecken. Außerdem gelingt es ihm, an die Kasse zu gehen, ohne dass Gracie sieht, was er ausgesucht hat. Anschließend gehen wir im Crab and Pilchard, ein wenig spät, mittagessen. Den angrenzenden Spielbereich findet Gracie diesmal weit weniger interessant als das Essen. Sie verschlingt eine ganze Pizza und macht sich dann über unsere Fish and Chips im Bierteig her.

Zu guter Letzt machen wir uns auf den Weg zurück zu »Brides by the Sea«, die letzte Station an diesem Tag. Wir sind bei Sera im Atelier mit dem schönen Mauerwerk und den Stoffproben, wo ich Gracies Maße nehme, um ihr ein Überraschungsgeschenk anfertigen zu lassen. Dann kommt Jess die Treppen runter.

»Wie schön, dass ihr alle hier seid. Ich will euch von meinen neuen Plänen für Weihnachten erzählen.« Sie schnurrt und strahlt gleichzeitig. »Offensichtlich wird Poppy die Feier in der Scheune nicht ausrichten können in ihrem Zustand. Aber es ist alles geregelt. Wir haben alles ins Herrenhaus verlegt. Ihr seid alle eingeladen. Es sind auch genug Zimmer da, und ihr könnt alle dort übernachten. Lily und Kip werden auch kommen. Wer weiß, vielleicht können wir sogar Jules überreden, vorbeizuschauen.«

So aufgekratzt, wie Jess ist, und so praktisch das Ganze klingt, mache ich mir trotzdem Sorgen. »Wie geht es Poppy damit?«

Jess verzieht den Mund. »Sie ist nicht gerade erfreut darüber. Aber wir alle haben entschieden, dass es das Beste für sie und ihr Ungeborenes ist.« Sie wendet sich an Rory. »Du und die Kinder, ihr kommt doch auch, oder?«

Rory grinst sie dankbar an. »Danke, ja, wir kommen gerne. Entschuldige, dass wir so kurzfristig dazustoßen.«

Jess drückt seine Hand und sagt, dass ihr das nichts ausmacht. Sie wendet sich an Sera und sieht sie augenzwinkernd an. »Das Herrenhaus ist außerdem der perfekte Ort für dich und Johnny, um euer Einjähriges zu feiern.« Vor ziemlich genau einem Jahr, auf der riesigen Landhaus-Weihnachts-Hochzeitsfeier von ihrer Schwester Alice, sind Sera und Johnny zusammengekommen.

Sera schiebt sich ihre blonde Lockenpracht aus dem Gesicht, legt das Maßband auf die Werkbank und wischt sich die Hände an ihrer zerschlissenen Jeans ab. »Danke, Jess, es könnte tatsächlich nicht schöner sein. Ein ganzes Jahr schon? Das ging unglaublich schnell vorbei.«

Jess kneift die Augen zusammen und sieht mich an. »Und, Holly, was höre ich da für einen Unsinn, dass du den Tag ganz allein verbringen willst?« Sie lässt mich gar nicht erst zu Wort kommen. »Befehl von Bart. Selbst wenn wir dich an den Haaren herbeischleifen müssen, musst du zur Feier kommen. Wir akzeptieren kein Nein, okay?« Wenn Jess so bestimmt auftritt, kann sie ganz schön Furcht einflößend sein.

»Okay. Danke. Das wird super.« Ich traue mich nicht, etwas anderes zu sagen. Aber zu meiner Überraschung stelle ich fest, dass ich es tatsächlich so meine.

Rory schaltet sich ein. »Da wir ja Frühaufsteher sind, kann ich dich abholen kommen, Berry. Falls kein Schnee fällt.« Er grinst Jess an. »Keine Sorge. Ich lasse sie nicht vom Haken.«

Seras Augen leuchten auf. »Es war doch wunderschön, als es auf Alice' Hochzeit geschneit hat. Obwohl die Straßen gesperrt waren und niemand durchgekommen ist. Ist denn Schnee vorhergesagt?«

Rory nickt. »Wahrscheinlich fällt aber keiner. Wenn doch, Berry, verspreche ich, dass wir uns durch die Schneeverwehung bis zu dir durchkämpfen werden. Aber wir werden erst losfahren, nachdem wir einen Schneemann gebaut haben, versteht sich.«

Jess strahlt. »Du musst unbedingt kommen, Holly. Der Dresscode ist: Trag, was du willst, solange du einen Weihnachtspulli anhast.«

Rory sieht mich an und sagt: »Und wenn du keinen hast, dann leihe ich dir einen.«

»Großartig.« Meine Begeisterung vertuscht hoffentlich die Tatsache, dass er schon wieder meine Gedanken gelesen haben muss.

Jess neigt den Kopf in meine Richtung. »Ach, und übrigens, Holly, hat Sera dir erzählt, dass Luc vorhin hier aufgetaucht ist?«

Sera schlägt sich die Hand vor den Mund. »Ups, sorry, Hols.« Sie ist bekannt dafür, dass sie manchmal ein wenig schusselig ist. Und da sieht man's mal wieder.

Immerhin gibt mir ihre Entschuldigung ein bisschen Zeit, um meinen flauen Magen zu überspielen und mich wieder zu fangen. Nachdem ich gestern den ganzen Tag lang gewartet hatte, hatte ich die Hoffnung bereits aufgegeben. Jetzt bringe ich als Antwort nur ein Schlucken heraus.

Schon schimpft Jess. »Und warum hast du uns nicht gesagt, dass er aussieht wie ein Filmstar? Jetzt, da wir ihn gesehen haben, verstehen wir natürlich die ganze Aufregung erst. Du tust vollkommen recht, den Mann nicht aufzugeben, Holly.« Vor Aufregung zuckt sie mit den Augenbrauen. »Er ist mit ein paar Freunden im Harbourside. Noch hat er alle Zeit der Welt, die Dinge ins Lot zu rücken.«

Rorys Lächeln erstirbt, und er nimmt Gracie bei der Hand. »Wir müssen dann los. Immie will uns Kaffee und Kuchen machen und als Gegenleistung von Teddie geknuddelt werden. Und ich packe die Geschenke ein. So ein Angebot kann ich nicht ablehnen.« Er seufzt. »Danke für deine Hilfe, Holly-Berry. Bis morgen früh!«

Sosehr Jess gehofft haben mag, dass Luc noch einmal auftaucht, daraus wird nichts. Nur um sicherzugehen, beschäftige ich mich im Weißen Zimmer bis um zehn Uhr abends. Dann werfe ich einen letzten Blick auf die Straße. Dabei fokussiere ich meinen Blick augenscheinlich so sehr, dass ich die Flecken, die vom Himmel fallen, für Lichtreflexe halte, die sich im Schaufenster spiegeln. Als ich begreife, dass es Schnee ist, fallen die Flocken bereits als dichter Schneesturm.

37. Kapitel

Mit dem Kopf in den Wolken

Montag, 25. Dezember
In der Dachwohnung über »Brides by the Sea«

Als ich am Weihnachtsmorgen aufwache, ist mein Schlafzimmer erstaunlich hell. Auf der Fensterscheibe der Dachluke liegt so viel Schnee, dass ich das Fenster erst öffnen und das Weiß wegfegen muss, um über die Bucht sehen zu können. Ich wische die Eiskristalle von den Schieferschindeln und blicke über ein Meer aus schneebedeckten Dächern. Und mir sinkt der Mut. Die See und der Himmel sind von demselben Hellgrau und verschmelzen irgendwo in der Ferne am Horizont. Die Menschen, die unten am Strand ihre Hunde frühmorgens Gassi führen, kämpfen gegen den Wind an. Ihre Silhouetten heben sich dunkel von den blendend weißen Schneehaufen auf dem Sand ab.

Schnee bis zum Meer? Das habe ich noch nie gesehen.

Ich schlüpfe in meine Leopardenpumps und renne die Treppen die vier Stockwerke hinab in den Laden. Hinter den schneeweißen Tüllkleidern im Schaufenster des Weißen Zimmers liegt der Schnee draußen auf der Straße dick wie eine Daunendecke auf dem Kopfsteinpflaster. Da kann ich hoffen, so viel ich will, Rory wird es wohl kaum durch den Schnee hierher schaffen. Trotzdem entriegele ich die Ladentür. Mir ist schleierhaft, warum ich so niedergeschlagen bin, wo ich mir doch gewünscht und die letzten Monate darauf hingearbeitet hatte, dieses Jahr Weihnachten alleine zu verbringen. Es ist gespenstisch still. Schnell flitze ich die Treppen wieder nach oben und gieße Milch in einen Topf auf dem Herd.

Nachthemd, heißer Kakao, eine Kuscheldecke. Die erste Staffel von »Friends« wartet schon auf mich. Auch wenn ich mich auf diesen Tag sehr viel weniger freue als gedacht, ist das Frühstück so weit ganz in Ordnung. Besser wäre es bloß, wenn die Doughnuts von gestern jetzt nicht so trocken wären. Und wenn ich noch mal wählen sollte, würde ich wahrscheinlich Marmelade nehmen und nicht Puddingfüllung. Aber angesichts des Wetters heute Morgen erscheint mir die Zwölferpackung, die mir gestern, als ich sie spät an Heiligabend noch schnell besorgt hatte, riesig vorkam, jetzt eine erstaunlich weise Wahl zu sein.

Aber als ich mich jetzt zurück ins Bett kuschele und meine »Friends«-Session starte, kann ich mich überhaupt nicht schlapplachen wie sonst. Jennifer Aniston sieht so jung aus, dass ich mich wie eine Rentnerin fühle. Wieso zum Geier dachte ich bloß, dass ein ganzer Tag alleine im Bett machbar wäre, geschweige denn lustig? Seitdem ich hier bin, war ich immer beschäftigt und von vielen Menschen umringt. Mein altes Einsiedlerleben ist plötzlich ein Schock, auf den ich nicht gefasst bin.

Nach vier Folgen drücke ich auf »Pause« und ziehe mir die Decke über den Kopf. Ich schniefe und suche nach einem Taschentuch. Da höre ich plötzlich Stimmen.

»Wohnt Holsie hier? Warum sind hier so viele Stufen?« Dann höre ich ein bekanntes tiefes Lachen. »Weil Berry fast im Himmel wohnt.«

»Gracie? Rory?« Mist, jetzt erwischen sie mich beim Weinen. Aber dass sie hier sind ... sagen wir so: Wenn meine Doughnuts mit Puddingfüllung sich in Doughnuts mit Schokocremefüllung verwandeln würden, könnte ich nicht aufgeregter sein.

Ich luge unter meiner Decke hervor und sehe in Gracies weit aufgerissene Augen.

»Kommt der Weihnachtsmann mit seinen Rentieren bis hier oben hingeflogen, Hols?«

Rory grinst breit. »Heiliger Bimbam, Holly! Fragen über Fragen. Warum bist du noch im Schlafanzug? Wir wollen doch los!« Sein Grinsen verwandelt sich langsam in ein wissendes Lächeln. »Es sei denn, dein Weihnachtsgeschenk für mich ist eine Einladung nach Paris, wie es auf deinem Pyjama steht.« So ein Quatsch. Aber er gibt nicht auf.

Um ihn zum Schweigen zu bringen, sage ich: »Das sehen wir, wenn Weihnachten vorbei ist.«

»Das heißt Ja?« Diese Neckereien kann er einfach nicht lassen.

»Frag mich einfach das nächste Mal, wenn du das Nachthemd siehst.« Es wird natürlich kein nächstes Mal geben. Und irgendwie bedauere ich jetzt schon, dass er nicht mehr hereinstürmen wird und mich mit dem Geruch von gebratenem Speck weckt. Schade, dass das gemeinsame Frühstücken vor den Hochzeiten bereits Geschichte ist. Rorys Plan ist zwar verführerisch, aber sosehr ich meinen Mut zusammennehme, ich habe einfach zu wenig Rücklagen, rein rechnerisch kann das gar nicht klappen. Ich habe nicht genug Geld, um das Geschäft aufzubauen und mich davon zu ernähren. »Wie seid ihr denn hergekommen? Die Straßen sahen unpassierbar aus. Ich dachte, ihr kommt nicht.«

»Die Hauptstraße ist frei.« Er runzelt die Stirn. »Ich habe dir doch versprochen zu kommen, Berry. Selbst wenn ich dich fünfzehn Kilometer auf einem Schlitten ziehen müsste, wäre ich dich abholen gekommen.«

So wie er das sagt und mich dabei ansieht, wird mir ganz anders. Und kurz bereue ich, dass ich nicht aufgestanden und fertig angezogen bin, um zur Begrüßung eine Weihnachtsumarmung zu bekommen.

Andererseits, ich möchte mein Gesicht so gerne an seine

Schulter legen, dass es wahrscheinlich besser ist, das nicht zu tun, weil ich ihn sonst womöglich nicht mehr losgelassen hätte. Als Gracie hinter Rorys Beinen und den zerrissenen Jeans hervorkommt und mir ein Plüschtier entgegenstreckt, bin ich sehr dankbar für die Ablenkung.

Als ich das Stofftier erkenne, muss ich laut lachen. »Ein Erdmännchen im Olaf-Kostüm? Ach, toll!«

Gracie strahlt über das ganze Gesicht. Dabei hält sie ihren Schneemann fest an ihren Bauch gedrückt. »Den hat dir der Weihnachtsmann gebracht.«

Rory mischt sich ein. »Vielleicht bringe ich da was durcheinander, aber ich dachte, ich hätte dich in dem Spielzeuggeschäft sagen hören, dass der einfach zu süß sei, um ihn nicht mitzunehmen.« Dafür, dass er bis vor Kurzem noch nie etwas von der »Eiskönigin« gehört hat, kennt er sich jetzt bemerkenswert gut aus.

Ich lächele. Dann merke ich, dass auf Rorys Hüfte etwas fehlt. »Wo ist Teddie?«

»Rate! Er ist kaum noch von Immie loszueisen.« Er sieht auf sein Handy. »Willst du dich abmarschbereit machen? Das wäre gut. Ich muss noch bei Roaring Waves vorbei, um Bier und Sekt für Bart und Jess zu holen.«

Ich schnappe mir meine beste Jeans und ein Hemd von Topshop. »Ich beeil mich, so schnell ich kann.«

»Super. Und vergiss deine Gummistiefel nicht.« Bevor Rory aus dem Zimmer geht, stellt er eine Plastiktüte aufs Bett. »Das ist der Weihnachtspulli, den ich dir versprochen habe. Zieh dich an, und ich kümmere mich um weihnachtliche Musik.«

Ich leere die Tüte über meiner Bettdecke. Erwartet hatte ich einen abgetragenen Kapuzenpulli mit »Bad Elf Beer«-Aufdruck. Stattdessen finde ich ein weiches, dunkelrosafarbenes Sweatshirt mit einem weißen Schriftzug: »Weihnachten wird mir zu bunt.«

Ich muss so sehr lachen, dass ich eine Weile kein Wort herausbringen kann. »Danke. Vielen Dank!« Noch besser ist: Als ich mir den Pulli ans Gesicht halte, riecht er leicht nach Rory. Ich will gerade aus dem Bett springen, um ihn zu umarmen. Aber zu spät. Er ist schon aus dem Zimmer und hat die Tür hinter sich zugezogen.

38. Kapitel

Keine Überraschungen

Montag, 25. Dezember
Weihnachten auf Rose Hill Manor

Die schneebedeckte Landschaft sieht zauberhaft aus. Auf der Fahrt nach Rose Hill läuft die ganze Zeit Musik, und wir singen mit: »Jingle Bell Rock« und Lieder über den Weihnachtsmann, der im Schornstein stecken bleibt. Aber die zauberhafte Landschaft ist nichts gegen den Anblick, als wir in die Straße zum Herrenhaus einbiegen und das große Steinhaus mit den Schornsteinen und dem schneebedeckten Dach vor den schwarz-weißen Bäumen entlang der Auffahrt erblicken. Die Weihnachtsbäume rechts und links vom Eingang sind ebenfalls mit Schnee bedeckt, der in dem Glanz der Glitzerlichter funkelt. Wir betreten das Haus und werden von wohliger Wärme empfangen. Den bis an die Decke reichenden Tannenbaum im Flur hatten wir ja schon bei Sophies und Saffys Hochzeit gesehen, aber wir müssen auch diesmal wieder staunen. Jess und Bart haben den Baum zusätzlich mit meterweise Lametta und einer himmlischen Heerschar kleiner Engel geschmückt, damit er noch weihnachtlicher aussieht. Kunstvoll arrangierte Schweizer Schlitten und Skistiefel darunter bilden die i-Tüpfelchen in der festlichen Atmosphäre. Aus dem Saal dringen Geschnatter und Gesprächsfetzen. Es klingt, als hätten sie noch mehr Leute eingeladen für den Umtrunk vor dem Weihnachtsfestmahl.

Rory trägt einen ersten Kasten Bier aus seinem Wagen herein. Ich nutze die Chance und flüstere ihm zu: »Wo sind die ganzen Geschenke?«

Lässig winkt er ab. »Sind auf dem Weg.«

Es bleibt keine Zeit für weitere Fragen, denn Jess kommt und begrüßt mich mit Luftküsschen. In ihrem blauen Cashmerepulli vom Klosters Schneepoloclub und ihren Skihosen und den flauschigen Stiefeln sieht sie einfach fantastisch aus. Sie hebt eine Augenbraue und sieht mich eindringlich an. »Lass den Mantel an. Und bereite dich auf einen Tag voller Überraschungen vor.«

»Schön.« Hoffentlich sind das nicht so viele, also: zu viele, so wie letztes Jahr.

Jess lacht. »Keine Sorge. Du brauchst nicht so ängstlich zu gucken, Holly. Kommt rein. Trinkt einen Glühwein. Und viel Spaß!«

Wir betreten das großräumige Wohnzimmer mit den gemütlichen Sofas mit Leinenbezug und den auf Hochglanz polierten Kommoden. Am anderen Ende des Raumes unterhalten sich Kip und Lily mir ihrer Mutter und deren neuem Ehemann, die beide schicke himbeerfarbene Sportklamotten tragen, passend zum Lippenstift ihrer Mutter. Bart legt ein paar Scheite auf das flackernde Kaminfeuer. Jess schenkt warmen, würzigen Wein aus und schöpft mit einer Kelle heißen gewürzten Apfelsaft in Becher. Dazu gibt es Blinis mit Räucherlachs. Ich mache die Runde und begrüße alle mit Umarmungen und Luftküsschen und wünsche allseits frohe Weihnachten. Rory holt derweil das restliche Bier und den Sekt aus dem Auto.

Dann entdecke ich Poppy an der Terrassentür mit dem Blick über den See. Ich setze Gracie samt Erdmännchen, Schneemann und einem Tablett voller Schnittchen auf einen Stuhl. Poppy umarme ich besonders innig und lächele über den Schriftzug auf ihrem Bauch: *Meine kleine Schneeflocke* steht da.

»Wie geht es dem kleinen Menschenkind?« Wir haben gestern telefoniert, aber gesehen habe ich sie seit ihrem Krankenhausaufenthalt bis gestern nicht mehr.

Sie verzieht das Gesicht. »Ich bin darüber hinweggekommen, dass Weihnachten nicht bei mir stattfindet. Ich weiß, dass Rafe und Jess es nur gut mit uns beiden meinen.« Sie streichelt über ihren wahrhaft beeindruckenden Bauch unter der Schneeflocke. »Trotz des Spruchs auf dem Pullover ist das ganz und gar nicht klein. Er hat auch kaum noch Platz zum Treten. Der Stichtag und die Termine waren eh umstritten. Sie haben jetzt den Oberarzt mit ins Boot geholt. Vielleicht wird es ein Januar- und kein Februarbaby.«

Immie rückt sich Teddie auf der Hüfte zurecht. Sie tritt einen Schritt zurück, um Poppy besser sehen zu können. »Was auch immer die Ärzte sagen, du siehst so aus, wie ich damals aussah, als Morgan unterwegs war.« Sie fährt sich durchs Haar und zeigt auf den schlaksigen ein Meter achtzig großen Teenager, der an seinem Smartphone herumspielt.

Ich muss meinen Senf dazugeben: »Das ist weit weniger wissenschaftlich als deine Aussagen sonst, Immie.«

Sie bläst die Backen auf. »Bei manchen Angelegenheiten kommt es mehr auf Instinkt als auf Wissenschaft an. Geburten gehören dazu.«

Poppy wechselt das Thema und zuckt mit ihren Augenbrauen. »Ich habe gehört, dass Rory dir seine Brauerei gezeigt hat, Hols?« Sie wirft mir einen wissenden Blick zu. »Nicht jeder kommt in den Genuss. Ich hoffe, du weißt das.«

Ich möchte das nicht überbetont wissen. »Wir sind nur kurz rein und wieder raus, um die Getränke zu holen. Ich wusste nicht, dass es Roaring Waves heißt, weil es direkt am Meer liegt.« Die Schuppen entlang des Strandes nicht unweit der Küstenstraße waren wirklich hübsch und sehr viel weniger heruntergekommen, als Rory mich hat glauben lassen.

Immie meint: »Das ist ein schöner Standort. Aber viel wichtiger: Hast du das Schlafzimmer gesehen?«

Da muss ich mir was aus den Fingern saugen. »Ich habe ein paar große glänzende Bottiche gesehen und einen schicken Verkaufsraum. Außerdem ein bisschen was von dem Haus, das sehr viel ordentlicher ist als das Home Brew Cottage.« Meine Wangen sind dunkelrot. Als ich versehentlich das übergroße Holzbett gesehen hatte, bin ich schnell raus zum Biermobil gerannt.

Immies Lippen zucken. »Klar ist das weniger chaotisch ohne die beiden Racker, die alles durcheinanderbringen. Ganz St. Aidan kennt das Bett. Das einzige Möbelstück in dem Zimmer. Mit Blick aufs Meer. Und vor allem hat er keine Vorhänge.«

Angesichts des geballten gesamtstädtischen Wissens kann ich mir ein Lächeln nicht verkneifen. »Danke. Ist ja was. Bei allen Dingen, die ich wissen muss – das gehört nicht dazu.«

Wir stecken die Köpfe zusammen, und Immie sagt: »Jetzt was ganz anderes …« Sie fischt etwas aus ihrer Tasche.

Ich seufze gerade erleichtert auf, da sehe ich, was sie in der Hand hält. »Immie, was ist das?«

Sie schnaubt. »Ruhig Blut. Hast du noch nie eine Urinprobe gesehen?«

Poppy sieht mich mitleidig über den Probenbehälter mit dem Pipi in Immies Hand an. »Und das trägst du mit dir herum und zeigst uns das, weil …?«

Immies Gesichtsausdruck verdüstert sich. »Das ist meine zweite Woche ohne Alkohol. Und was das Babymachen angeht, war ich super entspannt, und wir haben's getrieben wie die Karnickel.« Sie zeigt auf ihr rotes Sweatshirt: »*Immer mit der Ruhe. Verknallt in einen Feuerwehrmann.* Auch ansonsten tue ich alles und mache das, was frau so machen soll, dank meiner Kurse und Workshops und meiner Wellness-Apps.«

Ich kann ihr nicht folgen. »Und was hat das mit dem Pipi zu tun? Und bitte pass auf, dass es nicht mit dem Apfelsaft verwechselt wird.«

Verzweifelt sieht Immie mich an. »Bei so vielen Weihnachtsgetränken werde ich womöglich schwach. Und da sollt ihr beide mir helfen.« Sie drückt mir die Urinprobe in die Hand. Dann holt sie eine Schachtel aus der Tasche, die sie mir ebenfalls in die Hand drückt. Ich kreische auf, als ich den Urinbehälter und die Schachtel in meiner Hand sehe. »Ein Schwangerschaftstest?«

»Ganz ruhig. Ich will nicht, dass alle Welt davon Wind bekommt.« Immie durchbohrt mich mit Blicken. Aber zu spät. Sie zischt uns zu: »Wenn ich euch ein Zeichen gebe, möchte ich, dass ihr, du und Poppy, den Schwangerschaftstest für mich macht. Sagt mir, wenn es negativ ist. Dann kann ich trinken, was und so viel ich will.«

Einfühlsam fragt Poppy: »Und warum kannst du das nicht selber machen?«

Immie pustet ihren nicht existenten Pony aus dem Gesicht. »Ehrlich gesagt, ich habe in den letzten Monaten so viele Tests gemacht und noch ein negatives Ergebnis würde mir das Weihnachtsfest vermiesen. Ich weiß, dass das ein großer Gefallen ist, wenn meine Freundinnen einen Teststreifen in mein Pipi tunken sollen. Aber ich dachte, euch beiden macht das nichts aus. Und es soll ja nur in dem allerdringendsten Notfall zum Einsatz kommen. Wir ahnen ja eh alle, dass das Ergebnis negativ sein wird. Aber dann muss ich es jedenfalls nicht selber sehen.« Sie sieht uns in die Augen.

Ich öffne meine Handtasche und verstaue die Probe und den Test darin. »Super. Sag, wann wir es machen sollen, und wir verschwinden aufs Klo.«

Poppy sieht Bart entgegen, der mit einem Tablett voller dampfender Gläser auf uns zukommt. »Noch ein Heißgetränk, die Damen? Jess meinte, ich soll alle mit Getränken versorgen.«

Ich nehme mir einen Glühwein und blicke auf den See und die schneebedeckten Hügel dahinter. Ich bücke mich gerade, um nach Gracie zu sehen, da höre ich Immie ausrufen: »Halt dich fest, Hols. Jess winkt. Sieht aus, als wolle sie was von dir.«

Poppy blinzelt. »Herrje, hat sie da etwa Luc im Schlepptau?«

Mein Herz macht einen Satz. Es springt mir förmlich aus der Brust und landet draußen auf der Terrasse. »Das kann nicht sein.« Obwohl ich gerade einen großen Schluck Glühwein getrunken habe, ist mein Mund staubtrocken.

Immie grummelt: »So eine Riesenscheiße. Er ist es. Achtung, Ashton Kutcher im Anmarsch! Allen voran Jess, dicht gefolgt von Rory.«

Ich schlucke vernehmlich. »Er hat sie im Laden getroffen. Wahrscheinlich hat Jess ihn zum Umtrunk eingeladen.«

Poppy ist baff. »Dafür, dass er nur zum Anstoßen hier ist, sieht er aber verdammt zielstrebig aus. Er düst heran wie eine Lenkflugrakete. Nur doppelt so schnell.«

Ich stöhne. »Ich hätte gedacht, wir könnten uns bei einem Kaffee aussprechen ...«

Immie raunzt: »Cream Tea ist doch das höchste der Gefühle zwischen euch.«

Ich muss lächeln. »Ein heißer Kakao im Surf Shack und ich schmelze schneller dahin, als du Weihnachtsmuffin sagen kannst.« Wobei Muffins unter Lucs Kohlenhydrate-Verbot fallen.

An den Sofas vorbei dirigiert Jess Luc in unsere Richtung. Gleichzeit schlägt sie gegen ihr Glas und bittet die Anwesenden um Aufmerksamkeit. Wenn ich nicht gerade vor Angst eingehen würde, würde ich sie für ihr Multitasking bewundern. Ich ziehe den Bauch ein und hoffe, dass das die Pfunde kaschiert, die ich seit letztem Dezember zugenommen habe.

Die versammelte Menge verstummt, und ich habe ein furchtbares Déjà-vu-Erlebnis.

Luc bleibt wenige Schritte vor mir stehen und klatscht in die Hände. Das habe ich doch schon mal erlebt. Ich weiß genau, was ich zu tun habe. Ich weiche zurück zu den Doppeltüren hinaus zum Garten. Hinter meinem Rücken bekomme ich den Türgriff zu fassen. Ich drücke ihn herunter und spüre, wie die Tür sich öffnet. Gerade, als ich bereit bin, um mein Leben zu laufen, sehe ich hoch und fange Rorys Blick auf. Wenn es heißt, dass Menschen, ohne Worte zu wechseln, miteinander kommunizieren, klingt das dämlich. Aber da ist etwas in seinem Blick, das mich unweigerlich hier stehen bleiben lässt. Nein, ich werde nicht einfach die Flucht ergreifen, nicht wahr? Dieses Mal werde ich nicht davonlaufen. Ich werde bleiben und durchstehen, was immer auch kommen mag.

Jess räuspert sich und sieht so begeistert aus wie ich entgeistert.

»Ich bitte um Aufmerksamkeit. Bitte alle mal herhören! Luc möchte etwas sagen und ein paar Worte an unsere allseits geschätzte und geliebte Holly richten.«

Luc ragt übergroß vor mir auf in seinem schnittigen dunkelgrauen Anzug und seinem makellos weißen Oberhemd. Und ich verstehe, warum Jess so eingenommen von ihm ist.

Den ganzen langen Weg aus Amerika. Und bis nach Rose Hill und ins Herrenhaus. Haargenau ein Jahr ist es jetzt her, seit … ja, seit es ein Jahr her ist. Jetzt starre ich ihn an, und mein wilder Herzschlag wird langsam wieder normal.

»Hallo, Luc«, sage ich und lächele. Sein Zeitgefühl ist unfehlbar. Das muss man ihm lassen.

Er räuspert sich und blickt um sich, um zu sehen, ob alle Augen auf ihn gerichtet sind. Dann sagt er: »Holly, letztes

Jahr habe ich dich gebeten, meine Frau zu werden. Und damals hast du mir aufgrund ... außerordentlicher Umstände keine Antwort gegeben. Daraufhin bin ich nach New York geflogen und hielt unsere Beziehung für beendet.«

Sein amerikanischer Akzent versetzt mir noch einmal einen Schock. Das ist typisch Luc. Wenn er Zuschauer hat, gibt er immer alles. Er macht sie zunächst alle heiß und kommt dann erst zum Punkt. Immie ist nach seiner Vorrede nicht mehr dabei. Sie verdreht genervt die Augen. Außerordentliche Umstände? Seine Pause dauert lange genug für mich, um über seine merkwürdige Wortwahl angesichts der Geschehnisse nachzudenken. Ich sehe über Lucs Schulter hinweg, dass Rory ebenfalls stöhnt.

Luc räuspert sich noch einmal. »Wie auch immer ...« Das ist so pompös, das lässt er erst einmal im Raum stehen. So lange, dass ich schon fürchte, er hat seinen Faden verloren. Doch dann setzt er erneut an: »Wie auch immer, im Laufe des Jahres hatte ich Zeit zum Nachdenken. Ich dachte, dass meine Zukunft vielleicht doch nicht in New York liegt, sondern eher in London. Mit Holly.«

Es folgt eine Pause. Vielleicht, damit ich darüber nachdenken kann, ob es ihm um seine Arbeit oder um mich geht. Weil ... so ganz klar ist mir nicht, worauf er hinauswill.

»Also, kurz gesagt ...«

Kurz ist da gar nichts. Aber gut. Nicht nur Immie gähnt bereits. Ich bin auch schon nicht mehr ganz bei der Sache. Wahrscheinlich verpasse ich auch einen Teil, weil ich nach draußen über die Berge schaue. Als ich zurück in die Runde blicke, fallen mir fast die Augen aus. Denn Luc kriecht da unten am Boden. Dann zieht er eine blassblaue Schatulle aus seiner Tasche. Er zeigt sie im Zimmer herum, mit einer Bewegung, die an einen Zauberer erinnert, der unbedingt einen Oscar gewinnen will. Dann zischt Jess ein einziges Wort: »Tiffany«, und zwar so laut, dass die Kühe in Poppys Scheune es gehört haben müssen. Ein Raunen geht durch den Raum. Ehrlich, dass hier jemals alle ergriffen schweigen würden, das ist unvorstellbar, hier haben alle immer viel zu viel zu erzählen und zu schnattern.

Jess bräuchte gar nicht so super aufgeregt zu sein. Zwar ist die Schatulle diesmal sehr viel hübscher, doch drinnen wird sich wieder der Ring seiner Großmutter befinden. Er schlägt den Deckel auf und zeigt den Inhalt im Raum herum. Das Geglitzer ist so blendend, dass selbst mir ein Krächzen aus der Kehle dringt.

Er sieht von seiner Hocke auf dem Knie zu mir auf. Sein Gesichtsausdruck ist so ernst, dass mir eine Nanosekunde lang das Herz schmilzt. Dann fällt mein Blick auf seine marineblaue Krawatte. Und auf die Abschürfung an seinem Hals, wo er sich mit zu viel Druck rasiert hat. Stimmt schon, Amerikaner stehen nicht so auf hippe Dreitagebärte. Ich will ja nicht oberflächlich sein, aber mit Bartstoppeln sieht er so viel besser aus als ohne. Die ganze Zeit, auch als er die Schatulle mit dem glitzernden Inhalt herumgezeigt hat, waren seine Lippen eine unbewegliche gerade Linie. Als er endlich zu seiner Hauptrede kommt, spricht er leise und knurrend. »Holly, willst du mich heiraten?«

Ich öffne meinen Mund und schließe ihn wieder. Und das hat weniger mit dem Schock über den neuen Ring zu tun. »Luc, es tut mir leid, aber ...« Weiter komme ich nicht. Jess springt herbei und schnappt Luc die Schatulle aus der Hand. »Holly, denk daran, was du mir gesagt hast.« Sie strahlt Luc an. »Danke, Luc. Holly freut sich wahnsinnig. Ganz besonders liebt sie diesen Ring. Diese junge Frau mit ihrem gebrochenen Herzen hat ein ganzes Jahr lang treu und geduldig auf Sie gewartet. Bitte haben Sie etwas Geduld. Sie wird Sie gleich erhören.« Mit einer einzigen Bewegung hat sie mir den Ring auf den Finger geschoben und mich rückwärts auf das Sofa gedrückt. Ich lande auf einem dieser luxuriösen Daunenkissen, die einen sanft umfangen, wenn man sich auf sie setzt. Irgendjemand räuspert sich.

»Holly-Beerchen, verspiel nicht dein Lebensglück! Du darfst ihn nicht heiraten.« Das ist Rory. Jegliche Farbe ist aus seinem Gesicht gewichen. Trotzdem lehnt er ganz entspannt mit seiner Schulter an der Wand, die Arme vor der Brust verschränkt. »Er liebt dich doch gar nicht …«

Rory bringt mein Herz wieder zum Schlagen. Einen kurzen glorreichen Moment lang glaube ich zu wissen, was er als Nächstes sagen will. Es kann nur einen Grund geben, warum er sich hier zu Wort meldet. Und ich denke: Ja, ja, ja, ich liebe dich auch, Rory »Badass« Sanderson. Warum ist mir das nicht schon längst klar geworden? Und dass Rory aufsteht und vor versammelter Mannschaft sagt, dass Luc mich gar nicht liebt, aber er mich dafür umso mehr, das ist das Romantischste, was ich mir überhaupt nur vorstellen kann. So romantisch sogar, dass meine Zunge ganz komisch schmeckt, weil mir die Tränen kommen. Quer durch den Raum lächele ich Rory an, und ich schniefe laut, als er seinen Satz beendet. Und schon stelle ich mir voller Vorfreude vor, wie es ist, ihn zu küssen.

Sehnlichst wünsche ich mir die Worte herbei. »Er liebt dich doch gar nicht, Berry …« *Ich liebe dich …*

Nur dass diese Worte nicht fallen. Rorys Stimme tönt durch das Zimmer, er könnte kaum lauter und deutlicher sprechen. »Er liebt dich doch gar nicht, Berry. Er liebt einzig und allein sich selbst.«

Ich zucke innerlich zusammen. Dass ich das so falsch eingeschätzt habe. Rorys Worte hallen in dem Saal wider. Luc sieht auf und kratzt sich am Kopf. »Und wer ist überhaupt diese Berry?«

Das Stimmengewirr im Raum schwillt an. Immie runzelt die Stirn und raunt mir zu: »Vergiss Jess! Du kannst auf keinen Fall einen Typen heiraten, der sich nicht bei dir gemeldet hat, als du erzählt hast, dass du vielleicht schwanger bist.« Bloß ist Immies Raunen recht laut und gut hörbar. Ich höre, wie einige Anwesende entrüstete Laute von sich geben und dann aufgeregt diskutieren.

Ja, wir sind hier in St. Aidan. Hier sind alle so umeinander bemüht, dass sie im Supermarkt auf dich zustürmen, wenn du an der Kasse mit deiner Packung Müsli stehst. Wenn man einen Heiratsantrag bekommt, können die Diskussionen gut und gerne einen ganzen Tag lang dauern. Ich lächele zu Gracie hinüber, die von ihrem Sitzkissen herunterrutscht und sich an mein Bein schmiegt.

Sie rümpft ihr Näslein. »Ist das Luc, der Sp…?« Zum Glück kann ich sie unterbrechen, bevor sie »Spuk« sagen kann. »Ja, das ist Luc. Er ist extra aus Amerika hergekommen.« Es klingt, als würde ich singen. »Luc, das hier ist Gracie.«

Gracie hebt die Hand und winkt. Luc weicht zurück, so gut das auf einem Knie geht, und verzieht das Gesicht. »Ich habe letztes Jahr viel erreicht, Holly. Wir sind Weltmarktführer mit unseren neuen Technologien. Und es geht steil bergauf.«

»Super«, sage ich. Was er da sagt, ist so absurd, dass meine Lippen zucken. »Die Klettergurte hast du eingepackt, ja?«

Er sieht mich schief an. »Was?«

Jetzt erinnere ich mich wieder an unsere Unterhaltungen von damals. »Die Sicherheitsbestimmungen, wenn man in großen Höhen arbeitet. Ab zwei Meter Höhe muss man sich doch absichern. Oder nicht?« Er gibt immer die Themen vor, und ich darf ein paar Witzchen einwerfen.

Sein Blick ist immer noch verständnislos. »Sollen wir nicht einfach im Text weitermachen, Hols?«

Ich sehe mich im Zimmer um. Alle unterhalten sich so angeregt, als seien wir gar nicht mehr hier. Nicht unähnlich der Nacht, als wir die Menge auf Sophies und Saffys Hochzeit zurück zum Empfang bugsieren mussten.

Ich sehe Luc an und zucke entschuldigend mit der Schulter. Dann greife ich in meine Tasche, und das Erste, was ich herausziehe, ist Immies Urinprobe. Das war es echt wert, allein deshalb, weil Luc so herrlich angeekelt guckt. Ein zweiter Versuch und ich hole die Pfeife hervor. Zwei scharfe Pfiffe und die Aufmerksamkeit gehört mir. Beinahe jedenfalls.

Ich bereite mich psychisch darauf vor, das Wort zu ergreifen, da durchbricht eine laute Stimme aus dem Hintergrund die Stille. »Ich habe gehört, wie Holly mit Saffy geredet und sie zum Heiraten bewegt hat, als sie davonlaufen wollte. Sie selbst weiß am besten, was sie will. Seid ruhig und lasst sie reden.«

Guter Punkt. Gut gesprochen. Dass ich auch mal was dazu sagen darf. Aber ich bin baff, dass er so indiskret war. »Das sollte ein Geheimnis sein und unter uns bleiben, Gary.«

Ken schaltet sich ein. »Wir stehen geschlossen hinter Rory! Wir sind ein Team!« Mit derartigen Bemerkungen agieren sie ganz im Einklang mit ihren Bad-Elf-Team-Pullis.

Ich starre die beiden an. Dann konzentriere ich mich auf das Geglitzer an meiner Hand. Das ist mehr, als ich je gehofft hätte. Ich habe mich ein ganzes Jahr lang danach gesehnt, nicht mehr allein zu sein. Dass Luc mich immer noch haben will, lag jenseits meiner ausgefallensten Träume. Aber jetzt starre ich auf die beeindruckende Reihe an Diamanten, gefasst in einer schlichten und klassischen Fassung aus Weißgold, wie ich es mir selbst ausgesucht hätte, und das Ganze könnte sich nicht weniger richtig anfühlen.

»Gut.« Ich hole Luft. Ich gehe davon aus, dass alle Anwesenden das hören wollen. »Einige von euch wissen ja bereits, dass Luc mir letztes Jahr zum selben Zeitpunkt schon mal einen Antrag gemacht hat. Und es ist kein Geheimnis, dass ich das Weite gesucht habe. Und als ich so weit war, mein Jawort zu geben, hatte er seine Meinung geändert.«

Immie ruft laut dazwischen: »Und ist nach Amerika abgehauen. Vergiss den Teil der Geschichte nicht. Ein größeres Arschloch kann man sich kaum vorstellen.«

Ich warte einen Moment, dann setze ich noch mal an: »Es stimmt, was Jess gesagt hat. Ich habe mir elf Monate lang die Augen ausgeweint.« Ich sehe sie strafend an. »Dann bin ich hierhergekommen. Und in den letzten paar Wochen habe ich viele Dinge getan, die ich aus freien Stücken sonst nie getan hätte. Und irgendwie hat mich das ganz nebenbei sehr verändert. Es hat mir gezeigt, dass ich viel mehr kann, als ich mir zutraue.« Noch während ich rede, erkenne ich, dass die Holly, die vor ein paar Wochen aus dem Zug gestiegen ist, sich das hier nie im Leben getraut hätte. Obwohl ich zugegebenermaßen noch weit entfernt bin von der glatten Vorführung und den gesetzten Worten, wie Luc sie draufhat.

Poppy lässt sich neben mir nieder und knufft mir in die Seite. »Los, Holly!«

Ich sehe Gary und Ken eindringlich an. »Und das hat nichts mit den Teams zu tun, verstanden?« Das ist mir irgendwie sehr wichtig, das klarzustellen. »Das geht nur mich und Luc etwas an. Und Luc, du bist ein toller Typ. Vier Jahre lang waren wir zusammen, wir waren ein Paar. Aber was ich bei dir gesucht habe, war mehr Sicherheit als Liebe. Irgendwo haben wir uns getroffen und sind zusammengeblieben. Vielleicht hätten wir das nicht tun sollen. Ich war so eine Art lustiger Zufall, und alle deine Freunde hielten mich für dümmlich. Und du warst für mich eine bequeme Lösung. Egal, wie sehr wir es miteinander versuchen, wir würden nie mehr daraus machen können.«

Luc sieht mich an und blinzelt, als sei er vor Schreck gelähmt.

Ich sehe zu Gary rüber. »Das habe ich an dem Tag zu verstehen begonnen, als ich mit der Braut geredet habe, die Gary eben erwähnte. Ich habe auf ihrer Hochzeit fotografiert, als ihr plötzlich Zweifel kamen und ich geholfen habe, ihre Gedanken zu sortieren. Ihre Zweifel betrafen aber nur Kleinigkeiten. Doch sie hat mir gezeigt, was es bedeutet, den Mann, den sie heiraten wollte, über alles zu lieben. Ihn so sehr zu lieben, dass sie sich nicht vorstellen konnte, ohne ihn morgens aufzuwachen. Eine Liebe, die einzig darin besteht, zusammen zu sein. Liebe, die groß genug ist, sie durch schlechte Zeiten zu tragen und durch gute.« An Luc gewendet sage ich: »Als ich letztes Jahr an Weihnachten weggelaufen bin, Luc, da hatte ich zu dem Zeitpunkt keine Ahnung, warum ich das tat. Aber heute weiß ich es. Es lag nicht daran, dass ich zu überrascht war oder weil ich Angst hatte.«

Ich blicke von Gesicht zu Gesicht und entdecke Rory hinten an der Wand. Er nickt sanft, während er mir zuhört. Bei allen Dingen, die ich hier gemacht und vollbracht habe, hat er mich immer am meisten gefordert. Er hat mir aber auch immer unter die Arme gegriffen und mich unterstützt, bei jedem kleinen Schritt. Ich mag kaum glauben, dass ich jetzt hier stehe und vor all den Leuten rede. Ohne Rorys Hilfe hätte ich das nie im Leben geschafft.

Ich hole noch einmal Luft und sehe Luc wieder an. »Heute weiß ich, dass ich keine Bedenken bei deinem Heiratsantrag letztes Jahr zu Weihnachten gehabt hätte, wenn wir uns aufrichtig geliebt hätten. Und du hättest mich auch nicht auf diese Weise verlassen können. Heute habe ich es endlich begriffen. Mein Bauchgefühl hat mich damals nicht getrogen. Ich bin davongelaufen, weil wir nicht diese Liebe empfinden, die uns ein Leben lang tragen würde. Ich bin davongelaufen, weil ich ganz tief in mir drinnen wusste, dass das, worum du mich gebeten hast, für uns beide nicht richtig gewesen wäre.«

Luc kniet immer noch auf dem Boden. Seinen einen Ellbogen hat er auf das Knie gestützt und sein Kinn auf die Hand gelegt. Zum allerersten Mal in unserer langen Beziehung genieße ich seine ungeteilte Aufmerksamkeit. Meine Güte: Er hört mir sogar zu.

Da ich nicht wissen kann, wie lange dieser segensreiche Zustand anhält, fahre ich flugs fort: »Und das ist der Grund, warum ich mir sicher bin, dass meine Antwort dieses Mal lauten muss: Danke. Nein, danke. Ich bin sehr gerührt, dass du zurückgekommen bist. Es bedeutete mit viel, dass du mir ein zweites Mal einen Antrag machst. Und es tut mir aufrichtig leid, aber ich kann das nicht annehmen. Immerhin hatte ich so die Möglichkeit, mich zu erklären. Und so haben wir die Möglichkeit, uns voneinander zu verabschieden, wie es sich gehört. Glaub mir, du bist ein toller Mann. Nur eben nicht der Richtige für mich. Und ich bin sicher, dass da draußen irgendwo eine Frau wartet, die dich sehr glücklich machen wird, glücklicher, als ich dich je hätte machen können, und die sich ihrerseits sehr glücklich schätzen kann.«

Nun habe ich aber auch wirklich alles gesagt, was ich zu sagen hatte. Ich schwanke ein wenig und weiß nicht, was als Nächstes in so einem Fall zu tun ist. Außer den Ring zurückzugeben, selbstverständlich. Doch dann stehe ich wie von selber auf. Ich habe den Ring von meinem Finger gestreift, trete einen Schritt vor und halte ihn Luc hin, damit er ihn nimmt. Meine Arme sind ausgebreitet. Aber ich hatte vergessen, dass Luc nicht gerne andere in den Arm nimmt. Schon gar nicht vor aller Augen. Er erhebt sich umständlich. Und ich sehe, wie peinlich sauber und glänzend geputzt seine Schuhe sind. Aber das muss jetzt ja nicht mehr mein Problem sein. Überhaupt hat er es mit dem teuren und recht aufdringlichen Aftershave rund um seinen Kragen übertrieben. Selbst aus einem halben Meter Entfernung tränen meine Augen. Wie auch immer, die Umarmung, die wir dann doch vollbringen, ist immerhin die spontanste und wärmste unserer gesamten Beziehung. Als meine Wange gegen sein Revers gedrückt wird, schniefe ich, aber das ist hauptsächlich eine allergische Reaktion. Das leichte Ziepen in meinem Herzen und der Kloß in meiner Kehle verdanken sich all dem, was wir einander nicht waren.

Dann klatschen und jubeln die Umstehenden. Und schon komisch, ich glaube, ihre Jubelrufe wären genauso laut, wenn wir uns verlobt hätten.

39. Kapitel

Schwanzwedeln und Eilzustellungen

Montag, 25. Dezember
Weihnachten auf Rose Hill Manor

Wie zu erwarten war, hat das Ablehnen eines Heiratsantrags in aller Öffentlichkeit in Rose Hill so seine Konsequenzen. Ich ernte in der folgenden Stunde so viele Umarmungen, Glückwünsche und Ratschläge, dass sie zumindest bis heute Nachmittag reichen, wenn die traditionellen Weihnachtsküchlein serviert werden. Gegen Mittag, als viele Gäste sich auf den Weg nach Hause zu ihrem Festmahl machen, habe ich den Schock, innerhalb von zehn Minuten erst verlobt zu sein und mich gleich darauf zu entloben, gut verwunden. In einem ausnahmsweise ruhigen Augenblick stehe ich an der Verandatür, als Rory sich mit Gracie an seiner Seite zu einer Nachbesprechung zu mir gesellt.

»Gut gemacht, Glückwunsch, Berry.« Mit seinem freien Arm zieht er mich zu sich heran. Und ich rieche einen angenehmen Hauch Diesel vermischt mit Rorys ganz eigenem Männergeruch. Und ich meine in einem plötzlichen Anflug von Zuneigung, sein Herz gegen seine Brust hämmern zu hören. Er sieht mich besorgt an. »Geht es dir gut? Hast du die massenhaften Glückwünsche und Umarmungen überlebt?«

Ich nicke. »Sogar Jules hat mich umarmt. Es war sehr mutig von ihm, sich vors Haus zu trauen, obwohl er immer noch so pickelig ist.« Für jemanden, der so viel Wert auf sein äußeres Erscheinungsbild legt, muss ein über und über rotes Gesicht die Hölle sein.

Rory lacht. »Man sieht sein Gesicht kaum zwischen dem Schal und seiner Weihnachtsmannmütze. Und die wenigen Quadratzentimeter Haut sind mit Concealer bedeckt.«

Er sieht Gracie an. »Wie wäre es jetzt mit Geschenken?«

Mit bebenden Lippen sagt sie: »Vie…vie…vielleicht sind die bei Mami zu Hause?«

Ich will ihn gerade schelten, dass er so gemein zu ihr ist. Da nimmt er sie hoch und drückt sie. »Hörst du das auch, Weihnachtsbeerchen?«, fragt er mich.

Doch Gracie ist schneller: »Glocken! … Ich hör Glocken klingeln!«

Immie kommt, sie strahlt und hält Teddie auf ihrer Hüfte. Auf dem anderen Arm trägt sie lauter Jacken und so viele Stiefel, wie sie greifen kann. »Das müssten alle sein.«

Rory setzt Gracie ab, und Immie zieht ihr den Anorak an. »Los, Hols, Zeit, in deine Leopardenjacke zu schlüpfen.«

Ich setze meine Mütze auf und ziehe die Gummistiefel an. Dann helfe ich Gracie in ihre Stiefel. »Was geht denn vor sich?«

Immie kichert. »Das ist die Überraschung von Rory. Das wird dir bestimmt gefallen.« Sie zeigt zum Fenster rüber. »Gracie, schau mal. Guck mal, wer da kommt.« Sie öffnet die Tür, und ein Stoß eisiger Luft weht uns entgegen. Und wir hören das Klingeln von Glocken, das sich uns nähert. »Das wird so toll!«

Wir gehen auf die Terrasse. Gerade rechtzeitig, um eine Kutsche vorfahren zu sehen. Nuttie, das Pony, wirft den Kopf hoch und trottet auf uns zu. Die Glocken an dem Geschirr klingeln, und der Schnee stiebt von den Rädern der Kutsche nach allen Seiten. Eine Lichterkette mit weißen Lichtern ist um die Kutsche gewickelt. Die Lämpchen glitzern und funkeln im Schnee. Und oben auf dem Kutschbock sitzt …

»Santa!« Gracies begeisterter Ausruf hallt über den Schnee. »Das ist der Weihnachtsmann … er bringt meine Geschenke!«

Die Auffassungsgabe kleiner Kinder in dieser Hinsicht ist doch immer wieder faszinierend. Sie hat auch schon den Jutesack auf der Kutsche entdeckt. Und anders als bei meiner Mitfahrgelegenheit mit dem Weihnachtsmann und seinem überfreundlichen Elfen sind die Geschenke diesmal sogar echt.

Rory geht in die juristischen, pädagogisch korrekten Details und erklärt: »Genau, der Weihnachtsmann musste die Kutsche nehmen mit dem Pferd, weil du das letzte Kind auf seiner Besuchsreihe bist. Seine Rentiere sind nämlich schon zu müde geworden, um einen Schlitten ziehen zu können.« Rory wischt sich unter seiner Mütze den Schweiß von der Stirn. »Und das ist eine Ausnahme. Normalerweise kommt der Weihnachtsmann natürlich immer nur dann an Weihnachten, wenn du schläfst. Verstanden?«

Aber Gracie hört schon gar nicht mehr zu. Sie rennt bereits durch den Schnee zur Kutsche, die am Rand des vom Schnee bedeckten Rasens angehalten hat.

Rory eilt hinter ihr her und hebt sie hoch, sodass sie zwischen dem Weihnachtsmann und seinem Elfen sitzt. Auch mich hebt er auf die Kutsche und springt schließlich selbst auf den Platz neben mir. Mir fehlen die Worte, als ich Gracies Gesicht erblicke, das geradezu erstrahlt vor Freude. Mir sitzt ein dicker Kloß im Hals, und ich bringe kein Wort hervor. Nachdem ich mir ausgiebig die Nase geschnäuzt habe, flüstere ich Rory schließlich zu: »Ein absoluter Volltreffer, Sanderson.« Ich kenne das hier ja schon und grinse daher Ken und Gary an und sage: »Ein Selfie mit Santa?«

Ken lacht. »Verflixt, da hast du recht!« Er sieht mich großväterlich an. »Und ohne Rory hätte es das nicht gegeben.« Er schüttelt den Kopf. »Zwischen euch fliegen so viele Funken, damit könnte man einen Weihnachtsbraten garen.«

Er unterbricht sich, als er meinen skeptischen Blick sieht. »Du weißt aber, dass er keine Vorhänge vor seinem Schlafzimmerfenster hat?«, flüstert er mir zu.

Genervt schüttele ich den Kopf. »Ja, Immie hat mir das schon erzählt.«

Kens Nasenflügel weiten sich. »Einen Adonis wie ihn solltest du aber nicht wegen einer fehlenden Textilie aufgeben. In dem Kurzwarengeschäft in der Stadt arbeitet eine Dame, die euch alles liefert, was ihr wünscht. Zum Beispiel dazu passende Kissenbezüge oder einen Volant. Warum auch nicht?«

Man muss sich das immer wieder selber sagen: Sie benehmen sich so, weil ihnen was an uns liegt. »Danke, das werde ich mir merken, Ken. Sollen wir jetzt Selfies machen?« In gewisser Weise bin ich ihm sogar dankbar. Weniger dafür, dass er sich in meine Angelegenheiten einmischt. Aber immerhin hat mich das abgelenkt, und ich rede nicht mehr unkontrolliert dummes Zeug.

»Gut, aber erst drehen wir eine Runde ums Haus, dann die Selfies.« Wenn der Weihnachtsmann das sagt, dann tut man wie geheißen.

Alle, die draufpassen, klettern auf die Kutsche. Die Luft pfeift kalt über unsere Wangen, als wir die Landstraße entlangkutschieren. Ich sitze fest an Rory gedrückt. Das Pony wiehert, der Schnee fliegt, und ich weiß, dass dies ein einmaliger Augenblick in meinem Leben ist. Rory hat schon recht, wenn er Gracie erzählt, dass der Weihnachtsmann ihr wahrscheinlich nie wieder die Geschenke höchstpersönlich ausliefern wird. Mein Herz birst fast in meiner Brust, so gerührt bin ich, dass Rory ihr dies hier ermöglicht. »Und jetzt die Selfies!«

Was ich dabei vergaß: Bei den Selfies will natürlich Ken das Sagen haben. Dann holt Rory einen Kissenbezug aus der Tasche seiner Windjacke hervor, und Gracie hält den Bezug auf. Der Weihnachtsmann füllt ihren Sack mit Geschenken.

Von der Szene und Gracies Gesicht schieße ich ein paar Fotos. Begeisterung trifft es kaum. Und schließlich holt Rory noch eine Karotte hervor. Damit füttert Gracie Pony Nuttie. Ehrlich, er hat an wirklich alles gedacht. Dann steigen wir alle aus der Kutsche. Chas und Rafe nehmen die restlichen Geschenke aus Santas Sack entgegen. Dann stehen wir alle da und winken dem Weihnachtsmann und seiner Kutsche zum Abschied hinterher. Erst als die Glocken in der Ferne nur noch leise klingen, gehen wir zurück ins Haus.

Noch ein Selfie? Mir kommt der Gedanke, dass ich mit dieser Szene und diesem Selfie neben meinem Bett jeden Morgen aufwachen möchte. Dann fällt mir ein, dass mein Bett und der Nachttisch knapp fünfhundert Kilometer entfernt von hier stehen. Und meine Laune sinkt.

40. Kapitel

Schampus und Geschenkpapierschlacht

Montag, 25. Dezember
Weihnachten auf Rose Hill Manor

»Okay, Geschenke am Kamin?«

Wir sind zurück im Haus. Rory sieht Gracie so liebevoll an, dass das niemanden kaltlassen kann. Wir setzen uns alle auf die Sofas und schauen zu, wie Rorys sorgsam eingepackte Geschenke innerhalb weniger Sekunden aufgerissen werden. In null Komma nichts sitzen Gracie und Teddie umringt von haufenweise Spielzeug und dem, was meiner Vorstellung einer Papierrecyclingfabrik nahekommt.

Rorys verdatterter Gesichtsausdruck ist köstlich. »Was? Fünfzehn Stunden Arbeit in glatt drei Minuten vernichtet.«

Immie lacht. »Das sind Kinder an Weihnachten, Rory Waves. Wenn das bedeutet, dass wir jetzt essen können, umso besser. Und tolle Idee, dass Johnny, Rafe, Kip und Chas die Regie in der Küche übernehmen.«

Gracie bringt mir das Kleid, das ich Sera für sie habe schneidern lassen. »Das ist ein Anna-Kleid.« Anna, die Heldin aus der »Eiskönigin«.

»Möchtest du es anziehen?« Ich lächele Sera zu, die sich viel Mühe gegeben hat und es gestern noch fertig genäht hat. Das lange, blau-türkise Dirndl aus Seide sieht genauso aus wie im Fernsehen. »Das ist so schön, ich glaube, ich will auch eins haben.«

Rory lacht. »Warte erst, was du zu Weihnachten bekommst, Schneebeerchen. Vielleicht bekommst du etwas, was dir sogar noch besser gefällt.«

Aber bevor es an die Bescherung für die Erwachsenen geht, steht noch das Festmahl auf dem Programm, das an der langen Tafel im Wintergarten serviert wird. Dort sind die Fenster so groß, dass wir gefühlt draußen im Schnee dinieren.

Die Männer in der Küche haben sich selbst übertroffen. Bart ist für den Wein zuständig. Zu jedem Gang gibt es einen anderen Wein. Die Vorspeise aus Brie und Cranberry-Quiche, frittierten Ravioli, Hackbällchen und gefüllten Champignons ist bereits eine kleine Mahlzeit für sich. Als Hauptgang gibt es Schweinefleisch, Truthahn, Schinken und einen vegetarischen Nussbraten mit allen möglichen Beilagen: Karotten in Butter, Püree aus lilafarbenen Kartoffeln, Erbsen, Bratenfüllung, Würstchen, Yorkshire-Pudding, Rafies Backkartoffeln und Unmengen an Bratensoße.

»Verspeisen wir gerade eins von Immies und Chas' Schweinchen, die die Ringe apportiert haben?«, fragt Rory. Die Hochzeit mit den Ferkeln gehört zu seinen insgesamt vierzig Hochzeitsfeiern. Er kennt also die Geschichte mit den Borstentieren, die ausgebüxt sind.

»Auf keinen Fall«, lacht Rafe. »Jeder, der zu Besuch auf den Gutshof kommt, will die beiden Schlingel sehen.«

Als wir beim traditionellen Christmas-Pudding mit Rumsoße angelangt sind, über den wir die schmelzende Eiscreme nach Poppys Geheimrezept verteilen, sind wir pickepackevoll. Aber wir futtern tapfer weiter: eine Käseplatte so groß wie ein Billardtisch. Darauf folgt Kaffee und Likör und Schokolade.

Wir trinken gerade den Kaffee mit Schokoladen-Praliné-Aroma, auf dem Tisch stehen goldene Anrichteteller mit Trüffelpralinen, da sieht Jess mich an.

»Da ist noch eine kleine Überraschung übrig. Eine für dich, Holly.«

Rory grinst mich über Gracies Kopf hinweg an. »Hoffentlich ist die besser als die erste.«

Jess wirft mir einen Seitenblick zu. »Nicht viele Menschen wären stark genug gewesen, diesen Ring abzulehnen, aber gut. Sicherlich habe ich so einiges versäumt in der Schweiz.« Sie richtet sich auf ihrem Stuhl auf. »Das ist mehr beruflich als persönlich. Als Jules krank wurde, war uns allen klar, dass eine Hochzeit ohne Fotograf im Grunde gar nicht erst stattzufinden braucht. Ohne Fotograf hätte unser guter Ruf auf dem Spiel gestanden, und unser Geschäft wäre zweifelsohne in Mitleidenschaft gezogen worden. Aber du hast deine Kamera zur Hand genommen und bist für uns in die Bresche gesprungen, Holly, und du hast uns damit sehr geholfen. Wir alle wissen, dass es dir nicht leichtgefallen ist. Aber du hast das ganz wunderbar gemeistert. Also, wir sind uns da alle einig: Du musst bleiben und Teil unseres Teams werden.«

Normalerweise wäre ich jetzt schon längst knallrot angelaufen. Aber ich bin so verdutzt, dass mir alles Blut aus dem Gesicht gewichen ist. Wenn mir Rory das unter vier Augen sagt, ist es das eine. Aber eine so vollmundige Ankündigung und ich fühle mich, als sei mir mein Rückgrat herausoperiert worden. Ich schnäuze schon wieder in mein Taschentuch. Die kleinen Lichter unter der Decke und entlang der Fenster verschwimmen vor meinen Augen.

Jess lächelt. »Ich weiß, dass du bereits einen emotional anstrengenden Tag hinter dir hast. Um dir unsere Wertschätzung zu zeigen für das, was du für uns getan hast, möchten wir dir gerne das Studio mietfrei für ein paar Jahre überlassen. Oder solange du brauchst, um dir ein Geschäft aufzubauen. Wir möchten, dass du dich hier niederlässt und in dem Studio arbeitest. Und Jules«, sie strahlt den Menschen am anderen Ende der Tafel an, der zusätzlich zu seinem Schal und seiner Weihnachtsmannmütze eine verspiegelte Sonnenbrille aufgesetzt hat. »Jules wird dabei sein und das mit dir teilen, dir helfen oder dich unterstützen, wo immer es ihm möglich ist.«

»Absolut.« Jules reckt den Daumen. Schon merkwürdig: Der Verlust seines fabelhaften Aussehens scheint mit dem zeitweiligen Verlust seines normalen Charakters einherzugehen.

Jess fährt fort: »In der Dachwohnung kannst du auch so lange wohnen wie nötig. Wir sind alle fest entschlossen, das mit dir zusammen auf die Beine zu stellen, Holly. Alles, was du tun musst, ist Ja zu sagen, wenn du so weit bist. Und anders als heute Vormittag werde ich dich nicht bedrängen. Nimm dir so viel Zeit für deine Antwort, wie du brauchst. Aber bitte, bitte, bitte entscheide dich für ›Brides by the Sea‹. Weil nun, da wir wissen, welche Wunder du bewirken kannst, möchten wir sie nicht mehr missen.«

Poppy kommt zu mir und drückt mich. Und Lily und Sera und dann Immie stehen auch auf. »Okay, Gruppenumarmung!« Ich bin in Tränen aufgelöst und ganz fertig. Aber die Umarmung ist so warm und lang und so wunderbar, dass ich mich am Ende besser fühle, nicht schlechter.

Gut. Na ja. Und dass ich mich wie ein ausgewrungenes Geschirrhandtuch fühle, liefert mir den nachvollziehbaren Vorwand, mir beherzt weiße Schokolade und einen Himbeertrüffel zu meinem Kaffee genehmigen zu dürfen.

Rory erhebt sich. »Super, danke, Jess. Sollen wir jetzt mit der Bescherung für die Großen weitermachen? Darf ich den Weihnachtsmann mimen?«

Gary taumelt um den Tisch, um zu protestieren. Dann scheint er sich daran zu erinnern, dass er ohne sein Weihnachtskostüm kein Weihnachtsmann mehr ist, und setzt sich wieder.

Dafür, dass ich dieses Jahr Weihnachten eigentlich gar nicht feiern wollte, bin ich bislang schon viel zu sehr beschenkt worden.

Rory beugt sich vor und nimmt ein Päckchen von meinem Stapel. »Gut, dies zuerst, das dürft ihr, Gracie und du, gemeinsam auspacken.«

Gracie macht keine Gefangenen. Als sie das Einwickelpapier aufgerissen hat, verstehe ich sofort, was das ist, sie allerdings nicht. »Ach, nee, wie schön! Gracie und ich haben die gleichen Wonder-Woman-Schlafanzüge von Rory bekommen«, rufe ich begeistert und mit quietschender Stimme.

Rory hebt eine Augenbraue und lacht. »Freut mich, dass es dir gefällt. Den Einteiler habe ich dann doch nicht gekauft. Aber den kannst du sonst auch noch zu deinem Geburtstag bekommen.«

Poppy sieht mich mit zusammengekniffenen Augen an. »Was hat das mit diesem Einteiler auf sich?«

Ich schließe die Augen und schüttele abwehrend den Kopf. »Das willst du gar nicht wissen, glaub mir.«

Gracie macht sich bereits über mein nächstes Geschenk her. Es entpuppt sich als ein Rentier aus dem Happy-Dolphin-Gartencenter, so eins, wie wir auch ihr und Teddie gekauft haben. An Rory gewandt sage ich: »Hast du das an dem Tag gekauft, als wir den Baum besorgt haben?«

Er runzelt die Stirn. »Offensichtlich. Es sah so aus, als würdest du heulen, wenn wir den Laden ohne Rentier für dich verlassen.«

Immie lacht in seine Richtung. »Wenn du selber Kinder hast, werden die dich um den kleinen Finger wickeln, Rory Waves.«

Ich halte die Luft an und warte auf seine »Ich will keine Kinder«-Rede, aber es kommt nichts.

Dann packt Rory den Cashmerepulli und das Hemd aus, das ich ihm besorgt habe. Das gefällt ihm so sehr, dass er es gleich anziehen will. Allerdings hatte ich nicht bedacht, als ich das Geschenk ausgesucht habe, dass ich dann einen Blick auf seine Brustmuskeln und seinen Oberkörper erhaschen muss. Ich öffne gerade einen Schneebeere-Nagellack, das scheint ein Gag von Rory zu sein, da ertönt am anderen Ende der Tafel ein Schrei.

Ich sehe über die Kerzen in Einweckgläsern und das zerknüllte Einwickelpapier auf dem Tisch hinweg und dahin, wo der Tumult herkam. Jess hält eine verdächtige entenblaue Schatulle in der Hand.

Ihr Schrei ist verstummt und ihre Stimme ganz belegt und klein. »Bart, du hast mir Ohrringe von Tiffany gekauft? Weißt du, wie lange es her ist, dass mir jemand Schmuck geschenkt hat?«

Bart sitzt neben ihr. Er sieht sehr selbstzufrieden aus. »Nun ja, an dem Tag, an dem wir uns zum ersten Mal gesehen haben, hast du mir erzählt, dass du dir immer selber welche kaufst. Aber wir wissen ja, dass Piraten aus Cornwall einen anständigen Ring im Ohr brauchen.« Er räuspert sich. »Mach das auf. Und guck, ob sie dir gefallen.«

Jess tut, wie ihr geheißen. Als die Schatulle geöffnet ist, wirkt sie plötzlich verwirrt. »Aber das ist ja nur einer. Also ist es wirklich ein Piratenring?«

Bart bricht in Gelächter aus. »Hoppla, gib mal her, es liegt falsch herum in der Schachtel. Ich zeige dir, wie man den trägt.«

»Okay.« Jess blinzelt verwirrt, als sie Bart die Schatulle reicht. »Ich wusste gar nicht, dass Tiffany auch Piratenringe macht. Was noch?«

Bart holt das gute Stück raus und hält es hoch, und es blitzt im Licht auf.

»Oh«, murmele ich Rory zu. »Das ist kein Ohrring.«

Bart sieht Jess an. »Gibt mir deine Hand.«

»Meine was?« Jess zögert.

»Deine Hand, Jess, deine rechte Hand.«

Eine Sekunde später ist Bart neben ihr auf sein Knie gesunken. Und er lacht immer noch. »Jess, das bringst nur du fertig. Drei volle Wochen lang suchst du in jedem Schokoladenbrunnen in der Schweiz nach einem Ring, und wenn ich ihn dir als Weihnachtsgeschenk verpackt überreiche, erkennst du ihn nicht. Dafür liebe ich dich. Deshalb will ich mit dir zusammen alt werden. Mach mich zum glücklichsten Mann in ganz Cornwall. Bitte, Jess, heirate mich.« Dann schiebt er ihr den Ring auf den Finger.

Zum Glück scheint er keine Antwort zu erwarten. Denn sie öffnet und schließt ihren Mund noch Minuten später, als sie sich die Augen mit der Serviette tupft, auf ihren Finger starrt und schluchzt. »Gott sei Dank hatte ich schon geahnt, dass heute Tränen fließen werden, und habe meine wasserfeste Wimperntusche aufgelegt.« Fast grummelt sie: »Komm her, du alter Pirat. Natürlich heirate ich dich. Sofern du versprichst, dich zu benehmen, versteht sich.«

Bart lacht mit belegter Stimme, und seine Augen leuchten. »Die Manieren musst du mir beibringen.« Er steht auf und haucht ihr einen Kuss auf den Mund. Dann reibt er sich die Hände. »Ganze Arbeit, Leute. Darauf einen Toast, ihr Freibeuter! Ich habe hier den besten Champagner kalt gestellt. Und Holunderlimo für die Abstinenzler!«

Wir gehen um den Tisch, und, wow, Jess' Ring ist es wert, eingehend betrachtet und bestaunt zu werden. Ein herrlicher Solitär, eingebettet in kleinere Diamanten am ganzen Ring drum herum. Dafür, dass sie sonst immer die Wortführerin gibt, ist sie jetzt erstaunlich still. Aber wir alle drücken sie und küssen sie auf die Wange.

Und dann ist Immie dran mit Grummeln. »Und ich hätte gedacht, ich halte es wenigstens bis zu den Christmas-Pudding-Martinis aus.« Sie stöhnt. »Holunderlimo oder Champagner?« Sie beißt sich auf die Zunge. »Okay, Hols und Pops.

Jetzt ist es offiziell. Ich schaffe es nicht mehr. Auf zur Toilette und gebt mir ein Zeichen. Nur für einen Tag will ich wieder trinken dürfen.«

Ich nehme meine Handtasche und Poppy mit und gehe zur Toilette. Das Bad ist wahnsinnig elegant, mit Spendern für Flüssigseife und allem Drum und Dran.

»Mannomann«, sage ich, als ich den Teststreifen heraushole und in Immies Pipi tunke. »Die Toilette ist größer als meine ganze Wohnung in London.«

Poppy lacht. »Noch ein Grund, hierherzuziehen. Ich meine nur so.« Sie nimmt mir die Verpackung ab, liest, was draufsteht, und steckt dann den Teststreifen zurück in die Schachtel und verstaut alles in meiner Handtasche.

»Es dauert nicht lange. Das ist gut. Immie will ja nur Bescheid wissen, wenn das Ergebnis positiv ist. In drei Minuten wissen wir mehr. Sollen wir in der Zwischenzeit Bart helfen, die Gläser reinzutragen?«

Wir helfen, die Eiskübel zu füllen und reinzutragen, die Sekt- und Champagnerflaschen zu öffnen und zu entkorken. Als ich mich endlich zurück auf meinen Stuhl setze und einen Blick auf den Teststreifen in meiner Handtasche werfe, sitzen die meisten anderen bereits mit vollen Gläsern am Tisch.

»Was machst du da, Berry?«, fragt Rory und sieht mich über Gracies Kopf hinweg an.

Ich sehe auf den Streifen und suche die Linie hinter dem Plexiglas. Dann sehe ich die Linie, die das Ergebnis anzeigt, und weiß nicht, was ich tun soll. »Pops, schnell, kannst du kurz mal kommen?« Statt sich auf ihren Stuhl zu setzen, kommt sie zu mir rüber. »Guck dir das mal an!«

Sie beugt sich über meine Schulter. »Oh, was?« Sie sieht mich mit großen Augen an. »Glaubst du, das stimmt?«

Wir denken angestrengt nach. Als wir eingewilligt hatten, mitzumachen, sind wir von einem negativen Ergebnis ausgegangen. Jetzt starren wir auf das Testergebnis, das positiv ist. Wie bringen wir das Immie und Chas bei? Wir möchten ihnen nicht womöglich falsche Hoffnungen machen.

»Immie ...«, rufe ich sie. Sie schwenkt winkend mit ihrem Champagnerglas. »Es sind wegen des Tests gewisse Umstände aufgetreten. Du müsstet mal kurz rüberkommen und dir das ansehen.«

Sie steht auf, und ihr Stuhl schabt über den Boden. Teddie reicht sie Morgan, der neben ihr sitzt. Dann kommt sie zu uns rüber. »Sagt bloß nicht, der blöde Test funktioniert schon wieder nicht. Was mache ich dann?«

Ich stelle das richtig. »Nein, nein, der Test funktioniert und zeigt ein Ergebnis.«

Ich halte ihr den Test hin, und Immie schielt auf die Anzeige. Ihre Stimme ist nur mehr ein Flüstern. »Verflucht und zugenäht, heiliger Bimbam, Mannomann.« Sie schlägt die Hand vor den Mund, und ihr treten Tränen in die Augen. »Chas ... Chas ... Ich bin mir nicht sicher ... aber ich glaube, wir ...«

Chas kommt mit gerunzelter Stirn zu uns. Er sieht todschick aus in seinem Flauschpulli mit der Aufschrift *Ich schmelze dahin* und dem Bild eines zusammenfallenden Schneemannes. Es dauert ein wenig, bis Immie ihm verklickert, was Sache ist. Es dauert deshalb, weil ihr immer wieder die Stimme versagt und Tränenbäche ihre Wangen herabströmen. Als er endlich versteht, was sie ihm sagen will, nimmt er sie in die Arme und wirbelt sie herum.

Ich beobachte die Szene. »Ich freue mich so für euch!« Sie glaubt, sie verdankt ihre Schwangerschaft den Entspannungskursen und Workshops und dem alkoholfreien Bier. Aber ich glaube, es liegt vielmehr daran, dass sie stundenlang gekuschelt hat mit Teddie. Was auch immer der Grund sein mag, es ist auf jeden Fall das schönste Weihnachtsgeschenk aller Zeiten.

Es folgen noch mehr Umarmungen. Das Anstoßen auf Jess' und Barts Verlobung verschieben wir, so lange Immie braucht, um auf einen zweiten Teststreifen zu pinkeln, nur um sicherzugehen. Der zweite Test sagt das Gleiche wie der erste. So wie ich Immie kenne, hat sie zu Hause auf dem Gutshof noch weitere hundert Stück, und sie wird in den nächsten Tagen jeden einzelnen ausprobieren. Aber jetzt ist sie erst mal überglücklich und tauscht ihr Glas Champagner gegen ein Glas mit Holunderlimo.

Als Immie unter Siegesgesten und Victory-Zeichen von der Toilette zurückkommt, ist das für uns das Signal zum Anstoßen. Das sanfte vorabendliche Licht der Sonne fällt in den Wintergarten und lässt die aufsteigenden Bläschen in den goldenen Sektgläsern funkeln. Wir erheben uns und recken die Gläser.

Kip bringt den ersten Trinkspruch aus: »Auf Jess und Onkel Bart, viel Glück und alles Liebe zu eurer Verlobung!«

Gläser klirren entlang der Tafel, und wir alle trinken einen Schluck.

Dann ergreift Bart das Wort. »Und auf Immie und Chas! Glückwunsch zu den wunderbaren Neuigkeiten!« Noch mehr Schlucke und die Gläser werden nachgefüllt.

Dann hebt Jess ihr Glas. »Erst einmal den größten Dank an meinen wunderbaren Verlobten Bart, dafür, dass du mich zur glücklichsten Frau in ganz Cornwall, wenn nicht der ganzen Welt gemacht hast. Du hast es wieder einmal geschafft, mich zu überraschen. Und danke an alle vom Gutshof von Daisy Hill und an alle vom Herrenhaus hier in Rose Hill, dass ihr seit zwei Jahren so fantastische Hochzeiten veranstaltet.« Sie strahlt uns alle in der Runde an. »Als ich ›Brides by the Sea‹ vor mehreren Jahren eröffnet habe, konnte ich nicht ahnen, was daraus werden würde, dass das Geschäft so rasch wachsen und unser aller Leben so verändern würde.«

Poppy und Rafe, Sera und Johnny, Lily und Kip und Jess und Bart knuffen sich gegenseitig in die Seite und lächeln bei Jess' Worten. Wobei »Brides by the Sea« ja nicht nur Paare hervorgebracht hat. Unter Jess' wachsamen Augen hat jede von uns ihr Talent entfalten können, und Jess hat uns dazu gebracht, das Beste aus uns herauszuholen.

In ihrem schnurrenden Tonfall fährt sie fort: »Zusammen sind wir ein fantastisches Team. Das liegt sowohl an jedem und jeder Einzelnen hier in diesem Raum mit seinen oder ihren erstaunlichen Fähigkeiten als auch an der Tatsache, dass wir eine große Familie sind. Ich stoße auf euch alle an. Für all die schönen Hochzeitsfeiern und für alle Hochzeitsfeiern, die im nächsten Jahr warten. Auf dass jede einzelne davon unvergesslich wird!«

Sie nickt Bart auf eine ganz besondere Art und Weise zu, und es ist klar, dass sie an ihre eigene Hochzeit denkt. Und die wird bestimmt ganz besonders unvergesslich! Und ich … Noch bevor Rory meinen Blick erwidert und mir bedeutsam zunickt, als Jess von dem Team spricht, weiß ich, wie glücklich ich mich schätzen kann, dabei zu sein, und wie sehr ich mir wünsche, weiterhin daran teilzuhaben.

»Also, erhebt eure Gläser …«

Das muss man uns nicht zweimal sagen. Aber als wir die Gläser heben, zerreißt ein Aufschrei die kurze Stille.

»Aaaaahhhh!«

Rafe springt auf. »Pops, alles in Ordnung?«

Poppy stellt ihr Glas auf den Tisch und blickt bestürzt zu Boden. »Tut mir leid, dass ich das Anstoßen unterbreche. Aber habt ihr einen Feudel?« Sie fasst sich an den Bauch und sieht sehr unglücklich aus. »Das ist mir so peinlich. Aber ich glaube, meine Fruchtblase ist gerade geplatzt.«

41. Kapitel

Und abwärts!

Montag, 25. Dezember
Weihnachten auf Rose Hill Manor

Poppy und Rafe lassen uns mit dem restlichen Champagner also allein und fahren ins Krankenhaus. Als später Teddie, Immie und dann auch Gracie alle auf einem Haufen auf einem der Sofas eingeschlafen sind, schlägt Rory mir einen Spaziergang im Schnee vor, bevor noch später der Tee serviert werden soll. Schon wieder so ein Moment, in dem meine Füße schneller sind als mein Verstand. Denn obwohl ich eigentlich lieber die Beine hochlegen und dem Feuer im Kamin beim Lodern zuschauen würde, stehe ich schon im Flur. Und was noch schlimmer ist: Ich lasse mich in Skihosen und in eine Skijacke aus Jess' Kollektion einpacken. Die Kollektion, die übrigens mittlerweile so umfangreich ist, dass sie eine ganze Seite der Wand in dem Raum im Souterrain einnimmt. Und bevor ich recht weiß, was geschieht, bläst mir zwischen Mütze und Jackenkragen ein arktischer Wind ins Gesicht. In meinen Gummistiefeln und den Schneesocken stapfe ich an Rorys Seite nach draußen. Dort zieht er einen dieser großen Schlitten unter einem Baum hervor.

Wir gehen um den See herum, klettern über einen Zaun und steigen auf der anderen Seite auf einem Feld den Hügel hinauf. Rory geht jetzt ein bisschen langsamer, sodass ich Zeit habe, über die aufregenden Ereignisse nachzudenken. »Schnee, Weihnachtsmann auf Kutsche, zwei Verlobungen, eine angekündigte Schwangerschaft, Poppys Wehen.

Das muss das dramatischste Weihnachtsfest aller Zeiten sein, oder?«

»Ein Grund mehr, ihn mit einer Schlittenpartie zu beenden, Schneebeerchen«, sagt Rory voller Begeisterung.

Der Halbmond erleuchtet die ansonsten dunkle Nacht und die eilig vorbeiziehenden Wolken am Nachthimmel. Die weißen Flecken aus Schnee leuchten funkelnd auf, wenn das Mondlicht darauf fällt. Der ewige Junge, der er nun mal ist, hat Rory seine Taschen vollgestopft mit Taschenlampen und Schneebrillen. Aber es ist hell genug, sodass wir die Taschenlampen bislang nicht brauchen. Eigentlich müsste es ewig dauern und jemanden, der so unfit ist wie ich, ewig viel Mühe kosten, mit vollgefressenem Weihnachtsbauch einen derart steilen Hügel raufzuklettern. Aber irgendwie scheinen meine Beine zu fliegen.

Auf etwa zwei Drittel des Weges zum höchsten Punkt des Hügels hält Rory und dreht sich zu mir. »Das reicht schon. Die Abfahrt ist den Aufstieg wert, das verspreche ich dir.«

Das Ziehen im Magen, das mir sein Grinsen bereitet, wird zu einem leichten Angstgefühl. »Und was ist mit deinem Kopf? Wenn du nicht mehr Rugby spielen darfst, darfst du dann den Hügel mit hundertsechzig Kilometern die Stunde runterbrettern?«

Er knufft mich mit dem Ellbogen in die Seite. »Das hier ist doch bloß ein Anfängerhügel, und wir sind nicht das olympische Bobteam. Deshalb habe ich auch nur den langsameren Schlitten mitgenommen. Ich weiß ja, dass du es lieber nicht allzu schnell magst.«

»Ich?«, frage ich und sehe ihn blinzelnd an, denn deutlicher hätte ich das nicht klarstellen können. Ich bin schließlich nur auf den Spaziergang mitgekommen. »Was ist an ›Ich sehe nur zu, ich fahre nicht Schlitten‹ so schwer zu verstehen?«

Voller Eifer und Hoffnung sagt er: »Aber du willst doch

jetzt ganz viele mutige Dinge tun. Jedes Mal, wenn du dich etwas getraut hast, war es das doch wert, oder nicht?«

Da hilft es mir auch nicht, dass mein Magen schon wieder so zuckt, als ich seine hohen Kieferknochen sehe. »Ich schätze es wirklich sehr, dass du mir hilfst, mein Verhältnis zu Freya zu verstehen.« Mir geht es nicht nur darum, mich vor dem Schlittenfahren zu drücken, sondern ich will ihm wirklich danken.

Er zieht die Mundwinkel nach unten. »Wenn man jemanden verliert, besonders in jungem Alter, dann kann das mitunter Jahre dauern, bis man darüber hinweg ist und die Trauer verarbeitet hat.«

Es ist schön, dass er mich versteht. »Das ist komisch. Man kommt nie richtig darüber hinweg. Man lernt einfach nur, damit zu leben. Aber ich bin froh, dass du Freya gekannt hast.«

»Ich auch.« Er nickt. »Es ist dasselbe mit Liebeskummer und lebensverändernden Ereignissen. Das lässt sich nicht einfach heilen. Das dauert alles seine Zeit.«

Ich rümpfe die Nase. Eigentlich möchte ich gar nicht über ihn reden, aber klarstellen will ich das doch. »Ich bin über die Trennung eindeutig hinweg. Zu Luc habe ich überhaupt keine Verbindung mehr gespürt. Trotzdem bin ich froh, dass er hergekommen ist. Weil ich so verstanden habe, was schieflief. Und es hat mich stärker gemacht.«

Einen kurzen Moment lang bleibt sein Gesichtsausdruck sehr ernst. »Ich wollte das nicht komplizierter machen. Deswegen habe ich mich zurückgehalten. Das solltest du wissen.«

Ich runzele die Stirn. Und innerlich schrumpfe ich wieder zusammen bei der Erinnerung daran, wie ich dachte, dass er mir in Gegenwart von Luc seine Liebe gestehen würde. Wie konnte ich das bloß denken? Er hat es ja mehr als deutlich gemacht, dass er sich nicht binden will und warum, und das sollte ich respektieren. Aber wenn ich ihn nicht schon vorher geliebt hätte, dann spätestens seit er Gracie dieses zauberhafte Weihnachtsfest bereitet hat. Das ist so erstaunlich an Rory. Er ist gut darin, zu erkennen, wie etwas gut oder traumhaft wird. Und dann setzt er das kurzerhand um. Es gibt nicht viele Menschen, die das können. Ich weiß gar nicht, was schwerer wäre: in seiner Nähe zu leben und nicht mit ihm zusammen zu sein oder weit weg zu leben und ihn überhaupt nicht zu sehen.

Seine Lippen verziehen sich zu einem Lächeln. »Also, hügelabwärts? St. Aidans Hochzeit des Jahres hast du beherzt gerettet, da sind fünf Sekunden Schlittenfahrt ein Kinderspiel. Sollen wir? Es gibt nichts Schöneres. Die eisige Luft, die an dir vorbeisaust, und eine sanfte Landung im weichen Schnee.«

»Halt, das reicht!«

»Aber wenn es dir ernst damit ist, deine Ängste und Grenzen zu überwinden, und du wirklich weiterkommen willst im Leben, dann musst du es wenigstens einmal probieren.« Rory bringt den Schlitten in Position und setzt sich darauf. Er deutet mit einer Kopfbewegung auf den Platz zwischen seinen Beinen. »Setz dich vor mich. Wer weiß, vielleicht gefällt dir das sogar.«

Ich seufze tief auf. »Na gut.« Schon wieder so eine Sache, bei der mein Kopf Nein schreit und mein Mund das Gegenteil behauptet. Aber vielleicht werde ich nie wieder die Möglichkeit haben, herauszufinden, wie sich seine Arme eng um meinen Oberkörper geschlungen anfühlen. Irgendein Teil meines Gehirns scheint das ausgerechnet zu haben. Fünf Sekunden Todesangst ist ein kleiner Preis für den Reiz, eingeklemmt zwischen den Oberschenkeln von Rory Sanderson zu sitzen. Ich wüsste jedenfalls keinen anderen Grund, warum ich mit dem Rücken an seine Brust gedrückt und mit geschlossenen Augen sitzen sollte. Sein Gesicht ist meinem so nahe, dass seine Bartstoppeln fast meine Wange streifen, als er sich zu mir lehnt. »Alles in Ordnung?«

»Nee, nichts ist in Ordnung. Ich soll Schlitten fahren! Den Berg runter!«

»Bereit, Beerchen?«

Und das muss ich jetzt einfach sagen: »Wenn wir bis nächstes Jahr Weihnachten warten, werde ich nie bereit sein.«

»Gutes Argument. Dann los.« Er hebt seine Hacken an. »Un, deux, trois – und los!«

Was die eisige Luft angeht, da hat er recht. Erst rumpeln wir, dann gewinnen wir an Fahrt, und es fliegen sogar Eiskristalle. Das Einzige, was ich machen kann, ist, die Lungen bis zum Bersten zu füllen und dann den lautesten Schrei herauszulassen, der mir jemals über die Lippen gekommen ist.

Wir flitzen ein paar Sekunden, dann sind wir unten. Wir werden langsamer, und der Schlitten kommt wenige Schritte vom Zaun entfernt stockend zum Stehen.

Rory lacht so laut, wie ich geschrien habe. »Das ist gar nicht so schlimm, oder?«

Ich werde jetzt nicht klein beigeben. »Zehnmal schlimmer.«

Er springt auf die Füße. »Ich setze mein Gehör aufs Spiel. Noch mal?«

Schon jetzt sehne ich mich nach seinem warmen Körper zurück, also renne ich den Hügel rauf. »Vielleich ein Mal noch.«

Fünf weitere Abfahrten später und diesmal klettern wir den Hügel bis ganz nach oben hoch.

Meine Wangen glühen vor Anstrengung. Ich ächze. »Ich sehe aus wie Rudolf, wenn wir zurück im Herrenhaus sind.«

Vehement widerspricht er: »Ich liebe deine roten Wangen und deine rote Nase genauso, wie ich dich liebe. Ich dachte, du wüsstest das?«

»Quatsch.« Immer muss er mich aufziehen. Aber ehrlich, egal, wie sehr jemand behauptet, Single bleiben zu wollen, jeder, der so etwas sagt, verdient eine Umarmung. Andererseits, wenn ich bedenke, was der dunkle Blick seiner Augen mit meinem Bauch anstellt, dann ist es womöglich von Vorteil, dass er bereits neben dem Schlitten kniet.

Aus seiner Hocke da unten sieht er zu mir hoch. »Gut, ich glaube, wir sind bereit für die fortgeschrittene Variante. Ich lege mich auf den Bauch, und du legst dich auf mich drauf. Das ist näher am Boden und gut wegen der Aerodynamik.« Das ist ja wohl der bescheuertste Grund, den ich je gehört habe, warum sich eine Frau auf ihn werfen soll. Aber weil Rory nun mal Rory ist, kommt er damit auch noch glatt durch.

Das ist noch heikler. Aber was soll's? Außerdem ist es so noch holpriger und länger, und der Schnee stiebt mir ins Gesicht. Aber diesmal lasse ich die Augen offen, und anstatt das doof zu finden, rast mein Herz vor Aufregung. Als wir zum Stillstand kommen, falle ich in den Schnee. Jetzt weiß ich auch, was das Gute an Skianzügen ist. Ich rolle mich auf den Rücken und sehe zu den Sternen zwischen den Wolken am Himmel. Rory dreht sich ebenfalls rum. Kurz darauf rollt er an mich heran. Dann stützt er sich auf seinen Ellbogen und sieht mich an.

»Du hast also den Berg geschafft.« Er grinst. Das ist keine Frage, sondern eine Aussage. »Nachdem du den ersten Test bestanden hast, kommt noch was.«

Ich schüttele den Kopf und sehe ihn an. »Wenn du mir das gleich gesagt hättest, wäre ich sofort zu Schritt zwei übergegangen.«

»So geht das aber nicht«, lacht er. Dann wird er wieder ernst. »Weißt du, nach meiner Kopfverletzung habe ich hart daran gearbeitet, wieder auf die Beine zu kommen. Aber jeden Tag habe ich mir geschworen, mir mein altes Leben zurückzuholen, das Leben vor dem Unfall, wenn ich nur die Chance dazu gehabt hätte.«

»Ach, Rory.«

Er beißt sich auf die Zunge. »Nachdem ich jahrelang meinem alten Leben hinterhergetrauert hatte, gab es plötzlich eine Veränderung. Seitdem du hier bist, habe ich das hinter mir gelassen.« Er schnieft. »Wenn du bei mir bist, bin ich sehr glücklich. Ich hätte mir nie erträumt, dass ich das mal sagen würde. Aber wenn ich mit dir zusammen bin, so wie jetzt, dann bin ich mit dem Leben sehr zufrieden. Dies ist das Leben, das ich führen möchte, das einzige.« Das sagt er mit tiefer Stimme und verschränkt seine Finger mit meinen. »Ich möchte nicht, dass du gehst. Ich möchte, dass du bleibst und dein Leben mit mir teilst. Ich möchte, dass wir beide zusammen sind.«

Ich sehe in sein wunderschönes Gesicht, und da ich jetzt weiß, was er empfindet, muss ich weinen, und ich kann nicht mehr aufhören. »Ich glaube, das ist das Leben, das ich auch will. Als ich zum ersten Mal ans Bleiben dachte, schien mir das unmöglich zu sein. Aber jetzt haben mir alle ihre Hilfe versprochen. Wenn ich mir jetzt vorstelle, zurück nach London zu müssen ... ich kann mir gar nicht vorstellen, nicht jeden Tag mit dir zusammen zu sein.« Ich lächele zu ihm auf und frage mich, was ihn noch abhält. »Ist das jetzt nicht die Stelle, an der du dich vorbeugst und mich küsst?«

Er lacht. »Ich war noch gar nicht fertig. Aber wenn du darum bittest.« Er beugt sich über mich, und sein Mund gleitet auf meinen. Und ich weiß, dies ist der Kuss, auf den ich mein ganzes Leben lang gewartet habe. Leicht und köstlich. Mit einem Hauch Mokka. Als würde ein Kirchenchor tief drinnen in meinem Körper singen. Als er sich sanft zurückzieht nach einem Kuss, der länger und süßer ist, als ich es mir je erträumt haben könnte, da will ich nur eins: mehr.

Er grinst verschämt. »Tut mir leid, das wollte ich jetzt noch gar nicht. Weißt du, seit mehr als zehn Jahren habe ich mich damit abgefunden, dass ich allein bleiben werde, weil meine Kopfverletzung so unberechenbar ist. Ich dachte mir, wenn ich keine Frauen treffe, dann kann ich mich auch nicht verlieben. Ich habe mir nicht überlegt, was ich mache, wenn die Liebe aus heiterem Himmel kommt, so wie jetzt, mit dir. Glaubst du, du hast ausreichend Mut, es mit mir und der Unsicherheit zu versuchen?«

Ich seufze. »Zum Glück hast du mir beigebracht, mutig zu sein.« Ich denke kurz nach. »Andererseits habe ich gar keine Wahl, selbst wenn ich nicht den Mut hätte. Ich liebe dich, Rory. Ich liebe dich, weil du das größte Herz hast, ich kenne niemanden, der ein größeres Herz hätte. Und die größte Begeisterungsfähigkeit. Und den meisten Mut. Und ganz abgesehen davon bist du der allerschönste Mann auf der ganzen Welt, innerlich wie äußerlich.« Ich halte den Mund und ziehe die Nase kraus. »Jedenfalls soweit ich das bisher beurteilen kann.«

Er lacht und zieht an seinem Reißverschluss. »Ich zeige dir gerne den Rest. Du brauchst bloß Bescheid zu sagen.«

Jetzt muss ich lachen. »Ich habe bei dem Geschenk eine gute Wahl getroffen. Dadurch habe ich schon ein Stück deiner nackten Brust gesehen.« Ich lege ihm meine Hand an die Wange. Meine Finger prickeln. »Die Sache ist, du kennst mich besser als sonst irgendwer. Und du holst das Beste aus mir heraus. Aber ich liebe dich einfach so, wie du bist. Egal, welche Unsicherheiten ein Leben mit dir mit sich bringt, das nehme ich in Kauf, weil meine Liebe zu dir größer ist als alle Unsicherheit. Auch wenn es nur für einen Tag ist, diesen einen Tag will ich mit dir verbringen.«

Er seufzt. »Mit jedem Jahr, das vergeht, heißt das, dass mein Kopf besser verheilt ist, als man ursprünglich gehofft hatte. Aber ich werde nie mehr so gesund wie vorher. Und dann ist da noch was. Bevor die Kinder zu mir kamen, hatte ich keine Ahnung, dass ich selber Kinder haben will.«

Ich mache große Augen. Aber ich necke ihn. »Du siehst also mehr in ihnen als das frühe Aufstehen, Disney-Filme von morgens bis abends und das Windelwechseln?«

Er zuckt mit den Schultern. »Jedenfalls weiß ich jetzt mit Sicherheit, dass ich mit dir zusammen Kinder haben möchte. Unsere eigene Familie in der Roaring-Waves-Brauerei.«

Ich beiße mir auf die Zunge. »Das könnte aber ein Problem sein.«

Besorgt sieht er mich an. »Was für ein Problem?«

Ich zucke mit der Schulter. »Mehr als eine Person hat mich bereits gewarnt wegen der Gardinen.« Ich versuche, so ernst wie möglich auszusehen. Dann muss ich doch lachen. »Beziehungsweise wegen der fehlenden Gardinen.«

»Noch so ein Scherz und ich muss dich leider einseifen.« Er lacht. »Ich glaube, ich habe dich schon immer geliebt. All die Jahre im Schulbus, als ich dich gefragt habe, ob du mit mir ausgehen willst, da habe ich mich so danach gesehnt, dass du Ja sagst. Obwohl ich ein paar Jahre älter war als du.«

Ich fasse mit meinen Händen an meine Wangen. »Ich habe jedes Mal Gänsehaut und einen roten Kopf gekriegt, wenn ich dich gesehen habe. Damals und zwanzig Jahre später auch noch.« Ich lache. Ich werde ihm erst mal nicht gestehen, wie sehr ich am Boden zerstört war, als ich die Kindersitze in seinem Biermobil entdeckt hatte. »Und als du dich vorhin für mich eingesetzt und mir gesagt hast, dass Luc mich nicht liebt, da habe ich mir sehnlichst gewünscht, dass du sagst, du liebst mich. In dem Moment wusste ich, dass ich dich liebe. Aber ich dachte, ich könnte nicht mit dir zusammen sein.«

Wieder lacht er. »Du hast ja keine Ahnung, wie schwer es war, das nicht zu sagen.« Jetzt runzelt er wieder die Stirn. »Ich habe nachgedacht. Wir könnten dein Geschäft ›Mr. and Mrs.‹ nennen. Paare, die gerade heiraten und von einem Paar fotografiert werden. Das funktioniert doch, oder?«

»Was?« Es dauert eine Weile, bis ich begreife, dass er andeutet, wir sollten »Mr. und Mrs.« sein. Ich frage noch mal, diesmal in anderem Ton: »Was?«

Er sieht ein bisschen verschämt aus. »Es tut mir leid, dass es wie der dritte Antrag an diesem Tag klingt. Aber ich weiß, dass ich es will. Jederzeit, sobald du bereit dafür bist. Genauso wie ich weiß, dass ich Kinder mit dir haben möchte. Das kommt davon, und das hat man davon, wenn man so uralt ist wie ich und sich verliebt.« Er lacht. »Ich hatte genug Zeit, um sehr genau zu wissen, was ich will, wenn ich es sehe. Und das bist du.«

Mein Lächeln ist so breit, es kommt mir vor, als würde es mir das Gesicht zerreißen. »Menschenskind, Rory Waves. Du schleichst echt nicht lange um den heißen Brei herum.«

Er lacht. »Das habe ich nie gemacht. Ich habe immer alles sehr gut im Griff, wenn ich weiß, was ich will. Noch was, Beerchen.« Er zieht etwas aus seiner Tasche. »Ich habe einen Mistelzweig mitgebracht. Und dieses Mal lasse ich dich nicht wieder entkommen.«

Ich muss ihn noch mal necken. »Und du bist dir jetzt sicher, dass wir alles besprochen haben?«

»Ganz bestimmt.« Er hält den Zweig mit den Beeren hoch und küsst mich.

Erst sehr viel später klopfen wir uns den Schnee von den Kleidern und gehen zurück zum Herrenhaus, zu Tee und Weihnachtstorte.

Rory hält meine Hand ganz fest, als wir durch den Schnee stapfen. »Wenn wir unseren Kindern eines Tages erzählen, dass wir uns zum ersten Mal in einem Schneegestöber geküsst haben, dann glauben die uns wahrscheinlich nicht.«

Ich lache. »Und wir erzählen auch nicht, dass es so gut war, dass wir eine Stunde lang im Schnee geblieben sind.«

Er legt den Kopf schief und sieht mich an. »Wenn du willst,

dass ich ihnen nicht erzähle, dass du dich am selben Tag um ein Haar mit einem anderen verlobt hättest, dann musst du mir jetzt versprechen, nächstes Jahr im Dezember meine ganze Roaring-Waves-Scheune von oben bis unten mit Lichterketten beziehungsweise Glitzerlichtern zu schmücken.« Er lacht. »Und du musst mir versprechen, dass du mich immer lieben wirst.«

Ich blicke ihm in die Augen und lächele. »Ich kann dir beide Versprechen geben. Aber nur, wenn du mich küsst. Und zwar sofort.«

Er lässt die Leine von dem Schlitten fallen und zieht mich in seine Arme. »Lustig, sonst interessierst du dich viel mehr für Kuchen.«

Als wir endlich im Herrenhaus ankommen, ist es schon so spät, dass Poppys Weihnachtstorte schon fast vertilgt ist. Wir schleichen uns auf Zehenspitzen rein und hoffen, dass niemand merkt, wie lange wir weg waren. Als aber Immie meine Hand in Rorys Hand sieht, klatscht sie in die Hände. Am Ende ist schließlich der allgemeine Jubel so laut, dass die Glöckchen am Weihnachtsbaum im Flur zu klingeln beginnen.

Und die Moral von der Geschicht? Wenn Sie es lieber ruhiger mögen, verlieben Sie sich nicht auf einer Weihnachtsfeier in oder um St. Aidan.

42. Kapitel

PS

Poppys und Rafes Sohn Gabe kommt pünktlich zum Mittag am zweiten Weihnachtsfeiertag zur Welt. Er wiegt gesunde 2.700 Gramm. Wir sind da noch im Herrenhaus von Rose Hill und feiern seine Ankunft mit Rorys speziellem alkoholfreien Rockdance-Bier, damit Chas und Immie nicht allein bleiben müssen. Rory verspricht, das Weihnachtsbier nächstes Jahr nach dem Kleinen zu benennen. Sofern der so engelsgleich gerät wie sein Namenspatron. Immie weist Rory allerdings darauf hin, dass er nächstes Weihnachten womöglich zwei Spezialbiere brauen muss, weil doch auch ihr und Chas' Baby im kommenden Jahr auf die Welt kommen wird.

Erin wird gleich nach Neujahr aus dem Krankenhaus entlassen. Rory und ich fahren mit Gracie und Teddie zu ihr. Die Wiedersehensfreude ist so groß, dass alle Taschentücher dieser Welt nicht ausreichen, die Tränen zu trocknen. Ich glaube, wir werden uns alle noch sehr oft sehen.

Ohne die Kinder kehren wir nach St. Aidan zurück und kommen endlich dazu, Rorys eigenes – sehr eigenes – Schlafzimmer in seiner Roaring-Waves-Brauerei auszuprobieren. In der Folge bin ich in der glücklichen Lage, der Allgemeinheit über Immie ausrichten zu lassen, dass anders als allgemein vermutet das »Keine Gardinen«-Phänomen kein Problem ist. Da nämlich die Fenster im Verhältnis zum Meeresspiegel so hoch sind, dass die vorbeifahrenden Fischer nicht hineinsehen können. Ich sag es mal so: Wir werden nicht so bald losziehen und in naher Zukunft Jalousien besorgen.

Was meine Arbeit in London betrifft, hat meine Firma eingewilligt, auf die Kündigungsfrist im Gegenzug für freie Mitarbeit zu verzichten. Und so ziehen Jules und ich mit dem Fotogeschäft sofort in das Studio bei »Brides by the Sea«. Und es ist ganz wunderbar, mit all meinen Freunden zusammenzuarbeiten und Teil ihres Teams zu sein. Nach den Buchungen zu urteilen, die wir bereits erhalten haben, werden wir beide den Sommer über ausreichend Arbeit haben.

Ende Januar fahren wir nach London, um mein Zimmer zu räumen und meine Kartons aus dem Lager zu holen. Rory ist begeistert, weil er gleich ein paar Bestellungen aufgeben kann, während sein Biermobil in Bermondsey parkt. Er behauptet auch, dass er nur zu glücklich wäre und sich schon wahnsinnig darauf freuen würde, wenn ich die Roaring-Waves-Brauerei und auch Huntley and Handsome nächsten Dezember nach Herzenslust mit Weihnachtsschmuck dekoriere.

Ja, stimmt schon, wir sind sehr schnell zusammengezogen. Aber manchmal verliebt man sich so Hals über Kopf, dass man den Gedanken, ohne den geliebten Menschen an seiner Seite aufzuwachen, unerträglich findet. So jedenfalls ist das bei Rory und mir. Er neckt mich immer noch und nennt mich Holly Postbotin oder Rotbäckchen und Rotbeerchen. Aber wenn ich mir vorstelle, mit Rory den Rest meines Lebens zu verbringen, jeden einzelnen Tag davon mit ihm zu verbringen, dann ... ja, dann scheint mir das gar nicht lange genug zu sein.

– ENDE –

Danksagung

Mein Dank gilt …

… meiner Lektorin Charlotte Ledger, die mit jedem gemeinsamen Roman großartiger wird. Die Romanreihe gehört zu uns beiden, und ich hatte große Freude daran, die vier Bücher zu schreiben. Kimberley Young und dem Team von HarperCollins für die Gestaltung des Covers und für ihre Expertise und Unterstützung. Meiner Agentin Amanda Preston für ihre Hilfe und Inspiration. Debbie Johnson und Zara Stoneley und meinen Schreibfreunden auf der ganzen Welt. Den Buch-Bloggern, die unermüdlich Werbung machen.

Ein besonderes Dankeschön an die fabelhaften Menschen aus der Hochzeitsbranche, die ich in den letzten Jahren kennengelernt habe …

… an Emily Bridal in Sheffield, die einfach tolle Kleider macht. Emily hat wunderschöne Brautkleider für meine zwei Mädchen genäht. Mir kommen immer noch die Tränen, wenn ich daran denke, wie wunderschön die beiden aussahen. Jenn Edwards und Natalie Manlove von »Jenn Edwards Wedding Hair and Make-up«, die landesweit Frauen zu wahren Schönheiten machen. Jenn und Natty haben mich frisiert und geschminkt, und ich habe mich gefühlt wie Sera am Tag von Alices Hochzeit. Ich liebe es, wenn sich die Realität mit der Fiktion vermischt. An Melanie Brunt von »Drop Dead Gorgeous« in Sheffield für die schönen Fingernägel, die Maniküre und ihr Fachwissen. Meine grellrosafarbenen gegelten Nägel werde ich nie vergessen.

Meinen Dank und meine Bewunderung gehen auch an die mutigen und talentierten Fotografen Jon Dennis von »S6

Photography«, Sally von »Sally T Photography« und an nah von »CameraHannah«.

Jetzt zu dem süßen Teil: Danke, Ashleigh Marsh von »Oh No! Delicious« für die atemberaubend leckeren Kuchen. Und danke an die großartige Tortenbäckerin Caroline Tranter, die den Kuchen aus den Büchern Leben einhaucht, danke auch für die Rezepte und für die tollen Bilder. Danke, Samantha Birch von »High Street Bride« für ihr Wissen, das sie mit mir geteilt hat. Danke auch an das »Losehill House Hotel« bei Edale und bei West Mill in Derby für die zwei fantastischen Hochzeitstage dort. Zwei sehr unterschiedliche Orte, beide spektakulär und jeder einzigartig.

Ein herzliches Dankeschön an India und Richard für ihre wunderschöne Hochzeit, mit der diese Reihe ihren Anfang nahm. Ein herzliches Dankeschön und meine Glückwünsche an Anna und Jamie, dir mir mit ihrer Pailletten- und Schneeflockenhochzeit im Februar einen der freudvollsten Tage überhaupt geschenkt haben … samt Überraschungsschnee am Vortag, der die Brautmutter fast verrückt gemacht hätte.

Ich danke meiner Familie dafür, dass sie mich immer ermuntert. Meinem wunderbaren Vater und meiner liebenswerten Mutter, die unverzagt seit einiger Zeit allein durchs Leben geht. Max dafür, dass er überall am Haus Hand anlegt und mir Kuchen bringt. Caroline für den Kuchen. Und besonders herzlichen Dank an meinen Helden Phil … Er kennt auch die Nachteile, die das Zusammenleben mit einer Schriftstellerin mit sich bringen, und weicht dennoch nicht von meiner Seite. Danke, dass du mich darin bekräftigst, nicht aufzugeben.